U0627202

古典文學研究資料彙編

黃庭堅和江西詩派資料彙編

上册

傅璇琮 編

圖書在版編目(CIP)數據

黄庭堅和江西詩派資料彙編/傅璇琮編. -北京:中華書局,1978(2006 重印)

(古典文學研究資料彙編)

ISBN 7-101-03861-1

Ⅰ.黄… Ⅱ.傅… Ⅲ.①黄庭堅(1045~1105)-研究資料②江西詩派-研究資料 Ⅳ.①I206.2②I207.209

中國版本圖書館 CIP 數據核字(2003)第 127165 號

古典文學研究資料彙編

黄庭堅和江西詩派資料彙編

(全二册)

傅璇琮編

*

中華書局出版發行

(北京市豐臺區太平橋西里 38 號 100073)

http://www.zhbc.com.cn

E-mail:zhbc@zhbc.com.cn

北京市白帆印務有限公司印刷

*

850×1168 毫米 1/32 · 33⅜ 印張 · 704 千字

1978 年 8 月第 1 版 2006 年 2 月北京第 3 次印刷

印數:22501-25500 册 定價:68.00 元

ISBN 7-101-03861-1/I·545

重印說明

《古典文學研究資料彙編》爲我局上世紀五十年代起規劃之大型叢書，數十年來，陸續出版二十餘種。然時日睽遠，多已售罄。今應學界需求，爰擇其要者，據舊紙型重付印製。復請原編者審閲，凡有修訂及增補，則筆諸後記。又叢書中所收各書，原或題「某某卷」，或題「某某詩文彙評」，爲稱引方便，兹將書名統一改作「某某資料彙編」，各書中縫則不作改動。繇此而致之不便，讀者幸鑒及之。

中華書局編輯部

二〇〇三年十二月

前記

江西詩派是宋代具有影響的一支詩歌流派。在中國古典詩歌的歷史上，提出比較明確的主張，形成一個大體相同的風格，在一個較長的時期內成爲一時詩風的，可以說江西詩派是較早的一個。當然，江西詩派的內部是很複雜的，不僅有好些個作家不是江西人，而且有好些人提出的某些具體作詩主張與這個流派的共同主張是矛盾的；江西詩派也因當時社會政治的變化，在其發展的歷史上，前後有所不同，這在他們的具體創作實踐上更爲顯著。然而這並不妨礙我們把它（江西詩派）作爲當時一個比較穩定的詩歌流派的認識。在北宋末以及整個南宋時期，幾乎沒有一個稍有成就的詩人不和它在創作上有過或多或少的聯繫，而且它的影響也帶到南宋的詞壇上去，在某些詞人的作品中染上了這個流派所特有的那種色彩（如姜夔）。詩歌史的材料說明，一直到晚淸時期，它的理論和主張在相當多的作家中還有着較大的支配力，同光體詩人所標榜的「宋詩」，其實質就是江西派詩。

正式提出「江西詩派」這個名稱的，是南北宋之際的呂本中。他把北宋末年的著名詩人黄庭堅作爲詩派的創始人，又把陳師道等二十四人作爲這一詩派的成員。在他以後，也就有人把呂本中列入江西詩派中去。宋末元初的詩評家方回，倡一祖三宗之說，一祖指杜甫，三宗爲黄庭堅、陳師道、陳與義。江西詩派詩人推尊杜甫，方回則進一步認爲江西詩派卽是繼承杜甫的衣鉢。另外，南宋初年負盛名的詩人曾幾，在當時也被人認爲是江西派詩人；他的詩歌風格確實與詩派其他人相似。江西詩派的作爲了使讀者較系統地研究這個詩派的理論、主張和創作，本書輯集了有關的資料。江西詩派的作詩主張和創作實踐，有很大的缺點，也有它一定的貢獻；它的影響，主要是壞的，也有一些是好的，相當複雜。對這個詩歌流派進行理論的分析和概括，應當掌握比較豐富的原始資料。本書所輯集的，説不上豐富和完備，只不過提供一些基本資料，使研究者能省却翻檢之勞而已。

江西詩派詩人中，有些人並沒有站得住脚的作品流傳於世，南宋後期的詩人劉克莊，在他作《江西詩派小序》的時候，就感歎其中的幾個詩人的作品已不可復見。宋以後的評論，也不是對詩派中所有的人都評及到的。今大體依《江西詩派小序》的次序，並益以陳與義和曾幾，就所錄的資料，分上下兩卷：卷上爲黄庭堅；卷下爲江西詩派，分江西詩派總論，陳師道，韓駒，徐俯，潘大臨，潘大觀，二洪（洪朋、洪芻、洪炎），夏倪，二謝（謝逸、謝薖）、二林（林敏功、林敏修），晁沖之，汪革，李彭，三僧（饒節、祖可、善權），高荷，江端本，李錞、楊符，王直方，吕本中，陳與義，曾幾。每一部分則依資料時代先後排列。凡有關詩人生平事蹟、作品評論、考證等，均加輯錄。同一資料牽涉到兩人或兩人以上的，視重要與否，或一見，或互見。除詩歌評論外，有些評論文、詞、書法等藝術的，也酌加采錄。所收書約五百四十餘種，附編引用書目，以備檢尋。

對於黄庭堅和江西詩派應當如何評價，對歷代的評論資料應該怎樣加以分析，這是專門研究的題目，不是這篇短短的前記所能勝任的，編者願意寫專文來探討這些問題。至於本書中資料的輯集與編排，疎失之處，恐怕難免，希望讀者指正。

又，這部資料稿於一九六三年春編成，並交中華書局出版。在這以後，我又陸續搜得一些資料，並發現原來已查閱過的書籍中有部分遺漏，因一併補輯。由於排版已竣，爲了不致影響版面，故作爲補編各附於上下兩卷之後。王幼安先生在本書編輯過程中曾提供不少寶貴的線索，給編者以很大的幫助，謹致謝意。

編　者　一九七八年一月

總目

目録

卷上 黄庭堅

一 宋代

三　明代

四 清代

補編

卷下　江西詩派

二　陳師道

一　宋代

二 金 元

三 明 代

四 清代

三　韓　駒

一 宋代

二　元　代

三　明代

四　清代

六　三洪（洪朋、洪芻、洪炎）

一　宋代

七　夏倪

宋代

二　清代

十三　三僧（饒節、祖可、善權）

十六　李　錞、楊　符

十七　王直方

十八　呂本中

十九　陳與義

一 宋代

二　金　元

三　明　代

四　清代

二十　曾　幾

補　編

江西詩派總論

陳師道

韓駒

徐俯

潘大臨、潘大觀

三洪

夏倪

二謝

晁沖之

汪革

李彭

三僧

曾　幾

卷上 黄庭坚

一　宋代

范祖禹

【黄魯直示千葉黄梅，余因憶蜀中冬月山行，江上聞香而不見花，此眞梅也。魯直然余言，曰不得此樂久矣。慼而賦小詩】　江上清香隔水聞，林間不見雪紛紛。春寒忽憶登山屐，歸夢猶尋谷口雲。（《范太史集》卷二）

徐　積

【贈黄魯直】　不見故人彌有情，一見故人心眼明。忘却問君船住處，夜來清夢遶西城。（《節孝先生文集》卷二十）

【節孝先生語錄（江端禮錄）】　陳無已謂予曰：「徐公善論人物，試令評黄魯直、張文潛之爲人。」予問之，公曰：「魯直詩極奇古可畏，進而未已也；張文潛有雄才，而筆力甚健，尤長於騷詞，但恨不均耳……」（同上附錄）

范純仁

【謝師厚寄同黄㽦魯直唱和】忽得穰郊信，翛然病魄醒。懷賢心獨在，感舊涕偏零。南斗占神劍，西豪聚德星。卧龍看復起，失馬顧曾經。冰玉清相照，芝蘭遠更馨。驫官應念我，白首候戎亭。（《范忠宣公集》卷二）

蘇軾

【次韻黄魯直見贈古風二首】佳穀卧風雨，莨莠登我場。陳前漫方丈，玉食慘無光。大哉天宇間，美惡更臭香。君看五六月，飛蚊殷回廊。兹時不少假，俛仰霜葉黄。期君蟠桃枝，千歲終一嘗。顧我如苦李，全生依路傍。紛紛不足慍，悄悄徒自傷。

空山學仙子，妄意笙簫聲。千金得奇藥，開視皆豨苓。不知市人中，自有安期生。今君已度世，坐閲霜中蔕。摩挲古銅人，歲月不可計。閬風安在哉，要君相指似。（《東坡七集·東坡集》卷九）

編者按：蘇軾次韻山谷詩甚多，今擇其與詩評及生平交誼有關者數首錄於此，餘略。

【和黄魯直食筍次韻】飽食有殘肉，飢食無餘菜。紛然生喜怒，似被狙公賣。爾來誰獨覺，凜凜白下宰。太和古白下。一飯在家僧，至樂甘不壞。多生味蠹簡，食筍乃餘債。蕭然映樽俎，未肯誰菘芥。君著霜雪姿，童稚已耿介。胡爲遭暴横，三嗅不忍嘬。朝來忽解籜，勢迫風雷噫。尚可餉三閭，飯筒纏

五采。（同上卷十三）

【答黄魯直書一首】軾頓首再拜魯直教授長官足下：軾始見足下詩文於孫莘老之坐上，聳然異之，以爲非今世之人也。莘老言此人人知之者尚少，子可爲稱揚其名。軾笑曰：此人如精金美玉，不即人而人即之，將逃名而不可得，何以我稱揚爲！然觀其文以求其爲人，必輕外物而自重者，今之君子莫能用也。其後過李公擇於濟南，則見足下之詩文愈多，而得其爲人益詳。意其超逸絶塵，獨立萬物之表，馭風騎氣，以與造物者遊，非獨今世之君子所不能用，雖如軾之放浪自棄與世闊疎者，亦莫得而友也。今者辱書詞累幅，執禮恭甚，如見所畏者，何哉？軾方以此求友於足下，而懼其不可得，豈意得此於足下乎？喜愧之懷，殆不可盼。然自入夏以來，家人輩更卧病，忽忽至今，裁答甚緩，想未深訝也。《古風》二首，託物引類，眞得古詩人之風，而軾非其人也。聊復次韻，以爲一笑。秋暑，不審起居何如？末由會見，萬萬以時自重。（同上卷二十九）

【桃榔杖寄張文潛一首，時初聞黄魯直遷黔南、范淳父九疑也】睡起風清酒在亡，身隨殘夢兩茫茫。江邊曳杖桄榔瘦，林下尋苗蓽撥香。獨步儻逢岣嶁令，遠來莫恨曲江張。遥知魯國眞男子，猶憶平生盛孝章。（同上《東坡後集》卷五）

【舉黄魯直自代狀】蒙恩除臣翰林學士，伏見某官黄某，孝友之行追配古人，瑰瑋之文妙絶當世，舉以自代，實允公議。（同上《東坡續集》卷九）

【書魯直詩後二首】讀魯直詩，如見魯仲連、李太白，不敢復論鄙事，雖若不入用，亦不無補於世也。

魯直詩文如蝤蛑江瑤柱，格韻高絶，盤飧盡廢；然不可多食，多食則發風動氣。（《東坡題跋》卷二）

【書黄魯直詩後】每見魯直詩文，未嘗不絶倒。然此卷語妙，殆非悠悠者所識能絶倒者也，是可人。元祐元年八月二十二日，與定國、子由同觀。（同上卷二）

【跋黄魯直草書】「草書祇要有筆，霍去病所謂不至學古兵法者爲過之。魯直書。」去病穿穴蹋鞠，此正不學古兵法之過也。學卽不是，不學亦不可。子瞻書。（同上卷四）

【跋魯直爲王晉卿小書爾雅】魯直以平等觀作欹側字，以眞實相出游戲法，以磊落人書細碎事，可謂「三反」。（同上）

【跋山谷草書】曇秀來海上見東坡，出黔安居士草書一軸，問此書如何，坡云：張融有言：「不恨臣無二王法，恨二王無臣法。」吾於黔安亦云。他日黔安當捧腹軒渠也。丁丑正月四日。（同上）

蘇　轍

【答黄庭堅書】轍之不肖，何足以求交於魯直；然家兄子瞻與魯直往還甚久，轍與魯直舅氏公擇相知不疎，讀君之文，誦其詩，願一見者久矣。性拙且懶，終不能奉咫尺之書致慇懃於左右，乃使魯直以書先之，其爲愧恨，可量也！自廢棄以來，頹然自放，頑鄙愈甚，見者往往嗤笑，而魯直猶有以取之。觀魯直之書，所以見愛者，與轍之愛魯直無異也。然則書之先後，不君則我，未足以爲恨也。比聞魯直吏事之餘，獨居而蔬食，陶然自得。蓋古之君子不用於世，必寄於物以自遣，阮籍以酒，嵇康以琴，阮無酒，嵇無琴，則其食草木而友麋鹿，有不安者矣。獨顔氏子飲水啜菽，居於陋巷，無假於外，而不改其樂，此孔子所以歎其不可及也。今魯直目不求色，口不求味，此其中所有過人遠矣，而猶以問人，何也？聞魯直喜與禪僧語，蓋聊以是探其有無耶？漸寒，比日起居甚安，惟以時自重。（《欒城集》卷二十二）

李之儀

【跋山谷帖】紹興中，詔元祐史官甚急，皆拘之畿縣，以報所問，例悚息失據，獨魯直隨問爲報，弗隨弗懼，一時慄然知其非儒生文士而已也。既而得罪，遷黔南，徙戎，凡五六年而後歸。展轉嘉、眉，謁蘇允明墓，上峨嵋山，禮普賢大士，下巫峽，訪神女祠，寓荆渚。久之，召爲吏部郎，辭不拜，就假太平守。踰年方到官，纔七日而罷。所至遮道迎觀如李泰和，其去也見思如文翁。自是屹屹宇宙間，幾與三蘇分路揚鑣矣。嗚呼！充之至此，可無憾於踐形者。然書法亦足聳動後世，固以人爲重，要亦自能名家也。草第一，行次之，正又次之，篆又次之。（《姑溪居士文集》卷三十九）

【跋山谷帖】魯直於親舊間，上承下逮，一以恩意爲主。故先生長者往往爲之歛衽者，不獨以其文詞翰墨。而張向也，其從母兄也，爲夔路轉運判官，輒奏徙魯直以避嫌，而向亦不能顯。嗚呼！聖曰其可歎邪！（同上）

【跋山谷晉州學銘】荆公解美字，從羊從大，謂羊之大者方美。今同、華間，羊之胡頭者，其重至百斤，食之，信天下之美味不能過也。趙景修獨以爲不然，云：「四方之味，惟適口者爲美，何獨羊之大者哉！」此固非通論，蓋貴公子輩特以人爲輕重高下，未嘗毫髮出於己審。如是，予將從天下之所同，以回其迷妄，雖得罪且無憾。是猶魯直之文見擠於今之學者，可勝歎邪！（同上）

【跋山谷草字】魯直晚年草字尤工，得意處自謂優於懷素。此字則曰：「獨宿僧房，夜半鬼出，來助人意，故加奇特。」雖未必然，要是其甚得意者爾。（同上）

【跋山谷二詞】當塗僻在一隅，與淮南、兩浙皆接境，距京師亦不甚遠。溪山之秀，飲食之富，他處未易過之。異時爲守者，多薦紳間知名士。來者往往愛之，以故流傳以爲勝地；然獨無文詞翰墨表發其勝，不免有異同之論。魯直自放廢中起爲吏部郎，再辭不起，遂請無爲當塗，而得當塗，猶蹭蹬幾一年，方到官。既到，七日而罷，又數日乃去。其章句字畫，所留不能多，而天下固已交口傳誦，欲到其地，想見其眞蹟，及其所及之人物，皆不可得爲不足，由是當塗鼎然眞東南佳處矣。事固有幸不幸者，其來已久，卓然自起，足以見稱而有託，特無有力者以發明之，則淪落湮沒，遂同腐草者，固不少。如蘇小、眞娘、念奴、阿買輩，不知其人物技能果何如，而偶偕文士一時筆次，夤緣以至不朽，則所謂幸者，詎不諒哉！如歐與梅者，斯又幸之甚者焉。余居當塗凡五六年，魯直所寓筆墨，無不見之，獨求此二詞竟不知所在。比遷金陵又二年，一日，楊君庶之以書見抵，並以之相示，而求記其後，方知在楊氏，蓋深藏不妄示人也。楊君豈以余與魯直厚，故見諉，而久之方出者，亦或別有所謂邪？（同上）

魏　泰

黄庭堅喜作詩得名，好用南朝人語，專求古人未使之事，又一二奇字，綴葺而成詩，自以爲工，其實所見之僻也。故句雖新奇，而氣乏渾厚。吾嘗作詩題其編後，略云：「端求古人遺，琢抉手不停。方其拾璣羽，往往失鵬鯨。」蓋謂是也。（《臨漢隱居詩話》）

范　寥

【宜州家乘序】崇寧甲申秋，余客建，聞山谷先生謫居嶺表，恨不識之。遂泝大江，歷湓浦，舍舟於洞庭，取道荆、湘，以趨八桂，至乙酉三月十四日始達宜州，寓舍崇寧寺。翼日，謁先生於僦舍，望之眞謫仙人也。於是忘其道途之勞，亦不知瘴癘之可畏耳。自此日奉杖履，至五月七日，同徙居於南樓。圍棋誦書，對榻夜語，舉酒浩歌，跬步不相舍。凡賓客來，親舊書信，晦月寒暑，出入起居，先生皆親筆以記其事，名之曰《乙酉家乘》，而其字畫特妙。嘗謂余，他日北歸，當以此奉遺。至九月，先生忽以疾不起，子弟無一人在側，獨余爲經理其後事。及蓋棺於南樓之上，方悲慟不能已，所謂《家乘》者，倉卒爲人持去，至今思之，以爲恨也。紹興癸丑歲，有故人忽録以見寄，不謂此書尚爾無恙耶！讀之恍然，幾如隔世，因鏤板以傳諸好事者，亦可以見先生雖遷謫，處憂患，而未嘗戚戚也，視韓子退、柳子厚有間矣。東坡云：「御風騎氣，與造物者游。」信不虚語哉！甲寅四月望日，蜀郡范寥信

中序。（《宜州家乘》卷首）

〔附〕【鮑廷博《宜州家乘跋》】《宜州家乘》不載於山谷全集。惟羅大經《鶴林玉露》云山谷謫死宜州時，有永州唐生者從之游，爲之經紀後事，收拾遺文，獨所作《家乘》爲人竊去，了不可得；後百餘年，有持以獻史魏王者，史復以贐雙井族人蜀帥黄伯庸之行。及考費袞《梁谿漫志》，則以從游者爲成都范信中。頃從維揚新刻山谷遺文中得《家乘》讀之，知信中實以崇寧乙酉三月十四日至宜州，與山谷相得甚歡。其年九月，山谷卒於南樓。蓋棺時，僅信中一人在側。是羅所謂唐生者卽范之訛，而《漫志》爲得其實也。若《家乘》既倉卒失去，旋得於紹興癸丑，明年甲寅鏤版行於世，范自序甚明。羅所稱百餘年後始爲史相所得者，其時尚未見版本耳。信中好學，既見稱於山谷，其奇節偉行，落落不可一世之槪，《梁谿漫志》復詳書之。世有因山谷而賢其人者，尙於彼取徵焉。乾隆甲寅正月立春日，對雪書於知不足齋。

孫升

黄魯直得洪州解頭，赴省試。公（編者按指孫升）與喬希聖數人待榜。相傳魯直爲省元，同舍置酒。有僕自門被髮大呼而入，舉三指，問之，乃公與同舍三人，魯直不與。坐上數人皆散去，至有流涕者；魯直飲酒自若。飲酒罷，與公同看榜，不少見於顔色。公嘗爲其婦翁孫莘老言，甚重之。後妻死，作《發願文》，絶嗜慾，不御酒肉。至黔州命下，亦不少動。公在歸州日，見其容貌愈光澤。留貶所累年，有見者，無異仕宦時。議者疑魯直其德性殆夙成，非學而能之。（《孫公談圃》卷下）

孔平仲

【花比美女】後輩作花詩，多比美女，如曰：「若教解語能傾國，任是無情也動人。」黃魯直《酴醾》詩曰：「露濕何郎試湯餅，日烘荀令炷爐香。」乃比美丈夫。淵材作《海棠》詩曰：「雨過溫泉浴妃子，露濃湯餅試何郎。」意尤工也。（《孔氏談苑》卷五）

【作詩如雜劇】山谷云：「作詩正如作雜劇，初時布置，臨了須打諢，方是出場。」蓋是讀秦少章詩，惡其終篇無所歸也。（同上）

秦　觀

【送張和叔兼寄黃魯直】汝南如一器，百千聚飛蚊，終然鼓狂鬧，啾啾竟誰聞。議郎盛德後，清修繼先芬。未試霹靂手，低徊從此君。學官冷於水，虀鹽度朝曛。間蒙相煖熱，破憂發孤欣。君今又復去，冀北遂空羣。豈無一樽酒，誰與通殷勤。大梁多豪英，故人滿青雲。爲謝黃叔度，鬢毛今白紛。（《淮海集》卷五）

【與黃魯直簡】某頓首，奉違甚邃，殊不盡所欲言者。每覽《焦尾》、《弊帚》兩編，輒悵然終日，殆忘食事，昔人千里命駕，良有以也。歲暮苦寒，不審行李已達何地？奉惟榮養吉慶。昨揚州所寄書中得次韻莘老斗野亭詩，殊妙絶。來者雖有作，不能過也。及辱手寫龍井、雪齋兩記，字畫尤清美，殆非鄙文所當，已寄錢塘僧摹勒入石矣。幸甚幸甚。比又得眞州所寄書及手寫樂府十月十三日泊江口篇，諷味久之，竊已得公江上之趣矣。李端叔後公十數日遂過此，南如晉陵，爲留兩日，斗野亭詩、八音二十八舍歌並公所寄詩皆和了，今錄其副寄上。所要子由金山詩並某所屬和者，今奉寄八音歌、次韻斗野亭、黄子理憶梅花詩，凡四首，亦隨以呈，聊發一笑耳。皖口見公擇李六，不知相從幾多時，恨不同此集也。餘歲就畢，杜門忽忽，殊無佳意。何時展晤，以盡所懷未間。願與時自愛，千萬千萬，不宣，某再拜。（同上卷三十）

趙令時

黄魯直《讀太眞外傳》詩云：「扶風喬木夏陰合，斜谷鈴聲秋夜深。人到愁來無處會，不關情處總傷心。」亦妙語也。（《侯鯖錄》卷二）

魯直父名庶，字亞夫，最能詩。（同上）

熙寧中，魯直入宮教，余兄弟伯父王開府酒餘脱淺色番羅襖衣之，魯直醉中作詩曰：「疊送番羅淺色衣，著來春氣入書帷。到家慈母驚相問，爲説王孫脱贈時。」（同上）

晁補之

【次韻王宗正定國與蘇翰林先生黄校書魯直唱和】東國寬市征，西山休騎屯。時清詩人喜，洗濯出佳言。淵源蘇夫子，河入莆菖黐。軌轍校書君，駕驂盜驪奔。後來得濬沖，它人孰窺藩。譬余學禮素，婦祭盛於盎。不應麾門牆，尙許酌罇罇。夢天九門開，燦然列星繁。羣公顧我喜，顏若白璧溫。赤城何足躡，愁絕永嘉孫。（《雞肋集》卷五）

【初與文潛入館魯直貽詩并茶硯次韻】黃侯閱世如傳郵，自言何預風馬牛。草經不下天祿閣，詩入雞林海上州。兼陳九鼎燦玉鉉，並綴五冕森珠旒。後來傀磊有張子，姓名并向紫府收。靑春一篇更奇麗，勢到屈宋何秋秋。洮州石貴雙趙璧，漢水鴨頭如此色。贈酬不鄙亦及我，刻畫無鹽譽傾國。月團聊試金井漪，排遣滯思無立錐。乘風良自興不淺，愁報孟侯無好詩。（同上卷十二）

【復用前韻答魯直幷呈明略（編者按指前《及第東歸將赴調寄李成季》）】黃子人談不容口，豈與常人計升斗。文章屈宋中阻艱，子欲一身追使還。離騷憭慄悲草木，幽音細出芒絲間。陽春絕句自雲上，折楊何煩嗑然賞。橫經高辯一室驚，乍似遠人迷廣城。隔河相和獲許我，枯枿亦有條之榮。廖君不但西南美，誰見今人如是子？多髯府掾正可詎，蠻語參軍寧素喜。君不見古來皆醉餔糟難，沐浴何須仍振彈。斲冰無處用蘭搜，芙蓉木末安能攀。只無相報靑玉案，自有平子愁關山。（同上卷十四）

【用寄成季韻呈魯直】懷英名高長史口，獨以一人當北斗。黃公崛起與之班，奄有斯名唐以還。文章破觚賴聖世，筆墨未逃蹊徑間。湖州太守諸儒長，可獨進賢無上賞。曾語黃公四座驚，競吟佳句汶陽城。丁巳年余謁蘇湖州於汶上，座中爲余誦魯直詩。飲茶未勝薄酒傾，若人所辱伊人榮。鳳兮德衰衆鳥恥，陳蔡不憂顏氏子。窮吟百軸傳未已，短髮頻搔爲君喜。君不見富貴及時行樂難，雖無趙女有秦彈。

夢中自古不識路，月在雲際勞梯攀。何時半嶺聞清嘯，相値蘇門百尺山。（同上）

【書魯直題高求父揚清亭詩後】魯直於怡心養氣，能爲人所不爲，故用於讀書、爲文字，致思高遠，亦似其爲人。陶淵明泊然物外，故其語言多物外意，而世之學淵明者，處喧爲淡，例作一種不工無味之辭，曰吾似淵明，其質非也。元祐辛未清明前一日，符離舟中。（同上卷三十三）

陳師道

【和豫章公黄梅二首】寒裏一枝春，白間千點黄。道人不好色，行處若爲香。色輕花更豔，體弱香自永。玉質金作裳，山明風弄影。（任淵《后山詩註》卷一）

【送楊侍禁兼寄顔黄二公二首（錄一首）】多問黄居士，終年欠一書。因人候消息，有使報何如。向晚逢楊子，眞堪託後車。親年方賴祿，不惜借吹噓。（同上卷二）

【寄豫章公三首許官茶未寄】密雲不雨臥烏龍，已足人間第一功。得諾向來輕季子，打門何日走周公？愧無一縷破雙團，慣下薑鹽枉肺肝。誓酒不應忘此老，論詩寧肯乞麄官。人須百斛買雙甕，水截龍章試虎班。老覺才疎渾不稱，自攜雲月瀉潺湲。（同上）

【何郎中出示黄公草書四首】龍蛇起伏筆無前，江漢淵回語更妍。好事無須一賞足，藏家不必萬人傳。此詩此字有誰知？盡省郎官自崛奇。罪大從來身萬里，政成今見麥三岐。

四海聲名何水曹，新詩舊德自相高。一官早要稱三字，二鬢何須着兩毛。當年闕里與論詩，晚歲何山斷夢思。妙手不爲平世用，高懷猶有故人知。（同上卷七）

【與魯直書】師道啓：往歲劉壯輿在濟陰，嘗遣人至黔中，附書必達。爾後無便，而仕者畏慎，不許附遞，用是不果爲問，必蒙深察。比日伏維尊候萬福，未緣瞻近，臨書惘惘。萬冀以時爲道自重，不宣。

師道再啓：紹元夏末以例罷官，遂赴部，得監海陵酒。明年之春，復遭家禍，居貧口衆，轉舍往來，而卒歸鄉里，逮今三歲矣。而法當居外射闕，亦既申部而請矣。……不蒙注擬罷官六年，内無一錢之入，艱難困苦，無所不有，溝壑之憂，近在朝夕，甚可笑也。自私自幸者，大兒年十六，解作史論，小兒八歲，能賦絶句，時有好語，卽爲絶倒，不知天欲窮之耶，欲達之耶？邇來絶不爲詩文，然不廢書，時作小詞以自娱，用以卒歲，毋以爲念也。師道再拜。

無咎向過此，服闋赴貶所，相從數日，頗見言色，他皆不通問矣。師道有詩文數篇在王立之處，託渠轉致，必能上達也。邇來起居何如？不至乏絶否？何以自存？有相恤者否？令子能慰意否？風土不甚惡否？平居有誰相從？有可與語否？仕者不相陵否？何以遣日？亦著文否？近有人傳《謁金門》詞，讀之爽然，便如侍語，不知此生能相從如前日否？朱時發能復相濟否？師道素有脾疾，近復暴得風眩，時時間作，亦有併作時，極以爲苦。若不飢死寒死，亦當疾死。然人生要須死，寧校長短，但恨與釋氏未有厚緣，少假數年積修香火，亦不恨矣。師道上。

王立之遣人來相賙，云欲遣信，且索書，甚急，作此殊不盡懷，語所不及，亦可自了，何必多耶？知命聞在左右，偶多作報書，不暇奉問，萬萬深察，不敢疏也。王家人還，萬覬一字。令郎計康勝，爲學想有可觀，人還，可以數首見寄否？豐、登兩稚，不敢草草上狀，向慕之意，甚於乃翁。正夫有幼子明誠，頗好文義，每遇蘇、黄文詩，雖半簡數字，必錄藏；以此失好於父，幾如小邢矣。迺知歆、向無足怪者。（《後山先生集》卷十四）

魯直爲禮部試官，或以柳枝來，有法官曰：「漏泄春光有柳條。」魯直曰：「榆條準此。」蓋律語有「餘條準此」也。一坐大哄，而文吏共深恨之。（《後山談叢》卷五）

黄魯直云：杜之詩法出審言，句法出庾信，但過之爾。杜之詩法，韓之文法也。詩文各有體，韓以文爲詩，杜以詩爲文，故不工爾。（《後山詩話》）

黄魯直謂白樂天「笙歌歸院落，燈火下樓臺」，不如杜子美云「落花遊絲白日靜，鳴鳩乳燕青春深」也，孟浩然云「氣蒸雲夢澤，波動岳陽城」，不如九僧云「雲間下蔡邑，林際春申君」也。（同上）

黄詩韓文有意故有工，老杜則無工矣。然學者先黄後韓，不由黄、韓而爲老杜，則失之拙易矣。（同上）

詩欲其好，則不能好矣。王介甫以工，蘇子瞻以新，黄魯直以奇，而子美之詩，奇常工易新陳，莫不好也。（同上）

唐人不學杜詩，惟唐彥謙與今黄亞夫庶、謝師厚景初學之。魯直，黄之子，謝之壻也。其於二父，猶子美之於審言也。然過於出奇，不如杜之遇物而奇也。三江五湖，平漫千里，因風石而奇爾。（同上）

魯直有癡弟畜漆琴而不御，蟲蝨入焉。魯直嘲之曰：「龍池生壁蝨。」而未有對。魯直之兄大臨且見床下以溺器畜生魚，問知其弟也，大呼曰：「我有對矣！」乃「虎子養溪魚」也。（同上）

黄詞云：「斷送一生惟有，破除萬事無過。」蓋韓詩有云：「斷送一生惟有酒。」「破除萬事無過酒。」才去一字，遂爲切對，而語益峻。又云：「杯行到手更留殘，不道月明人散。」謂思相離之憂，則不得不盡，而俗士改爲「留連」，遂使兩句相失，正如論詩云「一方明月可中庭」，「可」不如「滿」也。（同上）

魯直《乞貓》詩云：「秋來鼠輩欺貓死，窺甕翻盆攪夜眠。聞道貍奴將數子，買魚穿柳聘銜蟬。」雖滑而可喜，千載而下，讀者如新。（同上）

退之以文爲詩，子瞻以詩爲詞，如教坊雷大使之舞，雖極天下之工，要非本色。今代詞手唯秦七、黄九爾，唐諸人不迨也。（同上）

張　耒

【休日同宋遐叔詣法雲，遇李公擇、黄魯直，公擇烹賜茗，出高麗盤龍墨，魯直出近作數詩，皆奇絶，坐中懷无咎有作呈魯直、遐叔】沐日不造請，出遊賢友同。城南上人者，宴坐花雨中。金猊散香霧，寶鐸韻天風。鳥語演寶相，飯香悟眞空。尚書三二客，淨社繼雷宗。黄子發錦囊，句有造物功。握中一寸煤，海外千年松。誰降午睡魔，賜茗屠團龍。晁子臥城西，咫尺不可逢。豈無坐中客，終覺少此公。歸帽見新月，撲衫暮塵紅。困眠有餘想，卻聽寺樓鐘。（《柯山集》卷六）

【初到都下供職寄黄九】千里不相見，勞勞復何辭。不遠一城中，耿耿令我思。僦舍酒家樓，推壚卷其旗。鼠壤敗晨炊，守翁噪羣兒。馬傍挾兩羸，雙踵待刻移。五日長安塵，故山夢中歸。何以洗我心，望君青松姿。懷情久不吐，古屋絃悲詩。（同上）

【魯直惠洮河綠石硏冰壺次韻】洮河之名利劍矛，磨刀日解十二牛。千年邊地困沙礫，一日見賓來中州。黄子文章妙天下，獨有八馬森幢旒。平生筆墨萬金直，奇煤利翰盈篋收。誰持此硏參案几，風瀾近手寒生秋。抱持投我棄不惜，副以淸詩帛加璧。明牕試墨吐秀潤，端溪歙州無此色。野人齋房無玩好，慚愧衣冠陳裸國。晁侯碧海爲文詞，盤礴萬頃淸澄漪。新篇來如徹札箭，勁筆更似劃沙錐。知君自足報蒼璧，愧我空賦瓊瑰詩。（同上卷十一）

【讀黄魯直詩】江南宿草一荒印，試讀遺編涕不收。不踐前人舊行迹，獨驚斯世擅風流。一尊華髮江邊客，萬里黄茅嶺外州。虎豹磨牙九關邃，重華可訴且南遊。辛巳歲，魯直見予黄州江上。（同上卷十八）

【與魯直書】某再拜學士足下：僕年十八九時，居陳學，同舍生有自江南來者，藉藉能道魯直名。後數年，禮部蘇公在錢塘，始稱魯直文章，士之慕蘇公者，皆喜道足下。僕於斯時，固已有願交之心。不幸遭罹憂患，往來淮浙間就食以繼活；又得官，西遊洛陽者三年，歷時益多，行四方遠，而足下之名益至於予耳。最後蘇公以文章得罪，而聞足下實與其間。蘇公黜官，貶走數千里外，放之大荒積水之上，飦粥不給，風雨不蔽，平日之譽德美者，皆諱之矣，誰復議於蘇公之徒哉？宜遂滅息擠抑而莫敢言之矣，然言足下姓名文章，不減於昔而有加焉。夫天下人之公議，固不可終閼，然非有氣勢利權，而能使人稱愛於寂寥蔽障之地者，非其卓然有人欲揜之而不可得者，未易至也。故僕之願交之心，與魯直之名，其深淺常相若也。僕爲丞於咸平者一年矣，聞魯直如隔舍，如束縛甚固，不得輒見。夫人之相好者遠而不相及，則雖思而心不勞，有可及之勢，而限於咫尺，則夢寐亂。何則？人之情固不平於理之不當然者，僕之區區所以不能得見面，而至於奉書而請交也。夫交者君子之所以甚慎，而某……（編者按下有脱文）（同上卷四十六）

蘇長公有詩云：「身行萬里半天下，僧臥一庵初白頭。」黄九云「初日頭」。問其義，但云若此僧負暄於初日耳。余不然，黄甚不平，曰：「豈有用白對天乎？」余異日問蘇公，公曰：「若是黄九要改作『日頭』，也不奈他何！」（《明道雜志》）

晁説之

【喜魯直還】梵志問故鄉，木蘭坐舊牀。去恨已斷絶，歸意更淒涼。鸕鴣不入饌，松栢有常心。歸來應未老，但道古猶今。君有非常罪，幸此非常赦。收身黑水西，重入白蓮社。（《嵩山文集》卷四）

【又再作】多情楊畔兒，芙蓉生繞床。舊屋君未歸，蒲池已淒涼。世人不我與，自契黄龍心。竟復何遠近，一瞬萬古今。負罪臣宗元，移書數問赦。僅如鴈往來，羨君還里社。（同上）

【題魯直嘗新柑帖】元祐末，有蘇、黄之稱。漸不平之，或曰蘇公自有芍藥之評，恐未必然也。靖康元年十一月二十二日，嵩山晁説之題。（同上卷十八）

【題魯直章草顛草】章草似晉人，顛草似唐人。靖康丙午十一月癸未，嵩山晁說之題。（同上）

高荷

【見黄太史】萬里南溪郡，黄香得賜環。盛名喧海内，摧翮返雲間。太史資誠峻，郎官選亦慳。朝廷才特起，堂奥援誰扳？一夢追前事，羣公厄後艱。中傷皆死禍，放逐罕生還。别駕之戎僰，僑居傍草菅。想知諳鳥道，聞説異人寰。楊子家元窘，王維室久鰥。鵩來心破碎，猨叫淚潺湲。達觀終難得，羇愁必易刪。衆情相惻憫，靈物自恬憪。迥閣澄秋眺，幽窗聳夜跧。蜀天何處盡，巴月幾回彎？墜履魂空斷，遺弓涕忽潸。石門淒殿楯，銅雀慘宫鬟。帝統聯仁聖，皇恩感黶頑。網羅疏黨禁，誅蔓掃朋姦。點檢金閨彦，凋零玉筍班。尙令宗廟器，遙隔鬼門關。拊髀咨詢及，含香誥命頒。笑談趨赤縣，吟詠落烏蠻。奏記懷東觀，移文頜北山。應將九遷待，未補七年閑。士愧千鈞弩，身謀五兩綸。退藏欣望氣，延仰竊窺班。昌谷詞源窄，浯溪筆力孱。斲輪深類扁，投斧欲隨般。鵠卵眞能伏，龍鱗敢冀攀。不嗔無紹介，試遣略承顔。（《宋文鑑》卷二十三）

董逌

【魯直烏絲欄書】翟湛嘗以烏絲欄求豫章黄魯直爲書蘇子瞻、陶淵明詩，字尤用意，極於老壯態，不似平時書。但烏絲治之不得法，礙□礫決，頗失行筆勢，蓋縑帛不如昔也。往見晉、宋諸人，謂縑素之工殆絕，於昔惟王僧虔尋得其術，雖不及古，不減郗家所製。當時書縑自別是一機杼，故能傳久遠如此。觀張芝有縑素書傳於唐，而張旭、毛弘亦傳縑素書，後人得其舊本，便知其異也。今爲烏絲，不如昔工，又澀緩有浮纇，槌練得柔滑，加繕治，然後可用，不若紙也。唐許渾以烏絲欄書其詩爲集，然則豫章書東坡詩，便爲有考於古也。（《廣川書跋》卷十）

洪　朋

【懷黄太史】　詩家今獨步，舅氏大名稀。屈宋堪奴僕，曹劉在指揮。禪心元詣絕，世事更忘機。最喜熊兒去，遥憐鴈羽飛。九秋悲偃月，萬里寄摩圍。昭代新周典，明年歸未歸。（《洪龜父集》卷下）

【跋山谷帖用其韻】　學書右軍盡善，下筆少陵有神。無復向來金馬，可惜埋此玉人。壓倒詩中宰相，鼓行文苑宗公。毒霧瘴氛作祟，英姿爽氣成空。（同上）

洪　芻

【一方明月可中庭】　山谷至廬山一寺，與郡僧圍爐，因舉《生公講堂詩》末云：「一方明月可中庭。」一僧率爾云：「何不曰『一方明月滿中庭』？」山谷笑去。（《洪駒父詩話》）

【唐彦謙詩】　山谷言唐彦謙詩最善用事，其《過長陵》詩云：「耳聞明主提三尺，眼見愚民盜一抔。千古腐儒騎瘦馬，灞陵斜日重回頭。」又《題浦津河亭》云：「煙横博望乘槎水，日上文王避雨陵。」皆佳

句。（同上）

【山谷父亞父詩】　山谷父亞父詩自有句法。山谷書其《大孤山》、《宿趙屯》兩詩，刻石於落星寺。兩詩警拔，世多見之矣。余記其《怪石》一絶句云：「山鬼水怪著薜荔，天祿辟邪眠莓苔。鉤簾坐對心語口，曾見漢唐池館來。」老杜祖審言與沈、宋同時，詩極工，不在沈、宋下，故老杜詩云「吾祖詩冠古，同年蒙主恩」是也。山谷句法高妙，蓋其源流有所自云。（同上）

【山谷記夢詩】　山谷記夢詩云：「衆眞絶妙擁靈君，曉然夢之非紛紜。窗中遠山是眉黛，席上榴花皆舞裙。借問琵琶得聞否，靈君色莊妓摇手。兩客爭碁爛斧柯，一兒壞局君不呵。杏梁歸燕空語多，奈此雲窗霧閣何。」余嘗問山谷。云：此記一段事也。嘗從一貴宗室攜妓遊僧寺，酒闌，諸妓皆散入僧房中，主人不怪也。故有「曉然夢之非紛紜」之句。（同上）

【鬼詩】《酉陽雜俎》載鬼詩兩篇，山谷喜道之。其一曰：「長安女兒踏春陽，無處春陽不斷腸。舞袖弓彎渾忘卻，娥眉空帶九秋霜。」其二曰：「流水涓涓芹努芽，織烏雙飛客還家。荒村無人作寒食，殯宮空對棠梨花。」（同上）

李　彭

【上黄太史魯直詩】　扈蹕當元祐，雄名獨擅場。羣公調玉燭，延閣近扶桑。揮灑驚雷雨，觀瞻列堵牆。密雲來北苑，珍菓出明光。柱下惟青史，銀臺無露章。胡爲隨逐客，不作瑞齋房。岑寂金華雀，蕭條玉笥行。長康萬里去，大雅百夫望。老覺丹心壯，閑知清晝長。珍蔬時入饌，荔子喜傳芳。世故跏趺遠，生涯嘯傲旁。甘爲劍外客，誰念大官羊。宣室二天詔，遺弓萬國傷。老臣還召畢，陛下過成康。澤笏皆忠讜，彈冠多俊良。力辭佳吏部，直作老潛郎。憶在金華日，曾扶八座床。未能窺絳帳，頗復戲羅囊。候雁隨陽去，奔駒度隙忙。千秋銅狄泣，萬古玉人藏。諸阮覊猶在，蘄春痛未央。羣雛極鵝雁，衆口歎蟊蠈。恨乏一廛地，歸來屢擇鄉。親交標鬼錄，卜築近僧坊。宿鳥頻窺牖，行蝸每畫梁。著渠上麟閣，恥學賦高唐。勸我十年夢，持我一瓣香。聊堪比游夏，何敢似班揚。尙愧管中見，應須肘後方。它時解顏笑，何止獲升堂。（《日涉園集》卷七）

周行己

【寄魯直學士】當今文伯眉陽蘇，新詞的皪垂明珠。我公江南獨繼步，名譽籍甚傳清都。達人嗜好與俗異，誰欲海邊逐臭夫。小生結髮讀書史，隱憫每願脫世儒。幾載俛首黌堂趣，爭唼粱藻從羣鳧。野人鼓瑟不解竽，悠悠舉目誰與娛？幸有達者黃與蘇，誰復跼蹐如轅駒。古來志士恥沈沒，參軍慷慨曳長裾。相知寧論貴賤敵，詩奏終使蘭艾殊。當時仲宣亦小弱，蔡公難其才不如。迺知士子名未立，須藉顯達齒論餘。嬰兒失乳投母哺，當亦飲食瓊漿壺。（《浮沚集》卷八）

潘錞

【山谷】 山谷言庚子山「澗底百重花，山根一片雨」，有以盡登高臨遠之趣。喜晴應詔，全篇可爲楷式。其卒章「有慶兆民同，論年天子萬」，不獨淸新，其氣韻尤更深穩。（《潘子眞詩話》）

【雙聲疊韻詩】 皮日休云：「梁武帝詩『後牖有朽柳』，沈約詩『偏眠船舷邊』，疊韻興焉。《詩》曰『螮蝀在東』，又曰『鴛鴦在梁』，雙聲興焉。」王元謨問謝莊：「何者爲雙聲？何者爲疊韻？」答曰：「互護爲雙聲，磝碻爲疊韻。」當時伏其捷。丁晉公在朱崖作州郡名配古人姓名等詩及雙聲疊韻，甚有源委。雙聲：「九曲流淸泚，重輪抱祥光。」疊韻：「紫蠟柒萸結，紅綃莒蔻房。」林和靖有「草泥行郭索，雲木叫鉤輈」，而山谷《效徐庾慢體》云：「翡翠釵梁碧，石榴裙褶紅」，皆疊韻雙聲也。語尤工。（同上）

【山谷論杜甫韓偓詩】 山谷嘗謂余言：老杜雖在流落顚沛，未嘗一日不在本朝，故善陳時事，句律精深，超古作者，忠義之氣，感發而然。韓偓貶逐，末後依王審知，其集中所載：「手風慵展八行書，眼暗休尋九局圖。窗裏日光飛野鳥，案頭筠管長蒲蘆。謀身拙爲安蛇足，報國危曾捋虎鬚。滿世可能無默識，未知誰擬試齊竽。」其詞淒楚，切而不迫，亦不忘其君者也。（同上）

王直方

【山谷論詩】 山谷論詩文不可鑿空強作，待境而生，便自工耳。每作一篇，先立大意，長篇須曲折三致意乃成章耳。（《王直方詩話》）

【作詩如雜劇】 山谷云：「作詩正如作雜劇，初時布置，臨了須打諢，方是出場。」蓋是讀秦少章詩惡其

終篇無所歸也。(同上)

【人鷗同一波】　方時敏言：荆公言鷗鳥不驚之類，如何作語則好？故山谷有云：「人鷗同一波。」(同上)

【寂齋詩】　山谷避暑城西李氏園，題詩于壁云：「荷氣竹風宜永日，冰壺凉簟不能回。題詩未有驚人句，會唤謫仙蘇二來。」少游言於東坡曰：「以先生爲蘇二，大似相薄。」少游極怨山谷《和寄寂齋》詩云「志大略細謹」，言蔡州事少人知者，因此吹毛耳。(郭紹虞於此則後案曰：《漁隱叢話》所謂少游極怨山谷云云，語意不甚明晰。考《詩林廣記》三謂少游嘗教授蔡州，有官妓婁婉及陶心兒者，與之甚密，少游嘗贈以詞見《高齋詩話》。所謂蔡州事指此。其後山谷嘗次孫子實寄寂齋韻寄少游云：「才難不易得，志大略細謹。」語含譏諷，故少游怨之。)(同上)

【謝師厚詩】　山谷對余言，謝師厚七言絶類老杜，但人少知之耳。如「倒著衣裳迎戶外，盡呼兒女拜燈前」，編之杜集無愧也。師厚方爲其女擇對，見庭堅詩，乃云：「吾得婿如是足矣。」庭堅因往求之。然庭堅之詩竟從謝公得句法，故嘗有詩曰：「自往見謝公，論詩得濠梁。」(同上)

【東坡表山谷詩】　東坡《謝金帶鞍馬》乃表四六中《送窮文》；山谷《猩猩毛筆》乃篇章中《毛穎傳》。(同上)

【山谷論作賦】　山谷嘗謂余曰：凡作賦要須以宋玉、賈誼、相如、子雲爲師格，略依放其步驟，乃有古風。老杜《詠吳生畫》云：「畫手看前輩，吳生遠擅場。」蓋古人於能事，不獨求誇前輩，要須前輩中擅場耳。(同上)

【山谷贈直方詩】山谷惠余詩兩篇。一云：「多病廢詩仍止酒。」一云：「醉餘睡起怯春寒。」觀者以爲疵。余曰：說詩者不以文害辭，豈非謂此耶？（同上）

【青眼白頭】「讀書頭欲白，相對眼終青。」「身更萬事已頭白，相對百年終眼青。」「看鏡白頭知我老，平生青眼爲君明。」「故人相見尚青眼，新貴卽今多白頭。」「江山萬里盡頭白，骨肉十年終眼青。」「白頭逢國士，青眼酒尊開。」此坡、谷所作也。其用「青眼」對「白頭」者非一，而工拙亦各有差。老杜亦云：「別來頭併白，相見眼終青。」（同上）

【小立佇幽香】山谷有詩云：「小立佇幽香，農家能有幾。」韻聯與荆公詩頗相同，當是暗合。（郭紹虞按曰：《山谷詩集》十三《次韻答斌老病起獨遊東園》詩作「小立迎幽香，心與晚色靜」。直方所舉當卽此。又王安石《歲晚》詩：「月映林塘淡，風涵笑語涼。俯窺憐綠淨，小立佇幽香。」直方所謂暗合者殆謂此。）（同上）

【澄江靜如練】謝玄暉最以「澄江靜如練」得名，故李白云：「解道澄江靜如練，令人却憶謝玄暉。」山谷詩云：「憑誰說與謝玄暉，莫道澄江靜如練。」則其人之優劣於此亦可以見。（同上）

【山谷論王安石詩】陳無己云：山谷最愛舒王「扶輿度陽羨，窈窕一川花」，謂包含數箇意。（同上）

【山谷詩筆誤】韓存中云：家中有山谷寫詩一紙，乃是「公有胸中五色筆，平生補袞用功深」。此詩本用小杜詩中「五色線」，而却書云「五色筆」，此眞所謂筆誤。（同上）

【山谷詩用賀方回詞】賀方回初作《青玉案》詞，遂知名。其間有云：「彩筆新題斷腸句。」後山谷有

詩云：「少游醉臥古藤下，誰作詩歌送一杯。解道江南斷腸句，只今惟有賀方回。」蓋載《青玉案》事。（同上）

【詩句優劣】「日月老賓送」，山谷詩也；「日月馬上過」，文潛詩也。其工拙有能辨之者。老杜云：「廚人語夜闌。」東坡云：「圖書跌宕悲年老，燈火青熒語夜深。」山谷云：「兒女燈前語夜深。」余爲當以先後分勝負。（同上）

【詩不厭多改】山谷與余詩云：「百葉湘桃苦惱人。」又云：「欲作短歌憑阿素，丁寧誇與落花風。」其後改「苦惱」作「觸撥」，改「歌」作「章」，改「丁寧」作「緩歌」。余以爲詩不厭多改。（同上）

【山谷茶詩腸字韻】山谷有茶詩押腸字韻，和者已數四，而山谷最後有「曲几團蒲聽煮湯，煎成車聲入羊腸」之句。東坡云：「黄九怎得不窮。」故晁無咎復和云：「車聲出鼎細九盤，如此佳句誰能識。」（同上）

【詩文必自成一家】宋景文云：「詩人必自成一家，然後傳不朽，若體規畫圓，準矩作方，終爲人之臣僕。」故山谷詩云：「文章最忌隨人後。」又云：「自成一家始逼眞。」誠不易之論。（同上）

【山谷語潘子眞詩法】潘淳字子眞，南昌人也。嘗以詩呈山谷。山谷云：「作詩須要開廣，如老杜『日月籠中鳥，乾坤水上萍』之類。」子眞云：「淳輩那便到此。」山谷曰：「無此只是初學詩一門戶耳。」（同上）

【一聲對】洪龜父有詩云：「琅玕嚴佛界，薜荔上僧垣。」山谷改云：「琅璫鳴佛屋。」以謂薜荔是一聲，

須要一聲對，琅璫卽一聲也。余以爲然。（同上）

【黃魯直楚詞律詩】　龜父云：「朋見張文潛，言魯直楚辭誠不可及。」晁無咎言魯直楚辭固不可及，而律詩補之終身不敢近也。（同上）

【山谷佳句】　山谷謂洪龜父云：「甥最愛老舅詩中何等篇？」龜父舉「蜂房各自開戶牖，蟻穴或夢封侯王」，及「黃流不解涴明月，碧樹爲我生涼秋」，以爲絕類工部。山谷云：「得之矣。」（同上）

【蘇黃詩咏醉眠事】　東坡《題李秀才醉眠亭》詩云：「君且歸休我欲眠，人言此語出天然。醉中對客眠何害，須信陶潛未若賢。」山谷《題晁無咎臥陶軒》亦云：「欲眠不遣客，佳處更難忘。」其意極相類。（同上）

【少游山谷書邢敦夫扇】　秦少游嘗以眞字題「月團新碾瀹花甆，飲罷呼兒課楚詞，風定小軒無落葉，青蟲相對吐秋絲」於邢敦夫扇上。山谷見之，乃於扇背復作小草，題：「黃葉委庭觀九州，小蟲催女獻功裘。金錢滿地無人費，百斛明珠薏苡秋。」皆所自作也。少游後見之，云：「逼我太甚。」（同上）

【暗香】　張塤字叔和，謂余曰：塤一日到洛中謁潞公，方飯後，坐於一亭，亭邊皆蘭，既見，不交一談，對坐幾時。公方曰：「香來也。」叔和以爲平生所未聞。潞公曰：「凡香嗅之則不佳，須待其因風自至。」余始悟山谷詩云：「披拂不盈懷，時有暗香度。」（同上）

【王晉卿以山谷句足成《鷓鴣天》】　山谷有《光山道中雪詩》云：「山啣斗柄三星沒，雪共月明千里寒。」都尉王晉卿足成《鷓鴣天》云：「才子陰風度遠關，淸愁曾向畫圖看。山啣斗柄三星沒，雪共月明千

里寒。新路陌，舊江干。崎嶇誰歎客程難。臨風更聽昭華笛，簌簌梅花滿地殘。」（同上）

【桃李春風江湖夜雨】張文潛謂余曰：黄九云「桃李春風一盃酒，江湖夜雨十年燈」，眞奇語。（同上）

【山谷和俞清老詩】山谷云：金華俞清老名子中，三十年前，與予共學於淮南。元豐甲子相見於廣陵，自云荆公欲使之脱縫掖，着僧伽棃，奉香火於半山宅寺，所謂報寧禪院者，予之僧名紫琳，字清老，無妻子之累，去作半山道人似爲不難事。然生龜脱筒，亦難堪忍。後數年，見之，儒冠自若，因嘗戲和清老詩曰：「索索葉似雨，月寒遙夜闌。馬嘶車鳴鐸，羣動不遑安。有人夢超俗，去髮脱儒冠。平明視清鏡，政爾良獨難。」子瞻屢哦此詩，以爲妙。（同上）

【椀脱蒸餅】山谷既返袁，在舘中時多食東華門椀脱蒸餅，後徙黔南，王定國寄之以詩云：「北海未常樽有酒，馮驩何止食無魚。黔州椀脱無蒸餅，自合官稱餇校書。」（同上）

【山谷以詩嘲戲】山谷謝王炳之惠玉版紙詩云：「王侯鬚若緣坡竹。」此出《髯奴傳》。炳之大以爲憾。送零陵主簿夏君玉詩末云：「因行訪幽禪，頭陁烟雨外。」蓋君玉頭甚大，故以此戲之。（同上）

【詩用史漢語】山谷嘗謂余云：「作詩使《史》、《漢》間全語爲有氣骨。」後因讀浩然詩，見「以吾一日長」，「異方之樂令人悲」及「吾亦從此逝」，方悟山谷之言。（同上）

【山谷惟愛退之《南溪始泛》詩】洪龜父言山谷於退之詩少所許可，最愛《南溪始泛》，以爲有詩人句律之深意。（同上）

【蘇王黄秦詩詞】……陳無己云：「荆公晚年詩傷工，魯直晚年詩傷奇。」余戲之曰：「子欲居工奇之

間邪？」（同上）

【東坡效山谷體】 東坡《送楊孟容》詩云：「我家峨眉陰，與子同一邦。相望六十里，共飲玻瓈江。江山不違人，徧滿千家窗。但苦窗中人，寸心不自降。子歸治小國，洪鐘噎微撞。我留侍玉堂，弱步欹豐扛。後生多高才，名與黄童雙。不肯入州府，故人餘老龐。慇懃與問訊，愛惜霸眉厖。何以待我歸，寒醅發春缸。」蓋效山谷體作也。（同上）

【山谷贈宗室大年詩】 宗室大年名令穰，喜微行，而善畫小景。山谷贈之以詩云：「揮毫不作小池塘，蘆荻江邊落雁行。雖有珠簾籠翡翠，不忘烟雨罩鴛鴦。」蓋有所譏也。（同上）

【少游論山谷詩文】 山谷舊所作詩文，名以《焦尾》、《弊帚》。少游云，每覽此篇，輒悵然終日，殆忘食事，邈然有二漢之風，今交遊中以文墨稱者，未見其比。所謂珠玉在傍，覺我形穢也。有學者問文潛模範，曰看《退聽槀》。蓋山谷在舘中時，自號所居曰退聽堂。（同上）

【聲律末流】 張文潛云：以聲律作詩，其末流也，而唐至今謹守之。獨魯直一掃古今，直出胸臆，破棄聲律，作五七言，如金石未作，鐘聲和鳴，渾然天成，有言外意。近來作詩者頗有此體，然自吾魯直始也。（同上）

【蘇王詩不經人道】 ……造語之工，至於舒王、東坡、山谷，盡古今之變。（同上）

【消梅】 消梅，京師有之，不以爲貴；因余摘遺山谷，山谷作數絕，遂名振于長安。（同上）

【山谷詩言用人】 山谷嘗有詩云：「人材包新舊，士度濟寬猛。」至建中初，又曰：「閉姦有要道，新舊

隨宜收。」又云：「不須要出我門下，實用人材是至公。」大抵言朝廷用人也。（同上）

惠洪

【悼山谷五首】　蘇黄一時頓有，風流千載追還。竟作聯翩仙去，要將休歇人間。

人間識與不識，爲君折意消魂。獨入無聲三昧，同聞阿字法門。

自顧面無四目，何止心雄萬夫。和得靈源雅曲，繡繻更絹流蘇。

鬅鬙滄浪夢幻，江湖厭飫平生。一旦便成千古，壞桐絃索縱横。

平昔馭風騎氣，如今夜雨荒丘。欲動西州華屋，空餘南浦漁舟。（《石門文字禪》卷十四）

【山谷老人贊】　蓋九州以醉眼，而其氣如神，藻萬物以妙語，而應手生春。排黄龍之三關，則凡聖之情，不敢呵止；竪寶覺之一拳，則背觸之意，不立鮮陳。世波雖怒，而難移砥柱之操；詩名雖富，而不救卓錐之貧。情如維摩詰，而欠散花之天女；心如赤頭璨，而著折角之幅巾。豈平章佛法之宰相，乃檀越叢林之韻人也耶！（同上卷十九）

【跋東坡山谷帖二首】　東坡、山谷之名非雷非霆，而天下震驚者，以忠義之効，與天地相始終耳，初不止於翰墨。王羲之、顏平原，皆直道立朝，剛而有禮，故筆蹟至今天下寶之者此也。予於雲巖訥室觀此帖，皆其海上窮困時自適之語，然高標遠韻，凌秋光，磨月色，令人手玩，一飯不置。若訥當藏之名山，以增雲林之佳氣。

前代尊宿火浴無燒香偈子，山谷獨能偈之，初見羅漢南公化作偈，其略曰：「黑蟻旋磨千里錯，巴蛇吞象三年覺。天下納子，聽瑩十年。」晦堂曰：「魯直作此有據乎？亦意造爾。」山谷曰：「吾聊爲叢林戲耳。」晦堂大笑曰：「豈可以般若爲戲論乎！」山谷始悔前所學未登本色罏鞴，乃卜居于庵之旁，方知晦堂眞不請之友耳。今讀此書，乃是未見晦堂時語也，不然安有吹劍語乎？（同上卷二十七）

【跋山谷雲峰悅老語錄序】 山谷筆回三峽，不露一言，雲峰舌覆大千，更無剩法。昔日龍山父子雖被熱瞞，今朝虎溪兒孫應增冷笑，咄寒山子道底。（同上）

【跋山谷帖】 山谷翰墨風流，不減謝東山，而書詞鄭重，傾倒於華光如此。予疑百世之下有讀之者，知華光後身支道林哉！（同上）

【跋山谷字】 山谷初謫，人以死弔，笑曰：「四海皆昆弟，凡有日月星宿處，無不可寄此一夢者！」此帖蓋其喜得黔戎，有過從之詞，其喜氣可搏掬。山谷得瘴鄉，有遊從，其情如此，使其坐政事堂食，箸下萬錢，以天下之重，未必有此喜也。（同上）

【跋山谷字】 山谷翰墨妙天下，蓋所謂本分鉗鎚，至於說禪，自到於三老之後，則似攙奪行市，奇傑之氣，光風霽月，如珥立殿陛之下，何其照曜哉！漳州正道書記於東山雪朝，出以相示，便覺增清山川，精神秀發，道雖一枝一鉢，求實於己者無有，然骨董箱有此軸，殆可與連城照乘爭價也。（同上）

【江神嗜黄魯直書韋詩】 王榮老嘗官於觀州，欲渡觀江，七日風作，不得濟。父老曰：「公篋中必蓄寶物，此江神極靈，當獻之，得濟。」榮老顧無所有，惟玉麈尾，卽以獻之，風如故。又以端硯獻之，風愈作；又以宣包、虎帳獻之，皆不驗。夜臥念曰：有黄魯直草書扇頭題韋應物詩曰：「獨憐幽草澗邊生，上有黄鸝深樹鳴。春潮帶雨晚來急，野渡無人舟自横。」卽取視之。儻恍之際，曰：「我猶不識，鬼寧識之乎？」持以獻之，香火未收，天水相照，如兩鏡展對，南風徐來，帆一餉而濟。予觀江神必元祐遷客之鬼，不然何嗜之深邪！（《冷齋夜話》卷一）

編者按：此事蔡居厚《詩史》亦記之，文字有小異。

【換骨奪胎法】山谷云：詩意無窮，而人之才有限，以有限之才，追無窮之意，雖淵明、少陵，不得工也。然不易其意而造其語，謂之換骨法；窺入其意而形容之，謂之奪胎法。如鄭谷《十日菊》曰：「自緣今日人心别，未必秋香一夜衰。」此意甚佳，而病在氣不長。西漢文章雄深雅健者，其氣長故也。曾子固曰：「詩當使人一覽語盡而意有餘，乃古人用心處。」所以荆公《菊》詩曰：「千花萬卉彫零後，始見閑人把一枝。」東坡則曰：「萬事到頭終是夢，休休，明日黄花蝶也愁。」又如李翰林詩曰：「鳥飛不盡暮天碧。」又曰：「青天盡處沒孤鴻。」然其病如前所論。山谷作《登達觀臺》詩曰：「瘦藤拄到風煙上，乞與遊人眼界開。不知眼界闊多少，白鳥去盡青天回。」凡此之類，皆換骨法也。顧況詩曰：「一别二十年，人堪幾回别。」其詩簡拔，而立意精確。舒王作與故人詩云：「一日君家把酒盃，六年波浪與塵埃。不知烏石江邊路，到老相逢得幾回。」樂天詩曰：「臨風杪秋樹，對酒長年身。醉貌如霜葉，雖紅不是春。」東坡南中詩云：「兒童誤喜朱顔在，一笑那知是醉紅。」凡此之類，皆奪胎法也。學者不可不知。（《同上》）

【古樂府前輩多用其句】　予嘗館州南客邸，見所謂常賣者，破篋中有詩編寫本，字多漫滅，皆晉簡文帝時名公卿，而詩語工甚，有古意。樂府曰：「繡幕圍香風，耳節朱絲桐。不知理何事，淺立經營中。護惜加窮袴，隄防託守宮。今日牛羊上丘壠，當時近前面發紅。」云云。前輩多全用其句。老杜曰：「意象慘淡經營中。」李長吉曰：「羅幃繡幕圍春風。」山谷曰：「牛羊今日上丘壠，當時近前左右瞋。」予見魯直未得此書。窮袴，漢時語也，今襠袴是也。（同上卷二）

【山谷集句貴拙速不貴巧遲】　集句詩，山谷謂之百家衣體，其法貴拙速而不貴巧遲。如前輩曰：「晴湖勝鏡碧，衰柳似金黄。」又曰：「事治閑景象，摩挲白髭鬚。」又曰：「古瓦磨爲硯，閑砧坐當牀。」人以爲巧，然皆疲費精力，積日月而後成，不足貴也。（同上卷三）

【荆公鍾山東坡餘杭詩】　山谷云：「天下清景，初不擇賢愚而與之遇，然吾特疑端爲我輩設。」荆公在鍾山定林，與客夜對，偶作詩曰：「殘生傷性老躭書，年少東來復起予。夜據槁梧同不寐，偶然聞雨落堦除。」東坡宿餘杭山寺贈僧曰：「暮鼓朝鐘自擊撞，閉門欹枕有殘釭。白灰旋撥通紅火，卧聽蕭蕭雪打窗。」人以山谷之言爲確論。（同上）

【少游魯直被謫作詩】　少游謫雷悽愴，有詩曰：「南土四時都熱，愁人日夜都長。安得此心如石，一時忘了家鄉。」魯直謫宜殊坦夷，作詩云：「老色日上面，懽情日去心。今既不如昔，後當不如今。」「輕紗一幅巾，短簟六尺牀。無客白日静，有風終夕涼。」少游鍾情，故其詩酸楚；魯直學道休歇，故其詩閑暇。（同上）

【詩比美女美丈夫】　前輩作花詩，多用美女比其狀，如曰：「若教解語應傾國，任是無情也動人。」誠然哉！山谷作《酴醿》詩曰：「露濕何郎試湯餅，日烘荀令炷爐香。」乃用美丈夫比之，特若出類。而吾叔淵材作《海棠》詩又不然，曰：「雨過溫泉浴妃子，露濃湯餅試何郎。」意尤工也。（同上卷四）

【詩言其用不言其名】　用事琢句，妙在言其用不言其名耳。此法唯荆公、東坡、山谷三老知之。荆公曰：「含風鴨緑鱗鱗起，弄日鵝黄裊裊垂。」此言水柳之用，而不言水柳之名也。東坡《别子由》詩：「猶勝相逢不相識，形容變盡語音存。」此用事而不言其名也。山谷曰：「管城子無食肉相，孔方兄有絶交書。」又曰：「語言少味無阿堵，冰雪相看有此君。」又曰：「眼有人情如格五，心知世事等朝三。」格五，今之蹙融是也。（同上）

【舒王山谷賦詩】　舒王宿金山寺賦詩，一夕而成，長句妙絶。如曰：「天多剩得月，月落聞歸鼓。」又曰「乃知像教力，但渡無所苦」之類，如生成。山谷在星渚賦道士快軒詩，點筆立成，其略曰：「吟詩作賦北窗裏，萬言不及一盃水。願得青天化爲一張紙。」想見其高韻，氣摩雲霄，獨立萬象之表，筆端三昧，遊戲自在也。（同上卷五）

【句中眼】　造語之工，至于荆公、東坡、山谷，盡古今之變。荆公曰：「江月轉空爲白晝，嶺雲分暝與黄昏。」又曰：「一水護田將緑遶，兩山排闥送青來。」東坡《海棠》詩曰：「只恐夜深花睡去，高燒銀燭照紅妝。」又曰：「我攜此石歸，袖中有東海。」山谷曰：此皆謂之句中眼，學者不知此妙語，韻終不勝。（同上）

【觸背關】寶覺禪師老庵于龍峰之北，魯直丁家難，相從甚久，館于庵之旁兩年。(同上卷七)

【夢遊蓬萊】黃魯直元祐中晝臥蒲池寺，時新秋雨過涼甚，夢與一道士褰衣升空而去，望見雲濤際天，夢中問道士：「無舟不可濟，且公安之？」道士曰：「與公遊蓬萊。」即襪而履水。魯直意欲無行，道士強要之。俄覺大風吹鬢，毛骨爲戰慄。道士曰：「且歛目。」唯聞足底聲如萬壑松風，有狗吠。開目不見道士，唯見宮殿張開，千門萬戶。魯直徐入，有兩玉人導升殿，主者降接之。見仙官執玉麈尾，仙女擁侍之。中有一女，方整琵琶。魯直極愛其風韻，顧之，忘揖主者。主者色莊。故其詩曰：「試問琵琶可聞否，靈君色莊伎搖手。」頃與予同宿湘江舟中，親爲言之，與今山谷集語不同，蓋後更易之耳。(同上卷八)

【三君子瑕疵可笑】徐師川曰：予於東坡、山谷、瑩中三君子，俱知敬畏者也；然其瑕疵，予能笑之。如東坡議論諫諍，眞所謂殺身成仁者，其視生死如旦夜爾，安能爲哉，而欲學長生不死。山谷赴官姑熟，既至，未視事，聞當罷，不去，竟俯就之，七日符至乃去。問其故，曰：「不亦無舟吏可遷？」夫士之進退，大體欲分明，不可苟也，豈以舟吏爲累耶？瑩中大節昭著，其能必行其志者，視爵祿如糞土，然猶時對日者說命，此皆顛倒矣。吾故笑之。(同上卷十)

【詩忌深刻】黃魯直使余對句，曰：「呵鏡雲遮月。」對曰：「啼妝露着花。」魯直罪余于詩深刻見骨，不務含蓄。余竟不曉此論，當有知之者耳。(同上)

【近體三種頷聯法】《寒食對月》：「無家對寒食，有淚如金波，斫却月中桂，清光應更多。仳離放紅蘂，想像嚬青蛾。牛女漫愁思，秋期猶渡河。」此杜子美詩也。其法頷聯雖不拘對偶，疑非聲律，然破題引韻，已的對矣；謂之偷春格，言如梅花偷春色而先開也。山谷嘗用此法作茶詞曰：「烹茶留客駐雕鞍，有人愁遠山。別郎容易見郎難，月斜窗外山。自郎去後憶前歡，畫屏金博山。一盃春露莫留殘，與郎扶玉山。」蓋下押四山字，上鞍、難、歡、殘皆有韻，如是乃知其工也。（《天廚禁臠》卷上）

【用事法】《荼蘼花》：「露濕何郎試湯餅，日烘荀令炷爐香。」……荼蘼花美，以二女子比之，不如以二美丈夫比之爲工也。然淵才又以爲不如「雨過溫泉浴妃子，露濃湯餅試何郎」，亦兼用美丈夫也。（同上）

【造語法】……凡貧賤則語言不爲人所敬信，歲寒不變則無如松竹，山谷則造而爲語曰：「語言少味無阿堵，冰雪相看有此君。」其語便健。（同上卷中）

【換骨句法】《春日》：「有情芍藥含春淚，無力薔薇臥曉枝。」又：「白蟻撥醅官酒熟，紫綿揉色海棠開。」前少游詩，後山谷詩。夫言花與酒者，自古至今不可勝數，然皆一律，若兩傑則以妙意取其骨而換之。（同上）

唐庚

【送王觀復序（節錄）】或者便謂涪翁在黔中，觀復以詩書相切磨，涪翁奇之，相與反復論難，因書柳子厚效淵明古體詩十數解示之，但知若人文章低昂疎密之節，疑其有得於此。是未必然。吾視觀復比來日益就道，蓋更事愈多，見善愈明，少年銳氣掃滅殆盡，收斂反約，漸有歸宿，宜其見於文字者如此，吾可以知其然也。人之精神何與於琴，而幾動于心，則聲應於旨，自然冥合，有不可詰者，而況于文乎？文生於氣，氣熟而文和，此理之決然，無足怪者。蓋涪翁所告者法也，余所論者理也。（《唐眉山文集》卷九）

范溫

【學詩貴識】山谷言學者若不見古人用意處，但得其皮毛，所以去之更遠。如「風吹柳花滿店香」，若人復能爲此句，亦未是太白。至於「吳姬壓酒勸客嘗」，「壓酒」字他人亦難及。「金陵子弟來相送，欲行不行各盡觴」，益不同。「請君試問東流水，別意與之誰短長」，至此乃眞太白妙處，當潛心焉。故學者要先以識爲主，如禪家所謂正法眼者，直須具此眼目，方可入道。（《潛溪詩眼》）

【詩貴工拙相半】余舊日嘗愛劉夢得《先主廟》詩，山谷使余讀李義山《漢宣帝》詩，然後知夢得之淺近。又嘗愛崔塗《孤雁》詩云：「幾行歸塞盡，念爾獨何之」八句，公又使讀老杜「孤雁不飲啄」者，然後知崔塗之無奇。（同上）

【山谷言詩法】山谷言文章必謹布置，每見後學，多告以《原道》命意曲折。（同上）

【山谷論詩文優劣】孫莘老嘗謂老杜《北征》詩勝退之《南山》詩，王平甫以謂《南山》勝《北征》，終不能相服。時山谷尚少，乃曰：「若論工巧，則《北征》不及《南山》；若書一代之事，以與《國風》、《雅》、

《頌》相爲表裏，則《北征》不可無，而《南山》雖不作未害也。」二公之論遂定。時曾子固曰：「司馬遷學莊子，班固學左氏，班、馬之優劣，卽莊、左之優劣也。」公又曰：「司馬遷學莊子，既造其妙；班固學左氏，未造其妙也。然莊子多寓言，架空爲文章；左氏皆書事實，而文調亦不減莊子，則左氏爲難。」子固亦以爲然。（同上）

【杜詩體製】山谷嘗言少時曾誦薛能詩云：「青春背我堂堂去，白髮欺人故故生。」孫莘老問云：「此何人詩？」對曰：「老杜。」莘老云：「杜詩不如此。」後山谷語傳師云：「庭堅因莘老之言，遂曉老杜詩高雅大體。」傳師云：「若薛能詩正俗所謂欺世耳。」（同上）

【句法】句法之學，自是一家工夫。昔嘗問山谷，「耕田欲雨刈欲晴，去得順風來者怨。」山谷云不如「千巖無人萬壑靜，十步回頭五步坐」。此專論句法，不論義理，蓋七言詩四字三字作兩節也。此句法出《黄庭經》。自「上有黄庭下關元」已下多此體。張平子《四愁詩》句句如此，雄健穩愜。至五言詩亦有三字二字作兩節者，老杜云：「不知西閣意，肯別定留人。」肯別邪？定留人邪？山谷尤愛其深遠閑雅，蓋與上七言同。（同上）

略白露亭燕集詩》：「江静明光燭，山空響管絃。風生學士座，雲繞令君筵。百粤餘生聚，三吴喜接連。庖霜刀落鱠，執玉酒明船。葉縣飛來舄，壺公謫處天。談多時屢謔，舞短更成姸。而我孤登覽，觀詩未究宣。老夫看鏡罷，衰白敢爭先。」直可拍肩挽袂矣。（郭紹虞於此則後按曰：《竹莊詩話》十引此作《西清詩話》，是則《古今詩話》錄《西清詩話》語，而稱爲《名賢詩話》耳。）（《古今詩話》）

【蘇黄秦南土詩】秦少游謫雷州，有詩曰：「南土四時都熱，愁人日夜俱長。安得此心如石，一時忘了家鄉。」黄魯直謫宜州，作詩曰：「老色日上面，歡情日去心。今既不如昔，後當不如今。輕紗一幅巾，短簟六尺牀。無客日自静，有風終夕涼。」少游鍾情，故詩酸楚；魯直學道，故詩閒暇。至東坡南中詩曰：「平生萬事足，所欠惟一死。」則英特之氣不受折困。（同上）

吴坰

唐溫庭筠每入試作賦，凡八叉手而八韻成。宣帝賦詩，上句有「金步搖」對，令未第進士屬之，庭筠以「玉條脱」續。李義山偶謂之曰：「近得一聯，『遠比邵公三十六年宰輔』，未得偶詞。」溫應聲曰：「何不道『近同郭令二十四考中書』？」是以今事對古事也。山谷有詩云：「雖無季子六國印，乞讀田郎萬卷書。」蓋用此例也。而學者疑之。田鈞，荆州人，藏書甚富。山谷書萬卷堂以名其居。（《五總志》）

崇寧乙酉，先子責居荆南，張才叔還自英州，慼慨道舊之餘，詢諸故人，才叔曰：「魯直每有書來，寒溫而已。瑩中尙多言，訊至動輒盈軸。志完依舊一脚向前，一脚向後。若庭堅則不然，雖白刃在前，一

色元祐。」嗚呼！古所謂孑立特起臨大節而不可奪者，非斯人其誰與！（同上）

東坡廣玄眞子詩爲《浣溪沙》曰：「西塞山邊白鳥飛，散花洲外片帆微，桃花流水鱖魚肥。自蔽一身青箬笠，相隨到處綠莎衣，斜風細雨不須歸。」山谷云：「新婦磯頭眉黛愁，女兒浦口眼波秋，驚魚錯認月沈鉤。青箬笠前無限事，綠莎衣底一時休，西風吹雨轉船頭。」東坡視之，謂所親曰：「黄九以山光水色代卻玉肌花貌，自以爲得漁父家風，然才出新婦磯，又入女兒浦，此漁父無乃太瀾浪乎？」雖曰戲言，是亦嫉而輕之也。（同上）

山谷老人自丱角能詩，送鄉人赴庭試云：「青衫烏帽蘆花鞭，送君直至明君前。若問舊時黄庭堅，責在人間十一年。」至中年以後，句律超妙入神，於詩人有開闢之功。始受知于東坡先生，而名達夷夏，遂有蘇、黄之稱。坡雖喜出我門下，然胸中似不能平也。故後之學者因生分别，師坡者萃于浙右，師谷者萃于江右。以余觀之，大是雲門盛於吴，林濟盛於楚。雲門老婆心切，接人易與，人人自得，以爲得法，而於衆中求脚根點地者，百無二三焉；林濟棒喝分明，勘辯極峻，雖得法者少，往往嶄然見頭角，如徐師川、余荀龍、洪玉父昆弟、歐陽元老，皆黄門登堂入室者，實自足以名家。噫！坡、谷之道一也，特立法與嗣法者不同耳。彼吴人指楚人爲江西之流，大非公論。（同上）

編者按：吴坰爲南北宋際人，幼時曾親見山谷，於黄、陳詩法，所述較可信。所可注意者，此處所云「余荀龍」「歐陽元老」，爲後來呂本中《江西詩派圖錄》所不載，其詩作風自當與山谷相近。

闕名

曾紆云：山谷用樂天語作黔南詩，白云：「霜降水返壑，風落木歸山。冉冉歲將晏，物皆復本原。」山谷云：「霜降水返壑，風落木歸山。冉冉歲華晚，昆蟲皆閉關。」白云：「渴人多夢飲，飢人多夢飱。春來夢何處？合眼到東川。」山谷云：「病人多夢醫，囚人多夢赦。如何春來夢，合眼在鄉社。」白云：「相去六千里，地絶天邈然。十書九不到，何以開憂顔？」山谷云：「相望六千里，天地隔江山。十書九不到，何用一開顔？」紆愛之，每對人口誦，謂是點鐵成金也。范寥云：寥在宜州嘗問山谷，山谷云：「庭堅少時誦熟，久而忘其爲何人詩也。嘗阻雨衡山尉廳，偶然無事，信筆戲書爾。」寥以紆點鐵之語告之，山谷大笑曰：「烏有是理，便如此點鐵！」（《道山清話》）

山谷在宜州服紫霞丹，自云得力，曾紆嘗以書勸其勿服，山谷答曰：「公卷疽根在傍，乃不可服。如僕服之，殆是晴雲之在川谷，安得霹靂火也！」（同上）

山谷之在宜也，其年乙酉，卽崇寧四年也，重九日登郡城之樓，聽邊人相語，「今歲當鏖戰取封侯」，因作小詞云：「諸將說封侯，短笛長吹獨倚樓。萬事總成風雨去，休休，戲馬臺南金絡頭。催酒莫遲留，酒似今秋勝去秋。花向老人頭上笑，羞羞，人不羞花花自羞。」倚欄高歌，若不能堪者。是月三十日果不起，范寥自言親見之。（同上）

范寥言山谷在宜州，嘗作亥卯未腪肫，又作未酉亥腪肫，寥皆得享之。（同上）

范蜀公鎮，每對客，尊嚴靜重，言有條理，客亦不敢慢易，惟蘇子瞻則掀髯鼓掌，旁若無人，然蜀公甚敬之。一日，有客問公何爲不重黄庭堅，公曰：「魯直一代偉人，鎮之畏友也，安敢不加重。」又問庭堅學佛有得否，公曰：「這箇則如何知得，但佛亦如何恁地學得！」（同上）

杜少陵《宿龍門》詩：「天闕象緯逼。」王介甫改「闕」爲「閱」，黄魯直對衆極言其是，貢父聞之曰：「直是怕他。」（同上）

黄庭堅年五歲，已誦五經。一日，問其師曰：「人言六經，何獨讀其五？」師曰：「《春秋》不足讀。」庭堅曰：「於，是何言也！既曰經矣，何得不讀。」十日成誦，無一字或遺。其父庶喜其警悟，欲令習神童科舉。庭堅竊聞之，乃笑曰：「是甚做處！」庶尤愛重之。（同上）

呂本中

表叔范元實既從山谷學詩，要字字有來處，嘗有詩云：「夷甫雌黄須倚閣，君卿唇舌要施行。」（《東萊呂紫微詩話》）

從叔知止少年作詩云：「彭澤有琴常無弦，大令舊物惟青氈。我亦四壁對默坐，中有一床供晝眠。」元實深賞愛之，云殆似山谷少時詩也。（同上）

歐陽季默嘗問東坡：「魯直詩何處是好？」東坡不答，但極口稱重黄詩。季默云：「如『卧聽疎疎還密密，曉看整整復斜斜』，豈是佳耶？」東坡云：「此正是佳處。」（同上）

山谷贈晁无咎詩曰：「執持荆山玉，要我雕琢之。」蓋无咎初從山谷理會作詩，故无咎舊詩往往似山谷。（同上）

【前人文章句法】　前人文章各自一種句法。如老杜「今君起柂春江流，予亦江邊具小舟」，「同心不減骨肉親，每語見許文章伯」，如此之類，老杜句法也。東坡「秋水今幾竿」之類，自是東坡句法。魯直「夏扇日在搖，行樂亦云聊」，此魯直句法也。學者若能徧考前作，自然度越流輩。（《童蒙詩訓》）

【文宜頻改】　老杜云：「新詩改罷自長吟。」文字頻改，工夫自出。近世歐公作文，先貼於壁，時加竄定，有終篇不留一字者。魯直長年多改定前作，此可見大略。如《宗室挽詩》云：「天網恢中夏，賓筵禁列侯。」後乃改云：「屬舉左官律，不通宗室侯。」此工夫自不同矣。（同上）

【魯直識淵明退之詩】　淵明、退之詩，句法分明，卓然異衆，惟魯直爲能深識之。學者若能識此等語，自然過人。阮嗣宗詩亦然。（同上）

【集句】　荆公好集句，嘗於東坡處見古硯，東坡令荆公集句，荆公云：「巧匠斲山骨。」只得一句，遂逡巡而去。山谷嘗有句云：「麒麟臥葬功名骨。」終身不得好對。（同上）

【魯直詩之成就處】　或稱魯直「桃李春風一杯酒，江湖夜雨十年燈」，以爲極至。魯直自以此猶砌合，須「石吾甚愛之，勿使牛礪角，牛礪角尚可，牛鬥殘我竹」，此乃可言至耳。然如魯直《百里大夫冢》詩與《快閣》詩，已自見成就處也。（同上）

【黄陳學義山】　義山《雨》詩：「摵摵度瓜園，依依傍水軒。」此不待説雨，自然知是雨也。後來魯直、無已諸人多用此體。作詠物詩不待分明説盡，只髣髴形容，便見妙處。如魯直《酴醿》詩云：「露濕何郎試湯餅，日烘荀令炷爐香。」(同上)

【學古人文字須得其短處】學古人文字，須得其短處。如杜子美詩，頗有近質野處，如《封主簿親事不合》詩之類，是也。東坡詩有汗漫處；魯直詩有太尖新、太巧處，皆不可不知。(同上)

【賦詩必此詩】東坡詩云：「賦詩必此詩，定知非詩人。」此或一道也。魯直作詠物詩，曲當其理。如《猩猩筆》詩「平生幾兩屐，身後五車書」。其必此詩哉？(同上)

【蘇黄詩不可偏廢】讀《莊子》令人意寬思大敢作。讀《左傳》便使人入法度，不敢容易。此二書不可偏廢也。近世讀東坡、魯直詩，亦類此。(同上)

【作文必要悟】作文必要悟入處，悟入必自工夫中來，非僥倖可得也。如老蘇之於文，魯直之於詩，蓋盡此理也。(同上)

【山谷詩格】徐師川云：作詩回頭一句最爲難道，如山谷詩所謂「忽思鍾陵江十里」之類是也。他人豈如此，尤見句法安壯。山谷平日詩多用此格。(同上)

【古人詩文特長】老杜歌行與長韻律詩，後人莫及，而蘇、黄用韻下字用故事處亦古所未到。晉、宋間人造語題品絶妙今古，近世蘇、黄帖題跋之類，率用此法，尤爲要妙。(同上)

【文字體式】學詩須熟看老杜、蘇、黄，亦先見體式，然後偏考他詩，自然工夫度越他人。(同上)

【蘇黄文字之妙】自古以來語文章之妙，廣備衆體，出奇無窮者，唯東坡一人；極風雅之變，盡比興之

體，包括衆作，本以新意者，唯豫章一人。此二者當永以爲法。（同上）

張守

【跋周君舉所藏山谷帖】山谷老人謫居戎、僰，而家書周諄，無一點悲憂憤嫉之氣，視禍福寵辱，如浮雲去來，何繫欣戚。世之淺丈夫，臨小得失，意色俱變，一罹禍辱，不怨天尤人，則哀呼求免矣。使見此書，亦可少媿也。紹興十年二月八日，毘陵張某子固觀于會稽郡齋。（《毘陵集》卷十一）

張知甫

都司裴中謨與魯直爲同年，嘗語家人云：人生當少作老計，生作死計。（《可書》）

葉夢得

外祖晁君誠善詩，蘇子瞻爲集序，所謂温厚静深如其爲人者也。黄魯直常誦其「小雨愔愔人不寐，臥聽羸馬齕殘蔬」，愛賞不已，他日得句云：「馬齕枯萁喧午夢，誤驚風雨浪翻江。」自以爲工，以語舅氏無咎曰：「吾詩實發於乃翁前聯。」余始聞舅氏言此，不解「風雨翻江」之意。一日憩於逆旅，聞傍舍有澎湃鞺鞳之聲，如風浪之歷船者，起視之，乃馬食於槽，水與草齟齬於槽間而爲此聲，方悟魯直之好奇。然此亦非可以意索，適相遇而得之也。（《石林詩話》卷上）

蜀人石翼，黄魯直黔中時從游最久。嘗言見魯直自矜詩一聯云：「人得交游是風月，天開圖畫卽江山。」以爲晚年最得意，每舉以教人，而終不能成篇，蓋不欲以常語雜之。然魯直自有「山圍燕坐圖畫出，水作夜窗風雨來」之句，余以爲氣格當勝前聯也。（同上）

頃見晁無咎舉魯直詩「人家圍橘柚，秋色老梧桐」，張文潛「斜日兩竿眠犢晚，春波一眼去凫寒」，皆自以爲莫能及。（同上）

楊大年、劉子儀皆喜唐彦謙詩，以其用事精巧，對偶親切。黄魯直詩體雖不類，然亦不以楊、劉爲過。如彦謙題漢高廟云：「耳聞明主提三尺，眼見愚民盜一坏。」雖是着題，然語皆歇後。一坏事無兩出，或可略「土」字，如三尺律、三尺喙皆可，何獨劍乎？「耳聞明主」、「眼見愚民」，尤不成語。余數見交游道魯直意，殊不可解。（同上卷中）

古今人用事，有趁筆快意而誤者，雖名輩有所不免。蘇子瞻：「石建方欣洗腧厠，姜龐不解歎蟏蛸。」據《漢書》，腧厠本作厠腧，蓋中衣也。二字義不應可顛倒用。魯直：「啜羹不如放麑，樂羊終愧巴西。」本是西巴，見《韓非子》。蓋貪於得韻，亦不暇省爾。（同上）

馬永卿

【皋陶】古人姓名有不可解者。文公十八年，季文子云：「高陽氏有才子八人。」注云：高陽，顓頊帝號也。八人其苗裔：蒼舒、隤敳、檮戭、大臨、尨降、庭堅、仲容、叔達。注云，此卽垂、益、禹、皋陶之倫。庭堅，皋陶字也。然有可疑者，文公五年，楚滅六蓼，臧文仲聞六蓼滅曰：「皋陶庭堅，不祀忽諸。」注云：六蓼，皆皋陶後也。且既云庭堅即皋陶字，則文仲不應既曰皋陶，又曰庭堅也。若據其意，即皋陶、庭堅又似兩人。山谷老人名庭堅，字魯直，其義不可解。或云慕季文子之逐莒僕，故曰魯直。（《嬾眞子》卷五）

闕名

歐陽文忠公雖作一二十字小柬，亦必屬稿，其不輕易如此。今集中所見，乃明白平易，若未嘗經意者，而自然爾雅，非常人所及。東坡大抵相類，初不過爲文采爾。至黄魯直，始專集取古人才語以敍事，雖造次間必期於工，遂以名家，士大夫翕然傚之。（《南窗紀談》）

李光

【與善借示魯直集，雕刻雖精，而非老眼所便，戲成小詩還之】牆角年來棄短檠，捐書默坐眼方明。知君欲嗣江西派，淨几明窗付後生。近日吕居仁舍人作江西宗派序，以魯直爲宗主也。（《莊簡集》卷七）

邵博

黄著作庭堅《荆江亭》詩曰：「魯中狂士邢尚書，自言挾日上天衢。敦夫若在鐫此老，不令平地生崎嶇。」

敦夫名居實，早死，尚書公子也。（《邵氏聞見後錄》卷二）

黄魯直詩云：「山椒欲雨好雲氣，湖面迎風生水紋。」汪彦章用其體云：「野田無雨出龜兆，湖水得風生縠紋。」昔宋景文問晏元獻：「劉夢得『瀼西春水縠紋生』，生字當作何義？」元獻云：「作生于縠紋意，不合當作生熟之生。」景文歎服，以爲妙語。今彦章以生對出，則作生長之生矣。豈不聞元獻之説邪？（同上卷十七）

晁以道問予：「梅二詩何如黄九？」予曰：「魯直詩到人愛處，聖俞詩到人不愛處。」以道爲一笑。（同上卷十九）

王庭珪

【跋黄魯直帖】東坡先生嘗言山谷老人來𫐐道，觀長年撥棹，乃覺稍進。山谷自論亦然。此帖眞山谷書，非不秀偉，要是元祐以前作。（《盧溪集》卷四十九）

陳長方

古人作詩斷句，輒旁入他意，最爲警策。如老杜云「雞蟲得失無了時，注目寒江倚山閣」是也。黄魯直作《水仙花》詩，亦用此體，云：「坐對眞成被花惱，出門一笑大江横。」至陳無已云：「李杜齊名吾豈敢，晚風無樹不鳴蟬。」則直不類矣。（《步里客談》卷下）

章叔度憲云：每下一俗間言語，無一字無來處，此陳無已、黄魯直作詩法也。（同上）

自古稱齊名甚多，其實未必然。如姚、宋，則宋之守正，非姚比也，韓、柳、元、白四人，出處邪正不同。人言劉、白，而劉之詩文亦勝白公。至如近代歐、梅、蘇、黄，而子瞻文章去黄遠甚，黄之詩律，蘇亦不逮也。（同上）

何薳

【坡谷前身】世傳山谷道人前身爲女子，所説不一。近見陳安國省幹云：山谷自有刻石，記此事於涪陵江石間，石至春夏爲江水所浸，故世未有模傳者。刻石其略言山谷初與東坡先生同見清老者，清語坡前身爲五祖戒和尚，而謂山谷云：「學士前身一女子，我不能詳語，後日學士至涪陵，當自有告者。」山谷意謂涪陵非遷謫不至，聞之亦似憒憒。既坐黨人，再遷涪陵，未幾，夢一女子語之云：「某生誦《法華經》，而志願復身爲男子，得大智慧，爲一時名人。今學士，某前身也。學士近年來所患腋氣者，緣某所葬棺朽，爲蟻穴居於兩腋之下，故有此苦。今此居後山有某墓，學士能啓之，除去蟻聚，則腋氣可除也。」既覺，果訪得之，已無主矣。因如其言，且爲再易棺。修掩既畢，而腋氣不藥而除。

（《春渚紀聞》卷一）

周紫芝

【讀山谷黔南詩】阿香名字本無雙，流落眞成竄夜郎。早歲浪言腸是錦，只今空復鬢成霜。名傳故國

猶驚座，詩入涪川尙滿囊。天爲少陵增秀句，故教遷客上瞿塘。(《太倉稊米集》卷六)

【書山谷帖後】　僕平生閲山谷書甚多，所謂「摩挲石刻鬢成絲」者，獨未嘗見其起草。此一紙塗竄至數十字，大似顏平原坐位帖，但字差少耳。後人觀之，當不減今人之視魯公也。紹興壬申三月甲子，宛陵周某書。(同上卷六十六)

余家藏山谷《謝李邦直送𥳑雲龍茶》詩，所謂「𥳑雲從龍小蒼壁，元豐至今人未識」者是也。用川蘗矮紙作鉅軸，書如拳許大，字畫飛動，可與《瘞鶴銘》、《離堆記》争雄。政和甲午，攜以示李端叔。端叔和山谷韻，又用此韻作詩見貽，且跋其尾云：「元豐八年九月，魯直入館。是月裕陵發引。前一日百官集朝堂，與余適相値邂逅。邦直送茶。居兩日，聞有詩，又數日，相見於文德班中，爲余口占。政和四年中元前一日，宣城周少隱出此詩相示，蓋二十有九年矣。感舊愴然，因借其韻，書于卷尾。是日太平，久不雨而雨，黄昏月出，已而復雨。」紹興兵至姑谿，詩帖兩牛腰併與山谷墨妙，爲之一空。(《竹坡詩話》卷一)

梁太祖受禪，姚垍爲翰林學士，上問及裴延裕行止，曰：「頗知其人，文思甚捷。」垍曰：「向在翰林，號爲下水船。」太祖應聲曰：「卿便是上水船！」議者以垍爲急灘頭上水船。魯直詩云：「花氣熏人欲破禪，心情其實過中年。春來詩思何所似？八節灘頭上水船。」山谷點化前人詩，而其妙如此。詩中三昧手也。(同上卷二)

自古詩人文士，大抵皆祖述前人作語。梅聖俞詩云：「南隴鳥過北隴叫，高田水入低田流。」歐陽文忠公誦之不去口。魯直詩有「野水自添田水滿，晴鳩却換雨鳩來」之句，恐其用此格律，而其語意高妙如此，可謂善學前人者矣。（同上）

蔡絛

【魯直詩】魯直少警悟，八歲能作詩。《送人赴舉》云：「送君歸去明主前，若問舊時黄庭堅，謫在人間今八年。」似此非髫稚語矣。（《西清詩話》）

【聽水詩】退之《宿（龍宫）灘》詩云：「浩浩復蕩蕩，灘聲抑更揚。」黄魯直曰：退之裁聽水句尤見工。所謂浩浩蕩蕩抑更揚者，非諳客裏夜卧，飽聞此聲，安能周旋妙處如此耶？（同上）

【詩畫相資】丹青吟詠，妙處相資，昔人謂詩中有畫，畫中有詩者，蓋畫手能狀而詩人能言之……南唐畫俗號四暢圖，其一剔耳者曲肘仰面作挽弓勢，一搔首者使小青理髮，趺坐頻首，兩手置膝，作輪指狀。魯直題云：「剔耳壓塵喧，搔頭數歸日。」且畫工意初未必然，而詩人廣大之，乃知作詩者，徒言其景，不若盡其情，此題品之津梁也。（同上）

【山谷白雲亭燕集詩】魯直自黔南歸，詩變前體，且云要須唐律中作活計乃可言詩，如少陵淵畜雲萃，變態百出，雖數十百韻，格律益嚴，蓋操制詩家法度如此。余觀魯直《和白雲亭燕集》詩：「江淨明花竹，山空響管弦。風生學士麈，雲繞令君筵。百越餘生聚，三吴遠接連。庖霜刀落膾，執玉酒明船。葉縣飛來舄，壺公謫處天。酌多時暴謔，舞短更成妍。唯我孤登覽，觀詩未究宣。空餘五字賞，又似兩京然。醫是肱三折，官當歲九遷。老夫看鏡罷，衰白敢爭先。」直可拍肩挽袂矣。（郭紹虞於此則後案曰：《修辭鑑衡》卷一引《古今詩話》有此則，稱據《名賢詩話》。）（同上）

【山谷詩似參曹洞禪】山谷詩妙脱蹊徑，言謀鬼神，無一點塵俗氣，所恨務高，一似參曹洞下禪，尚墮在玄妙窟裏。（郭紹虞於此則後案曰：此則出蔡氏所爲《百衲詩話》。胡仔《漁隱叢話》謂：「《西清詩話》，蔡百衲絛所撰也，已嘗行於世矣。余舊錄得百衲所作詩評，今列於此。」云云，則是此則不應在《西清詩話》中。」（同上）

【山谷論詩】黄魯直貶宜州，謂其兄元明曰：「庭堅筆老矣，始悟抉章摘句爲難，要當於古人不到處留意，乃能聲出衆上。」元明問其然。曰：庭堅六言近詩「醉鄉閒處日月，鳥語花間管絃」是也。此優入詩家藩閫，宜其名世如此。（同上）

【詩評】柳子厚詩，雄深簡淡，迥拔流俗，至味自高，直揖陶、謝；然似入武庫，但覺森嚴。王摩詰詩，渾厚一段，覆蓋古今；但如久隱山林之人，徒成曠淡。杜少陵詩，自與造化同流，孰可擬議，至若君子高處廊廟，初成法言，恨終欠風韻。黄太史詩，妙脱蹊徑，言謀鬼神，唯胸中無一點塵，故能吐出世間語；所恨務高，一似參曹洞下禪，尚墮在玄妙窟裏。東坡詩，天才宏放，宜與日月爭光，凡古人所不到處，發明殆盡，萬斛泉源，未爲過也；然頗恨方朔極諫，時雜以滑稽，故罕逢醖藉。韋蘇州詩，如渾金璞玉，不假雕琢成妍，唐人有不能到，至其過處，大似村寺高僧，奈似有野態。劉夢得詩，典則既高，滋味亦厚；但正若巧匠矜能，不見少拙。白樂天詩，自擅天然，貴在近俗；恨蘇小雖美，終帶風塵。李太白詩，逸態淩雲，照映千載；然時作齊、梁間人體段，略不近渾厚。韓退之詩，山立霆碎，自成一法；然譬之樊侯冠佩，微露粗疎。柳柳州詩，若捕龍蛇，搏虎豹，急與之角，而力不敢暇，非輕蕩也。薛許昌詩，天分有限，不逮諸公遠矣；至合人意處，正若芻豢，時復咀嚼自佳。王介甫詩，雖乏丰骨，一番出清新，方似學語之小兒，酷令人愛。歐陽公詩，溫麗深穩，自是學者所宗；然似三館畫手，未免多與古人傳神。杜牧之詩，風調高華，片言不俗，有類新及第少年，略無少退藏處，固難求一唱而三歎也。右此十四公，皆吾生平宗師追仰，所不能及者，留心既久，故閑得而議之。至若古今詩人，自至珠聯玉映，則又有不得而知也已。（見胡仔《苕溪漁隱叢話》後集卷三十三）

莊季裕

黄魯直送張謨河東漕使詩云：「紫參可掘宜包貢，青鐵無多莫鑄錢。」時范忠宣帥太原，方論冶多鑄廣，故物重爲弊。其子子夷亦能詩，嘗云：「當易『無』字，作『雖』乃可。」又一篇云：「虎頭墨妙能頻寄，馬乳葡萄不待求。」議者又謂維摩畫像一本足矣，何用多爲？蓋貶駁他人，易於爲工也。孟子斥高子云固，而不取武成之策，況餘者乎？（《雞肋編》卷上）

李清照

【詞評（節録）】王介甫、曾子固，文章似西漢，若作一小歌詞，則人必絶倒，不可讀也。乃知别是一家，知之者少。後晏叔原、賀方回，秦少游、黄魯直出，始能知之。又晏苦無鋪敍，賀苦少典重，秦即專主情致，而少故實。譬如貧家美女，非不妍麗丰逸，而終乏富貴態。黄卽尚故實而多疵病，譬如良玉有瑕，價自減半矣。（見胡仔《苕溪漁隱叢話》後集卷三十三）

范季隨

一日，因坐客論魯直詩體致新巧，自作格轍，次客舉魯直題子瞻伯時畫竹石牛圖詩云：「石吾甚愛之，勿使牛礪角；牛礪角尚可，牛鬥殘我竹。」如此體製甚新。公（編者按指韓駒）徐曰：「獨漉水中泥，水濁不見月；不見月尚可，水深行人沒。」蓋是李白《獨漉篇》也。（《室中語》，見《詩人玉屑》卷八《陵陽論山谷》）

一日，因論詩，珪粹中曰魯直《清江引》「渾家醉着篷底眠，舟在寒沙夜潮落」，說盡漁父快活。公曰「醉着」二字，是用韓偓「漁翁醉着無人喚」。（同上，見《詩人玉屑》卷八《相襲》）

曾　幾

【肇慶守鄭子禮以李北海石室碑見寄輒次山谷老人韻爲謝】吾評古法書，固自有高下。端州遺我石室碑，一字千金恐非價。莫邪之劍難爭鋒，李公落筆神氣同。詩鳴一代屬山谷，草根亦復吟秋蟲。（《茶山集》卷三）

王銍

【國香詩】并序：國香，荆渚田氏侍兒名也。黄太史魯直自南溪召爲吏部副郎，留荆州，乞守當塗，待報。所居卽此女□鄰也。太史偶見之，以謂幽閑姝美，目所未覩。後其家以嫁下俚貧民，因賦《水仙花》詩寓意云：「淤泥解出白蓮藕，糞壤能開黄玉花；可惜國香天不管，隨緣流落小民家。」俾予和之。後數年，太史卒於嶺表，當時賓客雲散，此女旣生二子矣。會荆南歲荒，其夫鬻之田氏家。田氏一日邀予，置酒出之，掩抑困悴，無復故態。坐間，話當時事，相與感歎。予請田氏名曰國香，以成太史之志。政和三年春，客京，解會表弟汝陰王性之，問太史詩中本意，因道其詳。性之文詞俊敏，好奇博雅，聞之拊髀歎息曰：「可留之篇詠，爲一段奇事。」因爲賦之，且邀諸公各作一篇云。

南京太史還朝晚，息駕江陵頗從欵。綵毫曾詠水仙花，可惜國香天不管。將花托意爲羅敷，十七未有十五餘。宋玉門牆迂貴從，藍橋庭戶怪貧居。十年目色遥成處，公更不來天上去。已嫁鄰姬窈窕姿，空傳墨客慇懃句。聞道離鸞別鶴悲，藁砧無賴鬻蛾眉。桃花結子風吹後，巫峽行雲夢足時。田郎好事知渠久，酧贈明珠同石友。憔悴猶疑洛浦妃，風流固可章臺柳。寶髻犀梳金鳳翹，樽前初識董嬌嬈。來遲杜牧應須恨，愁煞蘇州也合銷。却把水仙花說似，猛省西家黄學士。乃能知妾妾當時，悔不書空作黄字。王子初聞話此詳，索詩裁與漫淒涼。只今驅豆無方法，徒使田郎賦國香。（《雪溪詩》卷一）

編者按：此恐非王銍詩，姑依原書繫此，俟考。

普　聞

老杜之詩，備于衆體，是爲詩史。近世所論，東坡長于古韻，豪逸大度；魯直長于律詩，老健超邁；荆公長于絶句，閑暇清癯，其各一家也。（《詩論》）

詩家云鍊字莫如鍊句，鍊句莫若得格，格高本乎琢句，句高則格勝矣。天下之詩，莫出于二句，一曰意句，二曰境句。境句則易琢，意句難製。境句人皆得之，獨意不得其妙者，蓋不知其旨也。所以魯直、荆公之詩出于流輩者，以其得意句之妙也。何則？蓋意從境中宣出……魯直寄黄從善詩云：「我居北海君南海，寄雁傳書謝不能。桃李春風一杯酒，江湖夜雨十年燈。」云云。初二句爲破題，第三第四句爲頷聯。大凡頷聯皆宜意對。春風桃李但一杯，而想像無聊㕓空爲甚，飄蓬寒雨十年燈之下，未見青雲得路之便，其羈孤未遇之歎具見矣。其意句亦就境中宣出，桃李春風、江湖夜雨，皆境也。昧者不知，直謂境句，謬矣。（同上）

胡　仔

苕溪漁隱曰：永叔《送原甫出守永興》詩云：「酌君以荆州魚枕之蕉，贈君以宣城鼠鬚之管，酒如長虹飲滄海，筆若駿馬馳平坂。」黄魯直《送王郎》詩云：「酌君以蒲城桑落之酒，泛君以湘纍秋菊之英，贈君以黟川點漆之墨，送君以陽關墮淚之聲。酒澆胸中之磊落，菊制短世之頽齡，墨以傳千古文章之印，歌以寫從來兄弟之情。」近時學者以謂此格獨魯直爲之，殊不知永叔已先有也。（《苕溪漁隱叢話》前集卷二十九）

《禁臠》：「魯直換字對句法，如『只今滿坐且尊酒，後夜此堂空月明』，『清談落筆一萬字，白眼舉觴三百盃』，『田中誰問不納履，坐上適來何處蠅』，『秋韆門巷火新改，桑柘田園春向分』，『忽乘舟去値花雨，寄得書來應麥秋』其法於當下平字處以仄字易之，欲其氣挺然不羣，前此未有人作此體，獨魯直變之。」苕溪漁隱曰：「此體本出於老杜，如『寵光蕙葉與多碧，點注桃花舒小紅』，『一雙白魚不受釣，三寸黄柑猶自青』，『外江三峽且相接，斗酒新詩終日疎』，『負鹽出井此溪女，打鼓發舡何郡郎』，『沙上草閣柳新暗，城邊野池蓮欲紅』。似此體甚多，聊舉此數聯，非獨魯直變之也。余嘗效此體作一聯云：『天連風色共高運，秋興物華俱老成。』今俗謂之拗句者是也。」（同上前集卷四十七）

張文潛曰：「以聲律作詩，其末流也，而唐至今詩人謹守之。獨魯直一掃古今，（直）出胸臆，破棄聲律，作五七言，如金石未作，鐘磬聲和，渾然有律呂外意。近來作詩者，頗有此體，然自吾魯直始也。」苕溪漁隱曰：「古詩不拘聲律，自唐至今詩人皆然，初不待破棄聲律，老杜自有此體，如《絶句漫興》、《黄河》、《江畔獨步尋花》、《夔州歌》、《春水生》，皆不拘聲律，渾然成章，新奇可愛，故魯直效之作《病起荆州江亭卽事》、《謁李材叟兄弟》、《謝答聞善絶句》之類是也。老杜七言如《題省中院壁》、《望岳》、《江雨有懷鄭典設》、《晝夢》、《愁強戲爲吳體》、《十二月一日三首》。魯直七言如《寄上叔父夷仲》、《次韻李任道晚飲鎖江亭兼簡履中南玉》、《廖致平送綠荔支》、《贈鄭交》之類是也。此聊舉其二三，覽者當自知之。文潛不細考老杜詩，便謂此體『自吾魯直始』，非也。魯直詩本得法於杜少陵，其用老杜此法何疑。老杜自我作古，其詩體不一，在人所喜取而用之，如東坡《在嶺外游博羅香積寺》、《同正輔遊白水山》、《聞正輔將至以詩迎之》，皆古詩，而終篇對屬精切，語意貫穿，此亦是老杜體，如《岳麓山道林二寺行》、《追酬故高蜀州人日見寄》、《入衡州奉贈李八丈判官》、《晚登瀼上堂》之類，槪可見矣。」(同上)

苕溪漁隱曰：山谷詩：「焉知治容子，掩袂泣前魚。」事見《文選·中山王孺子妾歌》注：「魏王與龍陽君共舡而釣，得十餘而棄之，泣下，曰：臣始得魚甚喜，後得益多而大，欲棄前所得也；今臣得拂枕席，爵至人君，四海之內，美人甚多，聞臣得幸，畢褰裳而趨，臣亦同所得魚將棄矣，得無涕乎！王乃令曰：敢言美人者族！」(同上)

苕溪漁隱曰：余頃歲往來湘中，屢游浯溪，徘徊磨崖碑下，讀諸賢留題，惟魯直、文潛二詩，傑句偉論，殆爲絶唱，後來難復措詞矣。(同上)

苕溪漁隱曰：詩人詠物形容之妙，近世爲最。如梅聖俞：「蝟毛蒼蒼磔不死，銅盤矗矗釘頭生，吳鷄鬥罷絳幘碎，海蚌扶出眞珠明。」誦此，則知其詠芡也。東坡：「海山仙人絳羅襦，紅紗中單白玉膚，不須更待妃子笑，風骨自是傾城姝。」誦此，則知其詠荔支也。張文潛：「平池碧玉秋波瑩，綠雲擁扇青搖柄，水宮仙女門新妝，輕步淩波踏明鏡。」誦此，則知其詠蓮花也。如唐彥謙詠牡丹詩云：「爲雲爲雨徒虛語，傾國傾城不在人。」羅隱詠牡丹詩云：「若教解語應傾國，任是無情也動人。」非不形容，但不能臻其妙處耳。蘇、黄又有詠花詩，皆託物以寓意，此格尤新奇，前人未之有也。東坡《謝杜沂遊武昌以酴醿見惠》詩云：「淒涼吳宮闕，紅粉埋故苑。至今微月夜，笙簫來絶巘。餘妍入此花，千載尚清婉。」山谷《詠水仙花》詩云：「淩波仙子生塵襪，水面盈盈步微月，是誰招此斷腸魂，種作寒花寄愁絶。」詠桃花絶句云：「九疑山中萼綠華，黄雲承襪到羊家，眞筌蟲蝕詩句斷，猶託餘情開此花。」余嘗因庭下黄白菊花相間開，遂效此格作詩詠之，曰：「何處金錢與玉錢，化爲蝴蝶夜翩翩，青絲網住芳叢上，開作秋花取意妍。」金元錢事見《杜陽雜編》：「唐穆宗時，禁中花開，夜有蛺蝶數萬，飛集花間，宫人以羅巾撲之，無有獲者，上令張網空中，得數百，遲明視之，皆庫中金元錢也。」古人有詠玉簪花詩云：「燕罷瑤池阿母家，飛瓊扶上紫雲車，玉簪墜地無人拾，化作東南第一花。」稱此格也。（同上）

苕溪漁隱曰：荆公詩：「祗向貧家促機杼，幾家能有一絇絲？」山谷詩云：「莫作秋蟲促機杼，貧家能有幾絇絲？」荆公又有「小立佇幽香」之句，山谷亦有「小立近幽香」之句，語意全然相類。二公豈竊詩者，王直方云當是暗合，亶其然乎！（同上）

苕溪漁隱曰：《童蒙訓》乃居仁所撰，譏魯直詩有太尖新太巧處，無乃與《江西宗派圖》所云「抑揚反覆，盡兼衆體」之語背馳乎？（同上前集卷四十八）

苕溪漁隱曰：《正法眼藏》云：「石頭一日問藥山，曰：子近日作麽生？山曰：皮膚脱落盡，唯有眞實

在。」魯直《别楊明叔》詩云：「皮毛剝落在，惟有眞實盡。」全用藥山禪語也。(同上)

苕溪漁隱曰：魯直《觀伯時畫馬》詩云：「儀鸞供帳饕蝨行，翰林濕薪爆竹聲，風簾官燭淚縱横。木穿石槃未渠透，坐窗不遨令人瘦，貧馬百䕺逢一豆。眼明見此玉花驄，徑思著鞭隨詩翁，城西野桃尋小紅。」此格，《禁臠》謂之促句換韻，其法三句一換韻，三疊而至。此格甚新，人少用之。余嘗以此格爲鄙句云：「青玻璃色瑩長空，爛銀盤挂屋山東，晚涼徐度一襟風。天分風月相管領，對之技癢誰能忍，吟哦自恨詩才窘。掃寬露坐發興新，浮蛆琰琰拋青春，不妨舉醆成三人。」(同上)

宋子京《筆記》曰：「文章必自名一家，然後可以傳不朽，若體規畫圓，准方作矩，終爲人之臣僕。古人譏屋下架屋，信然。陸機曰：『謝朝花於已披，啓夕秀於未振。』韓愈曰：『惟陳言之務去。』此乃爲文之要。」苕溪漁隱曰：「學詩亦然，若循習陳言，規摹舊作，不能變化，自出新意，亦何以名家。魯直詩云：『隨人作計終後人。』又云：『文章最忌隨人後。』誠至論也。」(同上前集卷四十九)

苕溪漁隱曰：元祐文章，世稱蘇、黄。然二公當時爭名，互相譏誚。東坡嘗云：「黄魯直詩文，如蝤蛑江珧柱，格韻高絶，盤飧盡廢，然不可多食，多食則發風動氣。」山谷亦云：「蓋有文章妙一世，而詩句不逮古人者。」此指東坡而言也。二公文章，自今視之，世自有公論，豈至各如前言，蓋一時爭名之詞耳。俗人便以爲誠然，遂爲譏議，所謂「蚍蜉撼大樹，可笑不自量」者邪。(同上)

苕溪漁隱曰：《食筍》詩云：「甘葅和鹵耳，辛膳胹薑芥。」葅，酢菜也，亦作葅，側魚切；胹音而，煮熟也。(同上)

苕溪漁隱曰：古今詩人以詩名世者，或只一句，或只一聯，或只一篇，雖其餘別有好詩，不專在此，然播傳於後世，膾炙於人口者，終不出此矣，豈在多哉？……若唐之李、杜、韓、柳，本朝之歐、王、蘇、黄，清辭麗句，不可悉數，名與日月爭光，不待摘句言之也。（同上後集卷二）

苕溪漁隱曰：吾家有二畫馬，乃陸遠所摹伯時舊本，其一則子瞻詩：「龍膺豹股頭八尺，奮迅不受人間覊。」其一則黄魯直詩：「西河驄作葡萄錦，目光夾鏡耳卓錐。」止哦此二詩，雖不見畫圖，當如支遁語「道人憐其神俊」也。（同上後集卷二十六）

苕溪漁隱曰：山谷《題伯時天育驃騎圖》云：「明窗盤礴萬物表，寫出人間眞乘黄。邂逅今身猶姓李，可非前世江都王。」山谷用此事於伯時，尤爲親切，姓與藝皆同也。（同上）

苕溪漁隱曰：山谷亦有兩三集行於世，惟大字《豫章集》並《外集》詩文最多，其間不無眞僞。其後洪玉父別編《豫章集》，李彤、朱敦儒正是，詩文雖少，皆擇其精深者，最爲善本也。（同上後集卷二十八）

苕溪漁隱曰：前輩譏作詩多用古人姓名，謂之點鬼簿。其語雖然如此，亦在用之何如耳，不可執以爲定論也。如山谷《種竹》云：「程嬰杵臼立孤難，伯夷叔齊食薇瘦。」《接花》云：「雍也本犂子，仲由元鄙人。」善於比喻，何害其爲好句也。（同上後集卷三十一）

苕溪漁隱曰：魯直少喜學佛，遂作《發願文》云：「今日對佛發大誓，願從今日盡未來世，不復淫欲飲酒食肉，設復爲之，當墮地獄，爲一切衆生代受其苦。」可謂能堅忍者也。其後悉毁禁戒，無一能行之，於詩句中可見矣。以《酒渴愛江清》作五詩，其一云：「廖侯勸我酒，此亦雅所愛。中年剛制之，常懼作災怪。連臺盤拗倒，故人不相貸。誰能知許事，痛飲且一快。」《嘲小德》云：「中年舉兒子，漫種老生涯。學語囀春鳥，塗窗行暮鴉。欲嗔主母惜，稍慧女兄誇。解著《潛夫論》，不妨無外家。」《謝榮緒割獐見貽二首》云：「何處驚麕觸禍機，煩公遣騎割鮮肥。秋來多病新開肉，糲飯寒俎得解圍。」「二十餘年枯淡過，病來筋下劇甘肥，果然口腹爲災怪，夢去呼鷹雪打圍。」《傳》云：「飲食男女，人之大欲存焉。」若戒之則誠難，節之則爲易，乃近於人情也。（同上）

苕溪漁隱曰：《題磨崖碑後》詩云：「事有至難天幸耳，上皇蹻蹐還京師，内間張后色可否，外間李父頤指揮，南内淒涼幾苟活，高將軍去事尤危。臣結春秋二三策，臣甫杜鵑再拜詩，安知忠君痛至骨，後世但賞瓊琚詞。」觀詩意皆是言明皇末年事。余以唐史考之，明皇幸蜀還，居興慶宮，李輔國遷之西内，居甘露殿，繼流高力士于巫州。詩云南内，誤矣。又以元結本傳及《元次山集》考之，但有《時議》三篇，指陳時務而已，初無一言以及明皇、肅宗父子間，不知魯直所謂「臣結春秋二三策」者，更別出何書也。魯直以此配「臣甫杜鵑再拜詩」，子美《杜鵑》詩正爲明皇遷居西内而作，則次山「春秋二三策」，亦當如《杜鵑》詩有爲而言；若以《時議》三篇爲是，則事無交涉，乃誤用也。或云魯直蓋用《孟子》「吾於武成取二三策」之語，然於元結果何預焉。如《顔魯公湖州放生池碑》載其上肅宗表云：「一日三朝，大明天子之孝，問安視膳，不改家人之禮。」東坡謂魯公知肅宗有愧於此乎？孰謂公區區於放生哉？此事若用之，却爲親切。（同上）

苕溪漁隱曰：予官閩中，見其風俗，呼父爲郎罷，呼子爲囝。顧況有詩云：「郎罷別囝，囝別郎罷；及至黄泉，不得在郎罷前。」乃知顧況用此方言也。山谷《送秦少章往餘杭從蘇公》詩：「斑衣兒啼眞自樂，從師學道也不惡。但使新年勝故年，卽如常在郎罷前。」唐子西詩：「兒唼嗔郎罷。」皆用顧況語也。（同上）

苕溪漁隱曰：《水仙花》詩云：「借水開花自一奇，水沉爲骨玉爲肌。暗香已壓酴醾倒，只愧寒梅無好枝。」第水仙花初不在水中生，雖欲形容水字，却反成語病。（同上）

苕溪漁隱曰：零陵郡澹山岩，秦周貞實之舊居。余往歲嘗遊之，因見李西臺、黄太史詩刻，愛其詞翰雙美，因榻墨本以歸，眞佳玩也。……太史詩二首，其一曰：「去城二十五里近，天與隔斷俗子塵。春蛙秋蠅不到耳，夏凉冬暖總宜人。岩中清磬僧定起，洞口綠樹仙家春。惜哉此山世未顯，不得雄文鑱翠珉。」其二曰：「澹山澹姓人安在，徵君避秦人未歸。石門竹徑幾時有，瑶臺瓊室至今疑。洞中明潔坐十客，亦可呼樂醉舞衣。閬州城南果何似，水州澹岩天下稀。」（同上後集卷三十二）

苕溪漁隱曰：涪翁晚年，再遷宜州，道出祁陽，草書靖節詩四首：「淸晨聞叩門，倒裳往自開」者，其一也；「栖栖失羣鳥，日暮猶獨飛」者，其二也；「昔欲居南村，非爲卜其宅」者，其三也；「春秋多佳日，登高賦新詩」者，其四也；並鑱石於嘉會亭。余昔經由，摹得墨本，愛其筆法之妙，自成一家。涪翁嘗言：「元祐中，與子瞻、穆父飯寶梵僧舍，因作草數紙，子瞻賞之不已，穆父無一言，問其所以，但云恐公未見藏眞眞蹟。庭堅心竊不平。紹聖貶黔中，得藏眞自序于石揚休家，諦觀數日，恍然自得，落筆便覺超異，回視前日所作，可笑也。然後知穆父之言不誣，且恨其不及見也。」今祁陽草聖，正是涪

翁黔州以後作，誠佳絶也。（同上）

苕溪漁隱曰：後山謂魯直作詩，過於出奇。誠哉是言也。如《和文潛贈無咎詩》：「本心如日月，利欲食之既。」《王聖涂二亭歌》：「絶去藪澤之羅兮，官于落羽。」洪玉父云：「魯直言羅者得落羽以輸官。」凡此之類，出奇之過也。（同上）

苕溪漁隱曰：杜牧之詩云：「蔫紅半落平池晚，曲渚飄成錦一張。」又云：「平生五色線，願補袞衣裳。」魯直皆用其語，詩云：「菰葉蘋花飛白鳥，一張紅錦夕陽斜。」又云：「公有胸中五色線，平生補袞用功深。」（同上）

苕溪漁隱曰：余讀《豫章先生傳贊》云：「山谷自黔州以後，句法尤高，筆勢放縱，實天下之奇作。自宋興以來，一人而已矣。」此語蓋本吕居仁《江西宗派圖敍》而言。《敍》云國朝歌詩之作或傳者，多依效舊文，未盡所趣，惟豫章始大出而力振之，抑揚反覆，盡兼衆體，以此也。（同上）

苕溪漁隱曰：魯直《過平輿懷李子先》詩：「世上豈無千里馬，人中難得九方臯。」《題徐孺子祠堂》詩：「白屋可能無孺子，黄堂不是欠陳蕃。」二詩命意絶相似，蓋歎知音者難得耳。（同上）

苕溪漁隱曰：《詩選》云：「朱喬年絶句：春風吹起籜龍兒，戢戢滿山人未知，急喚蒼頭斸烟雨，明朝吹作碧參差。蓋前人有詠筍詩云：急忙且喫莫蹰躕，一夜南風變成竹。喬年點化，乃爾精巧。」余觀魯直已先有此句，《從斌老乞苦筍》云：「煩君更致蒼玉來，明日風雨皆成竹。」前詩並蹈魯直也。（同上後集卷三十六）

楊偍

涪翁過瀘南，瀘帥留府，會有官妓盼盼性頗聰慧，帥嘗寵之，涪翁贈《浣溪沙》曰：「脚上鞋兒四寸羅，唇邊朱麝一櫻多，見人無語但回波。料得有心憐宋玉，祇應無奈楚襄何，今生有分向伊麽？」盼盼拜謝，涪翁令唱詞侑觴。盼盼唱《惜花容》曰：「少年看花雙鬢綠，走馬章臺管絃逐。而今老更惜花深，終日看花看不足。座中美女顔如玉，爲我一歌金縷曲。歸時壓得帽簷欹，頭上春風紅簌簌。」涪翁大喜。翌日出城遊山寺，盼盼乞詞，涪翁作《驀山溪》以見意曰：「朝來春日，陡覺春衫綠。官柳豔明眉，戲鞦韆誰家倩盼？烟滋露洒，草色媚横塘。平沙軟，雕輪轉，行樂聞絃管。追思年少，曾約尋芳伴。一醉幾纏頭。過揚州朱簾盡捲。而今老矣，花似霧中看。歡喜淺，天涯遠，信馬歸來晚。」（《古今詞話》，見趙萬里《校輯宋金元人詞》）

劉才邵

【次韻梅花十絶句（錄一首）】水仙似怯難爲弟，更著山礬數滿三。慚愧涪翁繼和靖，驚人詩句出東南。（《檆溪居士集》卷三）

王之道

【追和東坡郭熙秋山示王覺民】平生最愛烟水間，不知歲月磨江山。干戈七載厭奔走，清霜夜入飛蓬間。我家山水擅平遠，未向郭熙見秋晚。驚鴻斷處抹微雲，野水盡頭横翠巘。林塘緑淨明拒霜，似與楓葉驕秋陽。東坡山谷妙言語，珠玉倍增山水光。亂離記得承平日，政出多門事如髮。傷心北猗歸何時，園花荒涼萬年石。（《相州集》卷六）

朱松

【跋山谷食時五觀】　右魯直《食時五觀》語，予受而行之，猶有愧於藜藿，而況於玉食乎？今録以示諸弟，而贊之以三語曰：知恥可以養德，知分可以養福，知節可以養氣。孔子曰：我欲仁，斯仁至矣，豈欺我哉！宣和壬寅五月二十八日，建州龍居院上方書。（《韋齋集》卷十）

曹勛

【跋黄魯直書父亞夫詩】　黄太史以詩專門，天下士大夫宗仰之，及觀其父所爲詩，則江西正脈，有自來矣。是父是子，嗚呼盛哉！（《松隱文集》卷三十三）

【跋山谷書】　涪翁詞翰自是一種家風，讀之使人增宗派之氣。但此早年書，復多誤筆，而不甚遒勁。然鼎中一臠，亦足以快饞嚼也。（同上）

朱翌

魯直云：「百年中半夜分去，一歲無多春暫來。」全用樂天寄元九一聯云：「百年夜分半，一歲春無多。」亦演爲七言。（《猗覺寮雜記》卷上）

魯直《酴醿》云：「風流付枕幃。」又云：「夢寐宜人入枕囊。」說者謂幃幕如枕屏之類，非也。《楚辭》：「蘇糞壤以充幃。」注：幃謂之幐；幐，香囊也。又云：「椴欲充其佩幃。」注，謂盛香之囊。則知枕幃乃枕囊也。張平子《思玄賦》云：「纗幽蘭。」李善注：《說文》曰繫幃曰纗，《爾雅》云婦人之幃謂之縭，今之香囊，在男曰幃，在女曰縭。纗者，繫囊之繩是也。（同上）

時人論魯直《酴醿》云「露濕何郎試湯餅，日烘荀令炷鑪香」，不以婦人比花，乃用美丈夫事。不知魯直此格亦有來歷。李義山《早梅》云：「謝郎衣袖初翻雪，荀令薰鑪更換香。」亦以美丈夫比花。魯直爲工。（同上）

魯直詩多用「居然」字，晉、宋間語也。范堅云：「居然許宗之情。」庾敳云：「處衆人中，居然獨立。」后稷詩云：「居然生子。」此其本也。（同上卷下）

張戒

世徒見子美詩之粗俗，不知粗俗語在詩句中最難；非粗俗，乃高古之極也。自曹、劉死，至今一千年，惟子美一人能之……近世蘇、黃亦喜用俗語，然時用之，亦頗安排勉強，不能如子美胸襟流出也。（《歲寒堂詩話》卷上）

黄魯直自言學杜子美，子瞻自言學陶淵明，二人好惡，已自不同。魯直學子美，但得其格律耳。……魯直云：「太白詩與漢、魏樂府爭衡。」此語乃眞知太白者。（同上）

詩以用事爲博，始于顔光祿，而極于杜子美；以押韻爲工，始于韓退之，而極于蘇、黄。然詩者，志之所之也，情動于中而形于言，豈專意于詠物哉……蘇、黄用事押韻之工，至矣盡矣，然究其實，乃詩人中一害。使後生只知用事押韻之爲詩，而不知詠物之爲工、言志之爲本也，風雅自此掃地矣！（同上）

《國風》、《離騷》固不論，自漢、魏以來，詩妙于子建，成于李、杜，而壞于蘇、黄。余之此論，固未易爲俗人言也。子瞻以議論作詩，魯直又專以補綴奇字，學者未得其所長，而先得其所短，詩人之意掃地矣。段師敎康崑崙琵琶，且遣不近樂器十餘年，忘其故態。學詩亦然，蘇、黄習氣淨盡，始可以論唐人詩。（同上）

山谷《登快閣》詩云：「落木千山天遠大，澄江一道月分明。」此但以「遠大」、「分明」之語爲新奇，而究其實，乃小兒語也。山谷晚作《大雅堂記》，謂子美死四百年，後來名世之士，不無其人，然而未有能升子美之堂者。此論不爲過。（同上）

子美之詩，得山谷而後發明。……往在桐廬見吕舍人居仁，余問：「魯直得子美之髓乎？」居仁曰：「然。」「其佳處焉在？」居仁曰：「禪家所謂死蛇弄得活。」余曰：「活則活矣，如子美『不見旻公三十年，封書寄與淚潺湲；舊來好事今能否？老去新詩誰與傳？』此等句，魯直少日能之。『方丈涉海費時節，元圃尋河知有無』；『桃源人家易制度，橘州白土仍膏腴』，此等句，魯直晚年能之。至於子美

『客從南溟來』,『朝行青泥上』,《壯遊》、《北征》,魯直能之乎?如『莫自使眼枯,收汝淚縱橫;眼枯卻見骨,天地終無情』,此等句,魯直能到乎?」居仁沈吟久之,曰:「子美詩有可學者,有不可學者。」余曰:「然則未可謂之得髓矣。」(同上)

作粗俗語,倣杜子美,作破律句,倣黄魯直,皆初機爾;必欲入室升堂,非得其意則不可。張文潛與魯直同作《中興碑》詩,然其工拙不可同年而語。魯直自以爲入子美之室,若《中興碑》詩,則眞可謂入子美之室矣,首云:「春風吹船著浯溪。」末云:「凍雨爲洗前朝悲。」鋪敍云云,人能道之,不足爲奇。(同上)

王介甫只知巧語之爲詩,而不知拙語亦詩也。山谷只知奇語之爲詩,而不知常語亦詩也。(同上)

許尹

【黄陳詩註序】六經所以載道而之後世,而詩者止乎禮義,道之所存也。周詩三百五篇,有其義而亡其辭者六篇而已。大而天地日星之變,小而蟲鳥草木之化,嚴而君臣父子,别而夫婦男女,順而兄弟,羣而朋友,喜不至瀆,怨不至亂,諫不至訐,怒不至絶,此《詩》之大略也。古者登歌清廟,會盟諸侯,季子之所觀,鄭人之所賦,與夫士大夫交接之際,未有舍此而能達者。孔子曰:「爲此詩者,其知道乎?」又曰:「不學詩,無以言。」蓋詩之用於世如此。周衰,官失學廢,大雅不作久矣。由漢以來,詩道浸微,陵夷至於晉、宋、齊、梁之間,哇淫甚矣。曹、劉、沈、謝之詩,非不工也;如刻繒染縠,可施之貴介公子,而不可用之黎庶。陶淵明、韋蘇州之詩,寂寞枯槁,如叢蘭幽桂,可宜於山林,而不可置於朝廷之上。李太白、王摩詰之詩，如亂雲敷空，寒月照水，雖千變萬化，而及物之功亦少。孟郊、賈島之詩，酸寒儉陋，如蝦蟹蜆蛤，一啖便了，雖咀嚼終日，而不能飽人。惟杜少陵之詩，出入古今，衣被天下，藹然有忠義之氣，後之作者未有加焉。宋興二百年，文章之盛追還三代，而以詩名世者，豫章黄庭堅魯直，其後學黄而不至者後山陳師道無已。二公之詩，皆本於老杜而不爲者也。其用事深密，雜以儒佛，虞初稗官之説，雋永鴻寶之書，牢籠漁獵，取諸左右，後生晚學此秘未覩者，往往苦其難知。三江任君子淵，博極羣書，尚友古人，暇日遂以二家詩爲之注解，且爲原本立意始末以曉學者，非若世之箋訓但能標題出處而已也。既成，以授僕，欲以言冠其首。予嘗患二家詩興寄高遠，讀之有不可曉者，得君之解，玩味累日，如夢而寤，如醉而醒，如痿人之獲起也，豈不快哉！雖然，論畫者可以形似，而捧心者難言；聞絃者可以數知，而至音者難説。天下之理涉於形名度數者，可傳也；其出於形名度數之表者，不可得而傳也。昔後山答秦少章云：「僕之詩豫章之詩也，然僕所聞於豫章，願言其詳，豫章不以語僕，僕亦不能爲足下道也。」嗚呼！後山之言殆謂是耶？今子淵既以所得於二公者筆之於書矣，若乃精微要妙，如古所謂味外者，雖使黄、陳復生，不能以相授，子淵尚得而言乎？學者宜自得之可也。子淵名淵，嘗以文藝類試有司，爲四川第一，蓋今日之國士、天下士也。鄱陽許尹序。（任淵《山谷内集詩註》卷首）

曾敏行

坡、谷同遊鳳池寺，坡公舉對云：「張丞相之佳篇昔曾三到。」山谷卽答云：「柳屯田之妙句那更重來。」時稱名對。（《獨醒雜志》卷二）

秦少游之子湛自古藤護喪北歸，其壻范溫候於零陵，同至長沙，適與山谷相遇。溫，淳夫之子也。淳夫既沒，山谷亦未弔其子。至是與二子者執手大哭，遂以銀二十兩爲賻。湛曰：「公方爲遠役，安能有力相及，且某歸計亦粗辦，願復歸之。」山谷曰：「爾父，吾同門友也。相與之義，幾猶骨肉。今死不得預斂，葬不得往送，負爾父多矣。是姑見吾不忘之意，非以賄也。」湛不敢辭。既別，以詩寄二子，有曰：「昔在秦少游，許我同門友。」又曰：「范公太史僚，山立乃先達。」又曰：「秦郎水江漢，范郎器鼎彝。逝者不可尋，猶喜二子在。」又曰：「往時高交友，宰木已樅樅。今我二三子，事業在燈窗。」今集中載《晚泊長沙走筆寄秦處度、范元實》五詩是也。前輩於死生交友之義如此。（同上卷三）

東坡嘗與山谷論書，東坡曰：「魯直近字雖清勁，而筆勢有時太瘦，幾如樹梢挂蛇。」山谷曰：「公之字固不敢輕議，然間覺褊淺，亦甚似石壓蝦蟇。」二公大笑，以爲深中其病。（同上）

玉笥山舊多隱君子，皆梁、宋以來避亂者也。最著者孔邱明、杜曇永、蕭子雲，皆當時禁從。其居今悉爲宮觀。山谷詩曰：「郁木坑頭春鳥呼，雲迷帝子在時居。風流掃地無人問，惟有寒藤學草書。」卽題蕭子雲宅也。子雲善草書，其題郁木洞詩云：「伐我萬古石，紀我千載名。欲知古人處，白雲中相尋。」又詩云：「千載雲霞一徑通，暖煙遲日鎖溶溶。鳥啼春晝桃花拆，獨步溪頭採碧茸。」山谷之詩本此。（同上卷六）

曾慥

【舉世盡從愁裏老】　山谷嘗云：杜荀鶴詩「舉世盡從愁裏老」，正好對退之詩「誰人肯向死前休」。（《高齋詩話》）

【魯直效荆公六言詩】　舒州三祖山金牛洞山水聞于天下。荆公嘗詩云：「水泠泠而北去，山靡靡而旁圍。欲窮源而不得，竟悵望以空歸。」後人鑿山刊木，寖失山水之勝，非公題詩時比也。魯直效公題六言云：「司命無心播物，祖師有記傳衣。白雲横而不度，高鳥倦而猶飛。」識者云，語雖奇，亦不及荆公之自然也。（同上）

【汪彦章詩本山谷句意】　山谷詩云：「山椒欲雨好雲氣，湖面逆風生水紋。」汪彦章詩云：「野田無雨出龜兆，湖水得風生縠紋。」（同上）

【詩用蝸角事】　樂天詩：「相争兩蝸角，所得一牛毛。」後之使蝸角事悉稽之，而偶對各有所長。呂吉甫云：「南北戰争蝸兩角，古今興廢貉同邱。」山谷云：「千里追奔兩蝸角，百年得意大槐宫。」又云：「功名富貴蝸兩角，險阻艱難酒一杯。」洪龜父云：「一朝厭蝸角，萬里騎鯨背。」（同上）

張綱

【跋山谷大字】　能鼓琴者識琴，能擊劍者識劍，故必能書然後知古人筆法。叔元出示豫章公墨蹟一卷，余手拙不能書，何足以識之？但見其行草變態縱橫，勢若飛動，而風韻尤勝，非得乎翰墨三昧，其孰能臻此？公嘗謂蓄書者以韻觀之，當得其髣髴；今反復此帖，知公言爲確論。（《華陽集》卷三十三）

王灼

東坡先生以文章餘事作詩，溢而作詞……晁無咎、黄魯直皆學東坡韻製得七八。黄晚年閒放於狹邪，故有少疎蕩處。後學來東坡者葉少藴、蒲大受，亦得六七，其才力比晁、黄差劣。（《碧鷄漫志》卷二）

陳善

【東坡文字好嫚罵】魯直嘗言東坡文字妙一世，其短處在好罵爾。予觀山谷渾厚，坡似不及。（《捫蝨新語》上集卷一）

【評詩句可作畫本】東坡詠梅，有「竹外一枝斜更好」之句，此便是坡作夾竹梅花圖，但未下筆耳。每詠其句，便如行孤山籬落間，風光物彩來照映人，應接不暇也。近讀山谷文字云：「適人以桃杏雜花擁一枝梅見惠，谷爲作詩，不知惠者何人；然能如此安排，亦是不凡。正如市倡東塗西抹中，忽見謝家夫人蕭散自有林下風氣，益復可喜。」竊謂此語便可與坡詩對，畫作兩幅圖子也。戲錄於此，將與好事者以爲畫本。（同上）

【詩人多寓意於酒婦人】……黄魯直初作豔歌小詞，道人法秀謂其以筆墨誨淫，於我法中，當墮泥犁

之獄。魯直自是不復作。以魯直之言能誨淫則可，以爲其識汙下則不可。(同上上集卷三)

【山谷欲效佛氏獻食】　山谷嘗約釋氏法，作士大夫食時五觀。此亦古人一飯不忘君、終食不違仁之意。近時士大夫乃多效浮屠家以鉢盂而食，食時謂之展鉢，無乃好奇之過。(同上)

【論蘇黄文字】　蘇、黄文字妙一世，殆是天才難學，然亦尚有蹊徑可得而尋。東坡常教學者但熟讀《毛詩·國風》與《離騷》，曲折盡在是矣；又或令讀《檀弓》上下篇。魯直亦云：「文章好奇，自是一病。學作議論文字，須取蘇明允文字觀之，並熟看董、賈諸文。」又云：「欲作楚辭，追配古人，直須熟讀《楚辭》，觀古人用意曲折處講學之，然後下筆。譬如巧女文繡妙一世，若欲作錦，必得錦機乃能作錦。」觀其所論，則知其不苟作，不似今之學者，但率意爲之，便以爲工也。世人好談蘇、黄多矣，未必盡知蘇、黄好處。今《毛詩·國風》與《楚辭》、《檀弓》並在，不知讀如何，讀曲折處當復如何，蘇、黄之作又復如何？李太白曰「但得酒中趣，勿爲醒者傳」也。然雖如是，與其遠想頗、牧，不若瞎合孫、吳，便是蘇、黄猶在。(同上)

【僧惠洪詞】　予嘗疑山谷小詞中有和僧惠洪《西江月》一首云：「日側金盆墮影，雁回醉墨當空。君詩秀絶兩園葱，想見衲衣寒擁。　蟻穴夢回人世，楊花蹤跡風中。莫將社燕等秋鴻，處處春山翠重。」意其非山谷作。後人見洪載於《冷齋夜話》，遂編入山谷集中。據《夜話》載洪與山谷往返語甚詳，而集中不應不見。此詞亦不類山谷，眞贋作也。後讀曾公所編《皇宋百家詩選》，乃云惠洪多誕，《夜話》中數事皆妄。洪嘗詐學山谷作贈洪詩云：「韻勝不減秦少游，氣爽絶類徐師川。」師川見其體製絶似

山谷，喜曰：「此眞舅氏詩也。」遂收置《豫章集》中。然予觀此詩全篇，亦不似山谷體製，以此蓋知其妄。（同上下集卷一）

【作詩如作雜劇，臨了打諢方是出場】山谷嘗言作詩正如作雜劇，初時布置，臨了須打諢，方是出場。予謂雜劇出場，誰不打諢，只是難得切題可笑爾。山谷蓋是讀秦少章詩，惡其終篇無所歸，故有此語。（同上）

【歐陽公不能變詩格】歐陽公詩，猶有國初唐人風氣。公能變國朝文格，而不能變詩格，及荆公、蘇、黄輩出，然後詩格遂極於高古。（同上下集卷三）

【右軍書東坡字魯直詩】右軍書本學衞夫人，其後遂妙天下，所謂風斯在下也。東坡字本出顔魯公，其後遂自名家，所謂青出於藍也。黄魯直詩本是規模老杜，至今遂别立宗派，所謂當仁不讓者也。若乃學退之而不至者爲孫樵，學淵明而不至者爲白樂天，則又所謂減師半德也耶。（同上下集卷四）

【蘇黄看佛書】……予觀黄魯直嘗讀《列子》，便謂普通年中事，不從葱嶺傳來。使魯直不先看佛書，亦安知此書之妙。（同上）

姚寬

元祐三年，狀元笏記，黄魯直代云：「密對天光，恭承聖訓。曾是草茅之賤，獲霑雨露之恩。」又云：「顧得助於衆賢，更圖寧於多士。」（《西溪叢語》卷下）

許顗

凡作詩，若正爾填實，謂之點鬼簿，亦謂之堆垛死屍。能如《猩猩毛筆》詩云：「平生幾輛屐，身後五車書。」又如云：「管城子無食肉相，孔方兄有絶交書。」精妙明密，不可加矣。當以此語反三隅也。（《許彦周詩話》）

黄魯直愛與郭功父戲謔嘲調，雖不當盡信，至如曰：「公做詩費許多氣力做甚？」此語切當，有益於學詩者，不可不知也。（同上）

作詩淺易鄙陋之氣不除，大可惡。客問何從去之，僕曰：熟讀唐李義山詩與本朝黄魯直詩而深思焉，則去也。（同上）

張邦基

崇寧初，既立黨籍，臣僚論元祐史官云：初，大臣挾其私忿，濟以邪説，力引儇浮，與其厚善，布列史職。或毁詆先烈，或鑿空造語以厚誣，若范祖禹、黄庭堅、張耒、秦觀是也；或隱沒盛德而不錄，若曾肇是也；或含糊取容而不敢言，若陸佃是也；皆再謫降。時舊史已盡改矣。（《墨莊漫錄》卷一）

題跋最爲難事，惟東坡、山谷題徐熙畫菜云：「士大夫不可不知此味，不可使斯民有此色。」（同上卷二）

黄魯直謂荀中令喜焚香，故名縮砂湯曰荀令湯。朱雲喜直言切諫，苦口逆耳，故名三稜湯曰朱雲湯。

（同上）

山谷先生作《蘇李畫枯木道士賦》云：「懼夫子之獨立，而矢來無鄉，乃作女蘿施於木末，婆娑成陰，與世宴息。」而嘗以「矢來無鄉」問人，少有能說者。後因觀《韓非子》，有云：「矢來有鄉，鄉，方也，有從來之方。則積鐵以備一鄉，謂聚鐵於身，以備一處，卽甲之不全者。矢來無鄉，則爲鐵室以盡備之，謂甲之全者，自首至足。無不有鐵，故曰鐵室。備之則體無傷，故彼以盡備之不傷，此以盡敵之無姦也。言君亦當盡備於臣，皆所防疑，則姦絕也。」山谷用事深遠，此點化格也，不知者豈知其工云。（同上）

山谷詩云：「爭名朝市魚千里。」予問諸學士「魚千里」，多云：「此《齊民要術》載范蠡種魚事，注池中作九墩。」然初無「千里」字，心頗疑之。後因讀《關尹子》云：「以盆爲沼，以石爲島，魚環游之，不知其幾千萬里不窮也。」乃知前輩用事如此該博，字皆有來處。（同上卷三）

山谷作《釣亭》詩，有云：「影落華亭千尺月，夢通岐下六州王。」上句蓋用華亭船子和尚詩云：「千尺絲綸直下垂，一波纔動萬波隨。夜靜水寒魚不食，滿船空載月明歸。」下句蓋用文王夢呂望事。然「六州王」事見《毛詩·漢廣》云：「文王之道，被於南國。」《疏》云：「言南國則一州也。於是三分天下有其二，故雍、梁、荆、豫、徐、揚之人，咸被其德而從之。」云云。山谷用事深遠，其工如此，可爲法也。（同上卷四）

黃魯直有《乞貓》詩云：「秋來鼠輩欺貓死，窺甕翻盆攪夜眠。聞道貍奴將數子，買魚穿柳聘啣蟬。」蔡天啓乞貓於孫元忠，亦有詩云：「廚廩空虛鼠亦饑，終宵咬齧近秋帷。腐儒生計惟黃卷，乞取啣蟬與護持。」予友李璜德邵以二貓送予，仍以二詩，一云：「家□入雪白於霜，更有欹鞍似鬧裝。便請爐邊叉手坐，從他鼠子自跳梁。」二云：「喞蟬毛色白勝酥，搦絮堆綿亦不如。老病毗邪須減口，從今休歎食無魚。」（同上卷七）

酴醿花或作荼蘼，一名木香。有二品，一種花大而棘、長條而紫心者爲酴醿，一品花小而繁、小枝而檀心者爲木香。題詠者多，常記范周無外云：「暖風吹麝入鉛華，不肯隨春到謝家。半夜粉寒香泣露，也應和月怨梨花。」韓維持國云：「平生爲愛此香濃，仰面常迎落架風。每恐春歸有遺恨，典刑元在酒盃中。」未若張文潛云：「紫皇寶輅張珠幰，玉女重籠覆繡衾。萬紫千紅休巧笑，人間春色在檀心。」又未若黄魯直云：「漢宮嬌額半塗黄，入骨濃薰賈女香。日色漸遲風力細，倚欄偷舞白霓裳。」（同上卷九）

山谷在荆州時，鄰居一女子閑靜姸美，綽有態度，年方笄也。山谷殊歎惜之。其家蓋閭閻細民也。未幾嫁同里，而夫亦庸俗貧下，非其偶也。山谷因和荆南太守馬瑊中玉水仙花詩，有云：「淤泥解作白蓮藕，糞壤能開黄玉花。可惜國香天不管，隨緣流落小民家。」蓋有感而作。後數年此女生二子，其夫鬻於郡人田氏家，憔悴困頓，無復故態，然猶有餘姸，乃以國香名之。（同上卷十）

龍眠李亮工家藏周昉《美人琴阮圖》，殊有宮禁富貴氣，旁有竹馬小兒欲折檻前柳者。亮工官長沙時，黄魯直謫宜州，過而見之，歎愛彌日，大書一詩於黄素上云：「周昉富貴女，衣飾新舊兼。髻重髮根急，薄粧無意添。琴阮相與娱，聽絃不停手。敷腴竹馬郎，跨馬要折柳。」其畫後歸禁中，而詩不見於

集也。（同上）

沈作喆

王介甫刻意於文，而不肯以文名，究心於詩，而不肯以詩名。蘇眉山雖不求名，隱然如玉三尺，明自照不可掩。黄魯直離《莊子》、《世説》一步不得。（《寓簡》卷八）

吳　可

工部詩得造化之妙。如李太白《鸚鵡洲》詩云：「字字欲飛鳴。」杜牧之云：「高摘屈宋豔，濃熏班馬香。」如東坡云：「我攜此石歸，袖中有東海。平生五千卷，一字不救饑。」魯直茶詩：「煎成車聲繞羊腸。」其因事用字，造化中得其變者也。（《藏海詩話》）

學詩當以杜爲體，以蘇、黄爲用，拂拭之則自然波峻，讀之鏗鏘。蓋杜之妙處藏於內，蘇、黄之妙發於外。（同上）

「秋來鼠輩欺貓死，窺瓮翻盆攪夜眠。聞道貍奴將數子，買魚穿柳聘啣蟬。」「聘」字下得好，「啣蟬」「穿柳」四字尤好。又「貍奴」二字出釋書。（同上）

魯直《飲酒》九首「公擇醉面桃花紅，焚香默坐日生東」一絶，其體效《飲中八仙歌》。（同上）

七言律詩極難做，蓋易得俗，是以山谷別爲一體。（同上）

東坡豪，山谷奇，二者有餘，而於淵明則爲不足，所以皆慕之。（同上）

蘇　籀

黄魯直盛稱梅聖俞詩不容口，公（編者按指蘇轍）曰：「梅詩不逮君。」魯直甚喜。（《欒城遺言》）

嚴有翼

【語詞倒用】　古人詩押字，或有語顛倒而於理無害者，如韓退之以參差爲差參，以玲瓏爲瓏玲是也。比觀王逢原有《孔融》詩云：「虚云座上客常滿，許下惟聞笑習脂。」黄魯直有《和荆公西太一宫》六言詩云：「啜羹不如放麑，樂羊終愧巴西。」按《後漢史》有脂習而無習脂，有秦西巴而無巴西，豈二公之誤邪？（《藝苑雌黄》）

【夔藩】　山谷《宿觀音院》詩云：「相戒莫浪出，月黑虎夔藩。」予不解此語，夔字不知作何訓。嘗讀老杜《課伐木詩序》云：「維條伊枚，委積庭內……我有藩籬，是闕是補……則旅次於小安。山有虎，知禁。夔人屋壁，列樹白菊，鏝焉墻，實以竹，示式遏，爲與虎近。」此序所謂夔人，正謂夔府之人耳，不知山谷用此意否？（同上）

【鞦韆作千秋】　《荆楚歲時紀》，春節懸長繩于高木，士女袨服坐立其上，推引之，名鞦韆。楚俗謂之拖鉤，《涅槃經》謂之胸索。《古今藝術圖》曰：「鞦韆，北方山戎之戲，以習輕趫者。」或云：「齊威公北伐山戎，此戲始傳中國。」然考之字書，則曰：「鞦韆，繩戲也。」今其字從革，實未嘗用革。按王延壽作《千秋賦》，正言此戲，則古人謂之千秋。或謂出自漢宮祝壽詞也，後人妄易其字爲鞦韆，而語復顛倒耳。山谷詩：「未到清明先禁火，還依桑下繫千秋。」又云：「穿花蹴蹋千秋索，挑菜嬉游二月晴。」皆用千秋字，蓋得其實也。（同上）

【借書一鴟】 李濟翁《資暇集》云：「假借書籍云借一癡，與二癡，索三癡，還四癡。」又《玉府新書》，杜元凱遺其子書曰：「書勿借人。」古諺借書一嗤，還書二嗤。後人更生其辭至於三四，因訛爲癡焉。《緗素雜記》載此二事，云癡之與嗤，其義略同。或曰傭書者之誤。予謂此二字皆非，按《廣韻》云：「瓻，丑飢切，酒器，大者一石，小者五斗。」古之借書盛酒瓶，則借書一瓻，當用此字。或又用鴟字者，鴟夷亦盛酒器也。所謂鴟夷滑稽，腹大如壺，盡日盛酒，人復借沽，蓋此物也。山谷詩云：「願公借我藏書目，時送一鴟開鏁魚。」「莫惜借行千里遠，他日還君又一鴟。」然則借書一鴟，用鴟字爲勝。（同上）

范公偁

黃魯直少輕物，與趙挺之同校舉子。一文卷使蟒蛇，挺之欲黜之，諸公盡然，魯直獨相持。挺之誠其言，問曰：「公主此文，不識二字出何家？」魯直良久曰：「出梁武懺。」趙以其侮己，大銜之。後挺之作相，魯直責鄂州。召還諸流人，挺之令有司舉魯直作承天寺碑云：「方今善人少而不善人多。」疑爲謗訕朝廷。善人蓋謂奉佛者。復責宜州。時王侍郎德孺自聚所還，會黃于武昌，志甚不平，且貧甚，

侍郎厚贈，令諸子送至漢陽。魯直有謝詩，見《豫章集》。（《過庭錄》）

六伯祖子正，丞相長子，有大才，博學。嘗作《孔林》詩云：「漢陵玉匣盡，秦山銀海空。干戈百世後，獨究先聖宮。樹有千年色，門無數仞崇。盛德包覆載，遂順因所宗。坐若顏閔後，頗聞鄒魯風。撫膺感遺言，零落涕沾胸。」季顏師顏謫齊州，又嘗以詩寄云：「歷下故人今何在？音書又已隔寒暄。多年別後紛紛事，何日罇前細細論。忍見風霜摧羽翮，空敎江漢瀉詞源。聖朝寬大超前古，卽有恩光照覆盆。」其才器可知。年甫三十二而卒。有文集百卷，魯直爲跋。其後兵火，集散亡，而魯直集中此跋亦闕。其略云：「士之學，期於沒而不朽，君子之道，百世以竢聖人。故壽夭之際，未嘗置言。梟鶴之短長，故物不能齊也。雖然，有連城之璧，操之甚栗，中道而毁，豈能使人無槩於心哉！范子正，予不及友也。予於親聞其人，又得其言，皆可傳後。問其所游，則司馬溫公愛之。問其爲吏，則年三十試吏單父。方使者剝膚椎髓，取於民以自爲功，子正以歲饑，獨捨單父民錢十九。雖沒世，可以不朽矣。或謂子正父祖皆名世士，自宜如此，應之曰：文王割烹，武王餁鼎，叔旦舉而用之，管、蔡不食，誰能強之？則子正賢於人遠矣。元祐二年三月庚午，豫章黄庭堅書。」（同上）

魯直在鄂州，太守以其才望，信重之，士人以詩文投贄，守必取質於魯直而報之。一同人投詩頗紕繆，守擕見魯直，意其一言，少助其乏。魯直閱詩，良久無語。太守曰：「此詩不知酬以幾何？」魯直笑曰：「不必他物，但公庫送與四兩乾艾，於尻骨上做一大炷灸之，且問曰：『爾後敢復湊放野？』」同人竟無所濟。（同上）

一相士黃生，見魯直，懇求數字取信，爲遊謁之資，魯直大書遺曰：「黃生相予，官爲兩制，壽至八十，是所謂大葫蘆種也。一笑！」黃生得之欣然。士夫間莫解其意。先祖見魯直，因問之，黃笑曰：「一時戲謔耳。某頃年見京師相國寺中賣大葫蘆種，乃背一葫蘆甚大，一粒數百金。人競買，至春種結，仍乃瓠爾。」蓋譏黃術之難信也。（同上）

朱弁

予在太學，同舍有誦曾南豐集者，或曰：「子何獨喜此？」答云：「吾愛其文似王臨川也。」時一生家世能古文，聞其言大笑曰：「王臨川語脈與南豐絕不相類，君豈見其議論時有合處耶！」予殊未曉其意，久之而疑焉。後二十年間居洧上，所與吾游者皆洛、許故族大家子弟，頗皆好古文，因說黃魯直論晁無咎、秦少游、王介甫文章，座客曰：「魯直不知前輩，亦未深許介甫也。」（《曲洧舊聞》卷三）

古語云大匠不示人以璞，蓋恐人見其斧鑿痕迹也。黃魯直於相國寺得宋子京唐史藁一冊，歸而熟觀之，自是文章日進。此無他文，見其竄易句字與初造意不同，而識其用意所起故也。（同上卷四）

舊說歐陽文忠公雖作一二字小簡，亦必屬稿，其不輕易如此；然今集中所見乃明白平易，反若未嘗經意者，而自然爾雅，非常人所及，東坡大抵相類，初不過爲文采也。至黃魯直始專集取古人才語以敍事，雖造次間必期於工，遂以名家。二十年前士大夫翕然效之，至有不治他事而專爲之者，亦各一時所尙而已。（同上卷九）

東坡文章，至黄州以後人莫能及，唯黄魯直詩時可以抗衡；晚年過海，則雖魯直亦瞠若乎其後矣。或謂東坡過海雖爲不幸，乃魯直之大不幸矣。（《風月堂詩話》卷上）

李義山擬老杜詩云：「歲月行如此，江湖坐渺然。」眞是老杜語也。其他句「蒼梧應露下，白閣自雲深」，「天意憐幽草，人間重晚晴」之類，置杜集中亦無愧矣，然未似老杜沈涵汪洋筆力有餘也。義山亦自覺，故别立門戶成一家。後人挹其餘波，號西崑體，句律太嚴，無自然態度。黄魯直深悟此理，乃獨用崑體工夫，而造老杜渾成之地，今之詩人少有及者。此禪家所謂更高一著也。（同上卷下）

朱　彧

黄魯直再謫黔中，泊舟武昌。初和甫追餞之，相與處舟中，岸巾危坐。魯直側席，意甚恭。猶子無咎與黄士潘觀來，不知其爲初和甫，忽略之。潘、黄正論本草，反覆良久，魯直曰：「吾姪前識初和甫否？」二人縮舌汗背。（《萍洲可談》卷二）

江西瑞州府黄蘗茶，號絶品，士大夫頗以相餉，所產甚微。寺僧園戶，競取他山茶，冒其名以眩好事者。黄魯直家正在雙井，其自言如此。（同上）

王十朋

【夔路十賢續訪得七人——黄太史】豫章宦逖遠，直筆非謗史。天遣來黔涪，詩鳴配子美。（《梅溪王先

生文集》後集卷十四)

李呂

【次涪陵游北巖寺，伊川謫居，嘗傳《易》於此，有鉤深堂，魯直名且書之，故寺有四賢像：伊川、魯直、康節、尹和靖】隔江定佳處，放艇得幽尋。直上雲根徑，盡行霜葉林。昔人非避世，此地可鉤深。何物能熏染，幽禽亦好音。(《澹軒集》卷二)

林光朝

【讀韓柳蘇黄集】蘇、黄之别，猶丈夫女子之應接，丈夫見賓客，信步出將去，如女子則非塗澤不可。韓、柳之别，則猶作室，子厚則先量自家四至所到，不敢略侵别人田地，退之則惟意之所指，横斜曲直，只要自家屋子飽滿，不問田地四至或在我與别人也。(《艾軒集》卷五)

韓元吉

【跋山谷醉帖】山谷草聖數紙，醉帖尤奇，乃知用筆在有眞意也。(《南澗甲乙稿》卷十六)

曾季貍

山谷《贛上食蓮》詩，讀之知其孝弟人也。東湖每喜誦此詩。(《艇齋詩話》)

山谷《筆》詩云：「宣城變樣蹲雞距，諸葛名家捋虎鬚。」予嘗見東湖□詞，與此本不同，云：「宣城諸葛尊雞距，筆陣王家將鼠鬚。」雞距，鼠鬚，皆筆名也。言蹲言捋，則無意義，言尊言將，則有理。東湖喜誦此詩，又喜《知常軒》詩，即「新成鼓角報斜陽」者是也。二詩皆親見其誦。(同上)

山谷詩「八米」事，用《北史·盧思道》事。(同上)

山谷《謝人茶》詩云：「涪翁投贈非世味，自許詩情合得嘗。」出薛能《茶》詩云：「麤官乞與眞抛卻，只有詩情合得嘗。」(同上)

東湖言山谷詩對䄎襶子對得不親。(同上)

東湖喜山谷《落星寺》詩。(同上)

山谷《浯谿碑》詩有史法，古今詩人不至此也。張文潛《浯谿》詩止是事，持語言，今碑本並行，愈覺優劣易見。張詩比山谷，眞小巫見大巫也。潘邠老亦有《浯谿》詩，思致卻稍深遠，吕東萊甚喜此詩。予以爲邠老詩雖不敢望山谷，然當在文潛之上矣。(同上)

山谷論詩，多取《楚辭》。(同上)

山谷詩妙天下，然自謂得句法於謝師厚，得用事於韓持國，此取諸人以爲善也。以此見昔人尊事前輩，不敢輕老成如此。(同上)

山谷：「不須盡出我門下，實用人才卽至公。」謂范忠宣也。事見忠宣言行錄。(同上)

山谷《中興頌》詩：「臣結春秋二三策。」所謂「春秋二三策」者，言元結頌用《春秋》之法，其首云：「天寶

十四年安祿山陷雒陽，明年陷長安，天子幸蜀，太子即位於靈武。」以上四句，即《春秋》書法也。（同上）

山谷《浯溪》：「凍雨爲洗前朝悲。」凍雨，暴雨也，出《楚辭》。今韻略亦載，一作平聲讀，一作去聲讀。（同上）

山谷詩云：「王侯鬚若緣坡竹。」蓋用王褒《罵髯僮》文云：「鬚若緣坡之竹。」（同上）

山谷雪詩云：「明知不是剪刀催。」本宋之問詩云：「今年春色早，應爲剪刀催。」（同上）

山谷：「杯行到手不留殘。」用王仲宣詩：「合坐同所樂，但訴杯行遲。」（同上）

山谷：「蓮生於泥中，不與泥同調。」「同調」二字出謝靈運詩：「誰謂古今殊，異世可同調。」（同上）

山谷：「堂前水竹湛清華。」用《選》詩謝叔源：「水木湛清華。」（同上）

山谷《謝人惠筆》詩云：「莫將空謝吏文書。」用樂天《紫毫筆》詩：「愼勿空將彈失儀，愼勿空將錄制詞。」（同上）

山谷《詠明皇時事》云：「扶風喬木夏陰合，斜谷鈴聲秋夜深。人到愁來無處會，不關情處亦傷心。」全用樂天詩意。樂天云：「峽猿亦無意，隴水復何情？爲到愁人耳，皆爲斷腸聲。」此所謂奪胎換骨者是也。（同上）

山谷：「百年中半夜分去，一歲無多春再來。」全用樂天兩句：「百年夜分半，一歲春無多。」（同上）

山谷：「試說宣城樂，停杯且試聽。」取退之「番禺軍府盛，欲說暫停杯」。（同上）

山谷：「簡編自襁褓，簪笏到仍昆。」取退之聯句：「爵勳逮僮隸，簪笏自懷繃。」（同上）

山谷《清江引》云：「全家醉著篷底眠，家在寒沙夜潮落。」「醉著」二字，出韓偓詩：「漁翁醉著無人喚，過午醒來雪滿船。」（同上）

山谷：「平生行樂自不思，豈有竹西歌吹愁。」出杜牧之詩：「誰知竹西路，歌吹是揚州。」（同上）

山谷：「胸中五色綫，補衮用工深。」出杜牧之詩：「平生五色綫，願補舜衣裳。」（同上）

山谷詩云：「十度欲言九度休，萬人叢中一人曉。」曾吉甫云：「此正山谷詩法也。」其説盡之。（同上）

山谷：「馬上時時夢見之。」「夢見之」三字出《選》詩：「遠道不可思，夙昔夢見之。」（同上）

山谷詩云：「小草有遠志。」《本草》：遠志，葉名小草。（同上）

山谷詩云：「董狐常直筆，汲黯少居中。」予案《西漢》，黯以數切諫，不得久留內，爰盎以數直諫，不得久居中。少居中乃爰盎事，非汲黯也。（同上）

山谷《漁父》詞：「新婦磯頭新月明，女兒浦口暮潮平，沙頭鷺宿戲魚驚。」此三句本顧況《夜泊江浦》六言，山谷每句添一字而已。新月、暮潮、戲魚，乃山谷新添也。（同上）

山谷嘲小德詩云：「書窗行暮鴉。」蓋用盧仝《添丁》詩：「忽來案上翻墨汁，塗抹書窗如老鴉。」（同上）

山谷和一僧偈頌押風字韻云：「空餘祇夜數行墨，不見伽黎一臂風。」祇夜，卽伽陀之類，謂偈頌也。伽黎，乃袈裟。一臂風，常見《楞嚴經》。（同上）

汪應辰

【送鮑以道序（節録）】 昔者黄魯直問政于山陽徐仲車，徐仲車曰：「爲政之務，慮不厭熟則寡過，睦僚佐則事舉。」魯直報之曰：「大雅之爲人遠矣，立參于前，坐倚于衡，何日忘之。」嗚呼！應辰誦此言久矣，以告以道。以道曰：慮熟寡過，則誠所未至；睦僚佐，則吾固優爲之。夫君子自以爲不足，而優于天下，樂正子爲政，孟子所以不寐也。夫仲車之言簡而直，魯直以一代文豪，而服膺之若此者，誠有味其言也。（《文定集》卷九）

【書張士節字敍】 魯直之以士節字張君也，若曰，無此節，則非士矣。其言可謂峻直而精確者也。聞之前輩，魯直疏通樂易，而其中所守，毅然不可奪。紹聖初坐史院事，所對不少屈，于同時史官中得罪最遠，轉徙萬里，流落累年。會徽宗即位，召之，不即就，于還朝諸公中獨不復用。崇寧間，前之得罪于紹聖、元符者，特不用而已耳，而魯直以言語觸諱，獨再被謫。閒居談説名義易耳，顛沛之際，則已失措，或者一更患難，不復人色，顧迺追咎鄉之持論，以爲講學未精。若其摧沮撼頓，至于再三，而卒以不悔，視死生禍福，曾不芥蔕，可信其爲信道之篤也。張才叔以正直名一時，于魯直獨師事焉，彼誠有以服其心也。士節之子攜魯直所爲字敍見過，余曰，此魯直日用之餘，推以予人者，非苟爲空言也。因爲詳道所聞于前輩者如此。（同上卷十一）

【跋山谷帖】 余所視山谷翰墨，大抵誨人必以規矩，非特爲説詩而發也。嘗有詩示張氏子云：「莫道今時新進士，談説性命如懸河。」蓋當時學者之弊。（同上）

馮時行

【跋山谷書木假山記】　黄太史用筆調和，收藏遒勁之氣於筆墨中，無一點暴露。俗人見他人書如寺門前金剛，筋骨俱露，便謂魯直無力，可爲一大哈也。（《縉雲文集》卷四）

陳　淵

【跋子靜所藏魯直書樂天八字偈】　凝師八字源則豐，樂天說偈流無窮。山谷眼明如日中，落筆驚電馳蛟龍。誰其得之建溪翁子靜姓也，取人所棄豈俗同。搜奇抉怪晉餘風，嫉邪憤世髮上衝。自我觀之案兩重，巧偷豪奪願不逢。好語傳播人所攻，斯言有味當見容。政和六年七月，無諍道人書附子靜所跋之後。（《默堂先生文集》卷五）

晦　齋

【簡齋詩集引（節錄）】　詩至老杜極矣。東坡蘇公、山谷黄公奮乎數世之下，復出力振之，而詩之正統不墜。然東坡賦才也大，故解縱繩墨之外，而用之不窮；山谷措意也深，故游泳□味之餘，而索之益遠。大抵同出老杜，而自成一家，如李廣、程不識之治軍，龍伯高、杜季良之行己，不可一概詰也。近世詩集知尊杜矣，至學蘇者，乃指黄爲强，而附黄者亦謂蘇爲肆；要必識蘇、黄之所不爲，然後可以

涉老杜之涯涘——此簡齋陳公之説云耳。(《簡齋詩外集》卷首)

葛立方

律詩中間對聯兩句意甚遠而中實潛貫者，最爲高作，如介甫《示平甫》詩云：「家勢到今宜有後，士才如此豈無時。」《答陳正叔》云：「此道未行身有待，古人不見首空回。」魯直《答彦和》詩云：「天於萬物定貧我，智效一官全爲親。」《上叔父夷仲》詩云：「萬里書來兒女瘦，十月山行冰雪深。」歐陽永叔《送王平甫下第》詩云：「朝廷失士有司恥，貧賤不憂君子難。」《送張道州》詩云：「身行南鴈不到處，山與北人相對間。」如此之類，與規規然在於媲青對白者，相去萬里矣。魯直如此句甚多，不能概舉也。(《韻語陽秋》卷一)

「水田飛白鷺，夏木囀黄鸝」，李嘉祐詩也。王摩詰衍之爲七言曰：「漠漠水田飛白鷺，陰陰夏木囀黄鸝。」而興益遠。「九天宫殿開閶闔，萬國衣冠拜冕旒」，王摩詰詩也。杜子美删之爲五言句：「閶闔開黄道，衣冠拜紫宸。」而語益工。近觀山谷黔南十絶，七篇全用樂天《花下對酒》、《渭川舊居》、《東城尋春》、《西樓》、《委順》、《竹窗》等詩，餘三篇用其詩略點化而已。樂天云：「相去六千里，地絶天邈然。十書九不到，何以開憂顔。」山谷則云：「相望六千里，天地隔江山。十書九不到，何用一開顔。」樂天云：「霜降水反壑，風落木歸山。冉冉歲時異，物皆復本原。」山谷云：「霜降水反壑，風落木歸山。冉冉歲華晚，昆蟲皆閉關。」樂天詩云：「渴人多夢飲，飢人多夢餐。春來夢何處？合眼到

正如李公弼將郭子儀之軍，重經號令，精彩數倍。今觀三公所作，此語殆誠然也。(同上)

東川。」山谷云：「病人多夢醫，囚人多夢赦。如何春來夢，合眼見鄉社。」葉少蘊云：詩人點化前作，

詩家有換骨法，謂用古人意而點化之，使加工也。李白詩云：「白髮三千丈，緣愁似箇長。」荆公點化之，則云：「繖成白髮三千丈。」劉禹錫云：「遙望洞庭湖翠水，白銀盤裏一青螺。」山谷點化之云：「可惜不當湖水面，銀山堆裏看青山。」孔稚圭《白苧歌》云：「山虛鐘磬徹。」山谷點化之，云：「山空響筦絃。」盧仝詩云：「草石是親情。」山谷點化之，云：「小山作朋友，香草當姬妾。」學詩者不可不知此。(同上卷二)

山谷詩多用稻田衲，亦云田衣。王摩詰詩云：「乞飯從香積，裁衣學水田。」又云：「手巾花氎淨，香帔稻畦成。」豈用是耶？(同上)

魯直謂東坡作詩未知句法，而東坡題魯直詩云：「每見魯直詩，未嘗不絶倒。然此卷甚妙，而殆非悠悠者可識。能絶倒者，已是可人。」又云：「讀魯直詩，如見魯仲連、李太白，不敢復論鄙事，雖若不適用，然不爲無補。」如此題識，其許之乎？其譏之也。(同上)

作詩貴雕琢，又畏有斧鑿痕，貴破的，又畏粘皮骨，此所以爲難……劉夢得稱白樂天詩云：「郢人斤斲無痕迹，仙人衣裳棄刀尺。世人方內欲相從，行盡四維無處覓。」若能如是，雖終日斲而鼻不傷，終日射而鵠必中，終日行於規矩之中，而其迹未嘗滯也。山谷嘗與楊明叔論詩，謂以俗爲雅，以故爲新，百戰百勝，如孫吳之兵，疏端可以破鏃，如甘蠅飛衞之射，捏聚放開，在我掌握。與劉所論，殆一轍

矣。(同上卷三)

柳展如，東坡甥也，不問道于東坡，而問道于山谷。山谷作八詩贈之，其間有「寢興與時俱，由我屈伸肘；飯羹自知味，如此是道否」之句，是告之以佛理也。其曰：「咸池浴日月，深宅養靈根。胸中浩然氣，一家同化元。」是告之以道教也。「聖學魯東家，恭惟同出自，乘流去本遠，遂有作書肆。」是告之以儒道也。(同上卷十二)

元微之謫通州，白樂天有詩云：「寅年籬下多逢虎，亥日沙頭始賣魚。」後人有《東南行》云：「亥日饒蝦蟹，寅年足虎貙。」張籍云：「江村亥日長爲市。」山谷亦有「魚收亥日妻到市」之句。(同上卷十六)

魯直詩云：「眼見人情如格五，心知外物等朝三。」又云：「肉食傾人如出九，藜羹飯我等朝三。」兩聯之意雖不相遠，然似不若前之句無斧鑿痕也。《漢書》：「吾邱壽王以善格五待詔。」劉德謂格五棊，行以塞法。《齊書》：「沈文季善塞，其法用五子。」沈存中《筆談》云：「格五卽今之蹙融，其法以己常有餘，而致敵人于險。」《酉陽雜俎》亦云：「于棊局中各用五子，共行一道，以角遲速，則格五也。塞也，蹙融也，名雖不同，其制一而已。」彼蘇林以謂五博之類不用箭，但行梟散，未知所據。出九亦賭博之法，詳見《刑統》。(同上卷十七)

忘年交，雖年齒尊幼不侔，而道義可謂友也。如張鎰之于陸贄，崔郭之于李謙是已。魯直云：「逐貧下去與忘年。」便以忘年作朋友用，蓋有來處也。老杜《過孟倉曹》詩云：「清談見滋味，爾輩可忘年。」則山谷所云，豈苟云乎哉！(同上卷二十)

陶淵明《乞食》詩云：「飢來驅我去，不知竟何之。」而繼之以「感子漂母惠，愧我非韓才」句，則求而有獲者也。杜子美《上水遣懷》云：「驅馳四海内，童稚日糊口。」而繼之以「但遇新少年，少逢舊知友」，則求而無所得者也。山谷《貧樂齋》詩云：「飢來或乞食，有道無不可。」《過青草湖》云：「我雖貧至骨，猶勝杜陵老。憶昔上岳陽，一飯從人討。」由是論之，則杜之貧甚于陶，而山谷之貧尚優于杜也。(同上)

王之望

【跋魯直書東坡卜算子詞】東坡此詞出《高唐》、《洛神》、《登徒》諸賦之右，以出三界人，遊戲三界中，故其筆力藴藉超脱如此。山谷屢書之，且謂非食烟火語，可謂妙於立言矣。蓋東坡詞如《國風》，山谷跋如《小序》，字畫之工，亦不足言也。(《漢濱集》卷十五)

陳巖肖

本朝詩人，與唐世相亢，其所得各不同，而俱自有妙處，不必相蹈襲也。至山谷之詩，清新奇峭，頗道前人未嘗道處，自爲一家，此其妙也。至古體詩，不拘聲律，間有歇後語，亦清新奇峭之極也。然近時學其詩者，或未得其妙處，每有所作，必使聲韻拗捩，詞語艱澁，曰江西格也；此何爲哉？(《庚溪詩話》卷下)

袁文

《嬾真子》録載，黄太史名庭堅，字魯直，其義不可解，或曰慕季文子之逐莒僕，故字魯直，恐未必然也。庭堅乃八愷之名。本朝仁宗重魯宗道之爲人，嘗書曰「魯直愷」。太史慕二公之堅直，字而名之，意或在是耶？（《甕牖閒評》卷三）

字之從水者，篆文作此氺字，蓋水字也。至隸書不作氺字，乃更爲三點，亦是水字。然三點之中，最下一點挑起，本無義，乃字之體耳；若不挑起，則似不美觀。本朝獨黄太史三點多不作挑起，其體更遒麗，信一代奇書也。（同上卷四）

任淵解黄太史詩，改《磨崖碑後》詩「臣結春秋二三策」一句作「臣結春陵二三策」，引元次山《春陵行》爲言，此固一説也。然余親見太史寫此詩于磨崖碑後者，作「臣結春秋二三策」，詎庸改耶！（同上卷五）

黄太史《謝送宣城筆》詩云：「宣城變樣蹲雞距，諸葛名家捋鼠鬚。一束喜從公處得，千金求買市中無。漫投墨客摹科斗，勝與朱門飽蠹魚。愧我初非草玄手，不將閑寫吏文書。」世多病此詩既押十虞韻，魚虞不通押，殆落韻也。殊不知此乃古人詩格。昔鄭都官與僧齊己、鄭損輩共定今體詩格云：凡詩用韻有數格，一曰葫蘆，一曰轆轤，一曰進退。葫蘆韻者，先二後四；轆轤韻者，雙出雙入；進退韻者，一進一退，失此則謬矣。今此詩前二韻押十虞字，後二韻押九魚字，乃雙出雙入，得非所謂轆轤

韻乎？非太史之誤也。（同上）

黄太史《謝檀敦信送柑子》詩云：「書後合題三百顆。」若用黄柑事，則言二百可矣；而云三百者，卻是橘矣。（同上）

黄太史過泗州，禮僧伽之塔，作發願文，痛戒酒色肉食，可謂有高見者也。世之人惟其所見不高，故沈溺而不知返，今太史乃能一念超然，諸妄頓除，視身如虚，不爲纖塵所汚，又作文以痛戒之，可不謂有高見者乎？而或者乃病其不能堅守，暮年猶有所犯。余嘗究其然。蓋太史乙酉生，是時有柳彦輔者，乃耆卿之孫，善陰陽，能決人生死，謂太史向後災難，大抵見於六十以下。太史六十一貶宜州以卒，則彦輔之言信矣。當其在宜州，棲遲瘴霧之中，非榮肚老人所宜，其況味蓋可知。乃兄子明自永州來訪之，有鄉人曹醇老送肉及子魚金橘來，故不免與兄同食葷，若酒色則不知所犯也。後有汚衊之者，皆取以前事妄相訾毁。太史寧有是耶？縱時或食葷，較之刲羊刺豕庖鼈鱠鯉而不知紀極者爲如何？君子存恕心，不可不爲明之也。（同上卷七）

佛經云：「平生不妄語，其舌可能及肱。」後見黄太史詩云：「我舌猶能及鼻尖。」恐亦是佛經之意也。（同上）

黄太史草書帖云：「時小雨清潤，十三日所移竹各已蘇息，惟自籬外移橙一株，著籬似無生意。蓋十三日竹醉，而使橙亦醉，亦失其性矣。」此一段說得良婉，語言既新奇，而又雜以恢諧，使人賞玩不能去手。夫十三日竹醉，當是五月十三日，此日止可移竹，若移橙，非上春不可，今乃於中夏向暖時擧事，宜其無生意也。余故能知之。太史書林中人，豈知所謂移橙者，第見杜子美詩中云「細雨更移橙」，遂欲料理，雖已得細雨，而時已向熱，不待趨而往視，其槁死無疑，又豈特無生意已哉。（同上）

蘇東坡詩云：「果熟多幽欣。」余自少卽喜「幽欣」二字，意欲植少果樹，於中作一小亭，以幽欣名。今老矣，此志不遂，奈何！余又欲名小室爲「盤蝸」，取黄太史詩云「一室可盤蝸」也。（同上卷八）

黄徹

山谷云：「詩者人之性情也，非强諫爭於庭，怨詈於道，怒鄰罵坐之所爲也。」余謂怒鄰罵坐，固非詩本指，若《小弁》親親，未嘗無怨，何人斯，取彼譖人，投畀豺虎，未嘗不憤，謂不可諫爭，則又甚矣。箴規刺誨，何爲而作？古者帝王尚許百工各執藝事以諫，詩獨不得與工技等哉？故諷諫而不斥者，惟《風》爲然。如《雅》，云：「匪面命之，言提其耳」；「彼童而角，實訌小子」；「憂心慘慘，念國之爲虐」；「亂匪降自天，生自婦人」；忠臣義士，欲正君定國，惟恐所陳不激切，豈盡優柔婉晦乎？故樂天《寄唐生》詩云：「篇篇無空文，句句必盡規。」（《碧溪詩話》卷十）

王偁

【黄庭堅傳】黄庭堅，字魯直，洪州分寧人也。幼警悟，從舅李常見之，以爲一日千里。擧進士，爲葉縣尉，又爲大名府國子監教授。初，蘇軾見庭堅詩於孫覺之坐上，異之；後遇李常於濟南，見其詩文，以爲超逸絶塵，獨立萬物之表者，由是名聲始震。知太和縣，又監德安鎮，召爲秘書郎，爲神宗實錄檢討官、集賢校理，逾年爲著作郎。母喪，服除，除秘書丞、提點明道宫。紹聖初，議者以實錄多誣失實，責涪州别駕，黔州安置；以親嫌，移戎州。監鄂州税，僉判寧國軍，知舒州，召爲吏部員外郎，丐郡得知太平州，提點玉隆觀。初，庭堅嘗作《荆南承天院記》，部使者觀望宰相趙挺之意，以庭堅有幸災之言，坐除名編管宜州，卒，年六十一。始庭堅與秦觀、張耒、晁補之皆游蘇軾之門，號四學士，而庭堅於文章特長於詩，獨江西君子以庭堅配蘇軾，謂之蘇、黄云。（《東都事略》卷一百十六《文藝傳》）

洪　邁

【黄魯直詩】　徐陵《鴛鴦賦》云：「山雞映水那相得，孤鸞照鏡不成雙。天下眞成長會合，無勝比翼兩鴛鴦。」黄魯直《題畫睡鴨》曰：「山雞照影空自愛，孤鸞舞鏡不作雙。天下眞成長會合，兩鳧相倚睡秋江。」全用徐語點化之，末句尤精工。又有《黔南十絶》，盡取白樂天語，其七篇全用之，其三篇頗有改易處。樂天《寄行簡》詩凡八韻，後四韻云：「相去六千里，地絶天邈然。十書九不達，何以開憂顔？渴人多夢飲，飢人多夢餐。春來夢何處？合眼到東川。」魯直翦爲兩首，其一云：「相望六千里，天地隔江山。十書九不到，何用一開顔。」其二云：「病人多夢醫，囚人多夢赦。如何春來夢，合眼在鄉社。」樂天《歲晚》詩七韻，首句云：「霜降水返壑，風落木歸山。冉冉歲將晏，物皆復本源。」魯直改後

兩句七字，作「冉冉歲華晚，昆蟲皆閉關。」（《容齋隨筆》卷一）

【敕勒歌】魯直《題陽關圖》詩云：「想得陽關更西路，北風低草見牛羊。」又集中有書韋深道諸帖云：「斛律明月，胡兒也，不以文章顯。老胡以重兵困敕勒川，召明月作歌排悶，倉卒之間，語奇壯如此，蓋率意道事實耳。」予按古樂府有《敕勒歌》，以爲齊高歡攻周玉壁而敗，恚憤疾發，使敕勒金唱《敕勒》，歡自和之。其歌本鮮卑語，詞曰：「敕勒川，陰山下。天似穹廬，籠罩四野。天蒼蒼，野茫茫，風吹草低見牛羊。」魯直所題及詩中所用，蓋此也，但誤以斛律金爲明月。明月名光，金之子也。歡敗於玉壁，亦非困於敕勒川。（同上）

【虎夔藩】黄魯直《宿舒州太湖觀音院》詩云：「汲烹寒泉窟，伐燭古松根。相戒莫浪出，月黑虎夔藩。」「夔」字甚新，其意蓋言抵觸之義。而莫究所出，惟杜工部《課伐木》詩序云：「課隸人入谷斬陰木，晨征暮返。我有藩籬，是缺是補。旅次於小安，山有虎，知禁，若恃爪牙之利，必昏黑撐突。夔人屋壁，列樹白桃，鏝爲牆，實以竹，示式遏，爲與虎近，混淪乎無良賓客。」其詩句有云：「藉汝跨小籬。乳獸待人肉。虎穴連里閭。久客懼所觸。」乃知魯直用此序中語。然杜公在夔府所作詩，所謂夔人者，述其土俗耳，本無抵觸之義，魯直蓋誤用之。又《寺齋睡起》絶句云：「人言九事八爲律，儻有江船吾欲東。」按《主父偃傳》：「上書言九事，其八事爲律令，一事諫伐匈奴。」謂八事爲律令而言，則「爲」字當作去聲讀，今魯直似以爲平聲，恐亦誤也。（同上卷一二）

【存殁絶句】杜子美有《存殁絶句》二首，云：「席謙不見近彈棊，畢曜仍傳舊小詩。玉局他年無限笑，白楊今日幾人悲。」「鄭公粉繪隨長夜，曹霸丹青已白頭。天下何曾有山水，人間不解重驊騮。」每篇一存一歿，蓋席謙、曹霸存，畢、鄭歿也。黃魯直《荆江亭即事》十首，其一云：「閉門覓句陳無已，對客揮毫秦少游。正字不知溫飽未，西風吹淚古藤州。」乃用此體。時少游歿而無已存也。近歲新安胡仔著《漁隱叢話》，謂魯直以今時人形入詩句，蓋取法於少陵，遂引此句，實失於詳究云。（同上續筆卷二）

【燕說】黃魯直和張文潛八詩，其二云：「談經用燕說，束棄諸儒傳。濫觴雖有罪，末派瀰九縣。」大意指王氏新經學也。燕說出於《韓非子》，曰：「先王有郢書，而後世多燕說。」又引其事曰：郢人有遺燕相國書者，夜書，火不明，謂持燭者曰：「舉燭！」已而誤書「舉燭」二字，非書之意也。燕相受書曰：「舉燭者，尚明也；尚明者，舉賢而用之。」遂以白王。王大說，國以治。治則治矣，非書意也。魯直以新學多穿鑿，故有此句。（同上卷三）

【詩詞改字】黃魯直詩：「歸燕略無三月事，高蟬正用一枝鳴。」「用」字初曰「抱」，又改曰「占」、曰「在」、曰「帶」、曰「要」，至「用」字始定。（同上卷八）

【逐貧賦】韓文公《送窮文》，柳子厚《乞巧文》，皆擬揚子雲《逐貧賦》。韓公《進學解》擬東方朔《客難》，柳子《晉問篇》擬枚乘《七發》，《正符》擬《劇秦美新》，黃魯直《跛奚移文》擬王子淵《僮約》，皆極文章之妙。（同上卷十五）

【承天塔記】黃魯直初謫戎、涪，既得歸，而湖北轉運判官陳舉以時相趙淸憲與之有小怨，訐其所作

《荆南承天塔記》，以爲幸災，遂除名羈管宜州，竟卒於彼。今《豫章集》不載其文，蓋謂因之兆禍，故不忍著錄。其曾孫嶅續編别集，始得見之。大略云：「余得罪，竄黔中，道出江陵，寓承天禪院。住持僧智珠方徹舊浮圖於地，而囑余曰：『成功之後，願乞文記之。』後六年，蒙恩東歸，則七級巋然已立，於是作記。」其後云：「儒者嘗論，一佛寺之費，蓋中民萬家之產，實生民穀帛之蠹，雖余亦謂之然。然自省事以來，觀天下財力屈竭之端，國家無大軍旅，勤民丁賦之政，則蝗旱水溢，或疾疫連數十州。此蓋生人之共業，盈虛有數，非人力所能勝者邪。」其語不過如是，初無幸災風刺之意，乃至於遠斥以死，寃哉！（同上四筆卷八）

吳　曾

【東坡用事切】　東坡和山谷嘲小德詩，末云：「但使伯仁長，還與絡秀家。」蓋伯仁乃絡秀子耳。洪駒父哭謝無逸詩云：「但使添丁長，終與謝客家。」此學東坡語，尤無功。添丁，盧仝子，氣脈不相屬。絡秀，本周伯仁父浚之妾。小德亦庶出。東坡用事，其切如此。山谷詩：「解著《潛夫論》，不妨無外家。」更覺其切。（《能改齋漫錄》卷三《辨誤》）

【冷齋不讀書】　洪覺範《冷齋夜話》謂：「山谷謫宜州，殊坦易。作詩曰：『老色日上面，懽悰日去心。今既不如昔，後當不如今。』又云：『輕紗一幅巾，短簟六尺牀。無客白日靜，有風終夜涼。』」且曰：「山谷學道休歇，故其閑暇若此。」以上皆冷齋語也。予以冷齋不讀書之過。上八句皆樂天詩，蓋是編者之誤，致令渠以爲山谷所爲。前四句「老色日上面」，乃樂天《東城尋春》詩。尚餘八句，所謂「今猶未甚衰，無事力可任」是已。後四句「輕紗一幅巾」，乃樂天《竹窗》詩。亦尚餘二十四句，所謂「常愛輞川寺，竹窗東北廊」是已。《山谷外集》更有「嘖嘖雀引雛，梢梢筍成竹」數篇，皆非山谷詩。偶會其意，故記之册，學者不可不知也。（同上）

【一日十二憶】　唐朱晝《喜陳懿至》詩云：「一别一千日，一日十二憶。苦心無閑時，今夕見玉色。」乃知山谷「五更歸夢三千里，一日思親十二時」之句，蓋取此。（同上卷六《事實》）

【别酒莫留殘】　周庾信《舞媚歌》六言云：「少年唯有歡樂，飲酒那得留殘。」豫章長短句云：「一盃别酒莫留殘」，出此。（同上）

【出九入十】　世俗博戲，有「出九入十」之説，謂之攤賭。故律云：「諸博戲賭財物，並停止。出九和合者，各令衆五日。」豫章詩：「肉食傾人如出九。」（同上卷七《事實》）

【斷腸聲裏唱陽關】　豫章《題陽關圖》絶句：「斷腸聲裏無聲畫，畫出陽關更斷腸。」按，李義山《贈歌妓》詩云：「紅綻櫻桃含白雪，斷腸聲裏唱陽關。」豫章所用也。（同上）

【兩蝸角】　白樂天云：「相争兩蝸角，所得一牛毛。」後之使蝸角事悉稽之，而偶對各有所長。吕吉甫云：「南北戰争蝸兩角，古今興廢貉同邱。」山谷云：「千里追奔兩蝸角，百年得意大槐宫。」又云：「功名富貴兩蝸角，險阻艱難一酒杯。」洪龜父云：「一朝厭蝸角，萬里騎鯨背。」（同上卷八《沿襲》）

【魚遺子鹿引麛】　唐吴子華詩云：「暖漾魚遺子，晴遊鹿引麛。」乃悟山谷詩「河天月暈魚分子，桐葉風

微鹿養茸」所自。(同上)

【傀儡】唐梁鍠咏木老人詩：「刻木牽詩作老翁，雞皮鶴髮與眞同。須臾弄罷寂無事，還似人生一世中。」《開天傳信記》稱明皇還蜀，嘗以爲誦，而非明皇所作也。觀山谷詩：「世間盡被鬼神誤，看取人間傀儡棚。煩惱自無安脚處，從他鼓笛弄浮生。」蓋用鍠意也。(同上)

【夢中身夢外身】山谷嘗自贊其眞曰：「似僧有髮，似俗無塵。作夢中夢，見身外身。」蓋亦取詩僧淡白寫眞詩耳。淡白云：「已覺夢中夢，還同身外身。堪歎余兼爾，俱爲未了人。」(同上)

【身輕一鳥過】歐陽文忠公《詩話》：「陳公時得杜集，至蔡都尉『身輕一鳥』，下脱一字。數客補之，各云疾、落、起、下，終莫能定。後得善本，乃是過字。」其後東坡詩「如觀老杜飛鳥句，脱字欲補知無緣」，山谷詩「百年青天過鳥翼」，東坡詩「百年同過鳥」；皆從而效之也。(同上)

【小雨斑斑】文忠公詩：「小雨斑斑作燕泥。」東坡詩：「小雨斑斑未作泥。」山谷詩：「潤花小雨斑斑。」(同上)

【澄江一道】東萊先生呂居仁愛豫章少年時作太和縣樓詩：「木葉千山天遠大，澄江一道月分明。」然白樂天亦有《江樓夕望》詩云：「燈火萬家城四畔，星河一道水中央」之句。(同上)

【荆公山谷詩意同事同】荆公《詠淮陰侯》：「將軍北面歸降虜，此事人間久寂寥。」山谷亦云：「功成千金募降虜，東面置座師廣武。誰云晚計太疏略，此事已足垂千古。」二詩意同。荆公《送望之出守臨江》云：「黄雀有頭顱，長行萬里餘。」山谷《黄雀》詩：「牛大垂天且割烹，細微黄雀莫貪生。頭顱

雖復行萬里，猶復鹽梅傅説羹。」二詩使袁譚事亦同。（同上卷十《議論》）

【詩有奪胎换骨詩有三偷】洪覺範《冷齋夜話》曰：「山谷云：『詩意無窮，而人之才有限。以有限之才，追無窮之意，雖少陵、淵明，不得工也。然不易其意而造其語，謂之换骨法；規模其意形容之，謂之奪胎法。』」予嘗以覺範不學，故每爲妄語。且山谷作詩，所謂「一洗萬古凡馬空」，豈肯教人以蹈襲爲事乎？唐僧皎然嘗謂：「詩有三偷：偷語最是鈍賊，如傅長虞『日月光太清』、陳後主『日月光天德』是也；偷意事雖可罔，情不可原，如柳渾『太液微波起，長楊高樹秋』，沈佺期『小池殘暑退，高樹早涼歸』是也；偷勢才巧意精，略無痕迹，蓋詩人偷狐白裘手，如嵇康『目送歸鴻，手揮五絃』，王昌齡『手攜雙鯉魚，目送千里雁』，是也。」夫皎然尚知此病，孰謂學如山谷，而反以不易其意，與規模其意，而遂犯鈍賊不可原之情耶？（同上）

【國香】國香，荆渚田氏侍兒名也。山谷自南溪召爲吏部員外郎，留荆州，乞守當塗，待報。所居與此女子爲鄰，山谷偶見之，以謂幽閑姝美，目所未覩。後其家以嫁下俚貧民，因賦《水仙花》詩寓意云：「淤泥解出白蓮藕，糞壤能開黄玉花。可惜國香天不管，隨緣流落小民家。」俾高子勉和之。後數年，山谷卒於嶺表，當時賓客雲散，此女既生二子矣，會荆南歲荒，其夫鬻之田氏家。田氏一日邀子勉，置酒出之。掩袂困瘁，無復故態。坐間話當時事，相與感歎。子勉請田氏名曰國香，以成太史之志。政和三年春，子勉客京師。會王性之問山谷詩中本意，因道其詳。且爲賦詩云：「南溪太史還朝晚，息駕江陵頗從款。糹（絲）毫曾詠水仙花，可惜國香天不管。將花爲意爲羅敷，十七未有十五餘。宋玉門牆紆貴從，藍橋庭戶怪貧居。十年目色遙成處，公更不來天上去。已嫁鄰姬窈窕姿，空傳墨客慇懃句。聞道離鸞別鶴悲，藁砧無賴釁蛾眉。桃花結子風吹後，巫峽行雲夢足時。田郎好事知渠去，酹贈明珠同石友。憔悴猶疑洛浦妃，風流固可章臺柳。寶髻犀梳金鳳翹，樽前初識董嬌嬈。來遲杜牧應須恨，愁殺蘇州也合銷。却把水仙花說似，猛省西家黃學士。乃能知妾妾當時，悔不書空作黃字。王子初來話此詳，索詩裁與漫淒涼。只今驅豆無方法，徒使田郎號國香。」性之亦次韻云：「百花零落悲春晚，不復園林門可款。待花結實春始歸，到頭只有東風管。楚宮女子春華敷，爲雨爲雲皆有餘。親逢一顧傾國色，不解迎入專城居。目成未到投梭處，後會難憑人已去。可憐天壤擅詩聲，不知崔護桃花句。坐令永抱埋玉悲，游子那知京兆眉。難堪別鶴分飛後，猶是驚人初見時。新歡蜜愛應長久，暫向華筵賞賓友。舞盡春風力不禁，困鳥腰肢一渦柳。座上何人贈翠翹，蜀州風調尤情嬈。歡濃酒暈上玉頰，香煖紅酥疑欲銷。佳人薄命古相似，先後乃逢天下士。但惜盈盈一水時，當年不寄相思字。宜州遺恨君能詳，瘴雲萬里空悲涼。無限風流等閒別，幾人鑒賞得眞香。」（同上卷十一《記詩》）

【東坡稱重黃魯直詩】 歐陽季默嘗問東坡：「魯直詩何處是好？」東坡不答，但極稱重黃詩。季默云：「如『臥聽疎疎還密密，曉看整整復斜斜』，豈是佳耶？」東坡云：「此正是佳處。」（同上）

【黃魯直詞謂之著腔詩】 晁無咎評本朝樂章，不具諸集，今載於此云：「……黃魯直間作小詞，固高妙，然不是當行家語，是著腔子唱好詩。……」（同上卷十六《樂府》）

【水光山色漁父家風】　徐師川云：張志和《漁夫詞》云：「西塞山邊白鷺飛，桃花流水鱖魚肥。青篛笠，綠蓑衣，斜風細雨不須歸。」顧況《漁父詞》：「新婦磯邊月明，女兒浦口潮平，沙頭鷺宿魚驚。」東坡云：「玄眞語極淸麗，恨其曲度不傳。」加數語以《浣溪沙》歌之云：「西塞山邊白鷺飛，散花洲外片帆微，桃花流水鱖魚肥。　自芘一身靑篛笠，相隨到處綠蓑衣，斜風細雨不須歸。」山谷見之，擊節稱賞。且云：「惜乎散花與桃花字重疊，又漁舟少有使帆者。」乃取張、顧二詞合爲《浣溪沙》云：「新婦磯邊眉黛愁，女兒浦口眼波秋，驚魚錯認月沈鉤。　靑篛笠前無限事，綠蓑衣底一時休，斜風細雨轉船頭。」東坡云：「魯直此詞，淸新婉麗。問其最得意處，以山光水色替却玉肌花貌，眞得漁父家風也。然才出新婦磯，便入女兒浦，此漁父無乃太瀾浪乎？」山谷晚年，亦悔前作之未工。因表弟李如篪言：「漁父詞，以《鷓鴣天》歌之，甚協律，恨語少聲多耳。」因以憲宗畫像，求玄眞子文章，及玄眞之兄松齡勸歸之意，足前後數句云：「西塞山前白鷺飛，桃花流水鱖魚肥。朝廷尚覓玄眞子，何處而今更有詩？　靑篛笠，綠蓑衣，斜風細雨不須歸。人間欲避風波險，一日風波十二時。」東坡笑曰：「魯直乃欲平地起風波耶？」（同上）

【茶詞】　豫章先生少時，嘗爲茶詞寄滿庭芳云：「北苑龍團，江南鷹爪，萬里名動京關。碾深羅細，瓊蘂暖生烟。一種風流氣味，如甘露，不染塵煩。纖纖捧，冰甆弄影，金縷鷓鴣斑。　相如方病酒，銀瓶蟹眼，驚鷺濤翻。爲扶起尊前，醉玉頹山。飮罷風生兩袖，醒魂到明月輪邊。歸來晚，文君未寢，相對小窗前。」其後增損其詞，止詠建茶云：「北苑研膏，方圭圓璧，萬里名動天關。碎身粉骨，功令在凌烟。尊俎風流戰勝，降春夢，開拓愁邊。纖纖捧，香泉濺乳，金縷鷓鴣斑。相如雖病渴，一觴一詠，賓有羣賢。便扶起燈前，醉玉頹山。搜攪胸中萬卷，還傾動三峽詞源。歸來晚，文君未寢，相對小妝殘。」詞意益工也。（同上卷十七《樂府》）

【兀兀陶陶詞】豫章云：「醉醒醒醉一曲，乃醉落魄也。」其詞云：「醉醒醒醉，憑君會取些滋味。濃斟琥珀香浮蟻。一入愁腸，便有陽春意。須將幕席爲天地，歌前起舞花前睡。從他兀兀陶陶裏，猶勝惺惺，惹得閒憔悴。」此詞亦有佳句，而多斧鑿痕，又語高下不甚入律。或傳是東坡語，非也。（同上）

吳聿

涪翁《讀中興碑》詩云：「凍雨爲灑前朝碑。」楚辭云：「使凍雨兮灑塵。」故張平子賦：「凍雨沛其灑塗。」舊注云：凍雨，暴雨也。巴郡暴雨爲凍雨。（《觀林詩話》）

杜牧之云：「杜若芳州翠，嚴光釣瀨喧。」此以杜與嚴爲人姓相對也。又有「當時物議朱雲小，後代聲名白日懸」，此乃以「朱雲」對「白日」，皆爲假對，雖以人姓名偶合，不爲偏枯，反爲工也。如涪翁「世上豈無千里馬，人中難得九方皋」，尤爲工緻。（同上）

樂天云：「眉月晚生神女浦，臉波春傍窕娘堤。」涪翁用此意作《漁父詞》云：「新婦磯邊眉黛愁，女兒浦口眼波秋。」然新婦磯、女兒浦，顧況六言已作對矣。（同上）

山谷云：余從半山老人得古詩句法，云：「春風取花去，酬我以清陰。」（同上）

陸龜蒙謝人詩卷云：「談仙忽似朝金母，說豔渾如見玉兒。」杜牧之云：「粉毫唯畫月，瓊尺只裁雲。」半山：「美似狂酲初啖蔗，快如衰病得觀潮。」涪翁：「淸似釣船聞夜雨，壯如軍壘動秋鼙。」論用事之工，半山爲勝也。（同上）

闕名

【東坡山谷詩戲】東坡作吃語詩：「江干高居堅關扃，耕犍躬駕角掛經。孤航繫舸菰茭隔，笳鼓過軍鷄狗驚。解襟顧影各箕踞，擊劍高歌幾舉觥。荆笄供膾愧攪聒，乾鍋更戛甘瓜羹。」山谷亦有戲題云：「逍遙近道邊，憩息慰憊懣。晴暉時晦明，謔語諧讜論。草萊荒蒙蘢，室屋壅塵坌。僮僕侍偪側，涇渭淸濁混。」二老亦作詩戲耶？（《漫叟詩話》）

【黃山谷草書筆跡】山谷晚年草字高出古人，余嘗收得草書陶淵明「結廬在人境」一篇，紙尾復作行書小字跋之云：「往時作草殊不稱意，人甚愛之，惟錢穆父、蘇子瞻以爲筆俗，予心知其然而不能改。數年百憂所集，不復玩思於筆墨，試以作草，乃能蟬蛻於塵埃之外。然自此人當不愛耳。」又「榮衰無定在」二篇跋云：「陶淵明此詩，乃知阮嗣宗當斂衽，何況鮑、謝諸子邪？詩中不見斧斤，而磊落淸壯，惟陶能之。」又《題大雲倉達觀臺》一首：「瘦藤拄到風煙上，乞與游人眼豁開。不知眼界闊多少，白鳥飛盡靑天回。」又《甲子春過揚州芍藥未開》一首：「春風十里珠簾捲，髣髴三生杜牧之。紅葉梢頭初繭栗，揚州風物鬢成絲。」（同上）

【黄山谷詩用船官事】「王侯文釆似於菟，洪堺人間汗血駒。相將問道城南隅，無屋止借船官居。」或云當作「官船居」，非也。庚子山賦云：「風吹雲夢，凍合船官。」注：「船官，官船也。」凡讀人詩，不可以臆見擅改字。（同上）

【山谷道院枸杞詩用諺】諺云：「去家千里，勿食蘿摩枸杞。」山谷嘗賦道院枸杞詩云：「去家尙勿食，出家安用許。」時同賦者服其用事精確。（同上）

鄧 椿

【論遠】畫者，文之極也，故古今之人頗多著意。張彥遠所次歷代畫人冠裳大半，唐則少陵題詠，曲盡形容，昌黎作記，不遺毫髮；本朝文忠歐公、三蘇父子、兩晁兄弟、山谷、後山、宛邱、淮海、月巖，以至漫仕、龍眠，或評品精高，或揮染超拔，然則畫者，豈獨藝之云乎！難者以爲自古文人何止數公，有不能且不好者，將應之曰：其爲人也多文，雖有不曉畫者寡矣；其爲人也無文，雖有曉畫者寡矣。（《畫繼》卷九《雜說》）

晁公武

【黄魯直豫章集三十卷、外集十四卷】右皇朝黄庭堅魯直，幼警悟，讀書五行俱下，數過輒記。蘇子瞻嘗見其詩於孫莘老家，歎絕，以爲世久無此作矣。因以詩往來。會子瞻以詩得罪，亦罰金。元祐中，爲校書郎。先是，秦少游、晁無咎、張文潛皆以文學游蘇氏之門，至是同入館，世號四學士。魯直之詩尤奇，世又謂之蘇、黄云。紹聖初，責置戎州；至徽宗即位，召還。嘗因嘲誚忤趙正夫，及正夫爲相，諭部使者以風旨所作《承天院塔記》中語，以爲幸災謗國，遂除名編隸宜州以死，崇寧四年也。（《郡齋讀書志》卷十九別集類下）

姜特立

【謝楊誠齋惠長句】　平生久矣服時名，況復親聞玉唾聲。便擬近師黄太史，不須遠慕白先生。巨編固已汗牛積，長句猶能倚馬成。今日詩壇誰是主？誠齋詩律正施行。（《梅山續稿》卷一）

【看詩卷】　蘇黄自是今時友，李杜還我異代豪。八十衰翁無老伴，唯渠終日話風騷。（同上卷十六）

度　正

【和黄侍郎韻】　君不見，君家涪翁居戎州，只爲山月來登樓。又不見，君家繡衣老使君，傳家文物如卿雲。兩仙仙去今百載，雲冠霞佩儼如在。數行妙墨留壁間，九頂山巍屹相對。竹坡先生駐歸步，來拜翁祠還少佇。水光山色爲改容，收拾奇觀入新著。世間好景苦留人，無奈催歸作霖雨。山谷先生心好客，爲愛横空雪山白。慇懃載酒清音亭，一抹雲間眞絶色。鴻飛天間去冥冥，風入松間聽琴瑟。浮雲聚散兩茫茫，大川東注何終極。玆遊應不減風雲，清和正值春三月。（《性善堂稿》卷二）

【訪廖叔度蒙示山谷所作眞贊及藜郊等帖】 珍重前賢此考槃，山川環合地平寬。雨餘草木俱蒼翠，好與光風霽月看。(同上卷四)

【書山谷手帖後】 山谷謂濂溪胸中灑落，如光風霽月，延平以爲善形容有道者氣象。又謂其學者曰：「宜常存此於胸中，以自涵養。」又曰：「應事接物，胸中無礙滯，方是灑落。」學者至於是，將無入而不自得矣。方兇京得志，痛斥元祐諸人，生者遠竄，死者追削，搢紳之禍酷矣。山谷於是移書其家如平日，豈胸中灑落人固自爾耶？山谷之世孫出示此卷，覽之慨然。《詩》云「惟其有之，是以似之」，願爲賦之云。(同上卷十五)

陸游

【跋山谷先生三榮集】 予集黄帖，得贈元師及王周彦三詩，甚愛之。有黄淑者家三榮，見而笑曰：「紹興中再刻本也，舊石方黨禁時已磨毁矣。」乃出此卷，曰是舊石本。其筆力精勁蓋如此，因録藏之。淳熙之元二月二日，務觀書。(《渭南文集》卷二十六)

【跋黄魯直書】 老子曰：「豫兮若冬涉川，猶兮若畏四鄰。」山谷此卷蓋有得於此。慶元庚申重九日，笠澤陸某書。(同上卷二十八)

【跋山谷書陰眞君詩】 此石刻在夔州漕司白雲樓下，黄書無出其右者。嘉定乙巳四月辛卯，放翁書。(同上卷三十一)

【跋程正伯所藏山谷帖】此卷不應攜在長安逆旅中，亦非貴人席帽金絡馬傳呼入省時所觀。程子他日幅巾筇杖，渡青衣江，相羊喚魚潭，瑞草橋，清泉翠樾之間，與山中人共小巢龍鶴菜飯，掃石置風爐，煮蒙頂紫茁，然後出此卷共讀，乃稱爾。（同上）

【訪青神尉廨借景亭，蓋山谷先生舊遊也】造朝下白帝，弔古遊青神。城頭三間屋，聊得岸我巾。元祐太史公，世寧有斯人。瘴煙侵玉骨，老作宜州民。至今杖屨地，來者猶酸辛。密竹翦已空，喬木亦半薪。陂池獨渺然，中有鷗鷺馴。人生能自足，一尉可終身。三歎下城去，搌柂春江津。（《劍南詩稿》卷十）

魯直在戎州，作樂府曰：「老子平生，江南江北，愛聽臨風笛。孫郎微笑，坐來聲噴霜竹。」予在蜀見其稿，今俗本改「笛」爲「曲」以協韻，非也。然亦疑「笛」字太不入韻。及居蜀久，習其語音，乃知瀘戎間謂「笛」爲「曲」，故魯直得借用，亦因以戲之耳。（《老學庵筆記》卷二）

黄魯直有日記，謂之家乘，至宜州猶不輟書，其間數言信中者，蓋范寥也。高宗得此書眞本，大愛之，日置御案。徐師川以魯直甥召用，至翰林學士。上從容問信中謂誰，師川對曰：「嶺外荒陋無士人，不知何人，或恐是僧耳。」寥時爲福建兵鈐，終不能自達而死。（同上卷三）

范寥言魯直至宜州，州無亭驛，又無民居可僦，止一僧舍可寓，而適爲崇寧萬壽寺，法所不許，乃居一城樓上，亦極湫隘。秋暑方熾，幾不可過。一日忽小雨，魯直飲薄醉，坐胡床，自欄楯間伸足出外以受雨，顧謂寥曰：「信中，吾平生無此快也。」未幾而卒。（同上）

魯直詩有題扇「草色青青柳色黄」一首，唐人賈至、趙嘏詩中皆有之，山谷蓋偶書扇上耳。至詩中作「吹愁去」，嘏詩中作「吹愁却」，「却」字爲是，蓋唐人語猶云「吹却愁」也。（同上卷四）

山谷《水仙花》二絶「淡掃蛾眉篸一枝」及「只比江梅無好枝」者見於李端叔集中，恐非端叔所及也。賀方回作王子開挽詞「和璧終歸趙，干將不葬吳」者，見於秦少游集中，子開大觀己丑卒於江陰，而返葬臨城，故方回此句爲工。時少游已没十年矣。《水仙花》則不可考，然氣格似山谷晚作，不類端叔也。（同上卷五）

先君讀山谷《乞貓》詩，歎其妙。晁以道侍讀在坐，指「聞道貓奴將數子」一句問曰：「此句何謂也？」先君曰：「老杜云『暫止啼烏將數子』，恐是其類。」以道笑曰：「君果誤矣！《乞貓》詩數字當音色主反，數子謂貓狗之屬多，非一子。故人家生畜，必數子曰生幾子。將數子，猶言將生子也。與杜詩語同而意異。」以道必有所據，先君言當時偶不叩之，以爲恨。（同上卷八）

范成大

始余讀《中興頌》，又聞諸搢紳先生之論，以爲元子之文有《春秋》法，謂如天子幸蜀，太子即位於靈武，書法甚嚴。又如古者盛德大業，必見於歌頌，若今歌頌大業，非老於文學，其誰宜爲，則不及盛德。又如二聖重歡之語，皆微詞見意。夫元子之文固不爲無微意矣，而後來各人貪作議論，復從旁發明呈露之。魯直詩至謂：「撫軍監國太子事，何乃趣取大物爲。」又云：「臣結春陵二三策，臣甫杜鵑再拜

詩。安知忠臣痛至骨，後來但賞瓊琚詞。」魯直既倡此論，繼作者靡然從之，不復問歌頌中興，但以詆罵肅宗爲談柄。（《駿鸞録》）

丁丑，三十里早頓江原縣。前館職張縯季長招至其曾祖所作善頌堂。……季長之族祖浩藏仁宗御飛白書，山谷所跋者，其末句：「譬天地之高厚，贊日月之光華，臣知其不能也。」今集中作「臣自知其不能也」，「自」字蓋後來所增，語意方全。山谷自稱「洪州分寧縣雙井里前史官臣黄庭堅」，蓋謫戎州時所跋。（《吳船録》卷上）

龔頤正

【折綿冰酒】山谷詩：「霜威能折綿，風力欲冰酒。」蓋用阮籍詩「陽和微弱陰氣竭，海凍不流綿絮折，呼吸不通寒冽冽」，庾肩吾詩「勁氣方凝海，清威正折綿」，張説「塞上綿應折，江南草可結」語也。（《芥隱筆記》）

【山谷用巴西字懷半山老人詩】山谷詩：「啜羹不如放麑，樂羊終媿巴西。」按《説苑》：樂羊爲魏將，以攻中山。其子在中山，中山懸其子示樂羊。樂羊不爲衰志，攻之愈急。中山因烹子而遺之，樂羊食之盡一杯。中山見其誠也，不忍與其戰；果下之，遂爲魏文侯開地。文侯賞其功而疑其心。孟孫獵得麑，使秦西巴持歸，其母隨而鳴。秦西巴不忍，縱而與之。孟孫怒而逐秦西巴。居一年，召以爲太子傅。左右曰：「夫秦西巴有罪於君，今以爲太子傅，何也？」孟孫曰：「夫以一麑而不忍，又將能忍吾

子乎？」山谷謂「巴西」，可乎？（同上）

【魚千里】 山谷用「魚千里」事，蓋出《關尹子》：「以盆爲沼，以石爲隝，魚環游之，不知其幾千萬里也。」

山谷屢用「魚千里」字：「尋師訪道魚千里，蓋世功名黍一炊。」又：「小池已築魚千里，隙地仍栽芋百區。」又：「爭名朝市魚千里，觀道詩書豹一斑。」（同上）

【矢來無鄉】 山谷作《蘇李枯木道士賦》，有「懼夫子之獨立，矢來無鄉」，出《韓非子》「矢來有鄉」。鄉，方也。（同上）

周必大

【跋山谷發願文】 此書藏河陽李彥將家，豪勁端重，所謂入顔楊鴻雁行者。今已刻石廬陵郡齋。然可傳者位置形勢而已，若乃濃淡鮮妍，體備衆妙，則副墨之子，亦如佩夫子象環耳。乾道元年二月二十六日，彥將自贛上來，僕具脫粟請少留，遂出此軸，獻豚蹄而得禾車者耶！（《周益國文忠公集·省齋文稾》卷十六）

【跋黄魯直所書金剛經】 此經最貴，徐柳所書，今或漫或燔，所可致者，獨灌溪本，但恨傳刻失眞耳。山谷遺蹟自當盛行於世，故四明别駕陳篆藏而未刻者，爲其非全書也。然經多複語，類而次之，計所欠無多。山谷翰墨滿江南，康廬又產樂石，取諸人而補華黍，攻他山而傳副墨，斯無難矣。此孝子慈孫所宜勉也。乾道丁亥十二月十三日，敬觀於天池院文殊亭。（同上）

【跋黃魯直蜀中詩詞王公權荔枝綠頌姚君至安樂泉頌茶詞滿庭芳阮郎歸】杜少陵、劉夢得詩，自夔州後頓異前作，世皆言文人流落不偶，乃刻意著述，而不知巫峽峻峰激流之勢有以助之也。山谷自戎徙黔，身行夔路，故詞章翰墨日益超妙，觀此三帖，蓋可知矣。淳熙五年十月十三日。（同上卷十七）

【跋黃魯直書寢呈李公擇等四詩】詩雜古律，字兼行草，此山谷得意之作也。淳熙戊戌十一月二十五日。（同上）

【題聶倅周臣所藏黃魯直送徐隱父宰餘干詩稾】山谷此詩今載《外集》，不覩《初集》，何以知後作之工。老杜云：「陶冶性情存底物，新詩改罷自長吟。」「孰知二謝將能事，頗學陰何苦用心。」苟作云乎哉！慶元戊午歲戊午月戊午日，平園老叟周某書而歸之聶氏。（同上《平園續稾》卷八）

【跋楊廷秀贈族人復字道卿詩（節錄）】江西詩社，山谷實主夏盟，後四方人才如林，今以數計，未爲多也。（同上）

【跋山谷草書太白詩】南豐譙氏收山谷草書太白歌行一卷，殆中年筆也。予家藏數卷，亦太白詩，蓋非謫仙妙語，不足發龍蛇飛動之勢耳。今江西豫章、廬陵、宜春皆刻山谷眞草，惟蜀中劉氏十卷中草聖尤奇，實暮年筆也。始顯昌劉氏顯字晦叔，與山谷友善，曁其子瓌、孫伯虎，三世相繼，持節於蜀，日裒月聚，固宜得之之富。其間二說，學者不可不知，乃命小吏錄於左。慶元戊午十月丁亥。（同上）

【跋山谷書《文賦》】右山谷元豐壬戌歲、年三十八宰太和縣書陸士衡《文賦》，及半興盡而止，以遺晁仲詢；仲詢傳其親孫勝之，尋歸廬陵王揚仁，揚仁以遺太和嚴端禮，端禮將刻寘山谷舊治，偕萬安郭澥求跋語。昔王右軍距士衡屬耳，已重其賦書之，唐太宗時獨褚河南能辨右軍帖眞僞，愛而臨其本，至國朝藏蜀中李翹叟家。元符間，山谷自黔移戎見之，謂豪勁清潤，天下奇書，蓋悟古人沉著痛快之語。今觀此卷書法娟秀，不減晉、宋諸賢，自足名世。或乃疑山谷元祐以後，每恨向來字中無筆，遂謂四十年前書非其所喜，殊不知前輩爲學，日益新而又新，晚欲自成一家，豈遽矜誇滿假，是殆癡人前不得說夢也。慶元六年庚申九月甲戌。（同上卷九）

【題山谷書《大戴禮·踐祚篇》（節錄）】《大戴禮·踐祚篇》學者罕讀，東坡妙語聞所未聞，山谷翰墨世共寶之，可謂三絶。（同上）

【跋曾無疑所藏黃魯直晚年帖】右友人曾無疑所藏太史黃公帖。其前一幅崇寧癸未公寓武昌，竄宜州，十二月赴貶時留與黃州何頡斯舉者。明年二月，南過洞庭，寄家永州。五月初，道由桂林，題名於行動大師榕水閣。自是月十八日至宜，有賃黎秀才宅子手約，今刻石秀峯帖中。後六帖皆與融州都監高德脩。乙酉九月晦，公卒，自崇、觀以後，凡片文隻字，禁切甚嚴；至炎、興間，則雖宸翰，猶俯同其筆法。蓋一弛一張，人事也；或抑或舉，有天道焉。觀三代兩漢以來，彝器碑刻，沉埋蝕泐之餘，傳寶百世，何獨公遺墨歟！嘉泰壬戌閏臘月丁巳。（同上卷十一）

【分寧縣學山谷祠堂記】嘉泰元年秋，奉議郎臨江徐筠孟堅宰分寧朞年矣。專以儒術飾吏事，每詣校官，必進諸生以學術。顧視山谷先生祠宇在講堂之左，陿隘朽敝，亟廣而新之，傳像家廟惟肖，釋奠餟食，則擇族老能文者曰畓主祀事。屬予識其成。參考圖牒，自唐貞元十五年分武寧八鄉以名兹邑，西有幕阜山，其高千丈，廣袤百二十里；修水北來，東南經縣治，凡六百餘里，下入彭蠡，此山川之最勝者也。黄氏本金華人，先生六世祖瞻嘗爲邑宰，厥後奉親卜居，沒則就葬，歷三世，家修水上，宦學有聲，而先生出焉。此世家之可考者也。夫惟山川炳靈，世美交濟，故其孝友之行，追配古人，瓌偉之文，妙絶當世。又得眉山蘇文忠公而師之，陳、張、晁、秦而友之，是宜光顯於朝，共振斯道。乃或不然，初坐眉山唱酬，棲遲縣鎮，後被史禍，竄謫西川，晚以非辜，長流嶺南，遂隕其命，中間翱翔館殿纔六年耳。右史之拜，復爲韓川沮止，其生不過如此，蓋人定勝天也。高宗中興，恨不同時，追贈直龍圖閣，擢從弟叔敖爲八坐，寘甥徐俯於西府，皆以先生之故。宸奎天縱，至下取其筆法，戒石刻銘，徧於守令之庭。李、杜巳遠，遂主詩社，身後光榮，乃至於此，非天定勝人耶！昔孔子在魯，魯人指爲東家丘，歷聘諸侯，伐木削迹，無所不有，孰知後世郡邑通祀，南面巍然，一履之微，猶藏武庫。聖人尚爾，先生其奚憾！予既書其大略，又繫以辭，使遇祀事而歌焉。其詞曰：嗟先生之致身，何艱難而險阻！猗先生之沒世，乃發揚而普詡。巋高山與景行，極幽遐而爭覩。微岌岌乎當時，詎煌煌以終古。久配祭其鄉社，俶奉嘗於新宇。釃修水以爲醪，釣鰺魚而實俎。擷白芽於雙井，粲浮甌之花乳。尚來燕以來寧，永範模乎故土。九月十日。（同上卷十九）

【山谷哭宗室公壽詩】與務觀同作劉信叔大尉挽詞，予誦魯直哭宗室公壽詩云：「昔在熙寧日，葭莩接貴游。題詩奉先寺，横笛賓津樓。天網恢中夏，賓筵禁列侯。但聞劉子政，頭白更清修。」意深語到，可見宗室前肆後拘氣象。務觀云：韓子蒼嘗見魯直眞跡，第三聯改云：「屬舉左官律，不通宗室侯。」以此爲勝，而曾吉甫獨取前作。（《二老堂詩話》）

【筍薺詩用斤賣事】 紫芝云：「兩京作斤賣，五溪無人採。」此高力士詩也。魯直作食筍詩云：「尙想高將軍，五溪無人採。」是也。張文潛作薺羹詩乃云：「論斤上國何曾飽，旅食江城日至前。嘗慕藜羹最清好，固應加糝愧吾緣。」則是高將軍所作乃薺詩耳，非筍詩也。二公同時，而用事不同如此，不知其故。予按二詩各因筍、薺而借用作斤賣之句，初非用事不同，紫芝何其拘也。（同上）

周　煇

山谷云：「野艇恰受兩三人。」別本作「航」。航是大舟，當以艇爲正。今所謂航船者，俗名輕舠，如航湖航海，亦爲常談。（《清波雜志》卷九）

王明淸

【張文潛元帶閣職】 建炎末，贈黃魯直、秦少游及晁无咎、張文潛俱爲直龍圖閣。（《揮麈錄》前錄卷三）

【趙正夫與黃魯直戲劇銜怨切骨】 趙正夫丞相，元祐中與黃太史魯直俱在館閣。魯直以其魯人，意常輕之。每夜吏來問食次，正夫必曰：「來日喫蒸餅。」一日聚飯行令，魯直云：「欲五字從首至尾各一字，復合成一字。」正夫沈吟久之，曰：「禾女委鬼魏。」魯直應聲曰：「來力勑正整。」叶正夫之音，闔坐大笑。正夫又嘗曰：「鄉中最重潤筆，每一誌文成，則太平車中載以贈之。」魯直曰：「想俱是蘿蔔與瓜虀爾！」正夫銜之切骨。其後排擠，不遺餘力，卒致宜州之貶。一時戲劇，貽禍如此，可不戒哉！陸務觀云。（同上後録卷六）

【黄魯直浯溪碑曾公衮不欲書姓名】崇寧三年，黄太史魯直竄宜州，攜家南行，泊於零陵，獨赴貶所。是時外祖曾空青坐鉤黨，先徙是郡，太史留連逾月，極其歡洽，相予酬唱，如《江樾書事》之類是也。帥遊浯溪觀中興碑，太史賦詩，書姓名於詩左。外祖急止之云：「公詩文一出，即日傳播。某方爲流人，豈可出郊，公又遠徙。蔡元長當軸，豈可不過爲之防邪！」太史從之，但詩中云「亦有文士相追隨」，蓋爲外祖而設。（同上後録卷七）

【陳舉摘魯直塔記貶宜州復以進青蛇青錢罰俸】黄太史魯直本傳及文集序云，太史罷守當塗，奉玉隆之祠，寓居江夏，嘗作《荆南承天寺塔記》。湖北轉運判官陳舉承風旨，採摘其間數語，以爲幸災謗國，遂除名編隸宜州，時崇寧二年正月也。明清後閲徽宗詔旨云：「大觀二年二月壬午，淮南轉運副使陳舉奏：臣巡按至泗州臨淮縣東門外，忽見一小蛇，長八寸許，在臣船上，尋以燭照之，已長四尺有餘。知是龍神，以箱複金紙迎之，遂入箱中，並箱複送至廟中。知縣黄翬差人報稱所有箱内揭起金紙錢，已失小蛇，止有開通元寶錢一文，小青蟲一箇。次日早差人賫送臣船。臣切思之，神龍之示人以事，必以其類，以臣承乏漕事，實主財賦，不示以别物，而示以錢者，以其如泉之流行於天下而無窮也；不示以别錢，而示以開通元寶，以其有開必有通而無壅也。示之以青蟲一者，其蟲至微，背首皆青，腹與足皆金色。青，東方色也，示其有生意；金，西方物也，示其有成意也。臣切以謂神龍伏見陛下復修神考漕運與鹽法，使內外財賦豐羨流通，不滯一方，而無有壅塞，公私通行，靡有窮竭，故見斯異。臣不隱默，謹述事由，並開通元寶錢一文，及小青蟲一箇，盛以塗金銀合之，謹專人詣闕進呈。奉聖旨：陳舉特罰銅二十斤，其進開通錢並青蟲兒塗金銀合封全，並於東水門外投之河中，以戒詭誕。」敬綴於編，仰見祐陵聖聰，明察姦欺。由是而知所謂陳舉者，誠無忌憚之小人，所爲若是，不獨宜州之一事也，遺臭千載，可不戒哉！（同上後錄卷八）

【范寥告張懷素變】大觀中，有妖人張懷素以左道游公卿家，其說以謂金陵有王氣，欲謀非常，分遣其徒，游說士大夫之負名望者。有范寥信中，成都人，蜀公之族孫，始名祖石，能詩，避事出川，以從懷素。懷素令寥入廣以詠黃太史魯直。時魯直在宜州，危疑中聞其說，亟掩耳而走。已而魯直死，寥益困，遂詣闕陳其事。朝廷興大獄，坐死者十數人。寥以無學籍，授左藏庫副使，賜予甚厚。寥又言潤州進士湯東野德廣實資助其垂橐而趣其行，德廣自布衣授宣義郎司農寺簿，賜緋衣。寥每對客言其告變實魯直縱臾之，使魯直在奈何？舅氏曾宏父云。（同上）

【九江碑工李仲寧不肯刊黨籍姓名】九江有碑工李仲寧，刻字甚工，黃太史題其居曰琢玉坊。崇寧初，詔郡國刊元祐黨籍姓名。太守呼仲寧使劖之，仲寧曰：「小人家舊貧窶，止因開蘇內翰、黃學士詞翰，遂至飽暖。今日以姦人爲名，誠不忍下手。」守義之，曰：「賢哉！士大夫之所不及也。」餽以酒而從其請。（同上三錄卷二）

元祐初修神宗實録，秉筆者極天下之文人，如黄、秦、晁、張是也。故詞采粲然，高出前代。(《玉照新志》卷一)

楊萬里

【燈下讀山谷詩】 天下無雙雙井黄，遺編猶作舊時香。百年人物今安在？千載功名紙半張。使我詩編如許好，關人身事亦何嘗。地爐火暖燈花喜，且只移家住醉鄉。(《誠齋集》卷七)

【題太和宰卓士直寄新刻山谷快閣詩眞蹟】 快閣江鷗遠避人，西昌山月暗吹塵。百年卓茂傳詩印，印出風光色色新。

太史留題快閣詩，舊碑未必是眞題。六丁搜出嚴家墨，白日青天横紫蜺。(同上卷三十九)

【宜州新豫章先生祠堂記】 予去年十月致書桂林伯侍講張公，今乃得報，且諉予曰：「宜州太守韓侯璧，直諒士也。初抵官下，他皆未遑，首新山谷先生祠堂。蓋山谷之貶宜州，崇寧甲申也，館於城之戍樓曰小南門者。明年卒焉，後人哀之，即其地廟祀之。于湖張安國大書『豫章先生』四字以揭之。然居句湫隘，屋廬壞隤，俎不成列，拜靡厝躬。今侯戾止顧瞻，爰出其闉，距城不遐，得地洵盱，湖光前陳，曠野洞開，諸峰崛奇，駿奔來庭。立屋六楹，以妥神居，刻木肖像，是似是享，俯湖爲閣，于登于臨。湖山清空，雲煙高寒，神則降集，人士奮豫。既成，來求閣名若記，拭既以清風名閣矣。子學詩山谷者，微子莫宜記之。」予執書歎曰：予聞山谷之始至宜州也，有甿某氏館之，太守抵之罪；有浮屠某氏館之，又抵之罪；有逆旅某氏館之，又抵之罪。館於戍樓，蓋圄之也；卒於所館，蓋飢之寒之也。先生之貶，得罪於時宰也，亦得罪於太守乎？鹿之肉，人之食，君子之殘，小人之資也。孰使先生之所挾足以授小人之資也哉！夫豈不得罪於太守也，先生得罪於太守，則太守不得罪於時宰矣；豈惟不得罪也，又將取榮焉。由今視之，其取榮於當時者幾何？而先生飢寒窮死之地，今乃爲騷人文士佇瞻鑽仰之場。來者思，去者懷，而所謂太守者，猶有臭焉。則君子之於小人，患不得罪爾，得罪奚患哉！今韓侯之賢，乃能社先生而稷之。惜也先生之前乎韓侯也！先生之沒，侯猶敬之如此，使其生也遇侯而燠休之，則主賓之賢，牽聯俱傳也。惜也韓侯之後乎先生也！然士或同言而睽，或異世而逢，苟逢矣，前後足校哉？先生之祠，要自韓侯始，則侯之傳決也；而又得侍講張公名其閣，其傳益決也。因書其説寄侍講以遺韓侯云。淳熙五年三月二十四日，廬陵楊某記。（同上卷七十二）

【跋韶州李倅所藏山谷書劉夢得王謝堂前燕詩帖】此山谷反自黔南之官當塗時所作也。雖放舟大江，順流千里，而兩川雲煙，三峽怒濤，尚勃鬱洶湧於筆下。（同上卷九十九）

山谷集中有絶句云：「草色青青柳色黄，桃花零落杏花香。春風不解吹愁却，春日偏能惹恨長。」此唐人賈至詩也，特改五字耳。賈云：「桃花歷亂杏垂香。」又：「不爲吹愁。」又：「惹夢長。」（《誠齋詩話》）

「風光錯綜天經緯，草木文章帝杼機」，又「澗松無心古鬚鬣，天球不琢中粹溫」，又「兒呼不蘇驢失脚，猶恐醒來有新作」，此山谷詩體也。（同上）

七言長韻古詩，如杜少陵《丹青引》、《曹將軍畫馬》、《奉先縣劉少府山水障歌》等篇，皆雄偉宏放，不可

捕捉。學詩者於李、杜、蘇、黄詩中求此等類誦讀沈酣，深得其意味，則落筆自絶矣。(同上)

初學詩者，須用古人好語，或兩字，或三字，如山谷《猩猩毛筆》：「平生幾兩屐，身後五車書。」「平生」二字出《論語》，「身後」二字，晉張翰云：「使我有身後名。」「幾兩屐」，阮孚語；「五車書」，莊子言惠施。此兩句乃四處合來。又「春風春雨花經眼，江北江南水拍天」，春風春雨，江北江南，詩家常用。杜云：「且看欲盡花經眼。」退之云：「海水昏昏水拍天。」此以四字合三字，入口便成詩句，不至生梗。要誦詩之多，擇字之精，始乎摘用，久而自出肺腑，縱横出沒，用亦可，不用亦可。(同上)

詩家備用古人語，而不用其意，最爲妙法。如山谷《猩猩毛筆》是也。猩猩喜著屐，故用阮孚事。其毛作筆，用之抄書，故用惠施事。二事皆借人以詠物，初非猩猩毛筆是也。《左傳》云：「深山大澤，實生龍蛇。」而山谷《中秋月》詩云：「寒藤老木被光景，深山大澤皆龍蛇。」《周禮·考工記·車人》：「蓋圜以象天，軫方以象地。」而山谷云：「大夫要弘毅，天地爲蓋軫。」孟子云：「武成取二三策。」而山谷稱東坡云：「平生五車書，未吐二三策。」(同上)

杜《夢李白》云：「落月滿屋梁，猶疑照顔色。」山谷《簟》詩云：「落日映江波，依稀比顔色。」……此皆用古人句律，而不用其句意，以故爲新，奪胎换骨。(同上)

白樂天《女道士》詩云：「姑山半峰雪，瑶水一枝蓮。」此以花比美婦人也。東坡《海棠》云：「朱唇得酒暈生臉，翠袖卷紗紅映肉。」此以美婦人比花也。山谷《酴醾》云：「露濕何郎試湯餅，日烘荀令炷爐香。」此以美丈夫比花也。山谷此詩出奇，古人所未有，然亦是用荷花似六郎之意。(同上)

朱　熹

【跋黃山谷詩】　杜子美詩小序有言虎搪突夔人藩蘺者，夔人正謂夔州人耳，而山谷詩乃有「虎夔藩」之語，今此頌又用躨觸字。按躨跜見《靈光殿賦》，自爲虯龍動貌，元無觸義，不知山谷何所據也。此卷詞筆精麗，而指意所屬，未免如李太白所以見譏於王荆公者，覽者亦可以發深省矣。（《朱文公文集》卷八十二）

【跋山谷宜州帖】　山谷宜州書最爲老筆，自不當以工拙論，但追想一時忠賢流落，爲可歎耳。雲谷老人因覽竊識，慶元己未三月八日。（同上卷八十四）

【跋山谷草書千文】　李端叔崇寧三年八月一日題云：「紹聖中，詔元祐史官甚急，皆拘之畿縣，以報所問，例悚息失據，獨魯直隨問爲報，弗隱弗懼，一時栗然知其非儒生文士而已也。」

紹聖史禍，諸公置對之辭，今皆不見於文集，獨嘗於蘇魏公家得陸左丞書一數條，皆詆元祐語也。其間記黃太史欲書王荆公勿令上知之帖，而己力沮之，黃公爭辨甚苦，至曰：「審如公意，則此爲佞史矣！」是時陸爲官長，以是其事竟不得書，而黃公猶不免於後咎。然而後此又數十年，乃復賴彼之言，而事之本末因得盡傳於世，是亦有天意矣。惜乎秉史筆者不能表而出之，以信來世，而顧獨稱其詞筆，以爲盛美。因觀此卷李端叔跋語，爲之感慨太息，輒記其後。若其書法，則世之有鑒賞者自能言之，故不復及云。慶元己未十一月既望，雲谷老人朱熹記。（同上）

富鄭公初甚欲見山谷，及一見便不喜，語人曰：「將謂黃某如何，元來只是分寧一茶客。」富厚重，故不喜黃。振（《朱子語類》卷一百三十）

黃山谷慈祥之意甚佳，然殊不嚴重。書簡皆及其婢妮，豔詞小詩先已定以悅人，忠信孝弟之言不入矣。（同上）

山谷使事多錯本旨，如作人墓誌云：「敬授來使，病於夏畦。」本欲言皇恐之意，卻不知與夏畦相去關甚事。（同上）

黃魯直以元祐黨貶，得放還，因爲荆南甚寺作塔記，人以此媒孽他，故再貶。所以蘇子由們皆閉門絕賓客。（同上）

先生看《東都事略》，文蔚問曰：「此文字如何？」曰：「只是說得箇文字。」……「如黃魯直傳，魯直亦自有好處，亦不曾載得。」文蔚問魯直好在甚處，曰：「他亦孝友。」文蔚（同上）

江西歐陽永叔、王介甫、曾子固文章如此好，至黃魯直一向求巧，反累正氣。（同上卷一百三十九）

蘇、黃只是今人詩。蘇才豪，然一滾說盡無餘意；黃費安排。（同上卷一百四十）

蜚卿問山谷詩，曰：「精絕，知他是用多少工夫。今人卒乍，如何及得，可謂巧好無餘，自成一家矣。但只是古詩較自在，山谷則刻意爲之。」又曰：「山谷詩忒好了。」道夫（同上）

山谷集中贈覺範詩，乃覺範自作。又曰：「山谷詩，乃洪駒父輩刪集。」（同上）

作詩先用看李、杜，如士人治本經，本既立，次第方可看蘇、黃，以次諸家詩。（同上）

因林擇之論趙昌父詩，曰：「今人不去講義理，只去學詩文，已落第二義，況不去學好底，卻只學去做那不好底。作詩不學六朝，又不學李、杜，只學那嶢崎底，今便學得十分好，後把作甚麼用，莫道更不好。如近時人學山谷詩，然又不學山谷好底，只學得那山谷不好處。」擇之云：「後山詩恁地深，他資質儘高，不知如何肯去學山谷。」曰：「後山雅健強似山谷，然氣力不似山谷較大，但卻無山谷許多輕浮底意思。然若論敍事，又卻不及山谷，山谷善敍事情，敍得盡，後山敍得較有疎處。若散文，則山谷大不及後山。淳錄云：後山詩雅健勝山谷，無山谷瀟灑輕揚之態。然山谷氣力又較大，敍事詠物，頗盡事情。其散文又不及後山。」……「後山、山谷好說文章，臨作文時，又氣餒了。老蘇不曾說，到下筆時，做得卻雄健。」(同上)

張孝祥

【跋山谷帖】 字學至唐最勝，雖經生亦可觀，其傳者以人，不以書也。褚、薛、歐、虞，皆唐之名臣。魯公之忠義，誠懸之筆諫，雖不能書，若人何如哉！豫章先生，孝友文章，師表一世，欬唾之餘，聞者興起，況其書又入神品，宜其傳寶百世。恭聞徽宗皇帝評公之書，謂如抱道足學之士，坐高車駟馬之上，橫斜高下，無不如意。聖人之言，經也。晚學小生，尚安所云。(《于湖居士文集》卷二十八)

【與黃子默書(節錄)】 某離長沙且十日，尚在黃陵廟下，波臣風伯，亦善戲矣。前日爲子默作江西後社字，茫然莫知所謂。至湘陰館中，有題壁間二詩「急雪黃花度，初晴白石村」者，驚歎世間久無此作。客謂此子默詩也。歛然心服，眞可作社頭矣。今日見計欽祖，又誦數篇，益奇。蓋辭達於詩，渾

然天成、風行水波，偶入聲律。非今之詩，山谷之詩也。（同上卷四十）

〔附〕【謝堯仁《張于湖先生集序》（節錄）】　文章有以天才勝，有以人力勝。出於人者，可勉也；出於天者，不可強也。今觀賈誼、司馬遷、李太白、韓文公、蘇東坡，此數人皆以天才勝，如神龍之夭矯，天馬之奔軼，得躡其蹤而追其駕，惟其才力難局於小用，是以亦時有疎略簡易之處；然善觀其文者，舉其大而遺其細可也。若乃柳子厚專下刻深工夫，黄山谷、陳後山專寓深遠趣味，以至唐末諸詩人，雕肝琢腑，求工於一言一字間。在於人力，固可以無恨，而槩之前數公縱横馳騁之才，則又有間矣。（《于湖居士文集》卷首）

周去非

【桂山】　山谷詩云：「桂嶺連城如雁蕩，平地蒼玉忽嵯峨。」唐人謂：「兩地不如陽朔好，碧蓮峯裏住人家。」雁山屢游矣，桂山得雁山之秀，雁山不若桂山之多，若置諸大龍湫、龍鼻泉之側，則雄偉之氣亡矣。桂山之高曾不及雁山之半，故無尊雄之勢，謂可與相頡頏者，過矣。（《嶺外代答》卷一）

張淏

【米元暉】　山谷有贈米元暉詩云：「我有元暉古印章，印刓不忍與諸郎。虎兒筆力能扛鼎，教字元暉繼阿章。」任淵注其詩，引《漢書》舊儀曰：「銀印龜鈕，其文曰章。」又曰：「元暉，謂謝元暉。」淵之所引非也。虎兒蓋米芾之子友仁小字爾。曾慥百家詩引云：「友仁少俊早成，魯直有元暉古印章，因以爲字。」是山谷以古印偶有元暉二字故贈之，令字元暉，以其父米芾字故有繼阿章之語。淵既不得其實，闕之可也，乃強爲解釋，徒自類其書。（《雲谷雜記》卷三）

【青奴山礬】　涼寢竹器，俗曰竹夫人。黄山谷謂趙子充曰：「憇臂休膝，似非夫人之職。冬夏青青，竹之所長，請名曰青奴。」故其詩云：「我無紅袖堪娱夜，正要青奴一味涼。」瑒花，荆公欲爲賦詩，而鄙其名。瑒蓋玉也，未爲不佳，但其音乃杖梗切，故公陋之。山谷復呼爲鄭，且謂野人採鄭花葉以染黄，不借礬而成色，乃以山礬爲名，而詩有「山礬獨自倚春風」及「山礬是弟梅是兄」之句。二名皆其所命，而作詩復自引用其意，蓋欲顯二者之名於人耳。王立之云：「蠟梅，山谷初見，戲作二絶，緣此盛於京師。」青奴、山礬，今藉藉於人，正以山谷之詩耳。（同上）

樓　鑰

【跋余子壽所藏山谷書范孟博傳】　山谷晚在宜州，或求作字，山谷問欲何書，則曰：「惟先生之意。」山谷許以書范孟博傳。或謂南方無《漢書》，山谷曰：「平日好讀此傳。」遂默誦而書之。舊聞此説，又知在上饒大夫家，願見不可。余子壽來入制幕，博記善屬文，偶談及此，又出摹本及尊公跋語，始知其爲先世舊物也。爲賦長句。

宜人初謂宜于人，榮肚老人竟不振。承天院記顧何罪？一斥致死南海濱。賢哉别駕眷遷客，不恤罪罟深相親。攘攘不容處城闉，夜遣二子從夫君。一日擕紙丐奇畫，引筆行墨生烟雲。南方無書可尋閱，默寫此傳終全文。補亡三篋比安世，偶熟此卷非張巡。巖巖汝南范孟博，清裁千載無比倫。坡翁侍母曾啓問，百謫九死氣自伸。别駕去官公亦已，身雖既衰筆有神。我聞此書久欲見，摹本尚爾況其眞。輟公清俸登堅珉，可立懦夫羞佞臣。（《攻媿集》卷四）

【跋山谷西禪聽琴詩】此山谷西禪聽戴道士彈琴詩也。山谷之詩，不待贊揚。手自分内外篇，今之詩集傳於世，任公子淵爲之注者，皆自入館後詩，纔七百餘首，外集乃有千餘。有如此詩而不得在内篇，又或云晚年刪去，詩可易言乎？内篇有《聽宋宗儒摘阮歌》，不知與此何以分？必有能辨之者。集中「幽水」曰「幽泉」，「更作」曰「更似」。外集又有《招戴道士彈琴》詩，豈亦斯人耶？（同上卷七十四）

【跋黄子邁所藏山谷《乙酉家乘》】頃歲見張志溥庇家藏山谷雜記一小卷，諦玩不已，因略效其筆意手錄之。茲見子邁所臨《乙酉家乘》，典型具存，爲錄雜記於卷末而歸之。嗚呼！建中靖國以至崇寧，元祐諸公多已南歸，而先生乃以《承天塔記》更斥宜，人誰能堪之？先生方脩然自適。觀所記日用事，豈復有遷謫之歎。所謂青山白雲，江湖之水湛然，寧復有不足者。家乘止四年八月二十八日，而先生卒於季秋之晦，相去才月餘耳。三山陸待制務觀嘗言先生臨終時，暑中得雨，伸足簷外，沾濕清涼，欣然自以爲平日未有此快，死生之際乃如此。世言范寥信中訪先生於宜，此書信然。（同上卷七十六）

高似孫

【鴟夷】揚雄《酒賦》曰：「鴟夷滑稽，腹大如壺。盡日盛酒，人復借酤。常爲國器，託於屬車。」按《史記》：吴王夫差取子胥尸，盛以鴟夷革而浮之江中。應劭曰：取馬革爲鴟夷。鴟夷，榼形也。《廣韻》曰：甀，丑饑切，酒器，大者一石，小者五斗。古之借書，盛酒瓶，則借書一甀，當用此字。或又用鴟字者。鴟夷亦盛酒器也，所謂「鴟夷滑稽，腹大如壺」，蓋此物也。山谷詩：「顔公借我藏書目，時送一鴟開鎖魚」；「莫惜借行千里，他日還君一鴟」。然則借書一鴟，用鴟字也。（《緯略》卷四）

袁說友

【題山谷居士書坡公帖】當年三老歎云亡，猶喜坡翁返故鄉。展卷如今但陳迹，丘原無復起蘇黄。（《東塘集》卷六）

【跋山谷先生茶詞帖】後山詩云：「當年闕里與論詩，晚歲河山斷夢思。妙手不爲平世用，高懷猶有故人知。」時山谷方自戎徙黔，後山蓋爲當時人物惜也。余三復此帖，爲之愀然。（同上卷十九）

周孚

【次韻朱德裕讀豫章詩】黔安老居士，平日謾爲官。梁壞哀何補，韶亡續更難。眞爲漢玄歎，寧知楚纍看。會買臯比去，鄙無負此冠。（《蠹齋先生鉛刀編》卷五）

【題豫章先生像，予嘗作看雲圖詩】吾生較此翁，已落二紀後。一時偶蹉跌，千載難解逅。悠悠牂柯水，冉冉摩圍雲。自恨詩語拙，莫慰沈湘魂。今朝開此圖，英氣尚髣髴。酌子中郎酒，酹此浪仙佛。束髮守孤學，觸事多罵譏。九原不可作，吾老欲安歸。（同上卷七）

趙　蕃

【挽宋柳州授（節録）】　少陵在大曆，涪翁在元祐，相去幾百載，合若出一手。流傳到徐洪，繼起鳴江右，遂令風雅作，千載亡遺究。（《淳熙稿》卷一）

【遊山谷寺贈住山欽老欽嗣愚邱詩】　少小已誦山谷文，老大始遊山谷寺。按詩尋境盡可得，落筆不容追一字。舊聞是老詩有宗，韓門更許愚邱雄。風流前輩日已遠，此道此山俱屬公。（同上卷五）

袁　燮

【跋涪翁帖】　涪翁一代人傑，言爲世準，無一可議，此卷所云士不可以一日不學，民不可以一日無敎，其言當矣。然論爲人父母非聽獄求盜之謂，則所未喻。夫獄訟得其情，盜發而輒得，非細故也，其爲急務，與勸學、養士等爾，而抑揚若是，不亦偏乎？雖然，先聖言兵食可去，信不可去，豈謂兵食果可缺哉？正欲甚言民信之重，不得不爾。故曰不以辭害意，以意逆志，是爲得之。如是而觀，涪翁之語，亦無可議者矣。（《絜齋集》卷八）

【跋涪翁帖後】 涪翁書大率豪逸放肆，不純用古人法度。常稱杜周有言，三尺法安在哉，前王所是著爲律，後王所是疏爲令。以此論書，而東坡絶倒，雅意於不俗，有戈戟縱横之狀，不得已焉耳。今觀此帖，乃能斂以就規矩，本心之所形也，良可寶云。（同上）

劉仙倫

【滿江紅題快閣和徐宰韻】 快閣東西，鷗邊問，晚晴可喜。鷗解語，既盟之後，兩翁曾倚。笛弄慣聽黄魯直，履聲深識徐淵子。添我來相對兩忘機，眞相似。也不種，閑桃李，也不翫，佳山水。有新詩字字，愛民而已。一片心閑秋月外，三年人在春風裏。漲一篙江水，送歸鴻，明朝是。（《中興以來絶妙詞選》卷五）

陳亮

【書作論法後】 大凡論不必作好語言，意與理勝，則文字自然超衆。故大手之文，不爲詭異之體，而自然宏富，不爲險怪之辭，而自然典麗，奇寓於純粹之中，巧藏於和易之內。不善學文者，不求高於理與意，而務求於文彩辭句之間，則亦陋矣。故杜牧之云：「意全勝者，辭愈樸而文愈高；意不勝者，辭愈華而文愈鄙。」昔黄山谷云，好作奇語，自是文章一病，但當以理爲主，理得而辭順，文章自然出羣拔萃。（《龍川文集》卷十六）

葉適

【題陳壽老文集後(節録)】建安中，徐、陳、應、劉爭飾詞藻，見稱於時，識者謂兩京餘澤，繇七子尚存。自後文體變落，雖工愈下，雖麗益靡，古道不復，庶幾遂數百年。元祐初，黄、秦、晁、張各擅毫墨，待價而顯。許之者以爲古人大全，賴數君復見。(《水心集》卷二十九)

【題瑞安宰董煟出蘇黄二帖後(節録)】畏敗羣之民，掣循吏之肘，爲監司帥守者通患也。山谷此帖，却當使上官見之，或能爲君助乎？(同上)

後世詩文選集，《詩》通爲一家，陶潛、杜甫、李白、韋應物、韓愈、歐陽修、王安石、蘇軾各自爲家，唐詩通爲一家，黄庭堅及江西詩通爲一家。(《習學記言》卷四十七)

五七言律詩。按詩自曹、劉至二謝，日趨於工，然猶未以聯屬校巧拙。靈運自誇「池塘生春草」，而無偶句，亦不計也。及沈約、謝朓，競爲浮聲切響，自言靈均所未睹。其後浸有聲病之拘，前高後下，左律右吕，勻緻麗密，哀思宛轉，極於唐人，而古詩廢矣。杜甫強作近體，以功力氣勢掩奪衆作，然當時爲律詩者不服，甚或絶口不道。至本朝初年，律詩大壞，王安石、黄庭堅欲兼用二體，擅其所長，然終不能庶幾唐人。(同上)

周南

【吴敏中《樵録》跋】右吴敏中《樵録》，紹興曾卿元伯家所傳本。敏中，眞州人。録蘇文忠奏議文字，蓋方禁蘇、黄之學云。（《山房集》卷五）

陳 櫄

【詠筆詩】猩猩毛筆，惟山谷詩絶冠，名士無不諷詠。（《負暄野録》卷下）

王 楙

【蘇明允不能詩】《後山詩話》載《世語》云：「蘇明允不能詩，歐陽永叔不能賦，曾子固短於韻語，黄魯直短於散語，蘇子瞻詞如詩，秦少游詩如詞。」苕谿漁隱引蘇明允「佳節每從愁裏過，壯心還傍醉中來」等語，以謂後山談何容易，便謂老蘇不能詩，何誣之甚。僕謂後山蓋載當時之語，非自爲之説也。所謂明允不能詩者，非謂其眞不，謂非其所長耳。且如歐公不能賦，而《鳴蟬賦》夫不佳邪？魯直短於散語，而《江西道院記》膾炙人口，何邪？漁隱云爾，所謂癡兒面前不得説夢也。（《野客叢書》卷六）

【蘇黄互相引重】漁隱云：元祐文章，世稱蘇、黄，然二公爭名，互相譏誚。東坡謂魯直詩文如蝤蛑江珧柱，格韻高絶，盤餐盡廢，然不可多食，多食則發風動氣。山谷亦曰「蓋有文章妙一世，而詩句不逮古人者」，此指東坡而言也。殊不知蘇、黄二公同時實相引重，黄推蘇尤謹，而蘇亦獎成之甚力。黄云東坡文章妙一世，乃謂效庭堅體，正如退之效孟郊盧仝詩。蘇云讀魯直詩如見魯仲連、李太白，不敢復論鄙事。其互相推許如此，豈爭名者哉！詩文比之蝤蛑江珧柱，豈不謂佳，至言發風動氣，不可多食者，謂其言有味，或不免譏評時病，使人動不平之氣。乃所以深美之，非譏之也。文章妙一世，而詩句不逮古人，此語蓋指曾子固，亦當時公論如此，豈坡公邪？以坡公詩句不逮古人，則是陳壽謂孔明兵謀將略非其所長者也。此郭次象云。（同上卷七）

【魯直詩體】　魯直詩曰：「管城子無食肉相，孔方兄有絕交書。」今謂此體魯直剏見。僕謂不然，唐詩此體甚多，張祜曰：「賀知章口徒勞說，孟浩然身更不疑。」李益曰：「柳吳興近無消息，張長公貧苦寂寥。」貫休曰：「郭尚父休誇塞北，裴中令莫說淮西。」杜荀鶴曰：「卷一箔絲供釣線，種千林竹作漁竿。」皆此句法也。讀之似覺齟齬，其實協律。（同上卷八）

【魯直荼蘼詩】《冷齋夜話》云：「前輩作花詩，多用美女比其狀，如曰：『若教解語應傾國，任是無情也動人。』塵俗哉！山谷作荼蘼詩曰：『露濕何郎傅湯餅，日烘荀令炷鑪香。』乃用美丈夫比之，特出類也。」僕謂山谷此聯蓋出於李商隱之意，而翻案尤工耳。商隱詩曰：「謝郎衣袖初翻雪，荀令薰鑪更換香。」以此聯較之，眞不侔矣。（同上卷二十）

【魯直玉花驄詩】　烏戍張仲思家，多前人墨蹟，有魯直親染題李伯時畫欲驪玉花驄後一詩，其間云：「此篇晁無咎、蔡天啓諸人皆和，多有好句。昨見允蹈齋官書工，有士人寫繁城隸，筆法秀整，試爲問姓名，當求寫此詩本著馬後。」魯直此紙筆力勁甚，非尋常石刻者比。其詩三句一換，三疊而止，《禁臠》謂之促句換韻。僕又觀當時名公如鮑夷白亦多此作，漁隱第言魯直有此一篇，而不知其他。或者

又謂唐人亦有此體，以僕考之，非止唐人，其苗裔蓋出於《三百篇》之中，如「素冠」之詩是也。(同上)

【詞句祖古人意】……謝無逸詞：「我共扁舟江上兩萍葉。」出於樂天「與君相遇知何處，兩葉浮萍大海中」之意。魯直詩：「趁此花開須一醉，明朝化作玉塵飛。」出於潘佑「勸君此醉直須歡，明朝又是花狠藉」之意。此類極多。(同上)

【魯直漁父詞】徐師川云：張志和《漁父詞》云：「靑篛笠，綠蓑衣，斜風細雨不須歸。」顧況《漁父詞》曰：「新婦磯邊月明，女兒浦口潮平。」故魯直取張、顧二詞，合爲《浣谿沙》曰：「新婦磯邊眉黛愁，女兒浦口眼波秋，驚魚錯認月沈鉤。靑篛簑前無限事，綠蓑衣底一時休，斜陽細雨轉船頭。」東坡曰：「魯直此詞淸新婉麗，其最得意處，以山光水色替玉肌膚貌，眞得漁父家風。然才出新婦磯，便入女兒浦，此漁父無乃太闊浪乎？」僕觀權德輿詩亦曰：「新婦磯頭雲半斂，女兒灘畔月初明。」「新婦磯」對「女兒浦」，唐人不止顧況。(同上卷二十一)

【用事相等】魯直詩：「䍦䍦金壺肯持送，挼莎殘𦵏更傳梧。」注詩者但知挼莎字見《曲禮》，不擇手注。至䍦矮則引《玉篇》注曰：䍦，短也；矮，不長也。不知此二字見《春官》附音注下，謂䍦雉，上皮買反，下苦買反。《方言》：桂林之間謂人短爲䍦雉。雉正作矮字呼也。前輩用事，貴出處相等，傳注中用事，必以傳注中對。此如荆公詩：「一水護田將綠繞，兩山排闥送靑來。」護田、排闥，皆《西漢》語也。謝邁詩亦曰：「挼挲蕉葉展新綠，從便桃花舒小紅。」(同上卷二十四)

【詩人斷句入他意】《步里客談》云：古人作詩，斷句輒旁入他意，最爲警策。如老杜云「雞蟲得失無了時，注目寒江倚山閣」是也。魯直《水仙》詩亦用此體：「坐對眞成被花惱，出門一笑大江横。」至陳無已「李杜齊名吾豈敢，晚風無樹不鳴蟬」，直不類矣！僕謂魯直此體甚多，不但《水仙》詩也。如《書酺池寺》詩：「退食歸來北窗夢，一江風月趁漁船。」《二蟲》詩，「二蟲愚智俱莫測，江邊一笑無人識。」詞曰：「獨上危樓情悄悄，天涯一點青山小。」皆此意也。唐人多有此格，如孟郊《夷門雪》詩：「夷門貧士空吟雪，夷門豪士皆飲酒。酒聲歡闌入雪消，雪聲激烈悲枯朽。悲歡不同歸去來，萬里春風動江柳。」（同上卷二十五）

孫　奕

【類前人句】　山谷云：「去時魚上冰，歸時燕哺兒。」類昌黎《征蜀聯句》：「始去杏飛蜂，及歸柳嘶蚻。」……唐朱書《喜陳懿老至》云：「一別一千日，一日十二憶。苦心無閑時，今日見玉色。」乃知山谷「五更歸夢三百里，一日思親十二時」之語相若。（《履齋示兒編》卷九）

【四印】　晁無咎《行路難》云：「贈君珊瑚夜光之角枕，玳瑁明月之雕牀，一繭秋蟬之麗縠，百和更生之寶香。」黄魯直《送王郎》云：「酌君以蒲城桑落之酒，泛君以湘纍秋菊之英，贈君以黟川點漆之墨，送君以陽關墮淚之聲。酒澆胸次之磊隗，菊制短世之頽齡，墨以傳千古文章之印，歌以寫一家兄弟之情。」此誠相若，然魯直辭雄意婉，壓倒無咎。原其句法，實有來處，得非顧況《金璫玉珮歌》云：「贈君金璫大霄之玉珮，金瑣禹步之流珠，五嶽眞君之祕籙，九天文人之寶書。」晁、黄得奪胎換骨之活

法於此者乎？（同上卷十）

【風雅不繼】六一居士云：「盧仝韓愈不在世，彈壓百怪無雄文。」文潛《題磨崖碑》云：「元功高名誰與紀，風雅不繼騷人死。」魯直《過桂林》云：「李成不生郭熙死，奈此百嶂千峰何。」退之《石鼓歌》云：「少陵無人謫仙死，才薄將奈石鼓何。」老杜《雙松歌》云：「天下幾人畫古松，畢宏已老韋偃少。」殆一律也。（同上）

敖陶孫

【借山谷後山詩編於劉宜之司戶因書所見呈宜之兄弟】拾遺詩視孔子道，豫章配孟顏後山，自餘衆作等別派，彪虤貙豹虎一斑。我修直筆公萬世，議論不到甘嘲訕。中間杜老饒寒餓，陳也絕葷黃尚可。天公譬施略相當，一字而貧更憐我。去年曬菴太荒涼，釜中得魚雷殷牀。了知詩祟力排擯，誰言錮疾蟠膏肓，劉郎食飽嗜昌歜，又一過目思手攬，編詩更著顧癡筆，字字可丹藏石礆。知君療病我益病，心手相忘還展詠。百年長病可得辭，兩翁落唾皆可敬。勿云身後無知音，此詩百變無邪心。候蟲時鳥足感耳，我思正在南風琴。誰能首塗追四始，以經夾轂騷駕軌。意所不快鞭曹劉，此時折汝一寸箠。長安市上逢聯璧，人持一箭與我直。請君了卻三萬軸，再見坐我牀下客。（《江湖後集》卷十八）

山谷如陶宏景祗詔入宮，析理談玄，而松風之夢故在。（《敖器之詩評》）

費　衮

【貶所敬蘇黃】元祐黨禍烈於熾火，小人交扇其焰，傍觀之君子深畏其酷，惟恐黨人之塵點汙之也。而東坡之在儋，儋守張中事之甚至，且日從叔黨棋，以娛東坡。洎張解官北歸，坡凡三作詩送之。魯直之在戎，戎守彭知微每遣吏李珍調護其逆旅之事，無不可人意。當是之時，而二守乃能如此，其義氣可書。張竟以此坐謫云。（《梁谿漫志》卷四）

【作詩押韻】作詩押韻是一奇，荆公、東坡、魯直押韻最工，而東坡尤精於次韻，往返數四，愈出愈奇，如作梅詩雪詩押暾字義字，在徐州與喬太博唱和押粲字，數詩特工。荆公和義字數首，魯直和粲字數首，亦皆傑出。蓋其胸中有數萬卷書，左抽右取，皆出自然。初不著意要尋好韻，而韻與意會，語皆渾成，此所以爲好。若拘於用韻，必有牽強處，此害一篇之意，亦何足稱。（同上卷七）

【范信中】范寥，字信中，蜀人。其名字見山谷集。負才，豪縱不羈。……往廣西見山谷，相從久之。山谷下世，范乃出所攜翟氏器皿盡貨之，爲山谷辦後事。……（同上卷十）

曹彦約

【跋山谷所與黃令帖後】以駢儷聲律吟咏情性，本朝如涪翁能幾見耳。雖不連珠，猶其爲連珠也。同時豈無作者，不多許可，獨拳拳於黃明府之連珠，深相歸敬。只此數帖，自足以聳動後世，而顧使不

能文如某者從旁著語，果足以增價乎哉？寶慶改元之明年，長至節假日，東匯澤曹某書於吳山寓舍。（《昌谷集》卷十七）

韓淲

少游在黃、陳之上。黃魯直意趣極高。（《澗泉日記》卷下）

程珌

【跋山谷兄弟山礬梅花圖】瑒類德人，梅稱勝士；品雖不同，清淑所寄。我相昔人，好竹而清，好桂而神，好菊而隱，好萱而慈，好之伊何，染懿餐和，不知瑒之爲馨，我之爲馨邪？梅之爲潔，我之爲潔邪？故曰玄牝之門，爲天地根。（《洺水集》卷十三）

【書山谷帖後】右軍無筆法，公孫無劍法，司馬子長無史法，不知皆何從得之？兩曜列宿，皆出沒瀛海。然天積氣，地凝氣，乃獨不旋轉邪？寶慶丙戌五月望日，平地湧水，山多剝裂，得非運動之時邪？七夕後三日記。長江大河，泰山喬嶽，皆浮寄水面。而人生浮寄六七十年，乃動欲與天地等久，日月長春。使漆園、禦寇諸子見之，則將如何分別小大年邪？（同上）

戴復古

【登快閣黄明府强使和山谷先生留題之韻】　未登快閣心先快，紅日半簷秋雨晴。宇宙無邊萬山立，雲烟不動八窗明。飛來一鶴天相近，過盡千帆江自横。借問金華老仙伯，幾人無忝入詩盟？（《石屏詩集》卷六）

【論詩十絶（録一首）】　文章隨世作低昂，變盡風騷到晚唐。舉世吟哦推李杜，時人不知有陳黄。（同上卷七）

張　侃

【跋黄魯直蜀中詩詞】　杜少陵、劉夢得詩自夔州後頓異前作，世皆言文人流落不偶，乃刻意著述，而不知巫峽峻峰激流之勢有以助之也。山谷自戎徙黔，身行夔路，故詞章翰墨，日益超妙，觀此三帖，蓋可知矣。淳熙五年十月十三日。（《張氏拙軒集》卷五）

洪咨夔

【題李杜蘇黄像】　神爲驂騑氣爲車，秋雲扶疏春風腴。湯餅睡起茗椀須，意往獨與奚奴俱。奴低頭，笑公放懶不著書。山谷（《平齋文集》卷六）

【豫章外集詩注序】天降時雨，山川出雲，故《嵩高》、《烝民》之詠，不於人物之盛而於其生。我列聖以人文陶天下，學問議論文章之士，莫盛於熙、豐、元、紹間，其生也類在神文朝，如詩家曰蘇、黄，曰黄、陳。蘇公生於景祐，陳公生於皇祐，而豫章生於慶曆。天地淸寧，日月正明，稟於氣者全也。公得淸寧正明之全氣，氣全而神王，挾豐隆，騎倒景，飄飄乎與造物者游，放爲篇章，超軼絶塵，獨立萬物之表，坡翁蓋心服之，而後山師焉。其集嘗擬《莊子》，分内外篇。外集如韓淮陰驅市人背水而戰，暗與兵法合，内集如諸葛武侯八陣，奇正相生，鬼神莫窺其奥。彙分之意嚴矣。君子之學，日進而日新，日新而日化，進則人，新則道，化則天，逝者如斯，不舍晝夜，正以是也。文與詩亦然。論詩者不泝其始，無以知其進而新，不極其終，無以知其新而化。内集斷自入館以後，極其終矣，外集起初年溪上吟，泝其始也。眉山任處士驥天成，擺落科舉之累，眞積於學，書無不覽，愛公詩若嗜欲然。以内集有任子淵注，因注外集十二卷，考年譜以推出處，用事必求其意，用字必探其原，勤且博至矣。或以詩嘗經公手删，而疑其多愛，然使學者盡見前輩少壯至老之作，以觀日新日化之功，雖多不厭也。子逢博習有家法，方注詩時，兩髦耽耽，檢書捧研，領退而學詩之意。今以名卿守蜀，白首矣，懼父書無傳，力自讎校，鋟而公諸世。萬里信來，俾序之。杲晚出，未闖其樊，何敢贅。樓攻媿謂宋宗儒摘阮歌、戴道士彈琴詩不知何以分内外，當有能辨之者。余聞李衛公好惠山泉，置驛取水，有僧言長安昊天觀井水與惠山泉通，雜它水十餘缶試之，僧指其二曰：「此惠山泉也。」文饒爲罷水驛。欲知内外之辨者，請以是觀之。（同上卷十）

眞德秀

【跋山谷黄槩字序】　東坡銘蓮花漏曰："惟無意無必然後可以司天下之平。"山谷此序，其稱槩之德亦然，士大夫用心，當眡以爲法。（《眞文忠公文集》卷三十六）

魏了翁

【黄太史文集序】　山谷黄公之文，先正鉅公稱許者衆矣。江淛閩蜀間亦多善本，今古戎黄侯又欲刻諸郡之墨妙亭，以致懷賢尚德之意，而屬了翁識之，顧淺陋何敢措詞。昔者幸嘗有考於先民之言行，切歎夫世之以詩知公者，末也。公年三十有四，上蘇長公詩，其志已犖犖不凡，然猶是少作也。迨元祐初，與衆賢彙進，博文學德，大非前比。元祐中末，涉歷憂患。極於紹聖、元符以後，流落黔戎，浮湛於荆、鄂、永、宜之間，則閲理益多，落華就實，直造簡遠，前輩所謂黔州以後句法尤高；雖然，是猶其形見於詞章者然也。元祐史筆，守正不阿，迨章、蔡用事，摘所書王介甫事，將以瑕衆正而殄焉，公於是有黔戎之役。鼪狖之所嘷，木石之與居，間關百罹，然自今誦其遺文，則慮澹氣夷，無一毫憔悴隕穫之態，以草木文章發帝杼機，以花竹和氣驗人安樂，雖百歲之相後，猶使人躍躍興起也。至其聞龔、鄒冠豸，張、董上坡，則喜溢詞端。荆江亭以後諸詩，又何其恢廣而平實，樂不至淫，怨不及懟也。然而猶爲小人承望時好，擿摭《承天院記》語，竄至宜陽，雖存離陰覲，而行安節和，純絡不庛。嗚呼！

以其所養若是，設見用於建中靖國之初，將不弭蔡、鄧之萌，而銷崇、觀之紛紛乎？是惡可以詞人目之也。國朝以記覽詞章，譁衆取寵，非無丁憂王召之儔，而施諸用則悖。二蘇公以詞章擅天下，其時如黃、秦、晁、張諸賢，亦皆有聞於時，人孰不曰此詞人之傑也。是惡知蘇氏以正學直道周旋於熙、豐、祐、聖間，雖見慍於小人，而亦不苟同於君子，蓋視世之富貴利達，曾不足以易其守者，其爲可傳，將不在茲乎？諸賢亦以是行諸世，皆坐廢棄，無所悔恨。其間如後山，不予王氏，不見章厚，於邢、趙姻婭也，亦未嘗假以詞色；褚無副衣，匪煥匪安，寧死無辱，則山谷一等人也。張文潛之詩曰：「黃郎蕭蕭日下鶴，陳子峭峭霜中竹。」是其爲可傳眞在此而不在彼矣。余懼世之以詩知山谷也，故以余所自得於山谷者復於黃侯；侯其謂然，則刻諸篇端，以補先儒之偶未及者焉。侯名申，余同郡人。（《鶴山先生大全文集》卷五十三）

【跋山谷與楊君全詩帖眞蹟】 右二詩一帖，筆意淸贍，與世所藏者絶異，蓋元符三年所作，公晚年書也。後此者五年，而公下世。公嘗自謂年衰病侵，百事不進，惟覺書倍增勝。前輩進學之功，雖於書翰餘事猶然。今藏於楊氏之孫齊巽，余同年友也。嘉定九年春二月，攜以過余於梓州，因書其後。（同上卷六十）

【跋山谷所書香山七德舞】 黃太史得書之變者，今此帖又因觀海怪圖以發其趣，故視他書尤更沈着痛快。然不出其氏名稱號，豈有所斬於戴純師邪！此詩舊本「子夜」作「天子」，「今來」作「爾來」，「治定」作「理定」，以「子夜」對「辰日」，則今本爲是；惟廿有九、廿有五，以字書及秦漢銘文證之，只當作一

字讀，今乃併二字爲一，成六言，其偶然邪？今藏於資中李氏，誠爲可寶云。（同上卷六十一）

【跋山谷安樂山留題後】徽祖始初清明，登籲衆正，收用廢棄之人，於黄太史有復朝奉知舒州之命。元符三年冬十二月發戎州，明年建中之春正月，過安樂山留題。蓋自熙、豐以後，僅有元祐數年之治，調亭紹述之説起矣。紹聖以後，僅有元符之末、建中之初，未及朞歲，而愛莫助之之圖進，孽京用矣。治之日少而亂之日多，乃若此也。安樂山之游，雲霧晦冥，將出山而晚霽，豈天地之間，一氣之運，亦多慘少舒，而人之所歷，亦多違寡偶每每若此邪！（同上卷六十二）

【跋黄太史帖】前輩謫居，類爲州縣長吏所不禮，甚者恫疑虚喝，或又從而加害焉。太史居黔中，守貳曹伯達、張茂宗既善遇之，雖一椽曹，亦致蔬笋之饋，風味良不淺矣。承望要人者，觀此寧不知怍云。（同上）

孫楚除妻服，作詩示王武子，王曰：「未知文於情生，情於文生，覽之悽然，增伉儷之重。」而黄詩：「意不及此文生哀。」陳詩：「情生文自哀。」二人之意各不同。（《鶴山渠陽經外雜鈔》卷一）

劉昌詩

【山谷南還誤】《漫錄》説詩門云：「山谷南還，至南華，竹軒令侍史誦詩版。」按南華，在韶州，屬廣東。山谷謫宜州，屬西路，且卒於宜，而曰南還，何邪？（《蘆浦筆記》卷三）

【胡藏之詩】臨江詩人胡藏之，蓋彦明之子。彦明與山谷進士同年，故藏之以詩取知於山谷。嘗侍燕席，以柈中果子分題賦詩，藏之得藕云：「平生冰雪姿，七星羅心胸。豈無有絲毫，上裨天子聰。而不自薦達，胡爲乎泥中？沈痾政無賴，安得君從容。其子亦可憐，風味如乃翁。」藏之亦有《瘞鶴銘》詩云：「當年誰爲裹元黄，潮打孤城草木荒。華表竟無新信息，斷碑空有碎文章。雲埋紫蓋峯何在？煙鎖青田道正長。遙想華亭披道氅，夜隨明月過錢塘。」藏之名致隆，自號瀟灑居士，無子，故遺稟不傳。（同上卷十）

編者按：《四庫總目提要》稱此書多糾吴曾《能改齋漫錄》之失，又謂「黄庭堅詠藕詩，實胡藏之作，皆足以資考據」。

張端義

鷺鷥一名春鉏，《爾雅》：「行如春鉏。」山谷亦有詩，獨「雍陶」一聯，曲盡寫物之妙，「立當青草人先見，行傍白蓮魚未知。」以屬玉爲鷺鷥，非也。（《貴耳集》卷中）

山谷詞：「杯行到手莫留殘，不道月斜人散。」詩話謂作「莫留連」，意思殊短。又嘗見山谷眞蹟，乃是「更留殘」，詞意便有斡旋也。（同上卷下）

陳鵠

黄魯直少有詩名，未入館時，在葉縣、大名、吉州、太和、德平，詩已卓絕。後以史事待罪陳留，偶自編退聽堂詩，初無意盡去少作。胡直孺少汲建炎初帥洪州，首爲魯直類詩文爲豫章集，命洛陽朱敦儒、山房李彤編集，而洪炎玉父專其事，遂以退聽爲斷，以前好詩皆不收，而不用吕汲老杜編年爲法，前後參錯，殊牴牾也。反不如姑胥居世英刊《東坡全集》殊有敍，又絶少舛謬，極可賞也。廬陵守陳誠虛中刊《歐陽居士集》，亦無倫次，蓋不知編摩之體耳。（《耆舊續聞》卷二）

唐人以格律自拘，唯白居易敢易其音於語中，如：「照地騏音佶驎袍，雪擺胡音鶻勝衫。」「欄干三百六十音譏橋。」晏殊嘗評之曰：「詩人乘俊語，當如此用字。」故晏公與鄭俠詩云：「春風不是長來客，主張去聲繁華能幾時。」然杜詩如此用字亦多：「將軍只數漢嫖姚。」《漢書》音漂鷂，而杜作平聲之類。李嘉祐詩云：「門臨蒼茫經年閉，身逐嫖姚幾日歸。」又張祐詩：「洛水暮天横蒼莽，邙山落日露崔嵬。」東坡詩：「崢嶸依絶壁，蒼茫瞰奔流。」「蒼茫」二字，古人用之皆是平聲，而此作仄聲。又《石鼻城》詩：「獨穿暗月朦朧裏，愁渡奔河蒼茫間。」亦作仄聲。魯直亦多如此用字。（同上卷八）

陳振孫

【伐檀集二卷】　知康州豫章黄庶亞夫撰。自爲序。庭堅其子也。世所傳山魈水怪著薜荔之詩，集中多此體。庭堅詩律，蓋有自來也。庶，慶曆二年進士。（《直齋書録解題》卷十七别集類中）

【豫章集五十卷外集十四卷】　著作郎黄庭堅魯直撰。自號山谷道人。（同上）

【豫章别集二十卷】　皆集中所遺者，如《承天塔記》、《黄給事行狀》、《毁璧》，其顯顯者也。諸孫㽦子耕

集而傳之。（同上）

【山谷集三十卷外集十一卷別集二卷】黄庭堅魯直撰。江西所刻詩派，即豫章前後集中詩也。別集者，慶元中莆田黄汝嘉增刻。（同上卷二十詩集類下）

【山谷編年詩集三十卷年譜三卷】山谷詩文，爲甥洪氏兄弟所編，斷自進德堂以後。今外集所載數卷，有晚年删去者，故任子淵所注，亦惟取前集而已。監丞黄䓗子耕者，其諸孫也。既會粹別集，復盡取其平生詩，以歲月次第編録，且爲之譜。今刊板括蒼。青城史容儀甫近注外集。外集者，謂山谷曾欲以前後倣《莊子》爲内外也。（同上）

【注黄山谷詩二十卷、注後山詩六卷】新津任淵子淵注，鄱陽許尹爲序。大抵不獨注事，而兼注意，用功爲深。二集皆取前集。陳詩以魏衍集記冠焉。（同上）

黄 埒

【山谷詩跋】先太史詩編，任子淵爲之集注，板行於蜀，惟閩中自坊本外未之見，豈非以平生轍迹未嘗至閩故耶？埒家藏重刻有年，試郡延平，以鋟諸梓，且《悲寂圖》二詩，舊本亦僅著其目，參考家集，遂成全書。句裏宗風，埒豈識其趣，獨念高曾規矩，百工猶究心焉，手披口吟，不敢廢墜，世之登詩壇者，相與共之，以壽斯派，亦先太史之志也。紹定壬辰日南至諸孫朝散郎□軍器監主簿兼權知南劍州軍州兼管内勸農事節制本州屯戍軍馬借緋埒拜手敬識。（《山谷詩》卷末）

錢文子

【山谷外集詩注序】書存於世，惟六經、諸子及遷、固之史有注，其下方者以其古今之變，詁訓之不相通也。而今人之文，今人乃隨而注之，則自蘇、黄之詩始也。詩動乎情，發乎言，而成乎音，人爲之，人誦之，宜無難知也。而蘇、黄二公，乃以今人博古之書，譬楚大夫而居於齊，應對唯諾，無非齊言，則楚人莫喻也。如將以齊言而喻楚人，非其素嘗往來莊嶽之間，其孰能之？山谷之詩與蘇同律，而語尤雅健，所援引者乃多於蘇。其詩集已有任淵史會更注之矣，而公所自編謂之《外集》者，猶不易通，史公儀甫遂繼而爲之注，上自六經、諸子、歷代之史，下及釋老之藏、稗官之錄，語所關涉，無不盡究。予官成都，得於公之子叔廉而徧閱之。其於山谷之詩，既悉疏理，無復凝結，而古文舊事，因公之注所發明者多矣。夫讀古人之書，得之於心，應之於手，固非區區采之簡册而後用之也，而爲之注者，乃即羣書而究其所自來，則注者之功宜難於作。而公以博洽之能，乃隨作者爲之訓釋，此其追慕先輩、嘉惠後學之意，殆非世俗之所能識也。昔白樂天作詩，使嫗讀之，務令易知，而揚子雲草《太玄》，其詞艱深，人不能通，乃曰「後有揚子雲，必好之矣」。古之君子，固有不徇世俗而自信於後世之知我者，若公於山谷，既以子雲而知子雲，其爲之訓釋，則又諄諄然爲人言之，是亦樂天之志也。公，蜀青衣人，名容，號薌室居士，仕至大中大夫，晚謝事，著書不自休，嘗爲補韻及三國地名，皆極精密。今年餘七十，耳目清明，齒髮不衰，他日傳於世者，又將不止於數書而已也。嘉定元年十二月乙酉，

晉陵錢文子序。（史容《山谷外集詩注》卷首）

史季溫

【山谷外集詩注跋】　先大父薌室先生所注《山谷外集》詩，脱藁之日，永嘉白石錢先生文季爲之序，引鋟木於眉，蓋嘉定戊辰歲也。是書已行於世，其後大父優游林泉者近十年，復參諸書爲之增注，且細考山谷出處歲月，别行詮次，不復以舊集古律詩爲拘，考訂之精，十已七八，其間不可盡知者，附之本年。蜀板已燬，遺藁幸存，今刻之閩憲治，庶與學者共之。淳祐庚戌嘉平旦日，孫朝請大夫福建路提點刑獄公事季溫百拜謹跋。（史容《山谷外集詩注》卷首）

史彌寧

【賦桂隱用王從周鎬韻】　詩禪在在談風月，未抵江西龍象窟。爾來結習蓮社叢，誰歟超出行輩中。我知桂隱傳衣處，玄機參透涪仙句。蕭蕭吟鬢大風吹，有酒喚客斟酌之。渠伊放浪眞達者，詩成醉臥清陰下。只恐香名吹上天，不容花底長陶然。（《友林乙稿》）

【和翟主簿】　太史騷壇峙豫章，詩豪角立壯顔行。遺風凛凛清人骨，飛露娟娟灑我裳。五字顧慚非應物，一燈今幸屬仇香。玉堂蚤晚須椽筆，快寫平生錦繡腸。（同上）

包恢

【跋山谷書范孟博傳（節錄）】《范孟博傳》者，昔太史黃公所書，今閩帥文昌趙公家所藏也。某蒙公出示兩巨軸，因得以刮目快覩，而爲之慼歎不能已。蓋以范傳之清節照映，黃書之筆勢飛動，固已爲世之至寶，況凡所題跋，皆前後名世士，發揮殆盡，似無復可措一詞矣。……太史之書此傳，其以氣節事體亦有相似者歟？初以史事往涪州、戎州矣，繼又以《承天記》文而往宜州，横禍所加，隨處安受，不悔不折，有孟博之風矣。觀其自述在宜州之日，所僦之舍，上雨傍風，無有蓋障，人以爲不堪其憂，余既設榻焚香而坐，與西鄰屠牛之機相直，蓋悠然自得也。不幸竟死於宜，可勝嘅哉！然遂獲與孟博相從於地下，太史何憾也。（《敝帚稿略》卷五）

程公許

【贈修水黃君子行】黃君以元祐太史公之諸孫，寓籍分宜。苦志於詩，以「蓬虆寐語」名其集，長篇短調，不主一體，敷腴而雅重，瀏亮而奇崛，使讀之者如遊羣玉府，百珍眩目，未暇覩也。庚伏袢熱，惠然再臨，贈五言古體二十八韻，清風披拂袖間。念宿諾不可負，而瀘徑曹侍郎、三山陳廣宗、韋輔江彝叟之序引，固無可復加，因次所示詩韻，贅附編末云。

雨潤莘野犁，水給漢陰甕。一爲大烹鼎，玉食此焉供。一如朽木偶，肯受鬭索弄？顯晦勢則然，達觀等一夢。可憐蓬藋生，萬卷皆成誦。靜退一何勇，本不借慫慂。使孔孟復起，必能與折衷。世道日以陰，古心誰與共？君家太史公，以文瑞吾宋，崛奇莊騷語，雅淡商周頌。學力探窅深，天巧妙機綜。風流被諸孫，璆琳富包貢。若若綬滿朝，從從淸燕奉。那知一畝宮，有士苦唫諷。寐語甘自怡，經綸付時棟。伊余曩在列，竊自恥陰拱。斥去職蕃宣，翫愒靡廩俸。何階謬推激，爲我破愚惷。由唐及國朝，作者亦已衆。元氣所融會，諒亦勞藝種。苦心欲其工，何者適於用。當知正始音，若睹治世鳳。覽輝千仞岡，一洗羣目瞢。謏聞我自知，可能相引重？乞閒會得請，敢覬百錢送。假道願欵門，單車屏徒從。不妨蒿藋逕，容我於二仲。秋風來有期，心旌轉飛動。（《滄洲塵缶編》卷三）

嚴羽

試取漢、魏之詩而熟參之，次取晉、宋之詩而熟參之，次取南北朝之詩而熟參之，次取沈、宋、王、楊、盧、駱、陳拾遺之詩而熟參之，次獨取李、杜二公之詩而熟參之，……又取本朝蘇、黃以下諸家之詩而熟參之，其眞是非自有不能隱者。國初之詩尙沿襲唐人：王黃州學白樂天，楊文公、劉中山學李商隱，盛文肅學韋蘇州，歐陽公學韓退之古詩，梅聖俞學唐人平澹處。至東坡、山谷始自出己意以爲詩，唐人之風變矣。山谷用工尤爲深刻，其後法席盛行，海內稱爲江西宗派。（《滄浪詩話·詩辨》）

以時而論，則有建安體（小注略，下同）、黃初體、正始體、太康體、元嘉體、永明體、南北朝體、唐初體、盛唐體、大曆體、元和體、晚唐體、本朝體、元祐體、蘇、黃、陳諸公。江西宗派體。山谷爲之宗。（同上《詩體》）

【答吴景仙書(節録)】又謂：盛唐之詩，雄深雅健。僕謂此四字，但可評文，於詩則用健字不得。不若《詩辨》雄渾悲壯之語，爲得詩之體也。毫釐之差，不可不辨。坡、谷諸公之詩，如米元章之字，雖筆力勁健，終有子路事夫子時氣象。(同上附録)

陳　模

山谷卻得工部之雄而渾處，有才者便可壓成，故謝無逸古硬處不減魯直所作，然魯直卻有涵蓄，膾炙人齒頰處。如題淵明云：「平生本朝心，歲月閲江浪」；如「百書不如一見面，幾日歸家兩慰心」；如「立朝無物望，補外儻天幸」；無逸卻無此等句。(《懷古録》卷上)

山谷「桃李春風一盃酒，江湖夜雨十年燈」，蓋言盃酒别又十年燈矣。同一機軸，此最高處。(同上)

山谷在貶所，有云：「湖北山無地，湖南水際天。雲沙真富貴，翰墨小神仙。」此等若有所養，不爲外境所動矣；然猶未免於張皇。(同上卷中)

山谷詩大率多用《莊子》事。(同上)

岳　珂

【山谷范滂傳】山谷在宜州，嘗大書《後漢書·范滂傳》，字徑數寸，筆勢飄動，超出翰墨逕庭意，蓋以悼黨錮之爲漢禍也。後百年，真蹟逸人間，趙忠定得之，寶寘巾篋，搢紳題跋，如牛腰焉。既迺躬蹈其

禍，可謂其讖。嘉定壬申，忠定之子崇憲守九江，刻石郡治四説堂。（《桯史》卷十）

【李白竹枝詞】紹聖二年四月甲申，山谷以史事謫黔南，道間作《竹枝詞》二篇題歌羅驛曰：「撑崖拄谷蝮蛇愁，入箐攀天猿掉頭。鬼門關外莫言遠，五十三驛是皇州。」「浮雲一百八盤縈，落日四十九渡明。鬼門關外莫言遠，四海一家皆弟兄。」又自書其後曰：「古樂府有『巴東三峽巫峽長，猿鳴三聲淚霑裳』，但以抑怨之音，和爲數疊，惜其聲今不傳。余自荆州上峽入黔中，備嘗山川險阻，因作二疊，傳與巴娘，令以竹枝歌之。前一疊可和云：『鬼門關外莫言遠，五十三驛是皇州。』後一疊可和云：『鬼門關外莫言遠，四海一家皆弟兄。』或各用四句入陽關小秦王，亦可歌也。是夜宿於驛，夢李白相見於山間，曰：『予往謫夜郎，於此聞杜鵑，作《竹枝詞》三疊，世傳之不？』予細憶集中無有。三誦而使之傳焉。其辭曰：『一聲望帝花片飛，萬里明妃雪打圍。馬上胡兒那解聽，琵琶應道不如歸。』『竹竿坡面蛇倒退，摩圍山腰胡孫愁。杜鵑無血可續淚，何日金雞赦九州。』『命輕人鮓甕頭船，日瘦鬼門關外天。北人墮淚南人笑，青壁無梯聞杜鵑。』」今《豫章集》所刊，蓋自謂夢中語也。音響節奏似矣，而不能揜其眞，亦寓言之流歟？（同上卷十一）

【蟻蝶圖】黨禍既起，山谷居黔，有以屏圖遺之者，繪雙蝶翾舞，罥於蛛絲，而隊蟻憧憧其間，題六言於上曰：「胡蝶雙飛得意，偶然畢命網羅。羣蟻爭收墜翼，策勳歸去南柯。」崇寧間又遷於宜，圖偶爲人攜入京，鬻於相國寺肆。蔡客得之，以示元長，元長大怒，將指爲怨望，重其貶，會以訃奏僅免。其在黔，嘗摘香山句爲十詩，卒章曰：「病人多夢醫，囚人多夢赦。如何春來夢，合眼在鄉社。」一時網羅之味，蓋可想見。然余觀其前篇，又有「冥懷齊遠近，委順隨南北。歸去誠可憐，天涯住亦得」之句，浩然之氣，又有百折而不衰者，存蠖計左矣。（同上）

【范碑詩跋】趙履常崇憲所刊四說堂山谷《范滂傳》，余前記之矣。後見跋卷，迺太府丞余伯山禹績之六世祖若著倅宜州日，因山谷謫居是邦，慨然爲之經理舍館，遂遣二子滋、澥從之游。時黨禁甚嚴，士大夫例削札埽迹，惟若著敬遇不怠，率以夜遣二子奉几杖執諸生禮。一日攜紙求書，山谷問以所欲，拱而對曰：「先生今日舉動，無愧東都黨錮諸賢，願寫范孟博一傳。」許之，遂默誦大書，盡卷僅有二三字疑誤。二子相顧愕服，山谷顧曰：「《漢書》固非能盡記也。如此等傳，豈可不熟聞者？」若著敬歎，滿秩持歸上饒家居寶藏之，再世散逸，歸東武周氏，又歸忠定家。伯山僅傳摹本，其子子壽鑄爲四明制屬，攜之笈中之官。樓攻媿見之，爲作詩曰：「宜人初謂宜於人，柴肚老人竟不振。承天院記顧何罪，一斥致死南海濱。賢哉別駕眷遷客，不恤罪罟深相親。哀哀不容處城闉，夜遣二子從夫君。一日攜紙丐奇書，引筆行墨生煙雲。南方無書可尋問，默寫此傳終全文。補亡三篋比安世，偶熟此卷非張巡。巖巖汝南范孟博，清裁千載無比倫。坡翁侍母曾啓問，百謫九死氣自伸。別駕去官公亦已，身雖既衰筆有神。我聞此書久欲見，摹本尚爾況其眞。輟君清俸登堅珉，可立懦夫羞佞臣。」及履常登朝，以眞蹟呈似攻媿，迺復題其後，又面命幼子治錄里士俞惠叔嚋詩一篇，亟稱其佳焉。其辭曰：「貂璫羣雛擅天網，手驅名流入鉤黨。屯雲蔽日日光無，卯金神器春冰上。汝南節士居危邦，志剗蕭艾扶蘭房。致君生不逮堯舜，死合夷齊俱首陽。千年興懷眞旦暮，殷鑒詎應如許遠。安知後人哀後人，又起諸賢落南歎。宜州老子筆有神，蟬蛻顔揚端逼眞。少模龍爪已名世，晚用雞毛亦絶人。平生孟博吾尙友，時事駸駸建寧舊。胸蟠萬卷老蠻鄉，獨感斯文聊運肘。老子書名橫九州，一紙千金不當疇。此事豈但翰墨設，心事悢悢關百憂。人言老子味禪悅，疾惡視謗寧爾切。須知許國本精忠，不幸爲謗甘伏節。九原莫作令人悲，遺墨敗素皆吾師。從君乞取宜州字，要對崇寧黨籍碑。」二詩明白痛快，足以弔此老於九垓之期矣。獨惠叔末章頗傷峻厲。跋卷又有柴中守一詩曰：「小春晝日如春晚，飲罷披圖淸興遠。夜光照屋四座驚，金薤銀鉤眞墨本。當年太史謫宜州，腸斷梅花棲戍樓。拾遺不逢東道主，翰林長作夜郎囚。蠻烟瘴雨森鈇鉞，更値韓盧搜兎窟。老色上面懽去心，惟有忠肝懸日月。郡丞嗜好殊世人，投箋乞字傳兒孫。平生孟博是知己，筆下寫出精神騫。興亡萬古同一轍，黨論到頭不堪說。刊章下郡漢道微，淸流入河唐祚絶。先朝白晝狐亦鳴，正氣消盡邪氣生。殿門斷碑仆未起，中原戎馬來縱橫。生蛟入手不敢玩，往事淒涼重三歎。蘭亭瘞鶴徒爾爲，好刻此書禪廟筭。」牛腰軸雖大，詩之者惟此三人。柴作亦佳，特未免唐人所謂昌黎《淮西碑》，猶欠冒頭不得之戲耳。伯山前輩老成，嘗爲九江校官，余又及同班行。子壽世科，今爲鎭江外轄，蓋方鄉用者。（同上卷十三）

【黄魯直書簡帖】右元祐太史、山谷先生、黄公庭堅，字魯直書簡眞蹟，四十七帖，分五卷。紹興乙卯歲，予從師九江，有同舍吳興沈鎧聲甫，每好習黄氏字體，設太史眞像於書室，有手贊在其上，贊之辭曰：「似僧有髮，似俗無塵；作夢中夢，見身外身。」蓋太史手澤也，予於是始知好尙。家有藏帖，一旦彙得七八幅，時展玩之。嘉定戊辰，予來中都，下第後索寞天街中。時貴璫有罪簿錄者，官第甲乙爲次，揭囊以鬻，而不名其物。予外姻姚舜民者，以六萬錢得二囊，他物不可悉記，中有十九帖在焉，憮然不樂。予視之，内府圖書，表識其上，蓋皆紹興間寶儲，而墨妙飄舞，神態欲活。漫從旁解釋，就畀元直取之，又將餘物使自售，姚大喜過望。羽客劉元綱時偕行，戲語予曰：「唐崔綽嘗謂：獲見汝南帖，何减於升第。正恨世遺李廌，君乃得黄庭堅以歸，何憾乎？」相與大笑。外二十八帖散得之江西諸君子家，今皆以紙素高下，相從雜褾之。通有天上及藏書家全印半印四十有一。予聞東坡先生過李公擇濟南，始得先生之詩文，以爲超逸絶塵，獨立萬物之表者，由是名始振。嗟乎！豈特詩哉，其書法亦猶是矣。惜乎其清其峭，足以表百世，而其膏其澤，不足以被一時，先生蓋於是乎有歉。贊曰：詩至江西，始别宗派；字豈無祖，人其有待。鶴瘠鸞鎩，松寒石怪。彼有髮僧，尙聞謦欬。（《寶眞齋法書贊》卷十四）

【黄魯直詩藁帖】右山谷先生詩藁眞蹟，凡九幅。論江西詩派，先生爲稱首，觀其鑱斲天巧，磅礴萬象，一字不苟作，謂詩非徒工，詎不信然。舊入紹興御府，卷尾著小璽，縫有内府印八，藏書家印亦八。嘉定戊辰歲九月，得之豫章蔡士美。（同上卷十五）

葉大慶

吳氏《漫錄》云：「豫章《漁父》詩：『范蠡歸來思狡兔，呂翁何意兆非熊。』又：『巖居大士是龍象，草堂丈人非熊羆。』按《六韜》、《史記》『非龍非彲非虎非羆』，無熊字，恐豫章別有所本。」大慶觀李翰《蒙求》云：「呂望非熊。」徐狀元補注且引《後漢·裴駰傳》注云：西伯出獵，卜之曰，所獲非龍非彲非熊非羆。所謂非熊，蓋本於此。然《六韜》及《史記》本是「虎」字，唐人多作「非熊」。杜詩：「田獵書非熊。」又《夔府秋日書懷》云：「熊羆載呂望，鴻雁美周宣。」白氏《六帖》於熊部、獵部、卜部皆作「非熊非羆」，蓋「虎」字乃唐高祖諱。所以章懷注《東漢書》，雖引《史記》之文，特改非熊之字。杜甫、李翰、白居易，皆唐人也，故相傳皆作非熊，而豫章亦本諸此而已，何必更別求所本哉！或謂漢桓寬《鹽鐵論》云：「起磻溪熊羆之士。」則漢人固嘗以熊羆爲言，豈必因國諱而改？蓋熊羆乃世之常言，如《詩》云「維熊維羆」，《書》云「如熊如羆」，又云「則亦有熊羆之士」，故人皆以熊羆爲言。至於特改「非虎」爲「非熊」，實起於唐也。若夫李善注《文選》，其於「賓戲」，則引《史記》曰「所獲非龍非虎非熊非羆」，于非有先生論則引《六韜》曰「非熊非羆非虎非狼」。其實非《史記》、《六韜》之文，特彷彿記憶而爲之注爾，不足爲據也。（《考古質疑》卷三）

劉克莊

【江西詩派——黄山谷】山谷，豫章人。如潘閬、魏泰，規規晚唐格調，寸步不敢走也。作楊、劉，則又專爲崑體，故優人有撏扯義山之誚。蘇、梅二子稍變以平淡豪俊，而和之者尚寡。至六一、坡公，巍然爲大家數，學者宗焉。然二公亦各極其天才筆力之所至而已，非必鍛鍊勤苦而成也。豫章稍後出，會粹百家句律之長，究極歷代體製之變，蒐□筆，穿異穴，間作爲古律，自成一家；雖隻字半句不□出，遂爲本朝詩家宗祖，在禪學中比得達摩，不易之論也。其内集詩尤善，信乎其自編者。頃見趙履常□宗師之，近時詩人惟趙得豫章之意，有絶似者。（《後村先生大全集》卷九十五）

【本朝絶句續選】　本朝詩尤於唐，使野處公編本朝絶句，殆不止萬首。詩愈盛，選愈嚴，遺落愈多，後世愈有遺恨矣。此本朝續選之所爲作也。起建隆，迄宣、靖，得詩如唐續選之數。或曰比唐風何如？曰：五七言余固評之矣，六言如王介甫、沈存中、黄魯直之作，流麗似唐人，而妙巧過之。後有深於詩者，必曰翁之言然。寶祐丙辰露節後村翁序。（同上卷九十七）

【山谷書范滂傳（節錄）】　豫章公遠竄不悔，囚宜州譙樓上，猶書此傳，無愧於孟博矣。忠定子吏部孫尙書，慶元初闔門避謗，絶口不自明，尤賢於忠宣之家。此世之雍容立朝，進無刀鋸之禍，退無烟瘴之憂，而不能自彊於善者，覽卷宜有愧色。（同上卷一百一）

【跋黄魯直帖】　右山谷自書其得意唐律也。如「桃李春風一杯酒，江湖夜雨十年燈」，「黄流不解涴明月，碧樹爲我生涼秋」，固佳句；如「初平羣羊對叔度，千頃淳于呑一石」，對庖丁解十年，則似欠工。學者止學得此等句，而前二聯未有似之者。本朝草書惟蘇才翁、杜祁公，若山谷草法，錢穆公固嘗評之矣。書律詩帖。

朱給事名紱，字君眖，元祐黨人，淸修君子也。山谷書謫仙此詩予之，殊不可解。書太白詩。（同上卷一百四）

山谷以崇寧甲申謫宜州，道由洞庭、潭、衡、永、桂，皆有詩。是歲五六月間至宜州，年乙酉，九月卒，年六十一。以集考之，在宜僅有七詩：《與黄龍清老》三首，《别元明》一首，《和范寥》二首，而絶筆於《乞鍾乳》一首，豈年高地惡而然耶？其《别元明》猶云：「術者謂吾兄弟俱壽八十。」谷亦不自料大期至此。（《後村詩話》後集卷一）

俞文豹

東坡《贈東林長老》云：「溪聲便是廣長舌，山色豈非清淨身。夜來八萬四千偈，他日如何舉似人。」山谷改曰：「溪聲廣長舌，山色清淨身。八萬四千偈，如何舉似人。」時謂上二句腰斬，下二句處斬。（《吹劍録》三録）

董史

黄庭堅，字魯直。《豫章先生傳》云：公楷法妍媚，自成一家。游荆州，得古本蘭亭，愛玩之，不去手，因悟古人用筆意，作小楷日進，曰：「他日當有知我者。」草書尤奇偉。公殁後，人爭購之，一紙千金。（《皇宋書録》卷中）

吴子良

【山谷詩意與退之同】韓退之《病中贈張十八》詩，意奇語雄，序其與籍談辨，有云：「吾欲盈其氣，不令見麾幢，牛羊滿田野，解旆東空杠。」云云。「迴軍與角逐，斫樹收窮龐。」後山谷《次韻答薛樂道》云：「薛侯筆如椽，峥嶸來索敵。出門決一戰，不見旗鼓迹。令嚴初不動，帳下聞吹笛。乍奔水上軍，拔幟入趙壁。長驅劇崩摧，百萬俱辟易。」正與退之詩意同，才力殆不相下也。（《荆溪林下偶談》卷一）

【山谷詩與杜牧鄭谷同意】　張祜有句云：「故國三千里，深宫二十年。」以此得名。故杜牧云：「可憐故國三千里，虚唱宫詞滿後宫。」鄭谷亦云：「張生有國三千里，知者惟應杜紫微。」秦少游有詞云：「醉臥古藤陰下。」故山谷云：「少游醉臥古藤下，誰與愁眉唱一盃？解作江南斷腸句，只今惟有賀方回。」正與杜、鄭意同。（同上）

【讀中興頌詩】　讀中興頌詩，前後非一，惟黄魯直、潘大臨，皆可爲世主規鑒；若張文潛之作，雖無之可也。（同上卷二）

【山谷思邢惇夫詩】　西山嘗舉山谷詩云：「惇夫若在鐫此老，不令平地生崎嶇。」余曰：「『鐫』字未穩，事父母幾諫，不聽則號泣而隨之耳，子豈應鐫其父邪？然邢恕游程氏之門，早歲立節如此，而晚乃顛倒錯繆，師友且不得而挽回之矣，豈一子所能鐫邪！（同上卷四）

吴　沆

仲兄又問山谷拗體如何，環溪曰：在杜詩中，「城尖徑窄旌旗愁，獨立縹緲之飛樓」，「峽坼雲埋龍虎睡，江晴日抱黿鼉遊」，是拗體；如「二月饒睡昏昏然，不獨夜短晝分眠」，「桃花氣暖眼自醉，春渚日落夢相牽」，是拗體；如「夜半歸來衝虎過，山黑家中已眠卧」，「傍觀北斗向江低，仰見明星當戶坐」，大是拗體；又如「白摧朽骨龍虎死，黑入太陰雷雨垂」，「客子入門月皎皎，誰家擣練風淒淒」，「負鹽出井此溪女，打鼓發船何郡兒」，「運糧繩橋壯士喜，斬木火井窮猿呼」等句，皆拗體也。蓋其詩以律而差拗，於拗之中又有律焉。此體惟山谷能之，故有「黃流不解涴明月，碧樹爲我生涼秋」，「石屏堆疊翡翠玉，蓮盪宛轉芙蓉城」，「紙窗驚吹玉蹀躞，竹砌翠撼金琅璫」，「蜂房各自開戶牖，蟻穴或夢封侯王」等語，皆有可觀。然詩纔拗則健而多奇，入律則弱爲難工。荆公之詩入律而能健，比山谷則爲過之。然合荆公與山谷，不能當一杜甫。（《環溪詩話》卷中）

環溪仲兄問：「山谷詩亦有可法者乎？」環溪曰：「山谷除拗體似杜而外，以物爲人一體最可法，於詩爲新巧，於理亦未爲大害。」仲兄云：「何謂以物爲人？」環溪云：「山谷詩文中，無非以物爲人者，此所以擅一時之名而度越流輩也。然有可有不可。如『春至不窺園，黃鸝頗三請』，是用主人三請事，如《詠竹》云『翩翩佳公子，爲政一窗碧』是用正事，可也。又如『殘暑已趨裝，好風方來歸；苦雨已解嚴，諸峰來獻狀』，謂殘暑趨裝，好風來歸，苦雨解嚴，諸峰獻狀，亦無不可。至如『提壺要酤我，杜宇賦式微』，則近於鑿，不可矣。不如把菊避席，雲月供帳，黃花韜光，白鷗起予，蘭含章而鳥許可。以至《演雅》一篇，大抵以物爲人，而不失爲佳句，則是山谷所以取名也。」仲兄曰：「善。」又問：「吾弟亦嘗有此作乎？」環溪云：「前此有數聯，蓋偶然而合，後此有數聯，則擬而合也。弟在岳陽時，嘗有『厭看花笑客，忍受草欺人』，又有『水流成獨往，山勢作朋來』，『春令乍來風掠地，寒威潛退雪消峰』，又詠雪詩『爭屯未就雲頭合，結黨欲成風勢高』等句。時未知有山谷，蓋偶然而合也。是後有『葉稀林脱穎，沙現水分鑣』，詠竹云『起於懷素節，嘉乃伴虚心』，又『柔桑翠竹相傾倒，細草幽花自發明』，『草迷花徑煩調護，波泊蓮塘欠節宣』等句，時則知有山谷，蓋效之而作也。」（同上）

林希逸

【讀黄詩】我生所敬涪江翁，知翁不獨哦詩工。逍遥頗學漆園吏，下筆縱横法略同。自言錦機織錦手，興寄每有離騷風。内篇外篇手分别，冥搜所到眞奇絶。頡頏韓柳追莊騷，筆意尤工是晚節。兩蘇而下秦晁張，閉門覓句陳履常。當時姓名比明月，文莫如蘇詩則黄。黔南日月老賓送，白頭去作宜州夢。宜樓家乘誰得之？那知珠玉無散遺。生生忍苦琢詩句，飄泊不憂無死處，今人更病語太奇，哀公不遇今猶故。（《竹溪十一稿》）

【題宋德淸詩稿】詩法如書法，臨摹恐未眞。寧爲禪散聖，莫作婢夫人。士詫門中集，君留席上珍。苦吟應不厭，會見軋黄陳。（同上）

羅大經

【蘇黄遺文】東坡贊文與可梅竹石云：「梅寒而秀，竹瘦而壽，石醜而文，是爲三益之友。」席子擇遭喪，山谷憐其貧，糾合同志者助之，其辭云：「富者不仁，理難共語；仁者不富，勢難獨成。百足之

蟲，至死不僵，以扶之者衆也。願與諸君同力振之。」二帖余皆見其眞跡，坡、谷集所不載。（《鶴林玉露》卷一）

【詩用助語】詩用助語字貴妥帖，如杜少陵云：「古人稱逝矣，吾道卜終焉。」又云：「去矣英雄事，荒哉割據心。」山谷云：「且然聊爾耳，得也自知之。」韓子蒼云：「曲檻以南青嶂合，高堂其上白雲白。」皆渾然帖妥。（同上卷八）

【家乘】山谷晚年作日錄，題曰《家乘》，取《孟子》「晉之乘」之義。謫死宜州，永州有唐生者從之遊，爲之經紀後事，收拾遺文，獨所謂《家乘》者，倉忙間爲人竊去，尋訪了不可得。後百餘年，史衞王當國，乃有得之以獻者。衞王甚珍之。後黃伯庸帥蜀，以其爲雙井之族，乃以贐其行。（同上卷十）

【山谷八字】余家藏山谷八大字云：「作德日休，爲善最樂。」摘經史語，渾然天成，可置座右。（同上卷十三）

【文章有體】山谷詩騷妙天下，而散文頗覺瑣碎局促。（同上卷十四）

【吾無隱乎爾】黃龍寺晦堂老子嘗問山谷以「吾無隱乎爾」之義，山谷詮釋再三，晦堂終不然其說。時暑退涼生，秋香滿院，晦堂因問曰：「聞木犀香乎？」山谷曰：「聞。」晦堂曰：「吾無隱乎爾！」山谷乃服。晦堂此等處誠實脱灑，亦只是曾點見解，却無顏子工夫，此儒、佛所以不同。（同上卷十五）

【江西詩文】江西自歐陽子以古文起於廬陵，遂爲一代冠冕，後來者莫能與之抗；其次莫如曾子固、王介甫，皆出歐門，亦皆江西人。老蘇所謂「執事之文非孟子之文，而歐陽子之文」也。朱文公謂江西文章如歐陽永叔、王介甫、曾子固，做得如此好，亦知其皜皜不可尙已。至於詩，則山谷倡之，自爲一家，並不蹈古人町畦。象山云：「豫章之詩，包含欲無外，搜抉欲無祕，體製通古今，思致極幽眇，貫穿馳騁，工夫精到，雖未極古之源委，而其植立不凡，斯亦宇宙之奇詭也，開闢以來能自表見於世若此者，如優鉢曇華，時一現耳。」楊東山嘗謂余云：「丈夫自有衝天志，莫向如來行處行。」豈惟制行，作文亦然。如歐公之文，山谷之詩，皆所謂不向如來行處行者也。（同上卷十五）

【蘇黃遷謫】蘇子瞻謫儋州，以儋與瞻字相近也；子由謫雷州，以雷字下有田字也；黄魯直謫宜州，以宜字類直字也：此章子厚駃謔之意。當時有術士曰：「儋字從立人，子瞻其尙能北歸乎？雷字雨在田上，承天之澤也，子由其未艾乎？宜字乃直字，有蓋棺之義也，魯直其不返乎？」後子瞻北歸至毘陵而卒，子由退老於潁，十餘年乃終，魯直竟卒於宜。（同上卷十七）

【畫馬】唐明皇令韓幹觀御府所藏畫馬，幹曰：「不必觀也。陛下廐馬萬匹，皆臣之師。」李伯時工畫馬，曹輔爲太僕卿，太僕廨舍國馬皆在焉，伯時每過之，必終日縱觀，至不暇與客語。大概畫馬者，必先有全馬在胸中。若能積精儲神，賞其神俊，久久則胸中有全馬矣。信意落筆，自然超妙。所謂用意不分乃凝於神者也。山谷詩云：「李侯畫骨亦畫肉，筆下馬生如破竹。」「生」字下得最妙，蓋胸中有全馬，故由筆端而生，初非想像模畫也。（同上卷十八）

陳郁

洪覺範於猩猩筆詩中「平生幾兩屐，身後五車書」，謂魯直本用阮孚「人生能着幾兩屐」之句，以下句非全，改「人生」爲「平生」，且曰：「若以『人生』對『身後』，豈不佳哉！」余謂山谷豈不知「人生」、「身後」是佳對，蓋猩猩不可言人，故改之耳。（《藏一話腴》外編卷一）

高斯得

【送史深之入蜀】　我讀江湖夜雨編，西風搔首一淒然。如何經濟二三策，價見琳琅千萬編。小隱安能老丹嶠，壯懷猶欲上青天。此行若與涪翁遇，定把詩家古印傳。（《恥堂存稿》卷八）

李曾伯

【過涪州懷伊川涪翁兩先生】　昌黎昔作潮州游，潮人百世稱名州。又聞柳州柳子厚，柳人至今愛其柳。二公皆以文鳴唐，所至不偶爲異常；卒今江海流落地，化作文物聲名鄉。涪南僻在巴子國，地絕中州少人物。天將儒道淑是邦，曾向先朝處羈客。河南夫子間世賢，山谷老叟人間仙。一時轍迹相繼至，頓使光價增山川。嘗嗟道從孟軻死，一貫誰能接原委？又嗟詩自杜甫亡，四海誰能造詩壘？幸生伊洛續聖傳，鳶魚遂復窮天淵。從而江右振餘響，清廟又得存遺絃。今踰元祐二百載，草木涪人尚知愛。文章性命雖匪倖，氣象風流久皆在。惜乎兩公生盛時，下與屈賈同驅馳。涪人則幸公不幸，天下應怨涪人私。（《可齋雜著》卷二十五）

趙孟堅

【孫雪窗詩序（節録）】　竊怪夫今之言詩者，江西、晚唐之交相詆也。彼病此冗，此訾彼拘，胡不合杜、李、元、白、歐、王、蘇、黄諸公而並觀。諸公衆體該具弗拘，一也。可古則古，可律則律，可樂府雜言則樂府雜言，初未聞舉一而廢一也。今之習江西、晚唐者，謂拘一耳，究江西、晚唐亦未始拘也。（《彝齋文編》卷三）

方　岳

【跋陳平仲詩（節録）】　雲谷謝公使治鑄之年，過予崖而西也，手其友陳平仲詩若詞三鉅篇示予。讀且評曰：本朝詩自楊、劉爲一節，崑體也，四瑚八璉，爛然皆珍，乃不及夏鼎商盤自然高古；後山諸人爲一節，派家也，深山雲卧，松風自寒，飄飄欲仙，芰荷衣而芙蓉裳也，而極其摯者黄山谷。……山谷非無詞，而詩掩詞。（《秋崖先生小稿》卷四十三）

李昴英

【送連推黄端簡赴班】　端簡，山谷之後；其兄端亮，余丙戌同年也。

別我谷之盤，今誰似二難？西江詩種好，南斗劍光寒。千里依蓮重，三年食蘗安。頭班人品稱，春意暖征鞍。（《文溪集》卷十四）

史繩祖

【坡詩不入律】黄魯直次東坡韻云：「我詩如曹鄶，淺陋不成邦；公如大國楚，吞五湖三江。」其尊坡公可謂至，而自況可謂小矣。而實不然，其深意乃自負而諷坡詩之不入律也。曹鄶雖小，尚有四篇之詩入《國風》；楚雖大國，而《三百篇》絶無取焉。至屈原而始以《騷》稱，爲變風矣。黄又嘗謂坡公文好罵，謹不可學，又指坡公文章妙一世，而詩句不逮古人，信斯證也。（《學齋佔畢》卷二）

趙與時

徐陵《鴛鴦賦》云：「山鷄映水那相得，孤鸞照鏡不成雙。天下眞成長會合，無勝比翼兩鴛鴦。」黄魯直《題畫睡鴨》曰：「山鷄照影空自愛，孤鸞舞鏡不作雙。天下眞成長會合，兩鳧相倚睡秋江。」全用徐語點化。《容齋隨筆》謂魯直末句尤精工。余幼時不能解，每疑鴛鴦可言長會合，兩鳧則聚散不常，何可言長會合；後乃悟魯直所謂長會合，特指畫者耳。（《賓退錄》卷十）

戴昺

【石屏後集鋟梓呈屏翁】新刊後藁又千首，近日江湖誰有之？妙似豫章前集語，老於夔府後來詩。梅深歲月枝逾古，菊飽風霜色轉奇。要洗晚唐還大雅，願揚宗旨破羣癡。（《東野農歌集》卷四）

魏慶之

【宋朝警句】　七言：「桃李春風一杯酒，江湖夜雨十年燈。」山谷（《詩人玉屑》卷三）

黄　震

涪翁孝友忠信，篤行君子人也。世但見其嗜佛老，工嘲詠，善品藻書畫，遂以蘇門學士例目之。今愚熟考其書，其論著雖先《莊子》而後《語》、《孟》，至晚年自刊其文，則欲以合於周、孔者爲內集，不合於周、孔者爲外集。其説經雖尊荆公而遺程子，至他日議論人物，則謂周茂叔人品最高，謂程伯淳爲平生所欣慕。方蘇門與程子學術不同，其徒互相攻詆，獨涪翁超然其間，無一語黨同。方荆公欲挽俞清老削髮半山，涪翁亦屢諫不容，且識《列子》爲有禪語，而謂普通中事本不從葱嶺來。此其天資高明，不緇不磷，豈蘇門一時諸人可望哉！況公雖以流落無聊，平生好交僧人，游戲翰墨，要不過消遣世慮之爲，而究其所能垂芳百世者，實以天性之忠孝，吾儒之論説；至若禪家句眼不可究詰其是非者，等於戲劇，於公豈徒無益而已哉！讀涪翁之書，而不干其本心之正大不可泯沒者求之，豈惟不足知涪翁，亦恐自誤。前輩多以其所居自名，東坡、涪翁則皆以其謫居之地名稱，涪翁亦足配東坡。若山谷乃灊皖間寺名，翁顧其林泉而樂之，故亦嘗稱山谷。然山谷本唐世蠻僚黄氏洞名，翁，黄民也，誼不當襲用，但宜稱涪翁云。（《黄氏日鈔》卷六十五）

家鉉翁

【南至前一日，蔣君伯祿攜山谷草字來示，上有南軒題跋，亦南至前一日，異哉】羲之趁姿媚，魯公尚氣節；黄家妙畫兼數體，圜轉之中有卓絶。天涯明日一陽生，茅齋孤坐晝掩門。有客袖示三四紙，如覩天上五色雲。嗟余老矣豈能事書法，尚有會心處，賞之不能輟。此書當與造化侔，生意浩然不可遏。（《則堂集》卷五）

陽　枋

【答門人王復孫教授】方今好學如君幾人，中心惓惓，神爽飛越，有非修阻所能間者。外間有議某與君坐迂滯、不峭厲卓絶者，姑亦從之。來書尙思沱江朝夕相與，此事亦將迎一端，不必恁地計較。某每讀杜工部、黄山谷二先生詩，如言「時序百年心」，及「老色日上面，歡情日去心」，歎其立志不明，感傷嗟戚，難以入道。夫子言寒暑往來而歲成，日往月來而明生，天下何思何慮，聖人喫緊教人如此。如今學者不必思前慮後，只恁眼前對副，令與道合，便是了當，將湊門成就，便見一以貫之。往古來今，同一軌轍。吾友識見高明，所以及此。（《字溪集》卷三）

衛宗武

【林丹嵒吟編序(節錄)】　古之能賦者，譏評古今，嘲弄風月，刻畫事物，以之抒逸思，暢幽憤，紀勝事，贊太平，或以典麗，或以閒雅，或醞藉而精深，或俊邁而清美。苟負所長，皆足以蜚英于時，流芳于後；而不可無學，無學則淺陋鄙俗，而詩不足言矣。尤不可不善用所學，不善用之，其失均也。畏友丹嵒，自泠泉一絶，雋永人口，而詩聲振撼南北，是特囊穎之露耳，及得全稿而玩繹之，如入積玉之圃，而瓌奇錯出，眩目洞心，律五言七言，追唐擬古近選，而長篇有三峽倒流、萬馬奔軼之勢，合衆美而兼擅之，偉作也。蓋其于經子傳記、歷代詩文，以至九流百家、稗官野史，靡不誦閱，腹之所貯，手之所集，殆成笥而充棟矣。肆而成章，皆英華膏馥之所流溢，而尤善于用，故自不得不喜也。使淺學者見之，孰不駭汗辟易，豈江湖能賦之士可跂而望其後塵哉！昔蘇、黄以博極緒餘，游戲章句，天運神化，變銜莫測，多後世名儒注釋所不及知者。(《秋聲集》卷五)

胡次焱

【跋輸軒唱和詩集(節錄)】　南渡前說詩文家必曰蘇、黄，南渡後說道學家必曰朱、張。老蘇雄詞健筆成一家言，雖無坡、潁，無傷也；亞夫若非山谷，則康州之名何以顯。魏公功在社稷，何在南軒之增潤；若韋齋不得晦庵，竊料吏部聲價，未必如今日赫赫也，是故貴有子也。(《梅巖文集》卷七)

劉子澄

【江陵逢黄虚舟】 山谷機忘似白鷗，有孫今復號虚舟。信風爲棹先開浪，與月同艙不載愁。吟就自將歌欸乃，醉時寧逐境漂流。乾坤等是虚舟爾，只好和詩莫帶休。（《江湖後集》卷二）

王應麟

山谷云：「學老杜詩，所謂刻鵠不成，猶類鶩也。」後山謂山谷得法於少陵。（《困學紀聞》卷十八《評詩》）

山谷詩，晚歲所得尤深，鶴山稱其以草木文章發帝機杼，以花竹和氣驗人安樂。（同上）

《物理論》云：「虚無之談，無異春蠹秋蟬，聒耳而已。」山谷《演雅》：「春蛙夏蜩更嘈雜。」本於此。（同上）

《題王黄州墨跡》：「掘地與斷木，智不如機舂。聖人懷餘巧，故爲萬物宗。」注不言所出。嘗觀孔融《肉刑論》云：「賢者所制，或踰聖人，水碓之巧，勝於斷木掘地。」此詩意本於此。機舂，卽水碓也。（同上）

《立春》詩：「看鏡道如咫。」出《汲冢周書》王子曰：「遠人來驩，視道如尺。」（同上）

《呈吉老縣丞》詩：「鮭鯱今無種，蒲盧孰未形。」注云：「鮭鯱，此兩姓，今無人。」按《太元難十九》云：「角鮭鯱，終以直，其有犯。」二字與解豸同，亦見王充《論衡》云：「一角之羊也。」注誤矣。（同上）

「八百老彭嗟杖晚」（翁注：《以虎臂杖送李任道》詩），出《莊子》。《釋文》：「彭祖至七百歲，猶曰悔不壽。」「恨杖晚而唾遠。」「醇朴乃器師」（翁注：《次韻奉送公定》詩），二字出《荀子》。（同上）

《江西道院賦》："堂密有美樅。"出《爾雅注》。《尸子》謂松柏之鼠，不知堂密之有美樅。（同上）

山谷詩云："能與貧人共年穀，必有明月生蚌胎。"（翁注：《胡逸老致虚庵》詩）爲富不仁者可以警。（同上）

山谷詩："金石在波中，仰看萬物流。"（翁注：《和楊明叔》詩）出《孟子注》："萬物皆流而金石獨至。"（同上）

謝枋得

【與劉秀巖論詩（節録）】　凡人學詩，先將《毛詩》選精深者五十篇爲祖；次選杜工部詩五言選體、七言古風、五言長篇、五言八句四句、七言八句四句八門類編成一集，只須八首；次於《文選》中選李陵、蘇武以下至建安、晉、宋五言古詩樂府編類成一集；次選陶淵明、韋蘇州、陳子昂、柳子厚四家詩各編類成一集；次選黄山谷、陳后山兩家詩各編類成一集，此二家乃本朝詩祖；次選韓文公、蘇東坡二家詩共編類成一集。如此揀選編類到二千詩，詩人大家數盡在其中。（《疊山集》卷五）

胡仲弓

【題潘庭堅響玉集後】　陛對端平日，雄文四海傳。一登黄甲後，多在紫巖邊。好客時招飲，貪詩夜廢眠。寥寥三百載，先後兩庭堅。（《葦航漫遊稿》卷二）

劉辰翁

【答劉英伯書(節錄)】 柳子厚、黄魯直説文最上，行文最澀。(《須溪集》卷七)

【能仁寺建清涼軒立山谷像疏】 金華仙伯，今如百世上人；茅屋幾椽，但有當時一句。苦無頓處，誰記曾來。更以耆英會，而皆詩人云。焉知山谷字之爲元祐跡，乃於招提境而作清涼軒。使來者徙倚而沈吟，亦居然交契於冥漠。江西非無半山老，似是别宗；寺門若遇駱賓王，尚能同詠。(同上)

周 密

涪翁詩云：「一錢不直程衞尉，萬事稱好司馬公。白髮永無懷橘日，三年惆悵荔枝紅。」張巨山詩云：「故園墳樹想青葱，寒食風光淚眼中。自痛不如傖父子，紙錢猶掛樹頭風。」予以永感之人，久離墳墓，每讀爲之潸然。(《浩然齋雅談》卷中)

涪翁云：「百葉緗梅觸撥人。」又云：「推牀破面振觸人。」樂天《榴花》詩：「撑撥詩人興。」陸天隨《蠹化》曰：「或振觸之，輒奮角而怒。」《朝野僉載》：「楊廷玉《回波詞》：『阿姑婆見作天子，旁人不得振觸。』」(同上)

山谷詠鵓鴣詩云：「終日憂兄行不得，鵓鴣應是鼻亭公。」象嘗封於鼻亭。柳子厚有《鼻亭神記》。或謂山谷在永所作，永州道接鼻亭故云，非也。(同上)

涪翁《愛竹》詩云：「野次小崢嶸，幽篁相衣綠。牧童三尺箠，御此老觳觫。竹吾甚愛之，無使牛礪角。牛礪角尚可，牛鬥殘我竹。」(同上)

【馬子卿紹號性齋所藏】山谷草書《鸚鵡賦》，佳。家書數幅。又一帖云：「近有佳會，率以故不得往，豈食料禁不批放耶，呵呵。」又一帖云：「花四枝謾送，餘春尚可賞否？戴花人安否？」前輩風流可想也。（《雲煙過眼錄》卷下）

葉寘

「褰衣步月踏花影，炯如流水涵青蘋」，坡詩也。「寒藤老木被光景，深山大澤皆龍蛇」，魯直詩也。古今描寫月中物影，有此入神之筆？（《愛日齋叢鈔》卷三）

魯直《過家》詩：「繫船三百里，去夢無一寸。」當用范史楊倫語，倫爲將軍梁商長史，諫諍不合，出補常山王傅，病不之官，詔書催發，倫曰：「有留死一尺，無北行一寸。」《三國志》司馬法將軍死綏注：王沈《魏書》云：綏，却也，有前一尺，無却一寸。梁馬仙琕曰：有留死一尺，無却生一寸。今蜀本黄詩外集注於此句略之。昔賢著作非必有意古事，自爾語合，箋釋者揣度不流於鑿則簡矣，故難。（同上）

東坡謫海外，用雞距筆。黄魯直崇寧二年十一月謫宜州，爲資源書卷，用三錢買雞毛筆書。兩帖風流特相宜。（同上卷五）

趙文

【詩人堂記(節録)】　雲隱山人錢有常，學道而好吟，繪李、杜、蘇、黄像置所居堂，又取唐、宋詩佳句書於壁，而名其堂曰詩人堂……近世士無四六時文之可爲，而爲詩者益衆，高者言《三百篇》，次者言《騷》、言《選》、言杜，出入韋、柳諸家，下者晚唐、江西。(《青山集》卷四)

吴萃

【山谷詩】　詩所以吟詠情性，乃閒中之一適，非欲以求名也。予詩自知其淺，然却是自作生活，未嘗寄人籬下；若有以艱深之辭文之，人未必以爲淺也。黄魯直詩非不清奇，不知自立者翕然宗之，如多用釋氏語，卒推墮於鄆濆之中，本非其長處也。而乃字字剽竊，萬首一律，不從事於其本，而影響於其末，讀之令人厭。章茂深郎中，葉石林甥也。自言從小學作江西詩，石林每見之必顰蹙曰：「何用事此死聲活氣語也！」此言眞有味。《石林詩話》談山谷之詩不容口，非不取之，惡夫學之者過也。(《視聽鈔》)

闕名

黄魯直元祐間與宣城院諸公往來甚歡。一日，雪中過七叔祖静之，題詩酒庫云：「北風吹雪滿都城，曉踏驊騮訪玉京。相引糟頭看春酒，正流三峽夜泉聲。」宣和間其書壁猶存。(《朝野遺事》，《永樂大典》卷八百二十三引)

韋居安

山谷元豐間宰吉之太和，秩滿，有《晚登快閣》詩：「癡兒了却公家事，快閣東西倚晚晴。落木千山天遠大，澄江一道月分明。朱絃已爲佳人絶，青眼聊因美酒横。萬里歸船弄長笛，此心吾與白鷗盟。」此閣一經品題，名重天下，前後和者無慮數百篇，罕有傑出者。近世文溪李公昴英一絶云：「賦詩江閣凭欄日，伸足城樓濯雨時。逆順竟殊同一快，先生學力豈專詩。」命意造語俱切。文溪自注云：「山谷謫居宜州城樓，得熱疾，病中以簷溜濯足，連稱快哉，未幾仙去。」（《梅磵詩話》卷上）

山谷《别楊明叔》詩云：「皮毛剝落盡，惟有真實在。」用藥山答石頭禪師語，但易膚爲毛耳。（同上）

闕名

【山谷詩受王荆公知】山谷尉葉縣日，作《新寨》詩，有「俗學近知回首晚，病身全覺折腰難」之句，傳至都下，半山老人見之，擊節稱歎，謂黄某清才，非奔走俗吏，遂除北都教授，卽爲潞公所知。（《垂虹詩話》）

【山谷詩不拘平側】「别來悲歎事無窮」。張孝先光祖云：「曾見親札作『歎』字，政如山谷改杜詩『少年今開萬餘卷』，不可拘平側也。」（《山谷外集》卷二《次韻外舅喜王正仲三丈奉詔禱南岳回至襄陽舍驛馬就舟見過》三首之一，「漢上思見龐德公，别來悲歎事無窮」二句，史容注引《垂虹詩話》）（同上）

趙舜欽

【壓沙寺梨花】大名壓沙寺，梨花之盛，聞於天下，魯直爲國子監教授日，曾有詩一絶云：「壓沙寺後千株雪，長樂坊前十里香。寄語春風莫吹盡，夜深留與雪爭光。」（《茅齋詩話》）

胡　某

【知音難得】魯直《過平輿懷李子光》詩：「世上豈無千里馬，人中難得九方皋。」《題徐孺子祠堂》詩：「白屋可能無孺子，黄堂不是欠陳蕃。」二詩命意絶相似，蓋歎知音者難得耳。（《胡氏評詩》）

闕　名

【荆公六言】蘇子瞻作翰林日，因休沐邀門下士西至太乙宫，見王荆公舊題六言云：「楊柳鳴蜩緑暗，荷花落日紅酣。三十六陂流水，白頭想見江南。」又云：「三十年前此路，父兄持我東西。今日重來白首，却尋舊迹都迷。」子瞻諷詠再三，謂魯直曰：「座間惟魯直筆力可及此爾。」對曰：「庭堅極力爲之或可追及，但無荆公之自在耳。」（《詩事》）

【嶽麓寺詩碑】黄魯直尤喜沈傳師《嶽麓寺詩碑》，嘗爲之説曰：「沈傳師字畫皆遒勁，眞楷筆勢可學，唯道林嶽麓詩殊不相類，似有神助。其間架縱奪偏正肥瘦長短各有體。忽若龍起滄溟，鳳翔青漢；

又如花開秀谷，松偃幽岑；或似枯木倒懸，怪石高墜，千變萬態，冥發天機，與其詩之氣燄，往往勍敵。不問阿買之徒，即韓擇木、蔡有鄰，不是過也。」此魯直不特愛其書，又愛其詩如此。僕於宋次道家見所謂唐侍御首唱詩，尤豪壯，乃儒林郎監察御史唐扶也。（同上）

二　金元

施宜生

【山谷草書】行所當行止當止，錯亂中間有條理。意溢毫搖手不知，心自書空不書紙。（見《中州集》卷二）

李屏山

【西喦集序（節録）】黄魯直天資峭拔，擺出翰墨畦逕，以俗爲雅，以故爲新，不犯正位如參禪，着末後句爲具眼。江西諸君子翕然推重，别爲一派，高者雕鐫尖刻，下者模影剽竄。公言韓退之以文爲詩，如教坊雷大使舞，又云學退之不至，即一白樂天耳。此可笑者三也。（《中州集》卷二劉西喦汲小傳引）

趙秉文

【題魯直書黄庭經】太清虚皇玉景經，琅函瓊笈祕書清。囊以雲錦金鈿扃，四神守衛呵百靈。中夜一氣存黄庭，玄霜瓊膏灌子形。方瞳緑髮魂魄寧，上壽千秋下百齡。天書夜降勅六丁，控駕三素乘風泠。鳳笙龍管超冥冥，揚旌抗旆燿飛星。八威吐毒驅雷霆，擲火萬里流金鈴。仙人拂石刼不停，笑視人世風中螢。世間醉夢紛羶腥，三尸調汝丹田螟。有如尾閭泄滄溟，一朝神離鳥飛瓶。涪翁書法出蘭亭，名書此經寔自銘。開卷恍然如酒醒，養生新發庖丁硎。(《閑閑老人滏水文集》卷四)

【題涪翁草書文選書後】涪翁參黄龍禪，有倒用如來印手段，故其書得筆外意，如莊周之談大方，不可端倪；如梵志之翻着韈，刺人眼睛，一夫九首，方相四目，夔一足，熊三足，猿裊藤，蟲食木，巨石根，老枿禿，恢詭譎詭，千態萬狀。然涪翁自謂中年以草書名世，惟東坡以爲俗。此其暮年書也，知東坡之所謂俗，則知涪翁之不俗矣，技進乎此矣。(同上卷二十)

【跋山谷草聖】文章不蹈襲前人，最是不傳之妙。華陽眞逸，承李、杜之後，至更句讀有三句五句之作。涪翁此書，殆有意於華陽之體歟！(同上)

王若虚

魯直與其弟幼安書曰：「老夫之書，本無法也。但觀世間萬物，如蚊蚋聚散，未嘗一事横於胸中，不擇筆墨，遇紙則書，紙盡則已，亦不計較工拙，與人之品藻譏彈。譬如木偶舞中節拍，人歎其工，舞罷則又蕭然矣。」此論甚高。然彼於文章翰墨實刻意而好名者，殆未能充其言也。蓋嘗自跋其書云：「學書四十年，今夜所謂鰲山悟道書。」又曰：「星家言予六十不死，當至八十。苟如其言，當以善書名天下，是可喜也。」觀此二説，其得謂無心者乎？(《滹南遺老集》卷三十二《著述辨惑》)

工欲善其事，必先利其器。山谷嘗以三錢雞毛筆書，蓋不得已耳。誠使佳者，固當有間，而云「在手不

在筆」，此一時詭辭，非中理之論也。（同上）

退之《盤谷序》云「友人李愿居之」，稱友人則便知爲己之友，其後但當云「予聞而壯之」，何必用「昌黎韓愈」字。柳子厚《凌準墓誌》既稱「孤某以其先人善予，以誌爲請」，而終云「河東柳宗元哭以爲誌」。山谷《劉明仲墨竹賦》既稱「故以歸我」，而斷以「黄庭堅曰」，其病亦同。蓋予我者自述，而姓名則從旁言之耳。劉伶《酒德頌》始稱大人先生，而後稱吾；東坡《黠鼠賦》始稱蘇子，而後稱予；蘇過《思子臺賦》始稱客，而後稱吾；皆是類也。前輩多不計此。以理觀之，其實害事，謹於爲文者當試思焉。（同上卷三十五《文辨》）

世稱李、杜，而李不如杜；稱韓、柳，而柳不如韓；稱蘇、黄，而黄不如蘇；不必辨而後知。歐陽公以爲李勝杜，晏元獻以爲柳勝韓，江西諸子以爲黄勝蘇；人之好惡固有不同者，而古今之通論不可易也。（同上）

魯直《白山茶賦》云：「彼細腰之子孫，與莊生之物化；方壞户以思溫，故無得而凌跨。」竹谿黨公曰：此正謂冬無蜂蝶耳，何用如許。予謂詞人狀物之言，不當如是論，然數句自非佳語。細腰子孫既已不典，而又以莊生物化爲蝶，不亦謬乎？（同上卷三十七《江西道院賦》最爲精密，然「酌樽中之醁」一句頗贅，但云「公試爲我問山川之神」足矣。（同上）

史舜元作吾舅詩集序，以爲有老杜句法，蓋得之矣，而復云由山谷以入，則恐不然。吾舅兒時便學工部，而終身不喜山谷也。若虚嘗乘間問之，則曰：「魯直雄豪奇險，善爲新樣，固有過人者，然於少陵初無關涉，前輩以爲得法者，皆未能深見耳。」舜元之論，豈亦襲舊聞而發歟，抑其誠有所見也。更當與知者訂之。（同上卷三十八《詩話》）

退之詩云：「泥盆淺小詎成池，夜半青蛙聖得知。」言初不成池，而蛙已知之速如聖耳。山谷詩云：「羅幃翠幕深調度，已被游蜂聖得知。」此「知」字何所屬耶？若以屬蜂，則「被」字不可用矣。（同上）

東坡《薄薄酒》二篇，皆安分知足之語，而山谷稱其憤世嫉邪，過矣。或言山谷所擬勝東坡，此皮膚之見也。彼雖力加奇險，要出第二，何足多貴哉！且東坡後篇自破前説，此乃眼目，而山谷兩篇只是東坡前篇意，吾未見其勝之也。（同上卷三十九《詩話》）

陳後山云：「子瞻以詩爲詞，雖工非本色，今代詞手惟秦七、黄九耳。」予謂後山以子瞻詞如詩，似矣；而以山谷爲得體，復不可曉。晁無咎云：「東坡詞多不諧律吕，蓋横放傑出，曲子中縛不住者。」其評山谷則曰：「詞固高妙，然不是當行家語，乃著腔子唱好詩耳。」此言得之。（同上）

東坡，文中龍也，理妙萬物，氣吞九州，縱横奔放，若游戲然，莫可測其端倪。魯直區區持斤斧準繩之説，隨其後而與之爭，至謂未知句法。東坡而未知句法，世豈復有詩人，而渠所謂法者果安出哉！老蘇論揚雄，以爲使有孟軻之書，必不作《太玄》。魯直欲爲東坡之邁往而不能，於是高談句律，旁出樣度，務以自立而相抗，然不免居其下也。彼其勞亦甚哉！向使無坡壓之，其措意未必至是。世以坡之過海爲魯直不幸，由明者觀之，其不幸也舊矣。（同上）

吴虎臣《漫録》云：歐陽季默嘗問東坡：「魯直詩何處是好？」坡不答，但極稱道。季默復問：「如雪詩

『臥聽疎疎還密密，起看整整復斜斜』，豈亦佳耶？」坡云：「正是佳處。」慵夫曰：予於詩固無甚解，至於此句，猶知其不足賞也，當是所傳妄耳。徐師川亦嘗詠雪云：「積得重重那許重，飛時片片又何輕。」曾端伯以爲警策，且言師川作此罷，因誦山谷「疎疎」、「密密」之句，云：「我則不敢容易道。」意謂魯直草率而已語爲工也。噫，予之惑滋甚矣！（同上）

王直方云東坡言魯直詩高出古人數等，獨步天下。予謂坡公決無是論，縱使有之，亦非誠意也。蓋公嘗跋魯直詩云：「每見魯直詩，未嘗不絕倒。然此卷語妙甚，能絕倒者已是可人。」又云：「讀魯直詩，如見魯仲連、李太白，不敢復論鄙事，雖若不適用，然不爲無補於世。」又云：「如蝤蛑江瑤柱，格韻高絕，盤餐盡廢，然多食則發風動氣。」其許可果何如哉？（同上）

山谷之詩有奇而無妙，有斬絕而無橫放，鋪張學問以爲富，點化陳腐以爲新，而渾然天成、如肺肝中流出者不足也。此所以力追東坡而不及歟？或謂論文者尊東坡，言詩者右山谷，此門生親黨之偏說，而至今詞人多以爲口實。同者襲其迹而不知返，異者畏其名而不敢非。善乎吾舅周君之論也，曰：「宋之文章，至魯直已是偏仄處，陳後山而後不勝其弊矣。人能中道而立，以巨眼觀之，是非眞僞，望而可見也。」若虛雖不解詩，頗以爲然。近讀《東都事略·山谷傳》，云：「庭堅長於詩，與秦觀、張耒、晁補之游蘇軾之門，號四學士。獨江西君子以庭堅配軾，謂之蘇、黃。」蓋自當時已不以是爲公論矣。（同上）

山谷《題陽關圖》云：「渭城柳色關何事，自是行人作許悲。」夫人有意而物無情，固是矣；然《夜發分

寧》云：「我自只如常日醉，滿川風月替人愁。」此復何理也。(同上)

山谷詩云：「語言少味無阿堵，冰雪相看有此君。」夫阿堵者謂阿底耳。顧愷之云：「傳神寫照，正在阿堵中。」殷浩見佛經云：「理應阿堵上。」謝安指桓溫衞士云：「明公何須壁間阿堵輩。」是也。今去「物」字，猶「此君」去「君」字，乃歇後之語，安知其爲錢乎？(同上)

山谷《題嚴溪釣灘》詩云：「能令漢家九鼎重，桐江波上一絲風。」説者謂東漢多名節之士，賴以久存，跡其本原，正在子陵釣竿上來。予謂論則高矣，而風何與焉？嘗質之吾舅周君，君笑曰：「想渠下此字時，其心亦必不能安也。」或曰：「詩人語不當如是論。」曰：固也，然亦須不害於理乃可。如東坡眉石硯詩指胡馬於眉間，與此是一箇規模也，而豈有意病哉！(同上)

蘇、黄各因玄眞子《漁父詞》增爲長短句，而互相譏評，山谷又取船子和尚詩爲《訴衷情》，而冷齋亦載之。予謂此皆爲蛇畫足耳，不可作也。(同上)

山谷詩云：「新婦磯邊眉黛愁，女兒浦口眼波秋。」自謂以山色水光替却玉肌花貌，眞得漁父家風。東坡謂其太瀾浪，可謂善謔。蓋漁父身上自不宜及此事也。(同上)

山谷最不愛集句，目爲百家衣，且曰正堪一笑。予謂詞人滑稽，未足深誚也。山谷知惡此等，則藥名之作，建除之體，八音列宿之類，獨不可一笑耶？(同上)

山谷《雨絲》詩云：「烟雲杳靄合中稀，霧雨空濛落更微。園客蠒絲抽萬緒，蛛蝥網面罩羣飛。風光錯綜天經緯，草木文章帝杼機。願染朝霞成五色，爲君王補坐朝衣。」夫雨絲云者，但謂其狀如絲而已，

今直説出如許用度，予所不曉也。（同上）

山谷詞云：「盃行到手莫留殘，不道月明人散。」嘗疑「莫」字不安。昨見王德卿所收東坡書此詞墨跡，乃是「更」字也。（同上）

荆公有「兩山排闥送青來」之句，雖用「排闥」字，讀之不覺其詭異。山谷云：「青州從事斬關來。」又云：「殘暑已促裝。」此排闥等耳，便令人駭愕。（同上卷四十《詩話》）

山谷《閔雨》詩云：「東海得無寃死婦，南陽應有卧雲龍。」得無，猶言無乃耳，猶欠有字之意。卧雲龍，眞龍耶？則豈必南陽指孔明耶？則何關雨事。若曰遺賢所以致旱，則迂闊甚矣。（同上）

《清明》詩云：「人乞祭餘驕妾婦，士甘焚死不封侯。」士甘焚死，用介之推事也。齊人乞祭餘，豈寒食事哉？若泛言所見，則安知其必驕妾婦？蓋姑以取對，而不知其疎也。此類甚多。（同上）

《食瓜有感》云：「田中誰問不納履，坐上適來何處蠅。」是固皆瓜事，然其語意豈可相合也。（同上）

《弈棊》云：「湘東一目誠甘死，天下中分尚可持。」以湘東目爲棊眼，不愜甚矣。且此聯豈專指輪局耶？不然，安可通也。（同上）

《接花》云：「雍也本犂子，仲由元鄙人。升堂與入室，只在一揮斤。」「揮斤」字無乃不安，且取喻何其迂也。（同上）

士會自秦還晉，繞朝贈之以策。蓋當時偶以此耳，非送行者必須策也。而山谷送人詩云：「願卷囊書當贈鞭。」又云：「折柳當馬策。」亦無謂矣。（同上）

秦繆公謂蹇叔曰："中壽，爾墓之木拱矣。"蓋墓木也。山谷云："待而成人吾木拱。"此何木耶？（同上）

山谷《牧牛圖》詩，自謂平生極至語，是固佳矣，然亦有何意味？黄詩大率如此謂之奇峭，而畏人説破，元無一事。（同上）

《弔邢淳夫》云："眼看白璧埋黄壤，何況人間父子情。"既下"何況"字，須有他人猶悼痛之意乃可。（同上）

《猩猩毛筆》云："身後五車書。"按《莊子》，惠施多方，其書五車。非所讀之書，卽所著之書也，遂借爲作筆寫字，此以自肯耳。而呂居仁稱其善詠物而曲當其理，不亦異乎？只"平生幾兩屐"，細味之亦踈，而拔毛濟世事尤牽強可笑。以予觀之，此乃俗子謎也，何足爲詩哉！（同上）

詩人之語，詭譎寄意，固無不可，然至於太過，亦其病也。山谷《題惠崇畫圖》云："欲放扁舟歸去，主人云是丹青。"使主人不告，當遂不知。（同上）

山谷贈小鬟《驀山溪》詞，世多稱賞，以予觀之，"眉黛壓秋波，儘湖南水明山秀。""儘"字似工而實不愜。又云："婷婷嫋嫋，恰近十三餘。"夫近則未及，餘則已過，無乃相窒乎？"春未透，花枝瘦。"止謂其尚嫩，如"荳蔻梢頭二月初"之意耳，而云"正是愁時候"，不知"愁"字屬誰？以爲彼愁耶，則未應識愁；以爲己愁耶，則何爲而愁。又云："只恐遠歸來，緑成陰，青梅如豆。"按杜牧之詩但泛言花已結子而已，今乃指爲青梅，限以如豆，理皆不可通也。（同上）

古之詩人，雖趣尚不同，體制不一，要皆出於自得，至其詞達理順，皆足以名家，何嘗有以句法繩人哉！

魯直開口論句法，此便是不及古人處；而門徒親黨，以衣鉢相傳，號稱法嗣，豈詩之眞理也哉！（同上）

魯直於詩，或得一句，而終無好對；或得一聯，而卒不能成篇；或偶有得，而未知可以贈誰何。嘗見古之作者如是哉？（同上）

山谷自謂得法於少陵，而不許於東坡。以予觀之，少陵，典謨也，東坡，孟子之流，山谷則揚雄《法言》而已。（同上）

魯直論詩，有奪胎換骨、點鐵成金之喩，世以爲名言。以予觀之，特剽竊之黠者耳。魯直好勝，而恥其出於前人，故爲此強辭而私立名字。夫既已出於前人，縱復加工，要不足貴。雖然，物有自然之理，人有同然之見，語意之見，豈容全不見犯哉！蓋昔之作者初不校此，同者不以爲嫌，異者不以爲夸，隨其所自得而盡其所當然而已，至其妙處，不專在於是也。故皆不害爲名家，而各傳後世，何必如魯直之措意邪？（同上）

《王直方詩話》云：「秦少游嘗以眞字題邢淳夫扇云：『月團新碾瀹花甆，飲罷呼兒課楚辭。風定小軒無落葉，青蟲相對吐秋絲。』山谷見之，乃於扇背作小草云：『黃葉委庭觀九州，小蟲催女獻功裘。金錢滿地無人費，百解明珠苡薏秋。』少游後見之，復云：『逼我太甚！』」予謂黃詩語徒雕刻，而殊無意味，蓋不及少游之作。少游所謂相逼者，非謂其詩也，惡其得勝而不讓耳。（同上）

《冷齋夜話》云：「前輩作花詩多用美女比其狀，如曰：『若教解語應傾國，任是無情也動人。』誠然哉！

山谷作《酴醾》詩曰：『露濕何郎試湯餅，日烘荀令炷爐香。』乃用美丈夫比之，特爲出類。而吾叔淵材詠海棠，則又曰：『雨過溫泉浴妃子，露濃湯餅試何郎。』意尤佳也。」慵夫曰：花比婦人，尚矣，蓋其於類爲宜，不獨在顔色之間，山谷易以男子，有以見其好異之僻，淵材又雜而用之，益不倫可笑。此固甚紕繆者，而惠洪乃節節歎賞，以爲愈奇，不求當而求新，吾恐他日有以白皙武夫比之者矣！此花無乃太粗鄙乎？魏帝疑何郎傅粉，止謂其白耳，施於酴醾尚可，比海棠則不類矣。且夫雨過露濃，同於言濕而已，果何所異，而引之爲對耶！（同上）

【山谷於詩每與東坡相抗，門人親黨遂謂過之，而今之作者亦多以爲然，予嘗戲作四絶云】駿步由來不可追，汗流餘子費奔馳。誰言直待南遷後，始是江西不幸時！

信手拈來世已驚，三江衮衮筆頭傾。莫將險語誇勁敵，公自無勞與若爭。

戲論誰知是至公，蝤蛑信美恐生風。奪胎换骨何多樣，都在先生一笑中。

文章自得方爲貴，衣鉢相傳豈是眞？已覺祖師低一著，紛紛法嗣復何人？（同上卷四十五）

周　昂

【魯直墨帖】詩健如提十萬兵，東坡眞欲避時名。須知筆墨渾閑事，猶與先生抵死爭。（見《中州集》卷四）

史公奕

【山谷透絹帖】君不見，李廣射虎如射兔，霹靂一聲石飲羽。又不見，巨靈擘山如擘雲，蓮華萬仞留掌痕。精神入物物乃爾，筆端有神亦如此。熙豐以來推善書，日下無雙黄太史。胸中八法蟠虹蜺，峩眉僊人容並馳。平生敗筆塚纍纍，妙處不減磨崖碑。吕侯好古兼好異，與字分身作游戲。清潭錯落印星璧，大澤縱横散龍蜕。又如漢宫粉黛爭嬋娟，倚風顧影影更妍。豈無硬黄官帋與臨倣，畫師寫照非天然。吕侯之子今詩仙，傳家以此爲青氈。須防神物有時合，却逐六丁飛上天。(《中州集》卷五)

李俊民

【跋魯直帖】鷄毛不擇三錢筆，蠆尾揮成一幅書。莫使觀江神會得，因風奪去錦囊虚。(《莊靖集》卷五)

元好問

【論詩絶句三十首(録二首)】奇外無奇更出奇，一波纔動萬波隨。只知詩到蘇黄盡，滄海横流却是誰？

古雅難將子美親，精純全失義山眞。論詩寧下涪翁拜，未作江西社裏人。(《遺山先生文集》卷十一)

【題山谷小豔詩】法秀無端會熱謾，笑談眞作勸淫看。只消一句脩脩利，李下何妨也整冠。(同上)

【杜詩學引(節録)】前人論子美用故事，有著鹽水中之喻，固善矣，但未知九方皋之相馬，得天機於滅沒存亡之間，物色牝牡，人所共知者爲可略耳。先東巖君有言，近世唯山谷最知子美，以爲今人讀杜詩，至謂草木蟲魚皆有比興，如試世間商度隱語然者，此最學者之病。山谷之不注杜詩，試取《大雅

堂記》讀之，則知此公注杜詩已竟。可爲知者道，難爲俗人言也。（同上卷三十六）

【跋蘇黄帖】蘇、黄翰墨，片言隻字皆未名之寶，百不爲多，一不爲少，倘計少作耶？（同上卷四十）

【劉龍山仲尹小傳】仲尹字致君，蓋州人，後遷沃州。正隆二年進士，以潞州節度副使召爲都水監丞，卒。致君家世豪侈，而能折節讀書，詩、樂府俱有藴藉。有《龍山集》，嘗於其外孫欽叔處見之，參涪翁而得法者也。（《中州集》卷三）

劉　壎

【毁璧】近世騷學殆絶，惟韓文公作《羅池廟碑歌辭》，世以爲有騷體。又李太白詩云：「日慘慘兮雲冥冥，猩猩啼煙兮鬼嘯雨。」世以爲此兩語酷似。至宋豫章公，用功於騷甚深，其所作亦甚似，如《毁璧》一篇，則其尤似者也。朱文公爲之序曰：「《毁璧》者，豫章黄太史庭堅之所作也。太史以能詩致大名，而尤以楚辭自喜，然以其有意於奇也太甚，故論者以爲不詩若也。獨此篇爲其女弟而作，蓋歸而失意於其姑，死而猶不免於水火，故其詞極悲哀而不暇於作爲，乃爲賢於他語云。」其詞曰（略）。此詞三章，一章言其失愛於姑也，二章言其死而不免於水火也，三章言其死後山川寂寥也。每章以「歸來兮消搖」句結之，卒章疑有誤字。公作此詞，清峭而意悲愴，每讀令人情思黯然。（《隱居通議》卷四）

【御風】山谷先生作《枯木道士賦》，深得莊、列旨趣，自書之，筆力奇健，刻石豫章。其篇末題云：「子由比以王事過列子祠下，作《御風詞》，子瞻問文作何體，曰：非詩非騷，直屬韻莊周一篇。學者當熟讀《莊周》、《韓非》、《左傳》、《國語》，看其致意曲折處，久久乃能自鑄偉詞。」此山谷語也。今得《御風詞》讀之，其旨趣正與《枯木道士賦》相似。(同上卷五)

【別賦】江文通作《別賦》，首句云：「黯然而銷魂者，別而已矣。」詞高潔而意悠遠，卓冠篇首，屹然如山，後有作者，不能及也。惜其通篇止是齊、梁光景，殊欠古氣。此習流傳，至唐李太白諸賦，不能變其體。宋朝、國初亦然，直至李泰伯《長江賦》、黃山谷《江西道院賦》出，而後以高古之文，變豔麗之格，六朝賦體，風斯下矣。然文通此賦首句，雖千載之下，不害其爲老。(同上)

【蒼山序唐絶句】蒼山曾子實原一，寧都人也，有詩名於江湖，編唐絶句，爲序曰：「作絶句，當如顧愷之啖蔗法，又當如飲建谿龍焙，款識鼎彝，其上也；雄馬馳九阪，佳人共笑言，其次矣；燕姬趙娃、舞歌春風，又其次矣。才有不同，所得各異。局婉媚而薄高古，執偉豪而棄淵深，此邇來選詩者之偏也。愚不敢以己局人，隨長兼技，各標圈以志異體，庶可類求。若劉禹錫之標韻，李商隱之深遠，杜牧之之雄偉，劉長卿之淒清，元、白之善敍導人情，蓋唐之尤長於絶者也。老杜鈞樂天籟，不可與諸子並，惟山谷絶近之……」(同上卷六)

【李杜蘇黄】少陵詩似《史記》，太白詩似《莊子》，不似而實似也；東坡詩似太白，黄、陳詩似少陵，似而又不似也。(同上)

【諸賢輓詞】山谷翁作司馬文正公輓詞，后山作南豐先生輓詞，水心作高、孝兩朝輓詞，皆超軼絶塵，誠可對壘，後又見韓文公作莊憲太后輓詞，甚妙。(同上)

【山谷諸作】　山谷翁《書摩厓碑後》、《題老杜浣花醉圖》，皆精深有議論，嚴整有格律，一篇正堪作對。嘗欲令善畫者圖作兩屏，録二詩其上，每當讀詩餘閒，酒酣興發，朗誦數過，以舒吟懷，亦一快也。

山谷《題榮州祖元大師此君軒》云：「程嬰杵臼立孤難，伯夷叔齊采薇瘦。」形容絶妙。後有作者，何以加之？此堂孫先生瑞，南豐先達名儒也，嘗謂余曰：山谷作詩，有押韻險處，妙不可言。如《東坡效庭堅體》詩云：「我詩如曹鄶，淺陋不成邦；公如大國楚，吞五湖三江。赤壁風月笛，玉堂雲霧窗。句法提一律，堅城受我降。」只此一「降」字，他人如何押到此？奇健之氣，拂拂意表。

「桃李春風一桮酒，江湖夜雨十年燈。」《寄黄幾復》

「萬里書來兒女瘦，十月山行冰雪深。」《寄上叔父夷仲》

「弓刀陌上望行色，兒女鐙前語夜深。」同上其三

「風光錯綜天經緯，草木文章帝杼機。」《次韻雨絲雲鶴》

「兩宫無事安磐石，萬國歸心有老臣。」《同子瞻韻和趙伯充團練》

「落木千山天遠大，澄江一道月分明。」《快閣》

「家移四壁書侵坐，馬瘦三山葉擁門。」《次韻宋楙宗僦居甘泉坊雪後書懷》

「笙歌忽把二天酒，風雨猶驚三峽濤。」《次韻答清江主簿趙彦成》

「萬笙苦竹旌旗卷，一部鳴鼃鼓吹休。」《次韻黄份老晚遊池亭》其二

「千林風雨鶯求雨，萬里雲天雁斷行。」《宜陽别元明用觴字韻》

「爭名朝市魚千里，蓋世功名黍一炊。」

「五更歸夢三千里，一日思親十二時。」

「蓋世功名棋一局，藏山文字紙千張。」

「語言少味無阿堵，冰雪相看有此君。」

「心游萬里不知遠，身與一枰相對閑。」

「世態已更千變盡，心原不受一塵侵。」

「寒蛩催織月籠秋，獨雁叫羣天拍水。」《聽宋儒摘阮歌》

以上並山谷先生句法也。山谷所長在古體，固不以律名，然時作律詩，亦自有一種句法。（同上卷八）

【劉五淵評論】　太白以天分驅學力，少陵以學力融天分；淵明俛太白而差婉，山谷跂子美而加嚴。刪後詩四家：淵明詩之佛，太白詩之仙，少陵仙佛備，山谷可仙可佛，而儼然以六經禮樂臨之；雖有作者，莫可及也。

山谷工用事，雄說理，江右由是成派，其究雅多而風少。（同上卷十）

【山谷達論】　山谷有短句云：「三公未白首，十輩擁朱輪。只有人看好，何益百年身。但願身無事，清罇對古人。」此達者之論，足以警世。（同上）

【奪胎換骨】　唐劉禹錫作柳州文集序云：「韓退之曰：雄深雅健，似司馬子長，崔、蔡不足多也。」崔謂崔瑗，蔡謂蔡邕。山谷詠張文潛詩亦用此意。有曰：「黿張班馬乎，崔蔡不足云。」其善於奪胎換骨

如此，而世或未之知也。(同上卷十一)

【詩文工拙】　世言杜子美長於詩，其無韻者，輒不可讀；曾子固長於文，其有韻者，輒不工；東坡詞如詩，少游詩如詞。此數公者，皆名儒之才，俱不免有偏處。予謂山谷亦然。山谷詩律精深，是其所長，故凡近於詩者無不工，如古賦與夫贊銘有韻者率入妙；他如記序散文，則殊不及也。(同上卷十八)

劉　祁

趙閑閑嘗爲余言：少初識尹無忌，問：「久聞先生作詩不喜蘇、黄，何如？」無忌曰：「學蘇、黄，則卑猥也。」(《歸潛志》卷八)

古人多有偶得佳句而不能立題者，如山谷云：「清鑒風流歸賀八，飛揚跋扈付朱三。」未知可以贈誰。又云：「人得交游是風月，天開圖畫卽江山。」亦無全篇。(同上卷九)

王翰林從之嘗論黄魯直詩穿鑿、太好異，云：「『能令漢家重九鼎，桐江波上一絲風』，『若道漢家二百年，自嚴陵釣竿上來』，且道得，然關風甚事？」又云：「《猩猩毛筆》：『平生幾兩屐，身後五車書』，此兩事如何合得？且一猩猩毛筆安能寫五車書邪？」余嘗以語雷丈希顏，曰：「不然，一猩猩之毛如何只作筆一管？」後以語先子，先子大笑云。(同上)

方　回

【送俞唯道序(節錄)】大概律詩當專師老杜、黄、陳、簡齋，稍寬則梅聖俞，又寬則張文潛，此皆詩之正派也。(《桐江集》卷一)

【次韻李太白】並序：潯陽紫極宫，即今天慶觀，太白賦《感秋》詩，東坡和之，山谷又和之，後人不容措手矣。近數有合者，予亦用韻寓感。

太白配蘇黄，如松柏與竹，不受春風恩，勁氣尚可掬。詩名乃其餘，受命天地獨。間生五百年，相望若信宿。予老棲聖門，措辭愧言卜，一覽紫極題，三作白圭復。羣仙憫世頑，死生反乎覆。曷日從之游，神交道心熟。(《桐江續集》卷三)

【唐長孺藝圃小集序(節錄)】詩以格高爲第一。《三百五篇》，聖人所定，不敢以格目之，然風雅頌體三，比興賦體三，一體自有一格，觀者當自得之於心。自騷人以來，至漢蘇、李，魏曹、劉，亦無格卑者。而予乃創爲格高卑之論者何也？曰：此爲近世之詩人言之也。予於晉獨推陶彭澤一人格高，足方嵇、阮。唐惟陳子昂、杜子美、元次山、韓退之、柳子厚、劉夢得、韋應物，宋惟歐、梅、黄、陳、蘇長翁、張文潛，而又於其中以四人爲格之尤高者，魯直、無己上配淵明、子美爲四也。(同上卷三十三)

《登快閣》此詩見《山谷外集》，爲太和宰時作。吕居仁謂山谷妙年詩已氣骨成就，是也。山谷生於慶曆五年乙酉，至元豐四年辛酉作邑，三十七矣。紀批：起句山谷習氣，後六句意境殊闊。此佳人乃指知音之人，非婦人也。(《瀛奎律髓》，附紀昀《刊誤》，卷一登覽類)

《戲詠江南風土》此詩見《山谷外集》，亦非他人所能及也。紀批：意摹柳州諸作，而骨韻神采不及

遠矣。（同上卷四風土類）

《和外舅夙興（三首取二）》見《山谷外集》。如蓬蒿之人含雨露，不如松竹之足以見冰霜也。意當如此，兩句元自一意。如「短童疲洒掃，落葉故紛披」，亦可見詩格無窮，先言掃，次言葉，十字一句法。如「披衣日在房」，則是指氐房之房，則寄外舅者謝師厚。紀批：（第一首）三四有寓意，然前半篇夙興意太脱。五六未免突出，七八又不貫五六，律法殊疎。與斗爲對，自指氐房。（第二首）「僧魚」二字生。此首較可。（同上卷十四晨朝類）

《次韻張昌言給事喜雨》文字韻難押，想費思索得之。紀批：究竟牽強。爲韻所牽，不見涪翁力量。「三雨」二字生，「句凌雲」三字湊。（同上卷十七晴雨類）

《自巴陵略平江臨湘入通城無日不雨至黄龍謁清禪師繼而晚晴》原題下云：「解后禪客戴道純歎雨作長句呈道純靈源大士。」卽黄龍清禪師也。其師曰晦堂心禪師。飛心禪師藏骨之所曰雙塔。皆山谷平生禪友也。梅聖俞詩云「高田水入低田流」，此云「野水自添田水滿」，尤妙。或問：劉夢得一詩用兩「高」字，東坡一詩用兩「耳」字，皆以義不同，今此乃用兩「雨」字，何也？老杜：「江閣邀賓許馬迎。」又云：「醉於馬上往來輕。」此亦有例，張文潛詩多重疊用字，朱文公語錄道破，亦不以爲病，然後學却合點檢，必老成而後用此例可也。紀批：題太累贅，詩遂不能理清頭緒。三四偶然得之，亦好，有意效之便成惡圳。工部「桃花」、「黄鳥」一聯，原非佳處。（同上）

《次韻賞梅》《外集》有七詩，恐少作，然一字不苟。紀批：氣味甜熟，雖山谷少作，亦不如此，恐是竄

入，以爲一字不苟，尤非。（同上卷二十梅類）

《詠雪奉呈廣平公》「夜聽」、「曉看」一聯，徐師川有異論。東坡家子弟亦疑之，以問坡，謂黄詩好在何處，坡却獨稱許之。以余味之，亦無不可。元祐詩人詩既不爲楊、劉崑體，亦不爲九僧晚唐體，又不爲白樂天體，各以才力雄於詩。山谷之奇，有崑體之變，而不襲其組織，其巧者如作謎然，此一聯亦雪謎也，學者未可遽非之。下一聯「婆娑舞」、「頃刻花」，則妙矣。《外集》又有《次韻張秘校喜雪》，有四聯可觀：「學子已占秋食麥，廣文何憾客無氊。」「巷深朋友稀來往，日晏兒童不掃除。」「寒生短棹誰乘興，光入疎櫺我讀書。」「潤到竹根肥臘筍，暖開蔬甲助春盤。」乃北京教授時詩。紀批：三四偶見亦有致，但不得標作句法耳。（同上卷二十一雪類）

《春雪呈張仲謀》蘇、黄名出同時，山谷此二詩適亦用花字簷字韻，此乃山谷少作耳，視坡詩高下如何？細味之，「夢間」、「睡起」、「疎密」、「整斜」二聯與坡「潑水」、「堆鹽」之句亦只是一意，但有淺深工拙，而「庭院已堆鹽」之句却有頓挫。坡詩天才高妙，谷詩學力精嚴；坡律寬而活，谷律刻而切云。紀批：四語評蘇、黄恰當。二詩皆可觀，虚谷所評亦皆允愜。此首較勝花字韻詩。「萬金」句猶曰一醉抵萬金耳，非以萬金沽一醉也。（同上）

《送顧子敦赴河東三首》元祐元年夏，顧臨子敦除河東漕。東坡有古詩，山谷押云「西連魏三河，東盡齊四履」是也。予竊謂「一寸功名心已灰」此句有病。以元祐之時勸其退，豈子敦有不滿乎？「行臺無妄護衣篝」，此亦小事，近乎不莊。大抵山谷詩律高，而用意亦多出於戲。如「折衝尊俎不臨邊」，意好，却犯子敦名。「兩河民病要分憂，一馬人間費十年」，始是惻怛愛民之意。山谷送人律詩少，《外集》有《送徐隱父宰餘干》，有「贅叟得牛民少訟，長官齋馬吏爭廉」，末云：「治狀要須存豈弟，此行端爲霽威嚴。」極佳。山谷詩自任淵所註之外，有《外集》，有《别集》。《外集》中詩不可謂之不逮《前集》，任淵所註亦多鹵莽，止能註其字面事料之所出，而不識詩意。如《次韻文潛同遊王舍人園》，自「移竹淇園下」至「牽黄臂老蒼」十三韻，皆稱美王才元園林田疇屋廬聲色花竹之美，所謂「買田宛邱間，江漢起濫觴」，乃指才元所以致富之本也。註乃謂山谷爲歸老之漸，不亦謬乎！如此詩「一馬人間費十牛」，蔡卞切齒，謂谷譏熙、豐政事，陳留史禍亦本於此，而淵不能註。紀批：三詩語微傷直，而風旨要爲可取。第二首無甚深意，似可删也。（第二首）第二句率。「粟粒」二字未老。（同上卷二十四送别類）

《次韻楊明叔》「腐草」之腐，不容不拗，緣一定字不可易。如「備萬物」、「無四隅」亦然。所以選此詩者，不專爲拗字而止。「身隨腐草化」，所謂語小莫能破；「名與太山俱」，所謂語大莫能載。「身在菰蒲中，名滿天地間」，「九鼎安磐石，一身轉秋蓬」，皆是也。紀批：此眞腐陋之見，山谷本意不如此。起二句是拗字。次句自應二平。「腐草化」得用三仄乃正格，以爲拗字，謬甚。（同上卷二十五拗字類）

《次韻答高子勉》十首摘一。以「我」對「君」，雖非字之工者，亦見拗句之健。起句十字言景，中四句皆言情。豈近世四體所得拘。黄、陳詩有四十字無一字帶景者，後學能參此者幾人矣。德人謂東坡。（同上）

《題落星寺》此學老杜所謂拗字吴體格，而編山谷詩者置《外集》古詩中，非是。「各開戶牖」眞佳句，恐以此遂兩用之。紀批：無一句而連篇兩用之理，此必後一首爲初稿，前一首爲改定之本，後人不知而存耳。（第一首）意境奇恣，此種是山谷獨闢。（同上）

《汴岸置酒贈黄十七》此見山谷《外集》，亦吴體學老杜者。註脚四句可參看，必從「吾宗」起句，則五六「初平」、「叔度」黄姓事爲切，若此用「百丈暮捲」起句，則「吾黨」、「田翁」一聯亦可也。紀批：「百丈」二句對面襯出兩人汴岸間坐，勝「吾宗」二句。三四絶佳。此言學仙可不必學，且與世浮沈取醉爲佳耳。「初平」二句不必定以「吾宗」字領出，且初平不姓黄，亦不當用吾宗。（同上）

《題黄逸老致虚庵》三四謂賑饑者必有後，此理灼然。五六奇句也，亦近吴體。又山谷永州題淡山巖前詩亦全是此體。紀批：三四好在理語不腐。此詩不甚入繩墨，略其玄黄可矣。不以立法。（同上）

《次韻蓋郎中率郭郎中休官》「青春白日」、「紫燕黄鸝」，變體。紀批：此種句法屢用，亦是濫調。五六二句却對得活變。（同上卷二十六變體類）

《次韻郭右曹》「歲中日月又除盡」，景也，「聖處工夫無半分」，情也。賈島「身事豈能遂，蘭花又已開」，當一律觀。老杜「竹葉」、「菊花」一聯，又「白髮」、「黄花」一聯，即是此樣手段。紀批：腐氣太重。（同上）

《和師厚郊居示里中諸君》「歸鴻往燕競時節」，天時也，「宿草新墳多友生」，人事也，亦一景對一情。上面四句用菊山橘蛙四物，亦不覺冗。山谷詩變體極多，「明月輕風非俗物，輕裘肥馬謝兒曹」，「功名富貴兩蝸角，險阻艱難一酒杯」，「春風春雨花經眼，江北江南水拍天」，「碧幛清江元有宅，黄魚紫蟹不論錢」，上八字各自爲對，如「洞庭歸客有佳句，庾嶺疎梅如小棠」，「公庭休更進湯餅，語燕無人窺井欄」，則變之又變，在律詩中神動鬼飛，不可測也。　紀批：山谷謹飭之作。「歸鴻往燕」言時光之易逝，「宿草新墳」言人事之難久。起末二句之意硬分情景，未得作者之意。（同上）

《和答錢穆父咏猩猩毛筆》　用事所出詳見任淵註本。此詩所以妙者，「平生」、「身後」、「幾兩屐」、「五車書」，自是四箇出處，於猩猩毛筆何干涉，乃善能融化斡排至此。末句用拔毛事，後之學詩者不知此機訣不能入三昧也。山谷更有兩絶句，亦可喜。　紀批：先從猩猩引入，然後轉入筆字，題徑甚窄，不得不如此展步。馮氏譏其次句不入筆字，竟是不知艱苦語。點化甚妙，筆有化工，可爲咏物用事之法。三四可以增人智慧，五句却太寬，結微近纖，然小題不甚避此。（同上卷二十七着題類）

《見諸人唱和酴醿詩次韻戲詠》　「名字」、「風流」一聯，盡酴醿之妙，此本唐時酒名，世以花似酒之色，故得名，而亦爲枕囊幃者也。山谷學老杜爲詩。「直知多不厭，何忍摘令稀」，此句殆謂賢者在朝愈多愈美，而忍於驅逐，使之漸少乎？蓋元祐二年四月詩，必有所指。末句引金沙，而鄙其效顰，則嫉惡之意尤甚，即老杜《孤雁》末句乃云「野鴉無意緒」，一格也。紀批：「玉氣」二句俗格。結句不佳。（同上）

《和師厚接花》　山谷最善用事，以孔門變化雍由，譬接花而繳以莊子揮斤語，此江西奇處。如歲寒知松柏用彝字韻，山谷曰：「鄭公扶正觀，已不見封彝。」東坡亦和，終不及山谷之工也。曾文清、陸放

翁、楊誠齋亦得此法。紀批：腐陋至極。二馮痛詆江西，此種實有以召之，虛谷以爲善用事，僻謬甚矣。(同上)

《謝人寄小胡孫》　老杜有《覓胡孫》詩，「小如拳」及「愁胡面」六字皆好。紀批：六字有何好處？通體平平，落句亦趁韻。(同上)

《弈棊呈任公漸》　此本二詩，前篇「坐隱不知巖穴樂，手談勝與俗人言」，亦佳句。「碧落」、「枯枝」一聯盡弈者用心忘身之態。或者以爲不如東坡「勝固欣然，敗亦可喜」遠矣。侯景之黨王偉檄梁元帝云：「項羽重瞳，尚有烏江之敗；湘東一目，豈爲赤縣所歸。」元帝盲一目，引用此事，謂其兩眼而活，一眼而死。「天下中分」，或作「三分」，此又謂棊各分古路數也。皆奇不可言。紀批：三四極力形容，而語終淺近。五句用事尤拙。(同上)

《觀王主簿酴醾》　前輩謂花詩多譬以美婦人，此乃以美丈夫爲比，自山谷始。五六卽前五言之意，宜並觀之。爲此等詩，格律絶高，萬鈞九鼎，不可移也。紀批：苟令不以美聞，特點染香字耳。詩殊淺近，評太過。(同上)

《次雨絲雲鶴二首》　雨似絲，雲似鶴，以爲題，若易而難者也。山谷在戎州，代史夫人炎玉作，山谷外兄張祺子履之妻、張祉介卿之嫂也。首唱石諒信道，蓋亦遊戲所爲。而雨絲，所謂「天經緯」、「帝杼機」。末句願染朝露補君王衣，意思宏大，非老筆不能道也。紀批：(第一首)此種瑣屑刻畫，亦非山谷當家。「蛛蝥」句拙極。「風光」四句小題大做，轉不配題，如草香花媚之地，忽冠冕鼓吹以臨之。

（第二首）扯句本不佳，用來更爲俚鄙。凡用事須具鑒裁，非謂有典卽可入句。（同上）

《食瓜有感》　前聯賦物，後聯用事，却别出一意，引一事繳，可爲法。紀批：後半篇堆砌故實，食古不化。（同上）

《戲題巫山縣用杜子美韻》　山谷以紹聖元年甲戌朝旨於開封府界居住，取會史事。二年乙亥謫黔州，實甲戌十二月之命。是年四月二十三至摩圍。元符元年戊寅六月改元。去年，紹聖四年丁丑十二月，避使者張向嫌，移戎州。今年六月至僰道。三年庚辰正月徽廟登極，五月得鄂州監鹽，十月寧國僉判，十二月離戎州。建中靖國元年辛巳至峽州，乃後始有舒州之命、吏郎之召，改知太平州等事。蓋流離跋涉八年矣，未嘗有一詩及於遷謫，眞天人也。此出峽詩，起句有石本，作「巴俗殊親我，吳儂但憶歸」，細味則改本爲佳。「直知難共語，不是故相違」，此老杜句法。巴人相留，非不用情，奈不可與語，所以書之，此有深意。「東縣聞銅臭」者，蜀人用鐵錢過巫山，始用銅錢，山谷舊改此句，謂乃退之「照壁喜見蝎」之意，予以爲卽班超「生入玉門關」之意也。「江陵換裌衣」，紀時序，亦見天氣漸佳。尾句殊工，有憂時之意。建中改紀，熙、豐之黨不樂，想是已見萌芽，必亦有所深指，謂不可以雲雨蔽太陽也。學老杜詩，當學山谷詩，又當知山谷所以處遷謫而浩然於去來者，非但學詩而已。紀批：五句不雅。（同上卷四十三遷謫類）

《十二月十九日夜中發鄂渚曉泊漢陽親舊載酒追送聊爲短句》　建中靖國元年辛巳夏，山谷至江陵，召至吏部，卽病癰，不能入朝，乞知太平州。崇寧元年壬午春，還江西。六月初九日，太平州到任，九日而罷。九月至鄂渚寓居。二年癸未，以荆南作《承天塔記》，運判陳舉承望趙挺之風旨，摘謂幸災，除名編隸宜州。十二月十九日啓行。此詩亦無一毫不滿之意，而老筆與少陵詩無以異矣。試通前詩論之。「直知難共語，不是故相違」，即老杜詩「直知騎馬滑，故作泛舟回」也。凡爲詩，非五字七字皆實之爲難，全不必實，而虚字有力之爲難。「紅入桃花嫩，青歸柳葉新」，以「入」字「歸」字爲眼。「凍泉依細石，晴雪落長松」，以「依」字「落」字爲眼。「欅柳枝枝弱，枇杷樹樹香」，以「弱」字「香」字爲眼。凡唐人皆如此。賈島尤精，所謂敲門推門，爭精微於一字之間是也。然詩法但止於是乎？惟晚唐詩家不悟，蓋有八句皆景，每句中下一二字以爲至矣，而詩全無味，所以詩家不專用實句實字，而或以虚爲句，句之中以虚字爲工，天下之至難也。后山曰：「欲行天下獨，信有俗間疑。」「欲行」、「信有」四字是工處。「剩欲論奇字，終能諱秘方」，「剩欲」、「終能」四字是工處。簡齋曰：「使知臨難日，猶有不欺臣。」「使知」、「猶有」四字是工處。他皆倣此。且如此首「宵征江夏縣，睡起漢陽城」，又與「氣蒸雲夢澤，波動岳陽城」不同，蓋「宵征」、「睡起」四字應接淅之意，聞命赴貶，不敢緩也。與老杜「下牀高數尺，倚杖沒中洲」句法一同。詳論及此，後學者當知之。（同上）

《贈惠洪》　山谷謫宜州，洪覺範在長沙岳麓寺曾見山谷，於是僞作山谷七言贈詩，所謂氣爽絶類徐師川者。予於名僧詩話已詳辨其事。此詩亦恐非山谷作。山谷乙酉年死於宜州，覺範始年三十五歲，撰此詩以惑衆，而山谷甥洪氏信以爲然，故收之云。五六雖壯麗，恐非山谷語，意淺。紀批：却似山谷筆墨，虚谷所云恐不免愛憎之見。（同上卷四十七釋梵類）

戴表元

【桐江詩集序(節録)】紫陽方使君，平生於詩無所不學，蓋於陶、謝學其紓徐，於韓、白學其條達，於黄、陳學其沈鷙。(《剡源戴先生文集》卷八)

【洪潛甫詩序(節録)】始時汴梁諸公，言詩絶無唐風，其博贍者謂之義山，豁達者謂之樂天而已矣。宣城梅聖俞出，一變而爲沖淡，沖淡之至者可唐，而天下之詩於是非聖俞不爲；然及其久也，人知爲聖俞，而不知爲唐。豫章黄魯直出，又一變而爲雄厚，雄厚之至者尤可唐，而天下之詩於是非魯直不發；然及其久也，人又知爲魯直，而不知爲唐。非聖俞、魯直之不使人爲唐也，安於聖俞、魯直而不自暇爲唐也。邇來百年間，聖俞、魯直之學皆厭，永嘉葉正則倡四靈之目，一變而爲清圓。(同上卷九)

陸文圭

【臨山谷帖不似】曾草華清妙入神，涪翁以後更無人。捧心終是西施好，里婦何緣輒效顰。(《牆東類稿》卷二十)

胡祇遹

【跋山谷書藁】修辭立其誠，下筆無草草。尺牘亦細事，謹密猶起藁。後人何荒唐，萬言一揮掃。侈

心誇敏捷，自謂足妍好。閉窗明眼人，咀嚼細論討。萬山無寸玉，棄擲復誰寶。開卷愧前賢，得名何太早。（《紫山大全集》卷二）

【梅圖】 涪翁歌罷簡齋詩，肯放來人更措辭？不見清姿見圖畫，依然清路月西時。（同上卷七）

【題山谷珍翰】 夢破黄庭瘞鶴銘，飄飄舞袖任縱横。世間較短量長手，豈識生平法外情。（同上）

吴　澄

【黄體元詩序（節録）】 黄體元妙年有詩，評者謂似江西派，余謂不然。氏，黄也；詩，不黄也。何也？黄沉重，此輕飄；黄嚴靜，此活動；黄密塞，此疏通；黄硬健，此軟美。不必其似，而唯其可。（《臨川吴文正公集》卷十）

【王實翁詩序（節録）】 黄太史必於奇，蘇學士必於新，荆國丞相必於工，此宋詩之所以不能及唐也。（同上卷十一）

仇　遠

【試涪翁題鄭伙硯】 我有古鏡硯，肌理細密匀。泫泫散角痕，巨魚細口鱗。涪翁銘其背，文字極雅馴。鄭伙彦相者，不知何如人。回首數百載，想見元豐春。晴窗試磨洗，墨舊苑穎新。攜歸供行齋，侑此金石身。（《金淵集》卷二）

李　治

人言山谷之於東坡，常欲抗衡而常不及，故其詩文字畫，别爲一家，意若曰：「我爲汝所爲，要在人後，我不爲汝所爲，則必得以名世，成不朽。」此其爲論也隘矣。凡人才之所得千萬，而蔑有同之者，是造物者之大恆也。鳧自爲短，鶴自爲長，鳧豈爲鶴而始短吾足，鶴豈爲鳧而始長吾脛也哉！近世周戶部題魯直墨蹟云：「詩律如提十萬兵，東坡眞欲避時名。須知筆墨渾閑事，猶與先生抵死爭。」周深於文者，此詩亦以世俗之口量前人之心也。閒讀周集，因爲此說，以喻世之不知山谷者。（《敬齋古今黈》卷八）

魯直《喜見八叔父》詩云：「稍詢耆舊間，大半歸山丘。小兒攜婦子，襁褓皆裹頭。」東坡詩有云：「當時襁褓皆七尺，而我安得留康強。」蘇、黄所狀皆一類，而黄不若蘇之簡而詣理也。（同上）

王　惲

【題山谷家乘後】□□初看喜小康，宜州天氣固難量。一壺醉倒牂柯□，□古南樓飲恨長。（《秋澗先生大全文集》卷二十九）

【題山谷手簡】　書學推公果若何？紓餘全似右軍鵝。兩行醉墨南樓帖，一字千金未足多。（同上）

【題山谷手簡後文瑞名璋】　侍御于文瑞奉使江西回，以山谷《訴哀帖》見貺，觀者致疑其間。子曉之曰：

公孝友純至，當痛酷摧裂之際，意有不在書者，此正言不當文之義也。若以微瑕而棄連城之璧，非余之所敢知也。（同上卷七十二）

【跋山谷發願文】 元貞元年，朝謁之明日，余燕息不出，偶展此軸爲娱，因念黄太史禪機翰墨，號入神三昧，至與仇池公兼驅争先。如發願等文，皆平生傑作，但恐益公題評，正好事者竊取綴之於此耳。聰明目眊，筆虚筆實，有能强爲力者，伎癢悠悠，又復損一，若可喜也。（同上卷七十三）

【跋山谷所書王建宫詞後】 唐人詩風雅意韻，淩跨百代，況建之宫體爲世絶唱，加以涪翁揮灑醉墨，宜其天章雲錦，爲之爛然生光也。（同上）

【玉堂嘉話】 山谷爲甥張大同書擘科大字一卷，中云：「涪翁自黔南遷於僰道三年矣，寓舍在城南居兒村側，蓬藋柱宇，鼪鼯同逕，然頗爲諸少年以文章翰墨見强，尚有中州時舉子習氣未除耳。至於風日晴輭，策杖蹇蹶，雍容林丘之下，清江白石之間，老子於諸公，亦有一日之長。時涪翁年五十六，病足不能拜，心腹中蔕芥如懷瓦石，未知後日復能作如此字否？」其筆勢縱横，意韻瀟散，絶類瘞鶴銘書少陵畫鶴等詩。（同上卷九十五）

徐明善

【送黄景章序（節録）】 中州士大夫文章翰墨頗宗蘇、黄，蓋唐有李、杜，宋有二公，遒筆快句，雄文高節，今古罕儷，宗之宜矣。愛人及木，況其子孫。自科廢以來，是家不絶如縷，乃有鳳毛其文，家鷄其字，不遠數千里游中州士大夫之間。吾意其交薦幷引，不待淹久而脱短褐服青紫也。雙井黄景章，太史之後也，爲詩累百餘篇，皆有家法，字翩翩久當逼眞……昔太史初爲葉縣尉，有詩云：「俗學近知回首晚，病身全覺折腰難。」時荆公當國，或傳之公，公欣然除南京國子學教授（編者按：山谷除北京國子學教授，此或係徐明善誤記）。荆公於太史非有雅故也，今以荆公況士大夫，必曰「爾何曾比於是」，然荆公此舉鮮克舉之，何也？君歸矣，在己者可必，在人者不可必。文章翰墨，必求如太史，在己者也；或欣然，或恝然，在人者也。矧太史忠信孝友，所以爲文章翰墨之本，君尤宜夙夜繼承者也。（《芳谷集》卷一）

【西洲詩集序（節録）】余嘗論詩自漢、魏以降，大抵沈浸乎「山樞」、「蟋蟀」，其托物引興，以抒長懷、寄永慨，皆祖《離騷》，蓋《變小雅》之遺聲也。……又降而唐晚，束字五七，而雕飾無遺巧，於是「楊柳依依」之遺聲乃復盡散，而《雅》幾乎絶。賴唐杜氏、韓氏詩行世不泯，宋黄山谷、陳簡齋、曾茶山振微引墜，式克至於今日。（同上卷二）

袁桷

【劉敏叔畫八君子圖贊——黄太史】沄沄脩水，誕弘文明。維太史氏，穎敏之功，由彼岐嶷，揚譽上京，服襲瑰瑋，綜覈文藝，剖析幽翳。謝、鮑前驅，屈、宋擁篲。玄言逍遥，夙昔超詣。正宗江西，斂祚嗣裔。厠身著庭，正氣果毅。筆者未成，削者已繼。秉畀濁流，孰怨孰尤。不怛其化，心君天游。精神滿腹，瞻望不足。烝烝孝友，猶在眉目。清塵高風，曷其有終。（《清容居士集》卷十七）

【跋黄太史松風閣詩】 謂松有風松不知，謂風入松風無形。聲由形始成，言六書者取焉。肇於無名，入於有名，萬化之始，吾未始以妄聽，松動風動，當於混沌以前得之斯可矣。（同上卷四十五）

【跋黄太史帖】 此二帖疑在黔南時所作，有云愼言重行，蓋息影畏禍之餘意。釋氏與太史有緣，輟錢奉馬，其意蓋可見。（同上卷四十六）

【書黄彦章詩編後（節錄）】 元祐之學鳴紹興，豫章太史詩行於天下。方是時，紛立角進，漫不知統緒，謹懦者循音節，宕跌者擇險固，獨東萊吕舍人憫而憂之，定其派系，限截數百輩，無以議，而宗豫章爲江西焉。豫章之詩夫豈惟江西哉？解之者曰：詩至有是蔑有能繼者矣。數十年來，詩益廢，爲江西者，嘗慷慨自許，掉鞅出門，卒遇虎象，空犇恣睢，復卻立循避不敢迎，使解者之言迄幸而中。噫！然則其果不可以復古與！（同上卷四十八）

張之翰

【方虚谷以詩餞余至松江因和韻奉答（節錄）】 文章須占第一手，落第二義世盡有。萬物散在天地間，一寸毫端隨力取。最先胸中要參悟，不爾效顰徒獻醜。欲臻其妙千萬億，莫知其云十八九。千篇雖富自綠鬢，一字不傳空白首。前賢遙望愈莫及，中路逆行還倒走。宋稱歐蘇及黄陳，唐尊李杜與韓柳。自餘作者非不多，殆類衆星朝北斗。（《西巖集》卷三）

同　恕

【山谷糴米眞迹】 元祐風流不可還，森森遺跡偏人間。平生談笑奇憂夢，何似親瞻令尹顔。（《榘菴集》卷十四）

虞　集

【題黄山谷墨迹】 山谷先生孝友純至，常於翰墨見之，所謂諸弟孝友徇徇，薰陶使然。又曰性行頗調柔，所以望其族人昆弟者，何其忠厚也。（《道園學古録》卷十）

【題山谷書食時五觀】 君子之道，坐如尸，立如齊，瞬有存，息有養，一動靜，通夢覺，心無不在也。食時之觀，省察之一時也。山谷老人之示戒密矣，苟善用之，誠修身之良藥。彼冥然罔覺者，固無難焉，而妄談法空，謂世教爲不足行者，亦不可不以善性比丘爲戒也。（同上卷十一）

楊　載

【山谷帖】 古來君子重親親，欣戚相於此意眞。再拜先賢遺墨在，兄弟門閲是何人？（《楊仲弘詩集》卷八）

黄　溍

【跋山谷贈祖元大師詩】 元符二年，公在戎州，有《寄題祖元大師此君軒》詩。明年，公自戎州放還，以十二月抵江安。又明年，是爲建中靖國元年，公以正月發江安，元師自榮州來送之，故有是作。其詩今載别集中。而蜀刻小本以爲祖無大師，蓋傳録者以元爲无，故又譌而爲無，幸眞迹尚在，可證其誤也。（《黄文獻集》卷四）

范　梈

【得黄太史重碧拈春酒、輕紅擘荔枝十字扇面以歸友人】 豫章先生行孝友，作書往往心應手。想當揮汗臨風時，不在荔枝與春酒。竹枝歌中喜鵲鳴，食蓮感秋思弟兄。素紈便面大如斗，送與君家作千壽。（《范德機詩集》卷四）

柳　貫

【題山谷書士大夫食時五觀】 禮始諸飲食，而飲食之所由以始，又不可以莫之思也。黄太史平生薄滋味，晚歲再竄蜀，蔬食終日，至斷葷血，其知厚味臘毒之戒者矣。《食時五觀》，用衲僧存觀之法，爲君子省察之具，一則曰計功，二則曰忖己，三則曰離過，然則道業之成，應受此食，是爲正事。良藥萬□九鼎，夫何加於我哉！太史書，蘭亭之變，此卷奇正相生，所謂孫吴之兵也。蓋粉帋不受墨，最難作字，太史爲之，乃更遒密；此吾徒所以望之而再拜也歟！（《柳待制文集》卷十九）

脱　脱等

【黄庭堅傳】黄庭堅，字魯直，洪州分寧人。幼警悟，讀書數過輒成誦。舅李常過其家，取架上書問之，無不通，常驚，以爲一日千里。舉進士，調葉縣尉。熙寧初，舉四京學官，第文爲優，教授北京國子監。留守文彦博才之，留再任。蘇軾嘗見其詩文，以爲超軼絶塵，獨立萬物之表，世久無此作。由是聲名始震。知太和縣，以平易爲治。時課頒鹽筴，諸縣爭占多數，太和獨否，吏不悦而民安之。哲宗立，召爲校書郎、神宗實錄檢討官。逾年，遷著作佐郎，加集賢校理。實錄成，擢起居舍人。丁母艱。庭堅性篤孝，母病彌年，晝夜視顔色，衣不解帶，及亡，廬墓下，哀毁得疾幾殆。服除，爲祕書丞，提點明道宫，兼國史編修官。紹聖初，出知宣州，改鄂州。章惇、蔡卞與其黨論實錄多誣，俾前史官分居畿邑以待問，摘千餘條示之，謂爲無驗證，既而院吏考閲，悉有據依，所餘才三十二事。庭堅書用鐵龍爪治河有同兒戲，至是首問焉。對曰：「庭堅時官北都，嘗親見之，眞兒戲耳。」凡有問，皆直辭以對，聞者壯之。貶涪州别駕，黔州安置；言者猶以處善地爲翫法。以親嫌，遂移戎州。庭堅泊然不以遷謫介意。蜀士慕從之游；講學不倦，凡經指授，下筆皆可觀。徽宗即位，起監鄂州税，簽書寧國軍判官，知舒州，以吏部員外郎召，皆辭不行。丐郡，得知太平州。至之九日，罷主管玉隆觀。庭堅在河北，與趙挺之有微隙，挺之執政，轉運判官陳舉承風旨，上其所作《荆南承天院記》，指爲幸災，復除名羈管宜州。三年，徙永州，未聞命而卒，年六十一。庭堅學問文章，天成性得。陳師道謂其詩得法杜甫，學甫而不爲者。善行草書，楷法亦自成一家。與張耒、晁補之、秦觀俱游蘇軾門，天下稱爲四學士。而庭堅於文章尤長於詩，蜀、江西君子以庭堅配軾，故稱蘇、黄。軾爲侍從時，舉以自代，其詞有「瓌偉之文，妙絶當世；孝友之行，追配古人」之語，其重之也如此。初游灊皖山谷寺石牛洞，樂其林泉之勝，因自號山谷道人云。（《宋史》卷四四四《文苑傳》）

吴師道

樊宗師《園記》云「蟲鳥聲無人」句甚妙，黄魯直《涘王郎》詩全用此句。又《贈黄從善》云：「鳥聲無人兮我友來即。」又手寫其父亞夫宿趙屯詩云：「山間聞雞犬，無人見烟樹。」亦是用此意。古人於作者好語不忘如此。（《吴禮部詩話》）

傅若金

嚴陵釣臺，題詠甚多，自范希文、黄魯直二絶句後，殆難措手。（同上）

【題山谷蕭峽詩後爲阮謙仲所得】 太史遺風不可尋，祇饒遺墨重千金。雲煙慘澹連蕭峽，風雨蒼茫入阮林。時氊每淹孤客坐，買藏終見兩賢心。向來豪奪今何在，撫卷長歌百感深。（《傅與礪詩集》卷八）

蘇天爵

【題黄太史休亭賦後】 蕭濟甫博學能文，身際熙寧、元豐之盛，卒不利於有司，士之進退，信知其有義命乎！此太史所爲賦休亭也。先儒以屈子所賦皆窮而呼天、疾痛而呼父母之詞，繼作者必出於幽憂窮蹙怨慕之意，乃爲得其餘韻。太史尤以楚辭自喜，惟其務奇太甚，乃獨取《毁璧》一篇，以其詞極悲哀，不暇作爲故也。然太史孝友刑家，清節名世，生死患難不動其心，富貴利達不易其守，豈記覽詞章、譁衆取寵者可方其萬一哉！（《滋溪文藁》卷三十）

陳　鎰

【借漫興一十五首（録一首）】百畝新承溪上堰，年荒幸免爲飢啼。舉家從此無憂色，却笑涪翁憫跛奚。（《午溪集》卷十）

祝　誠

【睡鴨詩】黄山谷《睡鴨》詩曰：「山鷄照影空自愛，孤鸞舞鏡不作雙。天下眞成長會合，兩鳧相倚睡秋江。」蓋取《鴛鴦賦》曰：「山鷄照水那相得，孤鸞照影各成雙。天下眞成長會合，無勝比翼兩鴛鴦。」山谷非蹈襲此也，以徐語弱，故爲點竄耳。正如臨淮王帥郭汾陽部曲，一經號令□□益精明云。又庾信詩曰：「青田松上一黄鶴，相思樹下兩鴛鴦。無事交渠更相失，不及從來莫作雙。」亦同此意。唐吴融《池上雙鳧》詩意亦然，但語陋耳。（《蓮堂詩話》卷上）

【戲答王定國題門絶句】宋黄山谷戲答王定國題門云：「非復三五少年日，把酒償春頰生紅。白鷗入羣頗相委，不謂驚起來賓鴻。」「委」者諳識也。詩起猶《摭言》唐薛逢語新進士曰：「老婆三五少年時，也曾東塗西抹來。」山谷此意，當是往見定國不遇，而姬妾有避之者。「來鴻」或是其名字。（同上）

【江雨】「春半平江雨，圓紋破蜀羅。聲眠篷底客，寒濕釣來蓑。」此唐杜牧之作也，黄山谷酷愛而屢稱之。（同上）

【輓詞】宋黄山谷作叔父給事廉字夷仲輓詞云：「元祐宗臣考十科，公居八九未爲多。功名身後無瑕玷，孝友生知不琢磨。」宗臣謂司馬溫公。蓋溫公爲相，乞以十科擧士，一曰行義固守可爲師表，二曰節操方正可備獻納，三曰智勇過人可備將帥，四曰公正聰明可備監司，五曰經術精通可備講讀，六曰學問賅博可備顧問，七曰文章典嚴可備著述，八曰善聽獄訟盡公得實，九曰善治財賦公私俱便，十曰練習法令能斷情讞。（同上）

【戲答史應之】宋史應之，眉山人，落魄無檢，喜作鄙語，人以屠儈目之。故黄山谷贈以詩，多用屠家事，曰：「先生早擅屠龍學，袖有新硎不試刀。歲晚亦無鷄可割，庖蛙煎鱓薦松醪。」蓋應之授館於人，爲童子師，故引前輩詩「來朝爲送先生飯，一夜沿谿捉鱓魚」與唐人郭受詩「松醪酒熟旁看醉」等語以戲之。（同上）

【病起荆江亭卽事】宋黄山谷詩云：「翰墨場中老伏波，菩提房裏病維摩。近人積水無鷗鷺，唯有歸牛浮鼻過。」蓋用《北夢瑣言》陳詠詩曰：「隔岸水牛浮鼻渡，傍谿沙鳥點頭行。」此本陋句，一經山谷妙手，神采頓異。或云山谷當有所指，故運判陳舉頗以爲恨，其後遂有宜州之行。（同上）

【題悦亭】文政禪師，雪竇之法嗣也，題悦亭詩云：「山鳥無俗聲，山雲無俗狀；引得白頭翁，時時來倚杖。」故山谷有和章云：「苦雨已解嚴，諸峯來獻狀。不見白頭翁，空倚紫藤杖。」（同上）

【字眼】宋黄太史《夜宿分寧寄杜澗叟》詩云：「陽關一曲水東流，鐙火旌陽一釣舟。我自只如常日醉，滿川風月替人愁。」句法清絶。然歐陽公《别滁州》亦云：「我欲只如常日醉，莫教絃管作離聲。」杜牧詩：「蠟燭有心還惜别，替人垂淚到天明。」王介甫亦云：「只有月明西海上，伴人征戍替人愁。」若此之句，多多益善。（同上）

孫　作

【還陳檢校山谷詩】蘇子落筆奔海江，豫章吐句敵山嶽。湯湯濤瀾絶崖岸，崿崿木石森劍槊。二子低昂久不下，藪澤遂包貙與鰐。至今雜還呼從賓，誰敢倔強二子角。吾尤愛豫章，撫卷氣先愕。磨牙咋舌熊豹面，以手捫膺就束縛。纖毫剔抉難具論，宛轉周臘爲鄭朴。煙霏淡泊翳林莽，赤白照耀開城郭。沅江鼈肋不登盤，青州蟹胥潛注殼。洞庭東南入無野，二儀清氣會有壑。士如此老固可佳，不信後來無繼作。我嘗一誦一回顧，如食橄欖行劍閣。忽聞凍雨洗磨崖，抵掌大笑工索摸。作詩寄謝君不然，請從師道舊所學。（《滄螺集》卷一）

三　明代

宋濂

【題黄山谷手帖】右摩圍老翁自戎州回荆渚所遺二帖，正固陵郎位復宣德郎監鄂州鹽税之時也。其所稱諒正，乃元祐侍御史黄公之子，僑居於荆，逮翁之至，與兄益修持譜牒以敍宗盟，翁繼往拜其家廟，諒正以侍御公所用流離鍾遺翁，其情好之篤，不翅伯仲，故翁稱之爲五弟强宗也。諒正善醫，翁因以藥事相屬，而云「送藥甚惠，同惜兩日喫孄差快」，同惜其女名也。計翁生此女時，年已望六十矣。初翁三十餘，嘗過泗州僧伽塔，卽造發願文，戒酒色與肉食；曾未幾何，輒皆犯之，至於耆年，尙不能制其血氣之私如此。豈飲食男女，人之大欲，雖賢者或不能免邪？聊戲及之。至若翁之大節，及其翰墨之妙，世無賢愚，皆能道之，玆不待贅也。同惜後更名睦，介休縣君謝氏所出，長適舒城李文伯云。（《宋學士全集》卷十三）

【跋黄魯直書】右太史黄公書李白《秋浦詩》，凡十七首。筆勢瀟灑，皆超軼絶塵。觀公所自題，謂寫此時雲日流煥，移竹西牖下，旋添新翠，有攜幽禽至者，時弄新音，翏翏可聽，則其情景相融盪，而生意逸發於毫素間，至今如欲飛動。當是時，公方謫涪州别駕。自常情言之，必憔悴無聊，所見花鳥，濺淚驚心；乃能藉之游戲翰墨，無一髮隕穫之意，非行安節和夷險一致者，有弗能也。昔人稱公以草木文章，發意杼機，花竹和氣，驗人安樂，雖百世之相後，使人躍躍興起者，豈欺我哉！紹聖二年，公年已六十二，故此書蒼勁，比舉學官丞秘書時如出二手。當時錢穆父不能深知，猶病公爲拙。公嘗謂李致堯云：「書要拙多於巧，近時少年作字，如新婦子粧梳，百種點綴，終無烈婦態。」嗚呼！公言其有所感也夫！(同上卷十四)

【跋黄山谷書樂府卷後】右行書一卷，涪翁五十九歲所書，蓋晚年之筆也。翁初學周子發，後游荆，得名木蘭亭，始悟古人用筆意。及謫黔中，見藏眞帖，於是結體飄逸，頓入妙品。人以學子發爲言，而翁深諱之矣。然翁寫此時，正自鄂渚遷宜州，當屢譴之餘，孰能不鬱鬱於中，翁則游戲翰墨，書雜辭二千餘言，以寄其媚家李桊德索，驩欣和豫之意，尙洋溢於行間，其樂天知命爲何如。覽者若有得於斯，則於問學之益不少矣，字畫云乎哉！(同上)

編者按：此卷尙有《跋黄山谷贈祖元師詩後》及《跋蘇叔黨書黄山谷慈氏閣詩後》，意與前二篇相似，因不錄。

【答章秀才論詩書(節錄)】元祐之間，蘇、黄挺出，雖曰共師李、杜，而競以己意相高，而諸作又廢矣。自此以後，詩人迭起，或波瀾富而句律疎，或煆煉精而情性遠，大抵不出於二家。觀於蘇門四學士及江西宗派諸詩，蓋可見矣。陳去非雖晚出，乃能因崔德符而歸宿於少陵，有不爲流俗之所移易。(同上卷二十八)

王禕

【跋黄山谷贈元師詩】　黄文節公以元祐史筆，守正不阿，時相擅權者指摘其事，將琅衆正而殄之，於是有黔戎之役，鼪狖之與居，流落閒關者久之。元符三年庚辰，徽宗初立，登籲衆正，收錄廢棄之人，公乃有復朝奉郎知舒州之命。十一月發戎州，至瀘州。明年辛巳爲建中靖國元年，正月發江安而東，浮湛荆、鄂之間。而小人承望時好，擠摭其《承天院記》語，於是復有宜陽之行。薦罹艱險，竟以廢終。公在戎州時，嘗作詩寄題祖元大師此君軒，及是至江安，而元師至榮州來追餞，故復用前韻賦此詩贈之，末識曰「正月辛未」，實其月之十日也。公此詩辭沖氣夷，尊君愛國之意溢於言表，故前輩謂公黔州以後句法尤高。其書此詩體逸韻勝，筆勢殊超邁可喜，蓋其字法至是亦復高矣，豈已造行安節和之時耶！此卷爲秦中王家故物，其子熇識於後，先師黄文獻公嘗有跋尾，吾友章三益近購得之，則跋尾已不存矣。謹重錄之如右，而并志其詳焉。（《王忠文公集》卷十七）

貝瓊

【雙井堂記】　按志，雙井在寧州之脩江中，江深不可見，至秋冬水落始出，而釣臺石、明月灣咸在其上，蓋亦西江之一奇觀也。宋黄太史山谷家焉。公時與賓客來游，輒取水烹茶，清冽異乎他泉，且賦詩有「十里秋風香」之語。雙井之名，繇是益顯。距今三百餘年，而祠堂猶存不廢，則一時之風流，槩可想已。後盤谷先生居東甌之平陽者，亦其苗裔歟。嘗登咸淳進士第，及宋社既虚，遂隱不仕。乃卽居第前鑿二沼，種蓮於中，復以雙井名堂，特示不忘其先之意，雖其地與脩江不同，寔有太史之趣云。三世孫吉甫仕皇朝征商鳳陽者，五年於玆。間過橋門見余，求記所謂雙井堂者，至於三四，無倦色，以爲非鉅手筆，不以屬也。遂復之曰：予嘗讀《易》，井之爲卦曰改邑不改井，況脩江之井又非穴地而爲者，終天地未嘗改也，而此特放而名之耳。然名之所在，君子得以考其事而論其人焉。初山谷以詩鳴熙寧、元豐間，與蘇文忠公馳騁上下。文忠公極其天才所至，可喜可愕，至混涵停蓄如唐杜甫者，或未之及焉；惟公盡古今之變，深而不僻，奇而有法，在諸家爲第一。惜其與時叉牙，放浪雙井，不得久於朝廷之上，使歌頌有宋之功德，上軼三代，徒發之游歷所見，凡風雲雷電，苑囿臺榭，禽魚草木，悉寓於辭，以洩其奇氣。歐陽子謂詩人多窮，余於山谷尤信之。子孫綿延，至盤谷僅一中科目，又當革命之際，弗及究其所施以終。今吉甫博學工文，亦區區授一典市官，何其豐於才而嗇於位邪！此天也，非人之所與也。然自山谷而盤谷，自盤谷而吉甫，歷若干世，而流澤之深厚，與雙井同一不竭，視彼暴盈遽替者，得失何如哉！高堂巋然，俯臨水鏡，過者寧無反復思慕而不改之，常德尤可見也。故因其請而極言之，尙益昌其詩，以衍西江之派者，不在其後乎，不在其後乎！是爲記。（《淸江貝先生集》卷二十四）

高　啓

【跋張外史自書雜詩(節錄)】 貞居始學書於趙文敏，後得茅山碑，其體遂變，故字畫淸適，有唐人風格；詩則出於蘇、黄，而雜以己語，其意欲自爲一家也。(《高太史鳧藻集》卷四)

方孝孺

【與舒君(節錄)】 蓋文與道相表裏，不可勉而爲。道者，氣之君；氣者，文之師也。道明則氣昌，氣昌則辭達；文者辭達而已矣。然辭豈易達哉！……漢之司馬遷、賈誼，其辭似可謂之達矣；若揚雄，則未也。唐之韓愈、柳子厚，宋之歐陽修、蘇軾、曾鞏，其辭似可謂之達矣；若李覯、樊宗師、黄庭堅之徒，則未也，於道則又難言也。此豈可與昧者語哉！(《遜志齋集》卷十一)

解縉

【泰和普閣寺壁顔輝書】 涂生少與鬼神遇，家在我鄉社山住。踏破山河畫得名，顔輝服役從之屨。淸貧四壁自揮手，旋題粉堊分新舊。匣移好事爲汝留，百年風雨人間壽。泗水一盂捲滄海，娉婷妖孽顔如灰。水平咄嗟具湯木，運持萬斛青蓮開。胡奴金童髮拳曲，鼕鼓聲喧叫萬回。玉環堆壞不能扶，天台惠林遊國都。杖頭三國幾英傑，識者當時知有無。忽從殿角出彪虎，倉皇悔不彎弓弩。走過盤拿值一龍，前額披鱗咸爭武。兩禪癡坐殊不驚，松陰露滴秋冥冥。寒山拾得笑何事，老佛垂髮東南行。定光亦向長汀去，千年獮猴作人語。徽也光華照未來，胡雛那得相賓主。光中兵甲血相濺，石勒諸兒眼如鼠。括囊笑殺萬緣空，醯鷄起滅何匆匆。男兒一身佩宇宙，萬億劫後應相逢。神交語了未可終，金鷄飛出扶桑紅。靜巷道人正結夏，赤脚擬踏崚嶒峰。邀我題詩觀明月，如此風流何遠公。古來夢幻當相續，天地茫茫有形梏。生事不逢隨眼前，世間何事非蕉鹿。跨牛庵前芳草綠，直上青天放黃犢。機鋒禁署騰玉霄，風流太史黃山谷。（《解文毅公集》卷四）

瞿佑

【詩無恨愁意】東坡詩云：「寂寞東坡一病翁，白頭蕭散滿霜風。兒童誤喜朱顏在，一笑那知是酒紅。」又云：「公退清閒如致仕，酒餘歡適似還鄉。不妨更有安心法，臥對縈簾一炷香。」皆言閒退而無愁恨之思。至黃山谷則云：「老色日上面，歡悰日去心。今既不如昔，後當不如今。」讀之令人慘然不樂。（《歸田詩話》卷中）

【浣花醉歸圖】山谷《題浣花醉歸圖》云：「中原未得平安報，醉裏眉攢萬國愁。」能道出少陵心事。趙子昂詩云：「江花江草詩千首，老盡平生用世心。」亦髣髴得之。（同上）

【中興頌詩誤】磨崖中興碑，黃、張二大篇爲世傳誦，然各有誤。山谷云：「南內凄涼誰得知？」按李輔國遷上皇居西內，非南內也。文潛云：「玉環妖血無人掃。」按貴妃於佛堂前縊死，非濺血也。南渡後，于湖張安國一篇，世少知者，詩云：「錦棚兒啼思塞酥，重牀燎香驅羣胡。黃裙錦襪無尋處，一夜驚眠搖帳柱。朔方天子神爲謀，三郎歸來長慶樓。樓前拜舞作奇祟，中興之功不贖罪。日光玉潔

十丈碑，蛟龍蟠拏與天齊。北望神京雙淚落，太息何人老文學。」可繼黄、張之後。（同上）

葉盛

山谷跋歐陽公所作黄夢升墓銘，面目太似，可厭也。（《水東日記》卷十）

（黄容）《江雨軒詩序》：「……（絶句）至宋蘇文忠公與先文節公，獨宗少陵、謫仙二家之妙，雖不拘拘其似，而其意遠義賅，是有蘇、黄並李、杜之稱。當時如臨川、后山諸公，皆傑然無讓古者。……」（同上卷二十六）

李東陽

【書愧齋唱和詩序後（節録）】昔黄山谷謂坡老曰：「有文章名一世，詩不逮古人者。」而彭淵材恨曾子固不能詩。自今觀之，子瞻豪雄浩翰，決不出山谷下，子固集所傳諸作，當世亦豈多得，不足信也。夫天下無兩似之物，二美相並，必有所掩。（《懷麓堂全集》文稿卷二十一）

【題山谷墨蹟後】肥欲有骨，瘦欲有肉，此山谷論書語。今觀此帖，當識此老筆意。（同上）

昔人論詩，謂韓不如柳，蘇不如黄，雖黄亦云「世有文章名一世，而詩不逮古人者」，殆蘇之謂也。是大不然。（《懷麓堂詩話》）

熊蹯鷄跖，筋骨有餘，而肉味絶少，好奇者不能舍之，而不足以厭飫天下。黄魯直大抵如此，細咀嚼之

可見。（同上）

吴寬

【閲黄山谷集見八音詩戲作一首】金鐘奏初響，石磬聲難和。色絲語終晦，竹簡字偏磨。置向匏翁前，自擊土鼓歌。詩家有因革，豫章如木何？（《匏翁家藏集》卷二十四）

【跋黄山谷草書李白贈懷素長歌】山谷寫此歌，所謂「飄風驟雨」、「落花飛雪」等語，雖自謂可也。（同上卷四十八）

【跋啓南所藏黄山谷墨蹟】山谷論書云：「凡書要拙多於巧，近世少年作字，如新婦子粧梳，百種點綴，無烈婦態。」觀此老杜二詩，乃其所自作，信哉其爲烈婦也與！歐陽公謂蘇子美論書，而用筆不逮其所論者，異矣。沈氏子孫宜世藏之。（同上）

王鏊

【跋黄山谷草書墨跡】山谷書太白秋浦詩，筆法頗不類故常，或疑非眞跡，此不知書故也。公嘗自評元祐間書筆意癡鈍，用筆多不到，晚入峽，見長年盪槳，乃悟筆法。又云紹聖甲戌，在黄龍山中，忽得草書三昧。則晚年之筆與少時固異矣，安得以故我求之？其間筆陣所至，猛氣軼出常度，然不害其爲神駿也。（《王文恪公集》卷三十五）

唐肅

【跋山谷墨蹟】右黄文節公書韓昌黎《桃源行》一首，蓋崇寧六年十月筆也。按公元年罷知太平州，管勾洪州玉隆觀，以嘗忤趙丞相挺之，爲轉運判官陳舉承風旨，劾公所作《荆州承天觀塔記》有幸災謗國意，遂除名編管宜州。三年，由鄂過洞庭、潭、衡、永、桂，三年五月始至貶所。云十月十八日，則公至宜州已半載；明年九月公物故，僅一載耳。嗚呼！公以六十之年，横至貶斥，郡守從而阨之，至不容居關城中，其困苦至矣。然觀其跋李資深書，有云：「子城僦舍，上雨傍風，無所蓋障。人將不堪其憂，余自念家本農桑，使不從進士，則田中廬舍亦當如是，又何不堪其憂邪！」公之樂天知命，不以得失蔕芥於中者如此，故能以文墨自娱，而書法至老益臻其妙也。宜州無佳筆，公每以三錢市雞毛筆作字。此紙亦果用雞毛筆，則公書之妙又不可及已。公嘗自言：「元祐中與子瞻、穆父飯寶梵僧舍，作草書數紙，子瞻賞之再三，穆父無一言，但云『恐未見藏眞眞蹟耳』。余心竊不平。及至黔中，得藏眞自序，諦視數日，恍然自得，落筆便覺超異，然後知穆父之言不誣。」則公書法自黔中以後即追踪懷素，不待至宜州也。雖然，公之所以名當時、傳後世者，豈止於書哉！第因其書，想其人，有以繫百年之思耳。（《皇明文編》卷四十六）

錢習禮

【書龐彦珙所藏黄山谷帖】此山谷黄太史所書《茶賦》，今中書舍人龐君明敍仲子彦珙之所藏也。太史在宋時以文學行誼卓絶當時，追配古人，使其書未工，尚當爲人所愛重，況極其妙，而爲一時稱賞哉！但紫陽朱夫子謂書學莫盛於唐人，各以其所長自見，而魏、晉之楷法遂廢，至宋名勝相傳，不過以唐人爲法，至於黄、米，欹傾側媚，狂怪怒張，乃不若朱鴻臚、喻工部超然遠覽，追迹鍾元常於千載之上，意獨有所不滿焉。細玩此帖，溫然端重，似莊人雅士，正色立朝，殊無前態。當時其用意之筆，豈可概觀例論哉！宜爲後世之所寶藏也。予素不嫺於書，敬誌其左，以俟識者云。（《皇明文衡》卷四十九）

陳　霆

山谷在涪州，嘗送人歸鄉，作《青玉案》云：「憂能損性休朝暮。憶我當年醉時句。渡水穿雲心已許。暮年光景，小軒南浦，簾捲西山雨。」蓋此老舊有句云：「我自只如常日醉，滿窗風雨替人愁。」即此闋所謂「醉時句」者也。西山、南浦，相期暮年，而卒死南服，竟不如志。嗚呼！「歸去誠可憐，天涯住亦得。」豈非終身讖耶？（《渚山堂詞話》卷一）

陳獻章

【認眞子詩集序（節錄）】　夫道以天爲至，言詣乎天曰至言，人詣乎天曰至人。必有至人，能立至言。堯、舜、周、孔，至矣；下此其顔、孟大儒歟？宋儒之大者，曰周、曰程、曰張、曰朱，其言具存，其發之而爲

詩，亦多矣。世之能詩者，近則黄、陳，遠則李、杜，未聞舍彼而取此也。（《白沙子》卷一）

康　海

【滸西喜明叔孟獨二君子至作】　我本支謏人，嘯歌滸西曲，心喜談道術，性憎傍塵俗。二君英俊才，世事豈拘束，同遊終南山，文采奪人目。數日返墟里，此意常在腹，因念蘇與黄，聲臭一何屬。我有輞川吟，鄙近不可讀，請君勉和之，永爲此行馥。（《康對山先生文集》卷九）

何景明

【題文與可畫竹上有東坡山谷題識】　客從南方來見予，手持錦軸長丈餘，云是與可之畫蘇黄書。中堂展玩思超忽，四百年來眞故物。敗素飄零色已改，古墨慘澹神猶忽。文生此竹世希有，一枝不異雙瓊玖。冥冥煙幹動石壁，瑟瑟風葉臨窗牖。筆下何須掃萬竿，胸中已自横千畝。眉山長公元擅場，豫章太史誰可當。片言相推四海重，隻字尙使千年藏。客從何處得此幅？令我嗟歎久憐惜。蘇黄不作與可死，人間書畫無眞跡，勸君寶此勿輕擲。（《何大復先生集》卷十四）

【讀精華錄】　偶讀山谷《精華錄》，見和東坡《西湖縱魚》詩，因次其韻，作《觀打魚》詩；又記後山曾有和東坡此詩，大類山谷。及檢其全篇，卽山谷者也，但多一篇耳。又後山集中《思亭記》，他文選者未之詳耳，然二作今亦莫辨其出誰手也。山谷詩自宋以來論者皆謂似杜子美，固予所未喻也。《精華

録》任淵選者，其所擇取多不愜人意，而自謂上選，何也？（同上卷三十八）

楊　慎

【山谷詩紀地震】「邇來后土中夜震，有似巨鼇復戴三山遊。傾牆催棟厭老弱，寃聲未定隨洪流。地文劃劃水𦦨沸，十戶八九坐魚頭。稍聞澶淵渡河口數萬，河北不知虚幾州！」山谷此詩作於紹聖之年，地震之異如此，而史不書。山谷之先金華人。（《升菴合集》卷一百一十《史説》）

【右丞詩用字】王右丞詩：「暢以沙際鶴，兼之雲外山。」孟浩然云：「重以觀魚樂，因之鼓枻歌。」雖用助語辭，而無頭巾氣。宋人黄、陳輩效之，如「且然聊爾耳，得也自知之」，又如「命也豈終否，時乎不暫留」，豈止學步邯鄲，效顰西子已哉！（同上卷一百三十八《詩話》）

【山谷詩】黄山谷詩可嗤鄙處極多，其尤無義理者，莫如「雙鬟女弟如桃李，早年歸我第二雛」之句。稱子婦之顔色於詩句以贈其兄，何哉？朱文公謂其詩多信筆亂道，信矣。（同上卷一百三十九《詩話》）

龍　膺

【茶品（節録）】湯太嫩則茶味不出，過沸則水老而茶乏，惟有花而無衣，乃得點瀹之候。子瞻詩云：「蟹眼已過魚眼生，颼颼欲作松風鳴。」山谷詩云：「曲几蒲團聽煮湯，煎成車聲遶羊腸。」二公得此解矣。

（《綸㶁文集》卷二十）

文徵明

【跋山谷書陰長生詩】右山谷書陰眞人詩三章，自題云「書以與王瀘州之季子」，而不著其名，末云「紹聖四年四月丙午禪月樓中書」。按公紹聖元年謫涪州，時王獻可帥瀘，遇之甚厚。獻可字補之，嘗遣其少子至黔省公。公集中有與其少子王秀才書，云「車馬遠來，將父命以厚逐客」者是已。蓋王嘗遣其季子至黔，此書相見時書，故不及於簡札耳。觀其稱與，而不云寄，可見矣。黄𤊹作公年譜，嘗援以爲據，而不得詳，予因略疏之。此書初作方寸字，後皆拳許大，書蓋用敗筆草草寫成，瓌偉跌宕，一出顔東方朔贊，但字字剪輳成卷，必是大軸經庸人裝截耳。（《甫田集》卷二十一）

袁參坡

黄、蘇皆好禪，談者謂子瞻是士夫禪，魯直是祖師禪，蓋優黄而劣蘇也。人皆知二公終身以詩文爲事，然二公豈淺淺者哉！子瞻無論其立朝大節，卽陽羨買房焚劵一細事，亦足砭汚起懦。魯直與人書，論學論文，一切引歸根本，未嘗以區區文章爲足恃者。《餘冬序錄》嘗類其語，如云：「學問文章，當求配古人，不可以賢於流俗自足。孝弟忠信是此物根本，養得醇厚使根深蒂固，然後枝葉茂耳。」又云：「讀書須一言一句，自求己身，方見古人用心處，如欲進道，須謝外慕，乃得全功。」又云：「置心一處，無事不辨。讀書先令心不馳走，庶言下有理會。」又云：「學問以自見其性爲難，誠見其性，坐則伏於几，立則垂於紳，飲則形於尊彝，食則形於籩豆，升車則鸞和與之言，奏樂則鐘鼓爲之説，故無適而不當。至於世俗之學，君子有所不暇。」又云：「學問須從治心養性中來，濟以玩古之功。三月聚糧，可至千里，但勿欲速成耳。」此等處，皆汝輩所當服膺也。（《庭幃雜録》卷下）

黎民表

【題黄山谷書黄龍禪師開堂疏】鍾陵行楷稱第一，早歲已入蘭亭室。轉運應知腕有神，掣顫尤工老來筆。學詩唯許杜少陵，翰墨黄州迺其匹。宋人豈解識眞龍，天厩驊騮縱奔逸。藉名黨錮疾如仇，白首黔陽作縶囚。平生正得參禪力，萬里危途百不憂。黄龍老宿爾何子，嵩目曾識東家丘。相酬妙語千金直，能使芳名萬古流。擘窠何人勒翠琰，野火不肯焚銀鉤。何年榻本來燕市？慘淡無人知梵字。金門久客逢休澣，北牖臨風自粘綴。髮短誰知心尙長，側鼇尙望君王賜。（《瑤石山人詩稿》卷四）

王世貞

【題蔡端明、蘇端明、黄太史、米禮部、趙承旨墨跡後效少陵飲中八仙體】君謨郢斲何太工，宛若老將藏其鋒；卽論草草無凡踪，秪生土木金焉蒙。書家謂蔡土偶蒙金。眉山命態嬌且豐，阿環玉膚雙筋紅；酒酣斜捲霓裳風，爾曹往往論懺濃。莫云墨豬豬亦龍，書家謂眉山墨豬。豫章骨立兒作翁；踉蹌獨上峨嵋峰，翹足下瞰中原空。不辭墜拆蒼藤封，襄陽翩翩趫若風。錦衫危帽青躡驄，跳盪百戰無衡鋒。耳輪躍刃足蹋空，當時鼎立難爲雄。筆塚處處騰秋虹，晉鬼夜哭悲途窮。吴興指端天與工，墨池墨瀋蟠胸中。燁如威鳳翔岐豐，山陰之宗誰大宗？王孫隆準眞乃公。（《弇州山人四部稿》卷二十）

【山谷雜帖】魯直詩曰：「春來詩思何所似？八節灘頭上水船。」此君每出語法即若上水船，非妄也。書極老健。又云：「樊口舟中燭下，眼花頭眩，更觀東坡醉墨，重增睡思。」若未首肯坡書者，此不可曉。（同上卷一百三十）

【山谷卷後】此卷山谷老人詩，故夏太常家物，燬於火中，每行下輒缺一字，太常子大理德聲補之，亦佳。卷尾有吴文定公跋及手簡，要當有李文正篆首，今亦脱落矣。詩不著題，亦缺名氏，而考公集有之，《杜老浣花谿圖引》也。歌詞力欲求奇，然是公最合作語。書筆橫逸疎蕩，比素師饒姿態，亦稍平易可識；而結法之密，腕力之勁，波險神奇，似小不及也。始公作草書，眉山先生從傍賞歎不已，錢穆父學士曰：「魯直書故佳，恨不令見懷素自敍帖耳。」公意不謂耳，最後見素書，大愧悔，以爲不如遠甚，愈刻意臨池，晚節自謂得長沙三昧。然以吾家藏素千文字眞蹟校之，公猶在堂廡間也。（同上）

【題山谷卷後】山谷老人自謂得長沙三昧，然余竊怪其巧於取態，而略於求骨。此卷書太白長歌，翩翩幾與風人爭勝。使懸腕中加拔山力，不啻作長沙矣。張守跋初不知爲太白詩，後見全集，始能補其闕語，以爲奇事，豈羊皮詔中人例宜爾陋耶！後二跋如蕭海鉤文明、沈石田啓南，皆弘治間名士也。（同上）

【山谷老人此君軒詩】先騎胄子猷云：「何可一日無此君？」吾家小祇園竹萬箇中有軒三楹，不施丹堊，純碧而已，零雨微颸，朝暾夜月，峭蒨青葱，暎帶眉睫間，令人神爽。陳子兼方伯爲題署曰此君軒。今年歸自楚，得山谷老人大書《此君軒詩》一卷，怒筆勃掣，有攫龍拆石勢，懸針下垂，則輕稍遏雲，槎牙外嚮，則鬚節奮張，居然墨池傍兔苑。因留寘山房中，異日乞公瑕雙鈎入石壁之軒，爲此君傳神也。（同上）

【又一卷】涪翁書此君軒第二詩，是初得長沙法，而以華陽眞逸筆運之，能於穉中取老，作法外具眼觀可也。（同上）

【山谷書《墨竹賦》】石室先生以書法畫竹，山谷道人乃以畫竹法作書，其風枝雨葉，則偃蹇欹斜，疎稜勁節，則亭亭直上。此卷爲劉克莊書《墨竹賦》，尤是當家，試一展覽，淇園秀色在目睫間矣。（同上）

【山谷書狄梁公碑（節錄）】昔人謂狄梁公事，范文正公文之，黄文節公書之，爲海内三絶。然文篇法既俳，書勢亦傾側，未足絶也。黄正書不足存，有韻無體故也。（同上卷一百三十六）

【山谷中興頌碑後詩】山谷《中興頌碑後詩》，是論宗語，俯仰感慨，不忍再讀，迫急詰屈，亦令人易厭。書法翩翩有致，惜摹搨久，遂多失眞者。余謂坡筆以老取妍，谷筆以妍取老，雖側臥小異，其品格固已相當。跋尾云：「惜不得秦少游妙墨劖之崖石。」少游當亦善書，爾時謫藤州，故谷念之耶。（同上）

【山谷書東坡大江東去帖】銅將軍，鐵着板，唱大江東去，固也。然其詞跌宕感慨，有王處仲撾鼓意氣，傍若無人。魯直書莽莽，亦足相發。磊塊時閲之，以當阮公數斗酒。（同上）

【山谷七祖山詩】山谷《登七祖山次周元翁韻》詩，其書本得意筆，而爲再刻，故且石頑而工拙，所用峭側取老取媚意殆盡，其僅存者，偃蹇桀驁之態耳。詩亦頗自負得意語，而類若爲拙工頑石所侵者，何也？人苦不自知，何緣復寄王子駿。（同上）

【山谷書東坡卜算子詞帖（節錄）】「缺月挂疎桐」一帖，山谷書，蒼老鬱怒，大是奇筆。（同上）

【食時五觀帖】涪翁《食時五觀》，乃《小乘經》犓語耳，然不可不時使何太宰、王侍中讀之，筆法極輕弱而鮮餘味。（同上）

【涪翁雜帖】涪翁草書自作偈語一通，又唐詩二首。此公自謂得長沙三昧，一時亦翕然歸之，其風韻態度，誠翩翩濁世佳公子也。卽無論結構與素師手腕有剛柔之異，識者自得之。（同上）

詩格變自蘇、黄，固也。黄意不滿蘇，直欲凌其上，然故不如蘇也。何者？愈巧愈拙，愈新愈陳，愈近愈遠。（《藝苑卮言》卷四）

魯直不足小乘，直是外道耳，已墮傍生趣中。（同上）

剽竊模擬，詩之大病。亦有神與境觸，師心獨造，偶合古語者，如「客從遠方來」，「白楊多悲風」，「春水船如天上坐」，不妨俱美，定非竊也。其次裒集旣富，機鋒亦圓，古語口吻，間若不自覺……又有全取古文，小加裁剪，如黄魯直宜州用白樂天諸絶句。（同上）

唐人詩云：「海色晴看雨，鐘聲夜聽潮。」至周以言則云：「海色晴看近，鐘聲夜聽長。」唐僧詩云：「經來白馬寺，僧到赤烏年。」至皇甫子循則云：「地是赤烏分敎後，僧同白馬賜經時。」雖以剽語得名，然猶未見大決撒。獨李太白有「人烟寒橘柚，秋色老梧桐」句，而黄魯直更之曰：「人家園橘柚，秋色老

梧桐。」晁無咎極稱之。何也？余謂中只改二字，而醜態畢具，眞點金作鐵手耳。（同上）

宋詩亦有單句不成詩者，如王介甫「青山捫蝨坐，黄鳥挾書眠」，又黄魯直「人得交游是風月，天開圖畫卽江山」，潘邠老「滿城風雨近重陽」，雖境涉小佳，大有可議，覽者當自得之。（同上）

子瞻多用事實，從老杜五言古、排律中來。魯直用生拗句法，或拙或巧，從老杜歌行中來。介甫用生重字中於七言絶句及頷聯内，亦從老杜律中來。但所謂差之毫釐，謬以千里耳。骨格既定，宋詩亦不妨看。（同上）

郎　瑛

【詩非蹈襲】　子美詩有：「夜足霑沙雨，春多逆水風。」樂天詩云：「巫山暮足霑花雨，隴水春多逆浪風。」陶淵明詩云：「採菊東籬下，悠然見南山。」韋應物亦有：「採菊露未晞，舉頭見南山。」又東坡《續麗人行》首四句：「深宫無人春晝長，沉香亭北百花香。美人睡起薄梳洗，燕舞鶯啼空斷腸。」薩天錫《題楊妃病齒》詩則云：「沉香亭北春晝長，海棠睡起扶殘妝。清歌妙舞一時靜，燕語鶯啼空斷腸。」但略少變其文。如此等詩不可盡述，每見錄於詩話，美則以爲點鐵化金，刺則以爲蹈襲古詩，附會譏誚，殊爲可厭。予略錄數首於右，以見陶、杜豈特待白、韋點化，而應物、天錫固竊詩者哉！故老杜嘗戲爲詩曰：「咏及前賢更勿疑，遞相祖述復先誰。」大抵誦人詩多，往往爲己得也。若夫黄魯直《黔南十絶》則又不在此例，故欲逐首取裁白詩，詩選所謂樂天多於敷衍，山谷巧於剪裁是也。又范寥嘗在宜州問魯直曰：「君何累用白句？」魯直曰：「庭堅少時誦習，久而忘其爲何人詩，故阻雨衡山尉廳，偶然遇事，信手書爾。」寥復以點鐵之語告之，山谷大笑曰：「點鐵化金，如此快耶！」夫衡山尉廳之詩固然，而《黔南十絶》豈亦忘之爲得也？此又黄公之可笑。（《七修類稿》卷二十辨證類）

【奪胎换骨】《冷齋夜話》載：山谷曰：「不易其意而造其説，謂之换骨；規摹其意而形容之，謂之奪胎。」覺範復引樂天「醉貌如霜葉，雖紅不是春」，至東坡則曰：「兒童誤喜朱顔在，一笑那知是酒紅。」此謂奪胎。予以山谷之言自是，而覺範引證則非矣。蓋東坡變樂天之辭，正是换骨。如陳無己挽南豐云：「丘原無起日，江漢有東流。」乃變老杜「爾曹身與名俱滅，不廢江河萬古流」，皆此類也。若安石《即事》云：「静憩鳩鳴午。」乃取唐詩「一鳩鳴午寂」。《紅梅》云：「北人初未識，渾作杏花看。」即晏元獻「若更遲開三二月，北人應作杏花看。」此乃奪胎也。山谷之言，但加數字，尤見明白，則覺範亦不錯認，如造字上加别字，形字上加復字可矣。（同上卷二十八辨證類）

【豔詞不可塡】昔僧秀關西與黄山谷曰：「作詩無害，惟豔歌小詞可罷之。」山谷笑曰：「殆空中語耳，終墮此惡道耶？」師曰：「若是以邪言蕩人淫心，使彼由汝犯法，恐不止墮惡道而已。」黄自此不作豔詞。予嘗思此甚爲有理，惟詞曲儘説情思，非若詩之藴藉悠揚也。（同上卷三十一詩文類）

【評詩難】晏元獻喜論詩，嘗曰「老覺腰金重，慵便枕玉涼」，未是富貴，不如「笙歌歸院落，燈火下樓臺」，此方善言富貴。殊不知樂天以道此二句非富貴語，是看人富貴者也。故魯直矯之曰：不如「落花遊絲白日静，鳴鳩乳燕春深好」。予以「老覺」之聯，固不如「笙歌」者矣；而「笙歌」、「燈火」之説爲

看人富貴，亦求之深遠。魯直矯之二句，恐亦僧堂道院之所有耶。（同上卷三十四詩文類）

【巴西】山谷《懷荆公再次西太乙宫韻》之詩第二首云：「啜羹不如放麑，樂羊終愧巴西。欲問老翁歸處，帝鄉無路雲迷。」任天社解山谷之意，謂惠卿之忍，正如樂羊，荆公之過，與巴西同。又言末句神宗崩，公亦薨，從其在天，非讒邪所能間。予觀山谷所和四詩，皆指荆公，不若東坡之和之妙也。此首以惠卿比樂羊固可，而以秦西巴擬荆公，恐爲不當，荆公直刻拗耳，豈不仁也哉？任復謂讒邪不能間，亦益山谷不善之意。山谷或止以帝鄉之路，雲亦不迷也。《藝苑雌黄》又爲山谷解倒用西巴，引退之差參、瓏玲爲證。予意虚字倒用，尚可理推，至於人名，恐未穩也。山谷此詩，只是有病。（同上卷三十六詩文類）

唐順之

【書黄山谷詩後】黄豫章詩，眞有憑虚欲仙之意，此人似一生未嘗食烟火食者，唐人蓋絶未見有到此者也。雖韋蘇州之高潔，亦須讓出一頭地耳。試具眼參之。吾若得一片静地，非特斷葷，當須絶粒矣。蓋自覺與世味少緣矣，然非爲作詩計也。（《荆川先生文集》卷十七）

李贄

【書蘇文忠公外紀後】卓吾曰：蘇長公以文字故獲罪當時，亦以文字故取信於朋友，流聲於後世，若黄、秦、晁、張皆是也。略考仁、英、神、哲之朝，其中心悦而誠服公者，蓋不止此，蓋已盡一世之傑矣，黄、秦、晁、張特其最著者也。然則爲黄、秦、晁、張者，不亦幸乎！雖其品格文章足以成立，不特長公而後著，然亦未必灼然光顯以至於斯也。余老且拙，自度無以表見於世，勢必有長公者然後可藉以不朽。焦弱侯，今之長公也，天下士願藉弱侯以爲重久矣。嘗一日顧謂弱侯曰：「公能容我作一老門生乎？」弱侯笑曰：「我願以公爲老先生也。」余謂：「余實老矣，公年又少余十五歲，則余實先公而生，其爲老先生無疑，但有其實無其名，我不願也。唯願以老先生之實託老門生之名，而恆念無四子之才之學，卽欲□託門下以成其名，又安可得耶！」時有從旁贊曰：「黄山谷有曰：『管城子無食肉相，孔方兄有絶交書。』今公管城如之，孔方如之，正今之山谷老人矣。」余喜而揖曰：「有是哉！幸然爲我授記也。」遂記其語於此。（《續焚書》卷二）

張萱

【以行呼】朋友相呼以行數，唐、宋以來皆然。其俗起於北齊，張稷爲豫章王主簿，與劉繪俱見禮接，未嘗呼名，呼爲劉四、張五，前此未聞也。第此等相呼雖雅，亦近於狎。黄山谷嘗避暑於李氏園亭，題壁云：「荷舞竹風宜永日，冰壺涼簟不能迴。」題詩未有驚人句，會喚謫仙蘇二來。」秦少游見之，言於坡公曰：「以先生爲蘇二，大似相薄。」公亦改容。然坡公讀山谷《煎茶》詩云：「黄九怎得不窮？」足以相當矣。（《疑耀》卷五）

【黄山谷不言命】黄山谷道機禪觀，皆臻其妙，獨不言命，其詩文爲星命家作者絶少。其與趙言、柳彦輔兩人，一方士，一日者，僅見於外集遺文而已。觀其誌非熊之墓，慨歎夫命之不可恃，日者之不可憑，猶曰：「此爲非熊歎耳。」若其答林爲之，有曰「由命非由拙」，而《放言》亦云「廢興宜有命」。乃知君子不可不知命，罕言之可也。（同上卷七）

胡應麟

【王介甫書】「王荆公字本無所解，評者謂其作字似忙，世間那得許多忙事，而山谷阿私所好，謂荆公字法出於楊虚白，又謂金陵定林寺壁有荆公書數百字，惜未見賞音者。何荆公字在當時無一人賞音，而山谷獨稱之耶？」（楊愼）米芾《書史》云：「楊凝式書，王荆公嘗學之，余與語及此，公大賞歎，曰：『無人知之。』其後與余書簡皆此類字。」又《海岳名言》云：「半山莊臺上多文公書，今不知存否？文公學楊凝式書，人尠知之，余語其故，公大賞其鑒。」據右二條，非極許可語，然出米顛之口，其推服介甫甚矣，謂無一人賞音可乎？（《少室山房筆叢》卷六《丹鉛新錄》二）

編者按：此後尚有引《書史》、《墨池編》等語，文繁不錄。此條雖評王安石書法，但涉及黄庭堅與王安石的關係，辨正楊愼的說法，故錄以備參考。

黄、陳、曾、呂，名師老杜，實越前規。（《詩藪》内編卷二）

禪家戒事理二障，余戲謂宋人詩病政坐此。蘇、黄好用事而爲事使事障也，程、邵好談理而爲理縛理障也。（同上）

宋黄、陳首倡杜學，然黄律詩徒得杜聲調之偏者，其語未嘗有杜也。至古選歌行，絶與杜不類，晦澀枯槁，刻意爲奇而不能奇，真小乘禪耳，而一代尊之無上。（同上内編卷三）

老杜好句中疊用字，惟「落花」、「游絲」妙絶，此外如「高江急峽」、「小院迴廊」，皆排比無關妙處。又如「桃花細逐楊花落」、「便下襄陽向洛陽」之類，頗令人厭。唐人絶少述者，而宋世黄、陳競相祖襲。（同上内編卷五）

山谷以楚辭自許，當時亦盛歸之，今讀《毁璧》、《殞珠》等作，殊未見超。（同上外編卷五）

宋人用史語，如山谷「平生幾兩屐，身後五車書」，源流亦本少陵；用經語如後山「呪功先服猛，戒力得扶顛」，剪裁亦法康樂。然工拙頓自千里者，有斧鑿之功，無鎔鍊之妙，矜持於句格，則面目可憎，架疊於篇章，則神韻都絶。（同上）

昔人評郊、島非附寒澀，無所置材。余謂黄、陳學杜瘦勁，亦其材近之耳。律詩主格，尚可矍鑠自矜，歌行間涉縱横，往往束手矣。然黄視陳覺稍勝。（同上）

李獻吉云，黄、陳師法杜甫，號大家，今其詩傳者不香色流動，如入神廟坐土木骸即冠服人，等謂之人，可乎？（同上）

大曆而後，學者溺於時趨，罔知反正。宋、元諸子亦有志復古，而不能者，其説有二：一則氣運未開，一則鑒戒未備。蘇、黄矯晚唐而爲杜，得其變而不得其正，故生澀崚嶒而乖大雅。（同上）

蘇、黄初亦學唐，但失之耳。（同上）

（宋之）學杜者王介甫、蘇子美、黄魯直、陳無己、陳去非、楊廷秀。（同上）

老杜吳體，但句格拗耳，其語如「側身天地更懷古，回首風塵甘息機」、「落花游絲白日静，鳴鳩乳燕青春深」，實皆冠冕雄麗。魯直「黄流不解涴明月，碧樹爲我生涼秋」、「蜂房各自開戶牖，蟻穴或夢封侯王」，自以平生得意，遍讀老杜拗體，未嘗有此等語。獨「盤渦鷺浴底心性，獨樹花發自分明」稍類，然亦杜之僻者，而黄以爲無始心印。「天下幾人學杜甫，誰得其皮與其骨」，其魯直謂哉！（同上）

宋人五言古雨砌風軒外，可入六朝者無幾，而近體顧時時有之，摘列於左，掩姓名讀之，未必皆別其爲宋也：

……黄魯直「呵鏡雲遮月，啼粧露着花」……皆陳末唐初遺響也。（同上）

黄、陳律詩法杜可也，至絶句亦用杜體，七言小詩，遂成突梯謔浪之資，唐人風韻，毫不復覩，又在近體下矣。（同上）

介甫……七言諸絶，宋調坌出，實蘇、黄前導也。（同上）

袁宏道

【與丘長儒書(節錄)】 唐自有詩也，不必《選》體也。初盛中晚自有詩也，不必初盛也。李、杜、王、岑、錢、劉，下迨元、白、盧、鄭，各自有詩也，不必李、杜也。趙宋亦然，陳、歐、蘇、黄諸人，有一字襲唐者乎？又有一字相襲者乎？至其不能爲唐，殆是氣運使然，猶唐之不能爲《選》，《選》之不能爲漢魏耳。(《袁中郎全集》尺牘第二八頁)

毛晉

【山谷題跋】 從來名家落筆，謔浪小碎，皆有趣味，一時同調，輒相欣賞贊歎，不啻口出。余竊謂相知如蘇、米兩公，尚有知不盡處，莫若本人自道，全提全示，無有少剩爲快耳。嘗見山谷云：「家弟幼安，求草法於老夫。老夫之書，本無法也，但觀世間萬緣如蚊蚋聚散，未嘗一事横於胸中，故不擇筆墨，遇紙則書，紙盡則已，亦不計工拙與人之品藻譏彈。辟如木人舞中節拍，人歎其工，舞罷則又蕭然矣。」余恍然曰：此數語卽可以跋《山谷題跋》矣。殆所謂順贊一句，屋下蓋屋，逆贊一句，樓上安樓，不如借水獻花，與一切人供養。

諸家題跋魯直者，其卷帙反多於魯直題跋矣，豈容更添蛇足耶？但其款識不一，因考其甥洪玉夫云：「舅氏魯直，愛山谷石牛洞，故自號山谷道人；謫黔戎時，假涪州别駕，故又號涪翁。」或曰涪皤，在黔中又號黔安居士，至宜州又號八桂老人，皆班班見於詩文。後來米元章、倪元鎮亦多别號。今人效顰三老，名字百出，亦甚無謂矣。惟古人小字，可喜可法，當覓小名錄數種以傳。(《汲古閣書跋》)

【山谷詞】魯直少時使酒玩世，喜造纖淫之句。法秀道人誡云：「筆墨勸淫，應墮犂舌地獄。」魯直答曰：「空中語耳。」晚年來亦間作小詞，往往借題棒喝，拈示後人。如效寶寧勇禪師《漁家傲》幾闋，豈其與《桃葉》、《團扇》鬥妖豔耶？（同上）

李日華

黄涪翁行書一卷，古玉版牋，隨意書自作詩，似汝帖中劉伯倫、向秀等筆法，高朗剛毅，如佛氏宿生習氣有驗，翁卽不應前生從女身轉也。（《六研齋筆記》卷一）

董斯張

【楊夫人詩祖山谷】弇州《藝苑卮言》殊擊節楊夫人「曰歸曰歸」二語。昨從張嗣宗借《山谷外集》看，一聯云：「美人美人隔湘水，其雨其雨怨朝陽。」寄初和叔詩中句也。弇州極詆宋詩，乃蘊名士而譽絣襪，豈不令雙井失笑！然「其雨怨朝陽」已入步兵之詠，「曰歸歸未克」復徵大陸之唱；「美人秋水」，杜老遺音。杜《寄韓諫議》詩：「美人娟娟隔湘水。」昔之人早以風雅爲我用矣。唐人用疊語，如太白「枯楊枯楊爾生稊」，又「美人美人歸去來」，少陵「長鑱長鑱白木柄」，長吉「釆玉釆玉須水碧」，樂天「劉郎劉郎莫先起」，「蘇臺蘇臺隔煙水」，黄詩意祖之。（《吹景集》卷二）

【鸜鵒妃】秦少游有所盼，山谷戲以詩云：「誰饋百牢鸜鵒妃。」按朱彦時《黑兒賦》曰：「岔如鸜鵒鬥，

樂似鸕鷀喜。」黄詩祖之。（同上卷十四）

陳宏緒

莫尚書少虚困官西蜀，謁南堂靜師，咨決心要，使其向好處提撕。適如厠，聞穢氣，以手掩鼻，遂有省。

黄龍寺晦堂老子嘗問山谷以「吾無隱乎爾」之義，山谷詮釋再三，晦堂終不然其説。時暑退涼生，秋香滿院，晦堂因問曰：「聞木犀香乎？」山谷曰：「聞。」晦堂曰：「吾無隱乎爾。」山谷乃服。但能觸處領略，鼻穢馨香，都不礙此鼻尖頭也。（《寒夜録》卷上）

豫章在宋以詩文著者，黄山谷、胡少汲也。（同上卷下）

四　清代

賀裳

【用事】宋人論事，多用心於無用之地，風氣使然，名家不免。如山谷之注「喚起」、「催歸」爲二鳥，東坡之自負「玉樓」、「銀海」，事則然矣，然並無佳處。（《載酒園詩話》卷一）

【詠物】山谷《酴醿》詩：「露濕何郎試湯餅，日烘荀令炷爐香。」楊誠齋云此以美丈夫比花也。余以所言未盡。上言其白，下言其香耳。又云此詩出奇，古人未有。余以此亦余宋落花一類，總出玉溪，固非獨擅。余又思此二語雖佳，尚不及東坡《紅梅》詩「寒心未肯隨春態，酒暈無端上玉肌」尤無痕跡。（同上）

【黄庭堅】讀黄豫章詩，當取其清空平易者，如《曲肱亭》：「仲蔚蓬蒿宅，宣城詩句中。人賢忘陋巷，境勝失途窮。寒菹書萬卷，零亂剛直胸。偃蹇勳業外，嘯歌山水重。辰雞催不起，擁被聽松風。」不堪矯揉，政自佳。其詩病在好奇，又喜使事，究其所得，實不如楊、劉。如「春將國豔熏花骨，日借黄金縷水紋」，何等費力。《咏弈棋》「湘東一目誠堪死，天下中分尚可持」，終亦巧累於理。「霜林收鴨脚，春網薦琴高」，按鴨脚即銀杏，以葉似鴨脚得名，仙人琴高跨鯉而來，故言鯉者多引其事。今日薦琴高，何異微生一瓶、右軍兩隻耶！

「蜂房各自開戶牖，蟻穴或夢封侯王」，奇句也。但題是落星寺，上句形容山腰室廬，參差高下之致酷肖，下句未免題外發意矣。此二語有重名，然明眼人正不能爲高名所瞞。

《詠猩猩毛筆》曰：「愛酒醉魂在，能言機事疎。平生幾兩屐，身後五車書。物色看王會，勳勞在石渠。拔毛能濟世，端爲謝楊朱。」雖全篇俳謔，使事處猶覺天趣洋溢。至《接花》詩「雍也本犂子，仲由元鄙人，升堂與入室，只在一揮斤」，則眞如祝欽明之八風舞，大雅掃地矣。

《謝送碾茶》詩：「春風飽識大官羊，不慣腐儒湯餅腸。搜攪十年燈火讀，令我胸中書傳香。已戒應門老馬走，客來問字莫載酒。」如此等亦自清芬逼人。

漁隱曰：東坡云黃魯直詩文如蝤蛑、江珧柱，格韻高絶，盤飱盡廢，然不可多食，多食則發風動氣。山谷云「蓋有文章妙一世，而詩句不逮古人者」，指東坡而言也。二公文章，自今視之，世自有公論，豈至各如前言，蓋一時爭名之詞耳。俗人便以爲誠然，遂爲譏議，所謂「蚍蜉撼大樹，可笑不自量」者耶。余意二公之言皆爲至論，非爲爭名，終不自掩厥失者，所謂睫無內見之明也。坡詩苦於太盡，常有才大難降、筆走不守之恨。魯直頗能開闢，如虬髯客恥自從龍，要亦倔強海外耳。至漁隱所言，如盲師論南泉公案，謂特作斬貓勢。（同上卷五）

【曾幾】魯直好奇，兼喜使事，實陰效楊、錢，而外變其音節，故多矯揉倔佶，而少自然之趣。然氣清味冽，胸中亦自有權衡，故佳篇尙多。（同上）

少游能曼聲以合律，寫景極淒惋動人，然形容處殊無刻肌入骨之言，去韋莊、歐陽炯諸家尚隔一塵。黄九時出俚語，如「口不能言，心下快活」，可謂傖父之甚。然如「釵罥袖，雲堆臂。燈斜明媚眼，汗浹瞢騰醉」，前三語猶可入畫，第四語恐顧、陸不能著筆耳。黄又有「春未透，花枝瘦，正是愁時候」，新俏亦非秦所能作。(《皺水軒詞筌》)

東坡櫽括《歸去來辭》，山谷櫽括《醉翁亭》，皆墮惡趣。天下事爲名人所壞者，正自不少。(同上)

溫飛卿小詩云：「合歡桃核眞堪恨，裏許元來別有人。」山谷演之曰：「你有我，我無你分。似合歡桃核，眞堪人恨，心兒裏有兩個人人。」拙矣。(同上)

盧世㴶

【山谷集】余生三十年，未知宇宙有山谷也。因同社友馬遠之勸余讀山谷書，始求而閱之，一閱即有入處。手鈔兩冊，間有評點，舉以贈友人王潛夫，亦如遠之之勸余讀也。顧所見止南都坊刻三十卷，聞山谷集不止此，從而博訪之，不得，嗣於燕市中獲《豫章集》一部，大略如南都本，止多墓碣數篇與洪炎一序。偶門人鄭爾木出《山谷刀筆》四冊，尺牘幾乎備矣，惜其漫患，遂託陳獻之清出，時時把玩，然志未已也。直至庚辰渡江，董大兄孟履暨長公對之各贈一部，乃全書也，一舊刻，一新刻，可以互相校勘。爾時漕務殷煩，未遑卒業。茲得請還山，臥疾豐暇，取兩集反復參對，恣意搜討，一切詩中小引，采入歸序，凡詩題之有意況者，采入雜錄，而似題跋非題跋者，亦歸雜錄。間有刪汰，不過十之二三。山谷文至是粲然明備，足以成一書而可傳矣。盧子喟然歎曰：余生三十年，不知有山谷，□周旋二十五年不舍，文章有神交有道，余於先生曷當妄託心，惟日孜孜，從吾所好而已。書成，惜遠之家在長水，相去三千里，何由縮地共讀；潛夫近遭兵禍，音耗茫茫；彼爾木者，遂久爲泉下人矣，爲之撫卷長歎。至董氏父子相贶之雅，不能忘也。書凡十二冊，以類相從，俱有條理；又附錄二冊。蓋博采山谷傳贊年譜及諸家評論，薈萃成帙，山谷人品文品已昭昭矣，余是以鈔而不論云。（《尊水園集略》卷七《鈔書雜序》）

【涪軒記】平生喜讀山谷先生書，喧寂寒暑，攜冊與俱，蓋二十五年於此矣。余更悠然有意乎其爲人也，每想其慈祥愷悌，清眞瀟灑，無衆寡大小，一御以至誠之氣象，輒體氣欲仙，柴棘自化，因歎世安得有斯人耶！卽執鞭結襪，有餘榮矣。懷此頗有年，今乃除園中隙地，築一室以俎豆先生。先生晚號涪翁，又號涪皤，義有取爾，遂顔爲涪軒云。軒成，報吾友王潛夫知，潛夫曰：「有杜亭，又有涪軒，子之於前脩，亦既勤矣。子當草一記，吾爲子書之。」余欣然伸紙，而請潛夫命筆。（同上卷九）

【與程正夫（節錄）】平生最愛黄山谷之人與文，今乃取其集細細編排，名曰《山谷文鈔》。第繕寫乏人，書成當在來歲。（同上卷十二）

周亮工

錢牧齋先生曰，余嘗謂自宋以來，學杜詩者莫不善於黄魯直；評杜詩者，莫不善於劉辰翁。魯直之學杜也，不知杜之眞脈絡，所謂前輩飛騰餘波綺麗者；而擬議其横空排奡，奇句硬語，以爲得杜衣鉢，此所謂旁門小徑也。辰翁之評杜也，不識杜之大家數，所謂鋪陳終始，排比聲韻者；而點綴其尖新儁冷、單詞隻句以爲得杜骨髓，此所謂一知半解也。弘正之學杜者，生吞活剝，以撏撦爲家常，此魯直之隔日瘧也；其黠者又反脣於西江矣。（《書影》卷二）

吴景旭

【警悟】《西淸詩話》曰：「魯直少警悟，送人赴舉云：『送君歸去明主前，若問舊時黄庭堅，謫在人間今八年。』此已非髫稚語矣。」

吴旦生曰：魯直七歲已作牧童詩，警悟不待言。其父爲亞夫，名庶，有《怪石》一絶云：「山鬼水怪著薜荔，天祿辟邪眠莓苔。鉤簾對坐心語口，曾見漢唐池館來。」洪駒父比之老杜之有審言。其外父爲謝師厚，名景初，有《王左丞夜至》一絶云：「倒著衣冠迎户外，盡呼兒女拜鐙前。」王直方謂編之杜集無媿也。故魯直從謝公得句法，嘗有詩曰：「自往見謝公，論詩得濠梁。」由此觀之，以警悟之質，源流有自，又加之琢磨，宜其卓絶矣。（《歷代詩話》卷五十九）

【一鴟】黄魯直以詩借書目於胡朝請云：「願公借我藏書目，時送一鴟開鏁魚。」

吴旦生曰：昔稱借書一瓻，後訛爲嗤。《商芸小說》引杜預云：有書借人爲可嗤，借書送還亦可嗤。或作癡字。《貲暇集》謂借一癡，與二癡，索三癡，還四癡，此皆頑鄙之極。余按當作瓻，蓋欹與瓻，字近

而訛耳。《廣韻》云：瓻，丑飢切，古之盛酒器，大者一石，小者五斗。蓋欲借書以一瓻酒，還書亦以一瓻酒也。(同上)

【糖霜】山谷作頌答雍熙長老寄糖霜云：「遠寄蔗霜知有味，勝於崔子水晶鹽。正宗掃地從誰說，我舌猶能及鼻尖。」

吳旦生曰：王灼《糖霜譜》：唐大曆間，有僧鄒和尚，不知所從來，跨白驢登繖山，結茅廬以居，須鹽米薪菜之屬，卽書於紙，繫錢緡遣驢負至市區，人知爲鄒也，取平直挂物於鞍，縱驢歸。一日，驢犯山下黄氏諸蔗，黄請償於鄒，鄒曰：「汝未知因蔗糖爲霜，利當十倍，吾語汝塞責可乎？」試之果信。其色如琥珀，遂爲上品。自是流傳其法。鄒末年北走通泉縣靈鷲山龕中，其徒追及之，但見一文殊石象，始知大象化身，而白驢者獅子也。則知山谷所言「正宗」蓋用此。東坡有詩送遂寧僧圓寶云：「冰盤薦琥珀，何似糖霜美。」亦指色如琥珀也。(同上)

【千秋】山谷詩：「穿花蹴踘千秋索，挑菜嬉遊二月晴。」

吳旦生曰：《古今藝術圖》云：北方寒食用鞦韆爲戲，以習輕趫者。《事物紀原》云：齊桓北伐，此戲始傳。《荆楚歲時記》云：拖鉤之戲，以絚作蔑纜相罥，緜亙數里，鳴鼓牽之。《涅槃經》曰：罥輪骨輪索。其鞦韆之戲乎？鞦韆亦拖鉤之類也。《天寶遺事》云：宮中寒食節，競築鞦韆，宮嬪笑樂，帝呼爲半仙之戲。《酉陽雜俎》云：寒食有內傷之虞，令人作鞦韆以動盪之。余按此出自漢武宮中，本云千秋祝壽之詞。王延壽作《千秋賦》，指此。蓋正作千秋字，後世倒其語爲秋千，易其字爲鞦韆，皆俗譌也。蔡林屋《鞦軒怨》又作軒，非是，觀山谷又詩云「未到清明先禁火，還依桑下繫千秋」，可證。崇禎中陳臥子詩：「禁苑起山名萬歲，複宫新戲號千秋。」最得解。（同上）

【用事】《類苑》曰：「魯直善用事，若塡塞故實，舊謂之點鬼簿，今謂之堆垛死屍，如《詠猩猩毛筆》詩：『平生幾兩屐，身後五車書。』又云：『管城子無食肉相，孔方兄有絶交書。』精妙穩密，不可加矣。當以此語反三隅也。」

吳旦生曰：《唐文粹·猩猩説》云：「阮研使封溪，見邑人言，猩猩喜著屐，人設酒及屐，乃爲所禽，刺其血。」又晉阮孚云：「未知一生能著幾兩屐。」又五車書，莊子言惠施事。蓋魯直上句借孚語以用研事，下句借施事以言作筆鈔書耳。極刻露處，能餘其隱，故不嫌其太作意也。（同上）

【雞距鼠鬚】黄魯直詩：「宣城變樣蹲雞距，諸葛名家捋鼠鬚。」

吳旦生曰：此皆筆名。白樂天《雞距筆賦》：「足之健兮有雞足，毛之勁兮有兔毛。就足之中，奮發者利距；在毛之內，秀出者長毫。合爲手筆，正得其要；象彼足距，曲盡其妙。」蘇東坡答文與可詩：「爲愛鵝谿白繭光，掃殘雞距紫毫芒。」陸放翁詩：「雞距鋒圜筆絶倫。」（同上）

【矲矮挼莎】黄魯直詩：「矲矮金壺肯持送，挼莎殘鞠更傳梧。」

吳旦生曰：《春官》音注：「矲，皮買反。雉，苦買反。」《方言》：「桂林之間，謂人短爲矲雉。雉正作矮字呼也。」《曲禮》：「共飯不澤手。」注云：「澤，挼莎也。」《古雋考略》云：「莎一作挱。」《經典釋文》云：「煩撋，猶挼挱也。」蓋宋人用事，貴出處相等，傳注中用事，必以傳注中對之故也。陸放翁詩：

「醉撫酒壺憐矲矮，臥看香岫愛嶙峋。」謝薖《初夏》詩：「挼挲蕉葉展新緑，從便榴花舒小紅。」(同上)

【船官】 山谷詩：「王侯文采似於菟，洪甥人間汗血駒。相將問道城南隅，無屋止借船官居。」

吳旦生曰：按庾子山賦：「風吹雲夢，凍合船官。」注云：「船官，官船也。」或疑山谷詩當作「官船居」，是未嘗看庾賦耳。趙復迻晏集賢南歸云：「船官風破浪，關吏鼓通晨。」(同上)

【竹石牛】 《室中語》曰：「坐客論魯直巧自作格，因舉其題竹石牛圖云：『石吾甚愛之，勿使牛礪角；牛礪角尚可，牛鬥殘我竹。』如此語意甚新。公徐云：『獨漉水中泥，水濁不見月；不見月尚可，水深行人沒。』蓋是太白《獨漉篇》也，山谷亦倣此語意耳。」

吳旦生曰：或稱魯直「桃李春風一杯酒，江湖夜雨十年鐙」，以爲極至。魯直自以此猶砌合，須《竹石牛圖》詩乃可言至耳。余觀此詩機致圓美，只將竹石牛三件頓挫入神，自成雅調。陵陽謂其襲太白《獨漉篇》法，然按宋元嘉中語云：「寧作五年徒，不逐王元謨；元謨猶尚可，宗越更殺我。」則太白之前，早有此等語句矣。況詩家老手，體製縱横，便直取古語，如孟德之「呦呦鹿鳴」，淵明之「犬吠深巷中」，老杜之「使君自有婦」、「而無車馬喧」，亦復何礙？(同上)

【天咫】 黄魯直詩：「湔祓瘴霧姿，朝趨去天咫。」

吳旦生曰：任淵注引「天威不違顔咫尺」。洪景盧謂：《國語》：楚靈築三城，使子晳問范無宇，無宇不可，王曰：「是知天咫，安知民則。」韋昭曰：「咫者，少也。言少知天道耳。」《酉陽雜俎》有《天咫篇》。黄詩蓋用此。徐師川《翫月》四言云：「君家近市，所見天咫。庭戶之見，容光能幾。」正祖述黄

所用云。（同上）

【一幨】山谷詩：「畫出西樓一幨秋。」吳旦生曰：唐詩「吳淞一幀秋」，山谷本之。幨，本音静，陸魯望又作平聲押。畫縜曰窨。《晉·天文志》：「東海氣如圓窨，河水氣如引布。」别作幨、幀、幨。（同上）

馮班

【敍詞源（節錄）】詞家名手，稱秦七、黄九。東坡居士以蓋世之氣，發爲磊落慷慨之言，時謂銅將軍鐵綽板，當行本色或未之許。近代之論如此。以余言之，殆不然也。……坡公大筆，豈曰不如秦、黄乎？（《鈍吟文稿》）

吳喬

子瞻云：「詩以奇趣爲宗，反常合道爲趣。」此語最善。無奇趣，何以爲詩？反常而不合道，是謂亂談；不反常而合道，則文章也。山谷云：「雙鬟女娣如桃李，早年歸我第二雛。」亂談也；堯夫《三皇》等吟，文章也。（《圍爐詩話》卷一）

錢□□云：黄魯直學杜，不知杜之眞脈絡，所謂前輩飛騰，餘波綺麗，而擬其横空排奡，奇句硬語。（同上卷四）

唐詩之最下者胡曾、羅虬，終是唐詩之下者；宋詩之最高者蘇、黄，終是宋詩之最高者。宋人必欲與唐異，明人必欲與唐同。（同上卷五）

宋時江西宗派專主山谷，江湖詩派專主曾茶山。（同上）

山谷古詩，若盡如《上子瞻》二篇，將以漢人待之，其他只是唐人之殘山剩水耳。留意鍛煉，與不留意直出不同也。（同上）

山谷《猩猩毛筆》云「愛酒醉魂在，能言機事疎。平生幾兩屐，身後五車書。物色看王會，勳勞在石渠。拔毛能濟世，端爲謝楊朱。」工煉得唐人法。「管城子無食肉相，孔方兄有絶交書」，乃其戲筆，而學宋詩者多傚之。（同上）

蘇、黄以詩爲戲，壞事不小。（同上）

山谷專意出奇，已得成家，終是唐人之殘山剩水。（同上）

山谷之「春將國豔熏花色，日借黄金映水紋」，介甫之「一水護田將緑繞，兩山排闥送青來」，皆有斧鑿痕。（同上）

宋人好句有可入六朝、三唐者，何可沒之。五言如……山谷《賦野無遺賢》云：「渭水空藏月，傅山深鎖烟。」……七言如……山谷云：「清鑑風流歸賀八，飛揚跋扈付朱三。」……山谷《途中雪詩》云：「山衔斗柄三更沒，雪共月明千里寒。」……山谷云：「人得交遊是風月，天開圖畫卽江山。」（同上）

宋人學問，史也，文也，詞也，俱推盡善。字畫亦稱盡美，詩則未然，由其致精於詞，心無二用故也。大抵詩人不惟李、杜窮盡古人，而後自能成家，及長吉、義山，亦致力於杜詩者甚深，而後變體，其集俱在，可考也。永叔詩學未深，輒欲變古。魯直視永叔稍進，亦但得杜之一鱗隻爪，便欲自成一家，開淺直之門，貽悞於人；迨江西派立，胥淪以亡矣。（同上）

施閏章

【詩有本】山谷言近世少年不肯深治經史，徒取助詩，故致遠則泥。此最爲詩人鍼砭。詩如其人，不可不愼，浮華者浪子，叫囂者粗人，窘瘠者淺，癡肥者俗。風雲月露，舖張滿眼，識者見之，直是一葉空紙耳。故曰：君子以言有物。（《蠖齋詩話》）

【山谷】泰和縣舊志稱山谷作令時，往往窮搜巖壑，賦詩題壁。今按《快閣》詩外，殊寥寥，官亦能累山谷邪！（同上）

王夫之

含情而能達，會景而生心，體物而得神，則是有靈通之句，參化工之妙。若但於句求巧，則性情先爲外蕩，生意索然矣。松陵體永墮小乘者，以無句不巧也。然皮、陸二子，差有興會，猶堪諷咏，若韓退之以險韻奇字古句方言矜其餖飣之巧，巧誠巧矣，而於心情興會，一無所涉，適可爲酒令而已。黄魯直、米元章益墮此障中，近則王謔菴承其下游，不恤才情，别尋蹊徑，良可惜也。（《夕堂永日緒論》）

立門庭者必飣餖，飣餖非不可以立門庭，蓋心靈人所自有，而不相貸，無從開方便法門任陋人支借也。除卻書本子，則更無詩。（同上）

人譏西崑體爲獺祭魚，蘇子瞻、黄魯直亦獺耳，彼所祭者肥油江豚，此所祭者吹沙跳浪之鱨鯊也。開卷一部杜詩爲劉會孟陻塞者十三五，爲千家註沈埋者十之七，爲謝疊山、虞伯生汚衊，更無一字矣。《龍門奉先寺》詩：「天闕象緯逼，雲卧衣裳冷。」盡人解一「卧」字不得，衹作人卧雲中，故於「闕」字生許多胡猜亂度。此等下字法乃子美早年未醇處，從陰鏗、何遜來，向後脱卸乃盡，豈黄魯直所知邪？（同上）

劉體仁

柳七最尖穎，時有俳狎，故子瞻以是呵少游，若山谷亦不免，如「我不合太撋就」類，下此則蒜酪體也。惟易安居士「最難將息，怎一箇愁字了得」，深妙穩雅，不落蒜酪，亦不落絶句，眞此道本色當行第一人也。（《七頌堂詞繹》）

山谷全首用聲字爲韻，注云「效福唐獨木橋體」，不知何體也。然猶上句不用韻，至元美道場山則句句皆用山字，謂之戲作可也。詞中如效醉翁也字，效楚辭些字兮字，皆不可無一，不可有二。（同上）

沈　謙

山谷喜爲豔曲，秀法師以泥犂嚇之，月痕花影亦坐深文，吾不知以何罪待讒諂之輩。（《填詞雜説》）

汪琬

【讀宋人詩五首(録二首)】　夔州句法杳難攀，再見涪翁與後山。留得紫微圖派在，更誰參透少陵關？

一瓣香歸玉局翁，風流羨與少陵同。平生不拾江西唾，枉被句牽入社中。(《堯峰文鈔》卷五)

姜宸英

(杜甫)《課伐木》詩序：「必昏黑樘突夔人屋壁。」朱仲晦曰：「夔人正謂夔州人耳。」而山谷乃有「月黑虎夔藩」之語，此頌又用蹺觸。案「蹺跜」見《魯靈光殿賦》，自爲虬龍動貌，無觸義，不知山谷何所據也。(《姜先生全集》卷二十三《湛園札記》)

朱彝尊

【橡村詩序(節録)】　鵠有遠近，有高下，則審之在我而已。今之言詩者多主於宋，黄魯直吾見其太生，陸務觀吾見其太縟，范致能吾見其弱，九僧、四靈吾見其拘，楊廷秀、鄭德源吾見其俚……此皆不成乎鵠者也。尤而效之，是何異越人之學遠射，參天而發適在五步之内也。(《曝書亭集》卷三十九)

【書黄山谷試李展筆眞蹟卷】　涪翁試李展筆作書，有如張顛醮醉中髮，觀其曲折如意，匪特書法通神，並想見展製筆之妙。(同上卷五十三)

錢曾

【黄山谷詩注二十卷、目録一卷、年譜附】舊刻山谷詩注甚佳，但目録中《宿舊彭澤懷陶令》題下注云：「舊本自此以上缺二板，以後諸題例之。前各題下皆當有注脚，今詢無此本，姑列各題如右。倘後得之，當别補入。」今吾家所藏，二葉宛在，卷首各題下注脚俱全，前更有紹興鄱湯許尹《豫章後山詩解》一序，始知淵字子淵，嘗以文藝類試有司，爲四川第一，惜乎刻此書者不及見之，遂令舉世缺此幾葉，宋本之難得遇如此。（《讀書敏求記》卷二詩集）

【黄山谷外集詩注十七卷、序目一卷、年譜附】山谷倣樂天集廬山本，分其詩爲内外篇，青神史容惜内集有注而外集未也，故爲續注之。（同上）

彭孫遹

山谷「女邊著子」、「門裏安心」，鄙俚不堪入誦，如齊梁樂府「霧露隱芙蓉，明燈照空局」，何等藴藉，乃沿爲如此語乎？（《金粟詞話》）

詞家每以秦七、黄九並稱，其實黄不及秦甚遠，猶高之視史，劉之視辛，雖齊名一時，而優劣自不可掩。（同上）

王士禛

【戲倣元遺山論詩絶句三十六首(錄二首)】　杜家箋傳太紛拏，虞趙諸賢盡守株。苦爲南華求向郭，前惟山谷後錢盧。

涪翁掉臂自清新，未許傳衣躡後塵。却笑兒孫媚初祖，强將配饗杜陵人。山谷詩得未曾有，宋人強以擬杜，反來後世彈射，要皆非文節知己。(《漁洋詩集》卷十四)

【冬日讀唐宋金元諸家詩，偶有所感，各題一絶於卷後，凡七首(錄一首)】　一代高名孰主賓？中天坡谷兩嶙峋。瓣香只下涪翁拜，宗派江西第幾人？魯直(同上卷二十二)

【敘州流盃池，瀘州使君嚴，皆山谷先生舊遊，都不及訪，悵然賦此】　憶昨登淩雲，江邊蹋亂石。輿劇罷鞍馬，逍遙散輕策。徑危草露多，處處見虎跡。東林雨新霽，初日射青壁。浩蕩三江流，安穩平如席。西笑揖峨眉，遙連雪山白。酒酣掛帆去，矯若生羽翮。心知流盃池，遺踪在巴僰。俗物敗人意，交臂輕一擲。今日使君巖，南望還咫尺。通詞託微波，蹇脩空脈脈。平生一瓣香，敢爲涪翁惜。如何萬里遊，虛此幾兩屐。迴首望南雲，蠻江日將夕。(同上續集卷五)

【黄湄詩選序(節錄)】　歐、梅、蘇、黄諸家，其才力學識，皆足淩跨百代，使俛首而爲撦拾吞剝秃屑俗下之調，彼遽不能耶，其亦有所不爲耶！(《漁洋文略》卷二)

宋、明以來詩人學杜子美者多矣，予謂退之得杜神，子瞻得杜氣，魯直得杜意，獻吉得杜體，鄭繼之得杜

骨。《池北偶談》(《帶經堂詩話》卷一源流)

七言歌行至子美、子瞻二公無以加矣,而子美同時又有李供奉、岑嘉州之搬闢經奇,子瞻同時又有黄太史之奇特,正如太華之有少華,太室之有少室。《漁洋詩話》(同上卷一品藻)

七言歌行,杜子美似《史記》,李太白、蘇子瞻似《莊子》,黄魯直似《維摩詰經》。《漁洋詩話》,亦見《古夫于亭雜錄》。(同上)

蘇文忠作詩,常云效山谷體,世因謂蘇極推黄,而黄每不滿蘇詩,非也。黄集有云:「吾詩在東坡下,文潛、少游上,雜文與無咎伯仲耳。」此可證俗論傅會之謬。《野老記聞》載林季野目魯直詩未必篇篇佳,但格制高耳。(同上)

張嵲巨山評山谷云:「譽者或過其實,毁者或損其眞,皆非眞知魯直者。魯直自以爲出於《詩》,於《楚詞》,過矣。蓋規撫漢、魏以下者也。佳處往往與古樂府、《玉臺新詠》諸人所作合。古、律詩酷學少陵,雄健太過,遂流而入於險怪,要其病在太著意,欲道古今人所未道語耳。其文專學西漢,惜才力褊局,不能汪洋趍趄,如其紀事立言,頗有類處。」此論極公,但以山谷似《玉臺新詠》,擬非其倫矣。《居易錄》(同上)

偶爲朱錫鬯太史彝尊舉宋人絶句可追踪唐賢者,得數十首,聊記於此……「斷腸聲裏無形影,畫出無聲亦斷腸。想得陽關更西路,北風低草見牛羊。」(黄魯直庭堅山谷《題陽關圖》)「梁州一曲當時事一作「開元夢」,記得曾拈玉笛吹。端正樓空春晝永,小桃猶學澹燕支。」(山谷《和陳君儀讀太眞外傳》其二)……「投荒萬死鬢毛斑，生入瞿塘灎澦關。未到江南先一笑，岳陽樓上對君山。」(山谷《雨中登岳陽樓望君山》其一)……「千詩織就迴文錦，如此陽臺暮雨何。只有聰明蘇蕙子，更無悔過竇連波。」(山谷《題蘇若蘭迴文錦詩圖》)《池北偶談》(同上卷九《標舉》)

予平生爲詩不喜次韻，不喜集句，不喜數疊前韻，唯少時有集黄山谷詩一絶云謝人送梅：「㮰頭夜雨排簷滴，誰與愁眉唱一杯？瘦盡腰圍怯風景，城南名士遣春來。」如此集句，恐非李西涯所知。西涯有集句詩一卷。《香祖筆記》(同上卷十一《合作》)

詠物詩最難超脱，超脱而復精切，則尤難也。宋人《詠猩猩毛筆》云：「生前幾兩屐，身後五車書。」超脱而精切，一字不可移易。《分甘餘話》(同上卷十二《賦物》)

宋人謂漢、唐人多以「阿」字爲發語，如阿嬌、阿誰、阿家、阿房宫之類，則阿房之阿亦當作去聲。又山谷詩：「語言不韻無阿堵。」「阿」字反作平聲。予《蜀道集》詩有句云：「緑苔未央瓦，黄土阿房宫。」本此。(同上卷十六《古訓》)

南唐李氏鑄鐵錢，宋太宗始令收民間鐵錢鑄農器，給江北流民復業者。仁宗慶曆初，詔江、饒、池三州鑄鐵錢，助陝西經費，民苦之。後停罷，其患方息。山谷詩：「紫蔘可劚宜包貢，青鐵無多莫鑄錢。」蓋謂此也。《古夫于亭雜録》(同上卷十七《用事》)

豫章集詩：「命輕人鮓甕頭船，日瘦鬼門關外天。北人墮淚南人笑，青壁無梯聞杜鵑。」或云李白歌羅驛詩夢中爲魯直誦之，蓋寓言也。《侯鯖録》以爲少游南遷度鬼門關作，首句作「身在鬼門關外天」，

「墮淚」作「慟哭」，末句作「日落荒村聞杜鵑」。趙德麟及與黄、秦游，不應有誤，然山谷書歌羅驛尙有二篇，而此詩絕類山谷，與少游不類。且少游謫藤州，人鮓、鬼門，亦非所經之路也。錄所載改數字，不及黄本遠甚。（同上卷十七《異同》）

山谷居黔，有《題蟻蝶圖》六言云：「胡蝶雙飛得意，偶然畢命網羅。羣蟻爭收墜翼，策勳歸去南柯。」後又遷宜。此圖傳于京師，蔡京見之大怒，將以怨望重其貶，會山谷卒乃免。小人之禍君子，其毒乃至於此！宋以忠厚開國，然文字之禍亦他代之所無，而于坡、谷尤甚矣。《居易錄》（同上卷二十三《書畫》）

草堂載山谷《品令》、《阮郎歸》二闋，皆詠茶之作。按黄集詠茶詩最多最工，所謂「鷄蘇胡麻聽煮湯，煎成車聲遶羊腸。」坡云：「黄八恁地那得不窮！」又有云：「更烹雙井蒼鷹爪，始耐落花春日長。」此老直是筆有薑桂。僕嘗取黄詩「黄金灘頭鎖子骨，不妨隨俗暫嬋娟」，以爲涪翁殆自道其文品耳。（《花草蒙拾》）

王士禛述、何世璂記

七律宜讀王右丞、李東川，尤宜熟玩劉文房諸作；宋人則陸務觀，若歐、蘇、黄三大家，祇當讀其古詩、歌行、絕句，至於七律必不可學。學前諸家七律久而有所得，然後取杜詩讀之，譬如百川學海而至於海也，此是究竟歸宿處。（《燃燈記聞》）

宋犖

【偶得黄魯直遊青原山寺詩石刻，後有施愚山跋，同愚谷次韻】雪霽天宇肅，南榮絶纖埃。俯摘菜甲嫩，仰睇斗柄迴。適得涪翁碑，遠自青原隈。沖襟有深契，懸玩耳目開。太史玉局亞，曠代稱瓌材。遷謫被黨禍，所遇良足哀。結伴遊寶坊，振筆題荒崖。高風留至今，攀附無梯階。遺碑嵌堊壁，千年覆華榱。好事宛陵叟，慇懃滌塵埋。磨墨榻萬本，汎覽遍九垓。嗚呼此詞翰，下士恆嫌猜。繄余晚篤嗜，披尋到根荄。寒夜集勝友，法鑒傾深杯。官樣脱已盡，狂叫忘形骸。緬當揮灑時，氣將磵壑摧。宜與顔平原，名山相追陪。寺有魯公碑。我輩今且樂，鼓角消喧豗。發揚西江派，眼底驅淫哇。須知元和脚，翻與鍾張偕。卷持入官橐，西陂歸去來。對作駱駝坐，吟同轆轤催。漏殘缺月上，庭鶴雙徘徊。（《西陂類稿》卷十）

【漫堂説詩（節録）】余意歷代五古各有擅場，不第唐之王、孟、韋、柳，即宋之蘇軾、黄庭堅、梅堯臣、陸游，要是斐然；而必以少陵爲歸墟。七言古詩，上下千百年，定當推少陵爲第一。……後來學杜者：昌黎、子瞻、魯直、放翁、裕之元好問，各自成家。（同上卷二十七）

【跋朱竹垞和論畫絶句（節録）】先生（編者按指朱竹垞彝尊）平日論詩，頗不滿涪翁。今諸什大段學杜，而高老生硬之致，正得涪翁三昧，信大家無所不有。（同上卷二十八）

田雯

《選》體可學乎？學之者如優孟學叔敖，衣冠、笑貌，儼然似也，然不可謂眞叔敖也。善學者須變一格，如昌黎、義山、東坡、山谷、劍南之學杜，則湘靈之於帝妃，洛神之於甄后，形體不具，神理無二矣。不然，《選》體何易學也。（《古歡堂集》雜著卷一《論詩》）

今之談風雅者，率分唐、宋而二之。不知杜、韓，海内俎豆之矣，宋梅、歐、王、蘇、黄、陸諸家，亦無不登少陵之堂，入昌黎之室。（同上）

蘇門六君子，無不掉鞅詞場，凌躐流輩，而坡公於山谷則數效其體，前哲虚懷，往往如是。山谷詩從杜、韓脱化而出，創新闢奇，風標娟秀，陵前轢後，有一無兩。宋人尊爲西江詩派，與子美俎豆一堂，實非悠謬。（同上卷二《論五言古詩》）

山谷道人新潔如甕絲出盆，清颺如松風度曲，下筆迥別。（同上《論七言絶句》）

【竹枝】 山谷自荆州上陜入黔，備嘗山川險阻，因作二疊，傳於巴人，令以《竹枝》歌之，云：「鬼門關外莫言遠，五十三驛是皇州。」又：「鬼門關外莫惆悵，四海一家皆弟兄。」自云可入《陽關小秦王》。余只覺其調俚，其言淺，不及劉夢得《竹枝詞》多矣；比之古樂府「巴東三峽巫峽長，猿鳴三聲淚沾裳」，奚啻千里！（同上卷三）

【皖城西拜山谷老人墓】 長風沙口木葉黄，大江遶郭流湯湯。三橋坂北紅鶴砦，涪翁墓在灊山岡。松枳蓊薈路犖确，野烟漠漠狐狸藏。摩圍老子洪都住，溪園十畝雙井塘。何年遊皖遂不返，石牛精舍來儣佯。司空天柱紛在眼，羅隱元放羣相將。追昔黨禍遘章蔡，宜州儋耳同心傷。幾欲買田淸潁尾，風壚煮茗西湖旁。蘇門詞傑晁秦輩，斑斑熊豹非尋常。公才乃如大國楚，曹鄶淺陋難頡頏。我來思識古人面，寒飈吹下芙蓉裳。吟魂剪紙招不出，四山雲氣空茫茫。秋林紅壓千頭橘，江船白跳八尺鰉。酹酒再拜日巳夕，秋風突兀摩靑蒼。（七言古卷二）

【同陳學士論詩二首（録一首）】　韓有《南山》杜《北征》，江河萬古各縱横。不聞山谷分工拙，讀者何曾得定評。（七言絶卷二）

【芝亭集序（節録）】　余嘗謂宋人之詩，黄山谷爲冠，其體製之變，天才筆力之奇，西江詩派，世皆師承之。夫論詩至宋，政不必屑屑規摹唐人。當宋風氣初闢，都官、滄浪，自成大雅，山谷出，耳目一新，摩壘堂堂，誰復與敵？雖其時居蘇門六君子之列，而長公虚懷推激，每謂效魯直體，猶退之之於孟郊、樊宗師焉，矧其它邪！匡廬彭蠡之勝，不乏詩才，前乎山谷者有臨川焉，有廬陵焉。山谷之詩力可以移王、歐之席，而其盤空硬語，更高踞於梅、蘇之上，所謂西江詩派也。（序卷一）

宋長白

【魚千里】　山谷詩屢用「魚千里」三字：「尋師訪道魚千里，蓋世功名黍一炊。」又：「小池已築魚千里，隙地仍栽芋百區。」又：「爭名朝市魚千里，觀道詩書豹一斑。」蓋此三字出《關尹子》：「以盆爲沼，以

石爲塢，魚環游之，不知其幾千萬里也。」第二聯劉容城用入新晴詩。（《柳亭詩話》卷一）

【松酒】蘇子瞻同徐元用遊金山詩：「松如遷客老，酒似使君醇。」蓋以後凋自況，以心醉美徐也。黃魯直：「魚游悟此網，鳥語入禪味。」袁中郎：「鶴瘦帶道容，松老入詩格。」琢句雅健，俱得比興之神。（同上卷三）

【折綿】庾肩吾詩：「勁氣方凝海，清威正折綿。」黃山谷變其句法曰：「霜威能折綿，風力欲冰酒。」張道濟亦有「塞上綿應折」之句。（同上卷七）

【詩誤】黃涪翁詩：「食子不如放麑，樂羊終愧巴西。」誤以秦西巴爲巴西。西巴，《說苑》亦作巴西。（同上卷十）

【蠏胥】張孟陽《登成都樓》詩：「黑子過龍醢，果饌踰蟹蝑。」黑子未詳。蝑，《爾雅》曰：「蜇螽也。」庾子山《永豐言志》詩：「濁醪非鶴髓，蘭肴異蟹胥。」蝑、胥疑通用。《周禮》：「庖人供祭祀之好羞。」鄭康成註曰：「謂四時膳食，若荊州之鮺魚，揚州之蟹胥。」陸氏《音釋》曰：「蟹醬也。」此事後來詩人罕用，惟山谷詩：「蟹胥與竹萌，乃不羨羊腔。」（同上）

【句讀】山谷《和晁仲考韻》：「編名混甲乙，膾寫失句讀。」轉音當作逗。下云：「絲布澀難縫，快意忽破竹。」以「讀」字與「竹」字押韻，乃西江宗派也。黃文節有正集、外集、別集，凡九十七卷，其退聽堂詩則在陳留時自編者。（同上卷十九）

【鼻亭公嶺南有鼻天子墓，王文成有《象祠記》】涪翁《鷓鴣》詩：「眞人夢出大槐宮，萬里蒼梧一洗空。終日憂兄行不得，鷓鴣應是鼻亭公。」按《山堂肆考》：鼻亭祠在道州，相傳象封於此。柳子厚嘗作《斥鼻亭祠記》。周愛蓮詩：「憂兄常説行難動，爾亦胡爲不得歸？」鷓鴣啼聲「行不得也哥哥」，故二公以兄字醒之。鼻亭引據僻甚。（同上卷二十三）

沈　雄

【衍詞】衍詞有三種：賀方回衍「秋盡江南葉未凋」，陳子高衍「李夫人病已經秋」，全用舊詩而爲添聲也。花非花，張子野衍之爲《御街行》，水鼓子，范希文衍之爲《漁家傲》，此以短句而衍爲長言也。至溫飛卿詩云：「合歡桃核眞堪恨，裏許原來别有人。」山谷衍爲詞云：「似合歡桃核眞堪人恨，心兒裏有兩箇人人。」古詩云：「夜闌更秉燭，相對如夢寐。」叔原衍爲詞云：「今宵剩把銀缸照，猶恐相逢是夢中。」以此見爲詩之餘也。（《古今詞話·詞品》卷上）

【檃括詞】東京士人檃括東坡《洞仙歌》爲《玉樓春》，以記摩訶池上之事，見張仲素《本事記》。魯直檃括子同《漁父詞》爲《鷓鴣天》，以記西塞山前之勝，見山谷詞，是眞簡而文矣。（同上）

【福唐體】山谷《阮郎歸》全用山字爲韻，稼軒《柳梢青》全用難字爲韻，註云福唐體，卽獨木橋體也。竹山如效醉翁也字、楚辭些字兮字，一云騷體，卽福唐也。究同嚼蠟。（同上）

【品詞】山谷謂好詞惟取陡健圓轉。屯田意過久許，筆猶未休。待制滔滔漭漭不能盡變。如趙德麟云：「新酒又添殘酒病，今春不減前春恨。」陸放翁云：「只有夢魂能再遇，堪嗟夢不由人做。」又黄山谷云：「春未透，花枝瘦，正是愁時候。」梁貢父云：「拚一醉留春，留春不住，醉裏春歸。」此則陡健

圓轉之榜樣也。（同上《詞品》卷下）

【用語】「斷送一生惟有酒」，「破除萬事無過酒」，韓昌黎句。山谷僅去其一字，爲《西江月》云：「斷送一生惟有，破除萬事無過」，此併用之，襲而愈工也。（同上）

【語病】山谷《西江月》云：「斷送一生惟有，破除萬事無過。」似歇後句。「遠山橫黛蘸秋波」，不甚聯屬。「不飲旁人笑我」，亦未全該，南宋人謂其突兀之句翻成語病。（同上）

汪　薇

《贛上食蓮有感》山谷食蓮詩，比體入妙，發端在家庭間，漸引入身世相接處，落落穆穆，甘苦自知，人意難諧，歸計遂決。風人之致，侷然遠矣。（《詩倫》卷下）

吴之振

【論詩偶成（錄一首）】奪胎換骨義難羈，詩到蘇黄語益奇。一鳥不鳴翻舊案，前人定笑後人癡。（《黄葉邨莊詩集》後集）

吕留良、吴之振、吴自牧

【山谷詩鈔】黄庭堅，字魯直，分寧人。游灊皖山谷寺石牛洞，樂其勝，自號山谷老人，天下因稱山谷，以配東坡；過涪，又號涪翁。第進士，歷知太和，哲宗召爲校書郎、神宗實録檢討官，起居舍人，除秘書丞，國史編修官。紹聖間出知宣鄂。章、蔡論實録多誣，責問，條對不屈，貶涪州别駕，安置黔州。即日上道，投牀大鼾，人以是賢之。徽宗起監鄂州税，歷知舒州，丐郡得太平州，旋罷。嘗忤趙挺之，及相，嗾除名編管宜州，卒年六十一。宋初詩承唐餘，至蘇、梅、歐陽，變以大雅，然各極其天才筆力，非必鍛鍊勤苦而成也。庭堅出而會萃百家句律之長，究極歷代體製之變，自成一家，雖隻字半句不輕出，爲宋詩家宗祖，江西詩派皆師承之。史稱自黔州以後，句法尤高，實天下之奇作，自宋興以來一人而已，非規模唐調者所能夢見也。惟本領爲禪學，不免蘇門習氣，是用爲病耳。（《宋詩鈔》）

高士奇

【榾柮】生柴然火曰榾柮。山谷詩：「炙背宵眠榾柮火，嚼冰晨飯薩波薺。」可謂奇癖。（《天祿識餘》卷二）

【八采】隋文宣崩，文士各作挽詩十首，擇其善者用之，每人不過一二首，惟盧思道十首采擇八首，故時人稱爲八采。元微之酬樂天云：「八采詩成未伏盧。」是也。後訛采爲米。黄山谷詩：「尊前八米句，腮下十年書。」徐師川詩：「字直千金師智永，句稱八米繼盧郎。」皆非也。（同上卷十）

王應奎

方虛谷《律髓》一書，頗推西江一派。馮已蒼極駁之，于黄、陳之作，塗抹幾盡。其説謂西江之體，大略如農夫之指掌，驢夫之脚根，本臭硬可憎也，而曰強健；老僧嫠女之床席，奇臭惱人，而曰孤高；守節老嫗之絮新婦，塾師之訓弟子，語言面目，無不可厭，而曰我正經也。山谷再起，我必遠避，否則別尋生活，永不作有韻語耳。余謂江西一派，雖不無可議，然涪翁之作，卽東坡亦極賞之，何至詆毁若是。已蒼之論，亦殊失其平矣。（《柳南隨筆》卷三）

陳訏

【山谷詩選】黄山谷詩，語必生造，意必新奇，想力所通，直窮天際，宜與眉山頡頏。（《宋十五家詩選》）

周之鱗

【山谷先生詩鈔序】世之稱蘇、黄舊矣，不徒詞翰之謂，惟詩亦然。然蘇之詩麗而該，黄之詩適而則，其規模似不相埒。卽山谷先生有云：「未聞南風歌，同調廣陵散。」是山谷固以元祐詩人之傑自予，於東坡則奉若漢、魏焉。且其平生服膺推轂，形爲歌詠者，每不敢與之並肩。然則一體而同視可乎？曰可。蓋蘇公在翰林，較黄公爲先，而詩之雄悍魁傑又足以相服，實則各有所擅也。譬之射，挽百鈞之弓爲左右射，中必及的，蘇之所以巧力備也；若夫禮射雍容，兩人固未易軒輊。卽馳騁林莽間，黄亦能射疏及遠，發一疊雙，第獲禽之後，氣力稍柔茶耳，而豈其三舍避乎哉！公於詩諸體咸具，而四言、樂府、楚騷不登者，卷帖重也。且其書多漫滅難校，或倘有什一之譌，未敢遽信爲精確。而疵累悉

捐，菁英獨味，擷其華而落其實，亦庶幾無少戾焉，不誠與蘇氏詩千載頡頏歟？（《宋四名家詩鈔》）

柴　升

【山谷先生詩鈔序】　余家所藏《豫章黄文節集》止有正集一書，已次其詩而刻之矣，而一二膾炙者不與，竊疑其未竟也。既乃得其全書，乃知公在陳留時自編退聽堂詩，初無意盡去少作也。而洪氏所編，唯以退聽爲斷，前此者不錄焉。李彤謂豫章外集雖先生晚年删去，後學安敢棄遺，而多循洪氏定次，猶爲未全。其諸孫黄㽦，奮然念先生平生得意之詩及嘗手寫者都不及載，遂撰爲年譜，而以外集、别集附之。明嘉靖間御史徐公岱既序其書，而侍郎周公季鳳又序之，謂求之瓊山丘公，得豫章集三十有六卷，訛脱未慊也。最後鈔之内閣，得正集、外集、别集、詞、簡、年譜諸集，凡九十七卷，乃宋蜀人所獻者，庶幾全而無遺。嗚呼！由散得聚，蓋其難哉！先生罹史禍，謫涪徙戎，爲兩川多士表帥，則出自蜀者，應爲全書無疑。因於各體之後，資以外集、别集諸詩，按其年若相顛越而得有後先，即以爲承公聽退堂手編遺意，亦無不可。《伐檀集》爲其父亞夫公詩，史氏談、遷也，附見未安，故不登之梓。（《宋四名家詩鈔》）

編者按：《宋四名家詩鈔》爲周之麟、柴升合編，選蘇軾、黄庭堅、范成大、陸游四人詩各若干篇。

查慎行

【蠟梅宋以前未有賦者，東坡、山谷、后山、少游始見於吟詠，率皆古體，而不入律。王平甫、陸務觀、尤延之、楊誠齋各有五七言律詩，方虛谷《瀛奎律髓》選附梅花類中。雪窗披覽，頗不愜意，適友人折贈此花，信手拈筆，非敢與前賢較工拙也】閱盡嘉平蠟，來爲最晚芳。冰心含淺紫，雪瓣吐嬌黄。後菊偏同色，先梅别有香。百花多釀蜜，容爾占蜂房。（《敬業堂詩集》卷四十五）

【三遲】元微之詩：「本絃纔一舉，下口已三遲。」盧仝詩：「等閑對酒呼三遲。」黄山谷詩：「下馬索酒呼三遲。」其義未詳。（《得樹樓雜鈔》卷十五）

【亥卯未餛飩】山谷《謝張泰伯惠黄雀鮓》詩：「蜀王煎嚳法，醢以羊彘兔。」自注云：「俗謂亥卯未餛飩。」（同上）

【鳳翼雞冠】黄山谷詩：「紅英委鳳翼，赤幘峨雞冠。」鳳翼，蓋謂鳳仙花也。（同上）

【迎將家】《列子》：「舍者迎將家。」注云：「客舍家也。」黄山谷賦鹽萬歲山中詩，有「埽除迎將家，下簟脱巾韤」之句，正用《列子》語。注家因《莊子·寓言篇》亦有「其往也舍者迎將其家公執席」之語，遂以「其家」二字屬下句讀，並援《釋文》曰「家公，主人也」，似訛。（同上）

【燕無凶】山谷詩：「老翁燕無凶，偃蹇坐里閭，後生集聞見，官不禁權輿。」蓋謂山中之民老幼傲兀之意。「燕無凶」三字不可解。（同上）

【無山窮】山谷《寄晁元忠》第二首既云「退之文送窮」，又云「欲濟無山窮」。人疑「窮」字重叶。不知此語出《左傳》：楚子圍蕭，還無社號申叔展，叔展曰：「有麥麴乎？」曰：「無。」「有山鞠窮乎？」曰：

「無。」「河魚腹疾奈何？」注云：「麥麴、鞠窮，所以禦溼，欲使無社逃泥水中也。」云云。鞠窮卽芎窮，按《上林賦》亦云：「穹窮菖蒲。」窮藭二字，古文通用，字同而義固不同也。(同上)

【九井璜】山谷詩：「腰垂九井璜，耳著明月璫。」又《琴銘》：「釣魚而得九井之璜。」按《文選注》引《尚書中候》云：「呂尚釣於磻谿，得玉璜。」《山海經》云：「海內崑崙墟，在西北帝之下都，高九仞，有九井；皆以玉爲檻。」合兩事爲一，似牽强。(同上)

【婆娑草】山谷贈王環中詩：「耆域歸來日未西，一鋤識盡婆娑草。」按耆域，天竺人善醫，見《高僧傳》。婆娑草，未詳所出。(同上)

「左手作圓右作方，世人機敏便可爾。一風分送南北舟，斟酌鬼神宜有此。」黃山谷《宮亭湖》詩起四句也。按《史記·龜策傳》褚先生曰：「人雖賢，不能左畫方右畫圓。」《韓非子·功名篇》亦云：「右手畫圓，左手畫方，不能兩成。」而《北史·儒林傳》則云：「劉炫少以聰敏稱，強記博識，莫與爲儔，左畫圓，右畫方，口誦目數耳聽，三事並舉，無所遺失。」山谷起二語正用《北史》劉炫事。(同上)

【驢失脚】山谷《浣花谿圖》詩：「兒呼不蘇驢失脚，猶恐醒時有新作。」未詳所出。(同上)

【赤挽板】山谷《題展子虔感應觀音》第二首云：「誰能與作赤挽板，老筆猶堪壽百年。」未詳。(同上)

【茸割肥羊】山谷《戲呈田子平》六言「茸割卽非茸割，肥羊自是肥羊」二語未詳。(同上)

【百家衣】山谷詩《題陳吉老同知命弟游青原謁思禪師，余以簿領不得往，二公雨久不歸，戲作百家衣一首二十韻招之》，未詳出處。(同上)

【薩波齋】山谷《雪中行役》詩：「炙背宵眠榾柮火，嚼冰晨飯薩波齋。」未詳所出。（同上）

《登快閣》（登覽類）「澄江一道月分明」，極似杜家氣象。（《初白菴詩評》卷下《瀛奎律髓》評）

《送舅氏野夫萃之宣州二首》（風土類）五六似杜。「今年輒省曹」，「輒」當作「輟」。（同上）

《戲題巫山縣用杜子美韻》（遷謫類）此詩訛入東坡集。（同上）

《贈惠洪》（釋梵類）「數面欣羊胛，論詩喜雉膏」，羊胛出《唐書·回紇傳》：骨利幹部晝長夜短，日入亨羊胛熟，東方已明。蓋近日出處也。雉膏出《易·鼎卦》。《臆乘》云：雉膏，不食，云美也。《說文》云：未戴角曰膏。用事必如此，終覺艱澀少味。（同上）

納蘭成德

山谷《猩猩毛筆》詩，不失唐人丰致，反自題爲戲作，失正眼矣。（《淥水亭雜識》）

沈德潛

西江派黃魯直太生，陳無己太直，皆學杜而未嚌其胔者；然神理未淡，風骨獨存。（《說詩晬語》卷下）

韓子高於孟東野，而爲雲爲龍，願四方上下逐之；歐陽子高於蘇、梅，而以黃河淸、鳳凰鳴比之，蘇子高於黃魯直，而已所賦詩云效魯直體以推崇之；古人胸襟廣大爾許。（同上）

喬億

題畫詩三唐間見，入宋寖多，要惟老杜横絶古今，蘇文忠次之，黄文節又次之，金源則元裕之一人，可下視南渡諸公；至有元作者尤衆，而虞邵菴、吳淵穎又一時兩大也。（《劍谿説詩》卷下）

李紱

【浯溪讀山谷老人詩卽用其韻】清湘東下經浯溪，磨崖千尺傳唐碑。顏書元頌信瓌偉，安得蔡邕題色絲。涪翁一作亦佳絶，倘沿稗野譏祿兒。當年阿犖孤雛耳，死囚不斬歸闕西。汗流俶縮見林甫，上林敢借何枝棲。楊李相傾自私惡，一朝激逞爲狂爲。九齡先見悔莫用，潼關失守煩王師。文人浮薄譖遺事，弱毫不根從所揮。賜錢拜母一何鄙，汚衊宫壼誠傾危。新舊唐書有本傳，杜陵史筆存遺詩。高文典策束不讀，爭吟輕薄連昌辭。往嫌涑水妄編載，翁頗有識猶苟隨。古來浮雲蔽白日，驪山一閉陰風悲。（《穆堂初稿》卷十六）

田同之

言情之作，易流於穢，此宋人選詞多以雅爲尚。法秀道人語涪翁曰：「作豔詞，當墮犂舌地獄。」正指涪翁一等體製而言耳。（《西圃詞説》）

小調不學花間，則當學歐、晏、秦、黄。歐、晏蘊藉，秦、黄生動，一唱三歎，總以不盡爲佳。（同上）

華亭宋尙木徵璧曰：吾於宋詞得七人焉，曰永叔秀逸，子瞻放誕，少游清華，子野娟潔，方回鮮清，小山聰俊，易安妍婉。若魯直之蒼老而或傷於頽，介甫之劖削而或傷於拗，無咎之規檢而或傷於朴，稼軒之豪爽而或傷於霸，務觀之蕭散而或傷於疎，此皆所謂我輩之詞也。（同上）

北宋秦少游，妙矣，而尙少刻肌入骨之語，去韋莊、歐陽修諸家尙隔一塵。黄山谷時出俚語，未免傖父，然「春未透，花枝瘦，正是愁時候」，新俏亦非秦所能作。（同上）

浦起龍

【宋以後詩（節錄）】　哲宗元祐之間，蘇軾、黄庭堅挺出，雖曰共師李、杜，而競以己意相高，而諸作又廢矣。自此以後，詩人迭起，大抵不出乎二家。觀於蘇門四學士黄庭堅、秦觀、晁無咎、張耒諸作以及江西宗派諸詩可見矣。陳與義雖晚出，乃能因崔德符而歸於少陵，有不爲流俗之所移易。（《釀蜜集》卷二）

馬曰琯

【題慶遠守查恂叔修復黄文節公祠堂記後】　雙井黄公古君子，節義文章彪信史。幾回遷謫赴炎荒，三載宜州終老死。木落江澄見本根，爐香隱几道心存。當年鍾乳詩留卷，此日龍溪水抱門。龍溪之水供齋沐，遺愛桐鄉敦薄俗。烟雲閣遠失前規，蘋藻祠荒誰繼續？賢守清風迴絶倫，抛梁頌罷曲迎神。

瓣香直下涪翁拜，南北山頭萬古春。（《沙河逸老小稿》卷六）

宋顧樂

宋淳熙間，孫紹遠稽仲纂古今人題畫詩八卷，爲《聲畫集》。因念六朝以來，題畫詩絶罕見，盛唐如李太白輩間一爲之，拙劣不工，王季友一篇，雖有小致，不能佳也；杜子美始創爲畫松畫馬畫鷹畫山水諸大篇，搜奇抉奥，筆補造化，嗣是蘇、黄二公，極妍盡態，物無遁形。（《夢曉樓隨筆》）

姚範

涪翁以驚創爲奇，其神兀傲，其氣崛奇，玄思瑰句，排斥冥筌，自得意表。玩誦之久，有一切廚饌腥螻而不可食之意。（《援鶉堂筆記》卷四十）

精華集，山谷所自定，凡阮亭選本所云正集者是也。然别集、外集，殊多傑作，其去取之意，亦有不可解者。（方）東樹按：嘉定友人毛君嶽生詩得山谷之髓，然亦推正集爲最，而别集、外集皆莫及。余意不謂然，不知先生已先及之。（同上）

《宋史·藝文志》有陳逢寅《山谷詩注》二十卷，而不及任淵、史容之注。（方）東樹按：任天社注甚疎漏，史容注更次之。（同上）

《次韻子瞻題郭熙畫秋山》：「黄州逐客未賜環。」按「賜環」見《曲禮》大夫士去國疏，又《荀子·大略篇》、

《詩·羔裘》箋疏。(同上)

《咏李伯時摹韓幹三馬》:「一雄能將十萬雌。」按「十萬雌」見《論衡·初稟篇》。(同上)

《錢穆父松扇》:「可憐遠度幘溝漊。」按「幘溝漊」見《魏志·高句麗傳》。(同上)

《戲呈孔毅父校書》:「著作頻詔除。」按此梁世諺語,見《顏(氏)家訓·勉學篇》及《隋·經籍志》。(同上)

《以團茶洮州綠石研贈無咎、文潛》:「道山延閣委竹帛。」按「道山」見《後(漢)書·竇章傳》。(同上)

《次韻子瞻寄眉山王宣義》 按王以雅州主簿取官長怒,謝病去。(方東)樹按:史容注:「王名淮奇,眉之青神人,東坡叔丈人也。」叔丈人之稱不典。「當今」二句上下詞意似不相屬,亦未詳所云二老者何謂也。是時元祐元年,二老豈稱英宗宣仁高后、神宗欽聖向后耶?果爾,則不辭矣。且王一主簿殊不相稱,然詩未必云爾,記詳考之。(同上)

「林間醉著人伐木」。伐木事亦未詳。(同上)

「自疑耆域是前身」。「耆域」,經:萍莎王得奈女生耆域,手持鍼藥囊,生而善醫。又溫室浴經奈女之子名耆域,善治衆病,死者更生,喪者卻還。(同上)

《書磨崖碑後》:「臣結春陵二三策。」「春陵」,容齋作「春秋」。按結獻時議乃未爲道州之日,所云「二三策」者,或卽斥爲道州刺史時謝表兩通中語耳。(同上)

「萬官」句謂羣臣之向靈武而背上皇,杜子美所謂「攀龍附鳳」者也。(同上)

《呈廖明略》「物誠有之」二句,僨淺迫促。(方東)樹按:宋詩往往有此病,學者辨之。(同上)

全祖望

【寶執集序(節錄)】　予每客揚州，館於馬嶰谷齋中，則與竹町晨夕。竹町居東頭，予居西頭。余方修《宋儒學案》，而竹町終日苦吟，時各互呈其所得。因念世之操論者，每言學人不入詩派，詩人不入學派。吾友杭堇浦亦力主之。余獨以爲是言也蓋爲宋人發也，而殊不然。張芸叟之學出於橫渠，晁景迂之學出於涑水，汪青谿、謝無逸之學出於滎陽呂侍講，而山谷之學出於孫莘老，心折於范正獻公醇夫，此以詩人而入學派者也。楊尹之門而有呂紫薇之詩，胡文定公之門而有曾茶山之詩，湍石之門而有尤遂初之詩，淸節先生之門而有楊誠齋之詩，此以學人而入詩派者也。(《鮚埼亭集》卷三十二)

【宋詩紀事序(節錄)】　宋詩之始也，楊、劉諸公最著，所謂西崑體者也。説者多有貶辭，然一洗西崑之習者歐公，而歐公未嘗不推服楊、劉，猶之草堂之推服王、駱，始知前輩之虚心也。慶曆以後，歐、梅、蘇、王數公出，而宋詩一變。坡公之雄放，荆公之工練，並起有聲。而涪翁以崛奇之調，力追草堂，所謂江西派者，和之最盛，而宋詩又一變。建炎以後，東夫之瘦硬，誠齋之生澀，放翁之輕圓，石湖之精致，四壁並開，乃永嘉徐、趙諸公以淸虚便利之調行之，見賞於水心，則四靈派也，而宋詩又一變。(同上外編卷二十六)

鮑依雲

七言長篇，唐惟李、杜、韓，宋則蘇、黃，南渡已後，獨陸放翁得與此選。若王右丞、高達夫、岑嘉州、歐陽永叔、王半山諸公非不妙，特不必以此體擅長，即有合者亦不多見；此語可與知者道。（《退菴隨筆》卷二）

恆　仁

黃山谷詩，喜以身心、如似作對，如《弈棋呈杜公漸》云：「心似蛛絲遊碧落，身如蜩甲化枯枝。」《次韻王稚川客舍》云：「身如病鶴翅翎短，心似亂絲頭緒多。」《贈石敏若》云：「才似謫仙唯欠酒，情如宋玉更逢秋。」《道中寄景珍兼簡庾元鎮》云：「心在青雲故人處，身行紅雨亂花間。」陸放翁七律句法，其源蓋出於此。（《月山詩話》）

袁　枚

【再與沈大宗伯書（節錄）】　詩之奇平豔樸，皆可採取，亦不可盡莊語也。杜少陵，聖於詩者也，豈屑爲王、楊、盧、駱哉，然尊四子，以爲萬古江河矣。黃山谷，奥於詩者也，豈屑爲楊、劉哉，然尊西崑以爲一朝郛郭矣。……蓋實見夫詩之道大而遠，如地之有八音，天之有萬竅，擇其善鳴者而賞其鳴，足矣；不必尊宮商而賤角羽，進金石而棄絃匏也。（《小倉山房文集》卷十七）

【與稚存論詩書（節錄）】　文學韓，詩學杜，猶之遊山者必登岱，觀水者必觀海也。然使遊山觀水之人，終身抱一岱一海以自足，而不復知有匡廬、武夷之奇，瀟湘、鏡湖之妙，則亦不過泰山上一樵夫，海船中一舵工而已。古之學杜者，無慮數千百家，其傳者皆其不似杜者也。唐之昌黎、義山、牧之、微之，宋之半山、山谷、後村、放翁，誰非學杜者？今觀其詩，皆不類杜。（同上卷三十一）

以昌黎之崛強，宜鄙俳體矣；而《滕王閣序》曰：「得附三王之末，有榮耀焉。」以杜少陵之博大，宜薄初唐矣；而詩曰：「王楊盧駱當時體，不廢江河萬古流。」以黄山谷之奥峭，宜薄西崑矣；而詩云：「元之如砥柱，大年若霜鵠。王楊立本朝，與世作郛郭。」今人未窺韓、柳門戶，而先掃六朝；未得李、杜皮毛，而已輕溫、李，何蜉蝣之多也！（《隨園詩話》卷一）

《漫齋語錄》曰：「詩用意要精深，下語要平淡。」余愛其言，每作一詩，往往改至三五日，或過時而又改。何也？求其精深，是一半工夫，求其平淡，又是一半工夫。非精深不能超超獨先，非平淡不能人人領解。朱子曰：「梅聖俞詩，不是平淡，乃是枯槁。」何也？欠精深故也。郭功甫曰：「黄山谷詩，費許多氣力，爲是甚底？」何也？欠平淡故也。（同上卷八）

晁君誠詩：「小雨愔愔人不寐，臥聽羸馬齕殘芻。」真靜中妙境也。黄魯直學之曰：「馬齕枯萁喧午夢，誤驚風雨浪翻江。」落筆太狠，便無意致。（同上卷九）

黄魯直詩：「月黑虎夔藩。」用少陵《課伐木詩序》云：「有虎知禁，必昏黑摚突夔人屋壁。」夔者，夔州人也。魯直以「夔」字當「窺」字解，爲益公《題跋》所譏。（同上卷十二）

余讀錢註杜詩，而知錢之爲小人也。少陵「鄜州月」一首，所云「兒女」者，自己之兒女也。錢以爲指肅宗與張后而言。則不特心術不端，而且與下文「雙炤淚痕乾」之句，亦不連貫。善乎黄山谷之言曰，

少陵之詩，所以獨絶千古者，爲其卽景言情，存心忠厚故也。若寸寸節節，皆以爲有所刺，則少陵之詩掃地矣！（同上卷十六）

晁以道問邵博：「梅二詩，何如黄九？」邵曰：「魯直詩到人愛處，聖俞詩到人不愛處。」其意似尊梅而抑黄。余道：兩人詩，俱無可愛。一粗硬，一平淺。（同上補遺卷三）

江右多宗山谷，而揚州轉運曾賓谷先生獨喜唐音。（同上補遺卷七）

姚壎

【宋詩略自序（節錄）】王黄州、歐陽文忠精深雄渾，始變宋初詩格，而一則學白樂天，一則學韓退之。梅聖俞則出於王右丞，郭功父則出於李供奉。學王建者有王禹玉，學陳子昂者有朱紫陽。又若王介甫之峭厲，蘇子美之超横，陳去非之宏壯，陳無己之雄肆，蘇長公之門有晁、秦、張、王之徒，黄涪翁之派有三洪、二謝、陳、潘、汪、李之輩，俱宗仰浣花草堂，或得其神髓，或得其皮骨，而原本未嘗不同。（《宋詩略》卷首）

《題竹石牧牛圖》　體製似倣太白《獨漉篇》。（同上卷九）

《記夢》　此詩《洪駒父詩話》以爲記一宗室事，《冷齋夜話》以爲與道士夢遊蓬萊事。細味詩意，大抵洪説近之。（同上）

王鳴盛

【借韻】　唐人今體詩用韻，悉與今《廣韻》合，惟李義山首句多借一韻，《松陵集》亦然……沿至宋人，東坡、山谷、石湖、放翁、誠齋諸大家，律絶首句借韻，竟成捷徑，要李、陸爲之作俑也。（《蛾術編》卷七十七）

楊希閔

【黄文節公年譜序】　山谷諸孫罃，字子耕，作年譜二卷，專爲考證詩集，每病繁瑣。乾隆中緝香堂又刻年譜一卷，復病草略。閔今於其間删繁因舊，補缺訂譌，權衡折衷，别成集外一《黄文節公年譜》，聊備遺忘，以自娱悦，以志仰僉，不欲問世也。山谷生平極有道氣，行事具循坊表，觀其深契濂溪德器，可以想見。雖在蘇門，亦爲涑水、華陽所知。而於黨人之林，超然不爲所繫，未嘗偏立議論，眞有鳳凰翔千仞氣象也。敎後生子弟，諄諄以熟讀書史深求義味，不可以文人自了，至眞至切，不腐不迂。履患難困阸，浩然以義命自安，無纖毫隕獲怨尤意。以其餘興寄梵夾緇流歌詞諧語，昧者仍以爲眞而不知非也。是在於好學深思，心知其意者矣。光緒丁丑端日，江右新城楊希閔鐵傭書於臺陽海東書院。（《黄文節公年譜》卷首）

祁寯藻

【春海以山谷集見示再疊前韻】胎骨能追李杜豪，肯從蘇海乞餘濤？但論宗派開雙井，已是綏山得一桃。人說仲連如鷂子，我憐東野作蟲號。蝤蛑瑤柱都嘗徧，且酌清尊試茗醪。（《鰻鈫亭集》卷十四）

陳僅

問：古詩家多，其聲調有可宗有不可宗，何也？

古詩聲調，亡於晚唐，至宋歐、蘇復振之，南渡以後微矣，至金、元而亡，再復振於明弘治、嘉靖間，至袁、徐、鍾、譚而又亡，本朝諸大家振起之。故欲知聲調之法，杜、韓其宗也，盛唐諸家其輔也，宋則歐、蘇、黃、陳而已。（《竹林答問》）

問：昔人謂陸放翁每先得一聯，續成首尾，故其律詩時有上下不相呼應處，大家亦不免此弊乎？

豈獨放翁，卽少陵亦似時有之，但少陵善於安頓配合耳。宋人詩話謂荆公有得意句云：「青山捫蝨坐，黃鳥挾書眠。」山谷有得意句云：「人得交遊是風月，天開圖畫卽江山。」亦無全篇，皆以不得相稱語，遂忍於割愛。今人則苦於好句太多，又急於見好，反弄好不成，此所以不及古人也。（同上）

史承謙

黃山谷《跋佛頂呪》云：「此書自縛規矩，不能略見筆妙，止是經生絶藝耳。」此語殊妙。（《靜學齋偶誌》卷二）

張晉本

王從之《滹南詩話》專摘抉山谷短處，令古人復起，當亦無辭，蓋公論而非偏見也。竊謂黄與蘇同時，才力本不及蘇，顧不肯自下，欲用間出奇以求勝，而不知其入於魔道，不徒老僧藜杖瘦驢脚跟全無生氣也。緣其一意刻削雕鎸，隱辭謎語，自鳴得意，甚至獰猙惡濁，不可嚮邇。後來吕居仁揑稱江西派祖，推波助瀾，耳食者隨聲附和，每況愈下矣。豈非詩之一大厄乎！抑古人樹立自有本量，詞翰其末也，其人而可傳，則其他一分好，見得有十分好，其人而無可傳，則其他十分好，只算得一分好。且有徒滋口實者，如蔡京書甚工，不得與四家之列，趙子昂書畫冠時，而後人每多譏刺，至馬士英之畫，金陵人嫁名妓女馮玉瑛，則貽臭千古者也。然則山谷之可傳者，固不專於詩乎？（《達觀堂詩話》卷四）

紀　昀等

【山谷内集三十卷、外集十四卷、別集二十卷、詞一卷、簡尺二卷、年譜三卷安徽巡撫採進本】　宋黄庭堅撰。年譜三卷，庭堅孫罃撰。庭堅事蹟具《宋史·文苑傳》。罃字子耕，從學於朱子。朱子於元祐諸人，詆二蘇而不詆庭堅，罃之故也。葉夢得《避暑錄話》載黄元明之言曰：「魯直舊有詩千餘篇，中歲焚三之二，存者無幾，故名《焦尾集》。其後稍自喜，以爲可傳，故復名《敝帚集》。晚歲復刊定，止三百八篇，而不克成。今傳於世者，尚幾千篇。」云云。然庭堅所自定者皆已不存，其存者，一曰《内集》，庭堅之甥洪炎所編，即庭堅手定之內篇，所謂退聽堂本者也；一曰《外集》，李彤所編，所謂邱濬藏本者也；一曰《別集》，即罃所編，所謂內閣鈔出宋蜀人所獻本者也。《內集》編於建炎二年，《別集》編於淳熙九年，年譜則編於慶元五年。蓋《外集》繼《內集》而編，《別集》繼內外兩集而編，年譜繼《別集》而編，獨李彤之編《外集》，未著年月，然考《外集》第十四卷《送鄧愼思歸長沙》詩，「愼」字空格，註云「今上御名」，是《外集》亦編於孝宗時也。三集皆合詩文同編，後人註釋，則惟取其詩。任淵所註之《內集》，即洪炎所編之《內集》，史容所註之《外集》，則與李彤所編，次第已多有不同；而李彤編《外集》之大意，猶稍見於史註第一卷《溪上吟》題下，惟史季溫所註之《別集》，則與罃所編《別集》大有揞拄，此則原本與註本不可相無者矣。又《外集》第十一卷以下四卷，詩凡四百有奇，皆庭堅晚年刪去，而李彤附載入者，此則任、史三註本皆未之有，庭堅之詩，得此而後全。又其中有與年譜相應者，罃編年譜時，皆一一分註某年某事之次，而今但據三集，檢其目而年譜有而本集無，故此四卷尤不可廢也。罃之年譜專爲考證詩文集而作，故刻全集必當兼刻年譜，而近日刻本，或刪節年譜，或刪併卷次，或移易分類以就各體，或專刻一集而不及其全。此本刻於明嘉靖中，前有蜀人徐岱序，尚爲不失宋本之遺，非外間他刻所及焉。（《四庫全書總目提要》卷一百五十四集部別集類）

【山谷內集註二十卷、外集註十七卷 兩淮鹽政採進本、別集註二卷 編修翁方綱家藏本】宋任淵、史容、史季溫所註黃庭堅詩也。任淵所註者《內集》，史容所註者《外集》，其《別集》則容之孫季溫所補，以成完書。《內集》一稱《正集》，其又稱《前集》者，蓋《內集》編次成書在《外集》之前，故註家相承謂《內集》爲《前集》耳。《外集》之詩，起嘉祐六年辛丑，庭堅時年十七，而《内集》之詩，起元豐戊午，庭堅時年三十四，故《外集》諸詩轉在《内集》之前。黄㽦所編庭堅年譜，云山谷以史事待罪陳留，偶自編退聽堂詩，初無意盡去少作，胡直孺少汲建炎初帥洪井，類山谷詩文爲《豫章集》，命汝陽朱敦儒、山房李彤編集，而洪炎玉父專其事，遂以退聽爲斷。史容《外集》序亦云山谷自言欲倣莊周，分其詩文爲内外篇，意固有在，非欲去此取彼也。譜又云洪氏舊編，容《古風二篇》爲首，今任淵註本亦云東坡報山谷書推重此二詩，故置諸篇首，是任淵所註《内集》卽洪炎編次之本。史季溫《外集》跋云，細考出處歲月，别行詮次，不復以舊集古律詩爲拘。則所謂《外集》者，已非復原次。再考李彤《外集》跋云，彤聞山谷自巴陵取道通城入黄龍山，爲清禪師徧閲《南昌集》，自有去取，仍改定舊句，彤後得本，用以是正，其言非予詩者五十餘篇，彤亦嘗見於他人集中，輒以除去。又云《前集》「内木之彬彬」諸篇，皆山谷晚年刪去。其去取據此而已。然季溫跋稱其大父爲增註考訂，在嘉定戊辰後，又近十年，則上距庭堅之沒，已百有十年。而《外集》原本卷次，至是始經史容更定，則所謂《外集》者，併非庭堅自刪之本矣。然則是三集者，皆賴註本以傳耳。趙與時《賓退錄》嘗論淵註《送舅氏野夫之宣城》詩，不得「春網」、「琴高」出典。然註本之善，不在字句之細瑣，而在於考核出處時事，任註《内集》，史註《外集》，其大綱皆繫於目錄每條之下，使讀者考其歲月，知其遭際，因以推求作詩之本旨，此斷非數百年後以意編年者所能爲，何可輕也。《外集》有嘉定元年晉陵錢文子序，而《内集》鄱陽許尹序，世傳鈔本皆佚之，惟劉壎《水雲村泯稾》載其大略，目錄亦多殘闕，此本獨有尹序全文；且三集目錄犂然皆具，可與註相表裏，是亦足爲希覯矣。淵字子淵，蜀之新津人，紹興元年乙丑以文藝類試有司第一，仕至潼川憲，其稱天社者，新津山名也。容字公儀，號薌室居士，青衣人，仕至太中大夫。其孫季溫，字子威，舉進士，寶祐中官秘書少監。淵又嘗撰《山谷精華錄》，詩賦銘贊六卷，雜文二卷，自序謂節其要而註之。然原本已佚，今所傳者出明人僞託，獨此註則昔人謂獨爲其難者，與史氏二註本，藝林寶傳，無異辭焉。（同上）

【山谷刀筆二十卷編修汪如藻家藏本】宋黄庭堅撰。庭堅全集已著錄，此乃所著尺牘也。以年爲次，自初仕至館職四卷，居憂時三卷，在黔州三卷，戎州七卷，荆渚二卷，宜州一卷，皆於全集中摘出别行者。然是編向有宋槧本，非後人所爲。考《宋史·藝文志》，楊億亦以《刀筆》别行，蓋當時風氣有此一體云。（同上卷一百七十四集部别集類存目）

【精華錄八卷浙江鮑士恭家藏本】舊本題宋任淵編。淵有山谷《内集》註，已著錄。是集皆摘錄黄庭堅詩文。前有淵序，不著年月，又有朱承爵題詞，稱嘗得其目錄，蓋宋元祐間刻版，而亡其文，心寶其名，而竊病其實，久之始獲，旁稽載籍，緣目尋詞，以還故物，若太史大全詩，《宋文鑑》、《文苑英華》、《文翰類選》、《光岳英華》諸集，悉掇拾無遺，云云。考庭堅卒於徽宗崇寧四年乙酉，是書之選，雖無年月，然稱黄太史山谷集幾萬篇，嘗節其略而謬註三十之一也，則成於所註《内集》後。《内集》註中已稱徽宗爲徽考，鄱海許尹敍《内集》註亦稱作於紹興時，此集既刻於元祐中，何以反在其後？且錄中詩文以本集年月核之，已有崇寧作，何以預刻於元祐時？集中之目亦往往與本集不合，如《夜發鄂渚曉泊漢陽親舊攜酒追送》一題，是時庭堅自武昌赴宜州貶所，故親舊追送至於漢陽，此本割裂其文，作《漢陽親舊追送》，則親舊屬之漢陽，追送字不可通矣。又《用前韻贈高子勉》一題，乃庭堅自用其韻，本集可考，此本乃作《和高子勉》，則事實全乖矣。《謝公定和二謝秋懷邀予同作》一題，有末四字，乃見倡和之意，此本無此四字，則謝公定自和二謝，與庭堅無關矣。甚至《雙井茶》詩「人間風日不到處」四句，乃七言古詩之前半，而割爲絶句，改其題曰「內直觀化」，第十一首之「竹筍初生」一絶，改其題曰「二月江南」。《修水記》一篇，乃取庭堅書幽芳亭一篇摘其中一段，而略增末數語，其餘竄亂，不可勝數。淵所註《內集》，年經事緯，考證詳明，何以此集憒憒至此？至於所録集中不載諸詩，《西湖徙魚和蘇公二首》，見後山集中，淵亦嘗註師道詩，何以兩集並收，漫無一語之訂正？其《新竹》一首，乃陸游詩，題曰《東湖新竹》，見《劍南集》中，淵何以能於數十年前預見之？其爲僞託，固可不攻而破。且承爵序既稱緣目尋詞，集中一題數首者，目中並無明文，云摘選某首，何以摘選者較多？又稱所採之詩有《文苑英華》，乃宋太宗時宋白等奉敕編選，所録詩文止於唐代，何以有庭堅之作？排律之名，唐、宋、元人皆無之，舊集具存，可以覆案，至元末楊士宏所選《唐音》，始以排律標目，明初高棅選《唐詩品彙》，仍之不改，乃沿用至今，何以此本刊於宋時，已有五言排律？其爲承爵依託爲之，亦確鑿無疑。何景明曰：「山谷《精華録》，任淵選者，其所採取，多不愜人意。」王士禛曰：「《精華録》八卷，有天社任淵自序，録中取捨未愜人意。」張宗枏亦曰：「觀其録取大意，祇以備體，且多闌入遊戲之作，非上選也。」宗枏所見者稱嘉靖間摹宋槧本，士禛所見者稱明章邱李開先家宋槧本，皆在承爵之後，何景明雖正德時人，而比承爵亦差後，蓋卽承爵此刻託諸宋槧。觀士𧄝所記任淵序與此本不異一字，而承爵之序與淵序貌爲軋茁，如出一手，其作僞之蹟，固了然矣。向來藏書之家珍爲秘笈，蓋以名取之，未及一一核其實耳。（同上）

【山谷禪喜集二卷內府藏本】明陶元柱編。元柱始末未詳。此集於黄庭堅集中錄其闡發禪理者，別爲一書，蓋欲以配《東坡禪喜集》也。（同上）

【山谷詞一卷江蘇巡撫採進本】宋黄庭堅撰。庭堅有《山谷集》，已著錄。此其别行之本也。《宋史·藝文志》載庭堅樂府二卷，《書錄解題》則載《山谷詞》一卷，蓋宋代傳刻，已合併之矣。陳振孫於晁無咎詞條下引補之語曰：「今代詞手，惟秦七、黄九，他人不能及也。」於此集條下又引補之語曰：「魯直間作小詞，固高妙，然不是當行家語，自是著腔子唱好詩。」二説自相矛盾。考秦七、黄九語在《後山詩話》中，乃陳師道語，殆振孫誤記歟。今觀其詞，如《沁園春》、《望遠行》、《千秋歲》第二首、《江城子》第二首、《兩同心》第二首、第三首、《少年心》第一首、第二首、《醜奴兒》第二首、《鼓笛令》四首、《好事近》第三首，皆褻諢不可名狀。至於《鼓笛令》第三首之用「𨇤」字，第四首之用「𡱁」字，皆字書所不載，尤不可解，不止補之所云不當行已也。顧其佳者則妙脱蹊徑，迥出慧心，補之著腔好詩之説，頗爲近之。師道以配秦觀，殆非定論。觀其《兩同心》第二首與第三首，《玉樓春》詞第一首與第二首，《醉蓬萊》第一首與第二首，皆改本與初本並存，則當時以其名重，片紙隻字，皆一概收拾，美惡雜陳，故至於是，是固宜分別觀之矣。陸游《老學菴筆記》辨其《念奴嬌》詞「老子平生，江南江北，愛聽臨風

笛」句，俗本不知其用蜀中方音，改笛爲曲以叶韻，今考此本仍作笛字，則猶舊本之未經竄亂者矣。（同上卷一百九十八集部詞曲類）

王　昶

【舟中無事偶作論詩絶句四十六首（錄一首）】　山谷孤吟也絶塵，巧將酸澀鬥清新。淨名經在何曾似，漫與坡翁作替人。漁洋云山谷詩如維摩詰經，此語未然。（《春融堂集》卷二十二）

【答李憲吉書（節錄）】　宋黄魯直、陳後山諸君，瘦硬通神，不免失之粗率。（同上卷三十二）

【吳子山香蘇山館詩序（節錄）】　余惟西江之詩，其先盛於歐陽文忠公。公奉昌黎爲師法，而蘇文忠公又謂其似李太白，則其詩蓋兼就二家而推廣之。厥後黄魯直、楊廷秀每以偏師制勝，而後人論江西詩，不免有低昂軒輊，實非通人之論。（同上卷四十）

蔣　瀾

【觀碁詩】　夢得《觀碁歌》云：「初疑磊落曙天星，次見摶擊三秋兵。雁行布陣衆未曉，虎穴得子人皆驚。」余愛此數語能模寫弈碁之趣。至東坡《觀碁》則云：「勝固欣然，敗亦可喜。優哉游哉，聊復爾耳。」蓋東坡素不解碁，不究此味也。（《漁隱叢話》）

按山谷《弈碁呈任公漸》詩云：「心似蛛絲遊碧落，身如蜩甲化枯枝。」此二語窮形盡相，眞是繪水

繪聲手。(《藝苑名言》卷一)

蔣士銓

【陳仲牧員外新刻山谷詩集,予惜其未見任天社註本,拈韻示蓀圃四首】 空山古寺曉鐘定,斷磵老木寒烟深。橫枝臥壑皮骨裂,好花靜發春天心。誰歟涉險覓幽賞,水力上篙絕菰蔣。石牛洞中吟苦時,此境在胸成獨往。

戒衣懸珠傍龍象,圓蒲坐忘藏佛心。絕壁如鏡入僧影,古雪沒腰禪定深。樵徑齒齒不可往,枯藤舞風似菱蔣。一聲梵唱落諸天,不許宗門野狐賞。

太白仲連嗟已往,睨視秦少游錢穆父與晁美叔蔣穎叔。整斜疎密是爲佳,那借歐陽季默賞。蝤蛑江珧天下珍,至味獨契髯翁心。江河萬變同歸海,行潦潢汙自淺深。

雙姑插天幾人賞,不似青溪小姑蔣。飛仙劍俠帶嬝娜,絕跡淩空妙還往。書家孰解綿裹針,世無善本剝蝕深。陳郎未見任淵註,梨棗成堆亦苦心。(《忠雅堂詩集》卷十)

【說詩一首示朱湘(節錄)】 李杜韓蘇黃,芥子藏須彌。舒卷成波瀾,比興無支離。人亡其詩存,生氣何淋漓。豈如優孟容,摹仿攀人籬。(同上卷十八)

趙 翼

北宋詩推蘇、黃兩家,蓋才力雄厚,書卷繁富,實旗鼓相當。然其間亦自有優劣:東坡隨物賦形,信筆揮灑，不拘一格，故雖瀾翻不窮，而不見有矜心作意之處；山谷則專以拗峭避俗，不肯作一尋常語，而無從容遊泳之趣。且坡使事處，隨其意之所之，自有書卷供其驅駕，故無捃摭痕跡；山谷則書卷比坡更多數倍，幾於無一字無來歷，然專以選才庀料爲主，寧不工而不肯不典，寧不切而不肯不奥，故往往意爲詞累，而性情反爲所掩。此兩家詩境之不同也。（《甌北詩話》卷十一）

劉夢得論詩，謂無來歷字前輩未嘗用，孫莘老亦謂杜詩無一字無來歷。山谷嘗拈以示人，蓋隱以自道。又嘗跋《枯木道人賦》，謂閑居熟讀《左傳》、《國語》、《楚辭》、《莊周》、《韓非》諸書，欲下筆先體古人致意曲折處，久乃能自鑄偉詞，雖屈、宋不能超此步驟也。又語楊明叔云：「詩須以俗爲雅，以故爲新，百戰百勝，如孫吴之用兵，棘端可以破鏃，如甘蠅飛衞之射。此詩人之奇，昔得此祕於東坡，今舉以相付」云。此可見其得力之處也。（同上）

自中唐以後，律詩盛行，競講聲病，故多音節和諧，風調圓美。杜牧之恐流於弱，特創豪宕波峭一派，以力矯其弊。山谷因之，亦務爲峭拔，不肯隨俗爲波靡，此其一生命意所在也。究而論之，詩果意思沈着，氣力健舉，則雖和諧圓美，何嘗不沛然有餘；若徒以生僻爭奇，究非大方家耳。山谷詩，如「世上豈無千里馬，人中難得九方臯」，潛夫詩話謂可爲律詩之法；又如「與世浮沈惟酒可，隨人憂樂以詩鳴」，此眞獨闢蹊徑。至如洪龜父所賞「蜂房各自開戶牖，蟻穴或夢封侯王」，「黄流不解涴明月，碧樹爲我生涼秋」，此不過昔人未曾道過，其實無甚意味。吴曾《能改齋漫錄》記歐陽季默問東坡云：「山谷詩何處最好？」坡不答。季默舉其雪詩云：「『夜聽疏疏還密密，曉看整整復斜斜』，亦佳耶？」坡

云：「正是佳處。」此雖東坡鑒賞，然終不免村氣矣。（同上）

東坡詩話：「讀魯直詩，如見魯仲連、李太白，不敢復論鄙事；雖若不適用，亦不無補於世也。」又云：「魯直詩文如蝤蛑江瑤柱，格韻高絕，然不可多食，多食則發風動氣。」林季野云：「魯直詩未必篇篇俱佳，但格制高耳。」（同上）

古人句法有不宜襲用者，白香山「東澗水流西澗水，南山雲過北山雲」，蓋脫胎於「東家流水入西鄰」之句，然已遜其蘊藉。梅聖俞又彷之，爲「南嶺禽過北嶺叫，高田水入低田流」，則磨牛之踏陳迹矣，乃歐陽公誦之不去口。黃山谷又彷之爲「野水自流田水滿，晴鳩卻喚雨鳩來」。周少隱《竹坡詩話》亦謂其語意高妙，而不知愈落窠臼也。邵長蘅《西湖》詩「南高雲過北高宿，裏湖水出外湖流」，亦同此病。（同上卷十二）

宋南渡後，北宋人著述有流播在金源者，蘇東坡、黃山谷最盛。（同上）

【律詩兼用兩韻】鄭谷與僧齊己等共定今體詩格，一曰葫蘆，一曰轆轤，一曰進退。所謂葫蘆韻者，先二後四；轆轤韻者，雙出雙入；進退韻者，一進一退……今按黃山谷《謝送宣城筆》詩云：「宣城變樣蹲雞距，諸葛名家捋鼠鬚。一束喜從公處得，千金求買市中無。漫投墨客摹科斗，勝與朱門飽蠹魚。愧我初無草玄手，不將閒寫吏文書。」此詩前二韻押七虞，後二韻押六魚，所謂雙出雙入也。（《陔餘叢考》卷二十三）

【古今人詩句相同】古今人往往有詩句相同者……白居易《寄元九》詩：「百年夜分半，一歲春無多。」

而黄魯直詩有云：「百年中半夜分去，一歲無多春暫來。」……此皆不得謂非抄襲也。（同上卷二十四）

錢大昕

【跋黄山谷書范滂傳】山谷老人謫居宜州，爲余氏二子書范孟博傳，眞迹後歸趙忠定公，忠定之子崇憲以嘉定壬申知江州，模刻於郡齋，石久無存。乾隆乙巳六月，偶於四明范氏稻香樓見此榻本，紙墨工妙，而文多闕落，蔚宗傳凡一千一百卅字，今失去二百六十二字，樓宣獻詩跋亦殘闕不完。考《攻媿集》有此詩而無此跋，蓋樓公初見余氏摹本，賦此長句，在奉祠里居時；及嘉定改元臘月，崇憲出示眞跡，宣獻已登樞府，公事少暇，但書舊作，不復賦詩也。忠定居饒之餘干，而崇憲自題開封者，南渡後宗子雖散處江南，仍領於宗正司。予所見題名石刻，或稱祥符，或稱浚儀，或稱開封，以寓不忘故都之思，非與史有牴牾也。莪亭秀才精於考據，並書以質之。（《潛研堂文集》卷三十二）

【蘇門四學士】黄魯直、秦少游、張文潛、晁無咎，稱蘇門四學士。宋沿唐故事，舘職皆得稱學士。魯直官著作郎祕書丞，少游官祕書省正字，文潛官著作郎，無咎官著作郎，皆舘職，元豐改官制，以祕書省官爲館職。故有學士之稱，不特非翰林學士，亦非殿閣諸學士也。唯學士爲舘閣通稱，故翰林學士特稱內翰以别之。（《十駕齋養新録》卷七）

黄蕘圃齋中見……《豫章先生集》卷一至十九，卽山房李彤、洛陽朱敦儒編校之前集也。（《竹汀先生日記鈔》卷一）

彭元瑞

【山谷刀筆】 此書與文集、别集、外集中書簡微有異同，不可偏廢；其以歷官編次，尤足考見當時出處之跡，與黄𢈪編詩目入年譜同意。少年時，嘗以蘇詩編年有施注，而黄詩無編年本，欲取任淵、史季溫、史容三家之注，以𢈪譜敍次，及同時人倡和附見，都爲一編，命曰黄詩三集補注，亦有零雜稿本；而忽忽三十年，不能成書。宦事牽冗，耳目重眵，安得好事者助我老興，爲鄉邦成一巨帙也。（《知聖道齋讀書跋》卷二）

姚鼐

【荷塘詩集序（節録）】 古之善爲詩者，不自命爲詩人者也，其胸中所蓄高矣廣矣遠矣，而偶發之於詩，則詩與之爲高廣且遠焉，故曰善爲詩也。曹子建、陶淵明、李太白、杜子美、韓退之、蘇子瞻、黄魯直之倫，忠義之氣，高亮之節，道德之養，經濟天下之才，捨而僅謂之一詩人耳，此數君子豈所甘哉！（《惜抱軒文集》卷四）

馬春田

【讀黄山谷集】 山谷老人人俊偉，餘事作詩愛譎詭。倔強不若韓退之，苦澀有讓樊宗師。倩盼副笄皆所棄，最喜齲齒墮馬髻。歌之則鈎繹，繹之則骫骳。譬如品物中，有味玉山榧。蘇黄雖並稱，蘇宮而黄徵。謂黄爲學杜，黄渠而杜海。封域不妨邾莒邦，何必定與齊晉齒。（《晚晴簃詩匯》卷一百十一）

翁方綱

【刻黄詩全集序】乾隆壬寅冬，方綱校黄詩三集注上之，詔刊入聚珍板，於是數百年未合之足本，廣布藝林矣。後四年，奉命視學江西，攜其草藁於篋。而寧州新刻本《外集》之後八卷，卽舊本《豫章先生外集》之四卷也，又其《别集》與史季溫注者不同，而寧新刻分體失其舊式，爰合寫爲一本，附以黄子耕譜，通爲五十六卷。時時與學官弟子論證其所以然。蓋自方綱年十九誦浙滸陳蘇庵輯《漢書》，輒奉先生「質厚爲本」一語爲問學職志，今將四十年，所與學侶敬申修辭立誠云訓者，不外乎此。書諸卷端，以俟稍有解會處。欲略疏數語爲之序，然每一念及，輒立咫焉汗洽襟也。（《復初齋文集》卷三）

【漁洋先生精華錄序】（節錄）天社之於山谷也，其錄取精華之義，蓋罕有知之者。卽以盛君此序所謂山谷精華錄者，愚嘗考之，乃後人僞託之本，而天社原書久佚。且山谷之詩，或云由崑體而入杜也，又或謂其善於使事，又或謂其善用逆筆也。此果皆山谷之精華乎？愚在江西三年，日與學人講求山谷詩法之所以然，第於中得二語，曰：以古人爲師，以質厚爲本。尙未知於天社之意有合乎未也，而奚敢直舉所見以序先生詩哉？願與善學者質之耳。（同上）

【黄詩逆筆說】偶見《梧門箚記》，援愚說山谷詩用逆筆，而其言不詳，恐觀者不曉也。逆筆者，卽南唐後主作書撥鐙法也。逆固順之對，順有何害，而必逆之？逆者，意未起而先迎之，勢將伸而反蓄之。右軍之書，勢似欹而反正，豈其果欹乎？非欹無以得其正也。逆筆者，戒其滑下也。滑下者，順勢也，故逆筆以制之。然而胸所欲陳，事所欲詳，其不能自爲檢攝者，亦勢也。定以山谷之書卷典故，非襞績爲庸其逆矣。長瀾抒寫中時時有節制焉，則無所用其逆矣。事事言情，處處見提掇焉，則無所工也，比興寄託，非借境爲飾也，要亦不外乎虛實乘承、陰陽翕闢之義而已矣。《易》曰：尺蠖之屈，以求信也；龍蛇之蟄，以存身也。此則道之大者，就其精義入神言也。若下而就至淺者言，則米老作書云無垂不縮，無往不收，又何嘗非此義乎？凡用筆四無依傍，則謂之瘦；傅以肉彩，則謂之肥。乃坡公《墨妙亭》詩譏杜之貴瘦，而卻有細筋入骨之句，則肥瘦豈二義歟？知肥瘦非二，則順與逆，欹與正，非二也。可與立，乃可與權，中道而立，其機躍如，夫道一而已矣。(同上卷十)

【黄文節公像贊】乾隆乙未，先生生日，稽首奉像，而公詩逸編適出。今十年後摹像重開，敬題像贊，而公集新本適來。昔則在蘇齋耳，況今在豫章乎？公之視此齋也，何以異於視分寧之草堂乎。然則區區寸心，苟有一毫愧於先生者，將何以拜像而焚香乎？(同上卷十三)

【跋山谷竹枝詞】山谷《竹枝詞》：「入箐攀天猿掉頭。」任天社注於箐字無音義。按《集韻》：蒼，竹名，或作箐，千羊切。其讀去聲者，倉甸切，張竹弓弩曰箐，非竹叢之義矣。今詩家皆作深林密箐用之。山谷此字既不知所從來，而今之爲詩者輒相承以去聲讀之，豈可遂爲典據乎？(同上卷十八)

【跋山谷手錄雜事墨迹凡三十五幅、七百三十二行】黄文節公手錄雜事墨迹凡一百六十五題，皆漢、晋間事,中間用紅筆塗乙點識,又云某條見前帙,又記其題下之若干若干者,蓋此其中間半冊耳,前後所錄,不知其幾也。冊經項子長氏收藏,有嘉靖辛丑文徵仲跋,謂或有會而書,或備忘而書,或爲詩文用而書,蓋亦未能深知此冊此書之所以然也。王翁林又據其舊題云「山谷志林」而補篆之,遂竟以爲東坡《志林》之比,可謂沿誤也已。吾嘗讀任、史氏注山谷詩,知先生用力之勤,非一日矣。鄱陽許尹序曰:「其用事深密,雜以儒佛虞初稗官之説,雋永鴻寶之書,牢籠漁獵,取諸左右,後生晚學,此秘未覩。夫古事非出僻書掌錄,亦非難事,何秘之有乎?」吾乃歎此言之深中後人痼疾,而積學之非易也。凡人記問誦習者,經史類説而已,及其博辨之久,聞見之多,所謂見異人得異書者,若日有新奇之弋獲焉。回視書塾肄記之事,若無足留目者;一旦叩以經史習見之故實,而訛舛百出,此天下之通患也。況乎文士之習,護短炫長,寧臨文而乞鄰,勿先事而蓄艾;至於單文偶句,窘迫無措,則苟焉假借而已。山谷際歐、蘇蔚起時,獨以精力沉蓄,囊括今古,其取材非一處,而其用功非一日也。嘗於《永樂大典》中見山谷所爲《建章錄》者,散見數十條,正與此冊相類。然後知古人一字一句,皆有來處,至於千彙萬狀,左右逢原而無不如志者,非可倖而致也。今人平日銖積寸累之功萬不及古人,及其奮筆爲文,則欲追古人而與之角勝,未有能濟者也。故爲改題曰手錄雜事,而著其所以輯錄之實。讀先生集者,可持此以爲左劵焉,又豈僅作范信中《乙酉家乘》觀乎?(同上卷二十九)

魏泰道輔《隱居詩話》:「黄庭堅喜作詩得名,好用南朝人語,專求古人未使之一二奇字綴葺而成詩,自以爲工,其實所見之狹也。故句雖新奇,而氣乏渾厚。吾嘗作詩題編後云:『端求古人賢,琢抉手不停。方其得璣羽，往往失鵬鯨。』」此論雖切，然未盡山谷之意。後之但求渾厚者固有之矣，若李空同之流，殆所謂鵬鯨者乎？（《石洲詩話》卷三）

（山谷《竹枝詞》）後三首託意太白，大約此皆《竹枝》中極著意者矣。當與劉夢得之作抄爲一編，而以楊鐵崖之屬繼之。（同上卷四）

阮亭所舉宋賢絶句可繼唐賢者凡數十首，然何以不舉山谷《廣陵早春》之作云：「春風十里珠簾捲，髣髴三生杜牧之。紅藥梢頭初繭栗，揚州風物鬢成絲。」（同上）

山谷於五古，亦用巧織如古律，然特其氣骨高耳。（同上）

談理至宋人而精，説部至宋人而富，詩則至宋而益加細密，蓋刻抉入裏，實非唐人所能囿也。而其總萃處，則黄文節爲之提挈，非僅江西派以之爲祖，實乃南渡以後，筆虚筆實，俱從此導引而出。善乎劉後村之言曰：「國初詩人如潘閬、魏野，規規晚唐格調；楊、劉則又專爲崑體；蘇、梅二子稍變以平澹豪傑，而和之者尚寡；至六一公巋然爲大家，學者宗焉。然各極其天才筆力之所至，非必綴鍊勤苦而成也。豫章稍後出，會粹百家句律之長，究極歷代體製之變，蒐討古書，穿穴異聞，作爲古律，自成一家，雖隻字半句不輕出，遂爲本朝詩家宗祖。」按此論不特深切豫章，抑且深切宋賢三昧，不然而山谷自爲江西派之祖，何得謂宋人皆祖之？且宋詩之大家無過東坡，而轉祧蘇祖黄者，正以蘇之大處，不當以南北宋風會論之，舍元祐諸賢外，宋人蓋莫能望其肩背，其何從而祖之乎？呂居仁作《江西宗派圖》，其時若陳後山、徐師川、韓子蒼輩，未必皆以爲銓定之公也。而山谷之高之大，亦皆僅與厭原一刻爭勝毫釐，蓋繼往開來、源遠流長，所自任者，非一時一地事矣。論者不察，而於《宋詩鈔》品之曰宋詩宋祖，是殆必將全宋之詩境與後村立言之旨，一一研勘也。觀其所鈔，專以平直豪放者爲宋詩，則山谷又何以爲之宗祖？蓋所鈔全集與其品山谷之言，初無照應，非知言之選也。（同上）

山谷詩，譬如榕樹，自根生出千枝萬幹，又自枝幹上倒生出根來；若敖器之之論，只言其神味耳。（同上）

【《七言詩歌行鈔》凡例】　蘇文忠公淩踔千古，獨心折山谷之詩，數效其體，前人之虛懷如此；後世腐儒，乃謂山谷與東坡爭名，何其陋耶！山谷雖脱胎于杜，顧其天姿之高，筆力之雄，自闢庭戶。宋人作《江西宗派圖》，極尊之，以配食子美，要亦非山谷意也。鈔黄詩一卷。呂居仁作《江西宗派圖》，自山谷而下，凡二十六人。漁洋與山谷不同調，而能識之，可謂具眼矣。南渡氣格下東都遠甚，唯陸務觀爲大宗。七言遜杜、韓、蘇、黄諸大家，正坐沈鬱頓挫少耳。要非餘人所及。鈔陸詩一卷。（《七言詩歌行鈔》卷首）

【黄詩鈔】　漁洋云：「山谷用崑體工夫，而直造老杜渾成之境，禪家所謂更高一著也。」錢蘀石云：「山谷純用逆筆。」方綱按，坡公之外又出此一種絶高之風骨、絶大之境界，造化元氣發洩透矣，所以有「詩到蘇、黄盡」之語。（同上卷十）

《送范德孺知慶州》　三段井然，而换韻之法，前偏後伍，伍承彌縫，節奏章法，天然合筍，非經營可到。（同上）

《次韻子瞻題郭熙畫秋山》前有玉堂一幅實景作襯，故後半又於空中宕出一幅佇發遠神。（同上）

《贈鄭交》方綱按，漁洋鈔此者，亦目爲羚羊挂角也。（同上）

《送謝公定作竟陵主簿》此則眞羚羊挂角之秘妙矣。（同上）

【《七言律詩鈔》凡例】山谷晚年自定其詩，即洪、李所編内集也。然古體以内集爲至，而律則外集爲多。鈔黄詩一卷。

自杜公已有俳偕、吴體之作，晚唐諸人僅於句中平仄微見互換，非此例也，至山谷而矯之過甚矣。然終非詩之正調，今略採其不至過甚者。（《七言律詩鈔》卷首）

李調元

西江詩派，余素不喜，以其空硬生湊，如貧人捉襟見肘，寒酸氣太重也。然黄山谷七言古歌行，如歌馬歌阮，雄深渾厚，自不可沒，與大蘇並稱，殆以是乎？后山詩，則味如嚼蠟，讀之令人氣短，如「且然聊爾耳，得也自知之」二句，係集中五律起筆，竟成何語？眞謂之不解詩可也。擁被呻吟，直是枯腸無處搜耳。（《雨村詞話》卷下）

【山谷改少游詞】萬氏《詞律》少游詞《河傳》詞末句云：「悶損人天不管。」山谷和秦尾句云：「好殺人天不管。」自註云：「因少游詞戲以好字易瘦字。」是秦詞應作「瘦殺人」，今刊本皆作「悶損人」，蓋由未見山谷詞也。然巧拙亦于此一字見之，黄九不敵秦七，亦是一證。（《雨村詞話》卷一）

【山谷十六歲作】　秦少游《淮海集》，首首珠璣，爲宋一代詞人之冠。今刊本多以山谷作雜之，黄九之不逮秦七，古人已有定評，豈容溷入。如《畫堂春》詞：「東風吹柳日初長，雨餘芳草斜陽。杏花零亂燕泥香，睡損紅妝。寶篆煙銷龍鳳，畫屏雲鎖瀟湘。夜寒微透薄羅裳，無限思量。」氣薄語弱，此山谷十六歲作也，不應雜入。（同上）

【山谷誤記杜詩】　山谷《減字木蘭花》題云：「丙子仲秋，黔守席上，客有舉岑嘉州中秋詩曰：『今夜鄜州月，閨中只獨看。遙憐小兒女，未解憶長安。』因戲作。」按此首乃杜少陵，非岑嘉州也。係山谷誤記。（同上）

【㬠】　山谷《南鄉子》句：「畫出西樓一㬠秋。」㬠，陟孟反，開張畫繪也。見《龍龕手冊》。（同上）

【撋就】　山谷詞酷似曲，如《歸田樂》云：「對景還消受。被個人把人調戲，我也心兒有。憶我又喚我、見我、瞋我，天甚教人怎生受。看承幸則勾，又是尊前眉峯皺。是人驚怪，寃我忒撋就。拚了又捨了，一定是這回休休，及至相逢又依舊。」撋，如專切，挨也。趙長卿《簇水詞》亦有「試撋就」句，又有「百撋百就」句。（同上）

【詘尿㖿𣇲】　後山謂今詞家惟秦七、黄九。此語大不可解。山谷惟工詩耳，詞非所長。《望遠行》云：「自見來，虛過却好時好日。這詘尿黏膩得處煞是律。據眼前言定，也有十分七八。寃我無心除告佛。管人閑底，且放我快活㖿。便索𣇲别茶祗待，又怎不遇偎花映月。且與一斑半點，只怕你沒丁香核。」詞共七十六字，樂府用諺語，詩餘亦多俳體，然未有如此可笑者。詘尿、㖿、𣇲等字，卽云是當時坊曲優伶之言，而至此俗褻，如何可以入風雅乎？且經傳訛已久，字畫亦差，字數亦未確，愈爲無理。涪翁詩固故爲聱牙，當時尚左西江，目爲鼻祖，實非大雅正傳，此詞尤爲惡道。《詞綜》云「於黄作去取特嚴」，未肯深論，慁則有所不耐。（同上）

【字謎】山谷有《兩同心詞》云：「你共人女邊著子，爭知我門裏挑心。」字謎入詞始此，乃「好悶」二字也。（同上）

【噷】山谷《少年心》後段詞云：「便與拆破。待來時鬲上與廝噷則箇，溫存著且教推磨。」字字令人粲齒。按字書無噷字。（同上）

【屪𡲈】黄山谷詞多用俳語，雜以俗諺，多可笑之句。如《鼓笛令》詞云：「其道他家有婆婆，與一口管教屪磨。」又云：「副靖傳語木大，鼓兒裏且打一和。更有些兒得處囉。」又一首云：「打揭兒非常愜意。」又：「却跋翻和九底。」又一首云：「凍着你影𡲈村鬼。」此類甚多，皆不可解。且「屪」、「𡲈」二字，字書不載，意即甚麼之訛也。又如別詞中奚落忔憎吵噷等字，皆俗俳語也。元人曲有之，皆不宜入詞。（同上）

【奴奴】樂府女人自稱只言奴，惟山谷詞始有「奴奴睡，奴奴睡也奴奴睡」句，後始用雙字，亦猶稱人爲人人之意。（同上）

【秦黄並稱】劉後村克莊詞以才氣勝，迴非剪紅刻翠比，然服膺周清眞邦彥不容口，見之於《最高樓》一詞云：「周郎後，直數到清眞，欺賀晏，壓黄秦。」人因有小周郎之目，本此。賀、晏、黄、秦，謂方回、

小山、山谷、少游也。當時黄、秦並稱，大有老子、韓非同傳之歎。(同上卷二)

謝啓昆

【重修慶遠黄山谷先生祠記辛酉】啓昆嘗校刻任、史所注山谷集，每歎先生羈管宜州時，饑寒窮困，竟死於南樓之上，親戚無一人在，獨成都范信中視含斂。嗚呼！君子之厄於小人，至如斯極乎！先生既卒，宜人祀之於南樓。淳熙初，宜守韓璧以其地湫隘，建祠城外。嘉定八年，假守張丹霞自明復建於龍谿。蓋先生嘗僦居黎氏，龍谿者，黎氏故宅也。其後興廢不常，至乾隆中知府查公禮乃恢宏其制，今又五十年矣。先生在宜年餘，官司迫促之，徙居者再。崇寧乙酉五月，始與信中居宿南樓，晨夕未嘗離。及九月晦，而先生卒。信中名寥，權奇任俠，聞先生謫嶺表，自建州冒瘴癘走數千里來侍杖屨，非有平生之舊，而犯大不韙以從之游，卒至生死不變，其志可不謂難哉！啓昆來撫粤西，輒訪先生祠，守者言祠漸圮落矣。而慶遠權守朱君開衡有興復之舉，爲捐俸助之。山谷先生之祀於宜也，六百有餘歲。查公嘗以張丹霞配食，固宜；然建祠實始於韓，而南樓之祀更在韓前。啓昆謂先生之生也，信中左右之，其卒也，信中賻殯之，是先生於信中，氣誼之感召，精神之依結，必有逾於尋常者矣。茲以祠成，特立信中位配祀於左。明年將按部至宜，爇香酹酒，敬拜祠下。回憶蘇潭校詩時，忽忽十四年，嚮往悲悒之懷，於是少慰焉已。(《樹經堂文集》卷四)

【讀全宋詩仿元遺山論詩絶句二百首(錄四首)】冰雪文心淡不言，江梅佳實託蘇門。隱居伯輔公評失，

豈識搜奇出性根。黄庭堅

詩派西江認詩祖，柯亭之笛爨中琴。八珍饜飫筋難下，海上江瑶風味深。

玉皇仙吏謫人間，關鑰天開自往還。身是金華牧羊客，廬山飛瀑聽潺湲。余家藏山谷廬山聽瀑小像。

手神酷似王摩詰，皖口丹青李伯時。蟻鬧南柯爭得意，忘機蝴蝶罥蛛絲。（《樹經堂詩集》初集卷十一）

梁玉繩

詩忌襲前人，然古人作詩，往往不忌用舊句……徐陵《鴛央》詩：「山雞映水那相得，孤鸞照鏡不成雙。天下眞成長會合，無勝比翼兩鴛央。」黄山谷《題畫睡鴨》云：「山雞照影空自愛，孤鸞舞鏡不成雙。天下眞成長會合，兩鳧相倚睡秋江。」香山《寄竹簡》詩：「相去六千里，地絶天邈然。十書九不達，何以開憂顔。渴人多夢飲，飢人多夢餐。如何春來夢，合眼到東川。」山谷截爲兩首，一云：「相望六千里，天地隔江山。十書九不到，何用一開顔。」二云：「病人多夢醫，囚人多夢赦。如何春來夢，合眼在鄉社。」又《黔南十絶》亦全用香山《花下對酒》、《渭川舊居》諸作。在名家偶戲爲之，未許效顰，「叵耐古人多意智，預先偷我一聯詩」，尚有議之者矣。（《清白士集》卷二十三《瞥記》六）

曾恆德

【黄山谷《觀音贊》、《燒香頌》二帖】山谷書有《范寛釣雪圖歌》，極爲奇偉；學鶴銘不失尺寸，幾二百餘言；又有《琵琶行》狂草學醉素，吾郡蔡太學所藏，與梁溪華氏之書太白詩，皆縱横狂怪，鮮于太常所呵。然山谷自謂得長沙三昧，是亦獨行天地之間者，此卷眞蹟可見。癸酉春中董其昌識。

宋曾宏父刻八鳳墅帖，備得其妙。康熙丁酉九日，何焯獲覩眞蹟，輒題其後。

山谷此卷爲明隆慶間相國殷文莊通樂園故物。文莊名士儋，于濟南望水泉上作通樂園，故有士儋通樂園二圖記。南陵衞生雪樓得此于少宰西厓先生家。衞詩文高古，與一時作家齊名。適來京師，出此索題，因爲記之。康熙五十八年四月六日，秋泉居士汪士鋐。

此非有意作態，乃懸臂中鋒，恐力太勁，則少溫潤，故不使直過，山谷用筆逆折法也。乾隆八年癸未中春，江南左無明拙老人蔣衡，時年七十有二。

按鳳墅帖四十卷，卷帙繁富，諸刻無出其上。帖刻于廬陵，在宋南渡後，皆宋人書。宏父自謂可備史傳，于涪翁法書獨採此偈頌，列諸第十卷李西臺、杜祁公、曾南豐、陳了翁之後，歐陽文忠之前，賞識既深，正有以少爲貴者。曾恆德記。（《滋蕙堂法帖題跋》）

吴文溥

閒嘗取唐、宋以來詩人之詩，標舉數家，若右丞之簡貴，襄陽之清醇，左司之沖澹，少陵之變化，太白之横逸，昌黎之閎肆，玉溪生之綺麗纏綿，東坡、山谷之波瀾峻峭，各攄性情，自著本色，未嘗有所襲也。然……東坡和陶，山谷癖杜，古之人皆有所資以爲詩者矣，襲云乎哉！（《南野堂筆記》卷一）

古香詩，有《别情如已涼》云：「已涼初試夾羅新，小管聽吹側調銀。簾箔玲瓏燈火裏，隔河樓閣未眠人。」《看菊》云：「草深幽徑葉堆牆，嬾惰家居秋色荒。喚取酒壺無菊看，借人籬落作重陽。」他句如《天台藤杖》云：「若非黄鶴難爲伴，未變蒼龍已覺靈。」《對菊》云：「小童呼看紙窗影，幽夢欲尋藤枕香。」《雪夜舟中與友人同宿》云：「斜照疏篷銷蠟蠋，方裁大被暖蘆花。」神似山谷。（同上卷八）

王介甫「眠分黄犢草，坐占白鷗沙」，「細數落花因坐久，緩尋芳草得歸遲」，黄山谷「黄花晚節尤可惜，青眼故人殊未來」，「只今滿坐且尊酒，後夜此堂空月明」，詹存中「茅屋不聞雪，紙窗宜讀書」，張文潛「漱井消午醉，掃花坐晚涼」，「衆綠結夏帷，老紅駐春妝」諸聯，不減唐人佳趣，而清逸過之。（同上卷十）

山谷句：「湖面逆風生水紋。」近時方子雲：「水紋圓到岸邊無。」孫季逑：「接舵水紋明一線。」並能狀難言之景，爲前此所未道。（同上）

張宗泰

【跋黄氏日抄讀荆公涪翁文（節録）】《日抄》又云：山谷嘗游灊皖，樂山谷寺石牛洞之林泉，因自號山谷道人。而祝穆《方輿勝覽》則謂懷寧縣山谷寺西北有石牛洞，其狀如牛，李伯時畫黄魯直坐石牛上，魯直因自號山谷道人，仍題詩石上云云。所記亦互異也。山谷氣節文章，亞於東坡，故在當時極爲人士所推重。然好作淫詞豔説，爲秀法師所呵，普照塔前發願文，誓不復淫欲飲酒食肉，言詞鷙動，竦人心目，厥後一一自破其戒，均不免文士放曠之習。《日抄》以其於蜀、洛爭黨之日未嘗攻擊程子，故特多恕辭焉。（《魯巖所學集》卷七）

【跋張戒歲寒堂詩話（節錄）】　至宋之山谷，誠不免粗疎澀僻之病，至其意境天開，則實能闢古今未洩之奧妙，而《登快閣》詩亦其一也。顧詆爲小兒語，不知何處有此等小兒能具如許胸襟也。（同上卷十四）

胡　敬

【仿漁洋山人題唐宋金元詩絶句（錄一首）】　別自陸豪黄峭外，無窮層出見清新。武夷君亦風流甚，留住詩篇放卻人。先君子藏有范石湖集，爲孫丈半峯攜入閩，墮建溪中。（《清尊集》卷二）

編者按：此詩雖咏范成大，然其中提及黄詩風格（「黄峭」），故特收錄。

楊鳳苞

【題山谷道人書范滂傳摹本，明高邑趙忠毅公故物，公連書三跋於後】　范史鈎黨聞者興，山谷筆陳書林稱。建寧崇寧異代恨，煌煌墨本殷鑒仍。黔戎歸後又何辠，承天院記謗再騰。揚功遵志紹先烈，變易黑白營青蠅。宜州更斥任戲侮，慨然舍館賢郡丞。從游況復遣滋澥，私奉几杖宵篝燈。夙慕龍爪横絶世，請試雞毛揮剡藤。千年汝南吾尙友，默寫全傳無模棱。已亡三篋安世補，偶熟一卷于嵩徵。金薤銀鉤墨光黝，清裁勁節行閒凝。我聞坡老曾侍母，啓問讖語如有憑。九死謫逐落儋耳，桄榔萬里魑魅憎。坡谷高名兩不朽，長垂宇宙追固膺。國家黨論開釁始，往往隙爲姦雄乘。栞章榜郡炎祚絶，牛李傾軋唐室崩。彗星下掃殿碑仆，青城降矣輸金繒。勝朝東林蹈僨轍，茄花委鬼相輷輘。七十老公竄戍所，永寶此冊防堅冰。微言跋尾痛至骨，遠望北闕煩憂增。二蔡二惇昔炯戒，四凶四害予其懲。但嗟眞蹟未得見，摹帖尚可直百朋。南樓宋拓亦已尠，惜哉樂石蘿陂芿。剡茲手澤出高邑，留辯忠佞分淄澠。芒寒色正照瑶席，道人心事猶崚嶒。古今禍亂畢萃是，豈比詩格啱鯨鵬。（《秋室集》卷八）

淩仲堪

【樹經堂詠史詩跋（節錄）】蘇潭先生於句宣之暇，論次全史，自司馬遷以迄宋濂之書，綜其大者，幷旁及別史，如屠喬孫、吳任臣所述之等爲七言律五百首，名曰《樹經堂詠史詩》，鴻篇絡繹，美不勝收，洋洋乎大觀矣。警句如……《王吉》云：「廣廈細旃中尉諫，古車周道下泉風。」《謝莊》云：「江東無我一時秀，明月與君千里同。」《王元禮》云：「三世三公門第貴，一官一集宦情殊。」《石勒》云：「孤寡不欺心磊落，帝王自取氣縱橫。」《秃髮傉檀》云：「索邱以外有經濟，關隴之間多傑英。」《杜甫》云：「離亂何人憂社稷，哀歌到處慼山川。」則涪翁之峭健清新也。（《校禮堂文集》卷三十二）

張惠言

【《詞選》目録敍】　宋之詞家號爲極盛，然張先、蘇軾、秦觀、周邦彦、辛棄疾、姜夔、王沂孫、張炎，淵淵乎文有其質焉，盪而不反，傲而不理，枝而不物。柳永、黄庭堅、劉過、吴文英之倫，亦各引一端，以取重於當世。（《詞選》卷首）

黄丕烈

【類編增廣黄先生大全文集五十卷宋刻本】　黄山谷大全集，係南宋刊本，吾家世藏宋本僅留此種，是可寶也。子孫其善守之。書凡五十卷，十六册。乾隆壬戌除夕隱拙翁廷芳志。在卷首。道光甲申之秋，有平湖書友攜示宋刻山谷大全集樣本，有刻有鈔，云是錢君夢廬屬售者，索直頗昂，雖心愛之，未及議易也。夢廬素係神交，並曾通假書籍，故遂札詢之。夢廬復云：山谷大全集，諸家書目皆不著録，惟絳雲樓目有之，只二十六卷，此其全者，係沈茱園先生故物，後人因營葬，始用贈人，適余有他種書籍銷去，遂摒擋得之。書凡五十卷，中闕十三至十八卷，舊時鈔補，未知出自何本，蓋較絳雲所藏，居然完璧矣。歲殘，未暇付裝。越明年，余有滂喜園書籍鋪之設，襄事者爲茂塘老友，手爲裝池，知缺卷外尚欠一葉，鈔補一葉，統五百單八云。乙酉孟夏月望後一日，蕘圃手識。在末卷後。（《士禮居藏書題跋記》卷五）

【山谷詞一卷校宋本】乾道刊本《類編黄先生大全文集》後有樂章一卷，適殿五十卷之末，因家無山谷詞，先借護經書屋《六十家詞》中本校一過。此殘歲事也。今春送考事了，兒輩檢篋中亦有毛刻，遂復校此，仍借護經本覆勘之，知尚有脱誤。蓋校書如掃葉拂塵，洵非虚語。而原本分類編輯，故一調而先後互見，茲以數目識之，可得宋本類編面目，至於取分之類，不復標出，無損於詞也。若護經本予取校者而有之，茲不贅。道光乙酉花朝後三日月望復初氏書。在卷末。（同上卷六）

【山谷黄先生大全詩注明本】余鄉舉後，游京師，於廠肆中獲此冊。雖多殘缺，而版刻既舊，且末黏籤一條云：「一本，永樂二年七月二十五日，蘇叔敬買到。」蓋猶是明初官書也。其詳載《讀書敏求記》《古列女傳》條下。因此珍重弆藏，擬覓全本補鈔。數年以來，僅見一本於顧竹君家，印本較此爲勝，惜亦未全。竹君故後，書籍封閉，不復可假矣。殘鱗片甲，無傷古物，爰付裝池，略補素紙，以當闕疑云。丁卯白露後一日，復翁黄丕烈識。（《士禮居藏書題跋記續》卷下）

【豫章黄先生外集六卷殘宋刻本】此家豫章外集六卷，得諸書船友邵姓，云自江陰楊文定公家收來。卷端有楊敦厚圖章，即文定孫也。裝潢精雅，亦以其爲宋刻，故珍之。然六卷後有缺葉，謬以卷十四末葉續之。因後有山房李彤跋，取閱者偶不經意，即信爲完璧者，然其實補綴之痕不可沒也。宋陳振孫《書錄解題》：「《豫章外集》十四卷。」案今明刻猶如是。所存詩六行，確在卷十四末。惟李彤跋明刻無之，然翁覃溪云外集末有李彤跋，其在十四卷末宜矣。至六卷末所缺，就明刻者以宋板十八行十八字計之，連煞尾一行，適得一葉，當以素紙存其面目可爾。又翁云：豫章外集，其作詩年月往往在内集前，今人稱外集爲後集，殊不知宋刻板心有後黄一後黄二云云，則外集之稱爲後集，特以所刻之先後言之耳。世人不見宋刻，妄論短長，亦奚爲耶？余舊藏《豫章文集》三十卷本，僅有一卷至十四卷、十七卷、十八卷、十九卷俱屬宋刻，今又得此，行款悉同，當是聯屬者，何意兩美之適合也。毛氏云「在在處處有神物護持」，其信然歟？且延令書目載有黄山谷三十卷，後集六卷，宋板合諸此本，卷數卻同。卽滄葦所藏亦未可知。書之，以誌舊物源流固各有本爾。時嘉慶三年，歲在戊午，秋七月，棘人黄丕烈識。

此兩半葉原綴六卷末，今更正。然宋刻難得，不忍遺棄，故取附於後，或異日搜訪更有宋本傳出，以此爲對勘之助云。蕘圃氏又識。（同上）

陳錫路

【山谷帖】周公謹《雲煙過眼錄》云：「黄山谷有一帖：『花四枝謾送餘春，尚可賞否？戴花人安否？』前輩風流可想也。」按此帖十六字，亦涪翁戲墨耳，讀之芬人齒頰，字字可作詩材。（《黄嬭餘話》卷二）

【花妾】杜牧之《晚晴賦》：「雜花如妾如婢。」山谷詩「香草當姬妾，不須珠翠妝」，或用此。（同上卷四）

盛大士

《唐書》：張九齡爲司勳員外郎時，張説爲中書令，親重之，與通譜系，嘗曰：「後出詞人之冠也。」劉三復爲浙西從事，汝州刺史劉禹錫以宗人遇之，深重其才，嘗爲詩贈三復，序曰「從弟」。沈亞之爲韓尹，祭韓令公文曰：「嘗敍族以姪余，謂同源于康子。」宋黄魯直作黄育字序曰：「會稽黄渥與庭堅皆出于婺州之黄，七世以上失其譜，以年相望，與渥相近，復以兄弟合宗。」是通譜之事，古人亦有之，但以文章道義相契合則可，以勢位富厚相攀附則不可。（《樸學齋筆記》卷三）

吳衡照

山谷云：「春歸何處，寂寞無行路。若有人知春去處，唤取歸來同住。」通叟云：「若到江南趕上春，千萬和春住。」碧山云：「怕此際春歸，也過吳中路，君行到處，便快折河邊千條翠柳，爲我繫春住。」三詞同一意，山谷失之笨，通叟失之俗，碧山差勝；終不若元梁貢父云：「拚一醉留春，留春不住，醉裏春歸。」爲灑脱有致。（《蓮子居詞話》卷一）

方東樹

屈子之詞與意，已爲昔人用熟，至今日皆成陳言，故《選》體詩不可再學，當懸以爲解。無知學究，盜襲𡨕集，自以爲古意，令人憎厭。故貴必有以易之，令見自家面目。否則人人可用，處處可移。此杜、韓、蘇、黄所以不肯隨人作計，必自成一家，誠百世師也。（《昭昧詹言》卷一）

固是要厚重，然卻非段落板滯，一片承遞，無變化法妙者，山谷學杜、韓，一字一步不敢滑，而於中又具

參差章法變化之妙。以此類推，可悟詩家取法之意。孫過庭論書法遲疾，可參悟。（同上）

謝、鮑根據雖不深，然皆自見眞，不作客氣假象，此所以能爲一大宗。後來如宋代山谷、放翁，時不免客氣假象，而放翁尤多。（同上）

山谷之似杜、韓，在句格，至縱横變化則無之。（同上）

東野、山谷、白石，皆嫌太露圭角。（同上）

山谷不能出杜境界，卻有自家面目。（同上）

錢牧齋譏山谷爲不善學杜，以爲未能得杜眞氣脈，其言似也。但杜之眞氣脈，錢亦未能知耳。觀於空同之生吞活剝，方知山谷眞爲善學，錢不足以知之。但山谷所得於杜，專取其苦澀慘澹、律脈嚴峭一種，以易夫向來一切意浮功淺、皮傅無眞意者耳；其於巨刃摩天、乾坤擺盪者，實未能也。然此種自是不容輕學。意山谷未必不知，但以各有性情學問力量，不欲隨人作計，而假象客氣，而反後之耳。不然，如空同似得杜眞氣脈者，而何以又失之耶？平心而論，山谷之學杜、韓，所得甚深，非空同、牧翁之模取聲音笑貌者所及知也。（同上卷八）

山谷之學杜、韓，在於解搬意造言不似之，政以離而去之爲難能。空同、牧翁於此尙未解，又方以似之爲能，是尙不足以知山谷，又安知杜、韓！（同上）

山谷隸事閒，不免有強拉硬入，按之本處語勢文理，否隔無情，非但語不安，亦使文氣與意藹薩不合。蓋山谷但解取生避熟與人遠，故寧不工不諧而不顧，致此大病。古人曾未有此，不得以山谷而恕之，

使遺誤來學也。乃知韓公「排奡」而必曰「妥貼」，方爲無病。山谷直是有未妥貼耳。(同上)

朱子之論(杜甫)夔詩，猶其論《九章》耳，非必苦訾之也。乃劉辰翁評《歲晏行》曰：「子美晚年詩，多亂雜無次。山谷專取此等，流弊至不可讀。」夫山谷所主，特愛其生辣苦澀，風調清新，豪宕感激，亦菖歜之嗜耳，夫豈齷齪文士所知。(同上)

(韓愈)《病中贈張十八》創造奇險，山谷所模。《醉贈張秘書》句法精造，亦山谷所常模。(同上卷九)

涪翁以驚(一義)刱(一義)爲奇，意(一事)格(一事)境(一事)句(一事)選字(一事)隸事(一事)音節(一事)著意與人遠，此卽恪守韓公「去陳言」、「詞必己出」之敎也。故不惟凡(一醜)近(一醜)淺(一醜)俗(一醜)氣骨輕浮(一醜)不涉毫端句下，凡前人勝境，世所程式效慕者，尤不許一毫近似之，所以避陳言，羞雷同也。而於音節，尤別刱一種兀傲奇崛之響，其神氣卽隨此以見。杜、韓後，眞用功深造，而自成一家，遂開古今一大法門，亦百世之師也。(同上卷十)

姚薑塢先生曰：「涪翁以驚刱爲奇，其神兀傲，其氣崛奇，玄思瑰句，排斥冥筌，自得意表。玩誦之久，有一切廚饌腥螻而不可食之意。」又云：「《精華錄》山谷所自定，凡阮亭選本所云正集者是也。然別集、外集殊多傑作，其去取之意，亦有不可解者。」(同上)

又曰：「《宋·藝文志》有陳逢寅注二十卷，而不及任淵、史容。」樹按，任注甚疏漏，史更劣。姚又曰：「魏泰《隱居詩話》極詆山谷。泰本不齒士類，而糊心眯目，敢於狂吠如此。近世馮班之徒，所見與泰不遠，而學者奉其盲論，過矣！」(同上)

山谷之不如韓、杜者，無巨刃摩天，乾坤擺蕩，雄直渾斥，渾茫飛動，沛然浩然之氣。而沈頓鬱勃，深曲奇兀之致，亦所獨得，非意淺筆懦調弱者所可到也。今選五言，除海峯所取十篇，實具雄遠壯闊之意，益以薑塢補選二十餘篇，大略備矣。如《次韻伯氏》、《長蘆寺》、《勞坑》、《入前城》、《寄宗汝爲》、《過致仕屯田劉公隱廬》、《留王郎》、《餞薛樂道》等皆至佳，海峯失之也。(同上)

惜抱論玉溪：「矯弊滑易，用思太過，而僻晦之病又生。」竊謂后山實爾，山谷無之。然山谷矯弊滑熟，時有蓊薆不合、枯促寡味處，杜、韓、蘇無之。(同上)

黄只是求與人遠。所謂遠者，合格、境、意、句、字、音響言之。此六者有一與人近，即爲習熟，非韓、黄宗旨矣。(同上)

英筆奇氣，傑句高境，自成一家，則韓、黄其導師也。(同上)

黄詩秘密，在隸事下字之妙，拈來不測；然亦在貪使事使字，每令氣脈緩隔，如次韻時進叔篇。此一利一病，皆可悟見，學者由此隅反可也。此詩與字雨字腐字三韻，節去則文意不足，讀之實牽强未妥。於此乃知韓公押强韻皆穩，不可及也。此病陳後山亦然。可悟人才性大小，不可强能。文從字順言有序，李、杜、韓、蘇皆然，黄則不能皆然。雖古人筆力貴斬截，起勢貴奇特，然如山谷《過家》起處，亦大無序矣。(同上)

(詩)以事實典重飾其用意，加以造創奇警，語不驚人死不休，此山谷獨有；然亦從杜中得來者，不過加以造句耳。(同上卷十一)

學詩從山谷入，則造句深而不襲；從歐、王入，則用意深而不襲，章法明辨。（同上）

詩道性情，只貴說本分語。如右丞、東川、嘉州、常侍，何必深於義理，動關忠孝，然其言自足有味，說自家話也。不似放翁、山谷，矜持虛矯也。四大家絶無此病。（同上）

凡短章，最要層次多。每一二句，即當一大段，相接有萬里之勢。山谷多如此。凡大家短章多如此。（同上）

讀韓公與山谷詩，如制毒龍，斂其爪牙横氣於盂鉢中，抑遏閟藏，不使外露，而時不可掩。以視浮淺一味嚣張，如小兒傅粉，搔首弄姿，不可耐矣。（同上）

坡詩每於終篇之外，恆有遠境，非人所測。於篇中又有不測之遠境，其一段忽自天外插來，爲尋常胸中所無有。不似山谷於句上求遠也。（同上）

山谷之妙，在乎迴不與人，時時出奇，故能獨步千古，所以可貴。若子由、立夫皆平近，此才不逮也。大家小家，即以此分別。（同上卷十二）

涪翁以驚創爲奇才，其神兀傲，其氣崛奇，玄思瑰句，排斥冥筌，自得意表。玩誦之久，有一切厨饌腥螻而不可食之義。（同上）

入思深，造句奇崛，筆勢健，足以藥熟滑，山谷之長也。又須知其從杜公來，卻變成一副面目，波瀾莫二，所以能成一作手；乃知空同優孟衣冠也。（同上）

山谷之妙，起無端，接無端，大筆如椽，轉折如龍虎，掃棄一切，獨提精要之語。每每承接處，中亘萬里，

不相聯屬，非尋常意計所及。此小家何由知之，亦無此力，故作家不易得也。奇思，奇句，奇氣。（同上）

大抵山谷所能，在句法上遠：凡起一句，不知其所從何來，斷非尋常人胸臆中所有；尋常人胸臆口吻中當作爾語者，山谷則所不必然也。此尋常俗人，所以凡近蹈故，庸人皆能，不羞雷同。如山谷，方能脱除凡近，每篇之中，每句逆接，無一是恆人意料所及，句句遠來。山谷於變化中甚少講究，由未嘗知古文也。（同上）

山谷死力造句，專在句上弄遠，成篇之後，意境皆不甚遠。（同上）

《送范德孺知慶州》　自是老筆，而乏妙趣。三四句剩語不歸，擲。收四句正入，闊遠簡盡。（同上）

《次韻子瞻題郭熙畫秋山》　「黄州」四句，敍畢。「郭熙」二句，正面。「江村」句寫。「歸雁」句頓住。「坐思」二句入己，緯也。乃空中樓閣，妙。「熙今」二句，馳取下二句。「畫取」二句，點出宗旨。「但熙」二句，餘情遠韻，力透紙背。曲折馳驟，有江海之觀、神龍萬里之勢。「熙今」四句枯窘。（同上）

《詠李伯時摹韓幹三馬次蘇子由韻簡伯時兼寄李德素》　起四句敍畢。「絶塵」句正面議。「緬懷」句入。「千金」二句删。收舉百鈞，持重固而存之，不喘不汗。此使才驕氣浮者不解。始知神龍别有種，不比凡馬空多肉。（同上）

《次韻子瞻和子由觀伯時畫天馬因論韓幹馬》　敍題章法老。「李侯」二句逆入題。「一日」二句棱。「曹霸」二句議。「論幹」四句，反復有筆勢。「翰林論詩」，言蘇公亦同李論。初學須解此種，乃不妄

下筆，入滑俗傖父派。沈著曲折，所謂氣深穩，語意重。(同上)

《謝黄從善司業寄惠山泉》 起三句敍。四句空寫。五六句議，二語抵一大段。七八句另一意，又抵一大段。敍、寫、議雖短章而完足，轉折抵一大篇。凡四層，章法好，短章之式。(同上)

《次韻錢穆父贈松扇》 未佳。(同上)

《戲和文潛謝穆父松扇》 文潛體肥大，詩蓋譏之，見《老學庵筆記》。(同上)

《次韻王炳之惠玉板紙》 起句用王褒《責髯奴文》：「須離離若緣坡之竹。」三句接不下。按此詩意甚平，無奇。(同上)

《贈鄭郊》 起二句，賓主陪起，而雄整琢鍊。三句抗墜，折出主；四句入主，正位。五六二句正寫。七八又繞賓。凡四層，妙。(同上)

《雙井茶送子瞻》 空中縱起。「我家」二句入敍。「爲君」二句遠勢。凡三層。《避暑錄話》：雙井在分寧，地屬黄氏。魯直之家也。(同上)

《省中烹茶懷子瞻用前韻》 「閤門井」水，歐、梅諸公俱有詩。(同上)

《以雙井茶送孔常父》 佳。兩層。(同上)

《常父答詩有煎點徑須煩緑珠之句復次韻戲答》 妙。兩層。(同上)

《戲呈孔毅父》 起雄整，接跌宕，俱入妙。收遠韻。凡四層。東湖在豫章。(同上)

《以團茶洮州緑石硯贈無咎文潛》 此又平敍，而起溜亮俊逸。後二段章法，畢竟拙笨。(同上)

《謝送碾賜壑源揀芽》起二句襯。三句入，借襯。五六句襯。「橋山」句襯。「右丞」句入正。「春風」以下入妙，前未妙。(同上)

《以小團龍及半挺贈無咎》「先皇」句不歸，擲。「開典禮」三字擲。(同上)

《送謝公定作竟陵主簿》起八句，皆正敍夾寫。「胸中」以下始換議。「漢濱」二句跌入。收妙。(同上)

《觀伯時畫馬》起三句極言供奉之陋，當一傳。收入題神化，極言貧困。此是在試院作。坡和尤妙。鼂(不佳)、廖皆有作。(同上)

《次韻子瞻以紅帶寄眉山王宣義》王淮奇字慶源，東坡妻叔也。惜翁云：「王以雅州主簿取長官怒，謝病去。」一起跌宕，言貧不可歸。二句不歸，擲。三句曲，曲折好。「鄰翁無」三字擲。「當今」句言不用要我。收衰了。(同上)

《聽宋宗儒摘阮歌》起先敍入。三四贅語，不緊健。「落魄」句無味，擲。「手揮」一段寫，未妙，太漫。末三句以己收。(同上)

《博士王揚休碾密雲龍同事十三人飲之戲作》「王郎」四句分敍。「鳴鳩」四句寫。收二句反掉。(同上)

《再答黄冕仲》逆入妙。(同上)

《再答陳元輿》起逆入，奇氣傑句，跌宕有勢。「牛鐸」句擲。收四句有韻，言不如歸也。(同上)

《王允道送水仙花欣然會心爲之作詠》起四句奇思奇句。「山礬」句奇句。「坐對」句用杜。收句空。適老。(同上)

《武昌松風閣》「風鳴」二句奇想。後半直敘，卻能掃人凡言，自撰奇重之語。收無遠意。「我來」句刪。「野僧」二句不洽，刪。(同上)

《書磨崖碑後》稍有章法，然亦順敍。分三層。「事有」二句太漫。後半大勝放翁《十八學士》、《明皇幸蜀》二首，乃知坡《驪山》亦不佳也。惜翁云：「《揮麈錄》載：崇寧三年，魯直竄泊於零陵。曾空青坐鉤黨，先徙是郡。因率游浯溪，太史賦詩。云『文士追隨』者，曾也。」(同上)

《伯時彭蠡春牧圖》起題畫。中敍馬。「中原」四句入議。收有意。「駑驥」用《鄒陽傳》。(同上)

《再次韻呈廖明略》三次韻皆勝无咎，而此最佳。薑塢先生云：「愛文好士之意，見於眉睫。」(同上)

《再次韻呈廖明略並寄无咎》「一夫」六句散漫。(同上)

《題落星寺》全撫杜。腴妙，乃非枯寂。起二句敍。三四句寫。五六句換筆。自注：「僧隆畫甚富。」收承五六，有不盡之妙。筆勢往復展拓，頓挫起落。薑塢先生云：「撐挺嘻嗷，山谷獨得處。」(同上)

《和答梅子明王揚休點密雲龍》惜翁云：「甌寧縣東五里鳳凰山，即龍焙山。上有龍焙泉，其麓北苑。」薑苑先生云：「『曾』字下疑是『郝』字。建茶勝處曰郝原坑，其間又分山根、山頂二品尤勝。李氏時，號爲北苑，置使領之。」「外家」，山谷舅李公擇也。「鷓鴣斑」言其文也。「諸公」句有情韻。「何伯」二句硬，不上題。「子雲」四句湊。收二句意太小。惜翁云：「詩太窒澀，尋其意味不明白。」(同上)

《奉送周元翁鎖吉州司廳赴禮部試》惜翁云：「宋時，凡仕宦應進士舉，皆曰鎖廳。元翁，濂溪子。」無

佳處。（同上）

《彫陂》　無妙處。（同上）

《長句謝陳適用惠送吴南雄所贈紙》「自狀」句用韓。「千里」四句删。「君侯」句犯前。「平生」二句删。順敍，只在句法上稍逆。（同上）

《送曹子方福建路運判兼簡運使張仲謀》「阿瞞」二句删；不獨用杜減品，亦傷氣。「官焙」二句擲。「奮髯」二句擲。（同上）

《以右軍書數種贈邱十四》「問誰」句倒入。「隨人」二句，皆古人自道其自得處。山谷自道，所以自成一家。古人無不如此，無不快妙。亦是順敍，收段稍佳，出題外矣。（同上）

《李君既借示其祖西臺學士草聖並書帖一編二軸》起二句陪。「西臺」句跌入。「新春」二句起棱。（同上）

《題虔州東禪圓照師新作御書閣》起正敍實敍，亦平平無奇，但造句能掃一切人語。「文思」二句删。「道人」句禪語。薑塢先生云：「王昌齡詩：『手巾花疊淨，香帔稻畦成。』『稻畦帔』卽袈裟。」（同上）

《戲詠子舟畫兩鸜鵒》無味。收二句，眞假覺夢，爲一爲二。（同上）

《觀劉永年團練畫角鷹》「爪拳」二句，全從杜來。「瞻相」二句删。收又子瞻語。（同上）

《次韻无咎閻子常攜琴入村》似六一。二首皆薄。（同上）

《戲贈彥深》「君不見」以下，終是粗硬寡味，學杜之過。（同上）

《和謝公定征南謠》「謀臣」二句倒入，以下夾敘夾議。「營平」句襯。「天道」二句收足。「交州」以下，以古事影。此是大題，句格老重之至。但中間用意無甚警悟，不過說不應用兵開釁而已。前言本事用兵之費，「李太守」以下，層層言失計，凡五層，無佳處。（同上）

《次韻子瞻春菜》一起一收甚妙。收句見作詩之旨，乃有歸宿。此不易之律。（同上）

七律宜先從王、李、義山、山谷入門，字字著力。（同上卷十四）

山谷之學杜，絶去形摹，全在作用，意匠經營，善學得體，古今一人而已。論山谷者，惟薑塢、惜抱二姚先生之言最精當，後人無以易也。（同上卷二十）

欲知黄詩，須先知杜；眞能知杜，則知黄矣。杜七律所以横絶諸家，只是沈著頓挫，恣肆變化，陽開陰合，不可方物。山谷之學，專在此等處，所謂作用。義山之學，在句法氣格。空同專在形貌。三人之中，以山谷爲最，此定論矣。（同上）

《題樊侯廟》此卽《詠懷古蹟》，詩中句句有題廟之人在，所以爲得眞用。起二句先寫廟，兀傲。三四點題跌入。五六事外遠致，卽「歲時村翁」意。收仍寫景，餘音不窮。較入議論、墮理趣窠臼者，超絶入妙。（同上）

《徐孺子祠堂》與前題同。起二句分點。三四寫景。五六所謂借感自己。收切祠堂，高超入妙，卽五六句中意。今人尙笑古人冷淡，則我安得不爲人笑，但有志者不顧也。末句所謂興也，言外之妙，不可執著。姚先生云：「自吐胸臆，兀傲縱横，豈以儷事爲尙哉！」三四卽老杜「杉松」二意。（同上）

《紅蕉洞獨宿》　此悼亡詩，以第二句爲主。三四情景交融，切「宿」字，所謂奇詞傑句者。後半只敍情而已。（同上）

《池口風雨留三日》　起句順點。次句夾寫夾敍。三四以物爲興，兼比。五六以人爲興。收出場入妙。此詩别有風味，一洗腥腴。（同上）

《登快閣》　起四句，且敍且寫，一往浩然。五六句對意流行。收尤豪放，此所謂寓單行之氣於排偶之中者。姚先生云：「能移太白歌行於律詩。」愚謂小謝《冬日晚郡事隙》等篇，山谷所全本，可悟爲詩之理。（同上）

《夏日夢伯兄寄江南》　一起四句，亦是一氣而出。五六句意生新，特避熟法。收補出題外，更深親切。此等詩只是眞。清新古健，不膩不弱，不熟不俗，不與時人近。讀之久，自然超出尋常滑俗蹊徑。從王仲初《李處士故居》出。（同上）

《贈清隱持正禪師》　意味字句清超，不食煙火，山谷本色。（同上）

《題息軒》　三四皆從次句「竹」字興出。五六切「息」字，郎起收意。前四句「軒」，後四句「息」。（同上）

《郭明府作西齋於潁尾請予賦詩》　起原題。三四作齋。五六還題。收入自己。然余嫌其習氣空套。（同上）

《題安福李令朝華亭》　先寫亭。中四句亭上所見。三四又切「朝」字，以爲合結。五六形容活相，造句奇警。（同上）

《送彭南陽》起四句一氣湧出。五六切令尹。姚先生云：「結淺直不佳。」大約類敍情事，細細貼題。出之以對偶，使人不覺，寓單行於排偶，而又極自然，無強梗齟齬，所以爲佳。此是一派。（同上）

《答龍門潘秀才見寄》起兀傲，一氣湧出。三四頓挫。五六略衍。收出場。然余嫌多成空套，山谷最有此病，不足爲法。如「出門一笑大江橫」亦然。（同上）

《寄黄幾復》亦是一起浩然，一氣湧出。五六一頓。結句與前一樣筆法。山谷兀傲縱横，一氣湧現，然專學之，恐流入空滑，須慎之。（同上）

《道中寄景珍兼簡庾元鎮》前六句寄景珍。七八簡庾。此詩句句頓挫，不使一直筆順接。三四言久不相見，以單行爲對偶，令人不覺。五六兜回，可謂奇勢不測。結句意不甚醒。（同上）

《次韻奉寄子由》平敍起。次句接得不測，不覺其爲對，筆勢宏放。三四即從次句生出，更横闊。五六始入題敍情。收別有情事，親切，言彼此皆有兄弟之思，非如前諸結句之空套也。此詩足供揣摩取法。次元明韻也。元明名大臨，山谷兄。（同上）

《和高仲本喜相見》次句點題，卻以首句跌襯起，唐人多此法。三四入高事實，接法兀傲。後半平衍而已。（同上）

《和師厚郊居示里中諸君》六句皆郊居事情景，結句乃所示之意。（同上）

《次韻答柳通叟求田問舍之詩》首二句先爲解釋，識趣高人一等。以下又極言其得意樂趣。收足求田問舍不得已之心。（同上）

《次韻寅庵》　通首皆寫寅庵自得之趣，而措語極高，不雜一毫塵俗氣。讀山谷詩，皆當以此求之。世間一切廚饌腥螻意義語句，皆絶去，所以謂之高雅。脱去凡俗在此。（同上）

《雲濤石》　起句言此石，點題。次句分兩半，上四字「石」，下三字言「雲濤」。三四一句「濤」，一句「雲」。五句「石」，六句又「雲濤」。七八以「雲濤」言，如在舟中，值此時景。全是以實形虚，小題大做，極遠大之勢，可謂奇想高妙。小家但以刻畫爲工，安能夢見此境。（同上）

《次韻宋楙宗僦居甘泉坊雪後書懷》　起四句，敍宋族氏行歷，仕不得志，故云云。五六僦居。收切雪，又貼書懷。（同上）

《次韻宋楙宗三月十四日到西池都人盛觀翰林公出游》　前四出遊，後四蘇公。（同上）

《次韻柳通叟寄王文通》　起敍事往復頓挫。後半雖衍，而有遠趣。（同上）

《元明題哥羅驛竹枝詞》　起二句突兀奡密。三四别樣。五六生辣。六句作三種筆勢。結句衍，意竭無妙。（同上）

《題落星寺》　此摹杜公《終明府水樓》，音節氣味逼肖，而别出一段風趣。大約杜公無不包有山谷，讀杜則可不必讀山谷。然不讀山谷，則不悟學杜門徑，政可微會深思。此詩只以首二句爲主，以下皆寫深屋之景，而中有賦詩之翁在。以上姚選盡此，劉選可不錄。（同上）

嚴元照

【讀山谷詩】從來漫説蘇長公，近年知愛黄涪翁。彈丸脱手不離手，意匠正在阿堵中。瑶瑟聲希有遠寄，昌歜登槃豈偏嗜。廷辱人主田舍翁，飛鳥何人知嫵媚。遺山下拜理則那，小馮君又痛詆訶。常熟馮班。紫微詩派人如許，終讓堯章得髓多。（《柯家山館遺詩》卷五）

【和涪翁情人怨三首（録一首）】並引 涪翁集中有《情人怨戲效徐庾慢體三首》，豔詞逸思，猶存古則。顧其所用之韻不無舛錯，房櫳、窗櫳字宜從木，熏籠之籠則从竹爲之，蓮蓬、轉蓬字宜从艸，船篷之篷又宜从竹，溷而一之，殆不然矣。放作三首，改從一文，不必同其意，亦不能師其詞也。

曉鏡當窗白，纖桂映肉紅。鬢蟬元自薄，釵鳳不勝籠。斗帳霏微雨，屏山斷續鴻。天邊芳草遠，誰與惜蓬蓬？（同上卷五）

編者按：此詩共三首，引中評及山谷詩，故録第一首以備參閲，他二首從略。

姚椿

【山谷生日集吴山尊庶子鼒齋分韻得人字】黄公天下士，孝友追古人，談道交周程，歌詩邁晁秦。台蕩及瀟湘，不爲岳瀆臣。如來昔行處，掉臂轉法輪。生平東坡知，意與韓孟親。丈夫重意氣，直道益見眞。我從涪戎來，弭櫂西江濱，每過留題處，輒歎句律新。何須問派别，有得斯傳薪。詩瘦貌乃肥，安在必甫倫。（《通藝閣詩録》卷四）

周濟

周、柳、黄、晁皆喜爲曲中俚語，山谷尤甚。此當時之軿平句頭，原非雅音，若託體近俳，而擇言尤雅，是名本色俊語，又不可抹煞矣。（《宋四家詞選》目録敍論）

潘德輿

蘇潁濱……又謂魯直詩勝聖俞，亦不然，梅詩已造平澹，論其品，實出黄上。（《養一齋詩話》卷一）

蘇、黄並稱，其實相反。蘇豪宕縱橫，而傷於率易；黄勁直沈著，而苦於生疏。朱子云：「黄詩費安排。」良然。然黄之深入處，蘇亦不能到也。（同上）

《學齋佔畢》云：「魯直次東坡韻曰：『我詩如曹鄶，淺陋不成邦；公如大國楚，吞五湖三江。』其尊坡公可謂至矣。而實不然，其深意乃自負，而諷坡詩之不入律也。曹、鄶雖小，尚有四篇詩入《國風》，楚雖大國，而《三百篇》絕無取焉，至屈原而始以《騷》稱爲變風矣。魯直又嘗謂坡以文章妙一世，而詩句不逮古人，信斯證也。」予謂此説魯直不甚服坡詩，可也，謂其曹、鄶、楚之喻，暗含譏刺，殊失朋友忠直之道，似與魯直爲人不類。蓋曹、鄶、楚云云，自就詩之氣象言耳，謂以此自負而刺坡，則《楚騷》亦不易到，而魯直平時之詩，豈眞能與《國風》抗衡而敢以之自負哉？以晚近文人相輕之心測度古賢，予不以爲然。（同上）

老杜詩法，得其全者無一人，若得其一節以名世者，亦有之矣。唐之義山，宋之山谷，皆是也。王若虛曰：「魯直雄豪奇險，善爲新樣，固有過人者，然於少陵初無關涉。」夫謂魯直學杜未熟，可；謂其與杜了無關涉，不可。若虛深詆山谷，歷數其「東海得無寃死婦，南陽應有臥雲龍」，「能令漢家重九鼎，桐江波上一絲風」，「臥聽疏疏還密密，起看整整復斜斜」等句，是皆深中其病；然其佳詩亦多，何不一表章之也。甚至謂荆公「兩山排闥送青來」，讀之不覺其異，山谷「青州從事斬關來」，便令人駭愕，等一怪譎字句，而山谷獨遭唾斥矣。蓋山谷在北宋自成一家，褒貶皆所不免，至江西君子尊爲詩派初祖，則將獨據壇坫，爲一代之主持，宜乎人滋不服，而其詩遂爲集矢之地也。(同上卷二)

山谷詩如「不可一日無此君」，「我醉欲眠君且去」，特偶及之，魏泰遂謂其作詩好用南朝人語。其詩靜細雄深皆有之，如「小雨藏山客坐久，長江接天帆到遲」，「萬里書來皃女瘦，十月山行冰雪深」，「寒藤老木被光景，深山大澤皆龍蛇」，此豈局促一隅者所能道？泰題其集云：「當其得璣羽，往往失鵬鯨。」何其苛而不察也。(同上)

山谷不喜集句，笑爲百家衣；然於壽聖院快軒，則集句詠之，何也？大抵文人多自蹈其所譏者，不獨詩爲然矣。(同上)

王直方云東坡言魯直詩品高出古人數等，獨步天下；王若虛云坡公決無是論，允矣。然若虛所引坡評谷詩「如蝤蛑江瑤柱，格韻高絶，盤餐盡廢，多食亦動風發氣」者，予亦未之敢信也。予嘗謂魯直詩如塞馬未馴，高蹄峻耳，迴立生風，而乘之不能曲折隨意，與蝤蛑江瑤柱何涉哉？魯直詩如其字，自以氣骨勝，非以格韻勝者。坡兩評皆不的，烏可疑一信其一也。又按東坡嘗論魯直詩「如見魯仲連、李太白，不堪復論鄙事，雖若不適用，然不爲無補於世」。不適用，而不爲無補，此論最的。若虚何不引之？若虚又謂老杜詩如《典謨》，東坡詩如《孟子》，魯直詩如《法言》；亦非的語。老杜雖渾厚，與《典謨》終不似，其仁心爲質，反覆痛快，謂其或似《孟子》可也。東坡詩或似《莊子》，魯直詩或似《韓非子》，《法言》何足道，若虚謂其似《法言》，鄙其無一句眞詩耳，過矣。(同上)

張文潛以魯直「桃李春風一杯酒，江湖夜雨十年燈」爲奇語，魯直自以「人得交遊是風月，天開圖畫卽江山」爲奇語；均未奇也。魯直「山圍燕坐圖畫出，水作夜牕風雨來」，「落木千山天廣大，澄江一道月分明」，奇語矣。魯直「水作夜牕風雨來」，履常「客有可人期不來」，均得唐人句意。(同上卷五)

晁君誠：「小雨愔愔人不寐，臥聽羸馬齕殘芻。」山谷吟賞不已，遂摹其句云：「馬齕枯萁喧午夢，誤驚風雨浪翻江。」自以爲工，而不知其氣味去之甚遠。石林取之，無鑒別也。(同上卷七)

光聰諧

【史氏山谷詩外集注】史公儀注《山谷外集》，其孫子威注《山谷別集》，皆爲世所稱。然亦有可議者，如《外集·奉送謝公定》詩：「愛君方寸間，醇朴乃器師。」是用《荀子·解蔽篇》「工精於器，而不可以爲器師」，注乃云：「疑是吾師。」《太和奉呈吉老縣丞》詩：「土風尊健訟，吏道要繁刑。觟觽今無種，蒲盧教未形。」觟觽卽獬豸，觸邪神羊也，慨其無種，以致健訟繁刑。注乃以觟觽爲兩姓，泛引觟陽鴻授，易觵俞善聽。《浣花谿圖》詩：「故衣未補新衣綻。」是用古詩「故衣誰當補，新衣誰當綻」，兼用《內則》「衣裳綻裂」，以古詩綻義與補同，非綻裂之綻。注止引《內則》，漏引古詩。《奉和王世弼》詩：「寄聲問僧護。」僧護是六朝人小字，借以指子姪。注卽以爲子姪小字。《以楝茶送公擇》詩：「慶雲十六升龍樣。」此言茶也。注乃泛引慶雲，皆誤。至《餞薛樂道》詩：「霜風獵帷幕。」是用吳語與其衆庶以犯獵吳國之獵。《弈棊》詩：「簿書堆積塵生案，車馬淹留客在門。」是櫽括韋曜博弈論人事曠而不休、賓旅闕而不接二語。《再答明略》詩：「他日卜鄰長兒子。」是用杜詩「遠遊長兒子」，杜又用《荀子·儒效篇》「老身長子不知惡。」《題息息軒》詩：「萬籟參差寫明月。」是用王羲之《蘭亭詩》「羣籟雖參差，適我無非親」。注皆失引。《別集·送莫郎中致仕歸湖州》詩：「滔滔夜行者，能不愧清塵。」此用《三國志》田豫答司馬宣王書：「年過七十，而以居位，譬猶鐘鳴漏盡而夜行不休。」注乃引《朱買臣傳》「富貴不歸故鄉，如錦衣夜行」，尤謬。（《有不爲齋隨筆》丁卷）

姚瑩

【復吳子方書（節錄）】《三百篇》而下，無悖於興觀羣怨之旨，而足以千古者，漢之蘇、李，魏之子建，晉之淵明，唐之李、杜、韓、白，宋之歐、蘇、黄、陸，止矣。此數子者，豈獨其才力學問使然哉，亦其忠孝之性有以過乎人也。（《中復堂全集》《東溟外集》卷二）

【論詩絶句六十首（錄一首）】奡兀天成古所無，涪翁奇氣得來孤。而今脆骨孱如此，枉覓江西宗派圖。

（同上《後湘詩集》卷九）

梅曾亮

【示袁荷塘】　袁生學詩如射的，低首涪翁竟成癖。看詩近復子美親，《北征》未許《南山》敵。明月欲落天雨霜，秋堂燈火共徬徨。勸君莫誦七歌曲，我未聞聲已斷腸。（《柏梘山房詩集》卷二）

【讀山谷集】　鬱結復鬱結，何以舒我情？我讀涪翁詩，明月青天行。愔愔兒女媚，藕絲揮利兵。丈夫貴如此，一笑大江橫。（同上卷三）

【六月十二山谷生日，邵蕙西舍人招吴子敍編修、張石舟大令、朱伯韓侍御、趙伯厚贊善、曾滌生學士、馮魯川主政、龍翰臣修撰、劉蕉雲學正及曾亮凡十人，集於寓齋，舍人有詩屬和】　夏幄陰陰四圍碧，沈李浮瓜香拍席。涪翁生日是今朝，七百年逢吾輩客。此翁翰墨如坡翁，命宫磨蝎應相同。春風官羊未飽喫，荔支卻啖戎州紅。主人詩派江西續，喜借古歌招近局。槐花韭餅雖已過，黄雞作羹鵝掌熟。新詩似擬鶴南飛，共飲一尊歌此曲。我亦低首涪翁詩，最憐作吏折腰時。只今更謫人間否？安得停棲一問之。（同上卷八）

【讀山谷詩作】　山谷嶔崎語好生，煎茶佳句繞車聲。若教成語消除盡，野馬塵埃任意行（同上續集卷一）

沈濤

《至正直記》：人家出納財貨者，謂之掌事，計算私籍，其式有四：一曰舊管，二曰新收，三曰開除，四曰見在；案此卽今之四柱冊也。惟見在爲實在耳，然此式由來已久，當不始於元。宋黃山谷詩：「舊管新收幾妝鏡，流行坎止一虛舟。」《中州集》載李治中遹句：「舊管新收妝鏡在，今非昨是酒杯空。」（《交翠軒筆記》卷四）

放翁云：「詩到無人愛處工。」又云：「俗人猶愛未爲詩。」然放翁未能爲此也。宋詩能到俗人不愛者，庶幾黃豫章。豫章詩如食橄欖，始若苦澀，咀嚼旣久，味滿中邊。余每謂孟詩勝韓、黃詩勝蘇，世或未之信也。（《瓠廬詩話》）

錢泰吉

【曝書雜記】《山谷大全詩注》殘本，余昔藏有宋版一冊，卷第忘之矣。顧志榮購去，配入此部內。（《甘泉鄉人稿》卷九）

何紹基

【跋黃山谷書冊】雙井老人書庾蘭成園亭詩，筆情閒逸，不爲過於遒肆，殆與詩同意也。因思雙井作詩錘鍊密栗，亦於開府（按指庾信）有微尙焉。然則觀此冊者，又豈徒重其筆迹之妙也哉！（《東洲草堂文鈔》卷十一）

李樹滋

宋律詩多用轆轤格、轆轤韻，雙出雙入。如黄山谷《謝送宣城筆》詩云：「宣城變樣蹲雞距，諸葛名家捋鼠鬚。一束喜從公處得，千金求買市中無。漫投墨客摹科斗，勝與朱門飽蠹魚。愧我初無開先手，不將閑寫吏文書。」前二韻押七虞，後七韻押六魚，所謂雙入雙出也。楊誠齋、范石湖多用之。（《石樵詩話》卷四）

宋時蘇、黄並駕，然魯直多生澀而欠渾成，不若東坡胸有洪爐，於李、杜、韓後又開闢一種境界。（同上）

黄爵滋

《次韻答晁無咎見贈》　靜韻少根，井韻亦覺局促，此次韻之病也。（《讀山谷詩集》正集五言古，下同）

《次韻答張文潛惠寄》　旂兒二韻殊不自然。

《次韻子瞻贈王定國》　此首惟屯韻有痕跡，餘俱自然，乃次韻之佳者。

《次韻張詢齋中春晚》　此首靜井二韻却佳，請韻尤勝。

《題王仲弓兄弟巽亭》　起太拓。

《送劉士彦赴福建轉運判官》　「資」字不如換「宇」字。「土弊」十字盡七閩之俗。

《次韻曾子開舍人游籍田載荷花歸》　蟬韻有致。

《戲答俞清老道人寒夜三首》（其三）善於諷詠，卻與起首末意重複。

《奉和文潛贈無咎篇末多見及以既見君子云胡不喜爲韻八首》（其四）晁、張二字率意露出，此病唐人所無。

《子瞻詩句妙一世，乃云效庭堅體，蓋退之戲效孟郊、樊宗師之比，以文滑稽耳，恐後生不解，故以韻道之》 此詩卻似效韓退之體。

《贛上食蓮有感》 比興雜陳，樂府佳致，效山谷者誰解爲此。

《晁張和答秦覯五言予亦次韻》 通篇理語，是宋人本色。

《次韻答邢惇夫》 祟韻強湊。

《次韻張仲謀過酺池寺齋》 蛇韻以後俱湊率完篇。

《次韻秦覯陳無己書院觀鄙句之作》 此首無韻不穩，次韻詩全璧也。

《次韻子瞻送顧子敦河北都運二首》（其一）親切有味之言，可當龜鑑。

《餞子敦席上奉同孔經父八韻》 佳處前二作已盡，此詩未免蛇足。

《送李德素舒城》 瘦韻生而穩。

《詠伯時虎脊天馬圖》「筆端」十字出奇，少陵之外。

《次韻文潛同遊王舍人園》 長篇排句太少，便覺不挺，亦以趁韻之故。

《次韻定國聞蘇子由臥病績溪》 死韻險而老。

《次韻晁仲考進士試卷》竹、粟二韻俱好。

《次韻答秦少章乞酒》「初無」十字，千古同慨。

《贈秦少儀》幾以文爲詩矣。在作者筆之所到，自開生面，後人不善學之，則爲病不淺。

《宿舊彭澤懷陶令》起一段三韻，後八韻到底，體段乏翦裁。

《次韻吴宣義三徑懷友》此詩卽效淵明體，而得其神理。

《和邢惇夫秋懷十首》山谷此種詩體，篇數愈多，意象愈遠，爲唐人所不到。

《次韻子瞻題無咎所得與可竹二首粥字韻戲嘲無咎人字韻詠竹》（其二）全是五律。

《再用前韻詠子舟所作竹》此作便是强弩之末。「桀枯」二語，卻自入道。

《次韻答斌老病起獨游東園二首》（其一）「忘蹄」句用語拙。

又和二首（其一）多用禪語，雖大家亦難討好。

《次前韻謝與迪惠所作竹五幅》贊畫竹，自不能作此長篇。分二語分明是湊韻。

《衝雨向萬載道中得逍遥觀遂託宿戲題》戲體聊備一格，然不當入正集。

《題默軒和遵老》此與前戲題巫山縣用杜子美韻詩，俱應入五律。

《謝黄從善司業寄惠山泉》此種變律爲古，自成一體，的是變格。（七言古，下同）

《次韻錢穆父贈松扇》此種换韻是正格。

《雙井茶送子瞻》此種插入一疊句韻是正格。

《以雙井茶送孔常父》　諸疊韻作俱欠自然，惟此差勝。

《戲呈孔毅父》　此作腴字再疊不上矣。

《以團茶洮州綠石研贈無咎文潛》　此詩得李之神，得杜之骨。

《答黄冕仲索煎雙井並簡揚休》　數詩疊韻，俱近自然，大抵七言轉折較五言稍易耳。

《考試局與孫元忠博士竹間對窗，夜聞元忠誦書聲調悲壯，戲作竹枝歌三章和之》　（其一）生豔獨絶之技。（其二）引伸前意，不嫌重複。

《出城送客過故人東平侯趙景珍墓》　死於句下，絶不似大家吐屬。

《題榮州祖元大師此君軒》　詠竹而用及程嬰、杵臼等事，此《選》賦之體，非詩正格，不善學之，則泛濫牽湊拉雜之病，無所不至。

《龜殻軒》　隔句爲韻，《三百篇》之法也。此詩可備一體。

《和范信中寓居崇寧遇雨二首》　（其一）「慶公」二語，此種拙朴之句，斷不可效。

《楊明叔惠詩，格律詞意，皆薫沐去其舊習，予爲之喜而不寐。文章者道之器也，言者行之枝葉也。故次韻作四詩報之。耕禮義之田，而深其耒，明叔言行有法，當官又敏於事而恤民，故予期之以遠者大者》　數詩皆語錄，爲宋人通病。（五言律）

《送劉季扆從軍雁門二首》至《崇寧二年正月己丑夢東坡先生於寒溪西山之間，予誦寄元明觴字韻詩數篇，東坡笑曰：「公詩更進於曩時。」因和予一篇，語意清奇。予擊節賞歎，東坡亦自喜。於九曲嶺道

中連誦數過，遂得之》數詩均是七古。（七言律，下同）

《湖口人李正臣蓄異石九峯，東坡先生名曰壺中九華，並爲作詩。後八年自海外歸，過湖口，石已爲好事者所取，乃和前篇以爲笑，實建中靖國元年四月十六日。明年當崇寧之元五月二十日，庭堅繫舟湖口，李正臣持此詩來，石既不可復見，東坡亦下世矣。感歎不足，因次前韻》此詩似效坡老。

《追和東坡題李亮功歸來圖》亦似坡老。

《離福巖》看此外著不得字句，便是五絕勝景。（五言絕句）

《予既作竹枝詞，夜宿歌羅驛，夢李白相見於山間，曰：「予往謫夜郎，於此聞杜鵑，作竹枝詞三疊，世傳之不？」予細憶集中無有，請三誦，乃得之》三詩眞太白也。（七言絕句，下同）

《上南陵坡》得禪趣而不襲其貌。

《謝答聞善二兄九絕句》（其八）妙境道得出。

《劉邦直送水仙花》著一「撩」字，便移不到梅花矣。

《秋思寄子由》老橫，在七絕中另是一格。

《往歲過廣陵，値早春，嘗作詩云：「春風十里珠簾捲，髣髴三生杜牧之。紅藥梢頭初繭栗，揚州風動鬢成絲。」今春有自淮南來者，道揚州事，戲以前韻寄王定國二首》（其二）末二語用意深妙之至，惜全首非絕句正格。

《次韻文潛立春日三絕句》（其一）情餘於句，是七絕正宗。

山谷七言絕究竟是古詩者十之八九。

《伯時彭蠡春牧圖》意包於題之外，故能掉臂遊行如此。（别集古詩，下同）

《觀劉永年團練畫角鷹》酷是摹杜。

《題石恪畫機織圖》廿字中有至情至理至味，不可草草讀過。

《還家呈伯時》結二語至言可箴。（外集古詩，下同）

《再和答還之》髮韻好。

《再和答還之》洩韻好。

《次韻晁補之廖正一贈答詩》至《再答明略二首》諸作疊韻，俱近自然，究因七古轉摺稍寬，且叶韻多易换，故少牽湊之病。

《奉和王世弼寄上七兄先生用其韻》長篇有筋節，不是一味鋪敍，次韻俱到自然，手筆極大，所以可傳。

《贈張仲謀》此詩音節無不諧美，「向來」兩語去之更合。

《次韻謝外舅病不能拜復官夏雨眠起之什》此詩體貌神理，俱出淵明。

《次韻師厚五月十六日視田悼李彦深》平易，頗不似山谷本色，然情至則語自工，何能故求艱澀。

《和甫得竹數本於周翰喜而作詩和之》「屐」字顯有湊韻痕跡。

《見子瞻粲字韻詩和答三人四返不困而愈崛奇輒次舊韻寄彭門》緩韻雖典，終覺湊韻。

又元龍首 旦、亂二韻俱好。

《明叔知縣和示過冢上冢二篇輒復次韻》　兩寸韻俱生新。

《聽崇德君鼓琴》　「兩忘」二語善談琴理。

《蕭巽葛敏修二學子和余食筍詩次韻答之》　噫韻好。

又　善談竹理。

《寄李次翁》　「不以」二語可銘。

《再次孔四韻寄懷元翁兄弟並致問毅甫》　「印」字險，卻好。

《己未過太湖僧寺得安汝爲書寄山蕷白酒長韻詩寄答》　此長篇叶韻，非通韻也，須另備一格。

《寄陳適用》　前半極清綺之致，後路稍冗。

《奉送時中攝東曹獄椽》　如何是七古起法。

《送彦孚主簿》　此種效退之體，固亦山谷所長。

《送吕知常赴太和丞》　此等定是老境頽唐之作。

《老杜浣花谿圖引》　老杜一生心事，寫到十足，洵是知己，他人無此實落。

《再和公擇舅氏雜言》　此種體不可學，亦不必學。

《阻水泊舟竹山下》　杜陵老境。

《别蔣穎叔》　兩四字句插入，究嫌信筆。

《定交時效鮑明遠體呈晁無咎》至《荆江卽事》《藥名詩》八首　各詩俱備體而已。

《揚州戲題》　此種詩派，漁洋所自出也。漁洋蓋專學之，故能名家。（同上律詩，下同）

《和答登封王晦之登樓見寄》　清坐相思一層，唐人必在言外，但只要句法句意恰到好處，雖是宋體，亦未嘗不好。

《稚川約晚過進叔次前韻贈稚川並呈進叔》　「蛙」字勉強否？

《病起次韻和稚川進叔倡酬之什》　「與」字殊不稱。

《同世弼韻作寄伯氏在濟南兼呈六舅祠部學士》　上半首十三覃，下半首十五咸，似又是一格。

《王彥祖惠其祖黄州制草書其後》　看他句句用事之妙。

《從人求花》　此種雖非七絶正宗，但其氣體自佳，自是大家門逕。

《次韻公定世弼登北都東樓四首》　此種詩雖非高調，以題存之可也。

《和師厚接花》　開穿鑿一派。

《次韻胡彥明同年羈旅京師寄李子飛三章》，一章道其困窮，二章勸之歸，三章言我亦欲歸耳。胡，李相甥也，故有檳榔之句》（其三）「封侯骨」、「使鬼錢」作對已數見矣。

《次韻奉答古老並寄君庸》　雖拗而不失爲律，氣格體韻，幾於不可言傳，要當意會也。

《北窗》　此首已見《正集》。

《和李才雨先輩快閣五首》　（其二）苦語新造。

《發贛上寄余洪範》　「木落」句自佳，惜不對。

《送蘇太祝歸石城》　欠叶。（外集古詩）

《行行重行行贈别李之儀》　理語，冗長之作。《外集》頗多公自删之，意或亦在此。

《戲答公益春思二首》　兩首後半疊韻，添減錯出，殆未經裁改之故耶？

《次韻任公漸咸梅花十五韻》　流連光景之作，雖綺亦漫冗，公自删之有意。

《送陳蕭縣》　清思曲筆，在集中又是一格。

《送蒲元禮南歸》至《歙城南卽事》　諸作雖稍放稍易，而情景亦有佳處，棄之誠未免可惜。

《送醇父歸蔡》　起結七古中五古，另成一格。

《西禪聽戴道士彈琴》　亦是縱筆之作，而氣力尚能包舉。

《題安石榴雙葉》　此種體裁斷不必學，恐成野戰。

《戲題》　此種意境獨太白能縱筆轉折，餘子每患不足。

《藥名詩奉送楊十三余問省清江》　此種俗體斷不必作。

《還深父同年兄詩卷》　雖亦稍放筆，而氣體尚潔。

《招隱寄李元中》　一段翠氣，不成話。

《戲贈潘洪事》　鵰韻生趣。

《古漁父》　自是未定稿。（同上律詩，下同）

《贈别幾復》　山谷此種清妙之作甚夥，後人誰解學之？

《戲贈南禪》 此種詩宜懸戒律。

《問漁父》 此種詩十分老境，不知何以要删？

《迎醇甫夫婦》 篇法句意得杜之神。

《和答任仲微贈别》 篚韻新穩。

《夏日夢伯兄寄江南》 山谷詩儘多自然佳句，若徒學其澀處，豈非買櫝還珠。

《留幾復飲》、《再留幾復飲》 兩詩妻韻俱好。

《客自潭府來稱明因寺僧作靜照堂求余作》 删去詩中尚有此等妙作，或更有説耶？

《講武臺南有感》 全是畫意。

《次韻庭誨按秋課出城》 「車氣」二字生極。

《題司門李文園亭》 如此押湯字韻，實不可學。

林昌彝

「奇外無奇更有奇，一波纔動萬波隨。只知詩到蘇黄盡，滄海横流却是誰？」此元遺山論詩句也。遺山意以蘇、黄詩稍直，少曲折，故不及李、杜，故曰「滄海横流却是誰」。李、杜詩汪洋澎湃，而沈鬱頓挫，赴題曲折，故如滄海横流，蘇、黄之不及李、杜者以此，遺山之所以不足蘇、黄者以此。此中神妙，難與外人言也。故遺山論詩又曰：「鴛鴦繡出從君看，不把金針度與人。」（《射鷹樓詩話》卷十八）

漢、魏詩似賦，晉詩似《道德論》，宋、齊以下似四六駢體，唐則詞賦駢體皆有之，北宋詩似策論，南宋詩似語録，元詩似詞，明詩似八股制藝，風氣所趨，實不能已。此潘彦輔之論，可謂深中情弊。余謂漢、魏之《十九首》，阮步兵之《咏懷》，不得謂之似賦！晉之陶柴桑，不得謂之似《道德論》；唐之陳，張、李、杜、高、岑、王、李、韋蘇州、元次山，不得謂之似詞賦駢體；南北宋之梅、楊、蘇、黄、陸、謝，不得謂之似策論語録；元之虞、揭及吴淵穎，不得謂之似詞；明之劉青田、高青邱、鄭少谷、曹石倉、陳臥子、顧亭林，不得謂之似八股制藝。有似有不似，須分别觀之，不可一概論之也。（《海天琴思録》卷一）

連城楊翠巖大令維屏詩，如倩女臨池，疎花獨笑。劉炯甫刺史《吧雲樓詩話》謂其詩取格在義山、山谷之間，不肯一語拾人牙慧。《篤舊集》存其詩若干首，吉光片羽，彌可寶貴。余讀其《讀山谷古風與玉溪生異貌同妍因書所見》云：「龍門百尺枯桐枝，徽以金玉弦朱絲，元音赴指超希夷。旃檀逆風鼻始受，橄欖回味舌微知。舊嗜義山集，今讀涪翁詩。句律精深意矜妙，乃與義山同一規。穠纖肥瘦雖異態，骨相要是傾城姿。西河諸公不解事，强在詩中作山賊。山賊見《晉書·山濤傳》。世人聞之定大笑，掉頭不顧從吾測。形容指畫本多事，心印相傳守以默。精微酣放轂率間，手挽黄河苦無力。願鈔萬卷誦萬遍，庶造藩籬瞰閫閾。」（同上卷七）

葉廷琯

【山谷宜州家乘非原本】鮑氏知不足齋刻山谷《宜州家乘》，前有范寥信中序文，自言「崇寧乙酉三月十四日始達宜州，翼日謁先生於儆舍，自此日奉杖履，至五月七日同徙居於南樓，跬步不相舍，至九月先生忽以疾不起，子弟無一人在側，獨余爲經理其後事。方悲慟不能已，所謂《家乘》，倉猝爲人持去。紹興癸丑，忽有友錄寄，因鏤版以傳」，云云。《家乘》中記其始見及同遊之事悉合。費衮《梁谿漫志》則載寥在南徐翟公巽家，潛攜其父几筵白金器皿逸去，逕往廣西，見山谷，相從久之。山谷下世，寥乃出所攜翟氏器皿盡貨之，爲山谷辦後事。而羅大經《鶴林玉露》乃云山谷謫死宜州時，有永州唐生從之游，爲之經紀後事，收拾遺文，獨所作《家乘》爲人竊去，了不可得；後百餘年，史衞王當國，有得以獻者，史甚珍之，爲黃伯庸帥蜀，以其爲雙井之族，乃以贐行。據此，則此本出在范寥既刻之後。考今本《家乘》中，崇寧四年正月朔，即有「元明自永州與唐次公俱來，居四日矣」之語，二月十日又云「唐次公自柳州來，前後皆同遊數日」。次公疑卽是《鶴林玉露》之唐生。惟二月以後不復見其名。鮑氏跋謂唐卽范之傳訛，語甚含糊。至明人刻山谷集，其年譜中亦載范寥相訪及同住南樓事，似卽本之《家乘》，而附刻周季鳳所爲別傳，則云：「初謫宜州，與零陵蔣湋友善按零陵卽永州。士大夫畏禍，不敢往還，獨湋日陪杖履。疾革，湋往見之，大喜，握手曰：『身後事委君矣！』及卒，湋爲棺斂送歸。」此與《家乘》序中之言大異，與《鶴林玉露》亦不合。又近時新化鄧顯鶴增輯《楚寶》一書《楚寶》原書明末湘潭周聖楷所纂，獨行門有蔣湋傳，載湋侍送山谷事，與別傳同，且及其後來從游鄒志定一事，其人決非漫無徵信者。而按諸《家乘》，則自乙酉正月朔至八月二十九日止，每日所書，絕不見蔣湋姓名，不知何故《家乘》中自五月二十日至六月二十四日全闕？夫別傳無寥與唐生名，或由未覩《家乘》之故，故廖序刻《家乘》，而自其三月到宜之後，略不齒及唐、蔣二人名，其中不能無疑。蓋寥本傾險之士，細味其序文前後諸語及以竊逃翟氏銀器事揣之，《家乘》之失，當卽寥所藏匿，而託言他人持去，其藏匿者正爲作計削去唐、蔣之名，獨攘其美。故事閱三十年，又託言友人錄寄而刊板。曰錄寄，明非原本，此以避時人索閱山谷手書，且可意爲粉飾，爭名之心，至此可爲極巧，而亦極苦矣。獨念後歸黄伯庸之原本，不知今尚在人間否？果能一覩，則范、唐、蔣三人之事，不難曉然明白，亦考古者之一快也，而惜乎不可得也！（《吹網錄》卷四）

鄭　珍

【書宜州家乘後】　黄山谷《宜州乙酉家乘》，記事自四年正月朔起，訖於八月二十九日。范寥信中甲寅刻此書序云：「崇寧甲申秋，余客建，山谷先生謫居嶺表，恨不識之，遂泝江趨八桂，至乙酉三月十四日達宜州，翼日謁先生於僦舍。自此日奉杖屨，至五月七日同徙居南樓，跬步不相捨。凡賓客往來，親舊書信，晦月寒暑，出入起居，先生皆親筆記其事，名曰《乙酉家乘》，字畫特妙。至九月，先生忽不起，子弟無一人在側，獨余爲經理後事。及蓋棺南樓上，方悲慟不能已，《家乘》倉卒爲人持去。紹興癸丑，有故人忽錄以寄，因鏤版以傳好事者。」據此，則《家乘》記於崇寧四年乙酉，刻於紹興四年甲寅，相距止二十九年耳。其眞本自南樓失去之後，不知歸於何人。《老學庵筆記》云：「《家乘》其間數言信中者，范寥也。高宗得此書眞本，大愛之，置御案。徐師川以魯直甥召用，上從容問信中謂誰，對曰：『嶺外荒陋無士人，或恐是僧耳。』寥時爲福建兵鈐，終不能自達而死。」則南宋初爲高宗寶玩矣。《鶴林玉露》云：「山谷謫死宜州時，有永州唐生者從之遊，爲經紀後事，收拾遺文，獨所作《家乘》爲人竊去，了不可得。後百餘年，有持以獻史衞王者，史復以贐雙井族人蜀帥黄伯庸之行。」是又不知何由出於民間，得以獻史贐黄。以范信中誤爲永州唐生，推之或皆羅大經得之傳聞，不如放翁所記爲確。但放翁記高宗與師川問答亦可疑。《家乘》中明記三月十五日成都范寥來相訪，自後二十一日書范寥同飯，五月十六日范寥以外書范信中者八，單書信中者十一，御案常物前後相證，宜無不知信中姓范即是范寥。山谷宜州往還之人，師川自不及知，然既曰范信中，明有姓字，何遽擬以爲僧？且山谷此書，師川理無不先閲過者，又豈不知信中即寥也。放翁此處蓋亦傳聞之失。信中平生詳見費袞《梁谿漫志》。（《巢經巢文集》卷六）

陳　澧

【唐宋歌詞新譜序（節録）】昔東坡、山谷借《小秦王》、《鷓鴣天》二調以歌絶句，蓋惜古調之已亡，託新聲以復奏。國朝九宫大成譜多録詩餘，即坡、谷之遺意。（《東塾集》卷三）

莫友芝

【書吳蘭雪師香蘇山館詩鈔後二首（録一首）】瓣香才擬向涪翁，沆瀣眞教一氣通。卽謂成編須内外，欲

憑删定啓愚蒙。部居竟未分洪玉，去取誰能問李彤？五十餘篇留膺鼎，諸君傳述太怱怱。（《郘亭詩草》卷三）

編者按：卷首黄統序（咸豐三年）中云：「昔人以子美爲一祖，以山谷、后山、簡齋爲三宗，謂子美不可學，學子美宜徑二陳，涪翁而泝上之。此其言本不足括唐、宋詩家，後人學詩亦多不由此；然而抉質以樹敦厚之教，亦庶幾焉。道光中家大人守遵義，子偲尊甫猶人先生爲教授，大人修府志，子偲以同官子弟延郡署事編輯，器識閎偉，不肯隨時俗俯仰，大人甚重之。又于統爲鄉舉同歲生，交尤密，纂訂暇，縱言及詩，則曰：『品詩者謂杜聖、李仙，是子美詩孔子也，昌黎當詩孟子，唐義山、宋山谷、二陳其詩之孫卿、子雲乎……』」可資參考。

秦篤輝

黄山谷五歲能誦五經，其終身所得止于是，何耶？朱子言山谷善言文，至作時便氣餒，毋亦所讀之經，未能實有所得與？（《平書》卷七）

黄魯直得宋子京唐史藁一冊，熟觀之，文章日進，無他，見其造易句字勝初造處也。歐公文成與始落筆十不存五六。班固云急趨無善步，良有以也。（同上）

曾國藩

【題彭旭詩集後即送其南歸】大雅淪正音，箏琶實繁響。杜韓去千年，搖落吾安放。涪叟差可人，風騷通肸蠁。造意追無垠，琢辭辨倔彊。伸文揉作縮，直氣摧爲枉。自僕宗涪公，時流頗忻嚮。女復揚其波，拓茲疆宇廣。大道闢榛蕪，中路生罔兩。孱夫阻半途，老大迷歸往。要當志千里，未宜局尋丈。古人已茫茫，來者非吾黨。並世求人難，勉旃各慨慷。（《曾文正公詩集》卷三）

《送范德孺知慶州》 德孺名純粹，元豐八年八月除知慶州。山谷以次年春爲此詩贈之。乃翁謂范文正公，阿兄謂忠宣公純仁也。（《求闕齋讀書錄》卷十《山谷詩集》，下同）

《次韻李之純少監惠硯》 汝州葉縣有黄公山。山谷熙寧間嘗爲葉縣尉，當迎候之純也。猛獸贔屭，借以言石之狀。仙伯，謂李之純。蓬萊，謂見李於京師也。與清流者，山谷以哲宗初除館職也。黄山，卽黄公山，謂前此見石不知其可爲硯材。

《詠李伯時摹韓幹三馬次蘇子由韻簡伯時兼寄李德素》 太史，當謂子由作起居郎左史之任。雲雨垂，謂如在天上也。馬官二句，言其馴伏如此，必非新自西極來者。任注詩意，若曰老於中朝之士與來自釣築者，其英傑之氣固自不同，如仗下馬與渥洼之驥也。士或句言五羖皮已自輕其身矣，而今乃有並不須此價者。

《次韻子瞻和子由觀韓幹馬因論伯時畫天馬》 翰林，謂東坡也。坡詩云：少陵評書貴瘦硬。此論未公吾不憑。言少陵評幹不畫骨，李侯亦不以爲憑也。

《謝黄從善司業寄惠山泉》 「錫谷寒泉撱石俱。」撱音妥，圓而長曰撱，撱石所以澄水也。

《次韻錢穆父贈松扇》 銀鈎字也，玉唾詩也。幘溝婁，高麗城名。褦襶，謂不曉事人，山谷以自道也。

《戲和文潛謝穆父松扇》山谷有《猩猩毛筆》詩，蓋亦穆父高麗所得。文潛體肥，故有「肉山」之譏。黄閈，弩名。

《次韻王炳之惠玉板紙》「董狐南史一筆無」二句，山谷時爲史官，自謙云爾。

《送鄭彦能宣德知福昌縣》冠氏縣，屬大名府。鄭由冠氏遷福昌，故稱之曰鄭冠氏，猶稱王元之曰王黄州，稱范德孺曰慶州，稱孫賁曰孫陽翟耳。

《雙井茶送子瞻》雙井在洪州分寧縣，山谷所居也。

《和答子瞻》山谷時病目，故首二句云云，東坡謝山谷餽茶詩云：「明年我欲東南去。」故曰「貽我東南句」。

《子瞻以子夏邱明見戲聊復戲答》上清虚皇對久如句，謂奏對久之。詩箋曰烝然，猶言久如也。軒轅，謂神宗，時山谷修實錄，故云。

《省中烹茶懷子瞻用前韻》文德殿東上閤門之東有井，絶佳。陸羽，復州竟陵人，著《茶經》三篇，以廬山康王谷水簾爲天下第一。爭名句，謂衆人爭名於烈燄之中。東坡則以水沃其焚如之燄也。

《戲呈孔毅父》「校書著作頻詔除」，山谷以元豐八年四月爲校書郎，元祐二年正月爲著作佐郎。

《以團茶洮州緑石研贈无咎文潛》元祐元年十二月試太學録，張耒試太學正，晁補之並爲祕書省正字。所謂道山延閣，所謂此地，並指禁省館閣言之也。思齊，指宣仁太后。紫皇及訪落，並指哲宗也。

《次韻答曹子方雜言》山谷在京寓居醋池寺。首五句，山谷自敍近狀。時持戒律甚嚴，故有「齋盂」之句。冷卿如稱詞部爲冷廳，廣文爲冷官之類，謂光祿卿也。或云，冷，姓也。國藩按，冷卿以姓爲是。「往時」以下八句，山谷昔在冷宅，始知曹之名。「誰憐」四句，敍與曹相遇時，曹貧，而冷亦不如昔矣。末七句招曹偕隱。張侯似是張仲謀。

《次韻子瞻武昌西山》元次山因石顛有窊，因修之以藏酒，命爲窪樽而銘之。鄧聖求在武昌，嘗作元次山窪樽銘。東坡在玉堂，與鄧同夜直，話及此事，因作武昌西山詩，請鄧同賦，山谷和之。首四句敍次山作窪樽。「平生四海」以下十二句，敍東坡在黄州尋次山之遺蹟。「鄧公」四句，敍東坡摩挲鄧公之銘。「謫去」至末八句，敍東坡還京，與鄧同直玉堂。

《謝送碾賜壑源揀芽》熙寧末，神廟有旨下建州製密雲龍建州茶，以北苑壑源爲上，沙溪爲下。第一春謂元豐元年。睿思，蓋神宗便殿也。橋山，謂作神宗裕陵也。右丞，謂李清臣邦直。校書郎，山谷以元豐八年召爲校書郎也。春風，謂茶。

《以小龍團及半挺贈无咎並詩用前韻爲戲》佳人，謂无咎。棊局，謂團茶下隱隱有此文，蓋箋痕也。雞蘇、胡麻，俗人煮茶，多以此二物雜之。晉有羌人姚馥，但言渴於酒，羣輩呼爲渴羌。

《送謝公定作竟陵主簿》謝公謂師厚，公定蓋其子也。竟陵與襄陽，皆在漢水之濱。「四海」句，以習鑿齒比公定才行之高。「拄笏」句，以王徽之比公定襟懷之雅。

《僧景宗相訪寄法王航禪師》首二句，山谷自敍近狀。三四句指智航。「一絲」句謂智航無罣無礙，脫離世網。「萬古」句，慨世人爲物所牽，如蟻之旋磨。末二句，謂智航能以法力致雨熟其田園，不須令小僧景宗乞化也。

《次韻子瞻詠好頭赤圖》「精神權奇汗溝赤」，銅馬相法曰：汗溝欲深長。

《觀伯時畫馬》元祐三年春，東坡知貢舉，山谷與李伯時皆爲其屬，故試院中作數詩。儀鑾司掌奉供張之事，翰林司掌供御酒茗湯果及內外筵設。

《記夢》《洪駒父詩話》謂山谷見一貴宗室攜妓女遊某寺，此篇記其事也。僧惠洪《冷齋夜話》謂山谷晝卧酺池寺，夢與一道士遊蓬萊，覺而作此詩。二說未知孰是。

《次韻子瞻送李豸》豸字方叔。東坡知貢舉，而豸不第，有詩送之。「巨浸」二句，言其所成者大。「風蟬」二句，勸其不求速化。

《次韻子瞻寄眉山王宣義》王淮奇，字度原，蜀之青神人，東坡叔丈人也。東坡有《王丈求紅帶》詩。「林間醉著人伐木」，聞伐木喧噪之聲，猶以爲追呼也。

《聽宋宗儒摘阮歌》翰林尙書，當是宋景文公。耆域，天竺高僧也。嘗以淨水一杯，楊柳一枝，起滕永文之病。

《答黄冕仲索煎雙井並簡揚休》王戎封安豐侯，善發談端。此引以比揚休。「秋月澄江」，言詩之清絶如此。「夜堂」句不知何指。

《再答冕仲》「春溪蒲稗沒鳧翁」，《急就篇》顔注曰：「翁鳧，頸毛也。」「他日過飯隨家風」，《漢書·鮑宣傳》：「俱過宣一飯去。」「走謁鄰翁稱子本」，「稱子本」謂稱貸於鄰家以治具。韓文：子本相侔。

《戲答陳元輿》元祐二年八月，陳軒爲主客郎中。軒字元輿。陳汀州，亦猶稱鄭冠氏、孫陽翟之類。任注云東門拜書，當是拜誥於東上閤門。小人，山谷自謂也。「迎笑」句，謂少婦也。「夜窗」句，謂寒宵也。「秋衣」句，謂侍妾薰衣也。謂元輿雖甘枯淡，恐有少婦寒宵薰衣，意根復動耳。

《再答元輿》牛鐸，山谷自比。黄鍾，以比元輿也。邂逅，謂不期而得之。補袞，謂名位也，謂名位倉卒可得，不如不忘其本也。

《演雅》「稺蜂趨衙供蜜課」，《唐·食貨志》有課戶，今猶以賦税爲國課，此謂蜂以釀蜜爲課也。「黄口只知貪飯顆」，黄口，小雀也。

《戲答趙伯充勸莫學書及爲席子澤解嘲》「平生」二句，言不好飲。「我醉」二句，言不好色。崔謂崔瑗。杜謂杜度。長沙僧，懷素也，自言得草書三昧。任注：席君蓋京師醫者，與山谷寓舍相鄰。山谷書帖中所謂席三，即其人也。杭州永明寺智覺禪師延壽，著《宗鏡錄》一百卷。

《戲書秦少遊壁》微服過宋，謂少遊過宋之南京，今之歸德也。宋父，以喻所盼者之父。百牢，喻百兩之禮。鸜鴿，喻此女也。秦氏，喻少遊之夫人。兄，喻少遊之子已長矣。「憶炊」句，喻少遊昔年與妻同貧苦。「未肯」句，喻妻意不欲少遊納妾。「莫愁」句，勸少遊妻無怨其夫。「但願」句，言富貴後不妨廣置姬妾也。任注云：觀此詩意，當是少遊過南京時，有所盼，主翁待少遊厚，欲令從歸，而其家難之也。

《送少章從翰林蘇公餘杭》「即如常在郎罷前」，顧況詩曰：「隔地絶天，直至黄泉，不得在郎罷前。」

《便糴王丞送碧香酒用子瞻韻戲贈鄭彦能》王銑晉卿尚蜀國公主，其家酒名碧香。彦能名僅。漢賜丞相上尊酒，言貧者無此骨相，不能邀給賜也。「應憐」二句，皆謂王憐山谷，憐其坐則無氊，出則被謗也。

《再答景叔》「賜錢千萬民猶饑，雪後排簷凍銀竹。」元祐二年十二月，以大雪，寒，出錢百萬，令開封府賜貧民。銀竹，謂冰柱也。

《次韻李任道晚飲鎖江亭》任道名仔，梓人，寓江津二十餘年。鎖江亭在戎州之東，今敍州也。唐改豫章曰鍾陵，山谷自思鄉里也。

《送石長卿太學秋補》「漢文」句，謂徽宗初立也。

《題榮君祖元大師此君軒》「王師」四句，敍其善鼓琴。「神人」四句，敍其善推命。「程嬰」句，狀竹之勁。「伯夷」句，狀竹之瘦。「霜鐘」二句，因竹而及琴，回顧篇首。

《戲贈家安國》安國字復禮，眉山人。初以武進，後入左選。二蘇，謂東坡、黄門，亦眉山人，皆有贈安國之詩。

《和王觀復洪駒父謁陳無已長句》「九鼎」句，謂無已有前輩典型，足爲士林之重。「一角」，以無已比麟，謂如學士中之瑞也。「砥柱」句，言無已獨立於頽波之間。

《送密老住五峯》密老蓋法昌嗣。「螺螄呑大象」，法昌《法身頌》中語也。「美酒無深巷」，古語也，謂酒之美者，雖在深僻之地，人必就沽。山谷之意，以爲密老但解法昌宗旨，何患不爲人所知哉。

《武昌松風閣》山谷以崇寧元年壬午九月至鄂，東坡已於前一年辛巳死矣，故曰「東坡道人已沈泉」。文潛時謫黄州安置，尚未到黄，故曰「何時到眼前」。

《次韻文潛》淩江即淩雲淩波之類。韓詩：「遂淩大江極東陬。」任注云三豪當是東坡先生及范淳夫、秦少游，於時皆死矣。「有人」二句，謂安民修政，自有廟堂，諸人身任兹責，吾輩政可隱几學道，息諸妄念爾。末二句言賢愚邪正久而自明，猶水清而石自見。

《次韻元實病目》首二句言爲道者惟恐心之不灰，爲學者惟恐見之不博，各異趣也。

《花光仲仁出秦蘇詩卷，思兩國士不可復見，開卷絶歎，因花光爲我作梅數枝及畫煙外遠山，追少游韻記卷末》仲仁蓋衡州花光山長老。「夢蝶眞人」用《莊子》事，「籬落桃花」用陶潛事，以比秦少游逢花便醉也。法融禪師入牛頭山幽棲寺，有百鳥銜花之異。少游卒於藤州，其子處度槀殯於潭，故有「長眠橘洲」之句。「霜前草」，言喜尚未死也。

《太平寺慈氏閣》元結在零陵，尋得巖洞名曰朝陽巖。結爲舂陵刺史，死已久矣，故曰「不聞皂蓋下愚溪」，懷柳子厚也。

《題淡山巖第二首》徵君，謂周君實，零陵人，居淡山石室，秦始皇三徵不起，遂化爲石。元次山有大回中小回中詩，言樊水之回洑也。此借用以言巖洞之回環。

《明遠庵》淵明好眠，空瓶亦好眠，故曰「同此趣」。甕頭，初熟酒也。梨花酒杯様製如此。

《戲答歐陽誠發奉議謝予送茶歌》　歐陽昔年曾爲東坡所賞，餽之以酒，茲又與山谷往還，餽之以茶。歐陽君必多髯，故用宋華元于思事。

《和范信中寓居崇寧遇雨》　慶、旻蓋崇寧兩禪僧。徽宗崇寧三年，詔天下置崇寧寺觀，爲上祈年。

《還家呈伯氏》「強趨手板汝陽城，更責愆期被訶詬」，山谷初到汝州時，鎮相富公以到官逾期下吏。

《流民歌》　熙寧二年，河北於旱後又遭水災，流民南渡，就食襄、葉間。所云疏遠之謀、老生常談者，山谷是時必陳救荒之策也。

《答和甫盧泉水》「此邦雖陋有佳士」，當指德平言之。

《贈趙言》「北門」六句，山谷時在北京，謂他人不顧，而趙言獨來尋訪也。

《次韻晁補之廖正一贈答詩》　晁无咎集云《及第東歸將赴調寄李成寄》，又云《復用前韻答明略並呈魯直》。「頃隨計吏西入關」以下七句，俱言其不得志。「輕裘」句，言其登科也。

《再次韻呈廖明略》「君既不能如鍾世美，匭函上書動天子」，元豐元年十一月，鍾世美以内舍生上書，稱旨得官。世美蓋黨附王安石者，山谷此言特戲之耳。

《走答明略適堯民來相約奉謁故篇末及之》「省庭無人與爭長」，唐、宋進士曰省試。韓公詩：「下驢入省門。」此云「省庭」，皆指試進士言之。「比鄰著作相勞苦」，指堯民也。

《答明略並寄无咎》「已得樽前兩友生」，謂堯民、明略。「更思一士濟陽城」，謂无咎，時在濟州也。嗣宗，謂无咎之諸父，以无咎比阮咸也。

《次韻呈明略並寄无咎》「一夫鄂鄂獨無望」四句，言舉世混濁不清，是非不明，故但當拄笏看雲，不問榮枯耳。後忽幻出一夢，夢與二子對酒，奇甚。

《再答明略》第一首「讀書餬口」：言不能有爲於時也。「南箕北斗」，言故人各在天一方也。「當時」四句，言良友遠别，不復向時人索知音也。

《次韻孔著作早行》「但問無恙」者，言過家不遑久處也。「何意」句，言更不能過訪親長也。韓文以孔戣之白而長身類孔子，山谷此詩以孔著作之好古發憤類孔子。史注云：先言明經使者，又言北行河決，蓋比之漢平當也。平當以明經爲博士。又以明經禹貢使行河。

《次韻无咎閻子常攜琴入村》山谷嘗寫《梁父吟跋》云：武侯此詩，乃以曹公專國，殺楊修、孔融、荀彧耳。此用《梁父吟》，亦跋中之意也。「村村」四句，咏入村也。晉石崇及衞瓘傳皆言飯化爲螺。「穀成螺」句，借用以言穀已堅粟也。公子，謂晁氏之羣從也。

《贈張仲謀》首二句，山谷自言近狀也。平日出門極少，今張君遣騎來迎，故往張氏盡醉極歡。

《送薛樂道知鄧鄉》首八句，敍昔年交好，重以婚姻，近年同居京師也。「城頭」四句，敍送薛出都。史注云：無玉佩以贈送，而徒折柳，與千里駒不相稱也。國藩疑「不」字有誤，或作「暫對千里駒」耳。「念君」以下九句，論其到官後飲酒奉親。「行孝」至末六句，囑其過南陽問訊謝家也。南陽，漢之南都，宋之鄧州。山谷繼室，南陽謝師厚之女。諸謝，謂公靜、公定輩。

《對酒歌答謝公靜》「南陽城邊」十句，言雨雪嚴寒，小民貧餓，可憂，而又以不居其位，憂亦無益，故作寬解之詞，青童之辭，蓋有勸以枉尺直尋致身通顯者，而答以但當飲酒，詭辭謝之也。

《送劉道純》　劉格字道純，劉恕道原之弟，爲司馬溫公、蘇東坡所知。道純時當爲銅陵主簿，故首四句云爾。七八句謂道純對衆人自神王，而衆人則皆以白眼向之。「朱顔」句，謂長醉不省事也。阿翁，謂劉凝之子，政謂道原也。諸兒曰羲仲，曰和叔，曰秤。

《次韻子瞻春菜》「蓴絲色紫菰首白」，菰與苽同，彫胡也。「驚雷菌子出萬釘，白鷺截掌鼈解甲」，萬釘，喻菌子之形。鷺掌、鼈甲，喻菌子之色與味。「軟炊香秔煨短茁」，短茁，筍之初出者。

《次韻子瞻與舒堯文禱雪霧豬泉唱和》「老農年饑望人腹」，按《說文》，朢字從臣，月滿也。望字從亡，望其還也。《莊子》：「無聚祿以望人之腹。」謂無祿以滿人之腹。當取盈滿之義，不取盼望之義。當從臣，不從亡。山谷曰「年饑望人腹」，蓋誤用《莊子》耳。……「寧當罪繫葛陂淵」句，後漢費長房曰：東海君有罪，吾前繫於葛陂，今出之使作雨。於是雨立注。齊博士，指舒堯文，時爲教授。「請天」二句，堯文告龍之詞。爾，指龍也。從公，指東坡也。

《答王道濟寺丞觀許道寧山水圖》　首四句敍昔在京師，見許作畫。異時至非筆力十四句，敍許曾在黃家作畫。先君、我君，似皆指山谷之父。史注云張京兆，疑是張乖崖。自自言以下至市盡傾，敍許自言在蜀畫八幅山水，而黃家在汴梁以十萬錢購得也。

《聽崇德君鼓琴》　朝議大夫王之才妻南昌縣君李氏，尚書公澤之妹，能臨松竹木石等畫。山谷有《姨母李夫人墨竹》詩，又有《觀崇德君墨竹歌》。

《次韻答楊子聞見贈》首六句，敍昔在京師宴遊之盛。第七句，元注云：太和縣古白下。分吞聲，猶云甘吞聲，以其獨唱無和，故甘吞聲不復道及也。

《答永新宗令寄石耳》自「荷眷私」以下，贊石耳之佳。自「吾聞」以下，言不以石耳難得之物累民。

《奉答茂衡惠紙長句》征南，謂索靖爲征南司馬。黄門，謂史游也。梵語伽陀，此言諷誦。

《長句陳適用惠送吳南雄所贈紙》「桄榔葉風溪水碧」，桄榔木，廣南所出，南雄亦隸廣南。

《追憶予泊舟西江事次韻》按山谷以元豐六年十二月移監德平鎮，此詩題曰追憶，當在已離太和之後。

《次韻郭明叔長歌》「鵬翼」句指郭，「燕翼」句，山谷自謂也。山谷時自太和還家，故云「見社」。

《奉送時中攝東曹獄掾》時中蓋太和同官，將赴廬陵郡城攝事。首四句，山谷自述近狀。「遣騎」句，山谷遣人邀時中來同飲也。「昨日」句，時中甫自外歸，又將赴郡也。

《次韻和答孔毅父》「六年國子無寸功，猶得江南萬家縣」，六年國子監，謂作北京教授也。萬家縣，太和也。

《更用舊韻寄孔毅甫》湓浦庾公樓、香爐峯，均指毅甫，時在江州也。

《寄朱樂仲》「故人昔在國北門」，國北門，謂北京大名也。

《戲贈曹子方家鳳兒》揀芽蠟茶名也。鳳兒，當是子方侍婢。末句，恐其以閩語而變嬌音也。

《和曹子方雜言》龜藏六，謂首尾及四足，凡六，皆藏也。六用又借用《楞嚴經》字。

《奉謝劉景文送團茶》　鵝溪，蜀絹也。以絶細之絹爲羅，使茶如雪落也。粟面，蓋茗花也。

《謝景文惠浩然所作廷珪墨》　蘇家，謂蘇浩然墨也，用高麗煤雜遠煙作之。李成，營邱人，有《驟雨圖》。

《戲答仇夢得承制》　秦少游作任師中墓表，云：元豐中，朝廷治西南乞第之罪，至於斬將帥，絀監司，兩蜀騷然，四年而後定。黄口兒，指夏主乾順方幼也。

《玉京軒》　前六句賦山，後六句賦軒。

《宫亭湖》　史注引神仙欒巴一事，又引《高僧傳》安清一事。山谷似專指欒巴事。「一官四十已包羞」，山谷以乙酉生，至元豐七年甲子去太和而北行，恰四十歲。

《別蔣穎叔》　蔣之奇，字穎叔。新法行，屢爲福建通判、淮東運副、江西、河北等運副，又爲陝西運副，後爲淮南轉運使，江、淮、荆、湖等路發運副使。此詩當在蔣爲陝西運副時也。金城千里，謂秦中。「三品」句，蔣於元豐六年奏計，賜三品服。「鑿渠」句，蔣在淮南，始鑿泗州股渠，以避長淮之險。

《書石牛溪旁大石上》　石牛洞在三祖山山谷寺之西北，其石狀如伏牛，因以爲名。李伯時畫魯直坐石上，因此號山谷道人，題此詩於石上。

《岩下放言》　史注：《文選》陸士衡有《連珠》五十首，山谷效其體，而更其名曰放言。國藩按：冠鼇臺池亭之末不用偶句，靈椿之首不用韻語，又不與連珠體相合。此體篇無定句，句無定字，蓋雜言之類耳。

《二十八宿歌贈别無咎》有心謂虎犀與蜜，無心謂藥材，同一死也。神龜爲江使漁者豫且網得之，宋元王問衞平而知之，見《史記·龜策傳》。無南箕云者，謂衞平之口更大於南箕也。此二句言神龜以慧而死，與上六句同意。觜觿龜也，謂等蓍龜耳。「歲晏」、「張弓」二句不知所謂。

《再和公擇舅氏雜言》自「覷文字」以上感其教養之德，自「更蒙著鞭」以下專謝其贈研。

《贈鄭交》山谷以元豐六年解官太和，過武寧，聞惟清上人當至延恩寺，因謁鄭交，問消息，題此詩於鄭交草堂之壁。大士，指惟清也。丈人，指鄭交也。「壞衲」句，謂惟清尚未來延恩也。「白頭」句，謂交也。老禪，指延恩長老法安師也。

《和游景叔月報三捷》元祐二年八月，禽西蕃首領果莊青宜結，檻送闕下。蓋游師雄與种誼所定之謀，而誼與姚兕所攻破者，師雄有絶句四首，七律一首，山谷並和之。景叔，師雄字也。

《王聖美三子補中廣文生》「囊書」句，當是饋以書籍，故曰「當贈錢舍中」。「犢子」句，《晉書》石勒之母曰：「快牛爲犢子時，多能破車。」

《次韻王定國揚州見寄》元豐中導洛水入汴河，謂之清洛。首二句云者，謂山谷在汴京晝夜思王，猶清洛水之晝夜流下揚州也。

《同子瞻韻和趙伯充團練》「金玉」句，指趙，謂宗室富貴之家而能自處於寂靜也。「仙班」句，謂東坡與趙同在朝列也。兩宫，指宣仁后及哲宗也。老臣，指文、吕諸公。

《送顧子敦赴河東》第二首　青牛，謂老子乘青牛車也，句當謂功成名遂身退之語。

同前第三首　「行臺無妄護衣篝」，《漢官儀》，尚書郎入直臺中，女侍史二人執香爐燒薰以從入，使護衣服。此句謂顧未攜家往耳。

《次韻宋楙宗僦居甘泉坊雪後書懷》　「馬瘦三山葉打門」，元稹《望雲騅歌》曰：「胯聳三山尾株直。」山谷此句用「官清馬骨高」之意。

《次韻宋楙宗三月十四日到西池都人盛觀翰林公出遨》　「還作遨頭驚俗眼」，蜀人好遊樂，謂成都帥爲遨頭，此借用。

《次韻張昌言給事喜雨》　第五句謂朝廷以旱故減常膳。第六句謂徧走羣望以禱雨。

《次韻奉酬劉景文河上見寄》　歸鴻用雁寄書事。石友指劉，潛郎，山谷自謂。

《和答元明黔南贈別》　紹聖二年，山谷年五十一歲，以國史事爲蔡卞所中傷，謫黔州安置，與其兄元明出尉氏許昌，出漢沔，趨江陵，上夔峽。四月二十三日到黔州後，元明別去。

《贈黔南賈使君》　「春入」二句，任注謂皆言故園無主之意。國藩以爲此詩蓋送賈出行者。山谷放臣，既少歡悰，賈又出巡，城中無主，故待賈征還日，鶯花梨棗皆有主耳。

《次韻奉答少激紀贈》第二首　少激登元祐三年進士第。時東坡知貢舉，山谷爲其屬，頗有師友淵源。自紹聖改元，東坡謫竄，時去而勢移矣。三四句言蜀國悽愴，五六句言交舊彫疏，少激與坡皆蜀人，故因坡貶而言蜀中蒼涼之狀。

《次韻馬荆州》　馬城，字中玉。山谷自館閣遷貶，故以劉向自比。荆州，即漢之南郡，故以中玉比馬融也。

《贈李輔聖》 三句謂將逐冥鴻而遠引，四句謂不復浮沈京洛風塵間也。

《和高仲本喜相見》 南浦，山谷自蜀放還，過萬州，曾見仲本，萬州即唐南浦郡。

《和中玉使君晚秋開天寧節道場》 徽宗以十月十日降誕爲天寧節，開啓蓋九月十日。

《新喻道中寄元明用觴字韻》 山谷以崇寧四年四月省元明於萍鄉，同住十五日而去。任注以爲别後所作，然穜稻殊不類四月間事，未知其審。末二句指元明送山谷至黔中時事。

《湖口人李正臣蓄異石九峯，東坡先生銘曰「壺中九華」，並爲作詩云云》 末二句言壺中九華石雖爲人偷取，而石鐘山則不能偷去，猶可聽其音響。

《次韻德孺五丈惠貺秋字之句》 三四句言未應鬢髮遽白，豈不見有卻老之丹砂邪？末二句言區區憂國之心徒過計耳。

《宜陽别元明用觴字韻》 「老大永思堂下草」，明月灣，永思堂，皆在雙井。堂在先墓之側，故以永思爲名。

《再次韻兼簡履中南玉之首》 第一首鎖江主人，第二首江津道人李侯，皆謂李任道也。任道名仔，本梓人，寓居江津。第三首「經術」二句，指當世誦法王氏之學者。抱關，用蕭望之事。

《罷姑熟寄元明用觴字韻》 「追隨富貴勞牽尾」，《太玄經》：勒首曰勞牽，不於其鼻於尾弊。范注曰：牽牛不於鼻而於尾，故勞弊。

《送劉季展從軍雁門》第二首　代州五臺山有仙人跡，石巖出美石，金剛窟出藥草。三句、五句皆承石言，四句、六句皆承草言。

《送徐隱父宰餘干》　第一首「贅壻」句，用《唐書·張允濟傳》事。「長官」句，用《唐書·馮元淑傳》事。第二首，「江南生賢」句，謂徐稺生於南昌也。第三句承首句，言徐陵。第四句承次句，言徐稺。

《池口風雨留三日》　池口即今池州府江口。山谷之官太和縣，自此經過。

《思親汝州作》　富鄭公以前宰相判汝州。山谷爲葉縣尉，九月至汝州，吏責其愆期，拘留至歲晚。五六句言丞相不以爲罪，吏或譏之，三人成虎耳。末二句言事本極小，而傳播故鄉，老母懸念也。

《次韻戲答彦和》　《傳燈錄》，布袋和尚形裁腲脮，蹙額皤腹，此借以喻彦和之肥偉。

《和答孫不愚見贈》　五六句謂因奉台相之筆牘而困於簿領，因迎使星之鞍馬而困於風埃也。

《世弼惠詩求舜泉，輒欲以長安酥共泛一杯，次韻戲答》　舜泉，河北酒名。

《閏月訪同年李夷伯子眞於河上，子眞以詩謝，次韻》「十年不見猶如此」，自治平丁未與李同唱第，至是十一年矣。

《次韻元日》　前一歲十二月，山谷責授涪州别駕，黔州安置，故此詩有霜威、嚼蠟等語。

《衞南》　「白鳥自多人自少」，此句用杜詩「江湖多白鳥，人少豺虎多」二句之意。

《題落星寺嵐漪軒三首》　三詩非一時所作，故語有重複。

《次韻胡彦明同年羈旅京師寄李子飛三章》　「看除日月坐中銓」，唐制三銓選士，曰尚書銓，曰侍郎中銓，曰侍郎東銓。宋有侍郎左右選。胡彦明隸左選，故曰中銓。第二首「丁未同升鄉里賢」，胡與山谷以治平四年丁未同登第。

《次韻奉寄子由》山谷之兄元明寄子由詩云：「鍾鼎勳名淹管庫，朝廷翰墨寫風煙。」管庫謂子由監筠州酒税也。子由思東坡，山谷思元明，故曰「脊令各有恨」也。

《寄黄從善》「渴雨芭蕉心不展」，渴雨見《雲漢》詩箋。

《廖袁州次韻見答並寄黄靖國再生傳次韻寄之》丁寶作《搜神記》，徐鉉作《稽神錄》，廖君當有小説。

《登贛上寄余洪範》「二川來集南康郡」，二川，章水、貢水也。

《同韻和元明兄知命弟九日相憶二首》第二首阿熊、阿秦，當是山谷兄弟小字。山谷兄弟五人，長大臨，字元明；次庭堅，字魯直；次叔獻；次叔達，字知命；次仲熊，字非熊，即此詩所謂熊也。阿秦，可類推已。

《子範徼巡諸鄉捕逐羣盜幾晝輒作長句勞苦行李》「乃兄本是文章伯」，子範之兄李觀，字夢符，爲清江尉，其文嘗爲歐陽公所稱。

《喜太守畢朝散致政》「萬夫爭處首先回」，萬夫爭處，即功名富貴也。

《次韻君庸寓慈雲寺待詔惠錢不至》「馬祖峯前青未了，鬱孤臺下水如空。江山信美思歸去，聽我勞歌亦欲東。」馬祖峯在太和，鬱孤臺在虔州。時君庸在虔，山谷在太和，皆有思歸之意。

《趙令許載酒見過》「買魚斫鱠須論網」，論網謂數網而論價，言其賤也。

《初望淮山》「想見夕陽三徑裏，亂蟬嘶罷柳陰陰。」三徑、亂蟬，指雙井家林也。

《漫書呈仲謀》「不然吾已過江南」，「過」字疑當作「返」。

《曹村道中》首句「嘶馬蕭蕭蒼草黄」，第三句「瓜田餘蔓有荒隴」，「蒼」字「有」字疑誤。

《食瓜有感》「薜井筠籠浸蒼玉，金盤碧筋薦寒冰。」食瓜者先以井水浸之，或以竹籠置井中。蒼玉，喻瓜之皮；寒冰，喻瓜之瓤也。

《講武臺南有感》有感者，哀逝也。

《七臺峯》後六句以七人比山之七峯。

《靈壽臺》「何時暫取蒼煙策，獻與本朝優老成。」蒼煙策，謂竹之根節可作杖者。優老成，用孔光靈壽杖事。

劉熙載

山谷詩未能若東坡之行所無事，然能於詩家因襲語漱滌務盡，以歸獨得，乃如潦水盡而寒潭清矣。（《藝概》卷二）

山谷詩取過火一路，妙能出之以深雋，所以露中有含，透中有皺，令人一見可喜，久讀愈有致也。（同上）

無一意一事不可入詩者，唐則子美，宋則蘇、黄。要其胸中具有鑪錘，不是金銀銅鐵强令混合也。

（同上）

唐詩以情韻氣格勝，宋蘇、黄皆以意勝，惟彼胸襟與手法俱高，故不以精能傷渾雅焉。（同上）

陳言務去，杜詩與韓文同，黄山谷、陳后山學杜在此。（同上）

黄山谷詞用意深至，自非小才所能辦，惟故以生字俚語侮弄世俗，若爲金、元曲家濫觴。（同上卷四）

周壽昌

【本朝事入詩】唐人用本朝事入詩，無過於牧之者，至宋人尤多，大家如蘇、黄亦不免，若南宋劉改之輩，幾於十首九見，殆不勝舉。（《思益堂日札》卷六）

吴仰賢

唐人詩雖極牢騷，不失常度，宋人便有過火語。如岑參詩云：「祗緣五斗米，辜負一漁竿。」黄山谷則云：「可憐五斗米，奪我一溪樂。」不知誰奪之耶？雖「奪我鳳凰池」語出《晉書》荀勗，然本發恚之詞耳。兩詩有温厲之别。至蘇云：「道逢陽貨呼與言，心知其非口諾唯。」黄云：「平生白眼人，今日折腰諾。」名士口角，大略相同。（《小匏菴詩話》卷一）

「明月照積雪」，謝靈運詩也，以五字流傳，天生佳句，不可摹倣。黄山谷衍之曰：「姮娥攜青女，一笑粲萬瓦。」新巧而已，卻無意義。（同上）

朱蘭圃

【校黄詩有述】 磪兀精神只自傳，何曾一字耐言詮。李洪編校寧尋得，任史拈來亦偶然。退聽堂前人問法，皖公洞口石參禪。請聽韶武弦歌合，孰是南華內外篇。

不信西江有派圖，繼公詩獨道園虞。詞章一變名初祖，理學眞傳出大儒。萬古乾坤清粹氣，此中言語後來無。區區採摘當編譜，比刻分寧刻本殊。乙未（楊鍾羲《雪橋詩話》卷六引）

【六月十二日山谷先生生日拜像賦詩用乙未題正集韻】 蓋以眞實義，超出像物先。質厚爲之本，萬派洄一淵。風騷萬萬古，力挽大海旋。丁未（同上）

【校黄詩重有述】 紫氣風迴大海瀾，誰知古井不生湍，障川浩浩俱東注，返景時時得內觀。絕利一源憑戰勝，默存萬象入寬安。龐公吸處尋初祖，正自閑中著力難。

新津妙悟本拈花，薌室燈光自世家。笛鶴幾年參玉局，石羊他日叱金華。九成乃轉丹留火，三折江紋篆印沙。昨剔擘窠書偈子，一峰廬阜倚殘霞。丁未（同上）

謝章鋌

《詞繹》：「柳七最尖穎，時有俳狎；山谷亦不免。」山谷更甚，於俳狎中更見鶻突。（《賭棋山莊集》詞話卷一）

羅江李雨村調元著詞話四卷。其於詞用功頗淺，所論率非探源，沾沾以校讎自喜，且時有勦說，更多錯

謬……惟以黃九不及秦七，痛闢其俚鄙諸作，則誠非隨聲附和者比。（同上詞話卷三）

北宋多工短調，南宋多工長調；北宋多工軟語，南宋多工硬語；然二者偏至，終非全才。歐陽、晏、秦，北宋之正宗也；柳耆卿失之濫，黃魯直失之傖。（同上詞話卷十二）

施補華

少陵七律，無才不有，無法不備。義山學之，得其濃厚；東坡學之，得其流轉；山谷學之，得其奧峭；遺山學之，得其蒼鬱；明七子學之，佳者得其高亮雄奇，劣者得其空廓。（《俔傭說詩》）

蔣超伯

【洗】黃山谷詩：「碌碌盆盎中，見此古罍洗。」按洗之爲器古矣。《山左金石志》有漢永元鷺魚洗，口徑七寸。文震亨《長物志》述洗式尤多，曰葵花洗、磬口洗、四捲荷葉洗、捲口蔗洗、雙魚洗、菊花洗、百折洗、梅花洗、方洗、魚藻洗、葵瓣洗、鼓樣洗，凡十餘種。（《南漘楛語》卷三）

【梅聖俞】梅聖俞《木山詩》：「蘇夫子見之驚且熹，買與溪叟憑貂裘。」黃山谷《答永新宗令寄石耳》詩：「閔仲叔不以口腹累安邑，我其敢用鮭菜煩嘉禾。」句調相類，大率黃詩多有似宛陵處。（同上卷四）

李慈銘

宋人自蘇、黄、陸三家外，絶無能自立者。（《越縵堂詩話》卷上）

七古若山谷之健，放翁之秀，道園之簡，淵穎之老，西涯之潔，牧齋之蒼，亦名家矣；其病在不渾成，不精實，故皆不能超妙。（同上）

閲《臨漢隱居詩話》、《滹南詩話》。魏道輔時有會心，王若虚亦有得處，而拘滯未化，其極推東坡而力詆山谷，亦頗過當。（同上）

七古子美一人足爲正宗，退之、子瞻、山谷、務觀、遺山、青邱、空同、大復，可稱八俊。（同上）

譚獻

村舍點閲《草堂詩餘》，擁鼻微吟，竟忘身作催租吏也。《草堂》所録但芟去柳耆卿、黄山谷、胡浩然、康伯可、僧仲殊諸人惡札，則兩宋名章迥句傳誦人間者略具，宜其與《花間》並傳，未可廢也。（《復堂日記》卷四）

王闓運

晨入園，牡丹離披，寒氣頗重。頃之彌之來，言曹學使觀風題有論詩絶句戲拈元遺山以後諸詩家得廿餘人作廿二首以示淦郎，詩云：「裁剪蘇黄近雅詞，略加鉛粉畫蛾眉。猶嫌俗調開元派，傳作明清院體詩。元遺山」……「何李工夫在七言，却依漢魏傍高門。能迴坡谷粗豪氣，豈識蘇梅體格尊。何大復、李空同」（《湘綺樓說詩》卷二）

古之詩，今之會典奏議之類；今之詩歌，古之樂也。四言如琴，五言如笙簫，歌於七言，如羌笛琵琶，繁絃雜管，故太白以爲靡然。人不能無哀樂，哀樂不能無偏激感宕，故自五言興而卽有七言，而樂府琴曲希以贈答。至唐而大盛，凡四言五言所施，皆有以七言代之者，而體製殊焉。初唐猶沿六朝，多宮觀閨情之作，未久而用以贈答送别，分題或拈一物一事爲興，篇末乃致其意，高、岑、王維諸篇，其式也。李白始爲敍情長篇，杜甫亟稱之而更擴之，然猶不入議論。韓愈入議論矣，苦無才思，不足運動，又往往湊韻，取妍釣奇，其品益卑，駸駸乎蘇、黄矣。（同上卷三）

韓門諸子，郊、島、仝、賀，各極才思，盡詩之變，然罕能兼之。宋人雖跅弛如蘇、黄，頹放如楊、陸，未有能泥沙俱下者。（同上卷四）

陸心源

【黄庭堅傳】黄庭堅，字魯直，洪州分寧人。幼警悟，讀書數過卽成誦，舅李常過其家，取架上書問之，無不通，常驚以爲一日千里。哲宗立，召爲校書郎、神宗實錄檢討官，擢起居舍人。紹聖初，出知宣州，改鄂州。章惇、蔡卞與其黨論實錄，貶涪州别駕，黔州安置，言者猶以處善地爲翫法，遂移戎州。

徽宗即位，起監鄂州稅，簽書寧國軍判官，知舒州，以吏部員外召，皆辭不行，丐郡知太平州，至之九日，罷，主管玉隆觀。庭堅嘗與趙挺之同校舉子文，一卷使蟒蛇字，挺之欲黜之，諸人盡然，庭堅獨相持。挺之識其言，問曰：「公主此文，不識二字出何處？」庭堅良久曰：「出梁武懺。」挺之以其侮己，大銜之。及是挺之作相，令陳舉上所作《荆南承天院記》，指爲幸災，除名羈管宜州，三年，徙永州，未聞命而卒。事蹟詳《宋史》本傳。參《過庭錄》。（《元祐黨人傳》卷四）

丁　丙

《山谷内集詩注二十卷外集詩注十七卷别集詩注》明初刊本，項藥師藏書》　天社任淵、青神史容、青神史季溫。淵字子淵，新津人，紹興乙丑文藝類試第一，官至潼川憲。天社者，新津山名也。政和間，注山谷詩二十卷，自有序。鄱陽許尹序，稱子淵博極羣書，尚友古人，既爲注解，且爲原本立意始末，以曉學者，非若世之箋訓但能標題出處而已。外集十七卷，題鄉室史氏注，前有嘉定元年晉陵錢文子序，稱公蜀青衣人，名容，號鄉室居士，仕至大中大夫，晚謝事著書不休。更有容自序，云山谷内集已有注，而外集未也，疑若有所去取焉者，豈山谷之意哉。秦少游云魯直弊帚、焦尾兩編文章高古，今時交游中未見其比。焦尾、弊帚卽外集詩文也，此續注之所不得已也。淳祐庚戌，孫季溫有後跋。季溫字子成，舉進士，寶祐中官祕書少監，更注别集爲三卷。任、史兩注其精要處，尤在考核出處時事，集其大綱，繫於目錄每條之下，使讀者因其歲月，知其遭際，得以推求詩旨，洵乎注因詩傳，而詩亦因注以傳也。此本明成、弘間所刊，即錢遵王稱目錄中脫去二版者是也。內集卷首有沈廷芳印椒園二印，又惠棟之印字曰定宇二印。外集、別集卷首有檇李項藥師藏、曾沂過眼、潘曾沂讀過諸印，蓋同版異印，配合而成也。（《善本書室藏書志》卷二十七）

《山谷內集詩注二十卷目錄一卷年譜附影明弘治刊本》　天社任淵。右即影寫《讀書敏求記》所稱舊刻山谷詩注本也。目錄《宿舊彭澤懷陶令》條下注云：舊本自此以上缺二版，以後諸題例之，前各題下皆當有注脚，今詢無此本，姑列各題如右，儻後得之，當別補入云。顧舊刻前序，每爲書賈匿去，僞充宋刻。此猶影寫紹興鄱陽許尹撰豫章詩解序，又弘治丙辰春三月南京翰林院侍講學士郡人張元楨序，序云：先生魯直庭堅，名字也。山谷，宋到今即其自號而尊稱之者。爲人慈祥，其德行於孝友殊篤，其節操不以夷險貳。吾晦菴朱子稱以粗爲向上在此，東坡譽以超軼絕塵，獨立萬物之表，陳后山評以得法杜甫，學杜而不爲，又論詩者謂江西詩祖。寧，南昌屬縣，先生其縣人。閭右有陳鳳岐者，知重先生，圖刻其詩文，以諗於予，予遍訪莫得斯集，乃今提學僉憲莆田黃未齋仲昭家故所有者，未齋愛之，每笥以自隨。行縣次寧勸督，暇出示諸生，時鳳岐已物故，其沛、浩二子躍然跪請，兹先人嘗圖刻於張東白內翰，弗得而卒，公幸賜焉，一以彰先正久晦之遺文，一以終先人之志，而瞑其目於地下。公喜，亟與之，更躬爲校正，以成二美。刻既，沛來謁，序歸之。然則宋刻之後，弘治間難得已如是。今聚珍版即從此本出也。（同上）

【山谷詩集注二十卷目錄一卷年譜一卷日本翻宋紹定本】　豫章黃庭堅魯直。陳氏《書錄解題》：新津任淵注黄山谷詩二十卷，鄱陽許尹爲序，大抵不獨注事而兼注意，用工爲深。此日本寬永己巳翻紹定閩中刊本。前有淵二序，一云山谷老人之詩盡極騷、雅之變，故其詩一句一字有歷古人六七作者，蓋其學通乎儒釋老莊之奥，下至醫卜百家之説，莫不盡摘其英華，以發之於詩。始山谷來吾鄉，余得以執經焉，因取其詩，略注一二，第恨寡陋，弗詳其祕云。時在政和辛卯。鄱陽許尹序時在紹興乙亥。後有紹定壬辰黄埒識，云先太史詩編，任子淵爲之集注，版行於蜀，惟閩中自坊本外未之見，豈非以平生轍迹未嘗至閩故耶？家藏蜀刻有年，試郡延平以鋟諸梓。而錢曾《讀書敏求記》云山谷詩注，目錄中《宿彭澤懷陶令》題下注云舊本自此以上缺二版，以後諸題例之，前各題下皆當有注脚，今詢無此本，姑列各題如右，儻後得之，當别補入。今吾家所藏二葉宛在卷首，各題下注脚俱全，宋本之難得遇如此。此本有焉，幾有諸夏之亡之歎。（同上）

【宋黄太史公集選三十六卷　明萬曆河南刊本】　明河南道監察御史魏郡崔邦亮選。右崔氏邦亮選錄山谷之文。崔銜後尚有工科右給事中前翰林院庶吉士大梁張同德校、河南左布政使武陵姚學閔二行，前有萬曆二十七年南京戶部山西司主事汴南張有德序，與同德兄弟進士也。序稱直指際虞崔公淹貫千古，搜剔萬象，夙稱文匠，忠毅任事，邇者觀風中土，如藩邸遊盤，礦金抵納，暨税役咆哮，公談笑立辦以消禍胎，經術經世，豈徒詞賦云哉。若夫棄取中程，錙累無爽，卽魯直復生，當首肯朗鑒云。黼谷薫習錄收錄此帙。（同上）

【豫章黄先生簡尺二卷　明嘉靖刊本，曹倦圃藏書】　黄庭堅魯直，前寧州知州婺源葉天爵、知州九谿喬遷。按

《文節公全集》爲正集三十卷，外集十四卷，詞一卷，别集二十卷，簡尺二卷，年譜三卷，明嘉靖時西蜀徐岱巡按江西，屬前寧州葉天爵、新守喬遷得元本梓之，自爲序。此簡尺乃所刻之一種也。有檇李曹氏一印。（同上）

金武祥

詩句有全平全仄者，如玉溪《韓碑》詩「封狠生貙貙生羆，帝得聖相相曰度」是也。蘇、黄諸家時時有之。（《粟香隨筆》卷二）

甲子歲暮，余在章門，曾於甲戌坊書肆購有翁覃溪學士爲戴可亭相國手批《漁洋山人精華録》四册，其評論有與《小石帆亭著録》、《石洲詩話》可以互相發明者，因備録之：……《涪翁一首》：李義山極不似杜，而善學杜者無過義山；黄山谷極不似杜，而善學杜者無過山谷。以山谷配杜，固不必也，然而山谷詩處處皆杜法也。《詩人》一首：先生却極服半山，極服山谷，而此二家與先生却不相肖，此見先生眼光直澈千古。（同上卷五）

馮煦

后山以秦七、黄九並稱，其實黄非秦匹也。若以比柳，差爲得之。蓋其得也，則柳詞明媚，黄詞疏宕，而褻諢之作，所失亦均。（《蒿菴論詞》）

胡薇元

山谷詞一卷。晁補之、陳後山皆謂今代詞手惟秦七、黄九，然山谷非淮海之比，高妙處只是著腔好詩，而硬用𨃧字㞗字，不典。《念奴嬌》云：「老子平生，江南江北，愛聽臨風笛。」用方音，以笛叶北，亦不入韻。（《歲寒居詞話》）

陳廷焯

秦七、黄九，並重當時，然黄之視秦，奚啻碔砆之與美玉。詞貴纏綿，貴忠愛，貴沈鬱，黄之鄙俚者無論矣，即以其高者而論，亦不過於倔強中見姿態耳！於倔強中見姿態，以之作詩，尚未必盡合，況以之爲詞耶？（《白雨齋詞話》卷一）

黄九於詞，直是門外漢，匪獨不及秦、蘇，亦去耆卿遠甚。（同上）

黄魯直詞，乖僻無理，桀傲不馴，然亦間有佳者。如《望江東》云：「江水西頭隔煙樹，望不見，江東路。思量只有夢來去。更不怕，江闌住。　燈前寫了書無數，算没個，人傳與。直饒尋來雁分付。又還是，秋將暮。」筆力奇横無匹，中有一片深情，往復不置，故佳。（同上卷六）

施　山

初學喜李、杜、韓者，欲博觀旁證，自兩漢外，前則歷觀魏武父子、太沖、嗣宗、伯玉，後則精選蘇、黄、劍南、遺山、道園、鄭善夫、李獻吉、朱竹垞而止，其餘諸家可不觀。（《望雲詩話》卷一）

山谷詩句各本互異，蓋初藁改本之不同，非關傳寫之訛。老杜送孔巢父詩，今所盛行者亦是改本，原作無此工也。（同上卷二）

黄山谷七古往往有落調，雖以健筆相救，學者不宜爲法。（同上）

「帽浥衣沾乾復濕，必逢佳樹始一立。道旁有驢無錢騎，短咏微吟口翕戢。」此李空同詩，絶似山谷。（同上）

黄山谷詩，歷宋、元、明褒譏不一，至國朝王新城、姚惜抱，又極力推重，然二公實未嘗學黄，人亦未肯即信。今曾相國酷嗜黄詩，詩亦類黄，風尚一變，大江南北，黄詩價重，部直十金。（同上）

徐　嘉

【題蘇門六君子詩文集擬顔延年五君詠體·豫章集】　元祐四學士，涪翁標逸塵。瑰瑋妙當世，瘦硬彌通神。雲龍敵韓孟，天馬先秦陳。西江啓詩派，垂輝亦千春。（《味靜齋集》詩存卷八）

張佩綸

《澗溪漁隱叢話》：東坡云書之美者莫如顔魯公，然書法之壞自魯公始；詩之美者莫如韓退之，然詩格之變自退之始。」又載山谷語，謂退之安能潤色東野。洪龜父亦謂山谷於退之詩少所許可。東坡之言深於書法詩律，爲世之肄顔書爲韓詩者痛下鍼砭。山谷之詩豈能到退之氣象？吾頗疑坡公以孟郊詩爲彭蜮，以山谷詩爲江瑤柱，皆有貶詞。試問能與韓潮蘇海較耶？《冷齋夜話》又載山谷讀退之贈同游詩「喚起窗全曙，催歸日未西」，以喚起、催歸爲二鳥。按山谷從此等處求韓，不亦瑣乎？（《澗于日記》光緒辛卯正月十九日）

（王）從之詩話三卷（編者按指王若虚《滹南詩話》），譏貶山谷者幾居其半，則失之過矣。元裕之云：「論詩廿下涪翁拜，不作江西社裏人。」斯平允之論歟。（同上二月初八日）

近人書有似雅實俗者，如言銀錢，三百則曰毛詩、廿四則曰花信之類。偶閲山谷尺牘致句宗禼一則：「鮮自源閿中文行之士，聞兩三到門，昨乃幸一見。承有哀王孫之意，不識能割甫田歲取之數否？如不能，則自契至於成湯亦佳也。又不能，則盤庚徙民涉河猶可。若乃衞文公之騋牝，吾何望哉！」聯篇迷語廋詞，閲之噴飯。蓋吝者嗇財，貧士求助，文節不得已，而以妙語解頤耳，豈可據爲典要哉！（同上光緒乙酉四月十五日）

古人作詩，斷句輒入他意，最爲警策。如老杜云：「雞蟲得失無了時，注目寒江倚山閣。」是也。黄魯直作水仙花詩，亦用此，云：「坐對眞成被花惱，出門一笑大江横。」至陳無己云：「李杜齊名吾豈敢，晚秋無樹不鳴蟬。」則直不類矣。余謂山谷學杜已粗，其病在「大江横」三字，欲以江映帶水仙，而「大」字「横」字，則有粗獷氣，非水仙，直是水師矣。陳更由黄出，所謂一解不如一解。山谷於書云：「看

帖勝摹帖。』」如此類則直是摹帖耳。（同上光緒壬辰正月初八日）

《環溪詩話》，四庫收一卷，《學海類編》者三卷。偶從李估借得舊抄本，乃戈小蓮過義門舊抄。其論詩以實字爲佳，如一句説半天下滿天下之類，太淺近，《賓退錄》已駁之矣。其論山谷云：『除拗體似杜而外，以物爲人一體最可法。然亦有可有不可，如『春至不窺園，黄鸝頗三請』，是用主人三請事。如詠竹云：『翩翩佳公子，爲政一窗碧』，是用史，可也。又如『殘暑已趨裝，好風方來歸』、『苦雨已解嚴，諸峰來獻狀』，亦無不可。若『提壺要酤我，杜宇賦式微』，則近于穿鑿，不可矣。不如把菊避席，雲月供張，黄花韜光，白鷗起予，蘭含章鳥，許可以至。《演雅》一篇，大抵以物爲事，而不失爲佳句，是山谷所以取名也。」按環溪以杜爲一祖，韓、李爲二宗，與西江派異，故所取於山谷止此。然所得於山谷，固谷詩之一節，而山谷之所以得名在此類，山谷之所以落派亦在此類。其祕旨以比爲賦，自能避俗生新，如《詠猩猩毛筆》云：「平生幾兩屐，身後五車書。」此渾成而大方者。若以羊車走腸喻煎茶，以牛角繭栗喻牡丹，非山谷爲之罕能妥貼者，句法過於研鍊，往往成穿鑿之病，此在善學者矣。（同上光緒壬辰六月初四日）

《韻語陽秋》：「皇祐三年，荆公倅舒，與道人文鋭、弟安國擁火游石牛洞，玩李習之題字，聽泉而歸。故有詩曰：『水泠泠而北出，山靡靡而旁圍。欲窮源而不得，竟悵望而空歸。』元豐間魯直嘗至其處，亦題詩云：『司命無心播物，祖師有記傳衣。白雲飛而不度，高鳥倦而猶飛。』蓋效其作也。晁無咎《續楚辭》載荆公詞，以爲二十四言具六藝羣言之遺味，故與經學典策之文俱傳，未曉其説也。」案任注謂石牛洞在舒之三祖山山谷寺，魯直嘗游而樂之，因自號山谷道人。是涪翁於荆公同愛，山谷未必非同鄉先達，略寓景行之意也。及《次韻荆公西太一宫壁》詩云：「眞是眞非安在，人間北看成南。」《有懷半山老人再次韻》則云：「草玄不妨準《易》，論詩終近《周南》。」推許至矣。其次章云：「啜羹不如放麑，樂羊終愧巴西。欲問老翁歸處，帝鄉無路雲迷。」任注以爲惠卿之惡政如樂羊，荆公之過當與西巴同科也，此説亦泥。按蘇子由彈呂惠卿云：「放麑，違命也，推其仁則可以托國；食子，徇君也，推其惡則至於弑君。」詩言惠卿之發私書，誠忍，子由彈之是也。實則荆公與神宗始終一德，死生相從，非惠卿所能間，亦非後之議新法者所能間也。迴護至矣！蓋於荆公初無貶詞。（同上光緒己丑三月初七日）

昨論山谷不貶荆公，讀其神宗挽詞云：「昔在基皇極，師臣論九疇。」至以箕子比之，未免溢量。山谷題姨母墨竹結句曰：「人間俗氣一點無，健婦果勝大丈夫。」用古樂府「健婦持門戶，勝一大丈夫」。呼從母以健婦，殊不得體，且於墨竹全不關會，此無乃近於傖父乎？坡公集中決無此。其《次子瞻和王子立風雨敗書屋》詩起筆云：「婦翁不可撾，王郎非嬌客。」特聲明子立爲子由之壻而已，於風雨敗屋亦不切也。枝枝節節而爲之，是其病矣。

山谷有記夢詩一首，洪駒父詩話云：「山谷云：嘗從一貴宗室攜妓游某寺，酒闌，諸妓皆散入僧房中，主人不恠也。」《冷齋夜話》以爲山谷夢一道士游蓬萊作。二人皆親聞山谷之言，而岐誤若此。余謂皆山谷飾詞也。其詩因得起居舍人，爲韓川劾罷，改祕書著作而作。其詩曰：「衆眞絶妙擁靈君。」

靈君以況宣仁，衆眞以況羣輔。「借問琵琶得聞否？靈君色莊妓搖手。」言宣仁已授以起居，而韓川不與之也。下文爭棋壞局，指同時與山谷爲難者。結云：「奈此雲窗霧閣何。」言天閽爲雲霧所翳蔽也。其指甚明，然亦微褊矣。《續通鑑長編》：韓川劾庭堅所爲輕翾浮豔，素無士行，邪穢之迹，狼藉道路。詩中「窗中遠山是眉黛，席上榴花皆舞裘」，蓋自解其少年綺詞皆空中語，而非實迹也。庭堅既罷，用孔武仲、陳軒爲左右史。軒乃傅堯俞許干逼呂大防者。詩中「兩客爭棋爛斧柯」，指許、傅，「一兒壞局君不呵」，言如軒者無一人論列之耳。此解甚明了。起山谷於九原，當亦乾笑而已。（同上三月十六日）

《提要》於黄詩極推許，乃覃溪先生所作。觀此，知紀文達於谷詩所得甚深，故品題精刻如此。文達訐蘇詩雖蹈明人批點習氣，然足以藥貌學坡詩之病，此論尤江西派所宜知。近人於詩學已無淵源，惟守伯言一派者尊黄過甚。吾固喜紀文達之説而盡錄之。（編者按：此條前原錄紀昀書山谷集後語，已錄見前，此略。）（同上三月十七日）

元祐諸賢，如山谷之罹黨籍，尤爲可歎。山谷在元祐時入史局，兩次遷官，一爲趙挺之所彈，一爲韓川所駁，終不得進一階。書成，請封其母，蓋慮敍官必爲人所嫉也。乃命下之日，其母卽卒，安康之名亦爲虛祝，殊可悲痛。服闋而朝局已變，謫命旋行。靖國之初，乞太平，六日而罷。後以文字之禍，貶死宜州。終其身竟無展眉舒氣之一日，較之義山之死於令狐，不同一侘傺乎！江西一脈，昌於身後，殆孝友潛德積久必發之故與。（同上光緒辛卯六月初九日）

陳寶琛

【陳君石遺七十壽序(節録)】石遺少予八歲，今年亦七十矣。予交君逾三十年，離合聚散，動關身世，重以文字之契，安能無言耶！予中歲家居，始常爲詩，獲交君兄木庵先生，倡酬商榷無虚月……予初學詩於鄭仲濂丈，謝丈枚如導之學高、岑，吳丈圭庵引之學杜，而君兄弟則稱其類荆公，木庵且欲進之以山谷。(《滄趣樓文存》上卷)

繆荃孫

【豫章黄先生文集九十七卷】明嘉靖丁亥分寧周季鳳鈔自内閣，巡按江西蜀岱屬知州喬遷刻之，猶不失宋本之遺，收藏有鷗寄室王氏收藏朱氏方印。(《藝風藏書記》卷六)

延君壽

沈歸愚謂工部秦州以後五言古詩多頽唐之作，或亦有之，然精意所到，益覺老手可愛。選本中常不經見者，亦當斟酌鈔讀，方有頭緒可尋，門戶可入，若但讀其三吏、三别、《出塞》、《北征》、《詠懷》等篇，急切難以入手。黄山谷善於學秦州以後詩，眞能工於避熟就生，歸愚先生非之，非是。(《老生常談》)

五古常有整句是正格，七古用整句亦是正格，蘇、黄五古多不用整句。(同上)

七古，高、岑、王、李是一種，李、杜各一種，李長吉一種，張、王樂府一種，韓一種，元、白又一種，後人幾不能變化矣。東坡雖是學前人，其橫說豎說，喜笑怒駡，跌宕自豪，又自成一種，此下更無變法。山谷、遺山，皆好到極處，然不能變前人也。（同上）

山谷《秋郊》云：「風力斜雁行，山光森雨足。壁蟲先知寒，機織日夜促。」「山光」句全在「森」字用得妙。《太湖僧寺》云：「松竹不見天，蟠空作秋聲，谷鳥與溪瀨，合絃琵琶箏。」意亦尋常，寫來卻十分濃秀，此渣滓去盡，清氣在中故也。《觀音院》云：「谷底一墟落，地形如盎盆。」吾家踞太行巔，邨落形象，多半如是。《刀坑口》云：「羣山黛新染，蒙氣寒鬱鬱。」「蒙氣」二字精妙之至，與《宿寶石寺》之「鐘磬秋山靜，爐香沈水寒，晴風蕩濛雨，雲物尚盤桓」同工。《皖口道中》云：「寒花委亂草，耐凍鳴風葉。江形篆平沙，分派回勁筆。」寫景能字字精到，不肯著一模稜語，此山谷獨得。《貴池》云：「横雲初抹漆，爛漫南紀黑。不見九華峯，如與親友隔。」《別李端叔》云：「我觀江南山，如目不受垢。」《曉放汴舟》云：「又持三十口，去作江南夢。」皆戛戛生新，不肯一語猶人，筆力精能，實出宋人諸家之上，所以蘇、黄並稱，特坡公天才横溢，尤不可及耳。其答東坡句云：「枯松倒澗壑，波濤所舂撞。萬牛挽不前，公乃獨立扛。」非東坡不足以當此語。後人多有以此意譽近代名流，殊未可當也。（同上）

陳衍

【沈乙盦詩敍（節錄）】余語乙盦：「吾亦耽考據，實皆無與己事，作詩却是自己性情語言，且時時發明哲理，及此暇日，盍姑事此，他學問皆詩料也。」君意不能無動，因言吾詩學深，詩功淺，夙喜張文昌、玉谿生、山谷内外集，而不輕詆七子。詩學深者，謂閲詩多，詩功淺者，作詩少也。余曰：「君愛艱深，薄平易，則山谷不如梅宛陵、王廣陵。」君乃亟讀宛陵、廣陵。（《石遺室文集》卷九）

【海藏樓詩敍（節録）】李衞公、白樂天、東坡、荆公、山谷、放翁、遺山，皆有自然高妙語。（同上）

【知稼軒詩敍（節録）】大略才富者喜其排奡，趣博者領其興會。即學焉不至，亦盤硬而不入於生澀，流宕而不落於淺俗。視從事香山、山谷、后山者，受病較尠，故爲之者衆。張廣雅論詩，揚蘇斥黄，略謂黄吐語多槎牙，無平直，三反難曉，讀之梗胸臆，如佩玉瓊琚，舍車而行荆棘。又如佳茶，可啜而不可食。子瞻與齊名，則坦蕩殊雕飾，受黨禍爲枉。亦可見大人先生之性情樂廣博而惡艱深，於山谷且然，況於東野、后山之倫乎？（同上）

道、咸以來，何子貞紹基、祁春圃寯藻、魏默深源、曾滌生國藩、歐陽磵東輅、鄭子尹珍、莫子偲友芝諸老，始喜言宋詩。何、程、莫皆出程春海侍郎恩澤門下，湘鄉詩文字，皆私淑江西，洞庭以南言聲韻之學者稍改故步。而王壬秋闓運則爲《騷》、《選》、盛唐如故。都下亦變其宗尚張船山、黄仲則之風，潘伯寅、李蒓客諸公，稍爲翁覃谿。吾鄉林歐齋布政壽圖亦不復爲張亨甫，而學山谷，嗣後樊樹、定盦，浙派中又分兩途矣。（《石遺室詩話》卷一）

今人強分唐詩、宋詩。宋人皆推本唐人詩法，力破餘地耳。廬陵、宛陵、東坡、臨川、山谷、后山、放翁、誠齋，岑、高、李、杜、韓、孟、劉、白之變化也；簡齋、止齋、滄浪、四靈，王、孟、韋、柳、賈島、姚合之變

化也。(同上)

廣雅相國見詩體稍近僻澀者，則歸諸西江派，實不十分當意者也。……過蕪湖弔袁漚簃，則云：「江西魔派不堪吟，北宋清奇是雅音。雙井半山君一手，傷哉斜日廣陵琴。」不喜江西派，卽不滿雙井，特本漁洋說，山谷雖脫胎於杜，顧其天姿之高，筆力之雄，自闢門庭，宋人作江西宗派圖，極尊之，以配食子美，要亦非山谷意也。云云。故湯不貶雙井，而斥江西爲魔派。實則江西派豈能外雙井，雙井豈能高過子美，雄過子美而自闢門庭哉！漁洋未用功於杜，故不知杜，不喜杜，亦並不知黃，乃爲是言！廣雅少工應試之作，長治官文書，最長於奏疏，旁皇周匝，無一罅隙，而時參活著，故一切文字，力求典雅，而不尚高古奇崛。典故切，雅故清，其《摩圍閣》詩有云：「黃詩多槎牙，吐語無平直。三反信難曉，讀之鯁胸臆。如佩玉瓊琚，舍車行荆棘。又如佳茶荈，可啜不可食。子瞻與齊名，坦蕩殊雕飾。枉受黨人禍，無通但有塞。差幸身後昌，德壽摹妙墨。」云云。故余近敍友人詩，言大人先生之性情，喜廣易而惡艱深，於山谷且然，況於東野、後山之倫乎？(同上卷十一)

宋人寫景句膾炙人口者，如……山谷之「近人積水無鷗鷺，時有歸牛浮鼻過」，亦不過代數人，人數語，視唐人傳作之多，不及遠甚。(同上卷十四)

余舊論伯嚴詩避俗避熟，力求生澀，而佳語仍在文從字順處，世人只知以生澀爲學山谷，不知山谷乃槎枒，並不生澀也。(同上)

杜牧之敍李長吉詩云：「少加以理，則可以奴僕命《騷》。」言昌谷俶詭之詞，容有未足於理處也。理之不足，名大家常有之。山谷題畫詩云：「石吾甚愛之，勿使牛礪角；牛礪角尚可，牛鬥傷我竹。」此用太白「獨漉水中泥，水濁不見月；不見月尚可，水深行人沒」調也。然不見月，雖以譬在上者被人蒙蔽，而就字面説，月之不見固無大礙，以較行人之沒於水，自覺其尚可；若其石既爲吾所甚愛，惟恐牛之礪角，損壞吾石矣，乃以較牛鬥之傷竹，而曰礪角尚可，何其厚於竹而薄於石耶！於理似説不去。（同上卷十七）

詩貴風骨，然亦要有色澤，但非尋常脂粉耳；亦要有雕刻，但非尋常斧鑿耳。有花卉之色澤，有山水之色澤，有彝鼎圖書種種之色澤。王右丞，金碧樓臺山水也；陳后山，淡淡靛青巒頭耳；黄山谷則加赭石，時復著色硃砂；陳簡齋欲自别於蘇、黄之外，在花卉中爲山茶、蠟梅、山礬。（同上卷二十三）

《古詩二首上蘇子瞻》兩首轉處皆心苦分明，餘則比體老法也。（第一首）此句言亦出求仕也。轉處言失時而太酸。（《宋詩精華録》卷二，下同）

《醇道得蛤蜊復索舜泉，舜泉已酌盡，官醖不堪，不敢送》古者送人物，必以一物居前，弦高以牛十二犒師，先以乘韋，是也。末句謂酒惡不堪送，否則前字趁韻矣。世有以趁韻藉口於山谷者，眞令人齒冷也。

《王稚川既得官都下，有所盼，未歸；予戲作林夫人欸乃歌二章與之。竹枝歌本出三巴，其流在湖湘耳，欸乃，湖南歌也》（第一首）言由臘雪時盼到花開花落棗結實也。

《宿舊彭澤懷陶令》古人命名，未嘗非用意有在，但專就名字上著筆，終近小巧，而鑄詞有極工處。

《秋思寄子由》此亦作東坡詩，然於山谷較似。

《次韻吳宣義三徑懷友》起卽孟公語，末四句沈痛。

《寄黃幾復》次句語妙，化臭腐爲神奇也。三四爲此老最合時宜語，五六則狂奴故態矣。

《送舅氏野夫之宣城二首》（第一首）貢毛號以風流，語妙。鴨脚、琴高，當之無愧色。五句本漢詔。

（第二首）皖人各築圩，至今猶然。

《次韻子瞻武昌西山》併子瞻於次山，付諸一慨，此時境地同也。「鼎來」句不免世故周旋。

《子瞻詩句妙一世，乃云效庭堅體，蓋退之戲效孟郊、樊宗師之比，以文滑稽耳。恐後生不解，故次韻道之》子瞻送楊孟容詩云：「我家峨嵋陰，與子同一邦。」卽此韻。起四語，論者謂有微詞，理或然也。

「諸人」四句言本不足附蘇門，而蘇乃降格納交。

《題伯時畫嚴子陵釣灘》此與到語耳。

《題伯時畫松下淵明》次句指陶侃，四句言晉亡。

《次韻子瞻以紅帶寄王宣義》「當今」二句，法語之言。二老謂文潞公、呂申公以耄年當國。

《題竹石牧牛》用太白《獨漉篇》調，甚妙，但須少加以理耳。

《送少章從翰林蘇公餘杭》由厥兄遞到厥弟，餘周旋語。

《予昔作竹枝詞，夜宿歌羅驛，夢李白相見於山間，曰：「予被謫夜郎，於此聞杜鵑，作竹枝詞三疊，世傳之不？」予細憶集中無有，請三誦，乃得之》音節極佳，先生所謂可以絃歌者，此其選矣。

《題蘇若蘭回文錦詩圖》　次句又弄小巧。

《病起荆江亭即事十首》(「翰墨場中老伏波」首)　興會之作。

《次韻中玉水仙花二首》　末二句實有所指,況以水仙花,恰稱窮巷幽姿身分。

《王充道送水仙花五十枝欣然會心爲之作詠》　一經品題,遂登大雅之堂。

《戲贈米元章二首》　山谷七言絶句皆學杜,少學龍標、供奉者,有之,《岳陽樓》、《鄂州南樓》近之矣。

《武昌松風閣》　讀次句,覺「紗窗宿斗牛」猶近牽强。

《次韻文潛》　沈痛語一二敵人千百。

《書磨崖碑後》　此首音節甚佳,而議論未是。

《郭明甫作西齋於潁尾請予賦詩二首》　三四勝張老之發遠矣。

陳三立

【山谷詩題辭】　光緒十九年,方侍余父官湖北提刑,其秋,攜友游黄州諸山,遂過楊惺吾廣文書樓,徧覽所藏金石祕籍,中有日本所得宋槧《黄山谷内外集》,爲任淵、史容註,據稱不獨中國未經見,於日本亦孤行本也。念余與山谷同里閈,余父又嗜山谷詩,嘗憾無精刻,頗欲廣其流傳,顯於世。當是時,廣文意亦良厚以爲然,乃從假至江夏,解梓授刊人。廣文復曰:「吾其任督校。」越七載而工訖。至其淵源識别,略具於廣文昔年所爲跋語云。光緒二十六年二月,義寧陳三立題。(《山谷詩》卷末)

楊守敬

【山谷詩跋】 右《山谷內集詩》二十卷，任淵注，《外集詩》十七卷，史容注，《別集詩》二卷，史溫注。《內集》爲日本古時翻雕宋本今日本亦罕見，前有任淵序、鄱陽許尹序，蓋合陳后山詩注序本也。末有紹定壬辰山谷孫黄埒跋此跋各本皆無之，稱其以蜀本重刊于延平者，又云《甜寂圖》二詩舊亦僅有其目，參考家集，遂成全書。今按第九卷末有此詩，注云任氏舊注元無此詩，但存其目耳，今以楊氏補注增入，而翁本目錄則次于《題伯時畫松》之後，而第九卷亦無此詩。則黄埒所云蜀本有題無詩，驗矣。考明嘉靖全集本有此詩，翁刻缺之而無說，何耶？唯此本所稱楊氏補注，不詳爲何人，宋人著錄皆無之。其《外集》、《別集》，則朝鮮活字本行款稍異，然遇宋帝皆空格，亦原于宋本也。今校第五卷《粲字詩韻》，第七卷《贈張仲謀》詩，翁刻皆有脱文，通校三集注中，翁本誤字不可勝舉。良由覃溪所得是傳鈔本，雖較勝明刊，而與宋本固不可同日語也。黎公使以山谷集宋刻久絶，擬刻入叢書中，會余差滿不果，故公使於叢書敍後深致慊焉。光緒甲申九月，宜都楊守敬記於黄岡學舍。（《山谷詩》卷末）

傅春官

【山谷詩跋】 右山谷詩注《內集》廿卷，爲日本寬永己巳繙宋紹定本見明周宏祖《古書源流考》、《武陵丁氏藏書志》，楊君惺吾稱爲古時，實則寬永己巳，爲明萬曆年間。考吾國藏書家所稱宋刊者三，一爲《類編增廣大全集》五十卷，查聲山、沈茱園、黄蕘圃、汪閬源所遞藏，近已歸入海源閣中，楊氏寶若球璧《楹書隅錄》云：絳雲樓目有之，只廿六卷，已付刼灰，此其全者，世無二本，洵至寶也，外間已不可見；一爲錢氏遵王所稱目錄二版不缺本，愛日精廬所藏者卽此，然止存卷二至卷七六卷，今亦不知流歸何所；一爲葴宋所藏宋季閩中重刊紹興本，近則流入海外矣。烏虖？時際輓近，舊籍之殘缺散失，已可感傷，重以科學日興，古粹日亡，葴宋孤本盡歸外人，每一思及，痛恥孰甚！玆本雖出自繙宋，武陵丁氏已歎爲諸夏所亡丁氏有此本，今亦歸江南圖書館。楊君惺吾得自東京，又得朝鮮活字本《外集》、《別集》莫氏郘亭有宋淳祐閩憲本，《外集》在三本之外，亦殘缺，翁本卽從此出，行款雖不盡同，尚不失宋人面目。陳伯言吏部見而愛之，慨出重資，刻諸鄂中。當時印行無多，其後吏部僑寓白門，攜板自隨，久未付印。今年春，南洋開辦勸業會，余適搜購豫章先賢遺著，賫之陳列，爰商諸伯言吏部，將此板返諸江西，以與此邦人士共相葆護，而所以提倡剞劂之業江西許灣刻書者不下數千百家，與宋、元之麻沙相等，今則日就零替矣，當亦有心人所默許於永永者也。宣統二年八月，江寧傅春官識於南昌勸業道署。（《山谷詩》卷末）

沈曾植

【歐詞好用㪺字】　歐公詞好用㪺字，《漁家傲》之「花氣酒香相㪺釀」、「蓮子與人長㪺類」、「誰㪺惹」皆是也。山谷亦好用此字。（《菌閣瑣談》）（《海日樓札叢》卷七）

【山谷俗語】　山谷《步蟾宮》詞：「蟲兒眞個惡靈利，惱亂得道人眼起俊。」起俊，俗語也。《樂章集·征

部樂》：「但願蟲蟲心下，把人看待，長似初相識。」直以蟲蟲作人人卿卿用，更奇。《菌閣瑣談》（同上）

【二安】 易安跌宕昭彰，氣調極類少游，刻摯且兼山谷。《菌閣瑣談》（同上）

【沈天羽論詞語】 鄒程村極稱沈天羽意致相詭言語妙天下之語，謂爲詩餘別開生面。此兩語固可與賀黄公險麗二字相發，然在宋人詞中，山谷開其端，稼軒極其趣，白石亦染指焉。《菌閣瑣談》（同上）

【山谷正集跋】 此爲莆田方子及改編重刻本。義例三頁，自述改編之意，屢稱建炎本。不知當時眞見洪玉父本耶？意摭他書所稱，發意改訂耶？光啓堂本依此重刻，流通甚廣。然既删取去義例，又不刻方序而刻徐序，若以方沆本冒徐岱本者。自此《山谷集》舊本改編本源流沿革，涇渭不分矣。方氏獨刻正集，歲在癸卯，爲萬曆三十一年。越十一年甲寅，滇南李友梅知寧州，復刻外集、别集。乾隆乙酉祠堂刻本所稱萬曆重刻三集者也。而祠堂本於方本復有改定，見緝香堂凡例中。甲寅小寒節後二日，李鄉農記。（《海日樓題跋》卷一）

【山谷别集跋二篇】 黄集嘉靖黑口本，收藏家重價收取，非復寒儒所能窺見。萬曆本雖經方沆移動，然三集具存，兼有年譜，雖爲祠堂本祖，勝祠堂本多矣。海日樓藏方刻正集初印本，近復得此李友梅續刻别集，尚闕外集，衰年餘願，庶幾遇之。

年譜原本三十卷，陳氏併爲十四卷。又言「此直詩文目耳，欲取故實叢者，係以年月，别爲一綱」云云。則改編之議，實始陳氏。乾隆中緝香堂刻本，徐名世别爲年譜，猶陳氏意也。自是以後，子耕之譜，遂不行於世。而黄集洪、李異同，諸本編次，無可據以資考證。余每惜之。然陳氏雖約併卷數，文字尚無刪減，此爲年譜最後刻本，著錄家亦不多見。後之讀者，毋以其板刻之劣棄之。戊午伏日，巽齋。

（同上）

【宋刻山谷外集跋三篇】此《山谷外集》史注，屬菊生代購。書賈居奇，以九十元得之。與六十元之《精華錄》，皆海日樓奢侈品已。菊生以其宋諱闕筆，神廟哲廟等皆空格提行，疑爲宋本。余以九行十九字與張元禎本行款同，仍爲弘治本，藏書家所稱明初本者耳。旋借得王西莊先生所藏影抄弘治本，前張序、後楊廉序俱全。先生以硃筆用宋本校過者，彼此對勘，乃知此爲弘治祖刻，彼行款字數幅徑，與此均同，甚至別字壞字，亦相沿襲，而筆畫之間，更增譌舛，翻雕痕迹顯然。凡張元禎敍刻山谷書，若《大全集》，若《刀筆》，工皆不精，但其不改宋本面目爲可貴耳。卷五《和東坡粲字韻詩》，彼闕八行，此本亦闕。而卷八《泊大雷》詩注，老杜老困撥五字，《石牛谿旁大石》詩注，題詩石上一行十四字，卷十四《詠清水巖》詩注之文出山一行十九字，張本皆空闕，西莊據宋本補之者，此固完然與宋本同。而《粲字韻詩》闕文，此本所無，西莊所據宋本亦無從補，然則此本與張本異，乃與西莊所稱宋本同。菊生所見，固與前人闇合。第余終覺其字體鐫工，與天水末葉不類，姑記此疑，以待他證。甲寅七月，姚埭老民記於滬上寓廬。

莫氏《經眼錄》一：「《山谷外集》，宋淳祐中閩憲司刊本。半葉九行，行大小均十九字，烏程蔣氏瑞松堂所藏。同治丙寅秋，在滬假讀於海珊，遂留行篋中。戊辰暮春，來吳門書局，始取校嘉靖刊全本，資是正不少。其中間先後脫五頁，皆已鈔補，按之非史氏原文，乃昔藏者意綴。依謝蘊山刊翁覃溪校三注本別鈔易之。翁本第五卷《和子瞻粲字韻詩》闕注者數行，此本此數行適空木未刊，知翁本卽從此本出也。」

莫氏所藏，今歸南潯劉氏，去月假以相校，與此政同。印刷墨色，似尙在此後也。（同上）

【宋刻山谷黄先生大全詩注跋】《百宋一廛賦》：「異三捲於《豫章》。」注：「任淵《山谷黄先生大全詩注》，每半葉十一行，每行大廿字，小廿四字。」蓋千里所見卽此本。特黄氏所藏，僅存卷一至八，非完帙耳。翁刻山谷詩，未見宋本。近代收藏家亦尠著錄。陳氏覆刻大字本，亦明槧，非原宋槧。準是以談，此刻寶貴可知也。庚戌九月晦日，書於禾郡新居之鼂采閣，遜齋居士。（同上）

【嘉靖本山谷集跋二篇】此《藝風藏書記》著錄本也。壬子春，余從假讀，乃遂見歸。報以百元，可以倍稱。先是筱珊於都肆見一本，酬以百金不可得，則此已爲貶價矣。退聽堂中香火因緣，誼固有不容已者。而旅橐空虛，爲之躊躇累日。遜齋記。

戊午小寒食日，用宋大字本粗校一過，僅及雜文。老眼闇鈍，極吃力，不能及詩矣。據《黄氏日抄》所評錄，正集、外集、別集、書簡，次敍先後，並與此同。而此正集又與宋大字全同。是知宋世通行《山谷集》，此爲正本。昭文張氏所收《類編大全集》，乃閩書坊本耳。又按：《直齋書錄解題》所錄山谷集、外集、別集，正與此同，而稱爲江西詩派本。別集乃慶元中黄汝嘉增刻。今觀此刻，行款頗與韓、晁二集相近，得非卽詩派本耶？（同上）

【元刻山谷刀筆跋】山谷簡牘，其後人收輯獨多，《大全集》既有簡尺二卷，而別集二十卷，書簡乃居其

八卷。據黄子耕《年譜序》，稱悉收豫章文集、外集、别集、尺牘、遺文、家藏舊稿云。(同上)

【豫章先生遺文跋二篇】《鐵琴銅劍樓書目》，有影宋鈔《豫章先生遺文》十二卷，卷第篇數，與此一同。惟此每半葉九行，行十八字，彼半葉八行，行十五字，爲不同。蓋宋世有兩刻也。彼本嘉定戊辰曾孫銖後序，謂今所傳《豫章文集》多遺闕，持節東蜀，訪之耆耋，得諸黔、僰間，凡若干紙，别而爲二，曰《遺文》，曰《刀筆》。則當時與《刀筆》合刻者也。植按：黄㽦編别集，固以銖爲藍本矣。《直齋解題》以《毁璧》、《承天塔記》、《黄給事行狀》皆爲子耕所增。今《塔記》、《行狀》皆在卷中，疑直齋未見此也。費衮《梁谿漫志》：「頃從維揚新刻《山谷遺文》中，得《宜州家乘》讀之」云云。是《遺文》即揚州刻本也。

淳熙本正集，每葉行數字數，正與此同，板口尺寸亦合；惟卷中題目，此低三格，彼低四格，行款略不同耳。頗疑此嘗與彼同刻，或揚本正集覆淳熙，《遺文》覆嘉定乎？(同上)

補編

一　宋代

王安石

【跋黄魯直畫】　江南黄鴾飛滿野，徐熙畫此何爲者。百年幅紙無所直，公每玩之常在把。（《臨安先生文集》卷三）

蘇　轍

【黄庭堅著作佐郎（西掖告詞）】　敕具官某：左右史記言動之詳，而宰臣紀時政之要，以授東觀，會而成書，然後善惡之實，後世得以考焉。苟非其人，何以取信。爾孝弟之美，著於閨門；文史之功，稱於友朋。昔張衡、崔駰、張華、束晳，皆以才行，久於此官。朕既思見古人，爾尚追配前烈。（《欒城集》卷二十八）

陳師道

【答秦觀書】　師道啓：辱書諭以志行，事賢士大夫、友良士，斯至矣，復有意於不肖，何也？再惠詩，雍雍有家法，誦之數日不休，固爲足下賀，不圖過意責以師教，闕然無以爲報，有媿而已。夫百金之貨，不陳於市，走原逐鹿，政者不試也。世固有之，足下所謂彥士名大夫是也，從之當得所欲，乃以責僕，則過矣。又惟足下博問而擇，亦以見及，敢不略陳其愚。僕於詩初無師法，然少好之，老而不厭，數以千計，及一見黄豫章，盡焚其稿而學焉。豫章以謂譬之奕焉，弟子高師一著，僅能及之，爭先則後矣。僕之詩，豫章之詩也。豫章之學博矣，而得法於杜少陵，其學少陵而不爲者也。故其詩近之，而其進則未已也。故僕嘗謂豫章之詩如其人，近不可親，遠不可疏，非其好莫聞其聲，而僕負戴道上，人得易之，故談者謂僕詩過於豫章。足下觀之，則僕之所有，從可知矣，何以教足下。雖然，僕所聞於豫章，願言其詳，豫章不以語僕，僕亦不能爲足下道也。而足下歉然欲受僕之言，其何求之下耶？昔者能仁以華示其徒，而飲光笑之，能仁曰：「吾道付是子矣。」其授受乃如此，雖大可以喻小，子其懋焉。吾將賀子之一笑也。師道再拜。（《後山先生集》卷十四）

蘇、黄兩公皆善書，皆不能懸手。逸少非好鵝，效其宛頸爾，正謂懸手轉腕，而蘇公論書，以手抵案，使腕不動爲法，此其異也。（《後山談叢》卷二）

【漁家傲從叔父乞蘇州濕紅牋】　一舸姑蘇風雨疾，吳牋滿載紅猶濕，色門朝花光觸日。人未識，街南小阮

應先得。青入柳條初著色，溪梅已露春消息，擬作新詞酬帝力。輕落筆，黄秦去後無強敵。（《後山先生集》卷二十四）

張　耒

【次韻魯直夏日齋中】文章慚骫骳，談舌罷雋永。年來屏百事，但願兩耳靜。黄公安禪室，不覺在市井。客來飽清風，可是徒造請。犧尊與社櫟，妄計幸不幸。願君妙觀察，金門等雲嶺。（《柯山集》卷六）

高　荷

【答山谷先生】四篇詩得褭啼金，妙旨初臨法語尋。要我盡除兒子氣，知公全用老婆心。平章許事眞難可，付囑斯文豈易任。感激面東垂涕泗，高山從此少知音。（方回《瀛奎律髓》卷四十二寄贈類引）

李　彭

【讀山谷文】折玉摧蘭事竟空，貯雲含霧思無窮。仙階忽列通明觀，人世猶稱太史公。絳帳老生悲籍湜，傳燈嫡子有徐洪。以那爲首聊披拂，三絶韋編對晚風。（《錦繡萬花谷》前集卷二十六哀挽門引）

徐俯

臣嘗讀晉史，見嵇康龍章鳳姿，天質自然，而爲司馬昭所忌而殺之。黄庭堅文章妙天下，孝友繼古人，而爲蔡京、趙挺之之徒擯逐以死，其文章翰墨，乃得備於乙覽，其人乃不幸，不得出於聖時，以備獻納論思之列。如臣愚不肖，乃得親望穆穆之光，獲觀内府之秘文，可以重歎二臣之不遇也。臣俯昧死謹書。（黄庭堅《豫章先生遺文》卷九《書嵇叔夜詩與姪榎》後附）

惠洪

【黄魯直南遷艤舟碧湘門外半月未遊湘西作此招之】江夏無雙果無雙，子雲賦工未必爾。那知一飯在家僧，眞是潛山癩居士。春湖白鷗未入手，衣冠林中作蟬蜕。平生俯視造物兒，兒頑不省猶相戲。羅浮舊游今再游，一念去來開眼睡。泊舟隔岸望湘山，應愛煙霏浮幕翠。快當著屐上千巖，要看松風迎笑齒。公雖妍蚩付一目，定自胸中有涇渭。我非破頭山下人，聞絃賞音亦風味。知君不傳西土衣，一龍一蛇聊玩世。（《石門文字禪》卷二）

【余過山谷時方睡覺且以所夢告余命賦詩因擬長吉作春夢謠】芭蕉莫寒心欲折，密燭華光清夜白。春風吹夢正扶搖，□高墮落銀蟾穴。青鸞睡穩雲委地，桂葉初齊香不□。千門萬戶金碧開，時時忽見如花妾。心淸別殿聞□□，覺來殷枕哀怨聲。月廊花影無人問，金鴨香消風□□。（同上卷四）

【雪夜讀涪翁所作愛之因懷其人和韻奉寄超然】 溪雨初收岸草微，柳絲堪入綠羅機。望中情遠恨煙樹，何處暖多嫌衲衣。却信眞人還有夢，豈關禪子未忘機。春風痛與傳消息，教憶舊山新翠歸。(同上卷十)

【跋山谷所遺靈源書】 熙寧、元豐之間，西安出二偉人：徐德占一旦興草萊，與人主論天下事，若素宦於朝，黄魯直氣摩雲霄，與蘇東坡並馳而爭先。二公皆名震天下，聖世第一等人也。而詩詞所寓，翰墨之妙，拳拳服膺於靈源大士如此，則知彼上人者，必有大過人者耳。一以達摩正諦不斷，才一縷爲憂，一以願得一雲門爲言，豈非念其所負不可以蹤蹟者耶？高安道人誼叟久從之游，蓄此書，出以示予，予祝之使藏名山，庶百千年之下知江南道德所在，未全寂寥也。(同上卷二十七)

【跋山谷筆蹟】 山谷爲予言，自出峽見少年時書，便自厭。此帖在龍舒時作，自然有一種勝氣，未易與俗人言也，當有賞音耳。(同上)

【跋行草墨梅(節錄)】 山谷醉眼蓋九州，而神於草聖，華光道價重叢林，而以筆墨作佛事。(同上)

【跋橘洲圖山谷題詩】 予棲遲橘洲斷岸甚久，別來無夕不在夢，偶開軸見之，如倚法華臺引鏡也。讀山谷語，如幅巾相從道林路時。(同上)

【跋山谷五觀】 舒王在鍾山，多與禪者游。王以宗乘關捷問之，莫不瞠若，若以膚淺問之，莫不聽瑩，於是大訝其寡聞。嘗問一僧五觀法，使誦之，往往不能句者。嗚呼，非施法之過，學者亦罪焉，以其不能從師授也。山谷冠冕道德偉俊，聳于縉紳，宜其倚花叫飲，高追晉、宋風流之游。方其窮約，乃知跏趺而食，又作觀法，非直己好之，且欲移於天下，其信道爲法之勤，可謂透脱情境者耳。逢原畜此疾，欲以示學者，庶幾其有能動心者耳。（同上）

【跋黔安書】王家父子翰墨流落後世不少，而所見皆弔喪問病之帖，豈其得意之書已爲當時賢士大夫所藏，世不得而見之耶？弼上人處見黔安青石牛帖，皆與村落故人語，然其傲睨萬物之意不沒，更百年後，斯帖當亦貴耳。（同上）

【跋山谷字】山谷初自鄂渚舟至長沙，時秦處度、范元寔皆在。予自三井往從之。道人、儒士數輩日相隨，穿聚落，游叢林，路人聚觀，以爲異人。今餘二十年，予再游長沙，山林間往往見其筆札。此帖此簡前嘗見之。宣和二年秋八月至法輪，竦上人出以爲示，玩之不忍置。魯女有遺荆釵而泣者，路人笑之曰：「以荆爲釵易辦，女乃泣何也？」女以手掠髮曰：「非以其難致也，以其故舊耳。」予所以玩之者，實鍾魯女泣荆之情。（同上）

【跋與法鏡帖】山谷作黄龍書時，與予同在長沙碧湘門外舟中。今餘年，佛鑑出此以示予。曇諦見前身麈尾，山谷醉中仙去，此帖墮空之垢被也。（同上）

【跋山谷筆古德二偈】此兩詩唐智閑禪師所作也。世口膾炙之久矣，而莫知主名，豈山谷未敢必誰所作耶？覺思示山谷在華光時筆。此翁以筆墨爲佛事，處處稱贊般若，於敎門非無力者也。今成千古，爲之流涕書之。（同上）

【跋山谷雲菴贊】雲菴住廬山時，山谷過焉，相與游鸞溪，坐大石上，擘窠留題，其法喜之游，如黄檗裴公，乃作此贊。後二十餘年得於衡陽毛氏之家，持以還長沙。開法長老覺慈，實其的孫，時年二十三歲，卽以付之。臨濟正脈，使流通不斷，乃無所媿，此贊其敬之哉。宣和五年中秋前一日題。（同上）

【跋東坡山谷墨蹟】予自南來，流落山水，久不見偉人，便覺胸次勃土可掃。宣和二年冬，涌師於湘西古寺中出以爲示，如見蘇、黄連璧下馬氣如吐霓也。（同上）

【跋四君子帖】秦少游舌頭無骨，王定國察見淵魚，山谷口業猶在道鄉，習氣不除，華光不語如雷。（同上）

【江左體】《題省中院壁》……《卜居》……《巴嶺答杜二見憶》……。前二詩杜子美作，後一詩嚴武作，皆於引韻更失粘，既失粘，則若不拘聲律。然其對偶特精到，謂之骨含蘇李體。黄魯直作《落星寺》詩，迺是法之，曰：「星官遊空何時落，著地亦化爲寶坊。詩人晝吟山入座，醉客夜愕江撼床。蜂房各自開戶牖，蟻穴或夢封侯王。不知青雲梯幾級，更杜瘦藤尋上方。」（《天厨禁臠》卷上）

【賦題法】「若不得流水，還應過別山」者，題野燒也。「嚴霜百草白，深院一株青」者，題小松也。前人以爲工，但是題其意爾，非能狀其體態也。如子美題雨，則曰：「紫崖奔處黑，白鳥去邊明。」樂天賦琵琶，則曰：「銀缾忽破水漿迸，鐵騎突出刀鎗鳴。」又曰：「四絃一聲如裂帛。」此皆能曲盡萬物之情狀，若雨若音聲，其不可把玩如石火電光，而人之才力能攬取之。然此但得其情狀，非能寫其不傳之妙哉。如山谷《題蘆鴈圖》，則妙絶，曰：「惠崇煙雨歸鴈，坐我瀟湘庭。欲喚扁舟歸去，傍人謂是丹青。」（同上卷中）

【用事補綴法】《南華會蘇伯固》。《猩猩筆》。前詩東坡作，後山谷詩。《漢書》，武帝射鴈，得蘇武書，無鴻字，東坡添鴻字，故改春草池塘爲芳春池塘。阮孚言人生能著幾量屐，魯直以下句非全句，故改人生爲平生也。若以春草對上林，以人生對身後，固不佳哉。特以生不易動，則對非的偶爾。（同上）

【古意句法】「君爲女蘿草，妾作兎絲花。……」此李白作，寄情於君臣朋友之際，必託二物以比況，漢蘇、李已來作者多如此，山谷作上東坡曰：「江梅有佳實，託根桃李場。……」又曰：「青松出磵壑，十里聞風聲。……」（同上）

彭　乘

華亭船子和尚有偈曰：「千尺絲綸直下垂，一波纔動萬波隨。夜静水寒魚不食，滿船空載月明歸。」叢林盛傳，想見其爲人。山谷倚曲音歌成長短句曰：「一波纔動萬波隨，簑笠一鉤絲。金鱗正在深深處，千尺也須垂。吞又吐，信還疑，上鉤遲。水寒江静，滿目青山載月歸。」（《墨客揮犀》卷七）

吕本中

范元實嘗謂黄魯直禪學於祖母仙源君，曰，魯直參禪別高於常人，仙源君言如汝所言，除是有兩箇佛也。（《東萊吕紫微師友雜志》）

尹彦明在經筵，嘗從容説：「黄魯直如此做詩，不知要何用？」（同上）

【與曾吉甫論詩帖(節録)】楚詞、杜、黄,固法度所在,然不若徧考精取,悉爲吾用,則姿態横出,不窘一律矣。……近世次韻之妙,無出蘇、黄,雖失古人唱酬之本意,然用韻之工,使事之精,有不可及者。(何谿汶《竹莊詩話》卷一引)

闕　名

晏叔原工小詞,如「舞低楊柳樓心月,歌盡桃花扇底風」,不愧六朝宫掖體。荆公小詞云:「揉藍一水縈花草,寂寞小橋千嶂抱,人不到,柴門自有清風掃。」略無塵土思。山谷小詞云:「春未透,花枝瘦,正是愁時候。」極爲學者所稱賞。秦湛處度嘗有小詞云:「春透水波明,寒峭花枝瘦。」蓋法山谷也。(《雪浪齋日記》,胡仔《苕溪漁隱叢話》前集卷五十九)

【荆公山谷】:荆公小詞云:「平岸小橋千嶂抱,揉藍一水縈花草。茅屋數間窗窈窕,人不到,柴門自有清風掃。」略無塵土思。山谷小詞云:「春未透,花枝瘦,正是愁時候。」極爲學者所稱賞。秦湛嘗有小詞云:「春透水波明,寒峭花枝瘦。」蓋法山谷也。(同上,魏慶之《詩人玉屑》卷二十一)

曾　幾

【寓居有招客者戲成】蓬蒿小院立秋天,秃鬢凄風雨颯然。丈室何人問摩詰,後堂無地著彭宣。牀頭白酒新浮甕,案上黄詩屢絶編。不厭寒家淡生活,書窗期與子周旋。(《茶山集》卷五)

陳子高

【奉題董端明漁父醉鄉燒香圖十六首——漁父七首（錄一首）】雷澤田漁翊聖明，射蛟南幸見升平。稍分天漢昭回象，更和江湖欸乃聲。上駐蹕會稽，因覽黄庭堅所書張志和漁父詞十五首，戲同其韻。（《聲畫集》卷八引）

胡仔

苕溪漁隱曰：古今聽琴阮琵琶箏瑟諸詩，皆欲寫其音聲節奏，類以景物故實狀之，大率一律，初無中的句，互可移用，是豈眞知音者，但其造語藻麗爲可喜耳。……「春天百鳥語撩亂，風蕩楊花無畔岸。微露愁猿抱山木，玄冬孤鴻度雲漢。斧斤丁丁空谷樵，幽泉落澗夜蕭蕭。十二峯前巫峽雨，七八月後錢塘潮。孝子流離在中野，羈臣歸來哭亡社。空牀思婦感蟰蛸，暮年遺老依桑柘。」此魯直聽琴詩也。「寒蟲催織月籠秋，獨雁叫羣天拍水。楚國羈臣放十年，漢宫佳人嫁千里。深閨洞房語恩怨，紫燕黄鸝韻桃李。楚狂行歌驚市人，漁父拏舟在葭葦。」此魯直聽摘阮詩也。……（《苕溪漁隱叢話》前集卷十六）

王直方《詩話》云：「洪龜父言山谷於退之詩，少所許可，最愛《南溪始泛》，以爲有詩人句律之深意。」《呂氏童蒙訓》云：「淵明、退之詩，句法分明，卓然異衆。惟魯直爲能深識之。學者若能識此等語，自然過人。阮嗣宗詩亦然。」苕溪漁隱曰：洪龜父謂山谷於退之詩少所許可。龜父乃魯直之甥，其言有自來矣。若居仁之言，殊未可信也。（同上前集卷十八）

苕溪漁隱曰：余游浯溪，讀磨崖中興頌，於碑側有山谷所書《欸乃曲》，因以百金買碑本以歸，今錄入叢話。（同上前集卷十九）

苕溪漁隱曰：魯直詩云：「黃花晚節尤可惜，青眼故人殊不來。」與魏公「且看黃花晚節香」，皆於黃花用「晚節」二字。蓋草木正搖落之時，惟黃花獨秀，故可用此二字。（同上前集卷二十七）

苕溪漁隱曰：汪彥章有「千里江山漁笛晚，十年燈火客氈寒」之句，效山谷體也。余亦嘗效此體作一聯云：「釣艇江湖千里夢，客氈風雪十年寒。」（同上前集卷四十七）

苕溪漁隱曰：「老色日上面，懽悰日去心，今既不如昔，後當不如今」，乃白樂天《東城尋春詩》也。「輕紗一幅巾，小簟六尺牀，無客盡日靜，有風終夜涼」，亦白樂天《竹窗詩》也。二詩既非魯直所作，《冷齋》何爲妄有「學道閑暇」之語？（同上前集卷四十八）

苕溪漁隱曰：荆公詩：「祇向貧家促機杼，幾家能有一鉤絲。」山谷詩云：「莫作秋蟲促機杼，貧家能有幾鉤絲。」荆公又有「小立佇幽香」之句，山谷亦有「小立近幽香」之句，語意全然相類。二公豈竊詩者，王直方云當是暗合，亶其然乎？（同上）

苕溪漁隱曰：東坡云：「茶筍盡禪味，松杉眞法香。」山谷云：「魚游悟世網，鳥語入禪味。」文潛云：「鳥語演實相，飯香悟眞空。」此三聯語意相類，然山谷一聯最爲優。（同上前集卷五十一）

苕溪漁隱曰：太白云：「解道澄江靜如練，令人還憶謝玄暉。」至魯直則云：「憑誰說與謝玄暉，休道澄江靜如練。」王文海云：「鳥鳴山更幽。」至介甫則云：「茅簷相對坐終日，一鳥不鳴山更幽。」皆反其

意而用之，蓋不欲沿襲之耳。（同上後集卷四）

苕溪漁隱曰：《豫章先生傳》，載在《豫章外集》後，不知何人所作，初無姓名。（同上後集卷八）

苕溪漁隱曰：山谷《題浩然畫像》詩，平生出處事迹，悉能道盡，乃詩中傳也。（同上後集卷九）

《復齋漫錄》曰：「晏元獻赴杭州，道過維揚，憩大明寺，瞑目徐行，使侍史讀壁間詩板，戒其勿言爵里姓氏，終篇者無幾。……山谷南遷，還至南華竹軒，亦令侍史誦詩板。……」苕溪漁隱曰：《昭陵諸臣傳》，元獻不曾知杭州，《復齋》乃云元獻赴杭州，道過維揚；《豫章先生傳》，山谷崇寧四年卒於宜州，《復齋》乃云「山谷南遷，還至南華」。南華自在廣州，亦非宜州路。所紀皆誤也。（同上後集卷二十）

苕溪漁隱曰：魯直雪詩：「試尋高處望雙闕，佳氣葱葱寒妥貼。」洪覺範雪詩：「一川秀色浩淩亂，萬樹無聲寒妥貼。」二詩當以覺範爲優，句意俱工。（同上後集卷二十三）

《復齋漫錄》云：「山谷謫涪州別駕，因自號涪翁。按《益部耆舊傳》：『廣陵有老翁，釣於涪水，自號涪翁。』然則涪翁之稱，古有之矣。」苕溪漁隱曰：《後漢逸民傳》云：「初父老不知何出，常漁釣於涪水，人因號涪翁。」《復齋》不取於此，乃取《益部耆舊傳》，以爲異書邪？（同上後集卷三十一）

苕溪漁隱曰：魯直以雙井茶送孔常父，常父答詩，有「煎點徑須煩綠珠」之句，因戲答云：「知公家亦闕掃除，但有文君對相如，政當爲公乞如願，作書遠寄宮亭湖。」《錄異傳》云：「廬陵歐陽明，道彭蠡，以船中所有投湖中，云以爲禮。積數年復過，有數吏來候明云：青洪君相邀。且曰：感公有禮，且厚遺公，願勿取，獨求如願耳。明既見，遂求如願。如願者，青洪君婢也。明將歸，所願輒得，數年大

富。」(同上)

《復齋漫錄》云:「唐吳子華詩云:『暖漾魚遺子,晴遊鹿引麛。』乃悟山谷詩『河天月暈魚分子,槲葉風微鹿養麛』所自。」苕溪漁隱曰:山谷此詩,乃是「河天月暈魚分子,槲葉風微鹿養茸。」非麛字韻,《復齋》誤矣。(同上後集卷三十二)

《復齋漫錄》云:「豫章嘗自贊其眞云:『似僧有髮,似俗無塵,作夢中夢,見身外身。』蓋亦取詩僧淡白寫眞詩耳。淡白云:『已覺夢中夢,還同身外身,堪歎余兼爾,俱爲未了人。』」苕溪漁隱曰:山谷以今時人形入詩句,蓋取法於少陵,少陵詩云:「不見高人王右丞,藍田丘壑蔓寒藤。」又云「復憶襄陽孟浩然,清詩句句盡堪傳」之類是也。故山谷云:「司馬丞相驟登庸,詔用元老超羣公。」又云「閉門覓句陳無已,對客揮毫秦少游」之類是也。(同上)

苕溪漁隱曰:無己稱:「今代詞手,惟秦七、黄九耳,唐諸人不迨也。」無咎稱:「魯直詞不是當家語,自是着腔子唱好詩。」二公在當時品題不同如此。自今觀之,魯直詞亦有佳者,第無多首耳。少游詞雖婉美,然格力失之弱。二公之言,殊過譽也。(同上後集卷三十三)

《太平廣記》云:「綠珠井在白州雙角山下。昔梁氏之女有容貌,石季倫爲交趾採珠使,以眞珠三斛買之。梁氏之居,舊井存焉。耆老云,汲飮此井者,誕女必多美。里閭以美色無益於時,遂以巨石塡之。」苕溪漁隱曰:山谷詩云:「欲買娉婷供煮茗,我無一斛明月珠。」用此事也。(同上後集卷四十)

苕溪漁隱曰:山谷戲聞善遣侍兒來促詩云:「日遣侍兒來報嘉,草鞋十里踏堤沙。鳩盤茶樣施丹粉,

只欠一枝蒿苣花。」其醜陋可想，山谷亦善戲也。（同上）

張　戒

歐陽公詩學退之，又學李太白。王介甫詩，山谷以爲學王謝。蘇子瞻學劉夢得，學白樂天、太白，晚而學淵明。魯直自言學子美。人才高下，固有分限，然亦在所習不可不謹。其始也學之，其終也豈能過之，屋下架屋，愈見其小。後有作者出，必欲與李、杜爭衡，當復從漢、魏詩中出爾。（《歲寒堂詩話》卷上）

元微之《戲贈韓舍人》云：「玉磬聲聲徹，金鈴箇箇圓。高疎明月下，細膩早春前。」此律詩法也。五言律詩，若無甚難者。然國朝以來，惟東坡最工，山谷晚年乃工。山谷嘗云要須唐律中作活計，乃可言詩。雖山谷集中，亦不過「白雲宴亭集」十韻耳。（同上）

往在柏臺，鄭亨仲、方公美誦張文潛《中興碑詩》，戒曰：「此弄影戲語耳。」二公駭笑，問其故，戒曰：「『郭公凜凜英雄才，金戈鐵馬從西來。舉旗爲風偃爲雨，灑掃九廟無塵埃』，豈非弄影戲乎？『水部胸中星斗文，太師筆下蛟龍字』，亦小兒語耳。如魯直詩，始可言詩也。」二公以爲然。（同上）

孔子曰：「詩三百，一言以蔽之，曰思無邪。」世儒解釋，終不了。余嘗觀古今詩人，然後知斯言良有以也。《詩序》有云：「詩者，志之所之也。在心爲志，發言爲詩。情動於中，而形於言。」其正少，其邪多。孔子刪詩，取其思無邪者而已。自建安七子、六朝、有唐及近世諸人，思無邪者，惟陶淵明、杜子美耳，餘皆不免落邪思也。六朝顔、鮑、徐、庾，唐李義山，國朝黄魯直，乃邪思之尤者。魯直雖不多說婦人，然其韻度矜持，冶容太甚，讀之足以蕩人心魄，此正所謂邪思也。魯直專學子美，然子美詩讀之使人凛然興起，肅然生敬，《詩序》所謂「經夫婦，成孝敬，厚人倫，美敎化，移風俗」者也，豈可與魯直詩同年而語耶？（同上）

吳曾

【句讀無音】前輩言韓退之書「沈潛乎訓義，反覆乎句讀」，讀不音獨，徒鬥反。殊不知山谷《次韻黄冕仲木字韻》詩云「變名溷甲乙，謄寫失句讀」，止作獨音也。然馬融《笛賦》云：「觀法於節奏，察度於句投。」投音徒鬥反。注言「句猶章句之句」。然則豈兩字既異，而義亦別耶？何休《公羊傳序》亦云：「失其句讀。」無音。——（《能改齋漫錄》卷一《辨誤》）

【使君乃節度使之使】古樂府羅敷詩：「使君從南來，五馬立蜘蹰。」使如節度使、觀察使之使，非使令之使也。《本草》：「使君子。潘州郭使君療小兒，多用此物，醫家因號爲使君子。」猶言太守子也。山谷《題餘干縣令吳可權白雲亭》詩云：「寄語吳令君，但遣糟牀注。」令君亦使君之意耳。錢穆父有藥名詩云：「一來亦甘草草別，疏薄無使君子疑。」是以使君爲使令之使也。山谷藥名詩云：「楊侯濟北使君子。」其用意與錢異。（同上卷三《辨誤》）

【非熊】豫章漁父詩：「范蠡歸來思狡兔，呂翁何意兆非熊。」贈鄭交詩：「高居大士是龍象，草堂丈人非熊羆。」按，《六韜》、《史記》：非龍非彲，非虎非羆。無熊字。恐豫章別有所本。（同上卷五《辨誤》）

【高春下春】《淮南子》：「日經於泉隅，是謂高春。頓於連石連音爛，是謂下春。」乃悟梁元帝《游後園》詩：「暮春多淑氣，斜景落高春。」又《納涼》詩：「高春斜日下，佳氣滿欄楹。」唐薛能詩：「隔溪遙見夕陽春。」然山谷《夢伯兄》詩云：「相攜猶聽隔溪春。」此豈誤也哉？（同上卷六《事實》）

【書畫賤肥貴瘦】山谷《次韻和子由觀韓幹馬因論伯時畫天馬詩》云：「曹霸天子沙苑丞，喜作肥馬人笑之。李侯論幹獨不爾，妙畫骨相遺毛皮。翰林評書乃如此，賤肥貴瘦人未知。」蓋謂東坡嘗與孫莘老求墨妙亭詩云：「嶧山傳刻典刑在，千載筆法留陽冰。杜陵評書貴瘦硬，此論未公吾不憑。短長肥瘠各有態，玉環飛燕誰敢憎。」意屬此也。（同上）

【坐隱手談】豫章《弈棊》詩：「坐隱不知巖穴樂，手談勝與俗人言。」按《世説》：「王中郎以圍棊是坐隱，支公以圍棊爲手談。」又《語林》曰：「王以圍棊爲手談。在哀制中，祥後，客來，方幅爲會戲。」然唐《杜陽編》云：「大中間，日本國貢玉棊子，云本國南有集眞島，島上有手譚池，池中出棊子。」此又何耶？（同上）

【魚收亥日】豫章《古漁父》詩云：「魚收亥日妻到市，醉臥水痕船信風。」嘗以未知亥日事。讀張籍《江南曲》云：「江村亥日長爲市，落帆度橋來浦裏。」乃知籍亦用此，然尚未知出處。後得館中本李淳風《易鏡》，《占漁獵勝負篇》云：「取魚卦宜二水。」又云：「取魚宜見水忌土。」蓋亥子屬水，乃知「魚收亥日」所自。（同上卷七《事實》）

【鳴蛙鼓吹】黄豫章《薄薄酒》云：「傳呼鼓吹擁部曲，何如春水一池蛙。」余按，僕射王晏嘗鳴鼓吹候

孔穉圭，聞蛙鳴，晏曰：「此殊聒人耳。」穉圭曰：「我聽卿鼓吹，殆不及此。」出齊陽玠《談藪》。（同上）

【博懸於投】　豫章和東坡韻送李豸下第云：「博懸於投不在德。」按班固《弈旨》曰：「博懸于投，不必在行。」裴駰謂：「投，投瓊也。」見《蔡澤傳》。（同上）

【春風自是人間客】　《侯鯖錄》載裕陵喜晏叔原與鄭俠絶句云：「小白長紅又滿枝，築毬場外獨支頤。春風自是人間客，主管繁花得幾時。」然山谷少時有《感春》詩云：「風光不長妍，如客暫時寓。」則晏意山谷已道之矣。（同上卷八《沿襲》）

【醉鄉閑處日月鳥語花間管絃】　蔡絛《西清詩話》云：黄魯直貶宜州，謂其兄元明曰：「庭堅筆老矣，始悟抉章摘句爲難，要當于古人不到處留意，乃能聲出衆上。」元明問其然。曰：「庭堅六言近詩『醉鄉閑處日月，鳥語花間管絃』是也。」此優入詩家藩閫，宜其名世如此。以上皆蔡語。余按，此説出於魯直，是否雖未敢必，然上句本於唐皇甫松「醉鄉日月」發之，下句本於唐崔湜應制詩：「庭際花飛錦繡合，枝間鳥囀管絃同。」（同上）

【春水碧於天】　溫庭筠樂府：「春水碧於天，畫船聽雨眠。」皮日休松陵集詩云：「漢水碧於天，南荆廓然秀。」豫章取以作《演雅》云：「江南野水碧於天，中有白鷗閑似我。」（同上）

【四客各有所長】　子瞻、子由門下客最知名者，黄魯直、張文潛、晁無咎、秦少游，世謂之四學士。……晁無咎詩云：「黄子似淵明，城市亦復眞。陳君有道舉，化行閭井淳。張侯公瑾流，英思春泉新。高才更難及，淮海一秦髯。」當時以東坡爲長公，子由爲少公。陳無己答李端叔云：「蘇公之門，有客四人。黄魯直、秦少游、晁無咎，則長公之客也；張文潛，則少公之客也。」……然四客各有所長，魯直長於詩辭，秦、晁長於議論。魯直與秦少章書曰：「庭堅心醉於詩與楚辭，似若有得。至於議論文字，今日乃當付之少游及晁、張、無己，足下可從此四君子一一問之。」其後張文潛贈李德載詩亦云：「長公波濤萬頃海，少公峭拔千尋麓。黄郎蕭蕭日下鶴，陳子峭峭霜中竹。秦文倩麗若桃李，晁論峥嶸走珠玉。」乃知人才各有所長，雖蘇門不能兼全也。（同上卷十一《記詩》）

【周昉畫美人琴阮圖】　高子勉記龍眠李亮工家藏周昉畫美人琴阮圖，兼有宮禁富貴氣象，旁有竹馬小兒，欲折檻前柳者。亮工官長沙，而黄魯直謫宜州，過見之，歡愛彌日。大書一詩于黄素上曰：「周昉富貴女，衣飾新舊兼。髻重髮根急，薄裝無意添。琴阮相與娱，聽絃不觀手。敷腴竹馬郎，跨馬要折柳。」此畫後歸禁中。鐵馬驚塵，流落何許，而詩亦不傳。（同上）

【豫章休亭賦】　豫章先生《休亭賦》，其卒章曰：「蓋嘗聞伯夷之風，何能問詹生之卜。」洪駒父曰：「晚年刊定云：『是謂不著而筮從，無龜而卜吉』云。」（同上卷十四《記文》）

【陳後山李氏墓銘】　陳後山爲豫章先生銘母夫人李氏墓云：「李四女，有婦行，長爲洪氏婦，其死不幸，校理是以賦毁璧也。」陳之意，蓋敍豫章所作黄夫人碑所謂「毁璧兮隕珠」，此碑政爲洪氏母而作。玉父建炎間爲胡少伋編定豫章詩文，遂削，今洪州印本是已。迄今三十年，所在雕印豫章文，正以玉父所編爲定，而「毁璧」之篇不存。後世將有讀後山之銘不能曉者，今載之曰（略）。（同上）

【子魚通印蠔破山】　山谷送曹子方赴閩漕詩：「子魚通印蠔破山，不但蕉黄荔子丹。」子魚出於興化軍通應廟前，語訛以應爲印。或曰子魚以容印者爲佳，故王荆公詩云：「長魚俎上通三印，新茗齋中試一旗。」則此說容可信也。東坡詩亦云：「通印子魚猶帶骨。」然山谷以蠔而云「破山」，則理不可曉。按《番禺記》云：「蠔之殼，卽藥中之牡蠣也。有高四五尺者，水底見之，如崖岸然，故呼爲山。」今山谷謂之「蠔破山」，豈取蠔肉之謂耶？然韓退之亦云：「蠔相粘如山。」（同上卷十五《方物》）

【山谷愛賀方回青玉案詞】賀方回爲《青玉案》詞，山谷尤愛之，故作小詩以紀其事。及謫宜州，山谷兄元明和以送之云：「千峰百嶂宜州路，天黯淡知人去。曉別吾家黃叔度，弟兄華髮，遠山修水，異日同歸處。長亭飲散尊罍暮，別語纏綿不成句，已斷離腸能幾許？水村山郭，夜闌無寐，聽盡空階雨。」山谷和云：「烟中一線來時路，極目送幽人去。第四陽關雲不度，山胡聲轉，子規言語，正是人愁處。別恨朝朝連暮暮，憶我當年醉時句，渡水穿雲心已許。晚年光景，小軒南浦，簾捲西山雨。」（同上卷十六《樂府》）

【世推重少游醉臥古藤之句】……山谷守當塗日，郭功父嘗寓焉。一日，過山谷論文，山谷傳少游《千秋歲》詞，歎其句意之善，欲和之而「海」字難押。功父連舉數「海」字，若「孔北海」之類，山谷頗厭，而未有以卻之者。次日，又過山谷問焉，山谷答曰：「昨晚偶得一海字韻。」功父問其所以，山谷云：「羞殺人也爺娘海。」自是功父不復論文於山谷矣。蓋山谷用俚語以卻之也。（同上）

【贈楊姝詩詞】豫章先生在當塗，又贈小妓楊姝彈琴送酒，寄《好事近》云：「一弄醒心絃，情在兩山斜疊。彈到古人愁處，有眞珠承睫。使君來去本無心，休淚界紅頰。自恨老人憎酒，負十分金葉。」故

集中有贈彈琴妓楊姝絶句云："千古人心指下傳，楊姝閒處更嬋娟。不知心向誰邊切，彈作南風欲斷絃。"（同上卷十七《樂府》）

【豫章解印作木蘭花令】豫章守當塗，既解印，後一日，一郡中置酒，郭功甫在坐，豫章爲《木蘭花令》一闋示之曰："凌歊臺上青青麥，姑孰堂前餘翰墨。暫分一印管江山，稍爲諸公分皂白。江山依舊雲空碧，昨日主人今日客。誰分賓主强惺惺，問取磯頭新婦石。"其後復竄易前詞曰："翰林本是神仙謫，落帽風流傾坐席。座中還有賞音人，能岸烏紗傾大白。江山依舊雲横碧，昨日主人今日客。誰分賓主强惺惺，問取磯頭新婦石。"（同上）

【歐梅二妓詩】豫章寓荆州，除吏部郎中。再辭，得請守當塗。幾一年，方到官。七日而罷，又數日乃去。其詩云："歐倩腰支柳一渦，大梅催拍小梅歌。舞餘細點梨花雨，奈此當塗風月何。"蓋歐、梅，當塗官妓也。李之儀云："人之幸不幸，歐、梅偶見録於豫章，遂爲不朽之傳，與杜詩黄四娘何異。"（同上）

山谷謫涪州别駕，因自號涪翁。按《益部耆舊傳》："廣陵有老翁，釣於涪水，自號涪翁。"然則涪翁之稱，古有之矣。（《逸文據《苕溪漁隱叢話》後集卷三十一引）

山谷《題子美浣花圖》云："鄰家有酒邀皆去，得意魚鳥來相親。"按《世説》："簡文入華林園曰：『會心處不必在遠。翛然林水，便自有濠濮間趣，覺鳥獸禽魚，自來親人。』"又贈晁無咎詩："鷄蘇胡麻留渴羌，不應亂我官焙香。"按《拾遺記》："晉有羌人姚馥，字世芬，充圂人。每醉中好言王者興亡事，

但言渴於酒。羣輩呼爲渴羌也。」（同上卷三十一引）

諺云：「情人眼裏有西施。」又云：「千里寄鵝毛，物輕人意重。」皆鄙語也。山谷取以爲詩，故答公益春思云：「草茅多奇士，蓬蓽有秀色。西施逐人眼，稱心最爲得。」謝陳適用惠紙云：「千里鵝毛意不輕。」（同上卷三十一引）

山谷《薄薄酒》云：「吾聞食人之肉，可隨以鞭扑之戮；乘人之車，可加以鈇鉞之誅。」按老萊子妻云：「妾聞之，可食以肉酒者，可隨以鞭箠；可授以官祿者，可隨以斧鉞。今先生食人之酒肉，受祿，此皆人之所制也。」（同上卷三十二引）

吳聿

「九原」，《檀弓》一作「九京」，涪翁兩用之，云：「九京喚起杜陵翁。」又云：「百不試，埋九京。」（《觀林詩話》）

秦太虛與花光老求墨梅書云：「僕方此憂患，無以自娛，願師爲我作兩枝見寄，令我得展玩，洗去煩惱，幸甚。」涪翁和吳字韻梅詩云：「夢蝶眞人貌黃槁，籬落逢花曾絶倒。雅聞花光能畫梅，更乞一枝洗煩惱。」謂此也。（同上）

涪翁云：「江南野中有一種小白花，木高數尺，春開極香，野人號爲鄭花。王荆公嘗求此花栽，欲作詩，而陋其名，予請名曰山礬。野人採鄭花葉以染黃，不借礬而成色，故曰山礬。海岸孤絶處補陀落伽山，譯者謂小白山，余疑即此花是也。不然，何以觀音老人端坐而不去也。」此題花光補題二絶句跋。翁作水仙花詩，有「山礬是弟梅是兄」，亦謂此也。（同上）

周必大

【題吉州司戶趙彦法所藏山谷帖】　紹聖元年甲戌夏，山谷得郡武昌，未赴，坐蔡卞奏乞疏問前修神錄詆誣事，改授亳祠，即開封府界。七月至陳留，寓東寺之淨土院，院有深明閣，書此二詩贈表姪李絪武，墨翰燁然照人。時年五十。是臘貶黔州。後百年，當紹熙五年甲寅，八月旦，周某敬觀。（《周益國文忠公集·省齋文稿》卷十八）

【跋黄山谷書唐人詩】　右山谷大書一軸，紹興末外舅御史王公彦光守漢或帥瀘時得之，今將四十年，其孫紹禪攜以相示。昔山谷謫居，多作字以遺蜀人，中興後凡東南士大夫之爲監司郡守者，往往有所獲而歸。歲月既久，遇其良，輒取之，羣無留良焉。《詩》不云乎，「尚有典型」。慶元戊午五月十四日。（同上《平園續稿》卷八）

【跋黄魯直帖】　山谷以紹聖元年冬坐史事安置黔南，二年四月至焉。其年三月，朝奉大夫錢塘韋驤字子駿來爲夔路提點刑獄，嘗任主客郎官，故云子駿提刑主客大夫。四年三月，宗正丞張向除本路提舉常平。實山谷之外兄，乞避親嫌，十一月移戎州。五年六月改元元符，方抵貶所。其云從道者，向也。此十帖皆與驤者。是歲九月，驤知亳州，未上，易四明。本名讓，皇祐五年登第後避濮王諱改

焉。臨汀有文集，蓋其孫作守時刻之。慶元庚申二月戊寅書而歸之汪氏。（同上卷九）

【跋山谷與孫端帖】元豐八年七月，孫覺莘老自秘書少監遷諫議大夫。是年四月，山谷以校書郎召，夏秋間到京。所謂子實名端，孫公之子；山谷先娶孫公女，故從俗呼端爲大舅。今集中有次韻寄秦少游並題寄寂齋二詩，卽其人也。嘉泰壬戌三月丙寅，平園老叟周某謹書而歸之皇諸孫仲肅。（同上卷十）

楊萬里

【跋山谷書陸機《文賦》帖】予嘗見前輩言山谷先生爲人書古人詩文，初非檢書，亦非己出，必問求書者曰：「子欲某史某傳乎？某詩某賦乎？」《文選》諸賦，自《三都》、《二京》、《子虛》、《西征》、《江》、《海》之外，《文賦》辭最多，而先生一筆爲晁仲詢瞏民書之，雖未卒章，亦不少矣。今之士引筆未識偏旁，姑無以譙爲也。能不檢書而寫古人詩書字六七十如五六十者有幾？顧曰，筆畫記誦，學之末乎？爾以此帖示之，得覆醬瓿，其榮厚矣。年月日，某跋。（《誠齋集》卷九十九）

【跋蘇黃滑稽錄】此東坡、山谷禮闈中試筆滑稽也。蓋莊周、惠子不幸再相遭者。或問二先生語何經見事？曰，坡、谷聞之憑虛公子，憑虛公子聞之亡是公，亡是公聞之非有先生。（同上）

【跋東坡小楷《心經》】予每見山谷自言學書於東坡，初亦嘸然，恐是下惠之魯男子也；今觀《心經》，乃知波瀾莫二。（同上）

【跋廖仲謙所藏山谷先生爲石周卿書《大戴禮踐阼篇》大公丹書】　文字中喜用古人語，自是山谷一法也。如先生美米、後生爲秕，以貧賤有人易、以富貴有人難之類，此《呂覽》語也。豈盡然哉！而今集中至全載丹書諸銘，與山谷之文相亂。蓋山谷嗜此銘，故每喜爲人士書之耳，此軸其一也。莊周之蝶，不可以告周子之兄，信有是事。淳熙丁未六月十九日。（同上卷一百）

【跋李氏所藏黄太史張右史帖】　右山谷帖二十七紙，張右史帖十七紙，予友人李師心攜以示予。蓋自其從曾祖承議公與二先生還往之尺牘，藏去至師心，今四世，且百有餘歲矣。其紙新，其墨濕，猶昨日物也。藏之久而莫之竊，觀者衆而莫之奪，某守寶有道哉！予於是有感焉。豈惟此帖哉，又有大者焉。使李衞公子孫能守其花木竹石，魏鄭公子孫能守其宅與笏，房、杜子孫能守其門戶，皆如李氏子孫之守此帖，至今存不存也！予於是重有感焉，豈惟數姓之所有哉，又有大者哉！年月日，誠齋野客楊某敬書。（同上）

【跋山谷《踐阼篇》法帖】　予頃丞零陵，嘗於同官張仲良許觀山谷先生小楷《兩都賦》，歎其多而不疲，且愈精也。仲良笑曰：「此未足歎也。子知其落筆時乎？學者每求作字，山谷必問曰：『欲六經何篇？《左氏傳》、太史公、班孟堅書何篇？』它詩文亦然。卽隨所欲，一筆立就，命取架上書閱而校之，不錯一字。蓋張仲丞口誦、山谷筆誦也。」西昌彭孝求好古博雅，示予《踐阼篇》，因志所聞于後。予嘗見章懷太子注范蔚宗《後漢書》，載武玉衣銘云：「蠶事苦，女工難，得新棄故後必寒。」而此篇無之，豈逸文乎？抑見他書也。則併志之。年月日某書。（同上）

樓鑰

【跋山谷草聖】　草聖可習，無如俗何，以山谷之高勝，晚乃得脱此耳。（《攻媿集》卷七十一）

【跋傅夢良所藏山谷書漁父詩】　「漁家無鄉縣，滿船載稚乳。鞭笞公私急，醉眠聽秋雨。」右山谷之父亞夫詩也。谷之書既刊諸石，此雖僅得三之一，殘圭斷璧，要自可寶。谷嘗有古漁父詩云：「四海租庸人草草，太平長在碧波中。」殆此意耶？（同上卷七十二）

【跋黄氏所藏東坡山谷二張帖（節録）】　黄太史、張右史、張浮休，皆一時人物之英，則潁州之賢可知。太史先自金華徙豫章，潁州之先自蒲城徙宛丘，嘗敍宗盟，故稱從姪。右史爲龍圖友壻，且居于陳，嘗爲潁州作《友于泉記》，故敍鄉曲。浮休又周旋伯仲間。……誦三公之詩，使人興起也。（同上卷七十三）

【跋豫章别集】　一詩，二銘贊頌，三序説，四記律賦箋注《老子》一篇，杜詩六十首，東坡、少游、參寥各賦春日詩十首，參寥第八首云：「梅梢青子大於錢，慚愧春光又一年。亭午無人初破睡，杜鵑聲在柳花邊。」山谷别集書王氏夢錫扇乃是此詩，但首句云「壓枝梅子」，末句云「杜鵑啼在柳梢邊」，豈山谷愛參寥詩，嘗書之扇耶？山谷以《承天院塔記》爲人所訐，遂貶宜州，記文及《毁璧序》皆見此集。（同上）

【跋黄知命帖】　山谷眞蹟，中更禁絶，重以兵燬銷爍，而四方得之者甚衆，則知此老所書未易以千億許。知命但傳詩篇，今始見此帖于子耕許，風度大似伯氏，所謂一不爲少者，尚可想見白衫騎驢搖頭而歌之時。山谷以名太高，一世憂患，卒以謫死；知命雖以躄廢，優游終老，殆伏波家之少游耶。（同上卷七十五）

【跋山谷奇崛帖】山谷草書釣魚船上謝三郎之詞，後有云：「上藍寺燕堂夜半鬼出，助吾作字，故尤奇崛。」吾儕生晚，恨不識山谷上藍何等鬼物，乃得以夜半助奇崛之筆，此鬼正自不凡。（同上卷七十七）

張　嵲

【評魯直詩文】譽者或過其實，毁者或損其眞，皆非眞知魯直者，或有所愛憎而然。大抵魯直文不如詩，詩律不如古，古不如樂府。魯直自以爲出於《詩》與《楚詞》，過矣；蓋規橅漢、魏以下者也，佳處往往與古樂府、《玉臺新詠》中諸人所作合。其古律詩酷學少卿，雄健太過，遂流而少於險怪。要其病在太著意，欲道古今人所未道語，而其文則專學西漢，惜其才力褊局，不能汪洋趦趄，如其紀事立言，頗時有類處。（劉克莊《後村詩話》後集卷二引）

岳　珂

【黄魯直覺民讀書帖】右山谷先生讀書帖眞蹟一卷，張章簡綱等二跋題其後。寶慶丁亥十一月，予在京口得之張氏子，蓋金壇故家。贊曰：學以進乎道，不止于決科也。厭飫優柔，貴精不貴多也。得失奇偶，固未如之何也。指端而言，所以勉其切磋也。三致意于丁寧，式爾心之訛也。因私淑以儆諸後學，又有以見前輩用心之不頗也。(《寶眞齋法書贊》卷十五)

【黄魯直食麵帖】(附袁燮跋：「涪翁書大率豪逸放肆，不純用古人法度，嘗稱杜周有言，三尺法安在哉，前王所是著爲律，後王所是疏爲令。以此論書，而東坡絶倒，雅意主于不俗，有戈戟縱横之狀，不得已焉耳。今觀此帖，乃能收斂以就規矩，本心之所形也，良可寶云。嘉定十四年七月丙子，鄞川袁燮題。」) 右山谷先生食麵帖眞蹟一卷，絜齋袁公燮跋其後。前藏書家四印，後有袁氏二印。寶慶丙戌三月，得之京江。贊曰：山谷書法，本於天才，變而成家，如萬壑崖。骨瘦氣清，霜寒籟哀。故其言曰，法安出哉！我師我心，奚彼之儕。今觀此書，自葉而荄，斂其角圭，以復成才。規矩崛奇，關機闔開。故其跋曰，自本心來。誰其知言，嘻噫絜齋。(同上)

【黄魯直張處士帖】右山谷先生張處士帖眞蹟一卷。筆工而以處士稱，豈唐世宣州諸葛流耶，其必有以得此帖矣。帖得與眞一詩同時。贊曰：唐世稱不擇筆而妍捷者，惟虞與裴。豈以先生翰墨之體，而猶致恨于物材。然而取妍命捷，要必有所自來。世所共詫，以爲不根之奇，是固務實者之所咍也。(同上)

【黄魯直一笑帖】右山谷先生一笑帖眞蹟一卷，慶元庚申，予在姑孰，得此帖於書駔仲宜家，卷端已不全，莫知其爲何帖。有歐陽氏藏書二印。贊曰：帖字三十蹟如濕，弔古其逢驚啜泣。公來姑孰甫翔集，書翰從容豈遑及。此帖之獲雖此邑，時猶可疑蠹雖葺。至寶道傍世收拾，乃以蠧殘棄緗笈。五湖

浪卷四海立，墨風雨中起蛟蟄。（同上）

【黄魯直湯方蔬法帖】右山谷先生湯方蔬法眞蹟一卷。帖舊與雜帖同出御府，中有小璽款縫，而四種方獨殿，故予特表而出之。贊曰：湯以濡唇，蔬以適口。撫蓼腸而自驚，奚龍腦之猶取。予方筍蕨是茹，蘗茶是友，發遺帖而一笑，正恐楊妃之百驛，未足以比庾郎之三韭也。（同上）

【黄魯直蹇驢帖】右山谷先生蹇驢帖眞蹟一卷。觀帖之語，先生意殆必有謂，惜也其不及聞也。帖與趙清憲帖同得之王氏。贊曰：世固有飾其外而忘其中，被服以爲容，而用之弗充，又奚止一蹇驢哉！予故因遺墨以三省吾身，正恐自墮於黔技之窮，而何暇以誚夫憧憧也。（同上）

【黄魯直煎茶賦帖】右山谷先生《煎茶賦》眞蹟一卷。是賦之書，予嘗見數本，文亦有稍不同者。今字體差清謹，豈先生試筆適意作耶？帖故予舊家物，不知所從來。贊曰：茶雖以藥煎，斯失正味；字託以筆試，斯失正體。以先生而比王定國，抑未知其何似。予賦之尾，與他本異，又莫詳其孰是。要皆知乎識者之議，敬藏以俟。（同上）

【黄魯直眞一酒詩帖】右山谷先生所錄東坡眞一酒詩帖眞蹟一卷。紹定戊子三月，得於高平范氏。有藏書家印六，字體特飄逸，過於平時，蓋得意之蹟云。贊曰：以蜜爲酒，昉於東坡，託詩以傳，百世不磨。然而濁爲賢而清爲醒，泛爲醪而盎爲酇。自古而降，厥名孔多，要皆不以甜稱。惟少陵、昌黎，始有加蜜若飴之歌。豈詩人酸鹹之嗜，大槩略同，予固未辨其趣之如何也。（同上）

【黄魯直詩稾帖】贊曰：句法之奇，日鍊月鍛。鳥輕之過疾詎穩，驢上之推敲未判。長吉之心欲嘔，

彌明之息猶鼾。天巧呈露，風期汗漫。予方遡詩派而未能，所以撫斯卷而三嘆也。（同上）

【黄魯直催繡詞帖】右山谷先生催繡詞帖眞蹟一卷。先生平生語莊，此帖故游戲耳。觀其序晏小山詞，有曰：「余少時間作樂府，使酒玩世。道人法秀獨罪余以筆墨勸淫，於我法中當下犂舌之獄。」其悔雕篆至矣。此豈自放毫楮間，三生結習，猶有未忘者耶？舊出衆帖中，亦別而繫之者。贊曰：詞以寓意，何適非理。游戲翰墨，亦或張弛。此篇所傳，觀蜡之比。衆而不淫，庶幾在此。（同上）

【米元章書山谷大悲憕贊帖】「通身是眼，不見自己；欲見自己，頻撤驢耳。通身是手，不解著鞭；墨牛懶惰，空打車轅。通身是佛，頂戴彌陁；頭上安頭，笑殺涪皤。魯直題徐文信大悲憕贊，見其人，誦其語，眞脫塵埃耳。芾元章。」右寶晉米公書黄山谷大悲憕帖贊眞蹟一卷。公與山谷同時，而景慕之如此。異時求薦之帖，曰「襄陽米某，文在蘇軾、黄庭堅之間」，其竊比之心，亦可見已。……（同上卷二十）

黄　銖

銖齠齓時，先祖訓之曰：「吾七世祖仕南唐爲著作郎，知分寧縣，因家焉。傳三葉，有孫十人，登第者七名，旁皆從水從是者。第四左朝散大夫位也。子四人，長從广從共，中慶曆二年進士第，終大理寺丞，蓋太史之父也。次從广從秉中嘉祐六年進士第，終給事中，太史之叔父也。族廣而散，不可縷數，姑自此列爲二派，鈎牽繩聯其名，從木從火從土從金，又有從雙木雙火者，合而計之，僅啻十百。皆以文學擢儒科，簉朝列。非吾先太史餘澤有以沾丐後人，何以至此。凡殘編斷簡，皆子孫所宜寶藏，但以今所傳豫章文集考之，往往有老師宿儒口所傳授者，尙多遺闕，世以爲惜。頃吾持節東蜀，訪諸耆耋，得之黔僰間凡若干紙，別而爲二，遂刊於梓，詩曰遺文，簡曰刀筆。是時好事者爭欲傳誦，未暇定其舛謬，卽以授工。汝輩他日當求善本以訂正之，成吾志也。」嗚呼！言猶在耳，其忍負之！銖來宰三山，公事之餘，得與二三文士，校勘朱黄，修剔舊板，上以奉承先大父之志，下以傳之子孫，其有未盡，敬以俟之。故特以先訓著於編末，以告來者。嘉定戊辰八月既望，孫通眞郎知信州貴溪縣主管勸農營田公事兼兵馬都監銖謹識。（黄庭堅《豫章先生遺文》附錄）

李　塗

學楚辭者多矣，若黄魯直最得其妙，魯直諸賦，如《休亭賦》、《蘇李畫枯木道士賦》之類。他文愈小者愈工，如《跛奚移文》之類。但作長篇，苦於氣短，又且句句要用事，此其所以不能長江大河也。（《文章精義》）

樂毅《答燕惠王書》、諸葛孔明《出師表》，不必言忠，而讀之者可想見其忠。李令伯《陳情表》，不必言孝，而讀之者可想見其孝。杜子美詩之忠，黄山谷詩之孝，亦然。（同上）

魏慶之

【山谷櫽括醉翁亭記】 歐陽公知滁日，自號醉翁，因以名亭作記。山谷櫽括其詞，合以聲律，作《瑞鶴仙》云：「環滁皆山也，望蔚然深秀，琅琊山也。山行六七里，有翼然泉上，醉翁亭也。翁之樂也，得之心，寓之酒也。更野芳佳木，風高日出，景無窮也。游也，山肴野蔌，酒冽泉香，沸觥籌也。太守醉也，諠譁衆賓歡也。況宴酣之樂，非絲非竹，太守樂其樂也。問當時太守爲誰，醉翁是也。」一記凡數百言，此詞備之矣。山谷其善櫽括如此！（《風雅遺音》，《詩人玉屑》卷二十一）

二 元 代

陶宗儀

黄庭堅，字魯直，號山谷道人，洪州分寧人，官至吏部員外郎。工正楷、行草，楷法姸媚，自成一家，草書尤奇偉。（《書史會要》卷六）

三 明 代

曹 安

黄山谷在場中試「野無遺賢」詩，云：「渭水空藏月，傅岩深鎖烟。」考官批云：「此人不特此詩冠場，他

日當有詩名滿天下。」後山谷果爲江西詩祖。（《讕言長語》）

徐伯齡

【山谷詞】乙巳歲，予再往南蘭陵，思南守永定郡東曹，爲予言：嘗觀宋黄太史山谷墨跡，嘗見一詞，甚爲餘味，而其聲調，則唐張玄眞「西塞山前」《漁歌》也。字既遒勁，而格律冲澹。予因録之，其詞云：「偶然垂餌得長鱏，魚大船輕力不任。隨遠近，共浮沈。萬事從輕不要深。」（《蟫精雋》卷三）

何孟春

黄魯直平生孝友，朱子稱之；秦少游、李方叔曾經東坡論薦，已見非於當時，固朱子所弗取也。（《餘冬敍録》卷二十二《人品》）

何薳《春渚録》云黄山谷前身事。……夫前後身事，昔人記傳非一，近代亦往往不絶聽聞，投胎換舍，脱此而彼，神識不昏，或有所寄。然既鬼而人，不當有二。山谷之事，此有夢焉，告者復誰？一身而有鬼有人，具兩神識，何言無理之甚也。謂山谷刻石涪陵江間，春夏水浸，少摹傳者，其足飾其妄耶？（同上卷二十九《理學》）

王　畿

【擊壤集序(節錄)】予觀晉、魏、唐、宋諸家,如阮步兵、陶靖節、王右丞、韋蘇州、黄山谷、陳後山諸人,述作相望,雖所養不同,要皆有得于靜中沖澹和平之趣,不以外物撓己,故其詩亦足以鳴世。(《龍谿先生全集》卷十三)

倪宗正

【東谿集序(節錄)】宗正謂詩始於《三百篇》,文始於典謨訓誥,後惟杜工部、韓昌黎詩文近古。黄庭堅詩師杜,歐陽永叔文師韓,卒自成家,世稱黄詩、歐陽文也。(《倪小野先生全集》卷一)

鄭善夫

【葉古厓集序(節錄)】唐、宋之間,惟五言近體於杜爲似,蓋亦菀菀然充其性焉耳。杜詩渾涵淵澄,千彙萬狀,兼古今而有之,他人不足,彼乃有餘,又善陳時事,精深至千言不少衰,世之學者,劬情畢生,往往只得其一肢半體,杜亦難哉! 山谷最近而較少思,後山散文過山谷遠,而氣力弗逮,簡齋矯而少春融。宋詩人學杜無過三子者乃爾,其他可論耶。(《鄭少谷先生全集》卷十下)

王世貞

溫、韋豔而促,黄九精而險,長公麗而壯,幼安辨而奇,又其次也,詞之變體也。(《詞評》)

……魯直：「鶯嘴啄花紅溜，燕尾點波綠皺。」俱爲險麗。（同上）

魯直書勝詞，詞勝詩，詩勝文；少游詞勝書，書勝文，文勝詩。（同上）

四　清　代

馮　舒等

《登快閣》　何焯評：次連亦自寫得「快」字意出。（馮舒、馮班、何焯評閱《瀛奎律髓》卷一登覽類）

《送舅氏野夫萃之宣州二首》　（第一首）馮舒評：都不出舅氏，便不是。若「琴高」可作鯉魚字用，則蘇武可替羊，許由可替牛，孟浩然可替驢。（「籍甚宣城郡」句）落韓詩于胸中，擺脱不得。（「共理須良守」二句）此兩句只可作起句。（「平生割雞手」二句）割雞非大手，《論語》義不如此。　馮班評：（「春網薦琴高」句）「琴高」，不安。（「平生割雞手」句）「割雞手」，不通。　何焯評：琴高魚事詳趙與時《賓退錄》，二馮似未見此書，以爲琴高代鯉魚用者，反誤于任淵注也。宣城有琴高魚，纖細如柳葉，碧色無骨，土人甚珍之。大馮此謂，未諳風土也。

（第二首）　馮舒評：（「試説宣城郡」四句）不應是第二篇起句，亦不應只四句而要人停盃。第六句貼在郡之後方好。　馮班評：腹連不言風土。（同上卷四風土類）

《戲詠江南風土》　馮舒評：（「踏歌夜結田神社」二句）直駡而俚，眞不成詩。（同上）

《和外舅夙興》　馮舒評：（第一首「披衣日在房」三句）文理不通。（同上卷十四晨朝類）

《次韻張仲言給事喜雨》　馮舒評：不好不好只是不好，不愛不愛只是不愛。此人出詩獄，我入詩獄。（同上卷十七晴雨類）

《自巴陵略平江臨湘入通城無日不雨至黄龍謁清禪師繼而晚晴》　馮舒評：都無收煞。（同上）

《詠雪奉呈廣平公》　馮舒評：次連畢竟好。（「風回共作婆娑舞」句）「婆娑」頗無意致。　馮班評：自是大家。（同上卷二十一雪類）

《送顧子敦赴河東三首》　馮舒評：如何忽作人語，都捐惡習。（同上卷二十四送别類）

《次韻楊明叔》　馮舒評：一生與此公無緣。（同上卷二十五拗字類）

《題落星寺》　馮舒評：「蟻穴」句無謂。　馮班評：妙甚。「蟻穴」一句湊，上句妙甚。（同上）

《汴岸置酒贈黄十七》　馮班評：亦有氣。（同上）

《題胡逸老致虚庵》　馮班評：腹連佳。（同上）

《次韻郭右曹》　馮舒評：村甚。（同上卷二十六變體類）

《和答錢穆父咏猩猩毛筆》　馮舒評：如此用事，黏皮帶骨之極矣。且題是筆，起二句如何只説猩猩，至第四句方出筆耶？況既以爲筆，則凡書俱可寫，又何止五車。此等俱逗漏之極，必以爲佳，我所不解。東坡云「作詩必此詩，定知非詩人」，爲此等下鍼也。　馮班評：此江西法也。彼法中佳作也。江西體須如此。江西派詩多用新事，而不得古人繩尺，冗碎疎渴，襯貼不穩，剪裁脱漏，値其乖謬，便是不解，捉筆者更不及崑體宛約細潤。第四句方見筆，何也？古人用事，意在詞中，即詩人比興之變也。此作粘帶割裂，無古人法。用事如此，眞文章一大厄。何焯評：結句眞惡道矣。前半兩兩相承，議其第四方出筆，却非也。巧而不穩。（同上卷二十七着題類）

《和師厚接花》　馮舒評：惡極粗極。　馮班評：拙醜。山谷最不善用事。　何焯評：此詩固可厭，然讀者似未喻。起句本作「妙手從公得」，山谷自言得句法於謝師厚，與接花同也。「根株穰下土」，時爲葉縣尉也。第五極可笑，歸功婦翁，而不爲嚴君地耶？（同上）

《謝人寄小胡孫》　馮班評：好。（同上）

《弈棊呈任公漸》　馮舒評：（「湘東一目誠堪死」句）棋一目則死，湘東一目仍是活的，如何牽扯至此。　馮班評：江西佳作。江西體，自好。（同上）

《次雨絲雲鶴二首》　馮班評：黏。（同上）

《食瓜有感》　馮班評：（「田中誰問不納履」句）惡句。（同上）

《戲題巫山縣用杜子美韻》　馮舒評：如此亦得。（「東縣聞銅臭」句）「銅臭」字儘粗。　馮班評：太露，少敍致。（「直知難共語」二句）二句不好。（「東縣聞銅臭」句）「聞銅臭」既非佳語，意尤晦。（「丁寧巫峽雨」二句）好意。（同上卷四十三遷謫類）

徐　釚

【山薑詩選序（節録）】先生之言曰：自《三百篇》變而爲《離騷》，爲漢魏，爲六代，爲三唐，爲兩宋，遞相傳述，莫不别其源流，嚴其聲格，若圭景龠黍之不可以毫釐差者。然詩之變，未有不窮者也。至今日而詩之變已窮，世之欲通其變者，則又厭苦唐人之規幅，而争以宋爲師，於是東坡、山谷、放翁諸集，家絃而户誦之矣，然求其所爲東坡、山谷、放翁者無有也，無他，志之不專而業之不勤也。余則常取東坡、山谷、放翁諸詩，爲之涵詠唱歎焉。追而溯夫少陵、昌黎、樂天諸家，窮日夜研索之不休，探其奥窔，析其微茫，有一句一字之未得者，至忘寢食。先生所言若是。（《南洲草堂集》卷二十）

趙士麟

【詩論（節録）】宋初襲晚唐、五季之弊，迨王元之以邁世之豪，俯就繩尺，以樂天爲法，歐陽永叔痛矯西崑，以退之爲宗，蘇子美、梅聖俞各有所學，可謂詩道中興。然習氣已成，未有不驕人者。元祐之間，蘇、黄挺出，雖曰共師李、杜，而競以己意相高，而諸作又廢矣。（《讀書堂綵衣全集》卷八《詩論》）

范大士

《庚寅乙未猶泊大雷口》　險阻荒凉，形容欲盡。（《歷代詩發》卷二十五宋，下同）

《别楊明叔》（「何事與秋螢」二句）喻言高挺。

《戲贈彦深》　才氣横逸，故冗長中有靈變蕭疎之趣。

《和舍弟中秋月》　詩之大意似脱胎于浣花《醉歌行》，雖雄健不及，而感滄則相同也。

《以右軍書數種贈丘十四》　學書非徒貌肖古人，貴領取意致神情之所在，涪翁與坡公稱宋朝名手，其得力固有由也。

《雙井茶送子瞻》　《本草》云茶令人少睡，故能起夢，雖託興諧言，亦有本也。

《戲呈孔毅父平仲》　結得飄忽。

《呻吟齋睡起二首》　疎老，無粉澤氣。

《和答孫不愚見贈》　一氣屈注而成，須于筆墨之外味其雄渾。

《客自潭府來稱明因寺僧作静照堂求予作》　結句于「静照」二字入微。

《道中寄景珍兼寄庾元鎮》　結句正從第六句印出。

《次韻蓋中郎率郭郎中休官》　清和秀健，淡然以遠。

《新喻道中寄元明用觴字韻》　(「看人秧稻午風凉」句)「秧」字作用力字，妙。(「但知家裏俱無恙」二句)直捷快人。

王　辰

《聽宋宗儒摘阮歌》　通篇絶肖長吉。(《詩録》七言古卷二)

溫序

詩用助語字，亦偶一涉筆爲之，非以是爲工也。貴渾脱自然，不可有訓詁氣。如杜少陵：「古人稱逝矣，吾道卜終焉。」「去矣英雄事，荒哉割據心。」黄山谷：「且然聊爾耳，得也自知之。」韓子蒼：「曲檻以南青嶂合，高堂其上白雲深。」……皆佳句也。（《病餘掌記》卷一）

朱霈

余寓南昌，有故御史某家子孫貧乏，陰使市儈攜書畫出售，有黄涪翁擘窠大書一卷，多珍藏家印，惟項子京見過多方，尚依稀可識，餘則不能盡識，眞可寶也。余空囊羞澁計無施，展轉間已爲吾鄉俗賈賤值售去，惋惜者久之。今在粤東，忽值人持涪翁卷賣與南昌，所見略無上下床之别，項家三十幾方印記幾打滿。予急袖入院署，勸印渚學使重值購之，日夕相與賞玩，至是始酬夙願。（《牖窺雜誌》卷三）

黄太史詩云：「百舌解啼泥滑滑。」夫百舌春間鳥，至春季則不鳴，所謂反舌無聲，卽此耳。若泥滑滑，乃田間一種小鳥名，曰竹鷄，非百舌也。（同上卷五）

歐陽文忠公不喜《中説》，而司馬溫公酷愛之；楊文公不喜杜子美詩，而黄太史眷眷未嘗輒去手；又蘇東坡喜《漢書》，而獨不喜《史記》，夫《中説》、杜詩、《漢書》、《史記》，人人皆知其美，而諸公所見不同如此，豈亦性情之癖耶？（同上）

任淵解黄太史詩，改磨崖碑後詩「臣結春秋二三策」一句，作「臣結春陵二三策」，引元次山《春陵行》爲言。此固一説也。然余見太史親寫此詩於磨崖碑後，作「臣結春秋二三策」，詎庸改耶！霈嘗舟泊浯溪，得見《中興碑》刻完好如故，後係「春秋」字。今帖有作「春陵」者，皆贋本也。（同上）

方東樹

【先集後述（節錄）】古之詩人，如太白、子美、退之、子瞻四公，含茹古今，侔造化，塞天地，如龍象蹴踏，如蛟螭蟠拏，當之者莫不戰掉眩慄，色變心死。降而若半山、山谷，沈思高格，呈露面目，奥衍縱横，雖不及四公之燀赫，而正聲勁氣，邈焉曠世，雲鶴戾天，匪鷄所羣，不其然乎？（《儀衛軒文集》卷十二）

以《三百篇》、《離騷》、漢、魏爲本體，以杜、韓爲面目，以謝、鮑、黄爲作用，三者皆以脱盡凡情爲聖境。（《昭昧詹言》卷一通論五古）

李習之曰：「創意遣詞，皆不相師，故其讀《春秋》也，如未嘗有《詩》」云云。竊謂此所謂入薝蔔之林，不齅餘香者。當其讀時學時，先須具此意識，以專取之。既造微有得，然後更徙而之他。如曹、阮、陶、謝、鮑、杜、韓、蘇、黄諸家，一一用功，實見各開門户，獨有千古者，方有得力處。否則優孟笑啼，皆僞也。（同上）

凡學詩之法，……六曰章法……齊梁以下，有句無章；迨於杜、韓，乃以《史》、《漢》爲之，幾與《六經》同工；歐、蘇、黄、王，章法尤顯。（同上）

以新意清詞易陳言熟意，惟明遠、退之最嚴。政如顏公變右軍書，爲古今一大界限。所謂詞必己出，不隨人作計。後來白石、山谷，又重申厲禁。無如世人若罔聞知。（同上）

以謝、鮑、韓、黄深苦爲則，則凡漢、魏、六代、三唐之熟境、熟意、熟詞、熟字、熟調、熟貌，皆陳言不可用。（同上）

韓、黄之學古人，皆求與之遠，故欲離而去之以自立。（同上）

姜白石擺落一切，冥心獨造。能如此，陳意陳言固去也，又恐字句率滑，開傖荒一派。必須以謝、鮑、韓、黄爲之圭臬，於選字隸事，必典必切，必有來歷。（同上）

以議論起，易入陳腐散漫輕滑。以序事起，忌平鋪直衍冗絮迂緩。此惟謝、鮑、山谷最工。（同上）

歷城周編修書昌論文章：「有所法而後能，有所變而後大。」世人坐先不能眞信好古，不知其深妙而思取法，惟以面目相襲，浮淺雷同，何況於變。王禹卿論書曰：「勤於力者不能知，精於知者不能至。」此二語亦名言也。朱子曰：「李、杜、韓、柳，亦學《選》詩，然杜、韓變多，柳、李變少。」以朱子之言推之，蘇、黄承李、杜、韓之後，而又能變李、杜、韓故意，離而去之，所以爲自立也。自此以外，千餘年詩家，除大曆、長慶、溫、李、西崑諸小乘葪記不論，其餘名家，無不爲杜、李、韓、蘇、黄五家嗣法派者。至於漢、魏、阮、陶、謝、鮑，皆成絶響。故後世詩人只可謂之學李、杜、韓、蘇、黄而不能變，不可謂能變《選》詩也。（同上）

東坡下筆，擺脱一切，空諸依傍，直是前無古人，後無來者，所以能爲一大宗；然滑易之病，末流不可

處。故今須以韓、黄藥之。(同上)

阮亭用事，多出飣餖，與讀書有得、溢出爲奇者迥不相侔。玩李、杜、韓、蘇所讀之書，博贍精熟，故其使事取字，密切贍給，如數家珍。今人未嘗讀一書，而徒恃販賣飣餖，故多不切不確；切矣確矣，往往又磊薩不合。雖山谷不免此病。(同上)

既解此意，則直取眞境，而脱撫擬之迹，故曰還他本等，不取獵近似之詞。然而不別創造一等語句，必使己出，自成一家，則仍是陳言，以熟詞晦其新意也。此山谷所以得自成一家，亦百世師也。(同上卷九韓公)

杜公如佛，韓、蘇是祖，歐、黄諸家五宗也。此一燈相傳。(同上總論七古)

杜、韓、李、蘇四家，能開人思界，開人法，助人才氣興會，長人筆力，由其胸襟高，道理富也。歐、王兩家，亦尚能開人法律章法。山谷則止可學其句法奇創，全不由人，凡一切庸常境句，洗脱淨盡，此可爲法，至其用意則淺近，無深遠富潤之境，久之令人才思短縮，不可多讀，不可久學。取其長處，便移入韓，由韓再入太白、坡公，再入杜公也。(同上)

李、杜、韓、蘇，非但才氣筆力雄肆，直緣胸中蓄得道理多，觸手而發，左右逢原，皆有歸宿，使人心目了然饜足，足以感觸發悟心意。餘人胸無所欲言而强爲，筆力既弱，章法又板，議論又卑近淺俚，故不足觀。山谷筆稍强猶可，放翁但於詩格中求詩……(同上)

坡此首(編者按指《石鼓》)暨《王維吳道子畫》、《龍興寺》、《武昌劍》、《虢國夜遊》、《雪浪石》，杜《李潮八分》，韓《贈簟》、《赤藤杖》，李《韓碑》，歐《古瓦》、《菱溪》，黄《磨崖碑》，皆可爲典制之式。(同上卷十二蘇東坡)

古人得意語，皆是自道所得處，所以銜口即妙，千古不磨。今人但學人説話，所以不動人，此誠之不可掩也。以此觀大家無不然，而陶、杜、韓、蘇、黄尤妙。（同上）

章法之説，山谷亦不能解，却勝他人。（同上）

坡此首（編者按指《僕曩於長安陳漢卿家見吴道子畫佛碎爛可惜其後十餘年復見於鮮于子駿家已裝背完好子駿以見遺作詩謝之》）暨《荔枝》、山谷《春菜》，皆可爲詠小物之式。（同上）

子由氣格皆雅適，勝吴淵穎，而不能有餘妙奇氣。韻不及歐，快不及王，勁不及黄，奇肆不及子瞻，而妥貼大雅，亦可謂工矣。（同上卷十二潁濱）

何謂七家？在唐爲李義山，實兼上二派（編者按指杜甫、王維兩派）；宋則山谷、放翁；明則空同、于鱗、卧子、牧齋。以爲惟七家力能舉之。（同上卷十四通論七律）

杜公所以冠絶古今諸家，只是沈鬱頓挫，奇横恣肆，起結承轉，曲折變化，窮極筆勢，迥不由人。山谷專於此苦用心。（同上）

學一家而能尋求其未盡之美，引而伸之，以益吾短，則不致優孟衣冠，安牀架屋之病。如空同之於杜，青邱之於李白，雖盡其能事作用，終不免於吞剝撏撦太似之譏；必如韓公、山谷，方是自成一家，不隨人作計。古之作者，未有不如此而能立門戶者也。（同上）

學於杜者，須知其言高旨遠，一也；奇警而出之自然，流吐不費也，二也；隨意噴薄，不裝點做勢安排，三也；沈著往來，不拘一定而自然中律，四也。此惟蘇、黄之才，能嗣仿佛。他人卑離凡近，義淺詞

碎，一也。……（同上）

《野望》杜甫　此詩起勢寫望而寓感慨。中四句題情。三四遠，五六近。將點題出場，創格。此變律創格，與「支離東北」同。讀此深悟山谷之旨。放翁竟終身未窺見此境，故多平衍，可謂習氣。前《歲暮》一首，亦山谷所祖。（同上卷十七杜公）

王偁

曹植詩：「走馬長楸間。」沈炯：「彌愜長楸道。」杜子美：「躅躇顧長楸。」《文選注》云：「古人種楸於道，故曰長楸。」王介甫亦有「扶衰南陌望長楸」，東坡亦有「至今霜啼踏長楸」，山谷亦有「長楸落日試天步」之句。凡言馬者皆可用，但運化各異耳。（《匡山叢話》卷一）

前人文章各自一種句法，如老杜「今君起柂春江流」之類，老杜句法也；東坡「秋水今幾竿」之類，東坡句法也；黃魯直「夏扇日在搖」之類，自是魯直句法。學者若能通考前作，自然度越流輩。（同上卷二）

爲詩文嘗患意不屬，或只得一句，語意便盡，欲足成一章，又惡其不相類，若未有次句，卽不若且休養鋭以待新意，若盡力須要相屬，譬如力不敵而苦戰，一敗之後，意氣沮矣。又用事琢句，妙在言其用，而不言其名。大家中備有此法。惟荆公、東坡、山谷三公知之，觀其詩自見。（同上卷五）

魯直換字對句法，如「只今滿座且尊酒，後夜此堂空月明」，「秋千門巷火新改，桑柘田園春向分」等句，其法於當下平聲處以仄字易之，欲其氣挺然不羣。前此未有此體，獨出於老杜，而山谷變之耳。杜詩：

「負鹽出井此溪女，打鼓發船何郡郎」，「沙上草閣柳新暗，城邊野池蓮欲紅」，似此體甚多。今俗謂之拗句。張文潛云，以聲律作詩，其末流也，而唐至今詩人共守之；獨魯直破棄聲律，爲五七言詩，如金石未作，鐘磬渾然，有呂外意。余則謂不然。古詩不拘聲律，自唐至今詩人皆然，初不待破棄聲律。詩破聲律，老杜先有此體，如《絶句》、《漫興》、《夔州歌》、《春水生》，皆不拘聲律，渾然成章，覽者自知，初不自魯直始也。（同上）

洪昌燕

【答友人問漢唐古詩樂府暨宋元明諸詩家書（節錄）】 昨得手教，猥以漢唐古詩樂府暨宋元明諸詩家垂詢，燕媿乏心知，略經耳食，敢爲足下揚扢陳之。……宋承五季之餘，去唐差遠，歐、梅而外，最數蘇、黄。説者謂東坡晚和陶詩，或鄰穨放；山谷少宗崑體，未免纖穠。抑知蘇可儷韓，黄實師杜，足爲勁敵，無媿大家。（《務時敏齋存稿》卷四）

施山

王逢源《韓幹馬》云：「乾元殿下誰把筆，當年無人出幹右。傳聞三馬同日死，死魄到紙氣方就。生搜朔野空毛羣，死斷世工無後手。」筆力瘦健，可匹山谷。（《薑露菴筆記》卷五）

山谷詩句，各本互異，蓋初稿、改本之不同，非關傳寫之訛。老杜《送孔巢父》詩，今所盛行者，亦是改

本,原作無此工也。(同上卷六)

黄山谷七古往往有落調,雖以健筆相救,學者不宜爲法。鍾、譚七古平仄任意翕亂,不僅如山谷偶見落調而已。(同上)

「帽浥衣沾乾復濕,必逢佳樹始一立。道旁有驢無錢騎,短吟微詠口翕戢。」此李空同詩,絕似山谷。(同上)

黄山谷詩,歷宋、元、明,褒譏不一,至國朝王新城、姚惜抱又極力推重。然二公實未嘗學黄,人亦未肯即信。今曾相國學韓而嗜黄,風尚大變,大江南北,黄詩價重,部直十金。(同上)

闕　名

陸放翁詩乍看快意,而脈理却粗,元遺山亦然。王荆公詩乍看不甚快意,而脈理却細,虞文靖亦然。蘇詩乍看快意,深看尤快意,而脈理難尋。黄詩乍看不快意,深看亦不快意,而脈理可尋。歐陽公詩在深淺難易之間,初學最宜看。吴立夫詩在深淺難易之外,初學亦最宜看。二晁詩附山谷詩後看之可也。二劉詩附遺山詩後看之可也。杜、韓不可以形求者也。(《藥洲筆記》)

竹垞先生極不喜山谷,然其肌理則轉有暗合者。(同上)

東坡學徐浩書,山谷學沈傳師書,荆公學王濛書。(同上)

古典文學研究資料彙編

黄庭堅和江西詩派資料彙編

下册

傅璇琮 編

卷下 江西詩派

一　江西詩派總論

一　宋代

吕本中

【學詩文法】學退之不至，李翺、皇甫湜，然翺、湜之文足以窺測作文用方處。近世欲學詩，則莫若先考江西諸派。（《童蒙詩訓》）

范季隨

家父嘗具飯，招公（編者按指韓駒）與吕十一郎中昆仲。吕郎中先至，過僕書室，取案間書讀，乃《江西宗派圖》也。吕云："安得此書？切勿示人，乃少時戲作耳。"他日公前道此語，公曰："居仁却如此說！"《宗派圖》本作一卷，連書諸人姓字。後豐城邑官開石，遂如禪門宗派，高下分爲數等，初不爾也。（《陵陽先生室中語》）

周紫芝

呂舍人作《江西宗派圖》，自是雲門、臨濟始分矣。（《竹坡詩話》卷三）

胡仔

苕溪漁隱曰：呂居仁近時以詩得名，自言傳衣江西，嘗作《宗派圖》，自豫章以降，列陳師道、潘大臨、謝逸、洪芻、饒節、僧祖可、徐俯、洪朋、林敏修、洪炎、汪革、李錞、韓駒、李彭、晁沖之、江端本、楊符、謝薖、夏倪、林敏功、潘大觀、何覬、王直方、僧善權、高荷，合二十五人，以爲法嗣，謂其源流皆出豫章也。其《宗派圖序》數百言，大略云：「唐自李、杜之出，焜燿一世，後之言詩者，皆莫能及。至韓、柳、孟郊、張籍諸人，激昂奮厲，終不能與前作者並。元和以後至國朝，歌詩之作或傳者，多依效舊文，未盡所趣。惟豫章始大出而力振之，抑揚反覆，盡兼衆體，而後學者同作並和，雖體制或異，要皆所傳者一，予故錄其名字，以遺來者。」余竊謂豫章自出機杼，别成一家，清新奇巧，是其所長，若言「抑揚反覆，盡兼衆體」，則非也。元和至今，騷翁墨客，代不乏人，觀其英詞傑句，眞能發明古人不到處，卓然成立者甚衆，若言「多依效舊文，未盡所趣」，又非也。所列二十五人，其間知名之士，有詩句傳於世，爲時所稱道者，止數人而已，其餘無聞焉，亦濫登其列。居仁此圖之作，選擇弗精，議論不公，余是以辨之。（《苕溪漁隱叢話》前集卷四十八）

苕溪漁隱曰：近時學詩者率宗江西，然殊不知江西本亦學少陵者也。故陳無己曰：「豫章之學博矣，而得法於少陵，故其詩近之。」今少陵之詩，後生少年不復過目，抑亦失江西之意乎？江西平日語學者爲詩旨趣，亦獨宗少陵一人而已。余爲是説，蓋欲學詩者師少陵而友江西，則兩得之矣。（同上前集卷四十九）

曾季貍

後山論詩説换骨，東湖論詩説中的，東萊論詩説活法，子蒼論詩説飽參；入處雖不同，然其實皆一關捩，要知非悟入不可。（《艇齋詩話》）

東萊作《江西宗派圖》，本無詮次，後人妄以爲有高下，非也。予嘗見東萊自言少時率意而作，不知流傳人間，甚悔其作也。然予觀其序論古今詩文，其説至矣盡矣，不可以有加矣；其圖則眞非有詮次，若有詮次，則不應如此紊亂，兼亦有漏落，如四洪兄弟皆得山谷句法，而龜父不預，何邪？（同上）

陸游

【讀近人詩】琢琱自是文章病，奇險尤傷氣骨多。君看大羹玄酒味，蟹螯蛤柱豈同科。（《劍南詩稿》卷七十八）

編者按：陸游此詩雖未標出江西詩派之名，而前代論詩家多以爲所指卽江西派人，故輯錄於此。

周必大

【跋撫州鄔慮詩（節錄）】 臨川自晏元獻公、王文公主文盟於本朝，由是詩人項背相望，近世如謝無逸、幼槃兄弟及饒德操、汪信民，皆傑然拔出者也。南渡以來，又得寓公韓子蒼、呂居仁振而作之，四方傳爲盛事。其後儒冠則曾季貍裘父，釋氏則文惠大師惠嚴，道士則黎道華師侯，同時以詩鳴，人喜稱之。（《周益國文忠公集·平園續稿》卷八）

楊萬里

【江西宗派詩序】 江西宗派詩者，詩江西也，人非皆江西也。人非皆江西而詩曰江西者，何繫之也？繫之者何？以味不以形也。東坡云江瑤柱似荔枝，又云杜詩似太史公書，不惟當時聞者嘸然陽應曰諾而已，今猶嘸然也；非嘸然者之罪也，舍風味而論形似，故應嘸然也，形焉而已矣。高子勉不似二謝，二謝不似三洪，三洪不似徐師川，師川不似陳后山，而況似山谷乎？味焉而已矣。酸鹹異和，山海異珍，而調腼之妙，出乎一手也。似與不似，求之可也，遺之亦可也。大抵公侯之家有閥閱。豈惟公侯哉，詩家亦然。窶人子崛起委巷，一旦紆以銀黃，纓以端委，視之，言公侯也，貌公侯也，公侯則公侯乎爾，遇王、謝子弟，公侯乎？江西之詩，世俗之作，知味者當能別之矣。昔者詩人之詩，其來遙遙也，然唐云李、杜，宋言蘇、黄，將四家之外，舉無其人乎？門固有伐，業固有承也。雖然，四家者流，一其形，二其味，二其味，一其法者也。盍嘗觀乎列禦寇、楚靈均之所以行天下者乎？行地以輿，行波以舟，古也；而子列子獨御風而行，十有五日而後反，彼其於舟車且烏乎待哉？然則舟車可廢乎？靈均則不然，飲蘭之露，餐菊之英，去食乎哉？芙蓉其裳，寶璐其佩，去飾乎哉？乘吾桂舟，駕吾玉車，去器乎哉？然朝閬風，夕不周，出入乎宇宙之間，忽然耳；蓋有待乎舟車，而未始有待乎舟車者也。今夫四家者流，蘇似李，黄似杜。蘇、李之詩，子列子之御風也；杜、黄之詩，靈均之乘桂舟、駕玉車也。無待者神於詩者歟？有待而未嘗有待者，聖於詩者歟？嗟乎！離神與聖，蘇、李，蘇、李乎爾？杜、黄，杜、黄乎爾？合神與聖，蘇、李不杜、黄，杜、黄不蘇、李乎？然則詩可以易而言之哉！秘閣修撰給事程公，以一世儒先，厭直而帥江西，以政新民，以學賦政，如春而肅，如秋而燠，蓋二年如一日也。迨暇則把酒賦詩，以黼黻乎翼軫，而金玉乎落霞秋水。嘗試登滕王閣，望西山，俯章江，問雙井，今無恙乎？因喟曰：「《江西宗派圖》，呂居仁所譜，而豫章自出也。而是派之鼻祖雲仍，其詩往往放逸，非闕歟？」於是以謝幼槃之孫源所刻石本，自山谷外，凡二十有五家，彙而刻之於學宫，將以興發西山章江之秀，激揚江西人物之美，鼓動騷人國風之盛。移書諗予曰：「子江西人也，非乎？序斯文者，不在子其將焉在？」予三辭不獲，則以所聞書之篇首云。淳熙甲辰十月三日，廬陵楊萬里序。（《誠齋集》卷七十九）

俞成

【文章活法】文章一技，要自有活法。若膠古人之陳迹，而不能點化其句語，此乃謂之死法。死法專祖蹈襲，則不能生於吾言之外；活法奪胎換骨，則不能斃於吾言之内。斃吾言者，故爲死法；生吾言者，故爲活法。伊川先生嘗説《中庸》「鳶飛戾天」，須知天上更有天，「魚躍于淵」，須知淵中更有地，會得這個道理，便活潑潑地。吴處厚嘗作《剪刀賦》，第五格對：「去爪爲犧，救湯王之旱歲；斷鬚燒藥，活唐帝之功臣。」當時屢竄易「唐帝」上一字不妥帖，因看游鱗，頓悟「活」字，不覺手舞足蹈。呂居仁嘗序江西宗派詩，若言靈均自得之，忽然有人，然後惟意所在，萬變不窮，是名活法。楊萬里又從而序之，若曰，學者屬文，當悟活法，所謂活法者，要當優游厭飫。是皆有得於活法也如此。吁！有胸中之活法，蒙於伊川之説得之；有紙上之活法，蒙於處厚、居仁、萬里之説得之。（《螢雪叢説》卷一）

趙彦衛

呂居仁作《江西詩社宗派圖》，其略云：「古文衰於漢末，先秦古書存者爲學士大夫剽竊之資，五言之妙，與《三百篇》、《離騷》爭烈可也。自李、杜之出，後莫能及。韓、柳、孟郊、張籍諸人，自出機杼，别成一家。元和之末，無足論者，衰至唐末極矣。然樂府長短句，有一唱三歎之音。至國朝文物大備，穆伯長、尹師魯始爲古文，成於歐陽氏，歌詩至於豫章始大出而力振之，後學者同作並和，盡發千古之秘，亡餘藴矣。録其名字，曰江西宗派，其原流皆出豫章也。」宗派之祖曰山谷，其次陳師道無己、潘大臨邠老、謝逸無逸、洪朋龜父、洪芻駒父、饒節德操，乃如璧也、祖可正平、徐俯師川、林修子仁、洪炎玉父、汪革信民、李錞希聲、韓駒子蒼、李彭商老、晁沖之叔用、江端本子之、楊符信祖、謝薖幼槃、夏倪均父、林敏功、潘大觀、王直方立之、善權巽中、高荷子勉，凡二十五人，居仁其一也。議者以謂陳無己爲詩高古，使其不死，未必甘爲宗派。若徐師川則固嘗不平曰：「吾乃居行間乎？」韓子蒼云：「我自學古人。」均父又以在下爲恥。不知居仁當時果以優劣銓次，而姑記姓名，而紛紛如此，以是知執太史之筆者，戛戛乎難哉！又不知諸公之詩，其後人品藻，與居仁所見又如何也。（《雲麓漫鈔》卷十四）

陸九淵

【與程帥】　伏蒙寵貺《江西詩派》一部二十家，異時所欲尋繹而不能致者，一旦充室盈几，應接不暇，名章傑句，焜燿心目，執事之賜，偉哉！詩亦尚矣，原於《賡歌》，委於《風》《雅》，《風》《雅》之變，壅而溢焉者也。湘纍之《騷》，又其流也。《子虚》、《長楊》之賦作，而《騷》幾亡矣。黄初而降，日以澌薄。唯彭澤一源，來自天稷，與衆殊趣，而淡泊平夷，玩嗜者少。隋、唐之間，否亦極矣。杜陵之出，愛君悼時，追蹑《騷》《雅》，而才力宏厚，偉然足以鎮浮靡，詩家爲之中興。自此以來，作者相望。至豫章而益大肆其力，包含欲無外，搜抉欲無秘，體制通古今，思致極幽眇，貫穿馳騁，工力精到，一時如陳、徐、韓、吕，三洪、二謝之流，翕然宗之，由是江西遂以詩社名天下，雖未極古之源委，而其植立不凡，斯亦宇宙之奇詭也。開闢以來，能自表見於世若此者，如優曇花時一現耳，曾無幾時，而篇帙寖就散逸，殘編斷簡，往往下同會之籍，放棄於鼠壤醬瓿，豈不悲哉！網羅搜訪，出隋珠和璧於草莽泥滓之中，而登諸篋櫝，干霄照乘，神明煥然。執事之功，何可勝贊。是諸君子亦當相與舞抃於斗牛之間，揖箕翼以爲主人壽。某亦江西人也，敢不重拜光寵。（《象山先生全集》卷七）

【與沈宰（節錄）】 荐領詩文，皆豪健有力，健羨健羨。某鄉有復程帥惠《江西詩派》書，曾見之否？其間頗述詩之源流，非一時之説，愚見大概如此。《國風》、《雅》、《頌》，固已本於道風之變也，亦皆發乎情，止乎禮義，此所以與後世異。若乃後世之詩，則亦有當代之英，氣稟識趣，不同凡流。故其模寫物態，陶冶情性，或清或壯，或婉或嚴，品類不一，而皆條然各成一家，不可與衆作渾亂。字句音節之間，皆有律吕，皆詩家所以自異者。……今若但以古詩爲師，一意於道，則後之作者又當左次矣。何時合併，以究此理。（同上卷十七）

陳振孫

【江西詩派一百三十七卷、續派十三卷】 自黄山谷而下三十五家。又曾紘、曾思父子詩詳見詩集類。詩派之説，本出於吕居仁，前輩多有異論，觀者當自得之。（《直齋書録解題》卷十五）

劉克莊

【江西詩派總序】 吕紫微作江西宗派，自山谷而下凡二十六人，内何人表顒、潘仲達大觀，有姓名而無詩。詩存者凡二十四家，王直方詩絶少，無可采，餘二十三家部秩稍多。今取其全篇佳者，或一聯一句可諷詠者，或對偶工者，各著於編，以便觀覽。派中如陳後山，彭城人；韓子蒼，陵陽人；潘邠老，黃州人；夏均父、二林，蘄人；晁叔用、江子之，開封人；李商老，南康人；祖可，京口人；高勉，京西人；非皆江西人也。同時如曾文清乃贛人，又與紫微公以詩往還，而不入派，不知紫微去取之意云何？當日無人以此叩之。後來誠齋出，眞德秀所謂活潑、所謂流轉完美如彈丸者，恨紫微公不及見耳。派中以東萊居後山上，非也。今以繼宗派，庶幾不失紫微公初意。（《後村先生大全集》卷九十五）

游默齋序張晉彥詩云：「近以來學江西詩，不善其學，往往音節聱牙，意象迫切，且論議太多，失古詩吟詠性情之本意。」切中時人之病。（《後村詩話》後集卷二）

王應麟

【江西詩社宗派圖二十五人】黃庭堅宗派之祖，陳師道，潘大臨，謝逸，洪朋，洪芻，饒節，祖可，徐俯，林敏修，洪炎，汪革，李錞，韓駒，李彭，晁沖之，江端本，楊符，謝薖，夏倪，林敏功，潘大觀，王直方，善權，高荷，呂本中本中作圖。（《小學紺珠》卷四）

鄭天錫

【江西宗派】西江一水活春茶，寒谷青燈夜撥花。人比建安多作者，詩從元祐總名家。宮商迭奏絃邊鴈，鼓吹都慚井底蛙。身在天南心太史，幾番搔首夕陽斜。（《南宋羣賢小集·前賢小集拾遺》卷二）

趙汝回

【雲泉詩序(節錄)】近世論詩，有《選》體，有唐體，唐之晚爲崑體，本朝有江西體，江西起於變崑。崑不足道也，而江西以力勝，少涵泳之旨，獨《選》體近古，然無律詩，故唐詩最著。(《南宋羣賢小集》本薛嵎《雲泉詩》卷首)

二 金 元

王若虚

揚雄之經，宋祁之史，江西諸子之詩，皆斯文之蠹也。散文至宋人始是眞文字，詩則反是矣。(《滹南遺老集》卷三十七《文辨》)

朱少章論江西詩律，以爲用崑體功夫，而造老杜渾全之地。予謂用崑體功夫必不能造老杜之渾全，而至老杜之地者亦無事乎崑體功夫，蓋二者不能相兼耳。茆璞評劉夷叔長短句，謂以少陵之肉，傳東坡之骨，亦猶是也。(同上卷四十《詩話》)

劉 迎

【題吳彥高詩集後】片雲蹤迹任飄然，南北東西共一天。萬里山川悲故國，十年風雪老窮邊。名高驥

北無全馬，詩到西江別是禪。頗憶米家書畫否，夢魂應逐過江舡。（《中州集》卷三）

元好問

【論詩絶句三十首（録一首）】古雅難將子美親，精純全失義山眞。論詩寧下涪翁拜，未作江西社裏人。（《遺山先生文集》卷十一）

【自題中州集後五首（録一首）】陶謝風流到百家，半山老眼淨無花。北人不拾江西唾，未要曾郎借齒牙。（同上卷十三）

劉壎

【評本之詩】予嘗於故簏斷簡中見有評詩者曰：「李文叔云：出乎江西，則未免狂怪傲僻，而無檃括之妙；入乎江西，則又腐熟竊襲，而乏警拔之意。今本之之詩，以警拔之意，而寓之以檃括之妙，蓋已見其能去二者之病矣。其於江西之宗，殆入而能出者邪？」此説亦是用功於詩者而後能言之，然不知所謂本之者，何如人也。（《隱居通議》卷六）

【劉五淵評論】晚唐學杜不至，則曰詠情性、寫生態足矣。戀事適自縛，説理適自障。江西學山谷不至，則曰理路何可差，學力何可諉，寧拙毋弱，寧核毋疏。兹非一偏之論歟？古詩一變《騷》，再變《選》，三變爲唐人之詩，至宋則《騷》、《選》、唐錯出。山谷負儁能，倡古律，事寧

核毋疏，意寧苦毋俗，句寧拙毋弱，一時號江西宗派。此猶佛氏之禪，醫家之單方劑也。（同上卷十）

方　回

【滕元秀詩集序（節録）】　夫詩貴活，其説出吕居仁；貴響，其説出潘邠老。（《桐江集》卷一）

【送羅壽可序（節録）】　蘇長公踵歐陽公而起，王半山備衆體，精絶句、古五言或三謝，獨黄雙井專尚少陵，秦、晁莫窺其藩，張文潛自然有唐風，别成一宗，惟吕居仁克肖。陳後山棄所學學雙井，黄致廣大，陳極精微，天下詩人北面矣。立爲江西派之説者，銓取或不盡然，胡致堂詆之。乃後陳簡齋、曾文清爲渡江之巨擘。（《桐江續集》卷三十二）

《道中寒食二首》（陳簡齋）　簡齋詩即老杜詩也。予平生持所見，以老杜爲祖，老杜同時諸人皆可伯仲。宋以後山谷一也，後山二也，簡齋爲三，吕居仁爲四，曾茶山爲五，其他與茶山伯仲亦有之，此詩之正派也，餘皆傍支别流，得斯文之一體者也。（《瀛奎律髓》卷十六節序類）

歐陽玄

【羅舜美詩序（節録）】　江西詩在宋東都時宗黄太史，號江西詩派，然不皆江西人也。南渡後，楊廷秀好爲新體詩，學者亦宗之。雖楊宗少於黄，然詩亦少變。宋末，須溪劉會孟出於廬陵，適科目廢，士子專意學詩。會孟點校諸家甚精，而自作多奇崛，衆翕然宗之，於是詩又一變矣。（《圭齋文集》）

三　明代

李東陽

唐人不言詩法，詩法多出宋，而宋人於詩無所得。所謂法者，不過一字一句對偶雕琢之工，而天眞興致，則未可與道。其高者失之捕風捉影，而卑者坐于黏皮帶骨，至于江西詩派極矣。（《懷麓堂詩話》）

王　鏊

爲文好用事，自鄒陽始。詩好用事，自庾信始，其後流爲西崑體，又爲江西派，至宋末極矣。（《震澤長語》卷下）

胡應麟

吕居仁以詩得名，自言傳衣江西，嘗作宗派圖，自豫章以下，列陳師道、潘大臨、謝逸、洪芻、饒德操、徐俯、洪朋、林敏修、洪炎、汪革、李錞、韓駒、李彭、晁沖之、江端本、楊符、謝薖、夏倪、林敏功、潘大觀、何顒、王直方、僧善權、高荷，合二十五人，以爲法嗣；本其源流，皆出豫章也。

右吕氏所列，皆江西涪老派也。陳師道足配享外，潘、徐、韓、謝、洪、高、晁、李、江、饒、權、何差見詩話，餘罕稱者。（《詩藪》雜編卷五）

四 清代

黄宗羲

【張心友詩序（節錄）】 余嘗與友人言詩：詩不當以時代而論，宋、元各有專長，豈宜溝而出諸於外若異域然。即唐之時，亦非無蹈常襲故，充其膚廓而神理蔑如者，故當辯其眞與僞耳，徒以聲調之似而優之劣之，揚子雲所言伏其几襲其裳而稱仲尼者也。此固先民之論，非余臆説，聽者不察，因余之言，遂言宋優於唐。夫宋詩之佳，亦謂其能唐耳，非謂舍唐之外能自爲宋也。於是縉紳先生間謂余主張宋詩。噫！亦寃矣。且唐詩之論亦不能歸一，宋之長鋪廣引盤摺生語，有若天設，號爲豫章宗派者，皆源於少陵。（《黄梨洲文集》）

【姜山啓彭山詩稿序（節錄）】 天下皆知宗唐詩，余以爲善學唐者唯宋。顧唐詩之體不一：白體、崑體、晚唐體。白體如李文正、徐常侍兄弟、王元之、王漢謀。崑體則楊、劉之西崑，出於義山，二宋、張乖崖、錢僖公、丁崖州其亞也。晚唐體則九僧、寇萊公、魯三交、林和靖、魏仲先父子、潘逍遙、趙清獻之

輩，凡數十家，至葉水心、四靈而大振。少陵體則黃雙井嵩尙之，流而爲豫章詩派，乃宋詩之淵藪，號爲獨盛。（同上）

【錢退山詩文序（節錄）】至於有宋，折衷之學始大盛，江西以汗漫廣莫爲唐，永嘉以脰鳴吻呹爲唐。（同上）

費經虞

【江西宗派體】宋黃山谷、楊廷秀諸公之詩。

江西宗派專學杜、韓，實則諸公自爲體耳。（《雅倫》卷二《體用》）

馮班

【同人擬西崑體詩序】余自束髮受書，逮及壯歲，經業之暇，留心朕絕。於時好事多綺紈子弟，會集之間，必有絲竹管絃，紅粧夾坐，刻燭擘牋，尙於綺麗，以溫、李爲範式，然猶恨不見西崑酬唱之集。四十年來，世運變革，同人淪謝，僅得此書於郡中，友人少室錢君舊籍也，讀之不任汍瀾。偶與陳子鄴仙論文之次，戲爲一篇，刻鵠未工，雕蟲自恥。諸君不以其醜，猥加酬和，朱研渝赤，遂成卷帙。鄴仙開板行之。嗚呼！自江西派盛，斯文之廢久矣。至於今日，耳食之徒羞言崑體。然王荆公云：「學杜者當從李義山入。」歐陽文忠嘗稱楊、劉之工。世有二公，必能鑒斯也。是爲序。（《鈍吟文稿》）

吴　喬

吕居仁作《江西宗派圖》，自山谷以降，列陳師道、潘大臨、謝逸、洪芻、饒節、僧祖可、徐俯、洪朋、林敏修、洪炎、汪革、李錞、韓駒、李彭、晁沖之、江端本、楊符、謝薖、夏倪、林敏功、潘大觀、何顒、王直方、僧善權、高荷，合二十五人爲法嗣，其中知名之士詩句傳世，爲人所稱道者數人。（《圍爐詩話》卷五）

朱彝尊

【重鋟裘司直詩集序（節録）】宋自汴京南渡，學詩者多以黄魯直爲師，吕居仁集二十五人之作，目曰江西詩派。考其官閥門世，不盡學詩魯直之門，亦不盡江西人也。楊廷秀於詩推尤、蕭、范、陸，豫章居其一焉。繼蕭東夫起者，姜堯章其尤也，餘子多見録於江湖集。蓋終宋之世，詩集流傳於今，惟江西最盛云。（《曝書亭集》卷三十七）

張泰來

【江西詩社宗派圖録序】説者謂居仁作圖，既推山谷爲宗派之祖，二十五人皆嗣公法者，今圖中所載，或師老杜，或師儲、韋，或師二蘇，師承非一家也。詩派獨宗江西，惟江西得而有之，何以或産於揚，或産於兗，或産於豫，或産於荆梁，似風土又不得而限之矣。或謂《三百五篇》而後作詩者，原有江西一派，自淵明已然，至山谷而衣鉢始傳，似宗派盡於二十五人也；及考紹興初晁仲石嘗與范顧言、曾裘父同學詩於居仁，後湖居士蘇養直歌詩清腴，蓋江西之派别，坡公謂秦少章句法本黄子，夏均父亦稱張彦實詩出江西諸人，范元實曾從山谷學詩，山谷又有贈晁無咎詩：「執持荆山玉，要我雕琢之。」彼數子者，宗派既同，而不得與於後山之列，何也？呂公嘗譔《紫微詩話》，見諸篇什者僅八九人而止，餘悉無聞焉，抑又何也？聞公尚有《師友淵源》一書，惜未之見耳。大抵宗派一説，其來已久，實不昉自呂公也。嚴滄浪論詩體，始於《風》《雅》，建安而後，體固不一，逮宋有元祐體、江西體，註云元祐體即江西派，乃黄山谷、蘇東坡、陳後山、劉後村、戴石屏之詩，是諸家已開風氣之先矣，居仁因而結社，一時壇坫所及，遂有二十五人，爰作圖以記之，詎必溯其人之師承，計其地之遠近歟？觀呂公自序，有云同作並和，雖體製或異，要皆所傳者一，其厓略殆可觀矣。坡老云：「吾於詩人無所甚好，獨淵明詩質而實綺，臞而實腴，自曹、劉、鮑、謝、李、杜諸人，皆莫能及。」淵明既往，諸家皆南北宗爾，摩圍老人即欲避此一席，何可得哉？竹坡周少隱曰：呂舍人作宗派圖，自此雲門、臨濟始分矣。東坡寄子由詩：「贈君一籠牢收取，盛取東軒長老來。」則是東坡、子由爲師兄弟也。今謂其説始於呂公，不幾爲論世尙友者所竊笑乎？矧江西宗派不止於詩，即古文亦有之，不獨歐陽、曾、王也，時文亦有之，不獨陳、羅、章、艾也，推之道德節義，莫不皆然。余以老耄失學，藏書散佚，抱甕之暇，無以自娱，適大中丞宋牧仲先生采風，以此命題，友人有過蓬户而下問者，聊書此意以答之。猶恐世遠言湮，即舉二十五人之姓氏，索其詳而不可得，迺紀厥爵里，徧覽羣籍，摭拾遺事，錄其有關於宗派圖者，人各

立一小傳，編次成帙，名曰《江西詩社宗派圖錄》，俾後之學詩者得以覽焉。（《江西詩社宗派圖錄》）

【江西詩社宗派圖錄跋】　張子編次《宗派圖錄》既成，客復過而問曰：「信如子言，作詩者斷以江西爲法乎？」予曰：否，否。詩派，人之性情也。性情不殊，繫乎風土，而支派或分，十五國而下概可知矣。譬之水然，水雖一，其源流固自不同，江、淮、河、漢，皆派也，若舍派而言水，是鑿井得泉而曰水盡在是，豈理也哉！江西之派實祖淵明。山谷云淵明於詩直寄焉耳，絳雲在霄，舒卷自如，寧復有派；夫無派即淵明之派也。鍾紀室謂其源出於應璩？又協左思風力，果何所見而云然邪？宗風既祧，居仁移其俎豆於山谷，山谷易似而淵明不易似也。嗣是作者林立，海內翕然向風，往來投贈，目不給賞，篇什之富，梓於厭原山中者，詩派一百三十七卷，續派十三卷，可謂極豫章之大觀矣。南渡以來，老成間或彫謝，又遇陵陽韓子蒼僑寓臨川，復執牛耳，一時倡和之樂，如曾裘父、錢遜叔輩，又不下十數人，四方傳爲盛事。沿流日久，耳食之徒浸有起而訾議之者，李文山遂謂元和之後無詩，楊廷秀亦有「江西之詩，世俗之作，知味者自能別之」之語，矧璪璪餘子哉！朱考亭云，江西之詩，自山谷一變，至楊廷秀又再變。以斯知一代之詩，未有不變者也，獨江西宗派云乎？磵谷羅椅與葛山書：「年來屏棄江西，爲人輕姍，但就陳、黃中取數篇入吾意者讀之，便知古人爲不可及。」元遺山《論詩三十首》有云：「只知詩到蘇黃盡，滄海橫流却是誰？」又云：「論詩寧下涪翁拜，未作江西社裏人。」由是觀之，善學詩者，支派雖分，性情則一，即曹、劉、鮑、謝、李、杜集中，何嘗無淵明一派，而諸家之所謂江、淮、河、漢者自在也。古來未有無派之詩，即未有無源之水，今必執江西一派，以求盡天下之詩，是鑿井得泉者也，詎復知江、淮、河、漢之源流乎！且居仁作圖，名雖爲詩，意實不專主於詩，大約如制科以詩賦取士，不過借以爲請獻之資焉耳，豈眞據詩以定人之生平哉！觀圖中首後山而終子勉，其寓意固已微矣。後人舍立身行己不論，僅舉有韻之言，稱爲宗派詩人而已。嗟乎！幾何不與呂公論世尚友之旨大相逕庭也哉！

紫微作圖，其大意已見於自序。既謂之圖，則姓字自有先後，安得執此以較詩之優劣也。如正平所云：「吾乃居行間乎？」子蒼曰：「我自學古人！」均父亦以在下列爲恥。是同社已失于喁之雅矣。余意此特諸公及門各尊其師之言也。范周士曰：「呂公一日過書室，取案間書讀之，乃《江西宗派圖》也。公言安得此書，切勿示人，乃少時戲作耳。及舉此語以問陵陽先生，公語云：『居仁却如此說！』《宗派圖》本作一卷，連書諸人姓氏。後豐城邑間刻石，遂如禪門宗派，高下分爲數等，初不爾也。」細繹周士此言，不無水火，烏可信爲必然哉！且不特此也，東坡題山谷詩云：「見魯直詩未嘗不絕倒。」又云：「如見魯仲連、李太白，不敢復論鄙事。」山谷則謂東坡作詩未知句法。山谷愛陳後山詩，爲之揚譽，無所不至。後山云：「人言我語勝黄語，又何以解也。」豈文人相輕，自古已然，雖賢者不能免耶。（同上）

編者按：書中所列二十五人小傳，多綴拾他書而成，本書已有收錄，故略。

王士禛

曹東畝論詩曰：「四靈詩如啖玉腴，雖爽不飽；江西詩如百寶頭羹，充口適腹。」余謂此齊人管、晏之見耳。四靈如襪材，窘於方幅；江西以山谷爲初祖，然東坡云：「魯直詩如啖江瑤柱，多食則發風氣。」《分甘餘話》（《帶經堂詩話》卷二《評駁》）

牧仲中丞寄豫章張吏部泰來扶長所撰《江西詩派圖錄》，人各爲傳，其二十五人名氏次第，遵王伯厚《小學紺珠》定本。扶長云：胡氏《苕溪漁隱》與《山堂肆考》有何顗，無高荷，又列洪朋於徐俯之後，《豫章志》有高荷、何顒，無何顗，呂本中復不在二十五人之中云。予按劉克莊後村《江西詩派序》云：「呂紫微作《江西宗派》，自山谷而下，凡二十六人，內三人袁顒、潘仲達、大觀，有姓名而無詩，詩存者凡二十四家，王直方詩少，絕無可采。」云云。其次第則首山谷，次後山、韓子蒼、徐師川、潘邠老、三洪龜父、駒父、玉父、夏均父、二謝無逸、幼槃、二林子仁、子來、晁叔用、汪信民、李商老、三僧如璧即饒德操、祖可、善權、高子勉、江子之、李希聲、楊信祖、呂紫微，合山谷爲二十四人。王立之無傳，袁顒則與今本作何顗迥異。後村、伯厚皆宋末人，不知各何據依，而異同如此。張云梓於厭原山中者，詩派一百三十七卷，續派十三卷，今其書不可得而見矣。張傳頗詳博，而於後村傳無所稱引，蓋未覩後村全集耳。張康熙庚戌進士。（同上卷十七《異同》）

宋犖

【西江詩社宗派圖錄序】余嘗以西江詩派論課士於豫章，文率昧題旨，鮮當意者。張吏部扶長以致政家居，耄年好學，遍覽羣籍，摭拾遺事，錄其有關於呂居仁宗派圖者，人各立一小傳，且推原作圖之意，編次成帙，名曰《西江詩社宗派圖錄》，俾後學得以觀覽，甚盛舉也。聞於余友劉山蔚之言曰：詩有統有派，統猶水行於地，匯於歸墟，而總爲天一之所生，非支流別汊所得偏據以爲名。至於四瀆百川之既分，分而溢，溢而溯其所由出，然後稱派以別之。派者，蓋一流之餘也。居仁之名山谷，殆以一流小之，非尊之也；而自附於一流，抑又自小之甚矣。學者誠卽扶長此錄，以洞然於西江詩派所自出，知其學之有本，不同汙瀆，更引申於山蔚之論，而有得於風雅之大源，則幾矣。試質之扶長，以爲何如？（《西陂類稿》卷二十四）

厲　鶚

【查蓮坡蕉塘未定藁序（節錄）】自呂紫微作西江詩派，謝皋羽序睦州詩派，而詩於是乎有派。然猶後人瓣香所在，強爲臚列耳，在諸公當日未嘗齗齗然以派自居也。（《樊榭山房文集》卷二）

查爲仁

宋牧仲以江西詩派論課士豫章，率昧於題旨。新建張扶長吏部泰來致政家居，耄年好學，撰《江西詩派圖錄》，首述呂居仁所定宗派，次總論，次小傳，次與客問答。江西派共二十五人，其次第則首山谷。漁洋《論詩絶句》：「一代高名孰主賓？中天坡谷兩嶙峋。瓣香只下涪翁拜，宗派江西第幾人？」（《蓮

坡詩話》）

杭世駿

【沈沃田詩序（節錄）】自滄浪有「詩有别才、不關學問」之説，江西之派盛於南渡，而宋弱；永嘉四靈之派行於宋末，而宋社遂屋。然則詩非一人一家之事；識微之士，善持其弊，擔斯責者，固非空疎不悦學之徒所能任矣。（《道古堂文集卷十》）

袁枚

董浦先生曰：馮鈍吟右西崑而黜西江，固矣。夫西崑沿於晚唐，西江盛於南宋，今將禁晉、魏之不爲齊、梁，禁齊、梁之不爲開元、大曆，此必不得之數。風會流傳，人聲因之，合三千年之人，爲一朝之詩，有是理乎？二馮可謂能持詩之正，未可謂遂盡其變者也。（《隨園詩話》卷八）

趙翼

【廬山紀遊（節錄）】廣陵濤接潯陽濤，夜夢五老來相招。趣辦芒鞋青竹杖，要我去踏廬山高。山靈此約意良厚，那禁屐及窒皇走。遊山不憚千里遙，痴興古來亦罕有。江西詩派江西人，大都少肉多骨筋。廬山亦復犯此病，青孱片片摩穹旻。要其靈秀有獨絶，雲爲海綿瀑天紳。（《甌北詩鈔》七言古卷四）

錢大昕

【江西派】　呂本中《江西詩派圖》，意在尊黄涪翁，並列陳後山於諸人中。後山與黄同在蘇門，詩格亦與涪翁不相似，乃抑之入江西派，誕甚矣。元遺山云：「論詩寧下涪翁拜，未作江西社裏人。」又云：「北人不拾江西唾，未要曾郎借齒牙。」遺山固薄黄體而不爲，亦由此輩尊之過當，故有此論。（《十駕齋養新錄》卷十六）

張宗泰

【跋江西詩社宗派圖錄（節錄）】　張泰來《江西詩社宗派圖錄》一册，其書自言紀厥爵里，徧覽羣籍，摭拾遺事，錄其有關於宗派圖者，人各立一小傳，編次成帙，其用心亦云勤矣。而持擇不審，間有失其本意者。如江西詩派是論詩之體格相近，非限以方域也，淵明與山谷，雖均爲豫章之産，其詩格何嘗有相似處，而必牽合爲一，誤矣。洪芻爲金人搜括金銀，又唤宫人佐酒，其罪大矣，坐徙沙門，罪由自致，此亦有何寃抑，而云爲人誣陷，不失是非之眞耶？韓駒子蒼言：「我自學古人。」是不肯寄涪翁籬下之意，反以此語證其詩格之相近，不顯相違戾乎？又江西詩社宗派圖，宗之爲言尊也，劉後村《詩話》以山谷爲本朝詩家宗祖，是也，派字則指陳後山以下二十五人言之，而卷首宋犖序，謂派者蓋一流之餘，居仁之名山谷，以一流小之，而非尊之，殊非呂氏著書之意矣。（《魯巖所學集》卷十一）

朱緒曾

【自鳴集】 宋鄱陽章甫冠之《自鳴集》，《直齋書錄》云易足居士《自鳴集》十六卷。張端義《貴耳集》云十卷。今六卷本乃《永樂大典》所輯也。宋江西詩派祖黄、陳，其弊也鬱轖槎枒，讀之不快人意。冠之爲于湖張安國所重，于湖詩學東坡，極有豪氣，冠之詩亦有磊磊英多之概，高出四靈、江湖，不可以道里計。（《開有益齋讀書志》卷五）

李樹滋

異哉呂居仁之作《江西詩派圖》也，吾不知其去取之意云何。夫居仁在宋時以詩得名，自言傳衣江西，乃自山谷以降，列陳師道、潘大臨、謝無逸、洪芻、饒節、僧祖可、徐俯、洪朋、林敏修、洪炎、汪革、李錞、韓駒、李彭、晁沖之、江端本、楊符、謝薖、夏倪、潘大觀、林敏功、何顒、王直方、僧善權、高荷合二十五人，以爲法嗣，謂其源流出豫章也。但山谷清新奇雋，自出機杼，誠爲别出一派；而所列二十五人，陳師道雖失之直，然學本於杜，在圖中端推傑出，若何顒、潘大觀，有姓名而無詩，王直方詩絶少，又無可考；且陳師道彭城人，韓駒陵陽人，潘大臨黄州人，夏倪、二林蘄州人，晁沖之、江端本、王直方開封人，祖可京口人，高荷京西人，其不皆江西人也明矣。如不定以江西人爲例，則同時秦少游亦爲吳人，日與山谷唱和，胡不入派？如必以江西人爲例，則同時曾文清贛人，又與居仁以詩往還，胡以又不入派？擇焉不精，語焉不詳，欲免後人之異議，難矣。趙雲崧咏廬山詩云：「江西詩派江西人，從來多骨少肉筋。」則其爲派，亦從可想已。（《石樵詩話》卷一）

劉熙載

杜詩雄健而兼虚渾，宋西江名家學杜，幾於瘦硬通神，然於水深林茂之氣象則遠矣。（《藝概》卷二）

西崑體貴富，實貴淸，襞積非所尚也；西江體貴淸，實貴富，寒寂非所尚也。（同上）

西崑體所以未入杜陵之室者，由文滅其質也。質文不可偏勝，西江之矯西崑，浸而愈甚，宜乎復詒口實與。（同上）

西江名家好處，在鍛鍊而歸於自然。放翁本學西江者，其云「文章本天成，妙手偶得之」，平昔鍛鍊之功，可於言外想見。（同上）

沈曾植

【重刊西江詩派韓饒二集敍】《西江詩派詩集》，《宋史·藝文志》著録爲一百十五卷，《續宗派詩》二卷；《書録解題》著録正集一百七十三卷，續集十三卷；《文獻通考》著録與《解題》同。據陳氏詩派解題下稱詳詩集類，則詩集類自林敏功《高隱集》起至江端我《陳留集》止，所謂皆入詩派者，其次第當即詩派次第。綜其卷數，計林敏功《高隱集》七卷，林敏修《無思集》四卷，潘大臨《柯山集》二卷，謝逸《溪堂集》五卷、補遺二卷，謝薖《竹友集》七卷，李彭《日涉集》十卷，洪朋《清虛集》一卷，洪芻《老圃集》一卷，洪炎《西渡集》一卷，韓駒《陵陽集》四卷、別集二卷，高荷《還還集》二卷，徐俯《東湖集》二卷，呂本中《東萊集》二十卷、外集二卷，晁沖之《具茨集》十卷，汪革《清溪集》一卷，饒節《倚松集》二卷，夏倪《遠遊堂集》二卷，王直方《歸叟集》一卷，李錞《李希聲集》一卷，楊符《楊信祖集》一卷，江端本《陳留集》一卷，凡二十一家，九十二卷。益以別出之《山谷集》三十卷、外集十一卷、別集二卷，《後山集》六卷、外集五卷皆明言詩派者，已溢出一百三十七卷之外。尚有祖可《瀑泉集》十三卷，善權《無隱集》三卷，都計合於後村總敍二十五家之數，而卷數則爲一百六十一卷矣。詩派有舊本，有增刻，諸家次第見於宋人紀述者，各各不同，就其最可依據者，陳氏所錄與後村所敍，亦不盡同。劉氏明言舊本以呂紫薇居後山上，而陳氏所錄乃在徐東湖之次；劉言紫薇以高荷殿諸公，而陳錄高在陵陽之次；不知陳氏所錄爲江西舊本耶，或卽黃汝嘉所校刊耶？北宋詩家之有江西詩派，猶南宋詩家之有江湖詩集。江湖詩集留存於今者，諸家卷第種種不同，度詩派理亦宜然，七百年來世間遂無留傳完帙，釋茲疑竇，深可惜也。其零本單行者，如此之饒、韓二集，晁叔用集，謝幼槃集，呂東萊詩集，皆有慶元己未校官黃汝嘉校刊題記一行，得藉知爲詩派刻本，而韓、饒兩集板式不同，晁集十行二十字，與饒同，「江西詩派」四字在第一行，又與饒集列第二行者不同，諸本皆自宋本傳模，而差互不齊乃爾，亦足推見原本之刻非一時成非一手矣。余少喜讀陵陽詩，嘗得倦圃所藏舊本。讀紫薇詩話《童蒙訓》，慕倚松之爲人，而詩集恨未得見。宣統己酉，藝風先生訪余皖署，談次謂有景宋本甚精，相與謀幷《陵陽集》刻之，屬陶子琳開板武昌，工未竣而兵起，工停。越歲壬子，乃得見樣本於滬上。適會盛伯希祭酒家書散出，中有殘宋本《倚松老人集》，爲吳君昌綬所得。藝風通信津門，屬章式之就樣本校一過，行欵字畫纖悉不遺。余復從《嘉泰普燈錄》中搜得《如璧大師傳》一篇，爲向來詩苑所未見者，錄附卷後。自慶元己未迄今宣統癸丑，七百有餘歲，兩先生文字精神僅藉此詩派小集再傳雕印，而其足本若陳氏所錄五十卷之《陵陽集》、《宋志》所錄十四卷之《倚松集》，寂寥天壤，絶不可尋，而同時諸公所推爲祭酒若夏倪父、高子荷諸君，僅存一二篇章，乃幷此數卷之小集留存而不可得。士君子高才邃學，托傳文字，良甚足悲！而余與藝風諸君崎嶇轉徙之餘，猶復白首編摩，出其所信好者，校刊流傳，斬以餉世變風移渺不相聞之同志，其爲可悲，不滋甚乎！癸丑五月，姚埭老民沈曾植記。（韓駒《陵陽先生詩》卷首）

二 陳師道

一 宋代

徐積

【節孝先生語録(江端禮録)】　端禮謂公曰："友人陳師道，南豐曾子固門生也，才高學古，介然不羣於俗。今有書令端禮致左右。"公讀已，曰："一言誠足以知人。陳君書辭不俗，必賢者也。江君稱其不羣於俗，某雖未見其人，敢以爲信。然某未嘗以詩書入京，故不能爲謝，子幸致意謝之。"(《節孝先生文集》附録)

蘇軾

【謝趙景昵陳履常見和兼簡歐叔弼兄弟】　能詩李長吉，識字揚子雲。端能望此府，坐嘯獲兩君。逝將江湖去，浮我五石樽。眷焉復少留，尚爲世所醺。或勸莫作詩，兒輩工織紋。朱紘寄三歎，未害俗耳

聞。共尋兩歐陽，伐薪照黄昏。是家有甘井，汲多終不渾。（《東坡後集》卷一）

【次韻陳履常雪中一首】可憐擾擾雪中人，飢飽終同寓一塵。老檜作花眞强項，凍鳶儲肉巧謀身。忍寒吟咏君堪笑，得煖讙呼我未貧。坐聽屐聲知有路，擁裘來看玉梅春。（同上卷六）

【薦布衣陳師道狀】元祐二年四月十九日，翰林學士朝奉郎知制誥蘇軾同傅堯俞、孫覺狀奏：右臣等伏見徐州布衣陳師道，文詞高古，度越流輩，安貧守道，若將終身。苟非其人，義不往見。過壯未仕，實爲遺才。欲望聖慈，特賜錄用，以奬士類。兼臣軾臣堯俞皆曾以十科薦師道，伏乞檢會前奏，一處施行。謹錄奏聞，伏候勑旨。（《東坡奏議》卷三）

李之儀

【謝陳無己相訪】下直來天祿，柴荆故遠求。論心日恨短，歸路雨何憂。紅葉繽紛曉，黄花爛熳秋。會須尋此況，擊節再相酬。（《姑溪居士文集》卷八）

黄庭堅

【奉和文潛贈無咎篇末多見及，以既見君子，云胡不喜爲韻（錄一首）】吾友陳師道，抱獨門掃軌。晁張作薦書，射雉用一矢。吾聞舉逸民，故得天下喜。兩公陳堂堂，此士可摩壘。（《豫章黄先生文集》卷二）

【次韻秦觀過陳無己書院觀鄙句之作】陳侯大雅姿，四壁不治第。碌碌盆盎中，見此古罍洗。薄飯不能龔，牆陰老春薺。唯有文字工，萬古抱根柢。我學少師承，坎井可窺底。何因蒙賞味，相享當牲醴。試問求志君，文章自有體。玄鑰鎖靈臺，渠當爲公啓。（同上卷三）

【病起荆江亭卽事十首（錄一首）】閉門覓句陳無己，對客揮毫秦少游。正字不知溫飽未，西風吹淚古藤州。（同上卷七）

【陳師道字序】師道陳氏，懷璧連城，字曰無己，我豕爲萬乘之器。維求王明，我則無師道，則是我其師道者。卽水而爲波，高明一路，入自聖門，觀己無己，而我尙何存？入以萬物，出以萬物，寂寥法窟，伏與用其律。其入無底，其出無窮，是謂要妙。噫來陳子，在汝後之人則不我敢知。我觀萬世，未有困於母而食於舅，嬪息巢於外舅。無以昏晝，文章滿笸，士之號窮，屋瓦無牡，造物者報，而天無璧以爲牖，不病其傾，維有德者能之。（同上卷十六）

【答王子飛書】陳履常正字，天下士也。讀書如禹之治水，知天下之絡脈，有開有塞，而至於九州滌源、四海會同者也。其作詩淵源，得老杜句法，今之詩人，不能當也。至於作文，深知古人之關鍵，其論事，救首救尾，如常山之蛇，時輩未見其比。公有意於學者，不可不往掃斯人之門。古人云：「讀書十年，不如一詣習主簿。」端有此理。若見，爲問訊，千萬。（同上卷十九）

晁補之

【太學博士正錄薦布衣陳師道狀】竊以朝廷患庠序不本於敎而糾禁是先，學者不根於古而浮剽是競，故選置舊學，削去苛規，爲之表儀，使有趣向，所以助成風化，實緊得人。伏見徐州布衣陳師道，年三十五，孝弟忠信聞於鄉閭。文知聖人之意，文有作者之風。懷其所能，深恥自售，恬淡寡欲，不干有司。隨親京師，身給勞事，蛙生其釜，慍不見色。方朝廷振起滯才，風勸多士。謂如師道一介，亦當褎采不遺。伏覩太學錄五員係差學生，見今有闕，師道雖不在學籍，而經行詞藝，宜充此選。某等職預考察，不敢蔽而不陳，伏乞選差師道充太學錄。儻不任職，某等同其罪罰。謹具申國子監，乞牘申禮部施行。（《雞肋集》卷五十二）

張　耒

【贈陳履常】　勞苦陳夫子，欣聞病肺蘇。席門遷次數，僧米乞時無。旨蓄親庖急，青錢藥裹須。我賜方不給，何以縶君駒。（《柯山集》卷十四）

【晝臥懷陳三時陳三臥疾】　睡如飲蜜入蜂房，懶似遊絲百尺長。陋巷誰過居士疾，春風正作國人狂。吟詩得瘦由無性，辟穀輕身合有方。欲餉子桑歸問婦，一瓢過午尚懸牆。（同上卷十六）

晁說之

【趣府馬上悠然思陳無己三兄成詩寄之】　瓦釜毁未棄，黄鍾幸且存。於焉正律吕，誰爲到崑崙？相思出苦淚，東漢太丘孫。聞之在徐州，無衣出柴門。亦賦乞食詩，飢瘠故拙言。靖節非此夫，如似校靜喧。顑頷不悲傷，自知美蘭蓀。龍伸能蛇屈，土不蝕璵璠。魴鱮書懶寄，天公儳可論。名不入葦笥，欲報天地恩。明光出須臾，一破萬古昏。蒼生訖康濟，坐覺君子尊。淨盡城上烏，變化北溟鯤。豈但喜囚冠，故亦慰纍魂。我既美子志，爲子盡嬋媛。吾曹寧餓死，終肯傍祭墦。孔明與荀賈，豈不共中原。崎嶇入巴蜀，雅志正本根。柳子一失此，羅池爲鬼冤。問訊寄此辭，飽腹何時捫。（《嵩山文集》卷四）

【無己初除正字以詩寄之】平生阮步兵，口不道臧否。每笑謝著作，自是雌黄口。閉門秋草多，金風搖白晝。忽傳黄紙書，校藝郡公後。執鴈有楚越，佩劍無左右。畫渾沌眉（編者按此句原有缺字），遽識齊宿瘤。彭城陳夫子，笑我顔何厚。爲語陳夫子，人生無不有。（同上卷四）

【亡友陳無己有立春詩云：「朱門誰送青絲菜，下里難酧白雪歌。」頗爲都下詩人所稱。今日立春，誦之而作】地下修文幾歲郎，尙憐有子已爭行。青絲盤到時揮淚，紅錦詩餘合斷腸。安得見予今議論，果誰識子古文章。從茲花發知多少，試訪彭門舊講堂。無己先作徐州教授。（同上卷八）

李廌

【求志書院詩四首，陳師道履常之所居也】癯槁巖下士，蹟隱心捷徑。汗顔塵中夫，謟笑幸遊騁。賢哉陳夫子，兩不傷厥性。潔身風波塗，獨若萬鈞錠。

辰極不改北，滄溟日輪東。聖道亦如是，昧者自異同。哇鄭迷世習，舍魚當取熊。著龜期吾子，此語聞先翁。

君氣久已浩，君志復何求。同聲久絕和，一見忘百憂。藜藿鄙膏粱，絺綌傲狐裘。德輝下可覽，安用翔九州。

漆開辭未信，顏回恃有田。爲貧仕何媿，得已非自賢。披褐坐窮閻，聲華飛日邊。苦節勿瓠瓜，仲尼任蒼天。（《濟南集》卷二）

邢居實

【寄陳履常】十年客京洛，衣袂多黃塵。所交盡才彥，惟子情相親。會合能幾日，歡樂何遽央。春風東北來，飄我西南翔。驪駒已在門，白日行且晚。停觴不能飲，將去更復返。把腕捋髭鬚，悲啼類兒女。人生非鹿豕，安得常羣聚。朝別河上梁，暮涉關山道。匹馬逐飛蓬，離恨如春草。去去日已遠，行行淚橫臆。昨日同袍友，今朝異鄉客。來時城南陌，始見梅花白。回首漢江頭，黃梅已堪摘。杖策登高城，極目迴千里。落日下青山，但見白雲起。遠望豈當歸，長歌涕如雨。歸心如明月，幽夢過潁汝。抱膝長相思，故人安可見。忽枉數行書，彷彿如對面。紛紜輦轂下，冠蓋爭馳逐。吹噓多賢豪，肯復念幽獨？空齋聽夜雨，深竹聞子規。此情不可道，此心君詎知。（《宋文鑑》卷二十）

魏衍

【彭城陳先生集記】先生姓陳，諱師道，字履常，一字無己，彭城人。幼好學，行其所知，慕古作者，不爲進取計也。年十六，謁南豐先生曾公鞏，曾大器之，遂業於門。元豐四年，神宗皇帝命曾典史事，且謂修史最難，申敕切至。曾薦爲其屬，朝廷以白衣難之，方復請，而以憂去，遂寢。太學又薦其文行，乞爲學錄；不就。樞密章公惇高其義，冀來見，特薦於朝，而終不一往。元祐初，翰林學士蘇公軾與侍從列薦，乃官之，俾教授其鄉，未幾除太學博士。言事者謂先生嘗謁告詣南都見蘇公爲私，遂罷，移潁州教授。紹聖初，又以餘黨罷，換江州彭澤令，未行，丁母憂。寓僧舍，人不堪其貧，暨外除，猶不言仕者凡四年，左右圖書，日以討論爲務，蓋其志專欲以文學名後世也。元符三年，除棣州教授，隨除祕書省正字，將用矣，歿於建中靖國元年十二月之二十九日，年四十九。友人鄒公浩買棺以殮，朝廷特賜絹二百匹，嘗與往來者共賻之，然後得歸。初，先生學於曾公，譽望甚偉，及見豫章黃公庭堅詩，愛不捨手，卒從其學，黃亦不讓。士或謂先生過之，惟自謂不及也。先生既歿，其子豐登以全藁授衍曰：「先實知子，子爲編次而狀其行。」衍既狀其行矣，親錄藏於家者，今十三年，顧未敢當也。衍嘗謂唐韓愈文冠當代，其傳門人李漢所編。衍從先生學者七年，所得爲多，今又受其所遺甲乙丙藁，皆先生親筆，合而校之，得古律詩四百六十五篇，文一百四十篇。詩曰五七，雜以古律；文曰千百，不分類。衍今離詩爲六卷，類文爲十四卷，次皆從舊，合二十卷，目錄一卷，又手書之。竊惟先生之文，簡重典雅，法度謹嚴，詩語精妙，蓋未嘗無謂而作。其志意行事，班班見於其中，小不逮意，則棄去，故家之所留者止此。昔揚雄作《太玄》、《法言》、《箴賦》，如劉歆號知文，始敬之，後而短毁，謂其必傳者桓譚一人而已。先生之文早見稱於曾、蘇二公，世人好之者猶以二公故也；今賢士大夫競收藏之，則其傳也奚待於衍耶？後豈不有得手寫故本以證其誤者？則不肖之名，因附茲以不朽爲幸焉。其闕方求而補諸，又有解洪範相表闡微彰善詩話叢談，各自爲集云。政和五年十月六日謹記。（任淵《后山詩註》卷首）

王　雲

【題后山集】建中靖國辛巳之冬，雲别涪翁於荆州，翁曰：「陳無己，天下士也。其讀書如禹之治水，知天下之脈絡，有開有塞，至於九川滌源、四海會同者也。其作文深知古人之關鍵，其作詩深得老杜之句法，今之詩人不能當也。子有意學問，不可不往掃斯人之門。」雲再拜受教。明年春，至京，賢士大夫出涕相弔曰：「無己亡矣！」雲驚歎失聲，痛恨無窮。洎來彭城求先生詩文，且四年，僅見一二，最後得昌世所集凡六百五篇，琮璜珩瑀，貫列大備。雲曰：幸矣，至寶不殁，乃今有獲。因記涪翁之語，錄以示昌世。自昔名世之士，著書立言，必賴其徒傳之。文中子講道河、汾，以續六經，房、魏之倫，皆北面受業，及登廊廟，不能顯傳其書，卒以泯絶，論者至今惜之。昌世，先生之高弟，操行文章，雅善先生之風，雖隱約布韋，而所立絶人，不苟徇合，故能蒐拾遺文，成一家之言，又序先生出處之大節，其辭蔚然，讀之使人凜凜增慕，然先生之道必傳於後世者，昌世之力也。千載之下，可以知其賢矣。政和丙申正月甲午，元城王雲題。（任淵《后山詩註》卷首）

晁沖之

【過陳無己墓】鎖門脱落封將盡，題壁汚漫字不分。我亦嘗參諸弟子，往來徒步拜公墳。（《晁具茨先生詩集》卷十二）

【過陳無己墓】以我懷公意，知公待我情。五年三過客，九歲一門生。近訪遺文錄，重經故里行。寄書無鄭尹，誰爲葬彭城？（同上卷十五）

王直方

【陳無己詩啓】陳無己有《除官》一篇云：「扶老趨嚴詔，徐行及聖時。端能幾字正，敢恨十年遲。肯著金根謬，寧辭乳媪譏。向來憂畏斷，不盡鹿門期。」臨川饒推守云：「此詩不作可也。才得一正字，亦未須云趨嚴詔。」無己後作謝啓，復云：「名雖文字之選，實爲將相之儲。」又云：「頭童齒豁，敢辭乳媪之譏；聞淺見輕，益畏金根之謬。」（《王直方詩話》）

【李希聲詩】陳無己云：「石池隨處數遊魚。」余以爲不若李希聲云：「綠淨隨時看上魚。」（同上）

【詩用通字】洪駒父見陳無己《小放歌行》云：「不惜捲簾通一顧，怕君着眼未分明。」此爲奇語，蓋「通」字未嘗有人道。余曰：子豈不記老杜云「簾戶每宜通乳燕」耶？（同上）

【陳三兩度不當價】陳無己有寄晁以道詩云：「子較東方生，自視何益損。人言不當價，一錢萬金

產。」其後無己又賦《高軒過》云：「滕王蛺蝶江都馬，一紙千金不當價。」以道云：「陳三兩度不當價。」（同上）

【閉門十日雨】有人云，陳無己「閉門十日雨」，卽是退之「長安閉門三日雪」。余以爲作詩者容有意思相犯，亦不必爲病，但不可太甚耳。（同上）

【陳無己小放歌行】陳無己作《小放歌行》兩篇。其一云：「春風永巷閉娉婷，長使青樓誤得名。不惜捲簾通一顧，怕君着眼未分明。」其二云：「當年不嫁惜娉婷，映白施朱作後生。說與旁人須早計，隨宜梳洗莫傾城。」山谷云，無己他日作詩，語極高古，至於此篇，則顧影徘徊，衒耀太甚。（同上）

【陳無己咏刀鑷工詩】陳留市中有一刀鑷工，隨其所得爲一日費，醉吟於市，負其子以行歌。江端禮以爲達者，爲作傳，而要無己賦詩。無己詩有「閉門十日雨，凍作饑鳶聲。」大爲山谷所愛。山谷後亦擬作，有云：「養性霜刀在，閱人清鏡空。」無以復加。（同上）

【學詩如學仙】潘邠老云：「陳三所謂『學詩如學仙，時至骨自換』，此語爲得之。」然余見山谷有「學詩如學道」之句，陳三所得，豈其苗裔耶？（同上）

【無己賦高軒過圖詩】「滕王蛺蝶江都馬，一紙千金不當價。異材天縱非力能，畫工不是甘爲下。今代風流數大年，含毫落筆開山川。忽忘朽老壓塵低，却怪梟鴻墮目前。邇來八駿復秀出，萬里山河纔咫尺。眼邊安得有突兀，復似天地初開闢。明窗寫出高軒過，便逐愈湜聞吟哦。晚知書畫眞有益，却悔歲月來無多。官禁脩嚴絕過訪，時於僻寺聊脫鞅。秀潤如行琮璧間，清明似引星辰上。憂悲惆悵百不平，河擘太華東南傾。平生秀句寰區滿，掇拾棄置成丹青。平湖遠岫開精神，陡覺文字生清新。未許兩豪今角立，要知旁有衞夫人。」此無己所賦宗室士暕《高軒過圖》詩也。初，無己謂余曰：「近宗子節使使余作一詩，皆掛名其間，得百千以爲女子嫁資可乎？」余曰：「詩未成，則錢不可受，詩已成，則錢不可來。」數日無己卒，士暕贈以十縑。（同上）

【陳無己詩讖】陳無己賦《高軒過》詩云：「固知書畫眞有益，却怪歲月來無多。」不數月遂卒。（同上）

【無己和邢惇夫詩】邢惇夫以詩寄無己，無己和云：「漢廷用少公何在，不使羣飛接羽翰。今代貴人須白髮，掛冠高處未宜彈。」蓋元祐之時，多用老成故也。（同上）

【后山嘲秦少章】少章登第後方娶。陳后山嘲秦覯云：「長鋏歸來夜帳空，衡陽回雁耳偏聰。若爲借與春風看，無限珠璣咳唾中。」后山作此詩時猶未娶，故多戲句。帳空聞雁之語，皆戲其獨宿無寐也。（同上）

【奪胎換骨】潘邠老云：陳三所謂「學詩如學仙，時至骨自換」，此語爲得。如「不知眼界開多少，白雲去盡青天回」，凡此之類，皆換骨法也。（同上）

惠洪

【陳無己挽詩】予問山谷：「今之詩人誰爲冠？」曰：「無出陳師道無己。」問其佳句如何，曰：「吾見其作溫公挽詞一聯，便知其才不可敵，曰：『政雖隨日化，身已要人扶。』」（《冷齋夜話》卷二）

方勺

陳去非謂予曰：秦少游詩如刻就楮葉，陳無己詩如養成内丹。又曰：凡詩人，古有柳子厚，今有陳無己而已。（《泊宅編》卷九）

吴坰

項斯未聞達時，因以卷謁江西楊敬之，楊苦愛之，贈詩曰：「幾度見詩詩盡好，及觀標格過於詩。平生不解藏人善，到處逢人説項斯。」陳無己見曾子開詩云：「今朝有客傳何尹，到處逢人説項斯。」雖全用古人兩句，而屬辭切當，上下意混成，眞脱胎法也。（《五總志》）

館中會茶，自祕監至正字畢集，或以謂少陵拙於爲文，退之窘於作詩，申難紛然，卒無歸宿。獨陳無己默默無語，衆乃詰之，無己曰：「二子得名，自古未易定價。若以謂拙於文、窘於詩，或以謂詩文初無優劣，則皆不可。就其已分言之，少陵不合以文章似吟詩様吟，退之不合以詩句似做文様做。」於是議論始定，衆乃服膺。（同上）

葉夢得

蘇子瞻嘗稱陳師道詩云：凡詩，須做到衆人不愛、可惡處方爲工，今君詩，不惟可惡，卻可慕，不惟可

慕，卻可姤。（《石林燕語》卷八）

余居吳下，一日，出閶門，至小寺中，壁間有題詩一絶云：「黄葉西陂水漫流，籧蒢風急滯扁舟。夕陽暝色來千里，人語鷄聲共一丘。」意極喜，初不書名氏，問寺僧，云：「吳縣寇主簿所作，今官滿去矣。」歸而問之吳下士大夫，云寇名國寶，蓋與余同年。然皆莫知其能詩。余與國寶牓下，未嘗往來，亦謾不省其爲人。已而數爲好事者舉此詩，始有言國寶徐州人，久從陳無己學。乃知文字淵源有所自來，亦不難辨，恨不得多見之也。（《石林詩話》）

徐度

神宗患本朝國史之繁，嘗欲重修五朝正史，通爲一書，命曾子固專領其事，且詔自擇屬官。曾以彭城陳師道應詔，朝廷以布衣難之。（《卻掃編》卷中）

陳正字無己，世家彭城，後生從其游者常十數人。所居近城有隙地林木，閒則與諸生徜徉林下。或愀然而歸，徑登榻，引被自覆，呻吟久之，矍然而興，取筆疾書，則一詩成矣。因揭之壁間，坐臥吟哦，有竄易至月十日乃定，有終不如意者，則棄去之。故平生所爲至多，而見於集中者纔百篇。今世所傳率多雜僞，唯魏衍所編二十卷者最善。（同上）

魏衍者，字昌世，亦彭城人，從無己游最久，蓋高弟也。以學行見重於鄉里。自以不能爲王氏學，因不事舉業。家貧甚，未嘗以爲戚。唯以經籍自娱，爲文章操筆立成。名所居之居曰曲肱軒，自號曲肱居士。政和間，先公守徐，招寘書館，俾余兄弟從其學，時年五十餘矣。見異書猶手自抄寫，故其家雖貧，而藏書亦數千卷。建炎初死於亂。平生所爲文，今世無復存者，良可歎也。（同上）

魏昌世言無己平生惡人節書，以爲苟能盡記不忘固善，不然徒廢日力而已。夜與諸生會宿，忽思一事，必明燭繙閲，得之乃已。或以爲可待旦者，無已曰：「不然。人情樂因循，一放過則不復省矣。」故其學甚博而精。尤好經術，非如唐之諸子，作詩之外，他無所知也。（同上）

陳無己嘗以熙寧、元豐間事爲編年，書既成，藏之龐莊敏家，無己之母，龐氏也。紹聖中，龐氏子有懼或爲己累者，竊其書焚之，世無别本，無己終身以爲恨焉。（同上卷下）

陳長方

古人作詩斷句，輒旁入他意，最爲警策。如老杜云「雞蟲得失無了時，注目寒江倚山閣」是也。黄魯直作《水仙花》詩，亦用此體，云：「坐對眞成被花惱，出門一笑大江横。」至陳無己云：「李杜齊名吾豈敢，晚風無樹不鳴蟬。」則直不類矣。（《步里客談》卷下）

章叔度憲云：每下一俗間言語，無一字無來處，此陳無己、黄魯直作詩法也。（同上）

何薳

【后山往杏園】建中靖國元年，陳無己以正字入館，未幾得疾。樓異世可時爲登封令，夜夢無己見别，行李匆甚。樓問是行何之，曰：「暫往杏園，東坡、少游諸人在彼已久。」樓起視事，而得參寥子報云：「無己逝矣。」（《春渚紀聞》卷六）

任淵

【后山詩註目錄序】讀后山詩，大似參曹洞禪，不犯正位，切忌死語，非冥搜旁引，莫窺其用意深處；此詩註之所以作也。近時刊本，參錯謬誤。政和中，王雲子飛得后山門人魏衍親授本，編次有序，歲月可考。今悉據依，略加緒正，詩止六卷，益以註，卷各釐爲上下。作之有謂，而存之可傳，無怪夫詩之少也。衍字昌世，作后山集記，頗能道其出處，今置之篇首，後有學者，得以覽觀焉。（任淵《后山詩註》卷首）

莊季裕

杜少陵《新婚別》云：「雞狗亦得將。」世謂諺曰「嫁得雞，逐雞飛；嫁得狗，逐狗走」之語也。而陳無己詩亦多用一時俚語，如：「昔日剜瘡今補肉」，「百孔千窗容一罅」，「拆東補西裳作帶」，「人窮令智短」，「百巧千窮只短檠」，「起倒不供聊應俗」，「經事長一智」，「稱家豐儉不求餘」，「卒行好步不兩得」，皆全用四字。「巧手莫爲無麪餅巧媳婦做不得無麪餺飥」，「不應遠水救近渴」，「誰能留渴須遠井遠水不救近渴」，「瓶懸甃間終一碎瓦罐終須井上破」，「急行寧小緩急行趄過慢行遲」，「早作千年調」，「一生也作千年調人作千年調，鬼見拍手笑」，「拙勤終不補將勤補拙」，「斧斫仍手摩丈斧斫丁手摩婆」，「鷺雞透籬犬升屋雞飛狗上屋」，「割白鷺股何足難鷺鷥腿上割股」，「薦賢仍賭命」。而東坡亦有「三杯輭飽後，一枕黑甜餘」，皆世俗語。如「賭命」、「輭飽」猶可解，而「黑甜」後世不知其爲睡矣。如《詩》云「串夷載路」，《書》云「弔由靈」，安知非當時之常談也。（《雞肋編》卷下）

施彦執

舊傳陳無己端硯詩云：「人言寒士莫作事，神奪鬼偷天破碎。」神言奪，鬼言偷，天言破碎，此下字最工也。今本乃作「鬼奪客偷」，殊玉石矣。此當言鬼神，不可言客也。（《北牕炙輠錄》卷下）

張表臣

陳無己先生語予曰：「今人愛杜甫詩，一句之内，至竊取數字以髣像之，非善學者。學詩之要，在乎立格、命意、用字而已。」予曰：「如何等是？」曰：「《冬日謁玄元皇帝廟》詩，敍述功德，反復外意，事核而理長；《閬中歌》，辭致峭麗，語脈新奇，句清而體好；兹非立格之妙乎？《江漢》詩，言乾坤之大，腐儒無所寄其身；《縛雞行》，言雞蟲得失，不如兩忘而寓於道；兹非命意之深乎？《贈蔡希魯》詩云『身輕一鳥過』，力在一『過』字；《徐步》詩云『花蘂上蜂鬚』，功在一『上』字；兹非用字之精乎？學者體其格，高其意，練其字，則自然有合矣，何必規規然髣像之乎？」（《珊瑚鉤詩話》卷二）

普聞

論曰：詩家云鍊字莫如鍊句，鍊句莫若得格，格高本乎琢句，句高則格勝矣。天下之詩，莫出於二句，一曰意句，二曰境句。境句則易琢，意句難製。境句人皆得之，獨意不得其妙者，蓋不知其旨也。……陳無己詩云：「枯松倒影半溪寒境，數箇沙鷗似水安境中帶意。曾買江南千本畫，歸來一筆不中看意。」（《詩論》）

胡仔

苕溪漁隱曰：無己詩云：「學詩如學仙，時至骨自換。」山谷亦有「學詩如學道」之句。若語意俱勝，當以無己爲優。王直方議論不公，遂云「陳三所得，豈其苗裔邪」。意謂其出於山谷，不足信也。（《苕溪漁隱叢話》前集卷五十一）

苕溪漁隱曰：古今詩人以詩名世者，或只一句，或只一聯，或只一篇，雖其餘别有好詩，不專在此，然播傳於後世，膾炙於人口者，終不出此矣，豈在多哉？……溫庭筠有「雞聲茅店月，人跡板橋霜」；嚴維有「柳塘春水漫，花塢夕陽遲」；常建有「竹徑通幽處，禪房花木深」；杜荀鶴有「風暖鳥聲碎，日高花影重」；韋蘇州有「兵衞森畫戟，燕寢凝淸香」；孟浩然有「氣蒸雲夢澤，波撼岳陽城」；賈島有「鳥宿池邊樹，僧敲月下門」；張祜有「樹影中流見，鐘聲兩岸聞」；周朴有「曉來山鳥鬧，雨過杏花稀」；劉筠有「雨勢宮城闊，秋聲禁樹多」；楊黎州有「剛腸欺竹葉，衰鬢怯菱花」；寇萊公有「遠水無人渡，孤舟盡日横」；徐鉉有「井泉分地脈，砧杵共秋聲」；趙師民有「麥天晨氣潤，槐夏午陰清」；魏野有「數聲離岸櫓，幾點別州山」；悟清有「鳥歸花影動，魚沒浪痕圓」；惠崇有「河分岡勢斷，春入燒痕青」；夏英公有「山勢峰腰斷，溪流燕尾分」；蔡天啓有「柳間黄鳥路，波底白鷗天」；秦少游有「雨砌墮危芳，風軒納飛絮」；陳無己有「髮短愁催白，顔衰酒借紅」；徐恂有「着衣輕有暈，入水淡無痕」。……凡此皆以一聯名世者。(同上後集卷二)

苕溪漁隱曰：履常絶句云：「此生精力盡於詩，末歲心存力已疲。」與溫公《進呈資治通鑑表》云「臣之精力，盡於此書」之語，共相脗合，豈偶然邪？(同上後集卷三十三)

苕溪漁隱曰：《寄送定州蘇尙書》云：「枉讀平生三萬卷，貂蟬當復作兜牟。」齊武帝戲周盤龍曰：「貂蟬何如兜鍪？」對曰：「貂蟬生於兜鍪。」履常反用此事，意言蘇公之才學，不當臨邊。然頗、牧出於儒林，古人以爲美談，履常之言，殊覺非也。(同上)

苕溪漁隱曰：杜牧之《早雁》詩云：「仙掌月明孤影過，長門燈暗數聲來。」六一居士《汴河聞雁》云：「野岸柳黄霜正白，五更驚破客愁眠。」皆言幽怨羈旅，聞雁聲而生愁思。至後山則不然，但云「遠道勤相喚，羈懷慢作愁」，則全不蹈襲也。(同上)

朱　翌

陳無己平生尊黄魯直，末年乃云：「向來一瓣香，敬爲曾南豐。」人或疑之，不知曾子固出歐公之門，後山受業南豐。此詩乃潁州教授時觀六一堂圖書作，爲南豐先生燒香，宜哉。（《猗覺寮雜記》卷上）

曾敏行

元祐初，后山在京師，聞徐仲車之孝行，遂致書以通殷勤，託其門人江季共端禮持以往。季共見仲車言曰：「友人陳師道好賢樂善，介然不羣於流俗，聞先生之風，因願納交於下執，有書託端禮以致于左右。」公欣然發緘，讀已，謂季共曰：「陳君眞賢者。某雖未之見，子謂不羣於流俗，今讀其書辭，敢以爲信。然某年來未嘗以詩文入京，故不能爲謝，子其爲我謝之。」季共以告。后山曰：「仲車之介，當於古人中求，他日掃門未晚也。」聞者兩賢之。（《獨醒雜志》卷一）

王灼

陳無己所作（詞）數十首，號曰語業，妙處如其詩；但用意太深，有時僻澀。（《碧鷄漫志》卷二）

陳無己作《浣溪沙》曲云：「暮葉朝花種種陳，三秋作意問詩人，安排雲雨要新清。　隨意且須追去馬，輕衫從使著行塵，晚窗誰念一愁新。」本是「安排雲雨要清新」，以末後句新字韻，遂倒作「新清」。世言無己喜作莊語，其弊生硬，是也。詞中暗帶陳三、念一兩名，亦有時不莊語乎？（同上）

陳　善

【陳后山之學】陳后山學文於曾子固，學詩於黄魯直。蓋嘗有詩云：「向來一瓣香，敬爲曾南豐。」然此香獨不爲魯直，何也？（《捫蝨新語》下集卷一）

許　顗

陳無己賦宗室畫詩云「滕王蛺蝶江都馬，一紙千金不當價。」又作曾子固挽辭云：「丘園無起日，江漢有東流。」近世詩人莫及。（《許彦周詩話》）

張邦基

晁無咎謫玉山，過徐州時，陳無己廢居里中。無咎置酒，出小姬娉娉舞《梁州》，無己作《減字木蘭花》長短句云：「娉娉嫋嫋，芍藥梢頭紅樣小。舞袖低回，心到郎邊客已知。　金樽玉酒，勸我花前千萬壽。莫莫休休，白髮簪花我自羞。」無咎歎曰：「人疑宋開府鐵石心腸，及爲《梅花賦》，清豔殆不類其爲人。」無己清通，雖鐵石心腸不至於開府，而此詞已過於《梅花賦》矣。（《墨莊漫錄》卷三）

編者按：周煇《清波雜志》卷九亦記此事，文字稍有不同。

嚴有翼

【最善下字】予與鄉人翁行可同舟泝汴，因談及詩，行可云：「王介甫最善下字，如『荒埭野鷄催月曉，空場老雉挾春驕』，下得『挾』字最好；如《孟子》挾貴挾長之挾。」予謂介甫又有「紫莧凌風怯，蒼苔挾雨嬌」，陳無己有「寒氣挾霜侵敗絮，賓鴻將子度微明」，其用「挾」字，亦與王介甫前一聯意同。（《藝苑雌黄》）

朱弁

晁伯宇少與其弟沖之叔用俱從陳無己學。無己建中靖國間到京師，見叔用詩，曰：「子詩造此地，必須得一悟門。」叔用初不言，無己再三詰之，叔用云：「别無所得，頃因看韓退之雜文，自有入處。」無己首允之曰：「東坡言杜甫似司馬遷，世人多不解，子可與論此矣。」（《風月堂詩話》卷上）

「閉門覓句陳無己，對客揮毫秦少游。正字不知温飽未，春風吹淚古藤州。」此黄魯直詩也。魯直作此詩時，無己作正字尚無恙。建中靖國間，樓異世可知襄邑縣，夢無己來相别，且云：「東坡、少游在杏園相待久矣。」明日無己之訃至，乃大驚異，作書與參寥言其事。杏園見道家書，乃海上神仙所居之地也。仙龕虚室以待白樂天之説，豈不信然耶？（同上）

陳無己與晁以道俱學文於曾子固，子固曰：「二人所得不同，當各自成一家，然晁文必以著書名於世。」

無己晚得詩法於魯直。他日二人相與論文，以道曰：「吾曹不可負曾南豐。」又論詩，無己曰：「吾此一瓣香須爲山谷道人燒也。」（同上）

曾季貍

陳後山爲正字詩云：「寧辭乳媪譏。」用《南史·何承天》事。（《艇齋詩話》）

後山：「楊柳藏鴉白門下。」出古樂府：「暫出白門前，楊柳可藏烏。」（同上）

後山：「平生西方願，擺脱區中緣。」出謝靈運詩：「想像昆水姿，緬邈區中緣。」（同上）

後山作《南豐先生輓詞》云：「侯芭才一足，白首太玄經。」本李白詩：「誰能書閣下，白首太玄經。」（同上）

《後山詩話》云：望夫石詩，以顧況「山頭日日風和雨，行人歸來石應語」爲絶唱。其説是矣，但非顧況詩，乃王建詩也。（同上）

葛立方

李長吉云：「我生二十不得意，一生愁心謝如梧。」乃至二十七而卒。陳無己《除夜》詩云：「七十已強半，所餘能幾何？遥知暮夜促，更覺後生多。」至四十九而卒。語意不祥如此，豈神明者先授之耶？（《韻語陽秋》卷二）

魯直謂後山學詩如學道，此豈尋常雕章繪句者可擬哉！客言後山詩多點化杜語，杜云：「昨夜月同行。」後山云：「勤勤有月與同歸。」杜云：「林昏罷幽磬。」後山云：「林昏出幽磬。」杜云：「古人去已遠。」後山云：「新人日已遠。」杜云：「中原鼓角悲。」後山云：「風連鼓角悲。」杜云：「暗飛螢自照。」後山云：「飛螢元失照。」杜云：「秋覺追隨盡。」後山云：「林湖更覺追隨盡。」杜云：「文章千古事。」後山云：「文章平日事。」杜云：「乾坤一腐儒。」後山云：「乾坤著腐儒。」杜云：「孤城隱霧深。」後山云：「寒城著霧深。」杜云：「寒花只暫香。」後山云：「寒花只自香。」如此類甚多，豈非點化老杜之語而成者。余謂不然。後山詩格律高古，眞所謂「碌碌盆盎中，見此古罍洗」者。用語相同，乃是讀少陵詩熟，不覺在其筆下，又何足爲公病。（同上）

魯直酷愛陳無己詩，而東坡亦不深許，魯直爲無己揚譽，無所不至，而無己乃謂：「人言我語勝黃語」，何耶？（同上）

王偁

【陳師道傳】陳師道，字無己，徐州彭城人也。少刻苦問學。以文謁曾鞏，鞏奇之。元祐中，蘇軾、傅堯俞、孫覺薦於朝，爲徐州教授，除太學博士。初，師道在官，嘗私至南京謁蘇軾，至是言者彈其冒法越境，出爲潁州教授。紹聖初，言者復論師道進非科第，罷歸。久之，爲棣州教授，除秘書省正字以卒。師道家素貧，自罷歸彭城，或累日不炊，妻子慍見，不恤也。諸經皆有訓傳，於《詩》、《禮》尤邃。爲文師曾鞏，爲詩宗黃庭堅，然平淡雅奧，自成一家云。（《東都事略》卷一百十六《文藝傳》）

洪　邁

【《談叢》失實】後山陳無己著《談叢》六卷，高簡有筆力；然所載國朝事失於不考究，多爽其實，漫析數端於此。其一云：「呂許公惡韓、富、范三公，欲廢之而不能。及西軍罷，盡用三公及宋莒公、夏英公於二府，皆其仇也。呂既老，大事猶問，遂請出大臣行三邊。既建議，乃數出道者院宿。范公奉使陝西，宿此院相見。」云云。案呂公罷相，詔有同議大事之旨，公辭，乃慶曆三年三月，至九月，致仕矣。四年七月，富、范始奉使。又三公入二府時，莒公自在外，英公拜樞密使，而中輟，後二年，莒方復入，安有五人同時之事。其二云：「杜正獻、丁文簡爲河東宣撫任，布之子上書歷詆執政，至云『至於臣父，亦出遭逢』，謂其非德選也。杜戲丁曰：『賢郎亦要牢籠！』丁深銜之。其後二公同在政府。蘇子美進奏事作，杜避嫌不預，丁論以深文，子美坐廢爲民，杜亦罷去。一言之謔，貽禍如此。」案杜公以執政使河東時，丁以學士爲副。慶曆四年十一月進奏獄起，杜在相位，五年正月罷。至五月，丁公方從翰林參知政事，安有深文論子美之説。且杜公重厚，當無以人父子爲謔之理。丁公，長者也，肯追仇一言陷賢士大夫哉！其三云：「張乖崖自成都召爲參知政事，既至而腦疽作，求補外，乃知杭州，而疾愈。上使中人往伺之，言且將召也，丁晉公以白金賂使者，還言如故，乃不召。」案張兩知成都，其初還朝爲戶部使中丞，始知杭州，是時丁方在侍從；其後自蜀知昇州，丁爲三司使，豈有如前所書之事。其四云：「乖崖在陳，聞晉公逐萊公，知禍必及己，乃延三大戶與之博，出彩骰子，勝其一坐，乃買田宅爲歸計以自汚。晉公聞之，亦不害也。」案張公以祥符六年知陳州，八年卒。後五年，當天禧四年，寇公方罷相，旋坐貶，豈有所謂乖崖自汚之事。茲四者所係不細，乃誕漫如此。蓋前輩不家藏國史，好事者肆意飾説爲美聽，疑若可信，故誤人紀述。後山之書必傳於後世，懼詒千載之惑，予是以辨之。（《容齋隨筆》卷八）

【張籍陳無己詩】張籍在他鎭幕府，鄆帥李師古又以書幣辟之，籍却而不納，而作《節婦吟》一章寄之，曰：「君知妾有夫，贈妾雙明珠。感君纏綿意，繫在紅羅襦。妾家高樓連苑起，良人執戟明光裏。知君用心如日月，事夫誓擬同生死。還君明珠雙淚垂，何不相逢未嫁時。」陳無己爲潁州教授，東坡領郡，而陳無己賦《妾薄命》篇，言爲曾南豐作。其首章云：「主家十二樓，一身當三千。古來妾薄命，事主不盡年。起舞爲主壽，相送南陽阡。忍著主衣裳，爲人作春妍。有聲當徹天，有淚當徹泉。死者恐無知，妾身長自憐。」全用籍意。或謂無己輕坡公，是不然。前此無己官於彭城，坡公由翰林出守杭，無己越境見之於宋都，坐是免歸，故其詩云：「一代不數人，百年能幾見？昔爲馬首銜，今爲禁門鍵。一雨五月涼，中宵大江滿。風帆目力短，江空歲年晚。」其尊敬之盡矣。薄命擬況，蓋不忍師死而遂倍之，忠厚之至也。（三筆卷六）

吳曾

【中山放魔】劉貢夫《詩話》云：「陳子昂云：『吾聞中山相，乃屬放麑翁。』」放麑本秦西巴孟孫氏之臣也，謂之中山，誤矣。」予觀陳無己《謝再授徐州教授啓》云：「中山之相，仁於放麑；亂世之雄，疑於食子。」乃知誤者，非一人也。（《能改齋漫録》卷三《辨誤》）

【書來訪死生】　陳後山別張芸叟詩云：「此別時須問生死，熟知詩律解窮人。」韓子蒼《送張右司》詩云：「孰知此別常乖隔，莫惜書來訪死生。」或者謂用柳子厚《與王參元書》云：「因人南來，致書問死生。」非也。蓋本出梁王僧孺《送商何兩記室》云：「儻有還書便，一言訪死生。」（同上卷七《事實》）

【公家魯直不解事】　陳後山贈黃知命詩：「公家魯直不解事，愛作文章可人意。」按楊修《答臨菑侯》云：「修家子雲，老不曉事，強著一書，悔其少作。」（同上）

【高懷猶有故人知】　陳無己有山谷草書絶句：「當年闕里與論詩，歲晚河山斷夢思。妙質不爲平世用，高懷猶有故人知。」末後兩句，乃合荆公思王逢原詩：「妙質不爲平世得，微言但有故人知。」（同上卷八《沿襲》）

【學詩如學仙時至骨自換】　鮑慎由答潘見素詩云：「學詩比登仙，金膏換凡骨。」蓋用陳無己答秦少章「學詩如學仙，時至骨自換」之句。（同上）

【三詩皆用清渾字】　東坡送魯元翰詩：「皎皎千丈清，不如尺水渾。」陳後山次韻東坡詩：「信有千丈清，不如一尺渾。」參寥詩：「乍爲含垢千尋濁，不作驚人一掬清。」（同上）

【陳師道《春秋索隱》】　館中有陳師道《春秋索隱》三卷，士大夫以爲陳無己所作，非也。師道，建安人，仕至殿中侍御史。呂南公所謂深於《春秋》，蓋與泰山孫復齊能，而師道仕望並高，故不倚經以名者

也。（同上卷十四《記文》）

吳聿

錢昭度詩云：「伯禹無端教鮮食，水中魚盡不知休。」陳無己云：「誰初教鮮食，竭澤未能休。」便覺語勝。（《觀林詩話》）

東坡和辛字韻，至「搗殘椒桂有餘辛」，用意愈工，出人意外。然陳無己「十里塵沈不受辛」，亦自然也。（同上）

梅聖俞詩「莫打鴨，打鴨驚鴛鴦」之語，譏宣守笞官奴也。陳無己《戲楊理曹》詩云：「從來相戒莫打鴨，可打鴛鴦最後孫。」又與宣守詩云：「肯爲文俗事，打鴨起鴛鴦。」皆用此也。然「起鴛鴦」三字亦有來處，杜牧之云：「織篷眠舴艋，驚夢起鴛鴦。」（同上）

予家有聽雨軒，嘗集古今人句，……陳無己云：「一枕雨窗深閉閤，卧聽叢竹雨來時。」趙德麟云：「卧聽簷雨作宫商。」尤爲工也。（同上）

晁公武

【陳無己后山集二十卷】　右皇朝陳師道無己，彭城人。少以文謁曾南豐，南豐一見奇之，許其必以文著。元祐中，侍從合薦於朝，起爲太學博士。紹聖初，以進非科舉而罷。建中靖國初，入秘書爲正字

以卒。爲文至多，不中意則焚之。（《郡齋讀書志》卷十九別集類下）

吴　儆

【代陳無己述懷】序：「偶讀後山序少游字，謂熙、豐間眉蘇公之守徐，余以民事太守，間見如客，揚秦子過焉，置醴備樂，如師弟子，因悵然有感。夫以邦君之賢如蘇公，客如秦子，而無己獨以民間見，其能無慨於懷？然讀其詩，未嘗及是，因爲補遺之章，以信陳子之志。」胡馬嘶北風，越鳥依南枝。人生有氣類，千里傾風期。君看漆室女，中宵倚楹悲。從君不憚遠，秋露濕人衣。南山白石爛，漫漫何時旦。獨立占少微，搔手空三歎。（《竹洲文集》卷十六）

陸　游

【跋後山居士詩話】《談叢》、《詩話》皆可疑。《談叢》尚恐少時所作，《詩話》決非也。意者後山嘗有詩話而亡之，妄人竊其名爲此書耳。後山二子豐、登，登過江爲會稽曹官，李鄴降虜，登亦被驅以北。悲乎！淳熙戊戌十月二十四日，可齋。（《渭南文集》卷二十六）

【跋後山居士長短句】唐末詩益卑，而樂府詞高古工妙，庶幾漢魏。陳無己詩妙天下，以其餘作詞，宜其工矣，顧乃不然，殆未易曉也。紹熙二年正月二十四日雪中試朱元亨筆因書。（同上卷二十八）

【偶讀陳無己《芍藥》詩云：「一枝剩欲簪雙髻，未有人間第一人。」蓋晚年所作也。爲之絶倒，戲作小

詩】 少年妄想已癡絶，鏡裏何堪白髮生。縱有傾城何預汝，可憐元來未解情。（《劍南詩稿》卷三十七）

謝景魚家有陳無己手簡一編，有十餘帖，皆與酒務官託買浮炭，其貧可知。浮炭者，謂投之水中而浮，今人謂之桴炭，恐亦以投之水中則浮故也。白樂天詩云：「日暮半爐桴炭火。」則其語亦已久矣。（《老學菴筆記》卷六）

秦會之跋後山集，謂曾南豐修英宗實錄，辟陳無己爲屬。孫仲益書數百字詆之，以爲無此事，南豐雖嘗預修英宗實錄，未久卽去，且南豐自爲吏屬，烏有辟官之理，又無己元祐中，方自布衣命官。故仲益之辨，人多是之。然以予考其實，則二公俱失也。南豐元豐中還朝，被命獨修五朝史實，許辟其屬，遂請秀州崇德縣令邢恕爲之用。選人已非故事，特從其請，而南豐又援經義局辟布衣徐禧例，乞無己檢討，廟堂尤難之。會南豐上太祖紀敍論，不合上意，修五朝史之意寖緩。未幾南豐以憂去，遂已。會之但誤以五朝史爲英宗實錄耳，至其辟無己事，則實有之，不可謂無也。（同上卷七）

程大昌

吳僧錢塘白塔院詩：「到江吳地盡，隔岸越山高。」陳後山《詩話》鄙其語不文，曰是分界堠子耳。及後山在錢塘，仍有句云：「語音隨地改，吳越到江分。」此如李光弼用郭子儀旗幟士卒，而號令所及，精采皆變者也。（《考古編》，見魏慶之《詩人玉屑》卷八《句優於古》）

王明清

【曾南豐辟陳無己邢和叔爲實録檢討官】秦會之暮年作示孫文云：「曾南豐辟陳無己、邢和叔爲英宗皇帝實錄檢討官，初呈藁，無己便蒙許可，至邢乃遭横筆。」……案曾南豐元豐五年受詔修五朝史，爲中丞徐禧所沮寢命，繼丁憂而終，蓋未嘗濡毫，初亦不曾修英宗實錄也。陳無己元祐三年始以東坡先生、傅欽之、李邦直、孫同老薦於朝，自布衣起爲徐州教授，距南豐之沒後十年始仕，亦未始預編摩也。（《揮麈錄》三錄卷一）

楊萬里

五言古詩，句雅淡而味深長者，陶淵明、柳子厚也。少陵《羌村》、後山《送內》，皆有一倡三歎之聲。（《誠齋詩話》）

無己云：「人事自生今日意，寒花秖作去年香。」此淵明所謂「日月依辰至，舉俗愛其名」也。（同上）

朱　熹

先生看《東都事略》，文蔚問曰：「此文字如何？」曰：「只是説得箇影子。適閒偶看陳無己傳，他好處都不載。」問曰：「他好處是甚事？」曰：「他最好是不見章子厚，不著趙挺之綿襖。傅欽之聞其貧甚，

懷銀子見他，欲以賙之，坐間聽他議論，遂不敢出銀子。如此等事，他都不載。」（《朱子語類》卷一百三十）

陳後山與趙挺之、邢和叔爲友壻，皆郭氏壻也。後山推尊蘇、黃，不服王氏，故與和叔不協。後山在館中，差與南郊行禮，親戚謂其妻曰：「登郊臺，率以夜半，時寒不可禁，須多辦綿衣。」而後山家止有一裘，其妻遂於邢家借得一裘以衣。後山云：「我只有一裘已著，此何處得來？」妻以實告。後山不肯服，亟令送還，竟以中寒感疾而卒。或曰：非從邢借，乃從趙借也。故或人祭文有云「囊無副衣」，即謂此也。趙挺之初亦是熙、豐黨人，附蔡元長以得進，後來見得蔡氏做得事勢不好了，卻去攻他。趙有三子，曰□誠，曰思誠，曰明誠。明誠，李易安之夫也，文筆最高，《金石錄》煞做得好。（同上）

陳後山之文有法度，如《黃樓銘》，當時諸公都斂衽。佐錄云：便是今人文字都無他抑揚頓挫。（同上卷一百三十九）

館職策，陳無己底好。（同上）

某舊最愛看陳無己文，他文字也多曲折。（同上）

陳後山初見東坡時，詩不甚好，到得爲正字時，筆力高妙，如題趙大年所畫《高軒過圖》云：「晚知書畫眞有益，卻悔歲月來無多。」極有筆力。其中云「八二」者，乃大年行次也。雉（同上卷一百四十）

陳博士在坡公之門，遠不及諸公，未說如秦、黃之流，只如劉景文詩云：「四海共知霜滿鬢，重陽曾插菊花無？」陳詩無此句矣。其雜文亦自不及備論。（同上）

擇之云：「後山詩恁地深，他資質儘高，不知如何肯去學山谷？」曰：「後山雅健強似山谷，然氣力不似山谷較大，但卻無山谷許多輕浮底意思。然若論敘事，又卻不及山谷，山谷善敘事情，敘得盡，後山敍得較有疎處。若散文，則山谷大不及後山。淳錄云：後山詩雅健勝山谷，無山谷瀟洒輕揚之態。然山谷氣力又較大，敍事詠物頗盡事情，其散文又不及後山。……」「後山、山谷好說文章，臨作文時，又氣餒了。老蘇不曾說，到下筆時，做得卻雄健。」（同上）

高似孫

【滕王蛺蝶圖】王建《宫詞》：「內中數日無呼喚，寫得滕王蛺蝶圖。」《酉陽雜俎》曰：「滕王畫蝶圖有數名：江夏班、大海眼、小海眼、村裏來、菜花子。」《唐·藝文志》有滕王蛺蝶圖一卷。……后山賦宗室畫詩：「滕王蛺蝶江都馬，一紙千金不當價。」用事精也。（《緯略》卷十）

周孚

【題後山集後次可正平韻】「嶷嶷陳夫子，高名天壤間。讀書能妙斲，行己有深閑。句法窺唐杜，文章規漢班。九原埋玉樹，遺簡仰高山。」可正平詩甚美元多惡，嗟公墮此間。眞爲四君次，可厭七年閑。汴泗空千載，晁叔用何斯今僅一班。凄涼太陽履，埋沒若何山。（《蠹齋先生鉛刀編》卷十）

趙蕃

【石屏詩集序(節錄)】學詩者莫不以杜爲師，然能如師者鮮矣，句或有似之，而篇之全似者絶難得。陳後山《寄外舅郭大夫》：「巴蜀通歸使，妻孥且定居。深知報消息，不忍問何如。身健何妨遠，情親未肯疎。功名歎老病，淚盡數行書。」此陳之全篇似杜者也。戴式之亦有《思家》用陳韻云：「湖海三年客，妻孥四壁居。飢寒應不免，疾病又何如。日夜思歸切，平生作計疎。愁來仍酒醒，不忍讀家書。」此式之全篇似陳者也。(《章泉稿》拾遺)

葉　適

陳師道在同時四人中，惟詩推敬黄庭堅，若文學識向，自視非其輩倫，言論未嘗及也。所師獨曾鞏，至與孔子同稱，歐、蘇皆不滿也。與曾布書頗詳事情，擬武舉策陳義尤高，誚賈誼無以自容安能容匈奴。師道爲此語，數十年有靖康之禍，此非不能容匈奴者所致，乃自容而又容匈奴者致之也。學欲至之捷而守之迂，迂捷同軌，則知德者不貴也。識欲覺之先而持之後，先後一轍，則知務者不許也。惜乎師道見理未盡，而執志甚堅，上不能爲王回、孫侔，下不能爲石延年、尹洙也。(《習學記言》卷五十)

敖陶孫

后山如九皋獨唳，深林孤芳，沖寂自妍，不求識賞。(《敖器之詩評》)

韓淲

彭門陳師道，嘗學於顔長道，故相龐籍其外祖也。（《澗泉日記》卷上）

少游在黄、陳之上，黄魯直意趣極高，陳后山文字才氣短，所可尚者步驟。（同上卷下）

戴復古

【論詩十絶（録一首）】文章隨世作低昂，變盡風騷到晚唐。舉世吟哦推李杜，時人不識有陳黄。（《石屏詩集》卷七）

張侃

【明月堂聞松風】此去中秋纔七日，明月堂前秋可卽。山深水遠斷人蹤，僧云居此探消息。老松夭矯雙鳳翔，翠色依月新凝光。神仙所居無乃是，我來訪古摩蘚蒼。夜長月正當窗白，風入松梢聲劃劃。娥江元自通濤江，脱似江潮撼僧牀。君不見，東坡先生豪一世，寄語重門休便閉，胸中吐出黄初詩，詩勢如潮漫無比。又不見，后山居士眞仙人，每遇奇觀精神生，悠悠江水流不盡，晚日浮沈潮勢平。披衣起坐寂無語，松影參差復如故。風聲四散不暫停，遥見江流趁東去。（《張氏拙軒集》卷二）

【跋陳后山再任校官謝啓】駢四儷六，特應用文耳，前輩直曰世間一種苛禮，過爲謹細。陳無己任徐州校官日，出境送東坡知杭州，詩云：「一代不數人，百年能幾見？」好事者造謗。無己處之如平時，略無詘色，而聲名行乎天下，此豈庛得失而爲變動耶！至其再任，又曰：「昨緣知舊，出守東南，念一代之數人，而百年之幾見。」又曰：「使一有於先顛，爲兩塗之後悔。」此尤見無己之終不渝其守也。噫！今豈有是事耶？舊見人説東坡好收拾士類，而士類樂爲之用。集云代人作，豈知無己者耶？（同上卷五）

魏了翁

劉禹錫詩：「向來行哭里門道，昨夜畫堂歌舞人。」白樂天《燕子樓》詩亦此意。陳后山：「起舞爲主壽，相送南陽阡。忍著主衣裳，爲人作春妍。」又云：「向來歌舞地，夜雨鳴寒蛩。」（《鶴山渠陽經外雜鈔》卷一）

唐張后傳：端午日，肅宗召山人李唐，方擁幼女，顧唐曰：「我念之，無怪也。」唐曰：「太上皇今日亦念陛下。」陳詩：「吾母亦念我，與爾寧相忘。」（同上）

歐公詩：「後世苟不公，至今無聖賢。」后山亦云：「若無天下議，美惡併成空。」（同上）

《南史》梁忠烈世子方等傳嘗曰：「吾不及魚鳥遠矣，魚鳥飛浮，任其志性，吾之志性常在掌握。」陳詩云：「倏看雙鳥下，已負百年身。」（同上）

柳子厚答元饒州論陸先生《春秋》曰：「若吾生前距此數十年，則不得是學矣；今適後之，不爲不遇

也。」陳詩：「生世何用早，我已後此翁。」(同上)

陳詩：「向來一瓣香，敬爲曾南豐。」按是時東坡正爲郡守。又后山元以坡薦得官。(同上)

東坡：「通介寧隨薄俗移。」后山：「取性無通介，隨時有異同。」(同上)

江淹、任昉，人皆謂之才盡。歐公：「詩篇自覺隨年老。」后山亦曰：「才隨年盡不重奇。」(同上)

白樂天詩：「性將時共背，病與老俱來。」后山：「老將衰疾至，人與歲時遷。」(同上)

詩家有影對，如無可詩：「聽雨寒更盡，開門落葉深。」又曰：「微陽下喬木，遠燒入秋山。」后山亦曰：「輝輝垂雲露，點點綴流螢。」皆是以上句對下句。(同上)

孫楚除妻服，作詩示王武子，王曰：「未知文於情生，情於文生，覽之悽然，增伉儷之重。」而黄詩：「意不及此文生哀。」陳詩：「情生文自哀。」二人之意各不同。(同上)

后山送魏衍移沛：「子也尙不容，吾代諸公羞。」此司馬遷所謂「羞當世之士」。(同上)

《南史·庾肩吾傳》：梁簡文帝與湘東王書，論文體麗靡，曰：「徒以烟墨不言，受其驅染，紙札無情，任其摇襞。」歐公作蔡君山墓誌曰：「媪色有寃，吾不可不爲理。」后山云：「至寶不受辱，隱默亦稱寃。」(同上)

沈約《宋書》曰：「顔延之作《五君詠》以述竹林七賢，山濤、王戎以貴顯被黜。」東坡嘗云：「它年五君詠」，「山王五君詠」。后山亦云：「未可棄山王。」(同上)

前輩云：「相見又無事，不來還憶君。」后山亦云：「每逢無可語，暫阻卽相求。」此用阮修「意有所思，率

爾褻裳，不避晨夕；至或無言，但忻然相對。」（同上）

《世説》：「裴叔則如玉山上行，光映照人。」陳詩：「秀潤如行琮璧間，清明似引晨辰上。」（同上）

陳鵠

陳無己少有譽。曾子固過徐，徐守孫莘老薦無己往見，投贄甚富，子固無一語，無己甚慚，訴於莘老。（按原書注：下有脱文）子固云：「且讀《史記》數年。」子固自明守亳，無己走泗州，間攜文謁之，甚讙，曰：「讀《史記》有味乎？」故無己於文以子固爲師。元祐初，東坡率莘老、李公擇薦之，得徐州教授，徙潁州。東坡出守，無己但呼二丈，而謂子固南豐先生也。《過六一堂》詩略云：「向來一瓣香，敬爲曾南豐。世雖謫孫行，名在惡子中。斯人日已遠，千歲幸一逢。吾老不可待，露草溼寒蟲。」蓋不以東坡比歐陽公也。至論詩，即以魯直爲師，謂豫章先生。無己晚得正字，貧且病。魯直《荆州南十詩》曰：「閉門覓句陳無己，對客揮毫秦少游。正字不知溫飽未，春風吹淚古藤州。」無己殊不樂，以「閉門覓句」爲歉，又與死者相對爲惡。未幾，果卒也。（《耆舊續聞》卷二）

陳振孫

【后山集十四卷、外集六卷、談叢六卷、理究一卷、詩話一卷、長短句一卷】祕書省正字彭城陳師道無己撰。一字履常。蜀本但有詩文合二十卷。案魏衍作集序云：離詩爲六卷，類文爲十四卷。今蜀本正如此，又言受其所遺甲乙丙藁，詩曰五七，文曰千百。今四明本如此。此本劉孝韙刊於臨川，云未見魏全本，仍其舊十四卷爲正集。蓋不知其所謂十四卷者，止於文而詩不與也。外集詩二百餘篇，文三篇，皆正集所無。談叢、詩話，或謂非後山作。後山者，其自號也。（《直齋書錄解題》卷十七别集類中）

【后山集六卷、外集五卷】陳師道無己撰。亦於正集中錄出，入詩派。江西宗派之説，出於吕本中居仁，前輩固有議其不然者矣。後山雖曰見豫章之詩，盡棄其學而學焉，然其造詣平澹，眞趣自然，寔豫章之所缺也。（同上）

【注黄山谷詩二十卷、注後山詩六卷】新津任淵子淵注，鄱陽許尹爲序。大抵不獨注事，而兼注意，用功爲深。二集皆取前集。陳詩以魏衍集記冠焉。（同上卷二十詩集類下）

陳元晉

【跋楊伯傅詩後】前輩謂「作詩必此詩，定知非詩人」。近世宗晚唐者，則以體物切近爲工，以寄興高遠爲忌，而或者謂後山好處如參洞山禪，不着正位，是果何説邪？楊兄伯傅，留意於詩，亹亹迫人矣。試舉似冰翁瑞陽使君，若有一轉語，幸以見告，當相視一笑。（《漁墅類稿》卷五）

嚴羽

以人而論，則有蘇李體、（編者按：小注無關者略去，下同）曹劉體、陶體、謝體、徐庾體、沈宋體、陳拾遺體、王楊盧駱體、張曲江體、少陵體、太白體、高達夫體、孟浩然體、岑嘉州體、王右丞體、韋蘇州體、韓昌黎體、柳子厚體、韋柳體、李長吉體、李商隱體、盧仝體、白樂天體、元白體、杜牧之體、張籍王建體、賈浪仙體、孟東野體、杜荀鶴體、東坡體、山谷體、後山體、後山本學杜，其語似之者但數篇，他或似而不全，又其他則本其自體耳。王荆公體、邵康節體、陳簡齋體、楊誠齋體。（《滄浪詩話·詩體》）

陳模

呂居仁作江西詩派，以黄山谷爲首，近二十餘人，其間詩律固多是宗黄者，然以後山亦與其中，則非矣。後山集中似江西者極少，至於五言八句，則不特不似山谷，亦非山谷之所能及。如：「巴蜀通歸使，妻孥且舊居。深知報消息，不忍問何如。身健何妨遠，情親不作疎。功名欺老病，淚盡數行書。」此宛然工部之氣象。如：「比者三年别，何時萬里回？更無南去鴈，猶見北枝梅。鮮有哀籠鳥，寧須溺死灰。聖朝無棄物，爲子賦歸哉。」蓋屬意老坡也。句意從容頓挫，自成一家。但把山谷五言看，非是不工，終不藴藉。又如「去國猶能别，逢人始欲愁；非關遮極目，自是怯回頭」；如「留滯還思動，艱虞却悔來」；如「來爲百年别，莫惜片時程」；如「災疾資千悟，寃親併一室」；如「候看雙鳥下，深負百年身」；如「丘原無起日，江漢有東流」；如「每逢無可語，相别及相求」；如「畏與妻子别，已復逼曛暮」；如「風帆目力短，江空歲年晚」；讀之，一唱三歎，眞能有可羣可怨之風，其視李長吉等鏤冰刻楮以爲工，而不足以興起人者有間矣。其《妾薄命》、《送内》、《送三子》、《憶幼子》、《喜三子至》等作，可與工部《石濠吏》、《無家歎》諸篇相表裏，皆有補於風教。但後山不及工部者，工部筆力霈然，如天涵地負，而後山則得之之難，此其一也。如杜詩「吳楚東南坼，乾坤日夜浮」；「碧知湖外草，紅見海東雲」；「浮雲連海岱，平野入青徐」；「江山有巴蜀，棟宇自齊梁」；所謂乾坤端倪，軒豁呈露者，後山則無之，此其二也。後山如「一夜風溯浪，中宵月晚雲」；「清切臨風笛，深明隔水燈」；「雲日明松雪，溪山進晚風」；如「汴泗迫人清」，如「風回晚市散」，如「彈鳥不餘力」；皆可謂沉着痛快；然杜工部「勳業頻看鏡，行藏獨倚樓」；「深山催短景，喬木易高風」；「四更山吐月，殘夜水明樓」；「天欲今朝雨，山歸萬古春」；其工處直與造化相等，渾極而無迹；可見宋人力極其描摹，終不及自然之工，後山未免猶刻露，此其三也。工部詩所謂遠則千里，近在目前，放去收來，無所不可；後山開闔處少，見有執着處，則不能開拓說，如前所載兩詩亦可見，此其四也。後山於詩尾多喜作一聯對，其體反弱，此其五也。後山雖不及工部，然却是杜之氣象，其好處却有詠處可尋，故必得後山地位，然後可參工部。譬如孔子作聖工夫，無迹可見，善學者且學顔子，庶可下手處。（《懷古錄》卷上）

後山《妾薄命》云：「起舞爲主壽，相送南陽阡。」蓋言初起舞爲壽，豈期今乃相送南陽阡，乃不假幹澹字而意自轉者。（同上）

山谷稱後山挽溫公之詩「時方隨日化，身已要人扶」，以爲天下慭遺一老之悲，盡於是矣……簡齋謂方勺仁聲曰：「少游詩如刻就楮葉，無己詩如養成内丹。」又曰：「凡詩人古有柳子厚，今有陳無己而

已。」（同上卷中）

後山用事語，句意亦多重復。（同上）

陳後山「葉落風不起，山花空自紅」，與中寓比而不覺，此眞得詩人之興而比者也。（同上卷下）

劉克莊

【江西詩派——後山】後山樹立甚高，其議論不以一字假借人，然自言其詩師豫章公。或曰黄、陳齊名，何師之有？余曰：射較一鏃，弈角一著，惟詩亦然。後山地位去豫章不遠，故能師之，若同時人晁諸人則不能爲此言矣。此惟深於詩者知之。文師南豐，詩師豫章，二師皆極天下之本色，故後山詩文高妙一世。然題太白畫像云：「江西勝士與長吟，後來不憂身陸沉。」勝士謂饒德操也。按德操此詩云手汚吾足之作，太爭地位，太白非德操□陸沉耶，似非篤論。（《後村先生大全集》卷九十五）

秦會之嘗記曾南豐辟陳後山爲史屬，且塗改後山史稿，世謂元無此事，乃秦謬誤，殆以人廢言也。按魏衍爲後山集記，明言元豐四年神宗命曾典史局，曾薦後山爲屬，朝廷以白衣難之，衍乃後山高弟，集記作於政和五年，秦説有據，非誤。後山不肯著趙挺之丞相背心，其死也友人鄒道卿買棺以殮，二事尤偉。魏衍作集記，不敢書前事，豈趙公方貴盛，有所避就乎？（《後村詩話》後集卷一）

吴子良

【後山簡齋詩】後山詩：「俗子推不去，可人費招呼。」氣象淺露，絶少含蓄。陳簡齋又模而衍之曰：

「俗子令我病，紛然來座隅。賢士費懷思，不受折簡呼。」可謂短於識而拙於才者也。（《荆溪林下偶談》卷二）

【陳後山詩】《復齋漫錄》載陳後山詩云：「平生精力盡於詩。」蓋出於溫公《上通鑑表》「臣之精力盡於此書」之語。予觀杜荀鶴《贈山中詩友》云「平生心力盡於文」，亦恐其語偶同耳。（同上卷二）

陳　造

【題六君子古文後】古不以文名，而其文垂後，邈不可及。人非學而能，何道使然哉？後之人有志於古，必力學。僅自立學，雖力而不至焉者皆是也。古文衰於東京，至唐韓、柳則盛，未幾復衰，至本朝歐公復盛。起衰爲盛，非學力深至不能。予是焉學久未有愜於心，乃取六君子文，類而讀之，如昌黎之粹而古，柳州之辨而古，六一之渾厚而古，河南之簡切而古，南豐之密而古，後山之奇而古，是皆可仰可師。集而參之，肆吾力焉，庶以逞吾志。如諸公之墓誌表尤奇筆，然不勝其多，又不容率意去取，姑置之云。（《江湖長翁文集》卷三十一）

羅大經

【生成吹噓】杜陵詩云：「桑麻深雨露，燕雀半生成。」後山詩云：「輟耕扶日月，起廢極吹噓。」或謂虛實不類，殊不知生爲造，成爲化，吹爲陰，噓爲陽，氣勢力量與日月字正相配也。（《鶴林玉露》卷三）

【作文遲速】余謂文章要在理意深長，辭語明粹，足以傳世覺後，豈但誇多鬬速於一時哉！山谷云：「閉門覓句陳無己，對客揮毫秦少游。」此傳無己每有詩興，擁被臥牀，呻吟累日，乃能成章；少游則盃觴流行，篇詠錯出，略不經意。然少游特流連光景之詞，而無己意高詞古，直欲追蹤雅正，自不可同年語也。（同上卷六）

【陳黃送秦少章】韓文公作歐陽詹哀詞云：「詹，閩人也。父母老矣，捨朝夕之養，以來京師，其心將以有得於是而歸，爲父母榮也。雖其父母之心亦然。詹在側，雖無離憂，其志不樂也。詹在京師，雖有離憂，其志樂也。」山谷送秦少章從蘇公學云：「斑衣兒啼眞自樂，從師學道也不惡。但使新年勝故年，卽如常在郎罷前。」後山云：「士有從師樂，諸兒却未知。欲行天下獨，信有俗間疑。秋入川原秀，風連鼓角悲。目前豚犬類，未必慰親思。」二詩皆用韓意，而後山之味永。（同上卷七）

【志士死飢寒】元次山避水於高原，餱糧不繼，遂餓而死。陳後山爲館職，當侍祠郊丘，非重裘不能禦寒，後山止有其一，其內子與趙挺之之內親，姊妹也，乃爲趙假一裘以衣之。後山問所從來，內以實告，後山曰：「汝豈不知我不著他衣裳耶？」却去之，止衣一裘，竟感寒疾而死。嗚呼！二子可謂志士不忘在溝壑者矣。充二子之才識德望，曳絲乘車，食養賢之鼎，其誰曰不宜？然志節清亮，寧甘於餓死凍死，而不肯少枉其道，少失其身，此所以皜皜乎不可尙也。陸龜蒙《杞菊賦》曰：「我豈不知屠沽兒有酒食耶！」亦略有二子風味。揚子雲曰：「古者高餓顯，下祿隱。」楊誠齋曰：「李杜饑寒能幾日，却敎富貴不論年。」（同上卷十六）

【杜陳詩】范二員外、吳十侍御訪杜少陵於草堂，少陵偶出不及見，謝以詩云：「暫往北鄰去，空聞二妙歸。幽棲誠簡略，衰白已光輝。野外貧家遠，村中好客稀。論文或不愧，重肯款柴扉？」陳後山在京師，張文潛、晁無咎爲館職，聯騎過之，後山偶出蕭寺，二君題壁而去，後山亦謝以詩云：「白社雙林去，高軒二妙來。排門銜鳥雀，揮壁帶塵埃。不憚升堂費，深愁載酒回。功名付公等，歸路在蓬萊。」杜、陳一時之事相類，二詩藴藉風流，亦未易可優劣。（同上卷十八）

趙與時

崇仁吳德遠沆《環溪詩話》載其少時謁張右丞，右丞告之曰：「杜詩妙處人罕能知，凡人作詩一句，只說得一件物事，多說得兩件。杜詩一句能說得三件四件五件……」此論尤異，以此論詩淺矣……若以句中事物之多爲工，則必皆如陳無己「桂椒枏櫨楓柞樟」之句，而後可以獨步，雖杜子美亦不容專美。（《賓退錄》卷十）

方岳

【跋陳平仲詩（節錄）】雲谷謝公使治鑄之年，過予崖而西也，手其友陳平仲詩若詞三鉅篇示予。讀且評曰：本朝詩自楊、劉爲一節，崑體也，四瑚八璉，爛然皆珍，乃不及夏鼎商盤自然高古；後山諸人爲一節，派家也，深山雲卧，松風自寒，飄飄欲仙，芰荷衣而芙蓉裳也，而極其摯者黄山谷。（《秋崖先生

小稿》卷四十三)

黄敏求

【題陳簣谷陳埜吟稾】　謝却梅花吟課少，苦無心事惱陶泓。得君近日詩編讀，增我晴窗眼力明。爽似暑風秋九夏，清踰夜月晝三更。後山衣鉢塵埃久，賴有雙英主夏盟。(《江湖後集》卷十三)

王應麟

後山《挽司馬公》云：「輟耕扶日月，起廢極吹噓。」與老杜「桑麻深雨露，燕雀半生成」相似。「生成」、「吹噓」，字若輕而實重。(《困學紀聞》卷十八《評詩》)

謝枋得

【與劉秀巖論詩(節録)】　凡人學詩，先將《毛詩》選精深者五十篇爲祖；次選杜工部詩五言選體、七言古風、五言長篇、五言八句四句、七言八句四句八門編類成一集，只須八首；次於《文選》中選李陵、蘇武以下至建安、晉、宋五言古詩樂府編類成一集；次選陶淵明、韋蘇州、陳子昂、柳子厚四家詩各編類成一集；次選黄山谷、陳後山兩家詩各編類成一集，此二家乃本朝詩祖；次選韓文公、蘇東坡二家詩共編成一集。如此揀選編類到二千詩，詩人大家數盡在其中。(《疊山集》卷五)

劉辰翁

【劉孚齋詩序(節録)】「桑麻深雨露，燕雀半生成」，以「生成」對「雨露」，字意政等，怨而不傷。使皆如「青歸柳葉，紅入桃花」，上下語脈無甚慘黯，卽與村學堂對屬何異？後山識此，故云：「功名不朽聊通袖，海道無違具一舟。」幾無一字偶切。簡齋識此，故云：「一涼恩到骨，四壁事多違。」此今人所謂偏枯失對者，安知妙意政阿堵中。(《須溪集》卷六)

【陳生詩序(節録)】詩在灞橋風雪中驢子上，非也。鳥啼花落，籬根小落，斜陽牛笛，雞聲茅店，時時處處，妙意皆可拾得。然此猶涉假借，若平生父子兄弟家人鄰里間，意愈近而愈不近，著力政難。有能率意自道，出於孤臣怨女之所不能者，隨事紀實，足稱名家。卽名家尤不可得，或一二語而止。如孟東野「慈母手中線」，「歸書但云安」，極羈旅難言之情。如李太白「昨夜梨園雪，弟寒兄不知」，小夫賤隸，誰不能道，而學士大夫或媿之矣。如陳后山「歸近不可忍」，以爲精透亦可，以爲鄙褻亦可。(同上)

周　密

后山：「仰看一鳥過，虛負百年身。」極有深意。(《浩然齋雅談》卷中)

葉　寘

陳無己《放歌行》，魯直以爲顧影徘徊，衒耀太甚。予謂「不惜捲簾通一顧，怕君着眼未分明」，誠太衒耀；「說與旁人須早計，隨時梳洗莫傾城」，亦旣感悔矣。老杜「不嫁惜娉婷」五字，無己衍其詞也。《後村詩話》云：世稱朱慶餘「妝罷低聲問夫婿，畫眉深淺入時無」之句，却不入選，豈嫌其自鬻邪？無己措意偶類此。用魯直法評唐人，故亦通。皇甫冉云：「借問承恩者，雙娥幾許長？」語獨含蓄。（《愛日齋叢談》卷三）

蘇門陳無己，淸苦之士，亦有長短句。且言他文未能及人，獨於詞自謂不減秦七、黃九。（同上卷四）

二　金元

王　寂

【和陳無己送東坡韻】　坡公守餘杭，餞客傷乍遠。人生貴知己，旅退其可忍？陳三天下士，好德吾未見。垂涎嗜熊掌，擺手謝關鍵。觀過斯知仁，如月蝕輒滿。聞風激庸儒，所恨我生晚。（《拙軒集》卷一）

王若虛

《後山詩話》云：「黃詩韓文有意，故有工，左、杜則無工矣；然學者必先黃、韓，不由黃、韓而爲左、杜，則失之拙易。」此顛倒語也。左、杜冠絶古今，可謂天下之至工，而無以加之矣。黄、韓信美，曾何可及，而反憂學者有拙易之失乎？且黄、韓與二家亦殊不相似，初不必由此而爲彼也。陳氏喜爲高論而不中理，每每如此。(《滹南遺老集》卷三十五《文辨》)

周　昂

【讀陳後山詩】子美神功接混茫，人間無路可升堂。一斑管内時時見，賺得陳郎兩鬢蒼。(《中州集》卷四)

元好問

【論詩絶句三十首(錄一首)】池塘青草謝家春，萬古千秋五字新。傳語閉門陳正字，可憐無補費精神。(《遺山先生文集》卷十一)

劉　壎

【李杜蘇黄】少陵詩似《史記》，太白詩似《莊子》，不似而實似也；東坡詩似太白，黄、陳詩似少陵，似而又不似也。(《隱居通議》卷六)

【諸賢輓詞】山谷翁作司馬文正公輓詞，後山作南豐先生輓詞，水心作高、孝兩朝輓詞，皆超軼絶塵，誠可對壘。後又見韓文公作莊憲太后輓詞，甚妙。(同上)

【后山】 陳后山師道，徐州人也。曾南豐先生見其文而奇之。后山翁之詩，世或病其艱澀，然擊斂鍛鍊之工，自不可及。如云：「人情校往復，屨勉終相遠。一詩已經年，知子不我怨。」又如：「去遠卽相思，歸近不可忍。兒女已在眼，眉目略不省。喜極不得語，泪盡方一哂。」又如：「生世何用早，我已後此翁。頗識門下世，略已聞其風。」又如：「俗子推不去，可人費招呼。世事每如此，我生亦何娛？」又如：「此生恩未報，他日目不瞑。」又如：「有女初束髮，已知生離悲，枕我不肯起，畏我從此辭。大兒學語言，拜揖未勝衣，喚耶我欲去，此語那可思！」凡此皆語短而意長，若他人必費盡多少言語摹寫，此獨簡潔峻峭，而悠然深味，不見其際，正得費長房縮地之法，雖尋丈之間，固自有萬里山河之勢也。凡人才思汎濫者，宜熟讀后山詩文以藥之。他如《妾薄命》、贈二蘇公諸篇，深婉奇健，妙合繩尺，又古今之絕唱。（同上卷八）

劉　祁

士君子得志可以濟天下，不得志不能活一身。故子思居衛，縕袍無裏，榮公七十，帶索無依。近世陳無己妻子常寄婦翁家，誠不肯非義而取也。（《歸潛志》卷十三）

王義山

【陳國錄庚辰以後詩集序（節錄）】 世但知后山工於詩，不知后山尤工於文。后山云古文有三等，周爲上，七國次之，漢爲下，周之文雅，七國之文壯偉，其失騁，漢之文華贍，其失緩，東漢而下無取焉。又言杜之詩法，韓之文法也，韓以文爲詩，杜以詩爲文。論后山者當以詩與文並論，不可專謂之能詩也。（《稼村類稿》卷五）

方　回

【送俞唯道序（節録）】　大概律詩當專師老杜、黄、陳、簡齋，稍寬則梅聖俞，又寬則張文潛，此皆詩之正派也。（《桐江集》卷一）

【送胡植芸北行序（節録）】　予癖於詩，年踰從心，又三而四，嘗病夫眞詩人之難得。宋人高年仕宦不達而以詩名世，予取三人焉：曰梅聖俞，曰陳無己，曰趙昌甫。世謂宋之詩不及唐，予謂此三人唐詩似反出其下。（同上）

【讀後山詩話跋】　《後山詩話》二卷，回讀之非後山語也。第一段改太祖日詩云「方離海底千山黑，纔到天中萬國明」，不如眞本自然壯浪。此聯淺露委弱，後山詩勁峭孤跋，不爲此等語，亦不喜此等語也。内一段云：「唐人不學杜詩，惟唐彦謙與今黄亞夫、謝師厚學之。」回謂山谷少孤，後山皇祐五年癸巳生，少山谷八歲，必不識其父，此乃稱爲「今黄亞夫」，非後山語也。又一段舉山谷「買魚穿柳聘啣蟬」詩下云：「雖滑稽而有味，千載而下，讀者如新。」非後山語也。此殆好事者托名爲之。其評吳僧白塔院詩，謂「到江吳地盡，隔岸越山多」爲分堠界子語，然《後山集·錢塘寓居》詩有云：「聲音隨

地改，吳越到江分。」回故云此詩話非後山所爲。（同上卷三）

【劉元輝詩評】《讀後山詩感其獲遇山谷》：「開戶覓佳句，平生苦用工。然非豫章叟，誰識後山翁？無復才相忌，由來道本同。嗟予生較晚，不預品題中。」回曰：有一朋友過回，見此詩，亦曰不然，回問何以不然，曰：「後山縱不值山谷，亦必不無聞于世。」回退思之，後山爲文早師南豐，不知何年以詩見山谷，聽山谷說詩，讀山谷所爲詩，焚棄舊作，一變而學豫章。然未嘗學山谷詩，字字句句同調也。意有所悟，落花就實而已。然後山平生詩初不因山谷品題而後增價也。（同上卷五）

【唐師善月心詩集序】陳後山生於皇祐五年癸巳，其門人魏衍所編及任淵所註詩始於元豐六年癸亥，皆後山三十一歲以後詩也。後山年十六已見知於曾南豐。熙寧十年丁巳，蘇長公守彭城，明年後山爲銘黃樓，筆勢度越秦、漢，朱文公亟稱之，時則年二十六。至如《金州忘歸亭記》作於熙寧七年甲寅，則年二十二耳，今之人讀之，或不知其爲少作也。夫後山之文雖少作已足不朽，而編其詩與註其詩者乃斷自三十一歲以後，此何爲者哉？後山答秦少章書，謂於詩初無師法，少好之，老而不厭，以千計；及一見黃豫章，盡焚其藁而學焉。然則未見豫章，其詩一時，既見豫章，其詩百世。詩視文爲尤難，愈參則愈悟，愈變則愈進。凡魏編任註後山之詩，參之極、悟之極歟？進之極、變之極歟？唐質肅公之九世孫師善知予頗癖於詩，始以詩寄初藁，次以詩寄續藁，尋又躬以詩抵紫陽山下，示予全藁。初藁年未冠已佳，如於楮高士云「焚香朝北斗，滴露註南華」是也。續藁年未壯，益佳，如於浙江亭云「蕃夷通海道，吳越共江流」是也。至全藁，年甫登三十矣，詩愈大佳，枚摘之未易竟。合三藁中每佳者一句一聯，予已爲研朱圈點，指示其眼，以曉學者，然豈無後之魏衍、任淵，將必待師善三十歲以往之詩而後爲之編註乎？予嘗細閲《後山集·城南韋杜村》一詩，此從其父令汧陽關中所作，最爲年少。贈二蘇公有云「一洗十年新學腸」，卽王安石得政之十稔，熙寧十年彭城所作，年二十五。如謝克家向季仲所增別本有寓錢塘諸詩，皆後山所自刪而不收者，乃元豐四年遊吳所作，年二十九。當是時也，其已見豫章歟？其未見豫章焉？二公相遇之年，謂在潁昌，前輩亦莫能深考。豫章初爲後山字序，首明觀己無己之義，末言其嬪息窶於外舅，乃元豐七年甲子郭槩入蜀時事。是年豫章移官河北德平，豈後山迯內而相遇於途耶？不然，則是豫章未令太和已前，元豐初，已嘗相遇也。謂元豐初已相遇，則存藁又何爲斷自六年癸亥耶？予所論及此，蓋欲師善訂後山存藁焚藁之意，三十歲以前詩已超軼精詣矣，後山何爲去之。師善明年始三十一，能如予之言，愈參愈悟，愈變愈進，患不能再履常、兩無己，不患無後之魏、任也。師善名侯舉，乃翁號中齋，亦有詩聲，震江湖三十餘年，家法有來云。至元癸未四月十七日，書於虚谷書院。（《桐江續集》卷三十二）

【唐長孺藝圃小集序（節錄）】詩以格高爲第一。《三百五篇》，聖人所定，不敢以格目之，然風雅頌體三，比興賦體三，一體自有一格，觀者當自得之於心。自騷人以來，至漢蘇、李，魏曹、劉，亦無格卑者，而予乃創爲格高卑之論者何也？曰：此爲近世之詩人言之也。予於晉獨推陶彭澤一人格高，足方嵇、阮，唐惟陳子昂、杜子美，元次山、韓退之、柳子厚、劉夢得、韋應物，宋惟歐、梅、黄、陳、蘇長翁、張文潛，而又於其中以四人爲格之尤高者，魯直、無己上配淵明、子美爲四也。（同上卷三十三）

《登鵲山》 此詩后山年四十八爲棣州教授時所作。明年下世。詩暗合老杜，今註本無之。細味句律，謂后山學山谷，其實學老杜與之俱化也，故書此以示學者。紀批：山谷、后山、簡齋皆學杜而得其一體者也。故謂三家學杜可，謂學杜當從三家入則不可。三四有神致，虚字煉得好。五六以近歷山、濟水，故及虞、禹，然大廓。末句言病不遇盧醫。生硬晦澀，是江西派過求瘦硬之病。注本無之，想后山所自删也。（《瀛奎律髓》，附紀昀《刊誤》，卷一登覽類）

《登快哉亭》 亭在徐州城東南隅提刑廨。熙寧末，李邦直持憲節，構亭城隅之上，郡守蘇子瞻名曰快哉，唐人薛能陽春亭故址也。子由時在彭城，亦同邦直賦詩。任淵注此詩，謂亭在黄州，不知此詩屬何處，蓋川人不見中原圖志。予讀賀鑄集得其説。任淵所謂亭在黄州者，乃東坡爲清河張夢得命名，子由作記，非徐州之快哉亭也。予選此詩，懼學者讀處默張祜詩，知工巧而不知超悟，如「度鳥」、「奔雲」之句，有無窮之味。全篇勁健清瘦，尾句尤幽邃，此其所以逼老杜也。紀批：刻意陶洗，氣格老健。第四句「依」字微嫩。五六挺拔，此后山神力大處，晚唐人到此，平平拖下矣。尾句却有做作態，是宋派，絶非老杜。動引杜以張其軍，是虚谷習氣。（同上）

《和寇十一晚登白門》 白門在徐州，亦曰白下，地近狹邪。寇國寶，后山鄉人。屢引白下事戲之：「小市」、「輕衫」之句，亦所以寓戲也。元符庚辰三月，以徽廟登極，湔滌南遷諸人，故有云「白首逢新政」。尾句又謂吾輩如蘇、黄，本非有意富貴，但不能恝然忘情，俾脱遷謫而北還，亦私誼之所許也。詞意深婉，豈徒詩而已哉！如許渾《登凌歊臺》「湘潭雲淨暮山出，巴蜀雪消春水來」，不過砌疊形模，而晚唐家以爲句法，今不敢取，蓋老杜自有此等句，但不如是之太偶而不活耳。紀批：首尾二「相」字複。第四句清，出晚字。五六措語深至，詩人之筆。末句指文酒相聚之樂，注意是而語不了了。（同上）

《寄潭州張芸叟》　后山，學山谷爲詩者也。「貓頭」、「鴨脚」，工矣。張芸叟舜民，后山姊夫。五六謂宣室興來暮之思，燕池之地，其得久留之乎？「得借留」，謂不能得留也。用賈誼長沙事而傍入來暮、借留二事，句法矯健，非晚唐能囁嚅也。二首取一。　紀批：此却嫌其太工。（同上卷四風土類）

《除棣學》　至棣未久，即除正字。乃韓忠彦爲相，復用元祐時人，所以明年改爲建中靖國，僅一年改崇寧，而后山以其年卒。更二十年不死，何限好詩垂世，亦恐無處着身耳。　紀批：三四句人不肯道，彌見其眞，彌見其高。五六接得挺拔，勢須有此一拓一振。宋時俚語，有「人作千年調，鬼見拍手笑」之句，后山此句蓋用之。《雞肋編》云。（同上卷六宦情類）

《除官》　或云得一正字，遽云嚴召，所以止於此官。后山以建中靖國元年辛巳十二月二十九日卒，年四十九。此除在元符三年庚辰冬，寧既崇矣，蘇、黄之文日禁矣，敢疵后山，俗態也！　紀批：此論却是虚谷以門戶之見曲爲左袒耳。凡崇奉一人之詩，即其詩其人不許有一疵瑕，此最文人習氣。（同上）

《早春》　極瘦有骨，盡力無痕，細看之句中有眼。　紀批：自然閒雅，良由氣韻不同。馮云冰乍開水尚欠緑，然緑字本唐人東風解凍詩。又云湊甚，落句只結得「愁隨日日新」，未穩。不知此以柳發引入愁新，十字流水，故單以愁新爲結，正是唐人詩法，不得以《才調集》板對繩之。（同上卷十春日類）

《立春》　此詩虚字上獨着力抅斡。　紀批：了無深意，而風度老成。（同上）

《寄晁無斁春懷》 紀批：雖乏渾厚，頗有流動之趣。「出」字湊。（同上）

《次韻晁無斁》 紀批：亦老潔。「今如」疑作「如今」。五六摹老杜「遊絲」一聯及「小院」、「曲廊」一聯，未免太似。（同上）

《春懷示隣曲》 淡中藏美麗，虚處着工夫，力能排天斡地，此后山詩也。 紀批：起二句言居處之荒涼，五六句言節候之暄妍，故兩聯寫景而不爲複。刻意鑱削，脱盡甜熟之氣。以爲排天斡地，則意境自高，推許太過。（同上）

《次韻夏日》 看格律，又與宛丘同。 紀批：一片宋調，故馮氏以爲野。通首惟次句切夏。馮氏謂不見夏日，亦中其病。（同上卷十一夏日類）

《秋懷示黄預》 三四絶妙，五六非老筆不能。 紀批：老潔。「眼中稀」，即是「塵外趣」，驟看殊不醒豁，馮氏抹之是也。（同上卷十二秋日類）

《秋懷》 詩中四句皆有眼，只「已須」不用閑字，却是緊要處。 紀批：五句費解。（同上）

《早起》 「有家無食」、「百巧千窮」，各自爲對，乃變格，要見字字鍛鍊，不遺餘力。 紀批：通體老健。（同上卷十四晨朝類）

《晚遊九曲院》 此錢塘九曲院也。後山遊吴時在三十歲以前。元豐五年壬戌詩。 紀批：圓煉。（同上卷十五暮夜類）

《湖上晚歸寄詩友》 此錢塘西湖也。後山元豐中遊吴。任淵注本不收，此詩三十歲所作，乃謝克家本

添入者。「憎受歲」、「怯逢春」，亦老蒼矣，未可以少作視之。紀批：語自老潔。「受」字是。未必是三十歲作。（同上）

《後湖晚出》「滄江萬古流不盡，白鳥雙飛意自閒」，東坡賞歐公詩，謂敵老杜。後山三四一聯尤簡而有味。不致身於廟堂，而致身於江湖之上。「名成伯季間」，謂在蘇門六君子中，亞於黄而高於晁、張也。紀批：高爽。馮云第六句費解，亦接不下。余謂費解有之，却無甚接不下。此詩頽然自放，傲然自負，覺眼前無可語者，惟看雁去鴉還耳。語不接而意接，不可以崑體細碎求之。（同上）

《晚泊》使之年，出《左傳》，謂問絳人年幾歲，使之自言也。紀批：此首語多生硬，不爲佳作。（同上）

《晚坐》六句下六字爲眼，尾句尤高古。紀批：雖非極筆，亦自清整。（同上）

《寒夜》此赴棣州教授詩。起句十字，士大夫之常態。紀批：「孰知」卽「熟知」，古字通用。杜公《垂老别》曰：「熟知是死别，且復哀其寒。」正用熟字。（同上）

《宿齊河》句句有眼，字字無瑕，尾句尤深幽。紀批：尾句沉着，用意頗近義山。（同上）

《宿合清口》此亦赴棣州教授時作。所以去鳥穿林而出者，以舉棹者有來聲也。上問下答。起句十字盡客夜之妙。末句歎喟出處，無補蒼生，遠矣。紀批：五六托意，非寫景。后山詩多眞語，如此尾句虚憍者，必不肯道。（同上）

《除夜》前四句卽「四十明朝過，飛騰暮景斜」之意。樂天亦云：「行年三十九，歲暮日斜時。」前輩競辰如此，晚輩可不勉哉！「留年睡作魔」，絕佳，謂不寐不守歲而不耐困也。紀批：六句迂曲，八句

尤不成語。（同上卷十六節序類）

《除夜對酒贈少章》五六一聯，當時盛稱其工，見《漁隱叢話》。紀批：神力完足，斐然高唱，不但五六佳也。（同上）

《元日》讀后山詩，若以色見，以聲音求，是行邪道，不見如來。全是骨，全是味，不可與拈花簇葉者相較量也。紀批：雖未免推尊太過，然后山詩境實高；惟江西習氣太重，反落偏鋒耳。字字鑱刻，却自渾成。六句對面寫法，如此乃活而有味。（同上卷十六節序類）

《和元夜》景聯極佳。后山家徐州，彭黄謂彭門黄樓也。汴水、泗水交流城角，故云。紀批：「車輿」字太複，「火城」字太假借，「彭黄」二字太捏造。且前六句皆雙字平頭，殊爲礙格。結二句尤通套，此后山極敗之筆。（同上）

《和黄預七夕》七夕詩七言律無可選，僅此而已。何遜七夕詩：「仙車駐七襄，鳳駕出天潢。月映九微火，風吹百和香。逢歡暫巧笑，還淚已啼粧。別離不得語，河漢漸湯湯。」后山以爲陳篇，吾儕當會意也。紀批：刻意洗刷，不免吃力之痕。（同上）

《次韻李節推九日登山》重九詩自老杜之外，便當以杜牧之《齊山》詩爲亞，已入變體詩中，陳簡齋一首亦然。陳后山二首詩律瘦勁，一字不輕易下，非深於詩者不知，亦當以亞老杜可也。紀批：雖未深厚，然自清挺。（同上）

《九日寄秦觀》「無地落烏紗」，極佳。孟嘉猶有一桓溫客之，秦併無之也。紀批：詩不必奇，自然老

健。後四句言己已老，興尙不淺，況以秦之豪俊，豈有不結伴登高者乎？乃因此以寄相憶耳。解謬。(同上)

《寄無斁》　晁無斁爲徐州教官，后山婦翁郭槩爲州守，多唱和。后山五言律爲雨而作者，選七首。自老杜後始有後山律詩，往往精於山谷也。山谷弘大，而古詩尤高，后山嚴密，而律詩尤高。紀批：此詩亦老境，然無其骨力而效之，便作元、白滑調。從老杜《寄語楊員外》一首脱出，亦覺太似。(卷十七晴雨類)

《暑雨》　紀批：語皆過火。(同上)

《夜雨》　紀批：「輕」字不妥。(同上)

《和寇十一同遊城南阻雨還登寺山》　「膏」字「納」字，詩眼極矣。紀批：起二句拙。「膏」字「習」字且腐語，不皆納字。(同上)

《和寇十一雨後登樓》　紀批：淸穩而太無意味。(同上)

《次韻夜雨》　紀批：四句不了了，五六有致。結趁韻。(同上)

《和黄預久雨》　「扊扅」一句，言雨中婦以門牡爲炊，攻苦食淡，異時不可忘也。揚雄《方言》，南楚凡人貧衣被醜弊，謂之須捷，或曰摟裂。此引用，言雨中解衣以供薪米之費也。紀批：通體皆俗，后山不應至此。「懸痲」句拙而雜，「頽牆」句俚。「野潤」二句不似久雨。(同上)

《驟雨》　紀批：四疊字礙格，徒以衰頽見長，殊無可采。(同上)

《江漲》工不可言。「市改」、「津喧」之聯尤精選。紀批：詩殊不佳，此評未是。首句俚。四句景眞而語俚。結二句自可。（同上）

《次韻何子溫祈晴》紀批：夾雜生硬，殊爲不佳。（同上）

《答田生》此戒田生過飲，尾句恐其不自修飾，則天資之美，亦不可恃也。紀批：三四輕滑，不似后山。尾句非虛谷不明，然如此費解，便非好句。（同上卷十九酒類）

《和和叟梅花》此詩見后山外集，任淵所不注者，恐非后山作，以五六太露，不然則是少年作，嘗自删去者也。紀批：此評最是。（同上卷二十梅類）

《雪中寄魏衍》魏衍，后山門人。「遙知吟榻上，不道絮因風」，此教人作詩之法也。「撒鹽空中差可擬」，此固謝家子弟之拙，「未若柳絮因風起」，未可謂謝夫人此句冠古也。想魏衍此時作詩，必不用此等陳言，乃后山意也。然則詩家有翻案法，又在乎人。紀批：前四句純用禁體，妙於寫照。五六全不著題，而確是雪天獨坐神理，此可意會而不可言傳。結亦兩層俱到。（同上卷二十一雪類）

《雪》句句如瘦鐵屈蟠。紀批：「仍積威」三字腐。三句拙澀。五六是十字倒裝句，忽聞犬吠，乃鄰家有人夜歸耳。本流水而下，馮氏以「歸」字不對「犬」字爲病，非也。不及寄魏衍詩。（同上）

《次韻無斁雪後二首》凡與晁無斁倡和，皆在曹州。后山依其婦翁郭槩於曹，無斁時爲學官。紀批：（第一首）中四句細膩風光，后山極有情致之作。（第二首）三四自比意，然上文亦太不貫。（同上）

《雪後黄樓寄眉山居士》「明」字、「進」字皆詩眼。紀批：五六却淺率，不類后山，結亦太熟。「明」

字果好，「進」字未工。（同上）

《元日雪》　末句爲東坡在儋州。　紀批：「更」字不對「穿」字。第五句不佳。（同上）

《雪意》（第一首）雪之浦惟其遠，故鶴不可見，謂之「渾無鶴」可也，雪之林惟其疎，故松獨可見，謂之「只有松」可也。　全在「遠」字、「疎」字上見工。更得前聯「虎跡」一句，則不冗矣。此二句尹穡得其餘工，有詩曰：「草黄眠失犢，石白動知鷗。」亦佳。併記諸此。　紀批：詩全是雪，並非雪意。「意」字恐誤，再校。（第二首）此篇似閨人念征夫詠雪。「呵玉」、「掩酥」一聯亦流麗。　紀批：三四俗豔。（同上）

《連日大雪以疾作不出聞蘇公與德麟同登女郎臺》　此詩爲潁州教授時作，東坡爲守，趙令畤爲簽判。東坡有和篇云「蒼檜作花眞强項，凍鳶儲肉巧謀身」是也。　紀批：此「微塵」用佛典，以多言不以少言，然殊不成語。三四尤粗而笨。（同上）

《雪後》　此詩第一句至第六句皆出格破體，不拘常程，於虛字上極力安排。　紀批：正嫌虛字太多。首句太庸，二句太生，三四江西粗句，五六自新，七句「功利」二字不佳，八句突出無着落。（同上）

《十五夜月》　詩意謂向老而俯仰世間，爲明月所照破也。　老硬。　紀批：江西派病處爲着此二字於胸中，生出流弊。　後四句深微之至，可云靜詣。　六句入神，所謂離形得似。（同上卷二十二月類）

《放懷》　選衆詩而以后山居其中，猶野鶴之在鷄羣也。　前六句極其工。　後二句不知宿於何寺，乃有逆旅漂泊之意。　詩人窮則多苦思。　紀批：語語峭健。　三句直接杖藜云云，乃后山自謂，非指寺僧，評

誤。后山風格本高，惟沾染江西習氣，有粗硬太甚處耳。（同上卷二十三閒適類）

《送秦覯二首》 東坡元祐中補外知杭州，秦少游之弟少章從行，爲師法故耳。時人或譏其舍親而出，故前詩六句、後詩四句皆及之。世固有莫逆之友，亦當戒乎不如己之友。得從東坡，則師友之際，可謂得之矣。「折腰終不補」，后山自謂也。「可但曳長裾」，言少章從人門下，豈無貧賤未遇之歎，而屈身徇祿者亦何所補益於己，不必以仕爲得未仕爲失也。諸平正熟爛綺靡鬪飣詩中，見后山詩猶野鶴之在鷄羣云。紀批：（第一首）横插「秋入」二句，上下脈却不甚貫。（第二首）結句亦晦。（卷二十四送别類）

《送外舅郭大夫夔路提刑》 后山妻父郭槩頗喜功利，前爲西川提刑，以妻及三子托之送行。古詩有云：「功名何用多，莫作分外慮。」今又爲夔路提刑，謂身已老矣，使民無訟，自當無意外慮。晏平仲一狐裘三十年，外物亦不足多也，蓋規戒之。紀批：五六太腐。（同上）

《送吴先生謁惠州蘇副使》 此吴子野有道術者。東坡以紹聖元年謫惠州。意謂子野之訪東坡，我其門下士，亦慚之也。任安禿翁事，后山自以不負東坡，自潁教既罷之後，紹聖中不求仕也。紀批：題目好，詩自伉爽。三句「我」、「吾」字複。五六未免自套。（同上）

《别劉郎》 三四老勁。尾句逼老杜。四十字無一字風花雪月，凡俗之徒所以擱筆也。紀批：不免太露吃力之痕，而筆力要爲沈摯。（同上）

《别鄉舊》 此棣州教時所作，蓋徐教潁教凡三任也。紀批：五六本常語，而異常老健。末句用鄧禹

事，馮云不妥切。(同上)

《送蘇迨》　迨字仲豫，東坡次子也。　紀批：此無佳處。「多爲路」三字未詳。(同上)

《寄送定州蘇尚書》　元祐八年九月，東坡出知定州。詩有宣仁上仙，時事已變。勸東坡省事高退，其意深矣。明年乃有惠州之謫，久之又謫海外。然當是時，東坡雖欲退身，亦無地自藏矣；此乃國家大氣數也。　紀批：語雖直致，而東坡、后山之交情，安危之際，自不暇更作婉轉，此又當論其世也。(同上)

《別負山居士》　「更病可無醉」，所用「可」字不容不拗。此詩全在虛字上着力，除「田園」、「沙草」、「山路」六字外，不曾粘帶景物，只于三四個閒字面上斡旋妙意，其苦心亦已甚矣。　紀批：「可」字仄，而下句第三字不以平聲救之，是失調，不可標以爲式。(同上卷二十五拗字類)

《寄答李方叔》　「帝城分不入」，「分」字不可不拗。又此詩四十字無一字黏景物，惟趙昌父能之。欒按，誠齋《送人下第》云：「孰使文章太驚俗，何緣場屋不遺才。」即用后山此詩三四一聯句法意度，然皆老杜「文章憎命達」之意。　紀批：此亦失調，不可訓。此自稱欒者爲誰？然則此書經後人之附益多矣。(同上)

《寄張文潛舍人》　「君乘車，我戴笠，他日相逢下車揖」，此所謂車笠之盟也。「車笠」二字實，以對「飛騰」二虛字，可乎？曰：老杜「雨露」對「生成」，有例。後山又有詩曰：「預知河嶺阻，不作往來頻。」「聲音隨地改，吳越到江分。」皆是以輕對重。　紀批：綽有老健之氣。(同上卷二十六變體類)

《老柏》(第一首)「黄裏青青出」,用三箇顔色字,「愁邊稍稍瘳」,却只平淡不帶顔色字,此與襟三江、帶五湖、控蠻荆、引甌越同例。如張宛丘七言有曰:「白頭青鬢有存沒,落日斷霞無古今。」互换錯綜,而此尤奇矣。是爲變體。(第二首)尾句謂柏葉之上「輝輝垂重露」,遥見之者如「點點綴流螢」也。試嘗於月下看樹木皆然。老杜云「户明垂葉露」。此句暗合唐人詩「聽雨寒更盡,開門落葉深」,「微陽下喬木,遠燒入秋山」,與此同例,是爲變體。紀批:末二語自佳,然作結句則少味少力,不比「微陽下喬木」、「聽雨寒更盡」二詩,用作偶句,尚有結裹在也。(同上)

《次韻春懷》後山詩瘦鐵屈蟠,海底珊瑚枝,不足以喻其深勁。「老形已具臂膝痛」,身欲老也,「春事無多櫻笋來」,春欲盡也。前輩詩中千百人無后山此二句。以一句情對一句景,輕重彼我,沉着深鬱,中有無窮之味,是爲變體。至如「蟣蝨」、「塵埃」一聯,所用字有前例,亦佳。紀批:起二句殊有別味。四句野甚。(同上)

《早起》「有家無食」、「百巧千窮」,各自爲對,變體也。如「寒氣挾霜侵敗絮,賓鴻將子度微明」。輕重互换,愈見其妙。一篇之中,四句皆用變體。如「熟路長驅聊緩步,百全一發不虚弦」,即此所許之變體。如「喬木下泉餘故國,黄鸝白鳥解人情」,「含紅破白連連好,度水吹香故故長」,「隱几忘言終不近,白頭青簡兩相催」,不以顔色對顔色,猶不以數目對數目,而各自爲對,皆變體也。(同上)

《歸雁》此詩乃元符三年,徽廟登極,南遷諸公次第北還,故后山寓意于歸雁。二詩今選其一。「弧矢千夫志」,以言羣小之欲害君子也。「箏柱」、「書郵」,以言諸賢之有所守,朋友有急難之義,傍觀者以爲憂怨。末句則所以爲諸賢喜者深矣。后山詩幽遠微妙，其味無窮，非黏花貼葉近詩之比。三四蓋學山谷《猩猩毛筆》詩者。紀批：起句突兀無緒。箏柱排似雁行耳，非以雁爲之云。寧爲亦不妥。詩不佳，此解却細審，非此解，亦不喻此詩。（同上卷二十七着題類）

《和黄充實榴花》「後時」、「處獨」一聯，蓋后山自謂，勁氣凛不可干。如《楝花詩》亦云：「幽香不自好，寒豔未多知。」皆自況之辭，世人未知后山、山谷詩從何而入，盍以此酴醾、榴花詩並觀之。「葉葉自相偶」，榴花雙葉自相偶，則不求偶於其他者也，意亦高。紀批：極用意而拙滯特甚。「後時」是榴花，「處獨」未見必是榴花。結處太廓落。葉葉相偶，何必榴花？（同上）

《東山謁外大父墓》后山先母夫人皇祐丞相龐公籍之女。初丞相父格宦彭城，丞相與孔道輔從后山祖洎游，而成此姻。后山父諱琪，字寶之，受丞相恩，仕至國子博士，通判絳州。熙寧九年卒，年六十。母夫人紹聖二年卒，年七十七歲。紀批：一氣渾成，后山最深厚之作。「更須東」三字欠通，任淵註亦附會無理。余定爲「通」字之誤。蓋此詩三句比龐之孤直，四句比小人之黨尚在。（同上卷二十八陵廟類）

《山口》三四句中有對。五六「渾」字「半」字有眼。紀批：雖無警策，氣骨自蒼。「半落東」言此湖西深東淺，東畔先涸耳。三句用「紅樹」字，知此詩作於秋末冬初，乃是實景，以爲不佳則可，馮氏詆其不通，則太過矣。（同上卷二十九旅況類）

《宿柴城》此后山赴棣敎時詩。第七句尤奇。愚按范石湖尾句有云：「灘聲悲壯夜蟬咽，併入小窗供

不眠。」與后山此詩尾句拍調意味俱相似。　紀批：此二句不及石湖有風調。三四粗淺。(同上)

《鉅野》　后山詩全是老杜，以萬鈞九鼎之力束於八句四十字之間。江湖行役詩凡九首，選諸此，篇篇有句，句句有字。　紀批：推許太過。此詩殊不爲佳。次句「沉人」二字再校。六句費解。(同上卷三十四川泉類)

《鉅野泊觸事》　紀批：此較峭健。(同上)

《河上》　紀批：此首便有情有景。(同上)

《西湖》　紀批：二句乃義山詩，偶然誤用。此種詩家亦常有之，非勦襲也。此首無味，結尤不佳。(同上)

《湖上》　此皆潁州西湖也。后山元祐中爲教授，滿而將去，故有此詩。　紀批：第六句不明晰，結句亦不明晰。(同上)

《寓目》　紀批：第五句「歸鳥」複「來雁」。六句「晚牽」二字生。(同上)

《顏氏阻風》　梁山泊即鉅野，在今東平府西北，受泰山諸水，爲北清河所出入之瀦，向者河決，即連而爲一，南通泗，北通濟。荆公當國時，或欲涸梁山泊爲田，故后山元符末赴棣教阻風於此，有「萬古梁山泊」之句，謂決不可涸，猶天理決不可磨滅也。　紀批：(第一首)如此竟佳，益爲有味。第二首可以不贅。(第二首)三四太易，不得謂之爲老。(同上)

《寄外舅郭大夫》　后山學老杜，此其逼眞者，枯淡瘦勁，情味深幽。　晚唐人非風花雪月禽鳥蟲魚竹樹，則一字不能作，九僧者流，爲人所禁，詩不能成，曷不觀此作乎？　紀批：情眞格老，一氣渾成。馮氏疾后山如仇，亦不能不斂手此詩，公道固有不泯時。（同上卷四十二寄贈類）

《寄文潛無咎少游三學士》　元祐初，晁、張俱召試入館，后山於二年四月始得官，故進二公於富貴，而猶欲其驟進也。「青雲小着鞭」，本白樂天贈乃兄詩語也。　紀批：峭健而不乏姿韻。結得別致。（同上）

《寄秦州曾侍郎》　紀批：「有道」用《列子》孔子見人游呂梁事，殊晦澀。後四句筆力雄拓，氣脈完足。（同上）

《寄侍讀蘇尚書》　此規東坡以進用不已，恐必有後患也。乃是潁州召入時，後又有《寄送定州蘇尚書》詩，亦云：「海道無違具一舟。」君子愛人以德如此。　紀批：規戒語以婉約出之，故是詩人之筆。（同上）

《贈田從先》　晚唐詩諱用事，然前輩善作詩者必善於用事。此於師弟子間引兩事用之，有何不可？　紀批：此首嫌有江西楂牙之氣。（同上）

《贈王聿修商子常》　「能」字「每」字乃是以虛字爲眼，非此二字，精神安在？善吟詠古詩者，只點綴一二好字高唱起，而知其用力着意之地矣。　紀批：語亦健峭。五六是就句對法。（同上）

《懷遠》　東坡以紹聖四年丁丑謫儋州，至元符二年已卯三年矣。生前以名爲累，故至此，豈復要死後名乎？「無復涕縱横」，謂涕已爲公竭也。　紀批：第三句欠明晰。末句所謂「人生到此，夫復何言」，

惟以冥情處之耳。語至沉痛。虚谷所解淺矣。(同上卷四十三遷謫類)

《宿深明閣二首》山谷修神宗實錄,蓋皆直筆,紹聖初蔡卞惡其書王安石事,摘謂失實,召至陳留問狀,寓佛寺,題曰深明閣。尋謫居黔州。紹聖三年,后山省龐丞相墓,至陳留,宿是閣,有此詩。「暮年身萬里,賴有故人憐」,謂山谷至黔,州守曹譜伯遠、倅張兟茂宗皆善待之。「牆根霜下草,又作一番新」,謂紹聖小人也。紀批:(第一首)次句「晴」當作「清」。五六是后山獨造。(第二首)五六即「深知問消息,不忍道何如」之對面,從老杜「反畏消息來」句脱出,而换一「真」字,便有路遠言訛驚疑萬狀之意,用意極其沉刻。結句託喻,故不着迹,只似感傷時序者然。(同上)

《次韻無斁偶作》此懷東坡也。坡在儋耳三年矣。紀批:結得和平,詩人之筆。偶用杜句,蓋一時口熟不覺。(同上)

《送王元均貶衡州兼寄元龍二首》王安國,字平甫,有《校理集》百卷行於世,尤富於詩。曾南豐作序,陳后山作後序。神宗召試賜第。坐忤吕惠卿,引進鄭俠獄,以著作佐郎、集賢校理斥。元豐初卒,年四十七。子旊字元均,斿字元龍。元符元年看詳訴理所言宣德郎王斿於元符初進狀,稱安國寃抑,斿貶監江寧糧科。旊罷京東運判監衡州酒税。后山家居作此詩送之。兩先生字皆指平甫。「詩禮向來堪發冢」,以指吕惠卿口先王而行市人也。「孫劉能使不爲公」,乃辛毘語:「吾立身自有本末,就與孫、劉不平,不過不作三公而已。」謂孫資、劉放。后山指謂惠卿之陷平甫,亦不過不作三公耳。予友陳杰壽夫嘗謂此詩用字奇妙,意至而詞嚴,不爲事所束縛,詩之第一格也。「瘴癘避軒豁」,謂衡陽非瘴地。「故國山河」，謂介甫封荆公，衡乃荆州，他日終復其始，未可知也。國史安國傳不載此事，止云子斿有父風，此事見舊録云。紀批：（第一首）起句太易，次句太獷，三四入得清楚，嫌四句太露，七句更太激，異乎「駐馬望千門」矣。（第二首）兩具從平甫入，格殊犯複。三四亦太激。六句不可解，虚谷所解亦迂曲，審爾則此句欠通。（「瘴癘避軒豁」）言瘴癘避其豪氣，不敢相侵，甚言氣節之不撓耳。虚谷解謬。（同上）

《病起》后山詩似老杜，只此詩亦合細味。紀批：五六意頗可取，而語不工。（同上卷四十四疾病類）

《病中六首》（第一首）謂閑居自奉，且有祠禄，樂矣，若更不病，即揚州鶴也。甚佳。（總評）六詩每首有一二聯工而雅，正其病也。非貧者之病，蓋猶有貴人之風焉。紀批：六首皆非后山佳處。（第一首）次句鄙，三四俗格，竟不似后山之筆。（第二首）三句太率易，近香山。（第三首）此首又近武功。（第四首）五六極作意而不佳。（第五首）前四句忽近崑體。（第六首）此較清穩，三四亦小巧。（同上）

《和黄預病起》后山詩句句有關鎖，字有眼，意有脈，當細觀之。紀批：次句不雅。「作祟」二字亦不雅。（同上）

《别寶江主》讀后山詩，語簡而意博。「呪功」、「戒力」四字已深入於細。「服孟」、「扶顛」，一出《禮記》，一出《論語》。執劚爲用，愈細而奇，與晚唐人專泥景物而求工者不同也。天下博知，無過三支，今后山欲其捨博而就絇，棄講而悟禪，故曰「暫息三支論，重參二祖禪」也。「夜牀鞋脚别」，此本俗語，脚不可以無鞋，而夜寐之際，脚亦無用於鞋，此又以其膠戀執著爲戒也。故后山詩愈玩愈有味。

（同上卷四十七釋梵類）

《遊鵲山寺》 羊叔子，謂南豐。 紀批：後四句自不相貫。（同上）

李　治

陳無己詩寄晁以道云：「十年作吏仍餬口，兩地爲鄰闕寄聲。」注云：顔魯公帖曰：「闔門百口，幾至餬口。」按《左傳》，鄭莊公曰：「寡人有弟，不能和協，而使餬其口于四方。」杜預云：「餬，粥也。」粥乃貧家所食，陳詩自謂仕久而貧，因用鄭莊公語，而顔眞卿謂其家幾至餬口，則其意與左氏異，豈以餬口謂都無所食乎？（《敬齋古今黈》卷八）

陳無己每登臨得句，卽急歸，臥一榻，以被蒙首，謂之吟榻。金國初張斛德容作詩，亦以被蒙首，須詩就乃起。（同上）

張之翰

【方虛谷以詩餞余至松江因和韻奉答（節錄）】 文章須占第一手，落第二義世盡有。萬物散在天地間，一寸毫端隨力取。最先胸中要參悟，不爾效顰徒獻醜。欲臻其妙千萬億，莫知其方十八九。千篇雖富自綠鬢，一字不傳空白首。前賢遙望愈莫及，中路逆行還倒走。宋稱歐蘇及黄陳，唐尊李杜與韓柳。自餘作者非不多，殆類衆星朝北斗。（《西巖集》卷三）

脫　脫等

【陳師道傳】陳師道，字履常，一字無己，彭城人。少而好學苦志。年十六，蚤以文謁曾鞏，鞏一見奇之，許其以文著，時人未之知也。留受業。熙寧中，王氏經學盛行，師道心非其説，遂絶意進取。鞏典五朝史事，得自擇其屬，朝廷以白衣難之。元祐初，蘇軾、傅堯俞、孫覺薦其文行，起爲徐州教授。又用梁燾薦，爲太學博士。言者謂在官嘗越境出南京見軾，改教授潁州。又論其進非科第，罷歸，調彭澤令，不赴。家素貧，或經日不炊，妻子慍見，弗恤也。久之，召爲祕書省正字，卒，年四十九。友人鄒浩買棺斂之。師道高介有節，安貧樂道。於諸經尤邃《詩》、《禮》。爲文精深雅奥，喜作詩，自云學黃庭堅，至其高處，或謂過之。然小不中意輒焚去，今存者財十一。世徒喜誦其詩文，至若奥學至行，或莫之聞也。嘗銘黃樓，曾子固謂如秦石。初游京師，踰年未嘗一至貴人之門。傅堯俞欲識之，先以問秦觀，觀曰：「是人非持刺俛顏色伺候乎公卿之門者，殆難致也。」堯俞曰：「非所望也。吾將見之，懼其不吾見也。子能介於陳君乎？」知其貧，懷金，欲爲餽；比至，聽其論議，益敬畏，不敢出。章惇在樞府，將薦于朝，亦屬觀延致。師道答曰：「辱書諭以章公降屈年德，以禮見招，不佞何以得此，豈侯嘗欺之耶？公卿不下士，尚矣，乃特見於今而親於其身，幸孰大焉！愚雖不足以齒士，猶當從侯之後，順下風，以成公之名。然先王之制，士不傳贄爲臣，則不見於王公，所以成禮，而其弊必至自鬻。故先王謹其始以爲之防，而爲士者以守焉。師道於公前有貴賤之嫌，後無平生之舊，雖可見，禮可去乎？且公之見招，蓋以能守區區之禮也，若昧冒法義，聞命走門，則失其所以見招，公又何取焉！雖然，有一於此，幸公之他日成功謝事，幅巾東歸，師道當御款段，乘下澤，候公於東門外，尚未晚也。」及惇爲相，又致意焉，終不往。官穎時，蘇軾知州事，待之絶席，欲參諸門弟子間，而師道賦詩有「嚮來一瓣香，敬爲曾南豐」之語，其自守如是。與趙挺之友壻，素惡其人。適預郊祀行禮，寒甚，衣無綿，妻就假於挺之家，問所從得，却去不肯服，遂以寒疾死。（《宋史》卷四四四《文苑傳》）

吳師道

唐子西詩文皆精確，前輩謂其早及蘇門，不在秦、晁下。以予評之，規模意度，殆是陳無己流亞也。（《吳禮部詩話》）

胡　助

【黄樓懷古三首（録一首）】　我懷陳履常，向來有斯人。分然修苦節，寧畏丞相嗔。文章提一筆，閤筆黄樓賓。逖遠曠官守，不負知己恩。正夫未溫飽，忍凍甘死貧。彭城古形勝，英雄昔成羣。勳業亦何有，青史不滿嚬。俯仰三歎息，浩浩黄河奔。（《純白齋類稿》卷三）

祝誠

【送兄子孝恪落解南歸】陳無己詩云：「妙年失手未須恨，白璧深藏可自妍。短髮我今能種種，曉妝他日看娟娟。千金市帚能論價？萬戶封侯信有年。清白傳家有如此，歸塗囊盡不留錢。」蔡蒙齋曰：此詩用東坡前詩，（編者按指前則所引東坡詩：「千金敝帚人難買，半額娥眉世所譏。」）第四句用唐人「妝罷低聲問夫婿，畫眉深淺入時無」之句。（《蓮堂詩話》卷下）

三　明代

瞿佑

【後山不背南豐】陳後山少爲曾南豐所知，東坡愛其才，欲牢籠於門下，不屈，有「向來一瓣香，敬爲曾南豐」之句。又《妾薄命》云：「主家十二樓，一身當三千。忍著主衣裳，爲人作春妍。」亦爲南豐作。然送東坡則云：「一代不數人，百年能幾見？風帆目力盡，江空歲年晚。」推重向慕甚至，特不肯背南豐爾，志節可尚也。一生清苦，妻子寄食外家，《寄外舅郭大夫》云：「嫁女不離家，生男已當戶。」《得家信》云：「深知報消息，不敢問何如。」況味可知也。詩格極高，呂本中選江西宗派，以嗣山谷，非一時

諸人所及。（《歸田詩話》卷中）

【陳秦才思之異】「閉門覓句陳無己，對客揮毫秦少游。」山谷詩喻二人才思遲速之異也。後山詩如「壞牆得雨蝸成字，古屋無人燕作家」，寥落之狀可想。淮海詩如「翡翠側身窺淥酒，蜻蜓偷眼避紅妝」，紅妝豔冶之情可見。二人他作亦多類此。後山宿齋宮，驟寒，或送綿半臂，卻之不服，竟感疾而終。淮海謫藤州，以玉盂汲水，笑視而卒。二人於臨終屯泰不同又如此。信乎各有造物也。（同上）

李東陽

陳無己詩綽有古意，如：「風帆目力短，江空歲年晚。」興致藹然，然不能皆然也，無乃亦骨勝肉乎？（《懷麓堂詩話》）

楊一清

【書后山詩註後】宋文承五季之弊，其詩綺靡刻削，出晚唐下。至歐陽永叔始起而變之，逮蘇子美、梅聖俞起，而詩又變，黄山谷、陳后山起，而又一變。黄、陳雖號江西派，而其風骨逼近老杜，宋詩蓋至此極矣。然予尤酷愛后山，嘗攜其遺稿過漢中，令生徒錄過，用便旅覽。而憲副朱公恨世無完集，不與歐、黄諸家並行，遂屬知府袁君宏加板刻焉。顧舛訛太甚，兼有脫簡，嘉其志而惜其費，蓋不獨予然也。丙辰歲，予南歸，獲定本於江東故家。朱公喜得如重寶，復以屬袁君，遂再板以行，精繕奚翅什百，而爲功爲惠，固不尠矣。自今讀后山詩，固驚其雄健清勁，幽邃雅淡，有一塵不染之氣，吏考其行，矯厲凌烈，窮餓不悔，則詩又特其緒餘耳。后山自謂不及山谷，晦翁以山谷詩近浮薄，乃后山所無。然豈獨詩哉？愛其詩而不師其人，固非二君板行之意，而況幷其詩未必知也。弘治丁巳秋九月朔石淙楊一清識。（任淵《后山詩註》卷末）

王鴻儒

【後山先生集序】《後山先生集》凡三十卷，余昔錄之於仁和陳氏者也。先生天資方毅，識見過人，加以好學不倦，故其形之於言，典重峻潔，法度森然，如天球綴輅，陳列廣庭，大劍高冠，班侍左右，其孰敢狎而玩之。雖大儒先生如晦菴者，亦咨重不置，至取其與林秀州書，列之《儀禮經傳通解》之中，以補禮文之闕，是可見矣。然先生並世有二程夫子者，倡明道學於河、洛之間，摳衣之士幾徧天下，斯誠千載之一時也。而先生方且學文於曾南豐，學詩於黄山谷，周旋於蘇東坡、秦淮海之間，而不知遊二程之門，以學其道，是以雖有所成，而人猶有所憾，以爲持是資而能知所從，聖賢可學而至，則其所可傳者，豈止於是哉，此爲深可惜耳！潞守馬君曒者，字廷震，先生同郡之名家也。景仰高風，購求遺藁，近二十年矣。比聞予有是集，欣然請錄，既付於梓，而併蘄序之。憶昔弘治癸丑春，余以南京戶部主事考績如京師，時冢宰盧氏耿公方爲大宗伯，余往候焉。公引而進之，從容誨奬，且問頃在江南有新收書否，予對以所得《稽古録》、范《唐鑑》、《後山集》，公驚曰：「是數輩書，吾求之不得，以爲亡且久矣，乃今尚有之！歸日，幸録以相惠。」余應曰諾。後竟以職務怱冗，因循未報，而公逝矣。今馬君託梓以傳，實不朽之盛事，恨不令公見之。是書無别本校證，訛字頗多，觀者以意讀之可也。其每卷之首，載賤姓名而題曰重校者，蓋太史公所謂附驥之意，非事實也。先生姓陳氏，名師道，字履常，一字無己，號後山，彭城人。其言行之詳，官閥之次，《宋史》有傳，門人魏衍有記，兹不復列云。弘治十二年己未夏四月二十七日，奉議大夫、山西等處提刑按察司僉事南陽王鴻儒序。（陳師道《後山先生集》卷首）

陳獻章

【認眞子詩集序（節録）】　夫道以天爲至，言詣乎天曰至言，人詣乎天曰至人。必有至人，能立至言。堯、舜、周、孔，至矣；下此其顔、孟大儒歟？宋儒之大者，曰周、曰程、曰張、曰朱，其言俱存，其發之而爲詩，亦多矣。世之能詩者，近則黄、陳，遠則李、杜，未聞舍彼而取此也。（《白沙子》卷一）

舒　芬

【四賢堂記（節録）】　夫所謂賢者，道德也，文章也，政事也。道德之賢，賢矣，文章、政事，在《周禮》則謂之能，然則賢固無不能與。予四月過徐州，水部李君汝蘭、營部伍君疇中、飭兵憲副李君廷重僉請於予，曰：「昔者韓退之以張建封辟，除爲推官于徐；蘇子瞻由密州徙知州事；陳無己，州人也，以子瞻薦教授于州；最後楊中立亦以參軍調司法；於是可謂四賢矣。今予三人，亦皆有職，於是愧神益夫士民者不遠古人也。議建四賢堂于雲龍山之麓黄茅岡上，致景仰焉。願子爲我記也。」夫四子者，文章著矣，其政事則所至善俗，不獨於徐也。若夫道德者，則韓子之學推尊孟氏，以達於孔子，故《原道》知本於誠意，以馴至於天下平，而性三品之説亦於孔子相近相遠不移之旨有默契焉；其諸醇疵荀、揚，攘斥佛老，多賢者之所難能也。蘇子學博而識敏，志潔而才廣，於出處用舍之際，挺然以節義，固其所守，不賢而能之乎？雖以嬉笑，幾成黨禍，要亦狂之疾而不知所裁者也。近日有著論目之檮杌者，蓋厚誣矣；豈以朱子嘗辯其學不知道而自以爲是，乃一赤幟邪？陳生持己謹嚴，拒宰相章惇之請而終不一見，蓋三代以下士之所難能也；妻子饑餓而身卒以凍死，史稱其高介有節，安貧樂道，而奥學至行，世或莫之聞也。然則孔門之所謂狷者，非若人邪？若夫龜山之道，固伊洛之所指授，或者病其晚年一出，然力罷新經，深詆和議，蓋亦不負所學矣。夫如是，則四賢者，信賢也。（《舒梓溪文鈔》卷五）

王文祿

漢鄭康成已開訓詁之文之端，其句也實而健。唐韓昌黎已開課試之文之端，其篇也達而昌。歷宋及元，則訓詁、課試之文弱而索。是古文之妙者，漢得九人焉，賈誼、司馬相如、子長、揚雄、枚乘、班固、崔駰、蔡邕、張衡是也；三國、六朝得八人焉，曹植、禰衡、張協、陸機、劉峻、江淹、庾信、劉勰是也；唐得七人，駱賓王、王勃、陳子昂、李太白、柳宗元、李華、孫樵是也；宋得六人焉，李覯、司馬光、蘇洵、陳無己、陳亮是也；元得三人焉，楊維楨、陳樵、吳萊是也。（《文脈》卷二）

李空同曰漢無騷，予曰司馬相如《長門》、揚子雲《反騷》、賈誼《鵩鳥》、班昭《自悼》，豈曰無騷。曰唐無賦，予曰李太白《大獵》、《明堂》，楊炯《渾天儀》、李庾《兩都》、杜甫《三大禮》、李華《含元殿》、柳宗元《閔生》、盧肇《海潮》、孫樵《出蜀》，豈曰無賦。曰宋無詩，予曰梅聖俞、王介甫、陳后山、朱晦庵、謝皋羽，擇而誦之，豈曰無詩。空同詩賦可觀，文亦句短而氣局，太質而少華，知復古矣，體裁則否，無大題，且見未透。（同上）

楊　慎

【陳后山】陳后山爲人極清苦。詩文皆高古，而詞特纖豔。如《一落索》換頭云：「一顧教人微俏，那堪親見。不辭紫袖拂清塵，也要識春風面。」又有《席上贈妓》詞云：「不愁歌裏斷人腸，只怕有腸無處斷。」所謂彼亦直寄焉，以爲不知己者詬厲也。（《詞品》卷三）

郎　瑛

【妾薄命】元豐間，曾鞏薦后山有道德史才，乞自布衣召入史館，命未下而曾卒。后山感其知己，不願出他人門下，作《妾薄命》二首以自擬。其一曰：「主家十二樓，一身當三千。古來妾薄命，事主不盡年。起舞爲主壽，相送南陽阡。忍着主衣裳，爲人作春妍？有聲當徹天，有淚當徹泉。死者恐無知，妾身長自憐。」其二曰：「葉落風不起，山深花自紅。捐世不待老，患妾無其終。一死尚可忍，百歲何當窮。天地豈不寬，妾身無所容。死者如有知，殺身以相從。向來歌舞地，夜雨鳴寒蛩。」二篇曲盡相知不倍之義，形於言外，誠《騷》、《雅》意也，故詩話中多以二詩爲首唱。予竊以前之「死者恐無知，妾身長自憐」，後之「死者如有知，殺身以相從」，恐四句不足盡相知之義耶。較挂劍之情者何如耶？既曰相知，又何必計其知否，此於理或少有倍耶？抑止因薦舉而其言如此耶？果后山之詩，惟東坡、黄山谷可知之耶？（《七修類稿》卷二十九《詩文類》）

王世貞

又有點金成鐵者，少陵有句云：「昨夜月同行。」陳無已則云：「勤勤有月與同歸。」少陵云：「暗飛螢自照。」陳則曰：「飛螢原失照。」少陵云：「文章千古事。」陳則云：「文章平日事。」少陵云：「乾坤一腐儒。」陳則云：「乾坤著腐儒。」少陵云：「寒花只暫香。」陳則云：「寒花只自香。」一覽可見。（《藝苑卮言》卷四）

謝　榛

陳無己《寄外舅郭大夫》詩曰:「巴蜀通歸使,妻孥且定居。深知報消息,不敢問何如。身健何妨遠,情深未肯疎。功名欺老病,淚盡數行書。」趙章泉謂此作絶似子美。然兩聯爲韻所牽,虚字太多,而無餘味,若此前後爲絶句,氣骨不減盛唐。(《詩家直説》卷一)

僧果默勝果寺詩:「到江吴地盡,隔岸越山多。」陳后山鍊成一句:「吴越到江分。」或謂簡妙勝默作。此「到」字未穩,若更爲「吴越一江分」,天然之句也。(同上)

張萱

【瓊奴】宋時永安驛廊東柱,有女子題一詩云:「無人解妾心,日夜長如醉。妾不是瓊奴,意與瓊奴類。」不書姓名。陳後山有詩二首紀之,然亦未詳瓊奴出處。余偶閲《青瑣高議》,乃得之。瓊奴姓王氏,爲郎中王某幼女。父死,失身於趙奉常家,爲主母凌辱。道出淮上,乃自書其事於驛壁,見者哀之。王平甫有歌紀焉。則永安驛題詩之女子,亦必名家子,嫁爲人妾而失意者也。(《疑耀》卷三)

【白牯青奴】《傳燈錄》:長沙岑和尚有曰:「狸奴白牯却知有。」白牯蓋謂水牯牛也。陳后山《齋居》詩有云:「青奴白牯靜相宜,老罷形骸不自持。」「青奴」二字,黄魯直云:「趙子充竹夫人詩:涼寢竹器,憩臂休膝。似非夫人之職,宜名曰青奴。」及任淵注陳詩,以白牯爲白角簟,乃借用以對青奴也。恐未必然。青奴是竹器,疑白牯是簟,固是的對,第后山詩博而核,萬無如此借用者。或白牯别爲牀笫物,當是鄉語耳。(同上卷三)

胡應麟

黄、陳、曾、呂，名師老杜，實越前規。（《詩藪》內編卷二）

宋黄、陳首倡杜學……陳五言律得杜骨。（同上內編卷三）

老杜好句中疊用字，惟「落花游絲」妙絶，此外如「高江急峽」、「小院迴廊」，皆排比無關妙處。又如「桃花細逐楊花落」、「便下襄陽向洛陽」之類，頗令人厭。唐人絶少述者，而宋世黄、陳競相祖襲。（同上內編卷五）

二陳五言古皆學杜，所得惟粗強耳，其沉鬱雄麗處，頓自絶塵。無己復參魯直，故尤相去遠。大抵宋諸君子以險瘦生澀爲杜，此一代認題差處，所謂七聖皆迷也。工部詩盡得古今體勢，其中何所不有，而僅僅若此耶！（同上外編卷五）

無己「主家十二樓」、「葉落風不起」二首於孟協律可謂絶類，如曰工部，則吾不知。（同上）

無己溫國挽詞精絶，惟「世方隨日化，身已要人扶」，語頗近鄙；而黄極賞之，吾所未解。（同上）

宋人用史語，如山谷「平生幾兩屐，身後五車書」，源流亦本少陵；用經語如后山「呪功先服猛，戒力得扶顛」，剪裁亦法康樂。然工拙頓自千里者，有斧鑿之功，無鎔鍊之妙，矜持於句格，則面目可憎，架疊於篇章，則神韻都絶。（同上）

昔人評郊、島非附寒澀，無所置材。余謂黄、陳學杜瘦勁，亦其材近之耳。律詩主格，尚可矍鑠自矜，歌

行間涉縱横，往往束手矣。然黄視陳覺稍勝。（同上）

宋之學杜者無出二陳，師道得杜骨，與義得杜肉；無己瘦而勁，去非贍而雄；后山多用杜虚字，簡齋多用杜實字。（同上）

（宋）之學杜者王介甫、蘇子美、黄魯直、陳無己、陳去非、楊廷秀。（同上）

無己句如「百姓歸周老，三年待魯儒」，「丘原無起日，江漢有東流」，「事多違謝傅，天遽奪楊公」，「公私兩多事，災病百相催」，「精爽回長安，衣冠出廣廷」，皆典重古澹得杜意，且多得杜篇法。（同上）

無己「梅柳春猶淺，關山月自明」，去非「春生殘雪外，酒盡落梅時」，却自然有唐味，然不多得。（同上）

七言律壯者必麗，淡者必弱。唐孟襄陽、張曲江、明徐迪功、高觀察詩，皆以淡爲宗，故力皆屈於七言。古今七言律淡而不弱者，惟陳無己一家，然老硬枯瘦，全乏風神，亦何取也。（同上）

黄、陳律師法杜可也，至絶句亦用杜體，七言小詩，遂成梯突謔浪之資，唐人風韻，毫不復覩，又在近體下矣。（同上）

毛　晉

【後山詩話】無己一字履常，每登臨得句，即急歸卧一榻，以被蒙首，惡聞人聲，謂之吟榻。家人知之，即嬰兒稚子，皆抱寄鄰家以避之。其用意精專如此。自詠絶句云：「此生精力盡於詩。」眞無忝矣。朱子云：「無己許多碎句子，是學《史記》。」殆指《詩話》、《談叢》類耶？或謂此二種非無己作，考其本

集，一一具載，今仍之。（《汲古閣書跋》）

四　清代

錢謙益

【蘇門六君子文粹序（節錄）】　崇禎六年冬，新安胡仲修氏訪余苫次，得宋人所輯《蘇門六君子文粹》以歸，刻之武林，而余爲其序曰：六君子者，張耒文潛、秦觀少游、陳師道履常、晁補之無咎、黄庭堅魯直、李廌方叔也。史稱黄、張、晁、秦俱游于蘇門，天下稱爲四學士，而此益以陳、李，蓋履常元祐初以文忠薦起官，晚欲參諸弟子間，方叔少而求知，事師之勤，渠生死不間，其繫於蘇門宜也。當是時，天下之學盡趨金陵，所謂黄茅白葦斥鹵彌望者。六君子者，以雄駿出羣之才，連鑣於眉山之門，奮筆而與之爲異。而履常者，心非王氏之學，熙寧中遂絶意進取，可謂特立不懼者矣。方黨論之再熾也，自方叔外，五君子皆坐黨，履常坐越境出見，文潛坐舉哀行服，牽連貶謫。其擊排蘇門之學，可謂至矣。至於今文忠與六君子之文，如江河之行地，而依附金陵之徒，所謂黄茅白葦者，果安在哉？……嗔賈、陸足以救世，而僞周公足以禍世，此眉山、金陵異同之大端也。觀六君子之文者，其亦有擇于斯乎？

賀裳

【陳師道】後山以薦得官，卽除正字，作詩曰：「扶老趨嚴召，徐行及聖時。端能幾字正，敢恨十年遲。肯著金根誤，寧辭乳嫗譏。向來憂畏斷，不盡鹿門期。」用事切當，第三語尤天然巧合。

《雪》詩：「木鳴端自語，鳥起不成飛。」眞可謂不著色相。

《九日寄秦覯》：「疾風迴雨水明霞，沙步叢祠欲暮鴉。九日淸樽欺白髮，十年爲客負黃花。登高懷遠心如在，向老逢辰意有加。淮海少年天下士，獨能無地落烏紗。」一作「可能」，「可」字較「獨」字爲圓，然「獨」字意深，有陋巷不改其樂之意。

方回推後山直接少陵，今觀其五言律，氣格誠有相近處，但五言律僅少陵詩中之一，後山相近者又少陵五言律中之一也。優孟抵掌似耳，詎能遽爲楚相。

《聞黃和預病起》曰：「似聞樂病已投機，牛鬬蛇妖頓覺非。李賀固知當得疾，沈侯可更不勝衣。驚逢白璧三千仞，會見黃金帶十圍。不信詩書端作祟，孰知糠粃亦能肥。」此詩首言病退；次聯用長吉嘔出心肝事，其人當必能詩；後四句是祝其強健豐碩，但新病起卽欲十圍之腰，恐不能驟長，如是所謂言之太過，然意致頗佳。（《載酒園詩話》卷五）

吳喬

陳無己云：「春風永巷閉娉婷，長使青樓浪得名。不惜捲簾通一顧，怕君著眼未分明。」杭妓胡楚曰：「不見當年丁令威，看來處處是相思。若將此恨同芳草，却恐青青有盡時。」一比一興，却自深婉，不類宋詩。（《圍爐詩話》卷五）

吳景旭

【翦綵】《復齋漫錄》曰：「《荆楚歲時記》：正月七日，翦綵爲人，或鏤金箔貼屏風上，亦戴之，象人入新年形容改新。無己《立春》詩：『巧勝向人眞奈老，衰顔從俗不宜新。』更覺其工。」《漁隱叢話》曰：「閱《荆楚歲時記》，正月七日，翦綵爲人，或鏤翦金箔爲人貼屏風，亦戴之頭鬢。所云止此，卽無象人入新年形容改新九字，復齋以無己詩有『衰顔從俗不宜新』之句，遂牽合撰此九字，誣甚矣。」

吳旦生曰：余按《荆楚歲時記》：「翦綵爲人，或鏤金箔爲人，以貼屏風，亦戴之頭鬢。」其注又云：「翦綵人者，人入新年，形容改從新也。」《初學記》亦載之。陳無己詩用此，復齋因據此而合言之，漁隱不詳考，謂記本無九字，亦粗莽之極。（《歷代詩話》卷五十九）

【黃昏湯】陳后山贈二蘇公詩：「如大醫王治膏肓，外證已解中尙彊。探囊一試黃昏湯，一洗十年新學腸。」

吳旦生曰：任子淵注引《圖經本草》云：「合歡，夜合也，一名合昏。韋宙肺癰，黃昏湯治之，取夜合皮掌大一枚，水煮服。」張世南以爲其說牽合無義。閲《本草》，王孫味苦平無毒，主五臟邪氣，吳名白功草，楚名王孫，齊名長孫，一名黃昏。據此，則詩中之意，蓋指當時癖學爲五臟邪氣，須得蘇公一洗之耳。取義精深如此。（同上）

【瓣香】《了翁雜鈔》曰：「陳后山詩：『向來一瓣香，敬爲曾南豐。』按是時東坡正爲郡守，又后山元以坡薦得官。」

吳旦生曰：元豐間，曾鞏修史，薦后山有史才，乞自布衣召入史館，命未下而曾去，故感其知己，作《妾薄命》云云。按東坡出知杭州，道由南京，后山時爲徐州教授，出界來謁。孫覺不許往，而后山不顧，劉安世上彈文，而后山不顧，且送以詩云：「一代不數人，百年能幾見？」此豈寡情於坡者哉？送吳先生謁坡詩云：「爲說人安在，依然一禿翁。」時后山坐黨事廢錮，故云禿翁，《灌夫傳》：與長孺同一禿翁。注言：無官位版授也。蓋自謂不負蘇公之門也。（同上）

【山王】陳后山詩：「從昔竹林雖小阮，只今未可棄山王。」

吳旦生曰：《宋書》：顏延之作《五君詠》，以述竹林七賢，山濤、王戎以貴顯被黜。故后山以爲未可棄也。東坡云：「他年五君詠，山王一時數。」天啓中錢牧齋詩：「七子舊遊思應阮，五君新詠削山王。」《困學紀聞》云：山濤欲釋吳以爲外懼，又言不宜去州郡武備，其深識遠慮，非清談之流也。顏延之於七賢不取山、王，然戎何足以比濤，亦猶碔之於玉也。（同上）

【鐙闌】《步里客談》曰：「陳無己詩：『睿思殿裏春將半，鐙火闌殘歌舞散。自書小字答邊臣，萬國風煙入長算。』蓋鐙火闌殘乃村鎮夜深景致，睿思殿不應如是。」吳旦生曰：王勉夫謂正所以狀宮中向夜蕭索之意，非所以形容盛麗也。《聞見錄》載樂天《長恨歌》云：「夕殿螢飛思悄然，孤鐙挑盡未成眠。」豈有興慶宮中夜不點燭、明皇自挑鐙之理？然天上雖非人間比，使言高燒畫燭，貴則貴矣，豈復有長恨等意耶？觀者味其情致斯可矣。（同上）

王夫之

門庭之外，更有數種惡詩，有似婦人者，有似衲子者，有似鄉塾師者，有似游食客者……似衲子者，其源自東晉來，鍾嶸謂陶令爲隱逸詩人之宗，亦以其量不宏而氣不勝，下此者可知已。自是而賈島，固其本色，陳無己刻意冥搜，止墮齏鹽窠臼。（《夕堂永日緒論》）

毛先舒

陳無己《寄外舅郭大夫》：「巴蜀通歸使，妻孥且定居。深知報消息，不敢問何如。身在何妨遠，情深未敢疎。功名欺老病，淚落數行書。」趙章泉謂中二聯虛字多而無餘味，若取前後爲絕句，當不減盛唐。予謂「欺」字露筋，亦非盛唐。（《詩辨坻》卷三）

汪琬

【讀宋人詩五首(錄一首)】 夔州句法杳難攀，再見涪翁與後山。留得紫微圖派在，更誰參透少陵關？

(《堯峰文鈔》卷五)

錢曾

【陳后山詩註十二卷】 宋人老杜千家詩註，荒陋百出，而傳之最廣最久。任子淵註山谷、后山詩，施武子增補其父司諫所註東坡詩，皆註家之絶佳者，而傳之獨少。山谷、后山詩註，雖有舊板行世，僅而得見。余所藏俱宋刻本，可稱合璧。獨東坡詩註，武子因傅穉漢孺善歐書，俾書之以鋟板者，曾見于絳雲樓中，後廣搜不可得，爲生平第一恨事耳。(《讀書敏求記》)

吴雷發

羅大經《鶴林玉露》云：「杜陵詩『桑麻深雨露，燕雀半生成』，后山詩『輟耕扶日月，起廢極吹噓』，或謂虚實不類，殊不知生爲造，成爲化，吹爲陰，噓爲陽，氣勢力量與雨露日月正相配也。」愚按此論是爲古人曲護，而其説頗鑿。古人用此，亦是偶然，在兩公或未必見及此。且卽無此解，虚實未嘗不可活對，古人有知，甚無取後人之曲護也。試卽類推之：如「氣色皇居近，金銀佛寺開」，得無曰氣爲陽、

色爲陰乎？又「竟日淹留佳客至，百年粗糲腐儒餐」，「淹留」二字又當何解？（《説詩管蒯》）

王士禛

【彭門懷古八首（録一首）】　黄葉西陂七字詩，後山詩派石林知。南山磬石流脂滑，不刻長洲主簿詞。（《漁洋山人精華録》卷九）

陳無己平生皈向蘇公，而學詩於黄太史，然其論坡詩，謂如教坊雷大使舞。又有詩云：「人言我語勝黄語，扶豎夜燎齊朝光。」其自負不在二公之下。然予反復其詩，終落鈍根，視蘇、黄遠矣。任淵云無己詩如曹洞禪，不犯正位，切忌死語　恐未盡然。予獨愛其二律云：「林廬煙不起，城郭歲將窮。雲日明松雪，溪山進晚風。人行圖畫裏，鳥度醉吟中。不盡山陰興，天留憶戴公。」又：「白下官楊小弄黄，騎臺南路緑無央。含紅破白連連好，度水吹香故故長。蹲滑踏青穿馬耳，轉危緣險出羊腸。熟知南杜風流在，預怯排門有斷章。」《后山集》，南陽王文莊公鴻儒弘治十二年刻於潞安，有公序及魏衍集記，元城王雲、天社任淵二序，詩十二卷，六百七十九首，雜文八卷，一百六十九首，談叢、理究、詩話、長短句附焉，共三十卷。《池北偶談》（《帶經堂詩話》卷十《指數》）

宋長白

【道學風流】　陳後山、朱紫陽嚴氣正性，凜若冰霜。然陳有句曰：「不惜捲簾通一顧，恐君着眼未分

明。」朱有句曰：「日暮天寒無酒飲，不須空喚莫愁來。」乃知眞道學未有不風流者。（《柳亭詩話》卷十七）

【古屋紅妝】后山詩：「壞牆得雨蝸成字，古屋無人燕作家。」淮海詞：「翡翠側身窺綠酒，蜻蜓偷眼避紅妝。」二則寫盡荒涼之景，一則描出駘蕩之情。二子生平出處畢現於此。（同上卷二十九）

汪　薇

《妾薄命》爲曾南豐作（「主家十二樓」首）名士愼於去就，乃在師友之間一死一生之時，可敬可感。（《詩倫》卷下）

《示三子》淡而眞，是天性中物，不可以雕琢得者。（同上）

呂留良、吳之振、吳自牧

【後山詩鈔】陳師道，字履常，一字無己，號後山，彭城人。年十六謁曾南豐，大器之，遂受業焉。元豐初，曾典史事，以白衣薦爲屬，尋以憂去，不果。章惇冀其來見，將特薦之，卒不一往。蘇東坡與侍從列薦爲教授。未幾，除太學博士。後以蘇氏私黨，罷移潁州，又換彭澤，以母憂不仕者四年。元符間，除秘書省正字。侍南郊，寒甚，其妻于僚壻借副裘，蓋熙、豐黨也，竟不衣，病寒卒。初學於曾，後見黃魯直詩，格律一變。魯直謂其讀書如禹之治水，知天下之脈絡，有開有塞，至於九川滌源、四海會同者；作文知古人關鍵，其詩深得老杜之法，今之詩人不能當也。任淵謂讀後山詩，似參曹洞禪，不

犯正位，切忌死語，非冥搜旁引，莫窺其用意深處，因爲作註。蓋法嚴而力勁，學贍而用變，涪翁以後，殆難與敵也。（《宋詩鈔》）

查慎行

《登鵲山》（登覽類）「朴俗猶虞力，安流尚禹謨」，出句用「猶」字，對句復用「尚」字，便是合掌，老杜無此法也。后山詩朴老孤峭，在江西派中，自當首出，只讓涪翁一頭地耳。然謂其學杜則可，謂其學杜而與之俱化，竊恐未安。

《登快哉亭》（同前）　五六取境别。

《寄潭州張芸叟》（風土類）「春咪薦貓頭」，「貓頭」，長沙笋名。

《除棣學》（宦情類）　五六與起句調同。

《次韻晁无斁》（春日類）「年衰鷗鷺今如是」，少陵詩「年衰鵷鷺羣」，今引此，「鷗」當作「鵷」。第三句用鷗鷺，第五句復用烏鵲，此等詩何必入選；句法亦全襲杜，未免生吞活剝之譏。

《夏日即事》（夏日類）「愁極酒無功」，「亂來唯覺酒無功」，唐人已先有之。

《除夜》（節序類）「競辰」二字出揚子《法言》。

《元日》（同前）　通首似杜。「望鄉仍受歲」，七月十五是受歲之日，佛告阿難語，后山精于内典，于此詩見之。

《和元夜》(同前)「彭黄爭地勝」，彭黄合用牽强。

《答田生》(酒類) 起句用成語，恰合。

《雪》(雪類)「鄰家有夜歸」，歛兩句爲一句，不嫌蹈襲。

《雪意》(同前)「酒興若爲工」，工字出韻。

《登女郎臺》(同前)「晚積讀書今已老」，「積」當作「節」。

《暑雨》(晴雨類)「東溟客有限」，出語難對。

《鉅野》(山巖類) 方虚谷於后山詩推重太過，平情而論，其力量尚不逮涪翁，何況子美。

《西湖》(同前)「寒花只暫香」，少陵句也。

《湖上》(同前)「風過雨鱗鱗」，雨當作水。

《寄外舅郭大夫》(寄贈類)「深知報消息」二句，語從杜詩「翻畏消息來」、「寸心亦何有」二句脱胎。中二聯不忍未忍犯重，四十字中何至失于檢點若此。

《送王元均貶衡州兼寄元龍二首》(同前) 東坡自黄州召還時亦與元均兄弟遊，有「遲留歲暮江淮上，來往君家伯仲間」之句。其起語云「異時長怪謫仙人」，則指平甫也。

《病中六首》其六(疾病類)「身猶試藥方」，以身試藥，冒險甚矣，語却有致。《易》云無妄之藥，不可試也，「試」字從此出。(以上《初白菴詩評》卷下《瀛奎律髓》評)

馮景

【卻衣凍死辯】宋陳師道惡其婭趙挺之之貪汙，郊祀天寒，卻其衣不御，竟感寒疾死。而潘氏榮論乃曰：「卻衣而凍死，實陳三之細事。」烏虖！死生亦大矣，榮以爲細事何哉？伊尹元聖，嚴於一介；孔門求仁，審於非道。人生大分，修短一定，凍而死與不凍而死，幾微間耳。數未絶，雖凍不死；命已盡，雖不凍亦死。以無己之賢，平日辯之審矣，與其不凍而死，受不潔之服，以汙其皎皎之軀，孰甚凍而死，嚴一介之取，而全嚴嚴之節乎！昔曾子受簀於季孫，朱子尙謂賜受皆非禮，曾子若非決然乘未絶而易之，則一生臨深履薄，幾乎彌留又不免也。若榮之論，將謂斃不必正，而且以曾子易簀爲細事也哉？（《解舂集文鈔》補遺卷二）

喬億

宋之後山、簡齋五律宗杜，皆粗硬乏溫醇之氣。（《劍谿說詩》卷下）

厲鶚

【宛雅序（節録）】《宛雅》一編，蓋梅氏禹金爲之倡，（施愚山）先生爲之續，而再續以迄於成者，則先生之曾孫檗齋明府也。夫能選詩家者必工詩審矣，然非淵源有自，矩矱世守，則詩之工也恆難言之。唐杜甫爲審言孫，論者謂句律之細，實本於祖，而少陵亦云「吾祖詩冠古」，又云「詩是吾家事」。宋陳師道爲洎孫，論者謂詞格秀古，造句愈工，后山所自，亦如甫之於審言。今檗齋稱詩江南，無愧祖硯，而《宛雅》之選，網羅幽隱，持擇精嚴，有以補梅氏之闕，而成先生未竟之業，是則鄉國所用，輶軒所采，且足以標樹海内之的，而爲羣唱所歸，非偉觀歟？（《樊榭山房文集》卷二）

宋顧樂

陳無己平生皈向蘇公，而學詩於黄太史。然其論坡詩，謂如教坊雷大使舞，又有詩云：「人言我語勝黄語，扶豎夜燎齊朝光。」其自負不在二公之下。然余反覆其詩，終落鈍根，視蘇、黄不逮遠矣。任淵云：「無己詩如曹洞禪，不犯正位，切忌死語。」恐未能然。（《夢曉樓隨筆》）

姚範

陳后山，史云卒於紹聖初，非也。按后山當卒於建中靖國元年。蓋師道以豫郊祀行禮，寒甚遇疾而卒，友人鄒浩買棺斂之。據《徽宗紀》，以建中元年十一月庚辰祀天地於圜丘，而鄒浩初羈官新州，徽宗立，召還爲右司諫，至崇寧二年責衡州别駕，竄明州矣。崇寧元年無郊祀事。按晁子止《讀書志》云：「師道元祐中侍從，合薦於朝廷，爲太學博士。紹聖初以進非科舉而罷。建中靖國初，入秘書爲正字以卒。」史又云：以預祀，天寒，恥衣僚壻趙挺之衣，中寒而卒，年四十九。按《徽宗紀》，建中靖國元年十一月庚辰，祀天地於圜丘。又崇寧三年十一月丙申，祀昊天上帝於圜丘。趙挺之於崇寧元年五月庚辰爲尚書右丞，二年四月戊寅爲中書侍郎，三年九月乙亥爲門下侍郎，以大觀元年三月卒。自崇寧四年至大觀元年，無郊祀禮。據無己自云，年十六見南豐先生於江漢之間。似在熙寧元年戊申，推之當生於皇祐五年癸巳。卒年四十九，則正在靖國元年也。南豐卒時，后山年三十一。又山谷集有《送王觀復謁無己》長句，又《荆江亭集事》詩云：「正字不知饑飽未。」俱在靖國元年。黄𥲅爲山谷年譜，云無己以元符三年爲正字，亦與晁氏不同。(《援鶉堂筆記》卷四十五)

敦誠

陳后山《妾薄命》二首，自註「爲曾南豐作」。其中有「古來妾薄命，事主不盡年。忍著主衣裳，爲人作春妍」諸句，可謂千古知己門人。記余挽孫銀臺慮川灝先生詩，有「鹿洞親依徽國席，登龍曾御李君車；自爲桃李公門後，不向春風更著花」，亦是此意。然而先生當之無愧於昔人，予則比非其倫，亦聊以借意云耳。(《四松堂集》卷五《鷦鷯庵筆麈》)

古人之氣節，雖小事有確乎不可奪者，如袁君山之臥雪，閔仲叔之辭肝，陳后山寧忍寒至死不著趙挺之之衣。使其稍有所干，豐厚立致，正天隨子所云：「忍饑誦經，豈不知屠沽兒有酒食耶！」(同上)

陳師道《別三子》詩：「有女初束髮，已知生離悲，枕我不肯起，畏我從此辭。大兒學語言，拜揖未勝衣，唤爺我欲去，此語那可思。」置之少陵《北征》詩中，亦何能辨？(同上)

袁枚

或云：「詩無理語。」予謂不然。《大雅》：「於緝熙敬止。」「不聞亦式，不諫亦入。」何嘗非理語？何等古妙？《文選》：「寡欲罕所缺，理來情無存。」唐人：「廉豈活名具，高宜近物情。」陳后山《訓子》云：「勉汝言須記，逢人善即師。」文文山《咏懷》云：「疎因隨事直，忠故有時愚。」又，宋人：「獨有玉堂人不寐，六箴將曉獻宸旒。」亦皆理語；何嘗非詩家上乘？至乃「月窟」、「天根」等語，便令人聞而生厭矣。（《隨園詩話》卷三）

陳后山吟詩最刻苦，《九日》云：「人事自生今日意，寒花只作去年香。」鄭毅夫云：「夜來過嶺忽聞雨，今日滿溪都是花。」此種句，似易實難。人能知易中之難，可與言詩。（同上卷四）

詩有見道之言，如梁元帝之「不疑行舫往，惟看遠樹來」。庾肩吾之「只認己身往，翻疑彼岸移」。兩意相同，俱是悟境。王梵志云「昔我未生時，冥冥無所知。天公忽生我，生我復何爲。無衣使我寒，無食使我饑。還你天公我，還我未生時」八句，是禪家上乘。陳后山云：「美人梳洗時，滿頭間珠翠。豈知兩片雲，戴著幾村稅」四語，是《小雅》正風。（同上補遺卷十）

姚壎

【宋詩略自序（節錄）】王黄州、歐陽文忠精深雄渾，始變宋初詩格，而一則學白樂天，一則學韓退之。梅聖俞則出於王右丞，郭功父則出於李供奉。學王建者有王禹玉，學陳子昂者有朱紫陽。又若王介甫之峭厲，蘇子美之超横，陳去非之宏壯，陳無己之雄肆，蘇長公之門有晁、秦、張、王之徒，黄涪翁之派有三洪、二謝、陳、潘、汪、李之輩，俱宗仰浣花草堂，或得其神髓，或得其皮骨，而原本未嘗不同。（《宋詩話》卷首）

盧文弨

【書韓門綴學後（節録）】此書仿佛顧氏《日知録》之體例，先經，次史，以及古今事。始與雜辯證，徵引詳洽，而考訂精覈，爲近代説部之佳者……（其）引《唐語林》，言文公病將卒，召羣僚曰：「吾不藥，今將病死矣。汝詳視吾手足肢體，無誑人云。」此尤可爲確證，一洗孔毅夫《雜説》、陳后山《詩話》之誣……其論甚快。（《抱經堂文集》卷十一）

【后山詩註跋】孟東野但能作苦語耳，后山之詩，於澹泊中醰醰乎有醇味，其境皆眞境，其情皆眞情，故能引人之情，相與流連往復，而不能自已。然當時亦以愛之者絶少，況後世哉！余年五十八，始讀而善之。向以黄、陳並稱，余尚嫌黄之有客氣也。此本乃天社任淵因后山門人魏衍所編次而爲之註，頗能窺其用意之所在。然二人者皆未聞有篇什留於人間何耶？葉石林嘗見彭城寇國寶之詩而善之，後知其從后山學詩，以爲淵源有自；今此二人者，何遽不若寇耶？然亦幸附后山以傳矣。余鈔此書，在甲午之冬，逾年始爲之跋，乾隆四十年季夏之二十六日也。（同上卷十三）

許昂霄

《菩薩蠻》「彈到斷腸時」二句，含情無限。（《詞綜偶評》）

紀昀等

【後山談叢四卷內府藏本】宋陳師道撰。師道字無己，後山其別號也。彭城人，以薦爲棣州教授，徽宗時官至祕書省正字，事蹟具《宋史·文苑傳》。陸游《老學菴筆記》頗疑此書之僞，又以爲或其少時作。然師道《後山集》前有其門人魏衍附記，稱《談叢》、《詩話》別自爲卷，則是書實出師道手。又第四卷中記蘇軾卒時，太學諸生爲飯僧。考軾卒於徽宗建中靖國元年六月，師道亦以是年十一月二十九日從祀南郊，感寒疾卒，則末年所作，非少年所作，審矣。洪邁《容齋隨筆》議其載吕許公惡韓、范、富一條，丁文簡陷蘇子美以撼杜祁公一條，丁晉公賂中使沮張乖厓一條，張乖厓買田宅自汚一條，皆爽其實，今考之良信。然邁稱其筆力高簡，必傳於後世，不云他人所贋託。邁去師道不遠，且其考證不草草，知陸游之言未免失之臆斷也。（《四庫全書總目提要》卷一百四十子部小說家類）

【後山集二十四卷副都御史黄登賢家藏本】宋陳師道撰。師道字履常，一字無己，彭城人。受業曾鞏之門，又學詩於黄庭堅。元祐初，以蘇軾薦，除棣州教授，後召爲秘書省正字。事蹟具《宋史·文苑傳》。是集爲其門人彭城魏衍所編，前有衍記，稱以甲乙丙稾合而校之，得詩四百六十五篇，分爲六卷，文一百四十篇，分爲十四卷，《詩話》、《談叢》，則各自爲集，云云。徐度《却掃編》稱師道吟詩至苦，竄易至多，有不如意則棄稾，世所傳多僞，惟魏衍本爲善，是也。此本爲明馬暾所傳，而松江趙鴻烈所重刊，凡詩七百六十五篇，編八卷，文一百七十一篇，編九卷，《談叢》編四卷，《詩話》、《理究》、《長短句》各一卷，又非衍之舊本。方回《瀛奎律髓》稱謝克家所傳有《後山外集》，或後人合併重編歟？其五言古詩出入郊、島之間，意所孤詣，殆不可攀，而生硬之處，則未脱江西之習。七言古詩頗學韓愈，亦間似黄庭堅，而頗傷謇直，篇什不多，自知非所長也。五言律詩，佳處往往逼杜甫，而間失之僻澀。七言律詩風骨磊落，而間失之太快太盡。五七言絶句，純爲杜甫《遣興》之格，未合中聲。長短句亦自爲別調，不甚當行。大抵詞不如詩，詩則絶句不如古詩，古詩不如律詩，律詩則七言不如五言。方回論詩，以杜甫爲一祖，黄庭堅、陳與義及師道爲三宗，推之未免太過；馮班諸人，肆意詆排，王士禛至指爲鈍根，要亦門戶之私，非篤論也。其古文在當日殊不擅名，然簡嚴密栗，實不在李翺、孫樵下，殆爲歐、蘇、曾、王盛名所掩，故世不甚推，棄短取長，固不失爲北宋巨手也。（同上卷一百五十四集部別集類）

【后山詩註十二卷浙江巡撫採進本】宋陳師道撰，任淵註。原本六卷，此本作十二卷，則淵作註時每卷釐爲二也。淵生南北宋間，去元祐諸人不遠，佚文遺蹟，往往而存，即同時所與周旋者，亦一一能知始末，故所註排比年月，鉤稽事實，多能得作者本意。然師道詩得自苦吟，運思幽僻，猝不易明，方回號曰知詩，而《瀛奎律髓》載其《九日寄秦觀》詩，猶誤解末二句，他可知也。又魏衍作師道集記，稱其詩未嘗無謂而作，故其言外寄託，亦難以臆揣。如送郭槩四川提刑詩之「功名何用多，莫爲分外慮」，送杜純陝西轉漕詩之「誰能留渴須遠井」，贈歐陽棐詩之「歲歷四三仍此地，家餘五一見今朝」，觀六一堂圖書詩之「歷數況有歸，敢有貪天功」，次韻蘇軾觀月聽琴詩之「信有千丈清，不如一尺渾」，次韻蘇勸酒與詩之「五十三不同，夙紀鳴蟬賦」，寄蘇軾詩之「功名不朽聊通袖，海道無違具一舟」，寄張耒詩之「打鴨起鴛鴦」，離潁詩之「叢竹防供爨，池魚已割解」，送劉主簿詩之「二父風流皆可繼，排禪詆道不須同」，送王元均詩之「故國山河開始終」，以及宿深明閣陳州門絕句，寄曹州晁大夫等篇，非淵一一詳其本事，今據文讀之，有茫不知爲何語者。卽鉅野詩之「蒲港」對「蓮塘」，儷偶相配，似乎不誤，非淵親見其地，亦不知「港」字當爲「巷」也。其中如寄蘇軾詩之「遙知丹地開黃卷，解記清波沒白鷗」二語，蓋宋敏求校定杜詩，誤改「白鷗沒浩蕩」句，軾嘗論之，見《東坡志林》，故師道借以爲諷，淵惟引其寄弟轍詩「萬里滄波沒兩鷗」句，則與上句「丹地」、「黃卷」不相應矣。他如「兒生未知父」句，實用孔融詩；「情生一念中」句，實用陳鴻《長恨歌傳》；「度越周漢登虞唐」句，虞唐顛倒，實用韓愈詩；「孰知詩有驗」句，實用杜甫詩，而皆遺漏不註。次韻春懷詩「塵生鳥跡多」句，「鳥跡」當爲「馬跡」之譌，而引晉簡文牀塵鼠跡附會之；齋居詩「青奴白牯靜相宜」句，「牯」字必誤，而引白角簟附會之；謁龐籍墓詩「叢篁侵道更須東」句，「東」字必誤，而引《齊民要術》東家種竹附會之；至於以謝客兒爲客子，以龍爲龍伯，皆舛謬顯然，淵亦絕不糾正，是皆不免於微瑕。據淵自序，其編次先後，亦如所註山谷集例，寓年譜於目錄。今考《和豫章公黃梅二首》，註曰「此篇編次不倫，姑仍其舊」，又於紹聖三年下註曰「是歲春初后山當罷潁學」，而離潁等詩反在卷終，又有未離潁時所作，魏本如此，不欲深加改正，而於《示三子》詩，則註曰「此篇原在《晁張見過》詩後，今遷於此」；於《雪後黄樓寄負山居士》詩，則註曰「此詩原在《秋懷》前，今遷於此」；於《再次韻蘇公示兩歐陽五詩》，則註曰「於東坡集考之，原在涉潁詩後，今遷於此」；則亦有所竄定，非衍之舊。又衍記稱師道卒於建中靖國元年，年四十九，此集託始於元豐六年，則師道年已三十一，不應三十歲前都無一詩，觀《城南寓居二首》列於元豐七年，而註曰「或云熙寧間作」，則淵亦自疑之。《題趙士暕高軒過圖》一首，淵引《王立之詩話》，稱作此詩後數月間遂卒，故其後更列送歐陽棐、晁端仁、王鞏三詩。今考《王立之詩話》實作「數日」，無己卒，士暕贈以百縑，校其所錄情事，作「數日」爲是，則小誤亦所不免。然援證古今，具有條理，其所得者實多，莊綽《雞肋編》嘗摭師道詩採用俚語者十八條，大致皆淵註所已及，可知其用意之密矣，固與所註山谷集均可並傳不朽也。（同上）

【后山詩集十二卷江蘇巡撫採進本】宋陳師道撰。師道有全集，已著錄。此本爲雍正乙巳嘉善陳唐所刊。正集六卷仍魏衍所編之舊，逸詩五卷、詩餘一卷，則唐蒐輯諸書，補所未備者也。正集舊有任淵註，今皆削去。别本各行，未爲不可，唐同里吳淳爲作序，乃極論其註當削，則謬之甚矣。（同上卷一百七十四集部别集類存目）

【後山詩話一卷江蘇巡撫採進本】舊本題宋陳師道撰。師道有《後山談叢》，已著錄。是書《文獻通考》作二卷，此本一卷，疑後人合併也。陸游《老學菴筆記》深疑《後山談叢》及此書，且謂《叢談》或其少作，此書則必非師道所撰。今考其中於蘇軾、黄庭堅、秦觀俱有不滿之詞，殊不類師道語。且謂蘇軾詞如教坊雷大使舞，極天下之工，而終非本色，案蔡絛《鐵圍山叢談》稱雷萬卿宣和中以善舞隸教坊，軾卒於建中靖國元年六月，師道亦卒於是年十一月，安能預知宣和中有雷大使，借爲譬況？其出於依託，不問可知矣。至謂陶潛之詩切於事情而不文，謂韓愈《元和聖德詩》於集中爲最下，而裴說《寄邊衣》一首詩格柔靡，殆類小詞，乃亟稱之，尤爲未允。其以王建《望夫石》詩爲顧況作，亦間有舛誤。疑南渡後舊稾散佚，好事者以意補之耶？然其謂詩文寧拙毋巧，寧朴毋華，寧粗毋弱，寧僻毋俗，又謂善爲文者因事以出奇，江河之行，順行而已，至其觸山赴谷，風搏物激，然後盡天下之變，持論間有可取。其解杜甫《同谷歌》之黄獨，《百舌》詩之讒人，解韋應物詩之「新橘三百」，駁蘇軾《戲馬臺》詩之「玉鉤白鶴」，亦間有考證，流傳既久，固不妨存備一家爾。（同上卷一百九十五集部詩文評類）

【後山詞一卷安徽巡撫採進本】 宋陳師道撰。師道有《後山叢談》，已著録。其詩餘一卷已附載集中。考陳振孫《書録解題》載《後山詞》一卷，《宋史·藝文志》則稱爲《語業》一卷，而魏衍作師道集記但及《叢談》、《理究》，不及其詞，知宋時本集外别行也。胡仔《漁隱叢話》述師道自矜語，謂於詞不減秦七、黄九，今觀其《漁家傲》詞，有云「擬作新詞酬帝力，輕落筆，黄秦去後無強敵」云云，自負良爲不淺。然師道詩冥心孤詣，自是北宋巨擘，至強回筆端，倚聲度曲，則非所擅長，如贈晁補之舞鬟之類，殊不多見。其詩話謂曾子開、秦少游詩如詞，而不自知詞如詩，蓋人各有能不能，固不必事事第一也。（同上卷二百集部詞曲類存目）

【後山集鈔題記】 《後山集》二十卷，其門人彭城魏衍所編也。近雲間趙氏刊行之。顧衍記詩四百六十五篇，編六卷，文一百四十篇，編十四卷，今本乃詩七百六十五篇，編八卷，文一百七十一篇，編九卷，又衍記《詩話》、《談叢》各自爲集，而今本《談叢》四卷，《詩話》一卷，又《理究》一卷，長短句一卷，皆入集中，則此本又非魏氏手錄之舊矣。壬午六月，從座師錢茶山先生借閲，令院吏毛循鈔之。循本士人，所鈔不甚誤，而原本訛脱太甚，九卷以後，尤不勝乙。固雜取各書所錄後山作，鉤稽考證，粗正十之六七，乃略可讀，因得究其大意。考江西詩派以山谷、後山、簡齋配享工部，謂之一祖三宗，而左祖西崑者，則掊擊抉摘，身無完膚，至今呶呶相詬厲。平心而論，其五言古劖削堅苦，出入于郊、島之間，意所孤詣，殆不可攀，其生硬杈椏，則不免江西惡習。七言古多效昌黎，而間雜以涪翁之格，語健而不免粗，氣勁而不免直，喜以拗折爲長，而不免少開合變動之妙，篇什特少，亦自知非所長耶？五言律蒼堅瘦勁，實逼少陵，其間意僻語澁者，亦往往自露本質，然胎息古人，得其神髓，而不自掩其性情，此後山所以善學杜也。七言律嶔崎磊落，矯矯獨行，惟語太率而意太竭者是其短。五七言絶則純爲少陵遺興之體，合格者十不一二矣。大抵絶不如古，古不如律，律又七言不如五言，棄短取長，要不失爲北宋巨手。向來循聲附和，譽者務掩其所短，毁者並沒其所長，不亦傎耶？其古文之在當日，殊不擅名，然簡嚴密栗，可參置于昌黎、半山之間，雖師子固、友子瞻，而面目精神迥不相襲，似較其詩爲過之，顧此不甚傳，則爲諸鉅公盛名所掩也。余雅愛其文，謂不在李翺、孫樵下，又念其詩珠礫混雜，徒爲論者所藉口，因嚴爲删削，錄成一編，非曰管窺之間可以進退古人，亦欲論後山者核其是非長短之實，勿徒以門戶詬爭，鬨然佐鬭，是則區區之志焉耳。乾隆甲申七月晦日，河間紀昀書於

福州使院之鏡烟堂。(《後山集鈔》,《鏡烟堂十種》之一)

吴騫

【後山集】《後山集》二十卷,舊鈔本,先君子以秀水濮氏校義門先生評本,倩先師朱巢飲夫子過錄。記卷首云:「何義門先生評本,乾隆丁酉從濮自崑先生校本過錄。」義門跋云:「《老學庵筆記》云陳無己子豐詩亦可喜,晁以道集中有《謝陳十二郎》詩卷是也。建炎中,以無己故,特命官李鄴守會稽,來從鄴作攝局。鄴降虜,豐亦被繫纍而去。無己之後遂無在江左者,豐亦不知存亡。又康熙己丑秋日,從吴興鬻書人購得舊鈔《後山集》殘本,中闕三、四、五、六,凡四卷。勘校一過,改正脱訛處甚多,庶幾粗爲可讀。而明人錯本誤人,眞有不如不刻之歎也。焯記。又《後山集》十年前始得明弘治己未南陽王懋學所刊,脱誤至不可讀,訪求宋刻於藏書家而未獲也。康熙己丑,吴興鬻書人邵良臣持舊鈔殘書五冊來售,余取而與弘治本互勘,則其所脱誤者皆在。雖出於元板已非魏昌世所次詩六卷、文十四卷之舊,然猶之爲善本也。其中缺第三至第六,凡四卷,非仍得陳同甫編校者,及向上宋本,不敢妄爲補寫,蓋新刻有與無均耳。不讀而充數者,尙之弗如其無也。是歲中秋日,何焯記。」

(《拜經樓藏書題跋記》卷五)

翁方綱

后山贈魯直云：「陳詩傳筆意，願立弟子行。」又云：「人言我語勝黄語，扶豎夜燎齊朝光。」此其所以敍入紫薇宗派之圖也。任天社云：「讀后山詩，似參曹洞禪，不犯正位，切忌死語，非冥搜旁引，莫窺其用意深處。」因爲作注。而敖器之亦謂后山如九臯獨唳，深林孤芳，沖寂自研，不求賞識。昔漁洋先生嘗疑天社之語未盡然，而謂后山終落鈍根，視蘇、黄遠矣。按《詩林廣記》云：「后山之詩近於枯淡。」愚觀宋詩之枯淡者，惟梅聖俞可以當之，若后山則益無可回味處，豈得以枯淡爲辭耶？若黄詩之深之大，又豈后山所可比肩者。蓋元祐諸賢，皆才氣横溢，而一時獨有此一種見者，遂以爲高不可攀耳。（《石洲詩話》卷四）

后山極意仿杜，固不得杜之精華，然與吞剝者終屬有間。即以中間有生用杜句者，亦不似元遺山之矯變，亦不似李空同之整齊，蓋此等處尚有朴拙之氣存焉。求之杜詩，如「吾宗老孫子」一篇，是其顛頂已。（同上）

后山所作溫公挽詞三首，眞有杜意，而吳（之良）不鈔。（同上）

（元遺山《論詩絶句》）「池塘青草謝家春，萬古千秋五字新。傳語閉門陳正字，可憐無補費精神。」前首（按指「論詩寧下涪翁拜，未作江西社裏人」首）並非不滿江西社也。此首亦並非斥陳后山也。此皆力爭上游之語，讀者勿誤會。（同上卷七）

【七言律詩鈔凡例】自山谷以下，後來語學杜者，率以后山、簡齋並稱。然而后山似黄，簡齋則似杜；后山近于黄而太膚淺，簡齋近于杜而全滯色相矣。雖云較後來之空同蒼老有骨，而其爲假冒則一也。（《七言律詩鈔》卷首）

李調元

西江詩派，余素不喜，以其空硬生湊，如貧人捉襟見肘，寒酸氣太重也。然黄山谷七言古歌行，如歌馬歌阮，雄深渾厚，自不可沒，與大蘇並稱，殆以是乎？后山詩，則味如嚼蠟，讀之令人氣短，如「且然聊爾耳，得也自知之」二句，係集中五律起筆，竟成何語？眞謂之不解詩可也。擁被呻吟，直是枯腸無處搜耳。（《雨村詩話》）

【娶】陳后山詞喜用尖新字，然最穩。如《浣溪紗》：「安排雲雨娶新晴。」「娶」字未經人道。（《雨村詞話》卷一）

【伊涼】樂天詩：「櫻桃樊素口，楊柳小蠻腰。」伊州、涼州，古舞，無地名也。后山《西江月》云：「正需蠻素作伊涼。」筆力雖好，終嫌雜湊。先生嘗有詞自贊：「黄秦去後無絕敵。」可謂言大。（同上）

【涇紅箋】后山有《漁家傲》詞咏蘇州涇紅箋，有「色門朝花光觸日」句，疑卽今硃砂箋也。（同上）

【初楊】后山《減蘭》，有「白下門東，誰見初楊弄晚風」。以新柳爲初楊，甚新異。（同上）

【詞話始陳后山】宋人詩話甚多，未有著詞話者，惟后山集中載吳越王來朝、張三影、靑幕子婦妓、黄

詞、柳三變、蘇公居潁、王平甫之子七條，是詞話當自公始。（同上卷二）

謝啓昆

【讀全宋詩仿元遺山論詩絶句二百首（錄二首）】　妾身命輕主見憐，感恩有淚徹黄泉。南豐去後無知己，白首侯芭注太玄。陳師道

遙天鶴唳九臯聽，擁榻孤吟卧半醒。一顧傾城須著眼，羞隨時態嫁娉婷。（《樹經堂詩集》初集卷十一）

計　發

陳無己，人知其刻苦攻詩，而不知其雅善製墨也。閩鄭石幢方城有長歌贈友，中云：「我有古墨色紅紫，煉丹九轉銷青煙。簡古亦非今人手，光澤觸眼尤渾堅。上標天魂更書款，墨名天魂，有陳無己書款。細字一一皆精妍。延綠齋中眞好事墨旁有延綠齋三字，製作將欲垂千年。」夫墨爲陳無己手製，故足寶，而墨名天魂，尤新異。（《魚計軒詩話》）

洪亮吉

陶淵明以後，學陶者韋應物、柳宗元，以迄蘇軾、陳無己等若干人，而皆不及陶，亦以絶調難學也。（《北江詩話》卷五）

張宗泰

【跋《歸田詩話》】　蔡正孫《詩林廣記》謂元豐間曾鞏修史，薦後山有道德有史才，乞自布衣召入史館，命未下而曾去，後山感其知己，不願出他人門下，故作《妾薄命》云云。又厲鶚《宋詩紀事》謂元祐中，蘇軾、傅堯俞、孫覺薦師道，授徐州教授。則是南豐、東坡均於後山有薦拔之誼。又邵浩編《坡門酬唱集》，軾、轍外凡得六人，爲黄庭堅、秦觀、晁補之、張耒、陳師道、李廌。又宋人編《蘇門六君子文粹》，《提要》曰《宋史》稱黄庭堅、張耒、晁補之、秦觀爲蘇門四學士，而此益以陳師道、李廌，稱蘇門六君子者，蓋陳、李雖與蘇軾交最晚，而師道則以軾薦起官，廌亦以文章見知於軾，故以類附之也。據是數説，則後山於東坡非無知己之感，故其向慕亦甚至，特於南豐受知最先，情義亦較重，故不欲負厥初心耳。而《歸田詩話》便謂東坡愛後山之才，欲牢籠於門下，而後山不爲之屈。夫籠絡他人門下士，使歸而就我，非所以爲東坡，而後山之於東坡，「至越境送行，雖被劾而不辭，亦何嘗不爲之屈也」。

（《魯巖所學集》卷十）

【書《詩林廣記》陳后山詩後】　陳后山《妾薄命》二首，爲曾南豐作也，中云：「葉落風不起，山空花自紅。」蓋言南豐一死，不可復作，已雖有向往之誠，無所依附，卽詩人「豈無膏沐，誰適爲容」意也。謝疊山乃以二語爲喻朝廷無支撑世道之人，班行寂寥，惟有富貴之士，隨時苟祿，不成朝廷矣。后山恐意不如此也。又送蘇公知杭州云：「一雨五月涼，中宵大江滿。風帆目力短，江空歲月晚。」不過卽景言情，謂一雨乍涼，江水忽增，風帆漸遠，目力苦短，人去江空，嗟年歲之已晚，恐此生不及再見也。謝疊山釋「一雨五月涼」句，謂元祐初政，溫公當國，人人懽欣，如五月得雨也。釋「中宵大江滿」，謂溫公得政，僅一年而卒，使得竟其用，如雨至中宵，大江亦滿也。釋「風帆目力短，江空歲月晚」，謂朝廷無眞宰相，奇才如東坡者，不得大用，不信仁賢，則國空虛，將成爲叔末之世。句句牽引時事，穿鑿附會，說詩若此，恐墮入塵刼矣，不得以解出疊山而曲附之也。（同上卷十四）

黄丕烈

【后山詩注一卷殘宋本】　余爲五硯主人斡一事，主人欲酬余，謂「家有殘宋本幾種，當贈子」，忽忽未果，而主人已作古矣。其孤，余壻也，向未經理書籍事，屬余爲之點檢。所云殘宋本亦甚寥寥，此《后山詩注》却是宋刻。然止一卷，卷首及末俱已剜去，無從識別卷第，因取明刻本核之，始知是冊爲第六卷。明刻注于當句下，正文與注牽接去，唯此正文與注各自爲行，當是舊式，存此猶見后山眞面目也。庚午五月復翁。　任子淵注山谷、后山詩，據錢遵王《讀書敏求記》云：「余所藏俱宋刻本，可稱合璧矣。」今余搜訪二十餘年，《山谷詩注》曾于京師得一宋本，雖殘闕模黏，尚是宋刻，此外見有印本清爽者，在郡中故家僅一觀樣本，其全否未可知。惟《後山詩注》從未見有宋刻，得此一卷，勝逾百朋，余故不惜重裝，爲殘宋《山谷詩注》作匹。　壻家書籍，半就淪亡，而余代爲儲，聊誌我姻家以書作合，二人有同心之嗜，非書主人去，卽攘爲己有，沾沾自喜也。　歲暮天寒，臘雪連朝，深幾尺許，燒燭坐百

宋一廛，復翁識。（《士禮居藏書題跋記》）

郭　麐

【有許餉梅花水仙者遲之以詩】　連朝雨急又風顛，歲晏華予秪自憐。劣有心情懷故土，那無風物送殘年。詩人冰雪陳無己，寒女神仙謝自然。愁絕相思獨不見，一鐙清影對娟娟。（《靈芬館詩集》二集卷二）

方東樹

姚薑塢先生曰：「后山云：『少好詩，老而不厭（按后山與謝康樂，卒年皆四十九，而已自云老，故不老矣）。及見黄豫章，盡焚其稿而學焉。豫章謂譬之弈焉，弟子高師一著，僅能及之，爭先則後之矣。』」樹按：此即「智過於師，乃堪傳法；智與師齊，減師半德」之恉。以此繩后山，眞減於黄一半也。（《昭昧詹言》卷十）

又云：「新城云：『后山詩反覆觀之，終落鈍根。』」按此意不可不知。（同上）

又云：「后山自謂黄出，理實勝黄，其陳言妙語，乃可稱破萬卷者，然外貌枯槁，如息夫人絕世一笑自難。」（同上）

又云：「后山之師杜，如穆、柳之徒學文於韓也。后山之祖子美，不識其混茫飛動，沈鬱頓挫，而溺其鈍澀迂拙以爲高。其師涪翁，不得其瑰瑋卓詭，天骨開張，而躭乎洗剝渺寂以爲奇。」又云：「后山五七古學杜、韓，其不可人意者，殆如桓宣武之似劉司空。其五古，意境句格，森沈淡澀之致，於老杜亦虎賁之似，而無老杜之雄鬱混茫奇偉之境。其五七律，清純沈健，一削冶態痒音，亦未可輕蔑。」（同上）

蘆塢先生論后山之學杜學韓、黄不至處云云，愚嘗細商其故，此非學之不至，得其粗似而遺其神明精神之用云爾也，直由其天才不强耳。任淵論后山詩：「如曹洞禪，不犯正位，切忌死語。」愚謂此亦非大乘之談。又后山用意求與人遠，但過深，轉竭索無味，又時礧䃁不合，此不可謂非山谷遺之病也。若大謝、杜、韓，用意極深曲，而句無不穩洽。（同上）

潘德輿

【冬夜讀書效后山體】　輦下占高隱，卷中成故鄉。虚窗邃古塞，短燭寸心長。骨老不騏驥，聲和誰鳳皇。勝流慵抗手，提槧惜年光。寒餓陳夫子，都門日抱經。清風振塵壒，皓首愓儀型。異地今殘臘，遥空作客星。天教垂五字，燕坐接精靈。（《養一齋集》卷四）

魯直「水作夜牕風雨來」，履常「客有可人期不來」，均得唐人句意。（《養一齋詩話》卷五）

予讀陳後山集，而歎杜之未易學，而不可以不學也。杜詩沈而雄，鬱而透，後山祇得其沈鬱，而雄力透空處不能得之，故彌望皆晦僿之氣。然使假以大年，功力至到，則鋒鍛洞穿，其所造必在山谷上。後山詩：「人言我語勝黄語。」信有之也。《送外舅郭大夫西川提刑》云：「丈人東南行，復作西南去。

連年萬里別，更覺貧賤苦。王事有期程，親年當喜懼。畏與妻子別，已復迫曛暮。何者最可憐？兒生未知父。盜賊非人情，蠻夷正狠顧。功名何用多，莫作分外慮，萬里早歸來，九折慎馳騖。嫁女不離家，生男已當戶。曲逆老不侯，知人公豈誤。」《別三子》云：「夫婦有同穴，父子貧賤離。天下寧有此，昔聞今見之。母前三子後，熟視不得追。嗟乎何不仁，使我至於斯！有女初束髮，已知生離悲，枕我不肯起，畏我從此辭。大兒學語言，拜揖未勝衣，喚爺我欲去，此語那可思？小兒襁褓間，抱負有母慈。汝哭猶在兒，我懷人得知？」《示三子》云：「去遠卽相忘，歸近不可忍。兒女已在眼，眉目略不省。喜極不得語，淚盡方一哂。了知不是夢，忽忽心未穩。」此數詩沛然至性中流出，而筆力沈摯又足以副之，雖使老杜復生不能過。而山谷但稱其《溫公挽詞》「時方隨日化，身已要人扶」，絕可怪也。然其累句，如《觀六一堂圖書》云：「誰爲第一手，未有百世公。」謂公論也，韻似歇脚。又云：「平生一瓣香，敬爲曾南豐。世雖嫡孫行，名在惡子中。」謂曾爲六一門人，己又師曾，如子之子爲孫也，稱謂殊太過；以惡子自謙，尤不倫。門戶之見深，不自知其言之卑矣。他如「畫樓著燕春風裏，楊柳藏鴉白下東」，平添一東字。「大府禮容寬嬾慢，故家文物尚嫖姚」，以嫖姚當《漢志》注飛揚字用。「可堪親老須三釜，又著儒冠忍一羞」，以一羞當《左傳》一慙字用，以及次韻坡公、次韻朱智叔，爭奇鬥押，皆非少陵所謂「波瀾老成」者。然終以用力於杜者久，故下筆深重，爲一代作家而有餘。故曰：杜不易學，而亦不可不學也。若見後山之晦僿，而遂以學杜爲戒，始求輕利，繼入佻淫，不亦謬歟！（同上卷六）

黃魯直謂樂天「笙歌歸院落，燈火下樓臺」，不如子美「落花游絲白日靜，鳴鳩乳燕青春深」，誠然。然謂襄陽「氣蒸雲夢澤，波撼岳陽城」，不如九僧「雲間下蔡邑，林際春申君」，則語意茫昧，令人百思不能得也。後山采入詩話，過矣。後山於杜詩極深，然謂摩詰「九天閶闔開宮殿，萬國衣冠拜冕旒」，子美取作五字，曰：「閶闔開黃道，衣冠拜紫宸」，而語益工；此則阿其所好。杜勝王處甚多，此處獨王勝，杜未可以五言勝七言也。又謂鮑照之詩華而不弱，陶淵明之詩切於事情，但不文耳。論陶之語實有三病：陶詩之文不止於切事情，一也；陶詩未嘗不文，其文並勝後山之詩，二也；陶之平淡入神，即不文，並不足以爲陶病，三也。其論鮑亦未盡，鮑詩純以骨勝，奚啻華而不弱哉！又魯直《乞貓》詩云：「秋來鼠輩欺貓死，窺甕翻盆攪夜眠。聞道貍奴將數子，買魚穿柳聘啣蟬。」此等瑣俗之詩，何足錄，而後山則贊之曰：「千載而下，讀者如新。」吾不解其寄托何在矣！然魯直、後山論詩亦有極精者……後山云：「詩欲其好，則不能好矣。王介甫以工，蘇子瞻以新，黃魯直以奇，而子美之詩奇常工易新陳莫不好也。」又曰：「詩非力學可致，正須胸中度世耳。」(同上卷七)

陳無己《小放歌行》云：「春風永巷閉娉婷，長使青樓誤得名。不惜卷簾通一顧，怕君著眼未分明。」「當年不嫁惜娉婷，傅白施朱作後生。說與旁人須早計，隨宜梳洗莫傾城。」山谷曰：「無己平日詩極高古，此則顧影徘徊，衒耀太甚。」愚謂無己兩詩，亦顏延年《五君詠》之流也，豈自衒哉，憤世疾俗之調耳。第一首惡倖得名位之人，必欲知我者眞一著眼；第二首明獨居自愛之懷，不似隨時者工於早計。品甚超，詞甚激，正是好高志古，不浪結納者，口吻何爲不高古哉？無己安貧守道，窮尼以死，豈肯爲顧影賣弄之詞！吾恨山谷久與之交，而不能因其詞而察其心也。無己又有《芍藥》詩云：「九十風光次第分，天憐獨得殿殘春。一枝臆欲簪雙髻，未有人間第一人。」此眞眼空一世，無人之見者存也；衒耀干進者胸次有此等語邪！（同上卷八）

姚瑩

【論詩絶句六十首（錄一首）】更有張晁詩盡好，還如郊籍盛韓門。當時頗笑陳無己，辛苦吟成毳被溫。

（《中復堂全集·後湘詩集》卷九）

錢泰吉

【校陳后山集跋】后山詩，余舊得任氏注本及武水陳氏本陳唐刻，四庫全書附存目，全集近始得雍正庚戌雲間趙氏鴻烈學稼山莊所刻二十四卷，四庫著錄即此本也。夙聞拜經樓有過錄何義門校本，因借校一過，詩則參注本及陳氏本，凡四十日而畢。《談叢》、《理究》、《詩話》未見别本，詞則陳刻有之，不暇及也。后山之文，世鮮誦習者，以故章善序、邢居實序各脱其半，而誤合爲一篇，先夫人行狀及光祿曾公神道碑脱誤至數百字，他文舛錯處篇篇有之，非得義門校補，幾不可讀。義門以嘉靖以前舊鈔本、毛氏所藏鈔本及舊鈔殘本校弘治己未南陽王懋學刊本。拜經樓本每卷有茶陵陳仁子同倩編校，後學南陽王鴻儒懋學重校，後學彭城馬暾廷震繡梓，凡三行，當即從義門所據本傳鈔；惜鈔手及過錄

尙未精審，不知何日更得舊刻一校耳。丁未季冬。（《甘泉鄉人稿》卷五）

【附錄一則】道光丁未十月廿六日，新倉吳惺園明經昂駒寄到拜經樓所藏舊鈔后山先生詩文集兔牀翁過錄何義門校本，次日合任注本、武水陳氏唐刻本詩集校對第一卷至十一葉。是日風甚。廿八日辰刻，呵凍校畢一卷。各本詩俱如任注次序，此獨分體，以故合校頗費翻尋。忍寒作此生活，自詑所得足償勞也。（同上）

倪濟遠

【讀唐宋金元明詩偶賦絶句九首（錄一首）】低頭詩派入江西，忍著衣裳背主啼。誰是雪灘注崑手？瓣香移配浣花谿。無己（《楚庭耆舊遺詩》後集卷六）

陳偉勳

袁子才謂詩中理語，如《文選》：「寡欲罕所缺，理來情無存。」唐人：「廉豈沽名具，高宜近物情。」陳后山訓子云：「勉汝言須記，逢人善卽師。」又宋人：「獨有玉堂人不寐，六箴將曉獻宸旒。」皆是理語，何嘗非詩家上乘，至乃「月窟」、「天根」等語，便令人聞而生厭矣。余謂詩中理語，何止此數句，而數句亦自佳，無庸異議。（《酌雅詩話》卷二）

劉熙載

陳言務去，杜詩與韓文同，黄山谷、陳后山諸公學杜在此。（《藝概》卷二）

丁丙

【後山先生集三十卷　明弘治刊本，何義門校朱竹垞藏】彭城陳師道履常著，茶陵陳仁子同甫編校，南陽王鴻儒懋學重校，彭城馬暾廷震繡梓。師道字履常，一字無己，號後山，彭城人。元祐中侍從合薦起爲太學博士，紹聖初以進非科舉，罷，建中靖國初入爲秘書正字，卒年四十九。門人魏衍離詩爲六卷，類文爲十四卷，政和五年謹撰集記。此本弘治間山西提刑按僉南陽王鴻儒序，稱錄於仁和陳氏。潞守馬君暾，先生同郡也，景仰高風，購求遺稿，近二十年，聞予有是集，欣然請錄付梓，并刊政和丙申元城王雲、天社任淵題語。凡詩十二卷，文八卷，《談叢》六卷，《理究》一卷，《詩話》二卷，長短句一卷。末有潞州儒學廪膳生員郭銘繕寫一條，卷眉錄康熙己丑何義門校語，有竹垞藏本一印。（《善本書室藏書志》卷二十八）

【后山詩注十二卷明弘治刊本】天社任淵。《直齋書錄解題》：後山詩六卷，新津任淵子淵注，鄱陽許尹爲序，以魏衍集記冠焉。此本目錄前有淵引云：讀后山詩大似參曹洞禪，不犯正位，切忌死語，非冥搜旁引，莫能窺其用意深處。此詩注之所以作也。近時刊本參錯謬誤，政和中王雲得魏衍親授本，編次有序，歲月可考，今悉據依，略加緒正。詩止六卷，益以注，卷各釐爲上下。及明弘治丁巳石淙楊一清識此書後云：后山自謂不及山谷，晦翁以山谷詩近浮薄，乃后山所無。予尤酷愛后山，嘗攜其遺稿過漢中。憲副朱公恨世無完集，不與歐、黄並行，遂屬知府袁君宏加版刻焉。顧譌脱太甚，丙辰南歸，獲定本於江東故家。朱公喜，如得重寶，復屬袁君再版以行，精善奚翅什百，當即錢遵王所謂后山詩注雖有舊版行世，僅而得見。今距遵王時又二百餘年，傳本更稀，不又重可寶哉！（同上）

徐　嘉

【題蘇門六君子詩文集擬顔延年五君詠體後山集】布衣薦教授，擇仕辭華軒。瓣香祝南豐，雲氣飛彭門。潁川臏馥丐，泗水奔流渾。荒祠昔游眺，名並韓蘇尊。（《味靜齋集》詩存卷八）

張佩綸

陳無己寄東坡詩：「經國由來須老手，有壞何必到壺頭。」元遺山哭趙閑閑云：「贈官不暇如平日，草詔空傳似奉天。」以「老手」對「壺頭」，以「平日」對「奉天」，究屬未工，而論詩者皆以爲名句，亦耳食之談耳。（《澗于日記》光緒己丑三月十二日）

《後山集》乃雲間趙駿烈刊本，四庫所收即此本也。《提要》云：「其古文在當日殊不擅名，然簡嚴密栗，實不在李翺、孫樵下，殆爲歐、曾、蘇、黄盛名所掩，故世不甚推。棄短取長，不失爲北宋巨子。」案魏衍記，謂先生之文，早見稱於曾、蘇二公，世人好之，猶以二公故也。觀其論文之語，見於《餘師録》者，知辦香南豐，淵源有自耳。世以後山詩勝涪翁，未爲公論，其文則過涪翁遠矣。（同上光緒辛卯九月十三日）

陳後山云：「杜之詩法，韓之文法也。詩文各有體，韓以文爲詩，杜以詩爲文，故不工耳。」余按杜文不工固已，以韓謂不工於詩，此後山之偏見也。（同上十月十六日）

延君壽

陳後山《宿合江口》云：「風葉初疑雨，晴窗誤作明。穿林出去鳥，舉櫂有來聲。」與翁山之「秋林無靜樹，葉落鳥頻驚。一夜疑風雨，不知山月生」是一種神理，不待深者能擊賞之。然必有眞實學問，方能手揮目送，役使羣物，刻劃化工；若儉腹之人，無眞興會，而倣爲之，則定落空腔，可一望而知也。（《老生常談》）

陳衍

【重刻晚翠軒詩敍（節録）】后山學杜，其精者突過山谷，然粗澀者往往不類詩。（《石遺室文集》卷九）

【祭陳后山先生文】歲在甲寅，十二月二十有九日，後學侯官陳衍……謹設位於京師憫忠寺，以清酌蔬食，致祭於先生之靈，曰：嗚呼！今日距先生之沒之辰，蓋已八百一十有四年矣。先生壽不及五十，官不過正字，困頓飢寒，以沒於位，友人買棺以斂其尸之在牀，所與往來者共賻以歸其喪，然千百年來天下之言詩者，莫不知有先生，而儕之杜老與蘇、黄。况今日道喪文敝，士大夫方馳騖於利祿聞達之場，歌舞飲博酣喜而若狂。猶有人焉，天寒歲暮，集於荒凉寂寞之鄉，爲位設奠，慨慕徜徉，不厭其無益，不惡其不祥，豈非先生之學之行，非尋常詩人所及，使百世興起而不能忘歟？先生少業南豐之門，肆力於千百之文，識者以爲直臻於先秦；長登豫章之堂，深造乎五七之言，論者以爲不當在弟子之列。先生獨自視而欿然，世傳其閉門索句，蒙被而眠，小兒不得瀰，雞犬不得喧，其詩未嘗無謂而作，小不逮意則不惜於棄損。涪翁謂其讀書如禹之治水，刊九山而滌九川，其論事如救首救尾之率然，其作文深知古人之關鍵，其作詩深得老杜句法之眞詮，語王雲有意學文，不可不往掃斯人之門。故作圖派者呂居仁，事箋注者任淵，無不黄、陳之並尊。哀其集者方諸李漢之編，知其文者擬諸子雲之玄，論其詩者喻諸曹洞之禪；先生之於學，可謂能得其全矣。章惇薦之於朝，而終不一往，不以久屈而貶其高也；趙挺之以姻婭而贈之裘，寧凍死不易其操也。南豐薦之而不用，及其卒，而不勝徹天之哀號也；子瞻薦使入官，而終被元祐餘黨之爬搔也。乞學祿而不就，換江州而未行，何讓乎彭澤之陶也。老母就食而道卒，妻子寄食於婦翁，曾不如梁鴻之賃於皋也。孔子曰：「篤信好學，守死善道。」先生有焉。先生之操行，可謂不朽矣。嗚呼！自詩人少達多窮之説起，不以爲詩能窮人，卽以爲窮而後工，然自少陵、東野、玉川、長江以下，迨聖俞與先生，工而窮者不過數公。以先生之特立獨行，守道固窮，雖一字之不識，未必其遇之亨豐，使其毀方瓦合，儕伍凡庸，雖使雄於一世，未必困苦於厥躬。況窮之境不一，工之境不同，彼有唐之昌黎、元、白，有宋之歐、蘇、荆公，雖窮通之相間，亦未嘗以凍餒終。惟言者心之聲，而聲音之道與政通，盛則爲雅頌，衰則爲變雅變風，有《卷阿》、矢音之雍容，寧可無《民勞》、《板》、《蕩》、《繁霜》、《雨無正》之孤忠。論者又以爲愁苦易好，歡娛難工，昌其詩者嗇其遇；或造物消長之理，抑氣機感召之從，而不自鄙薄者，終景仰於先生曠世之高風。嗚呼尙饗！（續集）

王逸之注《楚辭》，施宿之注蘇，任淵之注黄、陳，稍資論世。錢牧齋之箋杜，雖訾之者謂非君子之言，然已十得七八，何可厚非。李義山、陳后山詩，有非注斷斷不知其好處者，得注乃歎其眞善學杜。（《石遺室詩話》卷三）

后山七律，結聯多用澀語對收，則學杜而得其皮者。（同上卷十九）

陳后山逝日，會祭賦詩，昀谷別有命意外，以師曾作爲佳，詩云：「志士何所貴，溫飽無慚顔。凛此耿介節，誰不爲後山！我讀後山詩，冷徹毛髮間。沈思無他奇，投老終一寒。荒茫八百載，絶壑空躋攀。衣食誠細故，義在非苟安。推其惡惡心，塗炭汙衣冠。奉身若佳璧，況肯蟻附羶？僧寮設齋供，公其來盤桓。殘年作癡事，或與同鹹酸。我惜未赴約，追懷成永歎。」此詩可謂筆筆正鋒，墨無旁瀋矣。（同上）

詩貴風骨，然亦要有色澤，但非尋常脂粉耳；亦要有雕刻，但非尋常斧鑿耳。有花卉之色澤，有山水之色澤，有彝鼎圖書種種之色澤。王右丞，金碧樓臺山水也；陳后山，淡淡靛青巒頭耳；黄山谷則

加赭石，時復著色硃砂；陳簡齋欲自别於蘇、黄之外，在花卉中爲山茶、蠟梅、山礬。（同上卷二十三）

《妾薄命二首》　二詩比擬終嫌不倫。（第一首）沈痛語，可以上接顧長康之於桓宣武。

《贈二蘇公》　此首中段痛斥新學。

《放歌行二首》　第一首終嫌炫玉，此首爲人説法則可，所謂教人敷脂粉，不自著羅衣也。

《贈歐陽叔弼》　末二句學杜而得其皮者，切不可學。

《絶句》（「此生精力盡於詩」首）　此亦學杜。

《答晁以道》　此學杜有得之作。

《春懷示鄰里》　此詩另是一種結構，似兩絶句接成一律。

《謝趙生惠芍藥三絶句》（「九十風光次第分」首）　昔有集「六宫粉黛」、「萬國衣冠」二句詠金輪者，可以移贈此詩。

《和李使君九日登戲馬臺》　三四加「堪」字「更」字，便不陳舊。

《春興》　此學杜而却似荆公之學杜者。

后山傳作，如《妾薄命》、《放歌行》等，音節多近黄，兹特選其音調高騫，近王近蘇者，似爲后山開一生面，實則老杜本有雄俊、沈鬱兩種也。（以上《宋詩精華録》卷二）

沈曾植

【明板后山詩注跋】　此余京邸舊藏書，光緒辛巳得之廠肆書業堂。甲申歲，在珠巢街寓被竊失去，去今三十餘年。當時失書十許部，皆善本，懊憹情緒，猶在目前也。壬子冬，傅沅叔得之滬肆，持以見示，對之悵然。丙辰，沅叔以此及日本活字本《山谷詩注》，請易余所藏沁水李氏所刻《遺山文集》，許之，此書乃復歸於我。桑榆下𥠖，未知相聚復得幾年？書則有餘，而首頁所鈐廣道意齋印，今已失，不可尋矣！（《海日樓題跋》卷一）

三　韓駒

一　宋代

蘇　轍

【題韓駒秀才詩卷一絕】　唐朝文士例能詩，李杜高深得到希。我讀君詩笑無語，恍然重見儲光羲。（《欒城集》後集卷四）

道　潛

【讀子蒼詩卷二首】　蜀國奇男子，能文到古人。淳源稽大雅，妙曲和陽春。節物驚搖落，僧坊斷四鄰。看君新著述，時與短檠親。

大冊雄文未許窺，百篇先讀海陵詩。疲駑伏櫪空驤首，飛兔流星作麼追。（《參寥子詩集》卷十二）

李　彭

【歸來堂爲韓子蒼題】出處無定在，閲世關盛衰。令德山林尊，昭代丘園非。達人解其趣，頗復擇所歸。淵明傲世故，葛巾風欹欹。偶隨出岫雲，戲作三徑資。韓侯極簡秀，早蒙當宁知。未吐五色綫，小試聊補遺。高詠少司命，乘風載雲旗。一坐空無人，安能免深排。昨來天東壁，少欲乘泰階。誤隨曉星去，流落天南陲。得縣篁竹中，簿領頗沈迷。李何訓詁筆，反用催科爲。席堂痛掃溉，勝氣自爾隨。風度窗戶急，雲生梁棟遲。不減田園居，歸去將安之？窈窈青禁闥，沈沈黄金閨。至尊下溫語，羣公歌式微。行矣戒徂雨，長林收夕霏。（《日涉園集》卷一）

【同子蒼放船南山石壁下】南山倏源何所似，顧癡鋪張側釐紙。酒酣潑墨風雨來，咫尺烟昏生萬里。韓侯靜者妙英姿，乃呼扁舟共遨戲。我曹竟墮善幻中，叩舷歌呼但需醉。寺下回潭凝不流，中有臥石如潛虬。孤峯已銜半規日，連山倒垂波底浮。韓侯風雅才甚優，胸中何止吞萬牛。未向承明草蓮燭，小留南國馴沙鷗。會須喚仗入天陛，尙憶谿邊横小舟。但願故人俱厚祿，平子不妨吟四愁。（同上卷六）

趙鼎臣

【賀韓子蒼遷居駒著作】南鄰歌舞北鄰呼，藏室仙人肯卜居？著撰初無千斛米，般移空有五車書。烏來屋上看殊好，燕集梁間喜有餘。莫把先生輕相料，錦囊猶自可專車。（《竹隱畸士集》卷六）

惠洪

【跋韓子蒼帖後】蘇東坡伯仲文章之妙，無媿相如、子雲，而其見道之大全，則揚、馬瞠若乎後。子蒼文字師法蘇氏，西蜀後來之駿也。讀其問照公向上一路，後照公未見訓語，予爲代之曰：不辭向汝道，只恐撞見劉幽求，大帽壓耳手提油。子蒼他日見之，定是無語。（《石門文字禪》卷二十七）

吳則禮

【寄韓子蒼】忍飢徹困聊上書，世故如許可復耐！孔兄有底喚不來，人意政緣俗物敗。撑腸一鉢十方糜，要是堅持衲僧戒。失身文字因果中，黃髮獨還毛穎債。（《北湖集》卷二）

【入汴先寄韓子蒼】煮軟芋魁初不飢，天教吐出胸中奇。追隨且裹子輿飯，持似只有香岩錐。刺舟迎客菊笑處，覓句懷人霜落時。吾輩阿馮眞解事，與儂細舉南山詩。（同上卷三）

【劉明適屢欲子蒼過其居小酌以詩招之】吐心著地誰復識？只有平生韓子蒼。端恨茆屋付秋草，試吟玉繩低建章。枯腸君飽大官肉，秃髮吾老尚書郎。愛酒不論天下士，快來脫帽一持觴。（同上）

【簡子蒼】底時待詔辭公車，疇昔胸中著異書。端媿騎鯨老正字，會尋覓句舊題輿。春殘詎有花經眼，夢罷試教鶯喚雛。徑欲追隨說情話，卽今猶奈酒尊無。（同上）

【至青陽先寄韓子蒼】秃髮羈臣百不憂，樹頭樹底鳴栗留。遊方便具屈宋眼，出世眞成陶謝流。著冠

來糴太倉米，捩柂故轉長淮舟。莫問銅錢恰三百，澆腸一斗與君謀。(同上)

【懷子蒼】爛爛白眼安在哉？只合懷抱向誰開？端知脊梁只似鐵，想見舌本長如雷。茆屋關心句突兀，藜羹不糝胸崔嵬。江頭日日望好語，有底都無驛使來。(同上)

汪藻

【知撫州回韓駒待制啓】竊以服膺有日，識面無繇，技拙汗流，昔固慚於巧匠；年衰氣索，今復見於大巫。未居千騎之上頭，已拜雙魚之尺素；何愛憐之及此，欲比數而收之。恭惟宮使待制，學洞古今，名垂宇宙。風流自命，欣如晦之得君；談笑多聞，恨平津之未相。承作者百年之師友，爲詩文一代之統盟。何幸餘生，獲陪勝會。載酒而問奇字，將每過于揚雄；登樓而賦銷憂，願少留于王粲。徂歲無幾，端居有休，願遵六氣以保調，用慰四方之傾慕。(《浮溪集》卷二十二)

周紫芝

【書陵陽集後】國家承平日久，朝廷無事，人主以翰墨文字爲樂，當時文士操筆和墨，摹寫太平紛然。如韓子蒼題何太宰御賜畫喜鵲詩，有「想得雪殘鳷鵲觀，一雙飛上萬年枝」之句，不動斤斧，有太平無事之象，以此知粉飾治具者，固不可以無其人也。王摩詰說開元時事，如「池北池南草緑，殿前殿後花紅」，亦是好句，但如畫師著色畫屛風，妙則妙矣，奈未能免俗何。大抵子蒼之詩極似張文潛，淡泊

而有思致，奇麗而不彫刻，未可以一言盡也。（《太倉稊米集》卷六十七）

曾幾

【撫州呈韓子蒼待制】一時翰墨頗横流，誰以斯文坐鎮浮。後學不虚稱吏部，此生曾是識荆州。相逢未改舊青眼，自笑無成今白頭。聞道少林新得髓，離言語處許參不？（《茶山集》卷五）

【子蒼擕和章見過用韻爲謝】胡嶺三年自竄流，歸來差慰此生浮。政緣天下無雙士，非爲江東第一州。懸榻坐中難入眼，設羅門外少回頭。袖詩不意高軒過，問里人曾到此不？（同上）

【次子蒼追憶館中納凉韻】飯罷蓬瀛屧響廊，薰風啜茗倚繩牀。草荒老氏藏書室，山繞王家避世牆。湯餅承公薦槐綠，爐芬遺我夢芸香。欲論舊事愁無奈，願挽天河作酒漿。（同上）

【挽韓子蒼待制】佩聲曾到鳳凰池，不盡胸中五色絲。三黜本因元祐學，一飛令在中興時。忽驚地下修文去，太息門邊問字誰。猶恐泉臺有新作，郊原小雨欲催詩。（同上）

張表臣

盧秉侍郎嘗爲江南郡掾，於傳舍中題詩云：「青衫白髮病參軍，旋糶黄粱置酒罇。但得有錢留客醉，也勝騎馬傍人門。」王荆公見而稱之，立薦於朝，不數年，登貳卿。近時韓駒待制、董耘尚書以詩文見知貴近，聞于天子，自諸生三四年至法從。嗚呼！士有片文隻字而遭遇如此者！（《珊瑚鈎詩話》卷二）

胡仔

苕溪漁隱曰：李伯時畫太一眞人，臥一大蓮葉中，手執書卷仰讀，蕭然有物外思。韓子蒼有詩題其上云：「太一眞人蓮葉舟，脫巾露髮寒颼颼。輕風爲帆浪爲檝，臥看玉宇浮中流。中流蕩漾翠綃舞，穩如龍驤萬斛舉。不是峰頭千丈花，世間那得葉如許。龍眠畫手老入神，尺素幻出眞天人。恍然坐我水仙府，蒼煙萬頃波粼粼。玉堂學士今劉向，禁直岧嶢九天上。不須對此融心神，會植青藜夜相訪。」子蒼此詩，語意妙絕，眞能詠盡此畫也。（《苕溪漁隱叢話》前集卷五十三）

苕溪漁隱曰：東坡《續麗人行》詩注云：「李仲謀家有周昉畫背面欠伸內人，極精，戲作此詩。」云：「深宮無人春晝長，沉香亭北百花香，美人睡起薄梳洗，燕舞鶯啼空斷腸。畫工欲畫無窮意，背立春風初破睡，若敎回首更嫣然，陽城下蔡俱風靡。」子蒼用此意題伯時所畫宮女云：「睡起昭陽暗淡妝，不知緣底背斜陽，若敎轉盼一回首，三十六宮無粉光。」終不及東坡之偉麗也。（同上後集卷三十四）

苕溪漁隱曰：余以《陵陽集》閱之，子蒼《十絕爲葛亞卿作》，皆別離之詞，必亞卿與妓別，子蒼代賦此詩。其詩云：「妾願爲雲逐畫檣，君言十日看歸航。」以此可知也。又云：「初合雙鬟觸事羞，離筵酌酒強回頭。縱言眼軟偏饒淚，莫道心癡不解愁。」亦佳句也。（同上）

苕溪漁隱曰：子蒼《題明皇上馬圖》云：「翠華欲幸長生殿，立馬樓前待貴妃，尙覓君王一回顧，金鞍欲上故遲遲。」余舊觀蔡天啓集中有此詩，竟誰作邪？（同上）

苕溪漁隱曰：鄭谷等共定今體詩格，一進一退韻，如李師中送唐介七言八句詩是也。子蒼于五言八句近體詩，亦用此格，其詩云：「盜賊猶如此，蒼生困未蘇。今年起安石，不用哭包胥。子去朝行在，人應問老夫。髭鬚衰白盡，瘦地日攜鉏。」蓋「蘇」、「夫」在十虞字韻，「胥」、「鉏」在九魚字韻。（同上）

苕溪漁隱曰：汪彥章自吳興移守臨川，曾吉甫以詩迓之云：「白玉堂中曾草詔，水精宮裏近題詩。」先以示子蒼，子蒼爲改兩字：「白玉堂深曾草詔，水精宮冷近題詩。」迥然與前不侔，蓋句中有眼也。（同上）

苕溪漁隱曰：子蒼《謝人寄茶筅子》詩云：「看君眉宇眞龍種，尤解橫身戰雪濤。」盧駿元亦有此詩，云：「到底此君高韻在，清風兩腋爲渠生。」皆善賦詠者，然盧優於韓。（同上）

胡寅

【韓駒轉一官致仕（制詞）】逢時取位，亦既蒙榮；抱疾引年，所宜從欲。具官早以詞藝，躋于禁嚴，附麗匪人，飯蔬奚怨，中更赦宥，不汝瑕疵。復班綴于西清，俾優游于眞館，庶幾善後，以獲令終。茲陳告老之章，更軫遺簪之念。進官一等，式寵其歸。往復恩綸，尙綏壽嘏。（《斐然集》卷十三）

劉子翬

【讀韓子蒼呂居仁近詩】詩人零落歎才難，二妙風流壓建安。已見詞鋒推晉楚，定應臭味等芝蘭。鴻軒意氣慚交呂，鳳躍聲華敢望韓。咫尺煙塵不相見，他時惆悵隔金鑾。（《屏山集》卷十八）

張綱

【與韓子蒼別久，忽邂逅於臨川，遭時亂離，道舊感歎，子蒼有詩見贈，次韻奉呈二首】三顧當年尚草廬，南陽誰識臥龍居？舍人自是出世佛，學子猶呼行秘書。視草似聞虛翰苑，追鋒看即近郊墟。論思好爲蒼生計，莫學辛毗謾引裾。

隨緣到處是吾廬，風雨飄飄敢定居？異縣逢君如隔世，七年怪我苦無書。平生出處皆陳迹，太半交遊已故墟。愁絕不知尊酒盡，醉歸兒女笑牽裾。（《華陽集》卷三十五）

王灼

陳去非、徐師川、呂居仁、韓子蒼、朱希真、陳子高、洪覺範（詞），佳處亦各如其詩。（《碧鷄漫志》卷二）

許顗

宣和之初，何㮚文縝丞相爲中書舍人，道君皇帝以御畫雙鵲賜之，諸公多賦詩。韓駒子蒼待制時爲校書郎，賦詩二章曰：「君王妙畫出神機，弱羽爭巢並占時。想見春風鳷鵲觀，一雙飛上萬年枝。」「舍人簪筆上蓬山，輦路春風從駕還。天上飛來兩烏鵲，爲傳喜色到人間。」（《許彥周詩話》）

張邦基

韓駒子蒼詩云：「倦鵲繞枝翻凍影，征鴻摩月墮孤音。」誠佳句也，但太工矣。（《墨莊漫錄》卷一）

靖康初，韓子蒼知黄州，頗訪東坡遺迹。常登赤壁，而賦所謂棲鶻之危巢者不復存矣，悼悵作詩而歸。（同上卷九）

韓子蒼與曾公衮、吴思道戲作冷語，子蒼云：「石崖蔽天雪塞空，萬仞陰壑號悲風。讖緯不御當玄冬，霜寒墜落冰谿中。斵冰直侵河伯宫，未若冷語清心胸。」公衮曰：「萬山雲雪陰霾空，千林霧凇水搖風。凍河徹底連三冬，嘉平曉獵崤函中。十二律吕相與宫，安得此候疏煩胸。」思道云：「□□□□□□□，□□□□□□□，□□□□凜如冬，露下紫微花影中。長哦白雪明光宫，衆泉湧此萬卷胸。」此格起於晉人之危語也。（同上卷十）

吴可

「人行秋色裏，家在夕陽邊」，有唐人體。韓子蒼云：未若「村落田園靜，人家竹樹幽」，不用工夫，自然有佳處。蓋此一聯頗近孟浩然體製。（《藏海詩話》）

歐公稱「身輕一鳥過」，子蒼云此非杜佳句。僕云當時補一字者又不知是何等人，子蒼云極是。（同上）

子蒼云：絶句如小家事，句中著大家事不得，若山谷蟹詩用與虎爭及支解字，此家事大，不當入詩中。

(同上)

師川云作詩要當無首無尾，山谷亦云，子蒼不然此説。東湖云：「春燈無復上，暮雨不能晴。」昌黎云：「廉纖晚雨不能晴。」子蒼云暮不如晚。昌黎云：「青蛙聖得知。」汪彥章云：「燈花聖得知。」子蒼云：蛙不聖，所以言聖，便覺有味；燈花本靈，能預知事，輒言聖得知，殊少意味。(同上)

闕名

【蘇黄門稱韓子蒼詩】呂居仁作《江西宗派圖》，置了蒼其間，韓不悦。而蘇黄門初見韓詩，自云「惚然再見儲光羲」也。(《詩説雋永》)

【王咸平生日詩】王咸平黼爲校書郎日，嘗夢龍降其室，故子蒼作咸平生日詩云：「昔年親擢校書郎，夜夢蒼龍繞屋梁。異事那知今日應，六龍深駐載賡堂。」又云：「已向叢霄侍玉宸，竭來端爲付經綸。不須更説人間事，曾是仙中第一人。」王和固陵御製詩云：「君王龍記赭加卿。」即其事也。(同上)

【韓子蒼和人詩】子蒼和人詩云：「窮如老鼠穿牛角，拙似鮎魚上竹竿。」(同上)

王十朋

【陳郎中公説贈韓子蒼集】唐宋詩人六七作，李杜韓柳歐蘇黄。近來江西立宗派，妙句更推韓子蒼。非坡非谷自一家，鼎中一臠曾已嘗。丈人珍重贈全集，開卷爛然光焰長。詩如此公固足貴，賜者仁出尤難忘。兼金白璧不足道，願寶兹集爲家藏。鯫生幸脱場屋累，老境欲入詩門牆。古詩三百未能學，句法且學今陵陽。（《梅溪王先生文集》後集卷二）

曾季貍

韓子蒼作送呂東萊赴召詩，甚得意；東萊止稱一句：「厭見西江殺氣纏。」云是詩語。（《艇齋詩話》）

韓子蒼詩：「塵緣吾未斷，不是薄蓬萊。」「薄蓬萊」三字，蓋柳子厚《謫龍説》：「吾薄蓬萊，羞昆侖。」（同上）

韓子蒼《泛汴》詩云：「汴水日馳三百里。」末章卻云：「水色天光共蔚藍。」汴水黄濁，安得蔚藍也。東湖詩云：「晝暖坐迎日，夜晚眠見星。」説者謂能盡泛汴之景。（同上）

韓子蒼：「憶昨昭文並直廬，與君三歲侍皇居。花開輦路春迎駕，日曬蓬山曉曝書。學士南來尚巖穴，神州北望已丘墟。忽逢漢節滄江上，握手西風淚滿裾。」全用韋蘇州詩爲之。蘇州詩云：「與君十五侍皇闈，曉拂爐煙上赤墀。花開漢苑經過處，雪下驪山沐浴時。近臣零落今猶在，僊駕飄颻不可期，此日相逢非舊日，一杯成喜又成悲。」（同上）

人問韓子蒼詩法，子蒼舉唐人詩：「打起黄鶯兒，莫教枝上啼。幾回驚妾夢，不得到遼西。」予嘗用子蒼之言徧觀古人作詩，規模全在此矣。（同上）

韓子蒼贈童子舉人詩云：「十八重來詣太常。」盡用《西漢·儒林傳序》。（同上）

韓子蒼《番馬圖》詩：「回鞭愼勿向南馳。」「向南馳」三字出《李廣傳》。(同上)

韓子蒼：「樓中有妾相思淚，流到樓前更不流。」用唐人孫叔向《溫泉》詩：「雖然水是無情物，流到宮前咽不流。」其詩見顧陶《唐詩類選》，《金華瀛洲集》作王建詩，非也。子蒼在館中時，同舍李希聲賦上元詩，押丸字韻，館中諸公皆和，獨子蒼和丸字尤工，云：「坐看星橋開鐵鎖，臥聞雷鼓落銅丸。」事見《前漢·史丹傳》諫元帝節音律事。(同上)

韓子蒼《太一眞人歌》云：「脫巾露頂風颼颼。」「脫巾露頂」四字出李白詩：「脫巾挂石壁，露頂灑秋風。」(同上)

韓子蒼少以詩見蘇黄門，黄門贈詩云：「我讀君詩默無語，恍然重見儲光羲。」人問黄門何以比儲光羲，黄門云：「見其行鍼布綫似之。」(同上)

吳曾

【小胡孫】杜子美有《從人覓小胡孫許寄》詩云：「人說南州路，山猿樹樹懸。舉家聞若駭，爲寄小如拳。」意題皆是胡孫，而首句以山猿爲詞者，何耶？故韓子蒼有《謝人寄小胡孫》詩云：「直疑少陵覓，未解柳州憎。」然則雖子蒼，亦以杜爲錯耶？(《能改齋漫錄》卷三《辨誤》)

【銜盃樂聖稱世賢】韓子蒼言：「杜子美《八仙歌》：『左相日興費萬錢，銜盃樂聖稱世賢。』世字無義，當作避字，傳寫誤耳。」按，李適之代牛仙客拜左丞相，爲李林甫陰中，罷政事，賦詩曰：「避賢初罷

相，樂聖且銜盃。爲問門前客，今朝幾箇來？」（同上）

【韓子蒼以蘇味道詩爲李益】「火樹銀花合，星橋鐵鎖開。暗塵隨馬去，明月逐人來。游妓皆穠李，行歌盡落梅。金吾不禁夜，玉漏莫相催。」唐蘇味道上元詩也。韓子蒼《和龔況上元游葆眞宮觀燈》詩云：「開卷愛公如李益，解言明月逐人來。多情如共春流轉，刻燭題詩又一回。」子蒼以蘇詩爲李益，何耶？然蘇意乃取梁朱超望月詩。朱云：「唯餘故樓月，遠近必隨人。」（同上）

【韓子蒼和頻字韻詩】韓子蒼和李道夫詩兩首，頻字韻。其一云：「麥天晨氣潤，況復雨頻頻。」其二云：「李侯梨釘坐，風味勝仁頻。」按，《上林賦》：「仁頻檳榔。」《仙藥錄》云：「檳榔，一名仁頻。」《林邑記》云：「葉如甘蕉。音賓。」恐韓別有所本耳。（同上卷五《辨誤》）

【赤壁棲鶻】東坡謫居於黃五年。赤壁有巨鶻，棲於喬木之上，後賦所謂「攀棲鶻之危巢，俯馮夷之幽宮」是也。韓子蒼靖康初守黃州，三月而罷。因游赤壁，而鶻巢已亡，作詩示何次仲迂叟云：「緩尋翠竹白沙遊，更挽藤梢上上頭。豈有危巢尚棲鶻，亦無塵跡但飛鷗。經營二頃將歸老，眷戀羣山爲少留。百日使君何足道，空餘詩句滿江樓。」次仲和答云：「兒時宗伯寄吾州，諷誦高文至白頭。二賦人間眞吐鳳，五年溪上不驚鷗。蟹嘗見水人猶怒，鶻有危巢孰敢留。珍重使君尋古迹，西風悵望古城樓。」二詩皆及鶻巢，蓋推賦而云也。（同上卷六《事實》）

【金叵羅】東坡詩：「歸來笛聲滿山谷，明月正照金叵羅。」按，《北史》，祖珽盜神武金叵羅，蓋酒器也。韓子蒼詩云：「勸我春風金叵羅。」（同上）

【書來問死生】韓子蒼送張右司詩云：「遥知此別常乖隔，莫惜書來訪死生。」或者謂用柳子厚《與王參元書》云：「因人南來，致書問死生。」非也。蓋本出梁王僧孺《送商何兩記室》詩：「儻有還書便，一言訪死生。」（同上卷七《事實》）

【琅璫】韓子蒼《夏夜廣壽寺偶書》云：「城廓初鳴定夜鐘，苾芻過盡法堂空。移牀獨向西南角，卧看琅璫動晚風。」按，顔之推《家訓》：「後漢司徒崔烈以鋃鐺鏁。上音狼，下音當。鋃鐺，大鏁也。世間多誤作金銀字。武烈太子亦是數千卷學士，嘗作詩云：『鋃鏁三公脚，刀撞僕射頭。』蓋誤也。」顔所引鋃鐺字，皆從金。子蒼所用字，皆從玉，仍以鋃鐺爲鈴鐸而非鏁也。子蒼博極羣書，恐當别有所本。洪龜父亦云：「琅璫鳴佛屋。」（同上）

【自是桃花貪結子，錯教人恨五更風】陳輔之《詩話》記荆公喜王建《宫詞》：「樹頭樹底覓殘紅，一片西飛一片東。自是桃花貪結子，錯教人恨五更風。」韓子蒼反其意，而作詩送葛亞卿曰：「劉郎底事去匆匆，花有深情只暫紅。弱質未應貪結子，細思須恨五更風。」（同上卷八《沿襲》）

【謝惠含桃謝惠茶詩】韓致光，昭宗時以翰林承旨謫嶺表。道湖南，謝人惠含桃詩，末章云：「金鑾歲歲長宣賜，忍淚看天憶帝都。」自注云：「每歲初進之後，先宣賜學士。」韓子蒼謝人惠茶云：「白髮前朝舊史官，風爐煮茗暮江寒。蒼龍不復從天下，拭淚看君小鳳團。」自注云：「史官月賜龍團。」意雖本致光而語工。（同上）

【水從樓前來，中有美人淚】晁元忠西歸詩：「安得龍山潮，駕回安河水。水從樓前來，中有美人淚。」

山谷和答云：「熱避惡木陰，渴辭盜泉水。曾回勝母車，不落抱玉淚。」韓子蒼取其意以代葛亞卿作詩云：「君住江濱起柁樓，妾居海角送潮頭。潮中有妾相思淚，流到樓前更不流。」唐孫叔向有經昭應溫泉詩云：「一道泉流遶御溝，先皇曾向此中遊。雖然水是無情物，也到宫前咽不流。」子蒼末句，乃用孫語。(同上)

【知爾不能舉】韓子蒼送王梲詩末章云：「麏作西清老從臣，知爾才華不能舉。」王摩詰送丘爲云：「知爾不能薦，羞稱獻納臣。」(同上)

【韓子蒼詩出陸龜蒙】韓子蒼作絶句：「天寒候雁作行遠，沙晚浴凫相對眠。松醪朝醉復暮醉，江月上弦仍下弦。」陸龜蒙《别墅懷歸》云：「題詩朝憶復暮憶，見月上弦還下弦。」韓所出也。(同上)

【韓子蒼作善清眞贊】韓子蒼作《草堂和尚善清眞贊》云：「蓬鬆頭，卓削耳，一生說法牙無水」云云。蓋用東坡《題王靄如來出山相》云：「頭鬅鬙，耳卓削。適從何處來，碧色眼有角。明星未出萬象間，外道天魔猶奏樂。錯不錯，安得無上菩提，成等正覺。」東坡集不載此文。(同上)

【萬年枝】唐上官儀詠雪詩：「幸因千里雁，還繞萬年枝。」謝玄暉中書省詩：「風動萬年枝。」晏元獻詩：「萬年枝上凝烟動，百子池邊瑞日長。」盧多遜新月詩：「太液池邊看月時，好風吹動萬年枝。」王維史館山池云：「春池百子内，芳樹萬年餘。」晏用此也。萬年枝，江左謂之冬青，惟禁中則否。韓子蒼冬青詩云：「離宫見爾近天墀，雨露常私養種時。惆悵一株嵐霧裏，無人識是萬年枝。」(同上)

【烏石岡柘岡鹽步門】烏石岡，距臨川三十里，荆公外家吴氏居其間。……吴氏所居，又有柘岡。……

鹽步門，乃撫州郡城之水門，鉀鹽之地。公舊居在焉，今爲祠堂。……故烏石岡、柘岡、鹽步門，其名至今猶存。韓子蒼寄居臨川，送鄉人陳亨仲詩云：「兒童共戲苦鹽岸，老大相逢烏石岡。」（同上卷九《地理》）

【詩文當得文人印可】　韓子蒼言：「作詩文當得文人印可，乃不自疑。所以前輩汲汲於求知也。」又云：「詩文要縱，縱則奇。然未易到也。」（同上卷一《議論》）

【題寢宮詩】　「農桑不擾歲常登，邊將無功吏不能。四十二年如夢覺，春風吹淚過昭陵。」韓子蒼云：「此詩題於寢宮，不著名字。宜表而出之。」（同上卷十一《記詩》）

【青州從事】　皮日休《謝人送酒》詩：「門巷蕭條空紫苔，先生應渴解酲杯。醉中不得親相問，故遣青州從事來。」晉桓溫有主簿，善別酒味，以好者爲青州從事，謂青州有齊郡，言到臍也。韓子蒼《謝信州連鵬舉送酒》詩云：「上饒藉甚文章伯，曾共紫薇花下杯。鈴閣晝閒思老病，故教從事送春來。」韻意皆同，當有辨其優劣者。（同上）

【韓子蒼黄葉句】　李彭商老有建除體贈韓子蒼云：「滿朝以詩鳴，何獨遺大雅。平生黄葉句，摸索便知價。」蓋是時子蒼自館職斥宰分寧縣時也。子蒼有館中詩，最爲世所推，故商老有黄葉之句云。子蒼全篇云：「朔風吹雪晝多陰，日暮擁階黄葉深。倦鵲遶枝翻凍影，飛鴻摩月墮孤音。推愁不去如相覓，與老無期苦見侵。游宦衣冠少時事，病來無復一分心。」（同上卷十一《記詩》）

【詩不厭改】　韓子蒼紹興初，寄居臨川。周表卿時爲宜黄丞，歲滿。公以詩送之云：「往時束帶侍明光，曾看揮毫對御牀。只道驊騮已騰踏，不知鵰鶚尚摧藏。宦居四合峯巒綠，驛路千林橘柚黄。莫戀鄉關留不去，漢廷今重甲科郎。」其後改「峯巒綠」爲「峯巒雨」，「橘柚黄」爲「橘柚霜」，改「莫戀鄉關留不去」作「莫爲艱難歸故里」，益見其工。……其末云：「漢廷今重甲科郎。」意韓自言也。其後讀後漢孔融《汝潁優劣論》曰：「汝南袁公著爲甲科郎，上書欲治梁冀。潁川士雖慕忠義，未有能授命直言者也。」乃知韓詩不苟如此。（同上）

【汪彦章敬慕韓子蒼】　汪彦章視中書舍人韓公駒子蒼，前輩也。紹興初，韓寄寓臨川。汪來守郡，通啓曰：「承作者百年之師友，爲詩文一代之統盟。」别簡云：「僕知有公，而公不知有僕。藻老矣，願焚筆硯，以從公遊。」蓋前輩相敬慕如此。（同上卷十四《類對》）

【韓子蒼題御畫鵲扇詩】　韓子蒼題御畫鵲扇詩云：「君王妙畫出神機，弱羽爭巢並語時。天上飛來兩鳷鵲，一雙飛上萬年枝。」蓋用馮延巳樂府也：「曉月墜，宿雲披，銀燭錦屏幃。建章鐘動玉繩低，宫漏出花遲。春態淺，來雙燕，紅日初長一線。嚴妝催罷囀黄鸝，飛上萬年枝。」乃《鶴沖天》也。（同上卷十七《樂府》）

謝　伋

韓子蒼爲舍人，曾公衮以啓賀之，韓答云：「舊知四六之工，彌起再三之歎。」曾爲浙漕，謝先公啓云：「蒸出芝菌，猶能爲瑞世之祥；收之桑榆，亦未歎逢時之晚。」（《四六談麈》）

晁公武

【韓子蒼集三卷】 右皇朝韓駒，字子蒼，仙井人。政和初，詣闕上書，特命以官，累擢中書舍人、權直學士院。王黼嘗命子蒼詠其家藏太乙眞人圖詩，盛傳一世。宣和間，獨以能詩稱云。（《郡齋讀書志》卷十九別集類下）

陸　游

【跋陵陽先生詩草】 右陵陽先生韓子蒼詩草一卷，得之其孫籍。先生詩擅天下，然反覆塗乙，又歷疏語所從來，其嚴如此，可以爲後輩法矣。予聞先生詩成，既以予人，久或累月，遠或千里，復追取更定，無毫髮恨乃止，則此草亦未必皆定本也。大歐庵詩一章，徐師川作，而先生手錄之，亦足見其無昔人爭名之病矣。故附見卷中。淳熙庚子四月二十二日，笠澤陸某書。（《渭南文集》卷二十七）

歐陽公謫夷陵時詩云：「江上孤峰蔽綠蘿，縣樓終日對嵯峨。」蓋夷陵縣治下臨峽江，名綠蘿溪，自此上泝，卽上牢、下牢關，皆山水清絶處。孤峰者卽甘泉寺山，有孝女泉及祠，在萬竹間，亦幽邃可喜，峽人歲時遊觀頗盛。予入蜀往來皆過之。韓子蒼舍人《泰興縣道中》詩云：「縣郭連青竹，人家蔽綠蘿。」似因歐公之句而失之，此詩蓋子蒼少作，故不審云。（《老學菴筆記》卷七）

韓子蒼詩喜用「擁」字，如「車騎擁西疇」、「船擁清溪尚一樽」之類，出於唐詩人錢起「城隅擁歸騎」也。

（同上卷九）

韓子蒼和錢遜叔詩云：「叩門忽送銅山句，知是賦詩人姓錢。」蓋唐詩人錢起賦詩，以姓爲韻，有「銅山許鑄錢」之句。（同上）

周必大

【題山谷與韓子蒼帖】　士大夫少負軼材，其詩章固已超絕，然須經前輩品題，乃自信不疑。正如參禪，雖有所得，猶藉宗師之印可耳。陵陽先生早以詩鳴，蘇黃門一見，比之儲光羲。與徐東湖遊，遂受知於山谷。晚年或置之江西詩社，乃曰：「我自學古人。」豈所謂魯一變至於道耶？紹熙辛亥八月一日。

（《周益國文忠公集·省齋文稾》卷十九）

【跋韓子蒼詩草】　陵陽先生詩草，友人陸務觀既刻石臨川，又爲跋語，不容復措辭矣。先生諸孫籍擕以相示，爲之一唱三歎。最後贈張景方一篇，由今觀之，殆夫子自道也。尙半存，僅勉燔六字，印本互易之，此稾爲勝。務觀謂未必皆定本，諒哉！籍其善守之。紹熙辛亥八月一日。（同上）

【跋韓子蒼與曾公袞錢遜叔諸人唱和詩】　崇寧、大觀而後，有司取士，專用王氏學，甚至欲禁讀史作詩，然執牛耳者未嘗無人。凡紹興初以詩名家，皆當日人才也。今讀韓子蒼與錢遜叔、曾公袞等臨川唱酬，畧可睹矣。或疑所以然，予曰：舉子在場屋，爲學不專，爲文不力，既仕則棄其舊習，難乎新功。彼有志之士，其操心也專，其學古也力，譬之追風𨈓雲之驥，要非繩墨所能馭。故子蒼諸賢，往

往不由科舉而進，一時如程致道、呂居仁、曾吉甫、朱希眞皆是也。其又奚疑？慶元戊午正月戊午。（同上《平園續稾》卷八）

【跋曾公袞錢遜叔韓子蒼諸公唱和詩】國家數路取人，科舉之外多英才，自徽廟迄於中興，如程致道、呂居仁、曾吉甫、朱希眞，詩名藉藉，朝廷賜第顯用之。今觀曾公袞、錢遜叔、韓子蒼諸賢，又皆翰墨雄師，非有司尺度所能得也。紹興初，星聚臨川，唱酬妍麗，一時傾慕。郡之名勝游氏襲藏此卷有年數矣。慶元紀號之四年，歲在戊午上巳，周某子充敬題其末。（同上）

王明清

韓子蒼駒，本蜀人。父爲峽州夷陵令，老矣，有一妾，子蒼不能奉之，父怒，逐出。內侍賈祥者先坐罪竄是郡，駒父事祥甚謹，祥不能忘。子蒼于父逐之後，走京師，祥已收召大用事。子蒼困甚，倦游，漫往投之。祥不知得罪於其父也，獻其所業。偶祐陵忽問遷謫中有何人才，祥卽出子蒼詩文以進，首篇太乙眞人蓮葉之句，上一覽奇之，卽批出，賜進士及第，除秘書省正字，不數年，遂掌外制。（《玉照新志》卷三）

高似孫

【鳳尾諾】齊高帝使江夏郡王學鳳尾，一學便工，帝以玉騏驎賜之。蓋諸侯箋奏，皆批曰諾，諾字有尾若鳳焉，蓋花書也。有持二畫求售，乃楊妃並馬上馬圖，題陳宏二字，筆力甚清壯，又如有兩墨跡如飛燕狀，全類鳳尾者，殊不可曉。徐考之，迺江南李主花書。陳宏者，會稽人，天寶間妙於畫，嘗寫明皇御容與太眞二圖，筆墨之妙，不可贊歎。韓子蒼詩：「翠華欲幸長生殿，立馬樓前待貴妃。尙覓君王一回顧，金鞍欲上故遲遲。」卽此二圖也。蔡天啓集中，亦有此詩。（《緯略》卷十）

敖陶孫

韓子蒼如梨園按樂，排比得倫。（《敖器之詩評》）

陳振孫

【陵陽集五十卷】　中書舍人仙井韓駒子蒼撰。自幼能詩，黄太史稱其超軼絕塵，蘇文定以比儲光羲。游太學，不第。政和初，獻書，召試，賜出身，後入西掖，坐蘇氏鄉黨曲學罷。（《直齋書錄解題》卷十八別集類下）

劉克莊

【江西詩派——韓子蒼】　子蒼，蜀人。學出蘇氏，與豫章不相接，呂公強之入派，子蒼殊不樂。其詩有磨淬剪裁之功，終身改竄不已，有已寫寄人數年，而追取更易一兩字者，故所作少而善。（《後村先生大全集》卷九十五）

【中興絶句續選(節錄)】南渡詩尤盛於東都,炎、紹初,則王履道、陳去非、汪彦章、吕居仁、韓子蒼、徐師川、曾吉甫、劉彦沖、朱新仲、希真,乾、淳間,則范至能、陸放翁、楊廷秀、蕭東夫、張安國一二十公,皆大家數。(同上卷九十七)

羅大經

宣、靖之禍,自滅遼取燕始。韓子蒼《挽中山韓帥》云:「金絜盟猶在,灰釘事已新。」語妙而意婉,上句指韓,下句指童、蔡,作詩法當如此。(《後村詩話》前集卷二)

【詩用助語】詩用助語字貴妥帖,如杜少陵云:「古人稱逝矣,吾道卜終焉。」又云:「去矣英雄事,荒哉割據心。」山谷云:「且然聊爾耳,得也自知之。」韓子蒼云:「曲檻以南青嶂合,高堂其上白雲深。」皆渾然帖妥。(《鶴林玉露》卷八)

周密

韓子蒼挽中山韓帥云:「金絜盟猶在,灰釘事已新。」後村以爲語妙而意婉,蓋宣、靖之禍自滅遼取燕始。上句指韓,下句指童、蔡也。又梁徐勉以時人聞喪事相尚以速,勉上疏云:「屬纊才畢,灰釘已具。」又陳徐陵《遺楊遵彦書》云:「若鄙諺爲繆,來旨必通,分請灰釘,甘從斧鉞。」不特出前書也。

(《浩然齋雅談》卷中)

二　元代

方　回

《和李上舍冬日即事》　三四極工。五六前輩有此語，但鍜得又佳耳。（《瀛奎律髓》，附紀昀《刊誤》，卷十三冬日類）

《夜泊寧陵》　「扁舟東下更開帆」，此是詩家合當下的句，只一句中有進步，猶云「同是行人更分首」也。五六亦工。　紀批：純以氣勝。（同上卷十五暮夜類）

《送宜黄宰任滿赴調》　呂居仁引韓入江西派，子蒼不悦，謂所學自有從來。此詩非江西而何？大抵宣、政間忌蘇、黄之學，王初寮陰學東坡文，子蒼諸人皆陰學山谷詩耳。　紀批：結太粗率。（此詩）未見必是江西。（同上卷二十四送别類）

脱　脱等

【韓駒傳】　韓駒，字子蒼，仙井監人。少有文稱。政和初，以獻頌補假將仕郎。召試舍人院，賜進士出身，除祕書省正字。尋坐爲蘇氏學，謫監華州蒲城縣市易務。知洪州分寧縣，召爲著作郎，校正御前文籍。駒言國家祠事，歲一百十有八，用樂者六十有二，舊撰樂章，辭多牴牾。於是詔三館學士分撰親祠、明堂、圓壇、方澤等樂曲五十餘章，多駒所作。宣和五年，除祕書少監。六年，遷中書舍人兼修國史。入謝，上曰：「近年爲制誥者，所褒必溢美，所貶必溢惡，豈王言之體。且盤誥具在，寧若是乎？」駒對：「若止作制誥，則粗知文墨者皆可爲，先帝置兩省，豈止使行文書而已。」上曰：「給事實掌封駁。」駒奏：「舍人亦許繳還詞頭。」上曰：「自今朝廷事有可論者，一切繳來。」尋兼權直學士院。制詞簡重，爲時所推。未幾，復坐鄉黨曲學，以集英殿修撰提舉江州太平觀。高宗卽位，知江州。紹興五年，卒於撫州，進一官致仕，贈中奉大夫，與遺澤三人。駒嘗在許下從蘇轍學，評其詩似儲光羲。其後由宦者以進用，頗爲識者所薄云。子遜、遊。（《宋史》卷四四五《文苑傳》）

三　明代

楊　慎

【周受庵詩選序（節錄）】　蘇文忠公宋代詩祖，……唐庚、韓駒、巽巖、後溪、魯交、李石、文丹、淵喻、三嵎襲其殘芳。（《升菴合集》文集卷四）

【韓子蒼】　韓駒，字子蒼，蜀之仙井人，今井研縣也。其中秋《念奴嬌》「海天向晚」一首，亞於東坡之作。《草堂》已選。《雪》詞《昭君怨》云：「昨日樵村漁浦，今日瓊川銀渚。山色捲簾看，老峯巒。錦帳美人貪睡，不覺天花剪水。驚問是楊花，是蘆花？」（《詞品》卷三）

四　清　代

賀　裳

【韓駒】「北風吹日晝多陰，日暮擁階黄葉深。倦鵲繞枝翻凍影，飛鴻摩月墮孤音。推愁不去如相覓，與老無期稍見侵。顧藉微官少年事，病來那復一分心。」此子蒼《冬日》詩也。前半寫景，後半言懷，詞氣似隨句而降，漸就衰颯，然恬讓之致可掬。嗚呼！獨不可向伏櫪者言耳。

又《夜泊寧陵》曰：「汴水日馳三百里，扁舟東下更開帆。旦辭杞國風微北，夜泊寧陵月正南。老樹挾霜鳴窣窣，寒花垂露落毿毿。茫然不悟身何處，水色天光共蔚藍。」宋人極稱此詩，然亦閑於盡致，而減於氣格。但此種詩雖不高，尚無惡氣，如乘欵段馬下澤車，固無將伯之患。曾、韓之流，則本無千里之步，惟善啼囓耳。（《載酒園詩話》卷五）

吴　喬

韓子蒼詩云：「汴水日馳三百里，扁舟東下更開帆。旦辭杞國風微北，夜泊寧陵月正南。老樹挾霜鳴窣窣，寒花承露落毿毿。茫然不悟身何處，水色天光共蔚藍。」呂居仁舉此詩爲學者法，然非唐人詩，以是死句故也。（《圍爐詩話》卷五）

王士禛

韓子蒼詩爲諸家詩話所取者，如「汴水日馳三百里」、「落日同騎款段遊」二首最佳。頃借《陵陽集》，急披讀之，燭跋卷亦盡，佳處乃無過此。或曰子蒼不樂居江西宗派中，云「我自學古人」，未必然也。涪翁正法眼藏，渠易夢見？《蠶尾文》（《帶經堂詩話》卷六《題識》）

偶爲朱錫鬯太史彝尊舉宋人絶句可追蹤唐賢者得數十首，聊記於此……「白髮先一作「前」朝舊史官，風爐煮茗暮江寒。蒼龍不復從天下，拭淚看君小鳳團。」（韓子蒼駒陵陽《謝人送鳳團及建茶》）……「落日同騎款段遊，倦依松石弄清流。蓬萊漢殿春分手，一笑相逢太華秋。」（陵陽《行至華陰呈舊同舍》）《池北偶談》（同上卷九《標舉》）

蔣鴻翮

（陸游《老學菴筆記》）又述韓子蒼和錢遜叔詩：「叩門忽送銅山句，知是賦詩人姓錢。」謂唐人錢起賦詩，以姓爲韻，有「銅山許鑄錢」之句，故云。余按李肇《國史補》：昇平公主駙馬郭曖，集文士即席賦詩，李端中宴詩成，有荀令、何郎句，衆稱妙絶。或謂宿構，端曰：「願賜一韻。」錢起曰：「請以某姓爲韻。」復有金埒、銅山之句。曖大出名馬金帛遺之。據此，則銅山句乃李作，非錢自賦，陸注未當，韓詩亦殊欠了了。要之二句固不免率直之病，未足爲佳。（《寒塘詩話》）

呂留良、吴之振、吴自牧

【陵陽詩鈔】韓駒，字子蒼，蜀仙井監人。嘗在許下從蘇轍學，稱其詩似儲光羲，遂名於時。政和以獻頌補假將仕郎，召試，賜進士，除秘書省正字。尋坐蘇氏黨，謫知分寧；召爲著作郎。奏舊祠祭樂章，辭多牴牾，因更撰定五十餘章。遷中書舍人，兼修國史，權直學士院，復坐鄉黨曲學，提舉江州太平觀，卒於撫州。詩有磨淬翦裁之功，不吝改竄，有寄人數年，復追取更定一二字者。故其集不多，而密栗以幽，意味老淡，直欲别作一家；紫微引之入江西派，駒不樂也。（《宋詩鈔》）

紀　昀等

【陵陽集四卷浙江鮑士恭家藏本】宋韓駒撰。駒字子蒼，蜀仙井監人。政和中召試，賜進士出身，累除中書舍人，權直學士院，南渡初知江州，事蹟具《宋史·文苑傳》。駒學原出蘇氏，呂本中作《江西宗派圖》，列駒其中，駒頗不樂。然駒詩磨淬翦裁，亦頗涉豫章之格，其不願寄黄氏門下，亦猶陳師道之瓣香南豐，不忘所自耳，非必其宗旨之迴别也。陸游跋其詩草，謂反覆塗乙，又歷疏語所從來，詩成，既以與人，久或累月，遠或千里，復追取更定，無毫髮憾乃止，亦可謂苦吟者矣。晁公武《讀書志》謂王黼嘗命駒題其家藏《太乙眞人圖》，盛傳一時。今其詩具在集中，有「玉堂學士今劉向」之句，推許甚至。劉克莊謂子蒼諸人自鬻其技至貴顯，蓋指此類，其亦陸游《南園記》之比乎？要其文章不可掩也。（《四庫全書總目提要》卷一百五十七集部別集類）

翁方綱

韓子蒼詩，平匀中自有神味，目之曰江西派，宜其不樂。游赤壁七律，到杜、蘇分際。（《石洲詩話》卷四）

謝啓昆

【讀全宋詩仿元遺山論詩絶句二百首（錄一首）】　磨淬功深費剪裁，潁濱門下數清才。諸方參遍通禪悦，法眼拈成信手來。韓駒（《樹經堂詩集》初集卷十一）

孫星衍

【陵陽先生詩四卷】　次行題「江西詩派」，三行題「中書舍人韓駒子蒼」，書中「祖宗」、「朝廷」等字俱空格，當是宋刊《江西詩派》中之一種。每葉廿行，行十九字。收藏有宋筠朱文方印，蘭揮氏白文方印，吳元潤白文方印，謝堂朱文方印，香雨齋吳氏珍藏圖書朱文長印，香雨齋朱文圓印。（《平津館鑒藏記》卷

三舊影寫本）

潘德輿

韓子蒼：「倦鵲繞枝翻凍影，飛鴻摩月墮孤音。」俞秀老：「有時俗事不稱意，無限江山都上心。」純是筋骨，然皆語盡意中，唐人不肯爲者。（《養一齋詩話》卷五）

宋絶句尤不似唐，然王漁洋《池北偶談》專錄宋七絶之似唐者數十首，何嘗不可與唐人匹。予又從近人嚴長明用晦所選千首宋人絶句中反覆揀擇，得其似唐者百數十首，承漁洋之風旨，廣漁洋所未備，世之於唐、宋分左右袒者，喙亦可以息矣。第用晦此本較之洪容齋《唐人萬首絶句》纂次頗核，所選詩皆有可觀，亦較勝王漁洋《唐人萬首絶句選》本，而宋人絶句之佳者仍未盡於是也。如韓子蒼《代葛亞卿作》云：「君住江濱起畫樓，妾居海角送潮頭。潮中有妾相思淚，流到樓前更不流。」……此十數絶句，與唐人聲情氣息不隔累黍，何故遺之？且無論唐、宋，即以詩論，亦明珠美玉，千人皆見，近在眼前，而嚴氏置若無睹，故操選枋爲至難也。（同上）

韓泰華

宋韓駒《陵陽集·殿幕書事》：「花深曲水潺湲出，柳暗長廊朧膍音弄透明。」放翁詩：「雞已參差唱，窗纔朧膍明。」皆倒用「朧膍」二字，作仄聲。（《無事爲福齋隨筆》卷上）

吴仰賢

「𪆷」字見嵇康與山濤書，梁吴孜詩：「柳枝皆𪆷燕。」王安石詩：「𪆷汝以一句，西歸瘦如臘。」又：「細浪𪆷雪千娉婷。」韓駒詩：「弟妹乘軍車，堂中走相𪆷。」此皆俗字之有來歷者，大抵愈用愈工。（《小匏菴詩話》卷一）

趙之謙等

韓駒，字子蒼，蜀陵陽人。獻文論，補將仕郎，累官直學士院，詔撰樂章。坐蘇氏黨，奉祠，尋復應召，歷知江州，致仕，寓居臨川卒。（《江西通志》卷一百七十七寓賢引《林志》）

丁丙

【陵陽先生詩四卷舊鈔本，吴璜川汪漁亭藏書】中書舍人韓駒子蒼。銜名之前題「江西詩派」四字。晁、陳兩目俱載四卷，而馬氏載其文集五十卷，詩集三卷。文集久佚，詩之卷數亦與此異。……是書爲璜川吴氏、振綺汪氏兩家收藏，並有圖書。（《善本書室藏書志》卷二十九）

繆荃孫

【陵陽集四卷】舊鈔本，收藏有檇李曹氏朱文長方印，曹溶朱文鉏菜翁朱文兩方印，安樂堂藏書記、明

善堂珍藏書畫印記兩朱文長方印，宣城李氏瞿硎石室圖書印記朱文長印。（《藝風藏書記》卷六）

【陵陽先生詩四卷】　歸安鮑氏藏本。四庫所收即鮑氏所進，此蓋底本也。陸放翁跋其詩草，謂反覆塗乙，又歷疏語所從來，詩中往往有夾注，誠如放翁所云。荃孫先得天蓋樓藏本，紙墨較舊。戊子冬細校一過，佳處甚多，第冷語二首止存其一，十絶爲亞卿作，止存其九，轉藉此本補足，今天蓋樓藏本已歸他氏矣。收藏有歙鮑氏知不足齋藏書、知不足齋鮑以文藏書兩朱文方印。天蓋樓本半葉九行，行二十字。此本五言絶句往往訛作五律，是從二十字本鈔出者。（同上）

四 徐俯

一 宋代

黄庭堅

【與徐師川書元符元年（節録）】 師川外生奉議：辱書恩意千萬。審官守厭管庫之煩，得宫觀之禄以奉親，杜門讀書有味，欣慰無量。即日想家姊郡君清健，新婦安勝。兒女今幾人，書中殊不及此，何耶？所寄詩超然出塵垢之外，甚善甚善。恨君知刻意於學問時，不得從容朝夕耳。承以鄉中歲歉，寓居同安。同安美俗，里中有佳士，又四旁有禪老，皆可人。居必擇鄉，游必就士，今兩得之矣。士大夫多報吾生擇交不妄出，極副所望。詩政欲如此作，其未至者，探經術未深，讀老杜、李白、韓退之詩不熟耳。（《豫章黄先生文集》卷十九）

【又崇寧元年】 庭堅頓首：每見賢士大夫及林下得意人言師川言行之美，未嘗不歎息也。所寄詩正忙時讀數過，辭皆爾雅，意皆有所屬，規模遠大，自東坡、秦少游、陳履常之死，常恐斯文之將墜，不意復得吾甥，眞頽波之砥柱也。續當寫魏鄭公《砥柱銘》奉寄。甥能忍夏蚊之嘈膚，而從螢中遊，眞曠世

之奇事也。蒙諭當塗不可作久計，誠然，似聞已別有命。須近詩，漫往斯篇，豈能如所云，觀一節，可以知其侏儒也。(同上)

【書倦殼軒詩後洪玉父軒名(節録)】師川亦予甥也，比之武事，萬人敵也。(同上卷二十)

【題所書詩卷後與徐師川】徐師川往時寄紙數軸求予書，公私多故，未能作報。前日洪龜父攜師川上藍莊詩來，詞氣甚壯，筆力絶不類年少書生。意其行己讀書，皆當老成解事，熟讀數過，爲之喜而不寐。小舟遡沅，又箱篋中尋紙不得，輒書龜父此紙奉師川。老舅年衰才劣，不足學；師川有意日新之功，當於古人中求之耳。(同上卷二十六)

晁説之

【謝徐師川寄江茶四小瓶】舉世卑陬門小車，若人何處逞豪華。夢魂恨着後庭樹，詩句清餘雙井茶。默默嘲雄舒錦繡，申申罵屈雜龍蛇。不煩更籍韋弦力，望出河東性不奢。(《嵩山文集》卷八)

【次韻師川郎中寄墨長句】人人垂首相公前，獨子低眉古簡編。江上新吟何慷慨，世間舊恨細窮研。故知小子能封國，亦信長人解説天。寄墨虞卿著書喜，不教茶到恐妨眠。(同上)

韓　駒

【便衣訪徐師川，坐定，陳瑩中太守亦至，余避入室，已而同語良久，戲呈師川】兩都賓主盡雄名，我獨何人共宴榮。微服豈宜從刺史，瓦巾端爲訪先生。山陰甚愧羣賢集，蜀客初無一坐傾。庾亮興來殊不淺，臨風數語逼人清。（《陵陽先生詩集》卷三）

【次韻師川見和】使君直氣奮凌空，帳下森森巳八龍。倒屣休迎王節信，同舟未許郭林宗。我無草舍容朱轂，君有詩聲抵素封。危坐正衿殊不愧，歸從短褐醉千鍾。（同上）

洪　朋

【過師川偶行】伊昔袁陟居，只今徐郎宅。少作與渠雙，老氣想君隻。玆理亦何有，訂之在今昔。吾廬城北頭，捷徑實咫尺。緻思論五字，聊復訪三益。高尋風雅源，洞入屈宋域。波瀾到蘇李，光焰及元白。自來磊落人，聞見資博極。（《洪龜父集》卷上）

【送師川】去年徐郎詩句新，今來徐郎思不羣。帝子樓前閱秋浪，秦人洞口入朝雲。忽思赤壁過吾弟，更向舒州迎細君。及此瓦盆春酒滿，燒燈夜雨重論文。（同上卷下）

洪　炎

【聞師川諫議至漳州作建除詩十二韻迓之】建武下詔書，海嶠識明主。除吏得陽城，所喜逸民舉。滿腹懷經綸，筆間含露雨。平生相期心，中興爾乎取。定交自疇昔，契闊及再暑。執熱子南來，五月想漳浦。破啼謀一笑，預置風月俎。危言儻可陳，正學當盡吐。成虧在須臾，得失宜熟數。收功謝王

魏，取道迹傅呂。開茲衆正路，慰彼蒼生苦。閉關拒他盜，拂席招巢許。（《西渡集》）

【坐上呈師川有懷駒父】上坡諫議立清班，入奉威顔咫尺天。仲氏三山久憔悴，徵君五嶺亦迍邅。欣逢白鶴歸華表，更想黄熊出羽淵。客舍一樽雙淚落，相陪里社復何年？（同上）

【奉送駒父師川二郎中赴召四言】火中暑退，庚伏在婁。赫熾方炎，金石欲流。之二大夫，服章紑紑。文昌臺郎，祗命是憂。中江有舳，中塗有輈。風檣雨轂，長夏爲秋。白雲在天，崒如巖丘。倏忽西東，不我告謀。翩翩者鵠，俯矚魚游。將逝復止，矯影河洲。嗟予去國，三葛于休。止車生耳，永謝鳴騶。揮袂江干，長嘯林幽。（同上）

李　彭

【題洪駒父徐師川詩後】籍甚洪崖縣，高寒欲無敵。徐郎聘君後，挺挺百夫特。堂堂無雙公，户外滿屨跡。虎豹雄牙須，儕流甘辟易。徐詩致平澹，反自窮艱極。周鼎無款識，賞音略岑寂。陰何不支梧，少陵頗前席。洪語自奇險，餘子傷剽賊。大似樊紹述，文字各識職。二子辨飣餖，鄙夫與下客。粢食薦鉶羹，熊蹯雜象白。殿最付公議，吾言可以默。（《日涉園集》卷三）

王直方

【山谷賞徐俯詩】徐俯字師川，忠愍公之子。有「平生功名心，夜窗短檠燈」之句，大爲山谷所賞。山

谷其舅也。（《王直方詩話》）

【徐師川詩同杜子美】 徐師川《紫宸早朝》詩一聯云：「黄氣遠臨天北極，紫宸位在殿中央。」以予觀之，乃全是杜子美「玉几猶來天北極，朱衣只在殿中間」一聯也。（同上）

惠洪

【跋徐洪李三士詩】 陳瑩中嘗問予南州近時人物之冠，予以師川、駒父、商老爲言，瑩中首肯之。駒父戲效孟浩然，作語如王、謝家子弟，風神步趨，不能優劣；商老和之，如劉安王見上帝，大言不遜，豪氣未除；獨師川有句，在暮山烟雨裏，西洲落照中，未暇寫也。（《石門文字禪》卷二十七）

李光

【次韻師川見贈】 鈞樞歸雅望，邪志寢姦雄。鵰鶚淸秋急，豺狼當路空。經綸思妙手，談辯想英風。未厭東山臥，沈機一局中。（《莊簡集》卷三）

周紫芝

【書老圃集後（節錄）】 近時士大夫論徐師川詩甚不公，以謂稍稍放倒，而不知師川暮年得句多出自然也。（《太倉稊米集》卷六十六）

【書徐師川詩後】金陵吳思道爲余言：頃嘗以近詩示徐公，徐公謂僕：「是豈欲擬杜少陵句法邪？」思道曰：「少陵安可擬，但不得不取法耳。」公因言：「余平生正坐子美見誣。」思道問其故，公曰：「今人飯客，飲食中最美者無如饅頭夾子，連日食之，如嚼木札耳。」丙辰夏至前兩日，朱子明司理以此本見還，時方晝臥東牀，枕上讀數十篇，乃悟前語。然不可持語俗人，所謂癡人面前不得說夢也。它日有與余同參此話者，當自了了。（同上卷六十六）

王　銍

【徐師川典祀廬山延眞觀，用送駒父韻餞別四首】徐稺前風在，何勞白首歸。書來寄文錦，詩報守寒機。　鴛驥難同力，鸞皇任自飛。前村幽獨意，且放酒淋衣。

都門兩河路，誰送李膺歸。人望終調鼎，親慈早斷機。漫虚崑閬集，不盡羽翰飛。酒聖君家情，霜清怯減衣。

丁令飛昇去，千年始一歸。琳宫況廬岳，烟闕替塵機。洞口斜暉入，蒼崖素練飛。水雲曾作伴，愧我薜蘿衣。

康阜如蓬島，欲尋風引歸。烟藤猿嘯月，雲碓水鳴機。剩結餐霞侶，深隨杖錫飛。謝公行樂處，山翠撲人衣。（《雪溪詩》卷三）

呂本中

【徐師川挽詞三首】 江西人物勝，初未減前賢。公獨爲舉首，人誰敢比肩？時雖在廊廟，終亦返林泉。今日西州路，臨風更泫然。

異日逢明主，端居不復藏。一心扶正道，極力拯頹綱。已病猶軒豁，臨哀更激昂。始知操鼉處，餘事及文章。

念昔從耆舊，公知我獨深。意猶如昨日，愛不減南金。撫事思前作，干時愧夙心。素琴理舊曲，無復有知音。（《東萊詩集》卷十九）

饒德操酷愛徐師川俯《雙廟》詩「開元天寶間，袞袞見諸公。不聞張與許，名在臺省中」之句。（《東萊呂紫微詩話》）

【慈母溪】 徐師川言作詩自立意，不可蹈襲前人。因誦其所作《慈母溪》詩，且言慈母溪與望夫山相對，望夫山詩甚多，而慈母溪古今無人題詩。末兩句云：「離鸞只説閨中事，舐犢那知母子情！」（《童蒙詩訓》）

胡仔

苕溪漁隱曰：……趙德麟：「重門不鎖相思夢，隨意遶天涯。」徐師川：「柳外重重疊疊山，遮不斷愁來

路。」二詞造語雖不同，其意絶相類。（《苕溪漁隱叢話》前集卷五十九）

苕溪漁隱曰：曾端伯慥編《樂府雅詞》，以秋月詞《念奴嬌》爲徐師川作，梅詞《點絳脣》爲洪覺範作，皆誤也。秋月詞乃李漢老，梅詞乃孫和仲，和仲即正言諤之子也。（同上）

曾敏行

汪彦章爲豫章幕官。一日，會徐師川於南樓，問師川曰：「作詩法門當如何入？」師川答曰：「即此席間杯柈果蔬使令以至目力所及，皆詩也。但以意翦裁之，馳驟約束，觸類而長，皆當如人意，切不可閉門合目，作鐫空妄實之想也。」彦章頷之。逾月，復見師川曰：「自受敎後，准此程度，一字亦道不成。」師川喜謂之曰：「君此後當能詩矣。」故彦章每謂人曰：「某作詩句法得之師川。」（《獨醒雜志》卷四）

張綱

【徐俯除端明殿學士宫祠（外制）】憂勤圖治，時方急于任賢；左右近臣，義豈容于去國。念有均勞之請，欲高易退之風。宜狥懇祈，更全體貌。具官某氣節不撓，辨論可觀，蔚有譽于當時，期力行于素志。起從疎遠，亟聯從橐之華；度越輩流，遂陟樞庭之峻。閲時未久，被遇非常。庶觀整軍經武之謀，折遐衝于萬里；抑賴同寅協恭之助，圖大政于一堂。顧屬任之方深，曾設施之未究。奏章俄上，引疾甚堅。肆推從欲之仁，曲示優賢之禮。殊庭厚祿，祕殿隆名。匪曰朕私，用榮爾去。或出或處，諒不替于憂時；嘉謀嘉猷，尚毋忘于告后。（《華陽集》卷七）

王灼

陳去非、徐師川、呂居仁、韓子蒼、朱希眞、陳子高、洪覺範（詞），佳處亦各如其詩。（《碧鷄漫志》卷二）

蘇籀

【題徐師川詩卷一首】學究村村自謂賢，西京涇渭派淪漣。古人聖處工研貫，新義阿時方洗湔。炳闊多聞包宇宙，閎寥餘韻出蹏筌。飄然徑造騷人室，老憒應加視後鞭。（《雙溪集》卷三）

吳曾

【滿地江湖春入望，連天章貢水爭流】徐師川有《陪李泰發登洪州南樓》詩云：「十年不復上南樓，直爲干戈作遠遊。滿地江湖春入望，連天章貢水爭流。青雲聊爾居金馬，紫氣還應射斗牛。公是主人身是客，舉觴登望得無愁。」唐劉長卿有《和樊使君登潤州城樓》詩云：「山城迢遞敞高樓，露冕吹鐃居上頭。春草連天隨北望，夕陽浮水共東流。江田漠漠全吳地，野樹蒼蒼故楚州。王粲尙爲南郡客，別來何處更銷憂。」徐之詩絕類長卿，其間一聯，如出一手也。（《能改齋漫錄》卷八《沿襲》）

【水光山色漁父家風】　徐師川云：「張志和《漁父詞》云：『……』顧況《漁父詞》：『……』東坡云：『玄眞語極清麗，恨其曲度不傳。』加數語以《浣溪沙》歌之云：『西塞山邊白鷺飛，散花洲外片帆微，桃花流水鱖魚肥。　自芘一身青篛笠，相隨到處綠蓑衣，斜風細雨不須歸。』山谷見之，擊節稱賞……乃取張、顧二詞合爲《浣溪沙》云：『新婦磯邊眉黛愁，女兒浦口眼波秋，驚魚錯認月沈鉤。　青篛笠前無限事，綠蓑衣底一時休，斜風細雨轉船頭。』……」師川乃作《浣溪沙》、《鷓鴣天》各二闋，蓋因坡、谷異同而作。　云：「西塞山前白鷺飛，桃花流水鱖魚肥，一波才動萬波隨。　黃帽豈如青篛笠，羊裘何似綠蓑衣，斜風細雨不須歸。」其二云：「新婦磯邊秋月明，女兒浦口晚潮平，沙頭鷺宿戲魚驚。　青篛笠前明此事，綠蓑衣裏度平生，斜風細雨小船輕。」其三云：「西塞山前白鷺飛，桃花流水鱖魚肥。朝廷若覓玄眞子，恆在長江理釣絲。　青篛笠，綠蓑衣，斜風細雨不須歸。　浮雲萬里烟波客，惟有滄浪孺子知。」其四云：「七澤三湘碧草連，洞庭江漢水如天。　朝廷若覓玄眞子，不在江邊卽酒邊。明月棹，夕陽船，鱸魚恰似鏡中懸。　絲綸釣餌都收却，八字山前聽雨眠。」（同上卷十六《樂府》）

吳聿

有題金陵永慶招提壁云：余從師川問句法，師川舉近詩云：「人言春事已，我言未遽央。　試向後湖去，菰葉如許長。」（《觀林詩話》）

贈人詩多用同姓事，如東坡贈鄭戶曹云：「公業有田常乏食，廣文好客竟無氊。」又贈蔡子華云：「莫尋唐舉問封侯，但遣麻姑爲爬背。」涪翁和東坡詩云：「人間化鶴三千歲，海上看羊十九年。」陳無己贈何郎中云：「已度城陰先得句，不應從俗未忘葷。」唯徐師川贈張仁云：「詩如雲態度，人似柳風流。」尤爲工也。（同上）

謝伋

隆祐哀冊，徐師川撰，云：「作合泰陵，賢而不見答；制政房闥，聖而不可知。」席大光偶目眚，辭其書，遂以命趙叔問。（《四六談麈》）

曾季貍

東湖言荆公《桃源行》前二句倒了，「望夷宫中鹿爲馬，秦人半死長城下」，當言「秦人半死長城下，望夷宫中鹿爲馬」，方有倫序。（《艇齋詩話》）

東湖言荆公《畫虎行》用老杜《畫鶻行》，奪胎换骨。（同上）

東湖論作詩喜對景能賦，必有是景，然後有是句，若無是景而作，卽謂之脱空詩，不足貴也。（同上）

東湖喜錢氏子忘其名一聯云：「鷗飛波蕩綠，牛臥草分青。」（同上）

東湖喜荆公《燕侍郎畫山水圖》詩，其間云：「燕公侍書燕王府，王求一筆終不予。仁人志士埋黄土，只有粉墨歸囊楮。」此可謂能形容燕公也。（同上）

東湖《紫極宫》七言詩，自云爲七言之冠。東萊亦喜此詩。(同上)

山谷《贛上食蓮》詩，讀之知其孝弟人也。東湖每喜誦此詩。(同上)

東湖《宫亭湖》詩極佳，嘗自誦與予言：「沙岸委它白，雲林迤邐青。千山擁廬阜，百水會宫亭。」説得景物出，身在宫亭經行，方見其工。予謂此詩全似老杜。(同上)

東湖《畫虎圖》詩云：「不向南山尋李廣，却來東海笑黄公。」黄公虎事，見李善《文選注》。(同上)

東湖《明皇夜遊圖》詩，宣和間作，其意蓋諷當時也。詩中云：「苑風翠袖溼，宫露赭袍光。」可見其遊晏達旦也。「閨閤達閶闔，騂騮從驌驦」，可見其宫禁與外無間也。東湖嘗對予自釋其意如此。(同上)

東湖《滕王閣》詩，用老杜《玉臺觀》詩本，首云：「一日因王造，千年與客遊。」即老杜「浩刼因王造，平臺訪古遊」也。(同上)

東湖喜誦韋蘇州《贈王侍御》詩「心如野鶴與塵遠，詩似冰壺見底清」一篇，眞佳句也。(同上)

東湖喜言黄庭及《文選》詩。(同上)

東湖言王維雪詩不可學，平生喜此詩。……又言柳子厚雪詩，四句説盡。(同上)

東湖言荆公詩多學唐人，然百首不如晚唐人一首。(同上)

東湖自言作詩，至德興，方知前日之非。(同上)

東湖詩云：「芙渠漫漫疑無路，楊柳蕭蕭獨閉門。」荆公云：「漫漫芙蕖難覓路，蕭蕭楊柳獨知門。」又唐人劉威云：「遥知楊柳是門處，似隔芙蕖無路通。」三人者同一機杼也。(同上)

後山論詩説換骨，東湖論詩説中的，東萊論詩説活法，子蒼論詩説飽參，入處雖不同，然其實皆一關捩，要知非悟入不可。（同上）

東湖嘗與予言，近世人學詩，止於蘇、黄，又其上則有及老杜者，至六朝詩人，皆無人窺見；若學詩而不知有《選》詩，是大車無輗，小車無軏。東湖嘗書此以遺予，且多相勸讀《選》詩。近世論詩，未有令人學《選》詩，惟東湖獨然，此所以高妙。（同上）

東湖《朝容篇》，有古樂府氣象。（同上）

東湖送謝無逸二詩，全似《選》詩，今集中無之。（同上）

予嘗從東湖舟中，見誦杜牧之「爲問寒沙新到鴈，來時曾下杜陵無」之句，及誦「欲把一麾江海去，樂遊原上望昭陵」，誦詠久之。（同上）

東湖江行見雁出，一對云「沙邊眞見雁」，有眞贋之意。久之，公自對「雲外醉觀星」，以醒醉對眞贋，極工。（同上）

東湖年十三，有《紅梅》詩云：「紫府與丹來換骨，東風吹酒上凝脂。」東坡見之，極稱賞，自此有詩名。（同上）

東湖「此身終擬拂衣間」，出謝靈運詩「高揖七州外，拂衣五湖裏」。（同上）

東湖「大樹經涼飈」，「涼飈」二字出謝玄暉詩：「輕扇生涼飈。」（同上）

東湖「呂侯離筵一何綺」，「一何綺」三字出《選》詩，有「高談一何綺」，又「高文一何綺」。（同上）

東湖晚年在德興作《漁父詞》，甚高雅，云：「七澤三相碧草連，洞庭江漢水如天。朝廷若覓元眞子，不在雲邊卽酒邊。明月櫂，夕陽船，遊魚一似鏡中縣。絲綸釣餌都收却，八字山前聽雨眠。」「遊魚一似鏡中縣」，本沈雲卿詩：「船如天上坐，魚似鏡中遊。」上句老杜曾用，下句東湖用之。東湖嘗對予誦此詩，且云本雲卿之句，自擊節不已。（同上）

東湖作《呂右丞輓詞》云：「補袞家風在，名門不乏公。」「不乏公」三字出《南史》，宋孝武以柳元景弟之子世隆爲上庸太守，謂元景曰：「卿昔爲隨郡，今復以授世隆，使卿門世不乏公也。」（同上）

闕　名

【徐師川贈鄭諶詩】徐師川《贈鄭公實諶》詩云：「平生不喜劉蕡策，色色人中自有人。」又云：「字得蘇黄妙，文薰班馬香。」鄭有詩集，其間與張嘉父唱酬頗多。（《詩説雋永》）

【錢遜叔徐師川詩】丁未之春，汴清淮濁，錢遜叔《登淮山樓》詩云：「華戎變氣俗，淮汴倒清渾。」徐師川詩云：「淮流漲後濁，汴水淺來清。」（同上）

陸　游

茶山先生云：徐師川擬荆公「細數落花因坐久，緩尋芳草得歸遲」，云：「細落李花那可數，偶行芳草步因遲。」初不解其意，久乃得之，蓋師川專師陶淵明者也。淵明之詩皆適然寓意而不留於物，如「悠然

見南山」，東坡所以知其決非望南山也；今云「細數落花」、「緩尋芳草」，留意甚矣，故易之。（《老學菴筆記》卷四）

周　煇

東湖徐師川俯，紹興初由諫垣遷翰苑，贊幾命。煇乾道丁亥在上饒從公季子珪游，因叩家集，云詩已板行，他無存者。久而得奏議於殘編斷簡中，猥并錯亂不可讀，乃爲整綴成十卷，附以雜文一卷，寫以歸之。公視山谷爲外家，晚年欲自立名世，客有贄見，甚稱淵源所自，公讀之不樂，答以小啓曰：「涪翁之妙天下，君其問諸水濱；斯道之大域中，我獨知之濠上。」及觀序脩水集造車合轍之語，則知持此論舊矣。（《清波雜志》卷五）

王明清

【徐師川改陳虚中判語】陳瑊虚中，瑩中之弟也，以名家典郡。知吉州日，徐師川通判郡事。師川恃才傲世，不肯居人下，嘗取虚中所判抹而改之，然非所長也。虚中語師川曰：「足下塗抹瑊之批判，雖不足道，然公所改抹未當，奈何？況夫佐官妄改長官已判，於法不輕。」卽呼通判廳人吏，將坐以罪。師川知己之屈也，祈原之。虚中曰：「此亦甚易，君可使瑊之前判如故，卽便釋吏矣。」師川於是以粉筆塗去己之改字，以呈虚中。虚中遂貰之。虚中能以理服，師川不復飾非，皆可喜也。（《揮塵錄》

後錄卷七）

【高宗擢用徐師川】明清嘗於呂元直丞相家覩高宗御札一幅云：「朕比觀黄庭堅集，見稱道其甥徐俯師川者，聞其人在靖康中立節可嘉。今致仕已久，想不復存，可贈左諫議大夫。或尚在，卽以此官召之。」其後乃知師川避地廣中，卽落致仕，以右奉直大夫試左諫議大夫赴行在所。門蔭者以爲榮觀。師川既至闕，入對，益契上意，賜出身，入禁林，不旋踵遂登政府。初師川仕欽宗爲郎，二聖北去，張邦昌僭位，師川獨不拜庭下，持其用事之臣，大呼號慟，卒不自汚，挂冠以去，故上有立節可嘉之語。圍城中嘗置一婢子，名之曰昌奴，遇朝士來，卽呼至前驅使之。既登宥密，頗驕傲自滿。朱藏一、趙元鎭並居中書，師川蔑視之，每除一登第者，則曰：「又一經義之士。」嘗與元鎭論兵，視元鎭曰：「公何足以知此！」元鎭曰：「鼎固不足以知之，豈若師川之讀父書邪！」師川大不堪，而無以酬之，卒不安位而去。後終於知信州。師川，德占禧之子也。德占以吉甫薦命官，後爲給事中，計議邊事，永洛之敗死之。事具國史。東坡先生行吉甫謫詞，有云「力引狂生之謀，馴致永洛之禍」是也。德占一子，裕陵憐之，襁褓中補通直郎。後來一向以詩酒自娱，放浪江南山川間，食祠祿者四十年。始調通判吉州，平生釐務者三數考。宣和末方入朝，後來登用甚驟焉。既沒而眷寵終不少衰。其子璃嘗出示高宗所賜御書《光武紀》後，復親批云：「卿近進言，使朕熟看《世祖紀》，以益中興之治，因思讀之十過未若書一遍之爲愈也。先以一卷賜卿，雖字札惡甚無足觀者，但欲知朕不廢卿言耳。」師川沒後十年，璃貧不能家，上表繳進此書乞任使，託明清爲表。既干乙覽，上爲之愴然，面諭執政，令卽日除

瑀官云。（同上後錄卷八）

高似孫

【花信麥信】徐鍇《歲時記》曰：「三月花開，名花信風。」《東皋雜錄》曰：「江南自初春至初夏，有二十四番花信。」《呂氏春秋》曰：「春之德風，風不信則花不成。」晏元獻公詩：「春寒欲盡復未盡，二十四番花信風。」崔德符詩亦曰：「清明烟火尚闌珊，花信風來第幾番。」徐師川詩：「一百五日寒食雨，二十四番花信風。」（《緯略》卷六）

項安世

【别周季隱東湖隱居（節錄）】君不見，東湖先生徐師川，雅歌清廟彈朱弦；又不見，于湖居士張安國，健語龍蛇雜矛戟。佳人往矣不易致，見君使我心先醉。（《平庵悔稿》卷二）

孫奕

【類前人句】徐師川《早朝》云：「黃帝遠臨天北極，紫宸位在殿中央。」同老杜「玉几由來天北極，朱衣只在殿中間。」……徐師川云：「誰家竹可款，何處酒難忘？」類退之《遊青龍寺》云：「何人有酒身無事，誰家多竹門可款？」（《履齋示兒編》卷九）

陳振孫

【東湖集三卷】樞密豫章徐俯師川撰。禧之子，亦魯直諸甥也。思陵以黄庭堅故召用之。丞相吕頤浩作書，具道上旨，而一時或言其由中人以進。其初除大坡也，程俱在西掖，繳奏不行，奉祠去，其然乎否耶？然俯在位，亦不聞有所建明也。（《直齋書錄解題》卷二十詩集類下）

劉克莊

【江西詩派——徐師川】豫章之甥，然自爲一家，不似渭陽，高自標，藐視一世，人多推下之。然集中不能皆善。舊得豫章見師川《雙廟》詩，勉諸洪進步，今《雙廟》詩不存，則其詩零落亦多矣。師川在靖康中，朝列有改名避僞楚諱者，師川名婢曰昌奴，朝士至則呼之，以名節自任。故其詩云：「直道庶幾師柳下，不應四海獨詩名。」可謂實錄。諸人所以推下之者，蓋不獨以其詩也。（《後村先生大全集》卷九十五）

【中興絶句續選（節錄）】南渡詩尤盛於東都，炎、紹初，則王履道、陳去非、汪彦章、吕居仁、韓子蒼、徐師川、曾吉甫、劉彦沖、朱新仲、希眞，乾、淳間，則范至能、陸放翁、楊廷秀、蕭東夫、張安國一二十公，皆大家數。（同上卷九十七）

按師川《聞捷》云：「時時傳破虜，日日問脩門。」又云：「諸公宜努力，荆棘巳千村。」陳簡齋《感事》云：

「風斷黄龍府，雲移白鷺洲。菊花紛四野，作意爲誰秋。」頗逼老杜。（《後村詩話》前集卷二）

徐師川由前省郎以諫議大夫召，中書舍人程俱致道封還除目，言其與中貴人唱和「魚須」之句，爲人所傳。致道坐此去國。徐集不載「魚須」之篇。魚須，出《玉藻》篇，笏也，須音班。與中貴人詩用此二字，莫曉其義。或言師川居上饒，鄭諶者奉使經從，師川嘗與往還，歸而密薦。然思陵本喜山谷，師川其甥，又在圍城中著節遂峻，擢之御札，云：「可贈諫議大夫，如其人尚在，以此官召之。」豈一璫所能薦乎？又言致道，蔡氏客，後知秀州，兀朮至，棄城而遁，何暇議師川！按致道集有《問候蔡少師啓》，進由蔡氏，固有可議。其復職啓嘗自辨云：「居未嘗備提舉道錄祕書之屬，出未嘗從宣撫河北陝西之行。」又云：「決知緜薄之才，難抗猖狂之虜。利兵堅甲，既無吳會之師屯；高城深池，又異江湖之天險。」則致道之心有可諒者。繳師川之疏，盛稱其父子舅甥及其出處，大致帖黄及「魚須」事耳。（同上後集卷二）

王應麟

徐師川以諫議召，程致道在西垣，封還除書，言與中貴人唱和「魚須」之句，爲人所傳。朱文公《語錄》云：師川遊廬山，遇宦者鄭諶與之詩。後村謂徐集不載「魚須」之篇。愚考集中有《次韻鄭本然居士》云：「頗知鶴脛緣詩瘦，早棄魚須伴我閑。」本然居士，豈卽鄭諶歟？（《困學紀聞》卷十八《評詩》）

葉　寘

徐師川《題雙廟》云：「向使不死賊，未必世能容。」樓大防評：不惟自巡、遠以來未有此論，蓋隱寄永懷之痛。黄魯直亟稱之。師川乃德占禧之子，德占以給事中計議邊事，沒於兵。吕居仁亦有《雙廟》詩云：「念我不量勢力微，本自不辱國士知。大廈又非一木支，何必如此感慨爲。往昔開元全盛時，公胡不念魴魚歸。亦不往弔湘江纍，死後聲名何足奇。」其論稍異，識者當别會意。（《愛日齋叢鈔》卷三）

二　元代

方　回

《同曾戶部吳縣尉張秀才北山僧房尋梅令客對棋》第六句可人。（《瀛奎律髓》，附紀昀《刊誤》，卷二十梅類）

《庭中梅花正開用舊韻貽端伯》　師川詩律疎闊，其說甚傲，其詩頗拙，只雪詩二首可取，此以予愛梅，故及之，惟第四句可人耳。　紀批：結不了了。第四句亦平平。（同上）

《戊午山間對雪》（三首取一，「雪中出去雪邊行」首）　東湖居士詩三大卷，上卷古體，中卷五言近體，下卷七言近體。以予考之，殆以山谷之甥，嘗親見之，故當世不敢有異論，在江西派中無甚奇也。惟壓卷詩數首可觀，亦人所可到。律詩絶無可選，「一百五日寒食雨，二十四番花信風」，若可備節序之選，而上聯乃云：「方知園裏千株雪，不比山茶獨白紅。」又甚無格，亦不工，獨此一雪詩可喜耳。師川以山谷「夜聽疎疎還密密」一聯爲不然，此詩前聯卽其遺意也。又師川詩多愛句中疊字，十首八九如此，可憎可厭。紀批：前四句殊惡。（同上卷二十一雪類）

脱脱等

【徐俯傳】徐俯，字師川，洪州分寧人。以父禧死國事，授通直郎，累官至司門郎。靖康中，張邦昌僭位，俯遂致仕。時工部侍郎何昌言與其弟昌辰避邦昌，皆改名；俯買婢，名昌奴，遇客至卽呼前驅使之。建炎初，落致仕，奉祠。內侍鄭諶識俯於江西，重其詩，薦于高宗。胡直孺在經筵，汪藻在翰苑，迭薦之。遂以俯爲右諫議大夫、中書舍人。程俱言：「俯以前任省郎，遽除諫議，自元豐更制以來未之有。考之古今，非陽城、种放則未嘗不循序而進，願姑以所應者命之。昔元稹在長慶間擢知制誥，眞不忝矣，緣其爲荆南判司，命從中出，召爲省郎，便知制誥，遂喧朝論，時謂荆南監軍崔潭浚實引之。近亦傳俯與宦寺唱酬，稱其警策。恐或者不知陛下得俯之由。」不報，俱遂罷。紹興二年賜進士出身，兼侍讀。三年，遷翰林學士，俄擢端明殿學士，簽書樞密院事。四年，兼權參知政事。宰相朱勝非言襄陽上流所當先取，帝曰：「盍就委岳飛？」參政趙鼎曰：「知上流利害無如飛者。」俯獨持不可，帝不聽。會劉光世乞入奏，鼎言方議出師，大將不宜離軍，俯欲許之，鼎固爭，俯乃求去，提舉洞霄宮。九年，知信州。中丞王次翁論其不理郡事，予祠。明年卒。俯才俊，與曾幾、呂本中游。有詩集六卷。（《宋史》卷三百七十二）

四　清代

沈　謙

徐師川：「門外重重疊疊山，遮不斷愁來路。」歐陽永叔：「强將離恨倚江樓，江水不能流恨去。」古人語不相襲，又能各見所長。（《塡詞雜説》）

高士奇

【詩家用事】作詩用事，要渾融無迹，使讀之而不覺，方妙。如徐師川贈張仁詩云：「詩如雲態度，人似柳風流。」用事在語中，却只如飛鴻點雪，可以爲法也。（《天祿識餘》卷九）

【八采】隋文宣崩，文士各作挽詩十首，擇其善者用之，每人不過一二首，惟盧思道十首采擇八首，故時人稱爲八采。元微之酬樂天云：「八采詩成未伏盧。」是也。後訛采爲米。黄山谷詩：「尊前八米句，牕下十年書。」徐師川詩：「字直千金師智永，句稱八米繼盧郎。」皆非也。（同上卷十）

查慎行

《庭中梅花正開用舊韻貽端伯》(梅花類) 後半滯氣。(《初白菴詩評》卷下《瀛奎律髓》評)

翁方綱

徐俯師川詩亦清逸,在龜父、無逸之上。(《石洲詩話》卷四)

謝啓昆

【讀全宋詩仿元遺山論詩絶句二百首(錄一首)】 横塘春緑滿東湖,不肯因人作步趨。風節渭陽眞不愧,閨中有婢喚昌奴。徐俯(《樹經堂詩集》初集卷十一)

五　潘大臨

一　宋代

黄庭堅

【書倦殼軒詩後洪玉父軒名】潘邠老蚤得詩律於東坡，蓋天下奇才也。予因邠老故識二何，二何嘗從吾友陳無己學問，此其淵源深遠矣。洪氏四甥才器不同，要之皆能獨秀於林者也。師川亦予甥也，比之武事，萬人敵也。因五甥又得潘延之之孫子眞，雖未識面，如觀虎皮，知其嘯於林而百獸伏也。夫九人者，皆可望以名名世。予猶能閲世二十年，當見服周穆之箱絕塵萬里矣。（《豫章黄先生文集》卷二十）

張耒

【贈邠老】□□□□極蒸噓，念子柯山守舊廬。廬叟今無僧送米，□□□□吏徵租。上書自薦心應恥，扶策躬耕計未疏。虎豹九關今肅穆，王門行看曳長裾。（《柯山集》卷十八）

【潘大臨文集序】士有聞道於達者，一會其意，渙然不疑，師其道，治其言，終身守之而不變，甚者或因是以取謗罵悔吝，而不悔其心，視世之樂無足以易之者，亦可謂有志之狷士矣。彼其心以爲不有得於今，必有知於後，故甘心而不辭。夫既已盡棄世俗目前之所樂，而獨待夫寂寥不可知之後世，則亦可悲矣。予友潘大臨，字邠老其人也。邠老故閩人，後家黄州。崇寧中，予以罪謫黄州，與邠老爲鄰。邠老少學爲人，則已不能合其鄉人，衆不悅之。邠老獨與當世知名士遊，往往屈輩行與之交。嘗舉於有司，與千百人偕進偕退，無知其才而力振之於困者。後予蒙恩去黄，居於淮陰，聞邠老客死蘄春，予爲之太息出涕。政和之初，邠老之子戇既免喪，拜予於宛丘，出其先人之文章若干卷，求予爲序。予知邠老爲詳，義不得辭，而自視亦世之窮士也，其勢力曷足振邠老於無聞，未必不奪邠老之文而並棄之也，而邠老生死之不遇如此。（同上卷四十）

道　潛

【贈潘邠老秀才】去年雲夢澤南州，爲訪太史嘗淹留。東坡寒碧最佳處，恨不得子同遨遊。今年廬山深且窅，感君忽來慰枯槁。溪月巖雲亦有情，昨夜爲君感色好。飄飄綠髮方妙年，圖史滿腹皆精研。揮毫應敵風雨快，咳唾落紙珠璣圓。廣文英豪僅數千，逸羣驥子誰與肩。男兒窮通故有命，勸子未宜嗟蹭蹬。丈夫蓋棺事始定，他日雄飛鵬鶚勁。草草論文未有涯，匆匆別我却還家。秋風更約通玄府，共訪仙人臥彩霞。邠老嘗約余重會於太平觀。（《參寥子詩集》卷五）

謝逸

【亡友潘邠老有滿城風雨近重陽之句，今去重陽四日，而風雨大作，遂用邠老之句，廣爲三絶】滿城風雨近重陽，無奈黄花惱意香。雪浪翻天迷赤壁，令人西望憶潘郎。

滿城風雨近重陽，不見修文地下郎。想得武昌門外柳，垂垂老葉半青黄。

滿城風雨近重陽，安得斯人共一觴。欲問小馮今健否？雲中孤鶴不成行。（《溪堂集》卷五）

謝薖

【讀潘邠老廬山紀行詩】杜陵骨已朽，潘子今似之。欻觀廬山作，乃類《北征》詩。是家好男子，札翰非凡兒。阿耶有新句，把筆如畫錐。此詩落吾手，三復喜可知。有才如長卿，武帝思同時。不令歌天馬，亦合賦靈芝。胡爲鬢已凋，但作愁苦辭。錦囊勿妄發，恐爲俗子嗤。（《謝幼槃文集》卷四）

【潘邠老嘗作詩云：「滿城風雨近重陽。」邠老亡後，無逸兄用此句足成四篇。今兹重陽只數日，風雨不止，淒然增懷，作二絶句，念泉下二人不再作，不覺流涕覆面也】地下修文兩玉人，清詩傳世墨猶新。却因風雨重陽近，獨立蒼茫淚一巾。

阿兄温潤玉介導，我友淡薄朱絲絃。只疑蟬蜕遊人世，醉插茱萸若箇邊。（同上卷五）

【潘邠老哀詞】予離羣而處獨兮，望古人而求友。君被褐而懷才兮，卧柯丘之林藪。賦幽懷於秋夜兮，雖愛君而不見。託筆墨以寫心兮，蓋定交其已久。歲乙酉之將盡兮，始識君于大梁。面蒼蒼而髮星星兮，何茲時之不偶。君曰無傷兮，緊吾道則然。相從於漏屋之下兮，日賦詩而飲酒。越仲春之未望兮，我乘舟而東去。君踟蹰而不忍別兮，步河堤而攜手。念會合之難常兮，嗟形影之乖離。既黯然而分道兮，尙睠焉而回首。謂別君其幾何時兮，曾書問之不通。驚凶訃之奄至兮，爲投箸而噎嘔。予固知自古皆有死兮，誰能免夫牖下。夫何奔走於道路兮，竟死於奴隸之手。矧比年之凋喪兮，巍然皆國之楨。君雖學而未仕兮，天又奪而莫之壽。意君死而無憾兮，從諸公於九泉。奈生者惻愴兮，謂天意之莫究。維君之文兮，予謂不朽。于今之世兮，祇以覆瓿。不顯於今兮，固傳於後。嗚呼！君身槁壞兮，君名星斗！(同上卷十)

賀鑄

【題潘大令東軒】潘字豳老，隨親官漢陽，闢公舍之東軒著書，名左史，賦詩見寄，因答之。丁丑八月江夏作。

陳公少荒誕，一室未遽掃。事功竟何成，老魅死不早。潘郎治寓舍，箒秃無遺蚤。庭砌蒔蘭萱，未霜除惡草。明窗羃輕素，朝日上杲杲。烟蔓擢薰爐，松腴浮墨沼。著書桁魯史，百傳見脫藁。賊亂久逋誅，吾方力窮討。不應兩觀下，僅獲少正卯。坐可驕素臣，俾渠眸子瞭。而翁晏退食，筆削日課了。伯仲詠南陔，餘風颯林杪。安知自娛適，聊慰堂上老。起居侍杖藜，寒燠躬煬澡。昏定仰屋眠，是中

一大好。(《慶湖遺老集》卷四)

【九月十日寄潘邠老】丁丑江夏賦。潘嘗語中秋、重九渡江見過，竟不至，因以誚之。明月昔如許，懷人殊不來。徒歌桃葉曲，又負菊花開。尺紙緘愁去，扁舟載夢迴。它年雞黍約，千里信悠哉。(同上卷五)

潘　錞

【潘邠老詩】「白鳥沒飛煙，微風逆上船。江從樊口轉，山自武昌連。日月懸終古，乾坤別逝川。羅浮南斗外，黔府古河邊。」「波浪三江口，風雲八字山。斷崖東北際，虚艇有無間。卧柳堆生岸，跳魚水擣彎。悠然小軒冕，幽興滿鄉關。」「西山連虎穴，赤壁隱龍宮。形勝三分國，波流萬世功。沙明拳宿鷺，天闊退飛鴻。最羨魚竿客，歸船雨打篷。」「落日春江上，無人倚杖時。私蛙鳴鼓吹，官柳舞腰支。獵遠頻翻臂，漁深數治絲。我猶無彼是，風豈有雄雌。」此邠老江間所賦也。邠老，唐太僕卿季荀之後，衢之曾孫，鯁之子，寓居齊安，得句法於東坡。頃與洪駒父、徐師川泊予友善。山谷嘗稱邠老天下奇才也。其爲詩文，他皆稱是。年未五十，已歿，良可惜也。(《潘子眞詩話》)

王直方

【潘邠老詩】潘大臨字邠老，有《登漢陽江樓》詩曰：「兩屐上層樓，一目略千里。」説者以爲着屐豈可登樓。又嘗賦《潘庭芝清逸樓詩》，有云：「歸來陶隱居，拄頰西山雲。」或謂既已休官，安得手板而拄之也。洪氏勸穀軒，邠老作詩云：「封胡羯末謝，龜駒玉鴻洪。千載望四謝，四洪天壤同。」謂龜父、駒父、玉父、鴻父也。時人以爲急口令。又寄人作詩，有「思君帶移孔」之句。惟和張文潛痛字韻詩，頗有佳語。其云：「文章邇來氣燄低，聖經頗遭餘子弄。公歸除□□□，荆舒之説懲應痛。」蓋王介甫始封於舒，後封於荆，故邠老云耳。邠老作詩，多犯老杜，爲之不已，老杜亦難爲存活。使老杜復生，則須共潘十厮炒。（《王直方詩話》）

【潘邠老六言詩】癸未正月三日，徐師川、胡少伋、謝夷季、林子仁、潘邠老、吴君裕、饒次守、楊信祖、吴迪吉見過，會飲於賦歸堂，亦可爲一時之盛。潘十作詩歷數其人云：「胡子雲中白鶴，林生初發芙蓉。吴十九成雅奏，饒三百鍊奇鋒。南州復見高士，東山行起謝公。信祖眞成德祖，立之無愧行中。吴生可兵南郡，老夫寧附石崇。閒雅已傾重客，説談仍得王戎。冠蓋城南高會，山陰未掃餘風。客散日銜西壁，主人不道尊空。」徐師川輩皆言此詩殊不工，又六字無人曾如此作，想爲五言亦可。遂去一字，句皆可讀，至「老夫附石崇」，坐客無不大笑。（同上）

惠洪

【滿城風雨近重陽】黄州潘大臨，工詩，多佳句，然甚貧。東坡、山谷尤喜之。臨川謝無逸以書問有新作否，潘答書曰：「秋來景物件件是佳句，恨爲俗氛所蔽翳。昨日閑臥，聞攪林風雨聲，欣然起，題其

壁曰：『滿城風雨近重陽。』忽催租人至，遂敗意，止此一句奉寄。」聞者笑其迂闊。（《冷齋夜話》卷四）

呂本中

【潘邠老嘗得詩云：「滿城風雨近重陽。」文章之妙，至此極矣。後託謝無逸綴成，無逸詩云：「病思王子同傾酒，愁憶潘郎共賦詩。」蓋爲此語也。王子，立之也。作詩未數年，而立之、邠老墓木已拱，無逸窮困江南，未有定止。感歎之餘，輒成二絶】漫營新句補殘章，寄與烏衣玉樹郎。他日無人識佳景，滿城風雨近重陽。

好詩政似佳風月，會賞能知已不凡。萬里潘郎舊鄉縣，半江斜日落歸帆。（《東萊詩集》卷四）

江西諸人詩，如謝無逸富贍，饒德操蕭散，皆不減潘邠老大臨精苦也。（《東萊呂紫微詩話》）

饒德操初見潘邠老和山谷《中興碑》詩，讀至「天下寧知再有唐，皇帝紫袍迎上皇」，歎曰：「潘十後來做詩直至此地位耶！」（同上）

邠老送山谷貶宜州詩：「可是中州着不得，江南已遠更宜州。」山谷極稱賞之。（同上）

潘邠老哭東坡絶句十二首，其最盛傳者：「元祐絲綸兩漢前，典刑意得寵公宣。裕陵聖德如天大，誰道微臣敢議天。」「公與文忠總遇讒，讒人有口直須緘。聲名百世誰常在，公與文忠北斗南。」（同上）

【詩中響字】潘邠老言七言詩第五字要響。如「返照入江翻石壁，歸雲擁樹失山村」，「翻」字、「失」字，是響字也。五言詩第三字要響。如「圓荷浮小葉，細麥落輕花」，「浮」字、「落」字，是響字也。所謂響

者，致力處也。予竊以爲字字當活，活則字字自響。（《童蒙詩訓》）

曾季貍

山谷《浯谿碑》詩有史法，古今詩人不至此也。張文潛《浯谿》詩止是事，持語言，今碑本並行，愈覺優劣易見。張詩比山谷，眞小巫見大巫也。潘邠老亦有《浯谿》詩，思致却稍深遠，呂東萊甚喜此詩。予以爲邠老詩雖不敢望山谷，然當在文潛之上矣。（《艇齋詩話》）

葛立方

詩之有思，卒然遇之而莫過，有物敗之，則失之矣。故昔人言覃思、垂思、抒思之類，皆欲其思之來，而所謂亂思、蕩思者，言敗之者易也……小說載謝無逸問潘大臨云：「近日曾作詩否？」潘云：「秋來日日是詩思，昨日捉筆，得『滿城風雨近重陽』之句，忽催租人至，令人意敗，輒以此一句奉寄。」亦可見思難而敗易也。（《韻語陽秋》卷二）

吳　聿

王立之云：潘邠老《望漢陽》詩云：「兩屐上層樓，一目略千里。」說者云着屐豈可登樓，余以爲不然。殷浩、王胡之徒，秋夜登武昌南樓，聞甬道中屐聲甚𨺗，定是庾公，俄而率左右十許人步來。非着屐登

樓耶？亟道今所謂胡梯是也。（《觀林詩話》）

陸　游

【跋潘豳老帖】潘豳老詩妙絶世，恨不見其字，今見此卷，無復遺恨矣。癸亥五月一日，笠澤陸某書。（《渭南文集》卷二十九）

朱　熹

潘邠老有一詩一句説一事，更成甚詩。（《朱子語類》卷一百四十）

趙　蕃

【重陽近矣，風雨驟至，誦邠老「滿城風雨近重陽」句，輒爲一章，書呈教授沅陵】好詩不在多，自足傳不朽。池塘生春草，餘句世無取。詩家黄州潘，蘇黄逮詩友。六義極淵源，一貫相授受。秋風有奇思，簞瓢忘陋巷。奈何催租人，敗之不使就。我謂此七字，已敵三千首。政使無敗者，意盡終難又。縱令葺成章，未免加飣餖。衣錦欲尚絅，何嘗炫文繡。一洗凡馬空，浪説充天廄。重陽晴則已，雨必風在□。今兹季月來，陰雨變時候。愔愔爵羅門，寂寂鳥噪牖。黄花冷未芳，黄葉掃復有。頗將寫吾懷，渠在那出手。倂想東籬人，瞻前忽焉後。（《淳熙稿》卷一）

【人愛九日，多以靖節之故，僕以邠老七字爲可以益其愛者，且連日風雨，尤覺此句妙處，賦詩八韻】

東籬滿把菊，柯山一句詩。四時皆有節，九日獨如斯。潘子夙所尚，陶翁何敢師。是故逢此日，愛慕仍悽悲。所願學淵明，歸去了不疑。松菊儻猶存，田園隨時爲。亦願如邠老，白首丘壑期。人窮與詩長，得失其在茲。（同上卷四）

韓淲

【風雨中誦潘邠老詩】 滿城風雨近重陽，獨上吳山看大江。老眼昏花忘遠近，壯心軒豁任行藏。從來野色供吟興，是處秋光合斷腸。今古騷人乃如許，暮潮聲捲入蒼茫。（《澗泉集》卷十四）

陳振孫

【柯山集二卷】 齊安潘大臨邠老撰。所謂「滿城風雨近重陽」者也。（《直齋書錄解題》卷二十詩集類下）

劉克莊

【江西詩派——潘邠老】 東坡、文潛先後謫黄州，皆與邠老游。其詩自云師老杜，然有空意，無實力。余舊讀之，病其深蕪，後見夏均父讀邠老詩，亦有深蕪之病評。（《後村先生大全集》卷九十五）

二　元代

仇遠

【南仲以潘老句約賦】　秋聲浩蕩夜淒涼，卻喜田家熟稻糧。千里江湖隨薄宦，滿城風雨近重陽。菊花漸拆青青蕊，桂樹猶飄粟粟香。幸是催租人未至，尊前聊爲足成章。（《金淵集》卷五）

三　明代

李東陽

風雨字最入詩，唐詩最妙者，曰「風雨時時龍一吟」，曰「江中風浪雨冥冥」，曰「筆落驚風雨」，他如「夜來風雨聲」，「洗天風雨幾時來」，「山雨欲來風滿樓」，「山頭日日風和雨」，「上界神仙隔風雨」，未可僂數；宋詩惟「滿城風雨近重陽」爲詩家所傳，餘不能記也。（《懷麓堂詩話》）

王世貞

宋詩亦有單句不成詩者，如王介甫「青山捫蝨坐，黄鳥挾書眠」，又黄魯直「人得交游是風月，天開圖畫即江山」，潘邠志「滿城風雨近重陽」，雖境涉小佳，大有可議，覽者當自得之。（《藝苑卮言》卷四）

袁中道

【宋元詩序（節録）】　蓋近代修詞之家，有創謂不宜讀宋、元人書者。夫讀書者，博采之而精收之，五六百年間，才人慧士，各有獨至，取其菁華，皆可發人神智，而概從一筆抹殺，不亦寃甚矣哉！自有此說，遂爲固陋慵懶者託逃之藪。書既不必讀，斯亦不必存，則宋、元諸集可遂聽其散佚澌滅，而不復問也耶。當宋初，有九僧之詩，其佳語寘之唐集中不可辨，自中宋時已不復存。陸放翁稱潘邠老之詩，以爲妙不可及，而潘集今亦無從得睹。黄山谷集極口江陵高荷工於學杜，而志已逸其名。（《珂雪齋文集》卷二）

紀坤

【九日慈仁寺西閣登高以「滿城風雨近重陽」分韻拈得城字】　九日高空放午晴，僧樓借眺此閒行。老松偃蹇真吾黨，寒菊蕭疏不世情。一霎涼飆蘇酒病，滿窗虚籟助吟聲。潘郎莫怯催租吏，未必追呼到鳳城。（《花王閣賸稿》）

四　清代

吴景旭

【潘邠老】《冷齋夜話》曰：「黄州潘大臨工詩，有佳句，然貧甚。東坡、山谷尤喜之。臨川謝無逸以書問近新作書否，潘答書曰：『秋來景物，件件是詩思，恨爲俗氛所蔽翳。昨日清卧，聞攪林風雨聲，遂起題壁云：滿城風雨近重陽。忽催租人至，令人敗思，止此一句奉寄。』聞者莫不笑其迂闊。」吴旦生曰：諷翫此書，嵯峨瀟颸，已無一字不是詩，何必成篇？王弇州謂境涉小佳，大有可議，則不復知有詩意矣。（《歷代詩話》卷六十）

宋長白

【一句流傳】詩不在多，有以一句流傳千古者，如崔信明「楓落吴江冷」是也。康樂之「池塘生春草」，道衡之「空梁落燕泥」，則全篇又賴以生色矣。潘大臨「滿城風雨近重陽」之句，自云爲催租吏敗興而止，然此句因此吏以傳，而此吏又因此句以俱傳，詩之爲用大矣哉！謝無逸用邠老起句作三絶。（《柳亭詩話》卷九）

李紱

【重九雨後山集次謝無逸絶句三首仍用潘邠老起句(錄一首)】滿城風雨近重陽，怪底雷車走阿香。應爲詩豪急催句，競題糕字闘劉郎。(《穆堂初稿》卷十五)

姚壎

《江間作》(四首) 大氣鼓盪，筆力健舉，王直方所云「使老杜復生，須共潘十厮炒」，不得以有空意無實力少之。(《宋詩略》卷九)

恆仁

【賦得「滿城風雨近重陽」呈定齋叔父】風風雨雨阻登臨，愁坐空堂霧靄沈。萬户寒砧扶溜急，六街曉騎怯泥深。白衣未覺攜醪至，黄菊何須買棹尋。煙景西園明日好，棲霞亭上望雲岑。(《月山詩集》卷二)

謝啓昆

【讀全宋詩仿元遺山論詩絶句二百首(錄一首)】惱人風雨菊花辰，忽遇催租敗興人。異日相思謝蝴蝶，一觴西望楚江濱。潘大臨(《樹經堂詩集》初集卷十一)

吴文溥

詩有以單句神妙，膾炙千古者，如「高臺多悲風」，「明月照積雪」，「思君如流水」，「池塘生春草」，「空梁落燕泥」，「庭草無人隨意綠」，「楓落吴江冷」，「落葉滿長安」，「滿城風雨近重陽」之類是也。（《南野堂筆記》卷十）

潘清撰

近來作詩者，皆以多爲貴，巍巍大集，非不紙白板新，求其中之可傳者，百不得一。昔人云：「白豕千頭，不及黄熊一掌。」「楓落吴江冷」，「滿城風雨近重陽」，一句可傳，是知詩不在多也。（《挹翠樓詩話》卷一）

六 三洪（洪朋、洪芻、洪炎）

一 宋代

黄庭堅

【洪氏四甥字序】洪氏四甥，其治經皆承祖母文城君講授。文城賢智，能立洪氏門戶，如士大夫，蓋嘗以義訓甥之名曰朋、芻、炎、羽，其友爲之易名，往往不似經意，舅黄庭堅爲發其藴而字之。江發岷山，其盈濫觴，及其至於楚國，萬物並流，非夫有本而益之者衆邪？夫士也不能自智，其靈龜好賢樂善，以深其內，則十朋之龜，何由至哉！故朋之字曰龜父。秋黄騄耳之駒，一秣千里，御良而志得，食君場苗，蹇驢同軒，其在空谷，生芻一束，不知場穀之美也。能仕能止惟其才，可仕可止惟其時，何常之有哉！故芻之字曰駒父。火炎高丘，珉石共盡，和氏之璞，王者之器，溫潤而澤，晏然於焚如之時，蓋火不炎，無以知玉，事不難，無以知君子，故炎之字曰玉父。鴻雲飛而野啄，去來不繆其時，非其意不自下，故其羽可用爲儀，非夫好高之士，操行潔於秋天。使貪夫清明，懦夫激昂者何足以論鴻之志哉！故羽之字曰鴻父。既字之，又告之曰：曾子曰：「未得君而忠臣可知者，孝子也；未有治而能仕可知者，修士也。」二三子捨幼志然後能近老成人，力學然後切問，問學之功有加，然後樂聞過，樂聞過，然後執書冊而見古人，執柯以伐柯，古人豈眞遠哉！（《豫章黃先生文集》卷十六）

【書舊詩與洪龜父跋其後】龜父筆力可扛鼎，它日不無文章垂世，要須盡心於克己，不見人物臧否，全用其輝光以照本心。力學有暇，更精讀千卷書，乃可畢茲能事。（同上卷三十）

【書倦殻軒詩後洪玉父軒名（節錄）】洪氏四甥才氣不同，要之皆能獨秀於林者也。（同上卷二十）

謝　逸

【寄洪龜父戲效其體】落落匡山老，晴江瑩眉宇。問道崆峒墟，枯槎泛江滸。歸歟謝遠游，曲肱臥環堵。磅礴萬物表，動植見吞吐。曜靈旋磨蟻，四氣遽如許。咄咄千載事，俯仰變今古。安得仙人杖，頹齡爲君拄。（《溪堂集》卷二）

【寄洪駒父戲效其體】不見洪侯久，夢繞西山陽。斯人天下士，秀拔無等雙。捉麈望青天，意氣吞八荒。平生學古功，胸次羅典章。商略造理窟，淸論排風霜。弄筆有佳思，哦詩懷漫郎。恐非江湖客，黑頭待明光。不忘溫處士，羣書亦可將。（同上）

【寄洪駒父兼簡潘子眞、徐師川】洪家兄弟皆英妙，仲氏文章獨起予。天末何人懷李白，日邊誰子薦相如？東湖水落蛙聲窄，南浦雲橫雁影疎。莫憶歸鴻揮老淚，强裁詩句和潘徐。（同上卷四）

【寄洪駒父】翼翼魯泮宮，國士嫩無雙。行且立教化，儒風成一邦。（同上卷五）

洪炎

【寶峰讀駒父壁間詩次其韻二首】兔迒通一線，筍輿度千尋。隔林見潭影，迎客有鈴音。梵唄出廣殿，飛舞來珍禽。履此勝絶境，一清塵慮心。

仲氏趣玄遠，造詣非尺尋。誰云干戈際，獲覩金玉音。七日南山霧，一鳴幽谷禽。依然拂塵壁，愁絶見予心。（《西渡集》）

【坐上呈師川有懷駒父】上坡諫議立清班，入奉威顔咫尺天。仲氏三山久憔悴，徵君五嶺亦迍邅。欣逢白鶴歸華表，更想黄熊出羽淵。客舍一樽雙淚落，相陪里社復何年。（同上）

【奉送駒父師川二郎中赴召四言】火中暑退，庚伏在婁。赫熾方炎，金石欲流。之二大夫，服章紑紑。文昌臺郎，祗命是憂。中江有舳，中塗有輈。風檣雨轂，長夏爲秋。白雲在天，崒如巖丘。倏忽西東，不我告謀。翩翩者鴇，俯矚魚游。將逝復止，矯影河洲。嗟予去國，三葛于休。止車生耳，永謝鳴騶。揮袂江干，長嘯林幽。（同上）

李彭

【題洪駒父徐師川詩後】籍甚洪崖縣，高寒欲無敵。徐郎聘君後，挺挺百夫特。堂堂無雙公，戶外滿屨跡。虎豹雄牙須，儕流甘辟易。徐詩致平澹，反自窮艱極。周鼎無欵識，賞音略岑寂。陰何不支梧，少陵頗前席。洪語自奇險，餘子傷剽賊。大似樊紹述，文字各識職。二子辨飣餖，鄙夫與下客。粢食薦錋羹，熊蹯雜象白。殿最付公議，吾言可以默。（《日涉園集》卷三）

【用師川題駒父詩卷後韻】　夢中逐客幻中歸，荆楚甌閩好賦詩。誰謂涪翁呼不起，細看宅相力能追。太冲文價經皇甫，籍也辭源法退之。丘壑同盟從已安，莫令鬼祟作愁眉。（同上卷八）

【望西山懷駒父】　去歲湖湘賦凛秋，聞君江國大刀頭。百年會面知幾遇，十事欲言還九休。照眼遥岑落懷袖，過眉拄杖立汀洲。莫言青山淡吾慮，誰料却能生許愁。（《宋文鑑》卷二十五）

王直方

【洪龜父詩】　洪龜父有詩云：「胡生畫山水，烟雨山更好。鴻雁書遠汀，馬牛風雨草。」潘邠老愛其第二句，余愛其第三句，山谷愛其第四句，徐師川愛其第三第四句。遠汀後又改爲遠空。余云：「向上一句，莫是公未有所得否，何衆人之皆不好也？」龜父大笑。（《王直方詩話》）

【洪龜父詩】　余嘗聞龜父前後詩有「一朝厭蝸角，萬里騎鵬背」一聯，最爲妙絶。龜父云山谷亦歎賞此句。（同上）

【洪駒父送直方詩】　洪駒父有詩送余赴官河内，末云：「眼中人物東西盡，肺病京華故倦游。」潘邠老每誦而喜之。（同上）

【洪駒父過李公擇尙書墓詩】　洪駒父有過李公擇尙書墓詩一篇。其間云：「鹿場兎逕白晝靜，稻壟松

□青嶂深。」説者以爲大逼老杜。（同上）

惠洪

【跋徐洪李三士詩】 陳瑩中嘗問予南州近時人物之冠，予以師川、駒父、商老爲言，瑩中首肯之。駒父戲效孟浩然，作語如王、謝家子弟，風神步趨，不能優劣；商老和之，如劉安王見上帝，大言不遜，豪氣未除；獨師川有句，在暮山烟雨裏，西洲落照中，未暇寫也。（《石門文字禪》卷二十七）

汪藻

【次韻洪駒父集東山】 文書到眼只移昏，出郭尋山聊解紛。驅馬去迎三丈日，與僧同臥一牕雲。竹間揮麈風相及，松下烹茶手自分。回首微官堪底用，他年泉石是知聞。（《浮溪集》卷三十一）

王銍

【洪駒父泛舟將過潁，同張仲宗出餞，席間留詩爲別，且邀用韻】 已作分攜計，尤傷送客歸。經行汝南郡，爲問漢陰機。晚菊饒秋色，丹楓帶恨飛。平生無別淚，相對倍霑衣。晚岸雲低月，相隨照夢歸。行藏歎人境，開闔在天機。身與江山遠，書尋鴻雁飛。薄情怨青女，偏解透征衣。（《雪溪詩》）

【用前韻寄洪駒父】共臨寒水别，獨趨暮城歸。萬事風前燭，百年梭過機。應尋騎鶴客，重詠落霞飛。林葉終何補，京塵化舊衣。江山霜落木，千里一身歸。去國憐張翰，回舟爲陸機。烟林無際遠，寒葉有聲飛。何必少陵老，悲傷未拂衣。（同上）

吕本中

洪龜父朋《寫韻亭》詩云：「紫極宫下春江横，紫極宫中百尺亭。水入方洲界玉局，雲映連山羅翠屏。小楷四聲餘翰墨，主人一粒盡仙靈。文簫采鸞不復返，至今神界花冥冥。」作詩至此，殆無遺恨矣。（《東萊吕紫微詩話》）

【作詩在精不在多】山谷嘗謂諸洪，言作詩不必多，如三百篇足矣，某平生詩甚多，意欲止留三百篇，餘者不能認得。諸洪皆以爲然。徐師川獨笑曰：「詩豈論多少，只要道盡眼前景致耳。」山谷回顧曰：「某所説止謂諸洪作詩太多，不能精致耳。」（《童蒙詩訓》）

周紫芝

【書老圃集後】大洪昔時詩用意精深，頗加彫繪之功，蓋酷似其舅。此其所載意其多晚年之作，與昔所見殊不類。近時士大夫論徐師川詩甚不公，以謂稍稍放倒，而不知師川暮年得句多出自然也。毛嬙麗姬，粉白黛綠，斂袵顧視，未免時自矜持；徐娘雖老，却衣洗粧，而眞香生色，有不可描畫之意。蓋詩至於此然後爲工爾。紹興壬申春，滑臺劉德秀借本於妙香寮，乃書以還之。（《太倉稊米集》卷六十七）

曾慥

【詩用蝸角事】 樂天詩：「相爭兩蝸角，所得一牛毛。」後之使蝸角事悉稽之，而偶對各有所長。呂吉甫云：「南北戰爭蝸兩角，古今興廢貉同邱。」山谷云：「千里追奔兩蝸角，百年得意大槐宮。」又云：「功名富貴蝸兩角，險阻艱難酒一杯。」洪龜父云：「一朝厭蝸角，萬里騎鯨背。」（《高齋詩話》）

張綱

【洪炎轉一官致仕（外制）】 朕遭時多艱，纂業中興。顧焦勞方急於求賢，義豈容於謝事；惟筋力或慾於盡瘁，勢難彊以居官。矧予邇臣，服勞茲久，宜頒命渥，以休餘年。具官某舊學淵源，老猶篤志，後生領袖，論必據經。召從江海退閑之餘，擢置言語侍從之列，方資獻納，俄爽節宣。陟次對之清班，就燕閑於眞館。露章有請，遽欲辭榮。當饋興嗟，重違雅志。俾遂山林之適，仍加爵秩之榮。祇服寵光，用介眉壽。（《華陽集》卷三）

【洪炎轉四官（外制）】 遇臣下之禮，宜務全其始終，念死喪之威，顧可忘於褒卹。具官某言有壇宇，學造淵源，典刑獨紹於前人，氣節雅高於流俗。召自遠俗，寘之邇聯，期造膝以輸忠，會積痾而去位。義

難奪志，甫遂掛冠；天不假年，遽聞易簀。命也不淑，愴然興懷。其峻陟於文階，庶流光於泉壤。尙惟精爽，歆此恩榮。（同上）

嚴有翼

【遮莫】「遮莫」，俚語，猶言儘教也。自唐以來有之。當時有「遮莫你古時五帝，何如我今日三郎」之說。然詞人亦稍有用之者，杜詩云：「久拚野鶴同雙鬢，遮莫鄰雞唱五更。」李太白詩：「遮莫枝根長百尺，不如當代多還往。」又「遮莫親姻連帝城，不如當身自簪纓。」元微之詩：「從茲罷馳騖，遮莫寸陰斜。」東坡詩：「芒鞋竹杖布行纏，遮莫千山更萬山。」洪駒父詩：「圍碁爭道未得去，遮莫城頭日西沈。」皆用此語。（《藝苑雌黄》）

曾季貍

洪玉父舍人有侍兒曰小九，知書，能爲洪檢閱，洪甚愛之。嘗月夜攜登滕王閣，洪賦詩云：「桃花浪打散花樓，南浦西山送客愁。爲理伊州十二疊，緩歌聲裏看洪州。」後因兵亂失之，洪悵恨不已，又和前詩云：「西江東畔見江樓，江月江風萬斛愁。試問海潮應念我，爲將雙淚到南州。」已而洪□復尋得其人。（《艇齋詩話》）

洪駒甫作《陶靖節祠堂詩》，全效荆公《謝安墩》古詩。（同上）

吴曾

【解風馬牛】洪龜父詩：「鴻雁書遠空，馬牛風寒草。」予於下句全不解。按，《左氏》：「君處北海，寡人處南海，惟是風馬牛不相及也。」按，服虔云：「風，放也。牝牡相誘謂之風。」《尚書》稱「馬牛其風」。左氏所謂「風馬牛」，以馬牛風逸，牝牡相誘。孔穎達云：「蓋是末界之微事。言此事不相及，故以取喻不相干也。」而洪用於此，何哉？（《能改齋漫録》卷十《議論》）

吴聿

豫章諸洪作詩有外家法律，然多不見於世。舊傳龜父《游烏遮塔示師川》詩云：「華鯨喚起曲肱夢，行徑幽尋小雨乾。風吹龍沙江流斷，日下烏塔松陰寒。冰雪照人徐孺子，手提玉麈對西山。安得鴻崖入瓊藥，令我翥出六合間。」玉父寄兄詩云：「六年作别書頻至，一月相從袂又分。船宿綠波浦邊雨，客行烏泥岡上雲。陳留風俗尚可道，襄陽耆舊卒復論。鴻飛沖天雁翅短，付與燕雀聊同羣。」（《觀林詩話》）

陸游

洪駒父竄南島，有詩云：「關山不隔還鄉夢，風月猶隨過海身。」（《老學菴筆記》卷二）

袁頤

洪駒父才而傲，每讀時輩篇什，大叫云：「使人齒頰皆甘！」其人喜而問之曰：「似何物？」駒父曰：「不減樹頭霜柿。」人每頳面而去。比汴京失守，粘沒喝勾括金銀，駒父以奉命行事，日惟觴酌，幸醉中不見此時情狀，竟爲剛紀自利，峻於搜索，坐貶沙門，亦大寃也。（《楓窗小牘》卷上）

王明清

洪芻駒父等獄案，亦得之陸務觀，云亦是省部散失史册所遺者。建炎元年八月十四日，尚書省送到侍御史黎確奏：「準尚書省箚子：五月十八日，同奉聖旨訪聞昨來京城圍閉王府主第及宗室戚里之家以至庶民根括金銀官司，周懿文、王及之、余大均、胡思、陳沖等因緣爲姦，隱匿財物萬數浩瀚，及聚飲歌樂，無所不爲。士大夫負國至此，難以一律寬貸。可差黎確、馬紳就臺根勘，具案聞奏施行。洪芻罷諫議大夫，張才卿罷刑部郎中，胡思、王及之、余大均、周懿文、陳沖並先已放罷。今勘到，具撮明白刑名下項，降受朝散郎。前太僕少卿陳沖，差往親懿宅抄札，將王府果子喫用，摘花歸家，與內人同坐喫酒，令內人唱曲子，見牙簡隱匿，公然受犒賞酒，並錢將出，剩金銀，待隱匿入己手掌，未曾取討，絹六百一十五疋，除輕罪外，準條監主自盜，合絞刑贓罪處死，除名，該大赦原免。緣五月十八日奉聖旨，難以一例寬貸，根勘聞奏。前大理卿周懿文抄札景王府，喫蜜煎等，將摩孩羅士女孩兒等歸家，受犒設酒，及喫宮人酒果交勸，計贓六疋六尺，除罪外，準條行下，合杖六十公罪贓外，笞五十，不曾計到摩孩羅贓；如不滿百文，係城內竊盜，杖八十；如滿百文，杖一百，贓罪定斷議贓外，杖九十，罰銅九斤入官，放罷，在赦前合原。朝議大夫前刑部郎中張才卿，差起發懿親宅金銀、喫內人酒果等，與內人邊氏離三四步坐喫酒，令內人張福喜唱曲子，受犒設酒，將抄札扇兒摩孩羅等歸家，受酒，估贓，計絹八疋，羅七尺，除輕罪外，準條與所部接坐，合徒二年私罪官減外，徒二年半，罰銅三十斤入官，放。朝散大夫洪芻，差抄札見景王府祗候人曹三馬，後囑託余大均放出將來本家同宿，顧作祗候人，準條監守自犯姦，合流三千里私罪議減外，徒三年，追一官，罰銅二十斤，除名勒停。朝請郎前吏部員外郎王及之，抄札金銀，見官屬將寧德皇后親妹追提苦辱，並不施行，及喫受沂王府婕妤位酒食，不鈐束覺察人吏，與鄭紳家女使嬌奴等私通，及犒設酒，根括金銀，買抵包換入己，計贓二十五疋，除輕罪外，準條係以私物貿易官物計利，以盜論，合加徒流贓罪，追六官，除名勒停。朝散大夫前司農卿胡思推擇張邦昌表內，添入諂奉語言，及抄札棣華宅，有祖宗實錄借看，及罷館伴，不合借破馬，太僕寺差到，馬點數不見，是大王府公然乘騎，不見實錄十冊，認是親事官失去，除輕罪外，係不應爲重，合杖八十贓罪外，杖六十，先次據干照人說出逐人罪犯。朝請郎前添差開封少尹余大均，往景王府喬貴妃位抄札到金銀，與內人喬念奴並坐飲酒唱曲子，以賚首金銀爲由，放喬念奴乘馬歸家，收養作祗候人，隱藏根括籠子一隻，寄金銀庫內，於內取出麝香二十臍，餘被府尹納了，除輕罪外，據內不估到所盜麝香錢，如滿十貫，係監主自盜，加役流遠，追舉官，除名勒停，如滿三十五疋，合絞刑贓罪除名。朝奉郎主客員外郎李彛，差往王府抄札，與內人曹氏等飲酒，及與內人喬念奴等飲酒，並坐知余大均、洪芻等待雇買曹氏等，放令逐便，請洪芻等筵會，令曹氏女使唱曲子，除輕罪外，準條，李彛係不應出謁而出謁，合徒二年私罪追兩官勒停，案後收坐，該赦原。五月十八日同奉聖旨，余大均、陳沖、洪芻情犯深重，論並當誅戮，各特貸命，除名勒停，長流沙門島，永不放還，至登州交割。張才卿責授文州別駕，雷州安置。李彛責授茂州別駕，新州安置。王及之責授隨州別駕，南恩州安置。周懿文責授隴州別駕，英州安置。胡思責授沂州別駕，連州安置。並依斷。」其後駒父渡海有詩云：「關山不隔還家夢，風月猶隨過海身。」竟沒於島上。又由婦人焉，死甚可哀，言之醜也，不欲宣之。有子枡字仲本，亦能詩，爲徐師川壻，嘗出知永州。（《玉照新志》卷四）

朱　熹

【跋洪芻所作《靖節祠記》】　讀洪芻所撰《靖節祠記》，其於君臣大義不可謂憒然無所知者，而靖康之禍，芻乃縱慾忘君，所謂悖逆穢惡，有不可言者。送學榜示講堂一日，使諸生知學之道，非知之艱而行之艱也。（《朱文公文集》卷八十一）

陳振孫

【西渡集一卷】　中書舍人洪炎玉父撰。洪氏兄弟四人，其母黄魯直之妹，不淑早世，所爲賦《毀璧》者

詩不傳。（《直齋書録解題》卷二十詩集類下）

也。龜父舉進士不第。其季羽鴻父坐上書元符入籍，終其身。芻、炎皆貴，而芻靖康失節貶廢。羽

劉克莊

【江西詩派——三洪】三洪與徐師川皆豫章之甥。龜父警句往往前人所未道，然早卒，惜不多見。駒父詩亦工，初與龜父遊梅仙觀，有詩，卒章云：「原爲龍鱗攖，勿學蟬骨蛻。」是以直節期乃弟矣。駒父後居上坡，晚節不終，不特有愧於舅氏，亦有愧於長君也。玉父南渡後爲少蓬，聞師川召，有懷駒父詩云：「欣逢白鶴歸華表，更想黄熊出羽淵。」然師川卒不能返駒父於鯨波之外，玉父愛兄之道至矣。余讀而悲之。（《後村先生大全集》卷九十五）

俞文豹

山谷甥洪芻，字駒父，作《陶靖節祠記》。晦庵守南康，題云：「洪芻作《靖節祠記》，於君臣大義不可謂無所見，而靖康之禍，乃縱欲忘君，悖逆穢惡，有不可言者。」送學榜堂上。（《吹劍録》四録）

魏慶之

【宋朝警句】五言：「一朝厭蝸角，萬里騎鵬背。」洪龜父（《詩人玉屑》卷三）

姚勉

【書洪玉父奏稿後】 江西龜、駒、玉、鴻之四洪，猶江東封、胡、羯、末之四謝也。生恨晚，不及識前賢。寶祐癸丑，幸得與徽獻公四世子孫逑爲同年生，暇日出公在思陵時奏稿，某拜手讀，曰：噫！此前輩文章也。意忠實而語精簡，今之葩華其文以舉子策體爲奏對者，視此媿矣。里後學姚某謹書。（《雪坡舍人集》卷四十二）

闕名

【洪炎小傳】 洪炎，字玉父，豫章人。徽宗朝官中書舍人。與兄朋龜父、芻駒父、弟羽鴻父俱以詩文名世，稱四洪。潘邠老有題洪氏觳軒詩云：「封胡羯末謝，龜駒玉鴻洪。千載望四謝，四洪天壤同。」其許如此。靖康初，炎家洪城。建炎三年，避寇於龍潭，及返，室廬盡焚，故其詩有「南州一炬火，我歸無所歸」之句。嘗至楚州，因水漲舟阻，有詩云：「昔我至止，得二國士。於今幾年，隔違生死。梗泛萍飄，乃復于止。」二國士謂汪信民、呂居仁也。炎自少迄老，栖栖湖海間，然其詩瀟灑落拓，絶無羈愁淒苦之況，故是難及。（《詩存》，《西渡集》附）

二　清代

王士禛

宋牧仲中丞自吳中鈔寄洪炎玉父《西渡集》，僅一卷。考焦氏《經籍志》，玉父《西渡集》一卷，與此本合，然編首題卷第一，又似不全之書，何也？《坐上呈師川有懷駒父》七律所云：「欣逢白鶴歸華表，更想黄熊出羽淵。」正在集中，其詩局促，去豫章殊遠。又《經籍志》載洪芻駒父《老圃集》、洪朋龜父《清非集》，皆止一卷，此本牧仲鈔之醫士陸其清家。（《居易錄》）（《帶經堂詩話》卷六《題識》）

盧文弨

【玉照新志跋（節錄）】向於詩話中見洪芻投竄海外，而不悉其罪狀，乃今於此書見之，罪蓋不容於死者，而僅從流徙，當時之寬政如是。（《抱經堂文集》卷十）

紀昀等

【洪龜父集二卷永樂大典本】宋洪朋撰。龜父，朋字也，南昌人，黄庭堅之甥，兩舉進士不第，年僅三十八而卒，故事蹟不傳。然其詩則最爲當代所推重，《豫章續志》載黄庭堅之言曰：「龜父筆力扛鼎，他日不患無文章垂世。」及其沒也，同郡黄君著裒其詩百篇爲集，庭堅在宜州見其本，又稱爲篇篇可傳。

呂本中作《江西宗派圖》，所列凡二十五人，首陳師道，次潘大臨，次謝逸，次即及朋。《紫微詩話》又盛推其《寫韻軒》詩，《王直方詩話》亦稱其「一朝厭蝸角，萬里騎鵬背」句，劉克莊《後村詩話》復稱其《游梅仙館》詩能以直節期乃弟，且稱龜父警句往往爲前人所未道，惜不多見云云，則朋雖終於布衣，其名在宋代且居三洪上矣。陳振孫《書錄解題》載有朋集一卷，久無傳本，故厲鶚作《宋詩紀事》僅從《宋文鑑》、《聲畫集》諸書摭得遺詩數篇，即《江湖小集》所載亦未爲完備。今採掇《永樂大典》，分體排比，釐爲上下二卷，雖王直方、劉克莊所稱諸名句，今悉不見全篇，未免尚有佚脱，然核黄氏所編僅一百首，今乃得一百七十八首，陳氏所載僅一卷，今乃溢爲二卷，疑《永樂大典》所據之本別經後人輟輯，續有所增，約略大凡，其所闕諒亦無幾矣。（《四庫全書總目提要》卷一百五十五集部別集類）

【西渡集二卷補遺一卷浙江鮑士恭家藏本】　宋洪炎撰。炎字玉父，南昌人，元祐末登進士，官至著作祕書少監。炎與兄朋、芻、弟羽，號曰四洪，皆黄庭堅之甥，受詩法於庭堅。羽元符中以上書入黨籍，不幸早卒，篇章散佚，故呂本中《江西宗派圖》中僅列芻、炎、朋三人。陳振孫《書錄解題》亦云羽集不傳，惟載朋《清非集》一卷，芻《老圃集》一卷，炎《西渡集》一卷；《宋史·藝文志》並同。自明以來，《清非》、《老圃》二集並佚。近乃從《永樂大典》復裒輯成帙，惟炎集僅存，而亦無刊版。此本爲浙江鮑氏知不足齋所藏，惟分上下二卷，與陳氏所載少異；然《老圃集》陳氏亦稱一卷，而今日掇拾殘賸，尚非一卷所能容，則或《書錄解題》傳寫之譌，《宋志》因之，均未可知也。炎詩酷似其舅，今全集巋然獨完，殊足寶貴。卷末所附朋詩九首，芻詩二十四首，記二篇，不知何人所輯。觀其所引之書，如《宋元詩會》、《辟疆園宋文選》，皆康熙中人所集，則亦出近時人手矣。二人詩集，已别著録，此爲複贅，故刪之不録焉。（同上卷一百五十六）

【老圃集二卷永樂大典本】宋洪芻撰。芻字駒父，南昌人，紹聖元年進士，靖康中官至諫議大夫，後謫沙門島以卒。劉克莊《後村詩話》曰：「三洪與徐師川，皆山谷之甥，龜父警句往往前人所未道，然早卒，惜不多見，駒父詩尤工。」陸游《老學菴筆記》故極稱其竄海島詩「煙波不隔還鄉夢，風月猶隨過海身」句，蓋當時文士頗重之。然芻之竄也，《楓窗小牘》謂坐爲金人括財太峻，頗稱其寃。今考王明清《玉照新志》所載，則芻實於根括金銀之時，入諸王邸中，以勢挾内人唱歌侍酒，得罪名教，殆不容誅，當時僅斥海濱，殊爲佚罰。其人如是，其詩本不足重輕，特其學有師承，深得豫章之格，但以文論，固不愧酷似其舅之稱。録六朝人集者存沈約、范雲，録唐人集者存沈佺期、宋之問，就詩言詩，片長節取，亦古來著録之通例也。《宋史·藝文志》載《老圃集》一卷，久佚不傳，《宋詩紀事》僅從諸地志類書中捃摭數篇，不及百分之一。惟《永樂大典》所載尚得一百七十首，殆當時全部收入歟。以篇帙稍多，謹釐爲上下二卷，以便循覽焉。（同上）

彭元瑞

【西渡集】　雙井四洪所著，今傳世者惟玉父此集而已。卷中《庚戌舊廬傷懷》一首，乃疊《丙午遷居》韻，而《遷居》詩返在卷末，殆亦出後人掇拾，非原編也。校以鮑氏知不足齋鈔本，別有補遺四首，錄入之。（《知聖道齋讀書跋》卷二）

謝啓昆

【讀全宋詩仿元遺山論詩絶句二百首（錄一首）】　才名伯仲豫章多，蜕骨其如晚節何。風月隨身煙島外，黄能無計出鯨波。　洪芻（《樹經堂文集》初集卷十一）

沈　濤

【洪老圃集跋】　《宋史·藝文志》載此集僅止一卷。此本從《永樂大典》中采出，分爲上下二卷。然宋人詩話及《合璧事類》所載駒父詩不見此集者甚多。謝枋得《祕笈新書》言駒父平生爲詩千餘篇，著《老圃前後集》；而此僅一百七十首，則《大典》所收亦止吉光片羽耳。小亭女夫校刊是書，因綴數語於後，異日當采宋人説部中駒父逸詩，爲補遺一卷，寄小亭續刻之。（《十經齋文二集》）

陸心源

【洪芻傳】 洪芻，字駒父。紹聖元年進士。坐元符上書邪下，降兩官，監汀州酒税。崇寧三年入黨籍，五年敍復宣德郎。靖康中諫議大夫。汴京陷，見景王祗候人曹三馬託余大均放出顧作祗候人，准守自盜犯姦，罰銅二十斤，除名勒停，長流沙門島。著有《豫章方乘》、《老圃集》，及編《楚漢逸書》若干卷。李燾《長編》，參《紀事本末》，《靖康要錄》、《西江人物志》。（《元祐黨人傳》卷八）

丁丙

【洪龜父集二卷十萬卷樓鈔本】 宋洪朋撰。……《清非集》一卷雖載於《直齋書錄》，文不見傳。《永樂大典》中尚輯得詩百七十有八，洵足居三洪之上矣。弟炎集本不沒，芻集亦得同輯於館臣，惟羽字鴻父，以元祐中上書入黨籍，詩文竟無片楮之傳，爲可惜耳。有王宗炎所見書一印。（《善本書室藏書志》卷二十八）

【西渡詩集二卷補遺一卷十萬卷樓鈔本】 宋洪炎撰。……《宋史·藝文志》載《西渡集》一卷，此則二卷。彭芸楣云雙井四洪所著今傳世者惟玉父此集而已。卷中《舊廬傷懷》一首，乃叠《丙午遷居》韻，而《遷居》詩返在卷末，殆亦出後人掇拾，非原編也。此本不然，後有補遺四詩，附錄一紙。（同上卷二十九）

【老圃集二卷十萬卷樓鈔本】　宋洪芻撰。……《宋·藝文志》載《老圃集》一卷，元、明間罕見著録。此輯自《永樂大典》，得詩百七十篇。（同上）

趙之謙等

洪朋，字龜父，南昌人。父民師爲石州司法參軍，性孝，以毁卒。朋幼孤，受業於祖母文成君李氏。手不釋書，落筆成文，尤長於詩。舅黄庭堅嘗謂「龜父筆力扛鼎，異日不患無聞。」兩貢禮部不遇。早卒。遺稿有《清非集》。（《江西通志》卷一百三十四列傳引《人物志》）

洪炎，字玉父，與兄朋、弟芻、羽俱以文詞名世，號四洪。舉進士，爲穀城令，坐以兄弟罹元祐黨，同貶竄，復知潁上譙縣，並有循政。累官著作郎、祕書少監，罷。高宗初召爲中書舍人。時方倥偬，除目塡委，炎操筆立成，訓詞典雅，同列歎服。有《西渡集》。嘗編列仙臞儒事蹟三卷，號「塵外議」。又手録雜家小説行於世。（同上引《南昌耆舊記》）

洪芻，字駒父。有詩名。靖康初爲諫議大夫，坐事流沙門島。嘗著《豫章職方乘》、《老圃集》及編《楚漢逸書》若干卷。（同上引《人物志》）

七 夏倪

宋代

饒節

【寄夏均父二首】好雪春來番更番，思君未説幾時還。有心便欲辭彭澤，更嬾聊須到魯山。酒肉異時相煦濕，功名他日已爛斑。故人若問别來事，舉似雲門第二關。

四海交情未有君，解衣推食見情眞。平生爛漫如一日，萬里周旋覺更親。我已山林新祝髮，君猶州縣故隨人。而今官意知何似，早晚歸來洗世塵。（《倚松老人詩集》卷二）

趙鼎臣

【次韻夏倪均父見和轅字韻詩六首（録三首）】浩然骨冷但孤墳，踈雨梧桐句法存。忽見新詩來故里，錯疑夫子是諸孫。江頭春暖堪乘輿，州上花開不掩門。日日城南望消息，僕夫爲我取征轅。

南都詞賦舊傳聞，但有風流梗槪存。花徑逢春張錦繡，竹林過雨長兒孫。跨城樓觀雲連夜，隔岸人家水映門。正要子詩彈壓在，不應無事滯輪轅。織女機頭五色紋，裁成錦段遠相存。篇篇境界如甘蔗，一一詞章是外孫。載酒有人曾問字，談詩無客敢登門。可憐衰病南陽守，強駕疲牛逐後轅。（《竹隱畸士集》卷五）

呂本中

【閑居感舊偶成十絶乘興有作不復詮次（録一首）】　壁老投冠去學禪，堂堂一鼓陣無前。平生老伴唯均父，馬病途窮不著鞭。饒節德操、夏倪均父（《東萊先生詩集》卷十五）

夏均父倪文詞富贍，儕輩少及，嘗以「天寒霜雪繁，游子有所之」爲韻，作十詩留别饒德操，不愧前作也。（《東萊呂紫微詩話》）

朱弁

王立之、夏均父俱以宗女夫入仕。立之讀書喜賓客，黄魯直、諸晁皆與之善，著《歸叟詩話》行於世。均父名倪，饒財，亦好學。（《風月堂詩話》卷下）

吳曾

【江西宗派】　蘄州人夏均父，名倪，能詩，與呂居仁相善。既沒六年，當紹興癸丑二月一日，其子見居仁嶺南，出均父所爲詩，屬居仁序之。序言其本末尤詳。已而居仁自嶺外寄居臨川，乃紹興癸丑之夏。因取近世以詩知名者二十五人，謂皆本於山谷，圖爲江西詩派，均父其一也。然則居仁作宗派圖時，均父沒已六年矣。予近覽贛州所刊百家詩選，其序均父詩，因及宗派之次第。且云：「夏均父自言，以在下列爲恥。」殊不知均父沒已六年，不及見圖。斯言之妄，蓋可知矣。（《能改齋漫錄》卷十《議論》）

闕　名

【夏均父詩】夏均父嘗言，詩之比類，直要相停。常與客泛舟，載肥妓而飲濁酒，其詩曰：「蟻浮金椀濁，妓壓畫船低。」（《詩說雋永》）

劉克莊

【江西詩派——夏均父】均父集中如擬陶、韋五言，亹亹逼眞，律詩用事琢句，超出繩墨，言近旨遠，可以諷咏，蓋用功於詩，而非所謂無意於文之文也。然竦之諸孫，故其詩云：「堂堂文莊公，事業何崢嶸。」孟子曰：「孝子慈孫，百世不能改。」均父欲改之乎？其志亦可悲也。（《後村先生大全集》卷九十五）

初以僧牒鹽鈔糴軍儲，夏均父詩云：「坐食今添幾丈道，煮鹽那得百弘羊。」反本之論也。（《後村詩話》前集卷二）

八　二謝（謝逸、謝邁）

一　宋代

饒　節

【爲謝無逸賦梅花二首】　頓有亭前春耐寒，年年扶杖雪中看。不知謝子題詩處，比得王家第幾般。王立之家梅品甚多。

聞道香寒臥雪枝，瓊樓玉戶巧相依。可憐今日移根處，王謝堂前燕子飛。（《倚松老人詩集》卷二）

洪　朋

【送謝無逸還臨川】　東山謝安石，事業照星斗。佳人臨川秀，自言乃其後。昔我未知子，籍甚大江右；邂來識君面，風流故自有。早歲翰墨場，揮灑不停手。河發崑崙丘，風怒土囊口。春來入詩壘，窺杜逮戶牖。筆力挾雷霆，句法佩瓊玖。起予虞帝韶，和汝秦人缶。少年厲鋒氣，鄙夫成老醜。人才古所難，吾子定不朽。清和四月夏，銷黯一樽酒。悠悠西峯雲，闇闇南浦柳。平生六藝耕，勿遺生稂

莠。鼓枻黄花秋，慰此長回首。（《洪龜父集》卷上）

謝薖

【哭無逸兄三首】久客思鄉社，長歌去國門。還家未偃息，樹旐忽飛翻。苦淚不勝滴，悲懷誰與論。平生急難處，愁絶望鴒原。

文章不用世，歲忽值龍蛇。遽使賢人捐，長興志士嗟。有兒纔句讀，無地可桑麻。賴有興元尹，能賙孟氏家。

溪堂載酒地，無復故人車。敗壁龍衣委，荒畦馬齒疏。淒涼閉關賦，淪落廣微書。但有清風在，時時爲掃除。（《謝幼槃文集》卷五）

【聞無逸兄下第歸】豐林分首各銷魂，兄弟傷離況玉昆。初謂過都留虎脊，又令點額向龍門。往聞淮北雪花大，歸值江南梅雨昏。欲寄短書無别語，年來花柳自村村。（同上卷六）

【溪堂先生畫贊】并引：有好事者，畫溪堂先生深衣幅巾，蔭喬木，坐磐石，目飛鴻，脱屨石上，濯足于懸瀑之下。或者見而疑之，竹友居士從而贊之曰：

以君爲在山林耶，炯然之容如珠玉，儼然之衣有表襮；以君爲在市朝耶，泠然之泉可濯足，翩然之鴻與寓目。蓋用之而行，則服鑾輅被羈絡，而爲奉輿之駟；舍之而藏，則脱斤鋸老篌鞏，而爲蔽牛之木。疑君者滔滔皆是，而知君者唯我獨也。（同上卷九）

【祭無逸兄文】　嗚呼！羣從兄弟，孰如兄賢？豈獨羣從，此邦則然。猗歟幾希，豈惟此邦，世之偉人，其心則降。兄與信民，猶璧一雙。庚寅之秋，汪子云亡。自楚訃聞，衆爲疊傷。豈知此來，兄又窀穸。僅閲三稔，乃瘞連璧。凡今知聞，孰不嚚臆。某也晚生，少兄七歲。讀書相從，兄冠我穉。凡視我爲，不曰兒戲。敎之誨之，以徯其成。及我既冠，待以友朋。歡然之恩，不唯弟兄。我壯益窮，祿欠升斗。客于下邑，計以糊口。兄書日來，問我安否。去年從兄，走于京師。風雪脩途，間以凍飢。迨其旋返，病不能支。我侍兄行，逆旅謁醫。操藥饋漿，鮮克以時。從者息肩，哭聲在帷。嗚呼！我不忍思，尚惡言之。兄之詩文，爲世所珍。廣微之書，以遺後人。欲銘其藏，必得名世。我未往求，書石以識。載我以尊，酌以祖行。肺肝塌然，有淚如澠。(同上卷十)

李　彭

【予與謝幼槃、董瞿老諸人往在臨川甚昵，幼槃已在鬼錄，後五年復與瞿老會宿于星渚，是夕大風雨，因誦蘇州「誰知風雨夜，復此對床眠」之句，歸賦十章以寄(錄一首)】　憶昨謝幼槃，宜著丘壑中。論交麴糵底，愁絶連樽空。自我失此士，清夢隨歸鴻。封胡與羯末，安知無餘風。(《日涉園集》卷四)

【寄撫州謝幼槃】　別去鶗鴂思日寒，書來鵯鶋語林端。我懷求仲徑方掃，君向山陰與巳闌。細讀清詩如豔雪，何時痛飲劇奔湍。懸知作草非賣菜，要自心期禮數寬。(同上卷八)

王直方

【謝蝴蝶】謝學士吟《蝴蝶詩》三百首，人呼爲謝蝴蝶。其間絶有佳句，如：「狂隨柳絮有時見，舞入梨花何處尋。」又云：「江天春晚暖風細，相逐賣花人過橋。」古詩有「陌上斜飛去，花間倒翅回」。又云：「身似何郎貪傅粉，心如韓壽愛偷香。」終不若謝句意深遠。（《王直方詩話》）

編者按：此則云「謝學士」，而謝逸並未入仕，所舉詩「狂隨柳絮有時見」等句亦爲今謝逸《溪堂集》所無者，殊可疑。但明人郎瑛《七修類稿》已云爲謝逸作，且謝集早已散佚，今本《溪堂集》與清初從《永樂大典》中輯出者，姑存以備考。

惠洪

【跋謝無逸詩】臨川謝無逸，布衣而名重搢紳，於書無所不讀，於文無所不能，而尤工於詩。黄魯直閲其與老仲元詩曰「老鳳垂頭噤不語　枯木查牙噪春鳥」，大驚曰：「張、晁流也！」陳瑩中閲其贈普安禪師詩曰「老師登堂撾大鼓，是中那容嗇夫喋」，歎息曰：「計其魁傑，不減張、晁也。」二詩於無逸集中未爲絶唱，而陳、黄已絶倒無餘，惜未多見之耳。然無逸又喜論列而氣長，詩尙造語而工，置於文潛、補之集中，東坡不能辨。文章如良金美玉，自有定價，殆非虚語也。予方以罪謫海外，無逸適過廬山，見吾弟超然，熟視久之，意折曰：「吾此生復能見覺範乎？」語不成聲，乃背去。後三年，予幸蒙恩北還，而無逸乃棄予而先焉。因與超然對榻夜語及之，不自覺淚殷枕也。嗚呼！無逸東鄰有寧生者二十餘，以鏤刻爲菩薩像，每過無逸，恬退趨去。俄遊京師，以其役得將仕郎而還，華裾喜馬，閭里聚觀。無逸出門值之，爲避路，門弟子爲不懌累月。嗚呼！無逸有出世之才，年未五十，一命不沾，殞傾大命，曾東鄰寧木工之不若，嗟乎惜哉！（《石門文字禪》卷二十七）

【謝無逸佳句】謝逸字無逸，臨川人，勝士也，工詩能文。黄魯直讀其詩，曰：「晁、張流也。恨未識之耳。」無逸詩曰：「老鳳垂頭噤不語，枯木槎牙噪春鳥。」又曰：「貪夫蟻旋磨，冷官魚上竹。」又曰：「山寒石髮瘦，水落溪毛凋。」爲魯直所稱賞。（《冷齋夜話》卷七）

【歐陽修何如人】臨川謝逸字無逸，高才，江南勝士也。魯直見其詩，歎曰：「使在館閣，當不減晁、張。」朱世英爲撫州，舉入，行不就，閑居多從衲子遊，不喜對書生。一日，有一貢士來謁，坐定，曰：「每欲問無逸一事，輒忘之。嘗聞人言歐陽修，果何如人？」無逸熟視久之，曰：「舊亦一書生，後甚顯達，嘗參大政。」又問能文章否，無逸曰：「也得。」無逸之子宗野方七歲，立於旁聞之，匿笑而去。（同上卷十）

吕本中

汪信民革嘗作詩寄謝無逸云：「問訊江南謝康樂，溪堂春木想扶疎。高談何日看揮麈，安步從來可當車。但得丹霞訪龐老，何須狗監薦相如。新年更勵於陵節，妻子同鉏五畝蔬。」饒德操見此詩，謂信

民曰：「公詩日進，而道日遠矣。」蓋用功在彼而不在此也。（《東萊呂紫微詩話》）

江西諸人詩，如謝無逸富贍，饒德操蕭散，皆不減潘邠老大臨精苦也。（同上）

【杜詩自然雕琢均到極至】 謝無逸語汪信民云：老杜有自然不做底語到極至處者；有雕琢語到極至處者。如「丹青不知老將至，富貴於我如浮雲」，此自然不做底語到極至處者也。如「金鐘大鏞在東序，冰壺玉衡懸清秋」，此雕琢語到極至處者也。（《童蒙詩訓》）

胡仔

《雪浪齋日記》曰：「謝薖《初夏》詩云：『授犖蕉葉展新綠，從臾榴花舒小紅。』句雖雕刻，而事甚新。」苕溪漁隱曰：「《江西宗派圖》中有謝薖，恐須別有佳句，若只此一聯，固無甚高論也。」（《苕溪漁隱叢話》前集卷五十三）

王灼

謝無逸（詞）字字求工，不敢輒下一語，如刻削通草人都無筋骨，要是力不足。然則獨無逸乎？曰：類多有之，此最著者爾。（《碧鷄漫志》卷二）

曾季貍

東萊喜謝無逸寄徐師川及李希聲等篇詩。（《艇齋詩話》）

陳巖肖

韓退之聯句云：「遙岑出寸碧，遠目增雙明。」固爲佳句。後見謝無逸云：「忽逢隔水一山碧，不覺舉頭雙眼明。」若敷衍退之語。然句意清快，亦自可喜也。（《庚溪詩話》卷下）

闕　名

【謝無逸詩】　謝無逸學古高潔，文詞煅煉，篇篇有古意，尤工於詩。予嘗愛其《送董元達》詩云：「讀書不作儒生酸，躍馬西入金城關。塞垣苦寒風氣惡，歸來面皺鬚眉斑。先皇召見延和殿，議論慷慨天開顔。謗書盈篋不復辨，脱身來看江南山。長江衮衮蛟龍怒，扁舟此去何當還。大梁城裏定相見，玉川破屋應數見。」又《寄隱居士》詩云：「處士骨相不封侯，卜居但得林塘幽。家藏玉唾幾千卷，手校韋編三十秋。相知四海孰青眼，高卧一庵今白頭。襄陽耆舊節獨苦，只有龐公不入州。」皆佳句也。淮南潘邠老與之甚熟，二公皆老死布衣，士議惜之。（《漫叟詩話》）

周必大

【撫州登科題名記序（節録）】　名士如謝逸與其弟薖學術淵源，砥節礪行，厭場屋而捨之肆，其孫源、曾孫樞繼預黄甲；蓋不在其身，必昌厥後，此又一鄉所當勉也。（《周益國文忠公集·平園續稾》卷十四）

呂祖謙

【書伯祖紫微翁贈青溪先生子詩後】臨川者舊汪，謝，饒，皆出滎陽公之門。德操既遁世不耀，無逸亦以布衣死。志節稍見於世者，獨青溪先生而已。紫微伯祖與青溪忘年交，序引所述備矣。後一詩勉戒其子，篤至嚴正，眞前輩丈人行語也。（《呂東萊文集》卷六）

趙蕃

【讀謝幼槃集】茗椀不能驅睡魔，漫攜詩冊向庭柯。世人祗愛高官職，孰與公家兄弟過。自取清泉除硯垢，樹陰微息晚涼初。箇中得意誰知我，筆下忘言我羨渠。（《章泉稿》卷四）

陳振孫

【溪堂集二十卷】臨川謝逸無逸撰。（《直齋書錄解題》卷十七別集類中）

【竹友集十卷】臨川謝薖幼槃撰。逸從弟也。呂居仁題其後曰：逸詩似康樂，薖詩似玄暉。（同上）

劉克莊

【江西詩派——二謝】呂紫微評無逸詩似康樂，槃詩似玄暉。按康樂一字百鍊，乃時出治，玄暉尤麗密；無逸輕快有餘，而欠工緻，幼槃差苦思，其合玄暉者亦少。然弟兄在政、宣間，科舉之外，有岐路可進身，韓子蒼諸人或自鬻其技，至貴顯，二謝乃老死布衣，其高節亦不可及。（《後村先生大全集》卷九十五）

二　元代

方　回

《社日》謝逸　春社五言律前後甚少，老杜九農百祀之作，乃秋社詩。謝無逸此篇「飲不遭田父」，蓋用老杜成都父老説尹事古詩也。「歸無遺細君」，本東方朔伏日事，老杜用詼諧割肉之説，豈古人社日伏日皆有所分之肉，歸遺細君，故一例用之耶？徐師川亦有《社日》詩，乃云：「哀公問松柏，田父祭春秋。」殊爲粗率。學晚唐人厭江西詩，如師川詩，不律不精，可厭也。至如無逸、幼槃兄弟詩自佳，但恐此一社日可謂貧甚，無酒無肉，只有芹茗而已。　紀批：無大意味，然亦不惡。（《瀛奎律髓》，附紀昀《刊誤》卷十六節序類）

《聞徐師川自京師歸豫章》謝逸　此吴體。　紀批：「惡少」一作「少年」，此句不甚可解。結句蒼茫。（同上卷二十五拗字類）

《飲酒示坐客》謝薖　臨川謝薖字幼槃，兄逸字無逸，二人俱入江西詩派。此學山谷，亦老杜吴體。三四尤極詩之變態。紀批：通體粗野，三四尤甚。（同上）

三　明代

郎　瑛

【謝李咏蝶】謝無逸有咏蝶詩云：「身似何郎全傅粉，心如韓壽愛偷香。」又云：「飛隨柳絮有時見，舞入梨花無處尋。」可謂形容蝴蝶盡矣，遂稱爲謝蝴蝶。自後李商隱竊其義而變之曰：「蘆花惟有白，柳絮可能淄。」句雖工而不妙矣。此可謂絶唱之後，不當再道。李豈不能煉句者哉！（《七修類稿》卷二十九《詩文類》）

編者按：此條言李商隱竊謝逸詩，《四庫總目七修類稿提要》曾斥其非：「然採掇龐雜，又往往不詳檢出處，故踳謬者不一而足。如以宋李建中爲南唐人；謂謝無逸以『蝴蝶』詩得名，後李商隱竊其義，則以唐人而蹈襲宋人……」又所引「身似何郎全傅粉」二句爲歐陽修詞，亦非謝逸之作（此王仲聞先生見告）。

四　清代

吳喬

作詩者意有寄託則少，惟求好句則多，謝無逸作《蝴蝶》三百首，那得有爾許寄託乎？好句亦多，只是蝴蝶上死句耳。（《圍爐詩話》卷五）

朱彝尊

【竹友集跋】　臨川謝幼槃與兄無逸並負詩名，呂居仁集江西詩派二十五人，幼槃其一也。然其詩實與涪翁别，居仁又稱其似謝宣城，亦不類也。《書錄解題》兩載《竹友集》，一曰十卷，一曰七卷，蓋七卷者詩，而十卷者合文言之。是集流傳甚罕，謝布政在杭鈔之内府。在杭收藏宋人集頗富，近多散失，惟此係其手書，子孫裝界成冊。平湖陸編修次友典福建庚午鄉試，抄得之，予見而令楷書生亟錄其副。詩派遺集傳者無幾，予所儲陳無己、饒德操、洪玉父、韓子蒼、晁叔用、呂居仁僅六家，得此而七焉。（《曝書亭集》卷五十二）

吴雷發

咏物詩要不即不離，工細中具縹渺之致，若今人所謂必不可不寓意者，無論其爲老生常談，試問古人以咏物見稱者，如鄭鷓鴣、謝蝴蝶、高梅花、袁白燕諸人，彼其詩中寓意何處，君輩能一一言之否？夫詩豈不貴寓意乎？但以爲偶然寄託則可，如必以此意強入詩中，詩豈肯爲俗子所驅遣哉！總之，詩須論其工拙，若寓意與否，不必屑屑計較也。（《説詩管蒯》）

王士禛

宋二謝，無逸逸、幼槃薖，皆江西詩派中人，潘邠老亦派中人也。幼槃《竹友集》云：「邠老嘗作詩云：『滿城風雨近重陽。』邠老亡後，無逸兄用此句足成四篇。今去重陽只數日，風雨不止，淒然有懷，作二絶句，念泉下二人不再作，不覺流涕覆面。」詩云：「地下修文兩玉人，清詩傳世墨猶新。卻因風雨重陽近，獨立蒼茫淚一巾。」「阿兄溫潤玉介導，我友澹薄朱絲絃。只疑蟬蜕游人世，醉插茱萸若箇邊。」邠老詩句至今藝苑流傳，爲重陽口實，而二謝同時有詩，迄無知者。因識之，續成一則詩話，亦使邠老不寂寞也。集十卷：詩七卷，雜文三卷。文雅潔，楚楚有法度，不減其詩。（《香祖筆記》）（《帶經堂詩話》卷六《題識》）

宋謝薖幼槃《竹友集》十卷：詩七卷，雜文三卷。謝方伯在杭手鈔本。薖臨川人，逸之弟，江西詩派二十五人之一也。在杭跋云："幼槃詩文不傳於世，此本從内府借出，時方沍寒，京師傭書甚貴，需銓京邸，資用不贍，乃手自鈔寫。每清霜呵凍，十指如槌，幾二十日始克竣帙，藏之于家，亦足詫一段奇事也。萬曆己酉十二月二十四日辛酉。"前有苗昌言、吕本中二跋。幼槃詩，居仁稱其似宣城，非也。在江西派中亦清逸可喜，然涪翁沈雄豪健之氣則去之遠矣。《顔魯公祠堂》、《十八學士圖》諸長歌頗佳，格詩如"尋山紅葉半旬雨，過我黄花三徑秋"，"挼莎蕉葉展新緑，從臾榴花開晚紅"，"瘦藤拄下萬峰頂，野鶴來歸千歲巢"，皆佳句。又"靡靡江蘺只唤愁，眼中何物可忘憂？楝花淨盡緑陰滿，纔見一枝安石榴"，甚有風致，非蘇、黄門庭中人不能道也。無逸詩尤有名，《溪堂集》視此未知何如耳。

《居易録》（同上卷九《標舉》）

查慎行

謝幼槃《竹友集》十卷，詩凡七卷。古詩學杜而力弱，吕居仁謂其似謝宣城者，非也；律詩拗勁處不減涪翁，七言較勝五言。如《招李成德》云："棊無多算媿三北，詩要重窺論二南。"《送珍上人》云："尋山紅葉半旬雨，過我黄花三徑秋。"《招汪叔野》云："兩牛鳴處地非遠，萬竹陰中吾所廬。"《贈通守陳虚中》云："人道姦藏有三窟，公知民病極千瘡。"《問吕居仁病》云："士窮不遇古如此，天實欲爲人謂何。"《聞無逸兄下第》云："往聞淮北雪花大，歸值江南梅雨昏。"《寄劉世基》云："吾人身在閒何闊，昨日書來喜欲狂。"《寄李商老》云："耕道十年常九潦，謀身一國自三公。"《懷潘子真》云："大門曾是嚴鄭輩，吾子卻居夷惠間。」《以釋氏語寄彥光》云：「吾曹倒作區中士，此味全輸世外人。」《過金山下》云：「絕頂迴分雙塔秀，層樓危立一僧清。」大率有句而無篇，求其通首相稱者寡矣。（《得樹樓雜鈔》卷五）

許昂霄

《花心動》謝逸　與牛希濟《生查子》體同。沈天羽謂此詞用《小雅·鶴鳴》篇體，非也。《鶴鳴》一詩，大旨全在言外，使人引伸觸類而自得之，此詞不過借字寓意耳。既述其語，即釋其文，安得比而同之，況古樂府及唐、宋詩中如此類者甚衆，何必遠引《小雅》哉！

《燕歸梁》謝逸　清麗。

《南歌子》謝逸　前段言簾外，後段言簾內。「銅荷燭映紗」，庾子山賦：「銅荷承淚蠟。」（《詞綜偶評》）

紀昀等

【溪堂集十卷永樂大典本】　宋謝逸撰。逸字無逸，臨川人，屢舉不第，然以詩文名一時。呂本中作《江西詩派》，列黃庭堅而下凡二十五人，逸與弟薖並與焉。本中嘗稱逸才力富贍，不減康樂；劉克莊作《江西詩派序》，則謂逸輕快有餘而欠工緻，頗以本中之言爲失實。今觀其詩，雖稍近寒瘦，然風格雋拔，時露清新，上方黃、陳則不足，下比江湖詩派，則渢渢乎雅音矣。且克莊序中又稱宣、政間有歧路可進身，韓子蒼諸人或自鬻其技至貴顯，二謝乃老死布衣，其高節爲不可及。而本中《東萊詩話》亦載汪革贈逸詩云：「但得丹霞訪龐老，何須狗監薦相如。新年更勵於陵節，妻子同鉏五畝蔬。」則知當時秉以人品重之，不獨以其詩也。考江西派中有集者二十四人，逸所著文集二十卷，詩集五卷，補遺二卷，詩餘一卷，尤稱繁富。今自黄、陳、吕、晁諸家外，惟韓駒《陵陽集》及薖之《竹友集》猶有寫本，逸集已久逸無傳，故王士禛跋《竹友集》，以未見逸集爲歉。近時厲鶚撰《宋詩紀事》，蒐羅極廣，所採逸詩亦止十餘首。今從《永樂大典》所載，裒集綴輯，尚得詩文數百篇。中間如《冷齋夜話》所載「貪夫蟻旋磨，冷官魚上竿」句，又《豫章詩話》所引逸《蝴蝶》詩「狂隨柳絮有時見，舞入梨花何處尋？」「江天春暖晚風細，相逐賣花人過橋」等句，雖皆已失其全篇，然其存者，詩詞約什之七八，文亦約什之四五，已可略見其大概。謹訂正譌舛，釐爲十卷，庶考江西詩派者，猶得以備一家焉。（《四庫全書總目提要》卷一百五十五集部别集類）

【竹友集十卷　編修汪如藻家藏本】　宋謝薖撰。薖字幼槃，臨川人。《宋史·藝文志》、陳振孫《書録解題》載薖《竹友集》，俱作十卷，而世所行本止四卷，又有詩無文，蓋流傳僅存，已多闕佚。此本乃明謝肇淛從内府鈔出，凡古詩四卷，律詩三卷，雜文三卷，與宋時卷數相合，蓋猶舊本。卷末有紹興壬申撫州州學教授建康苗昌言題識，稱二謝文集合三卷，邦之學士欲刊之而未能，朝議大夫趙士鵬來守是邦，始命勒其書於學宫，以稱邦人之美意。詳其詞氣，蓋與謝逸《溪堂集》同時授梓，故吕本中原跋亦總二集而言之也。本中稱薖詩似謝玄暉，不免譽之太過，劉克莊詩話則謂薖視逸差苦思，而合玄暉者亦少，王士禛《居易錄》又謂薖在江西派中亦清逸可喜，然涪翁沈雄剛健之氣，去之尚遠，所評騺俱爲不誣。士禛又極稱其《顔魯公祠堂》、《十八學士圖》諸長歌，及「尋山紅葉半旬雨，過我黄花三徑秋」二句，「靡靡江蘺只唤愁」一詩，持論亦屬允當；至所稱「挼挲蕉葉展新緑，從臾榴花開晚紅」、「瘦藤拄下萬峯頂，老鶴來歸千歲巢」，則殊不盡薖所長，蓋一時興到之言，非篤論也。(同上)

趙　翼

【詩作嗢噱】詩人有以佳句得名者……謝無逸詠蝴蝶，有「江天春晚暖風細，相逐賣花人過橋」，而稱爲謝蝴蝶也。(《陔餘叢考》卷二十四)

趙之謙等

謝逸，字無逸，臨川人，自號溪堂。少孤。博學工文辭，操履峻節。再舉進士不第。黄庭堅嘗曰：「使斯人在館閣，當不減晁、張。」李商老謂其文步趨劉向、韓愈。所著書有《春秋廣微》、《樵談》，其他詩啓碑志雜論數百篇。淳熙中繪像祠於郡學。(《江西通志》卷一百五十一列傳引《林志》)

謝薖，字幼槃，逸弟，自號竹友。嘗爲漕司首薦，省闈報罷，以琴弈詩酒自娱。詩文不亞其兄，時稱二謝。吕本中云「無逸似康樂，幼槃似玄暉」；又云「二謝修身勵行，在崇、觀間無所汚染，不獨以文見稱」。(同上)

九　二林（林敏功、林敏修）

一　宋代

謝逸

【舟中不寐奉懷齊安潘大臨蘄春林敏功】　病夫不寐百憂集，起視斗柄東南傾。山林畏佳萬壑笑，天地黯慘孤舟横。此身老矣幾寒暑，四海茫然誰弟兄。江西米貴斗三百，好去淮南訪友生。（《溪堂集》卷四）

吕本中

宣和末，林子仁敏功寄夏均父倪詩云：「膋憶它年接緒餘，饒三落托我迂疎。溪橋幾换風前柳，僧壁今留醉後書。」忘記下四句。饒三，德操也。（《東萊吕紫微詩話》）

劉克莊

【江西詩派——二林】　二林詩極少，曾端伯作高隱小傳，云有詩文百二十卷，今所存十無一二。兄弟

皆隱君子，不但以詩重。（《後村先生大全集》卷九十五）

二　明代

顧景星

【詠三隱（録一首）】　林敏功、敏修：敏功字子仁，别字松坡，神宗賜號高隱處士，有《蒙山集》百卷；弟敏修，字子來，有《無思集》，馬端臨《經籍考》亦載之。

松坡節氣士，少小負學術。一舉偶見遺，塞門卽弗出。經通井大春，名比皇甫謐。隱處非盜聲，率性不就辟。子來實愛弟，豹席共床筆。湮沒無思篇。零落蒙山集。立言旣不朽，傳後豈難必。所望賢達人，名山拾遺軼。（《白茅堂集》卷二十六）

十　晁沖之

一　宋代

晁説之

【題沖弟詩卷】　阿沖五字來，江山千里餘。能爾麗金碧，定是勤詩書。文章與神明，動作本自俱。古人既云已，令公有規模。五世以文稱，故家誰復如？（《嵩山文集》卷四）

喻汝礪

【晁具茨先生詩集序】　子曩遊都城，於晁用道爲同門生。後三十六年，識其子公武於涪陵，又二年，見之於武信。愛其辨博英峙，辭藻藹如也，因與之善，初不知其爲用道子也。一日，來謁曰：「先公平生多所論著，自丙午之亂，埃滅散亡。今所存者特歌詩二百許篇，涪陵太守孫仁宅既爲鑱諸忠州酆都觀，窅然林水之間矣，敢丐先生一言以發之。」予亟聞其語，謝曰：「願聞先君之所以含咏而獨游者。」公武於是出其家譜牒，乃知其先君名沖之，字叔用，世所謂具茨先生者也。予於是聳然曰：是必吾用道也耶。弟今字叔用，爲小異耳。已而追懷平昔周旋之舊，蓋自京師之別，絶不相聞，今乃幸與其子遊，又獲觀其所論著，爲之慨歎者久之。嗟乎！予安得不爲吾用道一言哉！方紹聖之初，天下偉異豪爽絶特之士，離讒放逐，晁氏羣從，多在黨中。叔用於是飄然遺形，逝而去之，宅幽阜，廕茂林，於具茨之下，世之網羅不得而嬰也。暨朝庭諸公謀欲起之，迺復任心獨往，高揖而不顧，世之榮利不得而羈也。至於疾革，乃取平生所著書，聚而焚之，曰：「是不足以成吾名！」世之言語文章不得而汚也。由是觀之，叔用之所以傳於後世者，果於詩乎？顧其胸中必有含章內奥而深於道者矣。宋興五十載，至咸平、景德中，儒學文章之盛，不歸之平棘宋氏，則屬之澶淵晁氏。二氏者，天下甲門也。太子太傅文元公事章聖皇帝，飛詞禁苑，垂二十年。當是時，甄明舊儀，緒正禮樂，一時詔令皆出其手。於是朝廷典章法度之事，非六籍之英，則三代之器也。迨其子文莊公繼踐西省，是時文元公方請老家居也。宋宣獻以謂世掌書命者，惟唐新昌楊氏及見其子，而晁氏繼之，至慶曆中遂參大政，議論深博，識者韙之。然則叔用以文莊公爲曾大父，以文元公爲高祖，其家世風流，人物之美，淵渟浚深，畜厚而發遠。自王文獻、李文正、畢文簡、趙文定四三公，富有百氏九流之書，而晁氏尤瓌富閎溢，所藏至二萬卷。故其子孫焠掌勵志，錯綜而藻績之，皆以文學顯名當世。予嘗從叔用商近朝人物，嘉言善行，朝章國典，禮文損益，靡不貫洽。由叔用之學，而達諸廊廟之上，溫厚足以代言，淵博足以顧問，則以詩鳴者，豈叔用之志也哉！雖然，叔用既以油然棲志於林澗曠遠之中，遇事寫物，形於興屬，味其風規，淵雅疎亮，未嘗爲悽怨危憤激烈愁苦之音。予於是有以見叔用於晦明消長用捨得失之際，未嘗不安而樂之者也。嗚乎！所謂含章内奥而深於道者非耶？秦漢以來，士有抱奇懷能，流落不遇，往往操心汙筆，有怨誹懷恨沈抑之思，氣候急刻，不能閑遠，古之詞人皆是也。太史公作《賈誼傳》，蓋以屈原配之，又裁録其二賦焉；至誼論三代之陶世振俗固結天下之具，與夫秦之所以暴興棘亡斬艾天下之術，則遷有所不録也。何哉？豈遷之意，謂誼一不平於其中，遂哀怨壹鬱，泣涕以死，借使文帝盡用其言，則誼亦安能有所建立於天下乎？惟深於道者，遺於世而不怨，發於詞而不怒，君子是以知其必能有爲於世者也。嗟乎！吾於叔用，豈直以詩人命之哉！紹興十一年九月五日，陵陽喻汝礪序。（晁沖之《晁具茨先生詩集》卷首）

吕本中

【本中將爲海陵之行，念當復與子之作别，意殊憒憒，偶得兩詩上呈，并告送與壯輿、叔用也（録一首）】老僕倦日長，羸馬困道遠。東行數日間，尚欲一再款。我能喻子意，子亦識我懶。追懷十年遊，僅得一笑莞。時能煮湯餅，更復下茗盌。晁郎復京邑，劉子蓋楚産。江山兩秀異，與子日在眼。南風動歸興，感慨毛髮短。相尋儻有日，歲月亦未晚。（《東萊先生詩集》卷八）

【同叔用宿子之家】老足交親薄，江晁爾獨賢。文章未遽絶，歲月或堪憐。薄酒寧非道，寒灰却會禪。猶須五湖口，風雨夜同船。（同上卷十）

【閑居感舊偶成十絶乘興有作不復詮次（録一首）】平生親愛獨諸晁，叔也相親共寂寥。半日不來須折

簡，暫時相遠定相招。叔用（同上卷十五）

衆人方學山谷詩時，晁叔用沖之獨專學老杜詩；衆人求生西方時，高秀實獨求生兜率。（《東萊呂紫微詩話》）

叔用嘗戲謂余云：「我詩非不如子，我作得子詩，只是子差熟耳。」余戲答云：「只熟便是精妙處。」叔用大笑以爲然。（同上）

晁叔用嘗作《廷珪墨》詩，脱去世俗畦畛，高秀實深稱之。其詩云：「君不見，江南墨官有諸奚，老超尚不如廷珪。後來承晏頗秀出，喧然父子名相齊。百年相傳紋破碎，彷佛尚見蛟龍背。電光屬天星斗昏，雨痕倒海風雷晦。却憶當年清暑殿，黄門侍立才人見。銀鉤灑落桃花牋，牙牀磨試紅絲硯。同時書畫三萬軸，二徐小篆徐熙竹。御題四絶海内傳，祕府毫鋩惜如玉。君不見，建隆天子開國初，曹公受詔行掃除。王侯舊物人今得，更寫西天貝葉書。」（同上）

闕名

【晁叔用詩】晁沖之叔用樂府最知名，詩少見於世。政和末，先公爲御史，朱深明爲郎官。其謝先公寄茶兼簡深明詩曰：「諫議茶猶寄，郎官迹已疎。斜封三道印，不奉一行書。會遠長安去，終臨顧渚居。大江清見底，爲問渴何如？」（《詩説雋永》）

晁公武

【晁氏具茨集三卷】右先君子詩集也。呂本中以爲江西宗派，曾慥亦稱公早受知於陳無己。從兄以道嘗謂公宗族中最才華。（《郡齋讀書志》）

陳振孫

【具茨集十卷】晁沖之叔用撰。沖之在羣從中亦有才華，而獨不第。紹聖以來，黨禍既作，超然獨往。侍郎公武子止，蓋其子也。（《直齋書録解題》卷二十詩集類下）

【晁叔用詞一卷】晁沖之撰。壓卷《漢宮春（梅詞）》行於世，或云李漢老作，非也。（同上卷二十一歌詞類）

劉克莊

【江西詩派——晁叔用】喻汝礪作《具茨集》序，云（巳見前，此略）此序筆力浩大，與叔用之詩相稱。余讀叔用詩，見其意度沉闊，氣力寬餘，一洗詩人窮餓酸辛之態。其律詩云：「不擬伊優陪殿下，相隨于蔿過樓前。」亂離後追敍承平事，未有悲哀警策於此句者。晁氏家世貴顯，而叔用不肯于此時陪伊優之列，而甘隨于蔿之後，可謂賢矣。它作皆激烈慷慨，南渡後放翁可以繼之。（《後村先生大全文集》卷九十五）

二 元代

方回

《戚梅憶王立之》 晁叔用，名沖之，自號具茨，有集，入江西派。晁氏自文元公迥至補之無咎五世，世有文人。無咎之父端友，字君成，詩逼唐人，有《新城集》，無咎有《濟北集》，從弟説之，字以道，號景迂，有《景迂集》，以道親弟詠之，字之道，有《崇福集》。補之、詠之，四朝國史已入文藝傳。叔用此詩蓋學陳后山也。其兄無斁載之見知于后山，因是亦知叔用。叔用有子曰公武，著《讀書志》者。可謂盛矣。……此詩才學后山，便有老杜遺風。 紀批：似平易而極深穩，斯爲老筆。（《瀛奎律髓》，附紀昀《刊誤》卷二十梅類）

《梅》（「素月清溪上」首） 此詩未及前篇。（同上）

《梅》（「南雪看未穩」首） 紀批：落句不可解。（同上）

三　清代

呂留良、吴之振、吴自牧

【具茨集鈔】晁冲之，字叔用，初字用道。舉進士，與陵陽喻汝礪爲同門生。少年豪華自放，挾輕肥游帝京，狎官妓李師師，纏頭以千萬，酒船歌板，賓從雜還，聲豔一時。紹聖初，黨禍起，羣從多在黨中，被謫逐，遂飄然棲遁于具茨之下，號具茨先生。十餘年後，重過京師，憶舊游，作無題詩二首，爲時所傳。時諸公謀欲用之，高挹不顧。至疾革，取平生所著，曰：「是不足以成吾名！」悉焚之，故其詩不多。呂紫微位之江西派中，云衆人學山谷，叔用獨專學杜詩，衆求生西方時，秀實獨求生兜率，然又云：「叔用嘗戲謂：『我詩非不如子，只子差熟耳。』答云：『熟便是精妙處。』叔用大笑。」此亦紫微多上人語耳。若其淵渟雅亮，筆有餘閒，未肯退下一格也。劉後村稱其意度宏闊，氣力寬餘，一洗詩人窮餓酸辛之態，南渡後惟放翁可以繼之。其見許如此，足爲雅鑒。（《宋詩鈔》）

翁方綱

晁具茨詩高逸，漁洋極賞之，然邊幅究不能闊大。至送一上人還滁一詩，則無咎不能爲也。漁洋所心

賞當在此，而吳鈔乃獨不取之，蓋以爲涉禪耳。（《石洲詩話》卷四）

劉後村謂具茨詩惟放翁可以繼之，然具茨五言詩，殊非陸務觀所能髣髴。（同上）

阮元

【晁具茨集十五卷（明嘉靖刊本、錄筠堂重刊本、晁氏叢書本、海山仙館叢書本）】宋晁沖之撰。沖之字叔用，鉅野人，即侍郎公武之父。考晁氏於咸平、景德中爲天下甲門，一時羣從盛，多在黨中，其富貴亦莫與倫比，故著述之多，如詹事以道之《景迂集》，朝請之道之《崇福集》，進士伯宇之《封邱集》，吏部無咎之《雞肋集》，皆與沖之爲同輩。沖之以文莊爲曾大父，以文元公爲高祖，是以其學具有淵源。然公武作《讀書志》，載喻汝礪序言，叔用棲志林澗，曠遠之中，遇事寫物，形於興屬，淵雅疎亮，則其不溺於聲色之場可知。今《景迂》、《雞肋》兩集，七閣已著錄，而此集流傳甚少。卷首有喻序，正與《讀書志》合，得古今體詩一百六十七首。劉後村曰："喻汝礪所作序，筆力浩大，與叔用之詩相稱。余讀叔用詩，見其意度宏闊，氣力寬餘，一洗詩人窮餓酸辛之態。其律詩云：『不擬伊優陪殿下，相隨于蔫過樓前。』追書承平之事，未有悲哀警策於此句者。他作皆激烈慷慨，南渡放翁可以繼之。"克莊所稱挹如此。晁氏家世顯貴，而叔用不肯陪伊優之列，甘隨于蔫之後，可謂賢矣。此詩今具載集中，題作《次二十一兄季》，此韻則爲原編無疑，覗北山律式後附沖之之詩僅數首，則是爲足寶矣。其注不知何人所作，引書內有《一統志》及《韻會》、《韻府》等書，當爲明時人。（《四庫未收書目提要》卷四集部）

十一　汪革

一　宋代

張耒

【答汪信民書】某啓上教授汪君足下：過符離偶多事，然雖聞車馬嘗見臨，而卒不能一到左右也。必蒙深察。到家忽使人惠書，如見問以文墨事。某於文詞，竊嘗好之而不能者也，莫知所以告左右者。抑聞之，古之文章，雖制作之體不一端，大抵不過記事辨理而已。記事而可以垂世，辨理而足以開物，皆詞達者也。雖然，有道詞生於理，理根於心，苟邪氣不入於心，僻學不接於耳目，中和正大之氣溢於中，發於文字言語，未有不明白條暢，盍觀於語者乎！直者文簡事核而明，雖使婦女童子聽之而論，曲者枝詞游説，文繁而事晦，讀之三反而不見其情，此無待而然也。足下以文章取高科，言語之功妙天下，而僕敢獻其陳説，則有罪矣。然既以仰答盛意之辱，又因以求教也。春寒自愛。偶以連日冗甚，修答不時，恕之恕之。不宣。（《柯山集》卷四十六）

晁說之

【汪信民哀辭】汪信民，名革，臨川人。以經義試禮部爲第一，乃默若有所遺者，且曰：「我初從科舉求祿，不願得名也。自遊學校來，聞見不謂不多，一旦捐擲，椓割之唯恐其少似，乃晝夜讀書，始知尊先儒，究明大旨，不敢肆胸臆爲新奇苟異，坐誣古人。」其爲宿州教授時，申國呂元明得罪僑寓宿州，信民乃以師席處元明，若幼童之仰嚴師然；於是信民中益邃靜，所植遠矣。去而改官，得宗子學博士。信民執手板，立政事堂下，曰：「貧不能官京師，如復得分教諸生，則何敢辭。」乃出教授楚州。予久聞信民志尙而敬之，恨未得見也。想其風裁，是必魁梧丈夫，辭氣慷慨，可畏人也。前年余赴明州船場，道楚州，見信民，孱然僅能衣冠，怯於語言，禮儀則甚恭，泯泯若平生無毫髮能者。予益多之，與論交。曰：「不敢與夫子交，革後輩也。」予復歎曰：斯人殆不可親疎耶！若使斯人得時，行其所知，是眞可畏哉！豈特文章翰墨事可期，要以特立獨行之操著於事業，如前日公卿大臣。別來逾年，信民疾不起楚州。予哭之哀，不能已念。有術士，亦臨川人，爲予言信民生平內相，且其命富大貴。予告之曰：「命所不知，內相在昔日則驗，安可施於今人！」已而果然，益可哀也。作哀辭也：一鄉有木甚茂兮，衆顚越以投息。君子忠信之異兮，覽九州而自得。遠吾鄉而之中國兮，亦謂予曰不然。余之礪刃何施兮，抱公輸之繩墨。羌古人之可樂兮，又何有乎憂傷。弗窘速以徜徉兮，涉不脛而濟無航。何吾道之終否兮，顧孔鸞而不見。雖曰壽考之欲兮，又何如死之良不然。若人何爲兮，忽舍白日之昭昭。念我平昔南北兮，曾不得與逍遙。譬彼寶玉弗珍兮，藏不襲而衢垢之。矇瞍遇如瓦礫兮，雖埋滅亦奚悲。我獨慟哭增傷兮，且何益於若人。訪遺編而尸之兮，未必自謂之珍。果誰能子之知兮，尚曰二三友朋。輸吾哀以共之兮，亦有第善厥躬。後有人以興哀兮，知我懷之不窮。（《嵩山文集》卷二十）

謝　逸

【懷汪信民】長沙隔重湖，莽蒼無四壁。騷魂駕鬼車，月黑陰火赤。念彼泮宫老，官居寄禪寂。雖綰參軍綬，尚帶山林色。蕭然列仙癯，粹氣潤圭璧。坐見屈在牆，作詩弔沈溺。鄙夫不解事，勇退如六鷁。安得快哉風，吹我垂天翼。不假翟霞佩，置身在君側。（《溪堂集》卷一）

【懷汪信民村居】金風吐商管，秀色浮山椒。苔乾石骨瘦，水落溪毛凋。埃塵晤簻輿，風霜緇客貂。藜羹浥野飯，松醪酌村瓢。會當對榻語，竹塢風蕭蕭，浣腸去舊學，詞源湧春潮。（同上）

【送汪信民序】古人之學也爲道，今人之學也語言句讀而已。古人所以治心養氣事父母畜妻子，推而達之天下國家，無非道也。吾之所學，固如是也。讀「四牡」之詩，得君臣之義；讀「棠棣」之詩，得兄弟之義；讀「伐木」之詩，得朋友之義；讀「采薇」之詩，得征伐之義。其有爲也，其有行也，亦若是而已。有問焉，則曰：吾之所學者詩，有得於此也。讀《堯典》之書，得舜之所以事堯；讀傅說之書，得說之所以事高宗；讀《禹貢》之書，得禹之所以治水；讀《洛誥》之書，得周公之所以營洛。其有爲也，其有行也，亦若是而已。有問焉，則曰：吾之所學者書，有得於此也，以至《易》也、《春秋》也、三《禮》也、《孝經》也、《論語》也，未嘗不學焉。其有爲有行，亦未嘗不因其所學也。甚哉，今之人不善學也。問其語言句讀，則曰吾嘗學之；問其所言所行，則曰吾不知也。嗚呼！語言句讀果可以爲道乎哉？吾友汪信民，可謂善學者矣。身不滿六尺，而勇足以奪三軍之帥；布衣藿食，而享之如萬鍾之祿；不出戶庭，而周知四海九州之務。其爲學無所不通，而尤長於經術。自丱與余游，以至擢進士爲天下第一，未嘗有間言。今得長沙學官，行且有日矣，乞余言爲別；因以古人之學告之，庶幾從其學者，慕古人之學，而不溺於今人之學也。（同上卷七）

饒節

【戲汪信民教授】汪侯思家每不寐，顛倒裳衣中夜起。豈作蓐食窘僮奴，頗復打門攪鄰里。涼風蕭蕭月在庭，老夫醉著呼不醒。山童奔走奉嘉客，銅缾汲井天未明。（《倚松老人詩集》卷一）

【吾友汪信民博士近聞參道甚力，昨日得書云喪其偶，其言耿耿，有不釋然者，因寄此頌開之，且挽其進】悼亡應作斷腸聲，此恨從來不易平。墮淚要知非轉物，鼓盆政恐未忘情。疎親憎愛無非妄，生死存亡但有名。着力早須無底鉢，優曇在火更晶明。（同上卷二）

洪炎

【楚州阻水漲懷汪信民呂居仁二士四言】大江北理，長淮西涘。厥隩射陽，城邑嶽峙。鑿渠而漕，首淮江尾。舳艫岢峨，連檣千里。青雀翩翩，彩虹嶷嶷。梁竭舟躋，限茲潰水。昔我至止，得二國士。簞瓢相樂，汪呂氏子。於今幾年，乖隔生死。梗泛萍飄，乃復於此。菱花淨吐，鷺羽徐起。如欲我留，盼睞以喜。俯仰山川，感念成毁，一瞬千古，寓非予恥。（《西渡集》）

謝邁

【寄汪信民二首】泮水傳經志，蓬山佐著才。宦游思引去，祿養可歸來。要路眼誰白，浮雲心自灰。少年馬何駃，君馬獨虺隤。

繫纜符離日，君行殊未歸。寄書問亳社，有夢過江西。不見揮犀柄，頻驚響馬蹄。殷勤且雞黍，多謝德公妻。（《謝幼槃文集》卷五）

【哭汪信民二首】竟欲游梁苑，聊甘食楚萍。談經謝紈袴，植髮愬槐庭。看鏡鬢毛改，横空煙霧冥。誰評貞曜謚，更謁退之銘。

徐穉生何陋，袁宏輩豈如。誰知一斛水，中有百金魚。肘見貧非病，疽成憤不攄。銘旌返南國，寥落正愁予。（同上）

呂本中

汪信民革嘗作詩寄謝無逸云：「問訊江南謝康樂，溪堂春木想扶疎。高談何日看揮麈，安步從來可當車。但得丹霞訪龐老，何須狗監薦相如。新年更勵於陵節，妻子同鉏五畝蔬。」饒德操節見此詩，謂信民曰：「公詩日進，而道日遠矣。」蓋用功在彼而不在此也。（《東萊呂紫微詩話》）

汪信民於文無不精到，嘗代滎陽公作張先生哀詞云：「惟古制行，必中庸兮。降及末世，戾不通兮。首陽柱下，更拙工兮。」其餘忘之矣。（同上）

曾季貍

汪信民嘗和予《欲晴》詩云：「釜星晚雜出，雨脚晨可歇。」又嘗和予《春日絶句》云：「宴坐黌堂一事無，居官蕭散似相如。偶違濁酒風前約，不見繁英雨後疎。」（同上）

東萊不喜荆公詩，云汪信民嘗言荆公詩失之輭弱，每一詩中必有依依、嫋嫋等字。予以東萊之言考之，荆公詩每篇必用連緜字，信民之言不謬。（《艇齋詩話》）

吳曾

【賢女浦】南康有賢女浦，蓋祥符間女子，姓劉氏，夫死誓不再嫁，父兄強之，因自沈於江，浦因以取名。初號貞女，後避昭陵諱，改爲賢女。汪革信民嘗賦二絶句云：「賢女標名幾度秋，行人撫事至今愁。湘絃楚雨知何處，月冷風悲江自流。」「女子能留身後名，包羞忍恥漫公卿。可憐嗚咽灘頭水，渾似曹娥江上聲。」（《能改齋漫錄》卷十一《記詩》）

周必大

【撫州登科題名記序(節録)】若乃汪革以奇才冠南省,陳孺因版授遜大魁,是皆傑出人上者,後生得不思齊乎?(《周益國文忠公集·平園續稾》卷十四)

劉克莊

【江西詩派——汪信民】呂滎陽居符離,信民爲教官,從滎陽學。故紫微公尤推尊信民,其詩曰:「富貴空中業,文章木上癭。要知眞實地,惟有華嚴境。」蓋呂氏家世本喜談禪,而紫微與信民皆尙禪學。(《後村先生大全集》卷九十五)

二　清代

趙之謙等

汪革,字信民,臨川人。紹聖進士,分教長沙。帥張芸叟從而受學,呂希哲見之,以比黄憲茅容。蔡氏當國,欲得知名士附己,以周王宮教召,不就,曰:「吾異時不欲附名奸臣傳!」復爲楚州教官。卒年四十。所著有《青溪類藁》、《論語直解》若干卷。淳熙中祠於學。(《江西通志》卷一百五十一引《人物志》)

十二 李彭

一 宋代

黄庭堅

【李商老殖齋銘】以心爲田，我耒耜之。慈祥弟友，種而茂之。忠信不貪，苗而立之。敦厚敬恭，水而耰之。師友琢磨，耔而薅之。先王遺言，又時雨之。仁義有年，左右取之。相彼寒窶，我則與之。奉以饗帝，神其吐之。（《豫章黄先生文集》卷十三）

謝薖

【寄李商老】所思定何方，渺然羌山麓。别來經一年，不寄書一幅。憶在元眞館，與君同飲缸。論文久未去，夜雪打寒窗。明朝款君門，籃輿踏殘雪。尊前聽君談，意氣排凜冽。雪中兩相過，把酒俱留連。豈同剡溪去，興盡回酒船。今年走東吳，無復相邂逅。邅回行路難，歸已三月後。逢君所知人，頗嘗問君安。猶聞卧苦塊，毁棘今欒欒。君家所嬌兒，聞已去懷抱。昔我嘗見之，瑤環實娟好。我

歸臥衡門，愁苦亦如君。淋雨子桑病，蔽冠原憲貧。此懷其誰語，思君何能已。寄聲勞苦君，兼問兩季子。（《謝幼槃文集》卷四）

【寄李商老兼簡文若季弓】有客春來傳尺素，書詞字字敵瓊琚。經時伏枕沉綿甚，異縣論交消息疎。物外高情想三鳳，眼中何物當雙魚。遙知小弟淒涼意，騎省歸來正望廬。（同上卷六）

【示李商老兄弟】月夜宜披宮錦袍，定知公輩豈蓬蒿。文如脩水波瀾闊，人與廬山意氣高。伯氏最於三虎怒，凡兒何翅九牛毛。相逢徑欲倒家釀，莫厭尊前持蟹螯。（同上）

【次李商老端字韻】胸中磊磊夜光寒，霹靂驚飛在舌端。夢去幽尋遶山麓，詩來喜色上門闌。四時更運不停軌，萬物並流皆疾湍。兩鬢凋零壯心在，忍窮懷抱若爲寬。（同上）

【招李商老兄弟時聞權守陳公留之未聽其來】十年不見令兄弟，眉宇長懷元紫芝。栩栩夢魂成獨往，翩翩書札慰相思。求船貨馬事應速，酌醴焚魚吾豈辭。政恐孟公投轄飲，惜君高論解人頤。（同上）

【余嘗會李商老於海昏，識呂居仁於符離，今已五六年矣。偶見二公唱和詩，各次其韻一首】憶昔逢君夜雪中，高談未了酒尊空。清漣綠篠今輸我，白璧黄金政負公。渭水流清終異濁，池花變碧舊曾紅。欲評此意君何在，長是蒼茫立晚風。寄商老（同上）

惠洪

【跋徐洪李三士詩】陳瑩中嘗問予南州近時人物之冠，予以師川、駒父、商老爲言，瑩中首肯之。駒父戲效孟浩然，作語如王、謝家子弟，風神步趨，不能優劣；商老和之，如劉安王見上帝，大言不遜，豪氣未除；獨師川有句，在暮山烟雨裏，西洲落照中，未暇寫也。（《石門文字禪》卷二十七）

呂本中

【寄李商老】竹不可一日無，酒不可飲不醉。平生嗜酒愛風竹，此意不許凡兒會。南來經年飽塵垢，袖手甘隨百夫後。文章漫作無功身，只了兒曹補窗竇。黄沙障日江漫流，青山喚我十年舊。憶昔泊船鵝鍘口，把酒遙爲故人壽。只今身在心已老，千巖想像靈芝秀。君家兄弟固不凡，解挽三友勤相就。中郎臥病過春晚，昔則酒狂今詩瘦。山房大名不墜地，諸老風流未宜棄。老檜參天可乞盟，衆食餬羹乃無味。如君高韻千載同，可更託身三數公。丈夫勁挺要長久，百萬叩關一夫守。胸中江海不須道，此流何必計升斗。眼前勃窣訴二友，聽客所爲公絶口。（《東萊先生詩集》卷四）

李㤈去言，公擇尚書猶子。少能文詞，年十七八時，作詩云：「去國城春桃李花，楓林葉病尚天涯。今年九日風前帽，北客南舟雨後沙。」忘下四句。汪信民甚稱之，以爲有過其姪商老處。然商老詩文富贍宏博，非後生容易可到。（《東萊呂紫微詩話》）

王明清

李定，字仲求，洪州人，晏元獻公之甥，文亦奇，欲預賽神會，而蘇子美以其任子拒之，致興大獄，梅聖俞

謂「一客不得食，覆鼎傷衆賓」者也。其孫卽商老彭，以詩名列江西派中。（《揮麈錄》前錄卷四）

陳振孫

【日涉園集十卷】廬山李彭商老撰。公擇之從孫。（《直齋書錄解題》卷二十詩集類下）

岳珂

【李商老酬答詩帖行書十二行】右江西詩派日涉居士李公彭字商老酬答詩帖眞蹟一卷，未登於寶眞。丙戌八月，始致此帖於錫山，蓋託士友搜訪而得之者，有藏書家七印，贊之以備詩體之一焉。贊曰：九派之沕潏，注於溟渤。寓此詩筆，烟霞之痼疾。園涉以日，紓寫盤鬱。予於西江，搜抉遺軼，備體之一。（《寶眞齋法書贊》卷二十五）

劉克莊

【江西詩派——李商老】公擇尚書家子弟也。東坡、山谷、文潛諸公皆與往還，頗博覽強記，然詩體拘狹，少變化。（《後村先生大全集》卷九十五）

二 清代

翁方綱

李商老彭之詩，後村謂其拘狹少變化，良然。（《石洲詩話》卷四）

紀昀等

【日涉園集十卷永樂大典本】宋李彭撰。彭字商老，南康軍建昌人。陳振孫《書錄解題》以爲公擇之從孫，王明清《揮麈錄》謂李定仲求以不得預蘇舜欽賽神會興大獄，彭即其孫也，二說未知孰是。《宋史》不爲立傳，其行履亦不可考。趙彥衛《雲麓漫鈔》載呂居仁《江西詩派圖錄》，自黃庭堅以下二十五人，彭名在第十五，居韓駒之亞，則彭本文章之士，故事蹟不見於史也。其集《書錄解題》作十卷，世久無傳，今檢《永樂大典》所載彭詩頗多，鈔撮編次，共得七百二十餘首，諸體咸備，謹校定譌謬，仍釐爲十卷，以還其舊。集中所與酬唱者，如蘇軾、張耒、劉羲仲等，皆一代勝流，故其詩具有軌度，無南宋人粗獷之態。呂居仁稱其詩文富贍宏博，非後生容易可到，劉克莊《後村詩話》亦稱其博覽強記，而獨惜其詩體拘狹少變化。今觀所作，克莊所論爲近之。然邊幅未宏，而鍾鍊精研，時多警策，頗見磨淬

之功，在江西派中，與謝逸、洪朋諸人足相頡頏，終非江湖末派所能及也。（《四庫全書總目提要》卷一百五十五集部別集類）

陸心源

【李彭傳】　李彭，字商老，南康建昌人。祖常，《宋史》有傳。彭詩文富贍宏博，鍾鍊精研，句多警。江西詩派居第九，在韓駒之次。集中多與蘇軾、黄庭堅、呂本中、陳師道、張耒、何頡、徐俯、韓駒、蘇庠、謝薖相唱和。時蘇庠居廬山，以琴書自娱，與彭齊名，時稱蘇、李。著有《日涉園集》。《書錄解題》，參《雲麓漫鈔》、《日涉園集》字有鍾、王之風，自言法右軍之贍麗，用魯公之氣骨，獵奇峭於誠懸，體韻度於凝式。灌園修水之上，筆畫一出，人爭傳寶。《書史會要》，參《石門文字禪》（《宋史翼》卷二十六《文苑傳》）

丁　丙

【日涉園集十卷舊鈔本】　宋李彭撰。彭字商老，南昌軍建昌人，江西詩派圖二十五人之一。《書錄解題》作集十卷。世久不傳。館臣輯自《永樂大典》，得詩七百二十餘首，仍如原編卷數，末有補遺一卷。（《善本書室藏書志》卷二十八）

十三　三僧（饒節、祖可、善權）

一　宋代

陳師道

【和饒節詠周昉畫李白眞】君不見，浣花老翁醉騎驢，熊兒捉轡驥子扶。金華先伯哦七字，好事不復千金摹。青蓮居士亦其亞，斗酒百篇天所借，英姿秀骨尙可似，逸氣高懷那得畫。周郎韻勝筆有神，解衣槃礴未必眞。一朝寫此英妙質，似悔只識如花人。醉色欲盡玉色起，分明尙帶金井水。烏紗白紵眞天人，不用更着山巖裏。平生潦倒飽丘園，禁省不識將軍尊。袖手猶懷脫靴氣，豈是從來骨相屯。仰視雲空鴻鵠舉，眼前紛紛那得顧。是非榮辱不到處，正恐朝來有新句。勿言身後不要名，尙得吳侯費百金。江西勝士與長吟，後來不憂身陸沈。（任淵《后山詩註》卷十二）

謝邁

【有懷如璧道人二首】道人詩思瀉江湍，乞食侯門鋏屢彈。蒲褐臥雲何處去，不應投老累儒冠。

每憶詩人賈閬仙，投冠去學祖師禪。塵埃不染心如鏡，妙句何妨與世傳。（《謝幼槃文集》卷六）

吴則禮

【讀德操詩文】平生饒德操，飽讀世上書。坐斷諸方舌，脊梁儂不如。去耕鄧州田，要作青鞋錢。忽然騎聖僧，吾子眞天然。胸中姑一吐，戲説無義語。端有本分椎，莫打老師鼓。（《北海集》卷一）

吕本中

宣和末，林子仁敏功寄夏均父倪詩云：「嘗憶它年接緒餘，饒三落拓我迂疎。溪橋幾换風前柳，僧壁今留醉後書。」忘記下四句。饒三，德操也。（《東萊吕紫微詩話》）

江西諸人詩，如謝無逸富贍，饒德操蕭散，皆不減潘邠老大臨精苦也。然德操爲僧後，詩更高妙，殆不可及。嘗作詩勸予專意學道云：「向來相許濟時功，大似頻伽餉遠空。我已定交木上座，君猶求舊管城公。文章不療百年老，世事能排雙頰紅。好貸夜窗三十刻，胡床趺坐究幡風。」（同上）

邠老嘗寄德操、均父詩云：「文如二稚徒懷璧，武似三明却韔弓。松檜參天西邑路，時時騎馬訪龐公。」「文如二稚」，謂德操，「武似三明」，謂均父也。後德操爲僧，名如璧，殆詩之讖也。（同上）

饒德操作僧後，有送别外弟蔡伯世詩云：「要做仲尼眞弟子，須參達摩的兒孫。」時諸説禪者不一，故德操專及之。（同上）

許顗

饒德操爲僧，號倚松道人，名曰如璧。作詩有句法，苦學副其才情，不愧前輩。尤善作銘贊古文，其作佛米贊，謂：「武將念佛，以米記數，得三升也。將軍念佛，難於遣辭，而曰時平主聖，萬國自靖。不殺而武，不征而正。矯矯虎臣，無所用命。移將東南，介我佛會。久聞我曹，念佛三昧。唔嗚叱吒，化爲佛聲。三令五申，易爲佛名。一佛一米，爲米三升。自升而㪷，自㪷而斛。念之無窮，太倉不足。」記此，雖柳子厚曲折不過是矣。（《許彦周詩話》）

張邦基

僧如璧，乃江西進士饒節次子也。少年嘗投書於曾子宣論新法非是，不合，乃祝髮更名。尤長於詩。嘗住數剎，士夫大多與之游。後改字德操。《咏梅花》一聯云：「遂教天下無雙色，來作人間第一春。」風味亦不淺。又答吕居仁寄詩云：「長憶吟時對短檠，詩成重改又雞鳴。如今老矣無心力，口誦君詩遶竹行。」居仁甚稱之。（《墨莊漫録》卷五）

七言絶句，唐人之作往往皆妙。頃時王荆公多喜爲之，極爲清婉，無以加焉。近人亦多佳句，其可喜者不可槩舉……僧如璧德操《偶成》云：「松下柴門晝不開，只有蝴蝶雙飛來。蜜蜂兩脾大如蠒，應是山前花又開。」……如此之類甚多，不愧前人。（同上卷六）

世畫骨觀作美人而頭顱白骨者，饒德操題其上云：「白骨纖纖巧畫眉，髑髏楚楚被羅衣。手持紈扇空相對，笑殺傍觀自不知。」（同上卷十）

曾季貍

饒節德操，撫州人，祝髮名如璧，號倚松道人。往鄧州香嚴寺，有一僮曰詹人，亦撫人，璧攜之以行。一日因打木魚，先悟道，作頌云：「木魚元來無肚腸，聲聲喚我出鑊湯。佛法元來無多子，王婆頭上戴丁香。」遂亦祝髮，名如珪云。璧反於其僕處有省。（《艇齋詩話》）

德操嘗爲予家丞相館客，甚爲丞相内相兄弟所知。德操有高節，而又能文，其才在謝無逸諸公之上。晚年住香巖。丞相之壻陳成季持節京西，德操以詩贈之云：「兩公待我以國士，是時公亦同在門。今日江頭看使節，令人淚溼漢江雲。」又寄無逸詩云：「雲山底處堪投老，文史它年不療窮。富貴可求吾亦嬾，眼看餘子化王公。」其自負亦不淺矣。（同上）

東湖言嬾可初作詩，取前人詩得意者手寫之，目爲顛倒篇，自後其詩大進。（同上）

東萊喜嬾可《惠日寺》詩。（同上）

東湖於近世詩人專喜嬾可，東萊專喜饒德操。（同上）

吳　曾

【饒德操自號倚松道人】政和間，林靈素主張道教，建議以僧爲德士，使加冠巾，其意以釋士爲出其下耳。臨川饒德操，時棄儒爲僧，作《德士頌》四首。其一云：「德士舊來稱進士，黄冠初不異儒冠。種種是名名是假，世人誰不被名謾。」德操自號倚松道人，意取閒禪師詩曰：「閒攜經卷倚松立，笑問客從何處來？」故以名菴，又以自號。陳瑩中有詩寄之曰：「舊時饒措大，今日璧頭陀。爲問安心法，禪儒較幾何？」（《能改齋漫錄》卷十一《記詩》）

闕　名

【饒節寄吕居仁詩】饒節字德操，棄儒出家，後有詩寄吕居仁云：「向來相約濟時功，大似頻伽餉遠空。我已定交木上坐，君猶求舊管城公。文章不氽百年老，世事能排雙頰紅。擬借夜窗三四刻，共君趺坐説幡風。」《楞嚴經》云：「譬如人以頻伽瓶貯遠空，以餉他國。」（《漫叟詩話》）

晁公武

【饒德操集一卷】右皇朝饒節，字德操，曾布之客也。性剛峻，晚與布論不合，因棄去。祝髮爲浮屠。在襄、漢間聲望甚重云。（《郡齋讀書志》卷十九别集類下）

陸　游

饒德操詩爲近時僧中之冠。早有大志，既不遇，縱酒自晦，或數日不醒，醉時往往登屋危坐，浩歌慟哭，

達旦乃下。又嘗醉赴汴水，適遇客舟救之獲免。（《老學菴筆記》卷二）

吕祖謙

【書伯祖紫微翁贈青溪先生子詩後】　臨川耆舊汪、謝、饒，皆出滎陽公之門。德操既遁世不耀，無逸亦以布衣死。志節稍見於世者，獨青溪先生而已。紫微伯祖與青溪忘年交，序引所述備矣。後一詩勉戒其子，篤至嚴正，眞前輩丈人行語也。（《吕東萊文集》卷六）

費衮

【二儒爲僧】　近世儒者，絶意聲利，飄然游方之外者，有二人焉。饒節字德操，臨川人，以文章著名。曾子宣丞相禮爲上客，陳了翁諸公皆與之游，往來襄、鄧間。始亦有婚宦意，遇白崖長老，與之語，欣然有得。嘗令其僕守舍，歸，見其占對異常，怪而問之，僕曰：「守舍無所用心，聞鄰寺長老有道行，往請一轉語，忽爾覺悟，身心泰然，無他也。」德操慨然曰：「汝能是，我乃不能，何哉？」徑往白崖問道，八日而悟，盡發囊橐，與其僕祝髮爲浮屠。德操名如璧，僕名如琳。偏參諸方。陳了翁、關子開兄弟皆以詩稱美之。至江、浙，樂靈隱山川，因掛錫焉。琳抱疾，德操躬進藥餌，既卒，盡送終之義。後主襄陽天寧。夏均父倪爲請疏，其略云：「無復挾書，更逐康成之後；何憂成佛，不居靈運之先。」又云：「豈惟江左公卿，盡傾支遁；獨有襄陽耆舊，未識道安。」時稱其精當。德操自號倚松道人。所爲

詩文皆高邁，號《倚松集》云。……（《梁谿漫志》卷九）

劉克莊

【江西詩派——三僧】三僧中，如璧詩輕快似謝無逸，亦欠工；祖可默讀書詩料多，無蔬筍氣，僧中一角麟也；善權與可相上下。（《後村先生大全集》卷九十五）

正受

【青原下第十世雲門八世 香嚴海印智月禪師法嗣鄧州香嚴倚松如璧禪師】鄧州香嚴倚松如璧禪師，撫之臨川人，族饒氏，舊名節，字德操。業儒起家，自妙齡飽於學，優於才，工於搜抉，高於志節，深爲人所知。然連蹇場屋，不第。後走京師，以詩文鳴上庠，故一時名士皆與之遊。丞相曾公布聞其名，延爲上客。一日，上書陳利害，曾不納，去，之鄧，依俞公彥明。留數月，因館僕占對異常，竊怪之，謂僕曰：「汝其有以語我來。」僕徐對曰：「某向守舍，無所用心。聞鄰寺海印長老有道行，往請一轉語體究，忽爾覺悟，身心泰然，無它也。」顧僕曰：「汝能是，我乃不能，何哉？」徑往扣印。旬餘，忽掣鏁而悟印，印之以偈，師作書報友人呂公本中舍人曰：「某自去年十二月二十八日於海印老人處請話咨決，從此日日去參。正月半間瞥然有箇省處，奇哉奇哉！世間元來有此不可說不可說不可說無量無邊勝事！佛言一大事因緣，豈欺我哉！便向山河大地、草木叢林、牆壁瓦礫、鷄鳴狗吠、著衣吃飯、舉手動足處，一一見本來面目，始悟無始以來，生死顛倒，爲物所轉，到這裏如燈破暗，一時失却，豈不是無量大緣乎？」於是棄婚宦，盡發囊橐市之，與僕同祝髮。僕名如琳，尊爲兄。已而偕琳遍參諸名宿，所至蒙肯可。歸結茆香巖之鶻壁。賢士大夫初聞師圓顱，太息曰：「吾黨中失一國士，重爲四海惜。」襄守趙公峤以天寧挽師開法，衲子爭集，檀信委施，無虚日。方盛而棄去。鄧帥王公仲嶷請居香巖，未幾，復棄去，道俗遮留不可，遂隱於故廬。示衆曰：「變化密移何太急，刹那念念一呼吸。八萬四千方便門，且道何門不可入。入不入，曉來雨打芭蕉濕。殷勤更問箇中人，門外堂堂相對立。」聞啄木鳥鳴，説偈曰：「剝剝剝，裏面有蟲外面啄。多少茫茫瞌睡人，頂後一推猶未覺。若不覺，更聽山僧剝剝剝。」餘語未見，惜其錄非衲子所編，今唯文集行於世。建炎三年四月旦，書偈遺衆，無疾而逝，士庶致祭不輟。五月旦，奉金身塔於白崖之下，世壽六十有五，夏臘二十有七。（《嘉泰普燈錄》，《倚松老人詩集》卷末附錄）

二　元代

方　回

《次韻答呂居仁》　撫州士人饒德操客從曾布，議不合，去而落髮，法名如璧，道號倚松老人。江西派中比瘦權、癩可。此三四老杜句法，晚唐人不肯下。五六亦出於老杜，决不肯拈花貼葉，如界畫畫，如甃砌牆也。惟韓子蒼不喜用此格，故心不甘於入派，而其詩或謂之太官樣。要之，天下有公論，予亦無庸贅也。紀批：可謂之山谷句法，不可謂之老杜句法。江西亦有佳處，然自是別派，牽引老杜，依草附木耳。子蒼不肯入派，故是絶有識力人。(《瀛奎律髓》，附紀昀《刊誤》，卷四十七釋梵類)

《再次前韻》五六即是居仁首唱五六格。紀批：次句粗，七句亦鄙。(同上)

三 清代

宋長白

【繞竹行】饒節《答呂居仁見寄》曰：「長憶他時對短檠，詩成重改又鷄鳴。如今老矣無心力，口誦君詩繞竹行。」節字次守，江西人，舉進士。嘗投書於曾布論新法，不合，棄去爲僧，名如璧，號德操。有集名《倚松》。(《柳亭詩話》卷十八)

紀 昀等

【倚松老人集二卷兩淮馬裕家藏本】宋饒節撰。節字德操，撫州人。嘗爲曾布客，後與布書論新法不合，乃祝髮爲浮屠，更名如璧，挂錫靈隱，晚主襄陽之天寧寺。嘗作偈云：「閒擕經卷倚松立，試問客從何處來？」遂號倚松老人。集中詩大半爲僧後作。呂本中《紫微詩話》稱其蕭散似潘邠老，陸游《老學菴筆記》亦稱爲當時詩僧第一。《宋史·藝文志》載《倚松集》十四卷，今止存鈔本二卷，末有「慶元己未校官黄汝嘉重刊」一行，蓋猶沿宋刻之舊。又今所傳本與謝薖、韓駒二集行款相同，卷首標目下俱別題「江西詩派」四字，與他詩集不同，或卽宋人所編《江西詩派集》一百三十七卷內之三種，舊本殘闕，後人析出單行歟？（《四庫全書總目提要》卷一百五十四集部別集類）

丁　丙

【倚松老人詩集二卷十萬卷樓鈔本】　饒節德操。節，臨川人。夙有大志，既不達，又與曾布論新法不合，往往登屋危坐，浩歌慟哭，達旦乃下，又嘗醉臥汴水，遇客舟救免。乃祝髮於靈隱，更名如璧，逸於襄陽之天寧寺，自號倚松道人。張泰來嘗爲小傳。《宋·藝文志》稱《倚松集》十四卷，今止二卷，大半爲僧以後所作。卷首別題「江西詩派」四字，殆從宋人編江西詩派集中摘出者。此爲舊鈔藍格，版心刊有「十萬卷樓鈔本」六字。（《善本書室藏書志》卷二十八）

趙之謙等

善權，字巽中，靖安人，姓高。習禪定。能詩，與東溪癩可叟齊名。徐俯跋其詩軸云：「巽中下筆，豪俊崚嶒，余每誦之，輒能興起。」有《眞隱集》傳世，黄庭堅爲之序。呂居仁敍江西詩派圖二十五人，權居其一。（《江西通志》卷一百七十八仙釋引《府志》）

如璧，臨川饒氏子，初名節，字德操。博學能文。後之穀城香巖寺聽智海説法而悟，遂落髮。陳瑩中與詩云：「舊時饒措大，今日璧頭陀。借問安心法，儒禪隔幾何？」先是，師有詩云：「閑攜經卷倚松立，試問客從何處來？」因號倚松道人。嘗以詩勸呂紫微曰：「向來相許濟時功，大似頻伽餉遠空。我已定交木上坐，君猶求舊管城公。文章不療百年老，世事能排兩頰紅。好貸夜窗三十刻，羌牀趺坐究幡風。」始德操攜僕往襄、鄧間，僕亦竊聽説法，日有開悟，遂祝髮名如琳。病死，好事者爲作舉火，疏曰：「無復挾書，更逐康成之後；豈憂成佛，不居靈運之先。」德操所著有《倚松集》。（同上卷一百七十九仙釋引《宋稗史》）

陳衍

饒節字德操，撫州人。爲曾布客，與不合，去而爲僧。自號倚松老人。案詩多禪語，非淺嘗者比，然茲所不錄。（《宋詩精華錄》卷三）

十四　高荷

一　宋代

黄庭堅

【贈高子勉四首】文章瑞世驚人，學行刳心潤身。沅江求九肋鼈，荆州見一角麟。

張侯（編者按指張耒）海内長句，晁子廟中雅歌無咎樂府於今第一。高郎少加筆力，我知三傑同科。

妙在和光同塵，事須鉤深入神。聽它下虎口箸，我不爲牛後人。

拾遺句中有眼，彭澤意在無絃。顧我今六十老，付公以二百年。（《豫章黄先生文集》卷十二）

【再用前韻贈子勉四首】胸中有度擇人，事上無心活身。只麽親情魚鳥，儻然圖畫麒麟。

行要爭光日月，詩須皆可絃歌。著鞭莫落人後，百年風轉蓬科。

句法俊逸清新，詞源廣大精神。建安才六七子，開元數兩三人。

醉鄉閑處日月，鳥語花中管絃。有興勤來把酒，與君端欲忘年。（同上）

【跋歐陽元老詩】此詩入陶淵明格律，頗雍容，使高子勉追之，或未能然。子勉作唐律五言數十韻，用

事穩貼，置字有力，元老亦未能也。（同上卷二十六）

【跋高子勉詩】高子勉作詩以杜子美爲標準，用一事如軍中之令，置一字如關門之鍵，而充之以博學，行之以溫恭，天下士也。（同上）

葉夢得

高荷，荆南人，學杜子美作五言，頗得句法。黄魯直自戎州歸，荷以五十韻見，魯直極愛賞之，嘗和其言，有云：「張侯海内長句，晁子廟中雅歌；高郎少加筆力，我知三傑同科。」張謂文潛，晁謂無咎也。無咎聞之，頗不平。荷晚爲童貫客，得蘭州通判以死，既不爲時論所與，其詩亦不復傳云。（《石林詩話》卷中）

王　銍

【次韻國香詩（詩略）】序：表兄高子勉，南平武信王孫。學問文章，知名四海。黄太史自黔南召歸，過荆南，與爲忘年友，贈六言詩曰：「顧我今六十老，付子以二百年。」此語豈易得哉！太史沒後數年，僕當政和癸巳歲，與僕會都城，假日話國香事甚詳，又賦長句相示，因次其韻。凡子勉詩中不言者，僕得以言之矣。（《雪溪詩》卷一）

【别高子勉兄弟】南北奔波歲月催，足間渾未洗塵埃。休將舊事從頭說，正喜新年入手來。千里遠聞

傳信雁，一枝同插未開梅。濁醪有盡情無盡，醉入都門首重回。（同上卷三）

范公偁

高荷子勉爲陝漕張，永錫幕屬，先子與同僚嘗遊華州雲臺觀，永錫有詩，用歸字韻，和者盈軸。子勉末作云：「親祠堂主鸞曾駐，善夢先生蝶不歸。」又作詩云：「妄作非吾事，罷官饑爾曹。此心常去住，何日遂孤高。雁伴鳥瘡脱，蠅營狗跛勞。不如張仲蔚，門外長蓬蒿。」故魯直有「三傑同科」之句。（《過庭錄》）

吴坰

唐末，朝中有人物號玉笥班。魯直謫涪，詩人高荷贈詩三十韻，内一聯云：「點檢金閨彦，淒涼玉笥班。」時人鱠炙，以爲切對。（《五總志》）

吴可

高荷子勉五言律詩可傳後世，勝如後來諸公。《柳》詩：「風鶩夜來雨。」「鶩」字甚奇。（《藏海詩話》）

曾季貍

高子勉《國香》詩，極好，有唐人歌行筆力。（《艇齋詩話》）

劉克莊

【江西詩派——高子勉】親見山谷，經指授，記覽多。如《麥城》詩押險韻，略無窘態。集中健語層出，紫微公乃以殿諸人，何也？可升之。（《後村先生大全集》卷九十五）

魏慶之

【宋朝警句】七言：「沙軟綠頭相並鴨，水深紅尾自跳魚。」高子勉（《詩人玉屑》卷三）

二 元代

方回

【答山谷先生】高荷子勉，江陵人。五言律三十韻贄見山谷，中有曰：「蜀天何處盡，巴月幾回彎？點檢金閨彥，飄零玉筍班。尚全宗廟器，猶隔鬼門關。」山谷賞之，遂知名。和山谷六言皆佳。蠟梅絕句尤奇。和王子予章華碑有云：「威強九鼎懼，喪亂一臺成。」亦可喜。後知涿州，卒。詩入江西派。

《芍藥》詩云：「勃興連穀雨，閏位次花王。」《春盡》詩云：「佳人門草百，稚子擊毬雙。」《謁馬中玉》云：「辨雖豪白馬，讒亦困青蠅。」皆可取。紀批：通體粗鄙，三四尤甚。（《瀛奎律髓》，附紀昀《刊誤》，卷四十二寄贈類）

三　清代

姚壎

《蠟梅》奇特，詠物中之僅見者。（《宋詩略》卷九）

編者按：原詩爲：「少鎔蠟淚裝應似，多爇龍涎鼻不如。只恐春風有機事，夜來開破幾丸書。」

謝啓昆

【讀全宋詩仿元遺山論詩絶句二百首（録一首）】三傑同科孰頡頏，稍加筆力望高郎。如何媼相門中客，解共黄公賦國香。高荷（《樹經堂詩集》初集卷十一）

十五　江端本

宋代

晁沖之

【簡江子之求茶】　政和密雲不作團，小夸寸許蒼龍蟠。金花絳囊如截玉，綠面彷彿松溪寒。人間此品那可得，三年聞有終未識。老夫於此百不忙，飽食但苦夏日長。北牕無風睡不解，齒頰苦澀思清涼。故人新除協律郎，交游多在白玉堂，揀芽鬥夸皆飫嘗。幸爲傳聲李太府，煩渠折簡買頭綱。（《晁具茨先生詩集》卷六）

【寄江子之】　平生江季子，疎嬾近忘吾。不啻三年別，如何一字無。燒丹岣嶁令，釀酒步兵廚。二者將安擇，功名莫浪圖。（同上卷七）

【留別江子之】　盡室飄零去上都，試於溱洧卜幽居。不從刺史求彭澤，敢向君王乞鏡湖。平日甚豪今潦倒，少年最樂晚崎嶇。故人鼎貴甘相絕，別後君須寄一書。（同上卷十二）

【贈江子我子之】　江郎淮海秀，經術古同師。溫潤無前輩，清新有近詩。一丘須早計，五斗莫堅辭。

獻賦修竿牘，知君定不爲。（同上卷十四）

【以少炭寄江子之】　金籍曾通玉虚殿，仙曹擬拜翠微郎。莫嫌薄上溫醪火，猶得濃薰篤耨香。（同上卷十五）

劉克莊

【江西詩派——江子之】　子我弟也。子我詩多而上，舍兄而取弟，亦不可曉。豈子我自爲家，不肯入社如韓子蒼耶？（《後村先生大全集》卷九十五）

十六 李錞、楊符

宋代

王直方

【李希聲詩】陳無己曰：「石池隨處數遊魚。」余以爲不若李希聲云：「緑淨隨時看上魚。」（《王直方詩話》）

謝逸

【懷李希聲】木落野空曠，天迴江湖深。登樓眺遐荒，朔風吹壯襟。望望不能去，動我思賢心。此心何所思，思我逍遥子。掛冠卧秋齋，閱世齊愠喜。念昔造其室，微言契名理。擊考天玉球，四坐清音起。别來越三祀，洋洋猶在耳。宵長夢寐動，月明渡淮水。（《溪堂集》補遺）

劉克莊

【江西詩派——李希聲】與徐師川、潘邠老諸人同時。（《後村先生大全集》卷九十五）

【江西詩派——楊信祖】「吏道官官惡，田家事事賢」，唐人語也。（同上）

十七　王直方

宋代

晁補之

【謝王立之送蠟梅五首】　未教落素混冰池，且看輕黄綴雪枝。越使可因千里致，春風元自未曾知。恐是凝酥染得黄，月中清露滴來香。定知何遜牽詩興，借與穿簾一點光。上林初就詔羣臣，紫蒂同心各自新。誰見小園深雪裏，破春一萼更驚人。詩報蠟梅開最先，小匳分寄雪中妍。水村映竹家家有，天漢橋邊絕可憐。去年不見蠟梅開，准擬新年恰恰來。芳菲意淺姿容淡，憶得素兒如此梅。立之家小鬟。（《雞肋集》卷二十）

陳師道

【寄答王直方】　人情校往復，屢勉終不近。新詩已經年，知子不我怨。生世餘幾何，尺箠日取寸。懷禄有遐心，從俗無遠韻。時從府中歸，數過林下飯。平生功名意，回作香火願。三年不舉觴，吻頻煙火焮。豈無兩蒼龍，霑我一雨潤。官鼃詩未工，猛乞無小靳。人生如此耳，文字已其閏。是身雖臭腐，寧作青紫楦。永懷忘年友，死矣餘令聞。念子頗似之，老我何所恨。（任淵《后山詩註》卷四）

【酬王立之二首】頓有亭前玉色梅，情知不肯破寒開。似憐憔悴兩公客，獨倚東風遣信來。重梅雙杏巧相將，不爲遊人只自芳。應怪詩翁非老手，相逢不作舊時香。（同上卷十二）

【謝王立之送花】過雨生泥風作塵，馬啼聲裏度芳辰。城南居士風流在，時送名花與報春。（同上）

【答王立之】每逢無可語，暫阻卽相求。解卷初增氣，開懷得寫憂。昏煙宜帶雨，風樹更添秋。絕唱猶多和，先衰却後酬。（同上卷十二）

晁說之

【王立之墓誌銘】士而憂心苦思，矯矯然不勝朝夕之憤，而初不爲其身之私者，古多有之，顧今豈亦乏人哉？晉國王子野質，爲人淸苦純淡，視世事若無一可以動其心者，惟以善人君子亨否爲己休戚，以故其仕屢斥，抱羸病而卒。河南尹子漸，剛毅之士也，或有不當其意者，子漸歎息，憂悲發憤，謂生可厭而死可樂，往往哀歌泣下，無幾何而卒。今城南王立之直方，非有慕於此二人，而性義實似之也。立之仕宦似二人不及遠甚，不足爲立之道。而子漸卒時年五十歲，子野卒年四十五歲，而立之之卒又少子野四歲，是又爲二人而窮者歟！立之少知自好，樂從諸文人行遊，其聞見日博而日勵，欲自置於聞人中，其得四方朋友日益加盛，且多喜稱譽立之者，立之於朋友之善，固自一毫不掩也。立之無他嗜好，惟晝夜讀書，手自傳錄，凡大編數十。時遐荒窮海，有先生居焉，立之身不出京師，而傳彼所賦歌詩獨早且多，若與彼咫尺居而手相授也。立之於人顧豈燥濕寒暑之異哉？然非其所好，雖以勢利美官誘致之，莫肯自枉也。立之雖有先人園以居，而衣食才自給耳。每有賓客至，則必命酒劇飲，抵談終日，無不傾盡，若其大有力而饒於用者。由是立之好事之名得於遠邇，客有遊京師而不見立之，則以爲恨已。立之嘗以假承奉郎監懷州酒稅，尋易冀州糴官，亦僅累月，投劾歸待，而不復更出矣。凡十五餘年，處城隅一小園中，而笑傲自適如一日焉。命其園中之堂曰賦歸，亭曰頓有，亦足以見其志云。一時文人多爲之作賦歸等詩。立之視朋友疾病死喪，力竭勢窮而無厭倦意。彭城陳無己卒於京師，立之賻弔，而割田十頃以周其孤，多此類者。立之得風痺，臥病踰二年，而家事日零落，賓客來相問訊者幾希。嗚呼，可不惜哉！立之病中取其平生書籍圖畫古器，散之四方朋友無遺，則其拳拳慕義樂善獨隆如此，此事殆古人所未有也。立之高祖諱顯，祖諱仁，皆國史有傳，曾祖諱希逸，故任尚書祠部員外郎直史館，贈司空，父諱棫，故任供備庫副使，贈金吾衞大將軍，娶安定郡王宗絳女遂昌縣君，再娶宋莒公之孫女。二子，曰恂，曰穀。女四人，長適諸王孫士德。孫女一人。立之大觀三年三月丙寅卒，卜以四月甲午，祔二夫人，葬於河南府密縣義臺鄉進節村先塋之次。立之病臥久，説之歸自關中，過其門，往問焉，形骸非平日立之，而口不能良言，或艱出一語，猶慷慨忠憤，不少懘也。且曰：「我有所作詩文，他日無咎序之，死則以道銘我。」是不可不銘。銘曰：

蹈滄海深山，蹇產苦辛，以求厥志兮，孰知有高風容與。都城之士，或轄擊車磨於聲利之塗，以爲口

腹之利兮，孰與壺觴不徙席而卒歲。彼不朝夕，或疵或癘，或躓或劓兮，又孰若令名芬芳乎來裔。（《嵩山文集》卷十九）

道潛

【賦王立之承奉園亭（賦歸堂）】王郎英妙年，功名固堪勉；浩然賦歸歟，持操眞可羨。（《參寥子詩集》卷十二）

饒節

【春日飲王立之家，同賦三頭牡丹，依次定十韻，節得牡字】異時王公門，使車駕四牡。殊方仰吾父，天子尊伯舅。舒遲入樞府，易若屈伸肘。風流未疎缺，日月競奔走。諸孫以文嗣，文字宗科斗。英華被草木，美成豈不久。宜哉此花瑞，鼎立世無有。綿力爲君賦，半夜飢腸吼。尺寸窘吾步，豈復到淵藪。翻然欲投筆，大懼惠文糾。（《倚松老人詩集》卷一）

【得交行贈王立之】世人紛紛走車轍，交情回互作冷熱。搢紳豈無鄙寄賣，山林漫有嵇康絕。我窮四方但餬口，一丘一壑志未了。得交天下能幾人，直道如君可偕老。（同上）

晁沖之

【次韻王立之雪中以酒見餉】朔雲慘慘驅朝暄，龍沙一尺人相憐。寒猿哀嘯失山木，饑鶴仰唳空舞天。當年補天眞戲爾，不知修月何時已。坐煩耆舊說辛卯，至遣兒童憂甲子。城中米價貴如玉，舉家倒廩無斗粟。千金狐裘豈易得，百結鶉衣不堪鬻。我生但識茅與菅，何曾過眼逢瑤璠。辱君新詩問所似，欲辨不敢非忘言。開壺酌酒澆我胸，酒酣起舞顏爲紅。會見東風掃冰雪，江梅塞柳煩春工。(《晁具茨先生詩集》卷六)

【又次韻謝王立之惠紅絲花】老來嗜酒無賓主，我醉應眠不遣卿。如許此花同九日，爲君採掇笑淵明。(同上卷八)

【和王立之蠟梅二首】茅簷竹塢兩幽奇，岸幘尋花醉亦知。崖蜜已成蜂去盡，夜寒惟有露房垂。老去攀翻興奇□，招攜風月作新知。但令春釀皆如此，百罰深杯亦倒垂。(同上卷九)

【寄王立之】臘雨城南宅，衝寒憶屢陪。拊憐庭下石，問訊竹間梅。諸子膺門立，羣公跋馬回。不知多病後，誰與倒樽罍？(同上卷十二)

【感梅憶王立之】王子已仙去，梅花空自新。江山餘此物，海岱失斯人。賓客他鄉老，園林幾度春。城南載酒地，生死一沾巾。(同上卷十五)

【懷王立之】不到城南久，黄梅幾度新。忽看人日作，淚盡大和春。翰墨猶如在，壺觴不復陳。常思醉風度，花底岸綸巾。(同上)

【過王立之故居】酴醿架倒花仍發，薜荔牆推石亦移。此地與君凡幾醉，年年同賦蠟梅詩。(同上)

謝邁

【寄題王立之賦歸堂】小官五斗米，達官五鼎食。均有懷祿心，細大各封殖。疾驅挽不還，此輩車轂擊。王侯生綺紈，雅意在山澤。頗賦歸去來，作堂慰休息。似聞一罇酒，醉眼分清白。何時上君堂，酌酒話疇昔？和君五字句，想望柴桑陌。（《謝幼槃文集》卷四）

呂本中

王立之直方病中盡以書畫寄交舊，余亦得書畫數種。與余書云：「劉玄德生兒不象賢。」蓋識其子不能守其圖書也。余初未與立之相識，而相與如此。夏均父嘗寄立之詩云：「書來整整復斜斜。」蓋謂其病中作字如此。（《東萊呂紫微詩話》）

朱弁

王立之、夏均父俱以宗女夫入仕。立之讀書喜賓客，黄魯直、諸晁皆與之善，著《歸叟詩話》行於世。均父名倪，饒財，亦好學。立之晚年中風，以左手作字。均父寄詩云：「猶喜平生蟹螯手，尚能半幅寫行書。」晁以道見其詩，遂與之往還。立之名直方，爲人正稱其名，然罕有知者。（《風月堂詩話》卷下）

陳振孫

【歸叟集一卷】　開封王直方立之撰。其高祖顯事晉邸，至樞密使。直方喜從蘇、黄諸名士游。家有園池，娶京女，爲假承奉郎。自號歸叟。年甫四十而死。（《直齋書録解題》卷二十詩集類下）

十八　呂本中

一　宋代

饒節

【次韻呂由義見贈之什兼簡若谷、居仁】　行年本數奇，閲世復癡絶。巉然寒餓表，但未朋友缺。晚得二三子，楚楚着行列。家學有師法，保身盡明哲。堂皇建鐘磬，戶牖照玉雪。白晳釆蘭手，未負如意鐵。由來石中璞，不在苦分别。當時偶一見，頓使我心悦。道喪古人遠，君子或降節。狐裘儻羔袖，豈待跖與桀。若人苟相久，可以輔衺拙。歡喜奏微吟，聊嗣登歌闋。（《倚松老人詩集》卷一）

【次韻答呂居仁】　向來相許濟時功，大似頻伽餉遠空。我已定交木上座，君猶求舊管城公。文章不療百年老，世事能磨雙頰紅。好貸夜窗三十刻，胡床趺坐究幡風。（同上卷二）

【再次前韻】　曾將千古較窮通，芥孔能容幾許空。借問折腰餠五㪷，何如折臂取三公。四時但覺風雨過，一飯奚須刀几紅。要識壞魔三昧力，更培根撥待春風。（同上）

韓駒

【食煮菜簡呂居仁】曉謁呂公子，解帶浮屠宮。留我具朝餐，喚奴求晚菘。洗箸點鹽豉，鳴刀芼薑葱。俄頃香馥座，雨聲傳鼎中。方觀翠浪涌，忽變黃雲濃。爭貪歙鉢暖，不覺定盌空。憶登金山頂，僧飯與此同。還家不能學，空費烹調功。硬恐動牙頰，冷愁傷肺胸。君獨得其妙，堪持饟衰翁。異時聞豪氣，愛客行庖豐。殷勤故煮菜，知我林下風。人生各有道，旨蓄用禦冬。今我無所營，枵腹何由充。豈惟臺無餽，菜把尚不蒙。念當勤致此，亦足慰途窮。（《陵陽先生詩集》卷一）

【卽席送呂居仁】一樽相屬兩華顛，落日臨分更泫然。蹀躞鳴珂君得路，伶俜散策我歸田。近聞南國生涯盡，厭見西江殺氣纏。欲買扁車吳越去，看山看水樂餘年。（同上卷四）

洪炎

【楚州阻水漲懷汪信民呂居仁二十四言】大江北理，長淮西涘。厥隩射陽，城邑嶽峙。鑿渠而漕，首淮江尾，舳艫岢峨，連檣千里。青雀翩翩，彩虹嶷嶷。梁蹋舟踏，限茲潢水。昔我至止，得二國士。簞瓢相樂，汪呂氏子。于今幾年，乖隔生死。梗泛萍飄，乃復于此。菱花淨吐，鷺羽徐起。如欲我留，盼睞以喜。俯仰山川，感念成毁。一瞬千古，寓非予恥。（《西渡集》）

謝邁

【讀呂居仁詩】吾宗宣城守，詩壓顔鮑輩。其間警拔句，江練與霞綺。居仁相家子，斂退若寒士。學道期日損，哦詩亦能事。自言得活法，尚恐宣城未。今晨開草堂，草帙亂無次。探囊得君詩，疾讀過三四。淺詩如蜜甜，中邊本無二。好詩初無奇，把玩久彌麗。有如菴摩勒，苦盡得甘味。徐侯南州傑，論文極根柢。讀君詩卷終，曰此有餘地。期君高無上，二謝以平視。要當掣鯨魚，豈但看翡翠。（《謝幼槃文集》卷一）

【聞呂居仁病未差覓使寄問】消渴文園苦病多，蕭條子美臥江沱。士窮不遇古如此，天實欲爲人謂何。忠義名家本申許，文章秀氣望岷峨。期君鍊玉煮白石，色比嬰童何啻過。（同上卷六）

【余嘗會李商老於海昏，識呂居仁於符離，今已五六年矣。偶見二公唱和詩，各次其韻一首】維舟濁汴偶相逢，彈鋏歸來四壁空。耕道十年嘗九潦，謀身一國自三公。似聞諷諭能知白，豈但詩詞要比紅。中國凜然生氣在，故知郎子有家風。寄居仁（同上）

李彭

【觀呂居仁詩】西風鏖暑功夫深，老火由來欺稚金。蠻花缺月午夢短，伐翳正爾開遙岑。忽看僧珍五字句，妙想實與神明聚。清如明月東澗水，壯如玄豹南山霧。抑揚頓挫百態隨，鷙鳥欲擧風迫之。

莫言持此黄初詩，直恐竟亦不能奇。老懷凛凛受霜氣，想見此郎冰雪姿。鄙夫好詩如好色，嫣然一笑可傾國。擊節歌之侑歡伯，杯中安得著此客。此客不肯紲塵羈，況復世網如蛛絲。秋空横河鵰鶚上，不許蜂蝶同所歸。漢家太尉死宗社，大鳥泣墳天所借。謝傅未吐活國謀，齎恨懷奇赴泉下。僧珍向來奇此人，頽波砥柱妙入神。要當疊些湘水濱，唤起猶足張吾軍。（《日涉園集》卷五）

蘇　過

【和呂居仁宿盤溪】君詩如芝蘭，君操如松竹。寧當食舍魚，坐待熊蹯熟。中商掩仁義，已作高閣束。長吟失憔悴，短綴謝煩促。自然四壁空，惟有三冬足。我懷嵩少游，已辦巾一幅。願言山中友，先登惟子獨。須煩懸河辯，令我千兔秃。歸來詩滿囊，大勝富潤屋。窮通有定分，梟脛悲所續。一醉盤溪堂，自取君詩讀。（《斜川集》卷一）

張　擴

【汴中追寄呂居仁學士】頻年如隔生，相見各潦倒。不聞語咕咕，但怪别草草。故人俄老矣，零落秋葉掃。往者蘇韓輩，人品豈不好。時危頗賴渠，惋憤塵一窖。五湖在何許，狼籍付鷗鳥。春風掠湖尾，蓴絲日夜老。我行望吳越，尚及身檢校。請分十頃餘，遲子洗鞾帽。（《東窗集》卷一）

【得海陵掾呂居仁書】故人溫飽竟何如，忽寄郵筒滿紙書。頗愧中年猶吏隱，相望千里未情疎。官曹

清簡庭無訟，淮海豐穰食有魚。見説參禪新了了，幾時爲我痛爬梳。（同上卷四）

周紫芝

【次韻呂居仁詩尾見及四絶】詩成邂逅得窮愁，眼見郎潛又白頭。人物向來山吏部，篇章今日謝宣城。

狗盜連衡苦未平，秋成戈甲尚乘城。夢魂幾欲隨公去，爲問高安路幾程？

樓上看山酒一卮，人間此樂豈兒知。秋風吹落霜前雁，寄得西來别後詩。

白髮書生誰復論，蕭然深閉一蓬門。自知赤壁功名晚，羞與周郎作耳孫。（《太倉稊米集》卷十一）

呂本中

曾元嗣續政和間嘗作《十友》詩，蓋謂顔平仲岐、關止叔沼、饒德操節、高秀實茂華、韓子蒼駒及余諸人，凡十人也。其稱予詩云：「呂家三相盛天朝，流澤於今有鳳毛。世業中微誰料理，却收才具入風騷。」（《東萊呂紫微詩話》）

政和初，無逸至京師省試，嘗寄予書，極相推重，以爲當今之世主海内文盟者，惟吾弟一人而已，又語外弟趙才仲云：「以居仁詩似老杜、山谷，非也。杜詩自是杜詩，黄詩自是黄詩，居仁詩自是居仁詩也。」（《東萊呂紫微師友雜志》）

范季隨

公（編者按指韓駒）嘗曰：昨嘗與呂居仁閒論前輩所作上元詩，居仁曰：晏元獻云「梅臺冷落收燈夜，花巷清虚掃雪天」，最佳，直是説得出，不可及。後見呂郎中有詩云：「江城氣候猶含雪，草市人家已掛燈。」豈用晏意耶？（《室中語》，見魏慶之《詩人玉屑》卷三《陵陽論警句》）

曾　幾

【呂居仁力疾作詩送行次其韻】　雪屋風飕逼歲窮，一杯情話與誰同？向人寡偶無如我，抵老相知獨有公。文字欲求千古事，簿書還費一年功。新詩已佩臨分語，況復哦詩是病中。（《茶山集》卷五）

【東萊先生詩集後序】　文集莫盛於唐，亦莫盛於本朝。唐則韓退之、柳子厚，本朝則歐陽文忠公實爲之冠。是數公固出類拔萃，巍巍乎不可尚已。編次而行於世，退之則李漢，子厚則夢得，文忠公則東坡先生，或其門人，或其故舊，又皆與數公深相知。蓋知之不深，則歲月先後、是非去取往往顛倒錯亂，不可以傳。近世張文潛、秦少游之流，其遺文例遭此患，知與不知之患也。東萊呂公居仁以詩名一世，使山谷老人在，其推稱宜不在陳無己下，然卽世多歷年所，而編次者竟無人焉。墨客詞人，相視太息，曰：「公所謂知吾者希，則我者貴歟！」儀眞沈公宗師名卿之子，少卓犖有奇志。方黨禁未解時，不顧流俗，專與元祐故家厚。公尤知之，往來酬唱最多。沈公之子公雅以通家子弟從公游，公稱之甚。乾道初元，幾就養吳郡，時公雅自尚書郎擢守是邦，暇日裒集公詩，略無遺者。次第歲月，爲二十通，鋟板置之郡齋。蓋公之知沈氏父子也深，故公雅編次之也備。幾亦受知於公者也，公雅用是屬幾題其後。竊自伏念與公皆生於元豐甲子，又相與有連雅相好也。紹興辛亥，幾避地柳州，公在桂林。是時年皆未五十，公之詩固已獨步海內，幾亦妄意學作詩。公一日寄近詩來，幾次其韻，因作書請問句律。公察我至誠，教我甚至，且曰：「和章固佳，本中猶竊以爲少新意。」又曰：「詩卷熟讀，治擇工夫已勝，而波瀾尚未闊。欲波瀾之闊，須令規模宏放，以涵養吾氣而後可，規模既大，波瀾自闊，少加治擇，功已倍於古矣。」幾受而書諸紳。今三十有六年，顧視少作，多可愧悔。既老且病，無復新功，而公之墓木拱矣，觀遺文，爲之絶歎。因記公教我之言於篇末，使後生知前輩相與情實如此，且以見幾於公之言，雖老不忘也。乾道二年四月六日，贛川曾幾題。（《茶山集》拾遺）

【讀呂居仁舊詩有懷其人作詩寄之】學詩如參禪，慎勿參死句，縱橫無不可，乃在歡喜處。又如學仙子，辛苦終不遇，忽然毛骨換，政用口訣故。居仁說話法，大意欲人悟，常言古作者，一一從此路。豈惟如是說，實亦造佳處。其圓如金彈，所向若脱兔。風吹春空雲，頃刻多態度。鏘然奏琴筑，間以八珍具。人誰無口耳，寧不起欣慕。一編落吾手，貪讀不能去。嘗疑君胸中，食飲但風露。經年闕親近，方寸滿塵務。足音何時來，招喚亦云屢。賤子當爲君，移家七閩住。（《南宋羣賢小集·前賢小集拾遺》卷四）

編者按：此首《茶山集》未收。

李彌遜

【呂本中太常少卿（制詞）】禮樂政化之所自出，後世文勝道隱，寖失聖人之旨。朕欲息邪距詖而反之正，思得好古博雅之士以辨明之。爾操履之正，克世其家；問學之醇，不悖於道；發爲詞章，炳然其華。頃由柱史遽起丘園之興，眞祠均逸，亦既踰年。今予命爾以秩宗之事。昔魯不棄禮而齊親之，治亂一軌，百世可循，益尊所聞，追還邃古之風，以成予治。朕之所以望爾，顧豈鐘鼓玉帛云乎哉！（《筠谿集》卷四）

【呂本中中書舍人（制詞）】朕寤寐中興，焦勞庶事。惟中書之地，一日萬機，而内史之職，於命令之將行，皆得以可否而獻替之，苟非其人，則安能杜漸防微，救過於未然哉！具官某襲芳名胄，濟以多聞，粲然泉湧之文，粹矣玉溫之質，侍嚴香案，議禮曲臺，人物之優，允符僉論。其輟九卿之列，來聯四戶之班。夫事固有一言之非，而駟馬弗及，一日之失，而終身爲憂。於號令出納之微，係社稷安危之重。其體茲訓，知無不言，毋使政事之行，人得以議，而朝廷有渙汗之譏，所以望於爾者。（同上卷五）

陳與義

【次韻謝呂居仁寓賀州】别君不覺歲時荒，豈意相從魑魅鄉。篋裏詩書總零落，天涯形貌各昂藏。江南今歲無胡虜，嶺表窮冬有雪霜。儻可卜鄰吾欲往，草茅爲蓋竹爲梁。（《增廣箋註簡齋詩集》卷二十六）

胡仔

苕溪漁隱曰：呂居仁《詠秋後竹夫人》詩：「與君宿昔尙同牀，正坐西風一夜涼，便學短檠牆角棄，不如團扇篋中藏。人情易變乃如此，世事多虞祇自傷。却笑班姬與陳后，一生辛苦望專房。」晁無咎詩：「不見班姬與陳后，寧聞衰落尙專房。」居仁用此語也。（《苕溪漁隱叢話》前集卷四十七）

苕溪漁隱曰：《摸魚兒》一詞，晁無咎所作也；《滿江紅》一詞，呂居仁所作也。余性樂閑退，一丘一壑，蓋將老焉；二詞能具道阿堵中事，每一歌之，未嘗不擊節也。「買陂塘，旋栽楊柳，依稀淮岸江浦。東皋新雨輕痕漲，沙觜鷺來鷗聚，堪愛處，最好是一川夜月光流注。無人獨舞，任翠幙張天，柔茵藉地，酒盡未歸去。青綾被，空憶金閨故步。儒冠曾把身誤，弓刀千騎成何事，荒了召平瓜圃。君試覷，滿青鏡，星星鬢影今如許。功名浪語，便似得班超封侯萬里，歸計恐遲暮。」此《摸魚兒》也。「東里先生家何在，山陰溪曲，對一川平野，數間茅屋。昨夜岡頭新雨過，門前流水清如玉。抱小樓，回合柳參天，搖新綠。疎籬下，叢叢菊，虛簷外，蕭蕭竹。歎古今得失，是非榮辱。須信人生歸去好，世間萬事何時足。問此春春酒醞何如，今朝熟。」此《滿江紅》詞也。（同上前集卷五十一）

苕溪漁隱云：……呂居仁詩清駛可愛。如：「樹移午影重簾靜，門閉春風十日閑。」「往事高低半枕夢，故人南北數行書。」「殘雨入簾收薄暑，破窗留月縷微明。」……居仁有絶句云：「胡虜安知鼎重輕，指蹤元自漢公卿，襄陽耆舊惟龐老，受禪碑中無姓名。」此詩有謂而作，可以意逆也。（同上前集卷五十三）

苕溪漁隱曰：東坡《九日》詩云：「相逢不用忙歸去，明日黄花蝶也愁。」又詞云：「萬事到頭終是忙，休休，明日黄花蝶也愁。」呂居仁詩云：「尚惜故人輕作别，亂山深處過重陽。」又詞云：「短籬殘菊一枝黄，已是亂山深處過重陽。」皆兩用之。詩意脈絡貫穿，並優於詞。但居仁以殘菊於重陽言之，此一字爲病。（同上後集卷六）

苕溪漁隱曰：永叔《喜雪》云：「常聞老農語，一臘見三白，是爲豐年候，占驗勝蓍策。」三白事古人不曾用，自永叔始，遂爲故實。如鮑欽止《雪霽》云：「三白歲可期，一飽分已定。」呂居仁《雪》詩云：「看取一年三白，喜歡共入新年。」皆本此也。（同上後集卷二十三）

朱　翌

【次呂居仁九日羣集韻】衣冠交上郡，氣象有中州。九日一尊酒，千巖萬壑秋。星方聚吴分，魚已躍王舟。卽事感今昔，乃情無去留。憂時俱出力，濟勝合先謀。北望邊風凜，衣戎詎敢休。（《灊山集》卷二）

劉子翬

【讀韓子蒼呂居仁近詩】詩人零落歎才難，二妙風流壓建安。已見詞鋒推晉楚，定應臭味等芝蘭。鴻軒意氣慚交呂，鳳躍聲華敢望韓。咫尺煙塵不相見，他時惆悵隔金鑾。（《屏山集》卷十八）

【呂居仁挽詞三首】粹美元功畀，風流相國傳。有文光聖道，無物累心淵。侃侃常春氣，堂堂忽逝川，東萊一點秀，冥漠楚山邊。

皓首猶貪學，謙虛德益豐。潛神無朕際，悟物不言中。雖處持荷貴，常安捽茹窮。笑談驚委蛻，儒事有英雄。

江左欣初見，傾輸便豁然。挽留嘗一粥，契闊已三年。老去無新得，書來每自鞭。幽明雖永絶，凛若在吾前。（同上卷二十）

張綱

【呂本中除祠部郎官（外制）】朕方舉羣策，以收中興之功，顧天下士有一善可取，猶將簡拔任用，而況已試之材，爲朕所知者乎？以爾富於藝文，能嗣家世，考其事業，譽在郎曹。今典祠缺員，肆以命爾。夫冰廳素號無事，固有餘力，足以講論古今。往其勉之，以待上用。（《華陽集》卷六）

王灼

陳去非、徐師川、呂居仁、韓子蒼、朱希真、陳子高、洪覺範（詞），佳處亦各如其詩。（《碧鷄漫志》卷二）

張嵲

【呂本中元是中書舍人爲臣寮上言職掌外制率寓己私奉聖旨與宮觀遇明堂大禮合行檢舉復祕閣修撰

制】勑具官某，以爾文詞華國，篤厚褆身，頃以彙征，遂儀從列。（《紫微集》卷十七）

曾季貍

呂東萊：「粥香餳白是今年。」「粥香餳白」四字本李義山《寒食》詩云：「粥香餳白杏花天。」（《艇齋詩話》）

東湖喜呂東萊「樹陰不礙帆影過，雨氣却隨潮信來」。東湖見予誦東萊詩云：「傳聞胡虜三年旱，勢合河山一戰收。」云：「何不道不戰守？」（同上）

東湖又見東萊「滿堂舉酒話疇昔，疑是中原無是時」，云：「不合道破『話疇昔』，若改此三字，方覺下句好。」（同上）

東萊送珪公果公入閩中詩五言「宿昔春水生」者，絶似《選》詩；東萊自云。（同上）

東萊《濟陰寄故人》：「柳絮飛時與君别。」有兩本者，東萊少時作，後失其本，在臨川因與學徒舉此詩，亡之，遂用前四句及結尾兩句補成一篇；已而得舊詩，遂兩存之。「落花寂寂長安路」者，是舊詩，「千書百書要相就」者，是追作。（同上）

東萊論詩，嘗引《孫子》始如處女，終如脱兎之論，亦有意味，學詩者不可不知此理。（同上）

呂東萊喜人讀東坡詩。（同上）

呂東萊詩用拍張公事，出《南史·王儉傳》王敬則云：「臣以拍張得爲三公。」（同上）

東萊《木芙蓉》絶句云：「小池南畔木芙蓉，雨後霜前著意紅。猶勝無言舊桃李，一生開落任東風。」極

雍容含不盡之意，蓋絶句之法也。荆公詠木芙蓉云：「還似美人初睡起，強臨青鏡欲妝慵。」覺得味短，不及遠矣。(同上)

呂東萊《貞女峽》詩云：「不是畏江險，愧此貞女名。」徐東湖云不合云自愧貞女，亦甚有意。(同上)

呂東萊嘗有《貓》詩甚佳，云：「伴我閒中氣味長，竹與游歷徧諸方。火邊每與人爭席，睡起偏嫌犬近牀。能與兒童較幾許，賢於臧獲便相忘。他生尚肯相從否？要奉香爐混水囊。」曲盡貓之情態。(同上)

呂東萊詩云：「非關秋後夕霜露，自是芙蓉不耐寒。」蓋用寒山拾得「芙蓉不耐寒」五字。(同上)

呂東萊圍城中詩皆似老杜，韓子蒼最愛「乾坤德甚大，盜賊爾猶存」之句。(同上)

呂東萊詩：「可到元和六七公。」「六七公」三字出《賈誼傳》。(同上)

呂東萊用「秋罷」二字，出《西漢》帝紀，言秋不成熟也。(同上)

呂東萊詩：「準擬春來泰出遊。」泰出遊，大出遊也。出《漢·田叔傳》：「叔相魯王，不泰出遊。」(同上)

呂東萊詩：「風聲入樹翻歸鳥，月影浮江倒客帆。」此篇年十六時作。作此詩嘗嘔血，自此遂得羸疾終其身，其始作詩如是之苦也。(同上)

東萊晚年長短句尤渾然天成，不減唐《花間》之作，如一詞云：「柳色過疏籬，花又離披。舊時心緒沒人知，記得一年寒食下，獨自歸時，歸後却尋伊。月上嫌遲，十分斟酒不推辭。將爲老來渾忘卻，因甚沾衣。」又一詞，其間云：「可惜一春多病，等閒過了酴醾。」又一詞，其間云：「對人不是惜姚黄，實是舊時心緒老難忘。」皆精絶，非尋常詞人所能作也。(同上)

（同上）

呂東萊：「漢家宗廟有神靈，寄語胡兒莫狂蕩。」「漢家宗廟有神靈」，《西漢》全語，見《王莽傳》元后云。（同上）

東萊：「晚菘早韭老不厭，夜鯉晨鳧多見疏。」「夜鯉晨鳧」出《説苑》魏文侯事。（同上）

東萊少作，有「白塔忽從林外過，青山常在馬頭看」，佳句也。（同上）

東萊詩云：「布帆此去應無恙。」用李白詩：「布帆無恙挂秋風。」李蓋用《世説》顧長康語。（同上）

呂東萊詩云：「舊遊可數終難又。」「難又」二字出韓文祭李郴州云，謂此會之難又。（同上）

呂東萊喜晏元憲詩：「樓臺冷落收鐙後，門巷清虚掃雪天。」蓋説得上元後天氣極佳。故東萊自有詩云：「江城氣候猶含雪，草市人家已挂鐙。」蓋因元憲之詩觸類而長。（同上）

張九成

【悼呂居仁舍人】　精識高標不世才，泉臺一掩恨難回。詞源斷是詩書力，句法端從履踐來。西掖北門聊爾耳，春風秋月亦悠哉。問君身後遺何物，只有牕間水一盃。（《横浦文集》卷四）

【書呂居仁與范秀才詩簡】　余與居仁相别十年，遂成永訣，今覽其遺蹟，如對面語，追思宿昔，爲之流涕。戊辰七月九日，范陽張某書。（同上卷十九）

【祭呂居仁舍人】　嗚呼！聖學不傳，何啻千載。吟哦風月，組繡文字。轉相祖述，謂此極致。正心修身，不復掛齒。孰如我公，師友淵源。文以宣之，詩以詠之。天下之士，誦公之文，服公之詩者多矣，而得公之意者，蓋未見其一二也。若乃勸講露門，直筆太史，代言西掖，視草北門，卽公之忠正恭儉，躬行履歷，至死不亂者，粲之於英華，而注之於筆削爾。我之識公最晚，而公之知我最深。同處於朝，而不相往來；同好此學，而未嘗談論。神交默契，不欺不愧，其亦庶幾焉。嗚呼！萬事已矣，夫復何言！觴酒豆肉，千里寓哀，惟英靈其享之。（同上卷二十）

嘗見呂居仁論詩，每句中須有一兩字響，響字乃妙指，如「身輕一鳥過」，「飛燕受風斜」，「過」字「受」字，皆一句中響字也。某平生不能作詩，每讀樂天詩，便自意明，但不費力處便佳耳。嘗舉以告居仁，居仁云：「不費力極難，用意到者自知。」（《橫浦心傳錄》卷上）

【呂居仁詩】《春日卽事》云：「雪消池館初春後，人倚欄杆未暮時。」此自可入畫。人之情意，物之容態，二句盡之。（《橫浦日新錄》）

汪應辰

【借舍人呂丈送大雅東還詩韻奉呈】典型寄老成，師友須淵源。今代紫薇公，身退道益尊。言行無表襮，卓然中所存。雲雨自翻覆，誰能動毫分。洗垢旣無垢，尙或求瘢痕。嗟我與徐子，昔也掃公門。相期膏吾車，從公畢斯文。（《文定集》卷二十四）

【輓呂舍人二首】連蹇成遺老，纔聞直禁林。是非終不屈，進退了無心。萬事邯鄲夢，千秋正始音。心知公不朽，霣涕自難禁。

接物初無間，微言獨得聞。相期深造道，不爲細論文。自有高山仰，誰知半路分。新阡疑可望，目斷只愁雲。(同上)

陳淵

【與呂居仁舍人】桐江拜别，忽已五年。庚申之夏，歸自臨安。舟過蘭谿，聞大旆已離郡城，當趨衢梁，喜有承接之幸。比至其處，徧問所寓，莫有得之者；或云道中留滯，蓋兩日以俟，而來耗寂然，遂快快而南。固知後會難必，然不謂至今尙爾隔闊也。瞻仰之情，無日不然。中間嘗辱誨帖，又於子猷書中每蒙垂問，絶知眷予之勤，感戴無喻。緣所居僻遠，無便致書，但深愧怍，不審果能寬恕否？即日秋氣清爽，伏惟啓處增勝，百福順集，益祈調護，卽膺休寵。下情豈勝虔祝。(《默堂先生文集》卷十九)

陳巖肖

呂居仁作《江西詩社宗派圖》，以山谷爲祖，宜其規行矩步，必踵其跡。今觀東萊詩，多渾厚平夷，時出雄偉，不見斧鑿痕。社中如謝無逸之徒亦然。正如魯國男子，善學柳下惠者也。(《庚溪詩話》卷下)

吳曾

【前路資糧】藏經中有《俱舍論》，載頌曰：「欲往前路無資糧，來往中間無所止。」東萊先生呂居仁臨

終詩云：「病知前路資糧少，老覺平生事業非。」蓋用前語。（《能改齋漫錄》卷七《事實》）

【無底籃】　呂居仁贈僧詩云：「莫言衲子籃無底，盛得山南骨董歸。」《廣燈錄》：「契魂禪師上堂，僧問：『古言路逢死蛇莫打殺，無底籃子盛將歸。』」蓋取此也。（同上）

【處事無心覺累輕】　東萊先生呂居仁詩云：「忍窮有味知詩進，處事無心覺累輕。」李成季已嘗云：「靜疑多事非求福，老覺無心勝攝生。」二詩雖相似，然皆佳作也。（同上卷八《沿襲》）

晁公武

【東萊集二十卷、外集二卷】　右皇朝呂本中，字居仁，好問右丞之長子。靖康初，權尚書郎。紹興中賜進士第，除右史，遷中書舍人，已而落職奉祠。少學山谷爲詩，嘗作《江西宗派圖》行於世。（《郡齋讀書志》卷十九別集類下）

陸　游

【呂居仁集序】　天下大川，莫如河江，其源皆來自蠻夷荒忽遼絶之域，累數萬里而後至中國，以注於海。今禹之遺書，所謂岷積石者，特記禹治水之迹耳，非其源果止於是也。故《爾雅》謂河出崑崙虚，而傳記又謂河上通天漢。某至蜀，窮江源，則自蜀岷山以西皆岷山也。地斷壤絶，不復可窮，河江之源，豈易知哉！古之學者，蓋亦若是，惟其上探虞、羲、唐、虞以來，有源有委，不以遠絶，不以難止，故能卓然布之天下後世而無媿。凡古之言者皆莫不然。自漢以下，雖不能如三代盛時，亦庶幾焉。宋興，諸儒相望，有出漢、唐之上者。迨建炎、紹興間，承喪亂之餘，學術文辭，猶不媿前輩，如故紫微舍人東萊呂公者，又其傑出者也。公自少時既承家學，心體而身履之，幾三十年，愈躓學愈進，因以其暇盡交天下名士。其講習探討，磨礱浸灌，不極其源不止。故其詩文汪洋閎肆，兼備衆體，間出新意，愈奇而愈渾厚，震耀耳目，而不失高古，一時學士宗焉。晚節稍用於時，在西掖嘗兼直內庭，草趙丞相鼎制，力排和戎之議，忤秦丞相檜，秦公自草日曆，載公制辭以爲罪，而天下益雅公之正。公平生所爲詩，既已孤行於世，嗣孫祖平又盡裒他文，凡若干首，爲若干卷，而屬某爲序。某自童子時讀公詩文，願學焉，稍長未能遠遊，而公捐館舍。晚見曾文清公，文清謂某：「君之詩，淵源殆自呂紫微，恨不一識面。」某於是尤以爲恨。則今得託名公集之首，豈非幸歟！慶元二年九月既望，中大夫提舉建寧府武夷山沖佑觀山陰陸某謹序。（《渭南文集》卷十四）

呂居仁詩云：「蠟燼堆盤酒過花。」世以爲新。司馬溫公有五字云：「煙曲香尋篆，盃深酒過花。」居仁蓋取之也。（《老學菴筆記》卷四）

唐人詩中有曰無題者，率杯酒狎邪之語，以其不可指言，故謂之無題，非眞無題也。近歲呂居仁、陳去非亦有曰無題者，乃與唐人不類，或眞無其題，或有所避，其實失於不深考耳。（同上卷八）

周必大

【跋呂居仁帖】　紫薇舍人呂十一丈在政和初，春秋鼎盛，且方崇尚王氏學，以蘇、黄爲異端，而手書立身爲學作文之法乃如此，其師友淵源，固有所自，而特立獨行之操，誰能及之！近世謂以詩名家，是殆見其善者機耶？嗣孫祖平力紹家學，遠示此軸，歎仰之餘，輒附名於後尤之。老人姓唐，諱廣仁，眞宗朝參政安仁之後仲長之子也。紹熙元年正月二十五日。（《周益國文忠公集·省齋文稾》卷十八）

【題呂紫薇與晁仲石詩】　晁氏一姓，文獻相續，殆無它楊，號本朝盛族。仲石諱公慶，紹興初，與范顧言、曾裘父同學詩於呂紫薇，故得是詩。乾道元年，平江守沈公雅刻《紫薇集》二十卷，以歲月爲先後。此篇在末卷中，蓋暮年所作也。仲石之子子毅以示周某，敬書其後。慶元丁巳十月丁丑。（同上《平園續稾》卷七）

周　煇

從叔知和隨侍官九江，嘗以詩見呂東萊居仁，後以書請教，答云：「廬阜只尺，讀書少休，必到山中，所與游者誰也？古人觀名山大川，以廣其志意而成其德，方謂善游。太史公之文，百氏所宗，亦其所歷山川有以增發之也。惜其所用止在文字間，若使志於遠者大者，雖近逐游、夏可也。」又爲作求諸己齋詩，見集中。知和嘗尉吴江，作垂虹詩鮑廷博注：姚本有話字，嘗語煇未有序，煇言若以所得東萊帖冠於首，何用他求；從之。（《清波雜志》卷八）

楊萬里

退之云：「如何連曉語，祇是説家鄉。」吕居仁云：「如何今夜雨，祇是滴芭蕉。」此皆用古人句律，而不用其句意，以故爲新，奪胎换骨。（《誠齋詩話》）

朱熹

【答吕伯恭書（節録）】　向見正獻公家傳，語及蘇氏，直以浮薄談目之。而舍人丈所著《童蒙訓》，則極論詩文必以蘇、黄爲法。嘗竊歎息，以爲若正獻、滎陽，可謂能惠人者，而獨恨於舍人丈之微旨有所未喻也。然則老兄今日之論，未論其它，至於家學，亦可謂蔽於近而違於遠矣。更願思之，以求至當之歸，不可自悮而復悮人也。（《朱文公文集》卷三十三）

李處權

【題吕季升谷隱堂兼寄居仁】　莘野隱於耕，傅巖隱於築，叔夜隱於鍛，君平隱於卜。四子隱不同，抗志俱超俗。夫君無所事，掃迹隱於谷。優游以卒歲，燕居常慎獨。方寸湛若水，顔狀温比玉。白璧無瑕玷，幽蘭自芬馥。插架萬籤書，擁簷千挺竹。時乘仄月過，自伴微雲宿。蕭然伏臘餘，尙不愧此屋。豈曰不願仕，可以速則速。富貴草頭露，榮華風中燭。止止理固明，知止乃不辱。小人無藉在，放浪謝羈束。衰年迫饑凍，強顔隱於祿。晚食且徐行，分量初易足。婆娑一丘壑，雅趣在松菊。平生喜文字，終恨窘邊幅。顧聞多種秫，迎寒釀已熟。更約阮仲容，清談夜更僕。（《崧庵集》卷二）

趙　蕃

【書紫微集】　詩家初祖杜少陵，涪翁再續江西燈。陳潘徐洪不可作，閬奥晚許東萊登。遺書散落亦已久，是編頗得十八九。景公千駟何足云，伯夷垂名端不朽。（《章泉稿》卷一）

敖陶孫

呂居仁如散聖安禪，自能奇逸。（《敖器之詩評》）

韓　淲

呂本中，字居仁，正獻之後，原明侍講之孫。評論詩文，必歸醇雅。葬信州德源山，號東萊先生。嘗作經筵詞掖，誥命尤有典則。（《澗泉日記》卷中）

渡江南來，晁詹事以道、呂舍人居仁，議論文章，字字皆是中原諸老一二百年醞釀相傳而得者，不可不諷味。（同上卷下）

陳振孫

【東萊集二十卷、外集二卷】中書舍人呂本中居仁撰。希哲之孫，好問之子，而祖謙之伯祖也。撰《江西宗派》者。後人亦以其詩入派中。(《直齋書錄解題》卷二十詩集類下)

岳珂

【呂居仁瞻仰收召二帖 並行書，第一帖十四行，第二帖十一行】「本中再拜：比稍不聞動靜，瞻仰之至，即日伏惟尊候萬福。本中久留閩中，比已治北去計，復被召命。顧自春多病，日頗增劇，須俟旬日稍閒乃行。衰羸如此，亦復何用前路，當懇求宮祠再任，期必得請。或見諸公，敢乞先致一言張本至幸，尚阻待見，倍乞爲時護重不備。本中再拜徽猷侍講姑夫，淑人四十七姑座前。四月二十八日。」「本中拜覆：收召雖出推獎，然本中衰病不堪，若冒昧求進，必致顛隮，將來自陳，尚乞垂意。不能者止，聖人明戒，亦或不辱題品萬分之一矣。其他覼縷，當俟後狀。曾壻到行朝請見，敢乞矜憐。六哥、十哥，續別作書。大同包上起居。本中拜覆。」

右紹興中書舍人、直學士院呂公本中、字居仁瞻仰、收召二帖眞蹟一卷。中原文獻之傳，如呂氏一門，道德文章，世載厥嬍，固難乎析薪之責也。公在南渡後，巋然靈光，尊王賤霸之一語，著於王言。天下凜然，始知有大義，其正人心、扶世教，功不淺矣。所謂負荷復何議哉！嘗考史錄，見史臣秦熺之言曰：紹興四年三月，秦檜拜右相，議和之計決矣，而左相趙鼎抑沮甚力，因修史加恩，密諭直學士院呂本中爲制詞，蓋豫爲後日奸圖。鼎爲首相，不復留意國事，用兵則徒擅都督之名，略無措畫，議和則陰懷首鼠，于進對之際，未嘗有可否，陰結黨與，肆爲詆欺，其負眷意如此。於虖！天下有公是非，如公之不匿厥指，顧可以爲誣乎？帖得之高平范氏，難進之風，溢於盈咫之幅。計其歲月，當在公賜科第還行都時。百年聲歔，槩可覘矣。紹定之元上巳日，予修禊研山，而帖適至。

贊曰：呂氏一門，我朝韋平。衣冠既南，孰爲典型？猗歟北扉，翰墨騰英。難進之風，藹於心聲。其進維何，風雷隱砰。賤霸尊王，萬古作程。天將開之，以豁瞶盲。孰遏其萌，維盜實憎。觀公初心，何止懲羹。親朋斯升，方喜彙征。私書之詒，猶欲卻行。豈願空言，與乳臭爭。道之將宏，非人所能。俛首事讎，衆方若酲。詎知禍胎，自漢公卿。淪胥一談，大呂爲輕。綸音一頒，四海竦聆。臧宮鳴劍，賈誼請纓。書下奉天，已識中興。曲筆誰歟，反肆譏評。陰險何知，雲收霧明。公帖初獲，我心未寧。謂彼噂沓，臆度以情。是或鼠腐，猶疑鴻冥。既見公書，懇懇至誠。視彼儻來，雖寵若驚。肯以王言，屈於奸朋。公義既昭，公論既明，迨今百年，猶歉混並。時歟數歟，迄莫我聽！公帖雲煙，公心日星，彼犬之猖，何狀非形。天澄氣清，脩竹蘭亭，閱此帖焉，對於汗青。（《寶真齋法書贊》卷二十五）

葉大慶

呂居仁詩：「指蹤元自漢公卿。」說者謂「指蹤」字爲誤，事見《漢書·蕭何傳》。大慶考之，何傳：上曰：

「諸君知獵乎？夫獵，追殺禽者，狗也；而發縱指示獸處者，人也。」顔師古注云：「發縱，謂解紲而放之也。指示者，以手指示之，今俗言放狗縱音子用切。」讀者乃爲「蹤跡」之「跡」，非也。書本皆不爲蹤字，自有跡蹤之狗，不待人發也。據師古之説，則用「蹤」字誠誤矣。司馬公《通鑑》亦作縱字。《後漢·荀彧傳》「貴指縱之功，薄捕獲之賞」，皆作「縱」字。而李賢注云：「縱或作蹤，兩通。」大慶又觀《文選》任昉彈曹景宗曰：「指蹤非擬，獲獸何功？」既作指蹤字矣。唐李德裕《讓官表》乃云：「臣竟微獲獸之效，内展指蹤；又無汗馬之勞，外施武力。」又皆作「蹤」字。近觀孔氏雜説，指蹤音作縱，非也。《周禮·地官》有「迹人」，注：迹人，言跡知禽獸。是亦蹤跡之義爾。據李賢之注，任昉、德裕之文，與夫孔氏之説，則居仁之詩似可如是用。更俟知者質之。（《考古質疑》卷五）

劉克莊

【江西詩派——吕紫微】紫微公作夏均父集序云：「學詩當識活法。所謂活法者，規矩備具，而能出於規矩之外，變化不測，而亦不背於規矩也。是道也，蓋有定法而無定法，無定法而有定法。知是者，則可以與語活法矣。謝玄暉有言：好詩流轉圓美如彈丸。此眞活法也。近世惟豫章黄公首變前作之弊，而後學者知所趣向。必精盡知左規右矩，庶幾至於變化不測。然余區區淺末之論，皆漢、魏以來有意於文者之法，而非無意於文者之法也。子曰：『興於詩』，『詩可以興，可以觀，可以羣，可以怨，邇之事父，遠之事君，多識於鳥獸草木之名。』今之爲詩者，讀之果可使人興起其爲善之心乎？果可使人興觀羣怨乎？果可使人知事父事君而能識鳥獸草木之名之理乎？爲之而不能使人如是，則如勿作。吾友夏均父，賢而有文章，其於詩蓋得所謂規矩備具而出於規矩之外變化不測者，後果多從先生長者游，聞人之所以言詩者，而得其要妙，所謂無意於文之文，而非有意於文之文也。」余嘗以爲此序天下之至言也，然均父所作似未能，往往紫微公自道耳。所引謝宣城好詩流轉圓美如彈丸之語，余以宣城詩巧之如錦工機錦，玉人琢玉，極天下之巧妙，窮極巧妙，然後能流轉圓美。近時學者往往誤認彈丸之論，而趨於易，故放翁詩云「彈丸之論方誤人」。又朱文公云：「紫微論詩，字字欲響，其晚年詩多啞了。」然則欲知紫微詩者，以均父集序觀之，則知彈丸之語，非主於易。又以文公之語驗之，則所謂字字響者，果不可以退道矣。（《後山先生大全集》卷九十五）

【中興絕句續選（節錄）】南渡詩尤盛於東都，炎、紹初，則王履道、陳去非、汪彥章、呂居仁、韓子蒼、徐師川、曾吉甫、劉彥沖、朱新仲、希眞，乾、淳間，則范至能、陸放翁、楊廷秀、蕭東夫、張安國一二十公，皆大家數。（同上卷九十七）

士大夫當離亂時，有幸有不幸者。簡齋云：「浮世身難料，危途計易非。」東萊云：「後世翻爲累，偷生未有期。」誦之皆可悲慨。（《後村詩話》前集卷二）

黄昇

【呂居仁】呂居仁，名本中，號紫微，申公之孫，舜徒之子。嘗集江西宗派詩。紹興初賜進士第，除右

史、中書舍人。(《中興以來絶妙詞選》卷二)

吳　潛

【滿江紅(和吕居仁侍郎東萊先生韻)】擬卜三椽，問何處，水迴山曲。朝暮景，淸風當戶，白雲藏屋。更得四時瓶貯酒，未輸一品腰圍玉。待千章子種木成陰，周遮綠。且休彈，陶令菊，也休羨，子猷竹。筭百年一夢，誰榮誰辱。喚客烹茶閑話了，呼童取枕佳眠足。但晨香一炷願天公，時豐熟。(《履齋先生遺集》卷二)

魏慶之

【宋朝警句】七言：「樹移午影重簾靜，門對春風十日閒。」吕居仁(《詩人玉屑》卷三)

王應麟

「惡過事堪喜」，杜牧之《遣興》詩也。吕居仁《官箴》引此，誤以爲少陵。「俗言惡事敵災星」，司空表聖詩也。(《困學紀聞》卷十八《評詩》)

周　密

呂紫微《明妃曲》：「人生在相合，不論胡與秦。但取眼前好，莫言長苦辛。君看輕薄兒，何殊胡地人。」其意固佳，然不脫王半山「人生失意無南北」之窠臼也。（《浩然齋雅談》卷中）

東萊呂舍人贈林少穎、李迂仲詩云：「嘗聞安身要，其本在無競。」自註云：「王輔嗣《易解》云：『安身莫若無競，修己莫若自保，守道則福至，求福則辱來。』」此格言也。（同上）

葉寘

呂居仁《符離行》：「符離之民難與居，五年坐此如拘囚。比屋生涯但剽刦，諸生學問只鄉閭。南鄰經年不相見，北鄰雖見復麄疏。窄衣小袖走塵土，也復生貌施衿裾。對此自然憂氣滿，疾病日益何由除。君不見，圖經所見又可哀，此州自古無賢才。」人謂即少陵《最能行》也……呂詩貶之殆甚，少陵猶若隱惜也。（《愛日齋叢鈔》卷四）

二　元代

方　回

《海陵雜興》居仁本中，世稱爲大東萊先生。其詩宗江西而主於自然，號彈丸法。此詩在泰州爲小官時作，爲仕宦送迎無味，非其所樂，故首句有「不如意」、「生白鬚」之語，自是名言。然應接塵俗，已無餘韻，又不敢以窮途爲厭也。意極婉曲。「魚婢」、「木奴」一聯工，而「尊」字尤好。紀批：三句似解不解，江西語病。（《瀛奎律髓》，附紀昀《刊誤》，卷四風土類）

《西歸舟中懷通泰諸君》起句十四字乃早行詩。次一聯言景物而工，又一聯言情況而不勝其高矣。詩格峥嶸，非晚學所可及也。紀批：似老而粗，江西派之不佳者。後聯突接，究少頭緒。殊不見高。（同上卷十四晨朝類）

《夜坐》紀批：瘦硬而渾老，江西詩之最佳者。（同上卷十五暮夜類）

《宜章元日》「雞日」、「雁臣」之句甚工。北夷酋長遣子入侍者，常秋來春去，避中國之熱，號曰雁臣。紀批：「雞日」、「雁臣」非即「堯時韭」、「禹餘糧」乎？虚谷譏彼之太工，而於此又許其工；蓋以吕爲江西詩派，故隱忍牽就耳。門户之弊如此。後四句淺直。（同上卷十六節序類）

《雨後至江上有懷諸子》紀批：三四不佳，後半自好。（同上卷十七晴雨類）

《雨後至城外》紀批：吕公難得此深穩之作。（同上）

《苦雨》紀批：三四可觀，七八不成語。（同上）

《柳州開元寺夏雨》「萬壑流」，刊本作「留」，予爲改定。「人傳書至竟沉浮」句絶佳。末句乃是避地嶺外，聞將相驟貴者，亦老杜秦蜀湖湘之意也。居仁在江西派中最爲流動而不滯者，故其詩多活。紀批：五六深至，不似江西派語。（同上）

《探梅呈汪信民》 拈出細朶無涴處，亦新。末句活動。 紀批：韓詩以縞帶銀杯詠雪，乃因車蹤馬跡而肖其形，今竟以縞帶銀杯爲雪，謬甚。三四雜湊，且不接起二句。（同上卷二十梅類）

《謝勝尉送梅》 三四亦活。 紀批：次句「懶慵」二字字複。「不滿容」，笨。（三四）語殊無味，亦黨附之詞。（同上）

《江梅》 尋梅則竹輿可矣，尋春則百花韉可也，此語極新。居仁詩專主乎活。曾茶山與之同年，生於元豐七年甲子，過江時各年未五十。居仁先有詩名，茶山倡和求印可，而居仁敎以詩法，故茶山以傳陸放翁，其說曰最忌參死句。今人看居仁詩多不領會，蓋專以工求，則不得其門而入也。以活求，則此梅詩亦可參矣。 紀批：此說最是，但其詩不足副此言。凡庸之筆，兼有疵累，以爲活句，是所未喩。第三句「能作惡」三字不雅。六句太纖。（同上）

《雪盡》 三四佳。 紀批：是習語。「少」、「稀」二字合掌，不得云佳。（同上卷二十一雪類）

《雨後至城外》 紀批：三四清遠，七八沉着，此居仁最雅潔之作。（同上卷二十三閒適類）

《孟明田舍》 簡齋詩高峭，呂紫微詩圓活，然必曲折有意，如「雪消池館初晴後，人倚闌干欲暮時」、「荒城日短溪山靜，野寺人稀鸛鶴鳴」，皆所謂清水出芙蓉也。如此二詩，末句却議論深復，非輕易放過者。（同上）

《送常子正赴召二首》 常子正諱同。二詩俱有少陵風骨。 紀批：（第一首）三四切中當時之弊。（第二首）三句太質，後四句自好。（同上卷二十四送別類）

《張禕秀才乞詩》紀批：語亦清灑。（同上卷二十五拗字類）

《竹夫人》「短檠」、「團扇」一聯，乃天生自然之對。紀批：比興頗淺，尚無江西粗野之狀。（同上卷二十七着題類）

《還韓城》「乾坤」、「盜賊」一聯，生逼老杜。紀批：風格老重。次句「萬」字是，言訛傳共至耳。三四全用老杜，如此逼杜亦大易事。（同上卷三十二忠憤類）

《丁未二月上旬日》此靖康二年丁未事，五月改建炎。紀批：題原有得失，詩故不失風格。（同上）

《兵亂後雜詩五首》（第三首）《左傳》：「室如懸罄。」如訓而，謂室而將空也。後人誤以爲似罄之空，非是，觀此對則得本意也。（總評）東萊外集凡二十九首，取其五，他如：「水水但爭渡，城城各點兵。」「牛亡春奪種，馬死盡徒行。」「風雨無由障，牛羊自入廬。」「簷楹鏃可拾，草木血猶腥。」「六龍時觼觽，百雉日孤危。」「報國寧無策，全軀各有詞。」皆佳句也。老杜後始有此。紀批：五首全摹老杜，形模亦略似之，而神采終不及也。（第一首）三四好，結太率易，此欲爲老杜而失之者。（第二首）次句笨拙。五六太質。（第三首）後四句太盡。（同上）

《寄璧公道友》江西詩，晚唐家甚惡之，然粗則有之，無一點俗也。晚唐家吟不著，卑而又俗，淺而又陋，無江西之骨之律。且如此詩，五六晚唐決不夢見，扇子、杏花，物對物也，頭角、白紅，各自爲對。惟陳簡齋妙得此法。（同上卷四十七釋梵類）

《用寄璧上人韻寄范元實趙才仲及從叔知止》居仁和此韻凡六首。「酒如震澤三江綠，詩似芙蕖五月紅」、「雙鬢共期他日白，千花猶是去年紅」、「銀杯久持浮大白，桃花且着舒小紅」，皆脫灑圓活。紀批：次句費解。四句「公」字究不妥。（同上）

脫　脫等

【呂本中傳】呂本中，字居仁，元祐宰相公著之曾孫，好問之子。幼而敏悟，公著奇愛之。公著薨，宣仁太后及哲宗臨奠，諸童稚立庭下，宣仁獨進本中，摩其頭曰：「孝於親，忠於君，兒勉焉。」祖希哲師程頤，本中聞見習熟。少長，從楊時、游酢、尹焞游，三家或有疑異，未嘗苟同。以公著遺表恩授承務郎。紹聖間，黨事起，公著追貶，本中坐焉。元符中，主濟陰簿，秦州士曹掾，辟大名府帥司幹官。宣和六年，除樞密院編修官。靖康改元，遷職方員外郎，以父嫌，奉祠。丁父憂。服闋，召爲祠部員外郎，以疾告去；再直祕閣，主管崇道觀。紹興六年，召赴行在，特賜進士出身，擢起居舍人，兼權中書舍人。內侍李琮失料曆，上以潛邸舊人，不用保任，特給之。本中言若以異恩別給，非所謂「宮中府中，當爲一體」者。上見繳還甚悅，令宰臣諭之曰：「自今有所見，第言之。」監階州草場苗亘以贓敗，有詔從黥，本中奏：「近歲官吏犯贓，多至黥籍，然四方之遠，或有枉濫，何由盡知，異時察其非辜，雖欲拔拭，其可得乎？若祖宗以來，此刑嘗用，則紹聖權臣當國之時，士大夫無遺類久矣。願酌處常罰，毋令姦臣得以藉口於後世。」從之。七年，上幸建康，本中奏曰：「當今之計，必先爲恢復事業，求人才，䘏民隱，講明法度，詳審刑政，開直言之路，俾人人得以盡情，然後練兵謀帥，增師上流，固守淮甸，使江南先有不可動之勢，伺彼有釁，一舉可克。若徒有恢復之志，而無其策，邦本未强，恐生他患。今江南、兩浙科須日繁，閭里告病，倘有水旱乏絶，姦宄竊發，未審朝廷何以待之？近者臣庶勸興師問罪者不可勝數，觀其辭固甚順，考其實不可行。大抵獻言之人與朝廷利害絶不相侔，言不酬事不濟，則脱身而去。朝廷施設失當，誰任其咎？鷙鳥將擊，必匿其形。今朝廷於進取未有秋毫之實，所下詔命已傳賊境，使之得以爲備，非策也。」又奏：「江左形勢，如九江、鄂渚、荆南諸路，當宿重兵，臨以重臣。吴時謂西陵建平，國之藩表。願精擇守帥，以待緩急，則江南自守之計備矣。」内侍鄭諶落致仕，得兵官，本中言：「陛下進臨江滸，將以有爲，今賢士大夫未能顯用，巖穴幽隱未能招致，乃起諶以統兵之任，何邪？」命遂寢。引疾乞祠。直龍圖閣知台州，不就，主管太平觀，召爲太常少卿。八年二月，遷中書舍人；三月，兼侍講；六月，兼權直學士院。金使通和，有司議行人之供，本中言：「使人之來，正當示以儉約。客館芻粟，若務充悦，適啓戎心；且成敗大計，初不在此，在吾治政得失，兵財强弱。願詔有司令無乏可也。」初本中與秦檜同爲郎，相得甚歡，檜既相，私有引用，本中封還除目，檜勉其書行，卒不從。趙鼎素主元祐之學，謂本中公著後，又范沖所薦，故深相知。會哲宗實録成，鼎遷僕射，本中草制，有曰：「合晉、楚之成，不若尊王而賤霸；散牛、李之黨，未如明是以去非。」檜大怒，言于上曰：「本中受鼎風旨，伺和議不成，爲脱身之計。」風御史蕭振劾罷之。提舉太平觀，卒。學者稱爲東萊先生，賜謚文清。有詩二十卷，得黄庭堅、陳師道句法。《春秋解》一十卷，《師友淵源録》五卷行于世。（《宋史》卷三七六）

三 明代

謝榛

呂居仁《春日卽事》：「雪消池館初春後，人倚欄干欲暮時。」或云淸景入畫，人之情意，物之容態，二意盡之。予觀此作，宛然一美人圖也。（《詩家直說》卷四）

胡應麟

黄、陳、曾、呂，名師老杜，實越前規。（《詩藪》內編卷二）

諸家外又有魏仲先、宋子京、王平父、張文潛、呂居仁、韓子蒼、唐子西、尤延之等，大概非崑體，則晚唐江西耳。（同上外編卷五）

宋人語如「雪消池館初晴後，人倚闌干欲暮時」……之類，時咸膾炙，不知已落詩餘矣。（同上）

宋初及南渡諸家，亦往往有可參唐集者，世率以時代置之。今摘其合作之句列于左方：……七言如……呂居仁「江回夜雨千崖黑，霜着高林萬葉紅」……皆七言近唐句者，此外不多得也。（同上）

四　清代

賀裳

【屬對】宋人□法大家，實競小巧，如「曾求竹醉日，更問柳眠時」，工而纖，亦有赤子朱耶之勝。又呂居仁《海陵雜興》曰：「土俗尊魚婢，生涯欠木奴。」當時以爲佳對。余因思岑參《北庭》詩「鴈塞通鹽澤，龍堆接醋溝」，可謂天生巧合，盛唐人卻不以此標榜。（《載酒園詩話》卷一）

【呂本中】呂居仁詩亦清致，惜多輕率，如《柳州開元寺夏雨》詩：「風雨翛翛似晚秋，鴉歸門掩伴僧幽。雲深不見千巖秀，水漲初聞萬壑流。鐘喚夢回空悵望，人傳書至竟沈浮。虎頭燕頷非吾相，莫羨班超拜列侯。」《西歸舟中懷通泰諸君》曰：「一雙一隻路旁堠，乍有乍無天際星。亂葉入船侵敗衲，疾風吹水擁枯萍。山林何謝誰方駕，詩語曹劉可乞靈。酒盌茶甌俱不厭，爲公醉倒爲公醒。」不無秀句，卒付頹然，韻度雖饒，終有緩骨孱筋之恨，亦大似其國事也。此種皆韓子蒼流弊。（同上卷五）

沈雄

【疊句】兩句一樣爲疊句，一促拍，一曼聲。《瀟湘神》、《法駕導引》一氣流注者，促拍也，東坡引「雄心消一半，雄心消一半」，不爲申明上意，而兩意全該者，曼聲也，體如是也。若呂居仁之「恨君不似江樓月，南北東西，南北東西，只有相隨無别離」，是承上接下，偶然戲爲之耳。（《古今詞話》詞品卷上）

呂本中，字東萊，紹興中進士，除右史，多論國事得失，見宋綱目。常集江西宗派詩。其所詠「春盡茅簷低着燕，日高田水故飛鷗」，見《紫微集》。杜伯高、仲高出其門，爲集東萊詞。（同上《詞評》卷上）

查愼行

《西歸舟中懷通泰諸君》（晨朝類）「一雙一隻路旁堠」，「路旁堠，一雙復一隻」，乃白香山古詩。

《柳州開元寺夏雨》（晴雨類）「人傳書至竟沉浮」，題外見作意。

《還韓城》（忠憤類）第四老杜成句。「稻壠秋仍早」，「早」字疑訛，當作「旱」。

《兵亂後雜詩五首》其五（同前）五六本柴桑，換數字耳。（《初白菴詩評》卷下《瀛奎律髓》評）

許昂霄

《減字木蘭花》淡語自佳。（《詞綜偶評》）

闕名

呂居仁有詠柳花詞云：「柳塘新漲，艇子搖雙槳。閒倚曲欄成悵望，是處春愁一樣。傍人幾點飛花，夕陽又送棲鴉。試問畫樓西畔，暮雲恐近天涯。」蓋《清平樂》也。居仁直忤柄臣，深居講道，而小詞乃工穩清潤至此。（《嘯翁詞評》，《御選歷代詩餘》卷一百十七引）

紀　昀等

【春秋集解三十卷內府藏本】　宋呂本中撰。舊刻題曰呂祖謙，誤也。本中字居仁，好問之子。《宋史》本傳載其靖康初官祠部員外郎，紹興六年賜進士，擢起居舍人，八年遷中書舍人，兼侍講，權直學士院。學者稱爲東萊先生，故趙希弁《讀書附志》稱是書爲東萊先生撰。後人因祖謙與朱子遊，其名最著，故亦稱爲東萊先生，而本中以詩擅名，詩家多稱呂紫微，東萊之號稍隱，遂移是書於祖謙，不知陳振孫《書錄解題》載是書，固明云本中撰也。朱彝尊《經義考》嘗辨正之，惟以《宋志》作十二卷爲疑。然卷帙分合，古今每異，不獨此書爲然。況振孫言是書自三傳而下，集諸儒之說，不過陸氏、兩孫氏、兩劉氏、蘇氏、程氏、許氏、胡氏數家，而采擇頗精，而全無自己議論，以此本考之亦合，知舊刻誤題審矣。惟《宋志》此書之外，別出祖謙《春秋集解》三十卷，稍爲牴牾；疑宋末刻本已析其原卷，改題祖謙，故相沿譌異，史亦因之重出耳。祖謙年譜備載所著諸書，具有年月，而《春秋集解》獨不載，固其確證，不必更以他說疑也。本中嘗撰《江西宗派圖》，又有《紫微詩話》，皆盛行於世，世多以文士目之，而經學深邃乃如此。林之奇從之受業，復以其學授祖謙，其淵源蓋有自矣。（《四庫全書總目提要》卷二十七經部春秋類）

【官箴一卷浙江鮑士恭家藏本】宋呂本中撰。本中有《春秋集解》，已著録。此乃其所著居官格言，凡三十三則。《宋史》本中列傳備列其著作之目，不載是書，然《藝文志》雜家類中乃著録一卷。此本載左圭《百川學海》中，後有寶祐丁亥永嘉陳昉跋，蓋即昉所刊行，或當日偶然題記，如歐陽修試筆之類，本非有意於著書，後人得其手稿，傳寫鐫刻，始加標目，故本傳不載歟？本中以工詩名家，然所作《童蒙訓》於修己治人之道，具有條理，蓋亦頗留心經世者。故此書多閲歷有得之言，可以見諸實事。書首即揭「清慎勤」三字，以爲當官之法，其言千古不可易。王士禛《古夫于亭雜録》曰：「上嘗御書『清慎勤』三大字刻石，賜内外諸臣。案此三字，呂本中《官箴》中語也。」是數百年後尚蒙聖天子採擇其説，訓示百官，則所言中理可知矣。至其論不欺之道，明白深切，亦足以資儆戒，雖篇帙無多，而詞簡義精，固有官者之龜鑑也。（同上卷七十九史部職官類）

【童蒙訓三卷兩淮鹽政採進本】宋呂本中撰。本中有《春秋集解》，已著録。是書其家塾訓課之本也。本中北宋故家，及見元祐遺老，師友傳授，具有淵源，故其所記多正論格言，大抵皆根本經訓，務切實用。於立身從政之道，深有所裨，中間如申顔、李潛、田腴、張琪、侯無可諸人，其事蹟史多失傳，賴此猶可以考見大略，固不僅爲幼學啓迪之資矣。考朱子答呂祖謙書，有「舍人丈所著《童蒙訓》，極論詩文，必以蘇、黄爲法」之語，此本無之，其他書所引論詩諸説，亦皆不見於書内，故何焯跋疑其但節録要語而成，已非原本。然刪削舊文，不過簡其精華，除其枝蔓，何以近語録者全存，近詩話者全汰？以意推求，殆洛、蜀之黨既分，傳是書者，輕詞章而重道學，不欲以眉山緒論錯雜其間，遂刊除其論文之語，定爲此本歟？其書初刊於長沙，又刊於龍溪，譌舛頗甚。嘉定乙亥婺州守邱壽雋重校刊之，有樓昉所爲跋。後紹定己丑眉山李𡌴守郡，得本於提刑呂祖烈，復鋟本於玉山堂。今所傳本，即明人依宋槧翻雕，行款字畫，一仍其舊，最爲善本，今亦悉從之焉。（同上卷九十二子部儒家類）

【紫微雜說一卷　浙江巡撫採進本】舊本題宋呂祖謙撰，又有別本，但題《東萊呂紫微雜說》，而不著其名。今考趙希弁《讀書志》載《東萊呂紫微雜說》一卷，《師友雜志》一卷，《詩話》一卷，皆呂本中居仁之說，鄭寅刻之廬陵云云。據此則當爲呂本中所撰。蓋呂氏祖孫當時皆稱爲東萊先生，傳寫是書者，遂誤以爲出祖謙之手，不知本中嘗官中書，人故稱曰紫微，若祖謙僅終於著作郎，不得有紫微之稱，又書中有自嶺外歸之語，而本中《東萊集》有避地過嶺詩，於事蹟亦適相合，其爲本中所撰無疑也。其書分條臚列，於六經疑義，諸史事蹟，皆有所辨論，往往醇實可取。如謂經書致字有取之義，又有納之義，先儒但以至極立解爲未盡；又謂《檀弓》「齊穀王姬之喪」句，「穀」當爲「告」，「使必知其反也」句，「知」當爲「如」，皆於經訓有合。又謂《論語》「四體不勤，五穀不分」句爲荷蓧丈人自謂，亦頗有所見。大抵平正通達，切中理道之言，非諸家說部所能方駕。其書首論《衡門》之詩一條，所云哀時君之無立志者，祖謙後作《讀詩記》，實祖是說，亦可見其家學淵源也。（同上卷一百二十一子部雜家類）

【東萊詩集二十卷　兩淮馬裕家藏本】宋呂本中撰。本中有《春秋集解》，已著錄。其詩法出於黃庭堅，嘗作《江西宗派圖》，列陳師道以下二十五人，而以己殿其末。其《紫微詩話》及《童蒙訓》論詩之語，皆俱有精詣。敖陶孫《詩評》稱其詩如散聖安禪，自能奇逸，頗爲近似。苕溪胡仔《漁隱叢話》稱其「樹移午影重簾靜，門閉春風十日閒」，「往事高低半枕夢，故人南北數行書」，「殘雨入簾收薄暑，破窗留月鏤微明」諸句，殊不盡其所長。《朱子語録》乃稱本中論詩欲字字響，而暮年詩多啞。然朱子以詩爲餘事，而本中以詩爲專門，吟咏一道，所造自有淺深，未必遂爲定論也。此集有慶元二年陸游序，乾道二年曾幾後序。《文獻通考》别載有集外詩二卷，此本無之，蓋已散佚。又陸游序稱嗣孫祖平悉裒集他文爲若干卷，今此本有詩無文，惟其草趙鼎遷右僕射制詞，所云「合晉、楚之成，不若尊王而賤霸；散牛、李之黨，未如明是而去非」之語，以秦檜惡之，載於日曆，尚爲世所傳誦，其他文則泯沒久矣。（同上卷一百五十八集部别集類）

【紫微詩話一卷江蘇巡撫採進本】　宋呂本中撰。本中有《春秋集解》，已著録。本中歷官中書舍人，權直學士院，故詩家稱曰呂紫微，而所作詩話，亦以紫微爲名。其中如李鼎祚《易解》諸條，偶涉經義，秦觀《黄樓賦》諸條，頗及雜文，吳儔倒語諸條，亦間雜諧謔，而大致以論詩爲主。其學出於黄庭堅，嘗作《江西宗派圖》，以庭堅爲主，而以陳師道等二十四人序列於下；宋詩之分門别戶，實自是始。然本中雖得法於豫章，而是編稱述庭堅者，惟范元實一條，從叔知止一條，晁叔用一條，潘邠老二條，晁无咎一條，皆因他人而及之，其專論庭堅詩者，惟歐陽季默一條而已。餘皆述其家世舊聞及友朋新作，如横渠張子、伊川程子之類，亦備載之，實不專於一家。又極稱李商隱《重過聖女祠》詩「一春夢雨常飄瓦，盡日靈風不滿旗」一聯，及《嫦娥》詩「嫦娥應悔偷靈藥，碧海青天夜夜心」二句，亦不主於一格。蓋詩體始變之時，雖自出新意，未嘗不兼採衆長；自方回等一祖三宗之説興，而西崑、江西二派，乃判如冰炭，不可復合。元好問《題中州集末》因有「北人不拾江西唾，未要曾郎借齒牙」句，實未流相詬，有以激之。觀於是書，知其初之不盡然也。王士禛《古夫于亭雜錄》曰：「《紫微詩話》載張子厚詩『井丹已厭嘗葱葉，庾亮何勞惜薤根』，三韭二十七，乃杲之事，與元規何涉。張誤用，而居仁亦無辨證，何也？」今考《南齊書·庾杲之傳》，杲之清貧自業，食惟有韭葅瀹韭生韭雜菜，或戲之曰：「誰謂庾郎貧，食鮭嘗有二十七種。」則杲之但有食韭事實，不云薤。《晉書·庾亮傳》載亮噉薤因留白，陶侃問曰：「安用此爲？」亮曰：「故可以種。」則惜薤實庾亮事，與杲之無關，此士禛偶然誤記，安可反病本中失於辨證乎？（同上卷一百九十五集部詩文評類）

楊希閔

【呂紫微公本中】初名大中，字居仁，先東萊人，文靖公夷簡始家京師。父好問侍講公希哲之長子，申國正獻公公著孫，資政殿學士，封東萊郡侯。先生以正獻公恩補承務郎。紹興六年，自直祕閣主管崇道觀，召赴行在，特賜進士出身，擢起居舍人，兼權中書舍人。七年，改直龍圖知台州，不就，召爲太常少卿。八年，遷中書舍人兼權直學士院，以忤檜罷官，與祠。卒於上饒，年六十二，謚文清。（《餘師錄》前集卷五《宋名儒》）

謝啓昆

【讀全宋詩仿元遺山論詩絶句二百首（録一首）】參來妙聖本安禪，活法靈均任自然。試問西方與兜率，西江衣鉢向誰傳。呂居仁（《樹經堂詩集》初集卷十一）

陸心源

【重刊《師友雜志》、《紫微雜説》序】《師友雜志》一卷，《紫微雜説》一卷，宋呂本中撰。《郡齋讀書志》、《書録解題》皆著於録；四庫雜家類據浙江所進《紫微雜説》著録，而缺《師友雜志》。此從穴硯齋抄本傳録，「廓」字下註御名，猶存宋本舊式。《讀書志》稱鄭寅曾刻之廬陵，或即從廬陵本出歟？宋以後無刻本。余恐其久而益微，校録付梓，缺者仍之。本中字居仁，元祐宰相公著之曾孫，希哲之孫，好問之子，祖謙之父。希哲師事程伊川，即書中所稱滎陽公是也。居仁聞見習熟，少長從楊龜山、游薦山、尹彦明游，三家或有疑異，未嘗苟同。詩得黄山谷、陳后山句法。始由恩澤入仕，紹興六年，特賜進士出身，累官中書舍人，屢有封奏。初爲郎，與秦檜相得甚歡；檜既相，私有引用，居仁封還除目；檜又怨其與趙鼎相知，風御史蕭振劾罷之；事詳《宋史》本傳。所著書存於今者，此外尚有詩集二十卷，《春秋經解》二十卷，《童蒙訓》三卷；餘不傳。元祐極人才之盛，道學則有二程、張邵，政事則有溫公、潞公，文章則有蘇、黄、晁、張，氣節則有器之、瑩中。居仁以名門子弟師友羣公，目染耳濡，迥殊凡俗，其所記録一時名人嘉言懿行，往往而在，當與《伊洛淵源録》、《名臣言行録》同觀，未可以説部概之也。《宋史》惜其才可經邦，節可勵世，議論不合，奉祠以去；然居仁得以優游林下，著

書教子，著述傳於後世，有子蔚爲大儒，亦檜有以玉成之也。(《儀顧堂集》卷五)

丁丙

【東萊先生詩集二十卷舊鈔本，馬衎齋藏書】　呂本中居仁。……是書前有慶元二年山陰陸游序，乾道二年贛川曾幾後序。曾序稱是集沈公雅編。公雅於公爲通家子，且從之游，時出守吴郡，暇日裒集公詩，刻置郡齋。是曾序在先也。陸序稱公所爲詩已孤行於世，其嗣孫祖平又盡裒他文若干卷，屬游爲序。則陸之序别有文集一編，自建刻移置於此。紫微論詩須參活法，彈丸之喻，劉後村、朱文公多議之，同時如贛人曾幾與之贈答，而不入派。今觀幾序數百言，宛轉低徊，曾不以入派爲慊，可見古人用心之厚。此鈔本有古鹽官花山馬衎齋圖書一印。(《善本書室藏書志》卷三十)

十九 陳與義

一 宋代

徐度

陳參政去非少學詩於崔鷗德符，嘗請問作詩之要。崔曰：「凡作詩，工拙所未論，大要忌俗而已。天下書雖不可不讀，然慎不可有意於用事。」去非亦嘗語人，言本朝詩人之詩，有慎不可讀者，有不可不讀者，慎不可讀者梅聖俞，不可不讀者陳無己也。（《卻掃編》卷中）

姜光彥

【己酉中秋，任才仲、陳去非會飲岳陽樓上，酒半酣，高談大笑，行草間出，誠一時俊遊也。爲賦之】岳陽樓高幾千尺，俯視洞庭方酒酣。萬頃波光天上下，兩山秋色月東南。興來鸑鵠隨行草，夜永魚龍駭笑談。我欲煩公釣鼇手，盡移雲水到松菴。（《宋詩紀事》卷四十四引《岳州府志》）

鄭剛中

【與陳去非】　癸巳辟雍，獲陪燈火，其後間關險阻，垂二十年，南北升沈，無從瞻晤。今者偶以枯朽發榮，而舍人方隱躋清切，正此騰上，其爲幸會，亦豈偶然。屬坐愚拙，人事極疏，得官海邦，待三年之闕，未有驅策之便爾，臨書豈勝增情。（《北山文集》卷九）

【與陳去非】　某頓首再拜：掌制勸講，朝廷之妙選，儒者之至榮；直院舍人，被九重睠倚之隆，兼三職清華之寵。伏惟歡慶，器業益茂，中外咸仰，其所以屬望我公者，甚大且遠，未敢以此而言賀也。半面微生，姑見區區拜候之誠。（同上卷二十）

【又】　某頓首再拜：王公之門，名位益隆，則寒賤之人，跡日以疏。直院舍人，袞袞勝上，行且入夔龍之室矣。如某者，丁、識尙可以寸紙短緘，爲修問之資否乎？執事上或許之，則記室几格之上，時有三十年白首同舍生之書，亦敦篤風敎之一也。皇恐皇恐。（同上）

普聞

詩家云鍊字莫如鍊句，鍊句莫若得格，格高本乎琢句，句高則格勝矣。天下之詩，莫出于二句，一曰意句，二曰境句。境句則易琢，意句難製。境句人皆得之，獨意不得其妙者，蓋不知其旨也。……陳去非詩云：「一官不辨作生涯，幾見秋風捲岸沙。」境也，著「幾見」二字，便成意句。（《詩論》）

胡　仔

苕溪漁隱曰：陳去非詩，平淡有功。如：「疎疎一簾雨，淡淡滿枝花。」「官裏簿書何日了，樓頭風雨見秋來。」「客子光陰詩卷裏，杏花消息雨聲中。」……去非《墨梅》絶句云：「含章簾下春風面，造化功成秋兔毫，意足不求顔色似，前身相馬九方皋。」後徽廟召對，稱賞此句，自此知名，仕宦亦寖顯。陳無己作《王平甫文集後序》云：「則詩能達人矣，未見其窮也。」故葛魯卿於去非《簡齋集敍》遂用此語，蓋爲是也。（《苕溪漁隱叢話》前集卷五十三）

苕溪漁隱曰：去非舊有詩云：「風流丘壑眞吾事，籌策廟堂非所知。」其後登政府，無所建明，卒如其言。《九日》詞云：「九日登臨有故常，隨晴隨雨一傳觴。」用退之《淮西碑》欲事故常之語。又《憶洛中舊遊》詞云：「憶昔午橋橋上飲，坐中多是豪英。長溝流月去無聲，杏花疏影裏，吹笛至天明。」此數語奇麗，《簡齋集》後載數詞，惟此詞爲優。（同上後集卷三十四）

傅自強

【韋齋集序（節錄）】　予少時學詩，嘗以作詩之要扣公（編者按指朱松）。公不以輩晚遇我，而許從游。間宿于閩部憲臺從事官舍之東軒，夜對榻語，蟬聯不休。比晨起，則積雨初霽，西風凄然。公因爲予舉簡齋「開門知有雨，老樹半身濕」及韋蘇州「諸生時列坐，共愛風滿林」之句，且言古之詩人貴衝口直致，蓋與彭澤「把酒東籬下，悠然見南山」同一關捩。三人者出處窮達雖不同，誦此詩則可見其人之蕭散清遠，此殆太史公所謂難與俗人言者。（朱松《韋齋集》卷首）

朱　翌

【賀陳内翰去非三首】　聞道催宣召，傳呼入翰林。堂高初上玉，帶重更垂金。煩悉周公誥，丁寧葛亮心。調元知有日，天意向君深。

夢獲生花筆，袢開視草儒。奉天專仰陸，元祐只傳蘇。蓮影光分燭，絲紋細結絇。禁中頗牧在，夙夜贊神謨。

夜到甘泉捷，光搖建曉魁。唐家方再造，漢德已重開。太史書雲後，羣公賀雪回。十行寬大詔，早晚出銀臺。（《灊山集》卷二）

綦崇禮

【賜新除禮部侍郎陳與義辭免恩命不允詔】　勑與義：省所劄子奏辭免恩命事具悉。卿以經術之深，既資勸講；辭華之贍，兼俾代言。而任總銓曹，日攖繁務，惟精明之立斷，在剸撥而有餘。然而必將責吏事之能，則非所以用儒臣之意。貳卿之列，掌禮是優；品秩雖同，劇閑則異。方討裁容典，固有賴於刺經；則潤色絲綸，蓋無妨於視草。欲賢勞之少佚，極清選以良宜，初匪超踰，奚煩遜避。所請宜不

允。故茲詔示，想宜知悉。(《北海集》卷十五)

【賜左奉議郎試尚書禮部侍郎兼侍講兼權直學士院陳與義乞除一在外宮觀或僻小一郡不允詔】 勑與義：省所奏乞除一在外宮觀或僻小一郡事具悉。卿之求去蓋屢矣而不止，朕之留卿則確然而莫移，顧委質事君，將內外之奚擇；而用人立國，患賢才之未充。眷予侍從之流，有此英奇之望。平允甚宜於文部，直清復見於秩宗。矧視草禁嚴，方待宣公之中助；且執經帷幄，可容揚秉之外遷。卿雖自處之有辭，朕豈苟遺而無故。體茲至意，毋復固陳。所請宜不允。故茲詔示，想宜知悉。(同上)

【賜新除吏部侍郎陳與義辭免恩命不允詔】 勑與義：省所奏辭免恩命事具悉。選部舊爲劇曹，自南渡以來，典籍散亡，姦弊百出。或者當用文學之吏治之，庶幾能勝，則又大不然。夫銓綜之地，多士所趨，而專以吏道繩焉，其肯退聽。昔人蓋有簡要清通之目，非吾儒學之臣，其素節雅望足以領袖後進者，顧未易以厭服士心而見推平允也。朕今擢卿於詞掖，而行之選事，豈苟然者？亟祗厥官，毋留成命。所請宜不允。故茲詔示，想宜知悉。(同上)

【賜左奉議郎試尚書吏部侍郎兼侍講兼權直學士院陳與義乞除一小郡或宮觀差遣並不允詔】 勑與義：省所奏陳乞事具悉。朕閔勞多虞，事皆草創，而銓選之法壞，比命有司裒輯科條，聚爲成書，庶幾遵行稍有定制。但今輿圖半沒，仕路猶廣，衣冠流離，失職者衆。而州縣之員有限，不足以充其求，乃至逆用數年之缺，先者未至，已復揭牓而待其後矣。苟於是中尚容姦倖，則可乎？軫于朕懷，申飭憲禁。方賴卿等革茲弊源，而遽求罷去，豈朕所望。如卿才能學識，蓋一時之選，惟悉乃心，勤乃職，

使吏不得用法，而士無謗言，朕復何慮。所請宜不允。故茲詔示，想宜知悉。(同上)

【賜左奉議郎試尚書吏部侍郎兼侍講陳與義乞除一在外宫觀不允詔】勑與義：省所奏乞除一在外宫觀差遣事具悉。朕建立邦國於剝亂陵夷之後，號召人材於流離解散之餘。有德于茲，將收其用，夫豈無故而遐棄之。卿以碩學懿文，宏材贍智，來從孤遠，越置近嚴。綸閣摛辭，識王言之體；天官典選，得士譽之公。方觀厥成，克副朕志。遽以疾諗，欲輕去朝，何嫌何疑，而爲計出此？姑安乃職，毋復多言。所請宜不允。故茲詔示，想宜知悉。(同上)

【賜吏部侍郎兼直學士院兼侍講陳與義乞除一在外宫觀差遣不允詔】勑與義：省所奏乞除一在外宫觀差遣事具悉。朕惟銓衡人物，必有清通之才；勸講經帷，必有鴻博之學；發揮帝制，必有典雅之文；夫然後稱。卿以時望，登于從班，兼茲三長，獲爲朕用。矧其辭章爲後來之冠，議論合當世之宜。求之在庭，幾見其比。人才難得，國步猶艱，顧如卿者，可因引疾而聽其去哉？勉體眷知，毋徒辭費。所請宜不允。故茲詔示，想宜知悉。(同上)

張　戒

乙卯冬，陳去非初見余詩曰：「奇語甚多，只欠建安六朝詩耳。」余以爲然。及後見去非詩全集，求似六朝者尚不可得，況建安乎？詞不逮意，後世所患。(《歲寒堂詩話》卷上)

「獨坐燒香靜室中，雨聲初罷鳥聲空。瓦溝柏子時時落，知有寒天木杪風。」此絶句非余得意者，而陳去非獨稱不已。張巨山出去非詩卷，戒獨愛其《征牟書事》一首云：「神仙非異人，由來本英雄。蒼山雨中高，綠草溪上豐」者，而去非亦不自以爲奇也。（同上）

張綱

【陳與義除禮部侍郎（外制）】朕選六卿之亞，皆民譽也。故治官掌銓衡之政，而宗伯總禮文之事。然劇易之職不同，至于佐其長以率屬，則協心盡悴，厥任惟均。具官某蚤以異材，亟登邇列，分職文部，期年于茲。姦弊既除，譽言無間。念方使之進陪經幄，兼直玉堂。若猶責以煩劇之勞，將恐妨於論思之益。宜從所便，易畀簡曹。且禮所以治神人，和上下，豈在區區文物之間爲哉！爾其勉修厥職，使夫日力有裕，而專意于問學文章，以奉我淸閒之燕。朕心所望，尙克體之。（《華陽集》卷五）

王灼

陳去非、徐師川、呂居仁、韓子蒼、朱希眞、陳子高、洪覺範（詞），佳處亦各如其詩。（《碧鷄漫志》卷二）

陳善

【詠梅】客有誦陳去非《墨梅》詩於予者，且曰：「信古人未曾道此。」予摘其一曰：「『粲粲江南萬玉妃，別來幾度見春歸。相逢京洛渾依舊，只是緇塵染素衣。』世以簡齋詩爲新體，豈此類乎？」客曰：

「然。」予曰：此東坡句法也。坡《梅花》絶句云：「月地雲堦漫一樽，玉奴終不負東昏。臨春結綺荒荆棘，誰信幽香是返魂？」簡齋亦善奪胎耳。簡齋又有《臘梅》詩曰：「奕奕金仙面，排行立曉晴。慇懃夜來雪，少住作珠纓。」亦此法也。（《捫蝨新語》上集卷四）

張邦基

七言絶句，唐人之作往往皆妙。頃時王荆公多喜爲之，極爲清婉，無以加焉。近人亦多佳句，其可喜者不可槩舉……陳與義去非《秋夜》云：「中庭淡月照三更，白露洗空河漢明。莫遣西風吹葉落，只愁無處着秋聲。」如此之類甚多，不愧前人。（《墨莊漫録》卷六）

張　嵲

【將至臨安途中偶成呈表叔陳給事去非】末契託外親，夙昔承顧盼。鄧鄙聽論詩，房陵共遭亂。蒼黄南山路，大雪將沒骭。事定訪田家，山花已如霰。燃薪代燈燭，新詩仰華絢。雨餘登近嶺，春晴集兩澗。彷彿紙坊山，泉石眼中見。形影一東西，音聲阻河縣。駑駘自拘攣，鴻鵠謝羈絆。俄瞻九天上，更覺斯文焕。鄙賤集釁深，十年兩遭難。稠重荷顧存，凡庸辱推薦。窮途感一飯，況此膺深眷。門牆行欲近，仰止極昏旦。餘生不自意，復得親談宴。存沒割中腸，申章淚滂濺。（《紫微集》卷二）

【贈陳符寶去非】大雅久不作，此風日蕭條。紛紛世上兒，啁啾亂鳴蜩。唯公妙句法，字字陵風騷。如鼓清廟絃，聽者無淫滔。癯瘦藏具美，和平蓄餘豪。思若理自寄，志深言益高。顧我吟風苦，知公心力勞。世無杜陵老，誰知何水曹。柳韋儻可作，論詩應定交。（同上卷四）

【陳參政挽詩三首】今古雖同盡，存亡惕遽分。人誰助爲善，天不右斯文。莫遂三年築，空悲四尺墳。音塵竟何所，俯仰歎蒿焄。

脫屣違人代，振容卽路岐。名流祠洗馬，白旐痛元規。一代風流盡，千年翰墨垂。傷心墓前水，故作夜深悲。

徒知天可恃，豈謂病終侵！遽使儀刑意，翻成殄瘁心。開阡賢子力，卜遠外姻臨。墓木看初種，俄悲已茂林。（同上卷六）

【陳公資政墓誌銘】陳氏本居京兆，亡其世系所出，後遷眉之青城。至太常少卿、贈太子太保諱希亮，始以進士起家，官仁祖時，位雖不大通顯，而受知人主，知名當世，號鉅人長者。太常生恂爲奉議郎，贈太子太傅。太傅生爲朝請大夫，贈太子太師。皆世其業，蓄德不施，鍾慶於後。太師元配馬氏贈蘄春郡夫人，次配張氏贈博平郡夫人，退傅鄧國文懿公之孫也。公諱與義，字去非，自其太王父歷官中朝，始又遷洛，故今爲洛人。公資卓偉，自爲兒童時，已能作文辭，致名譽，流輩斂袵，莫敢與抗矣。登政和三年上舍甲科，授文林郎開德府教授，除辟雍錄。丁內艱，服除爲太學博士，著作佐郎，司勳員外郎，擢符寶郎，謫監陳留酒。始公爲學官，居館下，辭章一出，名動京師，諸貴要人爭客之。時爲宰相者橫甚，強欲知公，不且得禍，公爲其薦達。宰相敗，用是得罪。既王室始騷，丁外艱，避地襄漢，轉徙湖湘間，踰嶺嶠。久之，召爲兵部員外郎。以紹興元年夏至行在所，爲起居郎，遷中書舍人，兼掌内制，天下以爲任職。拜吏部侍郎，以病劇辭，改禮部。後以徽猷閣直學士知湖州，召爲給事中，駁議詳雅。又以病告，爲顯謨閣直學士提舉江州太平觀。被召，會宰相適不樂公者，復用爲中書舍人。服以朝，且以狀言，有詔不許。既謝，上諭曰：「朕當自以卿爲内相。」九月，駕幸平江；十一月，拜翰林學士知制誥。明年正月，爲參知政事；三月，從幸建康，是歲紹興七年也。明年春，扈蹕還臨安，以疾請去，凡五請而後許，以資政殿學士特轉太中大夫知湖州。陛辭，上勞問甚渥，且云：「姑遂雅志，行復用卿矣。」於是公疾益侵，遂請閒提舉臨安府洞霄宫。是年冬，疾大甚，十一月某甲子，薨于烏墩之僧舍，年四十九。訃聞，贈某官，令有司給葬事。以某年月日葬某所。公清慎靖一，與人語，唯恐傷之；遇有可否，必微示端倪，終不正言極議。然容狀儼恪，不妄笑言。世皆知其以文字擅聲當世，而其謀略議慮，自過絶于人。參大政日淺，每思用道德以輔朝廷之闕失，張施措置，務于尊主威而振綱紀，調娱補察甚衆。平居與人接，謙下甚，然内剛不可犯。初上流大將項領已成，宰相不善是，欲去之而不果。會其來朝見公，頗自矜大，公正色謂曰：「藉使無若輩，朝廷豈乏使耶！」將色沮，不復敢出一語。公立朝無所附麗，前後官遷，一出於上。上遇公甚厚，而公益畏慎。其爲吏部侍郎，實司左選，會有武弁與部吏私門，不樂公者，欲因是中之。事聞，他日公對，但具左選之在部者名數上之，終不自辨。喜薦達後輩，有一善，必極口稱借，或抑己善以奬之。其薦人於上，退未嘗語人。士以是慕嚮。唯上益知公忠順，故倚以大用；而公不幸早世，有識之士爲斯文惜焉。公尤邃于詩，體物寓興，清邃超特，紆餘閎肆，高舉橫厲，上下陶、謝、韓、柳之間。公之外王父，鄧公之季子也，自號存誠子，善行草書，高視一世，其書過清，世俗莫知。公初規模其外家法，晚益變體，出新意，姿態橫出，片紙數字，得之者咸藏弆之。公娶周氏，某官之女，某郡夫人。男曰洪，某官。公之母與某同六世祖，視之爲叔祖姑。頃公寓居漢上，某從公遊，質問詩文利病，其後仕學，公頗有力，不專爲親也。既葬公若干年，洪謂某曰：「先公之墓木長矣，而銘文未立，使德善功烈不白著於後，奈何？願以銘屬。」予既辭謝不得，則爲取其世系行事而論次之，以爲之銘。其辭曰：陳氏之先，蜀眉青城。本自秦徙，世系莫存。奉常起家，家始以大。官非甚達，顯融於代。歷官在東，更宅于洛。父子傅師，相繼有作。蓄德固本，以厚厥垂。是生哲人，爲世表儀。以文擅聲，以德致位。考其始終，無所恨愧。持身清慎，體不勝衣。摧折悍剛，不借色辭。薦士于朝，退不出口。一時慕想，士衆奔走。歷官閩政，惟上是擢。毗輔王猷，號令允鑠。來軫方遒，未晡而稅。云亡之傷，實深其類。位雖不窮，維德有耀。勒銘墓碑，來世是詔。（同上卷三十五）

【祭陳參政去非文】維紹興九年四月朔二十日，表姪左奉議郎新差權發遣荆湖南路轉運判官張嵲，謹以清酌庶羞之奠，致祭于歿故參政大資陳公之靈。惟晉東渡，始披荆棘，衣冠踵來，異士亦出。王庾賀顧，同贊王室。我宋用人，亦雜南北。維南多士，櫛比周行；北客凋零，曉星相望。憧憧衆士，競爽是期。豈繄國棟，而遽奪之。昔漢倚相，惟壼洎韓，韓躓于外，壼不待年。顯顯惟公，異世而然。嗚呼哀哉！維陽街居，冠蓋是集。公起故家，超世特立。甲科既射，遂以文鳴。詩章一出，紙貴都城。諸公游士，讓實推名。未幾遭亂，轉徙江湖。間關海嶠，來覲淸都。旋躋掖垣，贊爲名命。號令宣明，文章雅正。天官宗伯，迭貳其司。銓材考禮，有譽無疵。作鎭來歸，黄閫是居。封還付外，兩誼庶孚。屬疾自言，外祠均佚。有命來朝，復居辭掖。人謂公屈，公則怡然。命出自中，北扉遂遷。一時詔令，溫純炳蔚。淮瀆德音，父老歎息。天子曰俞，貳我政機。挺然孤立，無所附依。同不爲比，異不近名。王臣之節，物望所傾。匽蹕而東，乞身甫力。近藩是殿，復去以疾。神明雖壯，沉痾內攻。中冬辛亥，罹此閔凶。嗚呼哀哉！惟公之德，淸愼靖端。色莊以和，不妄笑言。高識絶世，洞照今古。閎博精深，議論證據。文章雅麗，不蹈前躅。賈馬曹劉，是配是續。風神峻深，況若塵外。不假矜莊，自然高邁。薦寵後進，不遺餘力。摘奇掇英，如自己出。羣士慕想，競挽其裾。主盟吾道，期繼歐蘇。忽焉及此，士皆楷模。失聲相弔，有淚沾濡。嗚呼哀哉！嵲粤從早歲，謬忝公知。親惟外叔，義實師資。飲食敎載，其施不貲。厚德莫報，寧以我悲。臨穴長慟，何痛如之！嗚呼哀哉！伏惟尙饗。（同上卷三十六）

晦　齋

【簡齋詩集引】詩至老杜極矣，東坡蘇公、山谷黄公奮乎數世之下，復出力振之，而詩之正統不墜。然東坡賦才也大，故解縱繩墨之外，而用之不窮；山谷措意也深，故游泳□味之餘，而索之益遠。大抵同出老杜，而自成一家，如李廣、程不識之治軍，龍伯高、杜季良之行己，不可一槩詰也。近世詩家知尊杜矣，至學蘇者乃指黄爲强，而附黄者亦謂蘇爲肆；要必識蘇、黄之所不爲，然後可以涉老杜之涯涘。此簡齋陳公之説云耳，予游吴興得之。乃知公所學如此，故能獨步一代。頃邑士有欲刻公詩者，因出前聞，爲冠集首，庶學者知公淵源所自，且以折近世黨同伐異之説云。公名與義，字去非。初賦《墨梅》，受知徽考，入校中秘書，遂掌帝制，後參紹興大政。簡齋，其自謂也。玄默敦牂中秋，晦齋書。（《簡齋詩外集》卷首）

葛立方

先文康公知汝州日，段寶臣爲教官，富季申爲魯山主簿，而陳去非以太學錄持服來寓。立方先公語人曰：「是三子者，非凡偶近器也。」是時富在外邑，則以職事處之于城中，列三人者薦于朝，以爲可用，仍以去非《墨梅》詩繳進。于是去非除太學博士，季申除京西漕屬，寶臣亦相繼褒擢。（《韻語陽秋》卷十八）

陳巖肖

陳簡齋去非，詩名夙著，而其弟之詩亦可喜。見張林甫舉其《夏日晚望》一聯云：「前山猶細雨，高樹已斜陽。」恨不見其全篇。（《庚溪詩話》卷下）

洪　邁

【緇塵素衣】陳簡齋《墨梅》絶句一篇云：「粲粲江南萬玉妃，别來幾度見春歸。相逢京洛渾依舊，只恨緇塵染素衣。」語意皆妙絶。晉陸機爲顧榮贈婦詩云：「京洛多風塵，素衣化爲緇。」齊謝玄暉《酬王晉安》詩云：「誰能久京洛，緇塵染素衣。」正用此也。（《容齋隨筆》續筆卷八）

【陳簡齋葆眞詩】自崇寧以來，時相不許士大夫讀史作詩，何清源至於修入令式，本意但欲崇尚經學，痛沮詩賦耳。於是庠序之間，以詩爲諱。政和後，稍復爲之，而陳去非遂以《墨梅》絶句擢寘館閣。嘗以夏日偕五同舍集葆眞宫池上避暑，取綠陰生晝静分韻賦詩，陳得「静」字，其詞曰：「清池不受暑，幽討起予病。長安車轍邊，有此萬荷柄。是身唯可懶，共寄無盡興。魚游水底涼，鳥語林間静。談餘日亭午，樹影一時正。清風不負客，意重百金贈。聊將兩鬢蓬，起照千丈鏡。微波喜摇人，小立待其定。梁王今何許，柳色幾衰盛。人生行樂耳，詩律已其賸。邂逅一尊酒，它年五君詠。重期踏月來，夜半嘯煙艇。」詩成出示，坐上皆詫爲擅場。朱新仲時親見之云，京師無人不傳寫也。（同上四筆卷十四）

吴　曾

【青裙白面初相識】陳去非《茶花》詩後兩句云：「青裙白面初相識，十月茶花滿路開。」蓋用白樂天

《江岸梨花》詩意：「梨花有思緣和葉，一樹江頭惱殺君。最似霜閨少年婦，白妝素面碧紗裙。」（《能改齋漫錄》卷八《沿襲》）

【身事未知何日了】近時稱陳去非詩「案上簿書何日了，樓頭風月又秋來」之句。或者曰：此東坡「官事無窮何日了，菊花有信不吾欺」耳。予以爲本唐人羅鄴《僕射陂晚望》詩：「身事未知何日了，馬蹄唯覺到秋忙。」（同上）

【陳去非黄巢詩意同】陳去非《衡嶽道中》詩：「客子山行不覺風，龍吟虎嘯滿山松。綸巾一幅無人識，勝業門前聽午鐘。」按，唐黄巢既敗，爲僧，投張全義，舍於南禪寺。有寫眞絹本，巢題詩其上云：「猶憶當年草上飛，鐵衣脱盡掛僧衣。天津橋上無人識，獨倚欄干看落暉。」去非詩意同。（同上）

闕名

【陳去非題葆眞宫池亭】京師葆眞宫垂楊映沼，有山林之趣，陳去非將罷尙符璽日，題其池亭云：「聊將兩鬢蓬，起照千丈鏡。微波喜搖人，小立待其定。」蓋有深意寓也。（《詩説雋永》）

謝伋

陳去非草故相義陽公起復制云：「眷予次輔，方宅大憂。」有以宅憂爲言者，令貼麻，陳改云：「方服私艱。」説者又以爲語忌。（《四六談麈》）

晁公武

【陳參政簡齋集二十卷】　右皇朝陳與義，字去非，汝州葉縣人。中進士第。宣和中，徽宗見其所賦《墨梅》詩，喜之，遂登册府。建炎中，掌内外制，拜參知政事以卒。晚年詩尤工。周葵得其家所藏五百餘篇，刊行之，號《簡齋集》。（《郡齋讀書志》卷十九别集類下）

陸　游

唐人詩中有曰無題者，率杯酒狎邪之語，以其不可指言，故謂之無題，非眞無題也。近歲吕居仁、陳去非亦有曰無題者，乃與唐人不類，或眞無其題，或有所避，其實失於不深考耳。（《老學菴筆記》卷八）

龔頤正

【作詩得意句】　陳去非嘗語先君云：「吾平生得意十字云：『開門知有雨，老樹半身濕。』」先君故效之，作《感興》詩云：「夜半微雨濕，淩晨春草長。」謂頤正云：「吾十字似有味。」後讀《河嶽英靈集》，閻防詩：「荒庭人何許，老樹半空腹。」殷璠謂皎然可佳。殆亦有所祖云。（《芥隱筆記》）

周必大

【跋陳簡齋法帖奏稾】 德壽皇帝嘗論近世絳帖已少，錢希白所臨潭帖爲勝，臨江帖失眞遠矣。又淳化帖、大觀帖，當時以晉、唐善本及江南所收帖擇善者刻之，丰骨意象皆存。今觀故參知政事陳公與義爲侍從時奉詔定帖十卷釋文一冊，稍辨劉次莊之誤，殆臨江或潭帖與？陳公字畫清簡，類其詩文。紹興初，初步中朝，特承善誨，知人則哲，兹可覩其緒餘。淳熙七年正月十四日，試吏部尚書兼翰林學士承旨周某爲起居舍人木待問題。（《周益國文忠公集·省齋文稾》卷十七）

王明清

【蘇東坡作陳公弼傳】 東坡先生平生爲人碑誌絶少，蓋不妄語可故也。其作陳公弼希亮傳，敍其剛方明敏之業，殆數千言，至比之□長孺，非有以心，未易得之。然其後無聞，心竊疑焉。比閲孫叔易外制集，載其所行陳簡齋去非爲參知政事封贈三代告詞，始知迺公弼之孫。取張巨山所作去非墓碑視之，又知爲公弼仲子忱之孫焉。簡齋出處氣節，翰墨文章，爲中興大臣之冠。善惡之報，時有後先，其可謂無乎？（《揮麈録》後録卷二）

楊萬里

【跋陳簡齋奏章】 詩宗已上少陵壇，筆法仍抽逸少關。眞蹟總歸天上去，獨留奏章在人間。（《誠齋集》卷二十四）

【又跋簡齋與夫人帖】　帖云：「平江尚留兩月，書中説錢盡，再遣四尊。」家在錢塘身在蘇，屐屧消息近來疏。極知薪水無錢買，且遣長鬚送乘壺。（同上）

朱　熹

【跋陳簡齋帖】　簡齋陳公手寫所爲詩一卷以遺寶文劉公，劉公嗣子觀文公愛之，屬廣漢張敬夫爲題其籤。予嘗借得之，欲摹而刻之江東道院，竟以不能得善工而罷。間獨展玩，不得去手，蓋歎其詞翰之絶倫，又歎劉公父子與敬夫之不可復見也。俛仰太息，因書其末以歸之劉氏云。（《朱文公文集》卷八十一）

古人詩中有句，今人詩更無句，只是一直説將去。這般去，一日作百首也得。如陳簡齋詩：「亂雲交翠壁，細雨濕青松。」「暖日薰楊柳，濃陰醉海棠。」他是什麽句法？（《朱子語類》卷一百四十）

高宗最愛簡齋「客子光陰詩卷裏，杏花消息雨聲中」。又問坐間云：「簡齋墨梅詩，何者最勝？」或以皋字韻一首對，先生曰：「不如『相逢京洛渾依舊，惟恨緇塵染素衣』。」雉（同上）

劉叔通屢舉簡齋「六經在天如日月，萬事隨時更故新。江南丞相浮雲壞，洛下先生宰木春」。前謂荆公，後謂伊川。先生曰：「此詩固好，然也須與他分一箇是非始得。天下之理，那有兩箇都是？必有一箇非。」（同上）

袁説友

【簡齋】故參知政事陳公嘗寓郡圃，號曰簡齋，今舊址尙存。胸中元自有江山，故向巴丘見一斑。明月清風收拾盡，簡齋詩遂滿人間。（《東塘集》卷七）

樓鑰

【簡齋詩箋敍】少陵、東坡詩出入萬卷書中，奥篇隱帙，無不奔湊筆下，固已不易盡知，況復隨意模寫，曲盡物態，非親至其處，洞知曲折，亦未易得作者之意。蜀趙彥材注二詩最詳，讀之使人驚歎，然亦有未盡處。少陵《留花門》詩有曰：「連雲屯左輔，百里見積雪。」彥材略而不言，讀者亦謂止言其多爾，若此則上句足矣，何用「積雪」之語？惟能知回鶻之人衣冠皆白，然後少陵之意渙然矣。東坡佛日山榮長老方丈數絶，其曰「東麓」、「雲根」、「金沙」、「渥洼」等語，余嘗到山間，方盡見詩意，彥材蓋未知也。參政簡齋陳公，少在洛下，已稱詩俊，南渡以後，身履百罹，而詩益高，遂以名天下。雄詞傑句，爭先傳誦。至用事深隱處，讀者撫卷茫然，不暇究索。曉江胡君穉仲孺，約居力學，日進不已。得此詩，酷好之，隨事標注，遂以成編。吏部蘇公訓直愛其書，屬余爲敍，因得細觀之。貫穿百家，出入釋老，旁取曲引，能發簡齋之秘，用意亦勤矣。少陵、東坡二詩至多，彥材以一力兼注之，故雖盡平生之工，而猶有所遺。胡君用心既專，數年之間，朝夕從事，而簡齋之作不過六百篇，故注釋精詳，幾無餘藴，視彥材之作，力不及而實過之云。紹熙壬子正月吉日，四明樓鑰大防敍。（《增廣簡註簡齋詩集》卷首）

編者按：此文《攻媿集》未收。

胡　穉

【簡齋詩箋敍】詩者，性情之谿也，有所感發，則軼入之不可遏也。其正始之源，出於《風》《騷》，達於陶、謝，放於孟、王，流於韋、柳，而集於今簡齋陳公。故公之詩，勢如川流，滔滔汩汩，靡然東注，非激石而旋，束峽而逸，則靜正平易之態，常自若也。特其用意深隱，不露鱗角，凡採擷諸史百子以資筆端者，莫不如自其己出。是以人惟見其沖瀜滉瀁，深博無涯涘而已矣。若夫崚虵蜿蜒之怪交舞於後先，有不能偏識也。余因暇日，網斷義擿，所得踰十八九，乃編紀歲月而悉箋之，將使覽者目擊心諭，可撫而翫焉。而或人笑之曰：「古今作者衆多，子獨疲精神蠹鉛槧，唯簡齋是好，不其惑歟？」余應之曰：高涯之瀑，窮谷之湍，非不清且美矣，其源深而流長，或未有如江漢者，則宜以公爲正。況其憂國愛民之意，又與少陵無間，自坡、谷以降，誰能企之，余故竊嗜焉。若謂探頤索隱，曾不能發明聖經之萬一，顧乃用力於此，徒費光陰，則余所自笑而深悔，不待人言而後知也。夫羊棗之好，雖曾皙之所獨，不當以律天下之人，然天下之人，豈得無好羊棗者。姑留以示同志而已，君無誚云。紹熙改元臘月上澣，竹坡胡穉仲孺識。（《增廣箋注簡齋詩集》卷首）

王　楙

【陳簡齋詩】簡齋《臘梅》詩曰：「黄羅爲廣袂，絳帳作中單。」既言帳又言中單，似覺意重。僕觀東坡

詩曰：「海山仙人絳羅襦，紅紗中單白玉膚。」恐簡齋用東坡意。絳紗作中單，而傳寫誤以爲絳帳耳。（《野客叢書》卷二十三）

陳振孫

【簡齋集十卷】參政洛陽陳與義去非撰。其先蓋蜀人，東坡所傳陳希亮公弼者，其曾祖也。崇、觀間，尙王氏經學，風雅幾廢絕，而去非獨以詩鳴，中興後遂顯用。（《直齋書錄解題》卷二十詩集類下）

嚴羽

以人而論，則有蘇李體、（編者按以下小注無關者略去，下同）曹劉體、陶體、謝體、徐庾體、沈宋體、陳拾遺體、王楊盧駱體、張曲江體、少陵體、太白體、高達夫體、孟浩然體、岑嘉州體、王右丞體、韋蘇州體、韓昌黎體、柳子厚體、韋柳體、李長吉體、李商隱體、盧仝體、白樂天體、元白體、杜牧之體、張籍王建體、賈浪仙體、孟東野體、杜荀鶴體、東坡體、山谷體、後山體、王荆公體、邵康節體、陳簡齋體、陳去非與義也。亦江西之派而小異。楊誠齋體。（《滄浪詩話・詩體》）

陳模

東坡云：「吟詩必此詩，定知非詩人。」陳簡齋《墨梅》詩云：「含章閣下春風面，造化工夫秋兔毫。意足

不求顔色似，前身相馬九方皋。」使事而得活法者也。（《懷古録》卷中）

岳　珂

【陳參政簡易帖行書六行】「台眷伏惟均被新祉，城中有委，願聞之。蒙眷照之厚，儻有所諭，片紙晛之，以從簡易，不識可乎？與義再拜。」

右紹興參政資政學士簡齋先生、陳公與義、字去非簡易帖眞蹟一卷。公以詩翰宗于一時，而致位丞弼，直躬事上，終始無闕。如公者，亦可以爲名臣矣。嘉泰甲子，予來行都，遇公之孫某于湖上，從容幾月，而得此帖。又二十載，乃標而贊之。

贊曰：眼底中興日月，手中健筆虹霓。造化功成秋兔，先生原有新詩。（《寶眞齋法書贊》卷二十三）

【陳參政陰雨詩帖草書七行】「陰風三日吹南極，三月已晴寒裂石。長林巨木受軒輊，洞庭倒流瀟湘黑。君不見，古廬竹扉聲策策，中有岭嵘落南客。曾經破膽向炎官，敢不修容待風伯。」

右簡齋先生《陰雨》詩帖眞蹟一卷。按先生集題篇爲《陰雨》，今書則無之，蓋惟以寓草聖也。舊與帖同卷，既别詩文，亦别而彙之。

贊曰：世謂北客，惟暑之畏，亦何至是，先生之詩，殆他有所謂。新亭之泣，如王導輩，亦何嘗賜死于吳地，蓋惟以其舉目有山河之異耳。予侍先君子，每見言及河朔舊事，未嘗不濟然隕涕。嗚呼！先生之作此詩，其亦以是耶！予家河南者三世矣，歲月易易，後生者當不復記，傳此帖以示，庶毋忘斯

意。（同上）

劉克莊

【中興絶句續選（節錄）】南渡詩尤盛於東都，炎、紹初，則王履道、陳去非、汪彦章、呂居仁、韓子蒼、徐師川、曾吉甫、劉彦沖、朱新仲、希眞，乾、淳間，則范至能、陸放翁、楊廷秀、蕭東夫、張安國一二十公，皆大家數。（《後村先生大全集》卷九十七）

元祐後詩人迭起，一種則波瀾富而句律疏，一種則煅煉精而情性遠，要之不出蘇、黄二體而已，及簡齋出，始以老杜爲師。《墨梅》之類，尚是少作，建炎以後，避地湖嶠，行路萬里，詩益奇壯。《元日》云：「後飲屠蘇驚已老，長乘舴艋竟安歸。」《除夕》云：「多事鬢毛隨節换，盡情鐙火向人明。」《記宣靖事》云：「東南鬼火成何事，終待胡鋒作爭臣。」謂方臘不能爲患，直待粘斡耳。《岳陽樓》云：「登臨吴蜀横分地，徙倚湖山欲暮時。」又云：「乾坤萬事集雙鬢，臣子一謫今五年。」《聞德音》云：「自古安危關政事，隨時憂喜到漁樵。」五言云：「泊舟華容縣，湖水終夜明。　凄然不能寐，左右菰蒲聲。　窮途事多違，勝處心亦驚。　三更螢火鬧，萬里天河横。　腐儒憂平世，况復值甲兵。　終然無寸策，白髮滿頭生。」造次不忘憂愛，以簡潔掃繁縟，以雄渾代尖巧。第其品格，故當在諸家之上。（《後村詩話》前集卷二）

按師川《聞捷》云：「時時傳破虜，日日問脩門。」又云：「諸公宜努力，荆棘已千村。」陳簡齋《感事》云：「風斷黄龍府，雲移白鷺洲。　菊花紛四野，作意爲誰秋。」頗逼老杜。（同上）

士大夫當離亂時，有幸有不幸者。簡齋云：「浮世身難料，危途計易非。」東萊云：「後死翻爲累，偷生未有期。」誦之皆可悲慨。（同上）

陳簡齋墓誌，張巨山筆也，稱公詩體物寓興，清邃超特，紆餘閎肆，高舉横絕，上下陶、謝、韋、柳之間。又云：「公外王父存誠子善行草書，世俗莫知，公初規模其外家法，晚益變體，出新意，片紙數字，得者藏去。」乃知簡齋筆法本存誠子。（同上後集卷二）

吴子良

【後山簡齋詩】後山詩：「俗子推不去，可人費招呼。」氣象淺露，絕少含蓄。陳簡齋又模而衍之曰：「俗子令我病，紛然來座隅。賢士費懷思，不受折簡呼。」可謂短於識而拙於才者也。（《荆溪林下偶談》卷一）

【讀中興頌詩】讀中興頌詩，前後非一，惟黄魯直、潘大臨，皆可爲世主規鑒；若張文潛之作，雖無之可也。陳去非篇末云：「小儒五載憂國淚，杖藜今日溪水側。欲搜奇句謝兩公，風作浪湧空心惻。」蓋當建炎亂離奔走之際，猶庶幾少陵不忘君之意耳。（同上卷二）

【陳簡齋詩】簡齋之詩晚而工，如：「木落太湖白，梅開南紀明。」「慷慨賦詩還自恨，徘徊舒嘯卻生哀」，「山林有約吾當去，天地無情子亦饑」，「樓頭客子杪秋後，日落君山元氣中」，「世亂不妨松偃蹇，村空更覺水潺湲」，皆佳句。又有《晚晴獨步》及《題董宗禹園先志亭》等古詩，亦皆佳。（同上卷二）

羅大經

【清廉】士大夫若愛一文，不直一文，陳簡齋詩云：「從來有名士，不用無名錢。」（《鶴林玉露》卷四）

【簡齋書】自陳、黄之後，詩人無逾陳簡齋。其詩觱簡古而發穠纖，值靖康之亂，崎嶇流落，感時恨別，頗有一飯不忘君之意。如：「南風又落宫南木，老鴈孤鳴漢北洲。」「乾坤萬事集雙鬢，臣子一謫今五年。」「天翻地覆傷春色，齒豁頭童祝聖時。」「近得會稽消息不？稍傳荆渚路歧寬。」「東南鬼火成何事，終藉胡鋒作爭臣。」「龍沙此日西風冷，誰折黄花壽兩宫？」皆可味也。（同上卷六）

黄昇

【陳去非】陳去非，名與義，自號簡齋居士，以詩文被簡注於高宗皇帝，入參大政。有《無住詞》一卷。詞雖不多，語意超絶，識者謂其可摩坡仙之壘也。（《中興以來絶妙詞選》卷一）

【陳簡齋】陳簡齋《次韻周教授秋授》詩「天機袞袞山新瘦，世事悠悠日自斜」之句，眞合在蘇、黄之右。（《玉林詩話》）

闕名

「朝來庭樹有鳴禽，紅綠扶春上遠林。忽有好詩生眼底，安排句法已難尋。」此簡齋之詩也。觀末後兩

句，則詩之爲詩，豈可以作意爲之耶！(《小園解后錄》，見魏慶之《詩人玉屑》卷三《不可作意》)

魏慶之

【宋朝警句】七言：「客子光陰詩卷裏，杏花消息雨聲中。」陳去非(《詩人玉屑》卷三)

陳　杰

【武岡向權叔家有陳魏祠堂，合祀簡齋、鶴山。惟兩公世異事殊，實難牽合，諸公既極推引，復徵予言】簡齋以詩冠兩都，鶴山以文擅江東。茲溪僻在萬山底，遼絶安能來兩公。或撞天關忤九虎，或走窮海隨六龍。畏途迂車一笑粲，遠謫信杖雙音跫。誰其主者林下叟句指陳簡齋，又誰嗣之大雅翁句指魏鶴山。詩題田家足渾朴見陳詩，帖送石刻何春容魏送學記。百年向氏兩奇遇，千載江山眞發曚。到今窗戶有佳色，尚想林壑生清風。恭惟人物一代幾，伊洛既竭岷峨空。巍虞各行天下半，名數況復參樞崇。高吟大冊照寰宇，如此過化良亦匆。泥上指爪東西鴻，精神如水行地中。偶然流落亦安計，牽合推引驚盲聾。二公德業吾豈敢，淺陋最識詩文工。平生此兩大家數，秤較力量能無同。創聞合祀適有契，一瓣聊借歌詞通。(《自堂存稿》卷一)

羅志仁

柳子厚《覺衰》一首，起語云：「久知老會至，不謂便見侵。」陳簡齋《房州避難》，起語云：「久謂事當爾，豈意身及之。」事不同而情同，有脗合如此。（《姑蘇筆記》，《永樂大典》卷八百二十三）

劉辰翁

【劉孚齋詩序（節錄）】「桑麻深雨露，燕雀半生成」，以「生成」對「雨露」，字意政等，怨而不傷。使皆如「青歸柳葉，紅入桃花」，上下語脈無甚慘黯，卽與村學堂對屬何異。後山識此，故云：「功名不朽聊通袖，海道無違具一舟。」幾無一字偶切。簡齋識此，故云：「一涼恩到骨，四壁事多違。」此今人所謂偏枯失對者，安知妙意政阿堵中。作詩如作字，横眉竪鼻，所差幾何，而清俗相去遠甚。嘗與客言老杜「親朋盡一哭，鞍馬去孤城」，客言近世戴式之亦云：「此行堪一哭，何日見諸君。」余曰：「俗矣！」（《須溪集》卷六）

【陳生詩序（節錄）】古人於奴婢猥下，寫至「孤客親僮僕」，淒然甚矣。又云：「僮僕生新敬。」則出處世態，隱約可見。又云：「犬因無主善。」則俯仰尤有不忍言者。如陳簡齋「平生老赤脚，每見生怒嗔。揮汗煮我藥，見此媿其勤」，更自風致清眞。（同上）

【簡齋詩箋序】詩無論拙惡，忌矜持，「瞻彼日月」，不在情景入玄，「彼黍離離」，不分奇聞異事，流盪自然，要以暢極而止。彼「訏謨定命，遠猶辰告」，雖爲德人深致，若論其感發濃至，故不如「昔我往矣，楊柳依依」之句，比之柔腸易斷，復何以學問着力爲哉！詩至晚唐已厭，至近年江湖又厭，謂其和易如流，殆於不可莊語，而學問爲無用也。荆公妥帖排奡，時出經史，然格體如一。及黄太史矯然特出新意，眞欲盡用萬卷，與李、杜爭能於一辭一字之頃，其極至寡情少恩，如法家者流。余嘗謂晉人語言使壹用爲詩，皆當掩出古今，無它，眞故也。世間用事之妙，韓淮陰所謂是在兵法。諸君未知之者，豈可以馬尾而數、蟲魚而注哉！後山自謂黄出，理實勝黄，其陳言妙語乃可稱破萬卷者，然外示枯槁，又如息夫人絶世一笑自難。惟陳簡齋以後山體用後山，望之蒼然，而光景明麗，肌骨匀稱。古稱陶公用兵，得法外意。以簡齋視陳、黄，節制亮無不及。則後山比簡齋，刻削尚似，矜持未盡去也。此詩之至也。吾執鞭古人，豈敢叛去，獨爲簡齋放言。或問：宋詩簡齋至矣，畢竟比坡公何如？曰：詩道如花，論高品則色不如香，論逼眞則香不如色。廬陵須溪劉辰翁序。（《增廣箋註簡齋詩集》卷首）

編者按：此文《須溪集》未收。

葉　寘

陳去非云：「忽有好詩生眼底，安排句法已難尋。」呂居仁云：「忽見雲天有新語，不知風雨對殘書。」靜中置心，眞與見聞無毫末隔礙，始得此妙。（《愛日齋叢鈔》卷三）

二　金元

王若虚

予嘗病近世墨梅二詩，以爲過，及觀宋詩選陳去非云：「粲粲江南萬玉妃，别來幾度見春歸。相逢京洛渾依舊，祇有緇塵染素衣。」曹元象云：「憶昔神遊姑射山，夢中栩栩片時還。冰膚不許尋常見，故隱輕雲薄霧間。」乃知此弊有自來矣。（《滹南遺老集》卷四十詩話）

劉壎

【詠墨梅】　近世有詠墨梅者，一詩云：「高結長眉滿漢宮，君王圖上按春風。龍沙萬里王家女，不著黄金買畫工。」又一云：「五換鄰鐘三唱鷄，雲昏月淡正低迷。金簾不著闌干角，瞥見傷春背面啼。」評詩者謂去題太遠，不知其詠何物。簡齋陳去非詠墨梅云：「粲粲江南萬玉妃，别來幾度見春歸，相逢京洛渾依舊，惟恨緇塵染素衣。」曹元象云：「憶昔神遊姑射山，夢中栩栩片時還。冰膚不許尋常見，故隱輕雲薄霧間。」評詩者亦以爲格調雖高，去題終遠。予謂後二詩尚見髣髴，前二詩委是懸遠，然却是好詩，只欠换題目耳。坡翁云：「作詩必此詩，定知非詩人。」亦可執此語以自解。（《隱居通議》卷

十二

王義山

【題武岡向敏衡無加莊】恭惟陳簡齋，與鶴山魏公，堂堂二先生，後學之所宗。遺跡所到處，百世猶高風。武岡有向氏，乃祖家詩禮，簡齋曾來訪，鶴山亦踵至。二先生來時，草木亦光賁。主人踽踖迎，出門見大賓。大帶束深衣，整容而肅襟。揖客坐上座，樽酒與細論。向氏家本儒，苦無黄金籯，惟有無加莊，留以遺子孫。此莊不在田，非謂三百困，莊者敬之謂，爲學之入門。乃祖燕後人，有書便不貧。能令二先生，肯來共斯文。向來吾南昌，隱者蘇雲卿。魏公令地主，而來訪一民。匹夫道義重，王侯失其尊。古人不傲士，此風今猶存。（《稼村類稿》卷三）

方回

【送俞唯道序（節錄）】大概律詩當專師老杜、黄、陳、簡齋，稍寬則梅聖俞，又寬則張文潛，此皆詩之正派也。（《桐江集》卷一）

【讀劉章稊誌】劉章《稊誌》疑陳簡齋集二詩爲非簡齋所作，其一：「敲門俗子令我病，面有三寸康衢埃。風饕雪虐君馳去，蓬戶那無酒一杯。」其一：「寧食三斗塵，有手不揖無詩人。」予謂此二詩怒詈誠太露，然詩人每惡俗人。山谷云：「德人泉下夢，俗物眼中埃。」下一句不已甚乎？劉評詩不當者甚

多。（同上卷三）

【秋晚雜書三十首（錄一首）】堂堂陳去非，中興以詩鳴。呂曾兩從橐，殘月配長庚。尤蕭范陸楊，復振乾淳聲。爾後頓寂寥，草蟲何薨薨。永嘉有四靈，詞工格乃平。上饒有二泉，旨淡骨獨清。學子孰取舍，吾非私重輕。極玄雖有集，豈得如淵明。（《桐江續集》卷二）

【至節前一日六首（錄一首）】客子光陰詩卷裏，杏花消息雨聲中。我謂簡齋此奇句，元來出自后山翁。「老形已具臂膝痛，春事無多櫻筍來」，后山詩也。簡齋詩本諸此，然亦出於少陵翁也。（同上卷二十八）

《渡江》此謂渡浙江也。簡齋紹興初避地廣南，赴召由閩入越行在，時寓會稽，過錢塘。簡齋洛陽人，詩逼老杜，於渡浙江所題如此，可謂亦壯矣哉。紀批：頗見風格。末言雖屬偏安，然形勝如是，天下事尚可爲，而惜當時之無能爲也。馮氏譏其與自生哀意不合，失其旨矣。（《瀛奎律髓》，附紀昀《刊誤》，卷一登覽類）

《登岳陽樓》簡齋登岳陽樓凡三詩，又有《巴丘書事》一詩，皆悲壯激烈，如：「晚木聲酣洞庭野，晴天影抱岳陽樓。」「四年風露侵遊子，十月江湖吐亂洲。」又如：「乾坤萬事集雙鬢，臣子一謫今五年。」近逼山谷，遠詣老杜。今全取此首，洒建炎中避地時也。白樂天有此樓詩云：「春岸綠時連夢澤，夕波紅處近長安。」下一句好，上一句涉粘點。紀批：意境宏深，眞逼老杜。簾旌不動，乃樓上閒寂之景，馮氏以爲上下不接，非是。（同上）

《與大光同登封州小閣》老杜詩爲唐詩之冠，黃、陳詩爲宋詩之冠。黃、陳學老杜者也，嗣黃、陳而恢張悲壯者，陳簡齋也；流動圓活者，呂居仁也；清勁潔雅者，曾茶山也。七言律，他人皆不敢望比六公矣。若五言律詩，則唐人之工者無數，宋人當以梅聖俞爲第一，平淡而豐腴，捨是則又有陳后山耳。此余選詩之條例，所謂正法眼藏也。紀批：格不甚高，讀之只似近人詩。三句、八句亦太露江西習氣。（同上）

《秋日客思》「共得何侯力」，以指新進；「新抄陸氏方」，以憐遷客。漢何武、唐陸贄傳可考。此詩家用事之妙。五六尤佳。紀批：五六深微。此簡齋南渡時避亂襄、漢時所作。借用陸氏集方，以形容多病耳。虚谷坐實遷客，上下文遂不相接，宜爲馮氏之所譏。（同上卷十二秋日類）

《次韻周敎授秋懷》格高。紀批：惟「天機衮衮」四字惡，餘誠如虚谷之評。（同上）

《次韻家叔》自是一種高格英風。紀批：馮氏抹「支郎」二字，可謂千慮一失矣。此非僻事矣。（同上）

《次韻樂文卿故園》此詩似新春冬末之作。紀批：絕有筆力。三四江西調，然新而不野。純是新春之作，不宜入之冬日。（同上卷十三冬日類）

《十月》簡齋詩獨是格高，可及子美。紀批：「山」字必誤，再校。五六便嫌習氣太重。簡齋風骨高出宋人之上，此評是。（同上）

《除夜》「海内春還滿」，此一句壯甚。紀批：此句有偏安之感，非壯語也。四句沉着有味，六句偏枯。（同上卷十六節序類）

《道中寒食二首》 紀批：此詩逼近后山。（第一首）馮抹「食更寒」三字。七言中老杜「佳辰強飯食猶寒」句，又不敢抹，此全以人之唐宋爲詩之工拙。五六用蒲萄酒換涼州事。（第二首）後四句意境筆路皆佳，綽有工部神味，而又非相襲。（同上）

《除夜》 紀批：氣機生動，語亦清老，結有神致。末二句閒淡有味。（同上）

《元日》 此紹興元年辛亥元日也。紀批：簡齋詩格高於宋人，措語亦修整而不甜，結句稍弱。（同上）

《雨》 簡齋五言律爲雨而作者，選十九首。詩律精妙，上追老杜，仰高鑽堅，世之斯文自命者，皆當在下風。后山以後，有此一人耳。（同上卷十七晴雨類）

《連雨書事》 當是宣和庚子時。紀批：（第一首）「穩送」二字究不佳。六句從工部「鐘鼓報新晴」意對面化出。「年年」二字不接五六。（第二首）起二句太猙獰。四句勝三句。後三句悲壯。五句「貪」字不穩，而此聯句法亦複起二句。（第三首）起句費解。五六句有寄托，惜末句説破，較少味，渾之則更佳。馮氏譏貂裘太早，然此不過借言客況耳，不必如此泥。（第四首）起四句沉着，結亦切實，亦闊遠。（同上）

《試院書懷》 雖止一句説雨，然雨與花作一串，以入雨類。《漁隱叢話》盛稱此聯。紀批：因一句及雨，便入雨類，恐當入者不止此矣。通體清老，結亦有味。（同上）

《雨》 紀批：深穩而清切，簡齋完美之篇。（同上）

《春雨》 紀批：三四不減隨州「柳色孤城裏，鶯聲細雨中」句。結有閒致。若再承感慨説下，便入窠

曰。(同上)

《雨》紀批：詩亦閒淡有味，惟結處别化一意，與前六句不甚兜結。(同上)

《岸幘》紀批：此有杜意。五六有味。(同上)

《雨》紀批：語不必奇，而清迥無甜熟之味。(同上)

《雨》紀批：三句笨而滯。寒不可説浩蕩，結亦落套。(同上)

《細雨》紀批：亦近杜。(同上)

《晚晴野望》所圈句法，詩家高處。(編者按所圈句爲：「水底歸雲亂，蘆叢返照新。」「兵甲無歸日，江湖送老身。」)紀批：此首入之杜集，殆不可辨。「兵甲」二句誠爲高唱。結意沉摯。(同上)

《道中》紀批：夷猶有致。(同上)

《晚步》紀批：别有淡遠之意。(同上)

《雨》紀批：四句鄙。「發」字稍稚。(同上)

《雨思》紀批：亦閒雅。「人」字似當作「年」字，再校。(同上)

《雨中》紀批：此首近杜，意境深闊，妙是自運本色，不似古人。(同上)

《夜雨》紀批：風格自好。詩固不必句句抱題，然如此五六亦太脱，棊局外添一層，更爲迂遠。第七句笨。(同上)

《雨晴》紀批：三四眼前景，而寫來新警。(同上)

《雨中對酒庭下海棠經雨不謝》紀批：意境深闊。題外燕子對題內海棠，不覺添出，用筆靈妙。此南渡後詩，故有「天翻地覆」四字。（同上）

《立春雨》紀批：亦有姿致，然非高作。「絲樣斜」三字欠雅。（同上）

《觀雨》紀批：前六句猶是常語，結二句自見身分。（同上）

《觀江漲》紀批：雄闊稱題。（同上）

《醉中》此以醉中爲題耳，三四絕妙，餘意感慨深矣。紀批：十四字（按指起二句），一篇之意，妙於作起，若作對句便不及。（同上卷十九酒類）

《對酒》簡齋詩響得自是别。紀批：三四有托寓。簡齋風骨高秀，實勝宋代諸公，此評却非阿好。（同上）

《年華》紀批：此詩只宜入春日類，不應入雪類。三四句精詣，對亦可。（同上卷二十一雪類）

《金潭道中》陳簡齋無專題雪詩，此二首一云「春生殘雪外」，一云「後嶺雪槎牙」，皆於雪如畫，佳句也。且詩律絶高，特取諸此，以備玩味。紀批：後四句雄深圓足。末句「送」字較「望」字有味。（同上）

《招張仲宗》簡齋無專題雪律詩，五言選取二，七言選取一，皆以一句及雪取之，如畫圖見雪也。此「空庭喬木無時事」一句尤奇，人所不能道者，比「小齋焚香無是非」更高。紀批：此是江西粗調，不似簡齋他作。「幽子」二字生。（同上）

《放慵》此公氣魄尤大。起句十字，朱文公擊節，謂「董」字「醉」字下得妙。又何必專事晚唐？紀批：二字誠佳，然以詆晚唐則不然，此正晚唐字法也。（同上卷二十三閒適類）

《山中》參政簡齋陳公，名與義，字去非，洛陽人。自黄、陳紹老杜之後，推去非與吕居仁亦登老杜之壇。居仁主活法，而去非格調高勝，舉一世莫之能及。初以《墨梅》詩見知於徽廟，「客子光陰詩卷裏，杏花消息雨聲中」，大爲高廟所賞。欲學老杜，非參簡齋不可。此乃不欲赴召之詩。「風流」「籌策」一聯，苕溪詩話似乎未會此意。後學宜細味此等詩與許丁卯高下如何。紀批：起二句未佳，後六句風格自健，但無意味耳。評簡齋確，惟以吕居仁並稱，則究嫌非偶。江西亦有一種套子，其俗較丁卯更甚，亦不可不知。（同上）

《題東家壁》三四極天下之工，亦止言景耳。五六遜時棟於天上羣公，而以江邊閒客自許，氣岸高峻，骨格開張，殆天授，非人力，然亦力學則可及矣。紀批：「時棟」字出《文選》，然字太古奥，入律不宜，馮氏抹之是也。（同上）

《别伯恭》此長沙帥向子諲，字伯恭。此詩絶似老杜。紀批：後四句言己已衰朽，不得報國，惟以立功望故人耳。四句連讀，方見其音。（同上卷二十四送别類）

《再别》紀批：六句未醒豁。（同上）

《送客出城西》五六一聯絶妙，「分」字、「寄」字奇。紀批：簡齋風骨自不同。五六警絶，前人未道；以「分」字「寄」字取之，淺矣。（同上）

《送熊博士赴瑞安令》簡齋詩氣勢渾雄，規模廣大。老杜之後有黄、陳，又有簡齋，又其次則呂居仁之活動，曾吉甫之清峭，凡五人焉。紀批：語語沉着。（同上）

《懷天經智老因以訪之》以「客子」對「杏花」，以「雨聲」對「詩卷」，一我一物，一情一景，變化至此，乃老杜「卽今蓬鬢改，但愧菊花開」，賈島「身事豈能遂，蘭花又已開」，翻窠換臼，至簡齋而益奇也。后山「老形已具臂膝痛，春事無多櫻笋來」一聯，極其酸苦，而此聯有富貴閒雅之味，后山窮，簡齋達，亦可覘云。紀批：次句言睡起出門，正見苕溪東流耳。馮氏以睡時不向西詆之，太苛。（同上卷二十六變體類）

《寓居劉倉廨中晚步過鄭倉臺上》以「世事」對「春陰」，以「人老」對「絮飛」，一句情，一句景，與前「客子」、「杏花」之句律令無異。但如此下兩句，後面難措手，簡齋胸次却會變化斡旋，全不覺難，此變體之極矣。紀批：三四二句意境深，微勝「客子光陰」二句。（同上）

《重陽》「菊花」對「頭髮」，卽老杜「蓬鬢」、「菊花」一聯定例。紀批：「頭髮」二字不雅，此避黄花白髮耳。（同上）

《對酒》此詩中兩聯俱用變體，各以一句說情，一句說景，奇矣。坡詞有云：「官裏事，何時畢，風雨外，無多日。」卽前聯意也。後聯卽與前詩「世事紛紛」、「春陰漠漠」一聯用意亦同，是爲變體，學許渾詩者能之乎？此非深透老杜、山谷、后山三關不能也。紀批：結不雅。（同上）

《陪粹翁舉酒於君子亭亭下海棠方開》此詩中四句皆變，兩句說己，兩句說花，而錯綜用之，意謂花自好，人自愁耳。亦其才能驅駕，豈若瑣瑣鐫砌者之詩哉！　紀批：此從杜詩「風吹客衣日杲杲，樹攪離思花冥冥」化出，却無痕跡。三四二句又勝「世事紛紛」一聯。「無態度」三字不雅，未熨貼。（同上）

《清明》三四變體，又頗新異。嗚呼！古今詩人當以老杜、山谷、后山、簡齋四家爲一祖三宗，餘可預備饗者有數焉。（同上）

《舟行遣興》　紀批：八句皆對，用宗楚客格。　雖無深致，而不失朴老。「照鷁」二字雜。（同上卷二十九旅況類）

《度嶺》「欲生雲」，用老杜《假山》詩也。　紀批：此首最淺俗，不似簡齋之筆。首句笨，結稍可。（同上）

《次韻謝吕居仁》　讀諸家詩，忽到后山、簡齋，猶捨培塿而瞻太華，不勝高聳，自是一種風調。　紀批：簡齋詩誠峭健，此三首殊無可取，不稱此評。「荒」字欠妥。（同上）

《感事》「危」、「故」二字最佳。「黄龍府」謂二帝北狩，「白鷺洲」謂高廟在金陵。　紀批：此詩眞有杜意，乃氣味似，非面貌似也。第八句「底」字繆鄙。（同上卷三十二忠憤類）

《聞王道濟陷虜》三四善用事，五六有無窮之痛焉。　紀批：五六乃良友相期以正之意，非痛詞也。此亦似杜。六句千古。（同上）

《次韻尹潛感懷》周尹潛詩亦學老杜，此詩壯哉！乃思陵卽位之五年、紹興元年也。　紀批：次句縮一平字，宋人有此句法。五六警動。（同上）

《傷春》 謂潭州向伯恭。 紀批：此首眞有杜意。「白髮三千丈」，太白詩，「烟花一萬重」，少陵句，配得恰好。（同上）

《過瓦雀灘》 紀批：簡齋詩畢竟大雅。（同上卷三十四川泉類）

《江行野宿寄大光》 紀批：四句太不對。五六江西習氣。結不妥。（同上）

《贈漳州守綦叔厚》 紀批：「一欠伸」三字不妥。（同上卷四十二寄贈類）

《寄德升大光》 紀批：看似率易，而筆力極爲雄闊。（同上）

《眼疾》 此詩八句而用七事，謂詩不在用事者，殆胸中無書耳。「盲人騎瞎馬，夜半臨深池」，此《世說》殷仲堪參軍所作危語。仲堪眇一目，適忤之。只見門外著籬，未見眼中安障，此方干令以嘲李主簿。范寧武子患目痛，求方於張湛，湛戲謂此方用損讀書一，減思慮二，專內視三，簡外觀四，早晚起五，夜早眠六，凡六物，熬以神灰，下以氣簁。今刊本多誤作「損續」，非也。白眼、阿堵、送飛鴻三事，非僻。那律事出《楞嚴經》「無目可以證道」。其要妙在用虛字以斡實事，不可不細味也。紀批：純是宋調，又自一種，然不甚傷雅，格調較宋人高故也。（同上卷四十四疾病類）

胡祗遹

【梅圖】 涪翁歌罷簡齋詩，肯放來人更措辭？不見淸姿見圖畫，依然淸路月西時。（《紫山大全集》卷七）

吴　澄

【黄養浩詩序】　世所選諸家詩，每令人手披口誦，不忍釋，及閲其全集，則又不然，雖李、杜大家，亦不篇篇可人意，於以見詩之不易爲也。獨近代簡齋陳參政集無可揀擇，蓋自選之，而凡不可者不復存也。樂安黄養浩有詩一帙，不滿五十題，亦必自選，而不以多爲貴也。意態聲響，宛然參政公之彷彿。作詩如是，可謂不苟作者矣。披誦至三四，因書卷首，以志吾之喜，而歸其編。（《臨川吴文正公集》卷十三）

【題簡齋陳參政奏藁後有跋】　「君臣密勿紹興中，文物依稀貞觀風。三幅奏篇存雅製，諸家題字總名公。已聞玉匣人間見，空相銀鉤天上工。百八十年如一夢，摩挲遺墨視夢夢。」紹興參政簡齋陳公奏藁三幅，其一謝御賜臨王羲之玉潤帖，其二爲奉旨辨歐陽詢書眞僞，淳熙、紹熙葛、周、洪、尤、謝、楊、章、樓，以至慶元、嘉泰、開禧諸名公題跋者凡十八人，蓋百八十年於兹矣。澄得肅讀，感慨繫之。臨川吴澄謹書。（同上卷四十五）

仇　遠

【讀陳去非九日詩】　憶得甲辰重九日，宣和遺恨幾番秋。蔣陵依舊西風在，一度黄花一度愁。（《金淵集》卷六）

脫　脫等

【陳與義傳】陳與義，字去非，其先居京兆，自曾祖希亮始遷洛，故爲洛人。與義天資卓偉，爲兒時已能作文，致名譽，流輩斂衽，莫敢與抗。登政和三年上舍甲科，授開德府教授，累遷太學博士，擢符寶郎，尋謫監陳留酒税。及金人入汴，高宗南遷，遂避亂襄、漢，轉湖、湘，踰嶺嶠。久之，召爲兵部員外郎。紹興元年夏，至行在，遷中書舍人，兼掌内制，拜吏部侍郎，尋以徽猷閣直學士知湖州，召爲給事中，駁議詳雅；又以顯謨閣直學士提舉江州太平觀，被召，會宰相有不樂與義者，復用爲中書舍人，直學士院。六年九月，高宗如平江；十一月，拜翰林學士、知制誥。七年正月，參知政事，唯師用道德以輔朝廷，務尊主威而振紀綱。時丞相趙鼎言人多謂中原有可圖之勢，宜便進兵，恐他時咎今日之失機。上曰：「今梓宫與太后淵聖皆未還，若不與金議和，則無可還之理。」與義曰：「若和議成，豈不賢於用兵；萬一無成，則用兵必不免。」上曰：「然。」三月，從帝如建康。明年扈蹕還臨安，以疾請，復以資政殿學士知湖州。陛辭，帝勞問甚渥。遂請閒提舉臨安洞霄宫。十一月，卒，年四十九。與義容狀儼恪，不妄笑言，平居雖謙以接物，然内剛不可犯。其薦士於朝，退未嘗以語人，士以是多之。尤長於詩，體物寓興，淸邃紆餘，高舉横厲，上下陶、謝、韋、柳之間。嘗賦墨梅，徽宗嘉賞之，以是受知於上云。（《宋史》卷四四五《文苑傳》）

吴師道

世稱宋詩人句律流麗，必曰陳簡齋；對偶工切，必曰陸放翁。今（唐）子西所作，流布自然，用故事古語，融化深穩，前乎二公，已有若人矣。……（子西）《春日郊外》詩「水生看欲到垂楊」，絶句：「疑此江頭有佳句，爲君尋取卻茫茫。」簡齋有「水光忽到樹」及「忽有好詩生眼底，安排句法已難尋」之句，非襲用其語，則亦暗合者與。（《吴禮部詩話》）

柳柳州云：「微風一披拂，林影久參差。」陳簡齋云：「微波喜搖人，小立待其定。」語有所見，而意不同。（同上）

三　明代

瞿佑

【杏花二聯】陳簡齋詩云：「客子光陰詩卷裏，杏花消息雨聲中。」陸放翁詩云：「小樓一夜聽春雨，深巷明朝賣杏花。」皆佳句也，惜全篇不稱。葉靖逸詩：「春色滿園關不住，一枝紅杏出牆來。」戴石屏詩：「一冬天氣如春暖，昨日街頭賣杏花。」句意亦佳，可以追及之。（《歸田詩話》卷中）

李東陽

陳與義「一涼恩到骨，四壁事多違」，世所傳誦，然其文離亦過矣。(《懷麓堂詩話》)

楊慎

【陳去非】陳去非，蜀之青神人，陳季常之孫也。徙居河南。宋南渡後，又居建康。詩爲高宗所眷注，而詞亦佳。語意超絶，筆力排奡，識者謂其可摩坡仙之壘，非溢美云。《草堂》詞惟載「憶昔午橋」一首。其《閩中漁家傲》云：「今日山頭雲欲擧。青蛟翠鳳移時舞。行到石橋聞細雨。聽還住，風吹却過溪西去。我欲尋詩寬久旅。桃花落盡春無數。渺渺籃輿穿翠楚。悠然處，高林忽送黄鸝語。」又《虞美人》云：「吟詩日日待春風，及至桃花開後却匆匆。」又《點絳唇》云：「愁無那，短歌誰和？風動梨花朶。」又《南柯子》云：「闌干三面看晴空，背插浮圖千尺冷煙中。」皆絶似坡仙語。(《詞品》卷四)

錢士升

【陳與義傳】陳與義，字去非，洛人。上舍甲科，歷太學博士。高宗南遷，避亂襄、漢，轉湖、湘，踰嶺嶠。紹興中，累官翰林學士、知制誥，至參知政事，予祠卒。容狀儼恪，不妄言笑。薦士於朝，退未嘗以語人。長於詩，體物寓興，清邃紆餘，上下陶、謝、韋、柳間。自號簡齋居士。有《無住詞》一卷。(《南宋書》)

卷六十三《文苑傳》

胡應麟

二陳五言古皆學杜，所得惟粗強耳，其沉鬱雄麗處，頓自絶塵。（《詩藪》外編卷五）

陳去非短歌學杜，間得數語耳，無完篇。（同上）

宋之學杜者無出二陳，師道得杜骨，與義得杜肉；無己瘦而勁，去非贍而雄；后山多用杜虚字，簡齋多用杜實字。（同上）

宋之爲律者，吾得二人：梅堯臣之五言，淡而濃，平而遠；陳去非之七言，渾而麗，壯而和。梅多得右丞意，陳多得工部句。（同上）

南渡諸人詩尚有可觀者，如尤、楊、范、陸時近元和，永嘉四靈不失唐季，至陳去非宏壯在杜陵廊廡，謝皋羽奇奥得長吉風流，尤足稱賞；以其才則不如王、蘇、黄、陳。（同上）

……「登臨吴蜀横分地，徙倚湖山欲暮時」……此雄麗冠裳，得杜調者也。（同上）

去非句如「湖平天盡落，峽斷海横通」，「摇楫天平渡，迎人樹欲來」，「風斷黄龍府，雲移白鷺洲」，「亂雲交翠壁，細雨濕青林」，「一時花帶淚，萬里客憑欄」，皆宏麗沉雄得杜體，且多得杜字法。（同上）

無己「梅柳春猶淺，關山月自明」，去非「春生殘雪夜，酒盡落梅時」，却自然有唐味，然不多得。（同上）

周尹潛「斗柄闌干洞庭野，角聲凄斷岳陽城」，陳去非「晚木聲酣洞庭野，晴天影抱岳陽樓」，二君同時，

二聯語甚相類，皆得杜聲響，未易優劣。（同上）

陳去非諸絶雖亦多本老杜，而不爲已甚，悲壯感慨，時有可觀處。（同上）

王維「遥知兄弟登高處，遍插茱萸少一人」，岑參「遥憐故園菊，應傍戰場開」，皆佳句也。去非《重九》二絶云：「龍沙北望西風冷，誰折黄花壽兩宫？」五言云：「菊花紛四野，作意爲誰愁？」雖用前人之意，而不襲其語，殊自蒼然。（同上）

……陳去非：「舍南舍北草萋萋，原上行人路欲迷。已是春寒仍禁火，楝花風急子規啼。」《春晚》……右諸絶皆宋人近似者，然率中晚唐語耳。（同上）

大抵南宋古體當推朱元晦，近體無出陳去非。（同上雜編卷五）

李日華

甲午十二月十有七日，過項公定，出觀書畫卷二十餘函，内有……宋陳簡齋詩卷，書法高朗，頎秀似李北海，而清栗踰之，有句云：「夢裏不知涼是雨，醒來微濕在荷花。」殊幽雋可喜。（《六研齋筆記》卷一）

四　清代

賀裳

還南渡後詩，務取短中之長，有以一聯收者，以一句錄者，必求首尾温麗，幾無詩矣。陳簡齋詩以趣勝，不知正其着魔處，然其俊氣自不可揜。如《雨晴》詩：「牆頭語雀衣猶濕，樓外殘雷氣未平。」《以事走郊外示友》：「黄塵滿面人猶去，紅葉無言秋又歸。」《觀江漲》：「疊浪併翻孤日去，西津横捲半天流。」俱可觀。《送熊博士赴瑞安令》一作尤佳：「衣冠袞袞相逢處，草木蕭蕭未變時。聚散同驚一枕夢，悲歡各誦十年詩。山林有約吾當去，天地無情子亦饑。笑□銅章非失計，歲寒心事欲相期。」雖格調不足言，頗爲入情也。（《載酒園詩話》卷五）

李遇時等

宋陳與義，洛人，建炎後辟地岳陽，工詩賦。（《岳州府志》卷二十五巴陵縣僑寓）

惲格

【畫跋】梅花庵主云：墨戲之作，蓋士大夫詞翰之餘，適一時之興趣，與夫繪畫之流，大有寥廓。嘗觀陳簡齋《墨梅》詩云：「意足不求顏色似，前身相馬九方皋。」此眞知畫者也。（《甌香館集》卷十二）

王士禛

宋、明以來詩人學杜子美者多矣，予謂退之得杜神，子瞻得杜氣，魯直得杜意，獻吉得杜體，鄭繼之得杜骨；它如李義山、陳無己、陸務觀、袁海叟輩又其次也。陳簡齋最下，《後邨詩話》謂簡齋以簡嚴掃繁縟，以雄渾代尖巧，其品格在諸家之上，何也？（《池北偶談》）（《帶經堂詩話》卷一《源流》）

陳去非語人云：「本朝詩愼不可讀者，梅聖俞也；不可不讀者，陳無己也。」見《卻掃編》。如此議論，殊不可解。（《古夫于亭雜錄》）（同上卷二《評駁》）

徐敦立記陳去非語：「本朝之詩愼不可讀者，梅聖俞也；不可不讀者，陳無己也。」此意殊不可解。去非之學杜，亦予所未解也。（《香祖筆記》）（同上）

偶爲朱錫鬯太史彝尊舉宋人絕句可追踪唐賢者，得數十首，聊記於此……「獨凭危堞望蒼梧，落日君山似畫圖。無數柳花飛滿岸，晚風吹過洞庭湖。」（陳去非與義簡齋《城上晚思》）（《池北偶談》）（同上卷九《標舉》）

呂留良、吳之振、吳自牧

【簡齋詩集】陳與義，字去非，號簡齋，汝州葉縣人。登上舍甲科，歷太學博士，擢符寶郎，尋謫監陳留酒稅。南渡後，避亂襄、漢，轉湖、湘，逾嶺嶠，召爲兵部員外郎。紹興中，累官翰林學士、知制誥，至參知政事。卒年四十九。少學詩於崔德符，問作詩之要，崔曰：「工拙所未論，大要忌俗而已。」嘗賦《墨梅》，受知徽宗，遂登册府。高宗尤喜其「客子光陰詩卷裏，杏花消息雨聲中」之句。天分既高，用心亦苦，意不拔俗，語不驚人，不輕出也。晚年益工，旗亭傳舍，摘句題寫殆遍，號稱新體。體物寓興，清邃紆徐，高舉横厲，上下陶、謝、韋、柳之間。劉後村謂元祐後詩人迭起，不出蘇、黄二體，及簡齋始以老杜爲師。建炎間，避地湖嶠，行萬里路，詩益奇壯。造次不忘憂愛。以簡嚴掃繁縟，以雄渾代尖巧，第其品格，當在諸家之上。劉須溪序其詩，亦謂較勝黄、陳，比東坡，云如論花，高品則色不如香，逼眞則香不如色。其推尊如此。簡齋自言曰：「詩至老杜極矣，蘇、黄復振之，而正統不墜。東坡賦才大，故解縱繩墨之外，而用之不窮；山谷措意深，故游泳玩味之餘，而索之益遠。要必識蘇、黄之所不爲，然後可以涉老杜之涯涘。」味此足以定其品格矣。簡齋晚年讀書吾邑之□□鄉，有遺蹟云。（《宋詩鈔》）

查慎行

《渡江》（登覽類）　簡齋與后山才力相近，而烹煉不及后山，觀其全集自見。結語微含諷意。

《雨》（晴雨類）　言淺而意深，學杜中又自出手眼。集中登選者殊多，無出此上者矣。

《對酒》（變體類）　「官裏簿書無日了」二句，東坡：「官書無窮何日了，菊花有信不吾欺。」獨非變體，而簡齋所取裁者乎？

《次韻謝吕居仁》（旅況類）「嶺表窮冬有雪霜」，窮冬雪霜，在嶺表則爲異事，亦所以寓遷謫之感。

《寄德光大光》（寄贈類）「也寘樵夫一尺中」，一尺當作尺一。（《初白菴詩評》卷下《瀛奎律髓》評）

喬億

宋之後山、簡齋五律宗杜，皆粗硬乏溫醇之氣。（《劍谿説詩》卷下）

浦起龍

【宋以後詩（節録）】哲宗元祐之間，蘇軾、黄庭堅挺出，雖曰共師李、杜，而競以己意相高，而諸作又廢矣。自此以後，詩人迭起，大抵不出乎二家。觀於蘇門四學士黄庭堅、秦觀、晁无咎、張耒諸作以及江西宗派諸詩可見矣。陳與義雖晚出，乃能因崔德符而歸於少陵，有不爲流俗之所移易。（《釀蜜集》卷二）

厲鶚

【汪司馬半舫集序（節録）】自唐五代迄宋，以詩賦決科，故詩人最重知遇，往往有刻意苦吟，句鍛月煉，槁項黄馘，無人過而問焉者。如唐處士至以詩藁納瓢投水中，幸人接得以傳；陸天隨以遺藁置白蓮寺像腹，不幸爲俗子沈於水。蓋不獨生前榮進爲不易致，卽身後流播以慰其魂者，亦有幸有不幸焉。

嗚呼！其亦可悲也已。若夫一吟一詠，生邀萬乘特達之知，歿而聲名焜燿於無窮，有如唐韓翃、宋陳與義輩，尤爲詩人所不多覯。（《樊榭山房文集》卷二）

許昂霄

《臨江仙》　神到之作，無容拾襲，漁隱稱爲清婉奇麗，玉田稱爲自然而然，不虚也。（《詞綜偶評》）

姚壎

【宋詩略自序（節錄）】　王黄州、歐陽文忠精深雄渾，始變宋初詩格，而一則學白樂天，一則學韓退之。梅聖俞則出於王右丞，郭功父則出於李供奉。學王建者有王禹玉，學陳子昂者有朱紫陽。又若王介甫之峭厲，蘇子美之超横，陳去非之宏壯，陳無己之雄肆，蘇長公之門有晁、秦、張、王之徒，黄涪翁之派有三洪、二謝、陳、潘、汪、李之輩，俱宗仰浣花草堂，或得其神髓，或得其皮骨，而原本未嘗不同。（《宋詩略》卷首）

紀　昀等

【簡齋集十六卷浙江鮑士恭家藏本】　宋陳與義撰。與義字去非，洛陽人，簡齋其號也。登政和三年上舍甲科，紹興中官至參知政事，事蹟具《宋史》本傳。是集第一卷爲賦及雜文九篇，第十六卷爲詩餘十八首，中十四卷皆古今體詩。方回《瀛奎律髓》稱簡齋集中無全首雪詩，惟以《金潭道中》一首有「後嶺雪槎枒」句編入雪類。今考集中古體、集句並有雪詩，與回所言不合；蓋回所撰錄惟五七言近體，故但就近體言之，非後人有所竄入也。與義之生，視元祐諸人稍晚，故呂本中《江西宗派圖》中不列其名。然靖康以後，北宋詩人凋零殆盡，惟與義爲文章宿老，巋然獨存。其詩雖源出豫章，而天分絕高，工於變化，風格遒上，思力沈摯，能卓然自闢蹊徑。《瀛奎律髓》以杜甫爲一祖，以黄庭堅、陳師道及與義爲三宗，是固一家門戶之論，然就江西派中言之，則庭堅之下，師道之上，實高置一席無愧也。初與義嘗作《墨梅》詩見知於徽宗，其後又以「客子光陰詩卷裏，杏花消息雨聲中」句爲高宗所賞，遂馴至執政，在南渡詩人之中最爲顯達。然皆非其傑構，至於湖南流落之餘，汴京板蕩以後，感時撫事，慷慨激越，寄託遙深，乃往往突過古人。故劉克莊《後村詩話》謂其造次不忘憂愛，以簡嚴掃繁縟，以雄渾代尖巧，第其品格，當在諸家之上。其表姪張嵲爲作墓誌云：「公詩體物寓興，清邃超特，紆餘宏肆，高舉橫厲。」亦可謂善於形容；至以陶、謝、韋、柳擬之，則殆爲不類，不及克莊所論爲得其眞矣。（《四庫全書總目提要》卷一百五十六集部別集類）

【無住詞一卷安徽巡撫採進本】宋陳與義撰。與義有《簡齋集》，已著錄。陳振孫《書錄解題》載其《無住詞》一卷，以所居有無住菴，故以名之。與義詩師杜甫，當時稱陳、黄之後無逾之者。其詞不多，且無長調，而語意超絕，黄昇《花菴詞選》稱其可摩坡仙之壘，至於《虞美人》之「及至桃花開後却匆匆」，《臨江仙》之「杏花疏影裏，吹笛到天明」等句，胡仔《漁隱叢話》亦稱其清婉奇麗，蓋當時絕重其詞也。

此本爲毛晉所刊，僅十八闋，而吐言天拔，不作柳鞾鶯嬌之態，亦無蔬筍之氣，殆於首首可傳，不能以篇帙之少而廢之。方回《瀛奎律髓》稱杜甫爲一祖，而以黄庭堅、陳師道及與義爲三宗。如以詞論，則師道爲勉強學步，庭堅爲利鈍互陳，皆迥非與義之敵矣。開卷《法卷導引》三闋，與義已自注其詞爲擬作，而諸家選本尚有稱爲赤城韓夫人所製，列之仙鬼類中者，證以本集，亦足訂小説之誣焉。（同上卷一百九十八集部詞曲類）

王　昶

【舟中無事偶作論詩絶句四十六首（錄一首）】故事麟臺擅舊聞程待制俱，小雲林亦具清芬沈忠敏與求；參知才思能多少，幸有梅花契道君陳去非。（《春融堂集》卷二十二）

翁方綱

簡齋《葆眞宫避暑》詩，一時推爲擅場，人皆傳寫；然「清池不受暑」、「夜半嘯烟艇」，起結亦本杜句也。中間固自脱然。簡齋自言曰：「詩至老杜極矣。蘇、黄復振之，而正統不墜。東坡賦才大，故解縱繩墨之外，而用之不窮。山谷措意深，故游泳玩味之餘，而索之益遠。要必識蘇、黄之所不爲，然後可以涉老杜之涯涘。」（《石洲詩話》卷四）

簡齋以《墨梅》詩擢置館閣，然唯「意足不求顔色似，前身相馬九方皋」句有生韻，餘亦不盡佳也。「京洛

緇塵」，尚有神致，陳元則傖氣矣。（同上）

「平生老赤脚，每見生怒嗔。」「張子霜後鷹，眉骨非凡曹。」「覺來迹便掃。」「韓公眞躁人，顧用擾懷抱。」「乾雲進酒杯。」「片雲無思極。」「我知丈人眞。」「清池不受暑。」「惜無陶謝手。」「日動春浮木。」以上諸句，簡齋集中似此類者尚多，不可一一枚述，大約彷彿后山之學杜，而氣韻又不逮，蓋同一未得杜神，而后山尚有朴氣，簡齋則不免有傖氣矣。若以此爲杜嗣，則不若直舉李空同之堂堂旗鼓明目張膽上接指麾，何必瞞人哉！（同上）

後村舉簡齋「登臨吴蜀横分地，徙倚湖山欲暮時」，此其岳陽樓句也。又「樓頭客子杪秋後，日落君山元氣中」二語，亦不愧學杜。（同上）

仇山村《讀陳去非集》云：「莫道壘梅曾遇主，黄花一絕更堪悲。」其首句云：「簡齋吟册是吾師，句法能參杜拾遺。」（同上卷五）

【七言律詩鈔凡例】自山谷以下，後來語學杜者，率以后山、簡齋並稱。然而后山似黄，簡齋則似杜；后山近于黄而太膚淺，簡齋近于杜而全滯色相矣。雖云較後來之空同蒼老有骨，而其爲假冒則一也。（《七言律詩鈔》卷首）

陳錫路

【陳簡齋詩】「開門知有雨，老樹半身濕」，此陳簡齋得意句也。《六硯齋筆記》稱簡齋手寫詩卷，有句

云：「夢裏不知涼是雨，醒來微濕在荷花。」書法高朗，詩句幽蒨可喜。按此兩句正不如前語之自然。（《黄嬭餘話》卷六）

潘德輿

宋絶句尤不似唐，然王漁洋《池北偶談》專錄宋七絶之似唐者數十首，何嘗不可與唐人匹。予又從近人嚴長明用晦所選千首宋人絶句中反覆揀擇，得其似唐者百數十首，承漁洋之風旨，廣漁洋所未備，世之於唐、宋分左右袒者，喙亦可以息矣。第用晦此本較之洪容齋《唐人萬首絶句》纂次頗核，所選詩皆有可觀，亦較勝王漁洋《唐人萬首絶句選》本，而宋人絶句之佳者，仍未盡於是也。如……陳簡齋《清明》云：「卷地風抛市井聲，病扶危坐了清明。一簾晚日看收盡，楊柳微風百媚生。」……此十數絶句，與唐人聲情氣息不隔累黍，何故遺之？且無論唐、宋，即以詩論，亦明珠美玉，千人皆見，近在眼前，而嚴氏置若無睹，故操選枋爲至難也。（《養一齋詩話》卷五）

洪容齋考訂他書極詳，於唐、宋詩證據亦核，獨其所錄同時人詩，不盡得風旨……如陳簡齋《池上避暑》詩：「長安車轍邊，有此萬荷柄。談餘日亭午，樹影一時正。清風不負客，意重百金贈。微波喜搖人，小立待其定。」詞意新峭可喜，雖西江風格，而能藥俗，錄之可也。若其《水墨梅》詩云：「粲粲江南萬玉妃，别來幾度見春歸。相逢京洛渾依舊，惟見緇塵染素衣。」猝乍閲之，幾不省爲何題，而亦喜而錄之，此殆由宋詩習氣蒸染至深耳。（同上卷九）

光聰諧

【楞伽經】憨山觀楞伽記云：「昔達摩授二祖，以此爲心印，自五祖教人讀《金剛經》，則此經束之高閣，知之者希矣。」陳簡齋《玉堂儤直》詩云：「庭葉瓏瓏曉更青，斷雲度日照寒廳。只因未上歸田奏，貪誦楞伽四卷經。」以憨山之語證之，方明此詩之意。蓋言此經惟秘館有之，歸田去則難求誦矣。（《有不爲齋隨筆》丁卷）

謝啓昆

【讀全宋詩仿元遺山論詩絶句二百首（録一首）】居士尋詩墨未乾，杏花消息雨聲寒。誰言詩到蘇黄盡，萬里南行眼界寬。陳與義（《樹經堂詩集》初集卷十一）

阮元

【增廣箋注簡齋詩集三十卷無住詞一卷】宋陳與義撰，胡穉箋。《簡齋集》十六卷，《四庫全書》已著録。此本作三十卷，末附詞一卷，蓋穉作注時，去雜文，每卷復釐爲二。卷首有樓鑰序併穉自序，又穉所編與義年譜及續添詩箋正誤。鑰序稱穉約居立學，日進不已，隨事標注，遂以成編，貫穿百家，出入釋老，云云。今觀所注，多鉤稽事實，能得作者本意，絶無捃拾類書，不究出典之弊，凡集中所與

往還諸人，亦一一考其始末，固讀與義集者所不廢也。（《四庫未收書目提要》卷四集部）

錢泰吉

平湖家夢廬翁天樹，篤嗜古籍，嘗於張氏《愛日精廬藏書志》眉間記其所見，猶隨齋批注《書錄解題》也。余曾手鈔。翁下世已有年，平生所見，當不止此，錄之以見梗概：……《箋注簡齋詩集》，余向有宋版不全本十餘卷今亦散去，後無《無住詞》，不識與此同一版否。（《曝書雜記》卷下）

丁酉之秋，余始識上元朱述之於屠筱園所。時述之將入闈分校，不及過從。及壬寅冬，寓杭城，與述之鄰，方錄金陵詩及注《曹子建集》，相與商榷者旬餘。戊申，權知海昌，始得縱觀所藏書。述之鈔文瀾閣宋元人集，已得十之七八；他所購藏甚富。其尤愛賞者，宋刻胡穉《增廣箋注簡齋詩集》三十卷，《無住詞》一卷，年譜一卷，又續添正誤四葉。雖半屬影宋鈔，亦極精審。有紹興改元臘月上澣竹坡胡穉仲孺自序。前有樓大防序，大略謂：曉江胡君仲孺，約居力學，日進不已，得此詩酷好之，隨事標注，遂以成編；吏部蘇公訓直愛其書，屬余爲敍云云。此注爲四庫所未收，《愛日精廬藏書志》及儀徵相國《經進書目》皆有之，亦未詳竹坡生平事蹟也。余擬助述之編纂所藏書目，未踰年，述之調任嘉興，遂不果。後其書載歸金陵，已付劫灰矣，可爲痛恨。（同上）

胡薇元

陳與義簡齋《無住詞》才十八首，而首首可傳。簡齋詩師杜少陵，與山谷、后山爲三宗。其詞吐言天拔，無蔬筍氣。然山谷詞利鈍互見，后山則勉強學步，迥非與義之敵。至開卷《法駕導引》三闋，選本乃作赤城韓夫人仙子作，列入仙鬼類，原作注爲擬作，可知小説之謬。（《蕙寒居詞話》）

陳廷焯

陳簡齋《無住詞》，未臻高境。惟《臨江仙》云：「憶昔午橋橋上飲，坐中都是豪英。長溝流月去無聲。杏花疏影裏，吹笛到天明。　二十餘年成一夢，此身雖在堪驚。閒登小閣眺新晴。古今多少事，漁唱起三更。」筆意超曠，逼近大蘇。（《白雨齋詞話》卷一）

詩以窮而後工，倚聲亦然，故仙詞不如鬼詞，哀則幽鬱，樂則淺顯也。宋代惟白玉蟾脱盡方外氣，陳與義擬《法駕導引》三章，亦稱佳搆。其一云：「朝元路，朝元路，同駕玉華君。千載乘花同一色，人間遙指是祥雲。回望海光新。」其二云：「東風起，東風起，海上百花搖。十八風鬟雲半動，飛花和雨著輕綃。歸路碧迢迢。」其三云：「煙漠漠，煙漠漠，天澹一簾秋。自洗玉舟斟白醴，月華微映是空舟。歌罷海西流。」以清虚之筆，寫闊大之景，語帶仙氣，洗脱凡豔殆盡。（同上卷七）

張佩綸

閱《簡齋集》。《提要》……。《擥經室外集》呈進增廣箋注簡齋詩集三十卷、無住詞一卷，阮撰提要云……

案聚珍本第一卷雜文，第十六卷詞，胡箋去雜文，每卷釐爲二卷，則詩二十八卷，其二卷乃續箋也。不知詩之首數與此集有增益否？阮提要略之，疏矣。《宋詩鈔》編年，聚珍則分體，其七古類中旨字疊韻二首，義字疊韻次葛汝州後，不知所和爲何人。阮云集中往還諸人，一一考其始末，亦未拈出此節爲何人，似於兩本初未推勘也。簡齋當南渡時，仕至參知政事，不爲不達，非下吏沈淪者比。乃閱其傳中，趙鼎主用兵，上主議和，與義言：「若和議成，豈不賢於用兵；萬一無成，則用兵必不免。」於君相之間，調停兩可，初無剴切深透之論。雖旋卽引疾，然其所蘊蓄，亦頗可覩矣。文人論事，全無實用，而徒於詩中作慷慨激越之音，終爲浮聲空響耳。徽宗以《墨梅》詩賞之，高宗後以「客子光陰書卷裏，杏花消息雨聲中」二語激賞，以至執政，又以見其用人之輕，此何時，而以詩拔人耶？至二劉目論，後村以爲簡齋以老杜爲師，造次不忘憂愛；須溪以爲較勝黄、陳，比東坡，云如論花，高品則色不如香，逼眞則香不如色。吴鈔取之，尤屬井鼃之見。晦齋序述與義論詩之旨，云學蘇者指黄爲強，附黄者指蘇爲肆，必識蘇、黄之所不爲，然後可以涉老杜之涯涘。然簡齋亦未能自行其言也。（《澗于日記》，光緒壬辰三月二十六日）

馮煦

【增廣箋註簡齋詩集序（節錄）】《簡齋詩集》三十卷，南宋胡穉仲孺所箋。凡匡桓字皆缺筆，確爲紹熙所刊。舊藏常熟瞿氏鐵琴銅劍樓，……己未夏四月，……予乃假劉君翰怡所藏舊鈔本爲獨山莫子偲先生手校者取以對勘。人事牽率，作輟不恆，至今年正月，始得卒業。莫校本亦鈔自瞿氏，與此本略同，偲老所訂正者十得三四，予補偲老所不及又得十之六七，其中有所疑不及檢原引之書、或原引之書爲插架所無者尚十之二三，乃歎年衰學落，而校書之不易也。然視原刻，已有上下牀之別矣。徐君隨厂復有舊鈔宋本《簡齋外集》一卷，亦曾藏瞿氏，……。瞿氏原跋，云凡古今體詩五十二首，文三首，皆胡箋本所無。予案外集內《海棠》一首，已見胡箋本卷十五；《問安危》一首，《欲入州不果》一首，並見胡箋本卷二十四，惟《欲入州不果》題作《山中》耳。其字體視胡箋本爲精，而無箋註，殆胡箋本既出後而搜得者邪？且兩本板心相近，惟胡箋本葉二十行、行二十八字，外集葉十八行、行十七字爲小異耳。校既竟，復取四庫十六卷本（一曰武英殿本）校之。四庫本雖分體，然其排比之次與胡箋本初無差池，且合外集而一之，故外集之詩皆附於各體之末。疑館臣校上，曾見胡箋本與外集也。其雜文中《書堂石室銘》一首，七絕中《偶成》至《別諸州》七首，均爲胡箋本及外集所無。亦有胡箋本有而四庫本無者，如卷十七《送大光赴石城》一首，卷二十六《傷春》一首，《次韻謝邢九思》一首是也。四庫本與胡箋本間有異文，亦多臆改之字，且於胡虜等字皆以他字代之。如卷十九《聞王道濟陷虜》云：「如今在賊圍。」「虜」、「賊」均作「敵」。卷二十一《次胡尹潛感懷》云：「胡兒又看繞淮春。」「胡兒」作「干戈」。卷二十四《適遠》云：「年年備虜兵。」「虜」字作「敵」。又《正月十二日至邵州》云：「走避北狄趨南蠻。」「狄」作「騎」。卷二十七《次韻謝呂居仁》云：「江南今歲無胡虜。」「胡虜」作「征戰」之類，必非陳詩之舊，或校上時文網猶密，有所諱而致然邪？今一以胡箋本爲定，而擇四庫本之善者從之，自附於簡齋之勞臣，仲孺之諍友而已。抑又思之，《提要》云：「《瀛奎律髓》以杜甫爲一祖，以黄庭堅、陳師道及與義爲三宗。雖一家門戶之論，然就江西派中言之，庭堅之後，師道之前，實高置一席無媿也。」其於簡齋推崇甚至。近世作者，鑒於中晚之末失，往往祧唐祖宋，於回所稱三宗者，奉爲泰斗，爭相攀附，蓋其一種蕭寥逋峭之致，譬之繚磵邃壑，絕遠塵壒，既非若七寶樓臺，拆下不成片段，又非若緄樞甕牖，貌朴古而實寒陋，無惑乎世之踵武而趨也。……庚申上元，七十八叟馮煦。（江寧蔣氏湖上草堂本《增廣箋註簡齋詩集》卷首）

陳衍

陳簡齋之「客子光陰詩卷裏，杏花消息雨聲中」，詩中皆有人在，則景而帶情者矣。（《石遺室詩話》卷十四）

詩貴風骨，然亦要有色澤，但非尋常脂粉耳；亦要有雕刻，但非尋常斧鑿耳。有花卉之色澤，有山水之色澤，有彝鼎圖書種種之色澤。王右丞，金碧樓臺山水也；陳后山，淡淡靛青巒頭耳；黄山谷則加赭石，時復著色硃砂；陳簡齋欲自別於蘇、黄之外，在花卉中爲山茶、蠟梅、山礬。（同上卷二十三）

《和張矩臣水墨梅五絕》　末二首（「含章簷下春風面」首、「自讀西湖處士詩」首）有神無迹。

《次韻樂文卿北園》　五六濡染大筆，百讀不厭。

《春日二首》　（第一首）已開誠齋先路。

《夏日集葆眞池上以綠陰生晝靜賦詩得靜字》　宋人罕學韋、柳者，有之，以簡齋爲最。樊榭五古專祈嚮此種。

《試院書懷》樊榭五律最高者亦學此種。

《再登岳陽樓感賦詩》江水濁黃，湖水清碧，第四句七字寫盡。五六學杜而得其骨者。

《觀雨》與石湖《龍津橋作》貌異心同。

《懷天經智老因訪》視放翁之「杏花」，氣韻倜乎遠矣。（以上《宋詩精華錄》卷三）

沈曾植

【影元本簡齋詩集跋】舊抄《簡齋集》十五卷，第一卷賦，第二至十三詩，十四《無住詞》，十五《外集》。前有劉辰翁序。卷中闕文壞字皆摹存，《無住詞》題書在上，調書在下。蓋影抄元本，僅存舊式者。雖經批抹，故是佳本，不可忽也。此集四庫著錄本以五七言古律分卷，而宋刻胡穉箋注本編年，據第五卷《冬至》詩，「不須行年紀，異代尋吾詩」，則簡齋自定本係編年。宋人詩集，編年者多。其以五七言分編者，大都出明人之手。四庫本已經羼亂，賴此舊鈔，猶存簡齋本來面目耳。壬子孟冬之月，遜齋記於上海租界麥根路寓樓。

《簡齋集》、《解題》、史志皆作十卷，《通考》作陳參政《簡齋集》二十卷。頗疑《通考》所據是周葵刊本，書題卷數，即周本書題卷數也。胡箋本不錄《外集》詩，瞿氏書目錄舊抄單行本《外集》一卷，有元延祐七年錢良有疑良祐題語云：「簡齋《外集》，罕見其本。錢塘王心田以余愛之，持以見贈」云云。證以《通考》周葵得其詩五百餘首刊之之説，檢今集中詩數，適得五百八十餘首。若益以《外集》之詩，則六百餘首矣。以此知胡本無《外集》，周本亦無《外集》，集中詩是簡齋自訂，《外集》詩則後人拾遺。蛛絲馬跡，猶可尋蹤。四庫本分體合編，則無可研覈矣。是又此抄本可貴一事也。次日又書。

今日校朝鮮本詩注，得周葵刻詩釐爲十卷之説，果與愚之臆測相合，爲之一快。《墨林快事》：「宋刻《陳簡齋集》，是公自書上木，醇古豐圓，出自黄庭。」然則周葵所刻，非但爲公自訂本，且爲自書本也。（《海日樓題跋》卷一）

二十 曾幾

一 宋代

韓駒

【次韻曾吉父見簡】 往歲滄波轉地流，是身如沫信沈浮。初聞盜賊奔他境，漸見衣冠集此舟。病欲深耕歸谷口，禪須末句問巖頭。膺門也自知人喜，有客清眞似子不？（《陵陽先生詩集》卷四）

【次韻吉父食筍乳長句】 酪乳抨來自釋宫，流膏散液竹萌中。我方厭苦飢虚病，公已深知識界空。（《楞嚴經》云：古識界二處都無。）祗漫糠羹送鄰舍，豈能搜句攪詩翁。山城異味寧長有，卻傍春畦擷芥菘。（《本草》醍醐注：抨，普耕切。）（同上）

汪藻

【移守臨川，曾吉甫以詩見寄，次韻答之，時吉甫除閩漕未行】 朝來剝啄叩門誰，昨夜燈花已報知。腰下方懸新守印，眼中已見故人詩。十年且喜朋簪合，千里休言宦牒隨。問我抽書何日竟，病來編簡

網蛛絲。(《浮溪集》卷三十一)

呂本中

【次韻曾吉父見寄新句】詞源久矣多歧路，句法相傳共一家。良賈深藏宜有待，大圭可寶在無瑕。長江渺渺看秋注，孤鶩悠悠伴落霞。盛欲寄書商榷此，嶺南不見雁行斜。(《東萊先生詩集》卷十三)

胡　寅

【謝曾漕吉甫啓】叨被除音，俾分憂寄。懇辭弗獲，祗赴云初。竊以學道而愛人，君子之事；既得而患失，鄙夫所爲。方今軍旅之興，惟是貢輸之急。州郡經費，已傾困焉。其所以自支，則必犯詔條之所禁，民氓資用，殆竭澤矣。而至于不已，豈能保根本之無虞！某天稟迂踈，衆嗤方拙，憂傷之後，志意尤衰。欲斂裳遠迹，則未報上恩；將枉己徇時，乃大辱家訓。若爲稱塞，尚賴庇庥。某官能宅道心，務尊德性，文章足以鼓吹六藝，業履足以冠冕諸儒，共嗟煩使之久淹，彌歎沖襟之不競。眷茲一道，均仰惠綏。豈特孤蹤，獲逃呵譴。追陪尚邈，企詠尤深。(《斐然集》卷七)

劉子翬

【讀曾吉甫横碧齋詩】擕鉏引荒泉，偶步松崗北，泠然毛骨清，楚尾見秋色。稻氣馥初涼，樫陰淡微日。緬懷小齋居，檽檻增岑寂。曠度滅知聞，微吟數峯碧。若人端好修，珍駕動無迹。深窮伊水源，峻陟衡山極。終焉憇孔林，所樂惟自得。延和數酌醪，侑靜一編易。向來辱傾輸，洞見胸中白。思親道匪伴，既遠情不懌。矧余賫冥頑，固未易刻畫。尊生有退心，克己無全力。以兹畏所知，負負常夕惕。餘波儻時漸，玉汝天其或。（《屏山集》卷十三）

王　洋

【和紘父問訊吉父】　北園依梵庋，東郭據梧桐。鶴並千年骨，詩傳一祖風。有愁添鬢白，無藥駐顏紅。臺上秋期句，思君類渴虹。

困臂知三折，攻頑費七旬。不聞覆杯水，能救一輿薪。俗傲軒轅聖，巫誇越女神。百年勾漏術，觸處白頭新。（《東牟集》卷三）

【慶吉父七十作詩敍事】　里有仁賢慶壽祺，不辭沽酒典春衣。年高且作尋常看，身健須誇七十稀。頰火欲燒雙鬢白，心閒時笑昔年非。誰誇八座天人貴，丞相星垣動紫薇。（同上卷四）

【問訊吉父】　南北相望恨日踈，經時不見意何如？喜聞高閣扶衰杖，竹院秋光漸破除。

身世兼忘了幻因，飽聞塵網不關身。病根未解依誰住，試向毘耶問主人。

偃仆跳梁太自粗，從渠窮技逞揶揄。會須聞見都忘盡，看打虛空得住無。

晚雨蕭蕭只傍簷，此身無病亦淒然。若人心在悲歡外，却是清涼八月天。

費盡工夫意未親，團欒説處是天眞。不堪兒女來看病，生怕龐翁不度人。

前言在耳不應忘，秋向南坡歷上方。九日籬邊花未透，中秋雨霽月新涼。（同上卷六）

編者按：《東牟集》中和曾幾之作甚多，錄不勝錄，此處僅選其有關交遊及評述方面者，餘從略，以免繁蕪。

韓元吉

【祭曾吉甫待制文】南波衣冠，流離搶攘。有赫一門，兄弟相望。德誼之美，政事之良。玉節虎符，八座丞郎。公實其季，發爲文章。粲然一時，珪璧琳琅。曾未試之，白玉之堂。徒昌于詩，韶鈞鏘鏘。瓊弁珠纓，貂褕繡裳。儷呂軼徐，追陳媲黄。從衡蹈厲，世莫敢當。而公之學，肆其汪洋。執德不回，用心允剛。本于六經，蹈乎大方。中嬰險巇，澹然則藏。晚生有逢，乘風而翔。孰又甚之，俾脱其箱。公雖在遠，告猷益臧。道山曲臺，典型有光。謂公百年，其壽而康。晝不見矣，我涕用滂。嗚呼哀哉！我初拜公，靈山之陽。繼見于台，從容豆觴。我來過蘇，公病在牀。如寮十年，義何敢忘。公今將葬，禹穴之岡。孰爲邦國，老成而亡。嗟嗟後生，莫知我傷。（《南澗甲乙稿》卷十八）

陸　游

【跋曾文清公奏議稾】紹興末，賊亮入塞時，茶山先生居會稽禹跡精舍。某自勑局罷歸，略無三日不進見，見必聞憂國之言。先生時年過七十，聚族百口，未嘗以爲憂，憂國而已。後四十七年，先生曾孫曙以當日疏稾示某。於今某年過八十，仕忝近列，又方王師討殘虜時，乃不能以塵露求補山海，眞先生之罪人也。開禧二年，歲在丙寅，五月乙巳，門生山陰陸某謹書。（《渭南文集》卷三十）

【跋曾文清公詩稾】河南文清公早以學術文章擅大名，爲一世龍門，顧未嘗輕許可，某獨辱知，無與比者，士之相知蓋如此。方西漢時，專門名家之師至千餘人，然能自見於後世者寡矣。揚子惟一侯芭，至今誦之，故識者謂千人不爲多，一人不爲少，某何足與乎？此讀公遺稾，不知衰涕之集也。開禧丙寅歲五月乙巳，門生笠澤陸某謹識。（同上）

【曾文清公墓誌銘】公諱幾，字吉父，其先贛人，從河南之河南縣。曾祖識，泰州軍事推官，妣祖氏寧晉縣君李氏。祖平，衢州軍事判官，贈朝散大夫，妣慈利縣君劉氏。考準，朝請郎贈少師；妣魏國太夫人孔氏。公有器度，舅禮部侍郎孔武仲、祕閣校理平仲歎譽以爲奇童。未冠，從兄官鄆州，補試州學爲第一。教授孫勰亦贛人，異時讀生程試，意不滿，輒曰：「吾江西人屬文不爾！」諸生初未諭，及是持公所試文，矜語諸生曰：「吾江西人之文也。」乃皆大服。已而入太學，屢中高等，聲籍甚。會兄弼提舉京西南路學事，按部，溺死，無後，特恩補公將仕郎。公以太夫人命，不敢辭，試吏部銓，中優等，賜上舍出身，擢國子正，兼欽慈皇后宅教授，遷辟雍博士，兼編修道史檢閲官。時禁元祐學術甚厲，而以剽剝穨闒熟爛爲文，博士弟子更相授受，無敢異一，少自激昂，輒擯弗取，曰：「是元祐體也！」公獨憤歎，思一洗之。一日得經義絕倫者，而他場已用元祐體見黜，公爭之，不可。明日會堂上，出其文誦之，一坐聳聽稱善，爭者亦奪氣。及啓封，則內舍生陳元有也。元有遂釋褐，文體爲少變，學者相賀。改宣義郎，入祕書爲校書郎。道士林靈素以方得幸，尊寵用事，作符書號神霄籙，自公卿以下，羣造其廬拜受。獨故相李綱、故給事中傅崧卿及公俱移疾不行，出爲應天少尹。尹故相徐處仁敬待公，公嘗決疑獄，徐公謝曰：「始徒謂君儒者，乃精吏道如是邪！」一日，有中貴人傳中旨取庫金，而不齎文書。徐公用府寮議，將姑許之，公力爭，至謁告不出。徐公雖不果用，而尤以此服公。丁内艱，服除，主管南外宗室財用。靖康初，提舉淮南東路茶鹽公事。女眞入寇，都城受圍，太府鹽鈔無自得，商賈不行，公乃便宜爲太府鈔給之。比賊退，得緡錢六十萬。喪亂之餘，國用賴是以濟，而公不自以爲功也。改提舉荆湖北路茶鹽公事。羣盜大起，湖北諸郡皆破，獨辰、沅、靖三州僅存，有封樁鹽。公以與蠻獠貨易，得錢數鉅萬，間道上行在所。賊孔彦舟據鼎州，川陜宣撫使司幕官有傅雱者，輒假彦舟湖北副總管，彦舟因自稱官軍，而殺掠四出自若也。俄以總管檄檄公求鹽給軍食，官屬震恐，請與以紓禍，公卒拒不予。其後有爲鼎澧鎭撫使者，怙權暴横，復欲得鹽，公曰：「使吾畏死，則輸彦舟矣。」亦卒不予。以疾乞閑，主管臨安府洞霄宫。起爲福建路轉運判官，未赴，改廣南西路。廣南支郡賦入，悉錄轉運司，歲度所用給之，吏緣爲姦。公獨親其事，吏不得與，文書下，諸郡愜服。徙江南西路提點刑獄公事，改兩浙西路。故太師秦檜用事，與虜和，士大夫議其不可者輒斥。公兄爲禮部侍郎，爭尤力，首斥，而公亦罷。時秦氏專國柄未久，猶憚天下議，復除公廣南西路轉運副使，以慰士心，徙荆湖南路。賊駱科起郴州宜章縣，郴道、桂陽皆警，且度嶺。詔湖北宣撫司遣將逐捕。賊引歸宜章之臨武峒，宣撫司遂以平賊聞，公獨奏其實。朝廷始命他將討平之。主管台州崇道觀，起提舉湖北茶鹽，未赴，改廣西轉運判官。公雖益左遷，然於進退從容自若，人莫能窺其涯。復主管崇道觀，寓上饒七年，讀書賦詩，蓋將終焉。紹興二十五年，檜卒，太上皇帝當宁，慨然盡斥其子孫姻鄙，而收用耆舊與一時名士。十一月，起公提點兩浙東路刑獄。公老矣，而精明不少衰，去大猾吏張鎬，一路稱快。明年知台州。公娶錢氏。有郡酒官者，夫人族子也，大爲姦利，且恣橫，患苦閭里。公亟捕繫獄，奏廢爲民。黃巖令用兩吏爲囊橐以受賕，吏持之，令不勝怒，械吏置獄，一夕皆死，公發其罪。或以書抵公曰：「令，左丞相客也。」公治益急，亦坐廢。踰年，召赴行在所，力以疾辭，除直祕閣，歸故官。復召，既對，太上皇帝勞問甚渥，曰：「聞卿名久矣。」公因論：「士氣不振既久，陛下與起之於一朝，矯枉者必過直，雖有折檻斷鞅，牽裾還笏若賣直沽名者，願皆優容獎激之。」時太上懲秦氏專政之後，開言路，奬孤直，應詔論事者衆。公懼或有以激訐獲戾者，故先事反覆極論，以開廣上意。太上大悅。除祕書少監。先是少監選輕，士至不樂入館，公既以老臣自外超用，名震京都。及入朝，鬢鬚皓然，衣冠甚偉，雖都人老吏皆感欷以爲太平之象。於是公去館中三十有八年矣。舉故事，與同舍賦詩飲酒，縱談前輩言行、臺閣典章，從容每竟日。故相湯思退嘗語客曰：「恨進用偶在前，不得當斯時從曾公遊也。」其爲薦紳歆慕如此。擢尚書禮部侍郎。初公兄楙歷禮部侍郎至尚書，兄開亦爲禮部侍郎，至是公復繼之，衣冠尤以爲盛事。二十七年，吳越大水、地震。公極論消復災變之道及言賑濟之令當以時下，太上皆嘉納。時將郊祀，公力請對，言：「臣老，筋力弗支矣。陛下郊天，若禮官失儀，亦足辱國。」太上曰：「卿氣貌不類老人，姑爲朕留。」公再拜謝曰：

「臣無補萬分一，惟進退有禮，尙不負陛下拔擢；不然，且爲淸議罪人。」乃以集英殿修撰提擧洪州玉隆觀。又三歲，除敷文閣待制。元顏亮盜塞，下詔進討，已而虜大入。或欲通使以緩其來，公方病臥，聞之奮起上疏曰：「遣使請和，增幣獻城，終無小益而有大害。爲朝廷計，當嘗膽枕戈、專務節儉，整軍經武之外，一切置之。如是雖北取中原可也。且前日陛下降詔諸將傳檄，數金人君臣如罵奴耳，何詞復和耶？」今上初受內禪，公又上疏，累數千言，大概如前疏而加詳。既封奏，具衣冠遡闕再拜乃發。公自宣義郞十一遷爲左中大夫，至是以卽位恩遷左太中大夫。執政欲起公入侍經筵，度不可致，乃以公子逮爲提點浙西刑獄以便養。隆興二年，公上章謝事，遷左通議大夫致仕。莊文太子立，羣臣爲父後者得加封其親，公子逢請于朝，而有司疑公官高，詔特遷左通奉大夫。乾道二年五月戊辰卒於平江府逮之官舍，享年八十三。爵至河南縣開國伯，食邑至七百戶。公平生燕居莊敬如齋，至沒不少變。九月辛酉，逢等葬公於紹興府山陰縣鳳凰山之原。詔賜左光祿大夫，有司謚曰文淸。娶故翰林學士錢勰之孫朝請郞東美之女，封魯國太夫人。男三人：逢，朝散大夫尙書左司郞中，逮，朝奉大夫充集英殿修撰知湖州，迅，通直郞主管台州崇道觀；女一人，嫁右朝散郞知吉州呂大器。孫男七人：槃，迪功郞監戶部贍軍烏盆酒庫，槕，承務郞新知平江府長洲縣，梁，從政郞監戶部贍軍諸暨酒庫，桀，迪功郞監建康府提領所激賞酒庫，槩，宣敎郞，棐，修職郞監明州支鹽倉，棠，迪功郞新湖州長興縣尉；孫女七人，長適從事郞衢州江山縣丞李孟傳，次適通直郞新通判揚州軍州事朱輅，次適宣義郞新浙東提擧常平司幹辦公事詹徽之，次適從政郞新婺州金華縣丞邢世材，次適宣教郎幹辦行在諸軍審計司葉子強，次適修職郎呂祖儉，次適文林郎湖州長興縣丞丁松年，次適迪功郎前明州慈谿縣主簿王中行，次適迪功郎監衢州比較務張震。曾孫男女十三人。公貫通六經，尤長於《易》、《論語》。夙興正衣冠讀《論語》一篇，迨老不廢。孝悌忠信，剛毅質直，篤於爲義，勇於疾惡，是是非非，終身不假人以色詞。少師捐館舍，公才十餘歲，已能執喪如禮，終喪不肉食。及遭內艱，則既祥猶蔬食，凡十有四年，至得疾顛眴乃已。每生日拜家廟，未嘗不流涕也。平生取與，一斷以義，三仕嶺外，家無南物。或求沈水香者，雖權貴人不與。守台州，以屬縣並海產蚶菜，比去官，終不食。初佐應天，時元祐諫臣劉安世亡恙，鄉禁方厲，仕者不敢闖其門，公獨日從之遊，論經義及天下事，皆不期而合。避亂寓南嶽，從故給事中胡安國推明子思、孟子不傳之絶學。後數年，時相倡程氏學，凡名其學者不歷歲取通顯，後學至或矯託干進，公源委實自程氏，顧深閉遠引，務自晦匿。及時相去位，爲程氏學者益少，而公獨以誠敬倡導學者，吳越之間翕然師尊，然後士皆以公篤學力行、不諱世取寵爲法。公治經學道之餘，發於文章，雅正純粹，而詩尤工，以杜甫、黄庭堅爲宗，推而上之，繇黄初、建安以極於《離騷》、《雅》《頌》、虞夏之際。初與端明殿學士徐俯、中書舍人韓駒、呂本中游，諸公繼沒，公巋然獨存。道學既爲儒者宗，而詩益高，遂擅天下。有文集三十卷，《易釋象》五卷，他論著未詮次者尚數十卷。某從公十餘年，公稱其文辭有古作者餘風，及疾革之日，猶作書遺某，若永訣者，投筆而逝。故公之子以銘屬某。會某客巴蜀，久乃歸，銘之，實淳熙五年，去公之歿十二年矣。銘曰：聖人既沒，道裂千歲。士誦遺經，用鮮弗戾。孰如文清，得於絶傳。耄期躬行，知我者

天。秉禮蹈義，篤敬以終。病不惰媮，大學之功。仕豈不逢，施則未究。刻銘于丘，維以詔後。（同上卷三十二）

【別曾學士】兒時聞公名，謂在千載前，稍長誦公文，雜之韓杜編。夜輒夢見公，皎若月在天。起坐三歎息，欲見亡緣緣。忽聞高軒過，驩喜忘食眠。袖書拜轅下，此意私自憐。道若九達衢，小智妄鑿穿。所願瞻德容，頑固或少痊。公不謂狂疎，屈體與周旋。騎氣動原隰，霜日明山川。匏繫不得從，瞻望抱悁悁。晝石或十日，刻楮有三年。賤貧未即死，聞道期華顛。他時得公心，敢不知所傳。（《劍南詩稿》卷一）

【追懷曾文清公呈趙教授趙近嘗示詩】憶在茶山聽說詩，親從夜半得玄機。常憂老死無人付，不料窮荒見此奇。律令合時方帖妥，工夫深處却平夷。人間可恨知多少，不及同君叩老師。（同上卷二）

【書李商叟秀才所藏曾文清詩卷後】隴蜀歸來兩鬢絲，茶山已作隔生期。西風落葉秋蕭瑟，淚灑行間讀舊詩。（同上卷十二）

【題徐淵子環碧亭亭有茶山曾先生詩】茶山丈人厭囂譁，幅巾每訪博士家。小亭談笑不知暮，往往城上聞吹笳。興來傑作粲珠璧，歲久妙墨亡龍蛇。郎君弟子多白髮，回頭日月如犇車。徐卿赤城古仙子，十年四海推才華。覽觀陳迹喜不寐，旋補罅漏支傾斜。曲池還侵古來月，叢莽忽見當時花。重題舊句照高棟，力振風雅排淫哇。席間紵袍已散鵠，堂上講鼓初停撾。速宜力置竹葉酒，不用更淪桃花茶。桃花茶見曾公詩。（同上卷十七）

王明清

【曾吉父答啓】曾文清吉父，孔毅父之甥也。早從學於毅父。文清以蔭入仕，大觀初以銓試合格五百人爲魁，用故事賜進士出身。紹興中，明清以啓贄見云：「傳經外氏，早侍仲尼之閒居；提筆文場，曾寵平津之爲首。」文清讀之喜曰：「可謂著題矣。」後與明清詩云：「吾宗擇壻得羲之，令子傳家又絶奇。甥舅從來多酷似，弟兄如此信難爲。」徐敦立覽之笑云：「此迺用前日之啓爲體修報耳。」（《揮麈錄》後錄卷十一）

張孝祥

【將如會稽寄曾吉甫】起居一代文章老，闕寄音書恰二年。詩債未還緣懶拙，宦游如此竟危顛。會稽舊有探書穴，賀監應尋載酒船。我欲從公留十日，問公乞句手親編。（《于湖居士文集》卷六）

呂祖謙

【代倉部祭曾文清公文】嗚呼！邈邱壑之韻者，身清而命未必厚；鴻鼎彝之勳者，命厚而身未必清。判兩途而分騖，猶參商與渭涇。昔香山之退傅，遺簪組而沈冥。澹酬風而酢月，陶至樂於林坰。蹇降命之多奇，屢哭殤於頹齡。若汾陽之元老，庇九族以咸寧。驅緦繐而掃迹，紛角羈而忘名。極二紀之豪華，醉世味而未醒。蓋挹其至清，則厚福不得而多取；居其至厚，則清趣不可以力爭。惟丈人之所享，合内外而俱亨。還紫橐而卻蒲輪，頹然天放者，既專物外之樂；道板輿而奉鳩杖，驩然色養者，又擅區中之榮。等之香山，則無其慘戚；權之汾陽，則未嘗滿盈。全古人之未全，曠千載其難幷，乘至全而反眞，夫何憾於泉扃？然而墜一世之師表，奪四朝之典型，涸洙泗之淵源，絶風騷之統盟。朋槧人與墨客，胥霣涕而失聲。眇孤生之孱陋，夙受室於門庭。輩子姪以拊育，迨衰髮之星星。歸印綬以盡哀，迫科法之見纏。傳壺觴而往酹，淚隨河而東傾。（《呂東萊文集》卷九）

趙　蕃

【李商叟傳錄臨川與黎師侯唱酬懷曾文清公長句，用韻作四首，二寄師侯、嚴師，且懷裘父，一寄商叟，一懷文清公，併屬三君（錄一首）】　歎息茶山識面遲，經過舊宅恨推移。聽泉尚想甘瓢樂。撫竹如親與物離。千首未多行世集，數篇纔刻住山詩。屬君勉力任茲事，吾道祗今棼若絲。（《淳熙稿》卷十五）

【途中閱曾運使所貺文清集得四絶句寄之】　玉山冰水是吾家，城郭屢過三姓茶。滿庭修綠誰人種？高節歲寒仍有加。

舊抄題作茶山集，每恨不多看易窮。全編敢意落吾手，何自得之從長公。

兩賢堂下千竿竹，蕭散風流故昔時。何妨乞我一洒掃，不用文移只付詩。

桃源梅嶺幾成遊，天欲昌詩不自由。一代如公纔得此，五溪著我更何尤。（同上卷十七）

【觀曾文清詩刻】我訪茶山公已仙，向人惟有竹蒼然。摩挲欲問當時事，竹不能言風爲傳。（同上）

張端義

陸放翁，茶山上足。……蕭千巖亦師茶山。（《貴耳集》卷上）

陳振孫

【曾文清集十五卷】禮部侍郎章貢曾幾吉父撰。本朝曾氏三望，最初溫陵宣靖公公亮明仲，次南豐舍人鞏子固兄弟，然其祖致堯起家，又在溫陵之先矣，其後則幾之族也。自贛徙河南，與其兄楙叔夏開天游，皆嘗貳春官。楙至尚書，開沮和議得罪，並有名於世。又有長兄弼，爲湖北提舉學士，渡江溺死。幾以其遺澤補官，銓試第一，賜上舍出身。清江三孔之甥也。紹興末，幾已老，始擢用。乾道中，年八十三以死，號茶山先生。其子逢、逮，皆顯於時。（《直齋書録解題》卷二十詩集類下）

趙庚夫

【讀曾文清公集】茶山八十二癯仙，千首新詩手白編。吟到瘴煙因避寇，貴登從橐只棲禪。新如月出初三夜，澹比湯煎第一泉。咄咄逼人門弟子，劍南已見祖燈傳。（《江湖後集》卷八）

劉克莊

【中興絶句續選（節錄）】南渡詩尤盛於東都，炎、紹初，則王履道、陳去非、汪彥章、呂居仁、韓子蒼、徐師川、曾吉甫、劉彥沖、朱新仲、希真，乾、淳間，則范至能、陸放翁、楊廷秀、蕭東夫、張安國一二十公，皆大家數。（《後村先生大全集》卷九十七）

【茶山誠齋詩選序】余既以呂紫微附宗派之後，或曰：派詩止此乎？余曰：非也。曾茶山贛人，楊誠齋吉人，皆中興大家數。比之禪學，山谷初祖也，呂、曾南北二宗也，誠齋稍後出，臨濟、德山也。初祖而下，止是言句，至棒喝出，尤經捷矣，故又以二家續紫微之後。初陸放翁學於茶山，而青於藍；徐淵子、高續古曾參誠齋，警句往往似之；湯季庸評陸、楊二公詩，謂誠齋得於天者，不可及。（同上）

茶山《種竹》云：「餘子不足數，此君何可無。」上句雖非竹事，不覺牽強。《荔支》云：「絶知高韻傾珧柱，未覺豐肌病玉環。」上下句皆切，又妙於融化。《送別》云：「不堪相背處，何況獨歸時。」《行役》云：「一寸客亭燭，數聲村舍雞。」絶似唐人。（《後村詩話》前集卷二）

紹興初，虜歸我河南，識者知和約之不堅久。錢氏之後，自中原遷奉三世喪柩，窆於越上，諸公皆爲哀挽，茶山獨云：「摸金千騎去，埋玉幾人歸。」可謂妙於用事。（同上）

茶山詩十五卷，九百一十篇者是也，續刊後集亦十五卷，然中間多泛應漫興者。前輩所作猶自删其半，今人乃並存而不削，欲其行世，難矣。（同上續集卷四）

黄昇

【曾茶山】 唐人詩喜以兩句道一事，曾茶山詩中多用此體，如：「界從江北路，重到竹西亭。」「若無三日雨，那復一年秋。」「似知重九日，故放兩三花。」「次弟繙經集，呼兒理在亡。」「又得清新句，如聞謦欬音。」「如何萬家縣，不見一枝梅。」此格亦甚省力也。（《玉林詩話》）

陸放翁詩，本於茶山……然茶山之學，亦出於韓子蒼，三家句律大概相似。（《詩人玉屑》卷十九引）

趙與時

曾文清《訪戴圖》詩：「小艇相從本不期，剡中雪月並明時。不因興盡回船去，那得山陰一段奇。」近歲豫章來子儀亦賦此詩：「四山搖玉夜光浮，一舸玻璃凝不流。若使過門相見了，千年風致一時休。」末句實祖文清之意。（《賓退錄》卷五）

葉寘

呂文靖《題天花寺》云：「賀家湖上天花寺，一一軒窗向水開。不用閉門防俗客，愛閒能有幾人來。」曾文清《題意大師房》云：「頭白高僧心已灰，石菖蒲長水蕉開。莊嚴茗事鑪煙起，不用關防俗子來。」兩詩韻同意亦合。視荆公「我亦暮年專一壑，每逢車馬便驚猜」，氣象廣窄可見。（《愛日齋叢鈔》卷三）

韋居安

紹興末，曾茶山卜居於越，得禹跡寺東偏空舍十許間居之，手種竹盈庭，日讀書賦詩其中。公平生清約，不營尺寸之產，所至寓僧舍，蕭然不蔽風雨。公詩有曰：「手自栽培千箇竹，身常枕藉一床書。」蓋寓居時所賦也。公年雖高，吟詠猶不輟。莆田趙仲白讀公詩集，有詩云：「茶山八十二癯仙，千首新詩手自編。吟到瘴烟因避寇，貴登從槖只棲禪。新於月出初三夜，淡比湯煎第一泉。咄咄逼人門弟子，劍南已見祖燈傳。」蓋山陰陸務觀實從公學詩，陸有《劍南集》行於世，故末句及之。（《梅磵詩話》卷中）

二　元代

方回

【次韻贈上饒鄭聖予沂併序】　上饒自南渡以來，寓公曾茶山得呂紫微詩法，傳至嘉定中趙章泉、韓澗泉，正脈不絕。今之學永嘉四靈者，不復知此。貴溪鄭君沂聖予過我論詩，所謂得正脈者也，貌瘠而氣腴，年妙而詞老，令予求其聲於徽絃之外，豈借聽之誤歟？於其行，次韻送之曰：

鄭里茶山乃詩祖，繼之章澗兩泉吟。端能捷疾追芳躅，當復幽冥入苦心。力到光前還絕後，事殊思

古定傷今。兒啼可止有新樣，黃葉元來不是金。（《桐江續集》卷十五）

《十月一日》 三四切題，是十月一日詩，不可改用。且看他第七句如何下！ 紀批：起二句太堆垛，五六尤獷。第七句亦殊平平，何驚異乃爾。（《瀛奎律髓》，附紀昀《刊誤》，卷十三冬日類）

《長至日述懷兼寄十七兄》 予按紹興元年辛亥、十一年辛酉、二十一年辛未，此又在其後，未知何年？「重陽又一陽」，已新異矣，用死灰長日事穿入自家身上事來，尤爲新也。「厭」字、「空」字、「強」字、「略」字皆詩眼。 讀茶山詩如冠冕佩玉，有司馬立朝之意，用江西格參老杜法，而未嘗粗做大賣。陸放翁出其門，而其詩自在中唐晚唐之間，不主江西，間或用一二格，富也豪也對偶也哀感也，皆茶山之所無，而茶山要爲獨高，未可及也。 紀批：次句鄙俚。借事鬬合點綴，古人有之，三四却點綴得不好，轉成纖體。詩眼之說亦是附會，茶山詩純是粗作大賣。放翁詩固不甚高，然以茶山爲高，則純是江西門戶之見。此種偏論似高而謬，是此書第一病痛處。（同上卷十六節序類）

《壬戌歲除作明朝六十歲矣》 以詩推之，知曾文清公元豐七年甲子生，此乃紹興十二年壬戌也。公年八十二，當是乾道元年乙酉卒。茶山清名滿世，年且六十，猶曰「問學只如船逆風」，後生可不勉諸！ 紀批：三四是宋人習氣，不必苦詆，亦不必效。五六不失爲高唱，不似他作之粗拙。（同上）

《歲盡》 茶山詩學山谷，往往逼眞。此又在壬戌後數十年。 紀批：次句非雅調。「鼎」字有出而不妥。山谷別有眞本領，茶山則一味生硬。（同上）

《寒食只旬日間風雨不已》 紀批：五六平易近人，何嘗不佳，何必定作楂枒之態。「替幽禪」三字不

佳。(同上)

《仲夏細雨》三四至工。第六句「愜」字當屢鍛改乃得此字。紀批：此字微妙，此評亦得其甘苦。反結細字。(同上卷十七晴雨類)

《憫雨》紀批：語不必深，而纏綿篤至。(同上)

《郡中吟懷玉山應眞請雨未沾足》「千倉」、「一尺」，對偶工。此乃熟讀杜詩，用其句，換一二字，聲響便不同也。紀批：此便不免傖氣。(同上)

《苦雨》前聯細密有味。紀批：亦是常語。(同上)

《晚雨》三四新。尾句有變態。紀批：三句鄙。四句上二字與下三字不相融洽。尾句卽簡齋「蛛絲閃夕霽」二句意，而說來警切過之。(同上)

《夕雨》紀批：五六率易。結太廓落。(同上)

《秋雨排悶十韻》圈點語皆工。(編者按：圈點句爲：「衣潤香偏着，書蒸蠹欲生。」「溝溢池魚出。」「螢飛明暗廡，蛙鬧雜疎更。」「藥醆時須焙。」) 紀批：此詩全載放翁集中，作茶山恐誤。「未憂」二句詞意正大，從老杜「不愁巴道路，恐濕漢旌旗」化出，而不見奪胎之迹，此爲精於效古。虛谷置此不論，足徵所見之卑陋。(同上)

《雨二首》紀批：(第一首)次句拙滯。(第二首)三句拙，四句好，五六太易，七八雖常意，而愈於空結。(同上)

《雨夜》起句健，後四句又豪放。紀批：五六所謂錦城夢也。(同上)

《乙卯歲江南大旱七月六日臨川得雨奉呈仲高侍御》原注：時屢禁屠宰，乙卯紹興五年也。茶山五十二歲，甲子生。紀批：三句笨，五句亦笨，結句打油。（同上）

《自七月二十五日大雨三日秋苗以蘇喜雨有作》三四巳佳，五六又下得「應」字「最」字有精神。紀批：精神飽滿，一結尤完足酣暢。（同上）

《謝人送壑源絕品云九重所賜也》詩格清峭。紀批：五句拙鄙。結入習逕，措語尤鄙。（同上卷十八茶類）

《迪姪屢餉新茶》紀批：（第一首）結句率，「食」字尤不妥。（第二首）首句拙。「羞」字作羞以含桃之羞。「遂策勳」三字腐。（同上）

《述姪餉日鑄茶》茶山詩，觀其格巳高人一頭地，觀其用字着語句，殆鍜鍊不一時也。「日鑄」以對「風爐」，「湯鼎」以對「茶甌」，「南柯」以對「北焙」，「分少」以對「食新」，此本老杜「賞應歌杕杜」，喜收京軍捷可用也，忽着下一句曰：「歸及薦櫻桃。」本非切對，而化爲佳對，後之詩人皆祖之。紀批：推許太過，純是標榜之習。三句太率。六句太雜湊。七句拙陋。（同上）

《吳傳朋送惠山泉兩瓶並所書石刻》紀批：敷衍無味。第四句湊。（同上）

《逮子得龍團勝雪茶兩胯以歸予其直萬錢云》茶山嗜茶，茶詩無一篇不清峭有奇骨。紀批：拙鄙粗疎，備諸惡道，未審何以入選？所選六首，無一首可觀。（同上）

《李相公餉建溪新茗奉寄》茶以碾而白爲上品，「摘處佳人指甲黄，碾時童子眉毛綠」，未極茶之妙也。

此第三句得之矣。紀批：五六拙甚。（同上）

《郡中禁私釀嚴甚戲作》此吳體。三四絶佳。紀批：頽唐之甚。五六尤粗。三四常語，未見絶佳。（同上卷十九酒類）

《避寇遷居郭內風雨淒然鄭顧道餉酒》「碧落」、「青州」之句，本於東坡。（同上）

《家釀紅酒美甚戲作》此詩三四不甚入律，然終篇發明紅酒之妙，前此未有，當時時玩味之，乃老杜吳體、山谷詩法也。紀批：風骨矯矯，却無獷態，如此何嫌於茶山。（同上）

《嶺梅》此茶山將詣桂林時詩，有二絶連此詩後，云：「桂林梅花盛開，有懷信守程伯禹。」故知之。紀批：自然高雅。無一字切梅，而神味恰似，覺他花不足以當之。（同上卷二十梅類）

《高郵無梅求之於揚帥鄧直閣》紀批：二詩（按並指後一首）俱淺率。（同上）

《鄧帥寄梅併山堂酒》此晚年使淮南詩。但觀其句律，何乃瘦健鏗鏘，至此雖平正，中有奇古也。紀批：推許太過。（同上）

《返魂梅》此非梅花也，乃製香者合諸香，令氣味如梅花，號之曰返魂梅。予選詩無燒香類，蓋香癖，詩人有之，而律詩少也。茶山此詩可謂善游戲矣。不惟切於題，而亦句律森然聳峭。紀批：前四句小巧，後半拙俚。五句言不待招魂，語意尤不分曉。虚谷極力推尊，不爲定論。（同上）

《諸人見和再次韻》此只是燒香似梅花香。詩中四句善形容，「前邨雪裏」、「横斜」、「映窗」等語，挽而歸之於所聞之香，既雅潔又標致。紀批：此亦未佳，然尚不惡。四句與六句只是一意。（同上）

《瓶中梅》此詩吳體也，可謂神情蕭散。紀批：此有别趣。（同上）

《雪後梅花盛開折置燈下》「靜好」二字佳。「園林一雪倍清新」，尤爲佳句。紀批：此便情韻俱佳，虛谷所評亦允。「燈下」二字竟脱，然作折枝梅看自佳。（同上）

《喻子才提舉招昌源觀梅倦不克往蘇仁仲有詩次韻》後半牽綴無味。（同上）

《雪中登王正中書閣》紀批：語皆凡近，只「烹茗」句有致。三句俗豔。八句「清集」字湊，且費解。九、十關合王姓，亦小樣。十四句不甚可解。（同上卷二十一雪類）

《次韻雪中》亦用袁安、子猷事，但詩律穩熟可法。紀批：用得有意便不妨，只調太平耳。（同上）

《雪作》此可爲南渡雪詩之冠。紀批：不甚作意，比蘇、黄諸作却自然。淺語却極自然，熟語却不陳腐，此爲老境。（同上）

《十二月六日大雪》格律整峭，每讀茶山詩無不滿意處，更無絲毫偏枯頹塌。此詩「花」、「絮」二字更改去尤佳。紀批：如此惡詩而推尊乃爾，純是門户之見，無與於詩。末論是。五六有意而不雅，作雨中亦得。（同上）

《上元日大雪》詩先看格高而意又到語又工爲上，意到語工而格不高次之，無格無意又無語下矣。此詩全是格，而語意亦峭。紀批：論詩甚是，論此詩却非。讀《律髓》者當知其依附標格之私心，庶不致誤。語皆庸鈍，次句尤野。（同上）

《八月十五夜月二首》紀批：（第一首）此首終是野調。（第二首）此首乃老健，音節亦高亮。（同上卷二

十二月類）

《癸未八月十四日至十六夜月色皆佳》　隆興元年癸未，茶山年八十。紀批：純以氣勝，意境亦闊。（同上）

《送曾宏父守天台》　三四于台州切。紀批：三四俗格，後半自可。（同上卷二十四送別類）

《送呂倉部治先守齊安》　呂倉部大器字治先，茶山之壻，是生東萊先生呂成公。「黄堂」、「赤壁」、「深念」、「過防」四句皆佳。　紀批：此殊粗野。（同上）

《適越留別朱新仲》　三四整雅。　紀批：此又頹唐。（同上）

《張子公召飲靈感院》　茶山曾公學山谷詩，有「案上黄詩屢絕編」之句。此直生逼山谷，然亦所謂老杜吴體也。此體不獨用之八句律，用爲絕句尤佳，山谷《荆江亭病起十絕》是也。茶山有一絕云：「自公退食入僧定，心與香祖俱寒灰。小兒了不解人意，正用此時持事來。」深有三昧。（同上卷二十五桐字類）

《南山除夜》　合入時序詩中，以其爲拗字吴體，近追山谷，上擬老杜，故列諸此。　紀批：五六七句並粗野。（同上）

《種竹》　曾文淸公名幾，字吉甫，號茶山。學山谷詩得三昧。此詩用「餘子不足數」以對「何可一日無此君」，乃眞竹詩。蓋斡旋變化之妙。「風來當一笑」，曲盡竹態。「雪壓要相扶」，亦奇句也。尾句「鄙木奴」事，用得尤佳。公三子逢、迅、逮世其學，父子自相酬和，公再和，有「直不要人扶」，勁健特甚，而用兩奴字韻，皆不苟，一曰：「傍舍連高柳，何堪與作奴。」一曰：「只欠江梅樹，君應婿玉奴。」又謂

竹可爲梅之婿，超異神俊，不可復加矣。紀批：玲瓏脱麗。渭川千畝竹與千戶侯等用來不錯，馮抹之未是。（同上卷二十七着題類）

《所種竹鞭盛行》茶山之詩蓋善學山谷《猩猩毛筆》詩者，所謂脱胎换骨也。蘇節、祖鞭本無關於竹事，而以題觀之，妙甚。夜卵事本何關於食筍，亦妙之又妙者也。紀批：此則粗野太甚，用事亦粘皮帶骨。殊不善學（山谷）。（同上）

《乞筆》謂市上僅有羊毫筆，而無兔毫佳筆。「藏三穴」、「拔一毛」，亦得山谷「拔毛濟世謝楊朱」之遺意。間架整，骨格峭。紀批：五六纖而且拙。山谷拔毛句從猩猩一邊説，此乃就所乞之人一邊説，似欲拔其人之毛，殆成笑柄，安得云山谷遺意邪？（同上）

《巖桂》五言律着題詩絶少佳者，除梅花專作一類外，如牡丹、芍藥、蓮花、菊花亦無五言律好者。木犀之名曰巖桂，非古之所謂桂，其香特盛於晚秋，詩人所尙。此詩「濃薰」二字善模寫，故取之。紀批：四句「木犀」字拆用不妥，「表表」二字尤凡鄙。（同上）

《榴花》杏與橙於榴花何關，然善於斡旋，不妨招二客立議論也。尾句用昌黎絶句，有味。紀批：三四作意，而愈形其拙。（同上）

《螢火》此當與老杜《螢火》詩表裏並觀，皆所以譏刺小人，而「當風方自表」一句最佳，「帶雨忽成微」亦妙。其瘦健若勝老杜云。紀批：謂杜詩有所刺，余不謂然，謂瘦健勝老杜，余亦不謂然。第四句即老杜「却亂簷前星宿稀」意，然杜詩「亂」字活，此改「添」字則滯相。「多無理」者，言不可以理解耳。

措語稍拙，遂不達意。結寓感慨。(同上)

《蛺蝶》　自然輕快，近楊誠齋，尾句尤好。紀批：四句「或」字本活，馮氏謂蝶不止黄白二色，譏其漏逗，未免索瘢；如咏花多稱紅紫，花豈止紅紫二色。似太快，然此題易成俗豔，此詩清瘦。結本腐語，好在「自愧」字在蛺蝶意中説，便是借寓無成之感。(同上)

《福帥張淵道荔子》　詩格峭峻。茶山又有六言《荔子》詩云：「紅皺解羅襦處，清香開玉肌時。」又云：「蕉子定成噲伍，梅花應愧盧前。」又云：「金谷危樓斷魂，白州舊井名傳。」又有七言云：「猩血染羅欣入手，水肌飲露欲濡唇。」皆佳。紀批：五六略可。(同上)

《曾宏父分餉洞庭柑》　紀批：「似」字不可解，恐誤。「夢成」二字無着。五六粗野。(同上)

《荔子》　東坡蜜荔枝律詩刑字韻太險，惟古詩佳。此雖晚出，内多用東坡事，似亦精神。紀批：(第一首)此便高雅，在此卷諸詩中如鶴立鷄羣。四句「在」字滯相。(第二首)起手頹唐不成語。三四似牡丹。(同上)

《食筍》　「此君」二字爲竹事。「有子」及「無魚」事雖非竹，而善於引用。紀批：「竹事」二字生。五六點化甚妙。末二句與常有子意不貫，既欲常食不得言下番勿取矣。馮氏但譏下番筍不能成竹，茶山此語未體物，猶未深中其病，措語亦太頹唐，遂爲全篇之累。(同上)

《聞寇至初去柳州》　此篇雖未見忠憤之意，遼亡金熾，盜賊充斥，自中原破，至於嶺表，非士大夫之罪乎？當任其咎者，讀之而思可也。紀批：二句趁韻。三四眞而太俚。後半自好。(同上卷三十二忠憤類)

《李泰發參政得旨自便將歸以詩迓之》 秦檜謫三大賢於海外：趙丞相鼎、李參政光、胡編修銓，又書其姓名於格天閣下，必欲殺之。趙先歿，李、胡皆生還。此詩第二句悲愴，三四切題。紀批：首句笨。三句用杜句，生硬，不及四句之自然。後半只閒閒感慨，筆墨却高。（同上卷四十三遷謫類）

《次韻王元渤問予齒脱》 此當與陳簡齋《目疾》、范石湖《耳鳴》詩參綜以觀，格律相似，善用事亦相似，但貯胸無奇書、落筆無活法，則不能耳。誰謂江西詩可輕視乎？ 紀批：此便傖氣。虚谷以擬簡齋，門戶之論耳。三句「作祟」二字不雅。（同上卷四十四疾病類）

張之翰

【題曾茶山風月堂詩】 西湖書院既成，山長陳宏訪石欲記其事，得廢碑于華亭尉廳故址。余往視之，土花斕斑，注目再四，始知茶山曾文清公隆興間題風月堂詩也。堂舊在湖上，詩有「西湖地僻少人知」之句，其孫果淳熙乙未尉華亭時所刻。余遂命宏移立於湖之燕居樓下。公贛人，諱幾，字吉甫，清江三孔甥。嘗問句律於呂居仁；渡江後陸放翁師之，得其傳，故贈公詩云：「清如新月初三夜，淡似中泠第一泉。咄咄逼人門弟子，劍南已見一燈傳。」（編者按此爲趙庚夫詩，已錄）爲詩人推重如此。仕至禮部侍郎。逆數刻石之歲，自淳熙乙未迄元貞乙未，周兩甲子，有物護持，不與瓦礫俱碎，今復鎮是湖，豈無數耶！ 輒不自揆，追和四詩，且及公山處之大略，使來者有考云。是年長至日，邯鄲張某題。（《西巖集》卷十八）

脫　脫等

【曾幾傳】曾幾，字吉甫，其先贛州人，徙河南府。幼有識度，事親孝，母死，蔬食十五年。入太學，有聲。兄弼提舉京西南路學事，按部溺死，無後，特命幾將仕郎，試吏部，考官異其文，置優等，賜上舍出身，擢國子正，兼欽慈皇后宅教授，遷辟雍博士，除校書郎。林靈素得幸，作符書，號神霄錄，朝士爭趨之，幾與李綱，傅崧卿皆稱疾不往視。久之爲應天少尹，庭無留訟。閹人得旨取金，而無文書，府尹徐處仁與之，幾力爭不得。靖康初，提舉淮東茶鹽。高宗即位，改提舉湖北，徙廣西運判、江西提刑，又改浙西。會兄開爲禮部侍郎，與秦檜力爭和議，檜怒，開去，幾亦罷。逾月除廣西轉運副使，徙京南路。盜駱科起，郴之宜章郴桂皆澒洞，宣撫使調兵未至，謾以捷聞，幾疏其實，朝廷遣他將平之。請閑得崇道觀，復爲廣西運判。固辭，僑居上饒七年。檜死，起爲浙西提刑，知台州，治尚清淨，民安之。黄巖令受賄，爲兩吏所持，令械吏寘獄，一夕皆死。幾詰其罪，或曰：「令，丞相沈該客也。」治之益急。賀允中薦，召對，以疾辭，除直祕閣，歸故治。未幾，復召對，幾言：「士氣久不振，陛下欲起之於一朝，矯枉者必過直，雖有折檻斷鞅牽裾還笏若賣直干譽者，願加優容。」時帝懲檜擅權之弊，方開言路，應詔者衆，幾懼有獲戾者，先事陳之，帝大悅，授祕書少監。幾承平時已爲館職，去二十八年而復至，鬚鬢皓白，衣冠偉然，每會同舍，多談前輩言行、臺閣典章，薦紳推重焉。詔修神宗寶訓，書成奏薦，帝稱善。權禮部侍郎。兄楙、開皆嘗貳春官，幾復爲之，人以爲榮。吳越大水地震，幾舉唐貞元故事，反覆論奏，帝韙其言。他日謂幾曰：「前所進陸贄事甚切，已遣漕臣賑濟矣。」引年遣謝，上曰：「卿氣貌不類老人，姑爲朕留。」謝曰：「臣無補萬一，惟進退有禮，尙不負陛下拔擢。」上閔勞，以事提舉玉隆觀，紹興二十七年也。除集英殿修撰，又三年，升敷文閣待制。金犯塞，中外大震，帝召楊存中偕宰執對便殿論，以將散百官，浮海避之，左僕射陳康伯持不可，存中言：「敵空國遠來，已闖淮甸，此正賢智馳騖不足之時，臣願率先將士北首死敵。」帝喜，遂定議親征，下詔進討。有欲遣使詣敵求緩師者，幾疏言：「增幣請和，無小益有大害。爲朝廷計，正當嘗膽枕戈，專務節儉，經武外一切置之，如是，雖北取中原可也。且前日詔諸將，傳檄數金君臣如叱奴隸，何辭可與之和耶？」帝壯之。孝宗受禪，幾又上疏數千言。將召，屢請老，乃遷通奉大夫致仕。擢其子逮爲浙西提刑，以便養。乾道二年卒，謚文清。幾三仕嶺表，家無南物，人稱其廉。早從舅氏孔文仲、武仲講學。初佐應天，時諫官劉安世亡恙，黨禁方厲，無敢窺其門者，幾獨從之談經論事，與之合。避地衡嶽。又從胡安國游，其學益粹。爲文純正雅健，詩又工。有經說二十卷，文集三十卷。二子，逢仕至司農卿，逮亦終敷文閣待制，而逢最以學稱。（《宋史》卷三八二）

祝誠

【潯州避地詩】宋曾幾，贛州人，號茶山居士。建炎初避地於潯州，嘗有詩云：「鷄犬圖書同一舸，老夫蕩槳兒扶舵。潯江一繫欲生根，夢下湖南向江左。」（《蓮堂詩話》卷上）

三　明代

王禕

【跋曾茶山帖】茶山先生曾文清公名幾，字吉父，贛人也。父準，贈少師，娶清江孔毅父女，故公之學得於外家爲多。大觀初，以蔭入仕，銓試第一，用故事賜進士出身，仕至禮部侍郎，卒謚文清。其子逢，字原伯，徽猷閣待制；逮字仲躬，大理卿；皆爲時名卿。一女，歸於倉部郎官吕公大器，實生東萊先生成公祖謙、大愚先生忠公祖儉，而忠公又大理壻也。公此帖不知遺何人，而首尾有徽猷、大理之名，當是尺牘内幅，所謂外孫則指成公、忠公耳。初紹興間，倉部之伯父中書舍人文清公本中，躬受中原文獻之傳，載而歸南，寓信之廣教寺，而公亦繼來，遂相與定交焉。後公退老于越，而中書則定居于婺，寺僧因作祠祀二公，曰兩文清祠，南澗先生韓尚書無咎記之。夫以兩公氣誼相孚於一時，而姻連克紹於累世，殆非偶然。成公之道德，忠公之節行，所以師表乎天下後世者，雖有得於家庭傳習之懿，抑外氏之澤覆冒而漸被之者有自來哉。此帖子得於族人王仲昌。（《王忠文公集》卷十七）

錢士升

【曾幾傳】曾幾，字吉甫，河南人。母死，蔬食十五年。除校書郎，歷提刑浙西。會兄開爲檜怒，幾亦罷。檜死，起知台州。治尚清淨。黄巖令受賄，爲兩吏所持，令械吏寘獄，一夕死。幾詰其罪，或曰：「令，丞相沈該客也。」治之益急。以薦召對，幾言：「士氣久不振，陛下欲一朝起之，矯枉者必過直，雖有折檻斷獄牽裾還笏若賣直干譽者，願加優容。」時帝懲檜擅權，方開言路，應詔者衆，幾懼有獲戾者，先事陳之。授祕書少監。幾承平時已爲館職，去三十八年而復至，鬚鬢浩白，衣冠偉然，每會同舍，多談前輩言行、臺閣典章，薦紳推重焉。擢禮部侍郎。兄楙、開皆嘗貳春官，幾復爲之，人以爲榮。引年請謝，帝曰：「卿氣貌不類老人，姑爲朕留。」謝曰：「臣無補萬一，惟進退有禮，尚不負陛下拔擢。」乃予祠。金侵塞，欲遣使詣敵求緩師，幾疏言：「增幣請和，無小益，有大害。且前日詔諸將，傳檄數金君臣如叱奴隸，何辭可與之和耶？」帝壯之。卒謚文清。幾三仕嶺表，家無南物。劉安世在應天，黨禁方厲，無敢窺其門者，幾獨從之談經論事。子逢，以學稱。（《南宋書》卷二十三）

胡應麟

黄、陳、曾、呂，名師老杜，實越前規。（《詩藪》內編卷二）

四　清代

賀　裳

【末流之變】　詩家宗派雖有淵源，然推遷既多，往往兒孫不符鼻祖……宋陸務觀本於曾茶山，茶山生硬麤鄙，務觀逸韻翩翩，此鸖巢之出鸞鳳也。（《載酒園詩話》卷一）

【曾幾】　茶山天性粗劣，又復崇尚豫章，其集中惟《癸未八月十四日至十六夜月色皆佳》一篇可觀，如「明時諒費銀河洗，缺處應須玉斧修」，警句也。《雪》詩「一夜紙窗明似月」，亦不雕琢而工。至「多年布被冷如冰」，又不可耐矣。一瞽登壇，羣盲振鐸，自後論詩者日多，害詩者日甚，至江湖詩出，而《卿雲》、《擊壤》以來數十年之正業，至此遂淪長夜。（同上卷五）

吴　喬

宋時江西宗派多主山谷，江湖詩派專主曾茶山。（《圍爐詩話》卷五）

馮　舒等

《憫雨》　馮舒評：淡老。（馮舒、馮班、何焯評閲《瀛奎律髓》卷十七晴雨類）

《苦雨》　馮舒評：（「簷瞎亂竦更」句）瞎如何亂更？（同上）

《自七月二十五日大雨三日秋苗以蘇喜雨有作》　馮舒評：（「不愁屋漏牀牀濕」二句）流便。馮班評：第二句好。（同上）

《李相公餉建溪新茗奉寄》　馮班評：總欠佳。（同上卷十八茶類）

《送吕倉部治先守齊安》　馮舒評：此杜家莊僕。馮班評：（「賸有江山連赤壁」二句）豈是送語。（「鈴齋晝永宜深念」二句）二句方是送他。（同上卷二十四送别類）

《張子公招隱靈感院》　馮班評：亦好。（同上卷二十五拗字類）

《種竹》　馮班評：（「莫作封侯想」二句）不穩。（同上卷二十七着題類）

《所種竹鞭盛行》　馮班評：（「已持蘇老節」二句）山谷語，俗惡。「持」、「着」如何下？（同上）

《乞筆》　馮舒評：惡道。（同上）

《榴花》　馮舒評：榴花開時，杏落已久，亦何見不説桃李，壞橙是何物？若橙黄橘緑之橙，則實在秋後，不相及也。馮班評：橙實時尚有榴花，但牽扯如此，不爲佳耳。「壞橙」亦太生。（同上）

《蛺蝶》　馮舒評：只是太輕飄。蝶亦不止黄白二色，便是漏逗。馮班評：正病其粗重。「一雙還一隻」，佳句也；對語拙，並上句亦失色。「一雙還一隻」，正宜對鄭都官「尋豔復尋香」。（「計功歸實用」句）「計功」句粗重。（同上）

《福帥張淵道荔子》　馮舒評：（「玉爲肌骨凉無汗」句）「凉無汗」三句亦不足形容荔子。（同上）

《曾宏父分餉洞庭柑》　馮舒評：句似可喜，然柑子酸豈佳者。（同上）

《荔子》　馮舒評：全是不食荔子之言，荔子何嘗白，白何足以盡之。（同上）

《食筍》　（「丁寧下番須留取」句）馮舒評：下番如何，得成竹。　馮班評：下番留不得。下番笋沒用了，茶山殊不格物。（同上）

《聞寇至初去柳州》　馮舒評：妙得光景。　馮班評：起是宋。中四句非經亂不知。（同上卷三十二忠憤類）

《李泰發參政得旨自便將歸以詩迓之》　馮班評：次連用事不妥，落句漫漶之極。「海濱大老」，豈可用，李參政其歸金人耶？　何焯評：「天上謫仙」，用當家事，無病。（同上卷四十三遷謫類）

《次韻王元勃問予齒脱》　馮舒評：用書如此，必不如西崑。　馮班評：劣甚，第二不通。（同上卷四十四疾病類）

宋長白

【齼字】　曾茶山《和曾宏父餉柑》詩：「莫向君家樊素口，瓠犀微齼遠山顰。」齼謂齒怯也。此字《玉篇》不載。湯義仍《病齒》詩：「徵角清吟齰不齼。」義同而字異。或以爲音側。（《柳亭詩話》卷十三）

高士奇

【齹】「齹」字，《玉篇》不載，音楚去聲，齒怯也。今京師語謂怯皆曰齹。曾茶山《和曾宏父餉柑》詩云：「莫向君家樊素口，瓠犀微齹遠山顰。」黄山谷《和人送梅子》云：「相如病渴應須此，莫與文君蹙遠山。」茶山之詩全效之。方秋崖《楊梅》詩：「併與文園消午渴，不禁越女蹙春山。」（《天祿識餘》卷三）

王應奎

【牀牀非雨聲】杜詩：「牀牀屋漏無乾處。」「牀牀」二字，自來無註，而後人用者多作雨聲。余意「牀牀」句自是跟上兩句說，言牀上布衾兒既踏裂，而屋內所設之牀無不漏濕，豈能安眠到曉乎？作如此解，六句方一串。牀牀猶言村曰村村，家曰家家，不作雨聲。後見曾茶山《七月大雨三日》詩頷聯云：「不愁屋漏牀牀濕，且喜溪流岸岸深。」以「岸岸」對「牀牀」，且下一「濕」字，此亦足以徵吾之説矣。（《柳南隨筆》續筆卷一）

查慎行

《種竹》（着題類）「風來當一笑」，「笑」疑當作「嘯」。東坡有「風來竹自嘯」之句。

《自七月二十五日大雨三日秋苗以蘇喜而有作》（晴雨類）三四俱用杜詩作對。

《次韻王元勃問余齒脱》（疾病類）後半跳不出韓吏部圈子。（《初白菴詩評》卷下《瀛奎律髓》評）

姚壎

《諸人見和返魂梅再次韻》標致。（《宋詩略》卷十）

紀昀等

【茶山集八卷永樂大典本】宋曾幾撰。幾字吉甫，贛縣人，徙居河南。以兄弼卹恩，授將仕郎，試吏部優等，賜上舍出身，歷校書郎；高宗朝歷官江西、浙西提刑，忤秦檜去位，僑寓上饒茶山寺，自號茶山居士；檜死，召爲秘書少監、權吏部侍郎、提舉玉隆觀致仕，卒謚文清。陸游爲作墓誌，云公治經學道之餘，發於文章，而詩尤工，以杜甫、黄庭堅爲宗。魏慶之《詩人玉屑》則云茶山之學出於韓子蒼，其説小異。然韓駒雖蘇氏之徒，而名列江西詩派中，其格法實近於黄，殊塗同歸，實亦一而已矣。後幾之學傳於陸游，加以研鍊，面目略殊，遂爲南渡之大宗。《詩人玉屑》載趙庚夫題茶山集曰：「清於月白初三夜，淡似湯烹第一泉。咄咄逼人門弟子，劍南已見一燈傳。」其句律淵源，固灼然可考也。又游跋幾奏議稾曰：「紹興末，先生居會稽禹蹟精舍，某自敕局歸，無三日不進見，見必聞憂國之言。先生時年過七十，聚族百口，未嘗以爲憂，憂國而已。」據此則幾之一飯不忘君，殆與杜甫之忠愛等，故發之文章，具有根柢，不當僅以詩人目之，求諸字句間矣。墓誌稱有文集三十卷，《易釋象》五卷。《易釋象》已不傳，文集則《書錄解題》及《宋史·藝文志》均作十五卷，是當時已佚其半，自明以來，並十五卷亦佚，僅僅散見各書，偶存一二。茲從《永樂大典》中搜採編輯，勒爲八卷，凡得古今體五百五十八首。雖不足盡幾之長，然較劉克莊《後村詩話》所記九百一十篇之數，所佚者不過三百五十二篇耳，殘膏賸馥，要足沾丐無窮也。（《四庫全書總目提要》卷一百五十八集部别集類）

翁方綱

《詩人玉屑》云：陸放翁詩本於茶山，茶山本於韓子蒼，三家句律，大概相同，至放翁則加豪矣。然茶山詩較放翁渾成自然，固不可及。（《石洲詩話》卷四）

拗律如杜公，城尖逕仄，一種歷落蒼茫，然亦自有天然門筍處，非如七古專以三平爲正調也。曾文清幾遊張公洞一首，第二句及四、六、八句皆以三平煞尾，此昔所未見也，得毋執而不知變耶？（同上）

【七言律詩鈔凡例】　南渡作家以尤、楊、范、陸並稱，又以蕭、楊、范、陸並稱，尤、蕭、楊、范皆非陸敵。南宋諸家，格高韻遠，可上接香山，下開放翁者，其惟茶山乎？方綱在史館鈔茶山七律一卷以歸，時時諷誦，蓋其精詣，政恐放翁有不能到者，不特當日師友之誼屢形於寤歎也。（《七言律詩鈔》卷首）

潘德輿

「工部百世祖，涪翁一燈傳」，「老杜詩家初祖，涪翁句法曹溪。尙論淵源師友，他時派衍江西。」皆曾茶山詩也。夫祖工部可也，竟以涪翁爲杜之法嗣，可乎？此自茶山之見耳。茶山五言詩時有清迥之格，如「卷書坐東軒，有竹甚魁偉，清風過其中，戛戛鳴不已。寫之以素琴，音節淡如水。不惜爲人彈，臨流須洗耳。」「叢蘆受風低，積潦得霜淺。沙勻洲渚淨，水澹鳧鴨遠。禪扉掩晝夜，短紙開秋晚。欲問此間詩，半山呼不返」，趙仲白所謂「清於月白初三夜，淡似湯烹第一泉」，當指此種言之。他作則多筆率氣贏，雖嘗受法於韓子蒼，在江西派中，然與涪翁之崛嵂，已絶不似，況老杜哉！所以得盛名者，或由劍南爲其高足耳。評者謂其全集風骨高騫，藴含深遠，居涪翁、劍南間，未爲蜂腰；非篤論也。（《養一齋詩話》卷九）

朱蘭圃

【校茶山集四首】　前有陵陽後劍南，中間句法許誰參？已將北望神州意，收拾傳鐙老一菴。

居仁圖譜江西社，遠自元和學楚騷。玉柱蝤蛑非異味，釀來清絶本滔滔。

談禪談石復談茶，山寺孤清自一家。故里誠齋堪配否？贛江翠竹渺雲沙。

得髓機關不可傳，松風鶴夢故翛然。後來學杜諸君子，跬步臨摹絶可憐。乙未（楊鍾羲《雪橋詩話》卷六引）

陳衍

《題訪戴圖》　晉人行徑，寧矯情翻案，決不肯人云亦云。

《壬午歲除作明朝六十歲矣》　第三句妙喻。第七句不可解。

《發宜興》　茶山詩長處，有手揮目送之樂，如此詩第三聯是也。（以上《宋詩精華錄》卷三）

補編

江西詩派總論

〔清〕潘曾沂

【書呂舍人江西詩派圖後】 紛紛耳食論詩派，萬古江湖總自深。莫道東坡無句法，魯連李白是知音。

清貧況味須微祿，吟榻高眠得句工。落拓饒三眞勝士，不如焚稿學涪翁。

鏤佛功名誰氏子，布衣昆弟樂陶然。忽聞剝啄放帚立，握手石門文字禪。

邠老題詩倦殼軒，渭陽詩派得淵源。社中要讀松坡集，碧落眞碑細討論。

瘦權病可兩吟客，禪伯詩豪託興狂。雙樹林中攜手處，亂山堆裏看斜陽。

自寫新奇佛米贊，果然懷璧有前緣。坐到夜窗三十刻，達摩到底得眞傳。

清溪妙論酸鹹外，作事都如咬菜根。最愛溪堂老居士，扶疎春水閉閑門。

李杜高深未許窺，恍然再見儲光羲。縱然文字稱官樣，自信從無杜撰詩。

灌園樂志清無比，悟得禪機大是難。猶有知音洪覺範，大言不遜比劉安。

具茨一集曾三復，學杜詩篇衆口傳。一事平生差慰藉，相隨于鵠過樓前。

欲考圖中江李輩，至今遺事已難箋。就中我愛楊符句，曾説田家事事賢。

文莊以後稱均父，事業堂堂感慨中。不獨詩名傳衆口，也知州郡要文翁。

寂齋一賦到今傳，品在瓊枝玉樹邊。想見木根春意動，斜斜整整寫吟箋。

少游老去東坡死，猶喜頽波挽未遲。喚到昌奴聊爾爾，暮山煙雨入新詩。

五字眞能學少陵，蜀天巴月有知音。姓名竟落諸公後，知己無如黄九深。

壽春詩客紫薇郎，月印禪心易坐忘。活法眞能換凡骨，至今人憶九經堂。（《功甫小集》卷一）

【倣元遺山論詩絶句（錄四首）】紛紛耳食論詩派，老杜而還配饗誰？不是呂公能好事，廬山面目已難窺。

饒三落拓亦可取，餘子後來悲陸沉后山句。晚學涪翁得宗派，閉門索句有知音。

律令合時方妥貼，功夫深後却平夷放翁句。琅璫佛屋洪龜父，更歎涪翁一字師。

我欲繪圖參字母，詩家音韻最難精。最精唐韻洪駒父，悟出舟人欸乃聲。（同上卷二）

陳師道

〔宋〕曾　肇

【次后山陳師道見寄韻】故人南北歎乖離，忽把清詩慰所思。松茂雪霜無改色，鷄鳴風雨不愆時。著書子已通蝌蚪，竊食吾方逐鸒斯。便欲去爲林下友，懶隨年少樂新知。（《曲阜集》卷四）

王直方

樂天有詩云：「醉貌如霜葉，雖紅不是春。」東坡有詩云：「兒童悞喜朱顔在，一笑那知是酒紅。」鄭谷有詩云：「衰鬢霜供白，愁顔酒借紅。」老杜有詩云：「髮少何勞白，顔衰肯更紅？」無己詩云：「髮短愁催白，顔衰酒借紅。」皆相類也。然無己初出此一聯，大爲當時諸公所稱賞。（《王直方詩話》，見《苕溪漁隱叢話》前集卷五十一）

編者按：此條見胡仔《苕溪漁隱叢話》，標爲「王直方詩話云」，爲郭紹虞《宋詩話輯佚》所漏收，今補錄於此。

謝克家

【後山居士集敍】孔子曰，有德者必有言，有言者不必有德。言之錯綜而奥美者爲文，文之鍛鍊而幼眇者爲詩。儒者以學成德，以德輔言，末之茂者本必深，委之廣者源必遠，盍卽古之名世之士而觀之哉。棘之成曰，君子質而已矣，何以文爲？雖有見於一偏，於吾孔子之意，未大相遠也。子貢以言語列於四科，其病之也則宜不曰皮之不存、虎豹之文安附哉！余猶意其古之遺言也歟，抑亦有爲而言之也歟？彭城後山居士陳無己師道，苦節厲志，自其少時，蚤以文謁南豐曾舍人，曾一見奇之，許其必以文著，時人未之知也。元祐中，侍從合薦於朝，起爲徐州教授，除太學博士。言者謂當官嘗私至宋謁眉山蘇公，改教授潁州。紹聖初，以進非科第而罷，退居彭城者累年；復教授棣州，入秘書省爲正字以卒，實建中靖國也。未仕，貧無以養，寄其妻孥氏。當權者或召見之，顧非其好，不往，此豈易衣食哉！在潁賦六一堂詩，有「向來一瓣香，敬爲曾南豐」之句，而太守則蘇公也。其罷而歸彭城，家益窮空，至累日不炊，妻子慍，見而不恤。諸經皆有訓傳，於《詩》、《禮》尤邃。爲文至多，少不中意則焚之，存者財十一也。世徒喜誦其詩文，乃若奥學至行，或莫之聞也。余於是概見之以信夫孔子之言，尚俾來者知所先後云爾。紹興二年五月十日汝南謝克家序。（《後山居士文集》卷首）

吳　曾

【端能幾字正】　陳後山除秘書省正字，賦詩云：「端能幾字正，敢恨十年遲。」按唐明皇御勤政樓，時劉晏以神童爲秘書省正字，年方十歲。明皇問晏曰：「爲正字，正得幾字？」晏曰：「天下字皆正，唯有朋字未得正。」（《能改齋漫錄》卷七《事實》）

【衰顏紅易借髮短白難遮】 程文簡公有飲酒戴花詩云：「衰顏紅易借，髮短白難遮。」乃知陳無己「髮短愁催白，顏衰酒借紅」，蓋本諸此。（同上卷八《沿襲》）

【放出一頭地】 東坡初登第，以詩謝梅聖俞。聖俞以示文忠公，公荅梅書略云：「不意後生能達斯理也。吾老矣，當放此子出一頭地。」故東坡送晁美叔詩云：「醉翁遣我從子遊，翁如退之踐軻丘。向欲放子出一頭，酒醒夢斷十四秋。」蓋敍書語也。陳無己贈魏衍詩云：「名駒已自思千里，老子終當讓一頭。」（同上卷十一《記詩》）

【四客各有所長】 子瞻、子由門下客最知名者，黃魯直、張文潛、晁無咎、秦少游，世謂之四學士。至若陳無己，文行雖高，以晚出東坡門，故不若四人之著。故陳無己作《佛指記》云：「余以辭義，名次四君，而貧于一代。」是也。晁無咎詩云：「黃子似淵明，城市亦復眞。陳君有道舉，化行閭井淳。張侯公瑾流，英思春泉新。高才更難及，淮海一髯秦。」……（同上卷十一《記詩》）

【櫻筍廚】 韓致光湖南食含桃詩云：「苦筍恐難同象匕，酪漿無復瑩蠙珠。」自注云：「秦中謂三月爲櫻筍時。」乃知李綽《秦中歲時紀》所謂「四月十五日，自堂廚至百司廚，通謂之櫻筍廚」，非妄也。陳無己《春懷》詩云：「老形已具臂膝痛，春事無多櫻筍來。」（同上卷十五《方物》）

〔元〕陳仁子

【後山集序】 文歷邃古之初，典謨雅麗，盤誥聱倔，近古如漢，猶難之。班、揚而降，雲詭濤詭，悴爲唐，豐爲宋。唐文悴，雖經韓、柳□劑，氣脈奄奄，到今猶泉下人。宋文豐，異時歐、蘇祖左海內士，若渥窪墮地，趯趯不易縶。文，小技也，抑果關大氣會耶？黃峻截，秦浩蕩，晁、張深沈，游眉山門，人具一體，黼黻藻火，章施慶宇，最後後山翁縝密細膩，時人尤未易識度。偃息南榮，荷風襲人，抽卷讀記序，則靈榆古檟，偃蹇而蒼秀也。策論則泰宗封登，屑然有景光也。譚叢理究，又幽蘭之自芳，美璞之小試也。人言杜陵詩高於文，世稱公詩，必曰陳、黃，至妙處不墮杜陵後。獨於公文厭飫，思亭記、參寥序，餘未覩大方，因刊本諗四方操觚士。知杜陵，公蓋兼之，持較蘇門，甚矣軻之似夫子也，軻之似夫子也。雲山古迂陳仁子同備序。（馬曒刻《後山集》卷首）

〔明〕王世貞

溫庭筠：「雁柱十三絃，一一春鶯語。」陳無己：「彈到斷腸時，春山眉黛低。」皆彈琴箏俊語也。（《詞評》）

潘是仁

【陳后山先生詩引（節錄）】公字無己，諱師道，后山其號也。居布衣時，日躭丘壑，慕古博綜，不嘗爲進取計，世亦未廣知之。業曾子固之門，甚奇之。元豐間，神宗會敕曾典史牒事，曾謂編史任重，薦公爲屬，朝廷以布衣難之，方復請，而以憂去。無何章惇爲樞密，多之，冀來謁而薦用，終不一往。元祐初，蘇子瞻在翰林，結侍從列薦之，任教授其鄉。未幾，除太學博士。子瞻尋以被劾移海南，劾者以公與蘇契，並移彭澤令，又未幾以母病去，絶口不言仕事。人不堪其貧，居僧舍，四壁富於圖書，與揚子雲作《太玄》同志，自謂以詩文名後世也。……公歿時年方四十有九。天下士競收遺稿，此本得焦太史所藏，詩止此，尚有詩話、談叢，另梓爲集云。潘是仁識。（《陳后山詩集》卷首）

單宇

陳后山寄晁大夫詩云：「墮絮隨風化作塵，黄樓桃李不成春。只今容有名駒子，困倚欄干一欠伸。」自注云：「周昉畫美人，有背立欠伸者，最爲姸絶，東坡所賦《麗人行》也。」後山嘗有《南鄉子》詞，並自序云云，蓋風絮以屬英，塵化以屬眄，名駒子以屬瑩瑩母馬氏也。（《菊坡叢話》，張思巖《詞林紀事》卷六引）

〔清〕馮舒等

《登鵲山》　馮班評：（「微微交濟樂」句）接不得。家兄有詩遇不接處多畫斷，愚每謂不然，到此詩不得不畫矣。　何焯評：（「吾病失醫盧」句）「醫多盧」本揚子，但句村耳。（馮舒、馮班、何焯評閲《瀛奎律髓》，卷一登覽類）

《登快哉亭》　馮舒評：如此詩亦不辨其爲宋。（同上）

《和寇十一晚登白門》　馮舒：次連亦可謂輕新，然處處用得。（同上）

《寄潭州張芸叟》　馮舒評：（「宣室思來暮」二句）廉叔度來暮之思，正在地方，非干宣室。唐人無此

不通句法。(同上卷四風土類)

《湖上晚歸寄詩友》　馮舒評：如此自好，何必江西。(同上卷十五暮夜類)

《後湖晚出》　馮舒評：第六句費解，亦接不下。(同上)

《晚坐》　馮舒評：虚字俱在中間，六句相同亦不好。(同上)

《寒夜》　馮班評：(「孰知文有忌」二句)二句未似唐人。(同上)

《除夜》　馮舒評：起句太衰颯，豈如杜之雄渾。(同上卷十六節序類)

《除夜對酒贈少章》　何焯評：(「髮短愁催白」二句)熟語，何工之有。(同上)

《和元夜》　何焯評：(「彭黄爭地勝」句)「彭黄」强合不成語。(同上)

《和黄預七夕》　馮舒評：(「經歲相過自作疎」句)「自作疎」成何語。後山全不解齊梁詩，所以譏何水部也。(「信有神仙足官府」二句)抄昌黎，醜甚。　馮班評：不陳熟。　何焯評：落句用郝隆事，似藴藉。(同上)

《寄無斁》　馮舒評：後山再起，我亦不服。　馮班評：結不住。(同上卷十七晴雨類)

《暑雨》　馮舒評：(「東嗔容有限」二句)不可解。　馮班評：杜詩對結，是南北朝格法，須聲俱盡始妙。后山自杜以上都不解，往往結不住，以爲學杜，正在皮膜之外也。效杜之極，然未肖也。(同上)

《夜雨》　馮班評：妙。(「投林鳥雀輕」句)「輕」字未穩。(同上)

《和黄預久雨》　馮舒評：(「恩當記扊扅」句)牽强。(同上)

《次韻何子溫祈晴》 馮班評：不能捉筆。（「少費將軍九萬牋」句）「九萬牋」，用事既無謂，「將軍九萬牋」，又不成語。用得無理，湊句也。（同上）

《答田生》 馮班評：（「直饒肌骨秀」二句）欠醒。（同上卷十九酒類）

《和和叟梅花》 馮班評：凡筆不稱大名。（同上卷二十梅花類）

《雪中寄魏衍》 馮舒評：落句道好亦得，道不好亦得，在唐人中畢竟不好，在宋人且說好。 馮班評：落句若在唐已前堪作笑端矣。宋人詩愈苦不韻，亦緣讀書少功夫。 陸士衡云：「謝朝華於已披。」謝句雖工，避之可也。 然自是古人往事，必以爲諱，非文人風流勝概。 且雪詩禁體，不始后山，此落句亦陳言耳。 余謂此輩詩題若能絕無禁忌，直接古人，上也；才大思雄，自然不襲不犯，次也；巧避常辭，洗出新意，又次也； 翻案求奇，下也。 半熟有規格，猶勝於醜俗而求新者。 江西詩不韻。 古人佳語如名花香草，年年在眼，千古如新，直用之不過失於熟耳，其害小； 如后山語便是倒却詩人架子，俗甚矣，其害詩更大。 如坡云：「柳絮才高不道鹽。」何嘗不新妙耶？必欲作此語，下句亦應有回互，不應如后山之戇也。 柳絮因風用之，則陳熟，然著以爲戒，却又傷俗，江西派用事欠韻，正坐此等見識。（同上卷二十一雪類）

《雪》 馮班評：起好。 第四句妙。（「未易泣牛衣」句）句弱。（同上）

《雪意》 馮班評：（第一首）（「虎過失新蹤」句）「新」字晦，取巧之過。（第二首）落句陳言也。 后山尚不許用謝夫人事，乃用此何耶？（同上）

《雪後》　馮舒評：結得不好。（同上）

《十五夜月》　馮舒評：落句極模杜。（同上卷二十二月類）

《放懷》　馮舒評：此亦自好。　馮班評：造物不完，句句斷續。（同上卷二十三閒適類）

《送秦覯二首》　馮班評：惡詩。只是直議論，無長言詠歌之味。（「欲行天下獨」二句）晦而拙。（同上卷二十四送别類）

《送外舅郭大夫夔路提刑》　馮班評：（「平生晏平仲」二句）詞不達意，突然而來，拙也。（同上）

《送吴先生謁惠州蘇副使》　馮班評：（「百年雙白鬢」二句）學杜套。（同上）

《别劉郎》　馮班評：此首好。全學老杜。（同上）

《别鄉舊》　馮班評：（「平時郡文學」二句）用鄧禹事，不妥切。（同上）

《寄張文潛舍人》　馮舒評：（「雄深次子長」句）子長如何只説得雄深？　馮班評：（「雄深次子長」句）不讀書人語。第二句湊。（同上卷二十六變體類）

《老柏》　馮班評：第四句殆不解捉筆。（同上）

《歸雁》　馮班評：不肯寄書，有何妙處？　惡道。雁寄書本不惡，不肯寄書，非佳語也。頷連全無意，直用二虚語，惡道也。（同上卷二十七着題類）

《東山謁外大父墓》　馮班評：（「叢篁侵道更須東」句）「更須」元自不妥。（同上卷二十八陵廟類）

《山口》　馮舒評：（「晴湖半落東」句）東是何物？（同上卷二十九旅況類）

《鉅野》　馮舒評：全是形模，如村學蒙師着漿糊褶子，硬欲刺人，自謂矩步規行，人師風範，時讀一字異人，其音亦正，然案頭所有，海篇直音而已。　馮班評：亦有力。（同上卷三十四川泉類）

《寄外舅郭大夫槩》　馮舒評：如此學老杜，寧敢不斂手拊心，乃知后山若不入江西派，定勝聖俞。以枯淡瘦勁爲杜，所以失之千里，此黄、陳與杜分岐處。（同上卷四十二寄贈類）

《寄文潛無咎少游三學士》　馮舒評：（「蓬瀛方丈自非仙」句）「方丈」如何對「一舟」，而江西反以爲佳，眞惡派。（同上）

《懷遠》　馮班評：似杜。落句亦不佳。（同上卷四十三遷謫類）

《送王元均貶衡州兼寄元龍二首》　馮舒評：古人用二故事作對，辭意必相屬，宋人每每各開用，即如陸務觀「國家科第與風漢」之聯，亦是决落格，決不成文理，而黄、陳專以爲妙，方君又亟賞之，何怪本朝七子之罵也。　馮班評：用事不亮，未爲工也。（同上）

《和黄預病起》　馮舒評：第三句難解。　馮班評：不好。用得不好，江西詩用事拙。（「李賀固知當得疾」句）不可解，李賀事未詳。末句不切。（同上卷四十四疾病類）

《别寶講主》　馮舒評：「服猛」、「扶顛」全無來歷，何處説起。　馮班評：六句皆近唐人。（同上卷四十七釋梵類）

《南豐先生挽詞》　馮班評：（「早棄人間事」二句）后山不通至此乎？（「丘原無起日」二句）亦偉拓。（「勳庸留琬琰」二句）俗平。（「侯芭才一足」二句）不通。（同上卷四十九傷悼類）

《丞相溫公挽詞》　馮舒評：不好。（「身已要人扶」句）已死矣，何謂要人扶？　馮班評：學貧識淺，才薄心粗。醜惡極矣，只是不學。下語草草，后山不解用事也。（「耕扶日月起」二句）二句好。（同上）

范大士

《贈闕彥長》　清穩足傳。（《歷代詩發》卷二十五宋，下同）

《妾薄命二首》　琵琶不可別抱，而天地不可容身，雖欲不死何爲，二詩脈理相承，最爲融洽。

《除夜對酒贈少章》　悲歌慷慨，愴然激楚之聲。

《別威德寺》　老致紛披，字字穩當。

《和富中容朝散值雨感懷》　（「萬里可堪長作客」二句）平平語，正自淒苦。

《和沈世卿推官見寄》　通詩俱從「迎酒杯」三字暢發，詞義疏豁，得之自然。

《送澤之過維揚》　足令游興勃然，不羨送人作郡。

《九日寄秦少游》　青眼高歌望吾子，眼中之人吾老矣，全詩深合此意。

王　辰

《次韻蘇公西湖觀月聽琴》　（「信有千丈清」二句）可以涉世，可以悟道。（《詩錄》五言古卷二）

吳淳還

【重訂后山先生詩集序】余同里陳子雲川，年少負雋才，苦愛後山先生詩，合諸鐫本，反覆參考，補遺輯漏，排纘先後，兼訂夭天，近付汗青，屬序於余。余惟後山詩學黄涪翁，涪翁詩出少陵，後山亦出少陵，瘦硬峭拔，不肯一字蹈前人，世徒以爲伐毛洗髓，功力精專所至而不知其有本也。詩非小道，必其中具一種魁壘耿介有不可遏抑者，槎枒於肺腑，擊撞於胸臆，而發作於夢噩病呻，勞歌溺哭，故其爲詩也有物，而可以歷久不滅磨。風騷以後，沿及李唐，凡賢人君子之爲詩，莫不其然，而少陵尤忠愛蟠鬱，雖遭讒放廢，一飯不忘君，此其所以超後軼前，爲千古詩人之聖耳。後山當趙宋之季，隱居力學。曾子固領史事，薦爲屬，不果用。太學又薦其文行，乞爲學錄，不就。章惇在樞密，亦特薦之，冀一往見，不可得。蘇子瞻官翰林學士，與侍從列薦，始用教授於鄉。旋除太學博士，爲忌者排笮，一再謫調。時紹述之政方紛然，以憂解，既經服闋，不出者久之。復除棣州教授，隨進秘書省正字。家素貧，以祠郊壇，衣薄中寒，遽以疾卒。其身世偪仄，時命連蹇，與少陵何以異。生平志意所挾鬱而不得攄，往往寓於詩。五言如「衰笠宜多病，衣冠錯致身」，「晨起公私迫，昏歸鴉鳥催」，七言如「孤臣白首逢新政，游子青春見故鄉」，「憔悴不堪臨楚澤，棲遲無路上燕臺」，憂時閔國，情見乎詞，未易僕數。嗚呼，其可感也已！集今共二十卷，前六卷當時門人魏衍所編，仍其舊，後五卷暨詩餘一卷，則雲川偏搜他本補所未備者也。蜀人任淵於前六卷故有注，兹置不以入者，涪翁嘗論少陵詩云「子美詩妙處乃在無意爲文，非廣之以《國風》、《雅》、《頌》，深之以《離騷》、《九歌》，安能咀嚼其意味，闖然入其室耶」，又云「彼喜爲穿鑿者，棄其大旨，取其發興於林泉草木蟲魚，以爲物物皆有所託，如世間商度隱語者，則子美之詩荒矣」，誠通人之論也。夫所謂無意而成，正其一種魁壘耿介，不可遏抑者，槎枒於肺腑，擊撞於胸臆，而發作於夢囈病呻，勞歌溺哭者也，惡可以管窺隙見泥之耶？後山詩鼓吹少陵，頡頏涪翁，每無意而意已至，任註卽不至穿鑿如註杜諸家，然世有善讀者，當自能得之，可無事鄭箋爲耳。或疑後山蒙頭吟榻，極力錘鍊，小不逮意，卽棄去，豈無意而成者。是又不然。少陵戴笠飯顆，苦吟瘦生，涪翁謂其無意爲文，可知苦吟也，無意爲文也，初非有二，少陵如是，涪翁亦如是，而何獨疑於後山。遂率連書之，聊以復於雲川，若云卽可以序後山詩，則非愚之所敢安也。雍正三年重九日，嘉善改菴道人吴淳還。（《陳後山詩集》卷首）

王　原

【後山集序】宋人言詩祖杜少陵，論者推豫章爲宗子，而陳後山爲豫章之適。余以爲豫章特杜門之别傳爾，後山詩實勝豫章，未可徇時論軒彼輊此也。要之，宋人詩自以眉山爲第一，豫章倔强思以清勁超出畦徑之外，自詡宗杜，而其實不然。少陵之詩無所不有，學杜者罕能具體，義山、牧之名爲善學，亦秖得其一肢。眉山才大，其學杜如昌黎之學《史記》，廬陵之學昌黎，儗議以成變化，自成一家。若後山之於杜，神明於矩矱之中，折旋於虚無之際，較蘇之馳騁跌宕，氣似稍遜，而格律精嚴過之。若黃之所有，無一不有，黃之所無，陳則精詣。其於少陵，以云具體，雖未敢知，然超黃匹蘇，斷斷如也。後山文集，其門人魏衍輯詩四百六十五篇，爲六卷，文一百四十篇，爲十卷。任淵注其詩六卷，益爲十二卷。今所傳馬暾刻本，比魏本詩多二百一十四首，文多二十九首，又益以談叢、理究、詩話、長短句，釐爲二十四卷。而任淵之注不傳。方紫陽稱後山詩謝克家本有外集，今本所增，殆卽謝本外集中所蒐遺也。馬氏刻版久已亡失，吾郡趙子潤川素愛其詩，從姚太史聽巖公家借得鈔藏馬氏本，中間頗有訛字，余悉爲改正，疑者闕焉。潤川好古，工詩文，將謀雕版以廣其傳，屬余引其端。余聞昔人稱孫眞人千金方一十六卷，每一卷藏一仙方，後山詩無一非仙方也。潤川以是嘉惠藝林，其功偉矣。至其古文雅健峻潔，能探古人之關鍵，其於南豐駸駸乎登其堂而窺其窔奧矣。第以其素嗜釋氏之學，差不及南豐之湛深經術爾。方之蘇氏，猶爲猶之，此尤非俗學所能知也。雍正四年丙午長夏，後學青浦王原謹序。（趙駿烈刻本《後山集》卷首）

趙駿烈

【後山集序】江西詩派始自涪翁，學之者儗議有餘，而變化不足，往往得其貌未得其神，不可謂之善學也。善學涪翁者，無過陳後山。蓋後山爲東坡所薦士，而涪翁卽東坡友，則後山稍後於涪翁，猶及見涪翁，宜其學涪翁詩。顧所學者以神不以貌，嘗云「學詩如學仙，時至骨自換」，其自道所得有如此。同時詩家，莫之能及。後有任淵特爲作註，且謂讀後山詩如參曹洞禪，不犯正位，切忌死語，非冥搜旁引，莫窺其用意深處。誠以其苦心深造，自成一家，不拘拘於規橅涪翁，正其善於學涪翁也。夫涪翁與米元章、李伯時同爲東坡友，後米與李皆叛坡，而彼獨爲坡遠謫，瀕死不悔，大節凜然，照耀千古，後山之所模範者在是，獨詩乎哉！史載後山家酷貧，傅舜俞嘗懷金以贈，見其詞色，不敢出。又傳其於元符間爲秘書正字，祠南郊，寒甚，僚壻趙挺之，熙、豐黨也，借以副裘，卻之不衣，寧凍而死。則介然之節，直與涪翁同，而詩以人重，亦無弗同。論者以其閉門覓句，僅比對客揮毫，恐未足以盡之。余平日讀宋詩，深有意乎後山之爲人，以其善學涪翁也。獨念涪翁全集，板行於世，所在皆有，而後山全集，人每束之高閣，即行世者亦無善本。因從姚太史聽巖先生家借得鈔藏馬氏本，欲謀雕板，以廣其傳，而王給諫西亭先生極爲奬賞，並爲余訂訛考異，補其殘缺，釐爲若干卷以付梓。雖自愧學殖荒落，見聞孤陋，未能獨抒其所得，以補任淵之註之所未及，而平日之讀詩，尚友其情，或可藉此一慰也。雍正庚戌六月，雲間後學趙駿烈書於學稼村舍。（趙駿烈刻《陳後山集》卷首）

顧廣圻

【題後山集】　政和五年，魏衍編次，記云離詩爲六卷，類文爲十四卷，合二十卷，目錄一卷。未知其本尚在世間否？今弘治版卅卷，詩多七至十二，文但八卷，又多廿一至卅。驗其標題，有茶陵陳仁子同備編校，即弘治版出於此，故不同也。衍記末云又有解洪範相表闡微彰善詩話談叢，各自爲集，而陳仁子但有詩話談叢，尤不同耳。思適居士記。（明弘治十二年馬暾刻本《後山集》卷首，傅增湘過錄）

韓駒

〔宋〕惠洪

【送雷從龍見宣守】并序：韓子蒼少時從雷從龍先生游，子蒼已入館，而從龍尚高卧廬山之下，六喪未葬，特詣宣城謁知府舍人劉公袞，公袞簽判在府中，作此詩送之。

子蒼布衣昨日脱，今日便校秘閣書。勿驚韓雷相隱顯，今來古孫名姓俱。君看守道已華國，先生徂徠猶把鉏。嗟君六喪寄空館，富人滿前那可揀。壞衣懸鶉無一錢，想像郭公四十萬。青雲故人氣如春，解令寒谷生和珍。江浦買舟春水生，片帆何日到宣城。府中若見空青老，從渠爲覓詩遺藁。（《石門文字禪》卷一）

【季長出示子蒼詩次其韻，蓋子蒼見衡嶽圖而作也】曉烟幻出千萬峰，個中我曾如懶融。天公亦妬飽清境，戲推墮我塵網中。人生萬□無不有，道士寧知爲老楓。去年雪夜宿絕頂，笑聲響落千巖風。今年千巖在掌握，煙雨又復分西東。磨錢作鏡照千里，必也高人非畫工。季長胸中自丘壑，吐辭便覺春無功。韓侯玩世難共語，精神滿腹仍疎通。酒闌耳熱眩紅碧，醉語撼子崔嵬胸。遥知墮幘笑不答，但見玉頰回渦紅。（同上卷五）

【戲呈師川駒父之阿牛三首(録二首)】　今代南州孺子，要是萬人之英。安得際天汗漫，著此海上長鯨。

風鑒晴雲霽月，衣冠紫陌黄塵。勿笑鐸馳長臥，起來便自過人。(同上卷十四)

【與韓子蒼六首】　雖赴來機少異之，箭鋒相直出思惟。訥菴言下瞠雙目，孔子元來是仲尼。

從來未悟不曾迷，一見菴僧更不疑。脱體現前無覊避，鼻頭向下少人知。

盤珠走處無留影，百計推尋摸意根。酬汝欲心顛倒見，哆啝元不是無言。

但識綱宗無寔法，爲君拈却眼中塵。鴛鴦繡出從教看，莫把金針度與人。

收得訥菴末後句，羅敷種性覺風流。海壇馬子似驢大，失曉山童不裹頭。

百年應盡便應盡，坐脱立忘誇小兒。酪出乳中無别法，死時何苦欲先知。(同上卷十五)

【記徐韓語(節録)】　……韓子蒼曰：眞宗皇帝嘗欲廢太平興國寺爲倉，詔下之日，有僧唐突，以謂不可廢。眞宗使中使諭旨曰：不聽廢寺即斬。仍以劍示之，祝曰：僧見劍怖懼即斬，不然即赦之。中使如所誡，僧笑引頸曰：爲佛法死，寔甘甜之。有如是僧，乃可稱衲子也。徐、韓二公，今縉紳之望，皆留神内典，而見識議論如此，聽之令人如雪中見西河諸峯，不勝爽氣。(同上卷二十四)

胡　仔

苕溪漁隱曰：韓子蒼《謝泉州連使君寄子魚絶句》曰：「驛騎持書自海傍，開籃剩喜子魚香，紅螺紫蛤俱羞避，獨許渠儂近酒觴。」子魚味鹹，止可噉水飯，若作酒品之物，殊無風味，子蒼之言誤矣。(《苕溪

漁隱叢話》前集卷三十四）

苕溪漁隱曰：古樂府《梅花落》，蘇子卿云：「祇言花似雪，不悟有香來。」王介甫《詠梅》云：「遙知不是雪，惟有暗香來。」韓子蒼《詠梅》云：「那知是花處，但覺暗香來。」介甫、子蒼雖襲子卿之詩意，然思益精而語益工也。東坡詩云：「去年今日關山路，細雨梅花正斷魂。」子蒼詩：「只度關山魂已斷，何須疎雨濕梅花。」此蓋反東坡之意，但爲關山斷魂，却無佳思也。（同上後集卷二十一）

《傳燈錄》云：「師住天台山梅子眞舊隱。一僧入山迷路，問曰：『和尚在此山多少時也？』師曰：『只見四山青又黃。』又問：『出山路什麽處去？』師曰：『隨流去。』僧歸，說似鹽官，鹽官令僧去請師出山，師有偈云：『摧殘枯木倚寒林，幾度逢春不變心，樵客遇之猶不顧，郢人那得苦追尋。』大寂聞師住山，乃令一僧到問云：『和尚見馬師得個什麽，便住此山？』師云：『馬師向我道，卽心是佛，我便向這裏住。』僧云：『馬師近日佛法又別。』師云：『作麽生別？』僧云：『近日又道，非心非佛。』師云：『這老漢惑亂人，未有了日，任汝非心非佛，我只管卽心是佛。』其僧回，舉似馬祖，祖云：『大衆梅子熟也。』」苕溪漁隱曰：韓子蒼《送僧住梅山》詩：「寺門岑寂知何許，想對千岩萬壑開。待得梅山梅子熟，不辭先寄一枝來。」用前事也。（同上後集卷三十七）

吳曾

【巴苴仁頻】……《說文》曰：肸，蠻布也。仁頻，檳榔也。韓偓詩云：「鵝兒唼啑雌黃觜，鳳子輕盈

膩粉腰。」韓子蒼云：「李侯梨釘坐，風味勝仁頻。」（《能改齋漫録》卷十一《記詩》）

【送春送君有無盡意】　王逐客送鮑浩然游浙東，作長短句云：「水是眼波模，山是眉峰聚。欲問行人去那邊，眉眼盈盈處，才始送春歸，又送君歸去。若到江東趕上春，千萬和春住。」韓子蒼在海陵，送葛亞卿詩斷章云：「今日一盃愁送春，明日一盃愁送君。君應萬里隨春去，若到桃源問歸路。」詩詞意同。（同上卷十六《樂府》）

〔清〕馮　舒等

《送宜黄宰任滿赴調》　馮舒評：《陵陽集》實不學杜。馮班評：似杜荀鶴。（「聊代薦賢書」句）餒甚。（馮舒、馮班、何焯評閲《瀛奎律髓》，卷二十四送别類）

范大士

《入鳴水洞循源至山上》　發端汩汩然，亦如湍之初出。（「歸之龍泉峰」二句）設想最奇，殆同移山之叟。（《歷代詩發》卷二十五宋，下同）

《李氏娱書齋》　讀書有得之言，非解人不易道。

《題采菊圖》　（第一首「黄菊有何好」二句）極是淵明知己。（第二首「若無一觴酒」句）又下轉語。

《送葛亞卿欲行不一過僕》　（「伸眉一笑能幾時」句）過落，有情致。結意飄忽無端。

《陽羨葛亞卿爲海陵尉作茸春軒余爲賦之》（「曲折徑路深房櫳」句）絕好境地。（「掃地焚香欣客至」句）絕好主人。（「我當酌酒壽主人」二句）妙在可解不可解。

《謝錢珣仲惠高麗墨》　意味志淡，風調平匀。

《分寧大竹取爲酒樽短脛寬大腹可容二升而漆其外戲爲短歌》　小物亦點綴有情致。

《送趙承之秘監出守南陽》　人皆言南陽之樂，而獨惜秘監之行，章法最爲嚴整。

《題畫太一眞人》　因葉及花，因人及杖，總是無端幻想。若欲引據天祿遺聞，何異痴人說夢。

《次韻參寥》　苦心磨淬之詩，無一字不愜。

《送蘇世美東歸》　敍述極宛委之情。（「莫忘椎冰共載時」句）回應首二句意。

《登赤壁磯》（「豈有危巢與棲鶻」句）用坡仙賦中句。

徐俯

〔宋〕黄庭堅

【跋所寫近詩與徐師川】　徐師川奉議，少成蚤立。余聞師川同學諸生言師川胸中磊磊殊不類童子。每念德占心醉六經，知其要處，龜玉毁於櫝中，未嘗不隕涕也。今師川尚能似其先人，以澡雪天下横

議德占者。因師川來乞書，故及此，冀師川當加意於大者遠者，儒者所以爲緣飾，不必盡心焉。（《豫章先生遺文》卷十一）

謝　逸

【寄洪駒父兼簡潘子眞徐師川】　洪家兄弟皆英妙，仲氏文章獨起予。天末何人懷太白，日邊唯子薦相如。東湖水落蛙聲窘，南浦雲横雁影疎。莫憶歸鴻揮老淚，強裁詩句和潘徐。（《溪堂集》卷四）

【寄徐師川】　門外荒園一畝餘，長抛筆硯把犁鉏。天邊風露秋期近，海外交遊音信疎。揚子家貧唯嗜酒，嵇康性惰不便書。龍沙江水連天闊，尺素何當寄鯉魚。（同上）

【聞徐師川至京師歸豫章】　九衢塵裏無停轍，君居陋巷不出遊。滿城惡少弋鳧雁，對面故人風馬牛。別後夢寒燈火夜，歸來眼冷江湖秋。馮驩老大食不飽，起視八荒提蒯緱。（同上）

【寄徐師川】　司業端能乞酒錢，誰憂坐客冷無氈。相望建業只千里，不見徐侯今七年。江水江花同臭味，海南海北各山川。試問烟波何處好，老夫欲理釣魚船。（同上）

惠　洪

【戲呈師川駒父之阿牛三首】　今代南州孺子，要是萬人之英。安得際天汗漫，著此海上長鯨。

風鑒晴雲霽月，衣冠紫陌黄塵。勿笑鐸驅長臥，起來便自過人。

阿牛骨相似舅，文章定能世家。差勝宗武不韈，猶作添丁畫鵶。（《石門文字禪》卷十四）

【記徐韓語（節錄）】徐師川曰：達磨西來，自五天無别職事，欲傳法度生耳。既不契深高祖，即北遊魏，面壁坐者九年，得可祖而後去，初不聞張大其聲名，聚千百閒漢爲部曲，見王臣高尻而揖，循廊而趨，不敢仰視。夫荷擔如來，秘密大法，得如達磨，乃可稱嗣祖沙門也。……徐、韓二公，今縉紳之望，皆留神内典，而見識議論如此，聽之令人如雪中見西河諸峯，不勝爽氣。（同上卷二十四）

吕本中

徐俯師川，少豪逸出衆，江西諸人皆從服焉。崇寧初，見予所作詩，大相稱賞，以爲盡出江西諸人右也。其樂善過實如此。（《東萊吕紫微師友雜志》）

胡仔

《詩説雋永》云：「徐師川《贈鄭公實諶詩》云：『平生不喜劉蕡策，色色人中自有人。』又云：『字得蘇黄妙，文薰班馬香。』鄭有詩集，其間與張嘉父唱酬頗多。」苕溪漁隱曰：師川因鄭諶而進，致身樞府，《東湖集》中與鄭唱酬頗多，如「誰家竹可欵，何處酒難忘」，皆一時唱酬之詩也。《贈張仲宗》云：「詩如雲態度，人似柳風流。」《題于生畫》云：「故山黄葉下，夢境白鷗前。」此集中好句也。（《苕溪漁隱叢話》後集卷三十六）

樓　鑰

【跋從子深所藏書畫——徐東湖】徐東湖與了翁家相厚如家人，通判郎中即了翁次子止之也，呼以仁弟，情義可知。（《攻媿集》卷七十四）

〔金〕元好問

【張公藥小傳】公藥字元石，宰相安簡公孝純永錫之孫，以父蔭入仕，嘗爲郾城令。詩號《竹堂集》。《寒食》云：「一百五日寒食節，二十四番花信風。」（編者按：此二句爲徐俯詩，而爲張公藥所襲用。）（《中州集》卷二）

〔清〕馮　舒等

《戊午山間對雪》（「雪中出去雪邊行」首）　馮班評：醜甚。（馮舒、馮班、何焯評閲《瀛奎律髓》，卷二十一雪類）

沈　雄

「門外重重疊疊山，遮不斷愁來路。」徐俯句。（《古今詞話·詞品》卷下《句法》）

潘大臨、潘大觀

〔宋〕張　耒

【暑毒不可過，又每爲賓客見擾，午寢不安，奉懷邠老之無事也】　桃李成塵鶯未老，梧桐未落蛩已多。杜門高臥作閒計，挾策讀書如懶何。頗遭䝟䵶驚午夢，正坐熱行官不呵。柯山大隱羲皇上，清風一榻無經過。（《柯山集》卷十）

【聞子瞻嶺外歸贈邠老】　今晨風日何佳哉，南極老人度嶺來。此翁身如白玉樹，已過千百大火聚。望天留之付眞主，世間毒烈計已誤。柯山潘子應鼓舞，與子異時從杖屨。（同上卷十三）

【東坡書卷】　蘇公謫居黄州時，爲奉議郎潘公詩一卷備正草行書數體。予再官於黄，首尾且三年，嘗假此書於奉議之子大臨，以爲書法。庚辰孟秋，蒙恩守魯。將之官，書出所假潘氏之書歸之，獨此一卷令男秬納之篋中。予與邠老，皆蘇學士徒也，舍潘歸張，奚擇焉！邠老懼後東坡復徵此書，疑於收視之不謹也，使書此以爲據。（同上卷四十五）

【潘奉議墓誌銘（節錄）】　齊安有君子曰潘昌言。……男二人，長大臨，次某，皆力學有文。（同上卷五十）

【遷居羅漢，潘邠老昆仲比以火驚，相見殊闊，作詩調之】　畢方逐未去，里巷時狂走。念君簞瓢外，顔

室空無有。誤憂黎元謾，烜赫驚戶牖。我雖厭遷次，寒突黔已久。平生昧奇字，安得君載酒。（同上拾遺卷二）

【步下四望亭至東坡柳逕訪邢老不遇】北下四望嶺，兩山中曠平。縈紆蟠逕術，迤靡分溝塍。林間樵汲路，壠外牛羊鳴。落景急晚舂，淺泥聞耦耕。餘紅猶落落，高綠或亭亭。柳間見衡門，欹屋尚崢嶸。主人掩關去，春蕪空復青。論文挈兒曹，得句懷友生。安得輞川翁，畫此十幅屏。（同上）

【乞竹贈邢老】與君共一山，修竹居其間。義當洽兩家，潘子不得慳。帶甲十萬夫，不戰終日閑。辱使支敝廬，令我愧滿顔。代竹爲洗竹，義取洗益繁。乞我萬之一，令君風月寬。裒多以益寡，天道自古然。詩成復自笑，詩禮資儒姦。（同上）

【與潘仲達二首】東風沛甘雨，百物一時好。江南桃李盡，紅紫到百草。道傍負擔子，寒食歸祭禱。念我淮上丘，三年不躬掃。淮南牡丹好，盛不數京洛。姚黄一枝開，衆豔氣如削。亭亭風塵表，獨立朝萬萼。誰知臨老眼，更復美葵藿。（同上卷七）

【自廬山回過富池，隔江遙禱甘公祠，求便風至黄，瀝酒而風轉，日行二百里，明日風猶未已，又風勢徐緩，不奔駛可畏，甘公蓋吳將甘寧云】（詩略，錄此詩跋）元符庚辰，某同男秬率潘仲達同遊匡山。六月望日，齊安罷官，步登客舟，過樊口，李文叔棹一舸相送，遂下巴河，上靈巖寺，有何與佷石記云，昔孫仲謀伐壽春，於此祀天祭江，刑白馬，故山名馬祈寺。有法華，頗華敞，因與潘、李飲酒賦詩其中。明日至蘄陽，登梁昭明太子廟，遂宿具禱，順濟乃發。候風林皇港，見江中黑物類獺，又有尾鬣，相逐馳久之，激水高數尺，風定而去。過道士磯，石壁色正青，插水中。又十里，所過五兩磯，遂泊富池，禱甘公祠。晨發富池，望匡山諸峯，半皆在雲中。晡時至潯陽，捨舟登陸，晚宿太平觀冷翠亭，時十八日也。十九日過鄒志完。晚大雨，將醮雨霽，中夕醮罷復雨，觀人異之。二十日，遊東林觀神運殿，禮遠公像，見晉安帝輦，遊達摩院，遂登白公草堂，讀歐陽文忠公題石，上五杉閣而歸。晚浴東林，納涼神運之南，望香爐天池化城。二十一日出山。此其大略，其詳屬潘郎潤色。（同上卷十）

謝逸

【嘲潘邠老未娶】潘侯平生心，初不喜婚宦。中年又喪妻，二子尙幼丱。孤鐙秋夢寒，頗思美目盼。初時似不堪，既久亦習慣。斯人天機深，堅壁却憂患。濁醪只獨酌，布衣誰補綻。豈不溉釜鬵，無人煮藜莧。買婢供使令，頗遭俗子訕。北風吹枯桑，天寒歲云晏。人生不百年，一世如夢幻。勿謂泉淵深，巨魚亦可汕。何當呼蹇修，便可買羔雁。中饋端有人，嫁娶豈難辦。爲君乞樊素，伴我老山澗。（《溪堂集》卷二）

【舟中不寐奉懷齊安潘大臨蘄春林敏功】病夫不寐百憂集，起視斗柄東南傾。山林畏佳萬壑笑，天地黯慘孤舟横。此身老矣幾寒暑，四海茫然誰弟兄。江西米貴斗三百，好去淮南訪友生。（同上卷四）

胡仔

苕溪漁隱曰：呂居仁云：「潘邠老嘗得詩云：滿城風雨近重陽。文章之妙，至此極矣。後託謝無逸綴成篇云：病思王子同傾酒，愁憶潘郎共賦詩。爲此語也。」余觀謝無逸《溪堂集》云：「亡友潘邠老有滿城風雨近重陽之句。今去重陽四日，而風雨大作，遂用邠老之句，廣爲四絶。」然則居仁所云後託無逸綴成前一聯詩，蓋非是也。（《苕溪漁隱叢話》後集卷六）

吳曾

【八字山】晉方士戴洋語庾亮曰：「武昌土地，有山無林。政可圖始，不可居終。山作八字，數不及九。昔吳用壬寅來上，創立宮城，至於己酉，還下秣陵。某見陶公，亦陟八年。土地盛衰有數，人心去就有期，不可移也。」潘邠老《江口》詩云：「八字山頭雁，武昌江上魚。」（《能改齋漫録》卷七《事實》）

【潘邠老詩】邠老送山谷貶宜州詩：「可是中州著不得，江南已遠更宜州。」山谷極稱賞之。（同上卷十一《記詩》）

【東坡送潘邠老赴省詞】「别酒送君君一醉，清潤潘郎，更是何郎壻。記取釵頭新利市，莫將分付東鄰子。　回首長安佳麗地，三十年前，我是風流帥。爲向青樓尋舊事，花枝缺處餘名字。」右《蝶戀花》詞，東坡在黄時，送潘邠老赴省試作也。今集不載。（同上卷十六《樂府》）

三洪

〔宋〕謝薖

【同陳虛中洪駒父登擬峴臺觀水漲】雨聲何浪浪，溪流勢洶洶。莽蒼兩涘間，不辨馬牛風。翻疑坤軸裂，渺與天河通。林杪露寸碧，濁浪奔蛟龍。櫓搖扁舟下，袖手閒篙工。疎煙媚晚霽，飛雲帶歸鴻。境物復可寫，妙手無僧崇。登茲百尺臺，令人豁奇胸。尊開河南守，坐有西山洪。遊日託遠懷，平水念禹功。視河不治行，它日望兩公。吾儕何所樂，白首臥船篷。(《謝幼槃文集》卷二)

惠洪

【洪玉父赴官潁川會余金陵】迂疎世不要，冷落眠山寺。空山斷往還，落花自流水。平生所懷人，那料千里至。憧極看屋梁，通夕不成寐。曉從城郭來，山亦爲余喜。登門見眉須，已覺增爽氣。洪徐皆人龍，論議例英偉。君於二老間，妙語發溫粹。胡爲下僚中，混此萬乘器。攝衣願從君，舉步懼推鄙。安知出愛忘，劇談略勢位。便欲擕與東，載我以船尾。予生分奇蹇，事事得敗意。獨於天下豪，未識已神契。天公亦見憐，以此厚我耳。西湖今古勝，前輩風流地。風月久乾沒，畫舫誰料理。行

當入君手，想見飽風味。不得陪清游，起坐終夜喟。定有湖上詩，無辭遠相寄。（《石門文字禪》卷三）

呂本中

晁以道篤於親戚故舊，及有牽聯之親，一日之雅，皆委曲敦敍，從生而化者甚衆。以道，盛文肅家外甥，洪炎玉父祖母文城君，亦盛氏甥，以道於玉父爲尊行。一日同會京師，玉父未及見以道，邂逅僧寺中，玉父謂以道曰：「公，丈行也，前此未得一見。」以道遽折之曰：「某自是公表叔，何丈行之有！」玉父再三謝之曰：「是表叔，是表叔，但某未曾敢敍致爾。」以此知游學之士，須經中原先達鈐椎方能有成也。（《東萊呂紫微師友雜志》）

大觀間，東萊公迎侍赴眞州船場，過楚州，汪信民爲敎授，洪玉父迎其祖母文城君赴官潁州。信民、玉父與予會飲舟中甚樂。玉父戲信民云：「某是范淳夫知舉時過省，可以無愧。信民乃林希知舉時作省魁，不得不慚於某也。」別後玉父有寄予與信民四言詩。（同上）

莊季裕

劉光世爲浙西安撫大使，父延慶本夏州人也，參議官范正與除直龍圖閣告詞云：「入幕之賓，以折衝尊俎爲任；從軍之樂，以決勝笑談爲功。高適受哥舒之知，石洪應重祚之辟。」蓋翰與烏皆蕃人，且譏其尊俎笑談以爲功任也。又李擢除工部侍郎詞云：「國有六職，百工與居一焉。凡今冬官之屬，以予觀之，才二十有八，而五官各有羨數。考冢宰官府之六屬，各爲六十，而天官則六十四，地官則七十，夏官則六十七，秋官則六十六，蓋斷簡失次而然，非實散亡也。取其羨數，凡百工之事歸之冬官，其數乃周。汝尙深加考覈，分別部居，不相雜厠，則六職者均一，非特可正歷代之違，抑亦見今日辨治之精且詳也。非汝其誰任此！」皆洪炎之詞。後洪除在京宮祠，請給人從班著並依舊，而同列趙思誠繳駁，以謂士指爲不釐務中書舍人，其任代言之職，自有國以來，未有如此之謬者，遂罷爲在外宮觀。（《雞肋編》卷中）

吴曾

【東坡用事切】東坡和山谷嘲小德詩，末云：「但使伯仁長，還興絡秀家。」蓋伯仁乃絡秀子耳。洪駒父哭謝無逸詩云：「但使添丁長，終興謝客家。」此學東坡語，尤無功。添丁，盧仝子，氣脈不相屬。（《能改齋漫錄》卷三《辨誤》）

【兩蝸角】白樂天云：「相爭兩蝸角，所得一牛毛。」後之使蝸角事悉稽之，而偶對各有所長。……洪龜父曰：「一朝厭蝸角，萬里騎鯨背。」（同上卷八《沿襲》）

【閤皁山】《玉堂閒話》云：「南中有閤皁山，山形如閤，故號閤皁山。乃葛仙翁得道之所，七十二福地。」予按陶弼詩云：「葛仞天然閨閤形，陰陰不似衆山青。」洪駒父詩云：「爰有福地直斗牛，厥名閤皁形色收。」蓋以《閒話》所謂形色而言也。今屬臨江軍，爲福地之一。（同上卷九《地理》）

【蔡元長欲爲張本】自古姦人，周身之術非不至，然而禍患之來，卒出於非意所及者，何耶？蓋惡逆既積，則天地鬼神所不容，其謀徒巧也。宣和四年，金人攻大遼，遣王禕來乞師。宰相王將明主其議，以童貫爲宣撫使，蔡居安副之。蔡元長作詩送其行，有曰：「百年信誓宜堅守，六月行師合早歸。」元長之爲是詩也，蓋欲爲他日敗事張本耳。殊不知政和中元長首建平燕之議，招納燕人李良嗣以爲謀主，又欲以妖人王仔息服錦袍鐵幘，爲大將軍，計議已定，會仔息抵罪伏誅，遂止。將明所會，乃推行元長之意，世可盡欺乎？元長始以紹述兩字劫持上下，擅權久之。知公議之不可以久鬱也，宣和間，始令其子約之招致習爲元祐學者。是以楊中立、洪玉父諸人皆官于中都；又使其門下客著《西清詩話》以載蘇、黃語，亦欲爲他日張本耳。終之禍起朔方，竟以不免，豈前所謂其謀徒巧耶。（同上卷十《議論》）

夏倪

〔宋〕惠洪

【予頃還自海外，夏均父以襄陽别業見要，使居之。後六年，均父謫祁陽酒官，余自長沙往謝之，夜語感而作】一昨游京華，壞衲變塵土。思歸念雲山，夜夢亦成趣。故人驟登庸，時時宿西府。如鳥得所棲，倦適忘飛去。從中奇禍作，失聲驚破釜。三年王海南，放意吐佳句。歸來駭叢林，冠巾呵佛祖。突兀刺世眼，所至遭背數。夫子獨凜然，高誼照寰宇。哀憐欲收拾，奮髯排衆怒。豈惟子義世，獨有孔文舉。此恩無陳鮮，歲月有今古。竭來湘楚游，坐閲六寒暑。今年中秋夕，水宿青蘋渚。誰持一紙書，剝啄叩蓬戶。呼燈得欵識，失牀喜而舞。開書有新詩，喜事遽如許。麗如春湖曉，月映薔薇露。筆力回春工，彷彿識風度。湘江三百里，欵段沿江路。嶽色滿征鞍，疾驅那敢顧。朝來眞見之，了非夢時遇。堂堂千人英，要是幹國具。龍蛇吁莫測，涔蹄聊蹇寓。道固有晦顯，會看跨雲雨。天下張荆州，四海陳合浦。當時寂寞濱，皆獲陪杖屨。今又從公游，楚山更佳處。詩成倚峿臺，天風吹笑語。（《石門文字禪》卷五）

【招夏均父】北山深轉青松壑，萬疊煙霏空翠堆。元亮果堪中路竢，子猷那敢棹舟回。鳥工魂夢尋公去，蟬蛻塵埃出郭來。他日荆林談笑處，行人應指兩翁臺。（同上卷十二）

呂本中

夏倪均父，先名倴，少能文，樂善；其妻又賢，使均父多從賢士大夫游。德操每依均父，如家也。後德操作僧，所度弟子，皆令與均父諸子聯名。（《東萊呂紫微師友雜志》）

大觀初，趙丈仲長、晁丈以道與夏侯節夫、夏均父、汪信民同在京師，每出入多聯騎同往。（同上）

吴　曾

【夏均父登浯臺作詞】　夏倪均父，宣和庚子自府曹左遷祁陽酒官。過浯溪，登浯臺，愛其山水清秀，自謂非中州所有，不減淵明斜川之游。且作長短句，以《減字木蘭花》歌之曰：「江涵曉日，蕩漾波光搖槳入。笑指浯溪，聱叟雄文鎖翠微。　休嗟不偶，歸到中州何所有？獨立風烟，湘水浯臺總接天。」（《能改齋漫錄》卷十七《樂府》）

二　謝

〔宋〕謝　逸

【寄幼槃弟】　北闕弓旌未見招，茅亭高卧對山椒。詩成稚子應能誦，酒熟鄰翁漸可邀。寧似杜陵長蹭蹬，不依嚴武更逍遥。細思洗馬池邊路，便是成都萬里橋。（《溪堂集》卷四）

【聞幼槃弟歸喜而有作二首】　門前楊柳未藏鴉，溪上櫻桃已著花。午夢覺來聞好語，阿連有信欲還家。

風雨多年不對牀，便當攜被過溪堂。曲肱但作吉祥卧，澆舌惟無般若湯。（同上卷五）

呂本中

【謝無逸秦處度諸人皆許省試後見訪冬夜有懷作此詩寄之】八年去東都，觸事無一好。沉綿淹歲時，憂虞滿懷抱。欲歸故閭里，稀復舊耆老。悠悠歲欲盡，忽忽身向老。小堂佳有餘，所恨來不早。飢蟲語夜霜，疎星亂衰草。支撑壞壁高，側轉寒木小。詩書久棄置，詞林迹如掃。佳人何時來，路遠音信少。庭前冬開花，扶杖起千繞。春風回爲首，淸尊待君倒。先期留酒錢，仍須具梨棗。（《東萊先生詩集》卷一）

【又寄無逸信民】文字撑腸不療腸，詩來想見左書空。雖非問道賭枉屈（璧公數譏二子學道不進），猶勝遺書訪子公。銀杯久捧浮大白，桃花且看舒小紅。記取浮盃無剩語，它年說似馬牛風。（同上）

【贈謝無逸】君不見城南千樹桃，君不見澗底百尺松。松生偃蹇臥霜雪，桃李一笑隨春風。百年澗底終自苦，桃花猶得暫時紅。嗚呼志士每如此，衡門高臥不見用，心雖無瑕飢欲死。（同上卷二）

【得無逸惠書】三年讀書少餘味，燈火可親病爲祟。謝侯好事憐我窮，時遣雙魚問鶺鴒。交情乃似親骨肉，學行坐越諸公輩。胸中萬卷書屈蟠，少日力戰登詩壇。下帷却掃謝俗子，凍吟不管兒號寒。只今食粥已數月，千慮百憂煩筆端。高才本是棟梁器，苦語終無儒生酸。樂章短句又清絕，陶寫萬象嘲江山。江南草木不得閑，問君何爲愁肺肝。十年行坐想風采，千里魂夢勞追攀。我無良田歸不得，惡窮氣味君應識。囊貯未了歲寒計，學道空愧琳與璧。交親零落半鬼錄，白日輕去眞可惜。終朝撥

火煮蘆菔，南山之南待君喫。（同上）

【寄謝無逸并汪叔野兄弟】　老謝風流綠綺琴，小汪兄弟亦南金。文章已悞半生事，江海略酬他日心。好酒不當愁偪仄，舊書差尉病侵尋。平生恩義泮宮好，斷綆寒泉百尺深。汪信民沒方數月。（同上卷三）

【潘邠老嘗得詩云：「滿城風雨近重陽。」文章之妙，至此極矣。後託謝無逸綴成。無逸詩云：「病思王子同傾酒，愁憶潘郎共賦詩。」蓋爲此語也。王子，立之也。作此詩未數年，而立之、邠老墓木已拱，無逸窮困江南，未有定止。感歎之餘，輒成二絕（錄一首）】　漫營新句補殘章，寄與烏衣玉樹郎。他日無人識佳景，滿城風雨近重陽。（同上卷四）

【閑居感舊偶成十絕乘興有作不復詮次（錄一首）】　四海交游一信民，後來情分更誰親？可憐相伴谿堂老，一去塵寰三十春。汪信民、謝無逸（同上卷十五）

饒節，字德操，謝逸，字無逸，俱臨川人，少皆有志節，相與友善。德操才高，而無逸學博，二人所爲詩文，一時稱重，不能優劣也。……無逸浮湛閭里，雖甚困，然未嘗少屈。（《東萊呂紫微師友雜志》）

謝無逸因汪信民獻書滎陽公，致師事之禮，且與予父交。（同上）

謝薖幼槃，無逸從弟，與予相聞甚久，而未相識。大觀間，幼槃下第歸臨川，始見之符離。嘗讀予詩，作詩所以推重甚至。（同上）

謝康樂詩規模宏遠，爲一時之冠，而玄暉詩清新獨出，又自有過人者。後之善言詩者，于二公蓋未敢有所優劣也。本中竊以爲無逸詩似康樂，幼槃詩似玄暉，此平昔之論也。紹興三年秋，自嶺外北還，過臨川，去幼槃之没十八年矣，始盡得幼槃書于其子長訥所，伏讀累日，益知前語之不謬。雖然，幼槃與其兄無逸，修身厲行，在崇寧、大觀間不爲世俗毫髮汚染，固後進之師也，其文字之好，蓋餘事爾。後之學者，尊其行，并學其文可也，學其文，不究其行，則非二子立言之本志。九月二十日呂本中書。（《謝幼槃文集》卷首）

苗昌言

臨川謝逸，字無逸，其文章學業爲縉紳推重，以其所居溪堂，稱之曰溪堂先生。弟薖幼槃，以字行。兄弟以詩鳴江西，有文集合三十卷，邦之學士欲刊之以貽永久，積數十年而未能也。粤紹興辛未，趙公朝儀來守是邦，期年政成，民服其教，慨然思以儒雅飾吏事，命勒其書于學宫，以稱邦人之美意。昌言以鉛槧董兹職，于是捜訪闕遺，以相參訂。晚得溪堂善本于前學正易葳，又得幼槃善本于其子敏行。葳知溪堂出處甚詳，敏行逮事其父，詩律有典刑，其編次是正，可無恨矣。刀筆方興，士大夫翕然稱贊，工未訖功，而四方願致其集者日至，以是知二公之名重當時，欲見其書者惟恐後也。聞之鄉老，無逸之交游無非天下名士，其後幼槃聲聞寖廣，與之並驅而争先。既没之後，爲之傳序，爲之哀詞祭文者甚衆，今未暇博詢而編録也，特取舍人呂公之所書，摹其眞蹟于後，庶幾因呂公之文而不失二公文行之實云。壬申冬十一月辛卯朔，建康苗昌言謹題。（《謝幼槃文集》卷首）

胡仔

《雪浪齋日記》云：「謝夷季，江左知名士也。其詩云：『平生忠義寸心赤，萬里風波雙鬢斑。』其弟幼槃詩云：『覓句每從山色外，發機元自鳥聲中。』二人以布衣死。賈長江云：『賢人無官死，不親者亦悲。』信哉！」苕溪漁隱曰：夷季、幼槃，容或謝薖之字乎？當竢知者問之。（《苕溪漁隱叢話》前集卷五十三）

苕溪漁隱曰：呂居仁云：「潘邠老嘗得詩云：滿城風雨近重陽。文章之妙，至此極矣。後託謝無逸綴成篇云：病思王子同傾酒，愁憶潘郎共賦詩。爲此語也。」余觀謝無逸《溪堂集》云：「亡友潘邠老有滿城風雨近重陽之句。今去重陽四日，而風雨大作，遂用邠老之句，廣爲四絶。」然則居仁所云後託無逸綴成前一聯詩，蓋非是也。（同上後集卷六）

《復齋漫錄》云：無逸嘗於黄州關山杏花村館驛題《江城子》詞云：「杏花村裏酒旗風，烟重重，水溶溶。野渡舟横，楊柳緑陰濃。望斷江南山色遠，人不見，草連空。夕陽樓外晚燈籠，粉香融，淡眉峰，記得年年，相見畫屏中。只有關山今夜月，千里外，素光同。」過者必索筆於館卒，卒頗以爲苦，因以泥塗之。（同上後集卷三十三）

《復齋漫錄》云：晉許遜爲旌陽令，時江西有蛟爲害，旌陽與其徒吳猛仗劍殺之，遂作大鐵柱以鎮壓其處。今豫章有鐵柱觀，而柱猶存也。無逸嘗賦詩云：「豫章城南老子宫，堵前一柱立積鐵。云是旌陽役萬鬼，夜半舁來老蛟穴。插定三江不沸騰，切勿搖撼坤軸裂。蒼苔包裹鱗皴皮，我欲摩挲肘屢掣。

旌陽挈家上天去，只留千夫應門戶。西山高處風露寒，玆事恍惚從誰語。安得猛士若朱亥，袖往橫山打狂虜。」（同上）

苕溪漁隱曰……余又於前集云：「夷季、幼槃，或謝薖之字乎？」比見臨川《謝幼槃文集》，方知幼槃是謝薖之字，無逸之弟也。其謝夷季却自別是一人。（同上後集卷三十五）

漫叟

【題溪堂詞】謝無逸，臨川進士，自號溪堂。學古高傑，文辭煆煉，篇篇有古意，而尤工於詩詞。黄山谷嘗讀其詩，云「晁、張流也，恨未識面耳」。其詩曰：「山寒石髮瘦，水落溪毛彫。」又曰：「老鳳垂頭噤不語，枯木槎牙噪春鳥。」其詞曰：「黛淺眉痕沁，紅添酒面潮。」又曰：「魚躍冰池飛玉尺，雲横石嶺拂鮫綃。」皆百鍊乃出冶者，晁、張又將避一舍矣。漫叟題。（《溪堂詞》卷首）

〔明〕王世貞

又「一鈎淡月天如水」（謝逸《千秋歲》詞中語），又「鞦韆外綠水橋平」，又「地卑山潤人靜費罏烟」，淡語之有景者也。（《詞評》）

毛　晉

【溪堂詞跋】時本溪堂詞卷，首《蝶戀花》以迄禪尾《望江南》，共六十有三闋，皆小令，輕倩可人。中間字句桀謬，無從考索。既獲《溪堂全集》，末載樂府一卷，今依其章次就梓。近來吴門鈔本多《花心動》一闋，其詞云：「風裏楊花輕薄性，銀燭高燒心熱。香餌懸鉤，魚不輕吞，辜負鉤兒虚設。桑蠶到老絲長伴，鍼刺眼淚流成血。思量起，拈枝花朶果兒難結。海棠情深忍撇，似夢裏相逢，不勝歡悦。出水雙蓮，摘取一枝，可惜並頭分折。猛期月滿會姮娥，誰知是初生新月。折翼鳥，甚是于飛時節。」疑是贋筆，不敢溷入，附記以俟識者。（《溪堂集》卷末）

〔清〕賀　裳

元遺山集金人詞爲中州樂府，頗多深裘大馬之風，惟劉迎《烏夜啼》最佳：「離恨遠縈楊柳，夢魂長遶梨花。青衫記得章臺月，歸路玉鞭斜。翠鏡啼痕印袖，紅牆醉墨籠紗。相逢不盡平生事，春思入琵琶。」余觀謝無逸《南柯子》後半云：「金鴨香凝袖，銅荷燭影紗。鳳蟠宫錦小屏遮，夜靜寒生春筍理琵琶。」風調彷彿相同，才人之見，殆無分於南北也。（《皺水軒詞話》）

馮　舒等

《聞徐師川自京師歸豫章》謝逸　馮舒評：但言食無魚，不言食不飽，唐人決不作此語。（馮舒、馮班、何焯評閱《瀛奎律髓》，卷二十五拗字類）

《飲酒示坐客》謝邁　馮舒評：（「身後何須留豹皮」句）文理不順。若云豹死何必更留皮，方順；此句

兼人字在内，則人死何緣留豹皮耶？馮班評：有氣力。留豹皮亦可，只是天然不好。江西詩須多學乃可作。（同上）

徐釚

臨川謝無逸嘗作咏蝶詩三百首，其警句云：「飛隨柳絮有時見，舞入梨花何處尋。」人盛稱之，因呼爲謝蝴蝶。有《卜算子》詞云：「煙雨幕横塘，紺色横清淺。誰把并州快剪刀，翦取吴江半。隱几岸烏巾，細葛含風軟。不見柴桑避俗翁，心共孤雲遠。」標致雋永，全無薌澤，可稱逸調。按謝蝴蝶可配鄭鷓鴣（《詞苑叢談》卷三品藻）

沈雄

《柳塘詞話》曰：無逸弟薖字幼槃，有《竹友詞》，但見贈弈妓宋瑤《减字木蘭花》云：「風篁度曲，倦倚銀屏初睡足。清簟疎簾，金鴨香消懶去添。纖纖露玉，風雹縱横飛鈿局。頻歛雙蛾，凝竚無言密意多。」（《古今詞話》）

紀昀等

【溪堂詞一卷安徽巡撫採進本】宋謝逸撰。《宋史·藝文志》載逸有集二十卷。溪堂詩五卷，歲久散佚，今已從《永樂大典》中蒐輯成編，已著録。《書録解題》别載《溪堂詞》一卷，今刊本一卷，末有毛晉跋，稱既得溪堂全集，末載樂府一卷，遂依其章次就梓。蓋其集明末尚未佚，晉故得而見之也。逸以詩名宣、政間，然《復齋漫錄》載其嘗過黄州杏花村館，題《江神子》一闋於驛壁，過者必索筆於驛卒，卒苦之，因以泥塗焉。其詞亦見重一時矣。是作今載集中，語意清麗，良非虚美；其他作亦極鍛鍊之工。卷首有序，署漫叟而不名，其所稱「黛淺眉痕沁，紅添酒面潮」二句，乃《菩薩蠻》第一闋中句，「魚躍冰池抛尺玉，雲横石嶺拂鮫綃」，乃《望江南》第二闋中句；然「紅潮登頰醉檳榔」，本蘇軾語，「魚躍練江抛尺玉」，亦王令語，皆剽竊前輩舊文，不爲佳句，乃獨摘以爲極工，可謂舍長而取短，殊非定論。晉跋語又載《花心動》一闋，謂出近來吴門鈔本，疑是贋筆，乃沈天羽作《續詞譜》，獨收此詞，朱彝尊《詞綜》選逸詞，因亦首登是闋。考宋人詞集，如史達祖、周邦彦、張元幹、趙長卿、高觀國諸人，皆有此調，其音律平仄，如出一轍，獨是詞隨意填湊，頗多失調，措語尤鄙俚不文，其爲贋作，蓋無疑義。晉刊此集，削而不載，特爲有見，今亦不復補入，庶免魚目之混焉。（《四庫全書總目提要》卷一百九十八詞曲類）

晁沖之

〔宋〕呂本中

晁沖之叔用，文元之後。少穎悟絶人，其爲詩文，悉有法度。大觀後，予至京師，始與游，相與如兄弟

也。……大觀、政和間，予客京師，叔用日來相招，如不能往，即再遣人問訊。（《東萊呂紫微師友雜志》）

曾敏行

政和間，置大晟樂府，建立長屬。時晁沖之叔用作梅詞以見蔡攸，攸持以白其父曰：「今日於樂府中得一人。」元長覽之，即除大晟丞。詞中云：「無情燕子，怕春寒常失佳期。惟有南來塞雁，年年長占開時。」以爲燕與梅不相關而挽入，故見筆力。（《獨醒雜志》卷四）

張邦基

政和間，汴都平康之盛，而李師師、崔念月二妓名著一時。晁沖之叔用每會飲，多召侑席。其後十許年再來京師，二人尚在，而聲名溢於中國，李生者門第尤峻。叔用追往昔，成二詩以示江子之，其一云：「少年使酒來京華，縱步曾游小小家。看舞霓裳羽衣曲，聽歌玉樹後庭花。門侵楊柳垂珠箔，窗對櫻桃捲碧紗。坐客半驚隨逝水，吾人星散落天涯。」其二云：「春風踏月過章華，青鳥雙邀阿母家。繫馬柳低當戶葉，迎人桃出隔牆花。鬢深釵暖雲侵臉，臂薄衫寒玉照紗。莫作一生惆悵事，鄰州不在海西涯。」（《墨莊漫錄》卷八）

朱弁

晁伯宇少與其弟沖之叔用俱從陳無己學。無己建中靖國間到京師，見叔用詩，曰：「子詩造此地，必須得一悟門。」叔用初不言，無己再三詰之，叔用云：「别無所得，頃因看韓退之雜文，自有入處。」無己首允之曰：「東坡言杜甫似司馬遷，世人多不解，子可與論此矣。」（《風月堂詩話》）

【元宵詞】都下元宵觀游之盛，前人或于歌詞中道之，而故族大家，宗藩戚里，宴賞往來，車馬駢闐，五晝夜不止。每出必窮日盡夜漏乃始還家，往往不及小憩，雖含酲溢疲思，亦不暇寐，皆相呼理殘妝，而速客者已在門矣。又婦女首飾，至此一新，髻鬢篸差，如蛾蟬蜂蝶，雪柳玉梅，燈毬裊裊滿頭，其名件甚多，不知起何時，而詞客未有及之者。晁叔用作《上林春慢》云：「帽落宫花，衣惹御香，鳳輦晚來初過。鶴降詔飛，龍擎燭戲，端門萬枝燈火。滿城車馬，對明月有誰閑坐？任狂遊，更許傍，禁街不扃金鎖。玉樓人暗中擲果，珍簾下，笑着春衫裊娜，素娥遶釵，輕蟬撲鬢，垂垂柳絲梅朵。夜闌飲散，但贏得翠翹雙亸。醉歸來，又重向曉窗梳裹。」此詞雖非絶唱，然句句皆是實事，亦前人所未嘗道者，良可喜也。（《續骫骳説》）

陳鵠

梅詞《漢宫春》，人皆以爲李漢老作，非也，乃晁叔用贈王逐客之作。王甫爲翰林，權直内宿，有宫娥新得幸，仲甫應制賦詞云：「黄金殿裏，燭影雙龍戲。勸得官家真箇醉，進酒猶呼萬歲。錦裀舞徹涼州。君恩與整搔頭。一夜御前宣唤，六宫多少人愁。」翌日，宣仁太后聞之，語宰相曰：「豈有館閣儒臣，應制作狎詞耶？」既而彈章罷。然館中同僚相約祖餞，及期無一至者，獨叔用一人而已，因作梅詞贈別云：「無情燕子，怕春寒輕失花期。」正謂此爾。又云：「問玉堂何似茅舍疎籬。」指翰苑之玉堂，《苕溪叢話》却引唐人詩「白玉堂前一樹梅，今朝忽見數枝開。」謂人間之玉堂，蓋未知此作也。又：「傷心故人去後，零落清詩。」今之歌者類云「冷落」，不知用杜子美酬高適詩：「自從蜀中人日作，不意清詩久零落。」蓋零字與泠字同音，人但見泠字去一點爲冷字，遂云「冷落」，不知出此耳。王仲父，字明之，自號爲逐客，有《冠卿集》行於世。陸務觀云（《耆舊續聞》卷九）

〔清〕范大士

《和十二兄三首》 三詩句句穩健，非專學工部，不能如此老成。（《歷代詩發》卷二十五宋，下同）

《效古别昭德羣從》 （「一生能幾别」二句）言之可涕。

《雪效柳子厚》 清剛秀削，冷談逼人。

《□門行贈秦夷仲》 雄放無前，眞洗窮餓酸辛之愁。

《同魯山韓丞觀女靈廟前險石》 思沈力厚，故昔人稱爲淵渟雅亮，筆有餘閒。

《寄江子之》 （「不啻三年别」二句）清老。

《都下追感往昔因成二首》 此即傳中所謂重過京師，憶舊游，作無題詩二首，爲時所傳者也。風格有似義山，絶非專學少陵之筆，然其韶秀清妍，轉易爲見美耳。

沈雄

花菴詞客曰：沖之，鉅野人，其《感皇恩》二曲最工。（《古今詩話·詞評》卷上）

汪革

〔宋〕謝逸

【集西塔寺懷亡友汪信民以言念君子溫其如玉爲韻探得念字】禍福初無門，吉凶本不僭。跖壽顏夭折，此理竟誰驗。貴不啻讒邪，富獨饒聚斂。施施驕妻妾，百索無一欠。貞士抱清直，藜藿常不饜。人生鬼揶揄，奄忽就窆窆。吾友汪夫子，才力百夫瞻。獨立流俗中，如山不可塹。青衫困冷官，半世守寒儉。自從斯人亡，吾生良可厭。絃絕伯牙琴，墓掛徐卿劍。但餘清溪編，萬丈垂光焰。朝來雨新霽，湖波清瀲灩。禪堂淨巾履，僧榻涼枕簟。追尋舊遊蹤，歷歷皆可念。矢詩一寓哀，苦淚滴鉛槧。（《溪堂集》卷二）

【信民頃赴符離約謁告還家爲盛集戲作詩嘲之以助一笑仍率諸友同賦】君如霜鶻精爽老，目睨雲霄長側腦。不種河陽滿縣花，手披泮水收芹藻。閉門較藝防請謁，門外賓客跡如埽。愁腸得酒吼怒雷，牙頰生烟喉吻燥。青燈枕上夢蛾眉，驚魄酷怕寒砧擣。縱未休糧仙骨輕，丹田亦合生梨棗。歸來新狂尚未減，懷抱向人輒傾倒。不作孟公投轄飲，乃欲悲吟效郊島。明年東風破柳條，萬里晴江波浩浩。此時扁舟挽不留，依舊儒官守枯槁。只今有酒不浪飲，迎臘寒梅爲誰好。相將風雪不饒人，拂面飛花故相惱。期君三日不如盟，定作回波嘲栲栳。（同上卷三）

【汪信民載酒令表弟吳迪吉邀予同遊南湖】古人多齟齬，吾道故徘徊。表弟邀余出，參軍載酒來。南湖未新柳，東巷且殘梅。但恐辟書至，將軍幕府開。東府文雖下，西津艇未橫。莫愁官長罵，且伴老夫行。飲酒舊無敵，能詩新有聲。此樽誰可使，待倩許飛瓊。（同上卷四）

【同信民出城南訪正叔共約南湖之遊至今不果信民即有長沙之行恐遂爽約戲作詩以督之】初見南湖凍未消，只今流水又平橋。驅除臘雪煩梅蕊，收拾春風倩柳條。豈有故人行在別，不將尊酒慰無聊。府中諸吏皆英俊，早晚相從幸見招。（同上）

【次韻信民見寄】直道與人多齟齬，高懷向我最恢疎。不貪但守司城寶，無澤應辭季武車。池種青荷看妙淨，庭栽翠竹悟眞如。何年來過溪堂飯，小圃攜籃自摘蔬。（同上）

謝薖

【祭無逸兄文（節錄）】兄與信民，猶璧一雙。庚寅之秋，汪子云亡。自楚訃聞，衆爲盡傷。豈知此來，兄又窀穸。（《謝幼槃文集》卷十）

編者按：由此文可考知汪革卒年。

呂本中

【符離諸賢詩】　窮居日荒涼，杜門與世絕。親故日夜疎，詩書固宜缺。符離雖陋邦，賢士稍羅列。德操青雲器，議論輩前哲。外貌發英華，中心瑩冰雪。介然特立士，勁氣剛於鐵。攘臂辨是非，孰能逃區別。信民粹而和，名利誠難悅。汩沒稠人中，獨抱雲松節。偉哉二三子，實乃邦家傑。我來從之遊，內顧慚踈拙。欣然對三益，放懷歌數闋。已矣不須言，渠當爲君說。（《東萊先生詩集》卷一）

【寄汪信民 時信民在京師，有宗子博士之除】　萬里江南雨外船，長腰秔米縮頭鯿。廣文繫馬無由去，更有何人贈酒錢？（同上）

【客居書懷奉寄介然若谷才仲秉寄信民（節錄）】　忽忽十年事，俯仰同戲劇。從來肺腑親，翻手胡與越。獨餘二三子，肝膽猶鐵石。尙怪東郭貧，亦訝懷祖黠。西軒來何時，簞瓢共飢渴。念君不能已，一飯再三歎。誰能明予心，皎皎霜夜月。（同上）

【又寄無逸信民】　文字撐腸不療窮，詩來想見左書空。雖未問道賭枉屈 璧公數譏二子學道不進，猶勝遺書訪子公。銀杯久捹浮大白，桃花且看舒小紅。記取浮盃無剩語，它年說似馬牛風。（同上）

【山陽寶應道中與汪信民兄弟洪玉父杜子師張益中日夕過從自過高郵不復有此樂也因作此詩寄懷】　日日南風沙打圍，掛帆端爲故人回。長空渺渺水無際，遠樹冥冥花自開。疾病久辜鸜鵒杓，江山稍

近鳳凰臺。月明霅霅山陰道，尙想王郎乘興來。（同上卷二）

【贈汪信民】五年客符離，端坐受貧病。從來疎出門，今乃懶成性。官多豪富郎，分明與時競。取醉不論錢，定無塵生甑。豈但相娛樂，頗復自賢聖。汪侯雖居官，笑語怯豪横。折腰衆人後，瓊林自輝映。背後足官府，眼前謬恭敬。偷閑過草堂，遣興眯眼淨。雖非醉紅裙，清談却差勝。秋高數能來，勿厭阻泥濘。（同上）

【探梅呈汪信民】縞帶銀杯欲着塵，小園幽樹已含春。風流王謝佳公子，臭味曹劉入幕賓。細朶定無泥土涴，暗香猶帶雪霜新。剩摩枵腹搜奇句，去惱城南得定人。（同上）

【寄謝無逸並汪叔野兄弟（節錄）】……平生恩義泮宫老，斷綆寒泉百尺深。汪信民沒方數月。（同上卷三）

【見信民舊書有感】蝸涎狠籍閣殘書，彷彿黄公舊酒壚。試問東山謝安石，不知能似此人無？（同上卷十）

【閑居感舊偶成十絕乘興有作不復詮次（錄一首）】四海交游一信民，後來情分更誰親？可憐相伴谿堂老，一去塵寰三十春。王信民、謝無逸（同上卷十五）

【贈汪信民之子如愚】四海同門一信民，近淮來往七經春。生平坎壈不如意，死去聲名多悞人。漫以文章付兒子，略無毫髮仰交親。請君但自傳家學，陋巷簞瓢莫道貧。（同上卷二十）

汪革信民，少饒（節）、謝（逸）數歲，平生敬事二人如親父兄。（《東萊呂紫微師友雜志》）

汪信民試南省第一，頗收畜時文。無逸同試被黜，問信民用此何爲，曰：「恐登科須作學官，要此用爾。」

無逸曰：「前日不免爲此，爲覓官計爾，今尚復爾，是無時而已也。」信民痛自咎責，盡取所畜時文焚之。（同上）

汪信民初任潭州教授，張舜民芸叟作帥，厚遇信民，且勉之學。時畢漸通判州事，芸叟深薄其人。後信民教授宿州，又師事滎陽公。信民嘗言：「吾平生有意於善，張、呂二公之力也。又因張六丈薄畢魁，有激發焉。」（同上）

崇寧初，予家宿州，汪信民爲州教授，黎確介然初登科，依妻家孫氏居。饒德操亦客孫氏，每從予家游。三人者嘗與予及亡弟揆中由義會課，每旬作雜文一篇，四六表啓一篇，古律詩一篇。旬終會課，不如期者罰錢二百。（同上）

汪信民嘗言：「人常咬得菜根，則百事可做。」胡安國康侯聞之，擊節歎賞。（同上）

大觀初，趙丈仲長、晁丈以道與夏侯節夫、夏均父、汪信民同在京師，每出入多聯騎同往。趙丈最長，先行，信民時最幼，後行。信民調官歸過符離，自以得預京師諸賢出入爲榮。（同上）

大觀間，東萊公迎侍赴眞州船場，過楚州，汪信民爲教授，洪玉父迎其祖母文城君赴官潁州。信民、玉父與予會飲舟中甚樂。玉父戲信民云：「某是范淳夫知舉時過省，可以無愧。信民乃林希知舉時作省魁，不得不慚於某也。」別後玉父有寄予與信民四言詩。（同上）

元實説汪信民神氣不盛，非壽相，信民亦説元實太快，不能永，兩人所説皆驗。（同上）

〔元〕馬端臨

紹聖四年進士五百六十四人，省元汪革，狀元何昌言，詞科九人。（《文獻通考》卷三十二選舉五引宋登科記總目）

李彭

〔宋〕謝逸

【和王閑叟見贈兼簡李商老】綠髮工詞章，白頭困州縣。老氣吞兒曹，胸中書萬卷。遺我盈把珠，璀璨輝組練。何時遊匡廬，登堂識君面。更邀謫仙人，共醉山間院。願君出樊素，可供一笑倩。（《溪堂集》補遺）

惠洪

【次韻李商老匡山道中望天池】幽人修水上，春漲冒陂田。時時想見之，笑頰微渦旋。往來紫桑間，妙語生雲烟。盧山自高寒，青碧開晴天。倚藤望絕頂，風味如斜川。我思從之游，子亦當勉旃。詩成聊假寐，歸夢歷層巔。（《石門文字禪》卷二）

【至豐家市讀商老詩次韻】楊柳護橋春欲暗，山茶出屋人未知。冒田泱泱走流水，小夫鐘睉翁夾籬。雪晴春巷生青草，煙濕人家營晚炊。心疑輞川摩詰畫，目誦匡山商老詩。夜投村店想清境，蛙滿四鄰簷月移。臥看孤燈心耿耿，呼童覓紙聊記之。（同上）

【謝李商老伯仲見過】破屋如馬廄，楚囚亦王尼。名士連璧來，下馬氣吐霓。論高玉屑鋸，意妙鷄駭犀。君看八尺姿，一尾抹萬蹄。弟昆清淨妍，俱當藉金閨。胡爲披白帢，作隊趨塵泥。漏風駝止臥，跨海鶻方棲。何時對陛下，道與稷高齊。功成歸脩水，春風雨一犁。嗟余世不要，所至值澗溪。願從諸郎游，日涉長灌畦。（同上卷四）

【李商老自山北道中作詩見寄次韻】蹇驢醉頰兀紅酣，眼艷秋波望翠嵐。長向詩中見風度，愛君筆力似黔南。（同上卷十六）

【跋李商老詩】予至石門，杲禪出商老詩偈巨軸，讀之茫然，知此道人蓋滑稽翰墨者也。又欲入社，作雲菴客，試手說禪，便吞雲門臨濟，如虎生三日，氣已食牛。衲子諱曰：甘露滅非錯下注脚。（同上卷二十七）

呂本中

【寄商老】先生昔據道玄峰，咳唾珠玉家爲空。只今江西二三子，可到元和六七公。雙鬢只期它日白，千花猶是去年紅。須君吸盡西江水，不假扶搖萬里風。（《東萊先生詩集》卷一）

【寄李商老】黄塵車馬流，金火戰殘暑。西風迎潮來，密雲復無雨。江淮旱已甚，映眼但塵土。田疇雜蕪穢，草樹翳洲渚。緬懷平生歡，捐棄各秦楚。千言偪胸次，到口不能吐。君非一臂舊，此意復可許。青蠅暗藩溷，有似嚇腐鼠。須君濟川手，略爲虹蜺舉。念之不能眠，清坐聽鳴櫓。（同上卷六）

〔元〕陶宗儀

李彭，字商老。其字畫有鍾、王之風，自言法右軍之贍麗，用魯公之氣骨，獵奇峭於誠懸，體韻度於凝式。（《書史會要》卷六）

三　僧

〔宋〕謝　逸

【贈權師】權師純孝人，精誠動坤軸。廬墓冽寒泉，色照師眼緑。守此不動心，種彼無瑕玉。湛淨涵一德，清涼壓三伏。漱齒回餘甘，烹茶發新馥。浣衣頩面餘，灌溉蔬畦足。他年功用成，虹氣森岩谷。何時懷璧來，不必藏韞匵。摩挲壞衲中，出以示尊宿。（《溪堂集》補遺）

饒節

【送善權歸豫章】北斗以南好風土，西山爽氣呑吳楚。前輩風流固超絶，後生法像仍奇古。道人久學祖師禪，敗裙破衲今幾年。胸中秀氣磨未盡，時出新詩皆可傳。都城鼎鼎冠劍偉，弗掃權門日中市。道人香火辦寂寞，有脚不踏公侯地。古來賢俊能幾何，只今零落亦已多。一見道人氣象足，蒲團棐几生春和。我思伸眉向林莽，未暇優游取卿相。扁舟今日與君別，明朝夢落江湖上。（《倚松道人詩集》卷二）

惠洪

【饒德操營中客世與淵才友善有詩送之予偶讀想見其爲人時聞已薙髮出家矣因次其韻】吾聞彼上人，不惰不精進；觀其吐詞氣，人品極俊爽。邇來效丹霞，裂冠鏟須鬢；高才固難容，世議久迫窘。想於龍象羣，眉宇發奇韻。淵才幹國器，美若兵廚醞，平生至孝節，初不愧虞舜。相逢大梁城，連榻盡底藴，如開衡嶽雲，仰此摩天峻。此詩爲渠作，崖略見筆陣。把玩立東風，料峭應花信。明窗小字臨，握管腕不運。愛君透眞境，邁往無顧徇。脱身索寞濱，洗我岑寂憤。掉頭一長哦，語卒意未盡。（《石門文字禪》卷二）

【贈癩可】可師有奇骨，吐語愕衆口。秀如出盆絲，媚若春月柳。舊詠雪梅詞，便覺落渠後。抱痾亦同粲，視身一塵垢。臥看東溪雲，懸瀑激窗牖。廬山久無僧，殿閣空華構。誰知千巖勝，竟入此郎手。我癡世不要，冷落如弊箒。但意君可奪，獨能容我不？（同上卷三）

【癩可贊】父伯固，兄養直，父超絶，兄豪逸，家世風流稱第一。二祖名，三祖疾，名是虛，疾是實，詩成舌頭翻霹靂。（同上卷十九）

呂本中

【符離諸賢詩】窮居日荒涼，杜門與世絶。親故日夜疏，詩書固宜缺。符離雖陋邦，賢士稍羅列。德操青雲器，議論輩前哲。外貌發英華，中心瑩冰雪。介然特立士，勁氣剛於鐵。攘臂辨是非，孰能逃區別。信民粹而和，名利誠難悅。汩沒稠人中，獨抱雲松節。偉哉二三子，實乃邦家傑。我來從之遊，内顧慚疎拙。欣然對三益，放懷歌數闋。已矣不須言，渠當爲君說。（《東萊先生詩集》卷一）

【德操充之皆約九月間見過今皆未至扶杖出門悠然有感】病着文書懶出門，偶扶藜杖看行雲。屋頭日在轉花影，水面風來散縠文。不厭莫城千嶂合，稍令明月萬家分。小庭留得清秋在，已見霜紅未見君。（同上）

【寄璧上人】出門厭交情，袖手看世故。紛紛駒過隙，忽忽豹隱霧。生平喜退縮，未到心已悟。尙餘好事人，相就討新句。雖非琢肝腎，終自費調護。君看雪霜根，豈受桃李妬。胥疏老支離，骯髒舊賓傳。何由兩行纏，遠泛一大瓠。從君乞妙語，一洗詩酒汚。（同上）

【寄璧公道友】　符離城裏相逢處，酒肉如山放手空。已見神通過鶖子，未應鮮健勝龐公。且尋扇子舊頭角，一任杏花能白紅。破箬笠前江萬里，無人曾識此家風。（同上）

【奉答璧公兼簡諸友】　江山取别太忽忽，對面難尋一段空。顧我自無黄閤樣，如君合是黑頭公。客塵衮衮催前浪，俗眼紛紛替舊紅。炙日茅簷那接膝，重來肯借一帆風。（同上）

【閑居感舊偶成十絶乘興有作不復詮次（録一首）】　璧老投冠去學禪，堂堂一鼓陣無前。平生老伴唯均父，馬病途窮不著鞭。饒節德操、夏倪均父（同上卷十五）

崇寧間，饒德操節、黎介然確、汪信民革同寓宿州，論文會課，時時作詩，亦有略詆及時事者。滎陽公聞之，深不以爲然。時公疾病方愈，爲作《麥熟》、《繰絲》等曲詩，歌詠當世，以諷止饒、黎諸公。諸公得詩慚懼，遽詣公謝，且皆和公詩，如公之意，自此不復有前作矣。（《吕氏童蒙訓》卷下）

饒節，字德操，謝逸，字無逸，俱臨川人，少皆有志節，相與友善。德操才高，而無逸學博，二人所爲詩文，一時稱重，不能優劣也。德操早去鄉里，至黄州從潘大臨邠老游，後游京師。元符間，客知樞密院曾布子宣家，子宣遇之極厚。上皇既踐阼，稍收用舊人，德操上子宣書，請引用蘇子瞻、黄魯直諸公，不能，卽辭去。崇寧初，客宿州，從予父祖游。後往鄧州，滎陽公使之見香巖智月師，遂悟道祝髮，更名如璧。後游江淮間，與予家數相遇，相親如骨肉也。（《東萊吕紫微師友雜志》）

德操每依（夏）均父，如家也。後德操作僧，所度弟子皆令與均父諸子聯名。（同上）

崇寧初，予家宿州，汪信民爲州教操，黎確介然初登科，依妻家孫氏居。饒德操亦客孫氏，每從予家游。

三人者嘗與予及亡弟揆中由義會課，每旬作雜文一篇，四六表啓一篇，古律詩一篇。旬終會課，不如期者罰錢二百。（同上）

吴曾

【詠題畫李白眞】陳無己題畫李白眞詩末云：「勿言身後不要名，尙得吴侯費百金。江西勝士與長吟，後來不憂身陸沈。」蓋謂建中靖國間饒節德操首詠吴少卿家所藏周昉畫李白也。德操，江西撫州人。無己詩法甚嚴，于許可尤慎。（《能改齋漫録》卷十一《記詩》）

【釋可正平尤工長短句】釋可正平，工詩之外，其長短句尤佳，世徒稱其詩也。嘗見其《菩薩蠻》兩闋，其一云：「西風簌簌低紅葉，梧桐影裏銀河側。夢破畫簾垂，月明烏鵲飛。新愁那致許，欲似千絲縷。雁亦不堪聞，砧聲何處村。」其二云：「誰能畫取沙邊雨，和烟淡掃蒹葭渚。別岸却斜暉，採蓮人未歸。鴛鴦如解語，對浴紅衣去。去了更回頭，教儂特地愁。」（同上卷十七《樂府》）

盧憲

僧祖可，字正平，後湖蘇養直之弟。元名序，後爲僧，易今名。徐師以俯爲《東湖集》，序《後湖集》。祖可與蘇庠同生，庠有送行詩云：「語別既不易，況與子同生。如何攜手好，忽作千里行。」洪覺範嘗有評云：余久不見養直，忽得其詩，想見岸幘醉坐，如行野渡，春色盎盎，于淳穠中自有一種清絕氣

味。正平如「漱壑夜泉響，掃窗春霧空」，不類菜腹阿師語，兄弟眞連璧也。（《嘉定鎮江志》卷二十八人物釋）

魏慶之

癩可詩云：「琴到無絃聽者希，古今唯有一鍾期。幾回擬鼓陽春曲，月滿虚堂下指遲。」晦翁嘗大書此詩，刻石於家。（《柳溪近錄》，《詩人玉屑》卷二十）

〔清〕馮　舒等

《次韻答呂居仁》　馮舒評：江西惡習。（馮舒、馮班、何焯評閲《瀛奎律髓》，卷四十七釋梵類）

《再次前韻》　馮班評：（「借問折腰辭五斗」二句）二句只是一對子耳。（同上）

高　荷

〔宋〕吳　聿

昔人有言，馬有三百四病，詩有三百八病，詩病多於馬病，信哉！高子勉能詩，涪翁與之詩云：「更能識詩家病，方是我眼中人。」此亦苦口也。（《觀林詩話》）

闕名

高荷，字子勉，《上谷詩》云：「點檢金閨彥，飄零玉筍班，尙令淸廟器，猶隔鬼門關。」大爲山谷所喜。（《雪浪齋日記》，胡仔《苕溪漁隱叢話》前集卷五十二引）

〔淸〕馮舒等

「佳樹冬不凋，橫塘春更綠」，此徐師川詩，頗平淡，無雕鐫氣。「辭源江海浩奔忙，句法風騷森出入」，此趙鼎臣詩，極爲雄渾。「沙軟綠頭相並鴨，水深紅尾自跳魚」，此高子勉詩，怪麗之甚。（同上）

《答山谷先生》 馮舒評：如此惡詩，非江西惡派無處收拾。（馮舒、馮班、何焯評閱《瀛奎律髓》，卷四十二寄贈類）

江端本

〔宋〕呂本中

【城北別江子之】 但覺與君別，孰知歸興長。亂畦分宿雨，老木掛晨霜。未許緣詩瘦，只知如許忙。它年風雨夜，重約細商量。（《東萊先生詩集》卷五）

【本中將爲海陵之行，念當復與子之作別，意殊憒憒，偶得兩詩上呈，並告送與壯輿、叔用也（錄一首）】

斯人如玉雪，可愛不可忘。助以濯滄海，亦復閟餘光。今兹困塵土，更伴衆翼翔。時來喚我語，共此一榻涼。風雨下頰舌，冰霜清肺腸。我老漸窘束，公才方頡頏。《春秋》有體製，子蓋能文章。要當纂微言，不以近故妨。粲然東園花，不登葵藿場。（同上卷八）

【同叔用宿子之家】老足交親薄，江晁爾獨賢。文章未遽絶，歲月或堪憐。薄酒寧非道，寒灰却會禪。猶須五湖口，風雨夜同船。（同上卷十）

李　錞

〔宋〕王直方

【舒王題薛能詩】李希聲云：「舒王罷政事時，居州東劉相宅，於東院小廳，題『當時諸葛成何事，只合終身作卧龍』者數十處。至今尚有三兩處在。」希聲，劉氏壻，故知其詳，云曾見數紙屏，亦只寫此兩句。（《王直方詩話》）

【洪駒父李希聲送直方詩】洪駒父有詩送余赴官河内，末云：「眼中人物東西盡，肺病京華故倦游。」潘邠老每誦而喜之。李希聲亦有詩送余云：「散盡平生眼中客，煖風晴日閉門居。」可以相上下也。是時紹聖改元之二月。（同上）

曾季貍

東萊喜謝無逸寄徐師川及李希聲等篇詩。（《艇齋詩話》）

（韓）子蒼在館中時，同舍李希聲賦上元詩，押丸字韻，館中諸公皆和，獨子蒼和丸字尤工。（同上）

王直方

〔宋〕陳師道

【南柯子問王立之督茶】天上雲爲瑞，人間睡作魔。疎簾清簟汗成河，酒醉夢回多眼費摩挲。　但有寒暄問，初無鳳鳥過。塵生銅碾網生羅，一諾十年猶未意如何。（《後山集》卷二十四）

謝逸

【次王直方承務見寄韻】知君才是出羣雄，憐我生涯獨轉篷。稚子凄涼緣歲惡，鄙夫寂寞坐詩窮。百年鼎鼎風埃裏，萬事悠悠醉眼中。幸有孟光堪舉案，退居眞欲效梁鴻。（《溪堂集》卷四）

【和王立之見贈四首】王子遺我詩，五言若長城。誰謂永嘉末，復聞正始聲。咄嗟千人廢，雍容一坐傾。端能勵節義，何必五鼎烹。

蛙蛤沒泥塗，鯢鰍游畎澮。豈知北溟鯤，翱翔九霄外。長安夸奢子，奔走逐冠蓋。古寺有佳人，幽吟發清籟。

按劍毛先生，睨柱藺相如。欲市萬世名，非田千斛珠。善養浩然氣，外澤心不臞。桃花自春風，何用賦玄都。

鐘鳴戒夜行，途遠畏日暮。王良鞭驥子，一躍僅十步。怪事書咄咄，白髮生故故。未暇陳九事，亟歸讀四庫。（同上補遺）

【王立之園亭七詠（錄一首）】富貴幻天機，飢寒撼關楗。參前横利害，俗眼青白眩。蘇黄兩玉人，落筆傳九縣。向來竄遐荒，棄捐若秋扇。王侯介如石，乃心不可轉。投之古鏡囊，不遺俗子玩。近來夸奢子，嗜好亦稍變。有客來借觀，君無唾其面。酌酒對銀鈎，呑聲勿復辨。頓有亭（同上補遺）

吕本中

【潘邠老嘗得詩云：「滿城風雨近重陽。」文章之妙，至此極矣。後託謝無逸綴成。無逸詩云：「病思王子同傾酒，愁憶潘郎共賦詩。」蓋爲此語也。王子，立之也。作此詩未數年，而立之，邠老墓木已拱，無逸窮困江南，未有定止。感歎之餘，輒成二絶（錄一首）】好詩政似佳風月，會賞能知已不凡。萬里潘王舊鄉縣，半江斜日落歸帆。（《東萊先生詩集》卷九）

王直方立之，京師人，自少游前輩諸公間，諸公皆稱之。崇寧間病廢，予初未識也。立之盡以平生書籍圖畫散之故人朋友，予亦得數種，託楊符信祖附來寄予書，書不成字矣。書中但言「劉玄德生兒不象賢」，又云「自想蔡邕身已老，更將書籍付何人」，蓋歎其子不能繼紹也。立之先未病時，上滎陽公書，書詞奇偉，並雜文詩兩軸；喪亂失之。（《東萊呂紫微師友雜志》）

吳曾

【欲談前事恐無人】文潞公嘗曰：「人但以彥博長年爲慶，獨不知閲世既久，內外親戚皆亡，一時交遊，凋零殆盡。所接皆邈然少年，無可論舊事者。」王立之喜蘇黄門送人歸洛詩云：「遍閲後生眞有道，欲談前事恐無人。」殊不知蘇敍潞公語也。（《能改齋漫録》卷七《事實》）

【陳公輔黄魯直詩】王直方《詩話》記陳公輔題湖陰先生壁云：「身似舊時王謝燕，一年一度到君家。」荆公見而笑曰：「戲君爲尋常百姓耳。」古詩云：「舊時王謝堂前燕，飛入尋常百姓家。」然以予觀之，山谷有詩答直方送並蒂牡丹云：「不如王謝堂前燕，曾見新妝並倚欄。」若以荆公之言爲然，則直方未免爲山谷之戲，政苦不自覺爾。（同上卷十《議論》）

〔元〕方回

《上巳遊金明池》 選此詩以爲汴京昇平之盛，可夢不可見，恐亦不可夢也。嗚呼痛哉！（《瀛奎律髓》卷五昇平類）

呂本中

〔宋〕莊季裕

「北敵焉知鼎重輕，指蹤原是漢公卿。襄陽只有龐居士，受禪碑中無姓名。」人云呂本中居仁詩也。而其父好問在圍城中預請立張邦昌之人，遂爲僞楚門下侍郎。有無名子大書此絶於常山縣驛，云呂本中罵厥頑之作云。（《雞肋編》卷上）

樓　昉

【呂氏童蒙訓跋】紹定己丑，郡守眉山李𡌴得此本於詳刑使者，東萊呂公祖烈因鋟木於玉山堂，以惠後學。昉兒時侍鄉長老，嘗從旁竊闚所謂《呂氏童蒙訓》者，其間格言至論，粗可記者一二。稍長務鑽厲舉子業，而親舊几案上亦不復有此書矣。世道之升降，於此可占也。客授金華太守邱公先生語次及之，且曰：「昔先公每以訓子姪，某初在傳，日誦習焉。將求善本，刻之學宫或太史祠中，使流布於世。」昉因從臾成之曰：「書出於呂氏，刻於祠堂，宜也。」會公有民曹之命，迺出錢五萬，以從初約。呂兄巽伯喬年家所藏本最爲精密。前此長沙郡龍谿學者皆嘗鋟木，而譌舛特甚。邱公所誦習者，未知何所從得也。初舍人呂氏以正獻長孫逮事元祐遺老，與諸名勝遊，淵源所漸者遠，渡江轉徙，流落之餘，中原文獻與之俱南，因即疇昔所聞見者輯爲是編。倉部既手寫而藏之，巽伯又是正而刊之，庶幾可以傳矣。書之所載，自立身行己，讀書取友，撫世疇物，仕州縣，立朝廷，綱條本末，皆有稽據，大要欲學者反躬抑志，循序務本，切近篤實，不累於虛驕，不騖於高遠，由成己以志成物，豈特施之童蒙而已哉！雖推之天下國家可也。巽伯屬記始末，因輒附所聞於其後，是亦邱公之志焉爾。公名壽雋，字眞長，文定公之嫡長子云。嘉定乙亥中秋日，四明樓昉謹書。（《呂氏童蒙訓》卷末）

陳　昉

【官箴跋】昉顓蒙之資，早膺吏事，塵囂馳騖，無所津梁，既得此書，稍知自勉，敬鋟子梓，與有志者同之。寶慶丁亥歲三月既望，永嘉陳昉謹書。（呂本中《官箴》卷末）

〔清〕馮　舒等

《海陵雜興》　馮班評：破題好。（「土俗尊魚婢」句）『尊』字恨生。（「東行見李白」二句）既無致書者，東行又是何人？（馮舒、馮班、何焯評閱《瀛奎律髓》卷四風土類）

《西歸舟中懷通泰諸君》　馮舒評：（「山林何謝難方駕」句）何、謝何以加「山林」字？（同上卷十四晨朝類）

《柳州開元寺夏雨》　馮舒評：（「面如田字非吾相」句）江西句。（同上卷十七晴雨類）

《雪盡》　馮舒評：（「囊空合典衣」句）此連太寬。（同上卷二十一雪類）

《雨後至城外》　馮舒評：清活迎人。（同上卷二十三閒適類）

《送常子正赴召二首》　馮班評：（「因行見李白」二句）江西惡語。（同上卷二十四送別類）

《竹夫人》　馮班評：惡套。頷聯可。（同上卷二十七着題類）

陳與義

〔宋〕呂本中

【賀州聞席大光陳去非諸公將至作詩迎之】　五年避地走窮荒，嶺海江湖半是鄉。歡喜聞君俱趣召，衰頽如我合深藏。曉寒已靜千山瘴，宿霧先吞萬瓦霜。日日江頭望行李，幾回驅馬度浮梁。（《東萊先生詩集》卷十二）

楊萬里

【陳晞顔和簡齋詩集序】　古之詩，倡必有賡，意焉而已矣，韻焉而已矣，非古也，自唐人元、白始也，然猶加少也。至吾宋蘇、黄，倡一而十賡焉，如東坡之和陶是也。然猶加少也，蓋淵明之詩纔百餘篇爾。至有舉前人數百篇之詩而盡賡焉，如吾友敦復先生陳晞顔之於簡齋者，不既富耶乎？昔韓子蒼答士友書，謂詩不可賡也，作詩則可矣，故蘇、黄賡韻之體不可學也，豈不以作焉者安、賡焉者勉故歟？不惟勉也，而又困焉。意流而韻止，韻所有，意所無也，夫焉得而不困？今晞顔是詩，賡乎人者也，而非賡乎人者也，寬乎其不逼也，暢乎其不塞也。然則子蒼之所艱，晞顔之所易；豈惟易子蒼之所艱，又將增和陶之所少也。大抵夷則遜，險則競，此文人之奇也，亦文人之病也，而詩人此病爲尤焉。惟其病之尤，故其奇之尤。蓋疾行於大逵，窮高於千仞之山、九縈之蹊，二者孰奇孰不奇也。然奇則奇矣，而詩人至於犯風雪，忘飢餓，竭一生之心思，以與古人爭險以出奇，則亦可憐矣。然則險愈競，詩愈奇，病愈痼矣。今是詩也，韻聽乎簡齋，而詞出乎晞顔，詞出乎晞顔，而韻若未始聽乎簡齋者，不以其爭險故歟？使晞顔不與簡齋競於險以搴其奇，此其心必有所鬱於中而不快，而其詞必有所渟於滀而不決也。然晞顔與簡齋爭言語之險以出其奇，則躂矣，抑猶在癡黠之間乎？劬於詩而紓於仕，鋭於追前輩而鈍於取世資，晞顔之黠也，祗其爲癡也，晞顔之癡也，祗其爲賢也。晞顔此詩，既成集矣，請序於澹菴先生胡公，而復諉某書其後。年月日，楊萬里序。（同上卷七十九）

周必大

【跋陳晞顔從古和簡齋陳去非詩】淳熙五年正月丁巳，天寒甚，獨直玉堂，快讀同年晞顔和簡齋詩五百一十餘首，已愧王摩詰不能致孟浩然之伴直當，如裴垍他日當草吉甫制耳。（《周益國文忠公集·省齋文

稿》卷十七）

【跋陳與義費肅張擴被召省劄】　三英之召，或云富季申爲中丞日所薦館閣才也。嘉祐以前，兩府初除，各舉館職三兩人，卽時召試，其後乃上簿候闕。治平中，歐陽文忠公蓋嘗論此。官制既行，盡歸秘書省。至元祐初，復置館職，許大臣各舉所知三人。未幾又罷。太上皇帝當國步多難之際，兼採累朝故事，涵養異材。富公方執法，已能薦士如二府，大用之意，固自可見，已而遂升右府云。淳熙辛丑中秋日題。（同上）

【跋陳去非帖】　紹興乙亥歲，某初仕王畿，陳公之子本之爲郎爲監，家藏手澤甚富，每休務，輒求觀竟日。今踰三十年，本之之子仁和宰復示此軸。前輩翰墨，愈久則愈可敬，而本之墓木已拱，又可歎也。淳熙丙午二月十三日。（同上卷十八）

【題陳去非謝御書等帖】　光武中興，誅戰不遑啓處，然猶投戈講藝，息馬論道，樊準在漢，以爲美談。恭惟光堯皇帝，撥亂於紹興之初，維時陳公周旋兩制，遂踐政地。觀此奏稿，知君臣講藝，猶光武也，論道細旃之上，恨不得而聞之。淳熙十三年三月十一日。（同上）

〔元〕仇　遠

【讀陳去非集】　簡齋吟集是吾師，句法能參杜拾遺。宇宙無人同叫嘯，公卿自古嘆流離。窮途劫劫誰憐汝，遺恨茫茫不在詩。莫道《墨梅》曾遇主，黄花一絶更堪悲。（《仇山村遺集》）

〔明〕李開先

【李中麓閒居集序(節録)】薛西原詩能逼唐,後會馬西玄於濠梁,曰:「古來詩人,惟一陳簡齋。」(《李開先集·閒居集》卷首)

毛　晉

【無住詞跋】陳與義,字去非,其先蜀人,東坡所傳陳希亮公弼者,其曾祖也。後爲汝州葉縣人,每自稱洛陽陳某,又别號簡齋。少年賦《墨梅》詩,受知於徽宗,遂入中秘。建炎中,掌帝制。參紹興大政。以詩名世。劉後村軒輊元祐後詩人,不出蘇、黄二體,惟陳簡齋以老杜爲師。建炎以後,避地湖嶠,行路萬里,詩益奇壯。或問劉須溪,宋詩簡齋至矣,畢竟比坡公何如?須溪曰,詩論如花,論高品則色不如香,論逼眞則香不如色。雌黄具在,予于其詞亦云。(《無住詞》卷末)

〔清〕馮　舒等

《渡江》　馮舒評:第四句是好句,然亦何必是江。「立」字欠自然。到落句應生出哀。(「雖異中原險,方隅亦壯哉」句)硬駁。　馮班評:(末句)至此不見生哀意何也?　何焯評:(「楚客自生哀」句)「楚客」二用屈平。(「雖異中原險」句)「險」字不如「盛」字。此句爲南渡言之,何謂硬駁?「險」字貼大江,

「盛」字寛矣。卽宋詩亦不可輕易譏評也。(馮舒、馮班、何焯評閱《瀛奎律髓》卷一登覽類)

《登岳陽樓》　馮舒評：(「簾旌不動夕陽遲」句)「簾旌不動」，無着落。　馮班評：次句瑣碎，氣勢不振。(同上)

《道中寒食二首》　馮舒評：甚好，后山猶可及，黃則千里。(同上卷十六節序類)

《雨》　馮舒評：(「一涼恩到骨」句)宋句。(同上卷十七晴雨類)

《連雨書事》　馮舒評：(「契分黑貂裘」句)下言秋，則亦太冷些。(同上)

《雨》　馮舒評：(「小詩妨學道」句)宋。(同上)

《晚晴野望》　馮舒評：此亦不減唐人。(同上)

《夜雨》　馮舒評：似緩散，次聯好句也。起結不相應。(「燈花應爲好詩開」句)厭。(同上)

《雨晴》　馮班評：(「急搜奇句報新晴」句)厭。(同上)

《雨中對酒庭下海棠經雨不謝》　(「海棠猶待老夫詩」句)馮舒評：不好。馮班評：厭。(同上)

《年華》　馮舒評：此篇不應入此類。(同上卷二十一雪類)

《放慵》　馮舒評：此亦未見勝晚唐。(同上卷二十三閑適類)

《山中》　馮舒評：只是薄而短味。(同上)

《送熊博士赴瑞安令》　馮舒評：余差他去杜家遞茶不謬。(同上卷二十四送別類)

《懷天經智老因以訪之》　馮舒評：此老尙不厭。　馮班評：(「睡起苕溪綠向東」句)睡時不向西。(同

上卷二十六變體類）

《寓居劉倉廨中晚步過鄭倉臺上》　馮班評：（「子美登臺七字詩」句）村態，不好在「七字」兩字。（同上）

《清明》　馮舒評：山谷着他看門，后山着他掃地，簡齋姑用捧茶。（「壯士偷生漂母家」句）史只言進食，不曾到漂母家。子美有此漏逗否？　馮班評：「偷生漂母家」，不惟「家」字不穩，一句全不妥。（同上）

《度嶺》　馮班評：次句好。（同上卷二十九旅況類）

《次韻謝呂居仁》　馮班評：猶去華堂而入廁屋，后山尚可，簡齋可恨。（同上）

《感事》　馮班評：好。（同上卷三十二忠憤類）

《聞王道濟陷虜》　馮舒評：簡齋如此儘佳。　馮班評：如此用事，可謂清楚。（同上）

《次韻尹潛感懷》　馮班評：（「白扇靜風塵」句）「白」字若作「羽」更勝。（同上）

《傷春》　馮舒評：學杜，故下句俱露，但杜尚有不盡之致。　馮班評：（「孤臣霜髮三千丈」句）此亦不工，宋人不會用古語。（同上）

《眼疾》　馮舒評：參軍危語，如此，初未嘗云參軍自騎也。　馮班評：太堆砌，如此何得薄崑體耶！江西派承崑體之後，用事多假借扭合，往往不可通。　崑體用三十六體，用事出沒皆本古法；黃、陳多杜撰，所以不及。（同上卷四十四疾病類）

范大士

《次韻張元方春雪》　結醒「春」字。（《歷代詩發》卷二十六宋，下同）

《夏日集葆眞池上以綠陰生晝靜賦詩得靜字》　精細入微，含毫渺然之作。

《登天清寺塔》（「爲眼不計脚」二句）語最俚，却最趣。

《休日早起》　練語新雋，故能矯矯出塵。

《送張仲宗押戟歸閩中》（「舊山雖好愼勿過」二句）規諷妙，有含藏。

《寄若拙弟兼呈二十家叔》　興趣灑灑然從十字迸出。

《送王周士赴發運司屬官》　粗豪之氣迸露行間，要以雄渾代尖巧，非一味斲地者也。

《江南春》（「桃花十里影」二句）雋妙。

《年華》　玩結句，則客亦不負年華矣。然妙在説得一半。

《蒙知府寵示秋日郡圃佳製遂侍杖履逍遙林水間輒次韻四篇上瀆台覽》　四詩不亢不卑，與善事上官獻諛不絕口者，眞有雅俗之分。

《題小室》　結句妙，有比興。

《送熊博士赴瑞安令》（「聚散同驚一枕夢」二句）語有現成之妙。

《懷天經智老因訪之》　三四見賞于宋高宗，蓋清思秀句，出于自然，正如琦樹瓊花，故應動九重之盼也。

《和孫升之》　此和升之詠周堅仲，十二年前到周子壁間，有詩，曾見之，故有「一星窺妙文」之句。（「花島紅雲春句麗」二句）新麗更在溫、李之上。

王　辰

《休日早起》　（「開門知有雨」二句）淺景入妙。（「飽受今日閒」二句）是休日語。（《詩餘》五言古卷二）

曾幾

〔宋〕呂本中

【桂林邂后拜見仲古龍圖、吉父學士，別後得兩詩，書懷奉寄】　所至艱危裏，如何更別離。只看山似戟，已合鬢如絲。湯熨徒增病，文章不療飢。端居渴餘論，苦語自成詩。折老久高臥，曾卿仍倦游。同爲萬里走，肯避數年留？賊幟江湖晚，嵐煙嶺嶠秋。相逢得安穩，乘興莫東流比聞二公皆欲爲廣東之流。（《東萊先生詩集》卷十三）

【次韻王漕見贈並寄曾吉父二首（錄一首）】　曾子住南國，端居無所思。逃禪不用酒，投筆謾成詩。敏捷忘千慮，縱橫又一奇。於中有佳處，莫待折肱醫。（同上）

【送曾吉父】　吾道從來到處窮，八珍常與一簞同。子房故是青雲士，圯上乃逢黄石翁。聖學有傳爲可喜，宦遊少味自無功。亦知湖嶺如江澍，盡在先生指顧中。（同上卷十七）

【次曾吉甫蘭溪三絶（録一首）】　夜窗相對不成眠，苦爲離愁定不然。政以蒼生未蘇息，思君日夕望回船。（同上）

【贈曾吉甫】　荒城少還往，居住喜相近。欣然得一笑，渠敢有不盡。詞源久欲竭，此道或少進。作氣在一鼓，軍士況未憖。涼風動高梧，塵土朝作陣。臨溪惜暫别，溪淺雨復吝。豈無一言贈，以當百鎰贐。沉綿我未瘳，行李君更□（御名）。（同上卷十九）

【與曾吉甫論詩帖（節録）】　寵諭作詩次第，此道不講久矣，如本中何足以知之？或勵精潛思，不便下筆，或遇事因感時時舉揚工夫，一也，古之作者，正如是也。惟不可鑿空強作，出於牽強，如小兒就學，俯就課程耳。楚詞、杜、黄，固法度所在，然不若徧考精取，悉爲吾用，則姿態横出，不窘一律矣。……要之，此事須令有所悟入，則自然超越諸子。悟入之理，正在工夫勤惰間耳。如張長史見公孫大娘舞劍，頓悟筆法，如張者專意此事，未嘗少忘胸中，故得遇事有得，遂造神妙，使它人觀舞劍，有何干涉？非獨作文學書而然也。和章固往，然本中猶竊以爲少新意也。近世次韻之妙，無出蘇、黄，雖失古人唱酬之本意，然用韻之工，使事之精，有不可及者。（何谿汶《竹莊詩話》卷一引）

韓元吉

【兩賢堂記】並江而東行，當閩、浙之交，是爲上饒郡，靈山連延，秀拔森聳，與懷玉諸峰，巉然相映帶，其物產豐美，土壤平衍，故北來之渡江者，愛而多寓焉。廣教僧舍，在城西北三里而近，尤爲幽清，小溪回環，松竹茂密，有茶叢生數畝，父老相傳唐陸鴻漸所種也。因號茶山，泉發砌下，甚乳而甘，亦以陸子名。紹興中，故中書舍人呂公居仁嘗寓于寺。公以文章名于世，而直道勁節，不容于當路者，屏居避謗，賫志以沒。上饒士子，稍宗其學問，雖田父野老，能記其曳杖行吟風流韻度也。後數年，故禮部侍郎文清曾公吉甫復來居之。二公平生交，俱以詩鳴江右，適相繼寓此，而曾公爲最久，杜門醉詩書以敎子弟，或經時不入州府，不問世故，好事者間從公遊談風月爾，公亦自號茶山居士，若將終身焉。會朝廷更庶政，一時端人正士，始得進用，而呂公前已下世，莫不惜而哀之。公起爲部刺史，遂以道德文學入侍天子，蓋退而老于稽山之下。而上饒之人，稱一時衣冠師友之盛及二公姓字，則拳拳不忍忘，寺之僮奴，指其庭之竹，則曰此文清公所植也。山有隙地，舊以爲圃，指其花卉，則曰此文清公所藝也。一亭一軒，愛而不敢動，曰此公所建立或命名也。主僧敦仁者言：少年走諸方，侍其師清于草堂，清每與其徒誦二公詩語，且道其禪學之妙，敦仁竊聞之，以謂非今世之人也；不意遊上饒，及見二公于此寺，今旣叨灑掃之職矣，俯仰踰三十載，思再見而不可得也。將虛其室，繪二公之像，事以香火，而祭其諱日焉。于是榜以兩賢堂，而求爲之記。夫自中原隔絕，士大夫違其鄉居，類多寄跡浮圖之宇，固有厭苦冀其速去者矣，未有能知其賢，旣去而見思也。在《詩》有之，蔽芾甘棠，勿翦勿伐，召伯所茇。說者曰，茇之爲言，草舍也，召伯聽斷于棠木之下，而民之被其德者，思其人，敬其木，不加翦伐云爾。今二公之寓室，殆亦茇舍之比也。然非有聽訟之勞，及民之化，而敦仁又佛之徒，豈能盡知吾儒之事，與夫賢者之詳，乃尊敬愛慕不已，至被飾其居，以爲二公之思，而祠祀之，使二公也得位以行其志，則所以致民之思者，豈不足侔于召伯哉！雖然，世之爲士者，見賢不能慕，既去而忘其人，聞敦仁之爲，過於堂下，亦可以少愧矣夫！淳熙六年七月，具位韓某記。（《南澗甲乙稿》卷十五）

周必大

【跋曾氏兄弟帖】　贛州曾氏兄弟，俱有時名，其以文章議論致身禁從者三：顯謨學士字叔夏，寶文待制字天猷，敷文待制謚文清，字吉甫；建炎、紹興三十年間並歷春官長貳，可以知其人矣。文清公二子：大理卿字原伯，戶部侍郎字仲躬，同事孝宗，克纘先業，視南豐之曾，殆庶幾焉。仲躬子廣德守桐川裒兩世翰墨，刻之石，蓋將對手澤而思永君子之澤，即心畫而推廣前人之心，濟美象賢，寧有既耶。附以吕伯恭禮部君二帖，深有益於學者。乃知五公義方之敎，施及宅相，何其盛也。慶元戊午八月丙寅朔。（《周益國文忠公集·平園續稿》卷八）

楊萬里

【題徐衡仲西窗詩編】　江東詩老有徐郎，語帶江西句子香。秋月春花入牙頰，松風澗水出肝腸。居仁

衣鉢新分似，吉甫波瀾並取將。嶺表舊游君記否？荔支林裏折桃榔。（《誠齋集》卷二十三）

王明清

曾吉父早歲入館，然平生不曾關陞，以故後來雖爲監司郡守，猶帶權發遣也。吉父爲廣西漕，嘗舉其屬吏姓黄者改官，赴部告行，忽啓吉甫云：「有一事久擬奉白，先生早往下關陞，於門生實有利害耳。」曾氏父子每與客言，以資一笑。（《玉照新志》卷五）

陳耆卿

（紹興二十六年）曾幾，三月二十日以左朝請大夫知。贛州人。政尙簡靜。賦詩有「簾影垂晝寂，竹陰生夏寒」之句。有詩集刊郡齋。（紹興二十七年）二月十七日召，四月八日除直秘閣，回任。九月二十一日再召。（《嘉定赤城志》卷九秩官門郡守）

黄　昇

唐人詩，喜以兩句道一事；曾茶山詩中，多用此體。如：「又從江北路，重到竹西亭。」「若無三日雨，那復一年秋。」「似知重九日，故放兩三花。」「次第繙經集，呼兒理在亡。」「又得清新句，如聞謦欬音。」「如何萬家縣，不見一枝梅。」此格亦甚省力也。（《中興詩話補遺》，《詩人玉屑》卷十九引）

趙威伯

曾文清謝路憲送蟹詩：「從來歎賞内黄侯，風味尊前第一流。只合蹣跚赴湯鼎，不須辛苦上糟丘。」「内黄侯」三字甚新。（《詩餘話》，《詩人玉屑》卷十九）

曾文清云：山谷以竹夫人爲竹奴，余亦名脚婆爲錫奴，戲作絶句：「霧帳桃笙晝寢餘，此君那可一朝無！秋來冷落同班扇，歲晚溫奴是錫奴。」（同上）

〔元〕張之翰

【風月堂曾茶山韻四首（録二首）】　丹泉湧處復誰知，名字空存陸瑁池。蜃氣飛來留此地，鰲頭空出勝當時。休論風月堂中景，且看茶山石上詩。擬闢荒萊田十頃，諸生勤苦莫言饑。

書院規模秖自知，燕居樓壓放生池。塔如文筆新興日，山似書墩舊築時。水底魚龍欣聽講，沙邊鷗鷺解催詩。余生嗜淡真成癖，嘗倚危欄不覺饑。（《西巖集》卷八）

編者按：張之翰有《題曾茶山風月堂詩》，已録見前。

引用書目

臨川先生文集　宋　王安石　中華書局一九五九年一月版
范太史集　宋范祖禹　四庫全書珍本初集本
節孝先生文集　宋徐積　清刻本
范忠宣公集　宋范純仁　清康熙四十六年范時崇歲寒堂刊本
東坡七集　宋蘇軾　清光緒三十四年影印明成化本
東坡題跋　宋蘇軾　汲古閣刊本
欒城集　宋蘇轍　四部叢刊影印明嘉靖活字本
姑溪居士文集　宋李之儀　粤雅堂叢書本
臨漢隱居詩話　宋魏泰　知不足齋叢書本
豫章黄先生文集　宋黄庭堅　四部叢刊影印宋乾道刊本
山谷詩註　宋任淵、史容註　清武英殿聚珍叢書本
山谷詩　清宣統三年重印光緒二十六年本
豫章先生遺文　宋黄庭堅　瞿氏鐵琴銅劍樓影鈔本

宜州家乘　宋黄庭堅　知不足齋叢書本

孫公談圃　宋孫升　陶氏涉園影印宋刊百川學海本

孔氏談苑　宋孔平仲　藝海珠塵本

曲阜集　宋曾肇　胡思敬刻豫章叢書本

淮海集　宋秦觀　四部叢刊影印明嘉靖刊本

侯鯖錄　宋趙令畤　知不足齋叢書本

雞肋集　宋晁補之　四部叢刊影印明詩瘦閣仿宋本

後山先生集　宋陳師道　適園叢書本

後山居士集　宋陳師道　蜀大字本

後山集　宋陳師道　明弘治十二年馬暾刻本

陳後山詩集　宋陳師道　明萬曆四十三年刊宋元詩本

陳後山詩集　宋陳師道　清雍正嘉善陳唐補訂校刊本

後山集　宋陳師道　清光緒十一年重刻趙駿烈本

後山詩註　宋任淵註　四部叢刊影印朝鮮活字本

後山談叢　宋陳師道　適園叢書本

後山詩話　宋陳師道　津逮秘書本

柯山集　宋張耒　清武英殿聚珍叢書本
明道雜志　宋張耒　學海類編本
嵩山文集　宋晁說之　四部叢刊影印舊鈔本
濟南集　宋李廌　宜秋館刊本宋人集丙編本
參寥子詩集　宋道潛　四部叢刊三編影印宋刊本
廣川書跋　宋董逌　適園叢書本
溪堂集　宋謝逸　胡思敬刻豫章叢書本
溪堂詞　宋謝逸　宋六十名家詞本
倚松老人集　宋饒節　清宣統庚戌刊江西詩派本
陵陽先生詩　宋韓駒　清宣統庚戌刊江西詩派本
洪龜父集　宋洪朋　四庫全書珍本初集本
洪駒父詩話　宋洪芻　郭紹虞宋詩話輯佚本
西渡集　宋洪炎　小萬卷樓叢書本
晁具茨先生詩集　宋晁沖之　海山仙館叢書本
謝幼槃文集　宋謝薖　續古逸叢書本
日涉園集　宋李彭　胡思敬刻豫章叢書本

慶湖遺老集　宋賀鑄　宜秋館據開有益齋朱氏本校刊

浮沚集　宋周行己　清武英殿聚珍叢書本

潘子眞詩話　宋潘錞　宋詩話輯佚本

王直方詩話　宋王直方　宋詩話輯佚本

竹隱畸士集　宋趙鼎臣　四庫全書珍本初集本

石門文字禪　宋惠洪　四部叢刊影印明徑山寺刊本

冷齋夜話　宋惠洪　津逮秘書本

天廚禁臠　宋惠洪　明鈔本

墨客揮犀　宋彭乘　稗海本

唐眉山文集　宋唐庚　汪氏活字本傅增湘據影宋本校正

斜川集　宋蘇過　知不足齋叢書本

北海集　宋吳則禮　湖北先正遺書本

潛溪詩眼　宋范溫　宋詩話輯佚本

古今詩話　宋李頎　宋詩話輯佚本

詩史　宋蔡居厚　宋詩話輯佚本

泊宅編　宋方勺　讀畫齋叢書本

五總志　宋吳坰　知不足齋叢書本
道山清話　宋闕名　陶氏涉園影印宋刊百川學海本
東萊先生詩集　宋呂本中　四部叢刊續編影印宋刊本
東萊呂紫微詩話　宋呂本中　陶氏涉園影印宋刊百川學海本
童蒙詩訓　宋呂本中　宋詩話輯佚本
呂氏童蒙訓　宋呂本中　清同治二年刊本
東萊呂紫微師友雜志　宋呂本中　十萬卷樓叢書本
官箴　宋呂本中　陶氏涉園影印宋刊百川學海本
毘陵集　宋張守　清武英殿聚珍叢書本
可書　宋張知甫　十萬卷樓叢書本
石林燕語　宋葉夢得　稗海本
石林詩話　宋葉夢得　陶氏涉園影印宋刊本百川學海本
嬾眞子　宋馬永卿　儒學警悟本
却掃編　宋徐度　津逮秘書本
南窗紀談　宋闕名　知不足齋叢書本
莊簡集　宋李光　四庫全書珍本初集本

陵陽先生室中語　范季隨　商務印書館排印説郛本

邵氏聞見後錄　宋邵博　津逮秘書本

東窗集　宋張擴　四庫全書珍本初集本

浮溪集　宋汪藻　清武英殿聚珍叢書本

盧溪集　宋王庭珪　清鈔本

步里客談　宋陳長方　墨海金壺本

春渚紀聞　宋何薳　津逮秘書本

太倉梯米集　宋周紫芝　藏園傅氏墨絲欄鈔本

竹坡詩話　宋周紫芝　陶氏涉園影印宋刊百川學海本

西清詩話　宋蔡絛　宋詩話輯佚本

雞肋編　宋莊季裕　四部叢刊三編影印元鈔本

茶山集　宋曾幾　清武英殿聚珍叢書本

雪溪詩　宋王銍　北京圖書館攝印謙牧堂藏本

北山集　宋鄭剛中　金華叢書本

筠谿集　宋李彌遜　四庫全書珍本初集本

北窗炙輠錄　宋施彦執　讀畫齋叢書本

珊瑚鉤詩話　宋張表臣　陶氏涉園影印宋刊百川學海本

增廣箋註簡齋詩集　宋胡穉註　四部叢刊影印宋刊本

增廣箋註簡齋詩集　清馮煦校　江寧蔣氏湖上草堂刊

簡齋詩外集　四部叢刊影印元人鈔本

無住詞　宋陳與義　宋六十名家詞本

詩論　宋普聞　説郛本

苕溪漁隱叢話　宋胡仔　海山仙館叢書本

古今詞話　宋楊偍　趙萬里校輯宋金元人詞本

樵溪居士集　宋劉才邵　四庫全書珍本初集本

相州集　宋王之道　四庫全書珍本初集本

韋齋集　宋朱松　四部叢刊續編影印明刊本

斐然集　宋胡寅　四庫全書珍本初集本

松隱文集　宋曹勛　嘉業堂叢書本

灊山集　宋朱翌　知不足齋叢書本

猗覺寮雜記　宋朱翌　清武英殿聚珍叢書本

屏山集　宋劉子翬　明正德七年劉澤刊本

北海集　宋綦崇禮　四庫全書珍本初集本

歲寒堂詩話　宋張戒　清武英殿聚珍叢書本

獨醒雜志　宋曾敏行　知不足齋叢書本

高齋詩話　宋曾慥　宋詩話輯佚本

華陽集　宋張綱　四部叢刊三編影印明刊本

碧鷄漫志　宋王灼　知不足齋叢書本

捫蝨新語　宋陳善　儒學警悟本

西溪叢語　宋姚寬　學津討源本

許彦周詩話　宋許顗　明弘治間華氏覆宋刊百川學海本

壘莊漫錄　宋張邦基　稗海本

寓簡　宋沈作喆　知不足齋叢書本

紫微集　宋張嵲　湖北先正遺書本

東牟集　宋王洋　四庫全書珍本初集本

藏海詩話　宋吳可　知不足齋叢書本

雙溪集　宋蘇籀　粤雅堂叢書本

欒城遺言　宋蘇籀　陶氏涉園影印宋刊本百川學海本

藝苑雌黄　宋嚴有翼　宋詩話輯佚本

過庭錄　宋范公偁　稗海本

曲洧舊聞　宋朱弁　知不足齋叢書本

續骫骳説　宋朱弁　説郛本

風月堂詩話　宋朱弁　寶顔堂秘笈本

四六談麈　宋謝伋　學津討源本

萍洲可談　宋朱彧　守山閣叢書本

梅溪王先生文集　宋王十朋　四部叢刊影印明刊本

澹軒集　宋李吕　四庫全書珍本初集本

艾軒集　宋林光朝　四庫全書珍本初集本

南澗甲乙稿　宋韓元吉　清武英殿聚珍叢書本

艇齋詩話　宋曾季貍　琳琅秘室叢書本

横浦文集、横浦日新錄　宋張九成　商務印書館影印海鹽張氏藏板

文定集　宋汪應辰　清武英殿聚珍叢書本

緡雲文集　宋馮時行　四庫全書珍本初集本

默堂先生集　宋陳淵　四部叢刊三編影印明鈔本

韻語陽秋　宋葛立方　學海類編本

漢濱集　宋王之望　湖北先正遺書本

庚溪詩話　宋陳巖肖　陶氏涉園影印宋刊百川學海本

甕牖閒評　宋袁文　清武英殿聚珍叢書本

砦溪詩話　宋黄徹　知不足齋叢書本

東都事略　宋王偁　宋遼金元四史本

容齋隨筆　宋洪邁　四部叢刊續編影印宋刊配明活字本

能改齋漫錄　宋吴曾　中華書局一九六〇年版

觀林詩話　宋吴聿　守山閣叢書本

詩説雋永　宋闕名　宋詩話輯佚本

漫叟詩話　宋闕名　宋詩話輯佚本

畫繼　宋鄧椿　學津討源本

郡齋讀書志　宋晁公武　清光緒甲申長沙王氏刊本

梅山續稿　宋姜特立　清鈔本

性善堂稿　宋度正　四庫全書珍本初集本

竹洲集　宋吴儆　明弘治刊本

渭南文集　宋陸游　四部叢刊影印明華氏活字本

劍南詩稿　宋陸游　汲古閣刊本

老學庵筆記　宋陸游　津逮秘書本

驂鸞録、吴船録　宋范成大　知不足齋叢書本

芥隱筆記　宋龔頤正　陽山顧氏文房本

周益國文忠公集　宋周必大　清道光二十八年廬陵歐陽棨刊咸豐元年續刊本

二老堂詩話　宋周必大　津逮秘書本

清波雜志　宋周煇　知不足齋叢書本

楓窗小牘　宋袁頤　寶顏堂秘笈本

揮麈録　宋王明清　津逮秘書本

玉照新志　宋王明清　商務印書館排印錢唐丁氏所藏鮑淥飲校本

誠齋集　宋楊萬里　四部叢刊影印影宋鈔本

朱文公文集　宋朱熹　四部叢刊影印明刊本

朱子語類　宋朱熹　劉氏傳經堂叢書本

于湖居士文集　宋張孝祥　四部叢刊影印宋刊本

崧菴集　宋李處權　宜秋館刊本宋人集甲編本

嶺外代答　宋周去非　知不足齋叢書本
雲谷雜記　宋張淏　中華書局一九五八年出版張宗祥校錄本
攻媿集　宋樓鑰　清武英殿聚珍叢書本
呂東萊文集　宋呂祖謙　金華叢書本
宋文鑑　宋呂祖謙編　四部叢刊影印宋刊本
緯略　宋高似孫　守山閣叢書本
東塘集　宋袁說友　四庫全書本
蠹齋先生鉛刀編　宋周孚　清鈔本
螢雪叢說　宋俞成　儒學警悟本
平安悔稿　宋項安世　清鈔本
雲麓漫鈔　宋趙彦衛　古典文學出版社一九五七年版
章泉稿、淳熙稿　宋趙蕃　清武英殿聚珍叢書本
象山先生全集　宋陸九淵　四部叢刊影印明嘉靖刊本
絜齋集　宋袁燮　清武英殿聚珍叢書本
龍川文集　宋陳亮　金華叢書本
水心先生文集　宋葉適　四部叢刊影印明刊本

習學紀言　宋葉適　敬鄉樓叢書本
山房集　宋周南　涵芬樓秘笈本
負暄野錄　宋陳槱　知不足齋叢書本
野客叢書　宋王楙　稗海本
履齋示兒編　宋孫奕　知不足齋叢書本
敖器之詩評　宋敖陶孫　重校說郛本
梁谿漫志　宋費衮　學海類編本
昌谷集　宋曹彥約　四庫全書珍本初集本
澗泉集、澗泉日記　宋韓淲　清武英殿聚珍叢書本
洛水集　宋程珌　明刊本
石屏詩集　宋戴復古　四部叢刊續編影印明弘治刊本
張氏拙軒集　宋張侃　四庫全書珍本初集本
平齋文集　宋洪咨夔　四部叢刊續編影印宋鈔本
眞文忠公文集　宋眞德秀　四部叢刊影印明刊本
鶴山先生大全文集　宋魏了翁　四部叢刊影印宋刊本
鶴山渠陽經外雜鈔　宋魏了翁　寶顏堂秘笈本

蘆浦筆記　宋劉昌詩　知不足齋叢書本
貴耳集　宋張端義　中華書局一九五九年版
耆舊續聞　宋陳鵠　知不足齋叢書本
直齋書録解題　宋陳振孫　清武英殿聚珍叢書本
漁墅類稿　宋陳元晉　四庫全書珍本初集本
友林乙稿　宋史彌寧　古籍出版社一九五七年影印宋刊本
敝帚稿略　宋包恢　四庫全書本
滄洲塵缶編　宋程公許　四庫全書珍本初集本
滄浪詩話　宋嚴羽　人民文學出版社出版郭紹虞校釋本
懷古録　宋陳模　清鈔本
桯史　宋岳珂　四部叢刊續編影印元刊本
寶眞齋法書贊　宋岳珂　清武英殿聚珍叢書本
考古質疑　宋葉大慶　清武英殿聚珍叢書本
後村先生大全集　宋劉克莊　四部叢刊影印舊鈔本
後村詩話　宋劉克莊　適園叢書本
吹劍録　宋俞文豹　中華書局出版張宗祥校訂本

皇宋書錄　宋董史　知不足齋叢書本

履齋先生遺集　宋吴潛　明梅鼎祚編（鈔本）

荆溪林下偶談　宋吴子良　寶顔堂秘笈本

江湖長翁文集　宋陳造　明萬曆戊午刊本

環溪詩話　宋吴沆　讀畫齋叢書本

竹溪十一稿　宋林希逸　清鈔本

嘉定赤城志　宋陳耆卿　清嘉慶二十三年臨海宋氏刊本

嘉定鎮江志　宋盧憲　清宣統二年金陵刊本

鶴林玉露　宋羅大經　商務印書館排印本

恥堂存稿　宋高斯得　清武英殿聚珍叢書本

玉林詩話　宋黄昇　宋詩話輯佚本

中興以來絶妙詞選　宋黄昇　四部叢刊影印明翻活字本

藏一話腴　宋陳郁　胡思敬編豫章叢書本

文章精義　宋李塗　人民文學出版社一九六〇校點本

可齋雜著　宋李曾伯　四庫全書珍本初集本

彝齋文編　宋趙孟堅　嘉業堂叢書本

秋崖先生小稿　宋方岳　明刊本
文溪集　宋李昴英　粤十三家集本
學齋佔畢　宋史繩祖　陶氏涉園影印宋刊百川學海本
賓退錄　宋趙與時　學海類編本
東野老農歌　宋戴昺　四庫全書珍本初集本
詩人玉屑　宋魏慶之　中華書局一九五九年版
自堂存稿　宋陳杰　胡思敬刻豫章叢書本
黄氏日鈔　宋黄震　清耕餘堂刊本
則堂集　宋家鉉翁　四庫全書珍本初集本
字溪集　宋陽枋　四庫全書珍本初集本
雪坡舍人集　宋姚勉　胡思敬刻豫章叢書本
秋聲集　宋衞宗武　四庫全書珍本初集本
梅巖文集　宋胡次焱　四庫全書珍本初集本
困學紀聞　宋王應麟　商務印書館排印本
小學紺珠　宋王應麟　津逮秘書本
疊山集　宋謝枋得　四部叢刊續編影印明刊本

南宋羣賢小集、江湖後集　讀畫齋刊本
葦航漫遊稿　宋胡仲弓　四庫全書珍本初集本
須溪集　宋劉辰翁　胡思敬編豫章叢書本
聲畫集　楝亭十二種本
浩然齋雅談　宋周密　清武英殿聚珍叢書本
雲煙過眼錄　宋周密　十萬卷樓叢書本
愛日齋叢鈔　宋葉寘　守山閣叢書本
竹莊詩話　宋何谿汶　四庫全書珍本初集本
青山集　宋趙文　四庫全書珍本初集本
視聽鈔　宋吳萃　說郛本
錦繡萬花谷　明刻本
梅磵詩話　宋韋居安　清鈔本
垂虹詩話　宋闕名　宋詩話輯佚本
茅齋詩話　宋趙舜欽　宋詩話輯佚本
胡氏評詩　宋胡某　宋詩話輯佚本
詩事　宋闕名　宋詩話輯佚本

閑閑老人滏水文集　金趙秉文　四部叢刊影印汲古閣精寫本
拙軒集　金王寂　武英殿聚珍叢書本
滹南遺老集　金王若虛　四部叢刊影印舊鈔本
莊靖集　金李俊民　山右叢書初編本
遺山先生文集　金元好問　四部叢刊影印明刊本
中州集　金元好問編　四部叢刊影印元刊本
文獻通考　元馬端臨　商務印書館排印本
隱居通議　元劉壎　讀畫齋叢書本
歸潛志　元劉祁　知不足齋叢書本
稼村類稿　元王義山　四庫全書珍本初集本
桐江集　元方回　商務印書館影印委宛別藏本
桐江續集　元方回　四庫全書珍本初集本
瀛奎律髓　元方回　懺英菴叢書本
剡源戴先生文集　元戴表元　四部叢刊影印明萬曆刊本
牆東類稿　元陸文圭　常州先哲遺書本
紫山大全集　元胡紫遹　三怡堂叢書本

臨川吳文正公集　元吳澄　明刊本
金淵集　元仇遠　清武英殿聚珍叢書本
仇山村遺集　元仇遠　清刊本
敬齋古今黈　元李治　清武英殿聚珍叢書本
秋澗先生大全文集　元王惲　四部叢刊影印明刊本
芳谷集　元徐明善　胡思敬刻豫章叢書本
清容居士集　元袁桷　四部叢刊影印元刊本
西巖集　元張之翰　四庫全書珍本初集本
榘菴集　元同恕　四庫全書珍本初集本
道園學古錄　元虞集　四部叢刊影印明景泰翻元小字本
楊仲弘詩集　元楊載　四部叢刊影印明嘉靖刊本
黃文獻公集　元黃溍　金華叢書本
范德機詩集　元范梈　四部叢刊影印舊鈔本
圭齋文集　元歐陽玄　四部叢刊影印明成化刊本
柳待制文集　元柳貫　四部叢刊影印元刊本
宋史　元脫脫等　商務印書館百衲本二十四史本

吳禮部詩話　元吳師道　知不足齋叢書本
傅與礪詩文集　元傅若金　嘉業堂叢書本
滋溪文集　元蘇天爵　一九三二年天津徐氏刊本
純白齋類稿　元胡助　金華叢書本
午溪集　元陳鎰　四庫全書珍本初集本
蓮堂詩話　元祝誠　琳琅秘室叢書本
滄螺集　元孫作　常州先哲遺書本
書史會要　元陶宗儀　武進陶氏逸園影印洪武刊本
宋學士全集　明宋濂　金華叢書本
王忠文公集　明王禕　清康熙刋本
清江貝先生集　明貝瓊　四部叢刋影印明初刊本
高太史鳧藻集　明高啓　四部叢刊影印明正德刊本
遜志齋集　明方孝孺　四部叢刊影印明嘉靖刊本
解文毅公集　明解縉　清刊本
永樂大典　明解縉等編　中華書局影印本
歸田詩話　明瞿佑　知不足齋叢書本

水東日記　明葉盛　明刊本
懷麓堂全集　明李東陽　清嘉慶八年隴下學易堂刊本
懷麓堂詩話　明李東陽　談藝珠叢本
皇明文衡　明程敏政　四部叢刊影印明刊本
匏翁家藏稿　明吳寬　四部叢刊影印明正統刊本
讕言長語　明曹安　清抄本
王文恪公集　明王鏊　明董其昌三槐堂刊本
震澤長語　明王鏊　寶顏堂秘笈本
渚山堂詞話　明陳霆　人民文學出版社一九六〇年版
白沙子　明陳獻章　四部叢刋三編影印明嘉靖刊本
康對山先生文集　明康海　清乾隆辛巳刊本
何大復先生集　明何景明　清刊本
餘冬叙錄　明何孟春　清乾隆三十三年刊本
舒梓溪文鈔　明舒芬　明萬曆刊本
龍谿先生全集　明王畿　明刊本
文脈　明王文祿　學海類編本

倪小野先生全集　明倪宗正　清康熙四十八年家刻本
鄭少谷先生全集　明鄭善夫　清道光五年刊本
升菴合集　明楊愼　清光緒八年刊本
詞品　明楊愼　人民文學出版社一九六〇年王幼安校點本
綸灑文集　明龍膺　清光緒十三年刊本
甫田集　明文徵明　明刊本
庭幃雜錄　明袁參坡　學海類編本
瑤石山人詩稿　明黎民表　粤十三家集本
七修類稿　明郎瑛　中華書局一九五九年版
弇州山人四部稿　明王世貞　明萬曆世經堂刊本
藝苑卮言　明王世貞　談藝珠叢本
詞評　明王世貞　小石山房叢書本
詩家直說　明謝榛　談藝珠叢本
荆川先生文集　明唐順之　四部叢刊影印明萬曆刊本
續焚書　明李贄　中華書局一九五九年版
南宋書　明錢士升　清嘉慶刊本

疑耀　明張萱　嶺南遺書本
少室山房筆叢、詩藪　明胡應麟　中華書局一九五八年版
袁中郎全集　明袁宏道　時代圖書公司一九三四年版
珂雪齋文集　明袁中道　上海雜誌公司據原刊本排印
汲古閣書跋　明毛晉　古典文學出版社一九五八年五月版
六研齋筆記　明李日華　有正書局石印本
吹景集　明董斯張　適園叢書本
花王閣賸稿　明紀坤　畿輔叢書本
寒夜錄　明陳宏緒　學海類編本
白茅堂集　明顧景星　清康熙刊本
牧齋初學集　清錢謙益　四部叢刊影印明刊本
載酒園詩話　清賀裳　清初賀氏載酒園皺水軒刊本、嘉慶己卯刊本
皺水軒詞筌　清賀裳　增補賴古堂刊本
尊水園集略　清盧世㴶　清刊本
黃梨洲文集　清黃宗羲　中華書局一九五九年陳乃乾校輯本
雅倫　清費經虞　清刊本

書影　清周亮工　古典文學出版社一九五七年版
歷代詩話　清吳景旭　中華書局一九五八年版
鈍吟文稿　清馮班　鈍吟老人遺稿本
圍爐詩話　清吳喬　借月山房彙鈔本
岳州府志　清李遇時等　清康熙刊本
蠖齋詩話　清施閏章　清詩話本
夕堂永日緒論　清王夫之　談藝珠叢本
七頌堂詞繹　清劉體仁　别下齋叢書本
詩辨坻　清毛先舒　清刊本
南洲草堂集　清徐釚　清康熙三十四年刊本
詞苑叢談　清徐釚　海山仙館叢書本
塡詞雜説　清沈謙　詞話叢編本
讀書堂綵衣全集　清趙士麟　清刊本
堯峰文鈔　清汪琬　四部叢刊影印林佶寫刊本
姜先生全集　清姜宸英　清光緒十五年慈谿馮氏毋自欺齋刊本
曝書亭集　清朱彝尊　四部叢刊影印原刊本

讀書敏求記　清錢曾　海山仙館叢書本
說詩管蒯　清吳雷發　清詩話本
金粟詞話　清彭孫遹　別下齋叢書本
甌香館集　清惲格　別下齋叢書本
江西詩社宗派圖錄　清張泰來　清詩話本
歷代詩發　清范大士　清刊本
詩錄　清王辰　清尚友堂刊本
漁洋詩集、漁洋山人精華錄　清王士禛　清刊本
帶經堂詩話　清王士禛　清同治癸酉刊本
花草蒙拾　清王士禛　昭代叢書本
燃燈紀聞　清何世璂　談藝珠叢本
西陂類稿　清宋犖　商邱宋氏刊本
古歡堂集　清田雯　清刊本
柳亭詩話　清宋長白　天茁園刊本
古今詞話　清沈雄　詞話叢編本
詩倫　清汪薇　清武英殿聚珍叢書本

寒塘詩話　清蔣鴻翮　清雍正六年刊本

黃葉村莊詩集　清吳之振　清光緒己卯刊本

宋詩鈔　清吳之振等　商務印書館一九三五年排印本

天祿識餘　清高士奇　清康熙刊本

柳南隨筆　清王應奎　借月山房彙鈔本

宋十五家詩選　清陳訏　清刊本

宋四名家詩鈔　清周之鱗、柴升　清康熙刊本

敬業堂詩集　清查慎行　四部叢刊影印原刊本

得樹樓雜鈔　清查慎行　適園叢書本

初白菴詩評　清查慎行　掃葉山房石印本

解春集文鈔　清馮景　抱經堂叢書本

淥水亭雜識　清納蘭成德　昭代叢書本

白田草堂存稿　清王懋宏　清乾隆二十七年刊本

說詩晬語　清沈德潛　談藝珠叢本

劍谿說詩　清喬億　清乾隆刊本

穆堂初稿　清李紱　清道光辛卯重刊本

御選歷代詩餘　清王奕清等輯　詞話叢編本
西圃詞説　清田同之　覆古懽堂家刊本
詞林紀事　清張思巖　古典文學出版社一九五七年版
釀蜜集　清浦起龍　清光緒二十七年刊本
沙河逸老小稿　清馬曰琯　粤雅堂叢書本
樊榭山房文集　清厲鶚　四部叢刊影印振綺堂刊本
宋詩紀事　清厲鶚　清乾隆十一年錢塘厲氏刊本
蓮坡詩話　清查爲仁　清詩話本
夢曉樓隨筆　清宋顧樂　小石倉山房叢書本
道古堂文集　清杭世駿　清光緒十四年錢塘汪氏刊本
援鶉堂筆記　清姚範　清道光十五年刊本
鮚埼亭集　清全祖望　四部叢刊影印原刊本
四松堂集　清敦誠　文學古籍刊行社一九五五年版
退餘叢話　清鮑依雲　聚學軒叢書本
月山詩集、月山詩話　清恆仁　藝海珠塵本
小倉山房詩文集　清袁枚　文明書局石印本

隨園詩話　清袁枚　人民文學出版社一九六〇年版

宋詩略　清姚熏　清乾隆刊本

抱經堂文集　清盧文弨　抱經堂叢書本

蛾術編　清王鳴盛　商務印書館一九五八年版

詞綜偶評　清許昂霄　詞話叢編本

黃文節公年譜　清楊希閔　十五家年譜叢書本

鵨師錄　清楊希閔　清福建刊本

禨飢亭集　清祁嶲藻　清刊本

竹林答問　清陳僅　清鈔本

開有益齋讀書志　清朱緒曾　清光緒刊本

靜學齋偶誌　清史承謙　清刊本

達觀堂詩話　清張晉本　清同治刊本

四庫全書總目提要　清紀昀　商務印書館排印本

鏡煙堂十種　清紀昀　清刊本

春融堂集　清王昶　清嘉慶十二年塾南書舍刊本

藝苑名言　清蔣瀾　清乾隆乙未刊本

忠雅堂詩集　清蔣士銓　清咸豐同治間孫立昂補刊本
甌北詩鈔、甌北詩話　清趙翼　清刊本
陔餘叢考　清趙翼　商務印書館一九五七年版
潛研堂文集　清錢大昕　四部叢刊影印嘉慶刻本
十駕齋養新錄　清錢大昕　商務印書館一九五七年版
竹汀先生日記抄　清錢大昕　式訓堂叢書本
知聖道齋讀書跋　清彭元瑞　式訓堂叢書本
惜抱軒文集　清姚鼐　四部叢刊影印原刊本
拜經樓藏書題跋記　清吳騫　別下齋叢書本
病餘掌記　清温序　清刊本
復初齋文集　清翁方綱　清李彥章校刊本
石洲詩話　清翁方綱　粤雅堂叢書本
七言詩歌行鈔、七言律詩鈔　清翁方綱　蘇齋叢書本
雨村詩話、雨村詞話　清李調元　函海本
牖窺雜誌　清朱霈　殘抄本
樹經堂文集、樹經堂詩集　清謝啓崑　清刊本

清白士集　清梁玉繩　梁氏叢書本

滋蕙堂法帖題跋　清曾恆德　昭代叢書本

南野堂筆記　清吳文溥　清嘉慶間袖珍本

魚計軒詩話　清計發　適園叢書本

北江詩話　清洪亮吉　粤雅堂叢書本

魯巖所學集　清張宗泰　清刊本

平津館鑒藏記　清孫星衍　式訓堂叢書本

清尊集　清胡敬等　清道光十九年錢塘汪氏振綺堂刊本

秋室集　清楊鳳苞　陸心源輯湖北叢書本

校禮堂文集　清凌廷堪　安徽叢書本

詞選　清張惠言　中華書局一九五七年版

士禮居藏書題跋記、士禮居藏書題跋記續　清黄丕烈　靈鶼閣叢書本

功甫小集　清潘曾沂　清刊本

黄嬭餘話　清陳錫路　清光緒二年刊本

四庫未收書目提要　清阮元　商務印書館一九五五年版

靈芬館詩集　清郭麐　掃葉山房本

樸學齋筆記　清盛大士　嘉業堂刊本
蓮子居詞話　清吳衡照　退補齋刊本
儀衛軒文集　清方東樹　清刊本
昭昧詹言　清方東樹　人民文學出版社一九六一年版
柯家山館遺詩　清嚴元照　陸心源輯湖北叢書本
匡山叢話　清王僩　清刊本
通藝閣詩錄　清姚椿　清刊本
宋四家詞選　清周濟　古典文學出版社一九五八年版
養一齋集、養一齋詩話　清潘德輿　清道光二十九年刊本
有不爲齋隨筆　清光宗諧　清光緒刊本
中復堂全集　清姚瑩　清同治六年刊本
柏梘山房詩集　清梅曾亮　清咸豐六年刊本
十經齋文二集　清沈濤　清建德周氏刊本
交翠軒筆記　清沈濤　聚學軒叢書本
瓠廬詩話　清沈濤　清道光刊本
甘泉鄉人稿　清錢泰吉　清刊本

曝書雜記　清錢泰吉　式訓堂叢書本

楚庭耆舊遺詩　清倪濟遠等　清道光二十二年刊本

東洲草堂文鈔　清何紹基　清刊本

石樵詩話　清李樹滋　清道光十九年湖湘採珍山館刊本

讀山谷詩評　清黄爵滋　遜敏堂叢書本

射鷹樓詩話　清林昌彝　清刊本

海天琴思錄　清林昌彝　清同治甲子刊本

吹綱錄　清葉廷琯　清同治八年刊本

無事爲福齋隨筆　清韓泰華　功順堂叢書本

巢經巢文集　清鄭珍　原刊本

東塾集　清陳澧　清光緒壬辰菊坡精舍刊本

郘亭詩草　清莫友芝　遵義湘川講舍刊本

平書　清秦篤輝　陸心源刊湖北叢書本

酌雅詩話　清陳偉勳　雲南叢書本

曾文正公詩集、求闕齋讀書錄　清曾國藩　清同治刊本

藝概　清劉熙載　開明書店排印本

思益堂日札　清周壽昌　清光緒戊子刊本
小匏菴詩話　清吳仰賢　清光緒刊本
務時敏齋存稿　清洪昌燕　清光緒刊本
雪橋詩話　清楊鍾羲　劉氏求恕齋刊本
賭棋山莊集　清謝章鋌　清光緒甲申刊本
峴傭說詩　清施補華　清詩話本
湣南楛語　清蔣超伯　一九三三年揚州陳恆和書林刊本
江西通志　清趙之謙等　清光緒六年刊本
越縵堂詩話　清李慈銘　商務印書館排印本
復堂日記　清譚獻　清光緒丁亥刊本
湘綺樓說詩　清王闓運　甲戌成都日新社排印本
儀顧堂集　清陸心源　清光緒戊戌刊本
宋史翼、元祐黨人傳　清陸心源　潛園總集本
善本書室藏書志　清丁丙　清光緒辛丑刊本
粟香隨筆　清金武祥　清光緒二十一年刊本
蒿菴論詞　清馮煦　人民文學出版社一九五九年版

歲寒居詞話　清胡薇元　玉津閣叢書本

白雨齋詞話　清陳廷焯　人民文學出版社一九五九年版

望雲詩話　清施山　漱芳園叢鈔本

薑露菴筆記　清施山　清刊本

挹翠樓詩話　清潘清撰　清刊本

味靜齋集　清徐嘉　中華書局倣宋排印本

澗于日記　清張佩綸　豐潤張氏澗于草堂石印本

滄趣樓文存　清陳寶琛　油印本

藝風藏書記　清繆荃孫　清光緒庚子刊本

老生常談　清延君壽　山右叢書本

石遺室文集　清陳衍　一九一三年刊本

石遺室詩話　清陳衍　商務印書館一九二九年排印本

宋詩精華錄　清陳衍　商務印書館一九三七年排印本

海日樓札叢　清沈曾植　中華書局一九六二年版

晚晴簃詩匯　徐世昌編　一九二九年天津徐氏退耕堂刊本

藥洲筆記　闕名　抄本

重印後記

傅璇琮

《黄庭堅和江西詩派資料彙編》，我於一九六二年編成，隨即由中華書局排校，於一九六四年夏付型。但由於當時政治環境的影響，涉及對黄庭堅的評價，又一次把黄庭堅與江西詩派貶得極低，編輯部有所顧慮，就把出書日期壓了下來。這樣經過十年的「文革」動亂，至一九七八年八月，才正式出版，就擱了十四五年。現在中華書局從整體考慮，重新印行《古典文學研究資料彙編》，我所編的原《黄庭堅和江西詩派卷》、《楊萬里范成大卷》也列入此次重印計劃。這兩部書是我於一九六〇年至一九六二年輯集的，那時還不到三十歲。在那幾年中，我尚不顧所遭受的政治壓力，仍然潛心於中華書局圖書館、北京圖書館的古書堆中，編出了這兩部共約九十萬字的資料書，得到學術界的首肯，這對我是最大的欣慰。因爲我總以爲，我們作學問的，不管是理論探討，或者是資料考索，一要求真，二要創新，力求出原創性的作品，這樣才能真正在歷史上站得住脚。

這套《古典文學研究資料彙編》，是中華書局於上一世紀六十年代前期開始陸續出版的，至現在已出了二十餘種。我覺得這是中華書局一個極有長遠意義的學術構思。每一種書，凡作家生平事迹的記述，作品的評論，作品本事的考證，版本流傳的著録，文字、典故的銓釋，包括各種不同甚至互有爭議的意見，都盡可能加以輯集。這樣做，一方面可以省卻研究者翻檢之勞，另一方面，更爲重要的，是爲作家作品的研究史提供系統的材料。這是一種高水平的古籍整理，也是文學研究的基礎性工程。

這一選題，一開始我就參預。現在中華書局知道的人恐已很少，我想藉此介紹有關情況，也可爲中華書局提供值得研索的史料。

中國社會科學院文學研究所的前輩學者陳友琴先生，是二十世紀五十年代著名的白居易研究專家。他在撰寫白居易的研究論著以外，輯集自唐至清有關白居易的評論、記述資料，於一九五八年在科學出版社出版《白居易詩評述彙編》一書。此後他又有所修訂、補充，準備出一新版，但當時因出版社分工關係，科學出版社不再出版這方面的書，陳先生就於一九五九年與中華書局聯繫。當時中華書局古典文學編輯室主任爲徐調孚先生。徐先生於解放前長期在上海開明書店工作，既是編輯名家，又是文學專家，曾爲王國維《人間詞話》作過校注，又翻譯過《木偶奇遇記》，都是傳誦的名作。徐先生很有器識，馬上就同意接受陳友琴先生的書，並叫我作爲責任編輯來加以審讀、加工。我是一九五八年三月因被錯劃爲「右派」，而由北京大學中文系轉至商務印書館，同年七月又因商務、中華分工，又移調至中華書局，在徐調孚先生直接指導下工作。這時正好宋詩研究專家孔凡禮先生受到陳友琴先生的啓發，也編有一部《陸游評述資料彙編》。他先於一九五九年八月到文學研究所拜訪陳先生，後由陳先生推薦，介紹給中華書局。當時中華書局在東總布胡同十號，幾個編輯室環繞一個小院子，都是平房，是一個很爲雅致的四合院。孔凡禮先生今年已八十高壽，當時還不到四十。他進入院子，跨進文學室，與徐先生及當時任總編室主任的俞筱堯同志聯繫。我當時也在室内，對他的亢直言談印象很深。

徐調孚先生接到此稿後，也轉給我閲看。這時正好另有一位陸游研究者齊治平先生也向中華書局提交同類的書稿。我經過比較，認爲孔凡禮先生所輯的資料較爲翔實，編排也較合理，但齊治平先生的書稿也有孔先生所未及的。我就向徐調孚先生提出，因都是資料稿，可以合爲一書，共同署名，而以孔先生之稿爲主。徐調孚先生也就將合併的工作交我做，並以「編者」的名義叫我寫一篇「前言」。將兩稿合在一起，須互相比較，去其重復，並查閲時代先後，工作量是很大的，等於重編。但正因此，我倒熟悉了陸游的資料，很快就於一九六〇年一月將「前言」寫出，並送交孔凡禮先生覆審。

二〇〇二年爲中華書局成立九十周年，孔凡禮先生特爲此寫了兩篇紀念文章，一爲《我和中華書局因陸游結緣》（編入《我與中華書局》，二〇〇二年五月出版）。孔先生詳細記述這一過程，其中特别提到了我起草的「前言」，有云：「我看了這篇文章，不禁拍案叫好。這篇文章給我解了圍，幫了大忙。後來才知道，這篇文章出自傅璇琮先生之手。在我寫這篇回憶文字的時候，重溫了這篇文章，和四十年前一樣，贊歎不已。這篇文章經住了時間的考驗。」孔先生的贊譽之辭，我讀了當然很感激。由此我也重讀了這篇「前言」，心中難免有不可解之情，覺得我那時不過二十七八歲，年紀還輕，且對陸游並無研究，倒能有勇氣寫出這篇文字，如果現在要我來執筆，是絶對寫不出來的。

陳友琴先生、孔凡禮先生的書是差不多同時交給中華書局的，這倒給我們一個很大的啓示。因我是責任編輯，通閲全稿，引發我的思考。我向領導提議，由中華書局搞一套《中國古典文學作家研究資料彙編》，作爲一套叢書，而把陳先生的書標爲《白居易卷》，孔、齊兩先生的書標爲《陸游卷》。中華書局領導多方徵求意見，經過認真考慮，同意這一方案，於是這套書就展開來作。「文革」之前，六十年代前期，相繼出版有《陶淵明卷》、《柳宗元卷》、《韓愈卷》，我自己於工作之餘編纂《黄庭堅和江西詩派卷》、《楊萬里范成大卷》。一九五八年後，王國維先生次子王仲聞先生，也受錯誤的政治衝擊，被誤列爲「右派」、「國民黨反動分子」，被原單位開除。當時中華書局領導是注重人才的，不顧這些政治情況，卻把王仲聞先生招來。王先生先爲《全宋詞》作訂補，大大提高《全宋詞》的質量。一九六〇年後金竹槐（後改名金濤）、曾偉強兩位年輕同志從北大中文系研究生畢業過來，王仲聞先生在《全宋詞》訂補工作大體完成後，經文學編輯室商議，就由編輯室自己動手，作李白、杜甫資料彙編，由王仲聞先生主持，金、曾兩位具體看書、輯録，其他編輯也有時介入。此書署名爲「華文軒」編，是徐調孚先生與我們商議確定的，意爲「中華書局文學編輯室」。「文軒」諧音爲「文學」，這是徐調孚先生的浙江口音。正如王仲聞先生於一九五八、一九五九年爲中華書局校訂《全唐詩》，後由我起草寫一前言，徐調孚先生於前言後署名爲「王全」，「王」指王仲聞，「全」諧音我姓名的第二個字「璇」，他按南方口音把「璇」讀爲「全」的。

我寫這一篇後記，是想説明，一個編輯，是可以從來稿中引發思考的，我們應該從出版社發展的長遠前景來考慮，同時也要藴含學術胸懷，編輯要有學者化的抱負和氣質。過去常常把編輯工作比喻爲